青邱野譚

Seikyu-Yatan

金敬鎮
梅山秀幸〔訳〕

作品社

本書を読まれる方へ

梅山秀幸

本書は、朝鮮時代末期、十九世紀中ごろに成った『青邱野譚《せいきゅうやたん》』全十九巻二百六十二話を全訳したものである。『青邱野譚』の編著者は、朝鮮時代末期の文官、金山郡主であった金敬鎮であったとされる（巻末の訳者解説を参照のこと）。かまびすしかった党争も終息を迎え、王の外戚であることを利用した安東金氏による勢道政治の時代が始まっていたが、金敬鎮はその安東金氏の一員であり、ほぼ波乱のない両班の一生を送ったものと考えられる。

すでに西欧の帝国主義の魔の爪は東アジアにもおよび、アヘン戦争によって清の弱体化は加速し、日本では草莽崛起の若い下層武士たちが何物かに取り憑かれたかのように疾駆を始める。朝鮮半島は安逸に眠りを貪っていたのだろうか。両班は、常民は、奴婢は、妓生は、どうしていたのだろうか。この世の栄耀を謳歌する人生もあれば、社会の底辺で辛酸をなめ尽して終わる人生もある。『青邱野譚』はあらゆる階層の人びとの生活を喜怒哀楽の深い情感とともに語る。

本訳書では、日本の読者にはなじみのないと思われる人物・事がらについて、各話の末尾に注釈をほどこした。干支による暦年、あるいは中国の年号、その他ごく簡単なものについては、本文の中で（　）を用いて西暦などを補足した。各話のタイトルは底本にあるものもあり、訳者が付したものもある。また巻末に付録解説として、「朝鮮の科挙および官僚制度」、「朝鮮の伝統家屋」、「朝鮮時代の結婚」、「妓生」、「葬送儀礼」、「親族呼称」について簡単な説明を加えて、読者の理解の便をはかった。

亡くなった母に

［カヴァー・扉の装画］

金帆洙 画

本書は、2017年度、韓国文学翻訳院の翻訳・出版助成を受けて出版されたものである

朝鮮半島

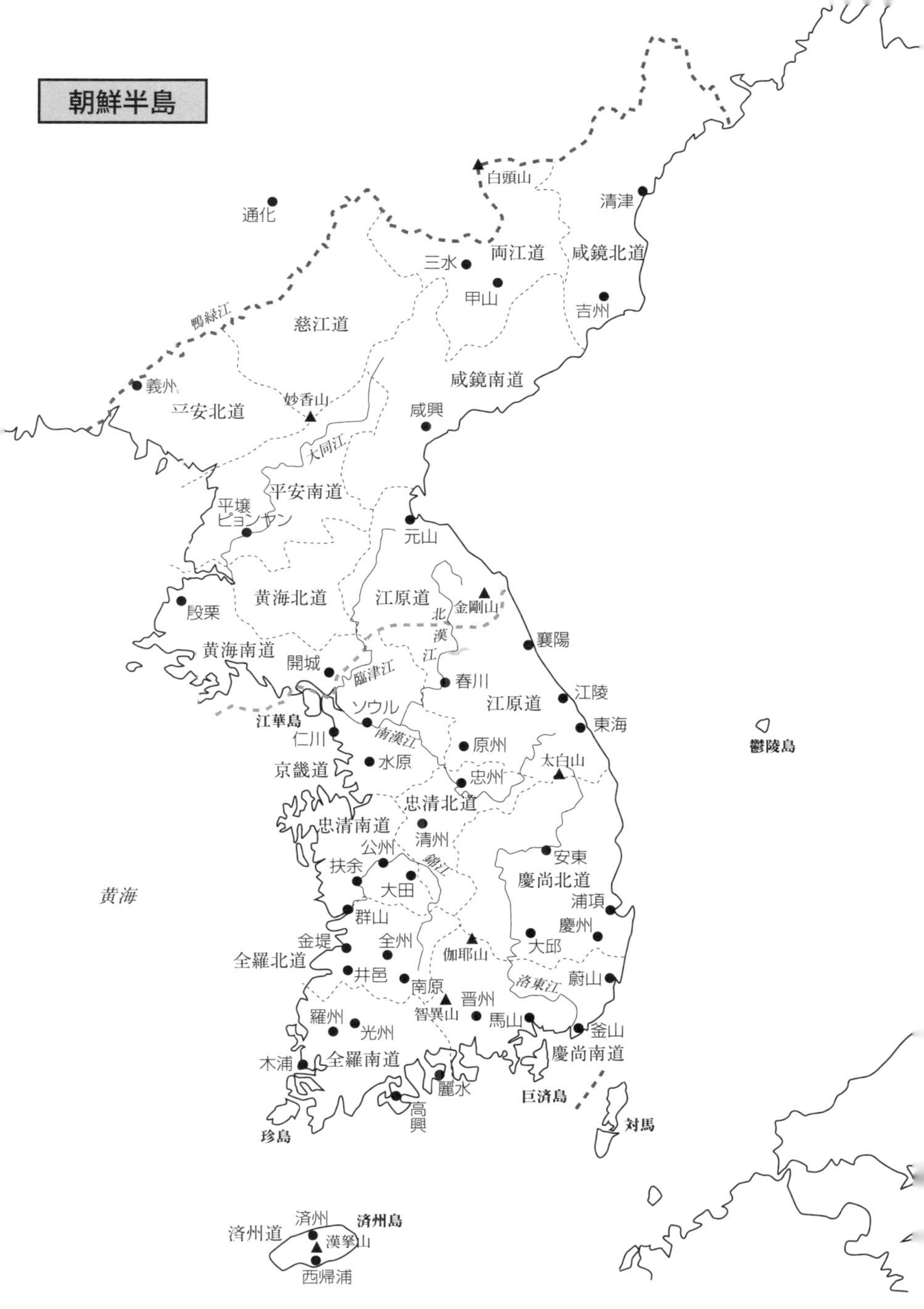

白頭山
清津
通化
両江道
咸鏡北道
三水
甲山
吉州
鴨緑江
慈江道
咸鏡南道
義州
平安北道
妙香山
咸興
大同江
平安南道
平壌
ピョンヤン
元山
黄海北道
江原道
金剛山
段栗
北
漢
江
襄陽
黄海南道
開城
臨津江
春川
江陵
江原道
ソウル
江華島
東海
仁川
南漢江
原州
鬱陵島
京畿道
水原
太白山
忠州
忠清北道
忠清南道
清州
公州
錦江
安東
扶余
大田
慶尚北道
黄海
浦項
群山
慶州
金堤
全州
伽耶山
大邱
全羅北道
井邑
南原
洛東江
蔚山
晋州
智異山
馬山
釜山
羅州
光州
木浦
全羅南道
慶尚南道
麗水
巨済島
高興
対馬
珍島
済州
済州島
済州道
漢拏山
西帰浦

李氏

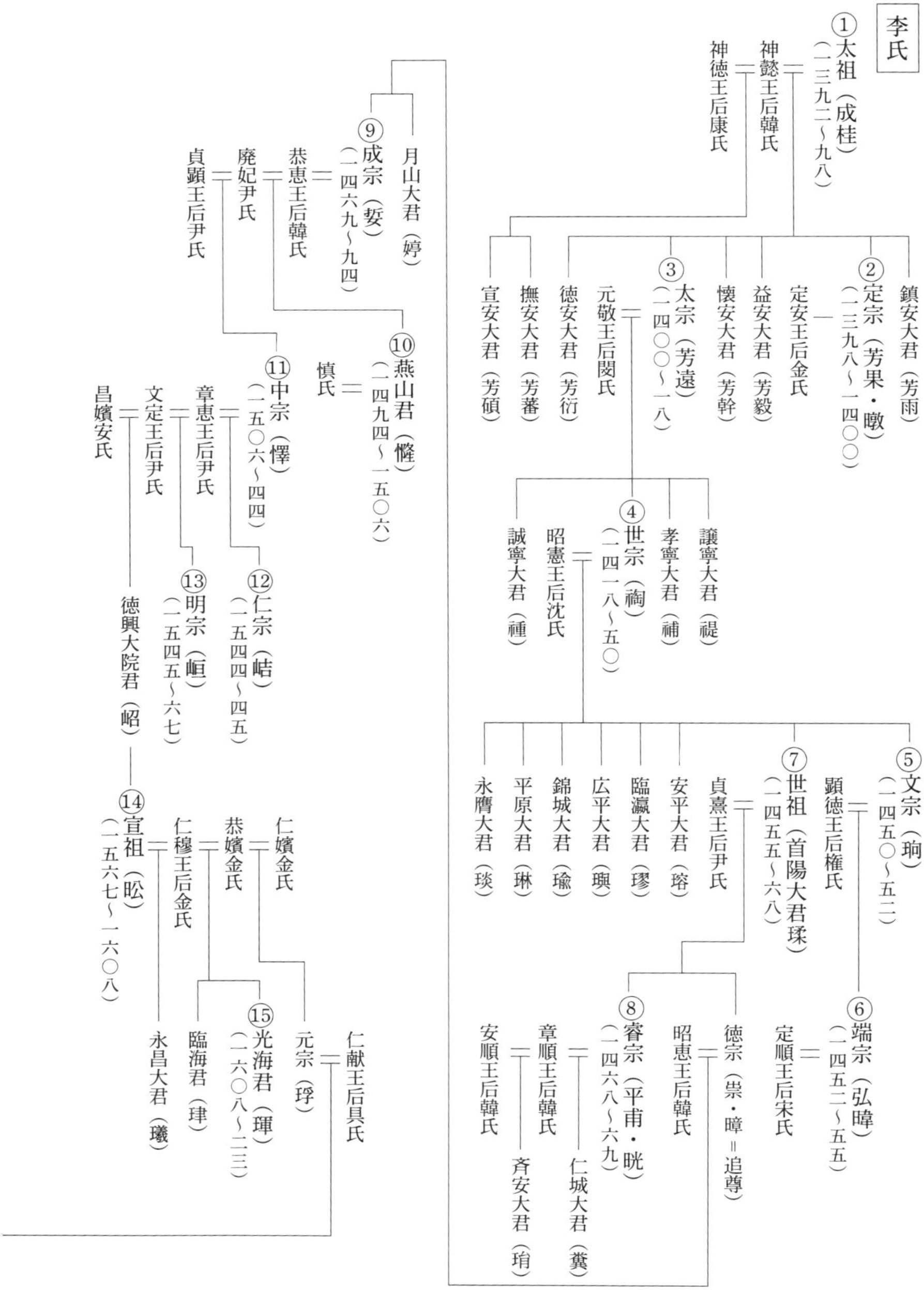
①太祖（成桂）（一三九二～九八）
神懿王后韓氏
神徳王后康氏
鎮安大君（芳雨）
②定宗（芳果・曔）（一三九八～一四〇〇）
定安王后金氏
益安大君（芳毅）
懐安大君（芳幹）
③太宗（芳遠）（一四〇〇～一八）
元敬王后閔氏
徳安大君（芳衍）
撫安大君（芳蕃）
宣安大君（芳碩）
譲寧大君（褆）
孝寧大君（補）
④世宗（祹）（一四一八～五〇）
昭憲王后沈氏
誠寧大君（褈）
⑤文宗（珦）（一四五〇～五二）
顕徳王后権氏
⑦世祖（首陽大君瑈）（一四五五～六八）
貞熹王后尹氏
安平大君（瑢）
臨瀛大君（璆）
広平大君（璵）
錦城大君（瑜）
平原大君（琳）
永膺大君（琰）
⑥端宗（弘暐）（一四五二～五五）
定順王后宋氏
徳宗（祟・暲＝追尊）
昭恵王后韓氏
⑧睿宗（平甫・晄）（一四六八～六九）
章順王后韓氏
安順王后韓氏
仁城大君（糞）
斉安大君（琄）
月山大君（婷）
⑨成宗（娎）（一四六九～九四）
恭恵王后韓氏
廃妃尹氏
貞顕王后尹氏
⑩燕山君（㦕）（一四九四～一五〇六）
慎氏
⑪中宗（懌）（一五〇六～四四）
章恵王后尹氏
文定王后尹氏
昌嬪安氏
⑫仁宗（峼）（一五四四～四五）
⑬明宗（峘）（一五四五～六七）
徳興大院君（昭）
⑭宣祖（昖）（一五六七～一六〇八）
仁穆王后金氏
恭嬪金氏
仁嬪金氏
仁献王后具氏
元宗（琈）
⑮光海君（琿）（一六〇八～二三）
臨海君（珒）
永昌大君（㼁）

朝鮮王朝系譜（李氏）

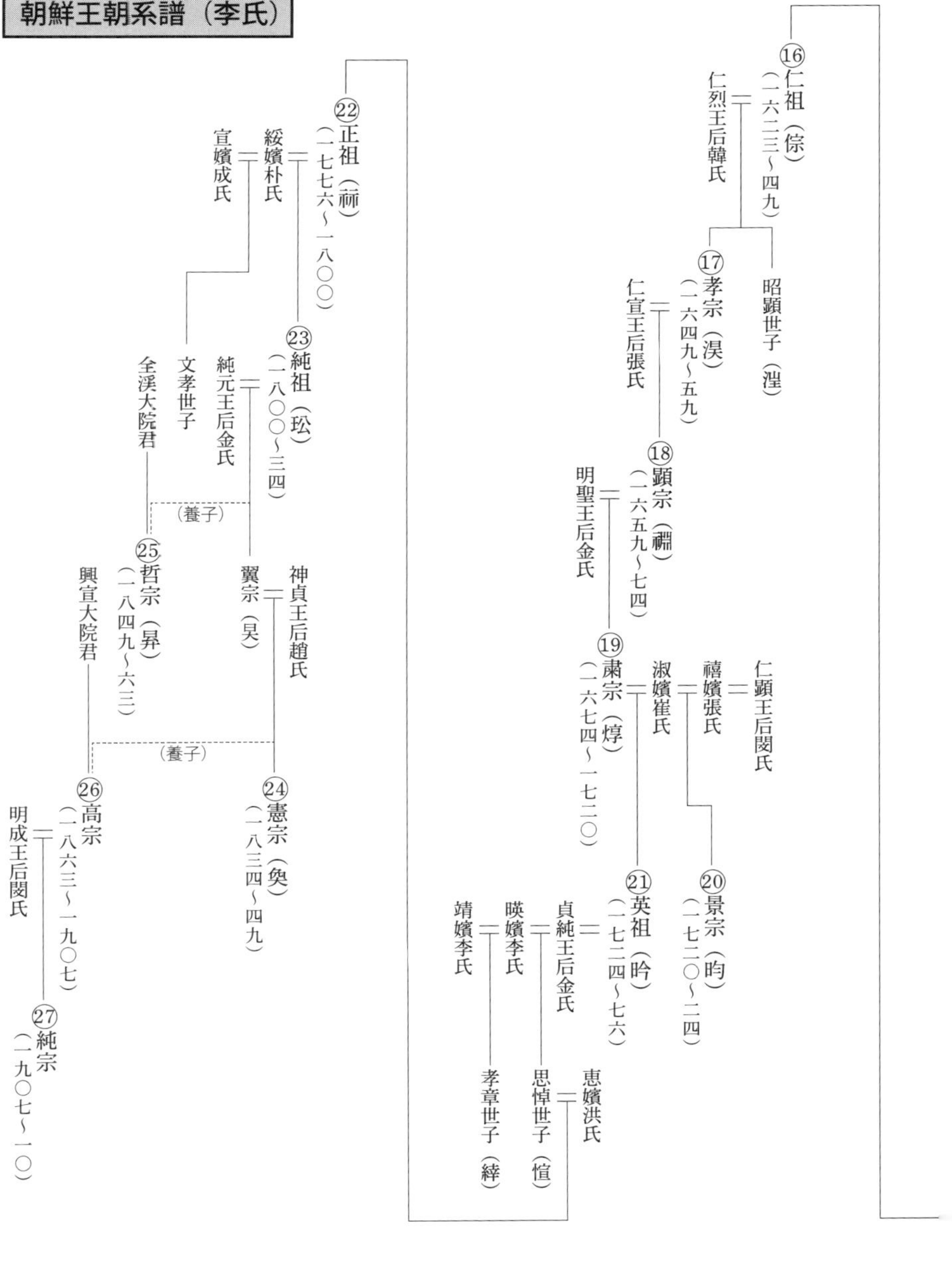

⑯仁祖（倧）（一六二三～四九）
仁烈王后韓氏
昭顕世子（溰）
⑰孝宗（淏）（一六四九～五九）
仁宣王后張氏
⑱顕宗（棩）（一六五九～七四）
明聖王后金氏
仁顕王后閔氏
禧嬪張氏
淑嬪崔氏
⑲粛宗（焞）（一六七四～一七二〇）
⑳景宗（昀）（一七二〇～二四）
㉑英祖（昑）（一七二四～七六）
貞純王后金氏
暎嬪李氏
靖嬪李氏
恵嬪洪氏
思悼世子（愃）
孝章世子（緈）
㉒正祖（祘）（一七七六～一八〇〇）
綏嬪朴氏
宣嬪成氏
㉓純祖（玜）（一八〇〇～三四）
純元王后金氏
文孝世子
全渓大院君
（養子）
神貞王后趙氏
翼宗（旲）
㉕哲宗（昪）（一八四九～六三）
興宣大院君
（養子）
㉔憲宗（奐）（一八三四～四九）
㉖高宗（一八六三～一九〇七）
明成王后閔氏
㉗純宗（一九〇七～一〇）

目次 ◉ 青邱野譚

巻の三

巻の四 145

巻の五 187

巻の六 223

巻の十二

巻の十三

巻の十四

巻の十五

青邱野譚

巻の一

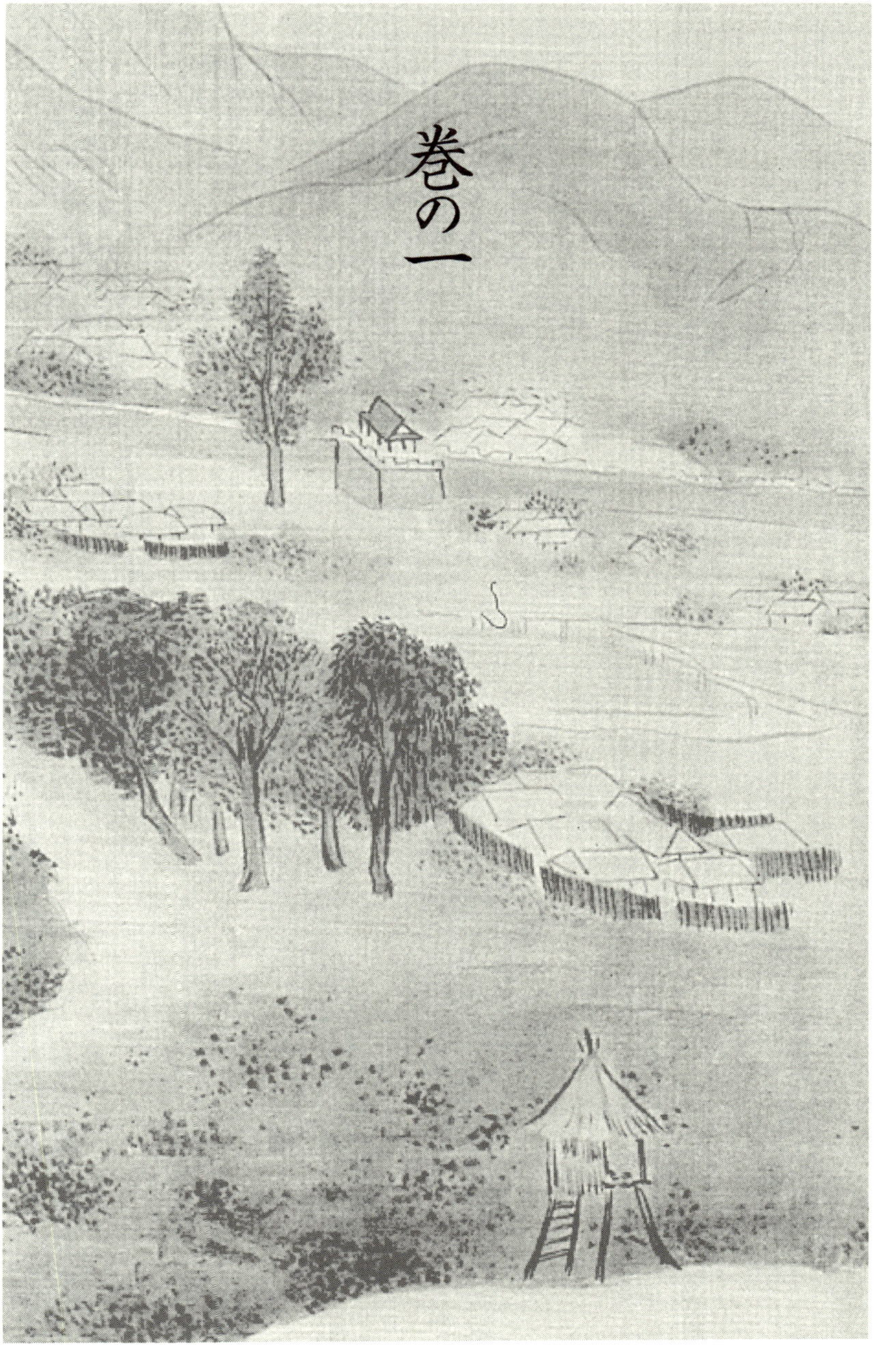

第一話……貞節を守った崔孝婦に虎が感動したこと

洪州にうつくしい一人の娘がいて、名前を崔《チェ》といった。そのひととなりは賢く、また貞淑だったものの、めぐり合わせが悪く、十八の歳に夫を亡くし、眼の見えない舅の世話をして過ごした。崔氏は夫の死後もみずからに固く誓って、節を守り、臼轢きと水汲みを行なって手間賃を稼ぎ、かいがいしく舅の世話をした。出かけるときには、食事を舅の左右に置き、

「食事はここに用意しておきました。どうぞお手で探って、お召し上がりください」

と言って、出かけたから、その孝心の至極であることを、村で誉めない者はいなかった。

実家の父母は、娘が寡婦になって、子どももいないことを哀れみ、家僕をやって、連れ戻させようとして、

「お母さまの御加減がよろしくありません」

と言わせた。崔氏はそれを聞いて、隣家の人に、

「舅の朝夕の食事をお願いします」

とねんごろに頼んで、あわてて実家に帰ったのだったが、母親はいたって元気な様子であった。崔氏は戸惑ったが、両親は、

「お前が二十歳にもならずに寡婦になって、しかも子どももいず、青春を空しく送ることを思うと、私たちは腸が焼けるようだ。いい夫と再婚して、何としてももう一度、鴛鴦《えんおう》の味というのを楽しんでほしい。明日、式を挙げたいと思うのだが、お前も心を解いて、私たちの願いを無にしないでおくれ」

と語った。崔氏はいつわって、

「おことば通りにいたします」

と言ったものだから、父母ははなはだ喜んだが、その夜更け、崔氏はそっと家を逃げ出して、嫁ぎ先に帰ろうとした。しかし、数里ほど行ったところで、峠にさしかかり、足がしびれて動けなくなってしまった。すると、そこには、なんと大きな虎がうずくまっていて、通せんぼうをしている。崔氏が早く嫁ぎ先に帰りたい一心で、虎に向って、

「お前は本来霊物であるはず。どうか私のことばをきいてほしい。私はまだ死ぬわけにはいかないのだ。しかし、どうしても私を食らいたいと言うのなら、仕方がない。早くそうするがいい」

と言って、臆することなく、虎の前に進み出た。すると、虎はかえって退いて、何度も地にひれ伏した。崔氏が、

「お前は私がか弱い女子の身であるにもかかわらず、こ

んな深夜にひとり出歩いているのを哀れに思い、私をお前の背中に乗せてくれようというのか」

と言ったところ、なんと虎はうなずいて、尻尾を振るではないか。そこで、崔氏が背中にまたがり、項《うなじ》につかまったところ、虎が駆け出すこと、まるで疾風のようで、たちまちにして、嫁ぎ先に帰って来てしまった。

崔氏は虎から降りて、

「こんなに急いで、きっとお腹がすいたことだろう。我が家には犬がいるから、それを食べるといい」

と言って、家の中に入って犬を連れて来て、虎に与えた。虎は犬を咥えて去って行ったが、数日後のこと、村の人が、

「見たこともないような大きな虎が落とし穴に落ちて、牙をむいて、大きな口を開け、まるで雷のような声を立てて、吼えている。とても人が近づけたものではない。まあ、飢えて死んでしまうのを、待つとしようか」

と噂していた。それを聞いて、崔氏は、あの虎のことではないかと思い、さっそくその落とし穴に行って、毛の色はどうであろうかと見たのだが、あれは夜のことだったから、よくはわからない。そこで、虎に向って、

「お前は前日に私を背負ってくれた虎ではないか」

と尋ねると、その虎はうなずいて、涙を流し、救いを請うように見える。崔氏は、ことの顚末を初めて詳しく村人に話し、

「あの虎がたとえ獰猛な獣であったにしても、私にとっては恩人なのです。もし、私に免じてあの虎を救っていただければ、今の私は赤貧洗うがごとくですが、きっと里中にお礼はいたします」

と頼み込んだ。それを聞いた村人で称讃しない者はなく、

「なんともけなげなことを言うものだ」

と感心し、

「孝婦の請うところを、どうして断われよう」

とは言うものの、しかし、一方で、

「虎を救って放って、虎が人を害するようなことがあれば、どうするのか」

と言う者もいる。それに対して、崔氏が、

「私に落とし穴に行かせてください。みなさんは遠くに離れて見ていてくだされば、虎は私が救って放ちましょう」

と言ったので、村人は崔氏の言う通りにさせた。崔氏は落とし穴の前に進み、虎を出して放った。その虎は崔氏の衣服を噛んでひっぱり、しばらくの間、ぐずぐずとしていたが、やがて、立ち去って行った。

第二話……闘剣術の李裨将、僧を斬る

大明国の提督・李如梅[1]の子孫に李裨将（副将）という人がいた。膂力が人並み勝れ、剣術にたくみであった。全羅監営の幕下として赴いたとき、錦江に到って、婦女の旅の一行に出会い、いっしょの船に乗って旅を続けることになった。船が江の中ほどにさしかかったとき、大きな生臭坊主が岸辺に立って、船頭を大声で呼んで、「船を戻してくれ」と叫んだ。船頭が船を戻そうとしたとき、李裨将は、これを叱りつけて、戻させまいとした。すると、僧侶は身を空中に躍らせて、船に飛び込んだ。そこに婦人の輿がある。無礼にもいきなり簾を上げてのぞき込み、

「姿かたちといい、物腰といい、なんともいいおなごじゃのう」

と言っては、戯言をしきりに言いかける。裨将はこの僧侶を一撃のもとに殴り殺そうと思ったが、この僧侶の腕力がいかほどのものか見当もつかない。そこで、しばらく我慢したが、しばらくして向こう岸について、船を下り、

「お前がいくら生臭坊主だとは言え、僧と俗とは異なり、男女にはわきだめがあろうというもの。なのに、お前はどうして両班のご婦人方の一行をからかい、みだりに凌辱したのだ」

と言うや、所持していた鉄鞭でもって、撃ち殺し、死体は抱え挙げて、河の中に放り込んだ。そのまま任地の全州に到って、上司の巡察使に謁見し、錦江であったことを報告して、幕府に留まること、数ヶ月がたったころである。布政門（各道の役所の大門）の外で何やら騒々しい声が聞える。監司がそのわけを尋ねると、門番がやって来て、

「どこからやって来たのか、坊主が使道にお会いしたいといっています。ところが、その様子が粗暴な上、ことばも無礼なので、取り次がずにおりましたら、あのように暴れ出したのでございます」

と、言いもあえず、その僧がずかずかと中に入って来て、監司の面前に進み出た。監司が、

「お前はいったいどこの坊主で、なんのためにここにやって来たのか」

と尋ねると、僧は偃然と振る舞って、

「小僧は康津の者じゃが、李裨将がここにいるはずだ」

と言う。監司が、

「それがどうしたと言うのだ」

と言うと、僧は、

「李裨将が私の師僧を殴り殺した。そこで、小僧がその

敵討ちをしようと言うのだ」

と答える。監司が、

「李裨将はたまたま上京しておって、今はここにいない」

と言うと、

「いつ帰って来るのだ」

と言う。監司が、

「一ヶ月間の休暇を取って、今はソウルに帰っておるのじゃ。来月には戻ってまいろう」

と言うと、僧は、

「それなら、小僧もそのときにふたたびやって来ることにしよう。きやつがたとえ天に昇り地に潜んで身を隠そうとも、決して許すものではない。監司もけっして隠し立てなさいますな。李裨将にもよろしくお伝えのほどを」

と言って、立ち去った。監司が奥にいた李裨将を呼んで、僧侶の来たこと、言ったことを告げ、

「お主はあの坊主に勝てるか」

と尋ねた。それに対して、李裨将は、

「私は貧しくて、久しく肉を食べていず、気力がどうも充実しない。しかし、これから、一日に大きな牛を一頭ずつ、ひと月に三十頭の牛を食べることができるなら、あのような小坊主をどうして恐れることがあろうか」

と答えた。監司は、

「それなら、千金の出費で事足りる。簡単なことだ」

と言って、さっそく食肉庫に命じて、毎日一頭ずつの牛を李裨将のもとに届けさせた。李裨将がまた、

「黄色い紬で作った小袖と紫の軍服が必要です」

と言うと、監司はそれも調えさせた。

李裨将は刀鍛冶に命じて一本の剣を作らせた。百度も焼きなおし、鍛錬して、その鋭いことと言ったら、鉄ですら真っ二つにすることができた。十日たって、牛十頭を食べ、身体ははなはだ肥大した。二十日たって、牛二十頭を食べ、身体はふたたび痩せた。ひと月たって、牛三十頭を食べると、身体は痩せ過ぎず、肥り過ぎず、見たところ、普通の男子のようだった。

今や、鋭気を養い、勇気を蓄えて、待ち構えていたところ、はたして、僧は、約束通りにやって来て、監司に、

「李裨将は帰って来たか」

と尋ねた。

「ちょうど帰って来たところだ」

と、監司が答えると、その脇には李裨将が立っていて、

「我輩はここにいるが、お前のような小坊主が唐突にやって来て、我輩に何の用じゃ」

と、大声でどやしつけた。僧は、

「問答は無用。今日は、おまえとわしで雌雄を決しよう

ではないか」

と言うや、御前の庭に飛び降りて、頭陀袋の中から、布に巻いたものを取りだす。霜のように冷え冷えとした刃の長剣である。李裨将もまた、庭に飛び降りる。黄色と紫の戦闘服に身を包み、手には百練の剣を携え、足にはつま先に錐をはめこんだ靴をはいていた。たがいに剣を翻して、対峙して、進んだり退いたり、にわかに剣の閃光が走ったと思うと、二人は銀の甕のようになって、空中高く上って、雲の中に消えてしまい、その様子をうかがうことができなかったが、御前の庭に集まって、これを見る者たちは、その神妙さに驚かない者とてなかった。

　みなが庭に座して、勝敗の決するのを待っていたところ、日がかげり始めたころ、鮮血が点々と庭の白砂をよごし、ついで、坊主の胴体が宣化堂▼2の前に落ちてきて、切り離された頭の方は布政門の外に落ちてきた。そこに集まったみなの者は李裨将が無事であることは察したが、日が暮れても、裨将はなかなか姿を現さない。みな不思議に思い始めたころ、やっと、刀を杖にして、空中から降りてきた。監司がことの次第を尋ねると、李裨将は監司になんどもお礼をいい、

「私は、監司殿の恩徳をこうむって、牛三十頭を食べて気力を充実させ、さらには黄色い服を着て、あの僧の目をくらませ、やっとのことで切り捨てることができた。もしそうでなければ、わたくし自身の命も危うござった」

と言った。監司が、

「坊主の頭が落ちて、貴君が降りて来るまで、長らく時間がたったのは、どうしてだったのだ」

と尋ねると、李裨将は、

「私はせっかくのこの剣気に乗じて、祖国を懐かしく思う気持ちが募りましたので、ついでに隴西城に行き、祖先の墓参りをして来たのです」

と答えた。

　李裨将の剣術は古今に卓越していた。

▼1【李如梅】明の人。戦死した兄の李如松（第一一四話注3参照）に代わって遼東総兵官となったが、敵を恐れる者として弾劾されて罷免された。

▼2【宣化堂】各道の監察司（観察使とも言う）が執務した正堂を言う。

第三話……武弁の李氏、谷間で猛獣と戦う

仁祖▼1の時代のこと、ソウルに一人の武官がいた。姓は李で、名は修己▼2。風骨まことにたくましく、膂力は人に

抜きん出ていた。あるとき、関東（大関嶺以東の江原道地方）に出かけることがあって、襄陽にさしかかった。すでに日が暮れようとしているのに、道に迷ってしまった。山間のこととて、数十里を歩いても、いよいよ山は深くなるばかり、村落もなく、困り果てていたところ、忽然と、遠くに明かりが林の間から見えた。馬を駆って急ぐと、険しい嶺の中に一軒の板屋があって、老媼《ろうう》が扉を開けて、招き入れる。中に入って見ると、なんと、年頃は二十歳ばかりの、すこぶる美しい女がいる。

女は質素な服を着て、こざっぱりとしている。老媼と二人っきりで住んでいて、その家と言えば、上と下に二間があるだけである。壁を隔てて、扉があり、客は下の間に招じ入れられた。夕飯を用意してくれたが、山菜が新鮮な上、芳醇な酒をつけて、応接してくれる、その態度はまことに慇懃であった。李生は深く感銘して、

「あなたの御主人はどこにおいでかな」

と尋ねたところ、その女子は蛾眉をややひそめて、声を低め、

「今は出かけておりますが、間もなく帰って参りましょう」

と答えた。夜がふけて、果して、男が帰って来たが、身の丈八尺、容貌は魁偉、声は雷のようであった。女に、

「こんな夜更けに、どんな男がひとの女房がひとりいる部屋に泊まっているのか。おかしいではないか。泊めるわけにはいかない」

と言った。李生は大いに恐れ、のっそりと出て行って、

「旅の者が深夜に道に迷い、千辛萬苦して、お宅にたどりつきました。ご主人はどうか哀れみのお気持ちをもって、私を責めないでいただきたい」

と言った。主人はにっこりと笑って、

「お客人のことばはもっともだ。まあ、格別におもてなしいたそう。御心配なさるな」

と言って、庭に火をたかせ、そこに狩猟で得た獣たち、狸や鹿や猪を並べたところ、まるで山のようであった。

李生は恐怖を新たにしたが、そんな李生を見て、主人は楽しんでいるふうであり、猪や鹿を切りさばいては鍋の中に放り込み、酒の肴を調え、もちろん美味い酒も用意した。夜も更け、主人が灯りを持って部屋にやって来て、李生を招じて庭に連れ出し、大きな鉢に酒を注いで勧めた。李生が飲み干すと、主人がさらに勧め、数献を重ねた。李生も辞することなく、くつろいで、お互いに胸襟を開いた。酒宴もたけなわ、主人が李生の前に膝を進めて、いきなり手を取り、

「あなたの気骨を見るに、凡人ではない。思うに、勇力、人に抜きん出ておられる。私は心に恨みを抱き、ぜひとも殺したいと思う敵がいるのだが、義気と勇気を備えて、

死生をともにすることのできる男子がいなければ、ともに事を謀ることはできない。あなたに御助力願えないであろうか」

と言った。李生が驚き、

「いったいどういうことなのか、事情を教えていただけないだろうか」

と言うと、主人は涙を流しながら、話しはじめた。

「よくぞ聞いてくださった。わが家はずっとこの村に住んで、何不自由なく豊かに暮らしていたところ、十年前、一頭の大きな虎が近くの山に現われたのです。わが家から隔たること、十余里に過ぎない。日ごとに村の住民は被害をこうむって、その数はいかほどに上るかわからず、村人たちは次第に離散して、今やひとりも残らないありさま。わが祖父母も、父母も、兄弟も、そして従兄弟たちも、みなその虎に食い殺されてしまいました。私もすぐにでも村を出たいと思いながら、とりあえず身を避ける所もないままに、ぐずぐずしていたところ、この十日のあいだ、被害があい続き、ただ私一人が残ってしまったのです。私とて、若干の膂力はそなえていないわけではなく、この虎を殺して肉親の敵を討ち、その後に去就を決めようと思っています。それで、その虎と力比べをしようと、何度も試みてはいるものの、なかなか決着がつかないままに、今に到ってしまったというわけです。もし、ひとりの勇士を得て、助勢を願えれば、きっとこの虎を撃ち殺すこともできようと、これを長い間待ち望んでいたものの、なかなかそんな人物が現れるものではない。日々に悲しみが胸中にあふれ、袖を濡らしていたのです。そんな折りも折り、あなたが現れた。一見して、決して凡人ではないことがわかる。それで、あえて口を開いて、この通り、事情を話しました。どうか事情を御理解いただけないでしょうか」

李生はこれを聞いて、大いに感動し、主人の手を取り、

「なんという孝行話か。私がどうして、御主人が敵討ちの志を遂げられるのに、助勢を惜しむことがありましょう。さっそく、いっしょに虎のところに行こうじゃありませんか」

と言った。

主人は立ちあがって、李生に辞儀をして、なんども礼を言ったが、李生が、

「その虎を退治するのに、どうしてあなたは剣か銃を使わないのか」

と尋ねると、主人は、

「この虎というのが、すでに年古りた怪物で、私が剣を持つか、銃を持つかしていれば、それがわかるのか、決して姿を現わさない。そうした武器を持っていないときに限って現われて、たたかうことになるので、殺すこと

は難しく、私もまた何度も危険な目に遭って、雌雄を決せずにいるのです」

と言った。李生は、

「わかりました。数日ここで鋭気を養って、気力を充実させた後に、その虎を退治しましょう」

と言って、日々にほしいままに酒を飲んで、肉を食べて過ごしたが、そうして十日あまりが経ったとき、空が晴れて、空気も澄み渡った日に、主人が李生には利剣を与え、自分は武器を持たずに、いっしょに出かけた。家を出て、東に向って十余里、山谷を深く分け入って行き、峠をいくつか越えると、山はさらに重畳として、水が奔流となって流れ、樹木が鬱蒼と繁っている中に、忽然と開けた平坦な盆地があった。清流が流れ、白い沙が光っている上方に、ひときわ高く岩が聳え立っていて、黒々と光って、峻絶たる様子。高さは数十丈もあろうか。主人は李生に、

「深林の中に隠れていて欲しい」

と言って、自分は単身空拳で、流れのほとりに行き、鋭く口笛を吹いた。

忽然として砂嵐が岩の上から舞い上がり、あたりをおおって、暗闇になった。そして、岩の頂きに、二つの松明のような光が閃光のようにきらめいている。李生が林の間から目をこらしてこれをうかがうと、まるで黒い雲のような怪しい影が岩の間にうずくまっていて、両の目をらんらんと光らせているのだ。亭主はこれを見るや、腕を揚げて、雄たけびを上げる。その物もひとっ飛び、まるで妖鳥のようであった。

亭主が組み付いたのは、まさしく巨大な黒い虎。顔つきは獰猛そのもの、人を驚かせ、正視するに堪えない。

その虎が今や人のように二足で立ちあがると、亭主はその頭を虎の胸にくぐりこませ、虎の腰をかかえて締め付ける。虎は背筋が伸びて、屈むことができず、前足で亭主の背中を引っ掻こうとする。しかし、亭主の背中というのは、鍛えに鍛え抜かれ、まるで鉄の鎧を着たかのように堅くなっていて、鋭い爪でもっても、傷つけることができない。人は虎に足を絡めて、倒そうとするが、虎もそれを返して人を倒そうとして、一進一退、勝負は決しない。このとき、李生は初めて、剣を手にして、林の中から飛び出した。虎はこれを見て、大きな声で吼え上げ、それはまさに岩をも砕くほどで、すばやく身体を引き離そうとしたものの、亭主がしっかりと組み付いて離れない。狂乱のきわみで、両の目を雷光のように光らせるが、李生はすこしも臆することなく、近づいて行って、虎の腰に何度も剣をつき立てた。虎はようやく雷のような声をあげて、ぐったりと衰え、鮮血が泉のように噴き出した。亭主は短刀を取り出すと、虎の腹を裂いて

腰骨を砕き、肉醤を作り、心臓と肝臓を取り出して、口に入れ、うまそうに咀嚼して食べてしまった。二人はへとへとに疲れてしまってはいたものの、大いに満足した。夕方になって、いっしょに家に帰った。亭主はなんどもなんども李生に礼を言い、また喜びの涙を流して尽きることがなかった。

　翌日、亭主は、大きな牛を五頭と駿馬を二頭引いてきた。それには従者もついて来て、獣の皮や人参などが山のように積まれ、また中には宝物を詰めた漆の櫃《ひつ》もあった。また、前の女子を連れて来て、

「この処女は以前に高い値を出して買ったもので、まだ一度も私は床をともにしていない処女です。私が積年にわたってこれらの財物を蓄えておいたのは、一夜の仇の助太刀へ報いようと思っていたからにすぎない。これを受けとっていただければ、有り難い。私には田地が他にもあって、生活するのに困りはしない。ここをあなたにお譲りしましょう」

といって、さらになんども礼を言った。李生とて、義理を通してこの世を渡ってきた男である。どうして財貨を貪るのを善しとしよう。固く辞退して、

「私は名のない一介の武人に過ぎないが、どうしてこのような物を受け取れよう。二度とこんなことはおっしゃるな」

と断った。主人は重ねて、

「私が長年これらのものを用意してきたのは、ただただ今日のためだった。あなたはどうして私のこの願いを聞き届けていただけないのか」

と言って、家に上がって暇を請い、今度は女に向って、

「お前はこれらの物をよく管理して、この恩人によく仕えるのだぞ。もし他人に仕え、乱費するようなことがあれば、私は千里の外にいても、それを知って、飛んで来る。お前に命があるとは思うな」

と言い終えるや、飄然として去って行った。李生がそれを呼びとめても、ふたたび振りかえることはなかった。李生は美女と財物を受け取り、女には誰か婿取りさせようとしたが、女が肯んずることなく、死んでも他の男と暮らすのはいやだと言ったから、李生がいっしょに暮らして、添い遂げたのだった。

▼1【仁祖】一五九五～一六四九。朝鮮第十六代の王。在位一六二三～一六四九。諱は倧。宣祖の孫で、元宗（追号）の子。綾陽君に封じられていたが、光海君の暴政へのクーデタにより推戴され、王となった。一六二七年の丁卯胡乱では江華島に避難することを余儀なくされ、一六三六年の丙子胡乱では南漢山城に避難したものの、清に降伏する屈辱を味わった。

▼2【李修己】この話にある以上のことは未詳。

第四話……完山の妓生 ひとり布衣の行下記を受く

尚書（判書の旧称）の朴信圭《パクシンギュ》[1]がまだ登科しなかったとき、全州を通りすぎると、監司が盛大な宴会を開いていた。朴公は旅の儒生として、その宴の末席に連なったが、道内の守令たちはみな出席していた。一日中、妓生《キーセン》（付録解説4参照）たちの歌舞で楽しんだが、宴も進んで、娼妓がそれぞれに行下記[2]を請うたので、財力のある守令たちはみな美しい布や多量の米を録して与えた。そこに一人の美しい妓女がいて、なぜか豊かな守令たちの前には行かず、朴公の前にやって来て、行下記を請うたから、朴公は笑いながら、

「私は布衣（官職につかない者）の寒士で、たまたま通りすがった者、にぎやかな宴の様子に誘われて出席したものの、どうしてお前に与えるものなど持っていよう」

と言うと、妓女は、

「わたくしの眼は節穴でしょうか。あなたは貴人です。前途はまことに洋々たるもの。きっと栄達をほしいままになさいます。出世払いでよろしいので、あらかじめたくさんの行下を録して下さいませ」

と言った。朴公は笑って、充分に録して与えたが、その後、全州判官となったとき、その妓女が行下記を持ってきた。朴公は、

「俸禄がまだ少なく、その半分をとらせよう」

と言った。その後、監司となったとき、行下記のものすべてを与えて、妓女に尋ねた。

「お前はどうしてあの時、私がこうなることがわかったのだ」

すると、妓女は答えた。

「あのときにはたくさんのお偉方がいらっしゃいましたが、あなたはただ一人、布衣にもかかわらず、風骨と気象が満座に抜きん出ていらっしゃいました。妓女たちが行下記を請うたとき、殿方たちは競って録されたが、あなただけが一人泰然としていらっしゃったので、きっと将来はおえらくなられるだろうと思ったのです」

▼1【朴信圭】一六三一～一六八七。粛宗のときの文臣。字は奉卿、号は竹村、本貫は密陽。早くから経学と文章に抜きん出て、進士を経て一六六〇年には文科に及第した。全州判官だったとき、善政を敷き、人びとの要請で再任した。慶尚道監察司を経て戸曹判書に至った。王からは絶大な信任を受け、王はその死を慨嘆し、夫人に百石の米を下賜し、領議政を追贈した。清粛と諡号。

▼2【行下記】妓楽が終わって妓生や広大（芸人）に与える

報酬を書き記した帳簿。

第五話……朴尚書、伝呼の声を聞き違える

尹《ユン》判書の名前は以済《イチェ》▼1で、つねに諧謔を弄し、粗放な言辞を好んで、口に絶やすことがなかった。尚書の朴信圭《パクシンギュ》は、それも一つの能力だと見なし、尹公と親しんで、友だちづきあいをした。会うといつも、口から出放題の乱暴なことばでもって応酬した。

参判の鄭錀《チョンヤク》▼2は、朴氏の父親の友人であった。やって来れば、いつも朴公が堂を下りて丁重に迎えたが、ある日の朝、鄭公が朴宅を訪ねた。当時、鄭公は兵曹参判で、尹公は刑曹参判であった。鄭公の下人が朴公宅の門番を呼んで、

「兵曹参判がいらっしゃったぞ」

と叫んだが、朴公は眠っていて、寝ぼけて兵曹を刑曹と聞き違え、起き上がることもしないでいた。鄭公が窓の外に到っても、まだしんとしている。鄭公はおおいに怪しんだが、にわかに朴公は臥所の中から大声で叫んで、口汚くののしったから、鄭公はおどろき、あきれて、そのまま門の外に出て、帰ってしまった。朴公のつもりでは、尹公が来れば必ず汚いことばでやり取りすることになっていたのに、しんとして応答がない。さらに戯言を言っても、まったく返事がない。朴公が不思議に思っていると、従者が、

「兵曹参判はすでにお帰りになりました」

と言うに及んで、来たのは鄭公であることがわかって、おどろいて、あわてて追いかけて、失礼を謝した。鄭公は色を正して、

「国家は君の不肖を知らずに、卿宰の地位に置いている。口汚いことばで応酬して、恥じることを知らず、その君子を辱めること、いかほどであったことか。私は、君のことばが私に向けられたものでないことは、じゅうぶんに承知はしている。それでも帰ってきたのは、驚愕に耐えなかったからだ。会いたいという気持ちもまったく失せてしまったのだ」

と言った。

朴公はただただ平身低頭して謝るのみ、それ以来、ことば遣いを改めたということである。

▼1【尹以済】一六二八～一七〇一。粛宗のときの文官。字は汝楫。本貫は坡平。一六六三年、文科に及第、甲戌獄事（一六九四年）で削職されたが、後に復し、官職は左賛成に至った。三度、節度使として兵馬権を握ったが、人となりは清廉でつねに倹粗な生活を心がけた。

郵便はがき

料金受取人払郵便

102-8790

麹町支店承認

8043

差出有効期間
平成30年12月
9日まで

切手を貼らずに
お出しください

102

[受取人]
東京都千代田区
飯田橋2―7―4

株式会社 作品社
営業部読者係　行

【書籍ご購入お申し込み欄】

お問い合わせ　作品社営業部
TEL 03(3262)9753／FAX 03(3262)9757

小社へ直接ご注文の場合は、このはがきでお申し込み下さい。宅急便でご自宅までお届けいたします。送料は冊数に関係なく300円（ただしご購入の金額が1500円以上の場合は無料）、手数料は一律230円です。お申し込みから一週間前後で宅配いたします。書籍代金（税込）、送料、手数料は、お届け時にお支払い下さい。

書名	定価　　円	冊
書名	定価　　円	冊
書名	定価　　円	冊
お名前　　TEL　（　　）		
ご住所　〒		

フリガナ
お名前

男・女　　　　歳

ご住所
〒

Eメール
アドレス

ご職業

ご購入図書名

●本書をお求めになった書店名	●本書を何でお知りになりましたか。
	イ　店頭で
	ロ　友人・知人の推薦
●ご購読の新聞・雑誌名	ハ　広告をみて（　　　　　　　）
	ニ　書評・紹介記事をみて（　　　　　）
	ホ　その他（　　　　　　　　　）

●本書についてのご感想をお聞かせください。

ご購入ありがとうございました。このカードによる皆様のご意見は、今後の出版の貴重な資料として生かしていきたいと存じます。また、ご記入いただいたご住所、Eメールアドレスに、小社の出版物のご案内をさしあげることがあります。上記以外の目的で、お客様の個人情報を使用することはありません。

▼2【鄭錀】『朝鮮実録』顕宗五年（一六六四）七月に、正言の鄭錀を遞差すという記事があり、粛宗九年（一六八三）三月には、太祖の尊号を追進するのに際して、王は時任・現任の大臣に諮問したとあり、その中に工曹参判の鄭錀の名前が見える。

第六話……江の屍体をさらって、李氏の罪が明らかにされる

相公の李浣《イワン》[1]が刑曹判書であったとき、咸鏡道の厳《オム》姓の人が掌令[2]の李曾《イチュン》を相手取って、田畑のことで訴訟した。厳氏が正しく、李氏に非があった。李公が判決を下し、まさにその判決文を受け取るときになって、厳氏は何日ものあいだ、消息を絶ってしまった。李公が思うに、地方の名もない百姓が朝廷の紳臣を相手取って訴訟を起こしたのである。李氏はきっと厳氏をこっそりと殺し、痕跡も残らないように、死体も片付けてしまったのではないか。そう考えて、機転のきく警邏を呼んで李曾の家を探らせ、童僕を捕まえて来させて、詰問したところ、その童僕がなんとか事の一部を話した。しかし、その詳細については口を閉ざしたままである。李公が杖で拷問したところ、童僕は耐えかねて、

「ご主人は酒と女でもって厳氏を誘い、酔ったところを殺して、わたくしは命じられたまま、その死体をかついで、南門を出て、漢江に沈めてしまいました」

と白状した。李公は憤りに耐えず、宮廷に参上して、

「国家が国家たるゆえんは刑政と紀綱にあります。今回、朝臣の李公がほしいままに訴訟者を撲殺してしまったのは、ひとえに両班であることに奢った振る舞いであり、まったく正当ではありません。こんなことでは、どうして国家が危うくないでしょうか。私は死体を探し出し、きっとこの罪を明らかにいたしましょう。死体を見つけ出したなら、李曾はこの手で殺してしまいます」

と申し上げた。李公は、そのとき、訓練大将[3]を兼ねていたのであった。即刻、軍卒と街の有志を発し、船を集め、鉄鉤を多く作って、まるで蜘蛛の網のように、いたるところを探索したところ、旗手のひとりが駆けて来て、見つかったと報告した。公は立ちあがって、机をたたいて叫んだ。

「これで、曾の命はもらったぞ」

駆けつけて見ると、はたしてそれは厳氏の死体であった。そこで、刑吏と軍卒を派遣して、曾の家を囲み、曾を捕えた。曾は獄中で死んだ。朝廷の者どもは震え上がった。

▼1【李浣】一六〇二～一六七四。字は澄之、号は梅竹軒。

本貫は慶州。人となりが剛直で、読書を好み、兵法に明るかった。一六三六年、丙子胡乱のとき、功を立て御営大将となった。孝宗は即位後、人質として瀋陽に行った屈辱を晴らそうとして北伐を計画し、李浣は訓練大将に任命され、宋時烈・宋浚吉らとともに軍備拡張の任に当たった。孝宗の死で北伐は頓挫したが、後に右議政まで昇った。

▼2【掌令】司憲府の従四品の官職。

▼3【訓練大将】軍営の一つである訓練都監の主将で従二品。

第七話……土室を築いて隠れた賊漢を捕縛する

相公の李浣が捕盗大将▼1となったとき、たまたま街の魚屋市場を通りかかったところ、挙措の不審な人物のいるのを見かけた。機転の利きそうな警吏を選んで、

「街中にどうもあやしい人間がいる。二十日以内に見つけ出して、これを捕まえて来い。期日を過ぎれば、死に値するぞ」

と言いつけた。将校は命令を受けて出て行ったものの、まるで風をつかむような話しである。どうしていいかわからず、呆然としていた。

将校は市場の界隈に出かけ、金にあかせて酒食して、誰彼となく友だちづきあいして、市場に坐りこんでは博打をして日を送った。しかし、賊漢の消息は杳としてつかめない。いつも博打を打っていても、太いため息をつくばかりで、博打に入れ込んでいるわけではなく、ひとこともしゃべらずに、十日あまりがたった。まったく途方にくれるとは、こういうことである。

ある日、博打をやめて、忽然と涙を流したところ、親しくなったある男が、

「君はいつも博打をして、酒を飲み、豪侠を自任してはいるようだが、親しく君を見ていると、往々にして歔欷《きょき》していて、博打にも気をやっているわけではない。いったいどうしたことかと思っていると、今日はまた泣いているではないか。きっと困ったことがあるのだろう。私にわけを話してみないか」

と言う。将校はやっとのことで、わけを話しはじめて、

「私は命令を受けているにもかかわらず、いたずらに日にちが過ぎて、賊漢を捕縛できそうにない。これでは、死を免れることはできない。私は命を惜しむわけではないが、老母を一人抱えている。それがとても悲しいのだ」

と言った。市場の男は、

「たしかに最近、この界隈に様子の怪しい男が現れ、ときおり市場を往来している。一日中、なにをするというでもなく、立派な服を着て、美味いものを食べている。その男はいつも寿進坊のあたりを行き来しているようだ。

君はそのあたりを探ってみたら、どうか」

と言った。

将校はそのことばに従って、寿進坊に向い、探索したところ、突き当たりの所に土室が造られている。それがわかって、夜になって、その主を捕まえたところ、その室の中には何もなく、朝報▼2数荷があるだけであった。将校はついに賊漢を逮捕して、口を割らせようと待っていたが、その男は口を閉ざして、なにも話さず、ただ自分をはやく殺してほしいと請うだけだった。李公は賊漢の身体を縄で縛り上げ、泥土でもって塗りこめて殺してしまった。これは外国の間者で、我が国の国情を探っていたのである。

▼1【捕盗大将】犯罪者を捕縛する機関である捕盗庁の長官。

▼2【朝報】承政院で処理したことを毎朝記して頒布した書類。ただここでは文書というだけの意味か。

第八話……沈氏の家に取り憑いた貧乏神

南門の外に沈《チム》姙の両班がいた。家がはなはだ貧しく、一分の銭も一升の米もない。兵使の李石求《イソック》▼1と合婿との関係であったから、これに頼って助けてもらい、粥をすすることで、やっとのこと生命をつないでいた。

いつの年の冬のことであったか、一日閑居していたところ、突然、広間の天井で物音がする。沈生は煙管でもって天井板をたたいた。鼠がいると思ったからであったが、すると、天井から声がして、

「私は鼠ではなく、実は人間なのだ。お前たちを見守るために、千里の道を通しとせず、ここまでやって来たのだ。そうそう虐待するものではない」

と言う。沈生はこれをいぶかしんで、

「鬼魅であるなら、こんな白昼に現われるはずがない。人間であるなら、天井にいるわけがない。まったくおかしなことだ」

と言って、当惑していると、また天井から、

「私は遠くからやって来て、腹が減ってしかたがない。どうか一膳の飯を食べさせてはくれまいか」

と、声が聞こえた。沈生はそれには答えず、家の中に入って、夫人にそのことを言うと、夫人はまったく信じず、取り合わなかった。すると、天井から声がして、

「お前たちは頭を集《つど》えて、私の悪口を言っているな」

と言ったので、夫人は大いに驚き、こわくなって、家を飛び出した。その鬼魅は夫人を追い掛け、

「そんなに驚くものではない。私はしばらくあんた方の家にいたのだから、家族も同然の身ではないか。なのに、

どうしてそんなに疎むのか」

と叫ぶ。夫人は東に走り、西に逃げるけれど、鬼魅はそれを逃さず、いつも頭の上にいて、飯を食べさせて欲しいと言う。夫人はなす術もなく、一卓の食事を清潔に用意し、中堂に置いたところ、しばらく御飯を食べ、水を飲む音がした。それもやんで、主人はまだ当惑し続けながら、

「お前はいったいどんな化け物で、またいったいどんな因縁で、わが家に入って来たのだ」

と尋ねた。すると、鬼魅は、

「私の名前は慶寛《キョンクワン》という。旅をしていて、たまたまお前たちの家に立ち寄ったのだ。腹もくちくなったから、さあ出かけることにしようか」

と言って、立ち去ったが、翌日もまたやって来て、昨日と同じように食事をせがんで、用意したものを食べ終わると、また立ち去った。こうして、日々、やってくるようになって、あるいは一夜泊って、歓談するようにもなった。一家の者もすっかり馴れてしまったから、もう恐れるようなことはなくなった。

　ある日、主人が朱砂▼[2]でもってお札を書いて、壁の上に貼りつけた。それは魔除けで、家のいろいろなところに貼り付けようとしたが、鬼魅がやって来て、

「私は妖怪ではないから、どうして方術を恐れることがあろう。こんなものは取り払って、来る者は拒まないという意志を示す方がよかろう」

と言った。主人は仕方なく、魔除けを取り去って、そうして、

「あなたにはあらかじめ禍と福の来るのがわかるだろうか」

と尋ねた。鬼魅はそれに対して答えた。

「そんなことはすべてお見通しだ」

　沈生がまた、

「がが家の将来の吉凶はどんなものだろうか」

と尋ねると、鬼魅は答えた。

「あんたの寿命は六十九歳だ。命を終えるときまで、まあ大したことはあるまい。あんたの子弟の寿命はかくかくしかじか。あんたの孫が初めて科挙に受かるには受かるが、しかし、これもたいして出世はすまい」

　沈生ががっかりしながらも、続けて、

「家中の女たちの寿命はどうであろうか。子どもを何人もうけるだろうか」

と尋ねると、鬼魅はその一々に答えた後で、

「ちょっと入り用があるのだが、私に二百両ほど用立ててもらえまいか」

と言った。沈生が、

「お前はこの家の貧しいことはじゅうぶんに知っている

ではないか。そんな金がどこにあるというのだ」

と言うと、鬼魅は言った。

「たしかに貧乏が骨にしみるようだ」

「それなら、そういう金額をどうして口に出せるのだ」

「あんたが櫃の中にさきほど銭二差しを入れておいたのを、どうして知らないわけがあろうか」

「いつも困っている事情を人に言って、私はやっとのことで、二差しの銭をこしらえたのだ。これをお前に与えれば、朝夕の食事もままならなくなる。どうしてそんな困らせることを言うのだ」

「この家の糧食がいかほどあって、朝夕の食事に事欠くありさまかどうか、私が知らないとでも思っているのか。嘘をついて、彌縫するようなことを言うんじゃない。この金はもらって行くことにする。怒るんじゃないぞ」

　鬼魅はそう言うと、飄然として出て行った。沈生が櫃を見ると、鑰はかかったままになっているのに、はたして、中を開けると、金はなくなっていた。沈生ははなはだしく意気消沈して、心が痛み、胸が焼けるようである。暮らしも立たず、仕方なく、夫人を実家に返し、自分は友人の家に居候することにしたが、鬼魅がそれでも追いかけて来て、

「どうして私を避けて、こんな家に来たのだ。あんたがたとえ千里を行ったとて、私がどうしてそれを苦にしよう」

と言って、その家の主人に向って食事を催促する始末である。主人がこれに応じないでいると、鬼魅は主人に悪態をついて、食器を投げ割り、一晩中、大暴れした。主人は沈生に当たって、

「割れた食器の値は払ってもらわなくてはならない」

と言ったから、沈生はそこにも落ち着いていられない。夜が明けるのも早々、家に帰るしかなくなった。鬼魅はまた夫人の実家にも出かけて、同じように大騒ぎをしたから、夫人もやむをえず、元の家に帰るしかなく、そこで、鬼魅が来訪することは、以前とまったく同じであった。ある日、鬼魅が、

「永らくお世話になったが、これから遠くに行くことになった。あんた方も達者で暮らすがいい」

と言った。沈生が、

「いったいどこに行くのか知らないが、とっとと遠くに失せて、わが家を平安にして欲しいもんだ」

と言った。鬼魅は、しかし、

「わが家は嶺南の聞慶県にあって、おいおいその故郷に帰ろうと思うのだが、困ったことに、旅費がない。よかったら、十両をくれないか」

と言う。沈生が、

「私が赤貧洗うがごとしで、食うや食わずの生活を送っ

ているとことは、お前がよくよく知っていることとではないか。そんな大金をどこで手に入れるというのだ」

と言うと、鬼魅は、

「もしそのつもりなら、相婿の節度使（李石求）の家に行って、頼んだなら、掌を返すよりも簡単に金など得られるではないか。まだ私に旅立たせたくないというわけか」

と言った。沈生は、それに答えて、

「わが家の一膳の粥も、そして一そろいの衣も、みながみな節度使にお願いしたもので、その恩恵はまるで骨肉のようだ。それに対して万分の一も私は報いていない。恥ずかしくて赤面するばかりで、申し訳もなく、どの面下げて、またそんな大金の無心ができよう」

と言った。すると、鬼魅は、

「節度使の家でも、私がいたずらをして、大騒ぎするかも知れないのは、あんたは重々知っているはずじゃないか。あんたが行って、衷情を告げ、『これをやれば、やっとのことで化け物も出て行ってくれるのです』と言ったなら、あんたたちの窮状を救ってくれない道理がどうしてあろうか」

と言うので、沈生は返す言葉もなく、意気消沈しつつ、李節度使の屋敷に行って、鬼魅の要求を子細に述べた。節度使は慨然としながらも、金を与えた。沈生は金を懐にして、家に帰り、金は櫃の底深くしっかりとしまって、しばらくぼんやりと坐っていた。すると、いつものように、鬼魅がどこからか現われ、にっこりと笑って、

「あんたの親切至極な厚意で、こうして路銀を得て、これからの長い旅も、なんの患いもないわ」

と言う。沈生が、

「私が誰に頼んで、貫銭をお前に与えると思うのだ。そんな金などどこにもないぞ」

と言うと、鬼魅は、

「あんたは真面目一方の人間だと思っていたが、どうして、どうして、そんな冗談も言うのだな」

と言って、さらに続けて、

「もうとっくに櫃の中のものはいただいたんだよ。かわいそうだから、二緡五分だけ残しておいて、私のいささかの感謝の意を表しておいたが、まあ、酒でも飲んで、うさを晴らすがいいさ」

と言って、別れを告げて、出て行った。沈生の家では老少ともに躍り上がって、大喜びをしたが、それからまもなく、一ヶ月ほど後に、また鬼魅が空中に現われて、騒々しい。沈生は大いに怒って、

「私は人に頼みにくいのを無理に頼んで、十両もの金を工面して、お前に餞別として与えたではなかったか。なのに、お前は約束を破って、ふたたびやって来て、騒ぎ

立てる。私は関帝廟に行って、お前を訴えるぞ。きっと神罰が下るようにしてやるから、そう思えよ」

と言った。すると、鬼魅は答えた。

「わたくしは文慶寛ではありません。どうして約束を破ったなどと言うんです」

「それでは、お前はいったい誰なんだ」

と尋ねると、鬼魅は、

「わたくしは慶寛の妻なのです。お宅では鬼魅の類を親切にもてなしてくださると聞いて、千里を遠しともせず、訪ねて参ったのです。あなたは欣然として迎えてくださると思っていたのに、当てが外れて、うとましそうに応対なさるのはいったいどうした道理でしょうか。それに、男女はたがいに敬うべきだというのが、君子として行実ではありませんか。あなたは萬巻の書物を読んでいながら、いったい何を学ばれたのでしょう」

と言った。沈生は気弱く、苦笑いをするしかなく、その後、鬼魅は毎日のようにやって来るようになった。

　その後日のことは聞くことがなく、どうなったかはよく知らない。ただ、この時、事を好む者が沈生の家を尋ねて、鬼魅とともに問答したがことがあるそうだ。沈生の家の門外は車馬が騒がしかったそうだが、あるいはそれは鬼魅の乗る車馬でもあったろうか。学士の李羲肇《イウィチョ》[3]も一晩、鬼魅とともに話したことがあるという。まことに奇妙なことである。

▼1【李石求】一七七五〜一八三一。朝鮮後期の武臣。字は杜卿、本貫は全州。孝寧大君補の十四世の孫。代々、武官の家で人となり、一七九四年に武科に壮元及第して、全羅・咸鏡・黄海道の節度使を経て統制司に至った。暗行御史の趙基謙の弾劾を受けて罷免された。
▼2【朱砂】漢方で癲狂、驚癇などの鎮痙剤として使う薬。
▼3【李羲肇】『朝鮮実録』純祖十五年（一八一五）三月丙戌、行都堂録として、李羲肇の名前が見える。

第九話……勲業を成しても、糟糠の妻を忘れず

　光海君[1]の時代、大北党[2]の中に一人の宰相がいた。その権勢は較べるものとてなく、その子弟もすでに科挙に及第して、官職も承宣[3]に至った。邸宅は壮麗で銭穀が山のように積まれていた。その婿の金生という者は、天涯孤独の身の上で、妻の家に寄寓していたが、その家の内外の奴僕たちがこれを嫌って、薄待すること、この上なかった。使用人の身でありながら、小童にいたるまで、金生を呼び捨てにして、けっして敬おうとはしない。その妻だけは思いやり深く、金生を大切にした。

　金生が毎日、夜明け前に出かけて、朝になって帰って

来る。また朝に出かけて、夕方遅く帰って来る。帰って来ると、宰相やその夫人、そして承宣の前に姿を現すことはなく、裏門を通って、夫人の部屋に入って行く。夫人は戸のそばにたたずんで、これを待ち迎え、夫の姿を見かけるや、部屋の下に下りて、夫を部屋に上げ、みずから衣服を脱がせ、かいがいしく食事の世話をする。その振る舞いは整然として、はなはだ貞順であり、その様子は、いにしえの孟光[4]にも劣らないほどであった。その家では、下賤な奴僕であっても御馳走を口にすることができたのに、金生の食卓には一、二皿のナムルが並ぶだけであった。妻はときおり憤りに耐えず、夫に向って涙を流したが、金生は笑っていった。

「他人の家に寄食しているだけでもありがたい。どうして、文句を言える筋合いであろう」

　金生がある晩、帰ってきて、部屋に入ったところ、夫人が見えない。金生がひとりぽつねんと坐って待っていると、夫人が帰って来た。金生がどこに行っていたのだと聞くと、夫人は答えた。

「今朝、お母さまがわたくしをつかまえて、詰問なさいました。『お前は衣食すべて親がかりであるくせに、送り迎えはただ婿殿にするだけだ。朝な夕なに慇懃で、まことに仲が良くて結構なことだが、婿殿はもう四十歳を越えてもいるのに、わが家の米を食いつぶしているだけではないか。お前はきっと一生を空しく送ることになろう。それに、婿殿のあの醜悪さといったら、どうだろう。私はそれを考えるたびに、鳥肌だって、寒気がする。なのに、お前といったら、そんな男を実の父母の十倍も大切にしてるのだからね。お前がもし以前のように父母を大切に思うのなら、今すぐにでも、あの男といっしょに出て行って、自分たちの力で食べて、暖まることをやってみるがいい』とおっしゃいました。そう言われたからには、わたくしはもうあちらに出入りはせず、ふたたびお母様に叱責されることのないようにしようと思います。日も傾き、あなたがもうすぐにでも帰って来られると思い、それを口実にして母の眼を逃れて、帰って参りましたが、お迎えが遅れたのをお許しください」

　金生が、

「お母さんがそのようにおっしゃるのに、お前はどうするつもりなのだ」

と言っていると、小婢が夕飯を持ってきた。妻はこわばった面持ちで、小婢に向かって、

「わたくしたちがまだここにいるとは、誰にも言わないようにしておくれ」

と言った。小婢がうなずいて出て行き、金生がおもむろに、食卓の上にある一本の鶏の脚に飛びつこうとすると、妻が制して、

「これは、召し上がらないで下さい」

と言う。金生が、

「いったいどうしてなんだ」

と尋ねると、妻が言った。

「先ほど、あちらで鍋に一羽の鶏を煮ていたところ、猫がそれを盗んで食べてしまい、ただ脚一本だけが、厠の側に落ちていました。小婢がそのことをいうと、お母さまが、『それはちょうど金生のおかずにいいではないか。あの男なら喜んで食べるだろう』とおっしゃっていました。はたして、ことば通りに、おかずに鶏の脚が一本。とても汚いものです。口に近づけないで下さい」

　しかし、金生はにっこりして、

「お母さまの特別の思し召しの肉ではないか。どうして食べ残すことなどできようか」と言い、委細構わずに、すっかり食べてしまった。

　膳を片付けると、金生が立ち上がって、出かけようとする。妻が、

「日が暮れて、人定[5]が近づいています。いったいどこにお出かけになるのですか」

と尋ねると、金生は答えた。

「今晩、三更ごろに、お前は裏山に登って見るがいい。宮廷の門の外の方を望むと、そちらでかならず騒ぎが聞えるであろう。もし争い殺し合う音が長く続けば、私は自決することになろう。あるいは逆に、しばらくして鎮静すれば、ありがたいことに生き長らえたと考えてほしい」

　妻が口を差し挟むことなく応諾すると、金生は急いで出かけて行った。

　妻はその晩、眠ることなく、三更の太鼓がなって、人跡が途絶えて静かになったとき、ひそかに裏山に上った。宮廷の方をうかがっても、寂然として人の声もしない。金生は出鱈目を言ったのだと思って、山から下ろうとしたちょうどそのとき、忽然として、松明が天を焦がし、人が騒ぎ、馬が嘶いて、宮門に殺到する、その勢いはまるで風雨のようであった。数刻の間、喧騒が続いたかと思うと、人馬は一斉に中に入って行き、ただ宮城の中と楓林の外に、ところどころに火が見えて、騒ぎは静まったかに思えた。その日、家の宰相父子は宿直に当たっていて、家には一人の男子もいず、その間の事情がわかる者は誰もいなかった。妻は部屋にもどって、ただなにごとが起こったのかといぶかしむほかなかった。

　朝になって、床奴[6]が宰相の朝御飯を持って宮廷に向って行くと、宮廷から流れ出る溝口のところに千騎もの兵士が立ち並び、鞭をふるい、棒を振り回して、人びとを四方に押送していた。床奴がいつも通りに主人の権勢を恃んで、中に入ろうとすると、牌将がこれを押し止めた。

床奴はおどろき、怪訝に思い、

「私は大監某様のお宅に仕える家人、どうしてお前なんぞが私をおっ返すことなんかができるんだ」

と言ったところ、そこにいならんだ兵士は失笑して、

「お前の主人こそ逆族の首魁ではないか。その威を借りようなんて、もう叶わないことだ」

と言って、捕まえようとする。床奴はほうほうの体で逃げ出し、ようやっとのことで主人の家に帰って来た。家人に事件を告げると、家人は大いに驚き、半信半疑であったが、夫人は、

「わが家は厚く恩寵をこうむり、また陰謀を謀るようなことなどけっしてなかった。どうして一朝に塹壕に陥られるようなことがあろうか。きっと、あの無頼な婿の金生がなにかの謀逆に加担して、それが発覚したものだから、その拷問に耐えかねて、わが家を誣告したのに違いない」

と言って、また娘を振り返って、

「お前の旦那はほんとうに立派な男だ。なんとも奇特な御仁ではないか」

と言った。

金生の妻は釈然とせず、首を傾げて、なす術もなかったが、しばらくして郎官が屋敷にやって来て、あるいは文書を捜査し、あるいは倉庫を探索した。一家は大騒ぎして、郎官に向って、そのわけを繰り返し尋ねたが、郎官は答えない。そこで、年老いた蒼頭（家僕）に、

「急いで宮廷に行き、いったい何が起こったのか、消息を詳しく聞いて来い」

と命じたところ、蒼頭は出て行って、しばらくして帰ってきて告げた。

「昨晩、新王が即位されて、旧王は廃され、追放されました。宮廷の公卿たちは、大妃を廃し、幽閉して、逆律を論じていますが、ここの御主人の大監はこの禍を免れることはできなかったようです。そこで、大理庁に行って、事情を探りましたところ、大監と御子息は酷刑をお受けになって、脛の骨を砕かれなさったそうです。また、日ならずして、八つ裂きの刑をお受けになるようで、お気の毒にも、奥様と若奥様は両班の籍を没収されて奴婢におなりです。わたくしもまた、これからどこに身を寄せたものやら、わかりません」

夫人は大きな声を上げて、昏倒してしまい、一家こぞって大声を上げて泣いた。蒼頭は涙を流しながら、夫人を呼んで、

「無念にも、突然こんなことになりましたが、もうひとこと言って置きたいことがあります」と言うと、夫人はようやっと気を取り戻し、

「早く、それを言ってみなさい」

と言った。蒼頭は続けた。

「わたくしが門の隙間からのぞくと、虎頭閣の上に一人の青年が坐っていて、冠帯をまとい、佩玉を身につけておりましたが、それが金生にはなはだよく似ていたのです。あるいは金生が、この機会に乗じて、事を起こしたのではないでしょうか」

夫人は、それに対して、

「世間に相貌の似ている者など、五万といるものだ。どうしてあんなぐうたら婿が巨官大爵を得るなどということがありえよう」

と言ったが、金生の夫人が、

「天下の万事は予測のつかないもの。お前はもう一度行って、確かめて来てくれまいか」

と言うと、母夫人は、

「お前はいつものようにあいつを信じて、そんな立派な妄想を持つのは勝手だが、私の心臓はもう破裂しそうだ」

と言った。老蒼頭は、

「ともあれ、わたくしはもう一度行って確かめて来ますので、しばらくお待ち下さい」

と言って、塀を越えて出て行った。

蒼頭が駆けて金吾門の前まで行くと、カルテギを頭に巻き官服をまとった二人の兵卒が人びとの通行を制し、二十人の旗手が二列に並んで先導して、ひときわ高い場所に青年宰相が座していた。衣装ははなはだ豪華で、大勢の人びとがまるで雲のように取り巻いている。蒼頭が目を凝らしてよく見ると、その青年宰相が金生であることは紛れもない。蒼頭の目の前を行列が通りすぎ、先導が門内に入って、その後に宰相も宮中に入って行った。しばらくして、また姿を現したかと思うと、宿所の方に姿を消したので、蒼頭は呆然として、居合わせた人に、

「いったいあの大監はどなたなのだ」

と尋ねてみた。すると、その人は、

「あの方は金判書様さ」

と言う。

「本貫はどちらだろうか」

「どこそこさ」

「今はいったい何の職にお付きになったのだ」

「吏曹判書・知義禁・兼御営大将・同春秋・同成均・司僕・掌楽・司訳・内医、そして、提調を兼ねていらっしゃるってわけだ」

蒼頭は大いに喜んで、屋敷に帰って来て、くわしく語り、また金生の名字と本貫と年齢などを、金生の夫人に尋ね合わせると、下人のいったこととまったく符合するではないか。母夫人はすっかり顔色をあらため、娘を振り返って言った。

「私はあの方が貴人であるのを見ぬけず、一方ならず冷遇してしまった。この両の目を抉り取って、謝罪したい気持は山やまではあるけれど、しかし今は禍が焦眉の急に差し迫っていて、頼るべき人もいない。どうか、お前は父と兄が刀斬の憂き目に遭っているのを哀れんで、またお前が生育を受けた恩を考えて、私がかつて冷遇したことを許してくれるようにあの方に頼んではくれまいか。そうすれば、ひとたび枯れ果てた骨にふたたび肉がつき、寒さに萎んだ蕾がふたたび春に会った思いがしましょう。お前もそこのところの道理をよく考えておくれ」

金生の夫人は膝をついて、

「たしかに金生が高い官職に就いていながら、父兄の差し迫った禍を救うことが出来ないような人物なら、わたくしは刀で胸を突いて死にましょう。どうか御心配なさらないでください」

と言って、筆を執り、短冊に書きつけた。

「わたくしはこの事態に至り、いたずらに生を貪ることなく死ぬことに致します。わたくしがこの命を終えれば、あなたの暮らしが気の毒で、心を慰める術もありませんが、何度も考えた挙句、他に道はないと思い至りました。今やあなたの行く手は、天道は昭々と明るく、あなたの善良さの故に福がもたらされ、あなたは高い官位にお付きになって、一身に栄耀をお集めになっている。かつて凄涼たる有り様であったのが、今や赫々たる御様子でいらっしゃる。わたくしはこれまで不遇のあなたと連れ添って来ましたが、わたくしの命運は危うく、わが家の禍は逼迫していて、わたくしは死ぬことにしか道を見いだせないでいます。実の父と兄の糸のような命に付き添うことにいたします。あなたとは一生をともにしようと誓い合いましたが、因縁はこうして浮ぶ雲と行く水のように二人を別けてしまいました。天地日月の道理がお分かりになって、あるいは来世にかけたわたくしの願いがおわかりになれば、お一人になられても、どうか千万にも慎重にお振る舞いになってください。お屋敷に住まわれても、茅屋をお忘れにならないよう。朱い車に乗られても、徒歩の苦しみをお忘れにならないよう。美しい錦をまとわれても、粗衣をお忘れにならないよう。八珍の御馳走を召し上がっても、粗末な食事をお忘れにならないよう。黄泉の国でわたくしの霊魂があなたをお見守りしているのをお忘れにならないでください」

書き終わると、それを蒼頭に託して、金生のもとに持って行かせた。

金生は役所に坐って、政を行なっていたが、この夫人の書簡を見て、涙が流れて止らなかった。翌日の朝の会議を終えた後に、金生は冠を脱いで、伏して奏上した。

「願わくは、わたくしは官職を辞し、糟糠の妻を労って過ごしたいと思います」

王さまがそのわけをお尋ねになると、金生は、その一々に対してお答え申し上げた。王さまはご了承になり、夫人の父親の流配地を遠くから近辺にお変えになった。金生はさっそく車馬をととのえて、夫人を迎え、王さまから下賜された屋敷にともに住んだ。その夫人の母も迎えて、余命を終えるまで面倒を見たのだった。

▼1【光海君】一五七一～一六四一。在位一六〇八～一六二三。朝鮮第十五代の王。宣祖の第二子で、名は琿《フン》。燕山君とともに諡号をもたず、暴君とされてきた。しかし、『新増東国輿地勝覧』・『東医宝鑑』などの編纂刊行、史庫の整備などの文化事業にも力を入れ、勃興した後金との外交にも尽力した。兄弟の王子たちを殺し、義母の仁穆王后を幽閉するなどの行為があり、仁祖反正の後に江華島に流され、さらには済州島に移されて死んだ。

▼2【大北党】北人の中の分派。朝鮮史の後期は激しい党派争いの時代で、一つの党派が権力を握ると、その主導権をめぐってさらに分派して、反目・抗争を繰り返した。まずは東人と西人に分かれ、東人から北人と南人が分かれ、壬辰の倭乱（日本で言う文禄の役）の直後、同じ北人であったはずの洪汝諄と南以恭などのあいだに反目が生まれて、大北と小北に分かれた。大北は洪汝諄の一派を言い、光海君の時代は、大北が全盛であった。この第九話は大北の擁立する光海君を倒して、不遇であった西人が仁祖を立てて政権を奪取したクーデタ（仁祖反正）を背景にしている。

▼3【承宣】承政院の承旨の職。正三品。

▼4【孟光】後漢の人、梁鴻の妻。字は徳耀。三十歳で嫁ぎ、美服盛飾をして梁鴻の前に出たが、梁鴻は喜ばず、布衣を着て荊棘の釵をつけて初めて喜ばれたという。梁鴻とともに覇陵山中で耕耘織作して過ごした。容姿は醜かったが、徳行を修めた。

▼5【人定】夜間の通行を禁じるために、鳴らした鐘。

▼6【床奴】配膳にたずさわり、雑用をする奴僕。

第一〇話……父の命を救うために婢が三節をまっとうしたこと

ソウルに沈《シム》姓のソンビ（儒士）がいた。昔は家に奴婢がいたが、逃亡して、今は善山にいるという噂を聞いた。行装を調えて下って行き、訪ねて見ると、善山では、その間、奴婢の子女たちが大いに繁栄して、おのずと一邑を形成していた。その中にははなはだ富裕になった者もいて、一人の娘をもっていた。その名を香丹《ヒャンタン》といい、年齢は十九、美しかったから、ソンビはこれにぞっこんまいってしまい、妾として可愛がり、ソウルに帰るのを忘れるほどであった。邑中の奴婢たちがそれを憎んで、沈氏を殺してしまおうと結託し、その決行の時日まで決めた。香丹はそれを知って、その夜になると、いつもよりもさらにしっぽりと睦び合い、たがいに身体中を愛撫して、飽くことがなかった。

香丹はソンビの着ていたパジ（袴）を脱がせて、みずからこれをはき、逆に自分の着ていた衣装をソンビに着せて、さらに久しく睦み合ったが、忽然と居住まいをただして泣きはじめた。ソンビは怪しんで、わけを訊くと、女は悲しみに耐えかね、声を低めて、

「書房には大きな禍が今夜にも迫ろうとしています。門の外は今や天羅・地網というありさまで、村の人が待ち構えています。翼があっても、逃げることはできますまい」

と言った。ソンビがおおいに驚いて、どうしていいかわからないでいると、女は続けて言った。

「これはみなわたくしの族党のするところです。お父さまもこれを止めることはできず、これに加わっていますが、ただお父さまはこのことの首謀者ではありませんので、どうか御容赦ください。今わたくしが書房の衣服と換えて着ましたのは、あなたの身代わりになるつもりだからです。しばらくしてわたくしを呼ぶ声がすれば、あなたはわたくしの衣装のまま、髪を解いて、顔を隠して逃げてください。幸いに逃げおおせて、このことの罪が問われるときになったなら、必ずわたくしの父親だけは救って下さい」

女が涙を流して頼んだから、ソンビは大いに心を打たれたことであった。

夜半過ぎになると、門の外に松明がたかれ、凶徒が集まって、はたして女を呼んだ。ソンビは女の服を着て、髪を解き、顔を隠して、踊り出て失踪した。その村から役所まで十余里に過ぎなかった。ソンビが役所に着いて、門を開けさせようと、大声で叫んだ。役人がそれを聞いて開けさせたところ、驚いたことに、そこには髪の毛を振り乱した女がいる。役人が事情を聞いて、士卒を多数派遣して、逮捕に向わせたところ、凶徒たちはまだそこに残っていたから、みなを捕縛して、一人も残さなかった。その女人はと言えば、すでに斬られて、ただの肉の塊と成り果て、血が部屋の中に飛び散っていた。ソンビを殺したつもりが、凶徒たちはそれが身代わりの女人であったのを知って、逃げ散ろうとしたのであったが、官吏たちはすでに迫っていて、一人として逃げ延びることはできなかった。役人がすぐに上司に報告し、みなを殺したが、その女の父親だけは、ソンビの請願によって免れた。

哀しいかな、この女がその主人のために忠誠を尽くし、その父親のために孝行を遂げ、またその夫のために烈節を尽くしたのは。一挙に三綱を備えている。この邑では

この女子を表彰するために朱色の門を建てた。

第一一話……もとの主人を訪ねて 名馬が千里を走ったこと

その昔、光海君《クァンヘ》の時代に一人の役人がいて、新たに赴任した役所で長年かかった裁判を解決した。冤罪を晴らした男の老母が恩に報いようとして、生まれたばかりの子馬を連れて役所にやって来た。

「わたくしの父親が生きていたとき、家では馬四百頭を放牧していましたが、それでも、いつも気に入る馬がいないと言っておりました。ところが、ある日、一頭の牝馬をさして、この馬はきっと駿馬を産むに違いないといいました。この子馬こそ、その牝馬の産んだ子どもなのです」

老母はそう言って、子馬を献上したが、役人が任期を終え、上京することになっても、まだ小さい子馬のままであった。

全昌尉の柳廷亮《ユチョンラン》▼1という人物は名伯楽とうたわれていた。百金でこの子馬をあがなったが、やがてすくすくと育って、はたして立派な名馬となった。名前を豹重とつけて大切にしていたが、光海君はこの馬の噂を聞いて、取り上げてしまった。その後、全昌尉は、その祖父の永慶《ヨンギョン》▼2の獄事に連座して、古阜に流された。

ある日、光海君が豹重に乗って、後園に出かけたとき、豹重は忽然と何丈も飛び上がり、光海君を振り落とした。たまたま近衛の者の手に落ちて、光海君の命は助かったものの、馬は垣根を越えて逃げ、その日のうちに古阜に到った。この時、全昌尉は配所にいて、深夜五更におよんで一人座していたところ、裏山の方で馬の蹄の音がする。灯りを取って外に出て見ると、なんと豹重ではないか。房門を一っ飛びで飛び越えて、壁の間の狭い所に身を潜ませて、うずくまったので、全昌尉は大いに驚いて、不思議に思い、壁の間の狭い所に置いて養うことにして、一年が経った。光海君は激怒して、賞金を懸けて八道を探索させ、古阜の流配所も三度は探させたものの、終に見つけることができなかった。

ある日、馬が鬣《たてがみ》をふるい、蹄を足掻いて、後ろ足で立って嘶いたところ、反正▼3の消息が届いたのであった。全昌尉が放免されて、京畿道に帰ったとき、その馬がなにを思ったか山の中に入って、小径を通ろうとする。従僕が懸命に大路に引き戻そうとするのだが、馬は言うことをきかない。この馬の不思議な能力は認めるところであったから、仕方なく、馬の趣くに任せてみたところ、鬱蒼と生い茂った林の中に、一人の男がうずくまっていた。

全昌尉がよくこれを見ると、なんと柳氏[4]であって、年来恨みに思って、仇を報じたいと思っていた人物であった。馬はそれを知って、ここに導いたのであった。従者にこれを縛らせて、刑に服させるに到ったが、人々はこれを知って、不思議に思わないではいられなかった。仁廟もこれを知って、奇特に思い、馬に褒美をお与えになった。全昌尉が死んで、返魂がすんだ後、馬はなにも食べなくなって、やがて死んでしまった。そこで、ソウルの東門の外に埋めた。

▼1【柳廷亮】一五九一～一六六三。朝鮮中期の文臣。字は子竜、号は素間堂、本貫は全州。領議政の永慶の孫。一六〇四年、十四歳のとき宣祖の娘の貞徽翁主と結婚して全昌尉に封ぜられた。一六一二年、祖父の永慶の事件が起こり、一家滅族となり、全羅道の古阜に流され、さらに慶尚道の機張に移された。長い流配生活で失明の危機に陥ったが、一六二三年の仁祖反正によって爵位が回復された。その後、崇徳大夫、成禄大夫となり、君に封ぜられた。数度にわたって中国に使節として行った。書に優れていた。

▼2【柳永慶】一五五〇～一六〇八。字は善余、号は春湖、本貫は全州。一五七二年、文科に及第、要職を経て、一六〇二年には吏曹判書を経て右議政になった。小北派の領袖として、一六〇四年には全陽府院君に封じられ、さらには領議政に昇った。宣祖が死んで後、鄭仁弘などが謀議して光海君を即位させると失脚。慶興に流されて後、処刑された。

▼3【反正】いわゆる「仁祖反正」、光海君を倒し、仁祖が即位したクーデタ。第九話を参照のこと。

▼4【柳氏】光海君の岳父であった柳自新（一五三三～一六一二）の息子たち、すなわち光海君妃の兄弟たちの誰かのことと思われる。仁祖反正の後、希発・希奮は斬刑に処され、希亮・希安は投獄された。

第一二話……知恵に富んだ県吏が知県を手玉に取る

一人のソンビがいて、かつて谷間の村の知県[1]となった。その治世は清廉潔白そのもので、一物も貪ることがなかったが、反面、融通も利かず、身なりにも無頓着だった。任期が満ちて、ソウルに戻ることになったが、行李の中はからっぽである。旅装をととのえる術もなく、困り果てていたところ、県の役人の某は、もともと親しくしており、人となりもまことに百伶百俐とも言うべき切れ者、知県はあまたいる役人の中でも格別に取り立てて信任していた。某は知県の恩に忠誠でもって応えようと思い、このとき知県がまったく窮途に陥って、進退ともに谷まっているのに同情して、人びとには聞かれないようにひそかに告げた。

「知県はつねに清廉にふるまって、物を貯えることをなさらなかった。任期が終わって帰京のときが迫っても、旅仕度すらままならないありさま。わたくしは忠誠を尽くして日ごろの恩義に報いたいと思っておりました。わたくしにいい考えがあります。それがうまくいけば、ただ旅支度を調えるばかりでなく、家も豊かにして差し上げられます」

知県が、

「お前のことばが道理にかなったものであれば、どうしてそれを聴かないであろうか」

と言うと、県吏が言った。

「座首[2]の某の富裕であること、この県で随一であるのは知県も御存じのはずです。今夜、わたくしとともにお出かけになれば、知県は千金を手に入れられましょう」

知県は激しく怒りだして、

「お前はそのような不法のことを言って、私を滅亡させようと言うのか。役人として、どうして盗賊の真似などできよう。妄りなことを言ってはならない。お前は鞭打ちに値する」

と言うと、県吏が言った。

「知県がもしそのように拘りになれば、負債の数百金をどうして返し、旅費の五六十両をどうして用立てなさいますか。それにソウルにもどって、この豊年に新来の嫁が飢えに泣き、冬が暖かで坊ちゃんが凍えて[3]、家が鐘を鳴らすように騒がしく、釜の中には塵が積もるようであったなら、そのときには私のことばを思い出してください。暗闇の仕事は鬼神も存ぜぬところ、これはいわば逆に取って順に受けるということなのです。よくよくお考えになってください」

知県は黙然と座り、熟考したが、県吏のことばははなはだ機微をついている。眉をしかめながら言った。

「それじゃ行ってみようではないか。しかし、どのような格好で行けばいいのだろうか」

県吏は答えた。

「宕巾[4]と皮靴と動きやすい服で来られるのがよろしいです」

知県はおずおずと、その晩、県吏に手を取られながら、ともに出かけていったが、三更が過ぎて鐘がやみ、街では人の声もしない。月もなく、霧がかかって、漆黒の闇であった。

座首の家にたどり着き、静かに垣根を乗り越えて、一つの蔵に行きあたると、県吏は穴を穿って中に入って行ったが、すぐに出て来た。

「まちがって酒蔵に来てしまいました。しかし、わたくしはもともと大酒飲み、こんな佳酒に出会うと、口の端におのずと涎が流れてくる。どうしてこのまま放って行くことができましょう。ひとつ畢吏部[5]の故事にならうとしましょう」

そう言うと、知県の靴の片方を脱がせて、酒をなみなみに注ぎ、両手でささげもって勧める。知県もことここに到って、あえて拒むことはできない。強いられて飲むと、県吏はまた四度五度と靴を満たしてあおり、大いに酔ったふりをして大きな声で、

「わたくしは酔うといつも耳が熱くなって、長歌一曲を歌うのが昔からの癖なのです。この清々しい夜に興趣が湧いてきて止めようもない。どうか知県は拍子をとりながら、お聞きください」

と言う。知県はおどろいて、あわてて手を振って、止めたが、県吏は大きな声で歌を歌った。犬が吠えだし、家中の人びとはおどろき、まどろんでいた二、三人の男たちが夢から覚めて跳ね起き、

「泥棒が入ったぞ」

と大声で叫びながら飛び出して来た。県吏は機敏に体を穴の中に隠して穴をふさぎ、知県は出ようとしても、慌てしまって出られず、仕方なく酒瓶のあいだに身を潜ませた。人びとは篝火をかざして、

「泥棒は蔵の中にいるぞ」

と叫んで、鍵を開けて酒蔵の扉を開き、知県を引きずり出してきつく縄でしばった。知県はまるで瓶の中に捕われた鼈《すっぽん》さながら、方々から拳で殴られ、その挙げ句には革袋に入れられて、門の上の柳の枝にぶら下げられた。夜が明けるのを待って役所に報告され、刑罰にかけられるのを待つばかりである。

穴から這い出た県吏はひそかにその家の祀堂に入っていき、火を放って大声で「火事だ」と叫んだ。家の者たちみなが火から逃れようと走って出たが、ただ座主の父親が逃げ遅れた。年齢が九十九歳の老人で、もう半ばは鬼神、半ばは人間といったありさまで、奥の離れで痴呆となって生きていた。県吏はそうっと中に入っていき、老人を連れ出し、柳の木の下に行って、革袋の中の知県と老人を入れ替えた。知県を助け起こし、すぐにその場から逃げ出したが、知県は役所にほうほうの体でたどりついて、息も尽き、声も出ない。怒りがふつふつとこみ上げてくる。心を落ち着けるために目をつぶり、声を震わせながら、

「お前は私を殺すつもりか。この世の中に役人がどうして泥棒などできよう。泥棒をしながら、その家の酒を飲み、大声で歌を歌いだす者がどうしていよう」

と言った。県吏は笑いながら、それに対して答えた。

「わたくしの計画はうまくいきました。知県が脱出された後、座首の九十歳の老父を代わりに革袋に入れておきましたが、それに誰も気がついていません。役所の者を

遣わして連れて来させ、これを牢屋の中に入れておきましょう。明日の朝早く、座首を御前に座らせて、革袋の中の罪人とやらを出し、座首を逆に不孝の罪に厳しく問うて、枷を付けて牢に入れることにします。あとは放っておいても、千金が手に入ることになりましょう」

知県はそのことばに従うことにして、翌日の朝、座首がやってくると、役所の堂の上に招き入れて、尋ねて言った。

「あなたの家に昨晩、泥棒が入ったということで、役所にその泥棒が連れられて来た。これから厳しく罰さねばならない」

役人に革袋を運んでこさせ、紐を解いて中の者を出させると、一人の老人が革袋の中から欠伸をしながら出てくる。座首がそれを見ると、なんと自分の父親である。驚き慌てて、階段の下に下り、突っ伏して言った。

「これはわたくしの老父です。家人が間違って捕まえてしまいました。この罪は万死に値します」

知県は机を激しくたたき、大声で叱りつけた。

「私はとうに聞き及んでいたが、お前の親不孝は一県に知れ渡っている。今回はついに子としての綱常を犯してしまったな。これを容赦することはできない」

役人に座首を縛り上げさせ、地面に臥させて二十回の杖打ちをさせると、皮肉が飛び散った。二十斤の重さの死刑囚用の枷を付けさせて牢屋に入れた。座首が何度考え直しても、人倫に背く大罪を犯してしまっている。死刑を免れるにはどうすればいいだろうか。県吏の某は知県ときわめて親しいと聞き及んで、ひそかにこれを呼んで、泣きながら告げた。

「あなたがもしこの重罪から救ってくれたなら、その恩恵に報いるのには数千金であってもまだ足りないくらいです。まずは二百金を差し上げますので、どうかよしなにお取り計らいください」

県吏は再三にわたって救うのは至難の技だと渋ったが、長らく経ってやっとのことで承諾した。座首が夜に乗じて二千金を県吏の家に運ばせると、県吏が知県に告げて、捜査を終わらせ、座首を釈放して、一分の金も手元にとどめず、知県のもとに届けた。

間もなく、新任の役人が下って来て、公堂で交代するとき、知県は、もし県吏がこのまま留まったなら、今回のことが必ず漏れてしまうだろうと考えて、知県は新任者に慇懃に頼んだ。

「県吏の某ははなはだ姦邪であり、権限を恣にしていて、これを放置しておくことはできない。私が立ち去った後に、あなたが彼を殺したなら、きっとこの県は平安に治まろう」

そう何度も言った上で、立ち去った。新知県は旧知見の意見は正しいと考え、その意見を無下にすることもできないと判断した。着任早々、県吏を捉えて、曲直を問うことなしに打殺してしまおうとした。県吏はいろいろと憶測して、「私は新知県に対して何も罪を犯してはいない。これはおそらく旧知県があの罪の発覚を恐れ、新知県の手を借りて私を殺してしまおうとしているのに違いない」と考えた。これは何とか生き延びる方法を講じなければなるまいと考えながら、新官の顔を見ていると、左の目が眇《すがめ》になっている。そこで、大きな声を上げて言った。

「新旧の知県の交代の時にあたって、わたくしには一毫の罪もございませんが、ただ旧の知県の目の病を治して差し上げたために、死罪を被ることになったようで、はなはだ残念でございます」

新知県はおどろいて尋ねた。

「お前にはどんな神術があって、悪くなった目を治すことができるというのだ。試しに言ってみろ。お前を助けてやろうじゃないか」

県吏は言った。

「わたくしが若かったとき、江湖のほとりをさまよっていて、一人の仙人に出会いました。その仙人から青嚢の秘術[6]を伝授されましたので、もし目の悪い人がいれば、わたくしの手をかざしてそれを癒すことができます」

新知県はこれを聞いて喜び、縛っていた綱を解き、堂の上に上げて座らせて言った。

「旧知県は人間とは言えない。このように大きな恩恵を受けたことを考えることもせず、かえって殺そうとするとはな。私もまた左の目が見えないが、お前はよくこれを治すことができるのか」

県吏はじっくりと新官の目を見て言った。

「この症状は治すのにさほど困難ではありません。新知県は夜に乗じてわたくしの家にお越し下さい。神方を試してみます」

新知県は喜びに堪えず、日がなかなか暮れないのに苛立った。ようやく暮れたので、普段着の便服でひとり出かけて行ったが、県吏はすでに門の外で出迎え、後堂の方に導いて、酒杯を献酬することになった。そこには山海の珍味が用意されていて、酒にすっかり酔ってしまった新知県が言った。

「夜もすっかり更けてしまった。新薬を試してみることにしようではないか」

県吏は、ただ、「はい、はい」と言って、外に出て行き、黄色の子牛を縛って席の上に置いた。新知県はおどろき、

「これでいったい何をするのだ」

と言った。県吏はそれに対して、

「これが神方なのです。新知県がもしこの子牛と交接なさったなら、目は自然と治ります」

と答えた。新官がこれを信じず、立ち上がって出て行こうとすると、県吏は大いに笑っていった。

「旧知県がわたくしを殺そうとなさったのは、このことが漏れるのをお恐れになったのでしょう」

新知県は半信半疑でなかなか決断できない。しかし、県吏が再三再四すすめるし、新知県としても目を良くしたい。酒の酔いも手伝って、ついに下帯をほどき、子牛の陰部に自分の一物を差し込んだ。子牛は喘いでもがき、新知県は気を放って事は済んだ。県吏は門の外まで新知県を送りながら、言った。

「わたくしが明日の朝はやく役所に出たとき、水っぽい酒三杯でもって応対するような真似はなさらないでください」

新知県は帰って行き、県堂に座って、灯りをともしながら夜が明けるのを待ち、鏡を手に取り、そわそわしながら、夜のあいだ一睡もしなかった。すると、左目だけではなく、右目もまた腫れて眇になったような気がする。

腹も立つし、恥ずかしくもあるが、役所の奴をやって、彗星のように早く、県吏を捉えて来るように命じた。すると、県吏は鮮やかな色の綱で牛の鼻を引いてやってくるではないか。あまつさえ、牛には赤いチマまで着せている。そうしておもむろに大声で、

「すぐに門を開けよ。新知県の奥様がいらっしゃったぞ」

と叫んだ。

役所内は何ごとかと訝ったが、やがて大爆笑である。みなが笑い転げて狼藉たるありさま。新知県は恥じ入って、奥に閉じ籠ってしまった。それ以後、表には出てこず、務めも果たさずに、数日後には夜に乗じて、ソウルに戻ってしまった。

▼1【知県】朝鮮時代の一つの地方行政の単位である「県」の長。日本の明治政府は漢字本来の「郡」と「県」の大小を取り違えて混乱させてしまったが、「県」は「郡」の下部単位である。

▼2【座首】地方に置かれた郷庁の長。

▼3【この豊年に新来の嫁が飢えに泣き、冬が暖かで坊ちゃんが凍えて】朝鮮的な反語表現。「この豊年」は「この凶年」とあるべきで、「冬が暖かで」は「冬が寒くて」とあるべきである。

▼4【宕巾】昔、役人が馬の尾の毛で作った冠の下にかぶったもの。

▼5【畢吏部】畢卓。晋の鮦陽の人。字は茂世。放埒な性格で酒を好んだ。太興の末年に吏部郎となり、後に温嶠の平南長史に移った。隣家の酒甕の酒を盗み飲んで、縛られたという「畢卓甕下」の故事がある。

▼6【青嚢の秘術】「青嚢」は薬袋。華陀が録してついには伝わらなかった『青嚢秘訣』に記載された秘術が伝わっていたということになる。華陀は後漢の人で、医術に長じて曹操の頭風の治療に当たったが、後に曹操の召しに応ぜずに怒りを買い、捉えられて死んだという。

第一三話……山神が大切に守る地に墓を作る

むかし、全義李氏《チョンウィイ》▼1の祖先が親を亡くし、その墓のために縁起のいい場所を求めた。前山の横に小高い丘があって、山勢がきわめてきわめて秀麗であった。そこに葬ろうとしたが、占い師は、

「この穴に今まで主人がなかったのは、その土を掘る際に、雷電風雨の変事があったためです。この地に李氏が無事に墓を営もうとするなら、まずは日をよく選んで、葬事を行なわれるがいい」

と言った。

埋葬の日、葬輿がその場所に着くと、そこにはすでに一つの墳墓ができており、そちらの葬人がいった。

「いったいどんな悪人が他人の葬地を一晩のあいだに盗みとって、墓を作ろうと言うのか」

葬人の李氏はやや考え込んだ後に、言い放った。

「これは人のはかりごとではない。この封墳を破壊してみよう」

人びとはこれを止めようとしたが、李氏は聞き入れずに、ついにこの墳をあばくと、槨《うわひつぎ》が現れ出た。漆に塗られてつやつやとまるで鏡のようである。銘旌が朱色で書かれていて、「学生高霊申公之柩」とあった。李氏は、

「果たして私が推測した通りだった」

と言って、棺を外に引きずり出し、斧でもって棺をたたき割って見ると、中には陶磁器がいっぱいに詰まっていて、日の光に当たると、それらがやがて消え失せてしまった。居合わせた人びとは喜んで李氏の識見を賞賛したが、不思議に思い、その曲折を尋ねたところ、李氏は答えた。

「私が聞いたところでは、山神は大地を偏愛することがあって、人が奪うのを望まずに、邪魔をすることがあるというのだ。どうして私が騙されようか」

そうして、無事に埋葬を終え、その後、全義李氏からは文武の高官が代々に出ているのである。

▼1【全義李氏】高麗の太祖王建が甄萱を討つために南下した際に功績を上げ、全義侯に封じられた李棹を始祖とする一族。燕山君の時代に同知中枢府事となって、一五〇四年の甲子士禍で流された李昌臣や、同じ時期に活躍して大司成に至ったが、誣告に遭って死刑になった李顆、仁祖の時代に活

躍した李善行などが出ている。

第一四話……扇子の代わりに頭を振れ

田舎に貧しいソンビがいて、その吝嗇ぶりが村中に知れ渡っていた。初夏に一匹の石持[1]を買い、梁に吊るしておき、食事のときには、家の者に一度だけ仰ぎ見させて、

「この魚はなんとうまいのだ」

と言って、ご飯を飲み下させるのだった。これが黙って食べるより、おいしいというのだったが、幼い子が父親の意図を理解せず、ご飯を一口食べるのに、二度も梁の石持を仰ぎ見た。父親は叱りつけていった。

「お前の口の中には塩辛さが残っていないのか。どうして二度も見るのだ」

その後、家の者はあえて二度仰ぎ見ることをしなかったが、石持はそのうち腐ってしまった。

また、ある夏、客が一本の扇子を置き忘れて帰っていった。ソンビは子どもたちを呼んで、扇子を見せて言った。

「これはまことにすばらしい品だ。何年もつであろうか」

子どもたちの中で長子の性格は父親に似ていたが、その他の子どもたちは父親のように吝嗇ではなかった。仲子がまず答えた。

「一本の扇の寿命というのはまずは一年というところでしょう」

その次の子に尋ねても、同じように答えた。ソンビはおもしろくなくて、

「お前たちはきっとわが家を滅ぼしてしまうだろう」

と言い、長子を振り返って、

「お前なら、どうだ」

と尋ねた。長子は膝を進めて言った。

「弟たちはまだ若くて、節約する方法を知りません。一本の扇は二十年は使えます」

ソンビはやや顔色をよくして、長子を褒めながら尋ねた。

「どうすれば、そのように長く使えるであろう」

長子が言った。

「開いたり閉じたりするあいだに、扇子は傷みます。扇子を開いたりせず、扇子を手にしたら、扇子を動かさずに、頭を動かせばいいのです。そうすれば、二十年はもたすことができます」

居合わせた人びとはみな大笑いした。

悲しいかな、おおよそ富家の子弟で奢侈にふけり、酒食の場に溺れて、先祖の基業を破壊してしまう者が、どうしてこのソンビを笑えよう。しかし、奢侈と吝嗇もと

もに欠点であって、やはり中道を行くのがよろしい。

▼1【石持】シログチの別称。頭に大きな耳石がある。韓国ではもっとも珍重される魚である。

巻の二

第一五話……墓を移して福を得た婢

関東の地に郭《クヮク》姓のソンビが住んでいた。門閥が高く、家も豊かで、年を取ってからは、一人の僧侶とつき合って、博打や将棋をしては日一日を過ごし、俺とお前で呼び合って、諧謔を弄しては楽しんでいた。その子どもたちは卑しい僧侶との付き合いをしばしば諫めるのだが、ソンビは聞こうとせず、家人は僧侶をひどく憎んだものの、どうにも施すすべがなかった。郭氏が死んで、初終を終えた後、僧侶が初めてやって来て弔問すると、家の者は僧侶の弔問に来るのが遅かったと責めたが、僧侶はそれを弁明するでもなく、次のように述べた。

「小僧は亡くなられた老翁には多大な恩恵をこうむり、賤しいわが身と親しくおつき合いいただいた。まさに結草碩首[1]する次第です。まことに寂寞の感を禁じえず、この悲しみをどう晴らせばいいかわかりませんが、できれば、わたくしが縁起のよい葬地を探し出し、これまでのご恩の万分の一でも報いたいと思います」

喪人の郭氏は僧侶をすっかり信じたわけではなかった。みずからも風水を解していて、ひろく山地を歩き回ってみたものの、まだ良い場所を探し得ていなかった。そこで、僧侶のことばにしたがって、いちどは試してみた上で、進退を決めようと考えた。そこで、僧侶とともに山に登り、竜を尋ねて[2]、墓穴を探したところ、僧侶が一つの場所を指差して言った。

「ここここそが『寅葬卯発之地[3]』で、きっと富貴と栄華が代々絶えることのない葬地です。このような場所は見たことがありません」

郭氏が山勢と方角を見て、

「『堪輿書[4]』に言っていないだろうか。皇帝は九重の中にいるので、軍幕からは出ない、と。大体、山に面して、水を抱きかかえ、季節の風を受けて太陽に向かう土地は貴であるが、この穴には高く昇る竜が潜んでいるようであっても、劫殺の気も多く帯び、前山が突兀としているようでも、得水得破[5]がみな格に合ってはいない。できれば、ほかの場所を卜してくれないか」

と言ったので、そこで、僧はまた別の岡を指差して、

「あちらの岡はどうでしょうか」

と言うと、郭氏はそれを見て、大いに喜び、

「私は多くの山を見たが、いまだかつてこのように尽善尽美なところを見たことがない」

と繰り返し感謝した。しかし、その僧は言った。

「あの岡は、しかし、子孫にせいぜい郡守が一人出るかどうかの地勢しかない。あなたは大を捨て、小を取るこ

とになさるか」

　郭氏はそれに対して答えた。

「私の山を卜する眼力はあなたに劣るわけではなく、親のためを思う心は他の人に倍してもいる。だから、あなたはもう口を差し挟まずともよい」

　そうして、二人ともに帰って来て、吉日を選んで、子孫に郡守が一人出る岡に遺体を葬った。

　僧侶と葬人が葬地を探し歩いたとき、子どもの奴に弁当を持たせて連れて来ていた。その奴というのが賢くて、僧侶が山を卜するのに聞き耳を立てていた。主人が縁起のいい土地を捨てたのをひそかに慨嘆しながら、家に帰ってくると、その母親に言った。

「あの墓穴は放っておくと、いずれ誰か他人の占拠するところとなるはずです。亡くなったお父さんの遺骸をあの穴に移葬すれば、あるいはいつかこの賤民の身分から逃れることができるかも知れません」

　母親もそれがいいと考えて、夜にひそかに古い墓を暴いて、遺骸を掘り出し、娘が僧侶の占った吉地に穴を掘って簡略に葬り、目立つような盛り土をしなかった。娘が母親に言った。

「私たちがここにこのまま留まっていては、賤しい身分から逃れることはできません。私は遠くに逃げて、行方をくらますことにします」

　母はこの娘を愛していて、そのことばに任せた。夜中に娘は逃亡して、ソウルに出て行き、間借りをして、機織りや針仕事をして一生懸命に働いた。天佑神助もあって、すべてにうまく運ばないことがなかった。そうして、家を買い、田畑を買い占めて、堂々たる富者となった。郷里でもこの娘の才能と福が伝わってきて、称賛しない者はなく、富家の子弟は争ってこの娘と結婚しようとしたが、娘はすべてを断って言った。

「あの人たちはたとえ富んでいたとしても、もともと卑賤の身分であり、わたくしはとても結婚しようとは思わない」

　同じ郷里に金姓の人がいて、両班の家系であったが、早く父母を亡くして、いまは貧しく、人の雇い人となっていた。歳は三十を過ぎて、まだ妻はいず、人となりは純直愚拙といったところだったから、里人からは笑い者にされることが多かった。娘が言った。

「あの人とでなければ、わたくしは一生のあいだ結婚はしません。卑賤の身分のまま過ごすことは、わたくしには屈辱にほかなりません」

　母親は同意しなかったが、娘の意志を変えることはできず、ついに金生と結婚した。娘が金生には仕事を辞めさせ、先生につかせて学問をさせたが、金生はもともと愚鈍で、いくら勉強しても身に付くことがなかった。ただ性格は実直で、妻の言うことを少しも違えることがない。娘には遷喬の意志（向上心）があって、ソウルの城内に引っ越すことにしたが、その隣はまさしく李爾瞻《イイチョム》[6]の家であった。娘は金生に一日中衣冠を正して正座させ、机の前に向かって書物を広げ、みだりに口を開かないようにさせた。金生は妻のことば通りにした。すると、近所では金生のことを道学君子と噂するようになり、李爾瞻は家を出入りするごとに、高々とした輿に乗るのだが、金生の書堂の方を見ると、凛然として犯すべからざる気配が漂っていた。何年経っても、金生は怠ることなくその姿を続け、爾瞻の客や使用人たちも、その見るところ聞くところを爾瞻の前で話したので、爾瞻はすでに金生に一目を置くようになった。

娘はまた一頭の黄色の牛を購って、ひそかに家で飼った。普通の干し草で飼わずに、荏胡麻の葉を食べさせたので、その牛はまるまると肥えた。李爾瞻が重い病気になって、食事が進まず、山海の珍味に対しても箸を付けなくなった。家内の者は心配しても、どうしていいかわからない。娘はそのことを知って、牛を殺して干し肉を作り、その一片を爾瞻の家に差し入れした。爾瞻が一口、それを食べてみると、胃袋が開いたようで、一片をすっかり平らげてしまった。そこでまた差し入れして、それを爾瞻が食べてということを繰り返し、このようにして数ヶ月が経って、一頭の牛肉をすっかり平らげ、病気はすっかり治ってしまった。李爾瞻は大いに喜んで、機会があれば、金生の学問を試してみようと考えた。奴婢たちはそれを知って、すぐに駆けていって、娘に告げたので、娘は金生に言った。

「李尚書が来られても、ひたすら謙遜して、けっして口を開かず、本性を現さないようになさい」

金生は言われるとおりにした。

数日後、李爾瞻が伴の者も連れずにやって来たので、金生は垣根を飛び越えて逃げ出したい気持ちだったが、何とか気候の挨拶を交わした。ちょうど机の上には『周易』が置かれていて、李爾瞻がその深い意味を尋ねると、何度も辞退して、

「わたくしのような魯鈍な者がどうして易の道理をわきまえましょうか」

と言うのみであった。李爾瞻は何度か尋ねたが、金生はついに答えなかったので、爾瞻は帰って来て、いよいよ金生の志操に感嘆した。しばしば官職に就くように勧め、国にも推挙して、官に任命する書状がしばしば届いたが、固辞して出仕することはなかった。

娘はまた郊外に引っ越すことにして、三人の息子を続けて産んだ。それぞれが玉樹芳蘭ともいうべきで、才能も容色も抜きん出ていた。それぞれ名門大家の娘と結婚

して、その文章も学問も大いに進んだ。

ある日、女は息子たちに言った。

「李爾瞻の罪を弾劾する上訴文を書くことにしよう」

その子どもたちが言った。

「母上はどうしてわが家を滅ぼすようなことをおっしゃるのか。この宰相は当世にもっとも権勢を握っていて、もし意にそぐわないことをすれば、目前に災厄を被ることになります。その上、父上を官に推挙していただいたこともあるのに、ここに至って、背くのは義理に背くことになります」

その母は激しく叱りつけ、

「世間知らずのお前たちにどんな見識があるというのか。もし私の意見に従わないようなら、もう今後、お前たちと口をきくことはない」

と言った。子どもたちは仕方なく文章を作り、母親がこれを書写して提出して、はたして譴責を受けた。しかし、天の道は循環して、聖主(仁祖《インジョ》)が即位なさったので、賊臣の李爾瞻の党の者たちは一人として生き存えることができなかった。金生はかつての上訴文で世間に推賞されるところとなり、高官に昇り、大爵を得て、天命を全うした。三人の息子たちも順に科挙に及第して要職に就き、清廉剛直であった。ある日、三人が権勢を握る大臣を弾劾しようとして、ともに議論したが、その母が知って、左右の者たちを遠ざけ、三人の子どもたちを呼んで、従容として言った。

「お前たちは自分たちの根源を知らず、そのときの勢いで人の家を滅ぼそうとしているが、私は自分の子どもたちがそのようなことを行なうのを聞きたくはなかった」

子どもたちはおどろいて、その根源というのを尋ねた。母親はしばらく慨嘆した後に、話し出した。

「私はもともと奴婢の身分であった。若いときには、郭氏の家で仕事をしていて、あれやこれやの転変を経て、現在に至ったのだ。お前たちは謙虚に振る舞うことを知らず、揚々自得している様子だが、それでは平々凡々たる人間と同じことではないか」

三人の子どもは恥ずかしくなって、すごすごと退出した。そのときに梁の上に盗賊が潜んでいて、この話を盗み聞きしていて、財物を得ようと考えた。郭氏の家に飛んで行き、郭氏に話したところ、郭氏の家ではまさに貧窮していて生活の術もなく、この話を聞いて喜び、おっとり刀で金氏の家を訪ねて行った。婢女を通して来意を告げさせると、金氏の妻は喜んで出迎え、

「私の甥がやって来たようだ」

と言って、ねんごろにもてなした。人がいないときには、奴と主の分際をはっきりさせてうやうやしく振る舞ったので、郭氏も恐縮するしかなく、今や姻戚として金氏の

家に出入りするようになり、恩恵を手厚くこうむるようになった。金家の三人の子どもの周旋によって蔭職（科挙を経ずに得る職）も得て、郡守にもなることができたのだった。

▼1【結草殞首】草の庵を結んで首を落とす、すなわち喪に服すという意味。
▼2【竜を尋ねて…】風水思想では、竜が伏している場所があり、そこに墓を作れば、子孫から傑物が出るとされた。そのような墓の適地を探して、の意味となる。
▼3【寅葬卯発之地】寅《つつ》しんで葬って、卯（茂り）を発する、すなわち子孫から偉人が出現するような葬地。
▼4【『堪輿書』】風水地理に関する書物。
▼5【得水得破】山中から流れて来て山中に流れ込む川の様子を言う。
▼6【李爾瞻】一五六〇～一六二三。光海君のときの文臣。字は得輿、号は観松・双里、本貫は広州。克敦の後孫。一五八二年、生員・進士に合格、一五九四年、文科に及第、一六〇八年には重試に壮元で及第した。宣祖の末年、永昌大君と光海君のとの継承争いでは光海君側について、その即位後は実権を握り、礼曹判書、大提学として敵対者の生殺与奪をほしいままに行なった。広昌府院君に封じられたが、一六二三年、仁祖反正によって失脚、斬刑に処され、息子たちも処刑された。

第一六話……崔奎瑞、古墓の上で夢を見る

奉朝賀の崔奎瑞《チェキュソ》▼1がまだ若かったころのこと、竜仁の民家に泊まって、友人たちとともに科挙のために勉強をしていた。ある日、友人たちは外に出かけて、崔公だけが一人残った。すると、なんとも容貌秀麗な人物が従者をしたがえて家に入って来て腰を下ろした。その衣服を見ると、今の世の服制にはのっとっていない。不思議に思いながら、やって来た理由を尋ねると、その人は言った。

「私はこの世の人間ではない。前朝のソンビなのだ。私の家はこの民家の西の棟の下にあったのだが、この家の人びとが朝な夕な火を焚くので、とても我慢ができない。私の孫も横にいたのだが、その身体もほとんど焼けただれてしまった。あなたはこの民家をどこかに移して、私の家を保全してくれまいか。たとえ幽明を異にしてはいても、ご恩はけっして忘れまい」

崔公が、

「あなたはみながいるときに、このことをおっしゃらず、どうして私が一人のときを待ってやって来て、おっしゃるのか」

と尋ねると、その人は答えた。

「ほかの人たちは精神が強靭ではなく、このことは言え

なかった。あなたは精気が人に勝っているので、一人のときを待ってやって来て、このことを告げたのだ」

崔公が、

「なんとかやってみよう」

と言って請け合うと、その人は繰り返し感謝しながら姿を消した。

翌日、崔公は家の主人を呼んで尋ねた。

「あなたがこの家を建てるとき、何か気のついたことはなかったか」

すると、主人は答えた。

「西の棟の下に古い墓があるような気がしましたが、世俗では『家を古い墓の上に造れば、精神が鎮静して平安である』とも言いますので、深くは考えずに、この家を建てました」

崔公が忠告して、

「私は昨夜、不思議な夢を見た。あなたがすぐにこの家を他に移さなければ、きっと大きな災いが生じるであろう」

と言ったものの、主人が今はとても家を移す財力がないと言う。崔公は十五緡の銭を与えて、すぐに家を他の場所に移させた。

その後、夜にその人が崔公の家にやって来て、はなはだ喜び、感謝して言った。

「公はきっと大いに出世なさり、五福をともに保たれるだろう。しかし、正卿になられれば、かならず引退なさるがよい。そうすれば、きっと福を全うされ、そうしなければ、災厄が降り掛かる」

崔公は生涯そのことばを記憶して忘れなかったので、年老いる前に官を辞して竜仁に隠居した。

▼1【崔奎瑞】一六五〇～一七三五。字は文叔、号は艮斎、少陵、諡号は忠貞、本貫は海州。一七一〇年、文科に及第、様々な官職を経て、全羅監司、吏曹判書となり、景宗のとき、右議政となったが、まもなく致仕した。

第一七話……邪鬼を睨んで追い払い、婦人の病が癒える

相国の李濡《イユ》▼1が弘文館にいたとき、ある日、宗廟の塀の外の巡邏谷を通り過ぎた。小雨が降って煙ったような空気の中から、忽然と農夫の笠と蓑をつけた姿で、両の眼を篝火のように輝かせた物が現れた。李公と従者がみな怪しみ、驚いていると、その物は従者に、

「今、輿が通り過ぎるのを見なかったか」

と尋ねた。従者が、

「いや、見なかった」

と答えると、その物は姿を消した。まるで風雨のようであった。

　李公は果たして済生洞の入り口で一つの輿に出逢っていた。李公はすぐに馬を引き返し、その物の後をつけると、済生洞の一軒の家に着いたが、実はその家は李公の異姓の親族が病気養生のために住んでいる家であった。その子婦が重い病気になって何月も経ち、今や生死の境にあったのである。李公は馬を下りて、主人に会うや否や、たった今、出遭ったことを告げ、中に入れてくれるように頼んで、いっしょに中に入って行った。すると、その物が果たして婦人の枕辺にうずくまって座っている。李公は何も言わずに、その物をじっと睨みつけた。その物は李公の眼をいやがって、やがて扉を開けて外に出て行き、中庭にたたずんだ。李公もまたこれを追って出て、また睨みつけると、その物は屋根の上に飛び上がった。李公はそれでも屋根の上を仰ぎ見て睨みつけると、その物は空高く飛び去って姿を消した。

　婦人の精神はさわやいで、病は癒えた。しかし、李公が立ち去ると、婦人はまた苦しんだ。李公はそれを聞いて、百枚あまりの紙に自分の名前を署名して、それを部屋いっぱいに貼付けさせた。すると、妖怪はもう現れず、婦人の病はすっかり癒えたのだった。

▼1【李濡】一六四五～一七二一。粛宗のときの領議政。字は子雨、号は鹿川、諡号は恵定、本貫は全州。一六六八年、文科に及第、党争の打破と宮廷の規則を厳しくすることを主張した。礼曹判書のとき中国に行き、一七〇四年には右議政となり、領議政に至って、耆社に入った。一七〇九年、北漢山城の修築を建議して、王命によりその経理を任された。

第一八話……二人の駅の役人が一族を呪う

松羅駅▼1の尹《ユン》という役人は燕山君《ヨンザングン》▼2の時代に海伯（黄海道観察使）であった尹尚文《ユンサンムン》▼3の子孫であった。尚文がこの駅に流されて後、その子孫はこの駅の役人に身を落とした。観察使が巡歴する際には、馬の手配をしなくてはならない。そのためにいろいろと奔走するのだが、馬子風情にまで馬鹿にされることがある。その屈辱はけっして軽くはなかった。尹氏は我慢できずに、その一族の役人に、

「われわれは観察使の子孫でありながら、このように駅の役人になりはてて、春と秋の観察使の巡歴の際には常に大きな屈辱を被っている。ひょっとすると、われわれの先祖がこの地を巡歴したとき、駅の役人に厳しく当たったことがあって、それで、子孫のわれわれがその報いを受けているのだろうか」

と言って、涙を流してやむことがなかった。そのときに、長水駅[4]の役人の河氏がたまたま側にいて、笑いながら言った。

「君の先祖は海伯だったたな。君は黄海道に行って、今の鬱憤をぶちまけたら、どうであろうか。私の恨みは君に倍するものがある。というのは、私の先祖はこの慶尚道の長官であった河敬斎公[5]なのだ。その曾孫の蓮亭・進士公[6]がこの駅に流配されてから、わが家はこの逆境に陥ってしまった。君が涙を流すなら、私は慟哭しなければならない。また君が海伯公の政治を仔細に知らないとしても、われわれの先祖の敬斎公の厚徳仁政は朝野がみな知り、恩徳を被ってもいるはず、蓮亭公が佔僤斎・金宗《キムジョン》直《チク》[7]の門人として連座して罪人となったにしても、もし天恩を被って赦免されるようなことにでもなれば、われわれは世間に大いにもてはやされるようにもなろう。今、鬱々区々《うつうつくく》として過ごすのは天のせいか、命のせいか」

尹氏もこれを聞いて大いに笑い、河氏の手を執って礼を言った。

▼1【松羅駅】現在の慶尚道清直県にあった駅站。

▼2【燕山君】一四七六〜一五〇六（在位一四九四〜一五〇六）。朝鮮第十代の王。名は㦕《ヨン》。母の尹氏が賜死したことを知って精神の異常をきたし、全国に使臣をつかわして美女良馬を求め、円覚寺で妓生を養成し、成均館を遊技場とするなど非行が多かった。中宗反正によって廃され、済州島に流されて死んだ。

▼3【尹尚文】この話にある以上のことは未詳。

▼4【長水駅】長水院。慶尚道真宝県にあった駅站。

▼5【河敬斎公】河演《ハヨン》。一三七六〜一四五三。字は淵亮、敬斎は号、本貫は晋州。諡号《しごう》は文孝。鄭夢周の門人で、一三九六年、式年文科に及第して要職を歴任し、一四二三年には大司憲として仏教の七宗を禅・教の二宗に改革して、寺社の土田を量減した。一四二五年、慶尚道観察使となり、芸文館大提学を経て、領議政にまで至った。人となりは剛直で端雅だったという。

▼6【蓮亭・進士公】未詳。前掲訳注3の尹尚文とともに、流罪になった人は系譜からも抹消されて、事績をたどることが出来なくなる場合が多い。

▼7【金宗直】一四三一〜一四九二。字は老盥・季昷、号は佔僤斎。本貫は善山。一四五九年、文科に及第、成宗のときに刑曹判書に至った。文章と経術に抜きん出ていて、金宏弼・鄭汝昌など多くの弟子を育てた。死後、戊午士禍（一四九八年）が起こり、剖棺斬屍の憂き目に遭い、著書も焼却された。

第一九話……三人の知印が故郷を自慢する

英祖の己酉の年（一七二九年）、嶺伯（慶尚道観察使）が巡歴して順興府に至り、浮石寺に遊覧した。順興と安東、そして醴泉の知印▼1がそれぞれの守令に陪従して集った。安東の知印がその叔父から茶菓子や引き出物をもらってきていて、順興の知印に自慢して、

「あなたの邑にはこの茶菓子は絶えてないものだ。すこし味わってみないか」

と言った。順興府の知印が、

「君はわが邑の営吏が今ここにいないので、そのように侮辱するが、君の先祖というのはわが郷里の子孫の足を洗うくらいのことだ」

と言うと、安東の知印が勃然と色をなして、つっかかった。

「それはいったいどういう意味だ。どうしてそんな道理があろうか」

　順興の知印が言った。

「君は聞いていないのか。高麗の時代、文成公の安氏▼2が奉命使臣として君の役所を通り過ぎたとき、知印に足を洗わせたという話が『高麗史』には載っている。君の叔父に尋ねてみるがよい。きっと知っているだろう」

　このとき、醴泉の知印も側にいて、順興の知印に対して言った。

「わが邑には高麗朝の勲臣としては林大臣▼3がいて、この朝鮮朝の知印としては尹別洞先生▼4がいる。この方は科挙に及第して、大司成、芸文提学にまでおなりになり、博士として王孫の師匠となられた方だ。また、武官としては黄公▼5がいて、武を奮って勲功があり、二度にわたって昌原大都護府使とおなりになった。これなど、安東や順興が背伸びをしたところで、かなわないところだ」

　安東の知印が言った。

「わが邑には朝鮮朝になって文科の及第者は出ていないにしても、生員と進士はいて、武科にも人がいる。昨年、叙勲された花原君▼6はすなわちわが邑の知印だ。これは私にとっても一族である。誰があえてわが官府を馬鹿にすることができようか」

　監司の役人がこれらの話を聞いていて、巡相に告げたが、この巡相というのはすなわち霊城君・朴文秀《パクムンス》▼7であった。巡相は三人の知印を呼んで委細を尋ねた後、三邑の官員に通達した。

「三邑に大きな訴訟事があるようだが、みな集まって決するがよい」

　ついに醴泉が優等ということになったが、他の二つの邑はそれを恨みに思った。

▼1【知印】朝鮮時代、地方官衙の官印を保管し、捺印する任務に当たった郷吏。
▼2【安氏】安珦のこと。一二四三〜一三〇六。号は晦軒、諡号は文成。興州の人で、父は地方の役人であったが医術に

詳しく、出世して密直副使にまで至った。珦は一二八六年、高麗儒学提学として、王とともに元に行き、燕京で初めて『朱子全書』を見て感激し、これが儒学の正統だと確信、みずから書写し、朱子の画像とともに高麗にもたらした。朝鮮朱子学の祖とされる。

▼3【林大臣】大臣は高麗時代の職名と言っていいもので、正二品に当たる。『東国輿地勝覧』の慶尚道醴泉郡の高麗時代の人物として平章事に至った林民庇の名前が見え、この人ではないかと思われるが、はっきりしない。その弟の宗庇、宗庇の子の椿の可能性もあるか。

▼4【尹別洞】尹祥《ユンサン》のこと。一三七三～一四五五。字は実夫、別洞は号で、本貫は醴泉。性理学と易学に明るかった。趙庸の門下で学び、一三九六年に文科に及第した。金山・栄州・大邱などの外職を経て、大司成となり、多くの学生の指導に当たり、その門下から多くの人材が輩出した。一四一五年には隠退して、故郷に帰った。

▼5【黄公】昌原黄氏の黄敬中のことではないかと思われる。一六〇二年、別試文科に及第して内職を経て、五衛都摠府摠管となったが、大北派の横暴にいやけがさして隠居、一六二四年、李适の乱の消息を聞いて行在所《あんざいしょ》に駆けつけ、坡平府使、さらに金海・原州の府使となり、昌原府使となって死んだ。

▼6【花原君】権喜学《クォンフィハク》。一六七二～一七四二。朝鮮後期の武臣。字は文仲、号は感顧堂、本貫は安東。一六九七年、中国に使節の一行として行き、教錬官となった。一七二八年、李麟佐の乱の平定に功績を上げて、奮武功臣三等に冊録されて、嘉善大夫となり、花原君に封ぜられた。

▼7【霊城君・朴文秀】一六九一～一七五六。英祖のときの功臣。字は成甫、号は耆隠、諡号は忠憲。一七二三年、文科に及第、一七二七年、嶺南暗行御史として出向き、李麟佐の乱に際しては従事官として都巡撫使の呉命恒を助けて乱を平定した。その功績で霊城君に封じられた。一七二九年、嶺南節度使として水害を予知、済民倉の粟三千石を送ったので、後に北民碑という石碑が建てられた。少論の領袖である李光佐に学んで少論系列の人物であるが、党色を超越して人材を登用することを主張した。

第二〇話……商州の李氏の代々の忠孝

商州の役人であった李景南《イキョンナム》▼1は、壬辰（一五九二年）の倭乱に際して義兵を起こし、敢死隊を結成した。権吉《クワンギル》▼2に付いて戦ったが、権吉はその戦いぶりを称賛してやまなかった。癸巳の年（一五九三年）の秋、中国の将軍の呉《オ》惟忠《ユチュン》▼3が兵を駐屯したときには、景南は書記を担当して、機敏に事を処理し、また兵のことを議論するのにも、深い忠義の思いを表した。呉惟忠ははなはだこれを愛し、絹や器物を褒美として与えた。臨時の科挙によって司馬となり、後にはさらに軍功を挙げて、同知中枢府事の職にまで昇ったのであった。

光海君《クワンヘグン》の丁巳の年（一六一七年）、廃母の議論▼4が紛々と起こった際には、上訴の文章を作って上京し、宮廷の門前で伏したが、上訴文を奉じることはかなわなかった。そこで、南大門の外で上訴文を焼き、南方に帰って行った。

仁祖《インジョ》の丙子の年（一六三六年）、胡人たちが来襲して、[5]国土は猖獗を極め、王の車駕が南漢山城に遷ることになり、その子の枝元《チウォン》[6]が道伯にしたがって行った。景南は枝元に、

「お前は徐庶の孝行ぶりを見習ってはならない。私は王陵の母の賢母ぶりを見習おう（汝莫作徐庶孝吾欲効王陵賢母）[7]」

という十四文字を書いて与えた。枝元はそれを力にして奮戦したものの、丁丑の年（一六三七年）の落城におよんで、景南自身は身には周衣（ツルマギ）をまとい、頭には竹編み笠をかぶって、商州の東の東海寺に隠居した。そこで、「踏海八詠[8]」を作ったが、その中に彼の志を汲み取ることができる。

つねに酒を好み、明の将軍がくれた酒杯で酒を飲んでは、

「清朝の年号など忘れてしまって、酔おうじゃないか」

と言ったが、それは酒杯には明朝の年号が書かれているからであった。

臨終のときにも精神ははっきりとして、陸游[9]の「王師北征して、中原にある日（王師北征中原日）[10]」という詩句を口ずさんで、

「私の命日には忘れずに、この詩句を唱えるのだ」

と言って、笑いながら死んでいった。世間ではまさに大明国の忠臣だと言って讃えた。

景南は邑の西の墨西山に卜居していた。「衣服と靴をここに隠そう」と言って、みずから壙中銘を書いた。

「皇朝の一統が百年後には成就せんことを。私は嘉靖年間[11]にこれを記す。今、世間を振り返っても、わが身を置く場所がない。いささか墨西山に保全することにする」

知識のある者はこれを評して言った。

「生きて魯連[12]の海を踏み、死して夷斉の峰[13]に埋まるものだ」

その子の枝元の方は、丙子胡乱に際し、臨時の戸長として道伯の沈演《シムヨン》公[14]にしたがって勤王の志を示そうとしたのだが、㺚川に至ったときに、南漢山城が落城したという話を聞いた。枝元は北方に向かって慟哭して、南に帰って来て、詠懐詩を作った。

甲子の年（一六四四年）の四月に崇禎皇帝[15]が崩御すると、日月岩に登り、柵を作って壇を築き、拝礼して慟哭した。明の大祖、神宗、毅宗の三皇帝の命日には、この壇に清い水一盆を供え、香を焚いてお祀りして、大明壇と名付けていた。

郷土のソンビの蔡得沂《チェトゥッキ》[16]が、あるとき、城の西の草廬を訪ねて行き、ともに田舎に隠居しないかと誘ったが、枝元は笑いながら言った。

「東海の高い足跡と西山の隠居とは、その志が一つではないか。隣同士に家を造って暮らすまでもない」

蔡生はため息をつきながら言った。

「西山に隠居するのはあなたに志があるからで、東海に足跡をくらますのは私の逃避に過ぎない」

枝元はその草廬を「西山精舎」と名付けて額を懸け、その期するところを示した。後に軍資判事の職を贈られた。

枝元の子の根生《コンセン》[17]は十九歳で戸長となった。代々この家は忠孝に励んだから、官長が特別に任命したのであった。役所の外門を過ぎて中門に至るとかならず拱手《きょうしゅ》[18]の礼をとって腰をかがめて歩き、家に退いても役所の喝道の声を聞くとかならず堂を下りて礼をした。人びとはそれを多とした。

病気になってその療養のために東海寺で過ごしたが、還暦となる日に子どもたちに手紙を書いた。

「私は崇禎三年（一六三〇）に生まれ、八歳のとき、丁丑の年（一六三七年）の悲報に遭遇して、十五歳のときに毅宗皇帝が社稷に殉じられたのを聞いた。それ以後、光陰は矢のごとく、四十七年が経ってしまい、このように年老いてしまった。しかし、この身は大明国に住んで老いたのではない。おめおめと空しく還暦を迎えてしまい、悲しさはこの上ない。どうして祝いの酒を飲んで自足していられよう。『詩経』に、『悲しいかな、父母よ。わたくしを生んで苦労して育ててくださった（哀哀父母、生我劬労）[19]』と言うが、程子はまた、『人に父母がなければ、その誕生日の悲しみは倍になろう（人無父母、生日当倍悲痛）[20]』とも言っている。他の年の誕生日にもそうであったが、この還暦の誕生日はいつにもまして悲しい。お前たちは私の意を察して、賓客を迎えてはならない」

根生は後に参議の職を贈られた。

根生の子の時発《シバル》[21]は、粛宗の庚午の年（一六九〇年）、正朝戸長[22]として宮廷の門で拝礼をした。そのとき、仁顕《インギョン》王后《ワンフ》は后の位を廃され[23]、里に下がっていらっしゃった。拝礼を終えて、戸長たちに向かって言った。

「いま聖母は別宮にいらっしゃる。臣子たるもの一度は拝謁すべきではなかろうか」

人びとはうべなわなかったので、時発は嗟嘆しながら、

「昔、ひとり西宮[24]に拝謁した人がいる」

と言って、瞻望四拝して立ち去った。

また、丁丑の年（一六三七年）の落城から六十年にあたって、追懐する心情を禁じることができず、

「天下の攻防には似たところがある」

と言って、「博戯伝」を作ったが、それは忠憤に発したもので、おおよそわが皇朝（明のこと）の恥辱を雪ごうとするものであった。往々にこれを読む者がいて、北方の単于台に登っては、黄竜府の意気を吐いて痛飲したの

であった。

時発の子の三億《サモク》[25]は、景宗の辛丑の年（一七二一年）、悟斎・趙正万公《チョジョンマン》[26]が商州にやって来て南城楼を重修するとき、現場監督となり、扁額を書いて「弘治旧楼」としたが、その由縁を『重修記』に書いている。

「聖上の元年の辛丑の秋、侯の命を受けて、南楼の修理の監督をして、十月十五日、仕事を終えた。額を懸けるに当たって、朱雀門、鎮南門、撫南楼などの名前を列挙して、その一つに定めようとしたが、密かに考えるに、この門は皇朝（明）の孝宗の時代に建って、二百年が経った今日、ふたたび修理されたが、その間に天地は転覆してしまった。今、額を掲げようとして思うに、遺跡は宛然と昔日のままで、古を追古させて感慨を催させ、涙を流させるに足る。もし朱先生（朱熹のこと）がご覧になれば、『詩経』の『栢舟』[27]を歌われるであろう。この楼に昇れば、文天祥[28]が楼から下りなかった心を理解できよう」

三億は趙公に説明して、

「あえて『弘治旧楼』という額を懸けたいと思います」

と申し述べて、実現した。

英祖の戊申の年（一七二八年）の乱[29]のときに、三億は首吏であったが、悲憤慷慨して、指を切って血で旗に書いた。

「全身の真っ赤な忠義心でもって賊敵を殲滅してしまおう（満腔丹忠殲賊乃已）」

役人を励まし、人びとを安堵させたが、人が死ぬのに対しては心を悼めた。盗賊どもが送った曺姓の諜報の者が避難者と称して役所にやって来た。盗賊の勢いを盛んに言い立て、人びとの不安をかき立てたので、三億はすぐに命じて縄をかけて鎮営に送り、賊の諜報の者がふたたび本州に入って来させないようにした。

三億の子の慶蕃《キョンバン》[30]が、英祖の己巳の年（一七四九年）、正朝戸長として上京して、宮門の前で拝礼した。王が
「各邑の戸長を入侍させよ」

とお命じになり、慶蕃もまたその栄誉に与ることになった。司謁にしたがっていくつかの門を通り過ぎ、玉階の下に至って伏していると、王が、

「商州の戸長はどこにいる」

とお尋ねになったので、慶蕃が匍匐して進み出て伏したままでいると、地下の階級であることを問題になさらず、じかに、

「邑の百姓は疲弊してはいないだろうか」

とお尋ねになった。慶蕃は顔を上げて、

「聖化をあまねく被って、軒を並べてみな平安でございます」

と申し上げた。するとまた、王さまは、

「邑の役人が人びとを収奪するというが、そのようなこ

とが本当にあるのだろうか」

とお尋ねになった。慶蕃はまた顔を上げて、

「わたくしには思うところがあって田舎から参りましたが、王さまの御前において口頭で申し上げるのは憚られます。できますれば、紙筆でもって申し上げたいと思います」

と申し上げた。王さまが左右の者に命じて、紙と筆をお与えになると、慶蕃は階段の下で達筆の楷書ですらすらと書いて上申した。王さまはしきりに感心してそれをご覧になった後、左右の者に向かって、

「田舎の戸長の学識がこのようなものだとは思いもかけなかった」

とおっしゃり、慶蕃に御前にふたたび進み出るようにおっしゃって、顔を上げるようにお命じになり、

「地方の役所の役人だったことがあるのか」

とお尋ねになった。慶蕃が、

「今まで役人だったことはありません」

と申し上げると、王さまはおっしゃった。

「以前、暗行御史[31]の報告書を見たが、官政の得失と民生の安危はみな地方の役人に人を得るかどうかに依るとあった。しかるにお前のような人物がこれまでむなしく過ごしていたのを見ると、守令の過失であると言わざるをえない。いま、お前に郵丞[32]の職を与えたいが、いきなり任命していいものかどうか」

とおっしゃり、

「お前の戸長というのはどのような官位であろうか」

とお尋ねになった。慶蕃が
「正朝戸長として任命書をいただいております」

と答えると、王さまは、

「このような人材であれば、どうして官職を特進して与えて問題になることがあろう」とおっしゃって、特別に通徳郎[33]に昇進させ、また宣醞[34]を賜ることになった。

三億はそうして退出したが、他の戸長とともに曲拝の礼を行なって門の外に出ると、司謁が席をもうけて酒盃を取り出し、商州の戸長は進み出るようにと言い、王から賜った酒がくだされた。慶蕃は進み出て四度の拝礼を行ない、その酒を飲み干したが、居合わせた戸長たちはこれを見て、感嘆しながらもうらやまないではいられなかった。

▼1【李景南】この話にある以上のことは未詳。

▼2【権吉】一五五〇〜一五九二。字は応善、本貫は安東。近の後孫。蔭補で起用されて商州判官に至った。一五九二年、壬辰倭乱が起こり、東萊府から逃げて来た巡辺使の李鎰の兵士と合流して果敢に戦ったが戦死した。

▼3【呉惟忠】壬辰倭乱の際に遊撃将として援軍を率いてやってきて、平壌奪還に功を挙げたが、善山では敗戦した。丁酉再乱の際にもふたたび派遣されてやって来て、しばしば手柄

を挙げた。

▼4【廃母の議論】光海君が継母に当たる仁穆王后を廃し、幽閉させた事変をさす。

▼5【胡人たちが来襲…】丙子の年（一六三六年）、新たに勃興した後金（清）が朝鮮に侵入して、朝鮮を屈服させたいわゆる丙子の胡乱を言う。第二六話注4を参照のこと。

▼6【李枝元】この話にある以上のことは未詳。

▼7【お前は徐庶の孝行ぶり…】徐庶ははじめ劉備に仕えたが、曹操が母親を捕まえると、劉備に諸葛亮を薦めて劉備のもとを去り、曹操に帰属した。母は大いに怒って、自ら縊れて死んだ。王陵は、漢の皇祖劉邦が兵を起こしたとき、これについたが、楚の項羽が陵の母を陣中に置いて寝返らせようとした。母親は私信を陵に送って劉邦に仕えるように言い、みずからは自刃して果てた。

▼8【「踏海八詠」】「踏海」は海に身を投じることで、国家に殉じる意志を示す。その意志をつづった八首の詩ということになる。

▼9【陸游】一一二五～一二一〇。南宋前期の詩人。字は務観、号は放翁。浙江の人。金に対する抗戦を唱えて、不遇の生涯を送った。その詩は悲憤慷慨の気に満ちた愛国の気運と田園自然に親しむ風流詩人の側面があるとされる。

▼10【王師北征中原日】陸游の辞世の七言絶句「示児」の中の宋の中原回復を祈る句。「死し去りては元より知る万事空しと。但だ悲しむ九州の同じきを見ざるを。王師北の方中原を定むる日、家祭忘るる無かれ乃翁に告ぐるを（死去原知萬事空　但悲不見九州同　王師北定中原日　家祭無忘告乃翁）」『青邱野譚』では「北定」を「北征」としていることになる。

▼11【嘉靖年間】中国明の世宗のときの年号。一五二二～一五六六年。

▼12【魯連の海】魯連は、中国の戦国時代の斉の国の魯仲連のこと。秦王がほしいままに帝となり悪政を天下にほどこすのを見るくらいなら、東海に身を投じて死ぬまでだと言った故事が『史記』の「魯仲連・鄒陽列伝」にある。

▼13【夷斉の峰】伯夷と叔斉の故事を踏まえる。伯夷と叔斉は殷の紂王を討って周を建てた武王に仕えるのをよしとせず、周の禄を食まずに首陽山で薇をとって露命を繋いだが、ついに餓死した。

▼14【沈演】一五八七～一六四六。朝鮮中期の文臣。字は潤甫、号は圭峰。一六一二年、進士となり、一六二四年の李适の乱の際には仁祖に扈従して公州にまで行き、一六二七年の丁卯の胡乱の際には江華島に避難した王に扈従した。同年、式年文科に及第して、持平・正言・校理などを経て、一六三三年には胡乱の際に破壊された昌徳宮の補修工事を都庁として統括した。一六三五年、慶尚道監察司だったとき、丙子胡乱が勃発し、軍を率いてよく戦ったが敗れ、その責を取って臨坡に流された。復帰後、平安道・京畿道などの観察使を歴任して、咸鏡道観察使のとき、任地で死んだ。

▼15【崇禎皇帝】明十七代の皇帝。毅宗。一六一〇～一六四四。在位一六二八～一六四四。その治世は農民反乱と建州女直のために苦しめられ、李自成の北京寇略により自殺した。

▼16【蔡得沂】生没年未詳。仁祖のときの学者。字は詠而、

号は雩潭・鶴丁、本貫は仁川。経史百家に通じ、特に易学に詳しかった。一六三六年、丙子胡乱に際して、天文を見て尚州の自天台に行き、王の召しにも応じなかったので、報恩県に流された。三年後に赦され、瀋陽に人質として行っていた侍従となった。世子が帰って来て即位すると（孝宗）、その寵愛を一身に受けた。死後、執議の官職を追贈され、尚州の尚義祠に祭られた。

▼17【李根生】この話にある以上のことは未詳。

▼18【喝道】身分の高い人が道を行くとき、下隷が先払いのために声を上げること。

▼19【悲しいかな、父母よ…】『詩経』「谷風之什」の蓼莪に「蓼蓼たる莪、莪に匪ずして伊れ蒿、哀哀たり父母、我を生みて劬労せらる（蓼蓼者莪、匪莪伊蒿、哀哀父母、生我劬労）」とある。

▼20【人無父母、生日当倍悲痛】程子遺書六に「人に父母無くんば、生日に當に悲痛は倍せん。更に安んぞ酒を置き楽を張り以て楽しみを爲すに忍びんや。具慶の者の若きは可なり（人無父母、生日當倍悲痛。更安忍置酒張楽以爲楽。若具慶者可矣）」。

▼21【李時発】この話にある以上のことは未詳。

▼22【正朝戸長】朝鮮時代、守令に代わってソウルの朝廷に拝賀におもむくよう命令された戸長。

▼23【仁顕王后は…】仁顕王后は粛宗の継妃。一六六七～一七〇一。驪陽府院君の閔維重の娘。一六八一年に粛宗の継妃となったが、張禧嬪に王の寵愛を奪われ、一六八九年の己巳の換局によって廃后の憂き目に遭い、庶人に落とされた。一六九四年、甲戌の獄事（第一七五話注4参照）によって張禧嬪が没落すると、復位した。粛宗とのあいだに子がなかった。周辺にいた内人が書いた実録小説『仁顕王后伝』があり、日本語にも訳されている（梅山秀幸編訳『恨のものがたり――朝鮮宮廷女流小説集』総和社、二〇〇一年）。

▼24【西宮】宣祖の継妃であった仁穆王后。一五八四～一六三二。延興府院君の金悌男の娘。永昌大君の母。一六〇八年、宣祖が死んで、光海君が即位するとともに地位が揺らぎ、廃后となった上、西宮（現在の徳寿宮）に幽閉された。一六二三年、仁祖反正が起こって、光海君が廃され、幽閉の門が開放されて復位し、大王大妃として欽明殿に起居した。これについても周辺の女性が書いた『癸丑日記』があり、上記の『恨のものがたり――朝鮮宮廷女流小説集』に収めてある。

▼25【李三億】この話にある以上のことは未詳。

▼26【趙正万公】一六五六～一七三九。英祖の時代の文臣。字は定而、号は寤斎、謚号は孝貞。本貫は林川。一六八一年、進士に及第して、尹拯が宋時烈に背反した事件では宋時烈を擁護して尹拯を弾劾した。仁顕王后・閔氏が廃位となると官職から退き、一六九四年、閔氏が復位すると金吾郎（義禁府の都事）となって十年余り要職を歴任した。一七二二年には獄事にかかわり流されたが、英祖が即位すると復帰して、知中枢府事にまで昇った。文章に優れ、書にもまた長けていた。

▼27【柏舟】『詩経』鄘風の中にある。「汎《へん》たる彼の柏舟は、彼の中河に在り、髧《たん》たる彼の両髦《りょうぼう》は、実に維れ我が儀、死に之《いた》るまで它《た》は靡《な》しと矢《ちか》いしに、母よ天よ、人を諒《しん》ぜず……（汎彼柏舟、在彼中河、髧彼両髦、実維我儀、之死矢靡它、

母也天只、不諒人只……)」。現在では、人身御供を舟に乗せて河神に捧げた風習を歌った詩とする解釈もあるが、朱子の解釈では、衛の世子共伯が死んで、その妻の共姜が義を守っていたのを、父母がこれを嫁がせようとした、そこで、共姜がこの詩を作ってあらためて夫への義を誓ったとする。

▼28【文天祥】一二三六〜一二八二。南宋末の忠臣。字は宋端・履善、号は文山。元が入寇するや、詔に応じて朝廷に仕え、右丞相を拝した。使いとして元におもむき、和を請うたが捕まった。逃亡して帰って左丞相に進み、元と戦ったものの、元の将軍の張弘範に捉えられた。元の世祖の懐柔を受けたが拒絶して、ついに刑死した。その折の「正気歌」が有名。

▼29【戊申の年の乱】戊申の年（一七二八年）、少論の李麟佐や鄭希亮などが老論の打倒を目的として、密豊君・坦を推戴して起こした乱。清州を襲撃して陥落させたが、兵曹判書の呉命恒によって鎮圧された。李麟佐を始めとする首謀者たちはソウルに押送されて処刑された。以後、少論は力を失い、老論によって政局は運営されるようになった。

▼30【李慶蕃】この話にある以上のことは未詳。

▼31【暗行御史】朝鮮時代、地方の民情と官僚の施政の実情を探らせるために隠密に任命され、派遣された官吏。説話の中では正義を示して悪を懲らす水戸黄門のような役割を果すことがある。

▼32【郵丞の職】郵逓の業務にかかわる役職を言い、駅丞とも言う。

▼33【通徳郎】朝鮮時代の品階で正五品の上となる。郷吏としての最も上の品階で、戸長たちが自称したりもした。

▼34【宣醞】朝鮮時代、王が褒美として臣下に与えた酒。そのための酒を醸造する宣醞司まであった。

第二話……呉氏の三代の孝行

呉平松《オピョンソ》というのは義城の人である。親に孝行を尽くしたが、家ははなはだ貧しく、朝夕の食事にも事欠いた。人に雇われてようやく銭と穀物を得て、家に帰って両親を養い、けっして両親の意志に背くことはなかった。親の埋葬に際しては、みずから土を背負って墓を築き、その横に幕を張って三年を過ごしたので、郷里の人は彼に「侍墓」とあだ名をつけた。

その孫の哲祖《チョルジョ》は生まれて一歳にもならずに父親をなくした。成長するにおよんで、親の顔を知らず、親の喪に服することもなかったのを一生の不幸と考えて、かつて人とともに談笑するということがなく、まるで一生涯の罪人のようであった。その母親はすこし遠いその兄の家に住んでいた。哲祖は公の仕事にたとえ忙しくても、朝夕の挨拶を欠かすことなく、雨風にも寒暑にもけっして怠ることがなく、おいしい食べ物が手に入ったら、まず母親の元に持って行くのだった。母親が死んだときには、その哀しみは礼度を越えて、その葬儀には誠を尽くして、一毫もやり残したことはなかった。

その父の六十回忌にはまるで初喪のときのように喪に服し、縗服▼1を来て、墓の近くに居廬して、肉と酒は好物であるにもかかわらず口に近づけることはせず、ナムルと粥だけで三年を過ごした。邑の人びとがその孝行ぶりを役所に申告すると、守令もまた朝廷に旌閭《せいりょ》▼2がくだされるように申請しようとしたが、哲祖はかたくこれを辞退した。その徳行は真心から出たものであって、世間に名が知られることを望まなかったのである。

哲祖の子が、父が肺結核で苦しんでいるのを医者に相談すると、医者は「紅参を使えば効き目がありましょう」と言った。しかし、時期は大寒であった。みずから智異山の霊源寺に登り、あまねく山参を探し求めた。すると、忽然と老僧が現れ、一本の枯れた茎を指差したので、そこを掘ってみると、六本の大きな人参を手に入れることができた。礼を言おうとして振り返ると、すでに老僧の姿は消えていた。喜んで人参を持って帰ろうとすると、山寺の無頼の僧が五、六人出て来て、人参を奪おうとする。と、虎が現れて、大きく咆哮をした。悪僧どもはおどろいて逃げ散った。家に帰って人参を煎じて父親に進めると、父親の病ははたして癒えた。母親が病気になると、自分の指を切って、命を数ヶ月延ばすことができた。

後に、この家のことが朝廷に伝わり、三代の旌閭をくだされた。

▼1【縗服】喪服を言う。『釈名』に「三日、蘇らず、生者服をなす。縗という。縗は摧なり。傷摧を言う」とある。
▼2【旌閭】貞女、烈婦、あるいは孝子など善行のあった人の名を、その郷里の里門に書き表すことを言う。

第二二話……子孫の危急を先祖の霊が救ったこと

白沙・李恒福《イハンポク》▼1公がまだ一歳にもならないとき、乳母が抱いて井戸の近くにいき、赤ん坊の李公を地面において、自分はうたた寝をしてしまった。李公ははいはいして井戸にすんでのところで落ちるところだったが、乳母の夢に白い髯の老人が出て来て、杖でもって、乳母の臑をしたたかに打ち、

「どうして子どもを見ていないのか」

と叱りつけた。

乳母は痛くて驚いて目を覚まし、井戸の側の李公を救うことができた。

それから、しばらくしても、乳母の臑の痛さが消えない。おかしなことと思っていたが、この家で先祖のお祭

りをすることになって、その傍祖の益斎公▼2の肖像画が部屋の中に懸けられた。乳母はそれを見て驚いて、言った。

「あのとき、私の臑をしたたかに打ったのはこの肖像画の方でした」

益斎公というのは高麗時代の賢相である。神霊が三、四百年経っても消え失せることなく、子孫の危急を知らせて救ったわけだが、白沙公が平凡な子でないこともまた明白に知っていたのである。

▼1【白沙・李恒福公】一五五六～一六一八。字は子常、号は弼雲・白沙など。高麗の文人である李斉賢の子孫。悪童であったが、母親の叱責を受け、また母親の死に遭い改悛して学問に励むようになった。一五八〇年、文科に及第して官途につき、銭穀の出納に明るいと称賛された。一五九二年には王にしたがって臨津江を渡り、鰲城君に封じられた。さらに平壌にまで至って刑曹判書に特進した。日本軍が平壌に迫ると、義州に避難し、日本と朝鮮が合力して中国を攻めようとしているという流言を利用して中国の出軍をうながした。光海君の時代、臨海君および永昌大君を助命しようとして王にうとまれ、北青に流されて死んだ。

▼2【益斎公】李斉賢。一二八七～一三六七。高麗末の詩人・学者。字は仲思、益斎は号。本貫は慶州。一三〇一年、成均試に壮元で及第、さらに丙科で及第して、一三〇八年には芸文春秋館に入った。元の燕京に行き、元の名士たちと交わって学問を深めた。複雑な関係にある元と高麗を行き来して高麗の自立のために尽くし、忠烈・忠宣・忠粛・忠恵・忠穆・忠定・恭愍の七代の王に仕えた。『櫟翁稗説』という著書があり、邦訳されている（梅山秀幸訳『櫟翁稗説・筆苑雑記』作品社、二〇一一年）。

第二三話……諧謔を好んだ白沙・李恒福

宣祖《ソンジョ》の時代、庚子の年（一六〇〇年）に、白沙・李恒《イハン》福《ボク》公が湖南を巡察することになった。王さまが「反逆の輩を探れ」とお命じになると、公が、

「逆賊というのは、鳥獣や魚や鼈などとは違って、眼にはっきりと見えるものではありません」

とお答えした。人びとはこれを至言だと評した。

国の法で削職された者はたとえ大臣であっても「及第」と称したが、漢陰・李徳馨《イトクヒョン》▼1が削職されて、及第と称された。白沙が領議政として時勢を論じながら、

「私の同僚がすでに及第したが、私はいつ及第するであろうか」

と言った。

東郊に閑暇に過ごしているとき、ある人がやって来て、

「私は戸役（家ごとに課された賦役）でもって生活がままならない」

と言ったので、公もまた、

「私もまた、ホヨクでもって生活がままならない」

と言った。当時、公は護逆、つまり逆賊を弁護しているとして弾劾されていたのである。護逆《ホヨク》と戸役《ホヨク》は音が同じであった。

公はこのように諧謔を好んだのだった。

その当時は国家に事案が多かった。該当の官庁がそれぞれに大臣と議論して啓上するために、その煩瑣さに堪えることができなかった。あるとき、礼曹の郎庁たちといっしょに席について、公はどう議案をまとめるか苦慮していた。すると、たまたま若い婢女が中に入ってきて、

「馬の食べる豆がなくなってしまいましたが、どうしましょう」

と言ったので、公は、

「馬の食べる豆のないのが大臣の私のせいだというのか」

と叱責した。人びとは抱腹絶倒した。

癸丑の年（一六一三年）の獄事▼2で、慈山の人の李春福《イチュンボク》と李元福《イウォンボク》とが逆賊として、金吾の郎官によって朝廷に引き出され、拷問されたとき、公は担当官として席に着いていた。議論が尽くされ、二人は罪を免れることが難しいように思われた。口を挟まないでおこうと思ったものの、無辜の罪で罰されるのを気の毒に思って、

「私の名前はあの者らと似ているので、すべからく文書を奉って弁明して、免罪を乞うことにしよう」

と言った。

左右の者たちは笑っていたが、事件はやがて終息した。

この当時、逆獄が大いに起こった。それを取り締まる律がはなはだ厳格であったが、公の声色は沈着で、よく一言で事を決着したから、これを偉としない人はいなかった。あるとき、その人の罪状がはっきりしないにも関わらず厳格に断罪されるのを見て、公はため息をつきながら言った。

「私はかつて松の皮をついて餅を作るという話を聞いたが、人をついて逆賊を作るのを今に知った」

その気性は磊落で、諧謔を交えたから、獄事が翻ることがはなはだ多かった。

▼1【漢陰・李徳馨】一五六一～一六一三。李朝中期の名臣。字は明甫、号は漢陰。本貫は広州。若いころから蓬莱・楊士彦と莫逆の交わりがあった。二十歳で科挙に及第して承文院に入り、同年に及第した李恒福・李廷立とともに薦書となった。一五八八年、日本の使臣の玄蘇と平義智がやって来ると、徳馨は吏曹佐郎として応接した。一五九二年、壬辰倭乱が始まると、中国に行って援軍を請い、成功し、兵曹判書・領議政に至った。光海君の暴政を極力抑えようとしたが、最後はかなわず、官職を削られ、竜津において病死した。

[2]【癸丑の年の獄事】一六一三年、光海君を擁する大北派が仁穆王后を廃して幽閉するなど、小北派を弾圧した獄事。

第二四話……よく人を活かした針医の趙氏

湖右[1]の趙《チョ》氏の名前は光一《クワンイル》[2]で、洪州の合湖の地に住まっていた。いまだかつて科挙に及第して顕達した者のいない家門の人であった。光一の人となりは鷹揚かつ質直であり、人と隙を生じることなく、みずから好んで医術をこととした。その術法というのは昔のままを踏襲するのではなく、薬湯を用いず、常に小さな革袋に銅鉄の針を数十本入れていた。その針は長いものがあり、短いものがあり、丸いものも、角ばったものもあって、さまざまであったが、百病を治すのに効き目のないものはなく、みずからを「針隠」と号していた。針に精通しているので、その呼称にしたのである。

ある日、朝早く起きて座っていると、一人のぼろを着た老婆が這うようにしてやって来て、門を叩きながら、言った。

「わたくしは某邑の百姓某の母親です。子どもが病気で死にかけています。どうか、病気を診てやって、助けてください」

趙氏は承諾して、

「婆さんは先に行ってください。私は後を追うことにしよう」

と言い、用意をしてすぐに出かけて行き、すこしも嫌な顔をしなかった。患者は後を絶たず、暇な日はなかった。

ある日、大雨が降って道がぬかったが、趙氏は笠をかぶり、木靴を履いて、小走りに行くと、ある人がどこに行くのかと尋ねた。趙氏が、

「某郷の某氏の父親が病気なので、先日、私が一針を刺したのだが、効いていないかもしれない。これから行って、もう一度試してみようと思うのだ」

と答えた。その人がまた、

「なんの利益にもならないのに、あなたはどうしてそんなに苦労なさるのだ」

と尋ねると、趙氏は笑って答えず、そのまま出かけて行った。その人となりはおおよそこのようであった。

また、ある人が尋ねた。

「医術というのは賤しい技術で、巷にいるのは賤しい人びとに過ぎない。あなたの才能をもって、どうして貴顕と交わって功名を取ろうとせず、閭巷の人びととつき合って、自らを高く持そうとしないのだ」

趙氏は笑いながら答えた。

「大丈夫が宰相の道を選ばず、みずから選んで医者にな

った。宰相というのは道をもって人びとを救い、医者というのは術でもって人びとを救う。達成する方法はちがっても、その功績は同じである。しかし、宰相はその時を得て道を行なうので、運と不運がつきまとい、その責任は生涯にわたってつきまとう。ところが、医者はそうではない。術法としてその意志を行ない、得るところがないわけではない。病気が治らなければ、そのままにして、私が恨まれるわけでもない。それに、私はこの術法を楽しんでいるので、その利益を得ようとは思わないのだ。私は自分の意志にしたがうのみで、患者の貴賤を選ぼうとも思わない。世間の医者はその術法を誇って傲慢に振る舞い、門の外には車馬がつながれ、家の中には酒や肉が用意されていて、三度、四度と乞われて、やっとのことで往診するために腰を上げる。それも貴顕の家でなければ、金持ちの家である。もしそれが貧しい家であれば、自分の加減が悪いと言って断り、あるいは居留守を使う。百回乞われて、一回も行くことはない。これがどうして仁者の所行と言えようか。

　私が民間にだけ出入りし、貴顕と関わろうとしないのは、むしろ、私が貴顕たちを忌避しているので、あちらから私が軽んぜられているわけではない。哀れまなくてはならないのは、巷に困窮する人びとなのだ。私が針でもって人に術を施して十年あまり、一日に数人を治し、一月に十数人を活かしたとして、これまで数百千人を癒したことであろう。私は今、四十歳あまりで、これからも数十年ほど、ほぼ万人を治すことになろう。一万人の治療を達成したなら、私の人生は全うされるというものだ」

　なんとすばらしいことか、趙氏の覚悟は。優れた医術を持ちながら、名声を求めず、あまねくその医術を施しながら、その報酬を求めることもない。人が急を要すれば駆けつけて、まずは貧しい者を先にする。その賢者ぶりは人に抜きん出ている。

▼1【湖右】湖西ともいう。忠清道のこと。

▼2【趙光一】この話にある以上のことは未詳。

第二五話……申聞鼓をたたいて父の命を救った洪少年

　忠州の地に洪次奇《ホンチャキ》▼1という者がいた。まだ母親の胎にいたとき、父親の寅輔《インポ》▼2が殺人の罪を問われて獄に繋がれた。生まれて数ヶ月が経ったころ、母親の崔氏は父親の冤罪を訴えるためにソウルに上った。次奇は叔父に預けられて育ち、叔父を父と呼んで、自分が寅輔の子どもとは知らなかった。数歳になって、他の子どもたちと遊んでいて、急に泣き出してやまず、食事もとらない。叔母がどうしたのかと尋ねても、なにも答えず、しばらくしてようやく泣き止む。そのようなことが月に三度ほどあった。家の者たちは不思議に思っていたが、後になって邑中から来た人が確かめると、その次奇が泣く日というのは役所で罪人を尋問する日であった。これを聞いて不思議に思わない者はいなかった。家の者はその心を傷めるのを危惧して、いっそう父親のことには口を閉ざした。

　次奇が十歳になって、寅輔も年老いたが、いつ獄の外に出るという当てもなかった。死んでしまえば、子どもの顔も知らないままになってしまう。そこで叔父と叔母は本当のことを教え、次奇の手を引いて獄門の外まで連れて行った。次奇は父親に抱きついて大泣きし、その日から役所の近くに居住して去ることなく、薪を売って米に変え、父親に差し入れた。その間、ソウルの崔氏はなんども上訴したが、ついに聞かれず、とうとうソウルで客死した。遺体が運ばれて葬儀を終え、次奇は哭して、父親に暇を告げて言った。

「母上は父上の冤罪を晴らすことができず、恨みを抱いたまま亡くなりましたが、ほかに成人した子どもがいるわけではありません。たとえ幼くとも、わたくしでなければ、いったい誰が父上のために冤罪を晴らしましょうか」

　寅輔はその子の幼さを考えて、許さなかったが、次奇は密かに逃亡して三百里の道を歩いてソウルに上り、申聞鼓[3]を叩いたので、事案が按察使に戻されたものの、それでも事はなかなか決着しなかった。次奇は故郷に帰ることなくソウルに留まっていると、翌年の夏は大変な日照りであったから、王さまは内外に教戒なさり、重罪人の罪を再審することをお命じになった。次奇は宮門の外に伏したきり、出入りする公卿に父親の冤罪を訴え続けて十日あまり、これを見る者で感動しない者はなく、あるいは飯を喰わせたり、髪の毛を梳って虱をとってやったりした。秋判（刑曹判書）が罪囚を審理するために入侍して、次奇のことを申し上げると、王さまはお聞きになって気の毒に思われ、按察使に対して、

「すみやかに再審理して報告せよ」

とお命じになった。按察使がこの獄はすでに長い時間が経って、事実関係が不明瞭になっていることを申し上げたので、王さまは特別に寅輔の一命を救うことになさり、嶺南に流配なさった。最初、按察使にお命じになったとき、次奇は暑熱の中を三百里も駆けて衛門に至って父親の助命を懇願し、奏上のためにまたソウルに戻ったが、ソウルまであと百里を残して、次奇は病気となってしまった。従者はそこに留まって休むように勧めたが、次奇

は耳を貸さず、輿に担がれてソウルに入った。病気はいよいよ重くなり、寝込んでしまい、天然痘を発して四日が過ぎた。正気を失って、

「わたくしの父上は生きていらっしゃるだろうか」

とうわ語を言うようになったが、特赦が下りることになって、周りの人がそれを告げると、驚いて、

「それは本当か。まさかわたくしを騙しはすまいな」

と言った。そこで、下された文書を読むと、次奇は眼を開き、手を挙げて天に祈ること三度、決然と立ち上がって舞を舞い、

「父上が救われた。父上が救われた」

と叫んで、どっと倒れて二度と立ち上がれなかった。この夜、次奇は死んだが、十四歳であった。

父親が獄に入った年に生まれ、父親が獄から出て来た日に死んだ。これを聞く遠近の者で涙を流さない者はいない。

▼1【洪次奇】この話にある以上のことは未詳。
▼2【寅輔】この話にある以上のことは未詳。
▼3【申聞鼓】太宗二年（一四〇二）、特殊請願、上訴のために宮廷の外の門楼に設置された太鼓。李朝ではその初期から上訴・告発の制度は法制化されていたが、申聞鼓はその最後の抗告施設として王の直属である義禁府当直庁が主管、太鼓を打った者の声を王が直接に聞いて処理することになっていた。

第二六話……国のために命を捨てた義士の張氏

義士の張氏《チャン》の名前は厚健《フコン》[1]で、竜湾の人である。兄弟の五人がすべて胆力と勇気を備えていて、丁卯の年（一六二七年）の乱[2]に際しては、兄の厚巡《フスン》[3]が三人の弟たちとともに敵陣に討って出てことごとく戦死してしまった。そのとき、厚健は八歳で、老母とともに山のように重なった屍の下に伏して一命を取り留めた。成長するにともない、涙をふるって誓った。

「男子として生まれ、丁卯の年の恨みを晴らさずには、死んでも死にきれない」

そうして、騎射をならい、兵書を読んで、丙子の年（一六三六年）の乱[4]に際しては林慶業《イムキョンオプ》[5]将軍の軍に従って襲来した賊将を迎え撃ち、捕虜となったわが国の男女を奪い戻した。

外三寸（母方の三親等）の崔孝一《チェヒョイル》[6]もまた慷慨の士であった。志を同じくしていて、ともに謀り、厚健が言った。

「舅叔の知勇でもって明国に行ったならば、きっと大将になることができます。そこで明国の兵士をひきいて瀋

陽▼7を攻めれば、後金はきっとわが国に援軍を求めるはずです。すると、わが国は援軍を派遣せざるを得ず、清北の兵が出陣することになりますが、私と志を同じくする壮士たちが清北の兵士たちを煽動すれば、瀋陽の後金は腹背に兵を受けることになって、そうすれば、われわれの計画は成就します」

孝一もこれをよしとし、計画を詳しく練った。ひそかに豪傑数百人も結集して、軍糧を用意した。

府尹の黄一皓《ファンイルホ》▼8がひそかにこれを聞いて、孝一らを呼び、人を遠ざけてともに語らい、

「孝一は中国に入って行き、車礼亮《チャエリャン》▼9は瀋陽に入り、厚健はここに留まって互いに呼応して起つのだ。私ももちろん協力する」

と言い、ひそかに唐布五十四と白金百両を与えた。孝一が舟に乗って西に向かうことになると、仲間たちが江の畔で餞別をした。酒宴もたけなわになって、孝一が詩を作った。

ずっと長く暗い夜が続くが、
いつ明るい日月をみることができようか。
南方に向かう男子が流す涙は、
今ひとり旅立つためではない。
（万古為長夜、何時日月明、南児一掬涙、不独為今行）

厚健がこれに和した。

壮んな志は沙漠を駆け巡り、
赤い誠心は太陽に向かって輝いている。
予州（中国河南省）に千年の後になって、
帆柱を立てて君が行く。
（壮志馳沙漠、丹枕向日明、予州千載後、撃楫有君行）

車礼亮がまた和した。

北方の陣幕をおおう雲はまだ黒く、
南方の空はいよいよ明るい。
神州（明国）の大きな事業は、
すべてこの舟に託そう。
（北幕雲猶黒、南天日尚明、神州大事業、都付一舟行）

最後に、崔孝一がしめくくった。

涙はオランケ（女真族の蔑称）すらも恥じるところ、
心は日月のように明るく持たねばならぬ。
男子の限りない計画を、
この舟いっぱいに載せて行こう。

（涙洒犬羊恥、心懸日月明、男児無限計、満載此舟行）

こうして、孝一は海をわたり、直接に呉三桂[10]の陣に至った。三桂は大いに喜んで、把摠[11]の官位を与えた。瀋陽の金人たちはこれを聞いて、わが国を疑い、明人で降伏した者を間諜として送った。間諜は義州に至ると、みずからを崔孝一の義理の子だと称し、

「崔公は今や呉将軍の旗下にあり、明将の張某とともに水軍を率いて東に向かおうとしています」

と言ったので、厚健はそのことばを信じ、ハングルの手紙を八通ばかりしたためて、間諜の襟の中に縫い込めて送ったが、その内容は以下のようなものであった。

「朝廷は叔舅が西に行かれたのを聞いて、朝鮮本国にとっての脅威とならないかを恐れ、家族を人質にするかも知れません」

「往年、竜骨大[12]がやって来て、わが国の三公六卿を捕まえ、そして清陰・金尚憲《キムサンホン》[13]などを連行したので、国中が騒然としたものでした。金兵がふたたびわが国に向かって来るかもしれません。願わくは、舅叔は明の将軍として兵を率いて急いで来られたい。車礼亮は瀋陽に入って長くなりますが、その動静はまだわかりません」

「黄府尹によって中国にも通じ、志気のともに奮う者がいて、この機会を得て喜ばない者はいない」

と伝えた。

間諜がこれらの書状をもって瀋陽に帰ると、金主[14]は朝鮮の人で捕虜になっている者にこれらを読ませ、大いに怒って、にわかに使臣を送って来て、厚健の書状に名前の出て来る十一人と黄一皓を捕え、ともに殺した。辛巳の年（一六四一年）の十一月九日のことである。厚健もまた捕まり、家の人たちはみな慟哭したが、厚健は泰然とした態度で言った。

「人はかならず死ぬものだが、そのところを得るのは難しい。私は国家のために怨みを晴らそうとしたが、機密が漏れてしまって功を上げることができなかった。死んでも恥とは思わない」

聞いていて、泣かない者はいなかった。

▼1【張厚健】彼が活躍したずっと後の『朝鮮実録』純祖二十一年（一八二一）十一月癸亥に、義士の贈参議・張厚健は義州の人で崔義士（孝一）とともに称されているが、その後裔の張胤祚・張商説を禁御両営に属せしめ弓射を試し、殿試の結果、禁御の両将たらしめたという記事がある。

▼2【丁卯の年の乱】新しく起こった後金（清）が親明政策を取る朝鮮に対して侵入してきた乱。一六二七年正月、三万の軍が押し寄せ、破竹の勢いで南下し、同月二十五日には黄州に至った。昭顕世子は全州に避難し、仁祖は江華島に避けた。和・戦両論があったが、主和論が取られ、「兄弟」とし

て盟約が結ばれて、後金軍は撤退した。

▼3【張厚巡】この話にある以上のことは未詳。

▼4【丙子の年の乱】いわゆる丙子胡乱。中国東北部に新たに勃興した後金（清）は丁卯の年（一六二七年）の第一回の侵略の後、丙子の年（一六三六年）にも朝鮮の服属の徹底を求めて十万の軍を率いて朝鮮を攻撃した。仁祖はソウルの南の南漢山城に逃れたがやむなく投降し、三田渡の受降壇において清の太宗に臣従を誓わされた。日清戦争後の下関条約の締結までこの朝鮮は清に対して臣下の礼をとることを余儀なくされた。

▼5【林慶業】一五四九〜一六四六。仁祖のときの将軍。字は英伯、号は孤松、諡号は忠愍。幼いときから勇猛で、騎射に巧みだった。一六一八年、武科に及第。一六二四年には李适の乱の平定に功績を挙げた。一六三六年の丙子胡乱のとき、義州府尹として清軍を防ごうとしたものの、援軍を得られず、南漢山城を包囲されるに至った。中国の清と明の攻防において明に内通して、明の南京が陥落すると、清に捕縛された。仁祖の要請で釈放されて帰国したが、金自点の謀略によって殺された。朝鮮史の中の英雄の一人で、『林慶業伝』という朝鮮時代に成立した小説がある。

▼6【崔孝一】?〜一六四四。字は元譲、義州の人。武科出身で光海君の時代に訓錬判官に至った。一六二九年には侵入してきた清兵数十名を殺し、一六三六年の丙子胡乱に際しては義州府尹の林慶業に請うて軽騎兵を率いて鴨緑江で戦い、敵将を生け捕りにするなど大いに功績を上げた。車礼亮・黄一浩などと清の討伐を謀り、みずからは中国に行って呉三桂と連携したが、李自成が北京を陥れると、呉三桂とともに北京に行き、呉三桂は降伏し、みずからは明主の殯所で昼夜慟哭して断食して、十日後に死んだ。

▼7【瀋陽】女直族のヌルハチ（大祖）が一六一六年に起こした後金（清）の首都。その子の太宗ホンタイジによって北京に遷都される。

▼8【黄一皓】一五八八〜一六四一。字は翼就、号は芝所、本貫は昌原。門閥として県監・郡守などを歴任し、一六三五年には文科に及第し、世子文学となった。一六三六年、丙子胡乱が勃発すると、仁祖にしたがって南漢山城に入り、包囲した敵軍を火戦で多く殺害して、山城への侵入を許さなかった。一六三八年には義州府尹となり、清を討つことを崔孝一とともに謀議したが発覚して殺された。その息子の璉は八歳で父を亡くし、その敵を討つことを王に請願した。

▼9【車礼亮】字は汝明、号は風泉、本貫は延安。丙子胡乱の後、科挙を断念して、崔孝一とともに清の太宗を殺害することを目論んだ。みずからは瀋陽におもむき、偏将の管貴と実行に及ぼうとしたが、事前に漏れて殺害された。

▼10【呉三桂】一六一二〜一六七八。明末・清初の武将。明末、山海関の守将であったが、李自成が北京を陥れると清軍の入関を許し、清朝から平西王に封ぜられた。その後、清にも背き、病死した。

▼11【把惣】各軍営の従四品の官職。

▼12【竜骨大】清の将軍。一六三六年二月、使臣として朝鮮にやって来て、「清国皇帝」の名のもとに「君臣」の義を結ぶことを要求したが、拒絶されて帰った。その年の十二月に

は馬富大とともに十万の兵を率いて侵寇して来た。

▼13【清陰・金尚憲】一五七〇～一六五二。字は叔度、清陰は号。本貫は安東。一五九〇年、進士となり、一五九六年、日本との戦中に行なわれた殿試文科に丙科で及第した。一六〇八年には文科重試に及第して賜暇読書したが、一六一三年には仁穆大妃の父の金悌男と縁戚関係であったので、ソウルを離れた。一六二三年、仁祖反正の後に要職を歴任して、一六三六年、丙子胡乱が起こると、礼曹判書として主戦論を頑強に主張して、仁祖が降伏すると、安東に隠退して出仕しなかった。一六三九年には明を擁護して清に送られ、六年を過ごした。孝宗の時代、北伐論の理念的な中心であった。

▼14【金主】清の太宗、第二代皇帝のホンタイジのこと。一五九二～一六四三。在位一六二六～一六四三。ヌルハチの子で八旗制を改革して、内モンゴルを制圧、朝鮮に二度にわたって侵略して屈服させ、南の明を圧迫した。

第二七話……李清華が節を守って隠遁したこと

李陽昭《イヤンソ》▼1の字は汝健《ヨコン》で、高麗末の人である。わが朝鮮朝の太宗《テジョン》▼2とは同年生まれで、洪武年間の壬戌（一三八二年）に、二人ともに進士となった。二人は若いときから親しく交わったが、命が革《あらた》まって朝鮮が建国されるに及び、陽昭は漣川の地の陶唐谷に隠居した。太宗は探し出してみずから訪ねて行かれ、酒をあいだに置いて、故旧の情をひらき、互いに詩句の応答を行なわれた。まず、太宗が作られた。

　秋の雨が晴れ上がると、人がかえってうたた寝をする
　（秋雨反晴人半睡）

陽昭がこれに続けた。

　夕方に雲が初めて消え、月が初めて現れる
　（暮雲初捲月初生）

月初生というのは太宗が若いころになじんだ妓生の名前であった。太宗は床から下りて来て陽昭の手を握って、
「君は本当に私の旧友だ」
とおっしゃり、
「後ろの車に乗って、ついてくるように」
とお命じになった。陽昭はそれを固く辞退して、ついに出ることはなかった。里人はその場所を名付けて「王臨里」と言い、今に「御幕居」とか「御水井」という地名が残っている。

　陽昭が太宗とともに谷山の青竜寺で科挙のための勉強をしたとき、そこの山水を愛でて、

「将来、この邑の太守になりたいものだ」

と言ったことがあり、太宗はこのことばを記憶していて、特別に谷山郡守の官職を与えられたが、これもまた陽昭を引き立てようという意図からであった。陽昭はこれにもまた従わず、太宗もまたその志を尊ばれて、陽昭の居住する山を清華山と名付けられた。これは伯夷▼3の清風と希夷▼4の華山から取られたのである。

その後も、招聘を繰り返されたが、けっして出ようとはしなかった。そこで、太宗は命じて、その地に家を建てさせ、「李華亭」と扁額を懸けさせようとなさった。しかし、陽昭はその家に居住するのを喜ばず、谷間の深いところに草葺きの小屋を移して「安分堂」と名付けた。庭には数株の文杏を植えてコムンゴ（韓国固有の琴）をつま弾き、古書を読みながら余生を過ごして、みずから「琴隠」と号した。臨終に際してはみずから墓碑銘を書き、「高麗進士　李某」としたが、これを聞いて、太宗は深くため息をつき、

「生きているときにその志を屈することをしなかったのだから、死んでその身を官爵で汚すことを望むまい」

とおっしゃって、特に無学国師▼5を送って葬地を占わせると、鉄原の地に吉地があった。そこを給おうとなさると、陽昭の子が申し上げた。

「父は『葬地は漣川から離れてはならない』と申しておりました。王さまのご命令を奉ずることはできません」

守令がこの息子の辞退のことばを申し上げると、太宗は、

「鉄原の土地の十里を削って漣川に属するようにせよ」

とおっしゃって、その土地を封じて二戸の墓守を置き、田畑と山林をすべて与え、息子を召して官職をお与えになった。

当時、元天錫《ウォンチョンソク》▼6、南乙珍《ナムウルチン》▼7、徐甄《ソキョン》▼8が陽昭とともに世間から身を隠していた。人びとはこの人たちを「高麗四処士」と呼んだ。

▼1【李陽昭】生没年未詳。字は汝健、号は琴隠。諡号は清華。本貫は順天。高麗時代末、李芳遠（後の太宗）と谷山の青竜寺でともに勉強して親交があった。ここの話が彼についてはもっとも詳しい資料になる。

▼2【太宗】朝鮮第三代の王・李芳遠。一三六七～一四二二。在位一四〇〇～一四一八。高麗時代にすでに進士となり、父親の太祖李成桂の朝鮮建国にも大きな功績があった。第五子であったが、兄弟間の争いに勝って王位についた。その間、芳遠のあまりの残忍さに嫌気がさして、父の太祖は仏教に傾斜したと言われるが、一方で即位後は名君との評価も得ている。

▼3【伯夷】殷の隠士。周の武王が殷の紂王を討って天子となったが、弟の叔斉とともに周の禄を食まないとして首陽山

に入って蕨を摘んで生活し、遂には飢え死にした。

▼4【希夷】宋の陳摶の号。陳摶は武当山九室巌に隠れて仙術を修めて、華山に移り住んだとされる。五代の周の世宗に諫議大夫として召されたが、固辞し、太平・興国年中に、入朝して太宗に重んじられた。宋代の哲学において重要な地位を占めるとされる。

▼5【無学国師】一三二七〜一四〇五。高麗末および李朝初の僧。俗名は朴自超。十八歳で出家して中国の燕京に行って指空大師に会い、翌年には法天寺で懶翁に会った。首座に据えられようとしたが固辞した。一三九二年、李朝の太祖に召されて開城に行き、王師となって、檜巌寺に住まった。首都を選ぶことになって、王とともに地相を見るために鶏竜山や漢陽などの地に出かけた。

▼6【元天錫】高麗末・李朝初の隠士。字は子正、号は耘谷。高麗の政治の紊乱を見て雉岳山に入って農事をしながら父母を養い、一方では李穡などとも交わり、時事を慨嘆した。太宗とも若いころから付き合いがあり、その即位後、しばしば招かれたが応じず、みずから訪ねて来た太宗にも避けて会おうとはしなかった。

▼7【南乙珍】高麗末の忠臣。人となりは剛直で学問を愛し、鄭夢周・吉再などと交わった。高麗末の政治紊乱を見て沙川に隠退し、李朝建国後、太祖が招聘したが、それには応じなかった。感心した太祖は沙川伯に封じたが、さらに山奥に退いて、人と交わるのを避けて一生を過ごした。

▼8【徐甄】高麗末期の文臣。本貫は利川。一三九一年、司憲掌令となったが、翌年には、他の諫官などとともに、趙浚・鄭道伝・南誾・尹紹などを弾劾した。鄭夢周が殺され、李成桂および趙浚・鄭道伝などが実権を握ると、流配された。

第二八話……皮戴吉、神医の名をほしいままにする

皮戴吉《ピテギル》▼1という人は医者の息子であった。その父は腫れ物を治すのに合薬をよく使った。父親が死んだとき、戴吉はまだ幼くて、父の術法を伝えていなかった。母親が見聞きした処方をすべて教えた。戴吉は医書を読むことができなかったものの、薬材を集めて来て煮込み、膏薬を作ることはよくできた。これを切り傷や腫れ物の薬として売って衣食の資としたが、ただ民間に行なうだけで、医者の仲間に入ろうとするわけではなかった。

しばらくして、士大夫たちもその噂を聞いて、試してみると、果たして効験があらたかである。癸丑の年（一七九三年）の夏、正祖《ジョンジョ》▼2は頭の腫れ物で苦しまれた。針や薬をいろいろと試されたが、いっこうに効き目がなく、顔や顎やさまざまなところから膿がしみだし、折からの暑熱で寝食もままならない。内医たちがあたふたと落ち着かず、大臣たちが毎日のように班を作ってお見舞いに伺うが、そのときたまたま、皮戴吉の名前を口にする者

がいた。

　王さまは特に命じて戴吉に診察をおさせになった。しかし、戴吉は賤民である。王さまの前で汗びっしょりになって、何も申し上げることができない。左右の医員たちはみな含み笑いをする。王さまが、

「前に進んで、近くに座って私の腫れ物を診るのだ」

とお命じになり、

「そう畏まることはない。お前の術法を見せるのだ」

とお続けになった。戴吉が、

「わたくしはただ一つ方文をもっております。それをあえて試させていただきます」

と申し上げると、王さまは、

「退出して、早くその薬を処方するがよい」

とお命じになった。戴吉は熊膽とさまざまな薬材を混ぜ合わせて膏薬を作り、腫れ物に塗って差し上げた。王さまは、

「何日でよくなるであろうか」

とお尋ねになった。戴吉は、

「一日で痛みは消え、三日もたてば傷口は塞がります」

と答えた。はたしてそのことば通りだった。

　王さまは薬院に通達なさった。

「薬を塗ってすぐに前日の痛みが消えたが、今の世にこうした隠れた才能があったのは予想の外であった。この医者を名医と言うべきであり、この薬を神方と言うべきである。この者の功績を議論せよ」

　内医院の官員が申し上げた。

「まずは内鍼医の官に任命して、官服をくださり、六品の職をお与えになるのがよろしいかと思います」

　王さまはそれではもの足りず、すぐに羅州監牧官に特別に任命なさった。宮中の医員はみなおどろき、手を拱《こまね》いて戴吉に礼をした。一国にその名前は広まり、熊膽膏は千金の術法として世間に伝わったのであった。

▼1【皮戴吉】ここにある話がこの人物についてのもっとも詳しい資料となる。
▼2【正祖】一七五二～一八〇〇。朝鮮第二十二代の王（在位一七七六～一八〇〇）。思悼世子と恵慶宮洪氏との間の子。父の思悼世子が祖父の英祖に殺されて、王世孫となり、英祖の死後、即位した。党派の平衡関係に心を砕いて蕩平政治を心がけた。

第二九話……房星の落とし子の殉国

長興の人である文紀房《ムンキバン》▼1は江城君・益漸《イクチョン》▼2の後裔である。

その父の烔《ヒョン》▼3は、屋上に大きな星が下りて来てあたりが昼

のように光り輝き、横にいた人が「これは房星▼4ですな」と言うのを夢に見た。驚いて眼を覚ますと、背中には汗をびっしょりかいていた。その夜に一人の快男子が生まれ、名前を紀房とつけた。この子が遊ぶときには、竹馬に乗り、紙を切って旗を作り、みずからを将軍に見立てて、他の子どもたちを指揮したが、それに従わない子どもはいなかった。十五歳のときには歴史書を読み、張巡▼5や許遠▼6の伝記に至ると、悲憤慷慨して膝を打ち、机をたたいて、涙を流した。成長するに及び、膂力は人に倍し、馬に乗ることも矢を射ることも巧みで、再従弟の明会《ミョンフィ》▼7とともに辛卯の年（一五九一年）の武科に及第して、守門将についた。翌年の壬辰の年（一五九二年）、倭賊が八道を混乱させると、紀房は明会とともに郷里の人びとを募って義兵を起こし、全羅兵使の李福男《イボクナム》▼8に従った。丁酉の年（一五九七年）、倭賊が宿星嶺を越えたが、兵馬節度使が順天から転じて南原に至ったときには、兵士たちは散り散りになって、ただ偏将五十人ほどが残るばかりであった。賊兵が城下に至ると、紀房は明会とともに眼を怒らせ、手に唾をして、

「今日こそは死を決して国の恩に報いようではないか」

と言って、南門から太鼓を打って、賊が何重にも囲む中に打って出た。弓をさんざんに射て、賊を数が知れないくらいに殺したが、そのうちに右手の指がことごとく切られてなくなった。そこで今度は左手で弓を射たが、左手の指もすべてなくなった。紀房は詩句をくちずさんだ。

日ごろの国に殉じる志は、
腰に帯びる玉竜剣が知っていよう。
（平生殉国志、腰下玉竜知）

明会もこれに和した。

力が陣太鼓の音の中で尽きそうだが、
いったい誰が国家の危急を救おうか。
（力尽鼓声裡、孰扶社稷危）

この詩句を袖に血で書いて、兵馬節度使とともに力を尽くして戦ったが、ついに討ち死にした。奴の甘釗《カムスェ》は血書された袖をもって累々と重なる死体の中に身を潜めていたが、やがて抜け出して家に帰り、その殉国の様子をつぶさに語った。血書の袖を墓に埋め、その名前は「宣武原従二等功臣」として記録された。後に本道の二百人あまりの多くの人びとが官位の追贈を上訴したが、長いあいだ放っておかれたということである。

▼1【文紀房】?〜一五九七。字は仲律、本貫は南平。一五

九一年、武科に及第して守門将となり、翌年、壬辰倭乱が起こると、義兵を起こして、李福男の旗下で戦った。一五九七年、丁酉の再乱の際には南原で果敢に戦い、戦死した。

▼2【益漸】文益漸。一三二九～一三九八。高麗末の文臣・学者。字は日新、号は三憂堂。謚号は忠宣。一三六〇年、文科に及第して、金海府司録、諄諭博士となり、一三六三年、司諫院左正言だったとき、中国に行ったが、そのときに木綿の種を持ち帰ったとされる。

▼3【炯】文炯。この話にある以上のことは未詳。

▼4【房星】二十八宿の一つ。そひぼし。車馬をつかさどるという。

▼5【張巡】唐の南陽の人。開元の進士。清河令となり、後に真源令となった。安禄山の乱に、兵を起こしてこれを討ち、睢陽の太守の許遠とともに城を守って賊将の尹子琦と戦った。援軍を臨淮の節度使の賀蘭進明に請うたが、進明は座視するのみであったので、遂に城は落ちて殺された。揚州大都督を追贈された。

▼6【許遠】唐の人。安禄山の乱のとき、玄宗が召して睢陽太守に任じ、防禦使を加えられた。賊将の尹子琦に包囲されながらも数ヶ月のあいだ固守、食糧が尽きて雀や鼠を食べて凌いだが、遂に城は落とされ、捕まって殺された。

▼7【明会】文明会。この話にある以上のことは未詳。

▼8【李福男】?～一五九七。宣祖のときの将軍。本貫は羽溪。武科に及第して、一五九七年、丁酉再乱のとき、全羅兵使として明の副總兵の楊元について南原を守備し、戦死した。謚号は忠壮。

第三〇話……趙顧命の家人の禹六不

禹六不《ウユクプル》というのは相公の趙顕命《チョヒョンミョン》▼1の家人であった。性格は質直であったが、酒を好み、また女色を貪った。趙公の家には若い婢女の莫大という者がいて、顕命の祖母の世話をしていたが、六不はこれを妾にした。たいへんな惚れ込みようで、いつも廊下を行き来していた。ある日、新たに任地に赴く統制使▼2が暇乞いに趙公の屋敷にやって来たとき、六不はこんな場合の古い習俗▼3を持ち出したところ、統制使は二両の金を与えた。六不はそれを返して、身を統制使の前になげうって、

「これは家に帰ってお母さまの衣服代になさいませ」

と言った。統制使は怒って、六不を睨みつけながら、出て行った。

その後、この人は捕盗大将となってソウルに戻って来て、部下たちに、

「巡邏中にもし禹六不を捕えるようなことがあれば、私は篤く褒美を与えようではないか」

と言った。それから数日後には、果たして六不を捕えて来たので、まさに杖打ちの刑を与えようとしたとき、すぐに人が趙公に報告した。そのとき、趙公は御営大将を

兼任していて、輿に載って捕盗庁の門の前に止めると、叱りつけるようにして、

「六不は私の家人であり、彼に死にあたいするような罪があるにしても、私が一度会って確かめたい。わずかのあいだ、出してもらえまいか」

と言った。捕盗大将はしかたなく、六不を外に出すことにした。赤い縄でしばり、捕校十人ばかりが六不を引いて出て来たが、六不は趙公の顔を見ると、泣き出して、

「大監、どうぞ私を助けてください」

と訴えた。趙はそれに対して、

「お前は死罪を犯したのだ。どうして私にお前を助けることができよう。しかし、もうお前は死ぬことになる。私はお前と握手して最後の別れをすることにしよう」

と言い、

「この縄をほどいてくれ」

と、捕校たちに命じた。捕校たちは命令に背くわけにもいかず、仕方なく、六不の縄をほどいたが、すると、趙公は六不の手を握り、そのまま輿の踏み板の上に載せて、御営執事に向かって、

「もし追いかけて来る捕庁所属の者がいれば、逆にすべて捕縛してしまえ」

と命じた。御営執事たちがうなずいたので、輿を急がせて家に帰り、その後、六不を家の門の外には出さなかった。


　趙公が死んだ後、六不は、息子の載浩《チェホ》▼4に仕えた。あるとき、そのよからぬ所行を見咎めて諫めると、載浩は怒って、

「お前は何を知っているからと言って、私を諫めるのだ」

と叱りつけた。六不はまっすぐに社壇の前にお参りして、先の大監の名前を呼んで慟哭しながら、

「このお宅は遠からず滅びてしまいます。私は今日からお暇をいただきます」

と告げて出て行き、二度と帰って来ることはなかった。


　壬午の年（一七六二年）、禁酒令が出て、取り締まりは厳しかった。六不は食事をとらず酒を糧として生きていたが、久しく酒をやめたので、当然、病気になり、朝夕が知れない容態となった。妻の莫大が隠れて小さな瓶に酒を醸し、夜中になって酒を六不に勧めた。六不は驚いて、

「これはどこで手に入れたものなのだ」

と尋ねると、莫大は、

「あなたの病のために私が密かに造ったものです」

と答えた。そこで、六不は莫大を外に連れ出し、その髪の毛をつかんで、

「お前はどうして禁令を犯したのだ」

と言った。彼自身がそれに答えて、

「私がどうしてそんなことをいたしましょう。私の無知な妻が私の病気のためによかれと思って造ったのです」

と言うと、彼自身がまた言った。

「早くその者の首を切れ」

　彼自身が首を切られる真似をして、

「このようにすれば、いかがでしょうか。わたくしどもは国法を犯してしまいました。これはあってはならないことです」

と言い、瓶を割って、一滴も飲まず、病は重くなって、そのまま死んでしまった。

▼1【趙顕命】一六九〇～一七五二。英祖のときの大臣。字は稚晦、号は帰鹿、本貫は豊壌。一七一九年、文科に及第。一七二八年、李麟佐の乱のときに出戦して、その功で豊原府院君に封じられ、一七四一年、領議政となった。人となりは清廉かつ倹素であり、言行が端正かつ剛直であり、公私にけじめをつけた。党派にくみせず、蕩平策を主張した。

▼2【統制使】全羅・忠清・慶尚三道の水軍を統率する大将。

▼3【古い習俗】新たに任地に赴く官吏が奴婢たちに財物を与える習俗。

▼4【戴浩】趙戴浩。？～一七六二。英祖のときの文臣。字は景大、号は損斎。一七四四年に文科に及第、一七五四年には右議政に至った。一七六一年、思悼世子を救おうと努力したが果たせず、鍾城に流され賜薬となった。姉は追尊された真宗の妃の孝純王后。

第三一話……楊氏の迎えた若く賢い妻

承旨の楊某[1]は山水の中を遊覧するのを好み、一頭の馬と一人の童僕とともに遠く北関（咸鏡南北両道）に遊んで白頭山に登った。その帰り道、安辺あたりで昼になり、馬に秣を飼おうとしたが、酒幕はなく、家々はどこもすっかり門を閉ざしている。しばらくさまよってあたりを見回していると、数十歩ばかり離れて岩と小川に囲まれたところに一軒の家があり、犬と鶏の鳴き声が聞こえて来る。その家の前に至ると、少女が出て来た。年の頃はと言えば、十五、六歳といったところである。戸口に立って、

「お客さまはどちらから来られましたか」

と訪ねたので、楊某が、

「遠くから来た者だが、馬に秣をやろうにも、酒幕はみな閉まっている。そこでここまで来たが、この家の主人はどこに行っているのか」

と言うと、娘は、

「酒幕の人びともともにみな洞の契会に行っています」

と答え、厨房に入って行って、馬粥一筒をもってきて、馬に喰わせた。楊公は天気がよくて暑かったので、衣服をくつろげ、木陰に休んでいたが、すると、娘が筵を木陰にひろげ、厨房に入って行ってまもなく、食事を用意して出て来た。野菜や山菜がはなはだ清潔に調理されていて美味である。楊公はその応対ぶりが機敏であり、その挙止が温雅であるのを見て、はなはだ感心して、娘に尋ねた。

「私はただ馬に秣を飼うことだけを頼んだのだが、人にも食事を用意してくれたのはどうしてなのだ」

するど、娘は、

「馬が疲れて腹を空かせていれば、人もまた疲れて腹を空かせているはずです。どうして動物のことだけを考え、人のことをないがしろにすることができましょうか」

と答えた。楊某が娘の年を尋ねると、娘は十六だと答え、その父母のことを尋ねると、この村の人間だった。楊公が出発しようとして、秣と食事の代金を払おうとすると、娘は固くこれを断って、

「お客さまをもてなすのは、人の家が行なって当たり前のことで、その代価をいただけば、その風俗は美しいとに言えませんし、父母もまた厳しくわたくしを叱責することになりましょう。いただくわけには参りません」

と言った。楊公はしかたなく、扇子と香りのいい香とを取り出して与えた。娘は跪いてこれを受け取り、

「この長者がくださった大切なものをどうしてお断りできましょう」

と言った、楊公はさらに感銘を受けて、

「このような鄙びたところに、どんな老母がこのように香り高い女子を育てたのか」

と言った。こうして別れを告げて、楊某はソウルに帰って行った。

数年後、一人の人が訪ねてきて、階下で挨拶をして言った。

「わたくしは安辺の某邑の農民です。某年の某月に相公はわが家においで下さり、娘に扇と香を下さいませんでしたか」

楊公は長いあいだ考え込んでいたが、やっと思い出して言った。

「確かに、そんなことがあった。あった」

その人が言った。

「娘はあの後、他の人に嫁ぐことを肯んぜず、相公のもとを訪ねて箒を執って働くことを望んでいます。その上、娘は『女子の行実として、どうして信物を受け取りながら、他の人に嫁ぐことができましょう』とも申します。娘の意志が強く、わたくしは千里の道もいとわずにやって参りました」

楊公は笑いながら言った。

「私はすでに白髪頭の爺さんだ。どうして若い娘に意を払おうか。その機敏さと賢さに感心したまでのことで、また代価を受け取ろうとしなかったので、ほかに適当なものもなく、持ち合わせた香を与えたのだ。たとえわが家に来たとしても、私の命は朝夕も知れないものだ。娘の芳年を惜しいと思わないのか。あなたは帰って行って、私のことばを伝えるのだ。いい婿を選んで嫁がせることにして、無茶なことは考えないようにさせるがよい」

その人は帰って行ったが、時を置かずにまたやって来て、

「何度も繰り返して娘を説得しましたが、死んでも相公以外のところには嫁がないと言います。娘の意志を曲げることができず、仕方なくここに連れて参りました。相公はどうかこれを置いてやってください」

と言った。楊公は断ることができず、笑いながらこれを許した。楊公は公明正大な君子であった。やもめ暮らしを数十年も続けて、女色を近づけることがなかった。琴と書物に親しみ、山水に心を通わせて、娘がやって来ても、これと睦び合おうというのではなかった。あるとき、家の中の廟にお参りするために、内に入って行くと、中庭がきれいに掃いてあり、食事と器が整然と整えられていたので、下女に訪ねた。

「これまでわが家は朝に夕に食べ物が用意されているわけではなく、すべてにおいて粗略で荒涼とした雰囲気だった。ところが最近は、すべてがきちんと片付けられ、私の食事もおいしくたっぷりと用意されている。これはいったいどうしたわけだ」

すると、下女が答えた。

「安辺の小室がやって来られてからというもの、針仕事や機織りはもちろんのこと、家事のさまざまなことをなさり、鶏が鳴くとともに起き、夜が更けるまで孜孜として励まれ、家の様子が一変して、豊かにもなってまいりました。これはすべて安辺の小室の徳と言うべきで、その性格も淳乎として、士大夫の奥様としての風儀をお持ちであり、誰として悪口を言うものはありません」

楊公はそのことばに感じ入り、その日の夕方には、小室を呼んで三三九度の盃を交わしたが、もの静かで貞淑であり、賢明かつ機敏な性格は故人にいささかも恥じるところがなかった。

それ以来というもの、楊公は小室をはなはだ愛するようになり、二人の男子が続いて生まれたが、その容貌はともに端正で、学問も早くに成就した。二人の男子の年が八、九歳に至ったとき、小室はにわかに家を造って、別に住むことを願い、紫霞洞の道の脇に大きく高い門を備えた家を造った。ある日、成宗▼2が紫霞洞に行啓なさり、

盛りの花をご覧になっての帰り、にわか雨にお遭いになった。雨脚はまるで麻のようであった。その雨を避けるために、道の脇の大きな門のある家にお入りになると、その庭も家の構えも瀟洒で植えられた花卉も美しくいい香りを放っている。王さまが、

「いったい誰の家であろうか」

とお尋ねになるので、左右の者がとまどっていると、眉目も秀麗な二人の少年が衣帽も整え、榻《しじ》の近くに進み出て四度の拝礼を行なった。王さまが尋ねると、楊某と安辺の小室とのあいだの子どもである。王さまは一見なさって、その子どもたちの神仙のような風格をお感じになり、その学問の進み具合をお尋ねになると、韻を踏んで詩を賦してすぐに口頭で応じ、筆を執ればまるで流れる水のようにすらすらと書いて、すべてにおいて格調が高く、まことの神童であった。王さまは大いに喜ばれた。

　従官たちは軒で雨を避けていたが、互いに顔を見交わしながら、もぞもぞとしている。王さまが、

「いったいどうしたのだ」

とお尋ねになると、

「この家の者がお食事を差し上げたいと申しておりますが、さていかがいたしましょうか」

と答えた。王さまは、

「馳走になろうじゃないか」

とおっしゃって、召し上がったが、はたして珍羞妙饌とも言うべきで、まことにすばらしく調理された食事であった。従官たちへの接待ぶりも申し分がなく、王さまは感心なさるとともに、不思議にもお思いになった。褒美をたっぷりと下賜なさり、二人の子どもは連れて宮廷にお帰りになって、笑顔になって東宮におっしゃった。

「私は今度の行啓で二人の神童を手に入れました。今後、あなたの輔弼の臣下となる者たちです」

　そうして、二人を東宮仮御の官職に任じ、そのまま宮中に住まわせなさった。けだし、東宮と年ごろも同じだったからで、その寵愛ぶりも比類のないものであった。

　小室は紫霞洞の家は立ち退いて戻り、寿命を全うしたが、その長男というのは楊士彦▼[3]、別号は蓬萊であり、官職は安辺府使に至った。次男は楊士俊▼[4]である。

▼1【楊某】この話の結末に出て来る息子の楊士彦・士俊の名前から楊希洙であることがわかる。敦寧主簿に至った。『朝鮮実録』成宗二十年（一四八九）五月に、儒生たちが興徳寺に遊んで、儒生が寺などに行ってはならないと問題になった。その儒生たちの中に楊希洙の名前が見える。

▼2【成宗】朝鮮九代の王。一四五七～一四九四。在位一四六九～一四九四。字は娎。世祖の孫。後に追贈された徳宗の子。者山君に封ぜられていたが、一四六九年、世祖妃の貞熹大妃の命で十三歳で即位した。七年の間は貞熹大妃が摂政し

たが、その後は親政した。学問を好み、射芸書画に巧みであった。外交・政策で国境を安全に保ち、内政にも治績を上げた。学芸の振興に心を尽くし、弘文館・尊経閣・読書堂を設立し。『東国通鑑』・『東国輿地勝覧』・『東文選』を編纂するとともに、『経国大典』を頒布した。

▼3【楊士彦】一五一七～一五八四。李朝中期の文官・名筆。字は応聘、号は蓬萊・滄海など、本貫は清州。一五四六年、文科に及第、自然の景色を愛し、みずから地方官を希望して各地を歩いた。民政に心を砕いて善政を敷いたが、火災の責任を取って帰郷して二年後の帰還の途中で死んだ。清廉な官吏で子孫に財産を残さなかった

▼4【楊士俊】生没年未詳。字は応挙、号は楓皐。一五四〇年に進士試に合格、一五四六年には増広文科に丙科で及第して、僉正に至った。人となりは仁愛に富み、行実が礼義に反することがなかった。

第三二話……酔って新婦を取り違える

相公の李安訥《イアンヌル》▼1は号を東岳といった。新婚のとき、上元（正月十五日）の夜であったが、鐘路の鐘が鳴った後▼2、すっかり酔っぱらって、笠洞の前の道あたりで倒れて寝込んでしまった。すると、奴婢たちがやって来て、

「わが家の新郎がこんなところに酔っぱらって寝てしまわれた」

と言いながら、その家の新婚夫婦の部屋に引きずって行った。李公は酔っ払っていて、まったく気が付かなかった。華燭の後の夫婦の部屋で共寝をして、翌朝、眼を覚ましてみると、別人の家であり、妻の家ではない。公が新婦に、

「これはいったい誰の家だろう。私はどうしてこの家にいるのだろうか」

と尋ねると、新婦も不審に思い、逆に詰問した後、たがいに驚き、恥ずかしくて仕方がない。二人ともに黙ってしまい、しばらく向かい合っていたが、その家では婚姻の三日目だったのである。この家の新郎も鐘の後になっても、よその家に遊びに出かけて帰って来なかったのだ。李公がたまたまその家の前に酔って倒れ臥していたので、奴婢たちは自分たちの家の新郎だと思って担ぎ入れたのであった。公が新婦に尋ねた。

「さて、これからどうすればよいだろうか」

新婦が言った。

「わたくしは夢を見て、どうもこのことを予兆していたようです。こうなってしまったのは、またご縁なのでしょう。女子としての道理を言えば、わたくしはこのまま死んでしまうのがいいのでしょうが、わが家は代々の翻訳官の家で、わたくしはその家の男子のいない一人娘なのです。わたくしが死ねば、年老いた父母がたよるとこ

ろがなくなります。ここは臨機応変に振る舞って、わたくしはあなたに仕え、あなたはわたくしを妾にしてくださり、年老いた父母の世話をさせてくださいませんか。そうして天寿を全うしたいと思いますが、いかがでしょうか」

李公は言った。

「私が故意に犯したことではない。あなたが奔放なのでもない。ここはあなたの言う通り、臨機応変に振る舞うのがよいであろう。ただ、私には厳しい父親がいて、私一人で決めることができない。私の年は弱冠にもおよばず、また科挙にも及第していない。そのような分際で、どうして妾など持って、親に背くことなどできようか」

新婦が言った。

「難しいことではありません。わたくしをあなたの姨《おば》さまのところにでも置いてくださいませんでしょうか」

男がわかったと言うと、新婦は、

「今すぐにわたくしをその家に連れていってください。わたくしの素性は知れないようにして、あなたが科挙に及第なさる前には会わないようにいたしましょう。及第なさった後に、ご両親にお知らせになれば、いかがでしょうか」

と言った。公はこれに賛成して、未明に手を取り合って、ひそかに逃亡した。独り住まいの姨母に預けると、その女子は針仕事に長けていて、互いに頼りあって生きる様子はまるで実際の母子のようであった。

その朝、新婦の家の人たちが目を覚ましてみると、新郎も新婦も姿が見えない。家人が大いにおどろき、探ってみて、初めて新婦が誰かに連れ去られてしまったことがわかった。そのことはひたすら隠し通すことにして、新婦は急病で死んだと触れ回り、いつわりの葬儀を行なった。

李公は女子を姨母に預けた後には、ふたたび会おうとはせず、昼夜に勉学に励んで、文章が大いに上達した。何年もせずに果たして登科して、初めて父親に事実を告げて、小室を引き合わせた後、また小室の家にも知らせようとした。しかし、小室が、

「急に行っても、けっして信じないでしょう。新婚のときにわたくしの着ていたこの紅の緞子をもって行って見せてください。これはわが家の先祖が北京に行ったときに、皇帝から下賜されたもので、世界にも稀な絹です。これを見たなら、きっと信じるでしょう」

と言うので、そのことば通りにすると、果たして老父母が駆けつけ、娘を見て、悲喜交々至るといった様子であった。また李公を見ると、宰相の器である。これまでの事情を詳しく聞いて、

「これも天命であろう。わたくしどもは年老いて、ただ

この娘だけが残る。後事を託すしかない」

と慨嘆しながら、言った。その家の財と奴婢、田畑をすべて李公に託したが、実にソウル一の長者であった。その小室は賢くて知恵があり、産業をおさめ、巾櫛を奉じて▼3家を取り仕切り、婦人の鑑として振る舞ったので、李公の家は今に至るまで、長者と称されている。笠洞の家というのは李公が酔って入り込んだという小室の家である。小室の産んだ子どもたちがまたさらに繁栄した。

▼1【李安訥】一五七一～一六三七。一五九九年、文科に及第して、刑・戸・礼曹の佐郎を歴任、進賀使に随って中国に行き、成均館直講となった。特進官として王のそばに侍り、朝廷の是非が明らかでなく、賞罰が公正ではないことを極言して、人びとの反感を買い、北方に帰郷した（流された）。丁卯胡乱のときに赦されて江華島に行き、以後、顕官を歴任したが、丙子胡乱の際にも南漢山城に扈従して、そこで死んだ。

▼2【鐘が鳴った後】今もソウルの中心に鐘楼が残っているが、夜、人定の鐘がなった後は街路の通行は禁止されていた。

▼3【巾櫛を奉じて】手ぬぐいと櫛を受け取ること。妻あるいは妾になることの、へりくだった言い方。

第三三話……伽耶山の崔孤雲の孫の嫁

高霊の地に金姓の者がいた。平生、家の仕事はまったくせず、田舎にいて人と交わることもせず、あちこちに出歩いては四方を遊覧した。家に帰って来ては、家人や子弟に語りかけるのだった。

「昨日は南趎《ナムチュ》老人▼1と智異山で出会い、今日は孤雲《コウン》先生▼2とともに伽耶山▼3に遊んだ」

たとえ子弟であっても、嘘っぱちだと思って、信じはしなかったが、ある日、にわかに、

「明後日は孤雲の孫が嫁をもらう日だ。私は宴席に招かれている。行かないわけにはいくまい」

と言い出した。その息子が尋ねた。

「孤雲先生は今もこの世に生きているのですか。またどんな孫がいて、どこの家から嫁を迎えるのですか」

金氏は答えた。

「その新婦というのは星州の李進士の孫娘で、年は十六歳だ」

息子はいよいよ心の中で疑った。その李進士というのは学業と徳行が道内でも有名で、また彼らの親戚でもあった。息子は不思議に思い、その真否を確かめようとして、翌日、李進士の家に行って宿泊し、結婚式があるか

どうかを見ようとした。当日、李進士の家は寂然として何ごともないようである。ただ主人と客が堂に座って酒を酌み交わしているだけであった。すると、いきなり婢女が走り出してきて、李進士の父子に言う。

「す、すぐに、あちらにいらしてください」

李進士が、

「いったい何事があったのだ」

と尋ねると、婢女は、

「お嬢様が機織りをしていらっしゃいましたが、急に昏倒して人事不省におなりです」

父子は大いにおどろき、起って中に入って行った。金氏が外からそれをうかがっていると、中では大騒ぎをしている。しばらくして、李進士が出てきて、

「金ソンビは気塞を治す方法をご存じないであろうか」

と尋ねたので、金氏は、

「若くて経験がなく、よくは知りません。すぐに清心丸を服用すれば、よくなるのではないでしょうか」

と答えた。李進士は中に入って行こうとしたが、すぐに振り返り、

「あなたも入って来て、気塞の様子を診てください。回復する方法も見つかるかもしれない。今や死の境にあって、どうして男女の別を言う必要があろう」

と言った。


金氏が李進士とともに中に入って行き、病状を見たが、すでに手の施しようがない。その顔から血の気が失せていくのを見て、その家の人々の悲嘆のさまを見るに堪えず、一刻もその家にとどまることができずに、すぐに家に帰ってきたのだった。

日が暮れて、果たして父親が帰ってきた。息子が拝礼して、

「今日は孤雲先生の家での宴会はつつがなく行なわれたのでしょうか」

と尋ねると、父親は、

「末席に座って、ご馳走をいっぱいいただいて帰ってきた」

と答えた。

「新婦はどのような様子でしたか」

と尋ねると、

「孤雲は喜色満面で、『今度の嫁は将棋をよくするそうだ。私によい相手ができた』と言っていた」

と答えた。また、

「その新婦の容貌をご覧になりましたか」

と尋ねると、

「輿の簾が風で巻き上がって、門を入って行く姿がわずかに見えたが、顔に痘痕があり、眉間には黒子があった」

と答えた。これを聞くと、李進士の娘そのままなので、いっそう不思議に思った。

その他にも、金氏には不思議なことが数多くあって、郷里の人はみな狂人扱いした。金氏が死ぬに及んで、棺に入れて葬礼を終え、棺を運ぶ段になると、棺がとても軽く、まるで赤ん坊の棺のようである。家人が奇妙に思って開けてみると、なんと葬衣だけが残っていて、身体はどこかに消え失せていた。そこで、日常に来ていた衣服を棺には入れて、あらためて埋葬したのだった。

▼1【南趎】朝鮮中期の文臣。字は季応、号は西溪・仙隠。一五一四年、進士として別試文科に及第、成均館学諭となった。全羅道谷山にいたとき、県監を告発して、逆に罪せられ、平安道義州に流配された。その後、復帰したが、一五一九年の癸卯の士禍では趙光祖の一派と見なされて追放された。

▼2【孤雲】崔致遠のこと。八五七～?。新羅末期の学者。字は孤雲、海雲とも。十二歳のときに唐に渡り、十七歳で科挙に及第、宣州漂水県尉を経て、承務郎侍御史内供奉となり、紫金魚袋を下賜された。八八四年には帰国して、八九三年には遣唐使に任命されたが、盗賊が横行していて行かず、翌年、時務十余条を出して阿飡となった。その後、乱世に絶望して各地を遊覧して風月を歌い、最後には伽耶山の海印寺で余生を送ったという。『新唐書』「芸文志」に彼の著書として『四六集』一巻と『桂苑筆耕』二十巻があるとする。

▼3【伽耶山】慶尚北道と慶尚南道の境に位置する山で、大蔵経の板木を所蔵する海印寺がある。

第三四話……巨人島に流れ着いた老人の話

清州の商人が若布の買い付けのために済州島に渡ったときのことである。一人の人が地面を這って転がるようにしてやって来て、舷側に手をかけて船内に躍り上がって入って来た。見ると、白髪の老人で、二本の脚がない。船中の人が、

「爺さんはどうして二本の脚がないのかね」

と尋ねると、爺さんは

「若いころ、海を漂流して鮫にやられてしまったのさ」

と答えた。

「そのときの話を詳しく聞かせてもらえまいか」

と言うと、老人は話しだした。

「私たちは漂泊して、やっとのことで一つの島に流れ着いた。すると、丘の上に高い門を備えた家があった。船中の二十人あまりは数日間も漂流したので飢えと渇きに堪えず、いっせいに船から降りて、その家に入って行った。その家の中には一人の大男がいて、背の高さは数十丈、腰の周りは十尋ほどもある。顔は墨のように黒く、眼が深くくぼんでいる。そのことばは驢馬の鳴き声のよ

うで一言も理解できなかった。私たちは自分たちの口を指差して、食べる物を乞うたのだが、そのものはわからないふりをして、門を固く閉ざしてしまい、後ろの庭に薪を一抱え積み上げて火を放った。火が盛んに熾ると、私どもの中に突入して来て、いちばん背の高いチョンガー（独身男）をつかまえ、火の中に放り込んだ。そうして焼き上がったチョンガーをむしゃむしゃと食べたのだ。私たちがそれを見ておどろいたことといったらない。魂魄が飛び失せ、毛髪が逆立って、ただただ互いに顔を見合わせ、死を待つばかりであった。その物はひとしきり食べ終わると、今度は堂の上に登って、瓶を開けてがぶがぶと飲んだ。きっとそれは酒だったのだろう。しばらくすると、黒い顔に赤みが差し、堂の中で眠りこけてしまったが、その寝息はまるで雷のようであった。

私たちはこの機会に逃げ出したいと思い、門を開けようとしたが、扉一枚の大きさが三間もあり、しかも高くて厚く、はなはだ重い。みなで力を合わせて開けようとしたが、びくとも動かない。垣根を飛び越えようとしたが、これも高さが三十丈もあって、とても越えられるものではない。このときの自分たちの身の上はと言えば、まさしく釜の中の魚であり、まな板の上の肉であった。みなで嘆いていると、一人の男が思いついて、

『私たちの中には刀を持っている者がいる。このものが酔っぱらって寝ている今、両目を突き刺し、その上で喉頸を掻き切ったらどうだろうか』

と言い出した。私たちは、

『それはいい思いつきだ。どうせこのままなら死んでしまうのだ。失敗してももともとだ』

と言って、いっせいに堂の上に駆け上がって、そのものの両の眼を刀で突き刺した。そのものは霹靂のような大きな声を出して起き上がり、手を振るって私たちを捕まえようとしたが、両目はすでに失明してしまっている。私たちは東に逃げ、西に避け、つかまえられることなく、ちりぢりになって後ろの庭に入って行ったが、すると柵があって、中には五、六十頭の羊と豚とが飼われていた。私たちはこの柵を開いてこの羊と豚をみな放った。羊と豚は逃げ出してその場は狼藉たるありさま、そのものが庭に下りて来て、手を出して私どもを捕まえようとするが、捕まえるのは豚でなければ、羊だという有り様であった。そこで、そのものは門を開けて、羊と豚をみな出してしまおうとした。それを見た私たちはそれぞれに豚か羊を背に負って出ることにしたので、そのものは手で探ってみて、羊か豚であるのを判断して出してくれた。それで、私たちはやっとのことで外に出ることができたのだった。

私たちは船に乗って急いで逃げようとしたが、そのも

のが大きな声を張り上げると、三人の大男が一隅から駆けつけて来て、海の中を追いかけて来る。一歩脚を上げれば、五、六間は上がる。そのものたちが舷側に手をかけたので、私たちは鎌をもって来て、その指をことごとく切り落として、島から離れて逃げ出して来たのだった。しかし、大海でふたたび悪風に遭い、船は岩に当たって破砕してしまった。船の中の者たちはみな投げ出されて溺れ死んだが、私一人は幸いにも破砕した船材に身を委ねて命を長らえることができた。しかし、鮫がやって来て、この通り、両足は喰い切られてしまった。いま、本土の船に出会って、私に同情して連れ帰ってもらえれば、これ以上の幸いはない。あのときの光景を思い出すと、今でも心臓の動悸が激しくなって、歯が冷たくなって骨が震えて止まらない。すべて私の悪運のなすところなのだろう」

　そう言って、老人は長くため息をついたのだった。

第三五話……悪気を見て災いを除いたこと

　鄭北窓の名前は礦《リョム》▼1で、その弟の古玉の名前は碏《チャク》▼2である。あるとき、二人で通りを歩いて、ある一軒の家に至ると、その気を感じ取って、北窓が、

「惜しいことだ、この家は」

と言った。古玉は、

「兄上はどうして率爾にそのようなことをおっしゃるのか。黙って通り過ぎられればいいのに、すでに口に出しておっしゃった以上は、このまま通り過ぎるわけにもいきますまい」

と言った。北窓は、

「お前の言う通りだな」

と言って、兄弟二人してその家に入って行き、いくつかの部屋を通り過ぎて、家の主人に会って言った。

「私たちがこの家に入って来たのは、ご主人の厄を取り除くためです。ご主人は私たちの申すことに従われますか」

　主人が、

「そういたしましょう」

と答えたので、北窓は言った。

「白炭五十石を今日中に用意してください」

　主人が言われたままに用意すると、北窓はそれを庭に積み上げさせて火をつけさせ、その中に大きな櫃を置いた。その家の者たちがみな集まって来たが、その中には十歳あまりになる主人の子どもがいた。その子どもは人びとの中に立って、庭の焚き火を見ていたが、北窓はこの子どもをいきなり捕まえ、櫃の中に入れて蓋をした。

この家の人びとはみな驚いて怒号した。惨憺たる光景であったが、北窓はいささかも動ぜず、奴僕たちを叱りつけて、いそいで焼き尽くさせた。主人はあたふたするばかりで、どうしていいかわからずに、事は終わって、嗟嘆するばかりであったが、その後、北窓が櫃の焼け残った材を取りのけてみると、大きな蛇の焼け残った体があった。北窓が蛇の焼けた残りを突つくと、数寸の鎌の破片が出て来た。北窓は主人にこれを示し、

「あなたはこれをご存じではないだろうか」

と尋ねると、主人は
「確かに知っているとも。私は十年ほど前、池を掘って魚を飼ったが、魚が次第にいなくなってしまった。不思議に思って見ていると、大きな蛇が魚をことごとく食べていたのだった。私は腹を立てて、大きな鎌を鋳させて、その蛇を殺そうとした。鎌を振るって、その蛇を切ったが、蛇は死んだものの、鎌の刃も欠けてしまった。その鎌の欠けた刃がこれではないか」

と言って、奴僕を呼んで、倉の中に入って鎌をもって来させ、その鎌と蛇の中から出て来た鉄片を合わせると、ぴたりと合った。

　北窓に言った。

「ご主人の子どもというのはその蛇の霊だったのだ。あなたの子どもとなって恨みを晴らそうとしたので、もし数ヶ月遅ければ、ご主人の家に大変な災いが出来したであろう。その悪気が前もって現れているのを見て、私たちは黙過できず、このような振る舞いに出たのであった。他意はない。ご容赦ください」

　そうして、別れを告げて、立ち去ったのであった。

▼1【鄭磏】一五〇五～一五四九。朝鮮中期の儒医。字は士潔、号は北窓、本貫は温陽。内医院提調の順鵬（朋）の子。一五三七年に司馬試に合格、幼いときから天文・地理・医書・卜筮に精通して、中でも薬に明るかった。そのために一五四四年、中宗の病患に際して内医院の推薦で入診したこともあった。彼が経験した処方を記録した『鄭北窓方』があったというが、今は残っていない。

▼2【鄭碏】一五三三～一六〇三。字は君敬、号は古玉。医薬に造詣が深く、一五九六年、『東医宝鑑』の編纂に参与した。自己の父親の順鵬が乙巳士禍（一五四五年）に加担して人びとの粛清を行なったことから、放蕩にふけり、詩と酒を愛した。隷書に巧みであった。

第三六話……子だくさんの金氏の村の繁栄

臨陂の金某というのは邑の役人であったが、早く役人を辞めて商人となった。近邑の市場をあまねく回り、年

も若く、なかなかの色男ぶりだったから、行くところ、行くところで女を作り、その女たちは必ずと言っていいほど妊娠して、生まれる子どもはまた必ずと言っていいほど男子であった。たとえ一時の気慰みに過ぎなかったとしても、女との間柄を役所に届けておき、そうして認知した子どもというのが八十三人にもなった。二十年もすれば、すでに成人した者もいたが、その子どもたちでいまだかつて父親に頼った者はいず、その大半は母親のもとで成人して、自分の力で婚資を蓄えて妻を娶った。

　甲乙の年（一八一五～一八一六年）は大凶作であった。金某もすっかり年を取って、世過ぎの道を失ってしまった。そこで、自分の生んだ子どもたちを呼び集めてみると、来る者も来ない者もいたが、来た者はすべてで七十人あまりであった。皆が集まって相談して、金堤と万頃の二つの邑のあいだの広々とした野に行き、家を新たに造ることにした。百間もの長さの行廊を造り、一間ごとに仕切りを置いて、七十余人の子たちは住まうことにし、それぞれが得意なことを生業とした。あるいは田を耕し、あるいは機を織り、あるいは靴を作り、あるいは陶器を作り、あるいは鍛冶をし、あるいは大工をして、ほとんどの職掌がそこには備わった。そうして、その父と妻たちは平安に衣食満ち足りて過ごした。

　その野というのはもともと御営庁（ソウルにあった軍営）の屯田として長いあいだ廃れていたものであった。春が訪れると、子どもたちみなで力を合わせて開墾し、まずは蕎麦を植えた。夏になるとその収穫は六、七百石にも上った。翌年には麦と大豆を植えて、秋には千石ほどの収穫があった。その翌年には水田にして稲を植え、秋の収穫は数千石にも上った。このようにして三年、家産はようやく豊かになった。

　金某はみずから御営庁に出向いて、陳田および開墾のことを大将に報告して、租税をかけてくれるように請うた。長く耕作の許可状が下され、今に至るまでその一族は居住して耕作し続けている。七十あまりの子どもたちがまた次々に子どもを産んで人口は増え続け、一村が金氏の村となり、数百戸あまりの大きな村となった。これからの繁栄がいかほどか、また予測がつかない。

巻の三

第三七話……東大門で自分の落とし胤の僧に出会う

ソウルに住む一人のソンビはいつも占い師のところに行っては、自分の運勢を占ってもらっていた。あるとき、子宝に恵まれるかどうか占ってもらうと、

「日が暮れて東の門を山僧が後について来る」

と出た。書生が占い師にその意味について尋ねると、占い師は言った。

「占いの辞は今述べた通りで、その意味は私にもわかりかねる」

その後、ソンビが東郊に用事があって出かけ、帰って来るときに、興仁之門（東大門）の前でにわか雨に遭った。そこで道路脇の一軒の家の門のところにひとり立って雨宿りをした。雨はなかなか降り止まず、日が暮れようとしている。どうしたものかと途方に暮れていると、突然、中から声がした。

「どこに行かれる途中でしょうか。このようにわが家の門の外に立ち止まって、たいそう御難儀のようですね。雨の勢いはこの通り衰えそうにありません。この家には男手がありませんが、どうして一晩お泊めするのに、差し支えがありましょう。中にお入りになっても構いません」

ソンビは疲れ果てていたので、言われるままに、中に入って行った。すると、うら若い婦人がいる。ソンビはこの婦人と一晩を過ごし、一線を越えてしまった。尋ねると、都監砲手の妻で、夫が宿直に当たっていたのだった。ソンビは朝起きて、髪の毛を整え、爪を切ろうとして、指を傷つけてしまった。その血を止めるものを求めると、女は足袋を渡した。ソンビは血を拭ってその足袋を軒のあいだに差し込んで、別れを惜しみながら、悵然たる思いを抱いて帰って行った。

そんなことがあって十五年の後、二、三人の友人とともに東郊の花見に出かけての帰り道、ソンビがその家を指差して、かつて経験した風流事を話し、ともに騒がしく笑いながら通り過ぎて行った。すると、背後を歩いていた一人の僧侶が追いかけて来て前に出て、

「ちょっとお待ちください」

と言って、ソンビの袖を捕えて中に引きずり込んだ。同行の者たちはいったい何ごとなのかわからず、そのまま先に帰って行ったが、ソンビは僧に袖を引かれるままに家の中に入って行った。すると、堂の下に一人の女人が下りて来た。まさしくかつて情を交わしたあの婦人である。十五年のあいだ会うことはなかったが、運命の巡り合わせで会うことができて喜びに堪えない。女人はソン

ビを堂に招き上げ、僧に向かって言った。

「この両班に巡り会えたのがどうして天運でないだろうか。天がわたくしたちのまごころに感動したのだ」

　ソンビは不思議に思って、

「あなたのことばはいったいどういう意味なのでしょう」

と尋ねると、婦人は話した。

「あなたはかつて一夜をこの家で過ごしましたが、その後に、わたくしは妊娠をして男児を生みました。わたくしは心の中でこれはあなたの子であることを確信しましたが、砲手の子として育ちました。十歳になったころ、わたくしは頭を梳いていて、偶然に頭頂部を撫でて、『両班の血はおのずと常人と違っている』とつぶやいてしまったのです。わが子は振り返りながら、『私はお父さんの子どもではないのですか。私は両班の子なのですか。お願いですから、本当の私のお父さんを教えてください』と詰問します。わたくしが当たり障りのないことを言って、ごまかしていると、子どもは泣きながら、ご飯を食べようともせず、ずっとわたくしのことばの意味を尋ねようとします。わたくしは仕方なく、昔のあの出来事を話したのですが、子どもはその話を聞いて、落髪して僧侶になったのです。そうしてまことの父親を捜し歩いていたのですが、こうして偶然にお会いすることができました。これはまさに天倫は逃れがたく、至誠が通じたということではないでしょうか。書房はあのとき爪を切られたのを覚えておいでしょうか」

　書生は、

「もちろん覚えているとも。私はあなたの足袋で血をぬぐい、軒のあいだに差し込んだのだったが、今もまだあるであろうか」

と言い、立ち上がって足袋を探し出した。これでこの書生が父親であることは疑いなかった。僧は家に戻り、髪の毛を延ばして還俗して成人した。

　これで見ると、占い師の占いはあながち嘘ではなかった。僧侶は父がなかったが、父を得た。すでにそのような天の定めだったのである。

第三八話……にわか雨で子どもを得た薬材商

壮洞に一人の薬材商人がいた。年老いてやもめ暮らし、子どももいず、家もなく、薬局を回ってはそこを宿とした。英祖の時代のこと、王さまが毓祥宮[1]にお参りになったことがある。ときは四月であったが、にわかに雨が降り出した。溝には水があふれ、見物の人びとはみな雨を避けて、薬局に逃げ込んだが、軒と言わず部屋と言わず、

人がぎっしりと入り込んだ。薬材商はちょうど部屋に居合わせて、

「今日の雨は私が若いときに鳥嶺[2]を越えたときに遭った雨を思い出させる」

と言った。横にいた人が、

「雨にどうして古今があろうか。いつも同じではないか」

と言うと、

「そのとき、おかしなことがあったので、今も忘れられないのだ」

と言う。横の人が、

「いったいどんなことがあったというのだ」

と言うと、薬材商はおもむろに語りだした。

「その年の夏には倭黄連[3]が品切れになってしまった。私はそれを仕入れようと東萊府[4]に行くことにしたのだが、午後に鳥嶺を越えて、茶店を通り過ぎ、人影もなくなったところで、急に雨が降り出した。咫尺《しせき》もわからないほどの土砂降りで、どこかで雨を避けなければと見回して、やっと山崖の下に草幕が見つかった。すぐにそこに向かって入って行くと、老処女が一人でいた。まずは衣服を脱いで乾かそうとすると、老処女は私を避けようともしない。ついついいたずら心が働いて、老処女を押し倒して一事に及んでしまったのだが、老処女もまんざら拒みもしなかった。しばらくして雨がやんだので、その処女の素性を尋ねもしないで、そのまま立ち去ったのだった。そのときの雨が今日の雨とそっくりだったので、思い出したのだ」

　こう語り終えると、軒の下にいた一人の少年が部屋の上にいきなり上がって来て、

「今、鳥嶺の雨の話をなさったのはどなたでしたか」

と尋ねた。横にいた人が薬材商を指差すと、少年は拝礼をしていった。

「今日初めて父上にお会いできました。こんな幸運はありません」

　そこに居合わせた大勢の人びとが不思議に思い、薬材商人もまた怪訝に思って、

「いったい、どういうことだ」

と尋ねると、その少年は言った。

「わたくしの父親の身体には目立つ印があるそうです。今、衣服を脱いでもらえますまいか」

　薬材商が衣服を脱ぐと、しばらく腰の辺りを見て、少年は言った。

「もう疑いはありません。本当にわたくしのお父さんです」

　周りの人びとがその理由を尋ねると、少年は答えた。

「わたくしの母親は酒幕を守っていましたが、雨の中で

旅人をお泊めして子どもを宿し、わたくしを生みました。わたくしが成長してことばを覚える時期になり、隣の子どもは父と呼ぶべき人がいるのに、わたくしにはそう呼ぶべき人がいない。それで母親に詳しく事情を尋ねて、母に聞いた話というのが、今の話と符合したのです。しかも、父の腰には黒子があったと聞いていました。わたくしはその話を聞いて、十二歳の年には家を離れ、あまねく八道を周り、三度ソウルに入って、六年が経ちました。今日やっと、幸いにも父上にお会いできたのです。これも天の思し召しというしかありません」

今度は父親に向かって言った。

「お父さんは長くソウルにお留まりになることはありません。できれば、わたくしとともにお行きになりませんか。わたくしが一生懸命に働いてお世話をしますし、お母さんもずっと貞節を守って過ごされました。親戚もけっして貧しくはなく、口を糊するのに困ることはないはずです」

人びとは不思議な話だとしてもてはやしたが、薬局の主人も中から出て来て、

「薬材商の某が、なんと子どもができただと。世間にこんな珍しいめでたい話があるだろうか。友人としてもうれしい話だが、まして当事者はいかばかりうれしかろう」

と言い、息子といっしょに行くことを強く勧めたが、薬材商はうれしいにはうれしいのだが、久しくソウルに住まって名残惜しくて、また行く末にも不安があった。しかし、息子が、

「ご心配には及びません。多少の銭の用意はあります」

と言い、居合わせた人びともみなが勧めて、懐中から若干の銭を出し合って、五、六両を用意したし、主人もまた十両あまりを加勢した。

雨が降り止んで後、父と子は人びとと別れて立ち去ったが、そこでは妻が出迎え、衣食に不自由することなく、優遊として晩年を過ごしたのであった。

▼1【毓祥宮】英祖が生母である淑嬪崔氏を祀るために建てた祀廟。ちなみに淑嬪崔氏はテレビドラマの『トンイ』のヒロインとなった女性、身分が高くなかったために、王は特別な祀堂として毓祥宮を造って祀った。

▼2【鳥嶺】忠清道と慶尚道の境にある峠。海抜一〇一七メートル。ソウルから慶尚道に向かうのに越えなければならない難所であった。

▼3【倭黄連】日本産の黄連。黄連は竜田草の根を言い薬材となる。

▼4【東萊府】現在の釜山市東萊区にあった。日本との交易の窓口であった。

第三九話……神医の柳瑺

知事の柳瑺《ユサン》▼1は若いころから医術に巧みなことで知られていた。しかし、たしかに才能があったものの、妙境に達しているというわけではなかった。

あるとき、嶺伯（慶尚道観察使の異称）に従って書生として下った。数ヶ月のあいだ滞在したものの、なにもすることがない。無聊をかこって、嶺伯にソウルに帰ることを願い出た。嶺伯は許可して、すぐに驢馬と馬子とを与えた。柳瑺が栞湖《クムホ》をわたり、まだ牛岩倉《ウアムチャン》には至らないとき、馬子が急に大便をもよおして、手綱を柳瑺にわたしながら、

「この驢馬は気性が荒いので、くれぐれも用心してきちんと座っていてください」

と念を押した。ところが、柳瑺はまちがって鞭を一つ当てたものだから、たまらない。驢馬は駆け出し、山を越え、谷を渡って、少しも速度を緩めない。柳瑺は鞍にしがみついて、なんとか落馬せずにいたが、驢馬は脚を止めずに一日中走り続ける。しかもつねに険しく深い山や谷の中で、日が暮れかかるころ、峠を越えて、一軒の家の前で、驢馬はやっと立ち止まった。家の中の老人が子弟を呼んで、

「門の外に驢馬に乗った人がいらっしゃる。中にお招きして、もてなすがよい。食事も準備して差し上げるがよい」

と言った。柳生は一日中驢馬に乗って疲労しきっていた。幸いにも驢馬がこの家の前で止まり、招き入れられるままに、家に入った。家の主人と挨拶を交わし、驢馬が急に走り出して止まらなかった事情を話したが、食事をいただいて腹が満たされると、疲れが出て眠ってしまった。主人は敷居の中にいて、柳生は敷居の外にいて、灯りは煌々とついたまま、主人と客は黙然としていた。すると、外で足音が聞こえる。主人が窓を開いて、

「来たか」

と言うと、

「来たぞ」

と答える。主人は長剣を携えて出て行きながら、

「私がいないあいだ、この家の書物を見てはならない」

と言って、姿を消した。柳瑺は怪訝に思いながら、よく見ると、下の方の部屋の西の壁にかかった帳がひらひらと風に舞って、中には何かがあるらしい。主人の禁止は厳しいものではあったが、どうしても見てみたいという気持ちを抑えることができない。帳を開けて見てみると、書架にいっぱいの医書がある。柳瑺は手当り次第に抜き出して読んでいると、外で人の足音が聞こえた。あわてて、

書物を書架に返して、もとのところに戻って座っていると、主人がもどって来て、柳瑺をにらみつけて、言った。

「あなたは無礼この上ない。私の書物を見ましたな」

柳瑺が、

「ついつい見てしまいました。申し訳ない、申し訳ない」

と言い、逆に長剣を携えて出て行った曲折を尋ねると、主人が答えた。

「私には江陵に友人がいましたが、私を呼んで、恨みを晴らそうとしたので、しばらく出かけてきたのです」

そうして、二人ともに就寝したが、鶏が鳴くと、主人は子弟を呼びつけ、

「驢馬に秣を喰わせろ」

と言い、柳瑺が起きると、すぐに朝食をとらせて、

「すぐに出かけるがよい。ここに長く逗留していてはいけない」

と言った。柳瑺は立ち上がり、別れを告げて驢馬に乗ると、主人の子どもが驢馬の尻に鞭を当てた。驢馬は昨日のようにまた駆け続け、お昼には広州の板橋に着いた。十人あまりの駅隷が街道筋で連絡し合って、

「柳書房が帰って来られた」

と告げた。

柳瑺は二日を驢馬の上で過ごし、また前夜は眠っていない。疲れ果て、精神も昏迷して、酔い惚けたようである。驢馬の上で一個の泥人形の状態であったが、紅の衣服を来た人が驢馬の前に立って、

「あなたは柳瑺ではありませんか」

と尋ねた。柳瑺が
「どうして私の名前を聞くのですか」

と言うと、その人は、

「王さまのご病気がはなはだ重く、すぐに柳書房を連れて来て、王さまのご容態を診察させなくてはならないということになり、わたくしどもは江をわたって、ここで待っていたのだ」

と言った。けだし、王さまの夢の中に神人が現れて、

「柳瑺という名医がいて、今まさに嶺南から驢馬に乗って上京しようとしている。今すぐに人をやって、江南でこれを待ち迎え、連れて来て王さまを診断させれば、王さまは泰平でいらっしゃろう」

と言ったのである。

名前を聞くと、まさに柳瑺である。紅衣の人は大いに喜んで、そのまま宮廷に連れて行こうとしたが、柳瑺が、

「王さまはどのような症状であろうか」

と尋ねると、

「王さまは疱瘡が今や黒くなっていらっしゃる」

と言う。柳瑺はいったん家に帰り、公服に着替え、そう

して宮廷に参ることにした。その途中、銅峴《ドンヒョン》を越えた。そのとき、一人の老婆が疱瘡にかかった子どもを背負って立っていた。傍らの人がこれを見て、

「この子の疱瘡ははなはだ重篤のように見える。どうしてこんなところに立っているのだ」

と尋ねた。老婆は、

「この子の黒ずんだ疱瘡は七つの身体の穴が塞がって気が通らなくなっていました。手を束ねて死ぬのを待つばかりでしたが、昨日幸いに通りすがりの山の僧に出会い、教えてくれた柿の蔕《へた》の薬湯を用いたところ、七つの穴が通じるようになりました」

と答えた。柳瑺は馬をとどめて、この話を聞いていたが、昨日、山の中で呼んだ医書にも柿の蔕のことについては出ていた。


宮廷に入って、王さまの症状を診たが、老婆が背負っていた子どもと果たして同じ症状であった。柿の蔕の薬湯を用いればよかったが、ときはまだ四月であって、内局で柿の蔕など手に入る時期ではない。たまたま南村に一人のソンビが住んでいて、無棄堂と号していた。天下に無用なものなどないとして、何でもため込んでいて、ここで柿の蔕一斗を得て、王さまに一貼りしたところ、たちまちに功を奏し、王さまは平服なさった。

それ以来、柳瑺は神医の名前をほしいままにした。これで見ると、一翁も一媼も神人の類であろう。驢馬が狂ったように駆けたのも、神人が夢に現れたのも、みな天がしたことであって、尋常なことではないのである。

▼1【柳瑺】生没年未詳。進士として医薬に詳しく、一六八三年には王の天然痘を治療して、その功績で同知中枢府事となった。その後、地方の郡守となり、一六九九年にはまた世子の天然痘を治療して知中枢の実職を得た。著書として『古今経験活用法』一巻がある。

第四〇話……天然痘の子を救った李生

忠清道の瑞山銅岩の李氏は武弁の名家である。その何代か前の祖先に有徳の君子がいて、秋のある日、庁の上に座って、人びとが庭で打穀する様子を見ていたところ、日傘をさした恰幅のある役人が門を見上げながらやって来た。見ると、かつて付き合いがあって死んでしまった友人である。友人が庁に上がって来て挨拶を交わした後、李生が尋ねた。

「兄さんはすでにあの世の人となったはずだが、今日は威儀を整えてやって来られた。まだ人間界にいらっしゃったのですか」

すると、その人が答えた。

「私がこの世を去ってすでに久しくなる。死んだ後には冥府に仕えるようになり、今日は庶神差使（冥府の神の使）として湖南（全羅道）地方に向かう途中、内浦（全羅南道の北部地方）を通って君の家を通り過ぎたのだ。かつての情誼を考えると、むなしく通り過ぎることもできない。ちょっと挨拶して行こうと思ったわけだ」

李生が言った。

「あなたは痘疫神になられたようだが、あなたの往時の寛厚な人柄からでは齷齪としたことはなさらないはずだ。おおよそ人の家の大切な子、寡婦の一人っ子、賢い子など、行く末の長いはずの子は、放っておけない理由があったとしても、ぜひ容赦して活かしてやってほしい。徳を施してくだされば、すばらしいことではないか。すばらしいことではないか」

その人は何も言わずに立ち上がり、

「帰るときに、また立ち寄ろうじゃないか」

と言って立ち去った。打穀のために居合わせた人びとにこの姿は見えず、ただ李生だけに見えたのだった。

十一月になって、友人の痘疫神がはたして戻って来たが、はなはだ多くの人びとをぞろぞろと連れて来た。李生がその間のことを話しながら見ると、中に十歳あまりの子どもがいた。その骨格といい容貌といい、すこぶる名家の子弟のようである。また、遠大な気象が表情にはうかがえたものの、背中に重い荷を負って、苦しんでいるようだった。李生は気の毒に思って言った。

「この子はどの家の子で、どうしてこのように苦しそうなのか」

痘疫神が言った。

「この子は湖南の某邑の金姓の子どもで、気の毒な状況があっても、どうすることもできずに連れて来たのだ」

李生が言った。

「その理由を聞きたいものだ」

痘疫神が答えた。

「この子どもには他に兄弟はいない。この子だけがいて、しかも三代続けて寡婦になった者の子だ。その家は貧しくはなかったが、私も同情はして、さほど難しい症状を与えたわけではない。最初の発病から瘡がとれるまでに、間違いなく治癒したのだったが、私を見送って帰す段階になって見ると、あまりに賄賂の品物が多く積まれていた。冥府のしきたりとして、これらの品物は必ず持ち帰らないわけにはいかないのだ。ところが、帰るのに馬もなく、また背負ってくれる者もいない。そこで、仕方なく、この子に荷物を背負ってもらっているのだ」

李生はそれを聞いて、

「それではあまりに気の毒だ。この子どもはいったん治癒したのではないか。それに感謝しての贈り物を受け取りながら、それを運ぶ者がないからと言って、またこの子を捕まえて荷物を負わせて連れて行くとは。それではあまりに不仁ではあるまいか。わが家には馬が一頭いる。これを差し上げる。あの子どもの代わりに荷物を積ませ、あの子どもは家に帰してくれないだろうか」

と言った。痘疫神が、

「わかった。それで構うまい」

と答えたので、李生がそこで裏に回って厩の馬を引いて来ると、しばらくして馬は死んだ。その馬に子どもが背負っていた荷物を代わりに負わせて、子どもは家に帰らせたところ、その姿はすぐに消えて見えなくなった。

数ヶ月の後、李生がふたたび閑暇に日々を過ごしていると、ある日、一つの輿が家の門の中に入ってきた。李生が不思議に思って尋ねると、

「全羅道の某邑の金氏の婦人です」

と答える。李生がこちらにやって来た理由を尋ねると、

「わが家の子どもがこちらのご主人の恩徳によって、幸いにも蘇りました。できますれば、わが身もこちらに預けて同居させていただこうと、子ども連れて参ったのです」

と答えた。李生が、

「どうしてそのようなことがはっきりとわかったのでしょう」

と尋ねると、婦人が答えた。

「わが子が天然痘を無事にすませた後、痘疫神を送るときになって、急に死んでしまいました。全家中が悲しみにくれ、三人の寡婦はみな死んでしまうつもりだったのですが、子どもの葬式を終えて三日後、墓から気運が立ち上って煙のようでした。土を取りのけてみると、子どもが急に起き上がって話してくれました。『痘疫神が瑞山の銅岩の李公のお宅に入って行くと、互いに酒を飲み交わしていました。李公が厩の馬とわたくしを代えてくれ、馬に荷物を負わせて、わたくしは帰してくださったのです』と。その子どもの母であるわたくしも祖母も深くあなたの恩徳を骨に刻んで、その子どもを連れて、一家を上げて移って参りました。すべてをあなたに委ねようと思います」

李生はすべてを受け入れ取り仕切り、川を隔てて一家を構えて平安に過ごさせた。子どもは李氏を名乗り、その子孫はすこぶる繁栄して、今も大家である。銅岩の李氏には川左、川右の二族があるともいう。

第四一話……盗賊を討った具紞の謀略

南陽・具紞《グダン》▼1は若いときから驍勇が人に抜きん出て、胆略があり、歌を歌って酒を好む、風骨すぐれた男子であった。早く武科に及第して、尚衣主簿▼2となったが、当時の宰相に嫌われて官を解かれ、十年あまり鬱々と意を得ないままに過ごした。

正祖《ジョンジョ》（第二八話注2参照）のとき、襄陽《ヤンヤン》に李景来▼3という盗賊が出現した。膂力があり、胆智もそなわっていて、群れをなし党を作って、東西を荒し回った。官軍はなかなかこれを捕えることができず、かつての海西での林巨正《イムコジョン》▼4の乱を彷彿とさせた。王さまはこの党の強力であることをお聞きになって、すぐに具紞を宣伝官に任命して、李賊を討つべしという密旨をお与えになった。さらに出発のときに、おっしゃった。

「お前には金吾郎（義禁府の都事）と暗行繡衣▼5を兼任させよう。賊を討つに当たっては臨機応変に振る舞うがよい。勲功も処罰も軍門でのしきたりがあろうが、もし李賊を討ち損なったなら、軍律にしたがって処分するので、そう思え」

紞は命を奉じて家に帰ったが、家には八十歳の老母がいる。その顔を拝すると、茫然として、ため息をつきながらも、意を決するように言った。

「男子としてこの世に生まれ、どうして長く淪落したままでいられようか。今年、この盗賊が出たおかげで、この枡のように大きな金印を手にすることができた」

紞は捕校の卞時鎮《ピョンシチン》▼6に随行してくれることを請うた。時鎮は罪人を捕縛する名手であった。さらにソウルのごろつきであるチョンガーの林完石《イムウァンソク》▼7も呼んだが、これは一日に三百里も行くことのできる人物で、あだ名を「神行太保」というのだった。

人に知られぬように行くことにして、みなが広大（旅芸人）の格好で、派手な服を着て、宝貝を嚢《ふくろ》につめて完石に背負わせた。そうして襄陽の境界まで至ったが、そのとき、紞の叔父の世蹟《セチョク》▼8が襄陽の守令となって追うようにして下って来た。これは特命を帯びてのことで、紞と世蹟とは密談して、身分をいつわって旅客だと称し、山亭に入り浸って、土地の役人たちと矢を射てはいっしょに酒肉を食らって淋漓たるありさま、金を水のように使って、まずは役人たちの心を捕えた。

役人たちの動静をうかがうと、中に一人の別監がいて、風采もよく、談論も好んで、土地では権勢もあるようであった。紞はこの別監とつき合って、心腹の友であるかのように振る舞った。ある日、いっしょに酒を飲んで、夜も更けて酒に酔ったころ、紞は突然、左手で別監のその袖をつかみ、右手で剣を抜き放って、その胸に突き立てようとした。別監は驚き、顔からは血の気が引いて土のような色になって、

「これはいったいどういうことだ」

とふるえながら言った。紞が、

「私は他でもない。王命を受けて身分を隠し、景来を討つために下って来たのだ。今初めて、お前が景来であることがわかった。つべこべ言わずに大人しく殺されるがいい」

と言うと、別監は、

「私は景来などではない。本物の景来はこの近くにいて指示をしているのだ。罪のない私を殺さないでくれ」

と答えた。

「それなら、景来はどこにいるのだ」

と尋ねると、

「以前は邑内にいたが、新しい役人がやって来られると聞いて、その機微を知って立ち去り、今は金剛山に身を潜ませている。そこに行かれるがよい」

と答える。そこで、

「どうしてそんなことまで知っているのだ。結局、お前も仲間なのではないか」

と言うと、

「仲間だというのはまったく濡れ衣だ。しかし、昔の知り合いであったから、その行方を知っているのだ」

と答えた。紞は、

「私はお前を試してみただけだ。景来がたとえどれほど驍勇であったとしてもどうして捕まえないでいようか。お前がもし賊にしたがったなら、一門が誅戮をまぬがれまい。私に従い、賊を討って大きな功を上げるがよい」

と言って、順と逆を言って諭すと、別監は唯唯としたがう風であったが、紞はさらに念を押した。

「私は今はお前を許すが、もしこの機微をお前が漏らしたなら、まっ先にお前を捕まえるからな」

別監はまた唯唯と従ったので、紞はこれを放した。

翌日、卞捕校と林童の二人とともに金剛山に入って行き、自分はソウルの俳優の具名唱だと名乗った。卞捕校には太鼓を打たせ、いたるところで「霊山」を歌ったが、絶唱であった。衣服も華やかで、宝貝を取り出しては、寺僧たちや遊覧の人びとに施したので、その評判は山中に広まった。具名唱の歌を聞こうと雲のように人びとは集まって、紞は注意深く人びとの顔をうかがったが、景来の顔はついぞ見かけることがなかった。おおよそ、前日に別監から賊の容貌と特徴については詳しく聞いていたから、内外の山を踏査してすべての人びとの顔を見たのだが、ついに探し出すことができなかった。毘盧峰に登って、天に向かって祈り、慟哭して下って来て、長安

寺に宿泊した。夜が更けたが、月の光が窓から煌煌と明るく射して、なかなか寝付けない。神仙楼に登って、山の下の方を見ると、草葺きの小屋があって、ほのかに灯火が漏れている。奇妙に思って、下りて行って見ると、一人の僧侶が座っていて、紞が入って行くと、あわてて何かを膝の下に隠した。紞は座って、ともに酒を酌み交わしたが、僧侶が、

「名唱がいったいどうしたのか」

と尋ねた。紞は僧侶が膝の下に隠したものを見たいと思って、

「僧はどうして私の名が名唱であるのをご存知なのか」

と、僧侶を手で押しながら言うと、僧侶は後ろに倒れ、そこに大きな草鞋の半ば作りかけたのが見えた。紞はその僧を縄で縛りながら、

「これは景来の草鞋だな。お前はきっと景来の居所を知っているに違いない。隠し立てせずに言うがよい」

前日、別監によって、景来の足がすこぶる大きいことを聞いていたのである。僧はおどろいて、紞に屈服したが、紞が言った。

「もし私とともに賊を捕まえることに協力すれば、その褒美は少なくはないであろう。それがいやなら、いまこの剣先の魂と成り果てることになろう。さて、お前はどちらを選ぶかな」

僧侶が、

「おっしゃる通りにいたしましょう」

と答えた。

「私は王さまのご命令を奉じてやって来たのだが、どうすれば、賊を捕まえることができるだろうか」

と言うと、僧は言った。

「今夜、わたくしに会いに来ることになっています。彼を捕まえる方法を言えば、景来は名唱の歌を聴きたいと言っておりました。明後日を約束して、あなたはこの小屋で会うことにすればいい。わたくしは景来の草鞋を作ることになっていて、まだ出来上がってはいませんので、これも明後日に来てくれるように言いましょう。景来ははなはだ酒を好みます。思う存分に飲ませることにして、彼が泥酔した後に捕まえるのが、いちばんの得策でしょう」

紞は僧を放して、すっかり信用して、大いに喜び、心腹と見なすようになった。その夜のうちに、林童を襄陽にやって、翌日には壮健な校卒五十人を来させ、翌々日には長安寺の周りの要害の場所に配置させるように手配した。さらには強い焼酎を二瓶、小屋に運ばせた。はたして翌々日、李賊は姿を現した。僧は名唱を呼んでおいたと言って、紞を呼んで、

「歌うのだ」

と言うと、紞は声を張り上げて、まずは「勧酒歌」と

「将進歌」を歌った。景来は拍子を取って、
「まことにいい声だ」
と言って機嫌がすこぶるうるわしい。紞は林童の用意した焼酎を前に置き、一度歌うと、一度酒を勧める。景来は一杯、一杯、また一杯と盃を重ねて、すっかり酔ってしまって、今や眼は朦朧とかすんでいる。さらに酒を勧めても、景来はけっして断らずに飲み続ける。

　とうとう、景来は酔いつぶれて倒れてしまった。すかさず、紞は袖の中にしまってあった鉄槌を振り上げて景来に討ち下ろした。景来はもともと勇力絶倫の男である。泥酔していても、小屋の外に飛び出し、東奔西走したが、要所には校卒が潜んでいて、声に応じて立ち上がって行く手を防ぐ。景来は精神も朦朧としている上、どこに向かえばいいかわからない。紞は広大の衣服を脱ぎ捨て、人びとの中に混じって、景来の逃げて行きそうなところに待ち伏せ、ふたたび鉄槌でもってこれを撃った。景来はついに足を折って動けなくなり、一斉に集まった校卒たちに縄をかけられた。その縄はしばしば景来の力で断ち切られたが、紞が鉄槌で両肘を砕いて、ついには捕まってしまった。

　官軍が多くやって来て、檻車に入れられて、ソウルまで護送され、そこで、処刑になった。草葺き小屋の僧侶と別監には褒美が与えられ、復命の日、紞自身は堂上の宣伝官となった。その役目をよく果たしたので長らく承伝の役割を果たし、その後、地方官を歴任した。王さまは彼を重用なさったが、庚申の年（一八〇〇年）、正祖がお亡くなりになると、紞は昼夜に慟哭して、悲しみのあまりに病につき、ついには死んでしまった。

▼1【具紞】ここにある話とは別の一面を『朝鮮実録』は伝える。すなわち、正祖二十一年（一七九七）十二月甲子、朔州府に定配の罪人具紞を放った。その母の喪に遭ったのを王がご存知になって放送をお命じになった云々。五年前に南陽府使であったとき銭穀に固執し罪されていた。

▼2【尚衣主簿】王の衣帯および財物を管理する役所である尚衣院の従六品の官員。

▼3【李景来】正祖の次の純祖の時代、一八一二年に大々的に反乱を起こした洪景来（一七八〇〜一八一二）の間違いではないかとも思うが、時代的に合わない。李景来という盗賊がいたということになる。

▼4【林巨正】?〜一五六二。明宗のときの侠盗。楊州の白丁。党争によって朝廷の機構が乱れ、社会秩序が乱れたとき、一五五九年から数年の間、黄海道と京畿道一帯で貪官汚吏を捉えては殺して、諸郡を荒らしまわったが、戴寧において討捕使の南致勤に捕えられ殺された。

▼5【暗行繍衣】暗行御史とも。朝鮮時代、地方の政治と役人の行実を調べさせるために放った密偵。

▼6【卞時鎮】この話にある以上のことは未詳。

▼7【林完石】この話にある以上のことは未詳。

▼8【世蹟】具世勣のことか。『朝鮮実録』正祖十九年十二月丙午に、京畿水軍節度使の鄭昌順は明年には耆社に入るので内（ソウル）に移し、代わりに具世勣を任じたとある。

第四二話……オムルウムの寓言

ソウルに呉《オ》姓の人がいて、昔話が好きなことで知られていた。宰相の家をあまねくまわって話をしたが、よく胡瓜の漬け物（オイナムル）を好んだから、オムルウム▼1と呼ばれていた。

当時、ある宗室がいて、四人の子どもがいたが、財を貯えて巨富となっていた。天性として吝嗇であり、秋毫も人に与えることがなく、また子どもたちにも何一つ分け与えなかった。親しい友人が融通してほしいと頼むと、

「考えておこう」

と言ったまま、延ばし延ばしにして、ついに何も与えなかった。

ある日、その宗室がオムルウムを呼んで、昔話をさせようとしたので、ムルウムは心の中で一計を案じ、昔話を自分で作り上げて、話し出した。

「ソウルの巨富である李同知という人は富貴である上に子宝にも恵まれ、人びとは『好八字』と称していました。若いときには貧乏で、一生懸命に家産を貯えてやっとのことで裕福になったので、昔の吝嗇が性格の中に根付いてしまったようです。たとえ子弟や兄弟であっても、一個も与えることがありませんでした。人は死んでしまえば、世間の万事はすべて虚しいものなのに、財物の一文字であっても未練をもって出し惜しみをして、今や病づいて、死の境に至りました。李同知が子どもたちみなを呼んで遺言をしたそうです。

『私は苦労をして財物を貯え、やっと富者になったものの、今や黄泉路に向かうことになった。いろいろと考えてみても、一個の品物も持って行くことができない。今までものを惜しんで使わなかったが、いまさらそれを悔やんでも、どうしようもない。銘旌が風に翻って、挽歌が凄涼と響き、木の葉の落ちた裸の山の墓に、どんよりとした寒空から夜の雨が降り注ぐ。鬼哭啾々とうそぶくだけで、一銭の銭を使おうとしても、どうすることもできないではないか。私が死んで、棺に納めるとき、両の手を布で包まないようにしてくれ。棺の両脇にそれぞれ穴を開けておいて、私の左右の手がそこから出せるようにして、たとえ私がこの世で巨富を積んだとしても、死ぬときには空手であることが人びとにわかるようにしてほしいのだ』

そう言い終えて、死んだそうです。子どもたちはこの遺言を違えなかったそうで、今、わたくしは路上で葬列に出逢いましたが、二つの腕が棺の外に出ていたので、不思議に思って尋ねたところ、このような話だったのです。『人の将に死なんとするや、その言やよし（人之将死、其言也善）』というのはまさにその通りです」

宗室はこの話を聞いて、暗に自分を諷しているのを理解した。その言うところは確かに道理を得ていると、にわかに悟って、オムルウムに褒美を与え、翌日には子どもたちに財産を分け与え、宗族や旧知の者たちに銭穀を与えて、山の亭に住まうようになった。琴と酒を楽しみ、その後は終生、財物のことなど口にしなかった。おおよそ、宗室が一言で頓悟したというのは容易なことではない。オムルウムの滑稽は古の淳于髠▼2や優孟▼3に劣っているであろうか。

▼1【オムルウム】おおよそムルウムというのは熟したものを言う方言である。呉《オ》というのは胡瓜《オイ》の俗言である。

▼2【淳于髠】春秋時代、斉国の人の婿となった。滑稽をよくして多弁であり、諸侯にしばしば使いして、一度も屈辱を蒙らなかったという。『史記』の「滑稽列伝」にそのエピソードを載せる。

▼3【優孟】春秋時代、楚の楽人。多弁で、つねに談笑のうちに王を諌めた。孫叔敖の衣冠をつけて、その真似をして、荘王を感心させ、叔敖の子に封を得させたという「優孟衣冠」の故事がある。やはり『史記』の「滑稽列伝」にある。

第四三話……薪泥棒を許した金公と権公

安東の権某が経学と行実によって推薦を受けて徽陵参奉▼1となった。すでに六十歳になっていた。家は豊かだったが、妻を亡くして、家の中には客を接待する童子もなく、門の外に親しくつき合っている親戚というのも特になかった。このとき、相公の金宇杭《キムウファン》▼2が別検となり、たまたま陵役となって、同じ所に宿直していた。ある日、陵の守衛が陵内で薪を取った男を捕まえたので、権公が審理して笞打ちの罰を加えようとした。男は年老いたチョンガーで、さめざめと泣きながら、

「あえて申し開きいたしません」

と言った。権公はその様子を見たが、卑賤の者ではない。

「お前はいったい何者なのだ」

と尋ねると、男は言った。

「お話しするのも恥ずかしいことながら、わたくしはこれでも両班の後裔なのです。早くに父親を亡くし、年老いた七十歳の母親がいます。また姉が一人いて、その年は三十五歳になります。わたくし自身は三十歳となり

ますが、まだ妻を娶らず、姉と弟で薪を集め、水を汲み、母親を養っている次第です。家は火巣[3]に近く、今や極寒の時節で遠くまで行って薪を得ることができずに、おのずと罪を犯してしまいました。申し訳ありません。申し訳ありません」

　そうして、さらに泣き続ける。権公は男の様子と言辞とから、急に哀れみを覚え、金公を振り返って、

「情状に酌量すべきものがあり、今日のところは許してやってはいかがでしょうか」

と言うと、金公も笑いながら、

「それで構うまい」

と言った。権公は、

「お前の身の上ははなはだ気の毒なので、特に今回は許すことにするが、二度と罪を犯してはならない」

と言い、さらに米一斗、鶏一羽を与えて言った。

「これは些少ではあるが、帰って、母上に差し上げるのだ」

　男は感謝しながら帰って行ったが、数日後にはまた薪を取りにやって来て、ふたたび捕まってしまった。権公は大いに怒って叱りつけると、男は大声で慟哭して、

「あのようにご恩を被りながら、ふたたび罪を犯してしまいました。しかしながら、老母が寒さに震えているのを見て、この山のような積雪の中を遠くに薪を集めに行くわけにもいかなかったのです。会わせる顔もありません」

と言った。権公はまたもや同情して、久しく眉を寄せて考え込んで、なかなか答を加えることができないでいた。金公が横にいて、微笑しながら、言った。

「一斗の米と一羽の鶏では感化することができなかったようだな。私にはいい考えがあるが、聞く気はあるか」

　権公が、

「君の考えとやらを聞こうじゃないか。どうか言ってくれ」

と言うと、金公が言った。

「君は妻を亡くし、年老いて独り身だ。この男の姉とやらを嫁にもらってはどうだ」

　権公は白い髯を撫でながら、満更でもない体である。

「私は年を取ったが、若い者にはまだまだ負けんぞ」

　金公はその意味を汲み取って、男を呼んで近づけ、

「あの権参奉は忠義に篤い君子だ。家は豊かで、最近、妻を亡くし、また後継ぎもいない。お前の姉とやらは、適齢期を過ぎてもまだ結婚をしていない。さまざまな事情はともかくとして、どうだ、二人が結婚して、お前の家は権公に頼ることにすれば、よくはあるまいか」

と言った。男は、

「老母がおりますので、わたくしの独断では決められま

せん。帰って、話をして参ります」

と言って、帰っていったが、しばらくしてまた戻って来て、金公に告げた。

「わたくしが家に帰って、母親に今度の話を告げましたところ、母は『わが家は代々両班の家系であったが、今はすっかり落ちぶれてしまった。たとえ前代にはなかったことであっても、人倫を廃するわけにもいくまい』と、涙を流しながら、承諾してくれました」

　金公は大いに喜んで、権公にも強く勧め、吉日を選び、必要な品々をそろえて、いそいで結婚式を挙げた。女はさすがに名門の後裔で、賢夫人であった。ある日、権公が金公に会って、

「君が強く勧めてくれたお蔭で、私はすばらしい妻をもった。しかし、私はすでに六十の坂を越えて衰退の境にある。これ以上、何を求めようか。これから故郷に戻って余生を過ごそうと思う。そこで、君に別れを告げに来た」

と言った。金公が、

「賢婦人を引き連れて故郷に戻ったなら、婦人の一族はどうやって暮らすつもりなのかな」

と聞くと、権公は、

「みな連れて行くことにした」

と答えた。金公は、

「それがいい、それがいい」

と言い、互いに酒を酌み交わして、別れを告げた。

　二十五年後、金公が堂上官となり、安東府使となって赴任した翌日、その地方の名家の者が名刺を投じて謁見を求めたが、その一つに「前の参奉の権某」とあった。金公はしばらく経って初めて、徽陵でともに宿直したのを思い出したが、権公はすでに八十五歳にもなっているはずだ。すぐに出て行って会うと、童顔白髪で、杖をつかず、人手も借りずに、飄然と入って来て座ったが、その姿を見ると、まるで神仙のようである。手を握って、積年の懐かしさを述べ合い、酒と肴とでもてなしたが、食欲も酒の量も若いころと変わらない。権公が言った。

「わたくしが今日、あなたを仰ぎ見ること、まさに天を仰ぎ見るようである。わたくしは晩年になって、あなたの勧めで、まことに良い妻を得て、二人の子どもを立て続けに得た。わたくしと妻はともに年老い、二人の子どもは学問に励んで、ともに司馬となった。明日は到門の日に当たっている。あなたはたまたま安東に赴任なさったが、宴席にいらっしゃってはくださらないか。わたくしが急急に拝謁を請うたのは、そのためです」

　金公はしきりに慶賀し、宴席に連なることを快諾した。

　翌日、金公は妓生と楽士を手配し、酒と肴を用意して、早く出かけた。その住むところを見ると、山水が秀麗で花々や竹が生い茂り、楼台が木陰にあって、まことに処士の

すみかである。主人が門外に出て待ち迎えたが、中庭には光が満ち、すでに雲のように賓客が集まっている。その中を新恩（新たに科挙に合格した者）二人が入って来たが、幞頭と鶯衫（新恩が着る浅緑色の礼服）の姿で、その風采は人びとを感動させた。玉笛の音色が風の中で響き渡り、合格通知の白牌が前後に並んで、行列の声は村中に響き渡った。皆が権公の至福を讃歎した。金公が二人の新恩を側に呼んで、年齢を尋ねると、上は二十四歳で、下は二十三歳であった。権公夫妻が琴瑟相和して、二つの玉を得て、それぞれが俊秀で、容貌はともに鸞鳳と言ってよく、その文章はどちらも兄たりがたく、弟たりがたい。

金公がしきりに羨ましがり、主人の喜びはこの座敷で尽きることがない。権公が横にいる一人の老人を指差して言った。

「城主はこの人を覚えているでしょうか。かつての薪泥棒ですよ。もう五十五歳になりました」

一日中、音楽を奏して楽しみ、主人は金公に宿泊して行くように乞い、

「わたくしの近日の慶事はみなあなたが私に与えてくださったもので、あなたのいらっしゃったのはまさに天の力であり、人の力ではありません」

金公は乞われるままに泊まることにして、一晩中、話をしたが、明くる朝には、権公は再び酒盃を用意して侍して、何かを話し出そうとして、話し出すことができず、もじもじとしている。金公はそれを察して、

「何か言いたいことがあるのではないか」

と切り出すと、権公がやっと言い出した。

「老妻には平生、あなたにお礼をしたいという悲願がありましたが、さいわいにもこの地に下っていらっしゃって、一度、お顔を拝して、積年の望みを遂げたいようです。女子が体面をも考えずに、ただ骨身に刻んだ感謝の心を述べたいと思っておりますので、その心根を汲んで、怪しむことなく、しばらくのあいだ、内房に入って、妻の挨拶をお受けになっていただけないでしょうか。妻にとってはあなたの徳は天地のようであり、またその恩恵は父母にも劣らないのです。どうか嫌疑なさらないでください」

金公は断ることもならず、中に入って行くと、部屋の中に席がもうけてあり、婦人が出て来て挨拶をしたが、あまりの感激で涙が両頬を伝わって流れ落ちた。また盛装して化粧を施した二人の若い婦人が老婦人の後ろに控えていて、金公に対して四度の拝礼を行なった。これは息子たちの嫁だったのである。三婦人は黙って座っていたが、金公を敬愛する気持ちが表情には現れ、卓上いっぱいに料理を並べてもてなすのであった。金公をさらに奥の小部屋に連れて行くと、黒々とした髪をおかっぱにした六、七歳にも見える人が、両手を敷居について、瞳

をきらきらと輝かせているが、その精神はあるのかないのか、惚けているようにも見える。権公が言った。

「あなたはこの人がおわかりでしょうか。これは薪泥棒の母親なのです。今年で九十五歳になります。か細い声で何か言っているようですが、どうかお聞きになってください」

金公が耳を近づけて、そのことばを聞き取ろうとすると、

「金宇杭殿は大臣になられよ。金宇杭殿は大臣になられよ」

と言うのであった。二十五年のあいだずっとその一言をいい続けて、今になってもそのことばを口から絶やさないのである。その真心がどうして天にとどかないであろうか。金公はそのことばを聞いて、にっこりと笑って、その家の人びとと別れて帰って来た。

その後、金公は粛宗の時代に大臣となり、薬院の都提調として王命を受けて、延礽君のご病気のお世話をしていた。延礽君というのは英宗[4]が雌伏なさっていたときの封号である。金公が自分の履歴を延礽君に話すとき、権参奉のことに及ぶと、その顛末を事細かに語ったから、延礽君は面白い話だと思っていらっしゃった。延礽君が王位に就いて、司馬試の合格者の名前に権某の名前があるのをご覧になった。権公の孫である。英祖はその名前を見つけて、特別にご命令をお出しになった。

「亡くなった金宇杭はいつも権某のことを話していた。まことに珍しい話であったが、今回、その権某の孫が司馬となったのは、偶然ではあるまい。特別に斎郎（参奉）に任じ、その祖父の官職を継がせよう」

嶺南の人はこれを光栄なことと思い、金公と権公の深い仁と厚い徳とを称賛したのであった。

▼1【徽陵参奉】徽陵は仁祖の継妃である荘烈王后の陵。京畿道楊水郡にある東九陵の一つ。参奉は陵・園・宗親府などの官庁に属した従九品の官員。

▼2【金宇杭】一六四九〜一七二三。文臣。字は済仲、号は甲峰、諡号は忠靖。本貫は金海。一六六九年、司馬に及第、一六七五年、同志たちと上疏して宋時烈を救った後、五年のあいだ隠居。一六八一年、文科に及第した。一六八九年の己巳の換局（第九二話注2参照）の後、官界から離れ、一六九四年に廃妃閔氏が復位すると官界に復帰。兵曹・刑曹・吏曹判書、右議政に至ったが、辛壬士禍で禍を被った。

▼3【火巣】陵園や廟などの草や木を燃やす場所。

▼4【英宗】朝鮮二十一代の王の李昑。在位は一七二四〜一七七六。一七二一年に世弟として冊封され、即位の後は朋党の弊害をなくすに力を尽くして蕩平策をとり、税制の改革、均役制の確立、国防の教化など、積極的な政策を打ち出した。晩年には父子の確執からわが子の思悼世子を殺すという悲劇も生じた。

第四四話……鬱金の爐を手に入れた許生

許生《ホ》というのは方外の人である。家が没落して貧しかったが、読書だけを好み、家の中の者たちが食事して生活するための方策は考えなかった。床にはただ『周易』があるだけで、たとえ食事を欠くことがあっても意に介さず、妻が機織りや針仕事をしてやっとのことで生活を支えていた。

ある日、家に帰って来ると、妻が髪の毛を切って布を巻いて座り、食事を用意していた。許生はため息をついて、

「私は十年のあいだ『周易』を読んで来たが、これは考えがあってのことであった。いま、妻が髪の毛を売って口を糊するのは見るに忍びない」

と言い、その妻に約束をした。

「一年の後にふたたび帰って来よう。それまでたとえ糸のような命であっても生きながらえて、その髪の毛をもとのように伸ばすがいい」

冠のほこりを払ってかぶり、出て行った。松都（開城）で随一の長者である白《ペク》氏を訪ねて行き、千金を借りることを申し出た。白氏は一目見て、許氏が尋常ではない人物であることを知って、金を言われるままに貸すことにした。許生はその千金を懐に箕城▼[1]に出かけ、当時名うての名妓であった楚雲《チョウン》の家を訪ね、毎日のように酒を飲み、肉を食べ、豪宕な青年たちと遊興にふけった。金はすっかりなくなって、ふたたび白氏のところに行って、言った。

「大きな商いがある。今度は三千金を貸してくれないか」

白氏がまた金を貸すと、また楚雲の家に行って、緑の窓に紅の壁の楼の中、玉の簾をかけて絹の寝床を置き、毎日のように酒席をもうけ、音楽や舞を楽しんだ。金がまたなくなって、三度、白氏の家に行って言った。

「もう一度、三千金を貸してもらいたい」

白氏はこのときも、金を請われるままに貸した。許生はまた楚雲の家に行き、燕京の市場の珠や宝石、緞子や錦を買い集め、楚雲の歓心を買った。こうして金を使い果たし、またまた白氏のところに行って、

「今また三千金が必要になった。それがあれば仕事に成功する。しかし、もうあなたは私を信用なさるまい」

と言うと、白氏は、

「なんということをおっしゃる。さらに一万金を要求されても、私に快く出しましょう」

と言って、また金を貸し与えた。許生はまた楚雲のところに行き、名馬一頭を買って厩につなぎ、袋を作って壁の上に掛けて置いた。そうして美人たちを大勢集めて派

手に遊んで金をばらまき、楚雲の機嫌をとろうとした。金もすっかり使い果たし、許生はすっかり寂寞凄涼の心に捉われながら、楚雲と相対したが、女の本性というのはまるで水のようで、もうすっかり許生に愛想を尽かしている。許生とどのように別れるか、童女といっしょに厄介払いする口実を探していたが、許生は女の気持を見通していて、ある日、女に言った。

「私がここに来たのは商いをするためであった。今、万金を使いはたしてしまって、身一つで立ち去ろうとしている。お前は私と別れて、名残惜しくは思わないか」

「瓜は熟すれば蔓から落ち、花が枯れれば蝶は去るものです。どうして名残惜しくなど思いましょう」

「私の財物はすっかり借金証書に変ってしまったが、今や永々の別れとなって、お前は何を私に餞別してくれるのかな」

「お望みのままに、差し上げましょう」

許生がその場にある烏銅の炉を指さして、

「私はそれが欲しいんだが」

「もちろん差し上げます。私は物惜しみなどしません」

そこで、許生はそれを手にすると、その場で片々に砕いてしまった。その破片を袋に入れて、馬にまたがると、馬を駆けて一日で松都に着いた。白氏を見て、

「商いはうまくいった」

と言って、袋の中の物を白氏に見せた。白氏はこれを見てうなずくだけであったが、許氏は袋を担いで、馬に乗り、会寧の開市に至ると、店舗に炉の片々を広げて自分はその前に腰を据えた。ある外国の商人がやって来て、砕けた金属片を見ると、舌なめずりをして、

「これはまた面白い品だ」

と言い、買うことに決めて、言った。

「これは値のつかない宝物だ。たとえ十万金であっても足るまいが、ぜひ手に入れたい」

許生はしばらくのあいだこの商人と睨み合い、承諾した。

取引が終わって帰って来て、十万金を白氏に返したので、白氏は驚いてどうしたわけかと尋ねた。

「先だっての砕けた片々は銅ではなく、烏金だったのだ。昔、秦の始皇帝が徐市に東海に行かせて薬を探させたとき▼2、国の倉庫にあった烏金の炉を持たせたという。おおよそ、この炉で薬を煎じたなら、百病に効き目があるのだという。しかし、徐市がこれを海中に失ってしまったのを、倭人が探し出し国宝のように大事にしていた。それを壬辰の倭乱のさい、倭の将軍の小西行長がもって渡って来たのだ。行長が平壌を占拠したものの、まさにその夜になって退去することになって、その乱兵の中で失ってしまったものなのだ。それが楚雲のところにあった

わけだ。私は気配を感じて尋ねて行き、万金を費やして手に入れたわけだが、外国の商人というのも西域人で、やはり気配を感じてやって来て、値のつかない宝物だといったのは、本当なのだ」

白氏が言った。

「炉一つのことであったなら、万金を投じなくてもたやすく手に入れることができたろうに、どうして再三にわたって遊蕩の真似などなさったのか」

許生はこれに対して答えた。

「これは天下の至宝である。神物が取り憑いていて、万金でなければ手に入れられなかったのだ」

白氏は言った。

「あなたこそ鬼神のような方だ。十万金をそっくりあなたに差し上げましょう」

許生は笑いながら答えた。

「私を見くびっていらっしゃる。わが家がたとえ赤貧洗うがごとくであっても、書を読んで君子の意志を全うしたいと思うのです。この度の旅行はただ一度だけ世俗の才を試してみたかっただけのこと」

こうして挨拶を交わし、許生は立ち去って行った。

白氏に驚く一方で不思議にも思い、許生の後を人に付けさせて見ると、許生は紫閣峰のふもとの草葺の家に住んでいる。家の中では朗々と書物を読む声がするだけである。白氏は許生の人となりを理解して、毎月一度、早朝にやって来て、銭ひとさしを門の中に入れて置いたが、一月の糊口の資とするだけのものであった。許生は笑いながらこれを受け取った。

相公の李浣《イワン》（第六話注1参照）はそのとき元帥で、宰相を推薦する重責に当たっていたが、燕京を討つ計画を練っていて、適当な人材を探していた。許生の賢明である噂を聞いて、ある日の夕方、身分を隠して訪ねて行き、天下の事を論じた後で、官職について王命を受けてともに事に当たって欲しいと請うた。許生が答えた。

「公がここに来られたわけはよくわかりました。公は天下の大事に当たろうとしておられる。いま、わたくしには三つの策がありますが、わたくしの策の通りに行なうことができましょうか」

「その三つの策とやらをうかがおうではないか」

「現在、朝鮮では党人たちが権勢をふるって何もなすことができないでいます。公が宮廷に帰られたなら、党なるものを破砕して、党に捉われずに人材を登用するようになさるがよい」

「よくわかったが、実現の難しいことだ」

「徴兵と税金とが国中の人びとに多大な苦しみを与えています。公は戸布法[3]をしっかりと施行した上で、たとえ卿相の子弟であっても軍役から逃れることができないようになさるべきです」

「これもまた、実現が難しい」

「わが朝鮮は海辺にあって、魚と塩の利益があると言っても、蓄えは充分ではなく、穀食は一年分もありません。領土が三千里に満たないのに、礼法にこだわって、もっぱら上辺を飾ることだけに汲々としています。天下の人びとに中国人（清人）の服を着るように通達なさるがよい」

「これはとても無理なことだ」

「貴公はいまなすべきこともわからず、みだりに誇大な計画を立てている。それで何ができるというのだ。もういい、帰れ」

李公は背中に冷や汗を流し、また来ようと告げて、ほうほうの体で立ち去った。翌朝、ふたたび訪ねたが、その家は粛然として空き家になっていた。

▼1【箕城】平壌の別称。殷の遺臣の箕子が朝鮮に移り住んで、今の平壌に都し、その墓もあるので、平壌のことを言う。

▼2【昔、秦の始皇帝が…】徐市（あるいは徐福）は秦の始皇帝の命によって、童男童女各三千名を率いて長生不死の薬を求めて海に入って遂に帰らなかったという。紀伊半島の熊野にたどり着いたという伝説があり、和歌山県新宮市にその塚がある。

▼3【戸布法】戸布は春と秋の二期にわたり家ごとに納めた税。

第四五話……宰相の閔百祥の恩愛をこうむった金大甲

衛将の金大甲《キムテカプ》▼1は礪山の人である。十歳のときに父母を失い、一家も禍を被って一族みなが続いて死んでしまった。大甲は禍を避けてソウルにおもむいたものの、すっかり零落して頼るべき人もいない。市街に出て乞食をしながら、心の中でつぶやいた。

「どこか大家に入って、わが身を養ってもらおう」

相公の閔百祥《ミンペクサン》▼2を安国洞の屋敷まで訪ねて行って、直接に自分の身の上を話し、面倒を見てくれるように頼んだ。閔公は、十歳の子どもの身なりは汚れていたものの、話しぶりがはなはだ精緻でかつ要領を得ていたので、屋敷に入れることにした。

大甲は穢れ仕事や清掃を厭うこともなく、何ごとも一生懸命に働いた。閔公の家の子どもたちが文章を学んでいるのを見ると、かならずこっそりとこれを聞いていた。一度見るとすぐに記憶して諳んじることができ、筆を執ると素晴らしい筆跡であったから、閔公はその才能を奇特に思い、家の客たちにこれを教えさせたりもした。十五歳になって、はなはだ聡明に成長したが、すべてにわたって疎かであるということがなかった。

あるとき、唐挙（占い師）が彼を見てため息をつき、閔公に、彼を追い出すようにと言った。閔公が尋ねた。

「どうして、そんなことを言うのか」

その占い師が言った。

「この少年はすでに蠱毒《こどく》に冒されていて、遠からず不吉なことが生じる兆しが現れています。きっと害が主家に及ぶに違いありません」

公は言った。

「この子は、窮鳥が懐に入るように、私を頼って来たのだ。どうして今となって、これを追い払うことができようか」

後に、この占い師がふたたびやって来て、強く大甲を追うように勧めたが、公はこれを聴かなかった。その占い師が言った。

「公の厚い徳は禍を生ぜしめず、あの子を庇護するのにも十分でしょうが、わたくしの術法を試してみてください。黄色い灯火を三十台、白紙を十束、香を三十束、米十斗を用意して、少年を深い山間の寺に行かせて、三十日のあいだ、香を焚いて経を読ませて、禍を祓ったならば、以後は永遠につつがなく過ごすことができましょう」

公はそのことばの通りにさせることにして、大甲は深い山間の寺に行き、三十日のあいだ、正座して目を閉じることなかった。こうして禍を祓い終わって、公に相見えた。公は占い師を呼んで大甲を見させたところ、占い師は、

「もう心配はありません」

と言った。

公の屋敷で苦楽をともにして二十年、公が平壌の守令となると、幕賓として同行した。任期を終えて帰るときになり、官営の倉庫に貯えられた銭が萬余金にもなっていて、どう処理したものかを公に相談すると、公が言った。

「私が懐になにも入れずに帰ることは、お前が知っての通りだ。どうしてこんなことで、私の懐を汚そうとするのか。お前が自分で好きなようにするがよい」

大甲も固辞したものの、退いて考え込んだ。

「私の頭から爪先まで、毛一筋だって、すべてが公から賜ったものだ。今また大金を下さろうという。ここで計画を練ってみるとしよう」

平壌を出発する日に、大甲は病気と称して、閔公に暇を請うと、公はうなずいてこれを許した。

大甲は燕京の市場で品物を買いこみ、船に積んで、南方に航海して、江景の市場で売って三万金を得た。そして、石泉の故宅を訪れたが、蓬《よもぎ》が生い茂って目を遮った。早速に仕事に取りかかり家を建て直した。木を植えて池

をうがち、野原の前の良田数十頃を買った。陶朱▼3や猗頓▼4の経営の術を発揮して、農事に励んで、千包を満たすようになって止め、千石翁と称した。そしてため息をつきながら、言った。

「私は自らの禍を免れることができ、しかも巨富を積むことができた。これはいったい誰のおかげだと言うのか」

ソウルの閔公の家を訪ねると、すでに零落していた。心を痛めて哭し、閔公の家の婚礼、葬式、流罪の費用など大小の物入りを処理しないものはなかった。歳が八十五歳に至って死ぬまで、それは変わることがなかった。

おおよそ、閔公の知鑑と金老人の才幹は、「このような公がいれば、このような客がいる」という道理である。

▼1【金大甲】ここにあること以上は未詳。

▼2【閔百祥】一七一一～一七六一。英祖のときの名宰相。字は履之。一七四〇年、文科に及第、翰苑に入って大司憲・都承旨などを経て、一七六一年には右議政となったが、異常な振る舞いが多かった思悼世子の平壌への遠遊問題の責任をとって自決した。

▼3【陶朱】越王鉤践の臣下であった范蠡は会稽の恥を雪いでの後、陶に行って朱公と称した。蓄財の才能に恵まれていて、十九年のあいだに千金の致富を成し遂げ、貧しい友人や疎遠な親戚にまで分け与えた。子孫も家業を継いで、その富は巨万に達したという。『史記』「貨殖列伝」に見える。

▼4【猗頓】春秋時代の魯の人。塩によって家を興し、その富裕は王公に肩を並べるに至ったという。

第四六話……朴敏行、統制使のために散財する

同知の朴敏行《パクミンヘン》▼1は早く両親を失い、頼るところがなかった。銅峴の薬局で使われて雑用をしていたが、その年齢は十五歳であった。ある日、簾の隙間から見ると、一人の青年が驢馬に乗って通り過ぎた。朴君がその後をつけて行ったが、これが李章吾▼2公であった。仕えることを請うと、すぐに承知してくれて、その身の上を尋ねるようなことはせず、どんな仕事でも思うままにやらせてくれた。また彼に富家の娘を娶らせてくれもしたが、その娘はその父がもっとも可愛がっている娘であった。家産はこの上なく豊かだったから、生活ぶりも奢侈になった。朴君自身は豊かにはなったものの、心ではそれで満足せず、財貨などは塵芥のように思っていた。妻を娶った後、毎日のように賭場に通って賭け、豪傑の士と交わりを結んだ。広く海や山を遊覧して回り、その放蕩ぶりは節操がないように見えたので、李公の家の人びとの誹謗は高まったが、李公はいささかも意に介するふうではなく、

朴君に接するのに、今までと何も変わらなかった。人びとは不思議に思った。

まもなく、李公は特別に抜擢されて禁軍別将となった。英祖の時代の乙亥の年（一七五五年）のことである。三道統制使が鞠庁に召還されることになった。特別に御前において、李公は新たな統制使に任命され、すぐに前統制使を逮捕して来るように命じられた。李公はすぐに城外に出て行き、家に居候していた朴敏行に、

「すぐに旅装を整えて私について来い」

と言った。当時、李公の家には客人が雲のようにいたが、みなはため息をつきながら言った。

「今、公がこの危急に際して王命を受け、不測の地に赴こうとなさっているのに、どうしていっしょに行こうと誘われたのが、あのようなならず者なのか。あまりに迂闊なことではないか」

李公はみなまで聞かずに、出発して行き、統営に赴任するや、旧統制使を縛り上げ、ソウルに送還しようとした。しかし、このとき、統営の中は戦々恐々として、みなが恐れおののき、朝夕を忘れるほどであった。文書が山のように積み上がってしまって、他の仕事がおろそかにされる。朴君が入れ替わって秘密裏に仕事を進め、何ごともたくみに処理したが、また旧統制使の文書を整理すると、四、五万金の剰余があり、これを李公に告げて、

「これをどのように処理しましょうか」

と尋ねると、李公は、

「君のいいようにするがいい」

と答えた。朴君は、

「わかりました」

と言って退き、その夜には盛大な宴会を洗兵館で催し、酒と料理をふんだんに用意して士卒に食べさせ、役所や邑の古く傷んだ箇所と疲弊を矯正してこれをあがない、

「これはみな統制使のなさることだ」

と言った。兵卒も人びとも喜ぶ声がまるで雷のようで、人心はすぐに泰平となった。李公がやって来たので、これを告げると、そうかそうかとうなずくだけであった。こうして危機を安穏に変え、威信を三道に振るったが、任期を終えて、ソウルに帰った。朴君は名幕僚との評価を得たが、おおよそ李公の知鑑と朴君の才能がうまく相寄って働いたのである。

▼1 【朴敏行】この話にある以上のことは未詳。

▼2 【李章吾】一七一四～一七八一。朝鮮後期の武将。字は子明、号は蓮溪、本貫は全州。孝寧大君補の後裔。射術にたくみで兵法に精通していた。訓練大将・禁衛大将などになったが、部下の監督が行き届かず、狩猟を事として、左遷され、「圍籬安置」されることもあった。

第四七話……妻としての節義を全うして自決した烈女

節婦李氏は忠武公[1]の後裔である。閔兵使[2]の孫の妻となったが、李氏の家で結婚式を挙げたばかりの夫が一人で自家に帰るや頓死してしまった。このとき、新婦の年齢はわずかに十五歳で、祖母とともに温陽にいた。嫁ぎ先の清州から新郎の訃報が届くと、哭を挙げて、水と醤とを口にしなかった。父母がかわいそうに思ってなぐさめ、左右からこれをいたわったが、ある日、新婦が言った。

「わたくしは人の妻となるやいなや、城が崩れるような悲しみを経験することになりました。生きているよりも死んだ方がましに思えます。しかし、また考えてみますと、嫁ぎ先には祖父母と舅と姑がいらっしゃり、それをお世話する人間がいず、まだ舅と姑に見《まみ》える礼すらわたくしは挙げておりません。旦那さまも不幸にもすでに亡くなられたのに、葬礼と祭祀を主管する人間もいません。わたくしがいまここで死ねば、人の妻としての道理が立ちません。わたくしはあちらの家にうかがい、哭を挙げて葬事を執り行なった後、あちらのどこかの親戚から養子をとって後継ぎが絶える嘆きのないようにはからい、わたくしの責任を果たしたいと思います。お願いですから、即刻、あちらの家に行かせてください」

父母は娘がそう言うのを聞いて、年端もいかないのに、もっともな道理を言っているとは思ったものの、それでもやって行けるかどうか心配で、しばらく思案した。すると、新婦が言った。

「ご心配なさらないでください。わたくしはすでに心を決めています」

新婦は誠意でもって両親を説得して、やっとのことで行装をととのえ、清州におもむいた。若い女子が死んだ夫の家に入って行き、舅と姑に孝心でもって仕え、祭典には礼でもって行ない、家産を治め、奴婢を使役するのにも寛大で条理がそなわっていた。近隣の者や親戚の者はこれを賢婦人であると褒め称え、若くして寡婦になったことに同情した。そうして三年が経ち、親戚の家に行き、養子を貰い受けようと、わら筵を敷いて懇願して、ようやくこれを得ることができた。家庭教師を呼んでこの子の教育をさせ、まもなく嫁を迎えさせた。そうして十年あまり経ち、礼を尽くして祖父母と舅と姑みなが天寿をまっとうして死んだ。悲しみがあまりに過ぎて身体をこわしてしまうほどであった。家の裏の山に三代の墓を盛って、石碑を立てて置いた。

ある日、新しい衣服をつくって着代え、息子と嫁といっしょに墓に礼拝し、家に帰ると廟を拝し、家中を掃除した。房の中に帰って来て腰を落ち着け、息子夫婦を前に呼んで、家の事をそれぞれ細かに指示して言った。

「お前たち夫婦も十分に大人になった。祭祀を行ない、お客様と応対するのに不足はないだろう。わたくしはもう老衰してしまった。お前たちにすべてを譲るから、辞退してはならない。けっして浪費せず、倹素に過ごして、つねに努力を怠ってはならない」

そうして、教え戒めることが多々あったが、夜も遅くなったので、息子夫婦は自室に戻った。老婦人は寡婦としてこちらに来たとき、小瓶に入った毒薬をたずさえていた。それをあおると、すぐに息絶えた。幼い婢が走って来て、危急のことを告げた。その息子が行って見ると、小さな瓶に毒薬の液体が入っていて、それが床に飛び散っている。老婦人は布団を敷いて衣服をただして身を横たえている。すでにどうすることもできない。息子夫婦が号哭をしていると、布団の前の大きな巻紙が目についた。開いて見ると、まさに遺言であった。まずは若くして夫を亡くした悲しみを言い、次に家法と由緒を述べ、家を治める法規を言い、奴婢文書の所在を記録していたが、事細かでわずかの遺漏もなかった。その終わりに告げていた。

「わたくしが訃報を聞いても死ななかったのは、閔氏の家が絶えるのに忍びず、舅姑の世話をする者のいないのを考えてのことであったが、今やわたくしは責任を果たすことができた。人を得て将来を託すことができた上は、どうしていたずらに生きながらえることができよう。地下の旦那さまに会って事の顛末を告げるのがわたくしの残された務めであろう」

その息子は母を父の墓にともに葬り、遺言を守って家道をまっとうした。遠近の士林たちが申請の文書を奉ったので、王さまは旌閭（第二話注2参照）を下された。

ああ、節義を全うして死んだ烈女は古来その数は知れないが、婦道を尽くし、舅と姑によく仕え、家の断絶を救った、このような烈々たる婦人を知らない。しかも、家事の見通しが立つと、従容として死んでいった。まことの節婦である。まことの節婦人である。

▼1【忠武公】李舜臣。一五四五～一五九八。朝鮮半島の歴史を通して最大の英雄。一五九一年に全羅左道水軍節度使となり、一五九二年、壬辰倭乱が起きると亀甲船を造り火砲を用いて日本軍を大破した。翌年、三道水軍統制使に任命されたが、一五九七年には中傷によって逮捕された。丁酉再乱の勃発で再び統制使に任じられて活躍したが、一五九八年十一月、露粱海戦で戦死した。

▼2【閔兵使】閔栐のことか。一六三六年の丙子胡乱のとき、慶尚右道兵馬節度使として軍を率いて上京する途中、賊軍と

交戦して戦死した。兵曹判書を追贈された。

第四八話……朴慶泰、悲憤慷慨して功を立てる

南海・朴慶泰《パクキョンテ》[1]は夷城[2]の人である。子どものころから騎射に巧みで、その膂力は人に抜きん出ていた。任侠と放蕩をこととして、細かなことにこだわらなかった。人が困窮しているのを見ると、かならず救いの手を差し伸べ、不義を目にすると打擲して辱めたので、郷土の人びとは彼を朱家[3]や郭解[4]にたとえた。成長するにおよんで、いかめしい容貌になり、酒を好んで、飲めば談論風発した。書物も好んで、大義に通じ、忠貞をもって自負した。郷土の砲手を集めて、

「君たちは天を知っているか」

と問うと、みなが、

「知っている」

と答える。

「天が与えたものを知っているか」

「天でなければ、何によって生まれようか」

「王さまは天に代わる天である。王さまがいなければ、どうして生きていけようか。人が禽獣と異なるのは忠と孝を知ることだ。もし人としてこれを知らなければ、どうして人と言えようか。今、北関の外でも兵革の苦しみを忘れ、内では賦税の煩瑣なことがなく、父と子、兄と弟が腹一杯に穀物を食べて水を飲むことができる。これはみな王さまのお蔭である。今、北の夷が川を隔てて隙を伺っているが、一朝にして不慮の変事が起これば、君たちは国のために忠義を尽くして死ぬことができるか」

人々はみな公の議論に感激して、勇躍して、

「ただ公の命令に従います」

と言った。そこで、百人が署名していったん事が生じた際の計画を練ったりした。彼の忠義は天性のものであった。武科に及第して、故郷の万戸[5]となって下ったが、人々は「故郷に錦を飾るとはこのことだ」と評した。

戊申の年（一七二八年）の逆変[6]が起こり、清州の賊[7]が謀反すると、嶺南（慶尚北道および南道）や関西（平安北道および南道）でも賊が呼応して、国中があまねく騒然となった。上下は驚愕して慌てふためくだけで、なすすべを知らなかった。朴公は楊州に至って、兵乱を耳にすると、すぐにソウルに戻って軍門に姿を現し、討伐を志願したが、受け入れられることはなかった。巡撫使の呉《オ》命恒《ミョンハン》[8]が出師することになったが、そのとき大きな声を挙げて前に進み出て、馬の鼻先で、

「できれば、辺境の将軍の役目を解いて、先鋒として一隊を率いさせてほしい」

と言いながら、涙を流した。身体を屈したり、地団太を踏んだりするその様子を、将士たちはぐるりと囲んで、身をすくめない者はいなかったが、巡撫使はその意気を壮として、一人の斥候兵を与えて前軍として出発させた。安城に至って賊軍と対峙すると、公は馬に鞭打って、賊軍がまだ陣を整えていないのを見てとると、攻撃を仕掛けた。後軍がそれに続き、賊軍は崩れて竹山に敗走したが、公は勝ちに乗じてこれを追撃して、前後に数百人を切った。血が戦袍に飛び散り、馬はもう前に進むことができなかったが、いよいよ意気は壮んだった。

李麟佐の勢いは急速に衰え、ついに捕われて、ソウルに押送されることになったが、その任に当たる人がいない。兵士たちが言った。

「朴公でなければ、この役目は難しい。一人で万夫に当たることのできる勇者だ」

麟佐を押送してソウルに至ると、王さまは仁政門で引見なさり、

「汝は北方の武弁として誠を尽くし、その忠勇はまことに天晴れであった」

とおっしゃって、女官に命じて、酒食を賜った。これは前例にもないことであった。

乱が平定されて後、原従一等功君に録され、乫坡地、潼関、長鬐、南海などの長官を歴任して、その治政は清廉であった。民を愛し、ソンビには礼でもって応接した。軍備をおろそかにせず、文治を推進し、忠誠を褒章し、孝行者には旌閭を与えたので、領域は粛然と治まった。地方官を終えた後、故郷に帰って、堂号を「不顧」とし、その意志を現し、風塵にまみれた世俗に足跡をとどめず、江湖に遊ぶことに思いを寄せたものの、その後、暗行御史として全国を回り、善政と悪政の報告をして、嘉善大夫となった。先祖三代が追贈されて、八十一歳で卒したが、子孫がその業を継いで、代々の関北の大族となった。

▼1【朴慶泰】生没年未詳。朝鮮後期の武将。任地におもむくときに李麟佐の乱が勃発し、志願してその平定に功績を上げた。ここにある話が彼についてはもっとも詳しい。

▼2【夷城】正確には不明。撫夷地方ではないかと思われる。

▼3【朱家】漢、魯の人。義侠をもって聞こえ、よく人の危急を救った。食客が百人にも上ったという。

▼4【郭解】漢の軹の人。少時には姦犯の事がおおくあったが、長じて任侠の徒を自認した。解をそしる者がいて、客人がこれを殺した。解はそのことを知らなかったが、公孫弘は知らないのは殺すよりも罪が重いとして、ついに解を誅した。

▼5【万戸】武官職の一つ。朝鮮時代、各道にある鎮営に所属した従四品の官職。

▼6【戊申の年の逆変】いわゆる李麟佐の乱。戊申の年（一七二八年）、少論一派が起こした反乱。英祖が即位するとともに、老論一派が実権をにぎり、老論の大臣を誣告したこと

のある金一鏡などが処刑されることになると、李麟佐・鄭希亮・金寧海（一鏡の弟）などが先導して蜜豊君・坦を推戴して反乱を起こした。麟佐は清州を襲撃して李鳳祥を殺し、兵士を集めて大元帥となり、景宗の死後に立った英祖の即位の不当を訴える檄文を飛ばした。少論の崔奎瑞の告変によって反乱は鎮圧された。

▼7【清州の賊】李麟佐のこと。李麟佐（?～一七二八）は、代々、清州に住んでいたが、英祖の即位とともに没落した少論派を糾合して、鄭希亮などとともに反乱を起こした。大元帥となったが、誅殺された。

▼8【呉命恒】一六七三～一七二八。英祖の時代の功臣。字は士常、号は永慕堂、本貫は海州。早く父を亡くして母の膝下で育ち、一七〇五年に文科に及第、地方の監察司を歴任した。一七二八年、李麟佐の乱が起こると、京畿・忠清・全羅・慶尚の都巡撫使となって、朴文秀を従事官として引き連れて行き、乱を平定した。その功で海恩府院君に封ぜられ、兵曹判書、右議政に至った。

第四九話……主人の死体を収めた忠義の奴

金汝岉《キムヨムル》▼1公は昇平府院君・金瑬《キムユ》▼2の父である。家に大飯ぐらいの奴が一人いた。他の奴にはみな七合の料米を与えていたが、この奴にだけは特別に一升の料米を与えていたから、この奴を妬む者もいた。金公は義州の任地において義禁府に逮捕されたが、壬辰の倭乱が勃発して、白衣（無官）従軍の命令を受けた。大きな手柄を立てて罪を贖おうとして、巡兵使の申砬《シンリプ》▼3の配下となり、行装をととのえ出陣することになった。家の奴僕全員を庭に並ばせて、

「誰か私といっしょに行く者はいないか」

と言った。

すると、一升食いの奴が進み出て、

「私は平生、一升の米飯をいただいている。この大乱にあたって、どうして人の後ろに隠れて立っていられましょう」

と言い、従軍を志願した。

他の奴僕たちはみな、

「避難なさる進士さまについて参ります」

と願い出たのであった。このとき昇平府院君がまだ小成であったためである。

こうして、金公と奴はまるで楽土におもむくかのように、馬に鞭を当てて出発した。弾琴台▼4の背水の陣に至ると、すでに倭人たちが蟻のように密集して、潮のように押し寄せて来る。みな一本の短い杖のようなものを背負っていて、それをかざして構え、青い煙が立つと、かならず一人の者が死んだ。官軍はそれが鳥銃（鉄砲）というものであることを初めて知ったのである。

巡兵使がかつて北関にいたときは、武装した騎兵を駈って、尼蕩介《ニタンゲ》▼5をまるで枯れ枝をへし折り、朽ちた木を引き抜くように、掃討したものであった。今回、鳥銃が出現して、戦のありさまも変わり、英雄豪傑が武勇をふるう余地もないようになったのであった。金公は軍服を改め、左の肘に角弓を引っかけ、腰に刀を佩びて、背中には矢を負ったまま、右手で朝廷に手紙を書いた。筆先には風が颯颯と吹くかのよう、文章もその理致もともにすばらしいものであった。それに封をすると、さらには長子の昇平に送る手紙を書いた。

「三道に徴兵したものの、一人として応じて来た者はいない。われらの前にはただ死があるのみである。男児が国のために死ぬのは本望だが、ただ国恩に報じずに、この壮んなる意気が灰に帰することを、天に向って嘆息するのみである。家のことはすべてお前に任せた。私はもう何も言わない」

書き終わると、馬を駆けて刀をふるい、乱陣の中に突き進んで行って、ついに果てた。奴は主人を見失い、獐川あたりまで敗走していたが、弾琴台の方を振り返ると、弾丸が雨のように降りそそいでいる。嘆息しながら、

「私が死を厭うて公のご恩に報いないようでは、どうして丈夫であると言えよう」

と言い、短槍を手にして敵陣めがけて突撃した。倭人のために押し戻され、三進三退、身体に十ヶ所もの槍傷を負い、金公の死体を弾琴台の下に見出して、背負って走り、山陰にそれを埋葬し、後日、あらためて先祖の墓に埋葬した。

奴と主人とのあいだの義理にどのような限界があろうか。しかし、この奴のような忠誠と勇気がどこにあるであろうか。士はおのれを知る者のために死ぬといい、女はおのれを愛してくれる者のために化粧をするというが、この奴が死地に赴くのを家に帰るのと同じように振る舞ったのは、ただ一升の米に報いるためであったろうか。義理のために奮起した行為であったのだろう。

おおよそ奴僕を統御する道というのは、義でもって接し、恩恵でもって感動させ、平生に緩急でもって仕えさせるようにする。金公はそのすべを知っていた。朝廷で禄を食みながら、国家の騒乱に際して、忠義をふるって敵に当たる意志のない者は金公の奴に愧ずべきである。

▼1　【金汝岉】一五四八～一五九二。宣祖のときの忠臣。字は士秀、号は披裘子、本貫は順天。一五七七年、文科に壮元で及第、兵曹郎官を経て義州牧使だったとき、鄭澈の一派に陥れられて投獄されたが、一五九二年、壬辰の倭乱が起こると、王の特命で申砬とともに忠州の防御に当たった。鳥嶺を利用して防御することを主張したが、申砬が容れず、賊軍を

防ぎきれずに、弾琴台から身を投げて自殺した。

▼2【金瑬】一五七一～一六四八。仁祖のときの功臣。字は冠玉、号は北渚。父の汝岉が壬辰倭乱で戦死したので、殉節者の子どもとして参奉となり、一五九六年、文科に及第。翌年、丁酉再乱が起こると復讐使として湖西地方に下った。光海君の末期には宮廷から退いていたが、仁祖反正に参加して、大提学・右議政・領議政に至った。丙子胡乱のとき、現実的な和議を主張して官職を剝奪されたものの、後に回復、一六四四年、沈器遠の反乱が起こると、これを平定した功績で寧国一等功臣となって昇平府院君に封じられた。

▼3【申砬】一五四六～一五九二。武臣。字は立之、本貫は平山。幼いときから学問よりも武芸をたしなみ、二十三歳で武科に及第した後、宣伝官・経歴などを経て外職に出た。一五八三年、尼湯介の乱が起こると、その鎮圧に奔走して勇名を馳せた。一五九二年、壬辰倭乱が勃発すると、三道巡辺使として宝剣を下賜されて出陣したが、小西行長の軍に大敗して、金汝岉などとともに自害した。

▼4【弾琴台】現忠清北道忠州にある名勝地。

▼5【尼蕩介】宣祖のときに朝鮮に帰化した女真人。六鎮に出入りして朝廷からは厚遇されていたが、一五八三年、慶源城に住む女真人たちが前の鎮将の失政を理由に反乱を起こしたのに同調して叛旗を翻した。慶源府使の金璲の軍を破ったが、穏城府使の申砬などの軍によって討伐された。

第五〇話……鄭忠信の娶った賢妻

錦南・鄭忠信《チョンチュンシン》▼1が初めて宣沙浦▼2の僉節制使▼3に任命されたとき、朝廷の宰相たちに挨拶に出かけたところ、ある老宰相が慇懃に、

「私には君が大器であることがわかる。いったいどこまで昇進することだろう。君はまだ結婚していなかったな。実は、私には妾に生ませた娘が一人いるのだが、君に巾櫛を奉じる（第三二話注3参照）ことにしたい。どうか嫁にしてはもらえまいか」

錦南は老宰相の申し入れに感激して承諾した。すると、老宰相は、

「それなら、このことは誰の耳目を驚かせることなく、出発する日、弘済院の橋のほとりで待っていてほしい」

と言った。

その日、錦南が橋のほとりに至ると、輿と馬との一行が旅装を派手やかに整えて楽しげにやって来て、宣沙浦への旅なのかと尋ねる。錦南は初めて新妻に見《まみ》えたが、でっぷりと太って、話しぶりにも情緒がない。錦南はしてやられたと思って溜め息をついたが、今さら追い返すわけにもいかない。粛然として一緒に行くことにして、鎮に着いたが、食事と衣服の世話を任せはするもの

の、愛情のようなものを抱くことはできなかった。

ある日、役所に秘密文書が到着して、開いてみると、

「軍務で内々に諮ることがある。星火のように駆けつけるべし」

とある。急いで飯を用意させてかきこみ、内に入って行って、妻に出かけることを告げると、妻は、

「あなたは今回出かけるのは何事があるのかご存じでしょうか」

と尋ねた。錦南が、

「いや、わからない」

と答えると、妻は言った。

「大丈夫がこの乱世に当たって去就を決するのに、よく事の機微を予測できないで、いったいどう立ち回るおつもりですか」

錦南はそのことばを怪訝に思って、仔細に尋ねると、妻は、

「かならずかくかくのことがあるはずで、その際にはしかじかなさるのです」

と言って、紅の錦で作った武官の服を取り出して着せたが、その寸法はぴったりと身体に合ったので、錦南は大いに驚いた。鎮営に駆けつけると、巡察使が左右を遠ざけて錦南だけに耳打ちするようにいった。

「今、中国の使いがやって来て、この城中に逗留して白銀万両を要求して、『もし出さなければ、道伯を磔にする』と言い出している。事は危急のことで、またそのような金品があろうはずもない。何度も考えを重ねて、やはり君でなければ、この事態に対処することはできないと思うのだ。だから、来てもらったが、どうだろうか」

錦南は練光亭[4]に出ていって座り、機転の利く将校を呼んで、なにやら耳打ちしたが、まもなくすると、役所の妓生の中で聡明かつ美しい四、五人がやって来て、宴席に侍った。あるいは歌を歌い、コムンゴを演奏して、その間、酒杯が行き交って、まさに狼藉たるありさまとなったころ、また将校を呼んで、耳打ちした。

「今、銀を中国の使いに差し出さなければ、巡察使は殺されることとなる。そうなれば、この城の人びとはどうして生きていよう。ただ魚肉のように死ぬばかりだ。君は出て行って、城内の家々ごとに火薬を仕掛け、練光亭から三発の砲声が聞こえれば、火を放つのだ」

将校はこれを聞くやいなや出て行ったが、帰ってきて、

「すべておっしゃる通りにしました」

と言った。すると、鉄砲の音が一発して、横にいた妓生たちはそれを聞いて、厠に行くといつわって、ぞろぞろと出て行って家に帰った。しばらくすると、城内の人びとみなが事態を悟って、年寄りを呼び、娘を呼び、妻の手を取り、子どもを抱えて、争って城の外に逃げ出した。

その騒ぎはまるで大地を揺るがすようであった。

中国の使節は最初に砲声を聞いたときにははなはだ訝り、ついで城内の喧騒を聞いて、驚いて立ち上がって、何事が起ったのかと尋ねた。一人の将校が、

「宣沙浦の僉使がかくかくしかじかで、もしふたたび砲声がしたなら、城内はことごとく灰塵になります」

と答えると、中国の使節は心魂も消え果てて慌てるばかりで、靴を履くのも忘れて、転びながらも練光亭に駆けつけて、錦南の手を握って、命乞いをした。錦南は事理を尽くして使節を責めて言った。

「上国は朝鮮にとって父母の国です。使臣が皇帝の命令を受けてやって来られ、沿路の人びとは精一杯に接待に務めておりますが、前例になく、銀の供出を言い出されました。これを行なうことは政とは言えません。城内の人びとみな死ぬしかありません。みなが灰塵の中にいっしょに死ぬのがいいのです」

中国の使節が言った。

「私の死生はあなたの手にかかっている。馬を階下に連れて来てくれないか。私は馬に乗って、夜に昼を継いでかけ通し、三日のうちには鴨緑江を渡って帰ろう。お願いだから、砲声を挙げるのをよしてくれ」

錦南が言った。

「あなたは礼を失していて、私はあなたを信じることができません」

そして、砲手を呼ぶと、使臣は錦南の腰にしがみついて、千回、万回と号哭して頼んだ。錦南は仕方なく、これを許し、馬を連れてくるように言い、すぐに出発するようにさせた。使臣の一行は感謝することこの上なく、一斉に乗馬して、風雨のように駆けて行った。果たして三日目には鴨緑江を渡って去った。巡使は大いに喜び、宴席を催して錦南に感謝した。このことで、錦南の名声は天下に鳴り響いたが、本鎮に帰ると、以後は何もかも妻に尋ね、相談することにして、すべてに神のように敬うようになった。

▼1 【鄭忠信】一五七六〜一六三六。仁祖のときの功臣。号は晩雲。壬辰倭乱のとき十七歳で光州牧使の命を受けて義州におもむき、全羅道の状況を報告した。兵曹判書の李恒福が特に愛して史書を教えるようになり、その門下の者たちと交わるようになった。この年の秋、武科に及第、光海君のとき、満浦僉使として後金に行き、敵状を調べて来た。一六二四年、李适の乱のときには前部大将として賊を平定し、振武功臣の賜号を受け、錦南君に封じられた。一六二七年、丁卯胡乱のとき、府元帥となり、後に捕盗大将、慶尚兵使などを歴任した。

▼2 【宣沙浦】現平安北道宣川郡にある地名。

▼3 【僉節制使】朝鮮時代、各地方の鎮営に所属した従三品

の武官。

▼4 【練光亭】 平壌の大同江の畔にある亭子。

第五一話……倭乱を予見した賢い嫁

嶺南のある郡に一人のソンビが住んでいた。年のころは四十あまり、一人息子がいたが、死んでしまい、悲しみのあまり、心は呆けて、狂ったようになってしまった。ある日、堂上に座っていると、一人の客が入って来て、主人の気色の惨憺たるのを見て何ごとかと尋ねると、主人は、

「一月前、私は一人息子を亡くしてしまった。悲しみは尽きず、どう気持ちを収めていいのかわからない」

と答えた。すると、客は同情しながら尋ねた。

「ところで、あなたの祖先のお墓はどこにあるでしょうか」

「家の裏山にあります」

主人が答えると、客は、

「私はあらあら山理を理解している。その山を見せていただけないでしょうか」

と請うた。主人が客を裏山に連れて行くと、客は言った。

「この山は不吉です」

主人が、

「それなら、どこに吉地を求めればいいと言うのか。吉地を得たとしても、牛がいなくなって牛小屋を作るようなもので、わたくしたち夫婦にはもはや後継ぎもいないのです」

と言うと、客が答えた。

「洞口を入って行けば、意にかなう場所が一つあります。あなたは清掃をして、緬礼（移葬）を執り行なってください。そうすれば、きっとまた子どもを授かるでしょう」

主人が言った。

「私たち夫婦はすでに五十歳になろうとしている。移葬したからと言って、どうして子どもなど生まれよう」

客がどうしても再三それを勧めたので、主人は果たしてその言に従って緬礼を行なったが、数ヶ月の後、夫人が死んだ。ソンビは息子に続いて妻を亡くし、凄涼として悲しみは前に倍した。不幸が続いたが、家内の世話をするものがなくてはかなわず、再婚して新たな妻を娶った。

ある日、先の客がやって来て、まず尋ねた。

「この間、夫人を亡くされ、再婚なさらなかったか」

主人が答えた。

「そうだ。あなたのことば通りに軽率に大事を行なって、

妻を亡くしてしまった。まったく狼狽することしきりである。あなたはどんな顔をしてそんなことを尋ねられるのか」

　客は笑いながら、言った。

「先日、緬礼を勧めたのはもっぱら子どもを得るためでした。もし前日の机を叩きつけるような悲しみがなければ、どうして後日の珠を弄ぶような喜びがあったでしょうか」

　それから、客はしばらく居続けて、主人に言った。

「某日の夜に夫人とお交わりになれば、かならず男子が生れます」

　出発するときには、さらに約束して言った。

「某月に男子がお生まれになるが、そのときにはふたたび参ります」

　その後、そのことば通りに男子が生れた。客がまたやって来た。

「主人は男子を得なさったか」

「そうです。男子が生れました」

　客は座るやいなや、すぐに新生児の四柱を占って言った。

「この子は元気に育ってきっと長生きをします。結婚するときには、私が仲人になりましょう」

　主人は、これはただ慰藉するためだけのことばだと思って、信じはしなかったが、その子が次第に大きくなって、歳も十四歳になった。客は何年も足が遠ざかっていたが、突然にやって来て、開口一番に言った。

「お子さんは元気に育たれましたかな」

　すぐに息子を呼んでみると、客は言った。

「結婚はなさったかな」

　主人が言った。

「いやまだしておりません」

　客は四柱単子▼1を取り出すことを請いながら、おもむろに言った。

「ご主人はこのお子が生れたときに、結婚の仲人を私がすると約束したのをお覚えになっていますか」

　主人は客のことばがこれまで多く当たったので、今や信じきって、息子の柱単を書いて与えた。客はしばらく考えて結婚の日取りの単子を与えたが、主人はもうその客の誠実さをすっかり信じ切っていたから、新婦の家の門閥がどうか、新婦の素養がどうかについては尋ねることもなく、なんら疑念をもたなかった。そうして、結婚のための品物をそろえて、いっしょに新婦の家に出かけることになった（付録解説3参照）。

　一日歩いて、客はどんどん深山渓谷に分け入って行く。主人は心配になって、来た道を振り返りながら、客に尋ねた。

「あなたはどうして人をだまして、こんな山深いところに私を連れて行くのだ」

客は言った。

「私があなたに何を含むところがあって、だます必要がありましょう」

あるところからは曲がりくねった道を登って行って、高い頂に至ると、数軒の茅屋《ぼうおく》があった。その日は結婚の日で、床には蓆が敷いてあるだけである。すると一人の老人が出て来た。これが査頓（岳父）である。主人ははなはだ不愉快になって、やって来たことを後悔し始めた。客の方はくつろいで盃を交わしてくつろいで座っていて、すこしも恥じる様子がない。主人は仕方なく、結納の品を納めて醮礼を行なって、初めて新婦の様子を見ると、容貌は平凡で、その振る舞いも田舎者丸出しで、まるで様を成していない。しばらくすると、査頓は新郎の父親に言った。

「大事を幸いにも執り行なうことができ、娘もすでに簪を挿しましたので、この家に長くいらっしゃる必要はもうありません。それにわが家は貧しくて、遠路を見送ることはできませんので、私どもはここで失礼します」

客もそこに留まり、新郎の父はあらがう術もなく、客が乗って来た馬に新婦を乗せて帰って来た。一家の者みな新婦を見て驚き、嘆息しない者はいなかった。みなが一様に馬鹿にして、大切にはしなかったが、しかし、新婦はいささかも顔色を変えることはなく、ただ部屋の中にいて、家の仕事には携わらなかった。しかし、その家の消息をただ座しているだけなのに知っていたから、義理の父母は不思議に思った。

ある日、義理の父母は相談して言った。

「私たちもすでに年老いた。糧食の出入りを考え、田畑を耕作するのに疲れてしまった。これからは息子夫婦に任せて、私たちは座して食事をするだけで、余生を送ろうではないか」

こうして一家を治めるすべてを息子夫婦に託したが、新婦はいささかも嫌がらず、また謙虚に辞することもなかった。

新婦は堂から下りることもなく、奴僕が耕作し、婢女が機織りするのを指揮して、少しもあやまつことがなく、すべてに的を射ていた。そして、「明日は雨」と言えば、確かに雨が降り、「明日は晴れ」と言えば、確かに晴れであったから、農作業に時を失することがなく、一升の米も一尺の布もおろそかにせず、そうして三年のあいだに、家産は大いに振興した。一家の中でも隣近所でも、驚き不思議がらない者はなく、初めて「賢婦」だと噂するようになった。舅と姑もまたはなはだこの嫁を愛するようになり、あの客がまた非凡の人であることを認識した。

ところが、ある日、新婦がやって来て、舅に言った。

「お舅さまはもう七十歳におなりです。ここでこうして無聊をかこっていらっしゃる必要はありません。日々に洞内の親しい人々とともに宴会をお楽しみになれば、その杯盤はわたくしが用意いたしましょう」

舅も喜んで答えた。

「私も長いことそうしたいと思っていたのだ。お前はなんてやさしいのだ」

その後からは、家には隣近所の老人たちの靴が脱ぎ散らされ、杯盤は狼藉たるありさまで、笑い声が鳴り響いて、飲食を水が流れるように繰り返したのだった。こうして四年がたち、家には一片の土地も残らず、家産をすっかり蕩尽してしまった。嫁は舅と姑の前に出ていった。

「今やすっかり家産を蕩尽してしまい、この家には一片の土地さえ残っていません。ここではもう生活することはできませんので、わたくしの実家のある洞内に移り住んでくださいませ。そうすれば、なんとか安穏と生きて行く術もあろうと思います」

舅は嫁のことばを信じ、大事、小事をすっかり嫁に任せて、

「私はすっかり年老いた。家事はお前の言うとおりに任せよう。お前がいいと言うのなら、それでいい」

と答えた。

嫁は家産と残された若干の土地を売り払い、一家眷属と奴婢たちを引き連れて、陸続として実家のある洞内に帰って行ったのだった。仲人の客もこれを待ち迎えた。

嫁はこの山奥の土地にやって来ると、ふたたび産業に努めて、しばらくすると財力にも余裕ができてきた。舅と姑は山中の生活が長く続いて、退屈に堪えなくなり、しきりに前の土地を懐かしがる。嫁は舅と姑を誘って山に連れだした。すると、遠くから太鼓を打つ音が聞こえ、激しく争う戦の音がする。

舅と姑が、

「これはいったい何の音だ」

と尋ねると、嫁は、

「これは戦の音です。倭賊が朝鮮全土に満ちて、今は隣村に押し寄せて、戦っているので、こんな音が聞こえるのです」

と答えた。舅が、

「私たちの故郷の村は大丈夫なのか」

と尋ねると、

「あの村はすでに焼き払われて、村人すべてが逃げたか殺されたかです。近辺の村人もすべて魚肉のように殺されました」

と言った。舅が言った。

「それでは、お前はこうした乱が起こると知っていて、機微をうかがい、この山中に入ったのか」

嫁が答えた。

「つまらない動物でも天機というものを知っていて、雨を避け、風を避けるものです。人として、どうして知らないでいられたでしょう」

舅と姑は、

「なんという賢い嫁だ、なんという賢い嫁だ」

と叫んで、それからは故郷に帰りたいとは思わなくなった。八、九年後、この嫁は眷属を率いて山を出て、家産を治め、農事を経営して、ふたたび豊かになった。子どもたちは嫁を取り、その子孫は今も繁栄して、嶺南の大族となっている。

▼1【四柱単子】婚約して新郎から新婦の家に送る新郎の生年月日時を記した書状。

第五二話……未来を予見した平壌の妓生

光海君の末年のこと、平壌に一人の妓生がいた。貞潔に身を持して、商人のようなずるさがなく、淫蕩な振る舞いもなかった。妓生というのは卑しい身分であるが、ただ一人の夫を守って一生を終えた。営本府の裨将や役人が客となり、その姿色を愛でて貪ろうと近づいても固く断って、男たちが杖をもって脅し、父母に枷をつけて脅しても、けっしてなびくことがなかった。営邑の人びとはみな傑物だといって称賛した。その父母が夫をもたせようとすると、その女は、

「夫というのは百年の客人です。わたくし自身に選ばせてください」

と言った。そのことばが広がって、遠近の者たちがやって来た。みなが美男子・風流子であり、富家の子弟や豪宕な客たちが朝に夕に門前に押し掛けたが、その女はひとしなみに退けた。

ある日、その女が大同門の楼に座っていると、門の外に柴を背負った老チョンガーがいる。それを見て、すぐに父親を呼んで、

「あのチョンガーを是非にわが家に迎えてください」

と頼んだ。その父はチョンガーの姿を見てがっかりして、咎めるように言った。

「お前は何という変わり者だ。お前の容色を慕って喜ばない男などいない。上は使道や本官の妾になることもできようし、中をとれば、戸裨将や役人の家人になることもできようし、あるいはきちんとした家の若者とも縁を結ぶことができるはずだ。それをよりによってあんな貧

相なまがまがしい乞食を選ぶとは。いったいどういうつもりだ」

しかし、女は一度言い出したら聞かない性格で、父親と言えどもどうすることもできない。とうとうそのチョンガーを夫にしてしまった。

ある日、その女が夫に対して言った。

「わたくしたちは長くここに留まらず、できればソウルに上って、なにか事業を始めましょう」

そうして、ともにソウルに上って、酒店を西小門の外に開いた。酒の旨さと酌をする女の質においてソウル第一の噂が立った。城内・城外の豪傑や貴人たちで出入りしない者はいなかった。特に五、六人の酒徒が頻繁にやって来ては酒を飲んだが、女はその料金の支払いについては言わず、ただ酒を言われるままに出した。その酒代はたまって、酒徒たちは恥じ入ったが、女は、

「いつかたっぷりとお返しをしてもらいますよ」

と言って、笑ってすました。

その酒徒というのは、すなわち墨洞（現ソウル市中区墨洞）の金正言[1]と李佐郎[2]だったのである。その女は従容として金正言に言った。

「この洞内には馴染みの人がいません。南村に移りたいのですが、できれば保証人になっていただけないでしょうか」

金正言はそれに答えて言った。

「わかった。われわれは遠くからやって来て、酒をしこたま飲ませてもらっている。ちょっと申し訳ないと思っていたところだ。女将さんがもし近くに移って来たなら、保証人役は引き受けようじゃないか」

そこで、女は墨洞に引っ越した。ある日、女は金正言に言った。

「わたくしの夫は漢字を一字も理解しないだけでなく、ハングルも知りません。酒代の勘定も記録できないので、いつも損ばかりしています。子どもに教えるように夫に教えてくだされば、これからはあなたを先生として、毎日、一壺の酒を差し上げましょう」

金正言が答えた。

「よくわかった。それでは、明日から酒食の前に、お前の主人は本を携えて私のところに来るがよい」

女は夫に『資治通鑑[3]』の数巻を買わせ、その中に栞をはさんで、夫に噛んで含めるように言った。

「あなたはこの書物を持って金正言の家にお行きなさい。教えを請うときに、かならず栞をはさんだ帖を開き、先生が『最初から始めよう』といっても、『この栞をはさんだところからお願いします』と言って、先生のことばに従ってはいけませんよ」

夫は妻のことば通りにすることにして、翌朝、書物を

携えて金正言の家に行った。金正言が言った。

「『千字文』かな、あるいは『類合』[4]かな」

　それに対して、

「『資治通鑑』の第四巻です」

と、夫が答えると、金正言は、

「これはあんたには難しすぎる。まずは『千字文』を持って来るがいい」

と言った。夫が、

「もうすでに持って来た以上は、この本でお願いします」

と言うと、金正言は、

「まあよかろう。これもまた文章だ。それでは、最初から始めようか」

と言った。しかし、夫は栞を挟んだ帖を開いて、

「この箇所からお願いします」

と言う。金正言が、

「本は最初から読むものだ」

と言っても、夫はけっして聞こうとせず、栞をはさんだ箇所に固執する。金正言は我慢できなくなって、怒りだし、その本でもって夫を打擲して言った。

「天下にまたとない馬鹿者だ。女房の言うことしか聞けないのか」

　夫は大いに恨みを抱いて帰って来て、妻に向って、

「これからは金正言に酒を出してはならない。食事も出してはならないし、瓢箪は割って捨ててしまおう」

と言った。妻はにこりと笑って、

「あなたの人物が全うであったら、どうしてこの屈辱を受けることがありましょう」

と言った。しばらくして、金正言がやって来て、女の手を執って、

「あんたは人か、鬼神か」

と言った。女が、

「わたくしだとてあなたと同じ人間です。時さえ得ることができれば、どうして両班になれないでしょうか」

と言うと、金正言が言った。

「しばらく機会を待つがよい。今は酒を飲みたい」

『資治通鑑』の栞をはさんだ箇所は、漢の霍光が昌邑王を廃するところであった。[5]金正言というのは昇平府院君・金瑬《キムユ》（第四九話注2参照）のことであり、李佐郎というのは延陽府院君・李貴《イクィ》[6]のことである。その女は反正[7]の企みが進んでいることを予見していて、『資治通鑑』の第四巻の昌邑王の故事を示して昇平府院君の意志を確認しようとしたのである。昇平府院君もまた女がすでに自分たちの企みを理解しているのを鬼神のように思ったのである。

　そのことがあって、しばらく後、はたして昇平府院君

らの仲間は反正の功臣となり、その功績を議論するときに、平壌の妓生の酒店の話が出て、一同には異論がなかった。しかし、女の夫の名前を尋ねても、誰ひとり知っている者はいない。昇平府院君が言った。

「私が彼に尋ねたところ、己丑《キチュク》の生まれだといった。それを使って名づけたなら、風流ではなかろうか。起築《キチュク》とするのはどうだろうか」

居合わせた人びとはこれに賛成したので、朴起築▼8は三等功臣に録され、即日、漢城左尹となり、ついには兵曹参判にまでなった。

ああ、女はもともと卑しい妓生でありながら、天の定めた夫を求めて結婚して、未来を前もって知ることがことごとく鬼神のようであり、最後にはわが身も尊い身分となり、夫も顕達した。古今に稀なる女子と言えよう。

▼1【金正言】正言は司諫院の正六品の官。

▼2【李佐郎】佐郎は六曹の正六品の官。

▼3【『資治通鑑』】治世に資し、歴代の為政者の鑑となることを意図して宋の司馬光が編述した編年体の史書。

▼4【『類合』】成宗のとき、徐居正が作った漢字教本。

▼5【漢の霍光が昌邑王を…】漢の昭帝が死んで昌邑王の質が立ったものの、淫行が収まらなかったので、霍光はこれを廃して宣帝を擁立したという故事。

▼6【李貴】一五五七～一六三三。仁祖反正のときの功臣。字は玉汝、号は黙斎。本貫は延平。李石亭の五世の孫。若くして李栗谷・成渾の門下で学んで、文名が高かった。壬辰の倭乱の際には、都体察使の柳成竜の従事官として功績があった。光海君が即位すると咸興判官として善政を促して上疏したりしたが、讒訴によって帰郷した。光海君の暴政を嘆いて金瑬とともに綾陽君を推戴して反正を成功させた。丁卯の胡乱（一六二七年）の際には崔鳴吉とともに和議を主張して、台諫の弾劾を受けた。後に後金（清）が明を討つときに大義名分上、明に加勢をするべきだと主張したが、明と後金のあいだで苦渋した。

▼7【反正】「正しきに反す」でクーデタを言う。ともに暴虐とされ諡号をもたない燕山君を倒した「中宗反正」、および光海君を倒した「仁祖反正」が代表的である。ここでは後者。第九話を参照のこと。

▼8【朴起築】一五八九～一六四五。字は希説、諡号は襄毅。孝寧大君の八世の孫とも。幼いときには家産を顧みず、ただ弓馬に明け暮れ、後に武科に及第した。李曙とは従兄弟で、李曙が長湍府使になると、起築は随行し、そこでともに反正を起こすことを計画した。義挙の日には長湍から先頭に立って兵を率いてソウルに向い、事が成就すると功二等に冊録された。丙子胡乱のときには御営別将として敵十余名を殺した。講和が成ると、世子のともをして瀋陽に向い三年を過ごし、帰って来て死んだ。

巻の四

第五三話……全東屹、李尚真の出世を見抜く観相術

統制使の全東屹《チョントンフル》▼1はもともと全州の人である。その風骨がすぐれ、智力が人に抜きん出て、また人柄を見抜く力があった。相国の李尚真《イサンチン》▼2が隣の邑に住んでいて、ひとりで病づいた母親の世話をして過ごしていた。家は貧しく、秋になっても一升の米もなく、母親の食事にいつも困るような状態であったが、その談論にも風儀にも余裕が見られた。つねに学問を熱心につづけ、昼も夜も書物を読んでいた。

全東屹はまだ年少であったが、常に李公の人となりを奇特に思い、一身を傾けて刎頸の交わりを結び、いつも自分の家の財穀を分けて、それで李公の困窮を救った。李公もこれには深く感謝して過ごしていたが、十月の末になった。東屹は李公に言った。

「あなたの顔はついには富貴になる相をしている。しかし、まだ時運が到来せず、このように貧困なのだ。上を奉じて下を率いるというのが本来のあなたのあるべき姿だが、今はそうではない。私には一つの計略がある。あなたがこれを聞いてくれれば、きっとうまくいくはずだ」

そう言って、五斗の白米と五個の麹の塊をもって来て、李公に渡して言った。

「この米と麹とで酒を造って、その酒ができたなら、すぐに私に連絡してほしい」

李公がそのことば通りに酒を造り、その酒ができると、東屹に告げた。東屹は近在の人びとを集めて、

「李書房は今でこそ貧寒だが、いずれ宰相となる器だ。今はまだ家で老母の世話をして朝夕の食事にも事欠く暮らしぶり、これまで野良仕事をしながら、なんとか糊口をしのいできた。今、緊急に柳と櫟《いちい》の木が必要になった。みんなはこの新酒を思う存分に飲んで、一人一人が柳と櫟の一尺半の五十本を持って来てはくれまいか」

と告げて回った。

村人は東屹の意図を理解したわけではなかったが、もともと東屹を信じ込んでいて、また李公についても日ごろから尊敬していたので、一斉に声を上げて承諾した。東屹はそこで酒を出して、二百人あまりに振る舞った。数日後には、酒を振る舞われた村人がみな柳と櫟を持って来たから、その数は数万本にも上った。東屹は牛と馬を引いて来て、その木をすべて牛馬の背中に積み上げて、李公とともに乾芝山の柴置き場に運んだが、これはもともと東屹の土地であった。東屹と李公は奴僕たちとともにそこの草をすっかり刈り払い、用意した柳や櫟を土に

一尺ほどの間隔で挿し込んだ。東屹が李公に言った。

「来年の春になったら、粟を蒔くといい」

その翌年の春、氷が解けた後、東屹は早粟を蒔こうと、李公とともに乾芝山の麓に行き、柳や櫟の杭を抜き、その穴ごとに七、八粒の粟を蒔き、その上に新しい土をかぶせた。夏になると、その粟の苗が穴から出て来て繁茂するようになった。その中のか細い茎は間引きして、三、四本の茎だけを残し、雑草が生えれば刈り払った。その実りのときを迎えると、穂の大きさは錐のようで、これを脱穀すると、五十石あまりにもなった。李公は大いに喜んだ。にわかに富家翁となったのである。


柳と櫟の樹液は土地を肥やすことができ、それを一尺ほどの深さに埋め込んでおくと、まわりの土の気が一新し、その上、冬の雨雪が穴の中に流れ込んで、柳と櫟の樹液と混じり合って深く土壌に浸透して、粟が勢い良く繁茂する。根ざしが深いのでつねに潤気を帯び、それで風を恐れず、寒さにも強い。また雑草の根よりも深く植えて、雑草の繁茂を防ぐので、土の力を雑草に取られることもない。収穫が多くなるのは当然なのである。東屹は農業の理に深く精通していたと言える。


李公は家がようやく豊かになったのを喜び、母親を養うのに心配がなくなった。だが、ある日、偶然に失火して、家も貯蔵していた穀物もみな灰燼に帰して、一物も止めなくなった。ふたたび困窮することになったのを嘆いて、母子ともに慟哭するほかはなかった。東屹は、

「天道は渺茫として、人が推し量ることはできない。李書房の気宇と状貌は大きく、けっして窮乏して死ぬような者のものではないが、今は天の災厄が無残にも降り掛かって一粒の穀物も残さなかった。これはいったいどうしたことか。私には目があっても瞳がないというのだろうか」

と言ってひどく詠嘆したが、その折り、慶科の庭試[3]が行なわれることとなり、東屹が李公に、

「あなたがこれからソウル見物に行かれるなら、私が馬と路資を用意しよう。遠慮する必要はない」

と言った。李公はその路資をもってソウルに上ったが、当時、李公の親戚の中に名のある高官がいた。李公が訪ねて行くと、その親戚の高官は厚く遇してくれて、李公の文筆がはなはだ優れているのを見て大いに喜び、

「文章の体裁がはなはだ精密で簡潔である。これまで初試にさえ応じなかったのは、おかしい。今回の科挙には努力してみるがいい」

と言って、試験のための文房具を用意してやり、試験場に行かせた。李公は自分の文章を書いて、早々に答案紙を提出したが、これがはたして壮元及第となった。高官は合格祝いの宴会の用意までしてくれて、その宴会が終

わると、李公は登用されて翰林と玉堂を歴任して名声を得た。老母の世話をするためにソウルに家を買って落ち着いた。

全東屹もその頃には武科に及第したので、李公は東屹を呼んで、家の外舎に住まわせ、起居をともにした。李公が東屹に対して、

「あなたと私とは無二の親友だ。門地や班閥など問題にならないし、文班と武班のあいだの礼儀をどうして用いる必要があろう」

と言い、大勢の人がいる公の場でも恭謙の振る舞いを略して普段通りのやり方で交わり、彼と此れの区別をしなかった。ある日、玉堂に上る李公の同僚数人がやって来たので、東屹が席を立って退出しようとすると、李公はその袖を引いて止めた。東屹がそこで拝礼してその座に居続けると、李公は同僚たちに言った。

「この人は私の知己の友なのだ。勇気も知恵も他の人物に抜きん出ていて、今時の人間に比較できる者はいない。後日、国家の急には必ずその力を借りることになる、大いに用いるべき人物なのだ。文官の皆さんはどうか彼を尋常の武官とは思わないでいただきたい」

同僚たちが東屹の姿を見ると、手足が長く、状貌も堂々としている。みなが顔を見交わして、東屹を称賛することをやめなかった。以後も、毎日のように行き来して、東屹は文官のところにも足しげく行き来して、たくみに弁論して人びとを驚かせた。人びとも彼を推挙して遂には西班正職となり、宣伝官として何度も外地に赴いたが、その治政は熱心で、夷狄もよく鎮めたので、名声赫赫として、朝廷こぞって称賛した。兵水使から統制使になり、年も八十歳になって、その子孫の数も多かった。その子やその孫などもまた虎榜（科挙合格者名簿）に掲って、ついに東方（朝鮮）随一の武班の閥族となった。

▼1【全東屹】顕宗のときの武官。字は士卓、号は佳斎、本貫は天安。一六五一年、武科に及第、北伐を計画していた顕宗が李尚真・蘇斗山とともに三傑と呼んだ。兵馬節度使、摠戎使、捕盗大将などを歴任した。

▼2【李尚真】一六一四～一六九〇。粛宗のときの大臣。字は天得、号は晩庵、本貫は全義。一六四五年、文科に及第、吏曹参判、大司諫、大司憲などを経て、一六七八年には吏曹判書となり、右議政となった。一六八九年、王妃の廃位を極諫して、鍾城に流され、扶余で死んだ。

▼3【慶科の庭試】国家に慶事があるときに行なわれる科挙で宮廷の内庭で行なわれる。

第五四話……自暴自棄になって賢女に出会う

仁祖の時代、黄海道の鳳山の地にある武弁の者が住んでいて、姓は李氏であった。家はもともと豊かであったが、その人となりが闊達であり、人に恩恵を施すことを喜んで、人を信じて疑わず、困窮していることを告げる者がいれば、惜しむことなく与えた。そのために、次第に家は傾いてしまった。しかしながら、その風骨は偉麗であり、これを見る者はみな将来の功名を期待した。

初めて出仕して宣伝官となったが、ある事件に連座して罷免されて、故郷で過ごすことになり、長らく官職に推薦されなかった。ある日、李氏は妻に言った。

「こうして田舎住まいをしていては、官職があちらからやって来ることもあるまい。わが家はこんなに貧しくなって、一朝に谷底に転落してしまう心配がある。嘆かないわけにはいかない。残った田畑をすべて売り払えば、四百両あまりにはなるだろう。それを持ってソウルに上り、官職を求めようと思う。官職を得られれば生きることができ、得られなければ死ぬだけのこと。私にもう腹を決めた」

妻も賛成したので、田畑をすべて売って、果たして四百金を得た。その内の百金を妻に残して生計を立てさせ、自分は三百金を持ってソウルに上っていった。壮健そうな奴僕と毛並みのいい馬が人の眼を引いた。碧蹄の酒店に宿を取り、奴僕が馬に秣を喰わせていると、一人の氈笠《せんりゅう》▼1をかぶり、色鮮やかな衣服を来た男がやって来た。最初はこちらの様子をうかがっていたが、やがて入って来て、奴僕と話し込んだ。その話し方がすこぶる懇ろだったので、奴僕も喜び、その仕事を尋ねたところ、その男は、

「わたくしは兵曹判書の屋敷の蒼頭なのです」

と言っていた。李氏はその話をひそかに聞いて、にわかに彼を呼び入れて尋ねると、やはり兵曹判書の屋敷の蒼頭だと言う。李氏は大いに喜んで、

「私は今まさに仕事を求めてソウルに赴くところなのだが、望むのは兵曹の役人だ。お前が果たして兵曹判書宅で仕事をしている家僕なら、私のために周旋してはくれまいか。それで、お前がこちらにやって来たのはどんな用があってのことなのか」

と言うと、その男は答えた。

「わたくしは兵曹判書宅では筆頭の奴僕です。判書の荘園が関西に多くあって、今回は命じられて、貢を徴収に行くというわけです。今朝、出発して来たところです」

李氏は言った。

「お前に会うことも容易なことではないのに、ここで行

き違いになってしまうのは、かえすがえす残念だ、何かいい方策はないものか」

　すると、男は言った。

「策がないでもありません。わたくしは引き返していっしょにソウルに参りましょう。わたくしが命令を受けて判書に暇乞いをしてすでに何日も経っています。それは吉日を選んで出発したためで、今日初めて出立したわけですが、これは判書のご存じないことです。いま引き戻してあなたを判書に推薦して、その後に関西に出かけてもかまいますまい。時に相談ですが、道中、あなた方はどのくらいの金をお持ちでしょう」

　李氏が、

「ちょうど三百金がある」

と言うと、男は
「それなら、まあ何とかなりそうです」

と言って、李氏を連れてソウルに引き返し、李氏のために館舎を手配した。その館舎は兵曹の屋敷にも近く、男が館舎の主人に、

「この人をよろしく頼みますよ」

と親しげに言うものだから、李氏はこの二人は以前からの馴染みなのだと、ますますもって男を信用した。男は帰って行って、数日しても姿を見せない。李氏がひょっとして騙されたかと心配していると、やっと姿を見せた。


李氏は、漢王が逃亡したと思った蕭何を得たときのように[2]大いに喜んで、

「お前は数日のあいだどうして来なかったのか」

と尋ねると、

「あなたのために官職を得ようと運動していましたが、どうしてそんなに早く事が運びましょう。ただ一ヶ所だけ望みがかないそうなところがあります。しかし、そこには緊急に百金が必要です」

と答える。李氏がどういうことかと尋ねると、男は、

「判書の姉上が独り身で某処に暮らしていますが、判書はこの姉上をはなはだ大切にしていて、この姉上が言うことなら、何でも聞き入れます。わたくしがあなたの事でそのお宅に行って話をしましたら、『百金を用立ててくれたら、すぐに官職につけるようにしよう』とおっしゃいました。あなたはこの金を出し惜しみなさいますか」

と言った。李氏は、

「この金はすべてこのために用意したもので、どうして出し惜しみしよう」

と言って、即座に金を出して与えようとしたが、奴たちは疑って、

「旦那さまはみずからお行きにならず、この人にすべてを託そうとなさっています。どうして騙されていないと

お思いなのですか」

と言うのだが、李氏は、

「兵曹判書の宅の奴であることは確かなのだから、どうして信じないでいられよう」

と答えた。

　翌日、その男がまたやって来て言った。

「あのお宅に行って、百金を差し上げたら大変に喜んで、すぐに判書にことばを送って頼まれたので、判書は『臨時に官職が空けば、かならず第一候補者にしよう』とおっしゃいました。しかし、きっと他にも推薦者がいれば、事はますます確かになります。某洞に某官がいて、もともと判書と親しく、この方から言ってもらえば、判書はかならず従われます。五十金をこれに投ずれば、きっと喜んで力になってくれましょう」

　李氏はすっかり信じ込んでしまっている。言われるままに五十金を与えたが、その男はまたやって来て、喜色を満面にたたえて言う。

「判書にはお妾がいて、これがまたすばらしい別嬪で、判書は特に寵愛して、男子まで生まれました。その最初の誕生日が近づいていて、その準備をしなくてはならないのですが、その費用に困っているのです。もしまた五十金を出していただければ、それで十分で、大変に助かります」

　李氏はまた言われるままに五十金を差し出した。男はそれを持って立ち去ったが、すぐに帰って来て言った。

「例のお妾に金を渡したら、大変に喜んで、『是非に推薦することにしましょう』と言っていました。あなたがいい役職に就くのは、この朝でなければ、この夕方でしょう。安心して待っていてください。ところで、あなたは官服を誂えなければなりませんな。もう五十金をいただければ、官服を整えてきますよ」

　李氏は、

「それはどうしても必要だな。整えて来て欲しい」

と言って、また五十金を男に与えた。

　しばらくすると、男は毛笠、帖裡、広帯、烏靴、黄金帯鉤などを用意して来たが、みなぴかぴかと光り輝いて、まことに美しい。李氏は大いに喜んで、みずからを諸葛孔明を得た劉玄徳▼3に見立て、最初は疑っていた奴僕たちもみなこの男を信じて、自分たちも陽の目を見られると喜んだ。

　李氏は服装をととのえ、名刺をもって、兵曹判書の屋敷に赴き、自分の来歴と希望とを訴えて哀願した。兵曹判書はただ聞いて頷くだけで、一言でも声をかけるわけではなく、同情するふうでもない。李氏は満座の中ではそう振る舞うしかないのだろうと考えたが、次に行っても、また同じことで、大勢の武弁とともに目通りするのみで、いささかも自分に目を向け、応接してくれる様子が見えない。任官の発表があるたびに、目を凝らして見るのだが、自分の名前はないし、似たような文字も見えない。心に焦りを生じて、男の歓心をさらに買おうと、やって来れば、財布の金をはたいて脂の乗った肉とうまい酒を買って来て振る舞い、残っていた五十金はことごとく費やしてしまった。

李氏は困り果てて、男に言った。

「こんなに永いあいだ、なんら音沙汰がないが、いったいどういうことだ」

男は言った。

「兵曹判書がどうしてあなたのことをお忘れでしょう。あなたよりも急を要する人がいて、順番もあるものだから、あなたを先にするわけにもいかないのですよ。しかし、その人たちももう官職を得たので、そろそろ次の任官には、判書はあなたを何かの役目にお就けになるはずです。きっといい官職のはずですよ。お待ちになってください」

しかし、任官の発表があって、今度も駄目であった。男がやって来て言った。

「某官と姉上が兵曹判書を熱心にかきくどき、今回はなんとかあなたに仕事が回ってきそうでした。ところが、突然、某大臣の横槍が入り、そちらに奪われてしまって、どうしようもありませんでした。しかし、六月の任官が近づいています。ある官職は実入りがよく、わたくしはすでに某官にも姉上にもお妾にも話を通して、みなで兵曹判書を説得して、判書からもいい返事をもらっています。これはきっと大丈夫でしょう。しばらく待ってください」

李氏は半信半疑となり、待つ気持にもなれなくなった。すでに金もすっかりなくなってしまっている。はたして任官の日になって、李氏も奴も朝早く起きて、吉報が届かないかと、往来をきょろきょろと首をのばしながら待ったものの、日がたけて午後遅くなっても、寂然と李氏の名前は聞かれないまま、兵曹の任官は終わってしまった。男は姿も見せない。李氏もすっかりがっかりしてしまい、奴僕たちが恨んで嘆く声も聞くに堪えない。李氏は声を出す元気もなく、男がやって来るのを待ったが、以前は毎日のようにやって来たのに、今回は三日たっても姿を見せない。李氏はようやく疑うようになった。李氏は宿の主人を呼んで尋ねた。

「兵曹判書宅の主奴が最近は姿を見せないが、いったいどうしたのか。主人の親友じゃなかったのか。どうして呼ばないのだ」

主人は言った。

「何をおっしゃるのです。あれはわたくしの知らない男ですよ。自分自身では『兵曹判書の家の主奴だ』と言っていますがね。あなたこそちゃんとご存じじゃなかったのですか。本人が兵曹判書の家の主奴だと言い、あなたもまたそうおっしゃるから、わたくしもてっきり兵曹判書の主奴とばかり信じ込んでおりました」

李氏が言った。

「それなら、あの男の家はどこかわかるか」

主人が答えた。

「いいえ、もちろん知りませんよ。あなたこそ随分親しくお付き合いでした。家くらいはご存じでしょうに」

李氏は言った。

「いや迂闊だった。すっかり信用してしまっていたのだ」

それ以後というもの、男はぷっつりと姿を見せなくなった。李氏は心の中に思いめぐらした。

「家産をすべて蕩尽してしまった。あんな盗賊に騙されて、累代の宗祀を台無しにし、一族を巻き込んで谷底に突き落とし、郷里の人びとも妻子や奴婢たちも私を責めて怒るであろう。どんなことばでこれに弁解できるのだ。これも平生に怠惰に過ごしたせいだが、これから、しかし、どうして貧寒な乞食の生活をするのに耐えることができようか。どう思いめぐらしても、もう死ぬしかない。そうと決めたら、もう思い悩むこともない」

命を捨てる覚悟をすると、翌日は早く起き、まっすぐに漢江に走って行って、衣冠を脱ぎ捨てると、大声で数回叫んで、水中に入った。ところが、水が背中や腹に達すると冷たくてたまらない。思わず身をすくめて岸に上がって、静かに考えてみると、みずから死ぬのはまことに難しく、人にぶちのめされて死ぬ方が容易である。そこで、翌日は朝から大酒を飲んで酔っ払い、錦衣に烏靴、金鉤の横帯の姿で八尺の大男が昂然と大股で歩きながら鐘路に至った。人びとはその姿に鬼が出たかと驚いて避けると、李氏自身は群衆の中の体格がよく、いかつい状貌の男を見つけたら、自分が死にたいものだから、挑みかかって殴りつける。すると、その人は一声挙げて吹っ飛んでしまい、地面に倒れ、起ち上って逃げ出してしまった。これを追いかけてもつかまらないので、李氏は慨嘆して、今度もまた群衆の中を見て、体格のいい男を探して前に出ようとすると、その人は狂人を見るかのようにおびえて、触れられる前に逃げ出さないではいなかった。街の中からすっかり人影が消えてしまった。

李氏は人に殴り倒されて死にたかったのに、人びとは李氏に殴り殺されるのを恐れた。どうすれば死ぬことができるのだろう。日はすでにとっぷりと暮れた。李氏はがっくりと肩を落として帰ってきた。夜、床に伏しても寝ることができない。死にたいという他に何の欲念はない。他の人の家に入って行って、その妻か妾と戯れたなら、殴り殺されるのではないかと考えついて、翌日の朝にはまた大酒を飲んで酔っ払い、大路を歩いて行くと、新しい家が見える。ずかずかと入って行き、中門もかまわずに入って行くが、誰もそれを妨げようともしない。ついに奥の部屋に至ると、若い婦人がただ一人でいた。年の頃なら二十歳あまり、花のように美しく月のように光り輝いている。髪の毛に手を当てながら、李氏の入って来るのを見ても、驚くふうもなく、

「いったいどなたが他人の家の中にずかずかと入って来られたのですか。気が違われてはいないでしょうか」

と言った。李氏はそれには答えず、部屋に入って、婦人の手をとらえ、頭をかき寄せて口を吸おうとするが、夫人はそれを拒もうともしない。そばには李氏を咎めるべき者が誰もいないので、李氏はむしろ不思議に思って、

「お前の夫はどこにいるのだ」

と尋ねると、その婦人は、

「女に夫がいるかどうかを知って、どうするのですか。世の中にこのように法を知らない狂った人がいようとは。早く出て行ってください」

と言った。李氏が、

「私は何よりもまずあなたの夫の有無を尋ねた。私がこのような振る舞いに出たのは、実は酔っているからではない。私には痛憤する事情があって、このような振る舞いに出たのだ」

と言うと、女が、

「あなたのその痛憤する事情とやらを教えてください な」

と言ったので、李氏は、

「私はもともと宣伝官なのだ。盗賊に騙されて家産をことごとく失ってしまった。意を決して死のうとしたのだが、どうしても自殺することはできない。人に打ち殺してもらおうと、こんなことを重ねているのだが、それでも、殺してくれる者がいない。今、お前にも夫がいないというのなら、誰も殺してくれない。いったいどうすればいいのだろう」

と言って、嘆息するばかりである。女は大笑いしながらいった。

「あなたは本当に気が狂っていますよ。この世の中に死ぬためにこんなことをする人がいるでしょうか。あなたが武弁の中でも清官でいらっしゃり、しかもこの気骨をお持ちなら、どうしてむなしく死ぬ必要がありましょう。わたくしにもまた事情があって、他の人に嫁ごうにも嫁げないところを、たまたまあなたに出会いました。これも天のなせる業でしょう」

李氏が、

「あなたの事情とやらを聞かせてはもらえまいか」

と言うと、女は話し出した。

「わたくしの夫というのは翻訳官なのですが、本妻が別にいます。ところが、わたくしの美貌を聞いて、わたくしの身体を貪ろうと妾にしてすでに四年がたちます。最初は妾のわたくしも一つ家に住まわせましたが、本妻の嫉妬が激しく、その上、夫も年を取って衰えて、そのいざこざにたまらなくなったのでしょう。この家を買って、わたくしひとりを住ませることにしたのです。夫も初めのうちはよく往き来して食事をして泊まっていき、わたくしを大切にしてくれる気持ちがなくもなかったのですが、正妻の嫉妬が恐ろしくて、今ではすっかり足が遠のいてしまいました。ここには数名の婢女がいるだけで、寡婦の生活と変わるところがありません。しかも、昨年、夫は首訳官として北京に出かけ、なにか事があったのか、北京の滞在が長引き、一年たってもまだ帰って来ません。音信も途絶えて、いつ帰って来るや知れず、一人閨房を守り、世の中の楽しみとは無縁で、春の風も秋の月も、凄傷として心を痛めるのみで、婢女たちも一人去り、二人去りして、今は年寄りの婆やだけが残りました。何不自由なく過ごしているように見えて、わたくしの事情というのも、このように惨澹たるものなのです。短い人生をこのようにむなしく年老い、悍婦の嫉妬を受けて、夏の日も冬の夜もむなしく孤閨でむせび泣く、わたくしの事情は、盗賊に財産を奪われて、死のうにも死ねない事情と、どう違いがありましょう。わたくしはもともと卑しい身分で、士族というわけではない。体面を守ってむなしく枯死するよりは、また別の生き方をしたいと思っていたところ、この奇遇に遭いました。天の意志は分明で、われわれを憐れんで引き合わせたのです。あなたは心配なさらなくともよい、わたくしのことば通りにしてください」

李氏は女の話をはじめは惻然《そくぜん》として聞いていたが、しまいには欣然として、

「お前の言うことはわかった。私も振り返って、帰るところはもうない。死ぬことだけを考えていたのだ」

と言うと、女は、

「大丈夫がこの機会を逃していいものでしょうか。自分のお身体を大切にして、ここでは普通に振る舞ってください」

と言って、酒と肴を用意して、みずから酌をして盃を勧めた。李氏は女の容色を愛で、またそのことばにも感じ入って、勧められるままに飲んで酔い、いい心持になって、女を携えて隣の部屋に入ると、絵の描かれた屏風に錦の褥、花柄の布団に刺繍の施された枕がある。そこで、蜂が蜜を貪り、蝶が戯れるように、絡みついて、枯れ草

を雨がうるおし、死灰にふたたび火が付いたように、男と女ともに喜びを交し合った。こうして、李氏はその家に居続け、その生も死も天に任せ、女もまた翻訳官の家とは縁を絶って、何も恐れるところはなかった。ただ美味いものを食べて楽しみにふけるだけで、李氏の痩せていた顔も日増しに豊麗となり、夜はやって来て宿り、昼は出て遊んで、一ヶ月が経った。死のうと思う気持ちも消えて、生きることが楽しくてたまらない。しかし、この二人の風聞は広まらざるをえない。

　しばらくして、翻訳官が帰国することになり、その書信がまず届いた。女は李氏にこれを避けさせようとしたが、李氏はあえて姿をくらまそうとはせずに、ぐずぐずしているうちに、翻訳官はすでに高陽店に着いた。家族一同がこぞって出迎えに行くと、翻訳官はその妻に、

「あの女はどうして迎えに来ていないのか」

と尋ねた。妻が、

「あの女には別の男ができたので、どうしてあなたのことになんか構っていましょう」

と答えるので、翻訳官はおどろいていったい何があったのか尋ねた。妻が噂を話すと、翻訳官は山のような怒気を面に現し、杯盤をひっくり返し、刀を抱えて駿馬にまたがって家に疾駆した。剣を引き抜いて門を蹴破って入って行き、大きな声で、

「いったい何者がかってにわが家に入り込み、私の女を盗んだのだ。すぐに出て来て、わが一太刀を浴びるがよい」

と叫んだ。すると、一人の男が扉を開けて出てくる。官服は燦然と輝き、その状貌は神仙のようである。衣襟を開いて胸を露わにし、嬉々として笑いながら、

「私は今日ようやく死に場所を見つけることができた。私の胸をその剣で刺すがよい」

と言い、その意気は安閑として少しも恐れる色がない。翻訳官はわずかに顔を挙げてみたものの、自然と恐懼して身に震えが生じて、その心は、かつて侯景が梁の武帝の前に出た▼4ときのようで、気運がすくみ口を開けたまま、ただ痴呆のように立ち竦み、一言も発せず、ただあわあわと言うばかりである。そして、やっとのことで、

「私の妾と家は君に任せることにしよう」

と言って、悄然として出て行き、振り返ることはなかった。

　女は壁のあいだに身を隠して様子をうかがっていたが、出て来て、李氏に言った。

「あの卑怯な人が何をするかわかりはしません。速やかにここを立ち去った方がいいでしょう」

と言って、屋根裏に上って行って、大きな櫃を開いて天銀三百両を取り出した。

「これはわたくしの父が私の結婚資金として残してくれたものです。わたくしはずっと隠して、夫もまたこの金のことを知りません。父も死んで長くなり、わたくしがともに生きようと思う相手も今まではいませんでした。幸いに今はあなたが現れました。これを生活の資本としましょう」

それからまた行李を取り出したが、中には金や真珠の首飾りや装飾品、錦繍の衣服などが入っていて、生活を始めるのに不足はなかった。これらを奴婢に命じて馬に載せ、翌日の早暁には奴婢と荷一杯を積んだ馬にさらに女を載せて、鳳山に帰って行った。翻訳官はあえて追いかけようとはしなかった。鳳山の元の妻は幸いにもどこかに姿を晦ましていたが、その事情はあえて詮索しようとはしなかった。李氏は女の持って来た金玉を金に換えて田畑と家産を取り戻し、数年たって富者となった。ふたたび上京して官職を求めたが、前年の失敗には深く懲りて、前もって周旋し甄復六出《けんふくろくしゅつ》▼5して官職につき、徐々に昇進して、ついには重要な鎮の節度使にまで上った。女もこれに付き従って、大いに福禄を享受したのであった。

▼1【氈笠】氈（フェルト）で作った笠。武官が使用した。

▼2【漢王が逃亡した蕭何を…】蕭何は前漢の高祖のときの宰相。張良・韓信・曹参などとともに建国の功臣。ここでは漢の高祖が韓信を連れて来ようとした蕭何を誤解して、逃亡したものと思い込んでしまった故事を言う。

▼3【諸葛孔明を得た劉玄徳】後に蜀漢の王となった劉備は覇を唱えようとして、名参謀として諸葛孔明を配下に得た。

▼4【侯景が梁の武帝の前に出たとき】北魏から亡命してきた侯景は梁の武帝によって河南王に封じられた。後に反して建康を囲んで台城を陥れ、武帝が老衰で死ぬと、簡文帝を擁立した。後にこれを殺して、みずから帝を称したが、いくばくもなく弑殺された。

▼5【甄復六出】朝鮮時代、年を取って退官した人をふたたび官職に就けることを甄復あるいは甄差と言い、六品の職につけた。

第五五話……良妻の意見を聞いて罪を免れる

宰相の家の下僕が真面目に勤め上げて数十年、やっとのことで宣恵庁の役人になった。宣恵庁というのは役人の給与の木綿布などを扱う役所である。その妻が夫に言った。

「長年のあいだ飢えと寒さに苦しんだのはみんなこの日のためでした。つつましい暮らしを忘れて、はでに蕩尽すれば、ふたたびもとの困窮にもどります。衣服も食事も、そして日常の品物もできるだけ節約して、家産に励むことにしましょう」

夫は承諾して、受け取る俸給はすべて妻に預け、それからの七、八年、悪衣悪食で過ごしたが、かならずしも家は豊かにはならなかった。夫が他の宣恵庁の役人たちの生活ぶりを見ると、衣服も食事も豪奢であり、妓生を華やかな揚屋で揚げては日々に行楽している。その豊かさを見て、やりくりが下手なのではないかと妻を責めたが、妻はそれには答えなかった。家計は日々に破綻して苦しくなってゆくように見える。ある日、我慢しかねて、夫は妻をはげしくなじった。

「私の給料は悪くはないのに、生活ぶりは困窮している。遊蕩するわけでもないのに、金がたまって富者になるのでもない。かえって私の借金が増えている。これはいったい誰のせいなのだ」

妻が逆に尋ねた。

「あなたの借金はいくらあるのです」

夫は答える。

「数千金にもなる」

妻が答えた。

「ご心配なさらなくてもよろしいですよ。わたくしが食器や装飾品を売って返済してしまいます。そして今日、あなたは宣恵庁をおやめください」

夫が、

「私が勤めを辞めて、これからどうやって食っていくのだ」

と言うと、妻は言った。

「それもご心配なさらないでください。わたくしにいい考えがあります」

夫は妻のことば通りに役所を辞めた。ある日、妻は座敷の前に座って、階段の下に積み上げた数万銭を指し示した。みな細々とした散銭であった。妻は言った。

「これはこの七、八年、苦労して貯めてきたお金です」

その金で夫に東大門の郊外に農園を買わせた。良田美畑とも言うべきで、背後に山を控え、前には川を臨んでいる。果樹園を後ろに置き、田畑を前に置いて、あたかも仲長統の「楽志論」[1]の説く配置であったが、これも妻の指示だったのである。夫は稼穡を治め、妻は紡績を治める。誰に気兼ねすることのない安楽な日々を過ごし、夫の足をソウルに向けさせることはなかった。

数年の後、宣恵庁の役人たち十人あまりが官庁の金を使い込んで裁判で沙汰されることとなり、あるいは処刑され、あるいは家産を没収された。これらはみな前日に妓生と行楽を楽しんでいた人たちであった。

ああ、宣恵庁の役人の妻は一介の女子に過ぎないが、智慧によって業を起こし、倹素でもって徳を推尚して、夫の令名を汚さずに保全させたのである。もし夫を士大夫の男子として急流のようにすぐに勇退させなかったならば、仲間たちとともに用を節し民を愛する道を踏み外し、奢侈と貪濁の風に染まらせ、鐘が鳴って漏が尽きるように、家を滅ぼしていたかも知れない。賢と愚は隔たること三千里である。

▼1【仲長統の「楽志論」】仲長統は後漢、高平の人。字は公理。学を好んで、直言を敢えてして狂生と呼ばれた。曹操の軍事に参画したが、名誉を追うのは空しく、みずから楽しむべく、清広に卜居して、もってその志を楽しむにしくはないと説いた。

第五六話……貧しいソンビが賢妻を得て富貴になる

一人のソンビが貧困の中で妻を亡くし、学童十人あまりを教えて生活していた。その後、どういう縁か後妻を迎えたが、後妻が家にやって来ても、その家は粛然として何もなく、口を糊することもできない。その家の主人は長いあいだ飢えを耐え忍んで読書だけをして過ごしてきて、産業を興すようなことはしていなかったのである。


夫の堂叔（父の従兄弟）で臨時の武将となった人がいた。妻は夫に、

「役所の千金を借り出して、わが家の殖産の道を開くことにしましょう」

と勧めたが、夫はかすかに笑いながら、

「そんなに簡単に貸してくれるものか。しかも、私は平生そのようなことを人に戒めてもいる身だ」

と言った。妻はみずから堂叔に手紙を書いた。

「千金を貸していただけないでしょうか。一年を限ってお返しします」

堂叔の家の子婦や子姪などは、

「まだ嫁いで何日にもならない新婦が親戚の家に千金の借金を頼むとは、まったく常識知らずの女だ」

と言って、みな非難囂々であったが、堂叔は、

「いや、そうではない。先日、あの新婦を見たが、平平凡凡たる女子ではなかった。そして手紙で簡単に千金を用立てろと言い放つ、その意気を試してみようではないか」

と言い、返書には快諾の旨を伝えた。

妻はその金を受け取ると、その金を家の中に蔵っておくだけである。夫は訝ったが、しばらくはそのままにして動静を見守ることにした。妻は家に仕事のできる童や婢がいないのを見て、学童たちを呼んで餅などをたっ

ぷりと食べさせ、銭を与えて市場で絹布を買って来させ、錦の嚢を縫って学童みなに背負わせた。学童たちは喜んだが、その姿は丁稚や童僕と異なるところがなかった。彼らに金を分け与えて、ソウル内外の薬商や翻訳官のところに行かせ、甘草を買って来させた。そうして数ヶ月が経つと、市場から甘草がなくなって、値が五倍に跳ね上がった。すぐに甘草を売って、三、四千金を設けた。家を広げ、家財道具を揃え、奴や婢を集めて、一時に富家の様相を帯びた。

手紙を堂叔のもとに書いて、千金を返したが、一年と言っていたのが、半年にも満たなかった。堂叔の家では驚いて、以前は疑っていた人びともこぞって、この妻を賢婦人と言いそやした。堂叔もおどろいて訪ねて来て、千金を与えて、

「これでさらに富を積み上げるといい」

と言ったが、妻は断って、

「人がこの世に生まれ出て、衣食に事足り、郷里の親戚が善人だと称賛してくれれば、それだけで十分で、どうして富貴になる必要がありましょう。それに富者というのは人びとに嫌われるものです。わたくしはそれを望みません」

と言って、けっして受け取ろうとはしなかった。

紡績にたくみで、家事に勤めて、夫婦ともに老い、子孫も繁栄して、けっして困窮することがなかった。

第五七話……緑林の豪傑に剣術を習った林慶業

林慶業《イムキョンオプ》（第二六話注5参照）将軍は若いころ獐川《タルチョン》に住んで、馬に乗って狩猟をするのを生業としていた。ある日、月岳山のふもとで鹿を追った。手に刀を携えるだけで鹿を追い続けて太白山に到った。日が暮れて、道は尽き、薄が生い茂り、岩が険しく聳えている。困り果てていると、一人の樵に出会った。路を聞くと、樵は岡を一つ越えたところに家があると答えた。

林公はそのことばに従って、岡を越えてみると、はたして大きな瓦屋根の家が一つあった。あたりには他に家があるわけではない。林公は門を入って行ったが、日はすでにとっぷりと暮れて暗く、物を識別することもできなかった。人のいる気配はなく、どうやら空き家であるらしい。林公は一日中山歩きをしてひどく疲れていたので、一部屋があったのを幸いにそこに宿ることとし、服を脱いで寝ようとした。すると、窓の外が明るくなった。心の中で魑魅魍魎の類ではないか、鬼火ではないかと怪しんでいると、突然、誰かが扉を開いて、

「あなたはこの部屋で休んでいたのか。何か口に入れら

れたか」

と尋ねたので、見ると、先ほどの樵であった。

「いや何も食べていない」

と答えると、樵は部屋の中に入って来て、壁の蔵を開いて酒と肉を出して、

「さあ、召し上がるがよい」

と言って勧めた。そのとき、林公ははなはだ腹を空かしていたので、勧められるままに、みな食べて、樵と数語を交わした。すると、樵はにわかに立ち上がり、ふたたび蔵を開いて、中から長い剣を取り出した。

　林公が、

「これはいったい何の真似だ。私と手合わせをしようと言うのか」

と言うと、樵が笑いながら、

「いや、そうではない。今夜、ちょっとした見物《みもの》があるのだ。怖気づいたか」

と言うので、林公は、

「何に怖気づくことがあろうか。どうかその見物とやらを見せてほしい」

と言った。まだ夜半前、樵は剣を取って、林公とともにあるところに向って行った。重々しい門と高い楼閣を通り過ぎると、灯火の光があって蓮池を照らし出している。池の中には高い楼があり、その上では話し声が聞こえる。窓に映った影を見れば、どうやら男女二人が向かい合っているようだ。樵は池のほとりの亭々とした樹を指さして言った。

「あなたはこの樹に登って、帯を解いて自分の身体を木にしばりつけておくがよい。声をけっして出してはいけない」


　林公は言われるままに樹木の上に身を落ち着けた。すると、樵は楼の中に一っ飛びに入って行って、しばらくは三人で酒を飲みながら、ことばを交わしていた。樵が男に向って言った。

「今日は約束の日だ。雌雄を決しようではないか」

すると、男が言った。

「わかった。やろうではないか」


　ともに立ち上がり、戸を推して出て来て、池の上に身を躍らせた。その人がしかと見えるわけではないが、空中では剣の閃きが見え、剣戟の音がする。林公は木の上で、寒気が骨に染み、毛髪が逆立つが、身動きすることもできない。しばらくして何物かが地面に堕ちる音がして、上から下りてくる声を聞けば、樵の声である。

　ようやく骨にしみ込んだ寒気がゆるみ、正気に戻って、林公は木から下りた。樵は林公を連れてともに楼の中に入って行った。すると、中には髪を雲のように編んだ嬋《せん》娟《けん》たる美人がいて、作り笑いをしようとするが、それも

今や凄涼たる気を帯びている。樵が言った。

「お前はつまらない女なのに、この世間に大いに有用な人材を一人害してしまった。その罪はお前自身が重々承知しているな」

そして、林公に言った。

「あなたは若干の胆力と勇気を持ってはいるものの、けっして世の中に出て行かないがいい。私はあなたにこの美人とこの家とを献上しようじゃないか。山中のこの穏やかな場所で余生を送ってはどうだろうか」

林公が言った。

「私には今夜のことがさっぱりわからない。詳しく話しを聞いた後に、あなたの今の申し入れを考えることとしよう」

樵が言った。

「私は普通の人間ではない。森林の王ともいうべき豪客さ。多年、却奪を重ねて、多くの財産を持つようになった。朝鮮八道にこのような家を持っている。谷合いの道の尽きるところに隠れ家をもち、そこにはかならずこのような美人を置いている。ところが、この女が隙に乗じて、さきほど死んだ男子と情を交わしてしまい、私を殺そうとすることが一、二度どころではなかった。それでやむをえず、先ほど御覧に入れたような仕儀になってしまったのだ。だが、男は殺してしまったとしても、この女まで殺すには忍びない。この渓谷とこの美人をあなたに献上しようというのは、ざっとこのようなわけなのだ」

林公が尋ねた。

「死んだ男は何という姓で、どこに住んでいたのだ」

樵は言った。

「男は一国の大将たる器だったが、南大門の中でタバコを売っていた男だ。暗くなったらやって来て、明け方になると帰って行く。私はそれを知っていた。男は花を求め、女は垣根を越える、これを責めたとて何になろうか。私はそんなことはしたくない。男は妖艶なこの女にそそのかされて、ついには私を殺そうとしたのだ。今夜、この挙に及んだものの、人を殺すのがどうして私の本意であったろうか」

そう言って、ひとしきり哭を挙げ、

「まったく惜しいことだ。有用の一人の丈夫をわが手で殺してしまった」

と言った後、

「あなたはよく考えるがいい。君の胆略と勇気を見れば、また世間で有用の人材と言うべきだが、世間に出れば、きっと半ばは上がり、半ばは下がることとなる。天運に関わることは、人の意志ではどうすることもできない。齷齪しても徒労に終わり、大した功もなく世に現れる。あなたは私のことばに従って、朝鮮の全山に拠って一生を終えるがよい」

と言った。しかし、林公は首を振った。すると樵は、

「わかった。わかった。あなたが私の申し入れを断るなら、この妖姫にはもう用がない」

と言って、刀を抜き放って一振り、美人の首を断り落とし、死体を池の中に放り込んだ。そして、楼の下に降りて草蓆で男子の死体をくるみ、これもまた池の中に放り込んだ。

その翌日、樵はまた林公に言った。

「あなたは功名を挙げることを考えている。もう引き止めることはすまい。男子が世に出るには、剣術を知らないではいられまい。もう数日ここに留まるがよい。私があらあら教えて行くことにしよう」

林公は六日とどまって、その糟粕《そうはく》は得たが、その神妙変幻の術法をすべて修得したというわけではなかった。

第五八話……風水師の李懿信、名穴を占う

風水師の李懿信《イウィシン》▼1は山脈をたどって歩いて行き楊州の松山まで至った。山脈はここで止まり、溶結して輪を描き、天下に得がたい名穴となっていた。李氏は一日中山歩きをして腹が減っていた。ちょうど、山の麓に草葺きの家がある。門を叩いて、一飯を請うと、喪に服している人が出て来て、白粥一椀をもてなした。そのまごころは有難かった。

李氏は尋ねた。

「ご主人はいつご不幸に遭われたのでしょう。葬礼はすべて済まされましたか」

これにその人が、

「服喪はほぼ終えていますが、葬礼をすっかり終えることができないでいます」

と答えたが、そのことばには凄涼たるものがあり、李氏は憐憫の心を生じて、

「お宅では困窮していて、それで墓にする山を探せないでいらっしゃるのではないでしょうか。それなら、私にはいささか山を見る目があります。今、一ヶ所をお教えします。これを役立ててください」

と言うと、服喪の人は答えた。

「そんなにうれしいことはありません。どうしてお教えに従わずにいましょう」

李氏はそこで服喪の人とともに先に見たところに出ていき、方向と穴とをふたたび占った後で言った。

「あなたがこの穴を用いて葬事をなされば、今後、家事の凡百が賑わいます。しかし、十年すると、移葬の議論がかならず出てきます。そのときには、必ず私を訪ねて

来てください。ソウル城中の西学峴《ソハクヒョン》の李書房というのが私です」

その後、服喪の人は李氏のことば通りにそこに埋葬したが、はたして家計は次第に潤った。屋根は瓦葺きにして、墓は清掃して石碑を立て、田舎の両班のようではなかった。ところが、十年が経ち、一人の旅客がやって来て、あいさつを交わした後、すぐに言い出した。

「谷を越えたところにあるあの山はあなたの家の山でしょうか」

主人がそうだと言うと、客が言った。

「あの山は大変な名穴でしたが、今は十年が過ぎて、運がすでに尽きました。どうして移葬なさらないのですか。遅れれば、かならず禍が生じましょう」

主人はこれを聞いて、かつての李氏のことばを思い出した。その客を家にとどめ、自分は翌日すぐにソウルに向かった。すぐに西学峴を訪ねると、はたして李氏がいた。主人が訪ねて来た理由を言うと、李氏は、

「こうなることを、私はすでに知っていた」

と言い、すぐに主人とともにやって来て、客人もいっしょに山に登った。李氏がまず客人に問いかけた。

「どうして移葬すべきだとおっしゃるか」

すると、客が言った。

「この山は雉が伏している形をしている。雉は長く伏していることはできない。もう十年も経ったので、勢いよく飛び立とうとしている。だから移葬すべきだと言うのです」

李氏は笑いながら、

「あなたの観察眼は非凡というべきだ。しかし、その一を知って、二を知らないようだ」

と言い、前方の山を指さして、

「あの山は狗の形をしている」

そして、後方の山をさして、

「あちらは鷹の形をしている」

また、前の川については、

「これは猫の姿をして流れている」

とそれぞれを示した後で、

「狗と鷹と猫とがこのように囲んでいては、雉は飛び立とうにも飛び立てないではないか」

と言った。客は、

「先生の高眼はわたくしなどの及ぶところではありません」

と言って立ち去った。

その後、松山の李氏は大いに繁栄したという。

▼1【李懿信】生没年未詳。朝鮮時代の術士。一六一二年、壬辰の倭乱や謀叛があるのはソウルの地勢が悪いのだと遷都

を主張したが、李恒福や李廷亀などの強力な反対によって受け入れられなかった。

第五九話……権ソンビ、雨宿りして奇縁に遇う

南大門の外の桃猪洞《トチョドン》▼1に住む権《クワン》斯文は成均館に出入りしていたが、ある日、陞補試▼2を受けるために泮中▼3に入って行こうとして、途中で大雨に遭った。あいにく布の靴に帽子もかぶらず、上も下もずぶ濡れになって、道端の草葺の家の軒に雨宿りした。雨はなかなか止まない。さてどうしたものか困ってしまった。

「こんなとき火でもあれば、煙草を一服できるのだが」

と独り言をつぶやくと、頭の上で窓を開ける音がする。見ると、うら若い婦人が一条の火を出して、

「両班は煙草の火にお困りですか。この火をつけて煙草をお吸いください」

と言った。権生が煙草を吸っていると、しばらくして、婦人がまた窓を開けて、

「雨の勢いが激しくて、止みそうにもありませんね。そんなところにずっと立っていては濡れてお寒いでしょう。しばらく中に入ってお休みください」

と言った。権生も困り果てていたところだから、婦人のことばに甘えることにして、扉を推して中に入って行った。その婦人をよく見ると、年のころなら、二十四、五歳と言ったところ。素服（白い喪服）は清潔で、端正な容貌をしている。ことばは穏やかな上、立ち居振る舞いは速やかである。権生と話をしていて、いささかも恥じ入るふうもない。

しばらくして、雨が止んだ。権生が身を起こして出て行こうとすると、

「今、試験場に出られたとして、帰るころには日が暮れ、城門が閉じてしまい。お宅には帰れますまい。帰路はまたこの家にお立ち寄りください」

権生は承諾して、試験を終えると、婦人のことば通りに、その家に立ち寄った。婦人は夕食を用意して、権生を待っていた。権生はそれを食べ、言われるままに、その家に泊まった。権生は若く、夜にまだ若く美しい婦人といて、しかも傍らには誰もいない。互いに気持ちが通うのは当然で、おのずと雲雨の情を交わした。しかし、事が終わって、その婦人は喜ぶふうではない。歔欷《きょき》をして凄然たるありさまである。権生は訝しんで、いったいどうしたのかと尋ねるのだが、婦人は口をつぐんで、わけをはなさない。

それから権生はこの家に往来するようになって数ヶ月ほど経った。ある日、その家に入ろうとすると、一人の

老人がいる。金の圏子をつけて青鷺衣▼4を着て、門の敷居に蹲るようにして座っている。権生は訝しく思い、躊躇してなかなか中に入って行けない。老人は権生のその姿を見て、鞠躬如《きっきゅうじょ》とした挨拶をして、

「あなたは桃猪洞の権書房ですな。どうしてうろうろとしてお入りにならない」

と言い、いっしょに中に入って行って、言った。

「あなたがわが家にたびたびいらっしゃっていることはかねがね存じておりました。しかし、私は商人として生涯を送る身の上で、家を空けることが多く、今日初めて挨拶をいたします。失礼をお許しください」

　権生が、

「この婦人はあなたの何に当たるのですか」

と尋ねると、老人は言った。

「これは私の息子の嫁なのです。息子は十五歳のときにこの嫁を迎えましたが、一度も同衾することもなく死んでしまいました。この嫁は今年で二十四歳になります。結婚したとは言っても、男と女の陰陽の理を知りませんでした。私はそのことが気の毒でなりませんでした。おおよそ天地の間に生を受けた者はどんなものであってもその理を知っているのに、この嫁だけが知らない。それで、私はいつも再婚することを勧めていましたが、この嫁は『わたくしが再婚すれば、お義父さんは年老いた身で誰に頼って生きていかれるのですか』などと言って、ついに再婚を肯んぜず、すでに八、九年が経っても、ひたすら貞節を守り抜いていました。先日来、あなたがこの家に往来なさっていることは、すでに嫁が話してくれました。私は自分の願いがかなったので大喜びです。あなたにお会いすることも長く待ち望んでいましたが、それも今日やっとかないました」

　それ以後、権生は往来することになんら憚ることがなくなった。

　ある日、権生は前からいた妻を失った。葬事に必要な品々を市場で整えて、その代金を払わず、しばらく経ってみずから払いを済まそうと市場に行くと、それぞれの店で、

「先日、某洞の某同知がやって来て支払いはすべて済ませました」

と言った。

　その後、三年が経ち、老人は病死した。その葬式はすべて権生が取り仕切って済ませ、郊外に葬った。喪が終わると、女の顔色が凄惨たるものに変わった。権生は不思議に思って、おもむろにどうかしたのかと尋ねた。女が話し出した。

「わたくしはこの世に生まれて男女の理を知らないで過ごしていました。それを舅にも勧められて、あなたを夫

として迎えることになり、男女の理も知ることができたときには、もういつ死んだとて、恨みは万万ありませんでした。しかし、秘かに思うに、舅には他に子女がいるわけではなく、わたくしのような一介の女子に頼って生きていました。わたくしが死んでいなくなったときの、舅の身の上を思うと気の毒で、隠忍自重せざるをえませんでしたが、今や舅は天寿を全うしてこの世を去り、葬事の万般を終えることもできました。わたくしはこれ以上のなにを望み、この世に久しく留まりましょう。あなたとはこれで永のお別れをいたします」

権生は驚愕して、いろいろと説得したが、女の決心を変えることができなかった。はたして、権生が不在のあいだにみずから首をくくって死んだ。

▼1【桃猪洞】現在のソウル駅付近の地名。
▼2【陞補試】毎年十月に成均館大司成が儒生を集めて十二日間受けさせた試験。合格者は生員・進士を受ける資格を得た。
▼3【泮中】成均館を中心にした地域一帯を言う呼称。
▼4【青氅衣】官員が日常に着る青い衣装。

第六〇話……乱を予見した怠け者の婿養子

東皐《トンコ》・李宰相▼1の下僕に皮《ピ》姓の者がいた。長いあいだ誠実に仕えて裏表がなかったので、東皐もまた皮を親愛した。皮には息子はなく、ただ娘一人だけがいたが、皮は東皐にいつも言っていた。

「わたくしには娘が一人いるだけなので、婿養子を取って、それに後を任せたいと思います。その婿もまた大監のもとで働かせていただきたいものです」

東皐はそれを承諾した。皮女はまさに十六歳であったが、前もって一言もなく、ある日、東皐は宮廷から下って来て、腰を落ちつけた後、おもむろに皮を呼びつけて言った。

「今日の朝、お前の娘の花婿が見つかった。はやく結婚させるがいい」

他の下人を呼びつけて、

「六曹街▼2の漢城府▼3の前に行けば、一人の若者が石に寄りかかって座っている。それを連れて帰って来るのだ」

と命じた。下人が行って見ると、はたして若者がいる。

「李大監のご命令でお前を連れに来た」

すると、その若者は、

「李大監には私を呼びつける筋合いなどないはずだ」

と言って、どうしてもついて来ようとしない。下人は脅したりすかしたりするのだが、どうすることもできず、空しく帰って来て報告した。

　東皐は、

「なるほどそれも当然だ」

と言って、今度は数名の旗手をやって連れて来させると、やっとのことでやって来た。東皐が言った。

「お前は妻を持ちたくないか」

　その若者が答えた。

「別に持ちたいとも思わない」

　東皐が熱心に勧めるので、やっと承諾した。皮は傍で見ていたが、襤褸をまとった容貌も醜い乞食同然の若者に過ぎない。まったくおどろきを禁じ得なかったが、主人の東皐が命じたことなので、しかたがなく、行廊の方に連れて行って、身体を洗わせ、衣服を改めさせた。東皐はふたたび皮に命じた。

「吉日を選ぶことなどはせず、明日にも婚礼を挙げるのだ。明日を逃せば、あの者はきっと消え失せるだろう」

　皮はもっぱら東皐を信じ、そのことば通りに、はたして翌日には婚礼をあげさせた。家中の者みな口を覆ってこれを笑い、嘲り、唾を吐かない者がいなかったが、若者はいささかも恥じる気色がなかった。こうして結婚したというものの、皮の婿は巾もつけず靴も履かず、コンノンバン（付録解説2参照）を出ることなく、ごろごろと寝転んでいるばかりである。人びとは物臭で無用の人間と見なして、三年が過ぎた。

　ある日、皮の婿が忽然と起きあがり、盥で顔を洗ってタンゴン（下冠）をかぶり、衣冠を整えて正座した。家の者みながおどろいて、

「今日はどうして顔を洗い、髪の毛までととのえたのか」

と尋ねると、

「今日はかならず大監がいらっしゃり、わたくしにお会いになる」

と言ったから、笑わない者はいなかった。しばらくして、門の外に先駆けの声がして、果たして大監が門を入って来て、

「お前の婿はどこにいる」

と尋ね、じかにコンノンバンに入って来て、皮の婿の手を握って言った。

「さあどうしたものか、どうしたものか。お前だけが頼りなのだ」

「何ごとも天運です。どうなさいましたか」

「お前はきっとお前の妻の眷属を助けるだろうが、そのとき同時に私の眷属も助けて欲しいのだ」

「今いくら約束したところで、将来のことがどうなるか

は断言できません」

このようにしてしばらく語り合って後、東皐は帰っていったが、家の者たちはみな何ごとかと不思議に思い、宰相がこのように頼られるからには非凡の人間なのだと、前よりもねんごろに婿に接するようになった。

ある日の夕方、皮氏が帰って来て、門の中に入ろうとすると、婿が急に呼んで言った。

「お父さん、服を脱がないで、すぐに大監の家に行って、大監の臨終をお見取りなってください」

皮氏が言った。

「私は今さっき大監の寝床を敷いて来たところだ。大監は夕食を終えられた後、煙草を吸いながら客人と話をなさっていた。お前は何を言っているのだ」

婿が言った。

「何も言わずに、早く行ってください。急いでください。遅れてはなりません」

皮氏は疑いながらも戻って、大監の寝室に入って行くと、大監が痰を吐き出す音が聞こえる。大監は皮が部屋に入って来ると、目を開けてその姿を見て、かすかに声を出して、

「お前はどうしてさっき帰ったばかりで、またもどって来たのだ」

と言ったので、皮氏は答えた。

「わたくしの婿がすぐに戻るように言ったので、信じはしなかったのですが、来てみると、大監はお元気なはずだったのに、わずかの間に、こんなことになっているとは」

東皐はうなずいて、

「お前の婿は尋常の人間ではない。あの者が何か言ったら、お前たちはそれに従って、けっして違えてはならない」

と言って、死んでしまった。

皮氏はそれ以後というもの、婿が常人ではなく韜晦している人だと知り、大切にする気持ちが前に倍するようになった。東皐が死んで十年が経ったころ、婿が舅の皮氏に言った。

「わたくしはこの家に婿として入って以来、何事もせずに過ごしてきましたが、わたくしに数千金を貸してはいただけないでしょうか。一つ商売でも始めてみようと思います」

皮氏は承知して、数千金を手渡した。婿はそれを持って出て行ったが、六、七ヶ月の後には空手で立ち戻って来て、

「今回の旅ではうまくいかず、不覚を取ってしまいました。もう一度、五、六千金を貸してくだされば、商いをうまくやって参ります」

と言った。皮氏はまたその金を用意して、婿はそれをもって出かけた。一年が経って、また空手で戻って来て、

「今回もまた不覚を取ってしまいました。お父さんに会わせる顔もありません。しかし、お父さんのこの家と田畑、それに所帯道具を売り払って、その金を貸してくだされば、大きな儲け仕事をして、前の損失の穴埋めもできます」

と言った。皮氏はもう騙されまいとしたが、しかし、東皐の臨終の際の遺言もある。家人や友人が笑うのを顧みず、婿のことば通りに、家を売り田畑を売って、その金を婿に与え、みずからは借家暮らしになってしまった。一年ほど経って、またまた婿が空手で帰って来て、

「お父さんに借りた金は、また不覚を取って、すっかりなくしてしまいました。今度は大監のお宅の若主人にお金を借りて、今度こそ一儲けしようと思います」

　義父はとうとう東皐の家に婿を連れて行き、あいさつをした後、五、六千金の借金を頼んだところ、東皐の息子は一度聞いただけで承諾した。皮の婿はその金をもって出かけ、今度もまたまた空手で戻って来た。ふたたび東皐の息子に会うと、婿は東皐の家に残っている田畑をすっかり売り払って作った金を貸してくれるように頼んだ。東皐の息子も父親の遺言があったから、今度もまた何も言わず、嫌がる様子もなく、言われるがまま田畑を売り払って金を工面して与えた。

　それから七、八ヶ月が経って帰って来たが、最初に舅の金を持って出かけてから、すでに七、八年が経っていた。皮氏と東皐の息子に対して言った。

「わたくしは両家の財産をことごとく消尽してしまい、弁解することばもありません。事ここに至っては、両家の眷属とわたくしの眷属がともに田舎に行き、田畑を耕しながら生活してはどうかと思うのですが、いかがでしょうか」

　二人ともに承知して、吉日を選び、両家の眷属は一人として漏れることなく、牛馬を用意して、牛には荷を載せ、馬には人がまたがって、東大門を出て行った。一行が行程を続けて数日、突然、渓谷にぶつかった。岩石が険しく聳え、樹木が鬱蒼と茂っている。道が尽き、山は迫って、千仞の絶壁がたちはだかり、足を運ぶ場所もない。一行はここに到って、荷を載せ、人が乗って来た牛や馬を解き放ち、両家の眷属は山の下に座って、お互いに振り返って泣くよりほかはなかったが、しばらくすると、岩の上から数百条の綱が垂れ下がって来た。皮の婿はみなにこれをつかんで岩を登らせた。登りきると、眼下には果てしなく平原が広がっていて、瓦屋根の家がいくつかあり、茅葺の家が数百軒ある。鶏や犬が鳴いていて、まるで一つの小さな邑落となっている。二つの瓦家

に二つの家は別れて住むことにしたが、米穀も布も、釜や鼎など食器の類も、おおよそ日用に必要なもので、備わっていないものはなかった。このとき初めてみなは皮氏の婿が多大な金を持ちだしてこの農荘を用意していたことを知った。

両家は春には種を播き、秋には収穫した。男は畑を耕し、女は機織りをして、世間の消息を聞くことはなかった。田舎での生活には安穏とした妙味があったが、東皐の二人の子はもともと京華の暮らしに馴染んだ宰相の子どもであり、田舎暮らしに飽きて、家の戸口を出たところで、行くところもない。ソウルがひたすら懐かしく、鬱屈した気分をその表情にも現すようになった。そこで、ある日、皮氏の婿は彼らを連れて高い峰に登り、一所を指さして言った。

「若主人には、あの蟻のようなものが見えますか。あれはみな倭人たちです。世はいま大乱の最中です。今年の四月、倭賊がわが国に大挙して押し寄せ、人びとはみな魚肉となりはて、倭賊は今やソウルまでも侵して、王さまは今や竜湾にいらっしゃいます。このようなとき、どうしてソウルの家がそのまま残っていましょうか。わたくしはもともと世に出ようとは欲しませんでしたが、幸いにも大監にめぐり会って、大監は仲人までしようとおっしゃいました。わたくしはついに逃げることができずに、結婚しましたが、大監はまたわたくしのところまで出向いて、国家の行く末を嘆き、わたくしにあなた方を託されたのです。そこで、前年よりこの農園を経営して、ここを桃源郷にしたのです」

東皐の息子と皮氏はこれを聞いて、これまでのことをやっと納得するとともに、東皐の人を見る目の確かさを知った。

この山中で生活すること八、九年になって、皮氏の婿が東皐の息子に言った。

「書房さまはこの地に永遠にお住まいなさいますか」

東皐の息子は言った。

「できれば、この山中で歳月を送ることができればいいと思う」

「いえ、なりません。もし書房さまがこんな山中に永遠にお留まりになれば、子孫はかならず平凡な民百姓となってしまいます。大監が宮廷で作られた作法もついには湮滅してしまいます。今は倭人どももみな撤収して、国中もすこぶる穏やかになっています。世の中にお戻りになるのがいいかと思います」

皮氏が言った。

「私には別の子どもがいるわけではなく、この婿がいるだけだ。すでにこのように年老いてしまって、もう世間に出て行くつもりはない。ここで年老いて死んでいくことにしたい」

婿が言った。

「それなら、そうなさってください」

そうして、皮氏の婿は東皐の一族を連れて出て行き、忠州の邑内の南山の麓に到って、言った。

「この地ははなはだいいところです。ご子孫に財産が残ることになり、また科挙に及第する慶びごとがかならず生じ、高官が輩出するでしょう。他のところに移らず、永のお住まいになさってください」

そう言い終わると、皮氏の婿は立ち去って、どこに行ったかついにわからなかった。

▼1【東皐・李宰相】李浚慶。一四九九～一五七二。宣祖のときの文臣。字は原吉、号は東皐。一五三一年、文科に及第、一五四三年、文臣庭試に壮元及第。一五五五年、湖南地方に倭寇が侵入すると、全羅道都巡察使として出陣してこれを撃退した。帰京後、右賛成兼兵曹判書となり、以後は右議政・左議政・領議政にまで昇った。
▼2【六曹街】吏・戸・礼・兵・刑・工の六曹などが集まっている官庁街。
▼3【漢城府】ソウルの行政・司法に当たる官庁。

第六一話……徳を施して寿命を延ばす

南某の長男の某は御営軍監を長いあいだ勤め上げ、鳳山郡（現黄海道）の駐屯地に監として赴いた。すると、脱穀場に一人のチョンガーがいた。百姓仕事をしていても、その容貌や振る舞いには両班の風情がある。はなはだ哀れに思い、その来歴を尋ねてみると、姓は申氏で、もとはやはり両班の子孫だと言う。延安に居住していたが、凶年があって一家は流離して四散、彼は一人になって、今の境遇なのだと言う。南氏はその話を聞いて、気の毒に思い、三年後に任地を離れるとき、特別に援助して、両班の娘と結婚させてやり、農地を与えて、一家を成させ、産業を興させた。このことで、申童は体面も立ちゆくようになった。毎年、秋になれば、申童は薪一匹、木綿糸二巻を携えてやって来る。南氏もまたこれを手厚くもてなして帰した。

あるとき、南氏が突然に病気になって、汗をふき出した。まだ壮年なのに熱症ははなはだしく、危篤の状態になった。家中の者は慌てていろいろと手当をするが、ついに昏倒して目を閉じてしまった。ところが、しばらくして息を吹き返し、身をひるがえして言った。

「不思議なことだ」

一家の者たちも不思議に思って、側にいた人が尋ねた。

「いったい何があったのです」

南氏はそれに対して、

「食事をすぐにもって来て欲しい」

と言って、もって来られた食事をかきこむと、座りなおして、次のように語った。

「私は二匹の鬼に追われるようにして行くと、役所のようなところに着いた。その建物は広壮で、多くの人で賑わっていたが、人間世界ではお目にかかれないような者たちがいた。二匹の鬼は私を門の外に立たせておき、中に入って行った。すると、代わりに、中から一人が出て来て、私に、『あなたは都に住まいする南某ではありませんか』と尋ねる。『そうです』と私が答えると、その人は『わたくしは鳳山の某村の申童某の祖父です。あなたがわたくしの孫に恩恵を施して富裕にしてくださり、妻まで世話してくださったことを、冥府にいながら感謝していました。しかし、幽明は境を異にしていて、あなたのご恩にこれまで報いることができないでいました。今、あなたの寿命は尽き、冥府の官吏が使わされてあなたを捉えて参りました。今こそわたくしが珠を口に含んで、草を結び、恩恵に報いるときです。しばらくすると、役所の中に異変があって、人間世界に送り返すことが可能になります。あなたは慎重にここから出て行かれるがよろしい』と言って、門番を招き、折りを見計らって私を連れ出すようにと命じたのだった。その人は冥府の役人をしているようだったが、私がこうして生き返ったのは、申童某の祖父のおかげなのだ」

こうして、汗をひとしきり流して、無事に生き返ったのだったが、その後、申童をさらに手厚くもてなした。

第六二話……奴上がりの朴彦立の忠義

僉知《チョムチ》▼[1]朴彦立《パクオンリプ》▼[2]はもとは延陽君《ヨンヤングン》・李時白《イシペク》▼[3]の妻の家の奴であった。容貌は獰猛で、膂力が絶倫であった。一度の食事に米飯一升を食べて、それでも足らないと言った。初めて田舎から出て来て、仕事をさせようとしても、腹が減っていると言って、怠けて働かなかった。ただ腹一杯に食べさせると、出て行って、芝を刈り、薪を樵《きこ》って、背中に山のように背負って帰って来た。ところが、主人の家が貧しくなって、その腹を十分に満たしてやることができなくなった。彦立の獰猛さがもどるのではないかと恐れて、これを解雇しようとした。すると、彦立は肯んぜず、

「ご主人のお宅では使用人が不足しているのに、どうして出て行けましょう」

と言った。

　しばらくして、主人が病気になって死に、その夫人と幼い娘だけが残されて慟哭するのみであった。彦立もひとしきり慟哭し終わると、寡婦に言った。

「奥さまの悲しみは察するにあまりあります。親戚に頼るところもお持ちではありませんが、大切な葬礼を片時も遅れることなく済ませなくてはなりません。泣いているばかりではだめです。この家にある品物で売れるものがあれば、わたくしに預けてください。費用をこしらえて葬礼を済ませ、時を失しないようにしましょう」

　寡婦が衣服と食器などを取り出して来たので、彦立はその中で金に換えられそうなものを選んで市場に行き、銭に換え、葬式の道具を買い整えた。また、美しい材木を買って、それを背負って棺大工のもとに行き、自分についで来るように言った。棺大工は四枚の大きな板を平然と担いでいる大男の姿を見て怖くなり、言われるままに後について行き、丹念に棺を作った。彦立はまた近所の女たちに頼んで、葬礼の具を縫わせたが、それも精細に出来上がったので、入棺の礼を済ませた。

　彦立はまた名のある地師を訪ねて、喪家が今は困窮している事情を説明して、ただ一匹の布だけを差し出して、近在のところに墓山を探してほしいと請うた。地師が承諾したので、彦立は馬を連れて来て、地師を乗せてみずからは綱を牽いて出かけた。地師はある場所に着くと、墓穴を占って、そこがいいと言った。彦立は山勢を見て、砂水に対している弊害を言った。そのことばはいちいち理にかなっていて明晰であり、地師は大いに驚くとともに恥じ、また彦立の獰猛な表情を見て辱めに遭わないかと恐れもしたので、また別のところに行って占い、この地こそ吉地であると言った。今度も彦立は周囲を見回し、この山は良さそうなので、ここに決めることにした。

　彦立は帰って来て寡婦に対して、

「日を選んで、わたくしの探した山に行き、埋葬をいたしましょう」

と言った。寡婦はかれのことばに異存はなく、それ以来、家事の万般にわたって寡婦は彦立の意見を聞くようになった。葬事が終わって、彦立は寡婦に言った。

「この家は衰えて困窮しており、ソウルでの生計は困難です。今のところは田舎に移り住み、農業にいそしんで豊かになるのを待ち、ふたたびソウルに戻ることにしましょう」

　寡婦は承諾して、家財道具を積んで田舎に引っ越した。彦立は農業の理に明るく、身体も強壮である。一生懸命に働き、下肥で土地を肥やし、土壌を改良して、普通の農夫とは比べようもなく、その土地の生産は他に十倍した。そして、近隣の人びとはその状貌に恐れもなしたし、その人柄を愛しもして、その仕事を助け、それが足らないかと恐れもした。そうして、五、六年が経ち、家計はようやく潤った。彦立は寡婦に告げた。

「お嬢さんは笄《こうがい》を刺す年になって、嫁ぎ先を探さなくてはなりません。この田舎では似合う相手もいず、いきおいソウルに出て探さざるを得ません。某洞の某宅はこの家の親戚に当たります。わたくしもまた何度かうかがってご主人にお会いしたことがあります。奥さまがお手紙を書いて、求婚の意志を言及していただければ、わたくしがソウルに出て、その手紙を渡します」

寡婦はそのことばに従って、手紙をしたため、厚く手土産を持たせて、彦立をやった。彦立はソウルに上り、その親戚の家を訪ねて来由を告げ、いい婿がねを探している旨を述べた。その家というのは当代の宰相の家であった。手土産の豊富さに感じ入って、あれかこれかと探してはくれたが、どうも恰好の男子がいない。

彦立はそこで甘い梨を一荷買って、背中に負ってみずから売り歩いた。あまねくソウルの城内・城外の士大夫の家をめぐりながら、花婿候補を探しまわった。すると、西小門の外に一軒の家があり、門も垣根も壊れて、家が貧しいのは一目で見て取れたが、一人の若者が彦立を呼び込んで、梨を手に取り、刀で皮を剝いて、まず数個をむしゃむしゃと食べた。そして、また十個あまりを袖の中に納めて、

「今は金がない。日を改めて来るがいい」

と言った。彦立がその容貌を見ると、その気概は常人と大いに異なっている。彦立は喜びに堪えず、秀才に尋ねた。

「ここはいったいどなたのお宅でしょうか」

秀才は答えた。

「ここは李平山《イピョンサン》（李貴。第五二話注6参照）の家だ。平山というのは私の父親の名前だ」

彦立は親戚の宰相の家に行って、宰相に告げた。

「西小門の外の李平山の家の息子がなかなかの人物です。紹介していただき、これを婿とすれば、これ以上の幸いはありますまい」

宰相は言った。

「李平山というのは私の親友だ。その息子は成人して放蕩がやまず、学問を一向にしないので、人びとが嫌って、結婚もできないでいるそうだ。あんな者がいいと言うのか」

彦立は是非にと請うたので、宰相は李平山に連絡して、女子の家が賑わい、女子もはなはだ賢いことを伝えた。李平山自身も息子の嫁がなかなか決まらないのを気に病んでいたおりもおり、これを聞いて大いに喜び、さっそく涓単▼4を与えた。彦立はそこで家をソウルの中に求めて、

田舎に戻り、寡婦に子女の結婚相手を決め、吉日を選んで式の日を決めたことを告げ、一家こぞって上京することを願った。寡婦はそのことばにしたがって上京し、娘の結婚を済ませた。

延陽（李時白）は若いころには豪毅で行動が規矩にとらわれなかった。多くの人はこれを取らなかったが、彦立が独りこれを豪傑と褒め続けた。暗君であった光海君の癸亥の年（一六二三年）に至り、延陽が金昇平《キムスンピョン》（金瑬。第四九話注2参照）などとともに反正を議論した。人びとは彦立が身分は低くとも大いに才能のあることを聞いて、延陽を通して彦立を計画の仲間に加えようとした。延陽はまず彦立に反正に加担することを求め、また事の可否と成敗を尋ねた。彦立は言った。

「臣下として君を討つのは、これを勧めるのも難しく、しかし人倫が廃り、国家が滅びようとするとき、これを勧めないのも難しい。問題はこの事を行なう諸公の人となりだけです」

そこで、延陽は彦立を家に止め、計画に加わる人びとを集めた。彦立はこれらの人びとを見て、延陽に対して、

「集まった人びとの顔を見ると、みなが大臣か将軍の器です。大事はすでに成就したも同然で、わたくしなどの入り込む余地はありません」

と言い、そのまま暇を乞うて立ち去った。その後、一ヶ月が経っても、その行方は知れなかった。延陽はいったいどうしたのかわからず、はなはだ心配したが、ある日、彦立がふらりと帰って来て、

「わたくしが姿を消したのは、万一、事が失敗した場合に備え、海中に世間を逃れ、難を避ける島を探すためでした。もし反正がうまく行かなければ、奥さまをともなって海を渡って行けるよう、江上に船を一隻停泊させてあります。事が危急に及んだときには、公はわたくしの主家の方々とともにいらっしゃってください」

と言った。李公はこれを許した。

反正がなって、紀が改まったとき、李平山の父子三人は一時に封じられ、富貴となり、赫赫と隆盛となった。

数年が経って、彦立は李公のもとに行き、

「わたくしは主家には債務をすべてお返ししました。賎しい身分のわたくしが老いを迎えて死に行こうとしています。主家には隆盛なる近親がありません。できることなら、わたくしの主家をも近親のようにご覧になり、どうか外孫の奉祀の礼を執って香火を絶やさないでいただければ、幸いです」

と言った。李公は驚いて、

「お前はどこに行こうと言うのだ」

彦立は言った。

「わたくしの身分は賎しくとも、おのずと安穏に過ごせ

る場所はあります。この世に長く留まるつもりはありません。わたくしには一塊の血肉（子ども）がありますが、できれば、これをお宅の墓守にでも使っていただけないでしょうか。わたくしの願いはそれだけでございます」

言い終わって、立ち去ったが、行方は知れなかった。

▼1【僉知】正確には僉知中枢府使の略。武官であり、中枢府に属した正三品の堂上官であるが、一定した仕事のない閑職の側面もあった。

▼2【朴彦立】この話にある以上のことは未詳。

▼3【李時白】一五九二～一六六〇。孝宗のときの領議政。字は敦詩、号が釣巖。諡号は忠翼。本貫は延平。李貴の息子。仁祖反正の功績で延陽府院君に封じられた。一六三六年の丙子胡乱に際しては兵曹判書として南漢山城を守った。後に右議政となり、一六五二年には燕京に行き、領議政にまで昇った。

▼4【涓単】結婚のための書類。いわゆる釣書。

第六三話……妓生秋月の忘れられない三人

秋月《ジュウォル》というのは公州の妓生である。歌舞に巧みでその姿色もすばらしかったので、選ばれて尚衣院▼1に入り、その評判はすこぶる高かった。風流を好む男たちは争って彼女を求め、繁華の場にその名をほしいままにして、数十年を過ごした。年を取って、常に言っていたことがある。

「わたくしの一生でおかしなことが三つあった。

その一つは、李尚書のお宅で管弦の遊びに興じて騒ぎ、雑歌を歌っていたとき、弦が急に転じて声音も高くなったときに、一人の宰相がやって来られた。その風儀は実に端正で、ひいき目なしに見て、正人君子と言うべき人物だった。その宰相は主人と挨拶を交わした後に、またわたくしたちにいろいろと歌わせて歓を尽くした。そのときには、琴の名人の金哲石《キムチョルソク》▼2、歌の名人の李世春《イセジュン》▼3、そして名妓の桂瞻《ケチョム》と梅月《メウォル》といった人びとがそろっていた。

数日後、一人の下人がやって来て、『某大監がお前たちを急にお呼びになっている』と言うので、琴の名人、歌の名人、そして妓生がともにそろって行くと、先日、李尚書宅に来られた大監のお宅だった。大監は席を設けて端座して、

『座敷の上に昇って来るがよい』

とわたくしどもを分け隔てするふうもなく、懇ろに声をかけて、

『さあ、歌曲を歌ってくれ』

とうながされる。そこで、まだ興致の生じないまま歌いだし、初章、二章と進み、まだ曲を終えないとき、大監

はひどく怒りだし、みなを座敷から下に下りさせ、

『先日の李尚書の家の宴会では、お前たちの歌舞は寂寥として胸にしみいり、聞くべきものがあった。今日はいったい何だ。歌曲が低回して弛緩し、倦怠しているように聞こえ、まったく興趣に欠ける。私が音律を解しないと思って馬鹿にしているのか』

とおっしゃった。わたくしにはそのおっしゃる意味がわかって、すぐに謝って、

『申し訳ありませんでした。低い声音で初めてしまいました。もう一度、演奏させていただければ、雲を払って天に届くような音律をすぐに出すことができます』

と申し上げると、大監は寛大に、

『それではもう一度やってみるがよい』

とおっしゃった。そこで、みながふたたび座敷に昇って、おもむろに羽調を発し、雑詞と琴の弦もばらばらに乱れて歌って弾いて、まったく曲調などを無視した。すると、大監は大いに楽しみ、扇でもって机をたたき、

『よい、よい。これでよいのだ。歌はこれでなければならない』

とおっしゃった。歌曲が終わると、しばらくして、酒と肴が出されたが、あまりよくない酒と干し肉とだけであった。そうして空腹を満たすと、大監が、

『下がるがよい』

とおっしゃるので、挨拶をして帰って来たのだった。


二つ目というのは、一人の下人がやって来て、

『わが家の進士がお前たちを呼んでいなさる』

と言って、しきりに催促するので、歌手と琴の弾き手を連れて行ってみると、東大門の外の燕尾洞にある一軒の草屋であった。柴の扉を押し開いて入ると、一間だけがあって、他に建物はなく、土の階段があって、その階段の上に草の蓆が敷いてあり、そこにいる主人は弊衣破帽の憎むべき姿であった。宕布をして田舎の客人数人と対座していたが、名士の子で蔭官だったのであろう。歌を数節だけ歌うと、主人は手を振って止めさせ、

『聴くに堪えない』

と言い、わたくしたちはマッコリ一杯だけをいただいて、帰ってきたのだった。


三つ目というのは、夏に彰義門（ソウルの西北にある城門）の外の洗剣亭で宴会があったときのことだ。才子、名士と言うべき人びとが雲霧のように集まり、白い石と清流のあいだに杯盤を用意して、歌舞するための筵を敷いた。観客が垣根をなすようであったが、その中に一人の田舎の人がいて、衣服は質素で、姿も憔悴していて、まるで乞食のようにも見える。遠くの練戎台の下にいて、

わたくしの方をじっと見ているので、気になって仕方がなかったが、その人が手招きをするので、わたくしは行ってみた。すると、その人が言うではないか。

『私は昌原の上納吏▼4だが、あなたの噂はかねがね聞いていた。今、こうして会うことができたが、噂にたがわず、まことにすばらしい』

そして、腰から銭を一差し出して、わたくしに与えようとする。わたくしは心の中では『これはなんという馬鹿者か』と思いながらも、にこやかに笑って、

『理由のないものをどうしていただけましょうか。あなたがくださろうとした気持ちだけをいただいておきます。ほんとうにありがとうございます』

と言って、返そうとしたが、その人はけっしてそれを受け取らずに、口を覆って帰って言った。

宰相の曲調を無視するのと、蔭官の風趣を理解しないのと、田舎役人の愚かさと、この三つが私の忘れられない経験だ」

▼1【尚衣院】王の衣帯を提供し、王宮の財物を管理した官庁。
▼2【金哲石】この話にある以上のことは未詳。
▼3【李世春】英祖のときの歌手。三国時代から伝わってきた歌曲類の調子を初めて時調という曲調で謡った。時調という名称もこのときに生まれたという。
▼4【上納吏】租税を納めるために上京した官吏。

第六四話……死んで貞節を守った李氏

節婦の李氏は夷城の良家の娘であった。十六歳で同郷の黄一清《ファンイルチョン》▼1に嫁いだが、十七歳で寡婦になってしまった。舅も姑も李氏がまだ年若く、子どももいないので、再婚することを勧めたが、李氏は死を賭けても節を守ると言い、十年を過ごした。近隣の人びとでこれを称賛しない者はなかった。

夷城の風俗としてかならずしも婦女の貞節を尊ぶわけではない。またこれをもてあそぼうとする若者も多い。才知もあり容貌も整った女子で早く寡婦になった者がいれば、男たちは徒党を組んでこれをものにしようとする。女の方もこれを強くは拒まないので、往々にして風儀は乱れてしまうのである。独り李氏のみが節義を高く持して身を汚すようなことがなかった。

同じ洞内に韓必或《ハンピルホク》▼2という男鰥《やもめ》が住んでいた。李氏の才色を慕って、毎日のように門の外で一目でも姿を見ようとたたずみ、うろついて立ち去らなかった。ある夜、必或と無頼の者数十人が隣の家でともに酒を飲んでいて、酔っぱらって、必或が立ち上がり、

「今夜こそ、黄家の婦人をものにしてやろうと思うが、どうか」

と言った。みなは手を振り、頭を振って、

「あの婦人は節婦だぞ。きっと恥をかく。失敗するに決まっている」

と言ったが、必或は、

「いや、うまくやってみせる。今日は黄家の者はことごとく出かけていて、ただ老弱の者だけが残っている。そこで、かならず私がこれをものにしてみせる。猛獣が兎をやっつけるようなものだ。いくら節婦だからと言って、どうして拒み通せるものか」

と言い張った。みながそれでも頭を振っていると、必或は怒りだして、

「私に従わないやつは、そいつからやっつけてやる」

とまで言うので、みなはやむをえずに必或に従った。

その夜の三更ごろ、みながその家を囲んで、必或は門を蹴破って入って行き、李氏が寝室にいたので、これを押し倒そうとした。李氏はすでに逃れることができないのを知って、にっこり微笑んで、

「わたくしの心もすでに決まっています。好きなようになさってください。無理矢理せまるような真似はなさらずとも、結構です」

と言った。必或は喜んで出て行き、外にいる者たちに、

「女は承諾してくれた。事を荒立てる必要もない。みんなは帰ってくれ」

と言い、身を翻して帰ってみると、李氏の姿がない。灯火もまた消えている。灯りを点して見ると、紐で首をくくって死んでいた。必或は驚き慌てて逃げ出したが、翌朝、舅と姑が帰宅して、李氏が首をくくっているのを発見した。舅と姑ともに驚き、悲しんだが、これはきっと韓氏のせいだと考えて、哭きながら、役所に訴えた。太守もまた驚くとともに哀れんで、治癒のために薬を与えたが、すでに万事休していた。韓必或と仲間のものたちを捕え、必或は杖で打ち殺し、他のものたちは罪の軽重に応じて遠近に流配した。この李氏の節婦ぶりが王さまのお耳に達して、旌閭がくだされた。

▼1【黄一清】この話にある以上のことは未詳。
▼2【韓必或】この話にある以上のことは未詳。

第六五話……還俗して風水師となった星居士

星《ソン》居士▼1というのは嘉山の人である。俗姓は張で、僧名は就星《ツィソン》といった。早く父母を亡くし、十五歳のときには出家して、江陵の五台山月静寺で剃髪した。法を僧雲《チュンウン》大

▼2師に受けて弟子となり、聡明で悟りも早く、多くの僧たちに抜きん出ていたので、大師もこれをはなはだ愛し、つねづね、
「私の衣鉢を継ぐのは就星であろう」

と言っていた。

三年のあいだに経文で教えないものはなかったが、ただ三巻の書物だけは深く箱の中に蔵って見せることはなかった。あるとき、大師が金剛山の楡岾寺の袈裟会に行くことになって、就星に向かって言った。

「私は一年すれば帰って来るが、その間、お前は着実に学ぶがよい。ただ箱の中の三巻の書物だけはけっして出して見てはならない」

そうして、錫《しゃく》を飛ばして去った。就星は他の僧侶とともに山門でこれを見送り、帰って来たが、心の中ではなはだ訝しく、

「師父が秘蔵している三巻の書物というのはいったい何が書かれているのだろうか。どうして弟子にはみせないのだろう」

と独り言を言って、隙をうかがって、これを閲覧した。すると、それは仏教の経典ではなく、地理の書籍であった。上は河洛から下は星暦に至り、五行陰陽の数、九宮八卦の法、玄妙の極致を極め、吉と凶をともに明らかにして、千古の秘訣を伝えていた。就星はこれを見て以来、まったく幻惑されて、仏経を顧みることなく、もっぱらこの書物ばかりを読みふけるようになった。半年も経つとその妙に精通して、毎日のように山歩きをして、竜脈の起伏と風水の集散について、掌を示すように明瞭にでき、はっきりと眼に映るのだった。そして、みずから、

「私は世俗をわたる業術を習得してしまった。人間の富貴は手に唾をして簡単に手に入れることができる」

とうそぶいた。

もう還俗してしまおうという気持ちにもなったが、ある日、忽然と悟って言った。

「釈迦の工夫というのは心を正しくもつことを第一とする。私は出家して十年、かつていささかの雑念もなかったのに、にわかに邪心を起こしてしまった。師匠の戒めに従わず、釈迦の教えを無視して、地利を得る方術に耽溺している。これは修行の妨げになることははなだしい。師僧が知ったら、ひどく叱責されるにちがいない」

そこで、白檀の香を焚いて座布団の上に結跏趺坐し、数珠を繰りながら、仏典を唱えていると、しばらくして、師僧が帰って来た。師僧は就星を呼んで言った。

「お前は自分の犯した罪を知っているな」

就星は階段を下りて跪き、

「わたくしは師父にお仕えして十度の春秋を経ましたが、髪の毛一筋ほども教えに従わなかったことはないつもり

です。まことに愚昧のせいか、どのような罪を犯したかわかりません」

と言った。師僧は大いに怒って就星を責めた。

「仏道の修行には眼目となるものが三つある。身であり、心であり、意である。お前は昔からの教えに背馳して、雑方に耽溺した。仏家の寂滅を嫌って、世俗の富貴を求めた。十年の修行が一朝で台無しになった。その罪は重く、一刻たりともここに置いておくわけにはいかない。お前は即刻、この山を下りるがよい」

ついに師僧は就星を杖でしこたま打って、追い出してしまった。就星自身も自分が沙門には受け入れられないことを知って、故郷に帰って行った。江陵からソウルに至る道中では、目にする山川や名穴や大地の方角および動勢、土砂の消散、水の増減をつぶさに記録して、それを嚢の中に収めた。ソウルに入ると、その自分の占ったところを売りつけようとして、あまねくソウル城内を歩き回って、逢う人ごとに説明をしたが、人びとはみな法螺話だと思って、取り合おうとはしなかった。

就星は恨めしくてため息をつき、ソウルを離れて故郷の嘉山に帰ろうとして、平山に着いた。履いていた草鞋がすっかりすり切れている。就星の足は大きくて一尺あまりあり、路傍の店を見ても、足に合う草鞋はない。足はすでに腫れ上がっている。一寸一寸と歩を刻んで数里を行き、やっと村落にたどり着いた。すると、服喪中の人がいて、就星が何も履かず、足が傷んでいるのを見て、大きな草鞋を取り出して与えた。就星居士は感謝して、

「ご主人はご不幸にお遭いのようだが、もう埋葬は終えられましたか」

と尋ねると、主人は、

「墓の山を決めることができずに半年が経ちます。それさえ決まれば、葬事を終えることができるのですが」

と答えたので、居士は言った。

「私は風水をあらあら理解しています。ご主人が私のことばを信じてくれれば、墓地一ヶ所を占って、この草鞋のお礼にしたいのだが、どうであろうか」

主人は大いに喜んで、家の中に入って行き、居士を手厚くもてなした。居士は主人とともに外に出て歩き、十里あまり行ったところに、いい場所を探し出して、

「この穴はまことに名穴と言ってよい。百人の子、千人の孫が繁栄し、すぐに運も向く墓穴です。ご主人が今は貧しくとも、年を越えずに豊かになり、喪が明ければ、科挙にも甲科で及第なさるだろう」

と言って、立ち去った。この喪に服していたというのは平山李氏▼3の祖先なのである。その山に葬った後、居士のことばの通りになった。

居士は嘉山の葛山の麓に至って、数間の茅屋を構えた。

その家の背後の山には小さな穴があり、居士は毎朝そこに行って穴に向かって真言を称え、その後に手でその穴を探ると、かならず二升の米が出て来て、それでもって朝夕の食事に当てた。

粛川の白雲山に安姓の兄弟が住んでいたが、早く父母を失い、年齢はすでに三十歳を越えていたものの、まだ妻を持っていなかった。生活は困窮して、兄弟ともに人の家に雇われて働いていた。居士が白雲山の麓を通り過ぎたことがある。六月のことで、急に雨が降り始め、いそいで近くの家に飛び込んだ。安秀才らが雇われて働いている家であった。居士は久しく家の門前に立って雨の上がるのを待っていたが、山中のこととて日がすでに暮れようとしている。雨はなかなか止まない。居士はこの家の主人に一晩泊めてもらおうとしたが、主人はけんもほろろに断った。そのとき、安秀才が牛に草をやろうと出て来て、居士の困っているのを見て、

「この家の後ろにある小さな家が私の家です。もし汚いのを嫌われなければ、私とともに行って、休んでください」

と言った。居士が言った。

「この雨の中、山谷には虎や豹が横行し、もし夜に露宿でもすれば、きっと死んでしまいましょう。幸いにも賢明な秀才に会い、家に泊めてくださるとおっしゃる。これは生き仏に出会ったようだ」

安氏はそこで居士を案内して家に至り、清掃をして座布団を敷き、弟を呼んで、

「私たちの食事をここに持ってこい」

と言った。安氏弟は主人の家に行き、二膳の食事を持って来た。その一膳は居士に勧め、兄弟は一膳を分けあって食べた。

その翌日も雨は止まない。居士は出ることができなかった。このようにして、三日、四日と雨が上がらず、そのあいだ、安秀才の接待ぶりは最初の日とまったく変わらず、終始怠ることがなかった。五日目になって、初めて雨が止んだ。居士は出立しようとして、

「秀才のご両親のお墓はどこにあるでしょうか。一度、拝見したいのですが」

と言うと、安氏が、

「居士はよく墓地を占うことができるのですか」

と言う。居士は、

「風水の糟粕をわずかに理解しています」

と答えた。

そこで、安氏と居士とはいっしょに出かけて山を見た。居士はまず主山に登って、その山勢と水の流れを見て、次には墓穴に向かい、その入り口と坑を見て、

「山全体の地勢は素晴らしく吉地ということができます

が、墓穴は場所を失しています。これではどうして貧困を免れることができましょう。おおよそこの穴は広すぎて、すべてを掃蕩する体を成しています。このように広ければ、中を得ることができません。穴が中を得るというのが凹みを言うのは理の当然ではありませんか。おおよそ土はその角を用いるので、角というのは火です。経典にも言うではありませんか、『火は土を生じる』と」と言い、またその一角を占って、方角を定め、吉日を選んで、

「秀才の願いというのはいったい何でしょうか」

と尋ねた。安氏が答えた。

「私は人の子として生まれながら、まさに廃倫絶嗣の不孝を犯そうとしている。配偶者を得るのが火急のことです」

そこで、居士は相生法でもって穴を占って移葬した後に、安氏に対して、

「八月の某日に美しい婦人が千金をもってやってきます。この婦人と結婚すれば、貧乏から抜け出し、十年もしないうちに、子孫が家に満ちることになります」

と言うと、秀才は、

「移葬の効験がどうしてそんなに速やかなのか」

と尋ねた。居士は言った。

「竜気が近くにあるからです。私はまた十年後に来てみますが、その間、どんな術士が百人、千人やって来たとしても、手をつけないでください。移葬などけっしてしてはなりません」

そうして、居士は立ち去ったが、はたして八月の某日、安氏の兄弟が家にいるとき、正午に一人の人が荷物を背負ってやって来て、洞内に入り、安氏の家の門前に現れた。そうして、

「ここは安氏のお宅でしょうか」

と尋ねる。

「そうだ」

と答えると、その人は、

「兄弟ご一緒にお暮らしで、お兄さまの名前は某で、弟さまの名前は某、お二人ともにご結婚はなさっていませんね」

と言う。秀才が、

「その通りだが、どうしてそんなことを尋ねるのだ」

と言うと、その人は部屋の中に入って来て、荷物を解いて背中から下し、安氏に向かって言った。

「わたくしはこの邑の座首の郭某の娘です。年齢は二十歳になります。父母が隣の洞の呉姓の人と結婚を取り決めてしまい、婚礼を明日に控えています。ところが、六月の某日からというもの、夢の中に神人が現れて、『私は白雲山の神霊である。お前の天が授けた縁は白雲山の

麓の安氏のもとにある。安氏は兄弟一緒に暮らしているが、まだ妻がいない。お前が安氏の家に行って夫婦になれば、百年の身世は安穏和楽となろう。もし呉姓と結婚すれば、お前は一生を過つことになる』と言うのです。夢から覚めて不思議に思ったのですが、それ以来というもの、毎夜、同じ夢をいつも見るのです。わたくしは深窓で育ち、一歩も門外に出ることなく、育ちました。この夢のことを父母に話すわけにもまいらず、今に至るまで思い悩んでいましたが、明日が結婚当日に迫って、神夢もまた懇ろであったので、心を決めて独りで出て来ることにしました。女の身では危ないので、思いを巡らして、男子の服に着替え、暁の闇に乗じて出て来たのです。十度転び、九回転倒して、やっとのことでここにたどり着いたのです。おおよそ三生の縁は重く、一時の嫌疑などは軽いもの。今は正道を論ぜず、臨機応変に処してください。恥を捨てて顧みず、鶉の奔奔たるさまさながらにやって参りました。私は男子ではなく、女子です。どうか君子として振る舞ってください」

安秀才はこれを聞いて感嘆して、

「居士はほんとうに神人である」

と言い、郭処女と婚姻を結ぼうとしたが、兄が弟に譲って、

「私はすでに年老いてしまった。お前が結婚するといい」

と言うと、弟は、

「兄さんはまだ四十歳にはおなりじゃない。それに弟が先になり、兄が後になるのはよくありません」

と言った。そこで、兄がやむを得ず結婚することにして、日を占って礼式を執り行なうことにした。その喜びを推し量るべきである。三日経って、郭氏が持って来た荷物をほどき、順に売ると、数千金にも昇った。それを元手に家計は次第に豊かになった。弟の結婚相手はこちらから求めずとも、あちらからやって来た。兄弟ともに相手に恵まれて、多くの子女が生まれた。近隣の人びとでお祝いの詞を言わない者はなかった。

十年の後、はたして居士がやって来た。安氏の兄弟は転がるようにして出迎え、まるで神さまを敬うように大切にもてなした。居士は言った。

「あなた方はすでに結婚して家も豊かになった。子どもたちも膝のあいだを離れない。その福は多大である。ただしかし、人は裕福であっても、文章がなければ賤しいままだ。まさにふたたび墓穴を占って移葬すれば、文章の士が出ることになろう」

ついに墓穴を前の墓穴の左角の方に占って、礼を整えて移葬した。

居士が言った。

「この山によって、子孫は世世この地方の名族となり、雄文巨筆の士が代々に輩出するであろう。科挙の壮元が続いて出て、大臣の衣冠をまとう人びとが続くだろう」

その後、そのことば通りになった。

▼1【星居士】この話にある以上のことは未詳。

▼2【僧雲大師】一雲のことか。本来は慶尚道の僧侶であったが、ソウルの興天寺および興徳寺の住持となり、世宗の時代には宮廷の祈禱も行なったという。

▼3【平山李氏】唐の八才子の一人が韓国の東陽（平山）にやって来て住み着き、礼儀を教えた、それが始祖だという。その後、高麗時代に敷明が四門博士を務め、恭愍王のときに密直副使だった子庸が出た。

巻の五

第六六話……夫を選んだ賢い婢女

呉某というのは梁山の人である。人となりは愚かで、草鞋を編んで売るのを生業としていたものの、その草鞋の出来が悪く、悪童たちはその草鞋を見て、

「その草鞋をソウルで売れば、値は百金にもなろう」

と冗談を言った。なんと、呉生はそのことばを信じ込んでしまい、七十足を編んで背負い、ソウルに上って、路傍で荷物を解いて広げた。道行く人が値を尋ねると、

「一足が一両です」

と答えた。人びとはみな笑って立ち去った。数日、そうして座っていたが、一足も売れはしなかった。

そのとき、宰相の家の婢女がいた。容貌がすこぶる美しく、人となりも利発で機敏であり、芳年は十六歳、人が進める結婚を承諾せず、

「結婚相手は自分で探して決めたいと思います」

と言っていた。

ある日たまたま呉生が草鞋を並べているところを通り過ぎた。そのあまりに高い値を言い、誰も買う人がいないのを見て、怪訝に思った。三日ほど続けてそれを見たが、誰も買わずに行ってしまうのは同じだった。婢女は呉生に声をかけた。

「わたくしが買いましょう。値はいかほどですか」

呉生が、

「七十足で七十両だ」

と答えると、婢女は言った。

「草鞋を持ってわたくしについて来てください。値は家の方で払いますが、いかがでしょうか」

呉生は承知し、荷物を背負って婢女の後についていくと、壮麗なお屋敷に着いた。門も大きく甍も高々としている。婢女は呉生を屋敷の中に導いて、自分が暮らしている廊に呉生を座らせた。呉生が草鞋の値を求めると、婢女は、

「明日の朝、お払いします。今夜はここに泊ってください」

と言って、まずは美酒と佳肴をもって来て、すぐにまた夕食を勧めた。その食器は清潔で料理もはなはだ珍味である。呉生は田舎育ちでナムルばかり食べて来たので、これまで見たこともないような料理である。それらを二匙、三匙でことごとく食べてしまった。日が暮れて、婢女がおもむろに、

「本当によくおいでくださった。今晩はこのわたくしとお休みください」

と言い出した。呉生はおどろき、たじろぎながら、

「そ、そ、それは結構だが、ど、どうしてそんなことを言い出したのだ」

と言ったが、婢女はそれにはかまわず、灯りを消し、みずから服を脱いだ。そうして一場の雲雨の情を交し合った。

　明け方早く起きて、婢女は籠から新しい衣服を出し、呉生に沐浴をさせて衣服を替えさせた。すると、呉生も堂々たる姿である。婢女が言った。

「わたくしはこの家に使役されている婢女です。あなたはすでにわたくしの夫になりました。大監に会って挨拶をなさってください。けっして階下で挨拶なさってはなりません」

　呉生がそれに承知したので、婢女が先に奥に入っていって、

「わたくしは昨晩、夫を得ました。今、挨拶にうかがわせようと思います」

と、大監に告げると、大監は、

「そうか、それはよかった。早く連れてくるがよい」

と言った。呉生が直に座敷に昇って行って挨拶をすると、傍に控えていた者が呉生を下に下ろそうとする。しかし、呉生は偃然と立ったまま動こうとせずに言った。

「私は郷族なのだ。たとえ婢の夫になったにしても、けっして庭に降りて挨拶などはしない」

　宰相は笑いながら、

「さすがにあの婢女が選んだ夫だけのことはある」

と言って、廊底に住まわせることにした。

　ある日、婢女が言った。

「あなたはそれほど怜悧ではありません。もしお金を使うときがあれば、眼を大きく開いて、胸を張っていてください」

　そして、一挿しの銭を与えて、

「これを持って出かけ、使って帰って来てください」

と言った。呉生は日が暮れると帰って来て、

「私は腹が減っているわけでもないので、金を出して酒を飲んだり、餅を食ったりする必要はない。一日中、街を歩いて、金を使う必要もなかった。結局、一文も使わずに帰って来た」

と言った。婢妻が、

「路上には大勢の乞食がいるではありませんか。どうして彼らに与えなかったのですか」

と言うと、

「それには思い及ばなかった」

と答えた。翌日、また一挿しの銭を持って出て行った。大勢の乞食を集めて、銭を地面に投げ捨てた。乞食たちは争うようにして金を持っていった。その様子は壮観だった。何日か同じことをして過ごしたが、呉生が思う

に、多くの金を乞食に投げ与えてもむなしく、意味がない。そこで、射的場で閑良と交わり、酒と肉を買い、毎日ともに飲み食いして、莫逆の仲間となった。また、貧しいソンビで書物を読んでいる者たちと往来して親交を結び、あるいは朝夕の食事を援助し、筆や墨の費えの手助けをした。人びとは、

「呉生は今の世の中の人とは思えない」

と噂した。婢女は呉生に、

「ソンビのところに行って、『十八史略』と『三略』、そして『孫子』を学んでいらっしゃい」

と言うと、その通りにして、書物の大略は理解するようになったが、ここに至るまでに、すでに数万金の金を使い果たしていた。婢女が言った。

「これまで矢を射ることを学び、成功する道理を習得されました」

呉生はもともと強壮の者である。多くの閑良と交わって大弓を引いて遠くまで射ることができ、武科の七つの書物にもまたよく精通した。科挙の試験場に出ていき、はたして合格の紅牌を下されたが、婢女はそれをしまって、家の者たちには及第のことを知らせなかった。そして、呉生に言った。

「私が貯めておいたお金は十万金ほどでしたが、あなたがこの前後に使用した金額は七万金をすでに超えました。残っているのは三万金ほどです。あなたはこれを元手に商売をなさるのがいいでしょう」

呉生が、

「私はいったい何を商いすればいいだろうか」

と尋ねると、婢女は、

「今年は棗がよく実り、湖西の某邑の棗はことのほかよく実っています。あなたはそれを買ってきてください」

と言った。呉生はそのことばに従って某邑に下って行ったが、すると、この年はまったくの凶年で、田畑で鎌を使うこともなく、人々は多く餓死している有様であった。呉生はこれを見て大いに憐れみ、持って来た金をみな与えて帰って来た。婢女が言った。

「積善はもとより大切ですが、ただわたくしの貯金も尽きようとしています。そうなれば、これからはどうして生活していくことができましょう」

そうして、また一万両を与えて、

「今年は朝鮮八道で木綿の出来が悪いようです。ただ黄海道の如干の邑ではよくできているようです。そこに行って、綿花を買ってきてください」

呉生はまた海西に行ったが、湖西に行ったときと同じく凶年の人びとのありさまを見て、一万両をみな使い果たし、空手で戻って来た。婢女が言った。

「私にはただ一万両が残っただけです。これをすべてあ

なたに差し上げますので、市場で襤褸布などを買い込んで、北道に出かけて、これらの布と人参や獣の皮とを交換してきてください。これまでのように浪費なさってはいけません」

呉生は市場に出かけて襤褸布を買い込み、数十駄を積んで咸鏡道に入って行った。北道はもともと綿花の採れる土地ではない。その貴重さは金と同じで、人はなかなか木綿の衣服を着ることができない。暖かい冬であったとしても寒さに震えなくてはならなかった。

呉生はもともと金を湯水のように使って、はなはだ迂闊な人であった。安辺から六鎮に至るまで、衣服のない人びとに衣服を与えて、残ったのはチマとパジの一揃いだけであった。呉生は大きなため息をついて、

「私はすでに人のために十万の金を使い果たしてしまった。出るときには嚢一杯に金をもって、帰るときには素寒貧だ。何の面目があって、家人に顔を会わせられよう。むしろ虎や豹の腹に収まってしまう方がいい」

と言って、夜半、一人で山奥に入って行った。岩にすがって崖をよじ登り、転倒しながら深く入り込むと、鬱蒼と生い茂った森の中に、灯りが煌々と光っている。その門を叩いて宿を請うと、年を取った婆さんが門を開いて出て来て、

「このような深夜に、しかもこのような人里離れた山奥に、あなたはどうして来られたのか」

と言いつつも、呉生を中に入れて、食事を用意した。その接待ぶりは慇懃であったから、呉生はもっていた最後のチマとパジを取り出して、婆さんに与えた。婆さんは大喜びで、すぐにそのチマとパジを着込み、百回も辞儀をして、呉生に礼を言った。呉生が見ると、出された食事の中には人参があった。呉生は尋ねた。

「この人参はいったいどこで手に入れたものでしょうか」

婆さんは言った。

「この近所に桔梗畑があって、採ってくるたびに、こうしてナムルにしておくのです」

呉が、

「この他にもまだ取り置いたものがあるのだろうか」

と言うと、婆さんはまた数十本を取り出してきた。これがすべて人参で、小さなものは指の大きさだったが、大きいものは脛ほどもあった。すると、門の外で荷物を解く音がした。婆さんが言った。

「子どもが帰って来ました。わたくしの子どもは生まれてきたときに、両脇の下に小さな翼が生えていて、ときどき壁の上に飛びつきました。この子の父親が嫌がって、焼けた鉄でこれを除いていましたが、それでもまたやがて生えてきます。長ずるに及んで、勇力絶倫で、平時に

あって間違いを犯さないかと心配して、この深山に入り込みました。猟をして生計を立てておりましたが、父親はすでに死んで、母親のわたくし一人の世話をしています」

そうして言い継いだ。

「尊いお客さまがいらっしゃっている。お前も入って来て、挨拶をするがよい。このお客さまは私にチマとパジを下さった。これで身体を覆って寒さを避けることができた。本当の恩人なのです」

その人が入って来て挨拶をした。

翌朝、呉生が婆さんに言った。

「桔梗畑とやらを一度拝見したいのだが」

婆さんは呉生とともに行き、峰を一つ越えてある場所に至り、一所を指し示した。人参が山一面に生えている。一日中、これを採集した。大小はさまざまであったが、その中には童子参も多くあって、合わせると、五、六駄にもなった。呉生が言った。

「山の中で馬もない。どうしてこれを運び出せばいいだろう」

すると、婆さんの子が、

「おいらがあの円山までは背負って運ぼう。円山からは馬に載せて運べばいいさ」

と言ったので、呉生はそのことばに従い、馬を借りてソウルの家まで運んで帰った。事の顚末を妻に話すと、妻は大いに喜んで、

「あなたは多くの積善があり、そこで天が宝物を与えたのでしょう。今日の今日、家に帰り着いたのも偶然ではありません。明日はこの家の大監の還暦のお祝いがあります。朝廷の公卿たちがみなこの家にいらっしゃいます。あなたがもし諸卿に挨拶をなさることができれば、その因縁で何か官職に就くことは、そんなに難しいことでしょうか」

翌朝、婢女は大きな人参を五本ばかり選び出し、大監の前に進上して、

「わたくしの夫が行商に出ておりましたが、このようなものを手に入れて帰って来ました。まずは大監さまがお試しになってください」

と言った。大監は大いに喜んで、呉生を招き入れた。婢女はこのときのために沙笠と帖裡を用意しておいた。呉はそれを着込んで部屋に入って来た。大監が言った。

「いったいその恰好はどういうことだ」

呉生が答えた。

「私は以前、武科に及第いたしておりますが、商人の真似ごとをして生計を立てておりました。紅牌もずっと蔵っておき、大監にも申しあげないでいました」

大監が言った。

「容貌も風采も立派なものだ」

　諸公たちも徐々に到着して、大監の前にある人参を見て、

「このように立派な人参を大監は独り占めにして、どうして私には一本も分けてくださらないのか」

と言ったので、大監は、

「手に入れたのはこれだけで、どうしてお分けすることなどできよう」

と言うと、傍に居合わせた呉生が、

「わたくしの嚢の中にまだ残った人参がありますので、それを皆さまに差し上げて、わたくしの若干の真心を示させていただきます」

と言って、その部屋を出て、人参を携えて来て、それぞれの宰相に三本ずつを献上した。諸公は大いに喜んで、

「いったいこの人は何者なのだ」

と尋ねると、大監は、

「これは私が可愛がっている婢女の夫なのだ。聞くと、郷族の出なのだと言い、それに武科にも及第しているのだ」

と答えた。諸公が、

「大監のお宅の婢女の夫にはこのような武弁がいる。しかるにまだ官職に就いていないというのは、その責任は大監にありますぞ」

と言うと、大監は、

「この男が武科に及第しているというのは今日初めて知ったのだ」

と言った。

　日が暮れて、諸公はみなすっかり酔って帰って行った。呉生はまだ残った人参をすべて売りつくして数十万の金を手に入れた。諸公がみなそろって推薦してくれて、まもなく武官の宣伝官となり、徐々に昇進して、兵水使にまで至った。妻のために良民の身分を買い取り、ともに年老いて死んだ。

第六七話……金宇杭が困窮の中で会った妓生

粛宗《スクジョン》の時代、大臣の金宇杭《キムウハン》（第四三話注2参照）は四十八歳になるまで官職に就かず、家は貧寒として、蝸牛が這い回り、蜘蛛が巣を張るような中で過ごした。朝夕の食事にも事欠き、衣服にも不自由するありさまであった。五人の娘がいたが、みなが笄の年に至っても、一人として嫁がせることができなかった。たまたま一人のソンビがその息子と金公の娘との結婚を申し入れ、すでに婚約が成立した。しかし、公が思うに、自身の身体のほかには何物ももたず、親戚もいず、頼るべきところもない。

どうしたところで、嫁入り道具を整えることができない。夜中に一人でため息をついて、寝食をほとんど廃して数十日を過ごしたが、急に遠い親戚に一人の武官がいて、現任の端川《タンジョン》の太守であるのを思い出した。親族の席次では自分よりやや高く、遠方から訪ねて借財を乞えば、それで済むのだが、慚愧の念に堪えない。しかし、他にどうしようもない。そこで、いろいろな人に懇ろに頼み込んで、旅の費用を工面し、また馬を借りて、一人の下人とともに旅に出た。

野宿をしながら野外で食事をして千里あまり、やっとのことで端川邑に至り、役所の門を叩いて太守に面会を請うたが、門番が立ち塞がって、

「人を入れてはならないという官令が出ているのだ。あなた方を入れることはできない」

と言った。公は何度も頼み、叱責すらしたが、門番はついに許さなかった。しばらくしても埒が開かず、日はすでに暮れかかった。旅宿を取ることにして、明朝早くにまた官門を叩いたが、また入れてはもらえなかった。公は憤慨に堪えなかったが、すでに放たれた矢である。引き返すわけにも行かない。夜には旅宿にもどり、昼には官門を叩いて面会を乞う、そのようにして十日が過ぎたが、なお取り合ってもらえなかった。旅費はすでに尽きた。旅宿の主人に多く借金したが、主人は公の乗って来た馬を質に取った。公の憂悶は砧で打たれるようで、進退すでに窮まっている。旅宿の主人もその窮状を理解していて、

「明日、太守は府の倉庫に出かけて、年貢の米の検査をなさる。この旅宿の前を通られるはずだ。その路傍に出て待ち、面会なさればいい」

と助言した。公はそのことばを受け入れ、翌朝、路に出た。はたして太守が輿に乗って出て来た。役人たちが先駆けし、輿を取り囲んで守っている。公は走って出て、

「私は長らくお待ちしておりました」

と叫んだ。太守はうなずいて、

「いったいどういうことだ」

と尋ねるので、公はつぶさに事情を話そうとしたが、そのことばが終わらぬ前に、太守はさえぎって、

「私には今、公の仕事がある。君の話を詳しく聞いている時間がない。屋敷で待っていてはくれまいか」

と言い、下隷に対して、

「お前はこの方を東閣にお連れして、私が帰って来るのをお待たせするのだ」

と命じた。公はこの下隷について行き、公堂に座って待った。日が暮れかけたが、食事が出ない。公のひもじさはもう我慢できなくなっている。夕方になって、やっと太守が帰って来て、座敷に座った。公はまず、

「私は一日中何も食わず、精神も朦朧としています。できれば、何かいただいて、腹を満たして落ち着きたいのですが」

と頼んだ。太守は、

「それでは、まず酒と肴を持ってこさせよう」

と言い、しばらくすると、官妓が酒をもってきて、口の欠けた瓶でこれを勧めた。また若布の一片が酒の肴だった。公は一日中何も口にしていない。きっと美酒と脂の乗った肉を振る舞ってくれるだろうと思っていたのに、出されたものを見て、怒気が騰々と湧き上がり、酒と肴を蹴って立ち上り、

「あなたは人に待てといっておきながら、このような接待がどうしてあり得るのだ」

と言った。太守もまた怒りだし、

「行列は私の方が上ではないか。私のもてなしをこのように蹴るとは、いったいどういうことだ」

と言って、役所の下隷に命じて公を門の外に追い出した。また役人を呼びつけて、

「お前はこの領内に触れ回るのだ。『かくかくしかじかの奇怪な輩を宿泊させた者は厳しく罰することにする』と」

と命じた。

公は憤りながら、宿に帰ったが、主人はもう門を閉ざして入れてくれなかった。馬ももう質流れになってしまい、公はしかたなく、下隷とともに他の家に向かったが、そこでも断られてしまった。百軒の家で、断らない家はなかった。日はすっかり暮れて、その上、雨が降りしきる。とうとう邑の果てまで来てしまい、しばらく林の中で休もうとすると、その奥の方に洞窟があって、蓆で入口を覆っている。革靴匠が住んでいるのだった。公は革靴匠に、

「日が暮れて、どこにも行くところがない。今夜一晩、ここに泊めてはもらえまいか」

と頼むと、革靴匠は承諾した。おおよそ洞窟は家には数えられず、太守の命令が及んでいないのだった。公はしばらく座していたが、雨は降りやまず、二鼓のころになって、やっと止んだ。雲が消えて青い月が出て、その煌々たる光が蓆の戸口から差し込んで明るい。腹がすいて、心神は散乱して、憤るやら恨むやら、眼を閉じることもできない。すると、どこからともなく足音がして、次第に近づいてきて、蓆の扉のところで止まった。公が顔を上げて見ると、一人の女子が立っていた。容色は群を抜き、その眉目はまことに美しい。門を叩いて、

「ここにはソウルからの旅人がいらっしゃいますね」

と言った。公は太守の言いつけできたのではないかと疑い、革靴匠に黙っているようにいった。しかし、女は、

「わたくしは騙されませんよ」

と言って、薦を押し広げて中に入って来た。公には逃げ場所もなかったが、女は公に向かって、

「ご心配なさらずともいいのです」

と言う。公がその理由を尋ねると、女は言った。

「わたくしは邑中で酒の相手をする妓生です。太守は客があるたびに麦酒と若布だけでもてなします。わたくしはかねがね太守の吝嗇と他者への軽侮を嫌っていましたが、しかし、今までそのような待遇を受けても、何も言わずに甘んじて飲み食いする人ばかりを見てきました。わたくしはそのような人を丈夫と見なせませんでした。雄偉の気象に欠けるからです。今日、あなたはひもじくて昏倒しそうなのにもかかわらず、起ち上って、酒と肴を蹴飛ばしました。これは凡人ではないと考えたのです。それで、これほどの意気があれば、富貴でないのをどうして気に掛けましょう」

公がそのことばに再三感謝していると、一人の童女が漆塗りの箱をもって現れた。妓生は公の前にそれを置いて開けると、白飯と羹とさまざまな料理であった。みなが巧みに調理されている。公は箸を下して貪るように食べて、しばらくすると、すべて食べ終えて、何も残さなかった。公は口を極めて称賛して、感激は骨髄に至った。妓生が言った。

「すでにご理解いただけたと思います。できれば、わが家にいらっしゃって、しばらく骨を休めてのんびりなさってください」

公はこのことばに従い、その家に至ると、緑の窓に朱塗りの扉、壁は香り良く塗りこめられ、唐の律詩が柱に掛けられている。骨董品が堆く積み上げられ、青銅器の炉には香が焚かれて、人の鼻を刺激し、灯りが明るくともされて絹の褥の文目が美しく見える。妓生は毛氈の上に座り、心底を伺おうとして、問いかけた。

「千里の道をいらっしゃったのはいったい何のためだったのでしょう」

公がその理由を話すと、妓生は眉をしかめて同情した。夜も更けて、妓生は公をともない褥に誘って、雲雨の情を交し合って、枕席は狼藉たるありさまだった。明け方に妓生は先に起きて、箱の中から衣服一襲を取り出して、公に着せたが、公の身の丈にぴったりと合って、公は感謝の言葉もなかった。公はしばらく居続けて離れることができず、数十日を過ごしてしまった。妓生が
「あなたはここに長らくお泊りになることができないのですか」

と尋ねると、公は言った。

「妻と子が飢えて凍え、奴婢たちもやせ細って、私が帰るのを待っている。それがなかなか帰らず、私を待つ眼

も冷たくなっていることだろう。私とてつらつら考えるに、いたずらに空手で帰っては家の者に合わせる顔もない。それに嚢の中の金も空になって、旅費もなく、どうしてまた千里の道を帰ることができようか。それが私が帰ろうにも帰れず、こうしてたゆたっている理由なのだ。どうして地方に沈淪して光陰を無駄にすることを望もうか」

妓生が言った。

「大丈夫として当世に功名を上げるべきです。どうして地方に沈淪したまま光陰を過ごしていいものでしょうか。昔の人は桑の下で謀を練ったと言います。わたくしはたとえ女であっても、どうして智慧がないでしょうか。旅費については、わたくしが何とかいたします」

公は大いに喜んだ。翌日の朝、二頭の馬が門の外で嘶いている。公がどういうことかと尋ねると、妓生は用立てたわけを語った。公は感謝して、しかし、敢えて乗ろうとしない。すると、妓生が言った、

「一頭はあなたがお乗りになるため、もう一頭は贐《はなむけ》にお送りする若干の衣装を運ぶための車を引く馬です」

二つの文様を描いた籠に美しい布と貂の皮と銀貨を積んで、公に出発するように言った。公は涙を奮って別れた。女の義理に感服して後ろ髪を引かれる思いで、北の方角を振り返り振り返り、ソウルに帰って行った。女の送った品々を親族の求めるままに分け与えた。

その年の秋圍試で、公は首席で及第した。玉堂に宿直することがあり、青綾の衣服を着て座していたが、たまたま王さまが宿直中の儒臣をお呼びになり、公がその命令に応じて拝謁すると、王さまはおっしゃった。

「今の北道を見ると、毎年のように凶年で、水害も日照りも交互にある。その上、ソウルから離れているために、朝令も行き届かない。官吏たちは貪婪で百姓たちの皮を剝ぎ、骨髄を吸うようなありさまだ。お前は馬に乗って行き、邑里に潜行して、不正を糺すのだ。私の命令を全うするのだ」

公は命令を下されて恐縮し、早速、ぼろぼろの服に着替えて微行して関西に行った。乞食の真似をして民情を探り、ある日の夕暮になって、端川に至った。あの妓生の旧恩を思い出して、すぐにでも訪れたかったが、また思い返して、すこし騙して、その志を見届けようと考えた。そこで、その家の戸口まで行き、

「一椀の飯をくださらぬか。私に一銭の銭をくださらぬか」

と大声で再三呼ばわった。妓生に窓を開けてこれを聞き、意外なことに驚き喜んで、髪の毛も整えないで、急いで家から出て来たが、履《くつ》を履《は》くのも忘れるほどであった。公を認めると手を執って家の中に入って行き、まずは

「いったいどうしたのですか」

と尋ねた。公が長くため息をついて、

「話せば長くなるが、あの日に旅立った後、道中半ばで盗人に遭ってしまったのだ。お前が用立ててくれた旅の費用も馬も荷物もすべて奪われてしまった。妻と子に見えることも恥ずかしく、家に帰ることができなかった。街道をさ迷い歩いて乞食をして生きながらえて、頼るところがなく、お前のような人間に出会うことはもう望むべくもない。またやって来て、お前に迷惑を掛けるのではないかと考えて、なかなか中に入れなかった。そこで門前で叫んだというわけだ」

と言うと、妓生が言った。

「山を越え、川を渡ってやって来られ、さぞお腹をすかし疲れてもいらっしゃるでしょう。何をお食べになりますか。わたくしはちょうど夕飯をいただいているところでした。わずかに一匙食べただけですので、これをいっしょにいただきましょう」

　公の手を引いて居間に上がり、同じ卓を囲んで食事をした。食事が終わって、妓生は新しい衣服を公がいま来ている襤褸を脱がせて着替えさせようとして、

「わたくしはこれをあなたのために縫い、使いの者に託そうとして長らく経ちます。あなたは使いの者をよこしてもくださらない。そこで送り損ねていたのですが、今日は思いがけなくいらっしゃったので、わたくしの真心を示すことができました」

と言った。公は今まで来ていた襤褸を脱いで束ねて箱の上に置いた。妓生が、

「こんなすっかり破れてしまった襤褸はもう用がありません」

と言って、窓を開けて庭に抛り棄てた。公は慌てて堂を降りてこれを取って来る。もったいない、また必要になると考えているかのようである。妓生はまたこれを外に投げ捨てる。このようなことを三度ばかり繰り返した。妓生は公をじっと睨みつけ、勃然と色を成して、

「わたくしは誠心誠意あなたに接していますが、あなたは嘘をついていらっしゃるのは、どうしてですか」

と責めた。公は愕然として、

「いったいどういう意味だ」

と尋ねると、妓生は言った。

「あなたはすでに新しい衣服を着ているので、古い襤褸を捨てることができず、一生懸命に持っていようとなさる。それはまだ用があるからで、本当は暗行御史なのではないですか」

　そして、袂を絶って、起ち上ろうとする。公は笑いながら妓生を引き止め、

「いや、悪かった、確かに私は科挙に及第して、まさに

お前の言った職に就いたが、お前に再会するに際して、どうして自分で暗行御史と名乗る馬鹿がいようか」

と言うと、妓生は釈然として公を許し、

「それではこの郡の太守をどうなさいますか」

と尋ねる。公は言った。

「それこそ私がどうしたものかと迷っている者なのだ。太守は困窮する農民から貪るように搾り取り、その罪は枚挙に暇がない。私がその過去の罪悪を摘発して太守が罰されることになれば、私には敦睦の徳がないかに見える。もし隠忍して彼を擁護すれば、知っていながら言及せず、国事をないがしろにすることになる。さて、いったいどうしたものか」

妓生が言った。

「もしこれを奏上すれば、太守は法に触れてきっと罰されましょう。すると、人々はあなたが薄待を恨んで仕返しをしたのだと言うでしょう。もしそのままにして訴えなければ、私を大事にして公を滅ぼすことになります。これもけっしてなさってはならないことです。あなたは秘かに太守に会って罪を数え上げ、これを教え諭して、みずから職を去るように仕向けるのが中庸を得て、最もいいのではないかと思います」

公は、

「私の考えよりいいようだ」

と言った。妓生は公に筆を執らせて、太守の不法のこと、および蔵の穀物を私物化して百姓の財物を収奪したことなど、罪状を逐一記させ、その日の晩には、公を率いて、東閣に出かけた。太守は公を見ておどろいた。すでに公が及第して官職に就いたのを知っていたのだった。身震いしながら立ち上がり、

「尊い身分の方がどうしてこのようなところにいらっしゃったのか」

と言うと、公は、

「私は王命を奉じて北道を回り、この郡に着いた。今日は忍んであなたにお会いする。さて、あなたはあの一別以来、つつがなくお過ごしだったか」

と言った。太守は恐縮して伏拝するが、その手足はぶるぶると震えている。公は続けた。

「私はこの領内に入って以来、治政の様子を探索していたが、讐怨が道に満ちて、耳を塞ぐことができなかった。あちこちの無残さはいちいち数え上げることができない。いったいどういう政治をなさってこんなことになったのか、不審であること、この上ない」

太守は小声で言った。

「わたくしの罪とやらをお教え願えないだろうか」

公は記録を示した。太守が言った。

「明証がこのようにある上は、弁明のしようもありませ

ん。使星は特に同じ根をもつ親族として、わたくしの大罪を免じてはくださるまいか」

公が言った。

「私がどうしてありのままに論駁してあなたを終身禁固の身に貶めることを望もうか。しかし、私はすでに按廉の重任を受けている。一邑の人びとが私の事情によって苦しみを受け続けるのを見逃すわけにもいかない。そこで、あなたは明日のうちに辞職願いを提出して、即刻、故郷に戻ってほしい。さもなければ、蔵を封じて上訴しなければならない」

太守は感謝して言った。

「あなたの寛容な度量は、腐った草に春を続けさせ、枯れた骨に肉を戻してくれた。おっしゃる通りにしましょう」

公はそれを聞いて出て行ったが、はたして翌日、太守は病と称して辞表を出し、故郷に帰って行った。

公はソウルに戻ることになって、妓生に向かって言った。

「私はあなたを連れて行って、夫婦三世の契りを結びたいが、玉堂というのは清官で水のように澄んでいなくてはならない。もしあなたを連れて帰ったら、きっと飢える嘆きをさせることになる。これは私の責任になる。もっと官職が高くなり、禄も厚くなるのを待って、ふたたび見えることにしよう」

すると、妓生は、

「私がどうしてあなたにご心配をかけましょうか。あなたのおっしゃる通りにいたします」

と答えた。公は仕事をすべて終えると、ソウルに帰って行って復命をした。

ある日、玉堂に宿直したときのことである。粛宗はお年を召して眼病を患われ、ご加減が悪く、毎夜、宿直している臣下をお呼びになっては、昔と今の政治の得失を論じさせ、巷の出来事を話させては暇つぶしをなさった。臣下はそれぞれ自分たちの見聞きしたことをお話ししたが、順番が李公に回って来た。公は話すべきことがなかったが、粛宗は話すように強要なさり、

「私はわざわざお前を北道に派遣した。きっといろいろと経験したことであろう。それを話してくれ」

とおっしゃった。公は伏して、

「あまりに鄙びた煩わしいことばかりで、お耳が汚れます。あえて申せません」

と申し上げるので、王さまは、

「君臣のあいだというのは父子のあいだのようなものだ。どうして話せないのだ」

とおっしゃった。

公は致し方なく話を始めた。端川の役所でのこと、洞

窟に妓生が来て食事を進めてくれたことを話すと、王さまは竹で作った扇でもって床を打って興じられた。さらにソウルに帰るに際して馬を用意してくれたことを話すと、はげしく床を打たれ、さらに襤褸をまとって行ったが、御史と見抜かれたところでは、ついに扇が砕けてしまった。最後に、夜闇に乗じて太守に会って辞職を進め、妓生との再会を約した段になると、王さまはすぐに承旨を呼んで伝教を書かせ、北伯（咸鏡道観察使）に命じられた。

「端川府の酒を売る妓生某を時を置かずにすぐに儒臣の金宇杭のもとに送り届けよ」

北伯ははたして王命にしたがい、銭と布を手厚く与えて、その妓生を金公の家まで送った。妓生は公と公の夫人に仕えるのに、自分の父母のようにして、婢僕を恩と威でもって指示し、産業に努めて櫃が空になることがないようにした。公の朝廷での裁量も多くはこの妓生の助けによるものであったという。

第六八話……柴の戸に旧友を訪ねた趙顕命

豊原府院君・趙顕命《チョキョンミョン》（第三〇話注1参照）がまだ少年で、彰義洞に住んでいたとき、近所に金時慎《キムシシン》[1]という者がいた。安東《アンドン》の大姓の出身だった。公とは同じ年齢で、朝から晩までいっしょに駆け回ったが、もう一人少年がいて、時慎についてまわり、みずから、時慎の族党だと言っていた。しばらくして、公が三度ほど引越しをして、紫閣峰に住むことになったが、南山の麓で、北漢山にも近い。時慎もときどきは訪ねて来て、冠礼を終えて成人し、科挙に及第した後も、その友情は変わらなかった。公に娘が生まれると、時慎の息子と婚約をととのえたが、式が終わらないまま、時慎は急に死んでしまった。公は三年の喪を待って式を挙げさせた。

光陰が過ぎ去り、公の髪も白くなり、官位も高くなった。ある日、婿がその父の墓を遷すことになり、その葬輿が鷺梁の前を通り過ぎた。公は郊外に出て奠酌を行ない、祭文を読み上げて、慟哭した。子どものときいっしょに遊んだのを思い出すと、その面影がつと沿うようで、悲しみがこみ上げて、涙が頬を伝って止まらない。昔のことを考えていて、突然、時慎の族党だと言っていた子どものことを思い出した。まだいるのかどうか。婿の玉《オク》潤《ユン》[2]に尋ねてみると、婿はしばらく考え込んで、はたと気づいて、

「きっと、あの人のことでしょう。名前は晩行《マンヘン》といって、今は困窮しています。家に住むこともできず、白岳山の麓に小屋を作って、果実を売って生業としています」

と言った。公は大いに喜んで、奴僕を呼んで、婿に詳しくその家を教えさせ、みずから身体を起こしてその家を訪ねた。晩行はまさにその粗末な小屋にぽつねんと座っていたが、一人の奴僕が声を挙げ、柴の扉を推して入って来た。晩行が驚いて奴僕に、

「いったいどなたがここにいらっしゃったのか」

と尋ねると、奴僕は、

「趙府院君がいらっしゃったのだ」

と答える。晩行は

「あなたは間違ってここにいらっしゃったのだ。すぐに帰られたがいい」

と言い、奴僕は、

「あなたの姓は金で、諱は某ではありませんか」

と言う。晩行が、

「たしかにそれはわたくしだが、しかし、わたくしはあなたの言う大監とはまったく面識がないし、また貴賤が懸け隔たってもいる。どうして訪ねて来られる理があろうか」

と言いもあえずに、先駆けの人びとが列をなして輿を取り囲み、門の前までやって来た。晩行が階段の下まで降りて出迎えると、公は輿から降りて晩行の手を執り、

「あなたは私を記憶しているだろうか」

と言うと、晩行は、

「いや、覚えておりませんが」

と言う。公はかまわずに手を取り合って小屋の中に入り込んで、

「五十年前を思い起こすと、私とあなたは草笛を吹き、竹馬に乗って、汗をかきながら遊んだ間柄だ。この間、滄桑がいく度も変じて、友人たちはみな黄泉路に旅立ってしまったが、ただ私たち二人の老人だけが残って兀然《こつぜん》と相対している。これは千古の奇遇と言うべきだ」

と言った。晩行がようやく思い出したので、二人はこれまでの人生を語って、膠のように親密な交わりを結んだのだった。公が言った。

「この席に酒がなくては済むまい。一壺の酒はあるまいか」

晩行が家婢として用いている女に酒をつけ買いしてくるように言うと、いつもは渋る近隣の酒屋も大監の車の轍を見て、断らなかった。たがいに一杯の酒を酌み交わし、鴨居を見上げると、「垂白」という堂号が掲げてあった。台石には菊の花が置いてあって可憐である。そこで、筆をとって壁の上に書いた。

垂白堂の前に黄色の菊の花が開き、
柴の門の前に昔の友が訪ねてくる。
川では士衡（時慎）の柩を慟哭して送り、

今日君に出会って一杯の酒を酌み交わす。
（垂白堂前黄菊開　柴門前導故人来
江于哭送士衡柩　今日逢君酒一盃）

そうして、紙をもって来させ、百石の米と百金の金の保証書を書いて、

「これは今日の酒のお礼です」

と言って与え、終日、歓を尽くして帰っていった。時を置かず、吏曹の役人を呼んで、

「私の古くからの友人がすでに年老いて、官職に就くこともなく、不如意な生活を続けている。もしどこかに欠員があれば、彼をかならず候補者に入れて欲しいのだが」

と言った。吏曹はそのことばに従い、晩行はにわかに金吾郎に任命された。今も尚、壮洞の金氏はこのことをしばしば語り、趙公のことを「風流宰相」と呼んでいる。

▼1【金時鎮】この話にある以上のことは未詳。
▼2【玉潤】この話にある以上のことは未詳。

第六九話……逃亡奴、莫同

昔、宋《ソン》姓の両班がいたが、長く官職に就くことができず、一家親族とも疎遠になったまま、本人も死に、寡婦と一人の子どもだけが残された。ただ一人の童僕がいて、その名を莫同《マクドン》と言った。家中のさまざまなことを取り仕切っていたが、見切りを付けたのか、忽然と姿を消した。家の者たちは困って探しまわったが、ついに行方はわからなかった。

三、四十年が経って、宋氏の子どもも成人したが、貧窮はなはだしく、もう生活する術がすっかり絶たれて、関東の一邑に友人がいるのを頼ろうとして、高城《コソン》に至った。日が暮れて宿屋も見えない。人家を探しまわって、峠を越えると、千戸あまりもある大きな村があって、瓦屋が櫛比《しっぴ》して、秀麗な山川の中に収まり、家々の木々が木陰を作っている。洞の中に入って尋ねると、
「この洞の長者は崔承宣《チェスンソン》です」

と言うので、その家を訪ねていって、門の前で案内を請うと、一人の少年の秀才が出迎えた。館に入って行って一部屋に導き、宋生がまだ座らないうちに、一人の婢女がやって来て、主人の承宣のことばを伝えた。

「ご主人がお客様を奥座敷に通せと言っていらっしゃい

ます」

宋生は言われるままに奥に入って行くと、一人の老人が待ち構えていた。二重顎になって、額は広く、両の眼は炯々と光っている。宋生を見て、拝礼した。その容儀は端正で、灯りの芯を切りながら話し込んだが、三更ころになって、承宣は左右の者を退け、扉を固く閉ざして、冠を脱いで宋生の前に額ずき、号泣しながら謝罪した。宋生はいったいなにごとかわからず、大いに驚いて、

「ご主人はどうしてそんなおかしなことをなさるのか」

と尋ねると、承宣は言った。

「わたくしはあなたの家の奴の莫同なのです。ご主人のご恩を厚く受けながら、密かに逃亡してしまった、これが罪の一つです。奥さまが寡婦になられて手足のように信じてくださったのに飛び出してしまった、これが罪の二つ目です。姓名を変えて世間を騙し、みだりに官禄を貪った、これが罪の三つ目です。自分の身はすでに富貴になりながら、たよりを怠ったこと、これが罪の四つ目です。あなたがこの家にいらっしゃっているのに、すぐに名乗らずただの旅客のように接したこと、これが罪の五つ目です。このような五つの罪を犯しながら、どうして世間に立っていかれましょう。あなたはわたくしを杖で打って、わたくしの犯した罪の万分の一でも購わせていただけないでしょうか」

宋生はただおどろくばかりで、どうしていいかわからずにいると、承宣が言った。

「主人と奴の間は、父と子の間、君と臣の間となんら変わるところがありません。今までの恩情を蔑ろにし、情誼を一掃して生きてきたのを恥じて、死んで恨を雪ごうと思います」

宋生は、

「たとえ、事情があなたの言う通りであったとしても、時代が変わり、往時は川が流れるよう、雲が消え去るようなもので、いったい誰が問題にしましょう。あなたも私もお互いがともに困るだけです。ただくつろいで座り、四方山話をすることにしましょう」

と言って、なだめた。

そこで、承宣は、宋氏の家の大小のことがら、族党のそれぞれが恙無いかを尋ね、往時を思っては悲喜こもごも至って、感慨を新たにした。宋生が

「あなたには確かに昔から時局を見て処する才能があったが、どうして匹夫としてこのように家を興すことができたのか」

と尋ねると、承宣はおもむろに語りだした。

「話せば長くなりますが、わたくしが童僕としてお宅に仕えていたころ、密かにお宅の命運を占いますと、八方が塞がって、いつ福が賫《もたら》されるかわかりませんでした。

このままではわたくしは一生飢えと寒さに苦しまなければばならないと知り、日々に計画を練って、倉卒に逃げ出したのです。志は高く持つようにして、賤民の身分は捨てたいと思いました。そこで、崔氏の中でも家門が栄え、ただ後継ぎのない家に入り込んで、崔氏を名乗ることができたのです。

　最初はソウルに住んで、ひそかに財物を殖やし、数年の後には数千百金を貯えて、永平《ヨンピョン》に引っ込みました。そこでは門を閉ざして読書し、行ないを謹んだので、人びとはみな士大夫として扱うようになりました。さらに、散財をして貧しい人びとの歓心を買い、賄賂をやって富者の口を塞ぎました。その上で、ソウルの遊侠の人びとに、馬に華麗な鞍を置いて送り、赫灼たる名声の人の名を借りて来訪してもらうようにしました。村の人びとはいっそうわたくしを信用するようになりました。

　そうして四、五年後には、また鉄原《チョルウォン》に移りました。そこではまた己を修めて過ごし、鉄原の人びとはわたくしを一郷の士大夫と遇し、ここで初めて武官の娘と結婚しました。みずからは「再婚なのだ」と言っておきましたが、男子が生まれ、女子が生まれると、あるいは身分が発覚するのではないかと恐れて、また淮陽《ファヤン》に引っ越し、さらにまたこの郡に引っ越したのです。淮陽の人は鉄原の人に尋ね、鉄原の人は淮陽の人に尋ね、人の口を介して伝わっているうちに、わたくしは大族の出自だということになったのです。

　わたくしは講経でもって科挙に及第して、正言、持平を経て、弘文館・芸文館につとめ、兵曹参知となり、同副承旨に至りましたが、ある日、忽然として悟りました。抑えることのできないのは人の欲であり、満月は欠けていくしかないのだと。もしこのまま昇進して留まることを知らなければ、天は怒り、人は嫉んで、何ごとかが起こるに違いないと。そこで、意を決して引退することにして、二度と紅塵を踏むまいと考えたのです。

　今や悠々と田舎暮らしをし、王さまの恩徳に感謝して、五人の息子も二人の娘もみな士族と結婚をして、この庄内の前後の家はみな親族の家なのです。長男は文科に及第して殷栗《インユル》に赴任しています。次男は学業と行ないでもって推薦を受けて参奉となりましたが、出仕していません。三男は成均館に入っております。わたくしは七十歳になって、子孫が家に満ち満ち、一年の収入が万石にも上り、一日の食費が千両にも上ります。みずからの分を知って身に余る幸せを噛み締めていますが、主の恩に報じていないのだけが心残りで、いつも寝覚めの悪い思いをしていました。一度、お会いしたいとは思いつつも、あるいは発覚して、また周りを巻き込むのではないかと考えて、決断することができませんでした。それで、昼夜に慨嘆していましたが、天にその意が通じたのか、あなたがここにいらっしゃいました。

わたくしはようやく安心して死んで眼を閉じることができます。あえてあなたを一月二月お止めして、いささかのおもてなしをして、尋常の客として扱うようにいたします。突然に厚遇をしますと、人びとに怪しまれると困ります。そこで昼には姻戚と言って門閥の一員として扱い、夜になれば主と僕の名分で対しますが、いかがでしょうか。是非にお許しください」

宋氏はこれを承諾した。承宣の話が終わると、すでに夜が明けようとしている。子弟と門生とがご機嫌伺いにやって来たので、承宣は言った。

「昨夜、実におもしろいことがあった。私が眠れないので、宋氏に来てもらって、いっしょに話しをして、その族譜について述べてもらうと、宋氏は実に私とは再従姪に当たるのだった。世派がはっきりしていて、誠に嘘偽りがなかった。私はソウルにいたとき、この宋氏の父親といっしょに学び、いっしょに遊んで、ほとんど兄弟のようであった。それから四、五十年が経って、その生死も知らず、遠く隔たって消息も届かずに、六尺の孤児がどうしているかも知らないでいた。それがこうして会うことができて、感慨もひとしおだ」

子弟たちも大喜びをして、互いに兄と呼び、弟と称して、手を取り合って山の亭や水辺の楼、竹林の中に遊んで、管弦を楽しみ、酒を酌み交わして詩を詠じるのをこととした。そうして一月あまり、宋生は帰ろうとした。承宣が言った。

「つつしんで万金を差し上げます。これで近所の田畑を買い広げ、近親とともに分けて生計を謀ってください」

宋生は大いに喜んだ。そうして、一杯の荷物を積んだ車と馬を連ねて帰って行ったが、田畑を求めてにわかに富者となった。これまでの宋氏を知っている者たちは怪しんだ。宋生には従弟が一人いて、あだ名を潑皮《パルピ》と言った。実に陰険な性格で、苦々しい思いで宋生がにわかに豊かになった理由を尋ねた。宋生はそこで、

「ある県の長官が恵んでくれたのだ」

と答えたが、潑皮は信じようとはせず、他日、また尋ねた。宋生が、

「路でたまたま銀の瓶を手に入れたのだ」

と言ったが、潑皮がこれを信じるはずがない。酒を持って来て、宋生が酔うようにしこたま飲ませ、自分も泥酔して転倒しながら、大いに哭いた。宋生がいぶかしんで理由を尋ねると、潑皮が言った。

「私は早くに父母を亡くして、また兄弟もなかったので、ただ従兄だけを頼りにしてきた。ところが、従兄は私をただ路傍の人としか見ていない。これをどうして悲しま

ないでいられよう」

　宋生がそれに対して、

「生まれてこのかた、私が従弟を蔑ろにしたことなどないではないか」

と言うと、潑皮は、

「本当のことを言わないのは、蔑ろにすることではありませんか。財物を手に入れた理由を言わないというのは、いったいどうしてですか」

と言う。そこで、宋生が、

「お前は私が財物を得た理由を言わないのをそんなに恨んでいるのなら、教えようではないか」

と言って、その仔細を詳しく話した。すると、潑皮は大いに怒りだし、

「従兄は恥というものを知らない。逃亡奴隷の賄賂をもらって、兄と呼び、叔父と称して、綱常を乱している。なんと恥ずかしいことではないか。私はこれから高城に走って、あの奴の悖徳の罪状を上訴して、一つには従兄の恥を雪ぎ、もう一つにはこの衰えた世の綱紀を正すことにする」

と言いもあえずに、すでに靴を履いて、まっすぐに東門の外に走って行った。

　宋氏は困ったことになったと思い、すぐに足の速い飛脚を雇って、手紙をしたためて承宣に送った。その中で、事情をつぶさに述べ、また失言を詫びた。飛脚は潑皮より倍も早く着いたが、おりしも承宣は諸公とともに酒を飲み将棋に興じていた。宋生の手紙を開いて読んでも、なんら恐れる色はなく、逆に大笑いをして立ち上がって言った。

「私は若いころいささか小さな術をかじったが、これを今になって後悔している」

　人びとがどういうことかと尋ねると、承宣は言った。

「先日、親戚の宋氏が来たとき、医術として私が針を習得しているといってしまったのだ。宋氏は大変喜んで、自分には狂人の弟がいるので、それを送るから治してほしいと言っていた。私としては一座の戯れ言のつもりだったが、はたして今、これを送って来たようだ。これから朝になるまでの間に、ここにたどり着くようだ。諸君はこれからすぐに家に帰り、門を閉じて逼塞なさっているがよい。狂人にはかかわらない方が賢明だ」

　人びとは恐れて家に帰って行き、洞中はひっそりと路行く者たちも途絶えて、

「承宣のお屋敷に狂人がやって来るそうだ」

と噂した。

　しばらくすると、潑皮が烈火のように猛り狂って、大声でわめき、

「某はわが家の奴なのだ。某はわが家の奴なのだ」

と叫びながら、やって来た。洞中の者たちみながが、

「本当に狂人がやって来た」

と言って、大笑いをした。

承宣はどっしりと構えて微動だにせず、屈強の家奴数十人に命じて、一斉に潑皮を囲んで縛り上げさせた。屋敷の裏にある倉に拘留して、針治療を施そうということになり、ふたたび洞中の人びとが集まって来た。承宣は眉をしかめて、

「この甥にはこのような痼疾があって、それも思ったよりもひどいようだ」

と言うと、人びとは、

「もったいないことだ。名家の子弟がこのように心を病んでいるとは。私たちも多くの狂人を見ているが、まだこれほどひどい者は見たことがない」

と言い、夜も更けて、人びとは三々五々自分の家に帰って行った。

承宣は大きな針をもって、一人で潑皮が捕えられているところに行った。潑皮は口をきわめて罵ったが、承宣はいささかも動じない。ただ針を手にして、潑皮の身体にやたらに刺した。皮肉がことごとくほころび、潑皮はその痛さに耐えられず、

「命だけは助けてください」

と哀願するばかりである。承宣はまた一段と深く刺し、潑皮は哀願を繰り返すこと万端、承宣は色を正してこれを責めて言った。

「私はみずからの分を守り、まず自分の来歴を述べ、真心でもってお前の従兄には相対したのだ。しかるに今にわかに、お前は私の傷を摘発して私を滅ぼそうとしている。自分の生涯を切り開くために、私はしないことがないくらいに何でもして来たのだ。私に知慮がないとでも思ったのか。お前のような愚か者にやられるわけがない。はじめは剣客をやって、お前など道中で葬ってやろうと思った。しかし、先世の恩を思って、しばらく命は助けようと思ったのだ。お前が今後もし改心して行ないを改めることができれば、お前は立派な富者となるであろう。もし今のままだと言うなら、私はお前を殺した拙い針医と噂されるだけのことだ。これはお前が決めるのだ」

潑皮は承宣のかつての主家への忠義の心に感動もし、また自分の損得を考えて、

「もし今後、私が改悛しないようなら、私は狗の子にも劣るだろう」

と言った。承宣、

「今後は私を叔父と呼び、もし人びとが何か尋ねたら、かくかくしかじかと答えるのだ」

と言うと、潑皮は、

「おっしゃる通りにします。叔父上と呼んでも、よろし

いのですね」

と答えた。

承宣は出て行って、子弟たちを呼んで言った。

「宋氏の甥の病巣は深く膏盲の中にあって、意を尽くして針を打ったが、その効き目があったようだ。しばらくご馳走を食べて、英気を養わせるのがよかろう」

翌朝、承宣は子弟や奴僕たちを率いて、潑皮のところに行くと、潑皮が喜びながら拝礼をして、

「叔父上の治療を受けてから、精神もすっきりし、病根が立ち去ったようです。ただもう少し静かな部屋で休んで療養をさせてください」

と言った。承宣はうなずきながら、

「天は宋氏の祭祀を絶えさせまいとしたのだ。私は昨日、忍びざるところを忍び、あなたの身体にあまねく針を刺したのだった。それでも骨肉は残ったのだ」

と言い、新しい衣服に着替えさせ、外堂に連れて行って休ませ、心を尽くして世話をした。しばらく経って、郷里の人びとを集めて、潑皮を人びとに紹介した。潑皮はうやうやしく拝礼をして、

「昨日は病気を起こし、挨拶どころではありませんでしたが、皆さまに失礼の振る舞いはなかったでしょうか」

と言った。

それ以来というもの、潑皮の振る舞いも改まり、五、六ヶ月をのんびりと過ごし、暇を告げた際には緡銭三千本をもらった。潑皮は一生のあいだずっと感謝して、このことについては一言ももらさなかった。

第七〇話……金生が恩恵を施し後に報いられたこと

清州のソンビに金世恒《キムセハン》▼1という人がいて、裸一貫で家を興して千金の富をなした。あるとき、城の北門の外に馬に乗って出てみると、城壁の下を小さな川が流れていて、その傍らに乞食が座っている。しきりに眼をしばたたかせながら、何かをつぶやいてはまた哭いている。金氏が馬を止めて尋ねてみると、

「母親といっしょに城内のある方のお宅の一隅に住まわせてもらっていましたが、母が急に悪い病にかかって追い出されてしまいました。母親は死んでしまい、葬式をすませることもできない。ああ、なんと悲しいことか」

と言って、さらに声を高めて身をよじりながら哭いた。

金氏はこれを聞いて哀れみ、城内に帰ると、緡銭十五本を奴にもたせてその乞食にやった。それから数日して、喪服の者がやって来て、洞の入り口で拝礼して祝辞を上げて、

「天道さま、金氏の家が、子孫が満ち満ち、栄華と富貴を代々に享受しますように」

と言った。金氏は家の奴をやってこれを追い払った。その後、乞食は府内のある役人のもとに雇われて匠となり、財をなして富者になった。

金氏が死んで、その子孫は墓碑を立てようとした。その人がみずから願い出て、碑石を磨いて、恩に報いるのだと言った。

また金氏の生前、時はまさに冬であった。一人の喪に服する人がいて、あまりに薄着で寒そうなのを見て、金氏は家の中に呼び入れた。事情を聞くと、その葬人は、

「私はもともと利川の者ですが、文義で父を失い、客地での葬送に途方に暮れて、乞食の真似事をしながら旅をしているのです」

と答えた。金氏は哀れんで、

「この厳寒の中をそのような恰好で行けば、かならず凍死をしよう。必要なのはいかほどだろうか」

と言って、緡銭三十本を与え、葬人に葬式をつつがなく終えるように言った。葬人はおどろいて見つめるだけで、ことばも出なかったが、金生が、

「もし急ぐ旅でなかったなら、しばらくここに泊まって行けばいい」

と言うと、葬人は、

「親の埋葬も済ませない人がどうして急ぐ旅でないと言えましょう」

と言って、早々に立ち去って行った。

金氏はこのことを子弟の誰にも言わず、家人で知っている者は誰もいなかった。金氏が死んだ後、その子どもたちは科挙を受けようと大きな志をもってソウルに上って行ったものの、都の秀才たちに出会うにおよんで、その志はたちまちに沮喪してしまった。金氏の子どもたちは試験をあきらめて帰郷することにしたが、日が暮れかかって、竹山《チュクサン》の白岩《ペクアム》の旅店に至った。すると、一人の疲れたような儒生が旅店に入って来た。金氏兄弟の姿を見て、

「あなた方の旅の装いを見ると、科挙を受けに行かれたのではなかったか。科挙の日はもうすぐではありませんか。なのにどうして逆にソウルから下られるのか」

と尋ねるので、金氏たちは、

「私たちは郷試を受けに帰るのだ」

と答えた。儒生が、

「お二人はいったいどこにお住まいか」

と聞くと、

「清州《チョンジュ》に住んでいる」

と答える。儒生が

「清州にお住まいだというと、毛山《モサン》村の生員の金某をご

存知ではあるまいか」

と尋ねると、金氏兄弟が、

「それは亡くなった私たちの父上の名前だ」

と答えたのだった。儒生はそれを聞いて、かつ驚き、かつ喜んで、

「お父上はいつお亡くなりになりましたか」

と尋ねた。金氏兄弟が、

「もう亡くなって三年が経ちます」

と言うと、儒生は茫然として涙を流し、以前に大きな恩を受けたことをつぶさに述べた。

「田舎に帰って葬儀を終えたあと、隔てる路の遠いのを苦しみ、ずっと気に病んでいました。しかし、門下に至ることは困難で、いつかきっとご恩に報いなければと肺腑に刻んでいたのです。この秋の科挙にはかならずあなた方の門下の中から応試する人がいるはずだから、そのときには訪ねて行ってかつてのご恩にはかならず報いようと考えて、出発して清州に至ったのでした。ところが、中途で病気にかかり、一月ばかりが経ち、ようやく癒えて、ともかく旅を進めようとして、ここに着いたところだったのです。幸運にもあなた方にここでお会いすることができたのは、天の思し召しと言うべきでしょう」

　金氏兄弟が思うに、自分たちを訪ねてくれるつもりで遠路はるばるとやって来てくれた、しかも、どうやら学識のある儒生であるらしい。そこで、自分たちがソウルで秀才たちに出遭って狼狽し、自信を喪失していることをつぶさに述べた。儒生は、

「ここで行き会ったのは偶然とは言えません」

と言って、馬を借り、みなで夜通し駆けて、未明にはソウルの試験場に着いた。ほとんどの受験者が入場し終えていたが、まだ門は閉まっていなかった。試験場の端の方に座って、儒生に言われるままに、両日の試験の解答を作成した。初場では壮元となり、終場でもまた壮元であったが、その儒生というのは徐《ソ》生と言った。

　金生らは徐生とともに帰り、徐生はしばらく金氏の家に居候した。金家では一襲の衣服を作って与えようとしたが、徐生は固く辞退して受け取ろうとはしなかった。しかし、何とかこれを着せて、その家に帰って行くときに百両の金も荷物の中に押し込んでやった。徐生がそれに気づいたのは家に帰った後からであった。徐生はこの百両と旅の費用の残りとを送り返して、

「私がこの百両をいただけば、恩返しをしようとした気持ちはどこに行きましょう」

と言った。

　会試（覆試。二次試験のこと）のときには、徐生はまたいっしょに試験場に入っていき、金生を高々と合格者の名簿に載せた。金生の兄弟もまた家訓を大事にして、周

囲の人びとに恵む気持ちを忘れず、子孫は繁盛し、科挙の及第者が輩出した。

▼1【金世恒】この話にある以上のことは未詳。

第七一話……屍を隠して恩に報いた柳生

湖西地方（忠清南北道）のソンビに柳姓《ユ》の人がいて、科挙のために上京したものの、落第してしまった。所在ないまま、開城《ケソン》には名所旧跡が多いと聞いていたので、下って行き、所々を遊覧した。ある日、城内を歩いているると急に雨が降ってきた。柳生は路傍の家の門のところで雨宿りをしたが、雨はなかなか止みそうにもない。日も暮れかかってきて、困っていると、髪をまだ結わない童女が中から出て来て、

「どちらから来られたお客様か存じませんが、雨はなかなか止みそうにもありません。しばらく中に入ってお休みください」

と言った。柳生が、

「この家はどなたの家でしょう。誰か男子はいないのですか」

と尋ねると、童女は、

「家の主人は行商に出て、すでに三年が経ちます」

と答えた。柳生が、

「それでも、客が中に入ってもよろしいのでしょうか」

と尋ねると、童女は言った。

「すでにお入りくださるように申し上げました。それをお疑いにならないでください」

柳生がそこで中に入って行くと、一人の美人がいて、年のころなら二十歳あまり、姿色は艶麗で、人の心をすっかり魅了し迷わせるものであった。柳生が挨拶して部屋の中に入っていくと、

「あなたが雨の中、外で長く立っていらっしゃるのを見て、はなはだ気の毒に思い、中に入ってくださるようにお願いしたのです」

と、その婦人は言った。柳生は、

「まったく面識もないのに、雨宿りさせていただき、ありがとうございます」

と感謝して言った。その後、食事が出て来たので、これを食べ終えると、灯りを点してともに歓談した。しばらくすると、心をたがいに開いて、肩が触れ合い、膝が交わって、戯れあうようになり、ついには枕を交わして交合してしまった。次の日も柳生は留まり、また次の日も居続けて、ついには十日ほどが経った。

主人の商人は旅に出るとき、隣家に住む友人によくよ

く留守宅を見守ってくれるようにと頼んでいた。それで、その友人は常々やって来ては様子をうかがっていたが、柳生が留まってもう久しくなっている。その形跡は隠しようもない。友人はその機微を察し、商人のもとに人を送って、すぐに帰ってくるように言わせた。商人はそれを聞いて、すぐに夜を徹して駆け戻って開城に至り、三鼓のころに直接に自分の家に入って行った。

垣根を越えて窓の隙間から覗くと、自分の妻と若者が灯りの下で向かい合い、何ごとかにこやかに話し込んでいる。商人は急に窓を推して中に入り込んだ。不意を突かれて、女の顔は蒼白となった。柳生も慌てふためいてどうしていいかわからない。商人が、

「いったいお前は何者なのだ。どうしてわが家に勝手に上がり込んで、私の妻と向かい合っているのだ」

と尋ねると、柳生もようやく落ち着いて、おおよそのいきさつを話したが、その妻の方は首をすくめて口をもごもごするばかりである。商人は妻に言った。

「お前とこの若者はともに死罪を犯した。ここで殺してしまってもいい。だが、私はいま遠くから駆けつけて、喉が渇いてしかたがない。お前は早く酒と肉を求めてこい」

そうして、嚢の中から銭を出して妻に渡した。妻は商人に言われるままに、その銭をもって外に出て、酒と肉を買って帰って来た。商人は妻に酌をさせて酒を飲み、盃を柳生にもやって、

「お前はまさにこれから死ぬ人間だが、まずは一杯飲み干すがよい」

と言い、携えていた刀でもって肉を切って自分で食べ、またその刀の先に突き刺した肉を柳生に食べるように言った。柳生は刀の先の肉を食べ、そして酒を飲んだ。そうして三献の後、商人が言った。

「私はこの刀でお前を切ることもできる。しかし、お前を憐れんで、命だけは助けてやろう。お前はすぐにこの家から出て行き、遠くに去ってけっして近づいてはならない」

柳生は百度も礼をして陳謝し、頭を抑えて鼠のように逃げて、すぐにソウルに上った。商人は妻に言った。

「お前は自分の犯した罪を知っているな」

妻は地に伏して涙を流し、命乞いをすること万端であった。商人は言った。

「私はお前を殺して、その罪を糺すべきではあるが、しかし、人の命というのは掛け替えのないものだ。だから、今回は命ばかりは許すことにしよう。しかし、ふたたびこのようなことを仕出かしたなら、次にはけっして許さないから、そう思え」

妻は頭を叩いて謝った。商人は妻に灯りを消して眠る

ようにいい、自分はそのまますぐに隣の友人の家に行って、使いの人を送った理由を尋ねた。その友人が、

「あなたの家に他の男が通っている形跡があるので、そこで使いをやったのだ」

と答えたので、

「その男はまだいるであろうか」

「きっとまだ行っていないだろう」

　そこで、すぐにその友人といっしょに行って見たが、東の空がまだ暗く、門戸はぴたりと閉ざしている。外から大声で門を開けさせ、中に入って行くと、ただ妻だけがいて、他には誰もいない。あまねく家の中を探し回ったが、寂として人がいた形跡がない。その友人は見誤って、早まって使いをやってしまったのではないかと後悔しだし、心の中で恐縮しきっている。商人が言った。

「君が間違ったとしても、それは謝らなくともいい。君は私に対して篤い友情をもっているために、この使いを送ってくれたのであろう。何事かがあったのなら、それを糾すし、なかったのならば、それでよしとするだけのこと。何の問題があろう。そう嗟嘆なさらなくともいい。この若い妻を一人で置いておくのだから、心配がないわけではない。これから後も今回のことに懲りず、今までと同じく、わが家を監視していてほしい」

　その友人は商人のことばが真心から出ているのに感激して、何度も感謝した。商人は友人を見送り、夜の明けるのを待って、ふたたび旅に出たが、その妻に言い含めるのに、恩と威とを兼ねた。以後、その妻はあえて不埒を働くことがなかった。

　柳生は翌年の春に科挙に及第した。数年の後に海西（黄海道）の一邑の宰となったが、着任してすぐ、邑人がやって来て、

「私の父が開城の商人の某と喧嘩になり、殴られて死んでしまいました」

と訴えた。その開城の商人の名前を聞くと、自分の命を助けた人である。その邑は役所から十里と離れていないところにあった。すぐに出かけて行って死体を調べようとしたが、すでに三吹▼[1]を過ぎていて、急に、

「私は急に頭痛がしてきて、精神も混濁してきたので、今はとても出ていけないし、日もすでに西に傾いている。明朝、出ていくことにしよう」

と言って、行かないことにした。その夜、腹心の使いの者を呼んで、

「私はお前に特別に目をかけてやっているが、さてお前の方はどうか。お前は私のために、どんなに困難なことであっても、一肌脱いでくれるだろうか」

と言うと、その者は、

「官家が私を家人同然に見てくださって、その恩徳は計

り知れません。たとえ火の中、水の中であっても、どうしてこれを避けましょうか」

と答えた。そこで、柳生が、

「お前は今日、某村で殺人事件があったのを聞いているだろうか」

と尋ねると、使いの者は、

「もちろん聞きました」

と言う。そこで、柳氏が言った。

「お前はこれからその邑に行き、その死体を奪って、石を抱かせて村の後ろの堤防の中に放り込んでほしい」

「おっしゃる通りに致します」

「お前は立ち去るとき、邑の中のいちばん大きな狗を打ち殺して、その死体を背負って行って、人の死体のあったところに置き、薦をかぶせて置くのだ。そして、まだ明け方前に帰って来て、このことについては絶対に口外しないようにせよ」

使いは承諾してその場から出て行き、ふたたび明け方近くなって帰って来て、

「おっしゃった通りに致しました」

と告げた。

柳氏はすぐに出勤して、流れ星のように速く駆けて、その邑に至った。原告と被告とを呼んで尋問した後、刑吏に検屍してくるように言った。刑吏は出て行き、帰って来て報告した。

「はなはだ不思議なことに、人の死体などどこにもなく、ただ狗の死骸に薦が被せてありました」

柳氏は驚いたふりをして、

「どうしてそんなことがありえよう」

と言いながら、自分でも行って調べてみると、はたして刑吏の言う通りである。原告を尋問して、

「お前の父親の死体はどこに隠したのだ。しかも狗の死骸を代わりに置くとは、そもそもどういうわけだ」

と詰問すると、原告はびっくりして両目を開き、心は茫然として、ことばも出てこない。しばらくして、やっとのこと口を開いていった。

「私の父の死骸は部屋にそのままあり、まだお役所の検査を経ていないので、ただ薦でこれを覆って置きました。みなが他の建物に寝て夜を明かしましたが、こんな奇怪なことが起ころうとは夢にも思いませんでした」

柳氏は詰問した。

「お前は父親をよそに隠しておいて、死んだと言い、誣告して事件をでっち上げ、自分の借金を逃れようとしているのだな」

そしてこれを厳罰に処そうとすると、その人は、

「それは冤罪です」

と叫んだ。柳氏は、

「お前が冤罪だとわめいたところで、死体がなければ、どうして検屍して事件として裁判に掛けられよう。お前が死体を探しだしてくるのを待って、裁判しなおすことにしよう」

と言い、事のあらましを営門には報告して、使いの者には厚く褒美を与え、これを息子のように可愛がった。

父親の死体を探し出すことにできなかった息子は、あえてふたたび告訴しようとはせず、開城の商人は幸いにも死刑を免れた。獄から出たものの、どうして出られたかもわからない。柳氏もあえてまた商人に会おうともせず、どちらとも今まで通り消息を隔てたままで過ごした。
五、六年が経って、柳氏は某邑の宰になった。開城の商人が住む邑とは境を隔てて隣り合っている。着任した後に、人をやって訪ねさせ、ひそかに開城の商人を招いた。商人は最初のうちは誰かわからずに戸惑い、某年に生命を助けられたことを言及するに及んで、はたと気が付いた。また、死体を取り換えて刑を免れしめたことを話すに及んで、商人は感激して泣き出し、
「私はかつてあなたの命を助け、後にはあなたが私の命を助けてくれた。この恩と徳とはこの身が粉になっても忘れることはできない」

と言って、以後は往来し、手紙を交わして、一生のあいだ交流が絶えなかった。

▼1 【三吹】朝鮮時代、軍隊が出発するときにラッパを三度吹いたことを言うが、ここは三更、深夜のことを言うか。

第七二話……墓所を占って恩に報いる

大臣の李公が某邑の宰となったとき、邑内に李姓の両班の家があった。家長が家を出たっきり、三年のあいだ帰って来ず、ただ妻と子だけが残っていたが、凶作の年になって、一ヶ月のうち九度しか食事にありつけず、もう餓死するしかない有様であった。李公はこれを見て憐れみ、しばしば食料を与えたので、妻と子はやっとのことで生命をつなぐことができた。

李公が任期を終えて故郷に帰り、親の死に遭って喪に服することになった。適当な山を探して墓を決めなくてはならない。ある日、一人のソンビがやって来て、

「わたくしは某邑の某と言います。諸国を遊覧して様ざまな方術を学び、しばらく家郷には帰らないでいました。公は某邑では善政を敷かれ、わが家はやっとのことで生き延びることができたと言います。今、公はご不幸に遭われ、まだ墓所を決められていないようにお見受けします。もし、まだ良地を占っていらっしゃらなければ、わ

たくしはあらあら地理を解しており、一つの適当な墓所を占って、これをお教えいたします」

と言った。

　翌日、主人とともに家の後ろの山に登り、「来竜[1]」の地勢を探して山の端の方に至り、そこでいきなり手を振り足を踏んで踊りだした。李公が怪しんでいったいどうしたのかと尋ねると、李某は、

「ここはなはだ縁起のいい場所で、遠くに墓所を探す必要はありません。ここを墓にすれば、公の二人のお子はともに副大臣におなりになり、その後もいよいよ繁栄なさるでしょう」

と言った。主人は言われるままにその場所を墓にしたが、その後、たしかに二人の息子は参判となり、今に至るまでその家は繁栄して、高官となる者を輩出している。そのソンビというのは実は李懿信《イウィシン》（第五八話注1参照）のことである。

　また一人の地師がいて、地理に精通していた。あるとき、田舎を旅していて、村人の家に一宿したが、その家の主人は喪に服していた。初対面にもかかわらず歓迎して、朝夕にご馳走をふるまったので、地師はその厚意に感激して、その恩徳に報いようとした。地師は尋ねた。

「埋葬は済まされましたか」

　主人が答えた。

「まさに山を探しているところで、まだ決めていません」

　地師が言った。

「わたくしはあらあら風水を解します。埋葬の地を占って差し上げたいのですが、いかがでしょうか」

　主人が言った。

「言うまでもなく、ぜひぜひお願いしたいところです。わが家は家計は少しは潤っていて、これ以上を求めようとは思いません。しかし、五十歳を越えて、まだ子宝に恵まれないでいます。もし子ども得る地勢の場所を探し得て、後継ぎの絶えることがなければ、これ以上の幸いはありません」

　地師は主人といっしょに出かけて、村の外れの一所を占って、

「これは三人の子どもが立て続けに生まれるという運勢の場所です。ここにお墓を作られるとよいでしょう」

と言った。そこで、すぐにそこに穴を掘って坑を作った。すると、一人の老僧が通り過ぎて、地師を静かな所に手招きして、

「どうして人が死んで、その三回忌も終えない前にまた人が死ぬような場所を墓所に選ぶのか」

と尋ねたが、地師は、

「これは貴僧の与り知らないところだ」

とはねつけて、埋葬をすっかり済ませた後、主人と約束を交わし、

「十年後にはふたたびやって来ますが、そのあいだに必ず三人の男子が生まれます」

と言って立ち去った。返虞の日にもならない前に、主人の妻が急に病づいて死んでしまった。しかし、三年後には年の若い婦人を妻に迎えて、続けて三人の男子が生まれた。


十年後、地師がはたしてやって来た。主人は妻を亡くしたことで、地師を非難したが、地師は笑って、

「前の奥さんとともに長生きしていれば、子どもなど生まれるべくもなかった。その喪に服することがなければ、どうして珠を弄ぶように子どもを手に入れることができたでしょうか。わたくしがあの場所を選んだのは理由があってのことなのです」

▼1【「来竜」】風水術で、繁栄のシンボルである竜の潜んでいる地勢を言う。

第七三話……貧窮を見かねて神人が貸し与えた銀

ソウルの慕華館▼1の後方に良民の若者が住んでいた。年齢は二十歳になろうとしていたが、母親と暮らして、砂糖を売って生計を立てていた。武科の試験があるとき、砂糖を籠一杯にもって試験場に出かけたが、早く着きすぎた。砂糖の籠を矢の的の後ろに置いてしばらくうとうととしていると、夢の中に一人の老人が現れて、

「この的の後ろに銀三千両が埋めてある。その持ち主というのは南山谷《ナムサンコク》に住む李姓の両班だ。その家の門の外に桜桃の花が咲いているころに訪ねて行くがよい。銀を何回かに分けてもって行って渡し、代わりに手票をもらってきて、またここに埋めて置くのだ。そうすれば、お前もまた貧困から脱することができよう。時を過ごさず、すぐに穴を掘って立ち去れ」

と言った。


若者は目を覚まし、夢だと気が付いたが、まだ朦朧として、その話をどうしたものか判断ができない。そうこうしていると、またうとうととしてきて、老人がふたたび現れてふたたび催促した。若者はおどろき、すぐに家に帰って、鋤をもってもどり、その的の後ろを掘ってみると、三寸ばかりのところに、はたして箱があった。蓋

を開けて見ると、はたして銀が一杯に詰まっている。その重さは確かに数千両にもなりそうである。この銀の箱を背負って、そのまま南山洞に行くと、たしかに李姓の人の家があった。門の外の桜桃の花は今がまさしく盛りである。夢の老人のことばの通りにその家の中に入っていくと、垣根は壊れ、壁は崩れて、屋根は風雨を防ぐこともできない有様である。

　主人の李氏が出てきたが、衣服は襤褸をまとい、顔色は憔悴しきっていた。若者は銀の箱を背中から下ろして、夢の話をして、銀を渡す代わりに銀を受け取った手票が欲しい旨を言った。李生が銀の重さを測ると、果たして三千両があった。李生は詳しく若者の話を聞いた後、銀を受け取った旨の手票を書いて若者に渡した。

「この手票をもって戻り、埋めた後に、ふたたびここに帰ってきてください」

　若者は夢の老人の言いつけどおりに手票を箱の中に入れて、もとあった場所に埋め、ふたたび李氏の家に戻って来た。李生が言った。

「私は君のために事業を始めようと思う。君は老母を連れてここにやって来て、いっしょに住むことにしないか」

　李生は銀でもって田荘を買い、さらに家を買って、若者とその老母を住ませ、日常の凡百を用立てて不自由のないようにさせ、嫁を取ってやり一家をなさせた。しばらくすると、李生は及第して、顕職を歴任して、大きな州の知事などに就いたが、そのときにはいつも若者を帯同していき、ともに歳月を過ごした。

　何年かが経ち、李姓が平安監司となって、銀庫の中を検査してみると、もっとも奥の方に空っぽの銀の箱があって、ただ底の方にあのときの手票だけがあった。これを手に取って見て、大いに驚いて言った。

「神人が私の貧窮を見かねて、若者に指示してあの銀を渡してくれたのだ。もし神人の力がなければ、どうして私はこの境遇にたどり着けたであろう」

　ついに自分の俸給の銀を蓄えたものをその若者に与えて、これをも富者に仕立てたのであった。

▼1【慕華館】「慕華」とは中国を慕うという意味で、中国からの使節を応接するのに使われた建物。

第七四話……旧恩に報いて邑宰に任命する

　あるとき、進士の柳という人がいて、家が貧しく朝夕の食事にも事欠く有様であった。凶年に当たって、生活の資とするものがなく、長い夏で、五日のあいだ、何も炊《かし》ぐことがなかった。飢えははなはだしく、外舎に伏していたが、内堂はひっそりとして、長いあいだ人の声もしない。柳生は様子を見に行こうと、立ち上がろうとするのだが、それだけの体力がない。そこで、匍匐しながら中に入って行くと、妻が口に何かを入れてもぐもぐと咀嚼している。柳生が入って行くのを見ると、慌ててそれを隠そうとし、満面に羞恥の色を帯びている。柳生が言った。

「いったいお前は何を口に入れて、私の姿を見てあわてて隠したのだ」

妻が言った。

「何か食べるものがあれば、どうしてわたくし一人でそれを口に入れましょう。精神が朦朧として、壁の上に西瓜の種が貼りついているのを見て、それを取って嚙んでみましたが、空っぽの殻でした。恨めしく思っていたところ、あなたが入って来るのを見て、恥ずかしく思ったのです」

そう言って、手のひらを開けて見せると、果たして西瓜の空の種であった。互いに歔欷していると、しばらくして、門の外で婢女を呼ぶ声がする。妻が、

「いったい誰でしょう。門の外で婢女を呼んでいる声がします。見て来てくださいませんか」

と言った。柳生が匍匐して出ていくと、一人の下人が門の外に立っている。柳生が出てきたのを見ると、拝礼をして尋ねた。

「ここは柳進士のお宅でしょうか」

「そうだ」

「進士の名は某、字は某でしょうか」

「その通りだ」

「進士は某陵の参奉の第一候補者に挙げられていますので、望筒▼1をもって困難を押してやって参りました」

そう言って、自分の袖の中から望筒を取り出して示した。確かに自分の姓名がそこに書き込まれている。しかし、自分は吏曹判書に面識もなく、いったいどうして候補に挙がったか心当たりがない。まことに意外なことで、夢なのか現なのか疑わしく、しばらくして、

「これは本当に私のことであろうか。同姓同名の人物がいるのではないか。お前はきっと家を間違えたのだ。よそを探して詳しく尋ねるがいい。わが家は極貧で、世間に私の名前を知っているものなどいず、どうして吏曹で私を任命する道理があろう」

と言って、家の中に入った。妻が、

「いったいどなたが来られたのですか」

と尋ねるので、柳生は男の来た理由を話した。妻がにわかに驚喜して、

「もしその話が本当なら、私たちは生きながらえること

ができます」

と言うと、柳生は言った。

「百度考えなおしてみても、そのようなはずは万端ない。進士として初めて出仕する者は、かならずまずは公誦[2]を得て、その後に候補者に選ばれるのだ。この世間のいったい誰が私を推薦してくれると言うのだ」

　夫婦ともにさまざまに思いを巡らし、半ばは信じ、半ばは疑っていると、しばらくして、また外で婢女を呼ぶ声がする。柳生がまた出て見ると、下人は言った。

「わたくしは吏曹にもどって詳しく調べてみましたが、これははっきりと進士のことでした。かつての官職も、及第の年も、万に一の間違いもありません」

　柳生はここで初めて信じることができたが、

「私は官職に任じられたとしても、今は何も食べない日々が長く続いて、起って動くことすらできない。粛々と拝礼することすらできない」

と言った。下隷はそこで市場に行き、米を買い、一束の柴を買って、まずはやわらかい粥を作って空になった胃腸を満たさせた。その後にまた一斗の米を買い、一駄の柴を買って、さらには干物を加えて、柳生に食べさせた。そうしてやっと、目に見えて柳生の気力は回復し、起って歩行ができるようになった。柳生が言った。

「お前のおかげで飢えから救われ、幸いに生きながらえることができた。しかし、頭から足に至るまで、私には身に着けるものが何もない。どのような格好をして出ていかれよう」

　するとまた、下隷はすぐに衣装の店に行き、衣冠をすべてそろえて持って来た。柳生がその下隷を使って、旧知の者に手紙をやり、官服の借用を依頼すると、それからというもの、就任の祝いに来るものが徐々に現れ、やがて踵を継いでやって来るようになった。家は前日に比して炎涼を異にするようになった。

　参奉として粛拝した後、吏曹判書のもとを訪れると、柳生が職に就いたのは李公某の力によるものであった。李公は党派が同じであるだけで、もともと深い面識があるというのではなかった。ただ同門で学んだよしみから、その貧窮して飢え死にしそうなのを聞いて、見過ごせず、吏曹判書とは昵懇の間がらであったから、これに頼み込み、吏曹判書も柳生の窮状を聞いて哀れに思い、衆議を排して、柳生を選んだのであった。

　柳生はそれから数年して大科に及第して、清顕の職を歴任して、ついには吏曹判書となった。たまたま杆城《カンソン》に欠員があったが、杆城はもっとも豊かな邑であった。そのために、宰相を初めとしてみずからの親戚までも、この職を求めるものが多く、取捨がはなはだ難しかった。その発表をしなくてはならない日がいよいよ近づいてくる。柳生は憂鬱であったが、夫人がその顔を見て、怪訝に思って何事があったのかと尋ねた。柳公がつぶさに事情を話すと、夫人が言った。

「あなたを参奉にしてくださった吏曹判書の家はどうなっていますか」

柳公が答えた。

「あの吏曹判書はすでに亡くなった。その子どもたちはみな入朝するか、蔭職に就いて地方官を務めている。ぱっとはしないが、困ってはいないようだ」

夫人が言った。

「あなたがもしそれらの人を杆城の職に就けなければ、背恩忘義のそしりを受けることになるでしょうか。職を望むものが多くとも、軽率には選ばずに、もっともこの人物をと思う人を選んでください。かつての任官に対する報恩はその後になさって十分です。あなたはわたくしどもが西瓜の種を嚙んでいた時代のことをお忘れになりましたか」

柳生はこれを聞いて豁然と悟った。翌日の会議では李某を杆城の守令の第一候補者とした。

▼1【望筒】擬望とも言う。官吏を選ぶに際して三望（三人の候補者）の名前を書いた書類。
▼2【公議】人びとの意見に従い、その調整をして官吏候補者を選び出すこと。

巻の六

第七五話……祈禱を聞いて昔を思い出した宰相

ある宰相がまだ書生で、貧しさをかこっていたころのことである。ある日、成均館で試験を受けようと、奴僕に本を載せた笈《おい》を負わせて行き、梨峴《イヒョン》に至った。奴僕が路上に落ちている細長い包みを見つけた。それを開けて見ると、質のいい紙を何重にも巻いていて、中から出て来たのは金竜の釵《かんざし》であった。作りは精巧にできていて、その値がいかほどのものか想像もできない。宰相は、

「これは人が間違って落としたもので、きっと戻って来て探すだろう」

と言って、路の横に立ってそれを待つことにした。案の定、一人の女がやって来て、長いチマで腰を覆い、汲々と足を進めて来て、その場所で左右を見まわして、何かを探すようである。宰相はこれだと思い、奴僕に尋ねさせた。

「何かお探しのようですが」

婦人は答えた。

「金の釵を落としてしまったのです。それで探しているのです」

宰相はまた奴僕に、そのこしらえ、長短、太いか細いか、そして何で包んであったかを尋ねさせた。婦人のそれに対する答えはことごとく符合した。宰相は懐からそれを出して、婦人に返した。婦人は驚喜して泣きながら感謝した。宰相の名前と住所を尋ねたが、宰相はそれには答えずに立ち去った。

その後、宰相は科挙に及第して、内外の顕職を歴任し、昇進にいささかの遅滞もなく、数十年後には吏曹判書となった。王さまが宗廟にお参りのとき随行して、ある役人の家にしばらく休息したが、その家は狭小で、母屋と離れとが接近していて、その話し声が聞こえる。宰相が座っていると、奥の方で祈禱している声が聞こえて来る。宰相が耳を澄まして聞くと、微々たる女の声で、

「昔日の梨峴で金の釵を返してくださった方よ、神が手助けをして、公となり卿となられんことを。子孫が堂に満ち満ち、長生きをし富者になられんことを」

と祈っている。

宰相はかつての書生だったときのことを思い出し、左右の者に命じて、家の主人の役人を呼んで来させた。主人の役人はかしこまって堂の下に平伏した。宰相が、

「この内屋ではいったい何を祈禱しているのだ」

と聞くと、主人は恐縮しながら、

「無知の匹婦が、公のお出ましにもかかわらず、お耳を汚してしまいました。申し訳ございません。申し訳ござ

いません」

と言うと、宰相は、

「いやいや、そうではない。きっと曲折があるのであろう。もし本当のことを話してくれればいい、もし言わなければ、罰を与えよう」

と言った。主人は躊躇しつつも、話し出した。

「卑陋でつまらない話ではございますが、包み隠さず申し上げます。三十年前、わたくしの妻はある両班のお宅と親しい付き合いをさせていただいておりました。そのお宅の奥さまが金を与えて、

『これで金の釵を買って婚礼のときに使いなさい』

とおっしゃいました。妻は言われた通りに金の釵を市に出かけて買って帰りましたが、路でそれを落としてしまいました。夜になって、初めてそれに気が付いたのです。道を引き返してそれを探したのですが、一人の書生の方に出会ったところ、その方が拾った釵を返してくださったのです。わたくしどもの家が重罪を免れ、つつがなく今日まで過ごして来られたのは、すべてその方のご恩によります。今日がその釵をなくし、また返していただいた日なのです。毎年この日、わが家では餅と酒を用意して、神の前で祈禱して福を招くことにしており、今に至るまで廃することはありませんでした」

　宰相が言った。

「実はその釵を返したのはこの私なのだ。しかし、その日のことなど記憶していなかった。いま、あなたの話を聞いて、初めて今日がその日であることを知ったが、それにしても、私の富貴栄達があなたの妻のまごころからの祈りに拠ったものだったとは」

　主人は大喜びをして、中に入って行って、妻に話して出てくるように言った。妻は大喜びをして何度も何度も感謝して、涙を流した。そのとき以来、役人の家と吏曹判書の家とは互いに往来して、旧知の間がらのようであった。

第七六話……壬辰の乱の英雄の諸沫の墓

星州《ソンジュ》の文官である鄭錫儒《チョンソクユ》▼1がまだ科挙に及第していないとき、本貫の弟とともに梅竹堂で勉強をしていたが、その堂の前には支頤軒という建物があった。ある日のこと、五更ころに錫儒は立って厠に行った。月の光が明るかったので、支頤軒に上がって徘徊し、詩を吟詠していると、一陣のなまぬるい風が吹いて肌に触れ、髪の毛を逆立てさせた。そこで、戻ろうとすると、中門に至る前に、赤い冠と帯をして烏帽をかぶった人が、西の塀の竹藪の中から姿を現した。その顔を見ると、生気が騰騰とみなぎ

って、三、四尺にも伸びた美しい髯をもっている。その人が錫儒に言った。

「私が君を見るようになって久しくなる。すこしここに留まるがいい」

　錫儒は心の中でこれは幽霊だとわかったが、手を挙げて挨拶をして、

「思いがけなく、今夜、ここでお会いしましたが、いったいどこにお住まいなのですか」

と尋ねた。すると、その人はため息をついて、

「東西南北にどこと言って決った住所はないが、そんなことを聞いてどうするのだ。私の姓名を知りたいと言うのなら、諸《チェ》牧使とでも言っておこう。きみにとっては士主官[2]となるのだ。君は先生案（官吏の名簿）を調べてみるがいい」

と言った。錫儒が、

「ところで、どうして私を見ていたのですか」

と尋ねると、その人は話し出した。

「私はもともと固城《コソン》県の常民であった。壬辰の倭乱の際に兵を起こして倭賊を討ち、朝廷は特別に星州の牧使に任命したが、まもなくして死んでしまい、大いに功名を上げるということはなかった。それでも、海を渡って倭賊とたたかい、鼎津《チョンジン》では勝利した。少ない手勢で果敢にたたかい、強敵を制圧もした。その仕事ぶりは記録して後世に残してもいいものだったが、しかし、当時の文書は湮滅してしまい、国史に伝わることはなく、諸牧使が大丈夫であったことをいったい誰が知っていよう。死んだ者の魂魄の恨みは無窮であり、百年が経っても、精霊は消え去ることがない。雲が陰った月の夕べには出没して、その抑鬱を誰かに語りかけたくなる。君と見えたいと思ったのは、それが理由なのだ。

　天が私をもう数年でも生き存えさせたなら、一人として倭賊を生きて本国に帰らせることはなかったろう。一人で馬に乗って槍をもち、百万の倭賊を蹴散らし、将軍を討ち、敵旗を折ることのできるのは私だけだったのだ。鄭《チョン》起《キ》竜《ヨン》[3]のような人物などどうして私に肩を並べることができたろう。私が起竜を見るに、せいぜい副将の器に過ぎず、起竜もきっと私を大将軍と見なして仕えたことであろう。ところが、起竜はいささかの勲功を上げただけで統制使となり、人びとの称賛するところとなった。私にはそれが叶わなかったが、これもすべて天命であろう。しかし、大丈夫として倭の盗賊どもを殲滅できず、麒麟閣[4]に肖像を描かれることもなく、青史に名前を残すこともなく、志を後世の人びとに知られず終わった。死んで百千万年が経っても、その恨みを晴らすことができようか」

　その人はそう言った後、腰に差した刀を抜き放って、

「この刀は私が戦のときに使った。ただ日本人の副官一人を斬っただけのものだ」

と続けた。刀の長さは一尺あまり。みねの方に血糊がついていて、月の光の中で煌めいて光を放っている。その人は悲憤慷慨して鳴咽を始め、血の気が顔色にもどって紅色になり、髯がぴくぴくと動いたが、その様子は燕の尾のようであった。また、錫儒に向かって、

「たまたま一首の詩ができた。聞いてもらいたい」

と言って、詩を吟じた。

　山嶺は長く連なり雲とともに消え、
　天は遙かに月が孤児のように一人。
　寂寞とした星山の館に、
　幽かに魂があるか、なきか。
　（山長雲共去、天迥月同孤
　寂寞星山館、幽魂也有無）

　錫儒が、

「詩はたしかに格調が高いが、どのような意味なのか教えてほしい」

と言うと、その人は、

「忘れてはならない。忘れてはならない。詩の意味を理解する人がこの世に一人はいることになる」

と言って、その意味を語り終え、

「私は立ち去ろう」

と言って出て行ったが、数歩行くと振り返って、

「忘れてはならない。忘れてはならない」

と言って、姿を消し去った。

　錫儒はこれをはなはだ不思議に思って、翌日には「先生案」を取り出してみると、はたして諸沫《チェマル》▼5という名前があり、

「癸巳の年（一五九三年）正月に任についたが、四月に罷めて帰った」

とあった。

　当時、尚書の鄭益河《チョンイクハ》▼6が慶尚監司をしていた。錫儒が諸沫の幽霊に遭ったという話を伝え聞いて、役所に呼び、その顛末を細かく尋ねた。錫儒は言った。

「幽霊は『私の墓は漆原《チルウォン》の某邑にあるが、すでに子孫がいず、香火も絶えて、掃除をして供養をしてくれる者もいない。どうして悲しまないでいられよう』と言っていました」

　監使の鄭氏はそれを奇異に思い、

「私がもしそこに赴任していて、この話を聞いていたなら、かならずその墓を修築しないでいようか。しかし、移葬して怨魂を慰撫することにしよう」

と言い、本邑に、

「墳墓を改めて修築し、樹木を植えて、また墓守の家を三戸置くようにせよ」

と命じた。そうして数日、漆原の県監が昼寝をしていると、その夢の中に烏沙帽に朝服を来た人が現れて、

「今、監使が私の墓を修築してくれたのに、県監は知らんぷりをしてる。少しは私のことを気に留めるがよい」

と言った。すると、監営から文書が下り、諸星州の墳墓を修築せよというのであった。県監はまた不思議に思ったが、命令のままに修築した。

▼1【鄭錫儒】この話にある以上のことは未詳。

▼2【土主官】人びとが自分の邑の守令を呼ぶときの呼称。

▼3【鄭起竜】一五六二～一六二二。宣祖のときの武臣。字は景雲、初名は茂寿、号は梅軒。本貫は昆陽。一五九二年、壬辰倭乱に際して防禦使の趙儆に従い、別将として奮戦して功を上げ、尚州判官となった。一五九七年の丁酉再乱のときには金烏山城を守り、高霊で大勝するなどの功を立て、後に三道統制使となった。

▼4【麒麟閣】本来は中国の漢の宣帝のときに造った楼閣。功臣十一人の像を作って置いた。

▼5【諸沫】?～一五九三。朝鮮中期の義兵将。本貫は漆原。壬辰倭乱に際して義兵を起こし、熊川、金海、鼎巌などで大勝した。郭再祐らとともに朝廷に名を知られて星州牧使に任命されたが、その後戦死した。正祖のとき、兵曹判書に追贈された。

▼6【鄭益河】『朝鮮実録』英祖二年（一七二六）十二月に鄭益河を検閲に任ずるという記事があり、鄭益河は英祖の即位とともに官途を歩み始める。三十一年（一七五五）五月には判尹の鄭益河の名前が見え、同年の十一月に刑曹判書の鄭益河を召すとある。三十二年（一七五六）正月に兵曹判書の洪鳳漢および刑曹判書の鄭益河を罷免する旨の記事がある。また、正祖十年（一七八六）三月に故鄭益河が芸文館の分隷をもって清官に就かせた例を挙げている。

第七七話……張生、大海を漂流する

済州《チェジュ》島の人である張漢喆《チャンハンチョル》▼1が監試、初試に合格して進士となり、会試を受けようとして上京した。友人の金生および船子の二十四、五人が同船していたが、最初は順風が吹いて海も穏やかで、船は飛ぶように進んでいた。するとにわかに、西の空に日差しは透けて見えるが、一抹の雲煙の気配が波間から立ち上り、形をとって雲となり、きらきらと太陽に照らされて五彩に彩られ、半ばは海に浮かび、半ばは空に漂った。雲の下に突起があったのが、にわかに変化して高くそびえ、何層もの楼閣の形になったが、まだ遠く遙かなところにあって、いったい何なのか判別ができない。しばらくすると、太陽がすっかり隠れて重く雲がたれ込め、楼閣の形も徐々に変わっ

て城郭の形になり、銀色の波の上に広がっていき、その後、その姿は影も形もなくなって掻き消えてしまった。すなわち、蜃気楼というものであった。船頭が驚いて、

「これは風雨が強まる前兆だ。みんな気をつけろ」

と叫んだが、間もなく、激しく風が吹きつけて殴りつけるような雨となり、波濤に船は浮きつ沈みつして、船は行方も定めずに漂泊を始めた。船の中の人びとは昏倒して生きた心地もしない。あるいは突っ伏し、慟哭するばかりである。夜は漆黒の暗闇となり、咫尺《しせき》のあいだも眼で見ることができない。船底には海水が漏れ出し、甲板の上は盆をひっくり返したようである。船の中の水も深くなって、すでに腰のところまである。人びとはもう死の覚悟をしているが、張生は声を振り絞って、

「こんなに東風が強ければ、蓬が吹き飛ばされるように、一日に千里も行くことができよう。私が海図を見ると、琉球国が済州島の東にあって、その距離は三千里だ。今夜はきっと琉球国に着いて、そこで晩飯にありつけよう」

と言った。人びとはそれに勇気づけられ、決然と立ち上がって、しばらく水をくみ出した。

　そうして三日が経ち、風雨はやや収まった。しかし、目にする限り、空と海は接して、その果てを見ることができない。金生と船頭たちはみな張生を咎めて、

「君がつまらない野心を出して科挙など受けようとするものだから、われわれ罪のない人間が死のうとしている。もしわれわれが死んだら、君の魂をかならず苦しめて、この恨みを晴らすことにするからな」

と言った。張生はみなの機嫌を取ろうとして、

「飯を炊こうじゃないか。飯がうまく炊けるか炊けないかで、吉凶を占えばいいのだ」

と言った。みなはそのことばにやや落ち着いたが、やがて深い霧が四方に垂れ込めて塞がり、船は風のまにまに流されて、いったいどこに向かっているのかもわからなかった。日が暮れかかろうとして、突然、見慣れない鳥が鳴きながら飛んで行った。船頭が言った。

「あれは水鳥で、昼間は海に浮かんで遊び、夕方になると渚に帰って眠るものです。今、日が暮れかかって、鳥が帰ろうとしている。渚が遠くないところにあるのがわかります」

　人びとは欣喜雀躍して喜んだ。夜が更けると、霧が開けて空が晴れた。風も止んで月が明るい。中天には大きな星が輝いて、その光が海を照らし、夜空は奇瑞のような光彩がたなびいている。おそらくは南極老人星（南十字星）なのであろう。翌日の未明にはまた霧が出て来て、正午ころになると、また霧が晴れた。すると、船はすでに小嶋の北にあり、風に追われてその島にだんだんと近

づいて行く。船上の者たちはみな大喜びである。

船を下りて岸に上がり、丘を登って周囲を見回すと、この島は東西に狭く、南北に長い。周囲は四、五十里ばかりであろうか、住んでいる人はいないようである。澄んだ水が流れている小川があって、冷んやりとしてその味は甘い。全島に木々が生い茂り、松や柏が生えた岩石の間を椽のようにしなった竹が覆い、ノロや鹿などが群れを成し、また鳥や鵲などが梢のあいだを飛び交っている。島の中には三つの山があって、高さはそれぞれ五、六十丈ほどである。小川はその中央の山を源として、くねくねと蛇行して長い渓谷を作り、東の海に流れ注いでいる。

その小川に大きな橘が浮かんで上流から流れて来る。そこで渓谷に沿って一里ほど遡って行くと、はたして二本の橘の木があった。緑の葉が影をなし、朱色の木の実が光っている。人びとはみな争うようにそれを摘み、貪るように食べて、その残りを包んで持ち帰った。野鼠を捕まえ、山草を摘み取り、薪を集めて水を汲んだ。海水を煮て塩を作り、海の中に潜って二百個あまりの鮑を取って、草幕の下に積んだ。袋を探ってみると、一斗の米と六斗の粟があるばかりで、二十九人にとっては数日の食糧にしかならない。そこで、山草を細く刻んでこれを少しばかりの米に混ぜて粥をつくり、これを鮑の刺身とともに食べると、味がすこぶる良かった。

また、竹を切って竿を作り、衣服を破って旗を作り、高い峰の上に立て、また柴をやはり高い峰に積んで燃やし、沖を行き来する船の船頭たちに自分たち漂泊者のいることを知らせて救いを求めようとした。
四、五日が経って、一人の船子が大きな鮑を取って来た。中を剖いて見ると、二つの珠が入っていた。光は目を刺すほどに輝いて、大きさは燕の卵ほどもあった。いっしょにいた商人が、
「これを私にくれまいか。国に帰ったら、五十緡の銭を払おうじゃないか」

と言った。船子はその値を吊り上げようとして、夕方になって、ようやく百金で手を打って、契約書を交わした。

しばらくすると、一点の帆影が東の海の方から見えて来て、人々は柴を増やし、火を吹いて煙を起こすとともに、旗竿を振り立て、大声で叫んだ。夕方近くなって、ようやくその船が近づいてきたが、船の上の人間は青い頭巾をかぶり、上には黒い衣を羽織っているが、下には何もつけていない。すなわち日本人であった。船は島を通り過ぎて去って行こうとした。日本人というのは無情なので人を救おうという気持ちを持たない。人びとは大声を上げて呼び、慟哭した。すると、その船から一隻の小舟を出して、島にやって来た。十人あまりの屈強の日

本の男たちで、島に上がって来たが、腰には長剣を帯び、その様子は凶暴である。人びとの中にやって来て、筆談で尋ねた。

「お前たちはどこの人間か」

張生が答えた。

「私たちは朝鮮人で、漂流してこの島にたどり着いたのだ。どうか慈悲を垂れて、私たちの命を助けて欲しい。あなた方はいったいどの国の人で、今はどこに向かわれるのか」

すると、その者たちは答えた。

「われわれは日本の南海の人間で、西域に向かおうとしているところだ。お前たちは何か宝物をもっていないか。それをわれわれに譲ったなら、命を救おう。さもなければ、死ぬだけだ」

張生が言う。

「この島は何もないところだ。それに私たちは漂流して、万死に一生を得たのであり、船の中の物はみな海の藻屑になってしまった。この身の他にいったい何を持っていようか」

その者どもは互いに何やらがなり立てていたが、獣が吠えているようで、何を言っているのかわからない。ややしばらくして、その者どもは刀を抜き放って振り上げ、大声で叫んで、張生の衣服をはぎ取って、樹上に吊し上げた。他の人びとの衣服も剝ぎ取り、それぞれ縛り上げて、その嚢中のものを探った。すると、あの鮑の中から出て来た二つの珠があったので、それを取り、わずかの食糧と身をまとうものだけを残して、がやがや騒ぎながら、ふたたび小舟に乗って去って行った。人びとは縛られていた縄を互いにほどいて、やっと生き延びることができた。人びとは二度とこのような目には遭いたくないと、峰の上の旗竿を取り除き、狼煙もやめようとした。しかし、張生が言った。

「沖を通る船がみな海賊のものだとも限るまい。南国の人びとは日本人どものように暴虐ではなく、命を助けようという者もいよう。どうして一事でもってあきらめられよう」

船子が言った。

「あの南海の雲のかなたに蒼茫と見える島影がある。あれはきっと琉球であろう。遠くに見えて、実は七、八百里に過ぎないはずだ。もし北風が帆を押してくれれば、三度飯を炊いているあいだに着くであろう。どうして、ここにじっとしていて、餓死するのを待つべきであろうか」

人びとがみな、

「出船するのがよかろう」

と言い、山に登っては木を伐り、櫓や梶を修理し、船板を打ち付けたりしていたが、それから三日もせずに、西南の方角の彼方から大きい船三隻が現れ、東北の方向に向かって進んでいく。そこでまたもや、旗を振り狼煙を上げて、大声で叫び続け、慟哭して助けを乞うた。手を合わせ、頭を叩いて懇願し続けると、その船の中の五人ほどがそれを見つけて、小船に乗ってやって来た。みな紅の絵模様の布で頭を包み、身には翠の絹の筒袖の服を着ていた。その中の一人は髭や髪の毛をのばし放題にして、頭には丸い頭巾をかぶっていたが、筆談でもって尋ねた。

「あなた方はどこの国の人なのか」

それに対して答えた。

「私たちは朝鮮の人間だが、海を漂流してここに至った。河海のような慈愛でもって故国に帰らせていただけないだろうか」

頭巾の人がふたたび尋ねた。

「あなた方の国には亡命した中国の人がいるはずだが、どのくらいの数であろうか」

張生は大明国の遺民のことを言うのであろうと考え、

「皇朝の遺民が大勢で逃れてわが国に入ってきたが、わが国ではこれを厚遇しないということはなかった。記してその子孫を登用したが、その数がどれほどかはあえて数えることができないほどだ。ところで、あなたはどこの国の方なのだろうか」

と尋ねた。それに対して頭巾をかぶった人は、

「私は大明の人間だが、安南国に落ち延びて久しい。今は豆を売ろうと日本に行くところだが、あなた方が朝鮮に帰りたいというのなら、まずはわたくしどもに付いて日本に行くのはどうだろうか」

と言った。張生は啼泣しながら書いた。

「わたくしどももまた大明国の赤子である。壬辰の年に倭賊どもが朝鮮を陥れ、八道の人びとを魚肉にし、塗炭の苦しみを舐めさせた。どうして私たちがその水火の中から救われたのか。わが朝鮮国を保全してくれたのはひとえに大明国の恩恵であった。それが悲痛なるかな、甲申の年（一六四四年）の三月に天が崩れるような変事[▼2]が出来した。いったいどのようにことばで表現したらいいのだろうか。われら東方の忠臣義士の心でもって、どうして一天を戴いて生きることを願わないものがいるであろうか。父母が死んで、孝子としてその後を追わない者は、天命を同じくせず、存亡を異にするものだ。今、万里の大海の中で幸いにもあなたにお会いしたのは、いたずらに四海の兄弟だと言うのではなく、実は一家の兄弟だったのである」

頭巾をかぶっていた人はこれを読み終わらないうちから、慷慨して嗚咽する気持ちが表情に表れて、筆を執っ

て文章に点を打ち、また読み進めて、読み終えるとすっかり感激した。張生の手を握り締め、みなを引き連れて小船に乗せて海中に浮かべて大きい船にみなを載せた。香りのいい茶と清酒でもってもてなし、粥を与えて、張生ら二十九人を二部屋に分けた。張生が頭巾をかぶった人に名前を尋ねると、

「姓は林《リン》で、名前は遵《ジュン》です」

と答えた。張生が林遵に、

「船の中には髪の毛を切らずに頭巾をかぶった人と、髪の毛を切って結んでいる人とがいるが、どうして同じではないのですか」

と尋ねると、林遵が、

「明の人びとで安南に逃げた人がはなはだ多かったが、髪の毛を切っていない二十一人はすべて明国人だ」

と答えた。また今までいた島の名前を尋ねると、

「琉球国の島の一つで虎山島という島だ」

と答えた。

　張生がぐるりと回って船の造りを見ると、船は大きな家のようで、船室は無数にある。欄干と光取りの窓と扉とが精巧に作られていて、珍しい置物が置かれ、美しい屏風や絵画が飾られている。林遵は張生を船腹に連れて行ったが、階段を下りていくと、船の幅は百歩あまりもあり、長さはその二倍ほどある。一方には畑があって野菜が多く植えてあり、鶏や家鴨も飼われているが、人が近づいても驚いて飛び立つようなことはない。もう一方には柴や薪が積んであり、また日常の雑器があった。そして、大きさが十石ほどもある樽があり、丸くて下方には側面に穴が一つ穿ってあり、朱の漆の栓をはめ込んである。その太さは親指くらいである。その栓を抜くと、水が湧き出すように出て来る。

　林遵が言った。

「これは貯水の樽で、これに水を満たしておくと水は尽きず、また溢れることもない」

　また下の層に階段を下りて行った。すると、米穀や錦繍や様ざまな品物が所蔵されていた。また一方を区々に分けて六畜の類を飼ってあったが、あるいはつがいとなり、群れを成していた。

　その下の層にまた階段を下りていくと、船底になっていた。おおよそ船は四層の構造になっていて、人は上層にいて、部屋が連なっている。その下の三つの層は間に仕切りを置いて区切り、百種の物を並べて貯え、百種の用途に役立てるようにしていた。船底にはまた小舟二艇が蔵されていた。その一つは緊急のときに乗るので、船底には水を入れて艇を浮かべてあり、扉があって海に通じて、半ば海に没し、半ばは波の上に露わになっている。この扉を自由に開閉して、艇が外に出られるように

なっていた。扉を開けると、海水が船底に入って来るが、水桶が回転して水を船外に掻き出す仕組みになって、大きな滝のような音を立てる。水桶の深さは二丈ほどもあり、太さは一抱えあまり、上は太く下は細くできていて、喇叭の形をしている。中から外に通じて、すぐに下には二つの環があり、その二つの環を抱えて、左右に旋回して、短い歌を歌っているように聞こえるが、それで船底の水を掬って水桶から排出しているのである。それは奇巧を極めたもので、その人は詳細には見せてくれなかった。

　梯子を上って二層を上がると、すなわち船の最上層である。上がったり、下がったりしたが、その通った道筋は同じではなかった。

　翌日、西南の風が大いに起こった。波濤は山のようであるが、人びとには心配する様子はなかった。白い布の帆を高々と上げて、船は飛ぶように進んでいった。夜を徹して船は進み、安南の人の方有立が張生に尋ねた。

「あなたの国の香偶島に逃げ延びた人がいるかどうか知らないか」

　張生が、

「さて、知らないが」

と言うと、有立が、

「昔、私は漂流してその島にたどり着いたことがあるが、その島は青黎《せいれい》国にあった。島の中には朝鮮人村があって、その村には金《キム》太坤《テゴン》という者がいて、みずから言うには、四世の祖先は朝鮮人だったが、清国の捕虜となり、南京に流れて来て、大明の人びとに随って世を避けてここに至ったというのだった。家を造り、妻を娶って、子孫が繁栄した。村の人は『太坤の曽祖父は医術に精通していて、よく人の心を得て、家計も豊かだったが、高い丘に台を作って、はるかに故国を望んでは嘆き悲しんでいた。そこで、後世の人はその台を望郷台と名付けていた』と語ったものだった」

と言った。

　林遵がわが国の風俗、服装、山川、地方の様子などを尋ねると、張生は言った。

「わが国の風俗は箕子《キジャ》[3]の教化をこうむり、儒道を崇尚して異学を排し、礼楽刑政をもって統治を行ない、人は孝悌忠信をもって行ないの基本としている。そこで四百年のあいだ培養された徳でもって、人材が輩出し、文章道徳の人士は枚挙に暇がない。衣冠は殷と周の制度を本とし、文章は大明のものを教則としている。山としては一万二千峰の金剛山《クンガンサン》があり、水辺では三浦[4]と五江[5]がある。境域は幾千里あるかを知らない。今度は、貴国の風土、衣冠、文物をお尋ねしたい」

　その人びとは輪になって囲み、喧騒がしばしばやまなかったが、ついに何も答えなかった。それ以来というもの、頭巾をかぶった人の筆談では、「汝の国」とせず、かならず「貴国」とし、「汝」とは呼びかけず、「相公」と呼びかけるようになった。

翌日、大きな山が東北に見えた。すなわち漢拏山《ハンナサン》である。見ると、もう遠くではないようであり、人びとは大いに喜んだ。大声を放って号哭して言った。

「ああ、悲しいことだ。私たちの父母も妻子もあの峰に登って私たちを待っているのだ」

林遵がみなの騒いでいるわけを文章で尋ねたので、張生は答えた。

「私たちはみな耽羅《タンラ》国の人間なのです。家郷が近いので、みなこのように感傷的になっているのです」

張生が見ると、林遵は人びとと酒を酌み交わしていたが、急に雰囲気が騒々しく険悪になって何か争う様子である。林遵一派の明人たちが一方に立つと、安南の人びとがまた一方に立って、高い声を放って憤怒して目を怒らせ、林遵たちを睨み付けている。まさに一触即発のときに、林遵の輩が頬を緩めて和解の色を見せた。このように対峙して時刻はすでに正午を過ぎていた。林遵が言った。

「昔、耽羅王が安南国の太子を殺したことがあり、安南の人たちはあなた方が耽羅の人だと知って殺そうとしたのです。私たちが万端に説得に努め、その意志を翻させました。それでも、怨讐を抱えた者がともに同じ船に乗って海を渡ることはできないと言います。そこで、あなたとはここで道を別にすることにしましょう。世間では、『済州牧使が琉球国の太子を殺した』と言い伝えていますが、琉球ではなく安南だったのです」

林遵は張生たち二十九人を別の船に乗せて、泣きながら別れを告げて別の海路を取って進んでいった。日が暮れかかり、張生たちの船はふたたび航路を迷い、幼い子どもが父母を失ったように、どこに行けばいいかわからなくなった。風が急に激しくなり、船は飛ぶように進んで、漆黒の大洋に漂流を始め、暗い雲が垂れ込めて、雨も激しくなった。暗くなって鷺魚島の西北に至ったが、そこは最初に風に遭い、漂流を始めたところであった。夜が更けて、波濤はいよいよ天を衝き、大風が海を掻き回した。船人はみな慟哭しながら、

「ここは海路でもっとも危険な場所で、岩が突出して、波が急に逆立つ場合がある。無風の日でも船が座礁したり、沈んだりするところだ。それを今は狂風が海を逆立て、怒濤が天に達している。きっとここで死ぬことになるであろう」

と言い合い、頭を振って手で抱え、大きな縄を腰に回し、また回して縛り付け、慟哭するのだった。縄で腰を縛り

付けるのは死体の損傷を防ぐためであった。

張生もまた魂魄が飛越して哭そうとしても声が出ず、叫ぼうとして血を吐き、昏倒して人事不省になった。すると、済州島で先だって漂流して死んだ金振竜と金万石とが目の前に現れ、その他の不思議な形をした鬼たちが千態万象を繰り広げる。また一人の美しい婦人が縞の服を着て食事を進める、と思って、目を覚ますと、すべて夢の中の出来事であった。二人の船子が舷の先に匍匐して進み、舵を失わないようにしようとしたが、風にあおられて海に落ちて死んだ。すると、にわかに舟板が裂ける音が響いた。みなは声を失い、

「船が破砕してしまった」

と言い、お互いに「兄」と呼び、「叔父」と呼びかけた。船に乗っているのは多くが兄弟叔姪の関係にあった人たちだからである。金生は張生を抱きかかえて哭して、

「海中に孤独の魂魄となり、君と離れ離れになって誰に頼ったらいいのか」

と言いながら、縄を引っ張り、張生とともに二人の身体を結び付けて長く待ったが、船は砕けなかった。頭を挙げて見ると、大きな山が目の前にそびえていて、船はすでにその山に近づいている。進んでは退き、沈んでは浮き上がり、怒濤が岸に打ち上げては銀の飛沫となって空に翻る。夜は深く、霧が立ち込めて、咫尺のあいだも見ることがかなわない。先を争うように船から飛び降りた人びともいた。その人びとは潜水の術に自信があったのであろう。張生はと言えば、潜水の術などとてもできやしない。倉皇としながら飛び降りたものの、腰より下は岩に引っ掛かり、手足を取られながら、匍匐してやっとのことで五十歩あまりを行くと、なんとか岸に着いた。そこで、岸辺に座って、まだ茫然としたまま、あたりを見回すが、まったく人はいない。ただ人びとが波間を浮き沈みしながらやって来ては、岸辺に倒れ着き、しばらくして起き上がり、みな円座して、海の方を眺めては哭した。

「われわれはみな潜水の術を知っていたので助かることができた。気の毒なことだ、張生はいったいどこに行ったのやら。われわれもどんな面目があって済州島に帰れよう」

張生をてっきり死んだものと思っていたのだった。すると、張生が大きな声で、

「私はここに生きているぞ」

と叫んだ。人びとは張生を抱きかかえて言った。

「私たちは潜水の術を知っていて、四里や五里を潜って万死に一生を得ることができたのだが、あなたは体力もなく、潜水の術も知らない。どうして私たちよりも先に岸辺に着いたのか」

張生はどうしたかをすべて話したが、みなはそれを聞いて感心した。初めに船に乗っていたのは二十四人で、今、岸辺にたどり着いたのはわずかに十人、海に落ちて死んだのは十四人となる。夜は漆黒の闇で風はまだ激しく吹いている。飢えと寒さがひどく、近くに人の住む集落はないかと探すことにした。崖をよじ登り、断崖の道を、魚のように連なって行ったが、張生は足を取られて千尋の崖下に落ちてしまった。しばらく気絶して、やっとのことで精神を取り戻し、一歩一歩と崖を登って行ったが、船びとたちはすでに遠くに去っていた。

するとむこうに野火が見える。ひとしきり明滅して、蛍のように行ったり来たりする。これを追いかけて十里ばかり行くと、火の光は赤くなったかと思うと、青くなり、忽然と消えてしまった。四方を見回して見ると、ただの荒野で人跡はまったくない。初めて鬼火に導かれてやって来たのだと知った。進むことも退くこともできない。石にもたれて座った。

すると犬の吠える声が聞こえて来る。その声の方角に行くと、集落の入り口に着いた。はたして船子の一人であり、島の人びとを従えて、松明をかざして出て来たのだった。張生に出会って大喜びをして、みな連れだって集落に帰った。衣服を火にかけて乾かし、粥を勧められるままに食べた。ここまでたどり着いたのは八人で、崖から落ちて二人は死んでいた。

人びとは疲れ果てて昏倒し、翌朝になってやっと初めて意識を回復した。島の人びとに尋ねると、この島は薪《シン》智《チ》島《ド》に属していて、鎮北から本国に百里あまりの距離があった。西南の済州島からは七百里ほど隔たり、島の幅は三十里ほどあった。島の人びとが朝に夕に食事を出してくれて、養生すること三日、同じ船に乗って死んだ十六人の供養を済ませて、城隍堂《ソナンダン》▼6で無事に帰国することを祈った。

▼7「さて、その宿所への帰り道、一人の老女が張生を迎えて軒の下に座らせ、素服の美しい女性に食事を進めさせた。風波の中で昏倒したときに夢の中で見た婦人に他ならなかった。張生は不思議に思い、その宿所の主人に尋ねてみると、女性は趙氏の娘で、老女はその母親であった。娘は二十歳、その母親は寡婦となってすでに何年かが経っていると言う。張生は夢の中での話をすると、宿の主人が言った。

「私は一人の婢をもっていました。名前を梅月と言いましたが、先年、趙家に売りました。もしこの婢が趙家の内室の方で仕えているようなら、ことはうまく運ぶでしょう」

そして数日後、主人は梅月とともにやって来た。

「梅月に、趙氏の女が夢に現れたというあなたの話をしましたところ、もし本当にお気持ちがおありなら、特に拒まれるようなことはなく、受け入れられるかもしれないと言います。その上、今夜、その母親は斎山寺に籠るそうです。あなたが香花を盗もうと言うのなら、今夜こそ絶好の機会です」

そうして、梅月とあれこれと打ち合わせをして、その夜、張生は打ち合わせ通りにその家に出かけた。窓の下を見ると一本の梅の木があって花が咲いている。山の端に月がすでに斜めに入りかけている。花影はまことに風流で、張生はその花の下に佇んだ。夜色はすでに深く、生き物はすでに鳴りを沈めている。ただ小さな犬だけが人の気配に気づいて吠えた。梅月が狗の鳴き声を聞いて、門を開いて出てきた。張生の手を引いて中に入れた。月影が窓から差し込み、室内の趙女を照らし出している。布団をかけて眠っていたが、驚いて起きた。厳しいことばでもって張生を拒み、けっして受け入れようとはしない。しかし、慇懃にかきくどくと、ときに秋波に代わり、声を低めながら、恥じらいを含みながらもやや打ち解けていく。それでも、あるいは怒りだし、ののしって、

「梅月は私を売ったのですね。殺してやらねば」

などと言うのだが、枕を交わしているうちに、心魂もとろけてしまい、悪罵の声もすっかりなくなって、纏綿たる情緒の中で睦言に変わっていく。しっぽりとした雲雨のまじわりも終わると、女は裸だった身体に衣をまとって立ち上がり、乱れた髪の毛を手で整え、笑いながら、張生に向かい、

「可哀想に、梅月はこの寒いのに外で凍えていますわ。中に入れてやらないと」

と言った。張生は梅月を呼んで中に入れてやり、趙女に向かって、

「どうして最初は殺してやると言い、後には可哀想になどと言うのです」

と言った。趙女は恥ずかしそうに睨んで、答えなかった。すでに村では鶏が鳴いた。東の空は明るんでいる。張生と趙女は手を握り締めて別れたが、女はしばらく嗚咽して言葉が出なかった。」

翌日、船子が、

「順風が吹いていています。船を出します」

と告げた。張生は船に乗って、二日で康津《カンジン》に着いた。いそいでソウルに上り、会試を受けたが落第して、故郷に帰った。昨年の十一月に船に乗って、翌年の五月に初めて帰ったことになる。漂流して帰ることができたのは七人だけで、そのうち四人はすでに死に、一人は病気に伏せっているという。その後、数年が経って、張生は科挙に及第して、高城郡守にまで昇ったという。

▼1【張漢喆】『朝鮮実録』英祖五十一年（一七七五）一月戊寅に、先例により済州島から姜鳳瑞・張漢喆・全慶会の三人を選抜して第を賜ったという記事が見え、また正祖十一年（一七八七）五月己丑に、歙谷県令・張漢喆に不粧の弓を賜ったという記事が見える。

▼2【天が崩れるような変事】一六四四年、李自成軍によって北京が陥落し、明の皇帝の毅宗が自殺したこと。

▼3【箕子】殷の貴族であったが、紂王にうとんぜられ、殷が滅びると、新たな周に仕えるのをよしとせず、朝鮮半島に亡命して箕氏朝鮮を建国したという、伝承的・説話的人物。

▼4【三浦】東萊の釜山浦、熊川の乃至浦、蔚山の塩浦を言う。朝鮮時代、日本人の往来を許可した港でもあり、また一五一〇年に日本人居留民の起こした三浦の乱の舞台でもある。

▼5【五江】漢江、竜山、麻浦、玄湖、西江の五つの軍の江。

▼6【城隍堂】城隍は土地の繁栄を守護する神。路傍の大きな樹木がこの神の居所である場合もあるが、それを祀る堂が建てられる場合もある。

▼7【さて、その宿所への…】以下、「　」で括った四十行あまりの部分、この話の中でおさまりが悪く、ないテキストもある。

第七八話……刑を受けたソンビの風流

ある地方に一人の儒生がいて、短い文詞をよくし、風流を好んだ。邑の太守が日照りの際に雨乞いをした。それに対して詩を作った。

　太守がみずから雨乞いの祈禱を行ない、
　人びとはみな喜んだものの、
　夜更けに窓を開けると煌々と明るい月。
　（太守親祈雨、万民皆喜悦、半夜推窓見名月）

ある人がこれを太守に密告すると、太守は、「これは官家を侮辱するものだ」として、捕まえて十五度の杖打ちの罰を与えた。そこで、ソンビはまた詩を作った。

　十七文字の詩を作って、
　十五度の尻打ちの刑。
　もし万言の上疏文を書いたなら、撲殺されたろう。
　（作詩十七字、打臀十五度、若作万言疏撲殺）

太守はこれを聞いてまた大いに怒り、監営に報告して、「民として官の長を侮辱するものだ」として、はるか北道に流罪にした。外三寸の舅と別れるときに、その人はまた詩を作った。

はるか数千里の道を別れて、
いつの日にかふたたび相い会おう。
握手をすれば涙があふれて三行流れ下る。
（遠別数千里、何時更相見、握手涙潸然三行）

これはその舅が眇目《すがめ》だったので、涙の流れ方の不自然さを表したのであったが、舅はこの詩を見て、怒って帰って行った。

このソンビはまことに「文字を知って憂患が生じる」と言うべきである。最初に詩を作って尻を杖で打たれ、ふたたび詩を作って流罪となり、三度目の詩では舅を怒らせてしまった。人は文字を使う上では慎重にならなくてはならない。みずからを戒めざるをえない。

第七九話……梁の上で高歌する豪傑

参判の柳諗《ユシム》▼1が娘の結婚を取り決めて、嫁入り道具を揃え、内堂の楼の上に置いておいた。楼の中にはまた大きな甕があり、美酒が貯えてあった。ある日、柳氏が内室に寝ていると、にわかに歌声がする。耳もと近くで聞こえる気がするが、耳を澄ましてよく聞くと、楼の上で発される声のようである。柳公は跳ね起きて、奴婢たちを起こして灯りを点させ、大勢の婢女たちとともに楼の上に行った。すると、一人の大男がいて、もじゃもじゃの髪に赤ら顔、衣服を包んだ風呂敷にもたれかかって、一方の手には瓢《ひさご》をもち、もう一方の手では鼓を打って、目を見開いて人を睨み付け、そうして歌った。

平沙を雁が渡って行き、
入り江の村に日暮れ漁船が帰って来る。
白い鷗たちはいずこに眠る。
長い笛の響きが酔中の夢を覚ます。
（平沙落雁　江村日暮漁舟帰　白鷗眠何処　一声長笛声酔夢）

上下の者たちで驚かない者はいなかった。屈強の奴僕たちに縄で縛らせ、楼の窓から庭下に投げ下ろすと、昏倒してしまい、何を尋ねても答えようとはしない。翌朝になって、これを見ると、さほど遠くないところに住んでいる常民で、身持ちのかんばしくない者であった。柳公は笑いながら、
「この者は盗賊の中の豪傑とも言うべきだ」
と言って許して、追い出した。

▼1【柳諗】一六〇八～一六六七。字は澄甫、号は道渓。全

昌尉・廷亮の子。癸丑の獄事で家は没落したが、仁祖反正で復権して、彼自身は後に史官となり、参判に至った。全昌尉を襲封し、書は松雪体をよくした。

第八〇話……命をかけて貞節を守った女性

西関（黄海道と平安道一帯）の寧辺《ヨンピョン》に一人の貞女がいた。姓は吉《キル》といった。父はもと寧辺の郷官（現地採用の地方官吏）で、女はその庶女であった。父も母もともに死んで、その叔父▼1にたよって生活していたが、二十歳になっても、まだ嫁がず、機織りと針仕事をして生活を立てていた。

そのころ、京畿道の仁川《インチョン》の地に申命熙《シンミョンフィ》という者がいた。年少のころ、不思議な夢を見て、老人が一人の少女を連れて来た。年のころは五、六歳で、顔には口が十一もあって、奇怪であった。その老人が「この娘は将来あなたの妻になるのだ」と言って、夢から覚めたのだった。その後、結婚をしたものの、四十歳になって妻を失い、食事の世話をする者もいなくなった。心は凄涼として過ごし、ある女性と婚約までは行き着いたものの、いろいろと齟齬が生じて整わなかった。たまたま友人があって、寧辺の太守となった。申氏もその任地について行って遊覧した。

ある夜の夢にふたたびあの老人が現れて、十一の口の女も連れて来ていた。その女はすでに成人していたが、老人が、

「この娘もすでに成人しました。あなたに嫁ぐときが来ました」

と言った。夢から覚めて、申生はいよいよ不思議に思った。そのとき、内衙（地方官衙の内屋）から府吏に対して、細布を買い求めて納めるようにという命令があった。役人が、

「この地方の役人の娘が実に素晴らしい細布を織ることで、その名前を知られています。その娘の織ったものが今は品切れになっているそうです。しばらく待たれるといいでしょう」

と言った。しばらくしてその細布を買って見ると、はたして精密で美しく、世間にまたとない仕上がりであったから、感嘆しないものはいなかった。

申生はその女子が庶子であることを知って、その女子と再婚する意志をもち、その女子の家と親しくしている者に懇ろに仲人を頼み、その叔父に伝えた。叔父の方はと言えば、大喜びで承諾した。申生はさっそく結納の品を送ったが、その女子は布を織る技術に優れているだけではなく、容姿も美しく、挙措も端雅で、さながらソウルの両班の家の女子の風儀を備えていた。申生は望み以

上の女子を得て大喜びで、初めて十一の口というのが、「吉」の字であることを知った。天の定めに感動を新たにするとともに、女との情誼もますます深まった。

その地に数ヶ月留まって、申生は故郷に帰ることになった。すぐに迎えに来ると言って別れたが、故郷に帰るとさまざまな問題が生じて、荏苒《じんぜん》と三年が経った。その約束を果たさずに、遠く関所と川とを隔てたまま、音信も途絶えてしまった。

吉女の族党たちは、

「申生は信用することができない」

と言って、他の家に嫁がせようとしたが、女はいよいよ貞節を守って、家の庭に出入りするだけでも注意を怠らなかった。吉女の住んでいたのは雲山邑で、峠一つを越えると、叔父が住んでいた。このときの雲山の太守は武弁の壮年の人で、妾を持ちたいと思って、つねづね邑人にどこかに適当な女子がいないものかと尋ねていた。叔父は吉女をもってこれに応じようと考え、役所に出入りしては事細かに相談して、すでに吉日も選んだ上、また太守に吉女が結婚の日の衣装とするためと言って錦繍を請うた。

ついに叔父がやって来て、慇懃に依頼した。

「わが子に嫁を迎えようとしているのだが、その期日も近づいてきた。新婦のための衣服を裁縫したいが、家には裁縫できる者がいない。できれば、しばらくわが家に来て助けてもらえまいか」

女はそれに対して答えた。

「わたくしには主人がいます。巡営に来て留まっていた方です。わたくしの去就はその方のことばを待たねばなりません。叔父さまの家は近くにあるとは言っても、他の邑です。即断して意のままに往来することはできません」

叔父が、

「もし申生の承諾が取れれば、来てくれるのか」

と尋ねると、吉女は、

「はい、うかがいます」

と答えた。叔父は家に帰って、申生の手紙を偽造して、

「親族の誼を大切にして、早く行って手助けをするように」と書いた。

このとき、後に尚書となった趙観彬《チョクアンビン》▼2は申生とは縁戚関係があり、平安道観察使として赴任してきたので、申生はその間しばらく滞在することを余儀なくされた。叔父は長いあいだ待っても申生が迎えに来ないのは、すでに捨てられてしまったのだとも言ったが、そのような事情が実はあったのである。吉女はすでに偽の申生の手紙をもらって、やむをえずに隣の邑に出かけた。裁縫の仕事をしてすでに数日、そのあいだ、吉女はその家の男子

たちとは話を交わすこともなく、ただ一生懸命に仕事をするだけであった。ある日、叔父が太守を家に迎えて、吉女の様子をうかがわせ、妾にするかどうかその意志を質そうと考えた。しかし、吉女は太守が来たことを聞いても、その理由がわからない。日が暮れて、灯りを点すと、叔父の長男がやって来て、

「わが妹は灯りを点してもいつも壁に向かって仕事をしている。いったいどうしてなのだ。仕事をし続けて疲れたろうに、しばらく手を休めて話でもしようではないか」

と言った。吉女は、

「わたくしは疲れてなどいませんので、仕事をつづけます。わたくしには耳があるので、お話はこうしたままでも伺えます」

と答えた。長男は笑いながら立ち上がって、吉女の前に立ち、ぐるりと身体を回転させた。吉女は怒って、

「親族だとはいっても、男女にはかならず別がなくてはなりません。この無礼はいったい何事ですか」

となじった。実はこのとき、太守は窓の隙間から覗いていたのだが、吉女の顔を見て、その美しさに驚喜した。女の方は怒りが止まず、扉を押し開いて外に出た。後ろの庁に座ったまま、なかなか憤りが収まらない。すると、窓の外で男子の声がして、

「私は自分の一生で初めてあのような美しい女を見た。ソウル一の美人であっても、けっしてこれにはかなうまい」

と言っている。吉女はそれが太守であることを初めて知ると、心気が詰まってしまって、気絶してしまった。しばらくして気が付き、まだ明るくならないうちに走って逃げ出して家に帰ろうとした。すると、叔父がやって来て、その目論見を話した。

「あの申生という者は、家は貧しく、すでに年を取ってもいる。久しからずして、泉下の人間になろう。家郷も遠くにあって、ひとたび立ち去って帰って来ない。お前を捨てたことははっきりしている。お前のような妙齢でもって、しかもその美しい器量なら、引く手あまたで、当然、富家に入ることもできる。今、本邑の太守は年も若い上に武でもって名前も知られ、前途は万里、まさに洋々たるものだ。お前はどうして望みの絶えた男を待って、一生を棒に振ろうと言うのか」

叔父は甘言を弄し、詭弁を尽くし、あるいは懇願したり、あるいは脅迫したりするのだが、吉女の憤りはいよいよ募って、気持ちは昂ぶり、はげしく罵った。事態がこうも紛糾しては、嫡子と庶子の区別を言わずに取り持とうとしたことが太守にわかってしまい、罪を得ることにもなりかねない。叔父は子どもたちと謀って、いっせ

いに飛びかかって吉女をとらえ、狭い部屋に閉じ込め、鍵をかけて監禁した。ただ飲食だけを通して、時日を稼ぎ、なんとか太守のもとに行かせようとしたが、女は部屋の中で号泣して罵り続ける。食事にも手を付けようとはしない。顔色もやがて悪くなって、意気も憔悴していくようである。部屋の中を見ると、麻の葉が多くあり、それを取ってわが身にまとい、胸から脚まで覆って、襲われるのを防ごうとした。しかし、やがて考え方を変えて独り言を言った。

「盗人どもの手にかかっていたずらに死ぬよりも、むしろあの者どもを殺して、わたくしも死のう。そうしてこの恨みを晴らすことにしよう。そのためにはしばらく無理にでも食べて、身体と気運を養うことにしよう」

吉女は捉えられたとき、小さな刀が落ちていたのを見つけて、それを人に知られることなく、腰に隠しておいた。心の中で計画が決まると、叔父を呼んで、

「今、もうわたくしの気力は尽きました。叔父さんのおっしゃるままにします。おいしい食事をいただいて、しばらく飢えを癒して養生させてください」

と言った。叔父は半信半疑ではあったが、心の中でははなはだ喜んだ。食事も盛りだくさんにご馳走を扉の隙間から差し入れ、女の機嫌を取ることに努めた。二日ほどすると、女の気力は回復したが、その日というのは結婚の日であった。太守がやって来て、外室に案内されて座っている。叔父がやって来て初めて扉を開き、吉女を外に出そうとした。吉女は部屋の中に身を潜めていたが、扉が開くのを見ると、刀を持って躍り上がって、まずは長子を一撃ちにした。長子は一声を挙げて倒れ伏したが、吉女はそのまま声を挙げて、数知れない男女長幼にぶつかっては切り倒し、東に西に駆け回って、人びとは防ぐことができなかった。頭を割られ、顔を破損され、流血が地面に満ちて、誰一人としてこれに立ち向かうことのできる者はいなかった。太守はこれを見て、神魂も飛び失せ、肝胆も消沈して、逃げ出そうにも身体が動かない。ただ部屋の中で障子を固く締めて鍵をかけるばかりで、他に何もできない。吉女は扉の前に立って、手足を使って扉を叩き、蹴り上げ、障子を倒した。そして口を極めて罵り、

「お前は国から厚恩を受けて、この地域を任され、まさに力を尽くして民政に努めて国の恩に報いるべきなのに、今や民を虐げ、邑を漁りまわっている。士大夫の妻を強姦しようなど、これは禽獣でもしないし、天と地がともに受け入れないところではないか。わたくしはこれから死ぬつもりだが、この手でお前も殺して、ともに死のう」

と爽快に言い放ったが、そのことばは刀の切っ先のよう

で、その猛烈な気運は霜雪のようであった。叫び罵る声が四方に響き渡り、野次馬が集まって家を百重にも取り巻いた。大声で称賛しない者はなく、吉女のために切歯扼腕する者もいる。あるいは吉女のために泣き出す者もいて、その間、叔父の親子は身を隠して敢えて出てこなかった。太守もまた部屋の中に屈服して、ただ頭を下げて命乞いをする。

「あなたの貞烈がかくばかりであるのを知らず、凶悪なる者どもに騙されて、この事態になってしまったが、かくなる上は、あの者どもを殺して、あなたに詫びるばかりである。どうか命だけは許してくれ」

すぐに、役人を呼んで、叔父らを捕まえさせて、罵りながら杖撃ちを加えた。血が吹き出し、皮が剝がれ、淋漓たるさまである。そうしてやっと太守は部屋から出て、役所に逃げ帰った。

このとき、隣人が吉女の家に連絡すると、すぐに迎えに来て、吉女を連れ戻った。この事件の顛末をつぶさに申生に知らせると、巡使がこれを聞いて大いに驚きかつ怒った。時の寧辺府使は武人であり、雲山の太守の委託を受けて、吉女が刀を振るって人を殺傷した件で厳罰に処することを請うたが、巡使が急いでこれを中止させ、逆に雲山太守を罷免して終身の禁錮刑に処し、叔父の一族も捉えて厳しい拷問を加えた上で、絶島に流した。奴僕を送って吉女を監営に迎えさせ、厚く褒美を与えてもてなした。しばらく、そこに留まった後、申生は吉女をともなってソウルに上り、阿峴《アヒョン》に数年のあいだ住まい、後には仁川の旧居に戻った。吉女は家をよく治め、家は富裕に至ったという。

▼1【叔父】原文には「従父」あるいは「従叔」とあり、仮に「叔父」としておく。

▼2【趙観彬】一六九一～一七五七。字は国甫、号は悔軒。一七五三年、大提学であったが、竹冊文の制進を拒否して星州牧使に左遷され、また三水府に安置されたが、後に知中枢府事となった。諡号は文簡。

第八一話……妻を咎めたソンビに感化される

昔、ある村に一人の男がいた。農事をなりわいとして、秋には穀物を多く収穫した。ただ、その人となりはどうも手癖が悪く、人のものをかすめ取ることがあった。近所の者にみなそのことを知っていた。

その隣に一人の両班が住んでいて、読書をこととして清貧に甘んじていた。家の四方に壁があるにはあるが、食べるものがなく、いつも腹をすかしていた。その年の八月、いよいよ飢えははなはだしくなり、家財をみな売り払って、やっとのことで口に糊する有り様であった。家にはただ小さな釜だけが残ったが、すでに竈の火が絶えて数ヶ月が経った。

ある日、隣の男がその釜を盗もうとして、闇夜に隙をうかがった。その家の夫人が火を起こして薄い粥をつくり、しばらくして大と小の椀を取り出して、まずは大きな椀によそい、小さな椀にはその残りを注いで、土竈の上に置いて欠けた瓢で蓋をしておいた。夫人は大きな椀をもって行き夫のソンビに進めたが、ソンビは飢えに耐えながらの読書の最中であった。貧しい妻がにわかに粥をもってきたのを見て、驚きながら、

「この粥を作るための金はいったいどこから出たのか」

と尋ねると、妻はそれに答えて、

「たまたま五合の米が手に入りましたので、それでこの粥を作ったのです」

と言った。ソンビは、

「わが家にとっての五合の米は珠玉のようなものではないか。いったいどこから出て来たのか」

と言った。妻は満面に羞恥の表情を浮かべて、答えることができない。ソンビは、

「その出所がわからないでは、私はこれを食べることができない」

と言った。妻は夫のこの固執を十分に知っていたから、やむをえずに正直に告白した。

「わが家の門前の某の田では早稲の穂が黄色になっています。それで、人定（第九話注5参照）の後に、その稲穂の一握りを刈り、それを炒って五合の米を得たのです。それを粥にしました。万々やむをえずにしたことで、慙愧のことばをどう申せばいいでしょう。後日に某の衣服の裁縫をして、そのことを言って、米の値にしようと思います。それで今夜の罪も多少は許されるのではないかと思います。どうか箸をおつけになってください」

妻は夫に千万回も頭を下げて願ったが、ソンビは色をなして妻を叱りつけた。

「天下の万民はそれぞれ自分の力で食べる。士・農・工・商のそれぞれが職をもっていて、某の米の一粒一粒がその辛苦の賜物なのだ。読書子が飢えるか飢えないかと何の関わりがあろう。お前の不潔な行ないもここに至って、寒心に堪えない。これは木の枝で叩かずにはすまない。早く木の枝をもって来い」

妻はソンビのことばに異を唱えず、木の枝をもって来た。ソンビは妻を三度その枝で叩いた。ソンビはまた、

「粥の椀を下げ、粥は地面に捨てろ」

と言った。妻はこれもソンビの言う通りにして、竈の上に置いておいた小さな椀の粥もいっしょに捨てた。そう

して部屋の中に入ってひとしきり嗚咽した。

　けだし、門前の某の田というのは盗みに入ろうと隙をうかがっていた男が耕作している田であった。その男は一部始終を見ていて、はなはだ感服して、良心が油然と沸き起こった。平生の芳しくない習癖もまったく消え去ってしまい、即刻、家に帰り、妻に言って、収穫した米の中でも極上の米数升を出させ、二椀の粥を作らせた上で、みずからこれを手にして、隣家に運んで行った。ソンビにそれを進めると、ソンビは驚き、

「深夜にこの粥と米とは、はなはだ思いがけなく、また、理由のない粥などいただくわけにもいかない」

と言って、固く拒もうとする。隣家の某はそこでやむを得ずに跪いて告げた。

「わたくしは秘かに垣根を越えて、お宅の様子をうかがっていたことを白状せねばなりません。お二人のやり取りをうかがい、ご主人の公明正大ぶりを見て、まことに感服いたしました。そこでこれまでの非を大いに悟り、今は清明浄心でもって粥をもって参りました。わたくしの今の正真の心根を察して、今までのわたくしを見る目でご覧にならなければ、幸い千万です。またこの椀の粥は汚れたものではなく、一粒一粒がわたくしどもの辛苦から出たものです。わたくしはどうして汚れたものでもって、孤竹君[1]のようなあなたに差し上げることをいたしましょう」

　隣家の某は匍匐して頭を叩き、真心でもって粥を進めた。ソンビは心の中で思うに、今の挙動を見ると、隣家の某は不良の人物と言うべきだが、今の挙動を見ると、本当に改心したように見えて称賛すべきである。彼は今や清白の良民だと言っていいし、この貧しい私に貴重な粥を進めようと言うのも、悔い改めた善心から出ているのであろう。それを頑なに拒絶するのは、彼の善行の道を閉ざすことになろう。これは於陵仲子[2]の節義と同じではないか。

　ついに某の持って来た粥を食べた。某はまたもう一つの器を中に入って行って、夫人に進めた。それ以後というもの、某はまったくソンビに心服して、自分の住まいをソンビの屋敷の廓に写し、契約書のない奴のようになって、ソンビを助け、田を耕し、柴を刈り、誠心誠意にソンビに尽くした。ソンビの家勢は増し、繁栄するようになった。

▼1【孤竹君】孤竹は殷の時代の国の名前。孤竹君は周に仕えることを拒否して餓死した伯夷・叔斉（第一〇六話参照）の父親を言う。
▼2【於陵仲子】戦国時代、斉（あるいは楚とも）の陳仲子の別称。於陵に住んだから言う。楚王がその賢明であることを聞いて召し抱えようとしたが、妻の諌めによって固辞し、

逃れて農事をなりわいとした。

第八二話……牛商と山僧の争いを落着させた名裁き

山の中に一人の僧が住んでいて、履を作って売るのを生業としていた。ある日、生麻を買おうと、二両の銅をもって清州の市場に出かけ、その途中で袋が落ちているのを見つけた。その袋を開けて見ると、なんと二十両の銭が入っている。これはきっと市場に行く人が落としたものであろうと考えて、僧はその袋を背負って市場に行った。生麻を買うための二両と袋に入った二十両とを合わせて、馴染みの飲食の店に預けておき、あまねく市場を歩き回って、銭の入った袋を落とした人物を探そうとした。すると、一人の牛商がいて、自分の仲間に話している。

「私は家を出て来るのに四十両の金をもって、牛を二頭買うつもりだった。一頭はまず別の市場で買い、もう一頭はこの市場で買うつもりで、今日の朝早く某店を出発して、二十両の金は牛の背中に積んできたはずなのに、先ほど市場の入り口で初めてなくなっているのに気が付いた。いったいどこに落としたものやら。市場には大勢の人が行き来していて、いったい誰がこれを拾ったかわからない。それにいったい誰に尋ねればいいものやら」

そう話しながら、悶然として眉を顰めている。僧はこれが自分の拾った銭の持ち主だと知って、なくした銭の高を尋ねた。すると、二十両だと言う。何に入れておいたのかと尋ねると、袋だという。僧はそれで確信をして、ともに金を預けた店に行って、すぐに袋を牛商の目の前に出し、中から自分の二両を取り出し、

「これは私が生麻を買おうと持ってきた金だから、もとの二十両をお返ししよう」

と言った。すると、その牛商は急に二十両の金の額をいつわり、言葉を変えて、

「その銅の二両も私のものだ。先ほどは牛の値の二十両のことだけを話して、布を買うための二両については言うのを忘れていたのだ」

と言い出して、固執してやまない。僧が言った。

「これは私が生麻を買うための金だ。私に金を奪うつもりがあったなら、どうして二十両を返そうと言うだろう。ただ二両だけをごまかす理由がどこにあるだろう。あなたは先ほどはっきりと二十両をなくしたと言ったではないか。しかるに今、私の麻を買うための二両の銅を見て、急にことばを変えてその二両も加え、言うのを忘れていたなどと言う。そのような話がどこにあろう。私は山の

中に生活していて、本来、腹黒い心を持たない。道で拾ったものを、その持ち主に帰そうと市場中を探し回ったのだ。ところが、あなたは急に邪心を起こして、私の麻を買う金を一緒にしておいたのを、自分が布を買うための金だったと、とんでもないことを言い出した。これだけ大勢の人のいるところで、よくも恥ずかしくないことだ」

　牛商が言った。

「最初に二十両のことだけを言ったのは、牛の値の方が重大で、大きな数だけが頭の中にあって、小さな布の値についてはまったく忘却していたのだ。しかし、袋の中にあるのを見て、にわかに思い出したのだ。この天下のどこの盗賊が生き仏のような僧侶から、すでに牛の値を返してもらった上に、些少の金まで奪い取ろうとするだろうか。あまりに慌てていたために、忘れていただけのことなのだ」

　衆人が判断するところ、僧侶と牛商の両方の言い分が成り立つ。どちらが正しいとも決めかねた。こうして、二人ともに役所に行って訴えたが、その土地の知府は洪《ホン》養黙《ヤンモク》▼1という人であった。両者とらに言い分を陳述して、知府はその是非を判断した。まずは牛商に言った。

「お前が失ったのは明らかに二十二両だと言うのだな。ところがこの僧侶が拾ったのは二十両だと言う。すると、お前が失った二十二両は、他の者が拾ったことになる。僧侶の拾ったものはお前の落としたものではないのだから、お前は出て行き、お前の金を拾った者を探し出し、きちんと二十二両があるかどうか調べて、そして受け取るがよかろう」

　次には僧に言った。

「お前が拾ったのははっきりと二十両の入った袋であった。ところが、この牛商の失ったのは二十二両だったと言う。すると、お前が拾ったのはこの牛商とは別人が落としたものに違いない。この牛商が落としたものにはお前は関係がない。お前もまたその本当の持ち主を探し出し、その額が二十両であったかどうかを確かめた上で返すがいい」

　二人にそれぞれ言いつけて、退出させた。裁判が終わった後、二人はともに市中に出て行ったが、牛商は頭を垂れたまま無言で、喪中の人のようである。僧は大きな声を挙げて、

「知府の判決が下りたが、この二十両は私に下されたわけではない。私の見るところ、この金の持ち主が他に出てくるはずもない。私は釈迦の弟子として、どうして不当な財物を貪ることができようか」

と言い、ついに牛商を許して、

「これ以後は心を入れ替えて、山の坊主が世間に疎いの

につけ込むのはやめたがいい」

と言って、二十両の金を牛商に与えた。

　これは異例の裁判であったが、市場の人は
「山僧の清廉さよ。あのような僧侶がいて、あのような知府がいる」

と噂し合った。

▼1【洪養黙】この話にある以上のことは未詳。

第八三話……旧主に刃向かって罰された奴

　ソウルに一人の両班がいて、地方に逃亡した奴を探し出そうと、その地に下った。たまたまそこの守令は以前からの友人であったから、役所に行って帳籍を閲覧してみると、その奴の一族は大いに繁栄して、百口あまりに至り、それぞれに家を造って豊かに暮らしていた。役所の威光でもって、主だった者十人ばかりを捉えて来て、男女の名前を没収し、千金でもって贖わせることにし、その期限を十日に決めた。しかし、その奴たちにはいささかも恨む様子はなく、その実情をもって、主人に告げた。

「主人と奴婢のあいだは父と子のようなものです。わたくしの父祖はかつて、あえて主人に背くつもりではなく、凶年に遭って漂泊を余儀なくされ、この地に至ったのです。男子を生み、女子を生み、孫も出来、曾孫までも出来て、今や百人あまりにもなりました。ご主人の恩沢をこうむって、この地で商いをし、農事に励んで、今や一党は賑わっていますが、わたくしどもは父祖の遺言を一時たりとも忘れたことはありません。その遺言とは、『某宅の車引きの奴婢でありながら、他郷に流落することとなり、内外の子孫たちが今や大勢に増えた。しかし、遠く隔たってご主人の屋敷まで挨拶に伺うことも出来ず、何十年の年が過ぎてしまった。お屋敷を出たのも歴々と昨日のことのようだ』というものでした。今はご主人の方から下って来られました。もし父母がこれを拝見しましたなら、この役所での饗応とは別に、父母の情理から、どうしておもてなし申し上げずにいられたでしょう。できますれば、どうかわたくしどもの家にお越しください。以上、包み隠すことなく、わたくしどもの気持ちを申し上げました。恐惶頓首いたします。わが家というのはここから遠くはなく、ただ六足の労ですむ距離にあります。半日も費やしはしません」

　主人はうべない、

「明日、行こう」

と言った。

年老いた奴の数十人が途中で待ち迎え、馬の前で礼拝して、前後を守って直に奴の家にまで至った。内外の大きな門や建物は雄偉で、洞中には他姓の家はなかった。奴の一族はすでに大きな集落を形成していたのである。主人を迎えて堂上に設けた席に座らせ、まずは茶と菓子を進めた。男女の奴婢がいっせいに姿を現した。すべて三、四百はいるであろう。その中には貧しくて、身分を贖うこともできないので、奴婢の身分のまま残ることを願う者もいて、それが数十戸ほどはある。主人は日々に酒肉をふるまわれ、ぼんやりと放心して閑臥しながら、十日が経った。すなわち身分を贖う金の納期である。

その夜の四更ころ、数百名の屈強な奴が主人のいる建物を前後に十重にも取り囲み、また数十名が部屋の中に入り込み、主人を捉え、剣を抜いて脅しながら言った。

「急いで手紙を役所あてに書き、緊急の用事ができた故、暇乞いをすることもなく、このまま帰京する旨を述べるのだ。そうでなければ、あなたの命はこの剣先に懸っている」

両班が書き終えると、その中には文字をあらあら解する者もいて、この手紙を確認する。実に融通無碍に組織立っている。姑息の計でもって、そのことばに従わないわけにはいかない。手紙を書き終えて、名字を書く段になって、彼らが確かめることもない箇所に、年月の下方に「徽欽頓」の三文字を書いて、封書した。その者たちにこの手紙を渡すと、党中の人が飛ぶように駆けて行って、知府に渡した。知府がこれを読んで、年月に至り、その下に「徽欽頓」の文字に至って、大いに訝しんだ。やや久しく考えて、はたと気が付いた。すなわち、「徽欽」というのは囚われの身になった宋の二人の皇帝の名▼1に他ならなかった。両班が奴たちに取り込められたことを意味しているのだ。知府は手紙をもって来た男を捉えて枷をつけて牢獄に入れ、校卒たちを呼んで、

「急いで某里に向かい、一方では客人を役所に帰らせよ。またその一方では、奴として名が記録されている者がいれば、老少男女を問わずに連行せよ」

と命じ、事細かに手順を決めて送った。校卒らは飛ぶようにその家に至った。客人は果たしてその主奴の家に縛られていて、一隊の壮丁たちが庭の周りを取り囲んでいたが、それを突き破って、校卒たちは両班の縄をほどき、馬に載せて監営に送った。その奴の輩は一斉に縛り上げて、監営の庭に送り込んだ。その奴の中の主だった者たちを報告して、首を切り、その他の男たちは、その罪の軽重に従って厳しく罰した。両班には馬を与えてソウルに帰らせ、その奴たちの家産は没収して記録した上、その両班の一行の馬に載せてやった。

▼1【宋の二人の皇帝の名】徽宗と欽宗とをさす。北宋は金と交戦して敗北、一一二六年、徽宗と欽宗の二人は北方の五国城に拉致され、南渡した康王が南京で即位する、いわゆる「靖康の変」が起こる。

第八四話……自殺願望をもちながら、なかなか死ねなかったソンビ

湖南地方に一人のソンビがいた。早くに父母を亡くし、兄弟も、これといった親族もいず、中年になって、妻も失い、また子どもも一人もいなかった。家はもともと貧窮していて、豆の粥さえ日々食べることができない。この世に生きている甲斐もないと思い、みずから死ぬことを考えるのだが、それもなかなか難しい。

そんなとき、凶暴な雌虎が俗離山から出て来た。長《チャン》城《ソン》（全羅南道長城郡）の葛峙《カルチ》あたりに棲息して、白昼にも横行して人をまるで瓜のように食べた。道行く人もぷっつりと絶えて、すでに一月が経った。書生はこれを聞いて、死に場所が見つかったと考えた。山の麓まで行って、暗くなるのを待ち、頂まで歩いて行ったが、その行程は三十里ほどあった。岩石が険しく、樹木が鬱蒼と生い茂り、まるで蜀に至る道のようで、羊腸の険と言うべきである。最も高い頂にたどり着いて、脚を伸ばして座り、虎でも狼でもいい、早くやって来てわが身を食べてくれないかと待ったが、忽然として現れたのは、背中に山のような荷物を積んだ男だった。男の方も、思いがけなく、ソンビがひとりで座っているのに出くわし、背中の荷物を路の左に下ろし、欣然と挨拶をして、慇懃に告げた。

「私が背負って来たのは鉄丸です。山の獣が人命を損なうと聞いて、これを除去せんものと、この鉄丸を持って登って来て、今、この場所にたどり着きました。占ったところ、虎はきっとこの場所に現れます。その頭を砕き、腰を折って、行路の人びとの危害をなくそうと思ったのですが、来てみると、すでにあなたが来て、深夜一人座っていらっしゃる。私は先を越されてしまったようだ。しかし、私一人の力でも十分だが、あなたと力を合わせれば、あの物など老いた鼠、腐った雛鳥に過ぎない。私はこうこうする。だから、あなたはこうこうしてほしい」

ソンビはそれを聞いてあわてて、すぐには答えられない。しかし、その答えを待たずに、男の方は岩の角に置いてあった一握りの棒を持って、峰の上の方に飛び上がり、そのかけ声は天地を振動させた。ソンビは心の中でつぶやいた。

「彼は私の力を買いかぶっている。私が加勢してもしなくても同じこと。私はもともと無力だし、困窮の極みに

あるこの一人の身を、本当は虎口に投じて喰われようとしているのだ。無力だとて、なにも恐れることはない。泰然と座って待つだけのことだ」

しばらくすると、一頭の虎が大きく吼えて林を震わせた。勃然と姿を現し、林を飛び越え、絶壁を駆け上った。鷹が獲物にとびかかるような、矢のような速さである。一瞬のあいだに、すでにソンビと相対するところに至った。その獰猛な獣が坂を駆け下りる勢いでやって来て、その距離は木々が枝を重ねるほどの近さである。虎はソンビを脅すのに尻を下げて吼えたが、すでにひとっ飛びの近さにいる。進むこともならず、退くこともならないところだが、ソンビの本意はと言えば、虎に喰い殺されたいのだから、どうしてこれを恐れる必要があろう。ソンビは徐々に前進して行き、その虎の頭を撫で、その鬚を触った。まるで愛玩する動物を見るような眼で見ると、虎の方も眉を下げて眼を細め、向かって来ようとはしない。むしろ憐れみを乞うもののようで、ついに書生は虎の体をなで回し、あるいは頬ずりをし、頭を大きく開けた口の中に入れて噛ませようとした。さまざまに試してみたものの、ついに自分を害そうとはしない。

そこで、ソンビは葛を多く折ってきて、縄のように編み、その先に大きな輪を作って、虎の首にかけた。縄を枝にかけてぐいと引き上げると、虎は宙づりになって、縄の端を他の木に結びつけておくと、虎はすっかり魂魄を失ってぐったりとして半ば死んだようであった。ソンビは虎口の下に泰然と座している。鉄丸を負ってきた男は、山の上にいて、ソンビが悠々と虎を空中に引き上げるのを見て、すっかり驚いて急いで山から下りて来た。そして、拝礼をして言った。

「もとよりあなたが一頭の虎など恐れもしないことは推察してはいたが、生きている虎の首をつかみ、またその口に頭を入れるなど、昔の書物にも、今の書物にも見られないことであろう。私が背負って来た鉄玉は重さが四十斗もあったが、あなたはただ三尺の童子に異ならない大きさだ、本当に驚いてしまった」

ついに虎を殺して、皮をはぎ、虎の死体を鉄丸の上に載せて、ソンビとともに山から下りて来た。酒店に座り、虎を煮て肴にして、一晩、酒を酌み交わして、朝になって別れた。虎の皮はソンビが持って行くように進めたが、ソンビはかたくなに断った。男は自分の嚢から十金の銅を出して、これを納めるようにいったが、書生はその半分だけを受け取って、たがいに別れた。男は名残を惜しんで、涙を流した。

ソンビは五両の銅を手に入れて、ぼろ家に帰って来た。その身の上はなんら変わらず、惨めなばかりである。葛嶺の虎のことを思うと、はなはだ奇怪至極であり、福のない者にとっては、鶏卵にも骨があると言うべきである。窮迫した身は死ぬのさえ困難なのかと慨嘆しながら、ある日、たまたま家の中の箱を開けてみると、一枚の文書があった。それによると、ずいぶん前に逃亡した婢がいて、霊光《ヨンクァン》の法聖島《ポプソンソム》▼1に住んで家産が繁盛して、一族は増えて今や数百家にもなったから、ソンビの数代前には常人の身分を買わせようという目論見があったが、その一族があまりに強勢であったために、断念したというのであった。

ソンビはこれこそ恰好の死に場所だと思い、翌朝には書類を携えて、単身で飄然と旅に出た。幾日かの後には法聖島に着いたが、その奴婢の家は、文書にあったように、たしかに富み栄えていた。直接、その首長の家に行って、文券を示して、大きな声で一喝した。

「常民の身分になるのに五千両を納めるがいい。星火のように急いで、三日を期日とするのだ」

突然の挙であり、号令の急なことも、まるで狂人のようであった。その者たちもこれに応じる振りをして、その対応は流れるようであったが、しかし、その心根を誰が知っていよう。三日目になって、ソンビが一人で座っていると、外の方で人の声がして険悪な雰囲気である。五、六十人の壮丁がいるようで、それぞれが棒を持ち、ぐるりとソンビのいる部屋を取り囲んでいる。まるで鉄の桶の中にいるのと同じである。その時機がやっとやって来たと言うべきである。もともと寝ても覚めても死にたい一念で、その機会がないのを恨みに思っていたのである。今、この事態に至って、宿願が叶ったわけで、どうして恐れる必要があろうか。灯りを点して、その瞬間が来るのを待った。

しばらくすると、一人の丈夫が扉を開いて踏み込んで来た。しかし、ソンビの顔を見て急に引き下がり、欣然たる表情を見せ、膝を曲げて挨拶をした。

「なんとあのソンビ殿ではありませんか」

と言う。ソンビは怪訝に思い、

「お前は誰だ」

と尋ねると、

「葛嶺の上で一夜ご一緒したものです。あれから三年が経ちます。ソンビ殿がわたくしを忘れても、どうしてわたくしがソンビ殿を忘れることがありましょう」

と言い、また部屋を取り囲んでいた者たちを大声で呼んで、

「お前たちはそこでソンビ殿のことばを待つのだ。もし私が来ていなかったら、お前たちはみな死んでいたところだ」

と言い、葛嶺での虎退治の顚末を仔細に話して聞かせた。人びとは一時に戦慄を覚えた。

その男はまた書生に対して詳細に告げた。

「あの者たちは海島の教化の及ばない民で、綱常の重さを知りません。思いもかけないことを企んで、百里離れたところに住んでいるわたくしを呼びつけました。わたくしも事情を知らずに人事を誤ち、ここに駆けつけましたが、あの者たちが刀で切られるべき罪は言うまでもなく、わたくしもまた当然、斬殺に遭って当然です。しかし、ソンビ殿の大きな度量でもって、どうして禽獣に異ならないような者の生命など気にかけられましょう。五千両はいささか無理がありますが、彼らの家産を傾ければ、二千両はなんとかなりましょう。わたくしみずからが集めて、お宅にまでもって上がります」

さっそく、その地の奴たちに告げて、五日後には二千金を集め、これを十頭あまりの馬に載せ、一時に出発した。ソンビも馬に乗ったが、特別に用意した鞍をつけた馬であった。その男は馬子たちの先頭に立って鞭をとって指揮し、荷物をソンビの家に送り届けた後、翌朝には挨拶をして、別れを惜しみながら、帰って行った。

ソンビは二千金でもって、妻を娶り、田畑を買って産業を興し、富裕となった。八人の男子と三人の女子に恵まれ、代々繁栄した。一族の住まっているのは虚風洞だという。

第八五話……占いを信じて寡婦を娶る

湖南地方のソンビに李基敬《イキキョン》▼1という人がいて、文章の才能はあったのだが、なかなか科挙には及第しなかった。しかし、かならず及第しようと田畑を売りつくし、次の科挙に存廃を賭けようと思い、名のある占い師に占ってもらった。占い師は言った。

「今回の受験に際しては死の災厄も現れているが、その死さえ免れたなら、きっと及第なさろう」

李氏が、

「その災厄を逃れる術を教えてもらえまいか」

と言うと、占い師は言った。

「道中で素服の女人に出会うことになる。その女人さえ得れば、死から免れることができよう」

李氏はソウルを目指して旅立った。数日後、大きな川の畔の柳の木の下で、女が洗濯をしていた。その横にうら若い、なんとも美しい女子が素服で佇んでいた。女子は前方をじっと見ていたが、馬に乗った李氏の姿を見ると、急に身を翻して、走って立ち去ろうとした。李氏はそれを見て占い師のことばを思い出し、馬の速度を緩め

▼1【霊光の法聖島】全羅南道霊光郡の北西の海岸にある島。

ながら、その女の後を追った。女が大きな屋敷の門の中に入って行ったので、李氏もそれについて入って行き、馬を繋いで、堂の上に昇り、その家の主人に拝礼した。主人というのは白髪の老人だった。李氏が、

「ただ今、科挙を受けるためにソウルに向かう道中ですが、旅費が乏しく、旅店に宿泊することができません。できれば、お宅に一泊させていただきたいのですが、いかがでしょうか」

と言うと、老主人は欣然としてこれを許し、奴僕を呼んで、夕飯の支度をさせ、馬に水をやって飼葉を飼わせた。李氏は幸いに宿所を得て、その家を見回すと、内外を隔てる塀▼2がはなはだ高く作ってあって、身体に翼が生えていない限り、飛び越えることはできない。どのように入って行けばいいかもわからない。夜になっても眠ることができず、窓から朝の光が射している。李氏は心の中に一計を案じ、病に託《かこ》つけて臥すことにして、日がすでに高くなっても出発しなかった。老主人が杖をつきながらやって来て、李氏がいつわって呻吟する様子を見て心配した。ねんごろに容態を尋ねてなぐさめ、

「このように容態が悪ければ、旅を続けることはできまい。旅店の粗忽な扱いでは病気を治すことはおぼつかない。幸いわが家は貧しくはない。数日、わが家に泊まって、療養なさるがいい。遠慮なさらずともいい」

と言った。

李氏は幸いに逗留を続けることができたが、一日中考え続けても、いい策が出て来ない。日が暮れると、中の門を固く閉ざしてしまった。夜中になって歩き回って、塀の下の方を見ると、馬小屋の壁板の下に小さな穴が開いていて、身体を入れることができそうである。這いつくばって首を伸ばして頭を入れ、左右に身を捩りながら、かろうじて中に入り込むことができたが、そこはすでに西房である。

灯りを明るく点して、婦人が読書をする声が朗々と聞こえる。東房の方には灯火が点っているものの、寂として人の声がない。ひそかに窓の下まで進んで行き、指の先を唾で濡らして、障子に穴を開けて中をうかがった。壁の下には布団が敷いてあって枕が置かれているが、今は人はいない。これはきっと素服の婦人の部屋であろうと、身を躍らせて上に上がり、そっと扉を開けて中に入り込む。灯りを吹き消して、部屋の隅に身を潜めた。しばらくすると読書の声がやみ、その婦人が東房の方にやって来た。扉を開けて戸口に立ったまま、

「この部屋の灯りはなぜ消えたのかしら。油はたっぷり注いであったから、長く保つはずなのに、わけもなく自然に消えるなんて、おかしなことだわ。婢女の某は母親の祭りのために出ていないし、さてどうしたものかしら」

すこしおかしいと疑いながら、部屋の中に入って来て、布団の上に座って、衣服を脱ぎ、布団を上げて身を横たえようとしたとき、李氏はかすかな声で、

「お願いですから、ご婦人は私を活かしてください」

と言った。婦人はどうもおかしいと疑いながら、今度は男の声が聞こえる。驚いて、布団を抱きかかえて座った。低い声で、

「いったいあなたはどなたですか」

と婦人が尋ねるので、李氏は、

「私は外屋に宿泊させていただいている者です」

と答える。婦人が、

「あなたはどのようなつもりで奥の部屋に入り込んで来たのですか」

と言うと、李氏は話し出した。

「私は科挙を受けるつもりで、占い師に占ってもらったところ、占い師が言ったのです。『今回、科挙のためにソウルにおもむくとき、途中で素服の女子を得れば、かならず及第し、そうでなければ、かならず死ぬことになる』と。それで、私はかならず及第し、死にはすまいという一念から、死を冒して忍び込んで来たのです。私が生きるか死ぬかはすべてあなたにかかっています。どうか私を活かしてくださらないでしょうか」

婦人はその話を聞いて、黙々と考え込んでいたが、しばらくしてため息をつき、話した。

「わたくしは昨日、心がどうも鬱々として塞いでいたものだから、婢女の洗濯でも見ようと川の畔に佇んでいたのです。そこで、思いがけなくあなたにお会いしたのですが、これもまた天生縁分というべきでしょう。人の生死もまた天の定めるもの、どうして軽々しく人を死なせることができましょう」

そうして、ついに枕をともにすることを許したが、そのときに、

「わたくしは先日の夢に、わたくしの胸と腹の上に黄竜が這うのを見ました。今回、あなたはきっと科挙に及第して、名前を天下に広めることになります。故郷に錦を飾られるとき、わたくしをお捨てにならず、きっとわたくしを連れて帰ってください」

と言った。李氏はこれを許諾して、後は雲雨の交わりを行ない、事が終えると、また身を潜めて出て行った。一眠りをすると、もう夜が明けた。老主人がまた杖をついてやって来て、慇懃に容態を尋ねたが、李氏は、

「幸いにご主人のご恩を被って、両日のあいだ療養したお蔭で、すっかりよくなったようです。今日は旅立とうと思います」

と言い、老主人に暇を告げてソウルに上り、科挙でははたして榜目（合格発表）にたかだかと名前が挙がった。

三日の遊街▼3を終えて、湖南に帰ることになったが、婦人はしきりに老主人に、

「今回の科挙ではいったい誰が及第しましたか」

と尋ねる。老主人が調べさせてみると、はたして李生の名前が及第者の中にあった。女は大喜びで新しく一襲の衣服をこしらえ、盛大に宴会の用意をさせ、毎日のように人を街道筋に立たせ、湖南の新恩の帰郷の日を尋ねさせた。ある日、その一行がはたしてやって来た。人をやってこれを屋敷に招き入れ、老主人がまずお祝いのことばを述べた。しばらくすると、婦人が今までの素服を脱いで華麗な衣装に着替え、中から出て来た。李氏に再拝した後、老主人に向かって謝罪して、

「わたくしはご舅に百年のあいだ仕えようと思っておりましたが、過ちを犯して、この事態に至りました」

と言い、そうして、初めて李氏と会い、貞節を曲げて、結婚を誓ったことを詳細に語り、一杯の盃に酒を満々と注ぎ、跪いてこれを進めて、

「ご舅さまはこの盃を飲み干し、万歳の寿命を享受なさってください」

と言い、再度、拝礼をして別れを告げた。待っていた輿に乗って、李生とともに出立し、翩翩《へんぺん》として李生の故郷に帰った。李生はその後、官職は二品に至った。

▼1【李基敬】『朝鮮実録』英祖四十七年（一七七一）三月丁酉に、李基敬を同知となす、基敬は全州の人で、門地はただ寒にして薄く、文芸があり山林の門に出入りし、洪啓禧がこれを取り立てたとあるが、また正祖三年（一七七九）二月庚申には、李基敬はもとは微匹であったが経術に仮託して人びとを惑わしている、流竄に処すべきだという記事がある。

▼2【内外を隔てる塀】伝統的な朝鮮の住宅では男女の生活空間は異なる。外は男の居住空間、内は女の居住空間であり、二つを塀が隔てることになる。付録解説2参照。

▼3【遊街】科挙の及第者が広大（芸能者）を先に立て、音楽を奏しながらソウルの町を練り歩き、恩師や先輩、親戚などを訪問したのを言う。合格発表から三日のあいだ行なわれた。

巻の七

第八六話……駆け落ちした妓生の内助の功

　むかし、ある宰相が関伯（平安道観察使）になった。一人息子がいて、年は十三歳、容貌も美しく才芸にも富んでいたので、父親はこれを偏愛した。官営の妓生の中には息子と同年の童妓がいて、これもまた美しく才芸もあったので、父親は息子の部屋でいっしょに文章を作ったり、書を書かせたりしていたが、そのうちに二人はおのずと枕を交わし、その情愛はまことに親密であった。父親の任期が終わってソウルに帰ることになった。たがいに別離を悲しみ、手を取り合って、泣きながら別れた。

　ソウルに戻ると、父親の家は騒がしく、勉強に専念できないのではないかと懸念して、息子には書物を風呂敷に包んで背負わせ、山寺に行って学問をさせることにした。

　息子はそうして数ヶ月は我慢していたものの、あの妓生のことを思い出すと、居ても立ってもいられなくなった。ある日、山門を出てただちに関西を目指して行った。そうして平壌城に到着して、すぐにその妓生の家を訪ねたが、妓生はいず、その母親だけがいた。息子と母親は初対面で、たがいに知らない。息子は、自分の名前を名乗り、

「娘御はどこにいますか」

と尋ねると、母親は、

「娘は新しいお役人の随庁[1]になって、その寵愛を受けるようになり、少しの間も外にだしてはもらえない。遠くからいらっしゃっても、会うことはできません」

と言った。息子はこれを聞いて、はなはだ落胆した。妓母はそれを見て、

「せっかく遠くからいらっしゃった。しばらく逗留して身体を休めて帰られるといい」

と言った。息子はそれに対して言った。

「千里の道を跋渉して、一目もその顔を見られない。無駄足を踏んで、そのまま帰ることになるとはなあ。それじゃ来なければよかった。できれば、私のために策を練ってもらえまいか。一目だけでも顔を見られれば、私の気は済むのだ」

　季節は冬で、母親は言った。

「もし雪が降れば、城内の住民は監営の中に入って行って、雪掻きをすることになります。その人びとにまぎれて庭の雪掻きでもしていれば、娘の顔を一目くらいは見ることができましょう」

　息子はそうするしかないと思い、母親のことば通りに雪の降るのを待った。はたして、一夜、大雪が降って、

城内の人びとはみな雪掻きに駆り出された。息子も頭に笠をかぶり、腰に藁縄を束ね、手には箒を持って、人びとともに役所に紛れ込んだ。しかし、心は雪掻きどころではない。しきりに笠を上げて屋内を盗み見する。すると、随庁の妓生たちが出て来ては雪掻きの人びとを見て楽しんで、特に息子の動作の緩慢なのを見て、指を指しては笑った。息子が頭を上げてちらっと見ると、あの妓生もその中にいた。妓生の方もまた息子がわかって、身を翻して中に入って行き、ふたたび出ては来なかった。息子はため息をついて帰り、母親に語った。

「私はとてもあきらめきれない。とぼとぼと歩いて帰ってきたが、あなたの娘はなんとも無情で、すぐに中に入って、二度と出て来なかった」

ただただ恨めしく、嗟嘆するのみで、転輾として寝付けない。積もった雪に月明かりが冴え冴えとして、北風がいよいよ激しい。すると、にわかに歌声が聞こえ、遠くからだんだん近づいてくる。

雪がやんで雲は消え北風はいよいよ激しい。
楚の川と呉の山は道行きが難しい。
（雪晴雲散北風寒、楚水呉山道路難）

その歌声は清絶かつ嫋々として、その家の方に向かって来る。そうして門を入って来て、母親に向かって、

「あの書生の方は来ていらっしゃいませんか。どこにいらっしゃるのです」

と尋ねる。息子はこれを聞いて、扉を押して躍り出た。あの妓生である。そこで、手を取って、部屋の中に入って、ありったけの思いを語り合い、妓生は息子の遠くからやって来た気持ちを慰めた。そして、妓生は語った。

「わたくしは長官にことのほかに寵愛されて、しばしの間も離してもらえません。しかし、あなたがいらっしゃっていることを知って、どうして会わずにいられましょう。そこで、亡くなった父の祭祀のことを言い出して、ただ一夕だけの暇をお願いしました。明るくなったら、また帰って行かなくてはなりません。二人が会うことのできるのは今晩だけなのです。今後はたとえいらっしゃっても、お会いすることができません。どうして恨めしく思わないでいられましょう。いっそのこと、このまま逃げてしまいましょう。そうしてずっと一緒に楽しく暮らすのが、よくはないでしょうか」

息子も、

「そうしよう。お前の言う通りだ」

と答えた。妓生は箱を開けて金銀宝貝の類や装飾品を取り出し、綾羅、錦繍、衣装の類をみな風呂敷包みに包んで背負い、母親には告げずに、息子とともに駆け落ちを

した。殷山《インサン》（平安南道にある邑）の地に至って小さな家を買い、持ち出した装飾品を売っては生活の資とした。ある日、妓生が言った。

「わたくしたちは駆け落ちして、今はこうして暮らしていますが、このままの状態で長くいるわけにはいきません。ましてあなたは宰相の家の大切な子弟であるにも関わらず、いやしい妓生に入れあげて、父母を顧みずに、この地に身を潜めていらっしゃる。罪を得て倫紀に背くことが多であると言わねばなりません。このままでどうしていいわけがありましょう」

息子は妓生の話を聞いて、はたと悟ることがあって言った。

「それなら、いったいどうすればいいだろうか」

妓生が言った。

「ただ科挙に及第なさって罪を償うしかありません。あなたがこれまで読まなかったのはどんな書物でしょうか」

息子が答えた書物を購っては、その書物を読むように進め、もし息子に怠ける様子が見えると、その膳の皿の数を減らして苦言を言い、昼夜にしばしの休息も取らせなかった。さらに多くの書物を買い求めて読ませ、数年が過ぎて、妓生が言った。

「いま、あなたはたくさんの知識を蓄えられましたが、これを科挙の文章に作り上げることはおできになるでしょうか」

息子は答えた。

「私はそれを作ってみようと思うのだが、どのように作ればいいのかがわからないのだ」

そこで、妓生は邑中を探しまわって巧みな文章家の文書を求め、また最近の科挙及第者の文章を探し求めて、息子に与え、

「これらの文章をまねて作ればいいのです」

と言った。息子はもともと才能があり、またこの数年来、読書を続けたので、日々に文章が巧みになり、模倣して作った文章はどれもこれも佳作と言っていい出来であった。妓生はこれを清書させて、邑内の文章家に見てもらったが、称賛しない者はいなかった。妓生が、

「そろそろ科挙をお受けになりますか」

と言うと、息子は、

「よかろう」

と答えた。

まさに科挙が行なわれる年に当たって、妓女は旅費と衣服を用意して息子を送り出した。息子はソウルに上って、旅宿に泊まった。科挙の日の朝には試験会場におもむき、文章の題が出されると、筆をとってすらすらと書き上げて試券を提出した。結果の発表があって、書生は

一等であった。

そのとき、父親の宰相は試験官として科挙に参与していた。その文章を第一等として、王さまにご覧に入れた。王さまもまた文章を称賛なさったが、秘封されているところをお開けになると、その名前はご存知ないものであったが、その父の名前を見ると、すなわちその宰相の名前である。王さまは宰相を振り返って、

「なんだ、あなたの子どもではないか」

とおっしゃり、試券をお投げになった。宰相がきょとんとしながらこれを見ると、たしかに自分の名前が書かれていて、しかも官職もまた前平安監司とある。忽然と涙が込み上げてくる。王様が怪訝にお思いになって、どうしたのかお尋ねになると、宰相は起伏して申し上げた。

「私には確かに息子がおりましたが、死んですでに十年が経ちます。この人物が何者なのか、本当に存じません」

ついに名前を呼び上げて、その及第者を御前に召された。息子は榻《しじ》の前に匍匐しながら進み、王さまのお尋ねに対して、息子は一部始終を詳細に申し上げた。宰相もまた横でそれを聞いていて、初めてわが子が死ななかったのを知った。王さまは面白い話だと思われ、父子のために特別に音楽の演奏を賜った。宰相には卒榜▼2をして家に帰るように命じ、殷山の役所にはその妓生を連れて来るように命じられた。妓生は輿に乗ってやって来て、その息子の小室となって一生を終えた。

▼1【随庁】ここでは地方官衙に属する妓生がソウルから赴任、あるいは出張して来た役人たちの相手をすることを意味する。
▼2【卒榜】放榜、すなわち及第者発表の翌日、及第者が王に拝謁する際に、親族の長上がこれについて先導することを言う。

第八七話……嘘から出たまこと

広州《クワンジュ》の地に、文も武も身につけず、家門も低く貧しく、と言って、農業にも勤しまず、ただ妻の内職によって過ごしている人がいた。いささかの親戚関係と情誼のある人を頼ってソウルにしばしば出没しては三十年が経った。しかし、その人物と才能になんら取るべきところがなく、また一人の官人とも交際をすることができなかった。妻はこの夫をなじって言った。

「ソンビとしてしばしば上京する人間は、着実に学問をして科挙に及第して官職に就くことを考えるか、そうでなければ、権勢のある家に近づいて、それに頼って職を得ようとするものです。なのに、あなたときたら、眼に

一丁字もなく（無学で）、科挙など論外で、と言って、三十年もソウルに行き来して、権門に一人の知り合いも出来ず、また誰かに挨拶にうかがうということもしない。いったいどうことなのですか。ソウルでは酒色に耽り、雑技にかまけているだけなのじゃありませんか」

夫は妻のことばは道理だと思って恥じ入り、返すことばもなく沈吟していたが、ややあって、嘘をついた。

「私は病気の人間ではない。三十年ものあいだ、どうしてソウルでいたずらに過ごしたろう。某姓の某とやや親密になったが、某は私の困窮を心配してくれて、いつも『私が平安道監司になったら、君の面倒も見ようじゃないか』と言ってくれているのだ。某は昨年には科挙に及第して、今は応教の職にある。私はソウルに上るたびに、某の屋敷に泊まっている。早晩、某の力で仕事を得られよう」

妻はそのことばを聞いてからは、毎月の朔日と十五日には甑でお供えの餅を蒸して、某が平安道監司になることを天に祈った。そうして、いつも某の官職が上ったかどうかを尋ねたが、夫はまだだと言って騙し続け、六、七年が経った。たまたま親戚の人がやって来て、某が平安道監司になったことを話した。夫はそのとき、ソウルに行っていたが、妻はその帰りを待って、裸足で門の外に出ていった。

「某はこのたび平安道監司になられたそうですね。どうして行かれないのですか。明日すぐに行ってください」

夫はそれを聞いて困ったが、

「まだなられたばかりだ。もう少し待った方がいい。そんなに急いては失礼だろう」

と答えた。妻はそのことばを信じて、三ヶ月後にふたたび催促した。

「どうして行かれないのですか」

夫は答える。

「馬がないではないか」

馬を借りて用意すると、

「身体の調子が悪いのだ」

そこで、

「誰か人をおやりになればいいでしょう」

と言うと、

「いったい誰が私のために千里もの道を行ってくれると言うのだ」

と答える。妻が

「隣邑の某に頼みました。それについて行く従僕も用意しました」

と言うと、

「手紙がなければならないだろう」

妻は大きな書簡用の紙をもって来た。夫はあれやこれやと言い逃れをしたが、進退窮まって、もうどうしようもない。一晩中、考えあぐねた結果、ついに意を決して、紙の表に「箕営節下下執事入納　露真斎上侯書」と認めた。そして、その裏に書いた。

「わたくしは平凡かつ無才なソンビとして、今や生活に困窮し、閣下との雲と泥のような身の上の懸隔を顧みず、また平生の知己を得ないまま、このお手紙を差し上げますが、閣下には怪訝に思われるに違いありません」

そうして、これまでの経緯をありのままに記した。

「わたくしは迂闊にこの世を過ごし、散漫な性格のために、若くして学問を放棄し、農業にも勤しみませんでした。用もないのにしばしばソウルに上っては、盃のおこぼれも冷や飯も嫌わず、一年、二年と過ごして、また郷里に戻っておりました。貧しい中に置かれた妻子はそのわたくしを楚と越を行き来する人のように見て、郷党の人びとも仕事をしないわたくしを卑しめ、親戚も爪弾きをしていますが、わたくしには過ぎた賢婦人である妻が祭祀を絶やさず、子女を育てて、やっとのことで家としての形をなして来たような有り様です。

家長としてのわたくしはあって無きがごとくで、すでに三十年がいたずらに過ぎました。ある日、妻が三十年もソウルへ行き来をしていて、一人として長者との面識を得ていないのかと言い出しました。女子のことばではあっても、それにどう答えていいかわからず、閣下が儒生のときから文名が高く輿望もあって、かならず大成なさるだろうと評判でしたので、そのお名前をお借りしたのです。ことばを飾って妻を慰め、『あの方は私とは膠漆のように親しい間柄で、私とは固く約束を交わしているのだ。すなわち、自分が平安道監司となったら、きっと私に庄園一つを与える、とな』と言ってごまかしていたのです。

それが六、七年前のことで、まことに一時の弥縫の言い逃れに過ぎませんでしたが、老妻はこれを真に受けて、信じ込んで疑いません。それ以後というもの、甑で餅を作り、沐浴して洗髪しては祈禱をして、その祈りの内容はと言えば、閣下が平安道監使におなりになることばかりでした。特に閣下が及第なさって後は祈禱に精魂を込めて、その実現をひたすら待ち続けて、いつも『あの方は今どんな官職に就いていらっしゃいますか』と尋ねます。わたくしは閣下とはまったく面識はないにもかかわらず、ただ前言が嘘だったとばれるのを恐れて、『去年は某官、今年は某官だ』と一々に答えてやり過ごしておりました。

ところが、最近、妻が本当に閣下と親しくしている方の親族と会い、閣下が平安道監司におなりになったことを聞いて、わたくしに『お願いに上がりなさい』とせっつくのです。わたくしがいかほど困っているかご想像ください。『馬がない』と言うと、馬を用意して来て、『病気だ』と言うと、『人をやればいいのです』と言って人を雇い、『手紙がなければだめだ』と言うと、大きな紙を持って来て書かせて、ついにこの事態に立ち至りました。

わたくしはますます困り果て、これを止めようとすれば、前言が虚妄であったことが露見し、しばらく文章の修行と思ってこれを書いて、閣下との面識のないのを恐れず、自分の現在の窮状と悶悩とを述べ、やむを得ずに事の顚末を書き記しました。閣下はどうぞわたくしを憐れんで、お許しください」

書き終わって封をして、これを妻に渡すと、妻はさっそく隣邑の某を呼んで、旅費とともにこの手紙を託した。隣邑の某はその家の下僕とともに平壌の官営に至って書簡を上納した。監司はこれを開いて読み、そうして考え込んで、独り言を言った。

「私が弘文館に昇るようになって後、月の初めと十五日にはいつも一軒の家に行く夢を見る。その家の夫人がいつも清潔に沐浴して、澄んだ水で甑を用いて餅を作って供え、手を合わせて天に向かって、『某をかならず平安道監司にしてください』と祈るのだ。その某というのが実に私の名前なのだ。心に中で不思議に思いながら、その理由がわからなかった。ところが今、この手紙を見ると、夢の兆しと符合する」

忽然と悟って、一つにはその情理を憐れみ、一つにはその真心に感じ入って、ついにやって来た人たちを前に呼んだ。監司は、ソンビの家の繁栄ぶりについて、主人の身体の具合について、子どもたちは大きくなったかどうか、一々を詳しく尋ねて、まことに竹馬の友であるかのようであった。下僕はその心の中で、自分の主人は本当にソウルに成功した親友をお持ちだったのだ。今はたとえ田舎で困窮なさっていても、あなどるわけにはいかないと、あらためて感じ入った。

監司は、隣邑の某と下僕を官営に泊めて、ご馳走を出してもてなした。二日の後には二人を呼び出して、

「お前どもの主人のソンビは、はたして私の竹馬の友だ。そこで若干の財物を送りたいが、お前が持って帰るにはいささか重すぎよう。そこで、役所の方から馬に載せて送ることにするが、お前の主人はたしか薬果が好物だった。そこで今は一櫃だけお前にもたせよう。お前はこれを見てみるがいい」

と言った。隣邑の某が蓋を開けてみると、はたして油蜜果であった。蓋をして油紙でこれを包み、細縄で持ってこれを結んで、封をして印を捺した。また、いっしょにやって来た下僕に父母の有無を尋ねて、二十五の薬果を

別に包んで父母に差し上げるのだといい、手厚く路銀まで与え、さらに手形まで与えて、旅を容易にさせた。

使いの者たちが帰って来るころになり、妻は期待に胸を膨らませる一方で、夫の方はその孟浪な嘘八百のために、憂鬱なること万端で、病ならざる病となった。ある日、妻が息を切らせてやって来て、

「平壌に行った者たちが帰ってきますよ」

と告げた。妻は外に出て行き、軒の下で待ち迎えたが、ソンビは家の中に入ったまま、あえて戸を開くこともせず、隙間から外の様子を覗いた。はたして隣邑の某がやって来て、背中に何やら封をしたものを背負っている。半信半疑でいると、その男はうやうやしく拝礼をして中庭に入って来る。夫人がまずは長旅の苦労を慰め、背中に背負っていたものを指して、

「それはいったい何でしょう」

と言うと、隣邑の某は答札を懐から出した。ソンビは出て来て、それを見ると、

「露真斎執事回納」とし、下に「箕伯謝状」とある。そして裏には次のようにあった。

「遠方からお手紙をいただき、まるで向かい合ってお話をうかがっているようでした。弟のわたくしは赴任して長くはなく、公務が多端で煩悩すること頻りです。今は千里を離れていて、いらっしゃることが難しくとも、後日、ソウルに戻りましたなら、きっとお会いして、心置きなくお話をいたしましょう。薬果を一櫃お送りします。お気に召すようなものは何もございませんが、」

ソンビは急に元気になり、士大夫の気象を発揮して、扉を押し開いて出て来て、どっかと座り、下僕を呼んで言った。

「千里を旅して、さぞ疲れたであろう。ご苦労であった」

下僕は言った。

「いろいろとご配慮いただき、何ごともなく往還いたしました。なんの苦労もございませんでした。監司にも恩沢を蒙って、母親にまで薬果をいただきました。旦那さまの徳沢がなければ、どうして監司にもこのようなもてなしを受けることができたでしょうか。ほんとうに盛大なおもてなしでした」

と、その接待の一々を大仰に述べて、

「この薬果を早く父母に食べさせたいものです」

と言って、出て行った。ソンビの顔には生気が戻り、中に入って櫃を開け、ひとしきり薬果を食べた。これまでの生涯で口にしたことのないような美味であった。夫婦は互いに顔を見合わせ、その無上の味わいを称賛した。次々に食べたが、櫃に中は二重になっていて、穴があって、それに指を入れて開けてみると、その中には質のい

い銀が一斗ばかり入っていた。その値は万金にもなったであろう。ソンビ夫婦は大いに喜び、思わず三丈ほども飛び上がった。ソンビはその銀でもって土地を買い、ついには広州きっての富者になった。

第八八話……申聞鼓を打って夫の冤罪を晴らす

羅州《ナジュ》に一人のソンビがいた。家は貧しくて、奴婢はいず、みずから農作業を行ない、妻と娘もいつも郷人とともに内外の区別なく、門前の数畝の畑で働いた。娘は簪の年を過ぎてもみずから鋤をもって野良仕事をしたが、隣には常民の畑があり、男が同じように野良仕事をしながら、冗談を言ってその娘をからかった。娘は怒って言った。

「わが家は両班で、お前は常漢に過ぎない。どうして私を侮辱するのか」

男が言った。

「お前の家のような両班なんて、わが家の下の汚水同然だ」

娘は怒って家に帰り、塩水を飲んで死んだ。

その父親は常漢が娘を死に追いやったとして、その罪を役所に訴えた。役所ではその男を捕え、牢獄に入れて厳しく尋問した。拷問を加えて、月に三度の鞭打ちを加えたが、その男は罪もなく捕えられて厳しい拷問に遭い、日夜、泣き続けているあいだに、両目ともに見えなくなってしまった。

その妻は東に西にと奔走して、夫の釈放を乞おうとしたが、その伝手もなく、ついには家産をすべて売りはたいて数貫の金を得て、獄に行って夫に告げた。

「わたくしは方々に手を尽くして、あなたを助けようとしましたが、それがなかなか難しい。今、二貫のお金ができました。これからソウルに行き、申聞鼓（第二五話注3参照）を打とうと思います。その間、このお金で何とか生き延びてください。けっして死んではなりません。かならずわたくしの帰るのを待っていてください」

たがいに慟哭をして別れ、妻は乞食をしながら、ソウルにたどり着いた。当時は慶熙宮《キョンフィグン》▼1が御所になっていたが、その御所の近くの路傍の酒店の雇い人となった。その人となりは真面目でよく働く。よく気が付くものだから、その酒店でも大いに重宝した。ある日、その酒店の老媼に尋ねた。

「わたくしは『申聞鼓というものが宮中にあり、冤罪を訴えたい者がこれを打つ』と聞いています。どうすれば、これを一度でも打つことができましょうか」

老媼が、

「あんたにはなにか訴えたいことがあって、申聞鼓を打ちたいと言うのかい」

と言ったので、女は事の顚末を詳しく話しながら、たまらなくなって泣き出した。老媼もそれに同情して、宮中の卒隷でよく店に飲みに来る者に女の窮状を話して、手回しをさせ、女に申聞鼓を打たせるようにした。その女はついに申聞鼓を打った。宮中では驚愕が走った。その女を捕えて刑曹に送り、刑曹では犯罪事実を問い質し、その冤罪であることが明らかになるとともに、情状を酌量して、上奏した。王さまも書類をご覧になって大いに感嘆なさり、御史に命じて審理を差し戻された。

　刑曹の書類がまず羅州の官営に届いた。獄卒はそれを聞いて、急いで牢獄に駆けて行って叫んだ。

「某よ、某よ。お前の女房がソウルに上って、申聞鼓を打ったそうだ。審理御史がもうすぐ来られる」

　男はそれを聞いて、大きな声で、

「そうなのか」

と叫んで、すっくと立った。そのとき、両目ともに開いて見えるようになった。

　御史が下って来て、詳しく文書を閲覧して、先の判決を差し戻して、一転して無事に出獄することができたのだった。

▼1【慶凞宮】ソウルの西大門区にあった宮殿。一六一六年に建立されて、当初は慶徳宮と言ったが、一七六〇年に慶熙宮と改称された。一八二九年、火災によって大部分が消失した。間もなく再建されたが、一九一〇年以降、日本人の手によって建物が次々と取り壊された。

第八九話……江の中で熊と戦って死んだ悪奴

盧貴賛《ノクィチャン》▼1というのは宰相の家の奴であったが、罪を犯して逃亡して、驪州《ヨジュ》で船の荷下ろしを稼業としていた。しかし、もともと傲慢かつ無頼の輩であったから、「悪仲仕」の異名で沿岸には聞こえていた。ある日、商売の物を船に積んでソウルに向かったが、岸辺に一人のソンビが佇んでいた。背丈は低く痩せて、髪は半ば白くなっている。葛布の服を着て、背中には青い風呂敷の荷物を背負い、手には一本の杖を持っている。

　そのソンビが岸から叫んだ。

「おおい、私を乗せてはくれまいか。しばし、この老いた脚を休めたいのだ」

　貴賛は顔を上げて、下流にある渡しの方を指さして、

「あそこで待ってくれ」

と言った。ソンビはそのことばに従って、岸辺を走った。

船の速さに追いつかないと思ったのである。息が上がってぜいぜいと言っている。やっとのことで、下流の渡しに着いて待っていると、貴賛はそちらを見向きもせずに、船はそのまま通り過ぎた。ソンビがまた大声で叫ぶと、貴賛はまた下流の渡しを指差したので、ソンビはふたたび下流に向かって走った。息がぜいぜいと上がって、もう死にそうである。杖に寄りかかってやっとのことで立っている。貴賛はまたそちらを見ずに、そのまま船は通り過ぎた。そのようなことを三度ほど繰り返したが、貴賛にはもともとソンビを船に乗せる気などなかったのである。

ソンビはそれでも船を追って行き、船を睨みつけて、岸辺から離れてほぼ二十歩のところで身体を屈め、一声を発して跳躍したかと思うと、瞬時にその姿は船の中にあった。船の中の人はみな驚き、貴賛は初めてこのソンビがただ者でないのを知って、土下座をして謝ったが、ソンビはそれには何も答えず、船の東側の端に座って、風呂敷包みを開き一尺あまりの鉄砲を取り出した。火薬をつめて、火縄に火をつけ、貴賛をどやしつけた。

「お前は西の端に座って、私の方に向かって跪くがよい」

貴賛は一声も発することができず、言われるままに退がって、西の端に跪いた。あえてソンビを仰ぎ見ることもできず、恐る恐る上目遣いにソンビを見るだけである。ソンビは鉄砲を上げて、まっすぐに貴賛の眉間に向け、いつでも打つことのできる体勢になった。貴賛はと言えば、その顔はもうすっかり土気色になり、手を合わせて、口では「申し訳ありませんでした、申し訳ありませんでした」とくりかえし、身体はわなわなと震えている。

ソンビは両目をかっと見開き、黙って貴賛を凝視してややしばらく、とうとう引き金を弾いた。その音は白昼の雷のように轟き、貴賛はばったりと倒れた。船の中の人々はみな驚きあわて、貴賛はすでに死んだものと思い、なにも言わなかった。ソンビはゆっくりと鉄砲を風呂敷包みの中に納めると、貴賛の方に近づき、その項《うなじ》をつかんで上に挙げ、喝を入れて気運を吹き込むと、貴賛は息を吹き返した。実はその身体は無傷で、ただ頭の髻《もとどり》が飛んで、その部分が禿げてしまった。髻はどこにいったかわからなかった。

ソンビは貴賛に船を泊めるように言い、船が泊まると、岸に下りて、やや高いところに座り、貴賛にも船を下りるように言った。貴賛が船を下りると、うつぶせになるように言い、貴賛がうつぶせになると、今度は袴を下ろして尻を出せといった。貴賛は言われるままに袴を下ろして尻を出すと、ソンビは手にしていた杖で貴賛の尻を三度打った。三度とも打った箇所は異なり、杖は肉に食い込み、すばやくてそれがどこを打ち、どこから出て来るか見えなかった。しばらくして血が初めて噴き出して淋漓たる有り様になった。貴賛はまた気絶して、しかる後に息を吹き返した。

ソンビは鬚を振るわせながら、大声でどやしつけた。

「お前は公州《コンジュ》を流れる錦江《クンガン》の李沙工《イサゴン》[2]の話を知っているか。一日に七度人を渡し、七度還って来て、倦むことを知らなかった。沙工は江の畔の山を指して、『私が死んだら、かならずあそこに葬って欲しい』と言ったという。沙工が死んで、そこに葬ったが、その子孫は大いに繁栄している。今でも錦江を渡る者は、江の畔の山を指さしては、『あれは李沙工の墓だ』と言っている。私は両足に肉刺を作ってしまい、それが破れてはなはだ痛い。寸歩するのも堪え難かったから、お前の船に乗せてもらおうと思ったのだ。ところが、お前は私を乗せない。乗せようとも思っていないのに、三度も下流の渡しを指さし、そのまま通り過ぎて、私を騙し、困らせた。今後はこのような悪事を繰り返してはならない。今回はこの私であったから、お前の生命を許したが、私でなければ、いったい誰がお前を許すであろうか」

貴賛は叩頭をして詫び、ソンビの恩徳を称賛してやまなかった。そのとき、たまたま馬に乗って通り過ぎる若者がいた。その若者はソンビが貴賛を懲らしめているのを見て、ソンビに挨拶をして言った。

「ああ、いい気味だ。いい気味だ。以前、科挙で上京するためにこの男の船に乗ったとき、少し下りてくれといって、騙して私を下船させ、そのまま帆を上げて行ってしまったのだ。私は仕方がなく徒歩でソウルに行ったが、期日に間に合わなかった。その帰り道でも斗尾《トミ》で出逢って同行することになったが、この男は私を捕まえて水の中に飛び込んでしまった。この男の方は水練にたくみで水鳥のように恐れることなく、水の中に立って、私をしきりに辱めた。怒りを掌中に握りしめながらも、私には為す術がなかった。ところが今、先生がこの男を懲らしめてくださった。前日の私の恨みがわずかに晴らされた気がする」

ソンビはこれには何も答えずに、飄然と竜門山《ヨンモンサン》に向かって去った。その速さは飛ぶようであった。

貴賛は人に担がれて家に帰り、傷を治したが、立ち上がれるようになるには一年あまりを要した。頭髪もようやく以前のように生えそろったものの、尻の上には傷痕が青赤く残って、まるで三匹の蛇が這っているようであった。このことがあって、貴賛は船の仕事を捨てて、遊び暮らすようになった。おのずと鬱々として楽しまない生活であったが、その後、宰相の家から罪を赦されて、ソウルに行き来するようになった。ある夜、鐘路街の酒店に入り、すっかり酔っぱらって巡邏軍に尋問され、貴賛は軍卒の胸を蹴りあげたので、軍卒たちが一斉に飛びかかって貴賛は捕縛されてしまった、大将に報告が行き、大将は貴賛を前に呼び出して大怒して、

「夜の出歩きは禁止されている。その罪だけでも許しがたいのに、羅卒に歯向かい、蹴り上げるとはどういうことだ。こんな大罪はない。殺してやる」

と言って、まさに杖を振り下ろそうとして見ると、尻に大きな傷痕がある。大将は蛇が大嫌いで、それに似たものさえまともに見ることができない。そこで、従事官に命じて杖を打たせたが、そのためにいささか穏やかに事が済んだ。貴賛は驪州にふたたび帰り、三年のあいだは、外に出ようとしなかった。

ある日、貴賛は江の上流の方に向かって行った。絶壁が聳えたって、江に面して白い岩がある。木こりの子どもが走って来て、貴賛に言った。

「この岩の上に大きな熊がいて、今、眠ろうとしている。丸々と肥っていて、その肉を食べたら、百人分はあるだろう」

貴賛はそこで船を岸壁に近づけ、そこから岩をよじ上った。岩の頂にははたして熊が熟睡している。大きな石で力一杯に打つと、熊が眼を覚まして大きく吼え、まっすぐに貴賛に向かって来る。貴賛は逃げ、熊が追いかける。貴賛が船に乗って棹さし、中流に至って振り返ると、熊はすでに船尾につけている。貴賛は棹でもってこれをしたたかに打ったが、熊が棹を奪い取り、これを折って放り捨てた。貴賛はまた別の棹で熊を打ったが、熊はこれも奪い取った。貴賛はことごとく船中の器具を使い果たして、もう何もなくなった。

貴賛はもう手に何ももたずに船の上に立ったが、熊はその船をつかんで揺らして、船がまさに転覆しようとした。

貴賛は逃げようとして、自分が水練に巧みなのを恃んで、身を翻して水の中に飛び込んだ。熊もまた水の中に潜った。その日、江の両岸には雲のように人だかりがして、これを見ている。人と熊とが水の中に潜って、寂然として姿を現さない。するとにわかに船から二里ほど離れたところに波濤が起こり、まるで竜が戦っているかのようである。しばらくして、貴賛が浮かび上がったが、それはすでに死体であった。熊は浅瀬に姿を現してすっくと起った。これにあえて近づこうという人はいなかった。熊はおもむろに砥平県の方に向かって去って行ったが、その後に�揖山に熊がいて、猟師の鉄砲に当たって死んだという話が伝わった。これはその熊だったのであろう。

▼1【盧貴賛】この話にある以上のことは未詳。
▼2【李沙工】この話にある以上のことは未詳。

第九〇話……牛が教えた福を招く墓穴

昔、湖西地方に一人のソンビがいて、親の墓を移そうと長年のあいだ計画していた。朴尚義《パクサンウィ》▼1という人が当代随一の風水師であると聞いて、辞を低く幣を厚く用意して、家に迎えて別堂に居所をもうけ、ご馳走でもてなした。水陸の珍味、山海の佳肴を取り揃え、すべて貴重で手に入れるのが難しいものを、さまざまに手を尽くして入手したのであった。尚義の意に沿うように配慮してもてなし、その一言一句をおろそかにすることがなかった。その有り様はまるで燕の丹が荊軻《けいか》▼2を奉るのに似て、三年一日のごとく続けた。

厳冬の時期であった。尚義が主人に言った。

「今から山を探しに行こう」

主人は大喜びをして、馬に鞍をつけ、必要な品物をそろえて、馬を並べて出発した。魯城《ノソン》の敬天《キョンチョン》の地に至って、馬を下りて徒歩で山の中に入って行くと、間もなくして、尚義が腹痛を訴えて、もう一歩も先に進めないといった。そうして、

「この病気は新鮮な芹のナムルと馬の肝を食べるとよくなる」

と言うので、主人はそれに答えて、

「それなら、いったん帰って、家で手配してこよう」

と言った。尚義がそれに対して、

「白馬の肝がいちばんの良薬だという。今、あなたが乗っているのがちょうど白馬だ。それを打殺して肝を取り出してはくれまいか」

と言うと、主人はたちまちに怒り出し、もう我慢がならなかった。馬子と下人たちを呼んで、尚義を引きずり下ろし、その罪状を数え上げて言った。

「私は親の墓を移すために、お前の山を鑑識する眼力の優れていることを聞き、家に迎えて、長年のあいだ、お前をもてなして来たのだ。およそ、お前の言うことであれば、言下にそれに従い、いささかもそれを違えることはなかった。多少おかしなところがあり、意に染まないことがあっても、親の大事のためだと思って、誠心誠意に尽くし、意を屈して耐え忍んで、三年になった。私は真心を尽くして、至らぬところはなかったと思う。やっとのことで、山を探す段になったが、お前は腹が痛いと言い出す。しかも、はなはだ凶悪にも、生きた馬の肝と芹のナムルがいいだと。おどろくべきことだが、それでも私は我慢して、家に帰って用意して来ようと言ったの

だ。それを顧みることもせずに、お前はここで馬を打殺しろという。それはいったいお前がやるというのか、私にやれというのか。このように自分の心術を恃んで傲慢に振る舞う輩は、一度は懲らしめてやらねばならない。二度とこんな真似をしてはならないぞ」

　そうして、尚義の衣服を剝ぎ、縄できつく縛って松の木に吊るし上げた上で、奴僕たちとともに山を下りて帰って行った。

　そのとき、魯城に住むソンビの尹昌世《ユンチャンセ》▼3という人がたまたま山歩きをしていると、どこか遠くから人の声のようなものが聞こえて来る。その声の方角に進んで行くと、やはり生きている人の声で、樹木のあいだから聞こえて来る。足を早めて行くと、果たして一人の人が裸で木にぶら下げられている。身体がすっかり凍傷にかかっているようで、すでに死の境にあるかのようである。尹氏は大いに驚き哀れんで、木から下ろして縄をほどき、自分が着ていた衣服を脱いでこれに着せ、手を取って山から下り、自分の家に連れて帰った。オンドルを焚いて部屋を暖め、厚い布団を敷き、暖かいお湯で身体を拭いてやった。お粥を作って与えると、やっと人心地がついたようで、名前を聞いて、朴尚義であることを知った。

　尹氏もまた親の墓を移すことを考えて、広くその場所を探しているところだったが、朴尚義はその再生の恩に感謝して、尹に向かって言った。

「墓山をお探しなのですか」

　尹は言った。

「あえてお願いはしませんが、いい墓所があれば幸いだと思っています」

　朴は答えた。

「それなら、わたくしに付いて来てください」

　いっしょに出かけて、某山の中に至り、指さして、

「この中に名穴と言っていいものがあります。某人のために占ったものですが、ここに墓を移せば、大いに福を得られましょう」

と言ったが、正確な穴の場所を教えずに、立ち去って行った。

　尹氏は墓として縁起のいい場所を知ったが、墓穴の正確な場所はわからないまま、ときどき、地師に頼んでは、山や谷を上り下りして探し求めたが、それでも見つからなかった。ある日、大勢の地師を引き連れ、牛の背中にまたがって、墓穴を探しまわった。地師たちそれぞれに意見が違う。その是非は紛糾して、決定することができない。そうこうしている間に乗って来た牛がどこかに行ってしまい、行方がわからなくなった。あちこち探しまわって、やっとある樹木の下に臥しているのが見つかった。これを引っ張って起こそうとしても起きない。叩い

ても動かない。足を踏み、口で地面を指して、なにやら指示しているようでもある。尹は初めて気が付いて、牛に向かって、

「お前の臥しているここが正穴なのか。もしここが正穴だと言うのなら、私はここを墓穴にしよう。お前はここから立ち上がって動いてくれ」

と懇願するように言った。すると、牛はゆっくりと身体を動かした。

尹氏は衆議を排して、その牛の臥していた場所を墓穴に決め、親の墓を移した。ここがすなわち魯城の酉峰山《ユボンサン》である。その後、尹昌世には五人の子どもが生まれた。すなわち八松《パルソ》▼4の兄弟たちである。子孫は繁栄して冠冕が絶えることなく、名公巨卿を代々輩出して、ただ魯城の甲族（門閥）というに留まらず、朝鮮一国の大族となって、肩を並べるものがなかった。

尹昌世はかつて夏の暑い日に山野を歩き、牛が炎天下で息を切らしているのを見ると、いつも樹木の下に連れて休ませたという。人びとは「牛が報恩したのだ」と言っていた。

▼1【朴尚義】『朝鮮実録』宣祖三十二年（一五九九）七月、海平府院君の尹根寿が朴尚義を連れて東大門の外に出て廟地を占わせたことが見える。『光海君日記』の光海君七年閏八月にも、朴尚義に宮基の脈を審察させたとある。当時の代表的な風水地理学者である。

▼2【燕の丹が荊軻を奉る】燕の太子の丹は秦王の政（後の始皇帝）に恨みを抱き、報復してくれる者を探していた。荊軻がやって来ると、再拝して跪き、膝歩きしながらこれを迎えた。『史記』の「刺客列伝」に見える。

▼3【尹昌世】ここに出て来る尹煌などの父として以外は未詳。

▼4【八松】尹煌の号。一五七二～一六三九。字は徳耀、本貫は坡平。一五九七年、謁聖試に及第して承文院正字となった。要職を歴任したが、弾劾を受けて尼山に隠居した。一六二三年、仁祖反正によって復帰した。一六二七年の丁卯胡乱の際には和議を主張する人々を面罵し、一六三六年の丙子胡乱の際にも斥和を主張した。大司諫に至り、死後、領議政を追贈された。ここで言う兄弟たちの一人として、一六三六年に江華島に行き、敵と戦って戦死、後に吏曹判書を追贈された烇がいる。

第九一話……年老いたソンビが妾の胎を貸して息子を得る

昔、ソウルに一人のソンビがいて、所用があって嶺南におもむいたが、途中で道に迷ってしまった。もう旅宿は見つからない上、日も暮れそうである。やっとのことで、家を見つけ、その中に入っていった。内房も外房も

瓦屋であって、ソウルの家に遜色がない。主人に会って、一晩の宿を請うた。その主人の容儀ははなはだ魁偉であり、髪も鬚も真っ白であったが、快く宿泊を許してくれ、夕食を用意してくれた。

主人が尋ねた。

「あなたのお年はいくつですか。お子さまはいらっしゃいますか」

ソンビが、それに対して、

「年はまだ三十になっていませんが、子どもは十人近くもいます。房事を一度行なうたびに子どもが一人生まれます。家はもともと貧しいのに、子どもだけが増えて、それが憂いの種になっています」

と答えると、主人の顔にはそれを聞いて喜ぶ色が現れ、

「いったい世の中の誰があなたほどの福力をもっていようか」

と、感嘆しながら言った。ソンビは苦笑いをしながら、

「いやいや、憂いの中の大憂いとも言うべきで、どうして福力などと言えましょう」

と言うと、主人は言った。

「私は齢すでに六十歳を越えましたが、まだ一人の子どもも得ることができないでいます。蔵に万石の穀物が積まれていても、これでは、世の中にどんな楽しみがあると言えましょう。私にもし一人でも子どもがいたなら、朝と夕に一椀の粥をすするだけであっても、何の恨みもありません。今、あなたのお話をうかがって、どうして羨まないでいられよう」

翌日、ソンビが辞去しようとすると、主人が引き止め、鶏を煮て、狗を焼き、豪華な料理でもてなした。夜になると、人々を遠ざけ、ソンビの袖を引いて奥の部屋に行き、従容として話し出した。

「私の心中にある考えが浮かびました。それをあなたに語らなければなりません。私は幸いに富家に人となり、今はもうこんな白髪頭になってしまいましたが、生活に困窮することもありませんでした。それ以上に何を望むことがありましょう。ただ残念なことに子どもを得る方位の子宮が閉じているのか、一生のあいだ、一人の子どもも得ることができませんでした。その子どもを得るために、側室や妾も大勢かかえ、祈禱や医術など、一つとして試さないものはありませんでした。すでに子どもを産んだ経験があり、よく孕みそうな女子ともまぐわったものの、それでも子どもは得られませんでした。私は次第に年を老い、すでに明日をも知れない身になっていますが、家には妾が三人います。みな年は二十歳前後ですが、まだ懐胎したというめでたい消息は聞くことができません。もし他人の子どもであっても、一度でも「お父さん」という声を聞くことができれば、もって冥すべき

です。今、あなたの話をうかがえば、女子と一度でも交われればすぐに子どもができるという、その福力におすがりしたいのです。女子の胎の方はお貸しします。いかがでしょうか」

ソンビは驚いて言った。

「なんということをおっしゃるのですか。男女の別は、礼法の中でも特に尊ばなくてはなりません。夫のある女子と姦通するのは法が厳しく咎めています。平生、見知らぬ間柄であっても、あえてそのような心を起こそうとは思いませんが、まして一宿一飯のお世話になっていながら、どうしてそのようなことができましょう。旅店の女子とであっても慎むべきであるのに、況や士大夫の側室と同衾することがどうしてできましょう」

主人が言った。

「妾はもともと賤しいもので、それにこれは私の方から言い出したことです。少しも心配なさる必要はありません。深夜、ひとの寝静まったところで事を行ない、後日に子どもが生まれたところで、誰が事情を知りましょう。この話は私の心腹から出ているので、毫も偽りはありません。この私の身の上を哀れんで、言う通りにしてくださり、これまで子どももいなかった老人に子どもが生まれたというられしい報せを聞かせてくだされば、生々世々、このご恩には報いるつもりでいます。あなたのためには積善の行ないとなり、私のためには無窮の恩を施すこととなります。一挙両得とはこのことではありませんか。どうしてお断りになるのです」

ソンビはしばらく考え込んだ。

「主人はあのように懇願している。私が密かに通じるのとは異なって、主人の真情から出たことなのだ。しかも、特に別の企みがありそうにも思えない。私とて外面は取り繕って、再三、固辞してはみたものの、男女のあいだの大欲が、どうしてないわけがあろう」

そう結論を出して、老人に語った。

「道理から言えば、これは万々あってはならないことですが、ご主人の願いはこのように真摯なものであり、おことばに従うことにします。ただ、私の心はいささか落ち着きません」

老主人はこれを聞き終わると大喜びして、手を擦りながら礼を言い、

「客人の恩徳をこうむって、やっと私を『お父さん』と呼ぶ声を聞くことができます」

と言いながら、奥に入って行き、妾たちにこの間のことを逐一語り、三夜のあいだ三人の妾が一夜ずつソンビと同衾することとした。三人の妾たちもかならず子どもを得ようという意志があり、ソンビの姓名と住所を問い質し、心の中に暗記した。

　三夜の後、ソンビは暇を告げた。主人は多くの餞別の品をくれたが、重いからと言って、すべて断った。山の方に向かって出て、ソウルにたどり着いたが、あまりの子だくさんで、ソンビの家の生活は困窮を極めた。三十人ばかりの口を糊さなければならず、茅葺きの数間の家は膝を入れる隙間もない。一ヶ月に九度だけ食事をし、十年に一度だけ冠を新調して、暮らし向きを楽にする手立てとてなかった。

　子どもたちが大きくなると、外に出て行き、ただ老夫妻と長子だけが同居して、あのことがあって以来、二十年の歳月が流れた。

　ある日、無聊を託ちながら家に座っていると、忽然と美青年三人が駿馬にまたがってやって来た。上堂に上がり込んで頭を下げて拝礼した。主人は三人の衣服が華麗で、挙止が端雅なのを見て、慌てて拝礼を返して、

「あなた方はどこから来られたのか。今まで一面識もありませんが」

と尋ねると、三人の青年は話し出した。

「私たちはあなたの息子なのです。あなたは某年、某地で、かくかくしかじかの事があったのを記憶していらっしゃいませんか。私たちはそのときに孕まれた子どもで、みな同年の同月生まれです。日にちにはやや先後があっても、みなが今年は十九歳になります。幼少のときはただ老いた父親の子だとばかり思っていましたが、十歳あまりになったとき、母親たちが事細かにその曲折を語って聞かせてくれて、初めてあなたの子どもだと知ったのです。しかしながら、あなたがどこに住まわれているかを知らず、また十年あまりも育ててもらった恩ははなはだ重く、一朝にしてそれに背くのに忍びなかったので、老人が亡くなるのを待つことにしました。十五歳のときには、そろって嫁を迎えて結婚式を行ないましたが、一昨年の二月に老人が八十一歳で、特に病づくこともなく亡くなりました。手厚く葬斂を行ない、吉地を選んで、礼に基づいて埋葬し、三年のあいだ喪に服して、その恩恵に報い、その大祥と禫祭[1]を終えることができました。そこで、母親たちの記憶にしたがって、兄弟三人が轡を並べて上京し、こうして拝謁しているところです」

　ソンビは忽然とすべてを思い出して、よく見ると、三人ともに自分に似た顔をしている。そこで、この出来事を話して、妻と息子の嫁を来させて、三人と対面させた。ソンビが、

「お前たちの母親は何歳になったろうか。元気でいるのだろうか」

と尋ねると、三人の青年はそれぞれに答えて、また、

「このお宅の家計を推察しますに、申すことばもありませんが、たまたま道中に携えて来たものがあります」

と言って、奴僕に袋を解いて銭を取り出させ、米と柴を買って来させ、朝夕の食事の用意をさせた。その日の夜、三人の子どもは従容として語った。

「父上もすでにお年を召されました。早く学問を断念されたそうで、科挙に及第して官途に就くことは望むべくもありません。また錐を立てるほどの土地もなく、秋の収穫の時期に一石の収穫があるわけでもなく、赤手でもっていったいどうして生きて行かれるのか。田舎に住んで、余生を過ごされてはいかがでしょうか」

ソンビがそれに対して答えた。

「私もまたそうしたいのだが、家も田んぼもなくては、さてどうしたものか」

三人の青年が答えた。

「あの老人は巨万の富を積んでいました。しかし、その身に親族はいず、その財産はことごとく私たちのものになりました。こちらの家は売り払い、皆さんがこぞって移られても、豊かに暮らせて、何の心配もありません」

ソンビは大いに喜んで、

「それなら、何を躊躇うことがあろうか」

と言い、馬と輿とを用意させ、日を占って出発したが、その屋敷に着いて、三人の妾と息子たちの三人の嫁とに会った後、ソンビは大きな母屋に落ち着いた。三人の息子はそれぞれの母親に仕えて隣り合った建物に住まった。

数日後、ソンビは祭祀のための品々を用意して、老人の墓に参って慟哭した。そうして、散らばっていた自分の子どもたちを呼び寄せると、次々にやって来た。それぞれ前後左右に家を構えて住まわせたので、ざっと数十の家が立ち並んだ。ソンビは妾の家を順に回って旧縁を復活させ、仕立てのいい暖かな衣服を着ておいしい食べ物を食べて、余生を過ごした。しかし、三人の子どもが老人の祭祀を廃することは決してなかったという。

▼1【大祥と禫祭】大祥は、人の死んだあと三年目に行なう祭祀。禫祭は、大祥の翌々月に行なう祭祀。忌明けの祭りになる。付録解説5参照。

第九二話……申汝哲と武弁の将棋の賭け

判書の申汝哲《シンヨチョル》▼1は、己巳の年（一六八九年）の後▼2、南人が権勢を振うようになったので、大将の任を解かれ、家に蟄居して過ごした。甲戌の年（一六九四年）、王さまに悔悟の一端が見られて、后が復位▼3なさることになった。その計画を申判書は数日前に知った。みずからが大将に再任されて政局を変えるというものであったが、南人たちはその機微をひそかに察知して、多岐にわたって探りを入れ、よく弓を射る者三人を選んで、矢尻に毒を塗らせ、路中で待ち伏せして申判書を暗殺させようとした。

申判書の家のある洞に一人の武弁が住んでいたが、田舎から出て来たものの、家ははなはだ貧しく、何も食べるものがなく、昼夜を問わずに申判書の家にやって来た。申公は家に十分に蓄えがないときであっても、いつもこれを酒食でもってもてなし、あるいは糧食の援助をした。その武弁もまた申公と同じく西人であったから、長年、時宜を得ずに鬱屈して、禄に与らなかったのである。

ある日、申公はこの武弁を呼んで、

「今日は無聊を託っていて、どう時間を潰せばいいかわからない。いっしょに将棋でもしようではないか。将棋というのは博打だ。博打は何か賭けなければ味気ない。私が負ければ君に千金を与えよう。その代わり、君が負ければ君は私の言うことに従わなくてはならない」

と言った。武弁も同意した。そして、一局を打って、申公は負けた。その夕方には千金を武弁の家に届けた。武弁としては千金など冗談だとばかり思っていたのだが、思いがけなく、そのような大金を施されて、大いに驚いた。

その翌日、申公はふたたび武弁を呼んで、将棋をしようと言い、

「昨日の一局は負けてしまって、悔しくてしようがない。今日もまた一局賭けて、昨日の恥を雪ぎたい」

と言って、対局した。今度は武弁が負けた。そこで、武弁は言った。

「今日は私が負けた。約束通りに、あなたのことば通りに従うつもりだが、さて何をすればいいのか、教えてくれまいか」

それに対して、申公は、

「これから君に指示することがあるが、まずはしばらくこの家にいて、夕食を食べ、そして今夜はこの家に寝て欲しい」

と言った。武弁は言われた通りにして、申公の家に留まった。

その夜半、密旨が下って、申公は大将に再任された。明け方に宮廷におもむき、兵符を受け取ることになった。奴僕に命じて甲冑二具足を出させ、

「この一つは武弁にお着せしろ」

と言い、もう一つは自分が着た。また、

「すぐに二頭の馬に鞍をつけて引いてこい」

と命じた。武弁はやむを得ず、約束通りに申公に従ったが、疑虞すること万端で、当惑してこれから何ごとが起こるのか憶測することもできない。そこで尋ねた。

「私とあなたはこの深夜に甲冑を着込み、いったい何をしようと言うのか。また馬に乗ってどこに行こうと言う

のか。疑惑に堪えず、あえて尋ねるのだ」

申公が言った。

「今から行かなくてはならないところがあるのだ。君はそれを知る必要はない。ただ私のことばに従って来れば、いずれわかることだ」

明け方の漏数▼4が尽きるに及んで、朝飯を食べて、自分が平日に乗っている馬を牽いて来て、武弁をそれに乗せ、申公は他の馬に代えてそれに乗り、武弁を前に行かせ、自分はその後につけた。宮廷の中に入り、観象監峴《クワンサンカンヒョン》▼5を通り過ぎたが、南人たちは、申公がこの明け方にはこの道を通ることを探知して、よく弓を射る者を待ち伏せさせていたのである。弓を引き絞って待っていた者は、甲冑を着込んで駿馬にまたがり、前後を護衛されて進んで行く武弁を見て、これを申公に違いないと思い、弓を射た。矢は武弁の急所を貫き、武弁は馬からどっと落ちた。その隙に乗じて、申公は馬の速度を早めて駆け抜けて行った。凶党たちは初めてこちらが申公だと気づいたが、博浪沙《ばくろうさ》の打撃▼6を悔いても遅く、馬陵《ばりょう》▼7で斉と戦っても及ばない。南人たちは失脚した。

申公は宮廷に入って兵符を受け、軍国の大権はすべて申公に帰することになった。南人はすべて追放され、西人が登用されるようになった。立派な棺と衣衾が武弁の家には送られた。武弁の家では手厚く葬儀を行ない、その家族は頻繁に恩顧を蒙って、喪が明けた後には、その子は高禄の武官に任じられた。

▼1【申汝哲】一六三四～一七〇一。朝鮮後期の武臣。字は季明、号は知足堂、本貫は平山。成均館に入学したが、孝宗が北伐計画を立てて名家の子弟に武芸を磨かせるようにすると、それに呼応して儒生たちを率いて武芸を錬磨した。顕宗のときに宣伝官となって、武科に及第、忠清道水軍節度使、平安道兵馬節度使などを歴任して、一六八〇年の庚申の大黜陟（第九八話注1参照）では西人の側に立って活動した。一六九四年には張希載などを処罰、戸曹・工曹判書に至った。党争の中にあって兵権を握っていたので大きな役割を果たした。

▼2【己巳の換局】一六八九年、粛宗の宮廷で勢力を張っていた西人に取って代わり南人が政権を掌握した事件。これにともない、禧嬪の張氏を寵愛していた粛宗は仁顕王后閔氏を廃位した。

▼3【后が復位】一六九四年、西人の政権奪回とともに、廃されていた閔氏が后に復位したことを指す。

▼4【漏数】漏数は本来は水時計の水の意味。ここでは明け方を知らせる太鼓の音を意味するか。

▼5【観象監峴】天文および気象を観測する観象監のあるところ。

▼6【博浪沙の打撃】博浪沙は中国河南省博浪県の古蹟。『史記』「留侯世家」に、留侯張良は重さ百二十斤の鉄槌をつくり、大力の者を使って、秦の始皇帝を博浪沙の山中で撃った

が、誤って鉄槌を属官の車に当てた、張良は姓名を変えて逃亡し、下邳に隠れたと見える。

▼7【馬陵】中国山東省の地名。『史記』「魏世家」、恵王三十年、魏は趙を討ち、斉の宣王は孫子の兵法を取って、趙を救援して魏を討った。魏の上将軍の太子申と将軍龐涓は出戦したが、引き返そうとするもできず、馬陵で戦ってついに敗れ、太子申は捕われ、龐涓は死んだ。

第九三話……銀の瓶を掘り当てた寡婦

ソウル市街に一人の寡婦がいた。若いころに夫を亡くし、二人の男子を育て上げた。家計は貧しく、食べる物もなく、朝には夕方どうなるかわからなかった。その家は六角峴《ユクカクヒョン》▼1の下にあり、後ろにはわずかに空閑地があったので、耕して畑として使っていた。ある日、野菜を植えて生活の足しにしようと、鍬を振り下ろしたところ、がしゃっと音がする。見ると正方形の石で、大きな蓋の役割を果たしている。鍬の先を使って傍らの土を取りのけ、石を上に上げて見ると、その下には大きな瓶があり、中にはぎっしりと銀貨が詰まっていた。寡婦は上げた石をふたたび覆い、土を戻して平に踏みならして、家の者にもこのことは何も言わず、人にも言うことはなかった。家ははなはだ貧しかったが、二人の子どもの訓育に努めた。二人の学問は次第に成就して文筆に優れ、道理をわきまえ、事務にも長けていたので、まずは吏胥《りしょ》として勤め、それぞれが宰相家のお気に入りとなった。人事に聡く、文もあり筆も巧みで、仕事ぶりも熱心であったから、宰相もこれを寵愛して、しばらくして兄の方は宣恵庁▼2の書吏となり、弟の方は戸曹の書吏となった。家勢も賑わい、母親の寡婦も年を取ったが元気で、子どもたちは十分に孝養を尽くしている。孫もすでに七、八人いて、成長して、大家に雇われたり、商売に従事したりしている。

ある日、老寡婦は子どもたちや孫やその嫁などとともに、後ろの庭の瓶の埋まっているところまで行き、土を掘らせて、瓶の蓋を開けさせた。すると、銀が詰まっている。みながおどろき、

「銀がここに埋まっているのをどうして知ったのですか」

と尋ねると、老母は言った。

「もう三十年も前のこと、わたくしはここを畑にしようとして、鋤を振ったことがあった。すると、この石が出て来て、それを取りのけると、この瓶が現れ、中には銀がこのようにいっぱい詰まっていた。そのころ、わが家は困窮をきわめていて、これを掘り出して使えば、家も

富み、生活も楽になると思わなかったわけではなかった。しかし、また考え直した。お前たちはまだ繦褓《むつき》の中にあって、物ごころがついていない。人間というのは生まれた環境に左右されるから、その家が富んでいれば、世の中に困窮ということがあるのを知らないであろう。いい着物を着て、おいしいものを食べ、飢えや寒さに苦しむことがあるのを知らない、そんな中で育ったら、性格も驕ってしまい、勉学に頭を垂れ、先生の学問を尊重するということもないであろう。ただ、酒色に耽り、雑技に気を取られるようになるのではないか。

　そこで、銀のことは見なかったことにして、もとのままに土の中に埋めておいたのだ。お前たちは飢えと寒さが大変なこと、財物は大切にしなければならないことを知っている。また余念がなく、雑技に気を取られず、酒色に耽るということもなかった。孜々として文筆の習得に励んで、生計を立てる業にまじめに勤めた。今や、お前たちは十分に人となって、生業も身につけており、家も幸いに豊かになった。その気持ちも堅固で、もう揺らぐこともないであろう。銀を取り出して使っても、奢侈な生活をして浪費することも、また無駄に馳走するという恐れもないであろう。そこで、もうこれからは、この銀を取り出して使うがいい」

　この時になって、銀を取り出すと、数万銭にもなって、ついに一家は巨富となった。老寡婦は好んで善事を行ない、飢えている者がいれば食事を与え、寒さに震えている者がいれば衣服を与えた。親戚の中に困窮して結婚式や葬式を挙げることのできない者がいれば、これを援助して式を挙げさせた。また冬の日には靴を数十足作って、輿に乗って出かけて行き、乞食で裸足の者を見ると、これを与えた。寒さでももっとも堪え難いのは凍傷だと考えたのである。また親しく知っていて貧窮している家があり、草葺きの屋根を葺いてなければ草を葺かせ、瓦が割れたままであれば、瓦を補修させて、計算してその費用を与えた。

　その老寡婦は八十歳のときに、別に病づくこともなく死んだ。その息子二人も七十歳を過ぎて役人を引退したが、最後には同知[3]に至っていた。三代続いて栄え、その後も代々、子孫が繁栄して、あるいは武科に登り、あるいは主簿[4]、察訪[5]などを勤めた。軍門に久しくあった者は僉使（第五〇話注3参照）となり、また万戸（第四八話注5参照）まで昇進した。

▼1【六角峴】ソウル市鍾路区にある地名。

▼2【宣恵庁】朝鮮時代、米穀・布・金銭などの出納をつかさどった官庁。

▼3【同知】同知中枢府事。春秋館の従二品の官職。

▼4　【主簿】各官衙の郎官の仕事の一つ。
▼5　【察訪】各駅の行政事務に当たった地方官。

第九四話……義勇軍を組織した金見臣の母

兵馬節度使の金見臣《キムキョンシン》▼1は義州の将校であった。その母が同郷の某と婚約して結納もすませないうちに、その新郎が病気にかかって死んでしまった。金氏の母はまだ盃を交わす前だったとは言え、すでに結納を済ませた以上は、他に嫁ぐことはできないとして、すぐに喪に服して、新郎の家に赴いた。舅と姑によく仕え、まごころを尽くしてお世話した。

そうして、三、四年が過ぎて、実家の父母に会うために里帰りをした。洞内の裕福な金某は、数十万の巨富であったが、鰥暮らしをしていて、この女子の貞淑で賢明であることを聞き及び、後妻にしたいと考えた。女子の父親のもとを万金でもって見舞い、婿になることを願った。父親はその万金を見て、この話に涎が出そうだったが、娘の貞節ぶりを思うと、これを諾うわけにはいかずに断った。

「この贈り物ははなはだ有り難いのですが、娘が操を立てているのを見るとけなげで、その気持ちを曲げるわけにはいきません」

金某は何度も繰り返して懇願したが、父親はついに承諾しなかった。金某はあきらめて帰って行ったが、女子の実家はもともと貧しくて小さい。内房と外房とが離れてはいず、娘は内房にいて、その話は筒抜けであった。金某が帰って行くのを待ち、父親を呼んで、

「先ほど急に来られたお客さまはどんなご用事だったのでしょう」

と尋ねた。父親は、

「いやいや、たいした用事ではない」

と言ったが、娘はさらにしつこく聞いた。父親は、

「いろいろなことをおっしゃったが、お前に聞かせることでもないのだ」

と答える。娘はどうしても聞かせて欲しいと再三言うので、父親はついに折れて、

「あの方は万金をもってお前を妻に迎えたいと言うのだ」

と告げた。娘は言った。

「お父さんは貧しくて、そのことがいつもわたくしの憂いの種になっていました。なんとかしてお助けしたいと思いながらも、いい考えが思い浮かびませんでした。万金ともなるとまことに大金です。これが手に入れば、お父さんは安楽に一生を送れます。それこそがわたくしの

願いなのです。わたくしなどもともと賤しい人間で、貞節などどんな意味を持ちましょう。それに結納を済ませただけで、同衾もいたしませんでした。夫の顔すら見てはいないのです。その夫を守って一生を終えることなど、無意味です。お父さんはその方をすぐに呼び戻してください。そして、結婚を承諾なさってください」

　父親はそのことばを聞いて、外に出て、人をやって追いかけさせた。金某は取って返してきて、娘の承諾が伝えられた。金某は大喜びである。すぐに万金を運ばせ、吉日を選んで、婚礼を挙げ、晴れて夫婦となった。この金某というのが見臣の父である。この女子が金某の屋敷に入って以来、親族ともうまく付き合い、奴婢たちには恩と威でもって働かせ、賓客に接し、産業を興すのにも、一つ一つ法に則った。家はますます富裕になり、財を貯えることとなった。しばらくすると、子どもも生まれた。すなわち、見臣である。見臣が大きくなると、その教育にも道理が通っていた。

　見臣が義州《ウィジュ》の将校に随行して行くことになった。時はまさしく辛未の年（一八一一年）の冬である。嘉山《カサン》（平安北道の地名）の賊の洪景来《ホンキョンレ》▼2が乱を起こしたが、そのとき、見臣は三十一歳であった。当時は無役の状態で、家で無聊をかこっていたところ、その母親が見臣を呼んで、

「今は国家多端の折、賊の変乱が道内に起こっている。お前は丈夫として袖に手を入れて傍観していていいものか。第一には義勇兵を集めて賊を討つのだ。第二には軍門に行って営門の指揮を聞くのだ。第三にはみずから隊伍に加わって力を尽くして戦い、決して労を惜しんではならない。どうして他人事のように、家の中で安穏と過ごしているのだ」

と言った。見臣は、

「わかりました」

と一言言って、その家財を売って民衆を寄せ集め、軍服を作り、武器を制作して、義勇兵数千人を引き連れて、巡撫使の中営にまで行った。定州《チョンジュ》の城外に陣を置き、義を唱えて賊どもを数多く斬り、また捕えた。賊どもが西下することができず、定州城から引き返したのは、ひとえに見臣の功績である。

　定州城が陥落するときに、まさに賊どもの巣窟に入って行き、それを掃蕩したが、観察使がその功績を称えたので、国家は大いに登用して、内禁将および宣伝官とし、また忠清兵使に任じられた。その後には別軍となり、价《ケ》川《チョン》郡守となった。价川というのは義州に属する郡である。故郷に錦を飾り、その母を引き取って公からいただく禄でもって母親を養った。道内の人びとでこれを称賛しない者はいなかった。

▼1【金見臣】『朝鮮実録』純祖十二（一八一二）年正月に金見臣が義兵を募って白馬山城をよく守ったことが見え、七月、王は節度使の金見臣に謁見して、汝は国家のために大功があった、予ははなはだこれを嘉すると言って、田二十結、奴婢十口、および軍服を賜ったという。

▼2【洪景来】一七八〇〜一八一二。平安南道竜岡郡の出身、十九歳のとき司馬試に失敗して家を出、後に反乱を企てた。一般的には中央では政争に明け暮れて民政に心を用いることなく、また西北人を文武の高官に起用することが少ないことに対する不満が爆発して反乱に及んだと説明される。

第九五話……まごころは天に通じる

昔、一人のソンビがいて、姓を李といった。講経の勉強に励み、式年の初試には受かり、会試講[1]を翌年の春に控えていた。会試講に備えるために三人の友人とともに書物を持って北漢山の重興寺[2]に行き、静かな離れを選んで清掃して入り、もっぱら講書に励もうと考えた。李氏はいつも明け方早くに整髪して沐浴をした後に、仏堂に参る。仏像に向かい、香を焚き、再拝して、ぶつぶつと祈りを唱えるのだった。友人たちはそれを見るたびに馬鹿にして笑うのだった。李はしかし、友人たちが笑っても少しも意に介せず、まごころを尽くして仏参を続けたのだった。風が吹いても雪が降っても、天がどんよりと暗く雨が降り続けても、一日として怠ることがなかった。

友人の一人がいたずらを思いついた。李が行く前に仏堂に行き、身体を仏像の後ろに潜ませて、李の来るのを待った。しばらくして、果たして李がやって来た。香を焚いてお祈りを始める。

「わたくしが平生願うところは、ただ科挙に及第することにあります。そこで、まごころを尽くしてお祈りし、少しも怠りませんでした。どうか仏様はお慈悲の心を垂れたまい、布施の力を施したまい、明春の科挙に出題される七つの大文を示して、講習できるようにしてください」

仏像の後ろにいた友人が、仏のことばをいつわって、言った。

「お前はいつもまごころを尽くして私に参り、怠ることがなかった。これは極めて尊いことだ。明春の会試に出る章段をお前に教えることにしよう。『周易』の某卦、『書経』の某篇、『詩経』の某章、『論語』の某章、『孟子』の某章、『中庸』の某章、そして『大学』の某章、これらが出るはずだ。お前はすべからくこれらを暗唱して、通じないところがないようにするがいい」

李氏は伏しながらうやうやしくこれを聞いた。これを聞き終わって、また拝礼して感謝した。

「仏さまが神霊をお下しになり、お教えくださった。その恩沢はまるで天のようです」

それ以後、経典の他の章は読まずに、ただ七つの箇所だけを読んで、昼も夜も暗唱して、寝食を廃し、その細かな注釈までも暗記した。その友人は最初の内はあざ笑っていたものの、李氏が仏のことばだと信じ込んでいるのを見て、自分の嘘によって李氏が失敗するやも知れないのを、一方ではおかしくも思いながら、他方では気の毒にも思うようになった。そこで、友人は言った。

「君は仏さまが教えてくれたというが、仏さまだって間違うことがありはすまいか。君が信じ込んで、七つの大文だけを暗唱して、明春の会試に別の箇所が出題されれば、大いに狼狽することになろう。君はどうしてそんなに深く信じ込むことができるのか」

それに対して、李氏は、

「私の誠心誠意のお祈りに、仏さまも感銘して、教えてくださったのだ。どうして間違ったことをお告げになろう。君はもう何も言わないで欲しい。明春になればわかることだ」

と答えた。君はもう何も言わないで欲しい。

と答えた。友人は申し訳なくなって、とうとう本当のことを告げた。

「君の仏への祈願が狂気じみて愚かに見えたので、実は私がいたずら心を起こし、仏の後ろに隠れ、仏のことばに仮託して、七つの大文を告げたのだ。だから、あれは仏のことばではなく、私のでっち上げなのだ。ところが、思った以上に君はかたく信じ込んで、何を言っても聞かない。どうしてこのように思い込みが激しく、簡単に信じ込めるのか。私はだんだん気の毒になって、後悔し始めたのだ。君は七つの書物を一通りは通読した方がいい。そうすれば、明春の試験で慌てることもなかろう。是非是非、そうしてくれたまえ」

李氏がそれに答えた。

「いやいや、そうではない。私の一片のまごころを天地が見そなわし、神明が共感して、天地神明がこぞって私に会試に出る大文をあらかじめ教えようとなさったのだ。ただ諄々と私に面と向かって告げることができないものだから、君を使ってそのことばを伝えてくださったのだ。これは憑りましの子どもが神のことばを伝え、祝官が神の意志を伝えるのと同じだ。だから、君はいたずらをしたつもりでも、君自身がしたことではなく、天が君にさせ、神が君に命じたことで、君のことばというのは実に天神のことばなのだ。たとえいたずら心から出たものであっても、事がここに至って、引き返す理はない」

李氏は門を閉ざして客の訪問をことわり、一人で部屋に閉じ籠って、ただ七つの大文だけを暗唱した。

翌春の会講のとき、李氏が席に着いて座ると、講紙が幕の中に貼り出され、それを見ると、まさに七つの大文が書かれている。すべて李氏が暗唱した箇所である。李氏は大いに喜び、何も思い煩うこともなく、大きな声で即時に読んで、ハングル訳と注釈をつけて、一字一句まちがえず、その講説は車が軽やかに駆けるがごとく、駿馬が坂を駆け下るようであった。七人の試験官が大いに称賛し、机を激しくたたいて扇子を取り落とすほどであった。七つの大文ともに満点の出来で、これは明経科が始まって以来、初めてのことであったという。

▼1【会試講】地方と中央での一次試験である初試に合格した人をソウルに集めて行なう二次試験を会試または覆試と言い、ここでは儒教経典を講ずることになる。

▼2【重興寺】ソウルの北の北漢山にある寺。

第九六話……食事のたびに唱える「閔監司」

御医の安孝男《アンヒョナン》▼1はかつて公卿や士大夫と交わって有名であり、孝宗《ヒョジョン》▼2がご病気の際には、しばしば薬を進じて効き目があったので、特に僉知《チョムチ》（第六二話注1参照）に任命された。年を取ると、海西の戴寧《チェリョン》▼3に隠居して、九十歳で死んだ。その葬儀を終えて十年の後、辛亥の年（一六七一年）は飢饉となった。驪陽《ヨヤン》公・閔維重《ミンイチュン》▼4が黄海道監司となってやって来た。安孝男はもともと閔氏の家で勤めていた人であった。ある夜、驪陽公の夢に安孝男が現れた。驪陽公は孝男がすでに死んでいることを知らず、平生の通りに挨拶を交わすと、孝男が言った。

「今年は飢饉で、すでに百人が飢え死にをして、谷底に葬られました。公はどうぞ民を哀れんで救済なさってください」

驪陽公はもっともだと思って承諾し、

「ところで、あなたの家族は今はどこにいるのか」

と尋ねた。すると、

「私の孫は名前を世遠《セウォン》▼5と言い、戴寧の柳洞に住んでいます」

そうしたやり取りが済むか済まないかに、驪陽公は欠伸をして眼を覚まし、夢であったと気づいた。不思議に思って、灯りを持って来させ、布団の上に座り、「戴寧柳洞安世遠」の七文字を書き記しておいた。翌日になって、文書をその郡に下して、「某の孫の某が某村に住まいしているはずだ。これを連れて来るように」と書いた。役人はその文書を見て、世遠を捕縛して連行せよという意味だと思い、すぐに使いをやってこれを捕え、星火のようにすばやく監営に押送した。

驪陽公はこれを見て、笑いながら前に進ませ、従容として尋ねると、その一つ一つが夢と違わなかった。そこで、夢の中に安君が出て来たことを語り、白米五十石とその他の物を与えるように認めた帖を下した。その当時、各邑の守令が賑恤使▼6として監営にやって来たが、この話を聞いて不思議で奇特なことだと思って、それぞれがまた穀食をもたらし、その数量は決して少なくはなかった。驪陽公はこれを世遠の家に送り、世遠の家では百人あまりが飢えをしのいで生き存えることができ、またその残りで田んぼを買い、祖先の祭祀田とした。

　それ以来というもの、安家の者は、年寄りも幼い者もみな、食事をするときには必ず先祖を祭り、また手を挙げて祈って、

「これはどなたのお蔭か」

と言い、また、

「閔監司のお蔭だ。閔監司のお蔭だ」

と言って、箸を着けるのだった。それが家法となって、孫の代、曾孫の代と続いた。誰かが、

「いったい何のためにそんなことをなさるのか」

と尋ねると、

「祖先の代からのしきたりで、こうすることになっていて、それを敢えて改めません。何のためかも知りません」

と答えた。閔監司の本当の名前を尋ねても、誰のことかわからないと答えるのだった。

▼1【安孝男】この話にある以上のことは未詳。

▼2【孝宗】朝鮮十七代の王。一六一九〜一六五九。在位一六四九〜一六五九。仁祖の第二子。丙子胡乱の後、昭顕世子と鳳林大君（孝宗）は人質として瀋陽で八年間を過ごした。世子が死ぬと、仁祖の後を受けて即位、瀋陽での八年間の屈辱を雪ごうと北伐を計画して軍備を整えたが、清の難詰を受けて取りやめた。

▼3【海西の戴寧】海西は黄海道を言う。黄海道の戴寧。

▼4【驪陽公・閔維重】一六三〇〜一六八七。粛宗の舅。仁顕王后の父。字は持叔、号は屯村、謚号は文貞。一六五〇年、文科に及第、官職は領敦寧府事に至り、驪陽府院君に封じられた。老論の中心人物として活躍したが、常に礼を重んじた。宋浚吉に学び、宋時烈を師匠として、その栄光と苦難をともに分かち合った。

▼5【安世遠】この話にある以上のことは未詳。

▼6【賑恤使】凶年に苦しむ民衆を慰労し救済するために朝廷から派遣される使臣。

第九七話……藁積みの中に放り込まれた両班の息子

昔、ある郡のある邑に一人の両班の息子がいた。父母ともに死んで、文字通りの孤独で家は零落していたが、

はありあら文字を解していたので、郡の役人の家に行っては代筆をして、わずかに糊口を凌いでいた。

その邑内に一本の川が流れていた。その川辺に一軒の民家があり、その家には女子がいて、適齢期になったものの、まだ結婚が決らずにいた。ある日、父母ともに親戚の結婚があって出かけて行き、その女子だけが家に残ってぼんやりとしていた。両班の息子は以前からこの女子を見初めて慕情を募らせていた。その女子が今日はひとりなのを知って、その家に忍び込み、後ろからその腰に抱きついた。

女子は言った。

「あなたの気持ちよくわかりました。わたくしは常漢の娘に過ぎず、両班の男子と結婚するのはとても光栄なことです。今、このような無礼な真似をなさらずとも、わたくしはすでにあなたに心を許しています。父母の帰るのを待って正式な手続きを踏み、吉日を選んで、礼にのっとり結婚することにしましょう。今日のところは帰って、しばらく待ってください」

息子はもっともなことだと思い、納得して、帰っていった。

女の父母が帰って来て、女はその曲折を話し、日を選んで式を挙げることになった。ところが、女子とは遠い親戚に某という男がいて、女が素晴らしい容貌の持ち主であるのを知って、再三にわたって求婚していた。しかし、女の家ではついにそれを承諾しなかった。その女子が両班の息子と結婚の約束をしたと知って、ある日、両班の息子をおびき出し、その手足をしばり、口を足袋で塞いで、藁積みの中に放り込んだ。女子は両班の姿を見ないので、郡の役人の家に行って尋ねたが、役人も知らないという。大いに不審に思い、親戚の求婚した男の家に行って、詰問した。

「ここに両班のご子息を閉じ込めていらっしゃるでしょう。いったいどこですか。早く出して差し上げてください」

その家では知らないと言い張って、また罵倒したが、女は意に介せず、あまねくその家の内外を探しまわった。どこにも見当たらない。しかし、後ろの庭に入り込んで、藁積みの中を見ると、はたしてそこに両班の息子は倒れていた。顔を見ると、まるで死んだ人のようである。息も絶え絶えの様子なのを、抱きかかえて起こし、口を塞いでいた足袋を取り出し、手足を縛っていた縄を解いた。背中に背負って帰り、自分の家に休ませた。父母に手当てをさせ、女子自身は役所に行って、事細かに首尾を語った。役所では女子を大いに褒め称え、両班の息子を拘束した男を捕え、厳しく尋問して遠方に流した。さらには、多くの婚資を与え、両班の息子の回復するのを待って、結婚させたのだった。

巻の八

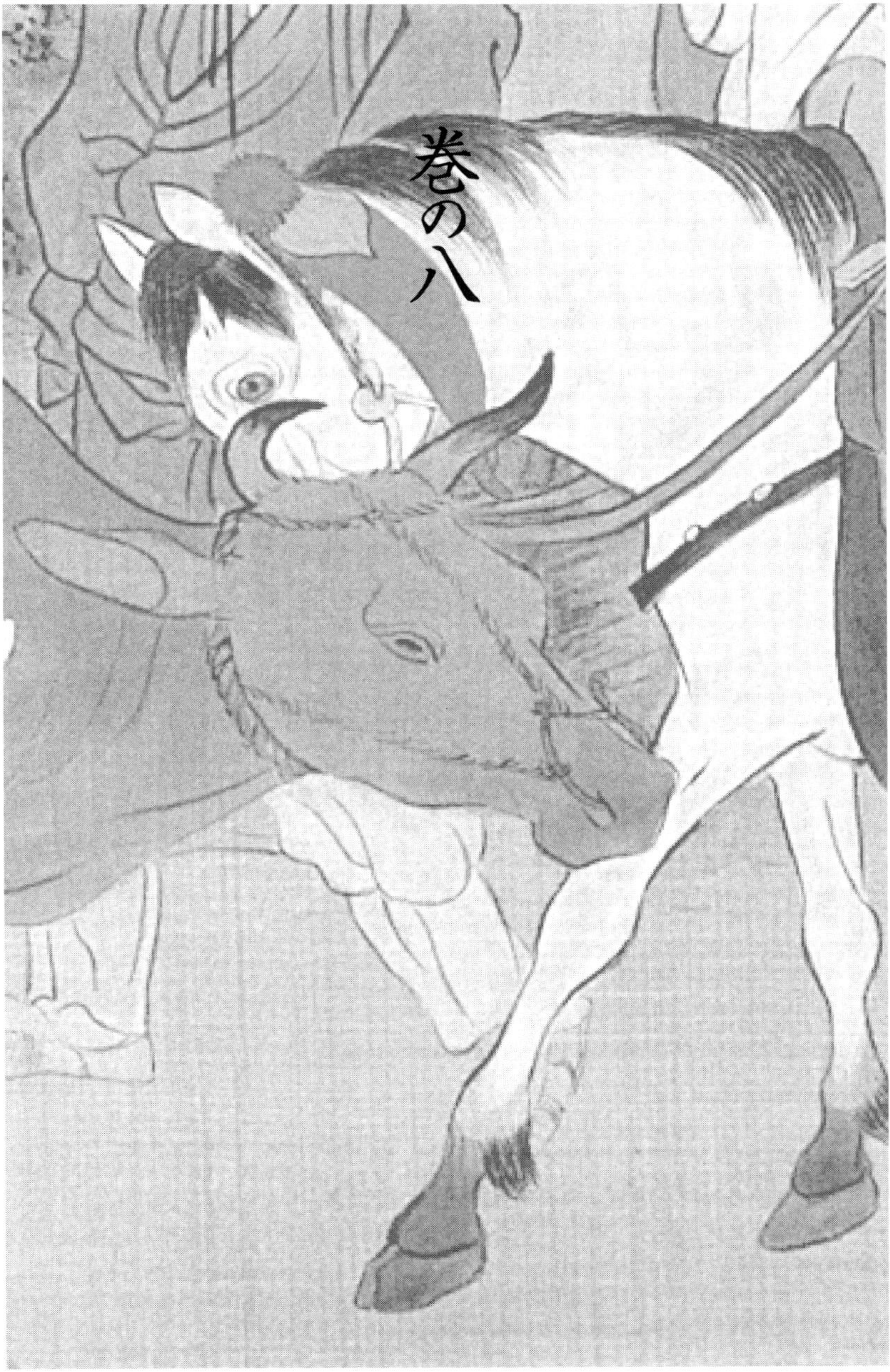

第九八話……自薦して統制使に従った武弁

竜仁《ヨンイン》に一人の武弁がいた。志気がさかんな上に磊落で、また権謀術数にも長けていた。ある日、新たに任命された統制使が朝廷で暇乞いをして任地におもむくことになった。その武弁は朱の笠に虎の髭をつけ、弓と矢筒を負って刀を帯び、鞭を手にして馬にまたがって、統制使が行く道の前で待ち迎えた。すっかり武装を整えた男が大路の横で待ち迎えている。統制使はそれを見て言った。

「いったい何者だ」

するると、武弁は鞠躬如として前に進み出て言った。

「使道がいままさに統営に赴かれると聞いて、わたくしはついて行きたいと願い、ここで待っていたのです」

統制使はこの武弁の容貌が俊偉であり、声もよく通り、衣装も輝き、馬も駿馬であるのを見てとり、笑いながら、ついて来るのを許した。後ろに付き従っている数十人ばかりの兵士は互いに目配せをして、あざ笑わない者はいなかったが、武弁は少しも臆せず、その後ろについて行き、兵士たちと朝に夕にことばを交わして付き合いを深めた。

統制使が統営に到着して翌日の朝会の後、営吏が軍官の座目牌（官吏の席順を記した目録）を統制使に差し出した。それを見ながら、統制使は兵士たちをぐるりと見回して、尋ねて言った。

「君は誰の紹介でやって来たのか」

すると、答える。

「わたくしは某大監の紹介です」

「君はどうだ」

「わたくしは某大監の家に勤めておりました」

次々に尋ねていって、最後に武弁の番になって尋ねた。

「君はどうしてここにやって来たのか」

「わたくしは竜仁の大路で、自分から志願してついて来たのです」

統制使は頷いて、人びとの紹介の緊急さを忖度し、その人びとの向き不向きを考えて、それぞれに役職を割り当てた。最後にただ取るに足りない仕事が残り、しばらくはこの武弁にその仕事を割り当てた。

しばらくすると、ソウルからやってきた兵士たちは任された仕事に飽き足らず、あるいは他の者が寵愛されるのを妬んで、辞めてはソウルに戻って行く。その欠を埋めるために、武弁が当てられ、毎月のように順々に仕事を移っていった。その仕事ぶりをうかがうと、見識も十分で、勤勉である。人品も才局もともにソウルからついて来たものに抜きん出ている。そこで、ますます統制使は武弁を信任するようになり、重要で禄の多い仕事に就けるようになった。他の兵士たちは統制使にその重用ぶりを諫めたが、統制使はそれを聞かず、ますます武弁を信じて、統営のすべての業務を総覧させるようになった。

　ところが、統制使の任期を終える日が近づいて、一夜のうちに、武弁はなにも言わずに出奔してしまった。兵士たちは一斉に統制使のもとにやって来て、

「言わないことではありません。使道はわたくしどものことばを信じず、どこの馬の骨ともわからず、中途から随いて来た者をひたすら信じて、統営全体の金の出し入れをあの者に任された。それが一夜にして行方をくらましてしまうなど、世間にこんな愚かな話がありましょうか」

と言った。あざけるような笑い声が左右から起こったが、統制使はみなにそれぞれの部署の庫に残っている物を調べさせた。すると、まったく何も残っていず、統制使は天井を見上げて茫然自失するばかりであった。

　任期を終えた統制使はソウルに戻ったが、ちょうど庚申の年の換局[1]があって、南人は一斉に排斥された。この統制使は南人に属していたので、頼るところをことごとく失い、仕官の道もまったく閉ざされた。落魄して数年も経つと、家計も傾き、ソウル城内の家も売り払い、南大門の外の里門谷《リモンコク》に住まったが、かつて親しかった兵士も誰一人として訪ねて来なくなった。朝夕の食事にもこと欠き、憂愁に閉ざされて過ごし、いつも昼の日中は前の窓を開けて大路を見ながら過ごしていた。

　ある日のこと、一人の人が自分は駿馬にまたがり、駄馬に荷を積み、五、六人の従者を引き連れ、南大門に向かって上って来る。里門谷の方にやって来て、まっすぐに統制使の家の正門を入って、馬から下りた。階段を上って座敷に上がり、統制使に向かって拝礼をした。統制使の方も答礼をして、客に座を進めた。その客がまず尋ねて言った。

「使道はわたくしをご存知でしょうか」

　統制使は愕然として、

「いや知らないが」

と答えると、統制使は、

「使道はかつて統制使となられたとき、任地に赴く途中で武弁に遭って、彼をともなって行かれました。その武弁がわたくしです」

　統制使は初めて理解した。そして、統営の物をみな持ち去り、なにも言わずに出奔したことを責めるよりも何よりも、まずにこの困窮する家を訪ねてくれたことを喜んで、まずは尋ねるのだった。

「この間、君はいったいどこに行っていたのだ。今になって、どうして急に姿を現したのだ」

するとその人は言った。

「わたくしは八方どこにも知った人がなく、ってもない人間で、統制使となった使道に自薦してついて行くしかありませんでした。四方から嘲笑され、誇る声も聞こえましたが、使道はそれには耳を傾けず、わたくしを偏愛して信用されました。わたくしは豚でも魚でもない。そのご恩にどうして感謝しないでいられたでしょうか。ただ、当時の時勢を見ると、使道が久しからずしてこの状況に至られることを察することができました。そこで、俸禄の残りを持って帰って、数年の生計のために貯えておきました。わたくしは使道のためにまた別に一つの計画を練り、ご恩に報いることを考えました。もしそれを先に漏らせば、使道はけっして承知なさるまいと思い、ずっと人を騙す罪を犯して、財物をひそかに輸送して貯え、某処に行って土地を買い、荘園を営み、さまざまな手配を済ませておいたのです。今やすべて整い、そこで、こうしてお迎えに参りました。使道はどうぞそちらの家に住んで、余生をお送りください。どうか考えてもみてください。今の時勢では仕官の道も閉ざされて、困窮もますますはなはだしくなるばかりです。どうして鬱々としてこのままの状態で過ごされますか」

統制使はこれを聞いて、あれこれと思いめぐらし、武弁の言うことはもっともだと思い、これに従うことにした。すると、武弁は奴僕たちに命じて食事を用意させ、二つの卓を用意させ、一つは使道に進め、もう一つは内房に進めた。そうして留まること三日、家の倉を整理し、輿を用意して、夫人もともなって、一斉に出発した。武弁に随って行くこと数日して、山谷の中に入って行き、山の尾根を越えると、前方に大きな峰に突き当たった。統制使は心の中で疑惧を覚えたものの、ここまで来ては、もう引き返しようもない。武弁がまず先に行き、馬を下りて、峰を上って行った。統制使もまた馬を下りて、その後について行くと、四方を山に囲まれた、広い盆地に出た。瓦屋が櫛比し、稲穂が豊かに実っている。

武弁が指をさして、

「これは使道の住まわれる家です」

と言い、またその横の小さな家を指して、

「こちらの小さな家がわたくしの住まう家です。田畑について言えば、あそこからここまでは使道のお宅で収穫なさってください。ここからあそこまではわたくしの家で収穫します」

と言った。統制使はこれを聞いて、心も目も恍惚として、初めて笑顔になった。峠を越えて、その家の中に入って行くと、房室は清潔で造りも巧妙にできている。内房もまた同じく立派である。いくつか庫があって鍵を掛けられている。武弁は首奴に命じて、

「お前のご主人が今ここに見えられた。みなを呼んで来い」

と言うと、屈強の奴が十数人、一斉に姿を現した。また婢女についても同じように呼び出した。すべての庫の鍵をもって来させ、統制使とともに行き、開けて見ながら、

「これは何のための庫で、これは何のための庫」

と教えたが、米穀や財物がいずれにも満ち満ちていた。ふたたび内堂に入って行き、台所の道具と日用品を示したが、そろっていないものはなかった。統制使は大いに喜び、これを楽しんだ。武弁はまた自分の住まう家を見に来るように請うた。規模はやや小さかったが、その造りの精緻さは異ならなかった。その日から互いに往来して、将棋に興じたり、あるいは作物の実り具合を見に行ったり、その交情にまったく隙間はなかった。あるとき、武弁が言った。

「使道がすでにここにいらっしゃってこのように暮らし、どうして『使道』と呼び、『小人』と称する必要がありましょうか。互いに平等の交わりをこれからは致しませんか」

統制使の方もこれを大いに喜んで、優遊ともに一生を過ごした。

▼1【庚申の年の換局】庚申の年（一六八〇年）、南人勢力が大挙して失脚した政変。庚申大黜陟とも言う。この事件によって、西人たちの独裁が始まる。一六七四年、礼論に勝利して政権を握った南人たちは粛宗からは信任を受けていなかったが、領議政の許積の油幄濫用事件により、王はいっそう南人を退けるようになった。それを利用して、西人の金錫冑・金益勲などが許積の庶子である許堅が宗室の福昌君・福善君・福平君の三兄弟とともに謀叛を謀っていると誣告した。その結果、許堅と許積、福昌君三兄弟らは殺害され、残りの南人一派も粛清された。

第九九話……悪守宰を みなで言い合わせて追放する

湖南の地にある守宰がいた。政令が厳しく、刑罰も過酷だったので、人びとは朝夕に逼塞して、脇を閉じて息をし、足を重ねて立つような有様であった。ある日、一人の役人が同僚たちを集めて言った。

「守宰のまつりごとが転倒して、刑罰は残酷この上ない。守宰が一日でもいれば、一日の害になる。このまま何年も過ぎれば、ただ単にわれわれが生き残っていないだけでなく、人びとも離散してしまい、もう邑とは呼べない状態になろう」

そこで、役人たちは守宰を追放することを相談した。

一人の役人が策を練って、かくかくしかじかにすれば、かくかくしかじかの結果になるはずだと言った。みなは大喜びをして、その策がいいだろうと言い、爛漫と胸を張って互いに成功を誓い合って別れた。ある日、守宰が朝会の後、たまたま仕事がなく、一人で本を読んでいると、不意に若い通引[1]がつかつかと前に進んできて、その頬を引っぱたいた。守宰は怒って、他の通引を呼んで、この通引を取りひしぐように命じた。しかし、他の通引たちはたがいに顔を見合わせるだけで、誰一人として命令に従おうとはしない。吸唱[2]や使令[3]を呼ぶが、みなこれに応じることがなく、口を覆って笑い、

「案前主[4]は正気を失われている。どうして通引が案前主の頬を引っぱたくという道理がありましょう」

と言って、取り合わない。守宰はもともと怒りっぽい。戸をがらりと開けて机を放り投げ、大声で叫び立てた。その挙止は妄りで、言語は胡乱である。通引たちは奔って行って、冊室[5]に告げた。

「案前主はご病気のようで、取り乱していらっしゃる。発狂なさったようです。大変なことになっています」

子弟や冊室などが慌ててやって来て様子を見ると、守宰は立ったり座ったり、あるいは手で机をたたき、足で扉を蹴ったり、動作が狂気じみて、万分も尋常ではない。冊室が入って来るのを見ると、通引が自分の頬を打ったこと、役人たちが自分の命令に従わないことを言い立てる。その憤怒が先立って、ことばに筋道がない。心火が燃えるままに、目は真っ赤になり、全身から汗を流し、口角には泡を立てている。冊室たちもこの様子を見て、発狂したと信じこんだ。通引が頬を叩いたなどと言っても、目撃したわけではなく、普通の道理ではなく、ありえないことである。従容として守宰の前に進み出て言った。

「大人はしばらくの間、安座して静養なさってください。通引の輩がたとえ常識がなく礼を欠くことがあっても、どうして大人の頬を叩くなどということがありえましょう。大人は心に病を抱えられているのです」

守宰はこれにも憤怒に耐えず、大いに罵った。

「お前など私の子ではない。お前もまた通引の輩と仲間なのか。さっさと出ていけ、二度と出て来るな」

その子はすぐに邑内の医者のところに行き、脈を診て薬を処方してくれるように頼んだが、その医者が来ると、守宰はこれを拒み、

「私がどうして病気なのだ。薬など何の用もない」

と言って、医者を罵り、薬の鉢を蹴って、一日中、跳梁して暴れまくった。そこで、冊室以下すべての人びとが守宰の精神を病んでいるのは間違いないと判断するようになり、誰一人としてそのことばを信じる者はいなくな

った。今日もそのようであり、明日もそのようである。守宰は寝食を廃して、ついには本当に精神を病んでしまった。そのことを全邑の官民で知らない者はなく、ついには道の監察司の知るところとなった。監察司は放っておくわけにも行かず、朝廷に申請して、これを罷めさせた。守宰はやむをえずに上京することになったが、監察司に挨拶しに行くと、監察司が、

「卿には病気があるというが、今はどうであろうか」

と尋ねる。守宰は、

「私は病気などではありません」

と言って、その出来事の顚末を話し出した。監察司は手を振ってさえぎり、

「またその病気が再発したようだ。早くソウルに発って療養するがいい」

と言うので、まだ話が終わらない前に辞去するしかなかった。その家に帰って、静かに謀られた事を思いめぐらすと、怒りが沸々とよみがえってくる。それを言い立てようとすると、病気が再発したと言われて家に帰らされ、医者を呼んで薬を処方される羽目になる。ついには何も言い出すことがなくなり、そのまま衰弱して老境に至ったが、時折り、

「もう随分むかしのことで、私もすっかり年を取ってしまったが、今ふたたび昔のことを言い立てれば、やはり狂人扱いにされるのだろうか」

と言って、大勢の子どもたちの前で語るのだった。

「某年、某邑で私が守宰であったときのことだ。通引にいきなり頬を叩かれたことがあった。このことを言えば、お前たちはやはりまだ私が発狂したと言うだろうか」

　子どもたちは愕然として顔を見合わせ、

「お父さんのこの病はしばらく発症しなかったが、今になってまた出てきてしまった。どうすればよかろう」

と言って、困惑し憂悶するのであった。老人はもう口をつぐんで何も言わないことにした。そして大笑いをして済ませた。老人はついに生涯を終えるまで、そのことについては怒りを含んだまま、本心を明かすことがなかった。

▼1【通引】朝鮮時代、官衙の長に属して雑用を務めた吏卒。
▼2【吸唱】地方の官衙に所属した下僕。
▼3【使令】官庁の召使い。小役人。
▼4【案前主】下級官吏から上級官吏に対する敬意を込めた呼称。
▼5【冊室】文字通り、書冊のある部屋の意味だが、ここではそこで勉強している守宰の息子を言う。

第一〇〇話……宰相の胸を刺そうとした武弁

昔、ある武弁がいた。他に親しくする家がなく、ただ一人の宰相の家には出入りして、長年、忠実に仕事をしたが、その宰相が吏曹と兵曹の判書に至り、三人の息子がともに科挙に及第して、長男は承旨となり、次男は玉堂となり、三男は翰林となった。

　武弁は生活が窮迫しても、一度として宰相の家の恩恵を受けることがなかった。たまたまいい官職が空いても、権勢家の圧力でそちらに回り、あるいは因習によって世襲されることになり、末望（三人の候補者）にも入ることがなかった。武弁はあえてそれを恨むことなく、今まで通りに出入りして雑用をこなし、「孟嘗君[1]の知己である」と言っていた。

　その宰相が急に風病を発して、数ヶ月のあいだ患って苦しんだが、その間、武弁はその屋敷に留まって、看病を誠心誠意行なって、怠ることがなかった。薬湯を煎じたり、衣服を着替えさせたり、みずから進んで行って、他に家族や客人や家人たちがいたにもかかわらず、宰相はこれらの人の世話よりも、この武弁の怜悧さと敏捷さとを重宝して、わずかの間でもこの武弁を遠ざけることがなかった。武弁は夜のあいだも服を脱ぐこともなく、側に座って看病して、わずかにうつらうつらするだけで、大小便のときにも手伝い、起きたり臥したりする際にもかならず支えて、ほんのわずかでも倦怠の様子や、苦しむ気配を見せなかった。

　宰相の症状がさらに悪化し、ことばも呂律がまわらず、傍らの人には何を言っているのかわからず、別の症状も併発するようになった。家中が慌てて浮き足立ち、連日連夜の看病に疲れて、一夜、三人の子どもたちがみな疲れ果て、自分の部屋に戻って休息をとり、家人や奴たちもそれぞれ引き下がって寝ているとき、部屋の中には武弁一人が座して看病をしていた。黙然として自分の人生を考えてみると、悲しみに堪えない。

「自分はこの宰相に対して、親しいと言っても、子姪だというわけではない。側に仕えていても奴僕だと言うのでもない。ただ門下に出入りをして十年近くになる。しかし、一つとして恩恵を被ってはいない。宰相が病を得て十ヶ月ものあいだ、こうして看病を続けて、孝行息子も孫もこの私にはかなうまい。世間はどれほど私を憐れみ、あるいは笑うことであろうか。今、この病状を見ていると、いよいよ万分に重篤で、すでに今わのときであると言っていい。もうなんら希望を託せるわけではない」

　そう思い続けると、憤怒がこみ上げて来て、長くため息を二度三度とついて、ついに宰相の胸倉にまたがって、佩刀を抜き放って首に押し当てて言った。

「私はお前の家に対して前世にどのような業縁があったのか、長年のあいだ勤めたが、いまだ何の恩恵も蒙ってはいない。また今はこの数ヶ月のあいだ、お前は病にふせって、もっぱら私がお前の看病を続けた。お前の子どもの承旨や翰林の輩は、私の至誠の看病以上にお前の看病をしただろうか。しかるに、お前は私には一片の感謝の色も、すまないという心もみせることがない。お前のような輩は早くしんでしまえばいいのだ」

そうは言いながらも、刀を納め、また部屋の一隅に退いた。宰相は口はきけなかったが、精神はしっかりしている。武弁の所作を見て、そのことばを聞いて、憤ったが、どうすることもできない。しばらくして、子どもたちが見舞いにやって来た。宰相は先ほどのことで、憤って興奮しているのか、呼吸がぜいぜいと激しい。承旨が武弁に尋ねた。

「父上の病状が悪化して、呼吸が激しくなっている。何かがあったのか」

武弁が答えた。

「特に何かがあったわけではありません。先ほど小便をなさった後にお眠りになりましたが、二、三度ほど咳き込んでお目覚めになり、その後からこのように息がせわしくなりました」

宰相はこれを聞くと、まったくの嘘八百であり、憤怒に堪えない。しかし、憤怒してそれを訴えようとしても、声を出すことができず、どうすることもできない。そこで、手でもって自分の胸を指し、また手でもって武弁を指して、何かをいおうとしていることがわかる。宰相の心中では、急に容体が悪化したのは武弁のせいだと言いたいのだが、傍らでこれを見る者にはどうしてその心中を察することができようか。逆に、この武弁の積年の忠勤を認めてけっして忘れず、後日にはかならず善処の道を考えるようにと言っているのだと考えた。そこで、一斉に声をそろえて、

「お父上がおっしゃるまでもなく、この武弁の恩徳については、身を割き肉を削ってでも、どうして惜しみなどしましょう。きっと報いてやりますので、ご心配なさらないでください」

と言った。宰相はこれを聞いて、手を振って、手を胸に当てては次には武弁を指して、何度もそれを繰り返したが、子どもたちはついにその真意を知ることができず、病気で朦朧としているのだと考えた。その翌日、宰相はもう起き上がることがなかった。葬儀が終わった後、三人の子どもがかわるがわる歔欷嘆息して、人に会うたびに武弁の就職を依頼した。武弁はその冬の除目において

宣伝官となり、昇進をつづけていくつかの郡の主典となり、ついには兵使にまで至ったという。

▼1【孟嘗君】中国、戦国時代の斉の公族。姓は田、名は文。食客が数千人に上ったという。斉の相となったが、讒にあい、魏の昭王の相となり、後には自立して諸侯となった。薛で没。戦国四君の一人。

第一〇一話……僧に打ち明け話をさせて撲殺した黄判書

判書の黄仁倹《ホアンインコム》▼1が平安監司であったとき、某郡で事件が発生したが、正犯の者はつかまらず、何年かが経った。事件の概要は次の通りである。

その郡に両班の婦人がいて、結婚して間もなく夫が病気になって死んでしまった。その夫人が埋葬を終えて後、墓のそばに草廬を営み、一人で墓を守った。朝に夕に慟哭して喪に服し、朝晩に食事を供え、その真心を尽くした。その墓はその家と遠くはなく、路を通り過ぎる者で、これを見て同情しない者はいなかったが、ある日、何者かによって刺殺されてしまった。役所ではそれを聞いて捜査をした。刀で刺された痕跡は明らかだったものの、その犯人は捕まえることができず、いったい誰が犯人なのかもわからなかった。

黄判書は若いころ山寺で読書をして、若い僧侶と親密になった。黄判書が下山後も、僧はしばしばやって来て、やって来れば数日の間は宿泊して、談笑した。黄判書が平安監司になるに及んで、その僧も訪ねて来たので、これを冊室（第九九話注5参照）に留めて置き、公務が終わると、昼夜を論ぜず、かならずこれと談笑した。そのときに、未解決の事件で成案を見ないものの話になって、旅の僧はきっといろいろな世間話を聞いているだろうと思い、話を切り出した。

「ある郡にかくかくしかじかの事件があった。ところが犯人が逃げたままつかまらない。君は出家の身で、いろいろと旅をして、街道筋の噂話を多く聞いているだろう。あるいはこの件についても何か聞いてやしないか」

その僧はその話については聞いたこともないといったが、そういう顔を見るとどこかに動揺が見える。黄判書は心に引っ掛かるものがあった。夜がすっかり更けて、左右の者たちがいなくなって後、僧の手を執って膝に触れ、黄判書は語り掛けた。

「私と君との付き合いは若いころから今におよび、すでに十年余りになる。はなはだ固く契りあって、情義ともに相輸《あいゆ》し、肝胆相照らす仲ではないか。私と君との間に一毫も相隠すべきことがあるであろうか。君が見聞きしたことについて、すべて逐一話をしてはくれまいか。もう夜も更けて人びとも寝静まっている。誰も聞いている者はいず、ただ私の耳に入るだけだ。どうして他に漏れる恐れがあるであろう」

いろいろと説得すると、その僧は平生の情誼を思い、今夜の親密な会話を考えて、これを言っても害はなかろうと考えて、ついに事実を告げた。

「小僧はかつてその道を行き来して寡婦を一目見て欲情が盛んにおこり、その独りなのを幸いに、夜暗に乗じてこれを汚そうとした。寡婦は必死に抵抗して拒んだ。小僧は思い通りにならないのを憤慨して、ついに懐刀を抜いて、寡婦を刺殺してしまった。そして行方をくらましたのだった」

僧侶が話し終わると、黄判書は大声で左右の者を呼んで、僧侶を引きずり出させ、その罪を数え立てて、撲殺した。そうして、烈婦の多年の恨みを晴らしてやったのだったが、当時の人びととの議論では、黄判書のやり方について、あるいは「是非は難しい」と言い、あるいは「やはり薄情すぎる」と言っていた。

▼1【黄仁倹】？〜一七六五。英祖のときの文臣。字は景徳、本貫は昌原。英祖のときに文科に及第して、正言、左副賓客を歴任した。英祖と思悼世子の父子関係がもつれ、父子間を離間させようとする人々があったが、仁倹は世子の立場を斟酌して心を痛めた。吏曹判書に至った。彼の弟の仁献は英祖の婿となり、昌城尉の封爵を受けた。

第一〇二話……幽霊となって恨みを晴らした娘

後に宰相になった人が全羅監司になったときのことである。ある日、次官とともに宣化堂（第二話注2参照）で話をしていて、夜も更けたので、次官がその場を辞し、他の役人たちにも帰宅するように言って、自分も部屋で寝ようとした。すると、にわかに女の泣き声が聞こえて来る。はなはだ凄絶たる声で遠くから次第に近づいて来て、三門[1]の中に入って来て、泣き声は止んだ。そうして足音がして、階段を昇って来る。堂に上がって扉を開けて部屋に入って来るので、監司が頭を挙げて見ると、うら若い女子である。黄色のチョゴリに紅のチマを着ていて、はなはだ美しい。監司は不思議に思って、

「お前は鬼か、人か。この夜中にどうしてやって来たのだ」

と尋ねると、女子は答えた。

「わたくしはこの役所の吏房の娘です。家もやや裕福で

何の不自由もありませんでしたが、母親が死んで、父が後妻を娶り、一人の子どもが生まれました。また継母には弟がいて、わが家の財物に欲を出して、これを奪い取ろうと企んだのです。ただ父はわたくしを偏愛していて、その企みを実現することがなかなかできませんでした。ところが、一月前、父が役所の仕事で出張に出かけ、五、六日は留守にするのを利用して、継母とその弟はともに謀って、わたくしに板の間に出て砧を打つようにいい、わたくしの背後から木枕でもって頭を殴りつけたのです。わたくしは即刻そこに倒れ、脳が破裂して死んでしまいました。今わたくしが着ている衣服はそのときに彼らが着せた斂衣《れんい》なのですが、わたくしを棺の中に納めて、十里ほど離れた大路の横に埋めました。その土はまだ乾いてはいません。父が仕事を終えて帰って来ると、わたくしの姿が見えないので、後妻に尋ねると、後妻は『あなたが出かけて数日すると、急に胸腹が痛み出し、その日のうちに死んでしまいました』と言い、父はその委細を知らずに、ただ慟哭するだけでした。お願いです。監司はどうかこのわたくしの恨みを晴らしていただけないでしょうか。それをお願いするために、あえてこの夜中にうかがった次第です」

　監司はその父親の名前と、継母とその弟の名前を聞いて、

「きっとお前の恨みを晴らしてやろう」

と言った。その女子は再度拝礼をして退いた。もう泣き声も聞こえなかったし、足音も聞こえなかった。監司は灯りを持って来るように命じて座り、通引を次官のもとに送って、すぐに来るように伝えさせた。次官は統営で話し込んで、夜も更けて、少し酔って家に帰り、衣服を脱いで寝ようとしているところだった。精神が朦朧としている中で、にわかに通引の声を聞いたのだが、

「すぐに参上せよ」

という監司の命令を伝えている。大いにおどろき、

「いったいどういうことだろう。さっき退出したばかりなのに、わずかの間に何があって、このように急に呼び出しがかかったのだろう」

とつぶやきながら、あわてて衣装を裏返しに着て、倉皇として参上した。すると、監司が灯火の前に座って待っている。次官が入って行き、

「何か火急のことがあるのでしょうか」

と尋ねると、監司は、

「すぐに調査しなければならないことが起きたのだ。これからすぐに出発して十里の道を行き、明るくなるのを待って、きちんと調べて来て欲しいのだ」

と言い、小さな書類を取り出して渡した。本官がこれを見ると、名前が認めてある。次官は役所に戻り、壮健な

校卒を召集すると、書類を渡して出発させ、まずは房吏の後妻とその弟とを捕まえ、鎖につなぎ枷を科した。それから、十里の道を行って、まだ新しい塚の前にたどり着いた。その盛り土を掘り返し、棺を取り出して開き、死体を地面に置いて検屍をした。年のころは十五、六歳の女子である。顔の色はまるで生きているかのようで、特に傷もない。屍体を裏返して見ると、頭蓋骨が破裂していて、血がこびりついてまだ乾いていない。その衣装は監司が夢の中で見たのと同じ黄色のチョゴリと紅のチマであった。

　吏房を捕え、その後妻と弟も、それぞれに尋問すると、申し開きすることもできず、一々に承服した。後妻とその弟は打殺し、吏房については家内をよく治めなかった罪状で流した。邑内の人びとで監司の明察ぶりを称賛しない者はなかった。

▼1【三門】宮殿や役所にある三つの門。正門と東西の門を言う。

第一〇三話……女を死なせてしまった崔昌大の薄情

副提学の崔昌大《チェチャンデ》▼1はただ文章が巧みで才名が世間に高かっただけでなく、容貌も優れて風采も人に抜きん出ていた。まだ科挙の時期ではなかったが、三月ににわかに謁聖試があることになり、驢馬に乗って出かけた。ある場所を通りかかると、急にある人が驢馬の前に現れて、挨拶をした。

　崔生が、

「あなたはどなたでしょうか。お顔に見覚えはありませんが」

と言うと、その人は言った。

「わたくしは市井に住まいする一介の紙屋で、姓名は某と申します。顔をご存知ないのは当たり前で、まだご挨拶をしたことはありません。しかし今、心からお願いしたいことがあり、失礼を顧みずにまかり出ました。わたくしの家はこの家です。恐縮ですが、しばらく中に入って、ご休息いただけないでしょうか」

　崔生はそのことばを怪しみながらも、驢馬を下りて、その外舎に入って行った。部屋はきれいで、書画が壁一面にかけてある。崔生が座に落ち着くと、その人は掬躬如として進み出て言った。

「わたくしには娘が一人おります。年は十六歳で、親から申すのも何ですが、容姿も悪くはなく、才識も備わっています。平生、この娘のために、どなたか名門の若様の副室にでもしてもらえないかと願い、まだ結婚を取り決めずにいました。ところが、昨日の夢に、試験に用いる紙が黄竜に変わって空に向かって飛び去りました。目が覚めて不思議に思い、夢の中で竜に化した紙を探して、十襲ほど封をして、『今回の科挙でこの紙を使って解答する人はかならず高得点で及第するだろう。私自身がその人を選んでこの紙を渡し、娘を副室にしてもらうことにしよう』と考えて、わたくしの家が大路に面しているのを幸い、早朝から部屋や廊下を清掃し、外の窓に簾を垂らし、一日中、往来する人を見ていました。そうして、あなたの行かれるのを見て、突然にこのようにお願いした次第です」

大きな卓に盛った食事を進めたが、その一つ一つが豪華であった。その娘が現れたが、花のような顔が月のように輝いて、まことに傾城の美女である。眉目は秀麗で、挙止は端雅、市井に住まう賤民の子女の風情ではない。その紙商人が紙をまた進めて言った。

「これが黄竜に化した試験紙です。試験の日が近づいていますが、書房はこの紙を持って行き、これに解答を書いて提出されれば、きっと壮元で及第されるでしょう。及第された暁には、この卑賤の身を厭われることなく、輿を用意して、この娘を連れて行き、掃除役の妾としてでも永く使っていただければ、わたくしどもの長年の願いが叶うというもので、これ以上にめでたいことはありません」

崔生はすでに娘の抜群の容貌が気に入り、紙屋の夢の兆しがめでたいのを喜んで、これを承諾し、固く約束を交わして、立ち去った。科挙の当日、崔氏はその紙を携えて試験場に入り、思いを凝らして筆を振い、その紙に書き上げて提出した。はたして壮元で及第して、王さまの前で名前を呼ばれ、造花を髪に挿して音楽を賜った。父の大臣の崔公[2]が随行して出て行くことになり、音楽が天に轟き、その栄光は世間に鳴り響いて、ようやく家にたどり着いたが、車や馬が門の前に立ち並び、お祝いの客が堂に満ち満ちた。歌を歌う童子と舞を舞う童女が前後に立ち並び、ご馳走の膳が左右に交錯した。管弦が喜びをさらに助長し、俳優たちが即興劇を演じて、それを見物する人が庭に満ち、塀の外にもあふれた。

そうこうする内に日が陰って、客たちも三々五々帰って行った。崔氏は前日に丁寧に交わした約束を忘れたわけではなかったが、そこはやはり若さの迂闊さか、思慮があまねく行き渡らない。大臣の崔公に暇を告げることもならず、喧噪にまぎれて、みずから手を回すこともできない。もじもじと手を拱いて、ため息をついていると、正門の外から慟哭する声が聞こえて来る。はなはだ哀切で、見ると、一人の人が胸を叩いて声を放って、門の中に入ろうとする。下隷たちがこれを追い払おうとするが、その人はいよいよ大きな声を上げて哭し、

「とても恨めしいことがあって、先達主に申し上げたいことがあります」

と訴えた。崔公はこれを聞いて、驚きに堪えず、その人に哭くのを止めて前に出て来るように言い、

「お前の恨めしいことと言うのはいったい何だ。この家はせっかくの祝い日なのだ。それを不吉なことを言って台無しにするとはいったいどういうことなのだ」

と言うと、その人は、かつ哭き、かつ拝礼して、

「わたくしは市井で紙を商う人間です。姓は某、名前は某と申します」

と言い、その娘のこと、夢に竜を見たこと、崔氏とねんごろに約束したことなど、事細かに語って、

「わたくしの娘は科挙の日には朝から食事をせず、榜の発表をひたすら待ち続け、しきりに崔書房が及第したかどうかを知りたがったのです。そこで、わたくしどもは道路に人を出して探ったのですが、どうやら崔書房は壮元で及第されたようで、どうも確実で疑いはない。その吉報を報せて天に歓び地に喜びしながら、輿がこちらにやって来るのを今か今かと待っておりました。ところが、そうこうする内に日が暮れて、しかも何ら連絡もありません。娘は居ても立ってもいられず、痴人か狂人のごとく、なにも言わず、ただただ永くため息をつくだけです。わたくしはその様子を見るに忍びず、あれやこれやと娘を慰めようとして、

『科挙の及第発表の日ともなると、大騒ぎになって、お祝いの客が大勢集まって、その応対に忙しい。他のことに思いを巡らすことができないのだ。崔書房がしばらくお前のことを忘却したとしても不思議ではないし、忘却していずとも、あまりに忙しくて、周旋できない。けっして不思議なことではない。私が今から某氏のお屋敷にうかがって、様子を探って来る。それでも遅くはあるまい』

と言いますと、娘は、

『わたくしのことを大切に思っていらっしゃったなら、どうして忙しいからといって忘れる道理がありましょう。深い気持ちがあれば、輿を用意して連れて行くことなど、簡単なことではありませんか。そんな時間もないと言うのでしょうか。あの書房の心の中にはわたくしなど存在していないのです。だから何の連絡もないのです。あの書房はすでにわたくしのことなど忘れて、わたくしを連

れて行こうという気持ちはないのです。こちらから訪ねて行こうというのも恥です。わたくしが訪ねて行って、連れて行ってくれるように強要しても、何の妙味がありましょう。百年を添い遂げようとすれば、その情意はともに固くなくてはなりません。約束を交わしてまだ時間も経たないのに、この有り様では、将来にどんな希望がもてましょうか。わたくしの気持ちは決りました。もう何もおっしゃらないでください』

と言い、奥の部屋の方に入って行って、首をくくって死んでしまったのです。

　わたくしの悲恨は胸に一杯で、哀怨は天を突き抜けるほどです。それでこうして奔って来て訴えているのです」

　崔公は大いに驚愕して、無惨な思いに堪えず、しばらくは無言であったが、その息子を呼んで、叱りつけた。

「お前にとっては何が大事なことなのか。お前は固く約束を交わしながら、それに背いてしまった。世間にこれほどの風流心がなく、信義に欠ける人間がいようか。薄情を極め、恨みを負うこと甚だしい。私は、お前は大きな器をもっていると期待していたが、このことで見ると、どうも取るべきところがない。いったいどんな仕事ができ、どんな官職に就くことができるのか」

　千万に叱責を続けてやむことがなく、さらには、

「これから供え物を用意し、祭文を作って、罪を謝して、追悔してやまない旨を言い、遺体の前にいって哭を挙げるのだ。殯斂《ひんれん》のための品を用意して、自分自身も精一杯に勤めて、さらに恨みを負わないように努め、約束を破ってしまった罪を少しでもあがなって、死者の癒されない恨みを慰めよ。早く行け、早く行け」

と言って、棺と葬衣、その他の品物を与えた。それらを用いて手厚く娘を葬った。

　その後、崔氏は副提学には至ったものの、早死にしたという。

▼1【崔昌大】一六六九〜一七二〇。粛宗のときの文臣。字は孝伯、号は昆侖。明谷・崔錫鼎の息子。一六九四年、文科に及第して、副提学、吏曹参議などを歴任した。文章と書がたくみであった。ここの話と違って、当時の五十一歳なら、必ずしも早死にしたとは言えない。

▼2【父の大臣の崔公】崔錫鼎。一六四六〜一七一五。粛宗のときの大臣。初名は錫万、号は明谷。はやく南九万に学び、一六七一年、文科に及第、右議政、領議政に至った。

第一〇四話……車天輅が作り韓濩が書いた画題

月沙・李廷亀《イチョンクィ》▼1が使臣として中国に行ったとき、従者

に才能のある者を選ぶことにして、五山・車天輅《チャチョンロ》▼2を文章で選び、石峰・韓濩《ハンホ》▼3を書で選んだ。ともに旅をして、瀋陽に至ると、土地の金持ちが万金をはたいて屏風一隻を作ったという。錦繍が絢爛とあざやかで、金碧がふんだんに使われて煌々と輝いている。絵も天下の名画といってよく、満開になった二本の桃の木が描かれ、その間に鸚鵡の一番を描いている。土地の金持ちはその絵に天下の文章家と名筆に頼んで、画題を書いてもらいたいと思っていたが、まだその人を得ることができずにいた。西蜀の地に二人の人がいて、文章と書で天下にその名を恣にしていた。その二人に人をやり、手厚く金品を贈って招いたが、まだ瀋陽には姿を現していなかった。

その屏風絵は金持ちの家にあり、それを見たいと言う人があれば、かならずそれを出して見せてくれた。車と韓はそれを聞いて、詩心が滔々と沸き起こり、筆を揮いたいという思いが勃々と起こって止まなかった。そこで、その屏風絵を見たが、はたしてその装潢には今まで見たこともないような材料を使って、絵もまた迫真の出来である。これを見て、興趣がむくむくと沸き起こるのをどうしても抑えることができない。五山が石峰に言った。

「私がこの画題を詠もう。君は筆を執ってそれを書くのだ。蜀の文章家も名筆も私と君に勝るとは思えない」

近くに誰もいないのを見て、石峰が墨をすって筆を濡らすと、五山は喉を鳴らして、七絶一首を詠じた。

同じはずの桃の花の色が同じではなく、
そのわけを東の風に尋ねることもできない。
幸いそこにものを言う鳥がいて、
深い紅色が浅い紅色に映えるのだと答える。
（一様桃花色不同、難将此意問東風
其間幸有能言鳥、為報深紅暎浅紅）

石峰が筆を執ってこれを書き終えると、すぐに車を駆けて北京に向かった。しばらく後に、家の主人がもどって来て、屏風を見て、大怒した。

「私は万金を惜しまず、この屏風を装潢させ、天下第一の絵を描かせ、さらに詩文と書でもって画題を書かせて、わが家の伝世の家法にしようとしたのだ。幸いに素晴らしい絵ができた。詩文と筆は蜀の人が来るのを待つばかりであった。それをあの朝鮮の二人はいったい何者だというのだ。このような大それた真似をして、私がいない隙をついて、わが家の至宝を台無しにしてしまった」

憤々と怒りは収まらずにののしり、またため息をつくばかりであった。

しばらくして、蜀から二人がやって来て屏風を見ると、すでに他の人が画題を書いている。じっと見つめて、し

ばらくすると、立ち上がって堂を下り、うやうやしく屏風に向かって再拝の礼を行なった。そうしてため息をもらしながら、

「これこそまことに天下の文章家であり、名筆です。われわれははるか下風に立つこともできません」

と言って、筆を置いて、そのまま帰って行った。

　その家の主人は朝鮮の二人が真実の文章家であり、名筆であったことを知って、大喜びをした。謝礼の金品を豊富に用意して使節が帰って来るのを待ち、車と韓を出迎えた。百回も拝礼して画題を感謝し、手厚く礼をした。それ以後というもの、車と韓の名前は中国にも知れ渡り、天下に肩を並べる者がいなくなった。

▼1【月沙・李廷亀】一五六四～一六三五。字は聖徴、月沙は号、本貫は延安。一五九〇年、文科に及第、一五九二年、壬辰の倭乱に遭うと王の行在所に随行して、明の救援兵をよく引率した。当時、明の丁応泰が朝鮮は倭兵を取り込んで明に侵犯しようとしていると誣告したのに対して、上奏文を書き、正使・李恒福の副使として明におもむいて弁論につとめ、応泰を免職に追いこんだ。礼曹判書に昇り、謝恩使として明に行き、国境に駐屯している毛文竜の軍隊は朝鮮に対して誠意が欠け、金の軍と戦う意欲もないと、仁祖に進言した。丁卯の胡乱のとき、和議に反対して、右議政として死んだ。

▼2【車天輅】一五五六～一六一五。宣祖のときの文章家。字は復元、号は五山。本貫は延安。一五七七年、文科に及第、一五八九年、通信使の黄允吉にしたがい、日本に行った。さまざまな官職を経て、奉常寺僉正に至った。文章が秀麗で、壬辰倭乱の際に明に援軍を要請する文章を書いた。その文名は明でも高かったという。『五山集』がある。

▼3【韓濩】一五四三～一六〇五。朝鮮中期を代表する書芸家。字は景洪、石峰は号で、他に清沙とも。一五六七年、進士となったが、その書によって出世して写字官として国家のさまざまな文書・外交文書などを書いた。官職は加平郡守に至った。彼の書体は朝鮮時代初期から盛行した趙孟頫の書体ではなく、王羲之に倣ったものの、晋唐の人の気韻に欠けて低俗に堕しているともされる。数多くの石碑が彼の書を伝えている。

第一〇五話……他のソンビを騙して及第した朴文秀

霊城君・朴文秀《パクモンス》（第一九話注7参照）の兄弟はみな文筆が十分ではなかったが、僥倖にも、監試初試▼1に合格した。兄が心配をして、

「われわれ兄弟はみな無文・無筆で、また文房具さえもっていない。まずはこれを買いそろえなければ、会試（第九五話注2参照）の日も近づいていて、どうして試験

場に行けようか」

と言うと、霊城が言った。

「試験場の文房具はみな私どもの文房具ですよ。当日、解答用紙を提出するのに、何ら心配はありません」

そして、毎日のようにソウル城内に出没して、某村の某が博学であり、某村の某が書に巧みであり、替え玉受験を請け負う人たちであることを知った。この人びとに前もって一度会っておき、試験の日になると、朴の兄弟はみな試験紙一枚をもって試験場に入っていき、受験者の通り道にどっかと座り、替え玉として会場に入って来る者がいると、すぐに立ち上がってこれを出迎え、

「替え玉受験など、法を犯して入場するのは心配ではありませんか」

と声をかけた。三度、四度とそうされると、この替え玉受験をする者たちは満面に羞恥と慚愧の色を浮かべて、その首尾を恐れて、某官の無事と某村の無事とを哀切に懇願するようになる。そこで、霊城は言うのだった。

「私たち兄弟の解答を作って、この紙に書き写すのだ。そうすれば、君たちは無事でいられるだろう」

そうして、

―こちらは兄上の替え玉で、そちらは兄上の代わりの書き手」

と割り当てると、それぞれソンビたちは筆を執って、あえて抗うこともなく、試験紙をひろげて、一人が口に出せば、一人がそれを書き写して、しばらくして出来上がった。答案にはあえて訂正を加えるようなところはなく、書体もまた完全で、兄弟ともに会試に及第したのだった。

その後の増広試[2]の際にも、霊城は初試に受かり、会試に赴くことになった。そのとき、湖西の郷校で策文を教えている一人のソンビが初試に受かり、同じく会試のためにソウルに上るという話を聞いた。宿舎を決めると、そこに湖西のソンビも逗留していると聞いて、訪ねていき、

「私たちはまさに会試に赴こうとしています。会試の前に少しでも勉強しておいた方がいいのですが、いい先生がいませんでした。ところがあなたにここで会ったのも何かの縁でしょう。明日からはいっしょに首を並べて勉強するのはどうでしょうか」

と持ちかけた。ソンビはこれを承諾した。霊城は文章を作るのに巧みではなかったが、記憶力に優れていて、眼で見ればすぐに記憶できた。そこで、このソンビに策文一つを作ってもらって、すぐに心の中で暗唱しようと考えた。翌日また、そのソンビを訪ねて行き、

「会試の日が近づきました。今日から策文一題を出して、たがいに作ってみましょう」

と言うと、湖西のソンビは、

「私は策文の勉強をしてきましたが、ソウルの人の眼目に叶うかどうかわかりません。あなたが先に出してください」

と言った。霊城は再三ことわり、幾冊かの書物をひろげながら、熟考するふりを装い、なかば眼を閉じ呻吟して、初めて文字を書こうとして、

「今日はすでに日が暮れてしまった。中途半端だから、明日から始めることにしたら、どうだろうか」

と言って、部屋に戻ることにした。そうして、湖西のソンビの草稿をちらっと盗み見しては、暗記した。その次の日もまた同じく、思索するふりをして時間を費やして、このようにして四、五日が経った。湖西のソンビは心の中で、

「このソウルの青年の課題に対する態度を見ていると、文華が豊富にあり、詞才も爛漫としているのであろう。まさに一人の雄文・巨筆と言うべきである」

と考えて、望洋の嘆を禁じ得なかった。

ある日、そのようにして二人出題し、文章を練っていると、毛笠をかぶった下人が息を切らして走って来て、

「朴書房はどこにいらっしゃいますか」

と尋ねる。朴がこれを見ると、自分の家の奴である。その奴が慌ただしく、

「夫人が急に胸腹を患い、痛みが激しくて、一刻を争う容態です。書房はすぐにお戻りください」

と告げた。朴は湖西のソンビに、

「妻の持病が出たようです。この発作が出ると、十日の間は予断を許しません。医者に行って薬を処方してもらい、その容態の鎮静を待って、また戻ってきます」

と言って出て行った。そうしてまたことば通りに、十日あまりが過ぎて、戻って来て、

「妻の容態はわずかに持ち直しましたが、まだ心配です。しかし、会試が近づいている。二人で勉強することができないのは残念ですが、会試の当日に試験会場の外で待ち合わせ、いっしょに会場に入って行くことにしましょう」

と言った。湖西のソンビは、心の中で隣り合って座れば、利益があろうと思ったので、欣然として諸手を挙げて承諾した。

会試の日になり、霊城はまったく空手でもって試験場の門の外に座り、湖西のソンビのやって来るのを見たが、見てみないふりを故意にして、顔を背けて、他の人と話をして、いっしょに話をしようとはしない。ソンビはその様子を見て、ため息をついて、

「ソウルの士大夫というのはまったく信用が置けない。あれほど固く約束を交わしたのに、この場に至って、素知らぬ振りをする。これは私といっしょに入場するのが、

自分にとっては無益だと思っているのだ」

とつぶやいて、自分から進んで出て行き、ことばをかけた。

「私が来たのを見て顔を背けるとはどういうことだ。いっしょに入場して互いに周旋するという約束を交わしたではないか。ところが、このように迷惑そうにしているのはどうしてなのだ」

霊城はこのソンビがまったく気分を損ねていっしょに入場しないのを恐れた。そこで、外面では取り繕って許しを求め、いっしょに入場して並んで座ると、しばらくして問題が掲示された。それぞれが草を起こして、まだ半分にもならないとき、霊城がソンビに語りかけた。

「どのくらいできたか」

ソンビが、

「半分くらいだ」

と言って、これを出して見せ、

「少しまずいところがあるのだが、直してもらえまいか」

と言うので、霊城は自分の草稿は自分の座席の下に置き、字をまったく墨で塗りつぶし、他の人には見られないようにした上で、ソンビの半ば完成した草稿を見終わると、試験紙をもって立ち上がり、

「急に小便がしたくなったので、少し待っていて欲しい。私の草稿は座席の下にある。これを出して見るといい」

と言って、急いで親しい人が雨傘をさして、幕を張っているところまで行き、その幕の中で試験紙を開いて、記憶したものを書き写した。おおよそ増広試においては、長文を書くために、少し粗雑であっても、また条々において他人の受け売りであっても、提出して、高得点を得ることがある。霊城ははたして及第した。官職を歴任し、戊申の年（一七二八年）の乱（第二〇話注29参照）に際しては手柄を挙げて記録され、霊城君に封じられた。官職は判書に至ったが、平生から権謀術数が多く、よく諧謔を弄した。暗行御史としてしばしば功績があり、今に名前が高い。

▼1【監試初試】監営で行なわれる一次試験。小科とも言う。
▼2【増広試】国家に慶事があったときに臨時に行なわれる文科。

第一〇六話……試験官を驚かせた武人の知識

ある人が武科を受けることになった。伯夷・叔斉の採薇歌▼1を講ずることになった。試験官が文の意味を尋ねて、

「およそ、薇《ぜんまい》を食べるときには茎を食べるので、その根は食べないが、伯夷と叔斉はその根を採ったというのは

いったいどういう意味か」

と言うと、その人は答えた。

「先生は本当にこの意味が分からずに尋ねているのですか。あるいは本当は知っていて私を試験しているのですか。薇の茎を採って食べるのは昔も今も同じことです。どうして伯夷と叔斉がそれを知らないわけがありましょう。周の人々が薇を食べるのはその茎を食べるので、伯夷と叔斉はその茎を食べるのを潔しとせず、地面の下の根を採って食べたと言うのです。周の天の雨露がすでに薇の茎を潤している以上、伯夷と叔斉はけっして周の穀物を食べないということなのです。これは周の茎を捨てて、殷の根を取るということであり、殷の士大夫として、殷の歌を歌い、殷の節義を全うしたということなのです。先生は伯夷と叔斉の節義でもって薇の茎を食べて正しいと思われますか」

　試験官はただ「薇の根を採った」という「採」の一字でもって、この武夫をからかって何も答えられずにことばが詰まってしまうのを予測していた。ところが、そのことばがよどみなく筋道の通ったものであり、自分の予測していたものをはるかに越えていたので大いに驚いて、さらに質問した。

「伯夷と叔斉は飢え死にしたというが、干支で言えばどの日に死んだことになるだろうか」

　その人は答えた。

「庚午の日です」

　試験官が尋ねる。

「いったい何を根拠にしてそう言えるのか」

　すると、その人は言った。

「『法華経』に『およそ人が何も食べずに死ぬのは七日目、女子の場合は九日』[▼2]とあります。殷の紂が死んで殷が滅びたの甲子の日でした。伯夷と叔斉が甲子の日に食事を取らなくなったとすれば、甲乙丙丁戊己庚となり、すなわち庚の午の日が『法華経』にいう男の七日目になって、それで二人の死んだ日がわかります」

　試験官は大いに驚き、もうその人の武術の優劣を問うことなく、その講義を第一として、首席で及第させた。

▼1【採薇歌】伯夷・叔斉の兄弟は孤竹君の子。殷が滅びた後も、周に仕えるのを潔しとせず、首陽山に隠れ住んで餓死した。そのとき作ったのが「釆薇歌」「彼の西山に登り、其の薇を釆る。暴を以て暴に易え、其の非を知らず。神農・虞・夏、忽焉として没わる。我安くにか適帰せん。于嗟、徂かん、命之れ衰えたり（登彼西山兮、釆其薇矣。以暴易暴兮、不知其非矣、神農・虞・夏、忽焉没兮。我安適帰矣、于嗟徂兮、命之衰矣）」。

▼2【およそ人が何も食べず…】このような文章を『法華経』に見出すことはできない。

第一〇七話……李益輔、友人と春を争う

判書となった李益輔《イイクポ》▼1には親しい友人がいた。その友人とは年齢も同じなら、住むところも近く、幼い時から同じ先生について学業に励んで、司馬・進士に進んだのも、また科挙に及第したのも同時であった。内閣（奎章閣の別称）および玉堂（弘文館の別称）に入ったのも、そして台諫になったのも同じ時期で、門閥、風格、そして文筆もたがいに優劣がつけがたかった。李と友人がいっしょに玉堂に宿直していたときのこと、たがいに自分が優れていると主張し、自分が下だとは認めない。そこで、互いに約束した。

「私と君は幼いときから今まで、何から何まで同じで、ついに優劣がつかなかった。そこで、どうだろう。南《ナム》原《ウォン》に有名な妓生がいる。朝鮮一の美人だという。これに先鞭をつけた者の勝ちとしようじゃないか」

しばらくして、その友人は全羅左道（全羅道の東側）の京試官▼2となった。他の人が行くはずだったのが、不都合があって、急に代理になったのである。試験の日が迫っていて、翌日にはソウルを旅立つことになったが、試験のあるのはまさに南原である。李はちょうど宿直していて、その話を聞いて驚き、ため息をついて、自分もすぐに飛んででも行きたいと思うのだが、どうすることもできない。深く慨嘆して、今やその友人に一歩先を譲ってしまい、それを回復することもできないと思うと、また憤りが沸々と湧いて来る。夜が更けてもなかなか寝付けなかった。翌朝、友人は暇乞いをして李氏の宿直しているところにやって来た。意気揚々として、李氏を圧倒しようというつもりである。大言誇張をして言った。

「これから後は、私は君に勝っていると言っていいな」

李氏はいくら虚勢を張って大語しても、おのずと頭を垂れて肩を落とし、意気沮喪せざるを得なかった。

そうして臍《ほぞ》を噬《か》んでいたところ、

「宿直中の李某はすぐに御前に参れ」

という命令が急に下った。李氏があわてて転びそうになりながら、御前に参ると、王さまから封書をいただき、また鍮尺と馬牌▼3をも下された。李氏は大いに喜んで、心の中で湖南の暗行御史ではないかと推測した。南門を出て早速、封書を開けて見ると、湖南左道暗行御史に任命されていた。日時を計算すると、友人は某日には南原に到着するであろう。自分は今日すぐに出発して、疾駆して道を行き、友人に先んじることにしようと考えた。従者にも裨将にも知らせず、今手元にあるわずかの金だけで、一人の奴だけを連れて、そのまま徒歩で出発した。

家には、

「従者と衣服、それに金とを南原に送るように」

と知らせるだけで、道を急ぎに急いで、某日の正午に南原に到着したが、京試官の行止《こうし》を探ると、一足早く今朝には着いたという。そこで、さまざまに探りを入れて、いくつかの情報を手に入れ、直接に宿舎に入っていった。そのとき、上は役所や京試官、下は邑の役人や人々に至るまで、御史の下向を知らず、にわかに姿を現したのにおどろき、あわてふためいて、邑中が大騒ぎになった。吏房と座首がそれぞれの邑ごとに出て来て謝罪した後、

「この邑から随庁の妓生を連れてこい」

と命じたが、その妓生の名簿を見ると、あの妓生の名前が欠けていた。そこで、戸長を呼んで、

「南原というのは朝鮮随一の美人の土地というではないか。御史が到来すれば、まず第一にもてなしをせねばならないのではないか。しかるに、この随庁の妓生ではまるで形をなさない。すみやかに妓生を換えるのだ」

と命じた。御史の命令に誰が背けようか。すぐに妓生を入れ換えてよこしたが、そこにもまたあの妓生の名前はなかった。御史は怒り出し、戸長、首奴、首妓を前に引きずり出し、脅し付けながら言った。

「お前の邑に某という妓生がいることを私が知らないとでも思っているのか。何度も妓生を換えて出すように命じているのに、まだ来ない。お前の邑の仕事ぶりははなはだ怠慢である。某妓を早く連れて来い」

　すると、戸長が言った。

「某妓はすでに京試官の随庁に定まり、須臾《しゅゆ》のあいだもお側を離れることがありません。それで、こちらに参ることができません」

　御史はいよいよもって怒り出し、三陵杖[4]を作って打つことにし、戸長、首奴、首妓を縛り付けて、刑台の上に座らせ、声を荒げて、

「お前たちは妓某をいったいどこに隠したのだ。京試官の随庁にかこつけて、遂に姿を見せないつもりか。万々に礼を失し、万々に驕ったやり方だ。もし私の命令が聞けないというのなら、お前たちはこの刑杖の下で死ぬことになる。屈強の者を選んで、十度も打たないうちに打ち殺させよう」

と言ったが、その威風は凛々として、号令は霜のようであったから、邑中が戦慄した。戸長、首奴、首妓の親族たちとまた郷吏、将校、官奴がこぞって京試官のもとに行き、泣きながら訴えた。

「三人の命が傾刻に迫っています。京試官はどうか哀憐の心をもって、大いに活人の徳を施してくださり、妓生某をしばらく出してやってはくださいませんか。ほんのわずかでも妓生某が姿を見せれば、御史の気持ちも収ま

って、三人の罪責も許されましょう。御史の気持ちが収まって、夕刻にもなれば、妓生はまた戻って、京試官のお側にずっと侍りましょう。しばらく出していただき、まさに死のうとしている三人の命が救われれば、これ以上の幸いはありません」

京試官は三人が罪もなく死ぬということに忍びず、また考えると、もし妓生を出さなければ、この人たちも殺されて、自分は恨みを負うことになろう、それに御史というのが誰かわからないけれども、一介の妓生のことで、一生の恨みを負うことになったら、これも将来にわたって面白くない結果を生み出すであろう。そこで、妓生を出してやることにして言った。

「お前たちがまさに死のうとして言うのなら、この妓生を出してやることにするが、御史に一目だけでも見せたなら、すぐに連れ帰って来るのだ」

その者たちは歓天喜地の有り様で、百回の拝礼をして感謝して、

「京試官の徳は天のようです。わたくしどもも生き存えることができました。一度だけ御史の前に姿を見せて、その後すぐに連れて参ります」

と言い、ついにこの妓生を御史の前に連れて行った。御史が大喜びをして、妓生を見ると、まことに絶世の美女である。すぐに役人や奴を退出させ、屛風を大庁の中にぐるりと巡らせ、その妓生の手を引いて中に連れて行くや、爛漫と痴態の限りを尽くした。雲雨の交わりが終わった後、御史は輿をもってくるように命じ、妓生も乗せて、すぐに京試官のもとに向かった。扇子でもって顔を覆い、輿を直接に堂につけて輿を下り、京試官の字と号を呼んで、

「調子はどうだい。どうやら私が勝ったようだ」

と言った。京試官は御史がやって来たのを知っていたが、その御史がいったい誰か知らなかった。また自分が朝廷を出たときに、李氏が玉堂に宿直しているのを見てもいたのだ。今日、こうしてここにいるのはまったく思いがけないことである。こうして逢着して、息をのんで驚くばかりである。そして、妓生については自分の方が先に手にして、ついつい気を許して譲ってしまったのが、悔やんでも悔やみきれない。もう顔の色は土気色になって、気絶せんばかりであった。

思うに、これは王さまも李氏とその友人が常に争い、たがいに優劣の決着をつけようと約束していたのをご存知になって、京試官の下向の日に、李氏を暗行御史に命じて、たがいに春を争わせてご覧になったのである。

▼1【李益輔】一七〇八～一七六七。英祖のときの文臣。字は士謙、本貫は延安。一七三九年、文科に及第、翰林に入り、

官職は吏曹判書に至った。容貌がすぐれ、挙動も敏捷であった。およそ学問を好まなかったが、是非と成敗を言うときには、かなう人がいなかったという。

▼2【京試官】三年ごとに各道で科挙が行なわれるときにソウルから派遣される試験官を言う。

▼3【鍮尺と馬牌】鍮尺は地方の守令や暗行御史が検屍やその他のことに用いる真鍮製の物差し。馬牌は駅馬を徴発するための手形で、公務で地方に赴く役人が与えられた。

▼4【三陵杖】罪人を罰するための断面が三角になった棒。

第一〇八話……「廉義士」が金剛山で神僧に出会う

廉時道《ヨムシド》▼1というのは吏胥である。ソウルの寿進洞《スチンドン》に住んで、その人となりは信義に富み、清廉かつ潔白であった。許積《ホチョク》▼2の家人となり、はなはだ寵愛され、信認されていたが、ある日、許積が時道に言った。

「明日の朝、使いに行ってもらいたいところがある。朝早くに来て欲しい」

ところが、その夜、時道は仲間たちと酒を飲んで、博打に打ち興じてしまった。深い眠りについてしまって、不覚にも寝過ごして、起きるともうすっかり明るい。急いで起きて奔って行ったが、済用監▼3の建物を過ぎたあたりの空き地に一本の古木が立っている。その木の下の草の茂みの中に青い風呂敷包みがあった。それを取り出してみると、ぎっしりと中に詰まっているようで、はなはだ重い。腰に帯びて、また走って、社稷洞《サチクドン》の許大臣の家に着いた。遅くなった詫びを言うと、大臣は、

「早く来ていた者にもう用事は言いつけた。もういい」

と言った。時道が退き、風呂敷の中を開けてみると、銀二百十三両が入っている。時道は独り言を言った。

「これは大金ではないか。これを失った人はどんなに困り果てているだろう。私がこれを隠して自分の物にしたなら、それは民として吉祥とは言えまい。家に持って帰るべきではない。大臣のもとに置いていただこう」

そうして、銀を許公の前に出して、納めていただこうとしたが、許公は言った。

「お前が得たものをどうして私が手許に置こう。お前が取ろうとしないものを、どうして私が手に取ると思うのか」

時道は恥じ入って退出しようとすると、許公が呼び戻して、

「数日前に聞いたのだが、兵曹判書の馬の値が銀二百両だということであった。光城府院君《クァンソン》▼4がこれを買ったと聞いたのだが、お前のもっている銀というのはその銀ではあるまいか。お前は行って尋ねてみるがいい」

と言った。兵曹判書というのは清城《チョンソン》の金公▼5である。時道

はそのことばに従い、翌日にはその家を訪ねた。

「貴宅では何か失われたものはないでしょうか」

　金公は、

「何もないと思うが」

と言いながらも、にわかに蒼頭を庁下に呼びつけ、

「奴の某が馬を引いて出て行き、すでに一両日が経っているが、まだ帰って来ていない。どうしているのか」

と尋ねた。すると、蒼頭は言った。

「奴の某は罪を犯したと言って、あえて御前に出ることができないのです」

　金公が、

「いったい何を言っているのだ。早く捕まえてここに来させろ」

と言うと、蒼頭は一人の奴を捕まえてやって来て、庭に跪かせた。その奴が言った。

「わたくしは罪を犯しました。万回死んでも、この罪は償えません」

　金公がその理由を尋ねると、その奴が言った。

「わたくしは斎洞《チェドン》の光城君の屋敷に行き、馬の値を受け取りましたが、帰り道でそれを失くしてしまいました」

　金公は激怒して、

「この奴の姦邪なることははなはだしい。お前は策を弄して私を騙そうと言うのだな」

と言い、杖を持って来させ、これを撲殺しようとした。

時道はその横にいて、それを止めて、

「しばらく杖刑をお待ちください。その銀をどうして失くしたかを訊いていただけませんか」

と言った。金公はもっともだと思って、その奴に問いただした。すると、奴は話し始めた。

「馬を連れて光城君のお屋敷に行ったところ、光城君はわたくしに『その馬に乗って駆けさせてみよ』とおっしゃったので、ぐるりと駆けてみますと、君は『これはまことに名馬だ』とおっしゃいました。馬が肥えているのも喜ばれて、『この馬はお前が飼って育てたのか』とおっしゃたので、わたくしが『そうです』と申しますと、君は『よその家の奴僕にはこのように賢く忠義な者がいる。褒めてやらねばなるまい』とおっしゃって、わたくしを御前に召し、『お前は酒が飲めるか』とおっしゃいます。『はい、些少なら』と申しますと、君は大きな椀を持って来させ、甘紅露酒を一杯に注いで、続けて三杯を頂きました。それから、銀二百両をくださり、その上、十三両を加えて、『これはお前がこの馬をよく育ててくれた褒美だ』といって、くださったのです。わたくしは退出しましたが、日も暮れて、はなはだ酔って歩行もままなりません。しばらく行って、路傍に倒れて寝込んでしまったようです。それがいったいどこだったのかもわ

かりません。夜が更けて目を覚ますと、鐘の声が聞こえました。急いで起き上がって帰って来ましたが、そのときにどこかに大枚の銀を落としてしまったようです。わたくしは罪を犯しました。死をもって償うしかないと思いつつ、御前に出ることができませんでした」

時道はその話を聞き終えて初めて、路傍で銀を拾ったことを言った。そして、家に帰って銀の包みを持ってもどり、それを見せたが、封のされようや銀の数を数えると、まさしく金公の奴が失くしたものであった。金公は時道の奇特な心掛けにに大いに感嘆して、

「お前は当今の人間とは思えない。これはもともと失くした金だから、半分はお前にやって褒美にしようではないか。断る必要はない」

と言った。時道は笑いながら言った。

「わたくしにもし財を貪る心があったなら、みずからの懐に入れて口をつぐんでいたでしょう。すでにわたくしの手を離れていて、もともとわたくしには関わりのない銀です。どうして褒美をいただく必要がありましょう」

金公は粛然として居住まいをただし、もう褒美の銀のことは口にせず、長く感嘆をして、酒を持って来させ、これをねぎらった。奴もまた快く解き放った。

時道が暇を告げて出ると、一人の少女が後を追って出て来て、

「お客さま、少しお待ちください」

と呼びかけた、時道が振り返って、理由を尋ねると、少女は、

「銀を紛失したのはわたくしの兄さんでした。わたくしはたった一人この兄さんだけを頼りに生きています。その兄があなたのおかげで命を救われました。そのご恩をどう報いればよろしいでしょうか。内房に入って、大夫人にこのことを告げたところ、大夫人も感心なさり、酒と肴を用意してもてなすようにとおっしゃいました。そこで、お呼び止めしたのです」

と言った。時道が導かれるままに、中に入って行くと、廊下に席が設けられて、大きな卓には山海の珍味が盛られ、美酒が用意されていた。

庚申の年（一六八〇年。第九八話注1参照）に許相公が罪を得て死を賜った。時道は走って行って毒薬の入った鉢を自分が飲み干そうとした。都事がこれを引きずり出して追いやった。許公がすでに亡くなると、時道は昼も夜も慟哭して、もう世俗のことに興味がなくなった。そこで、家を捨て、山水のあいだに遊覧することを考えて、親戚の者が江陵《カンルン》にいたところから、そこを訪ねて行った。ところがその親戚の者はすでに僧侶になって、放浪の旅に出たまま行方が分からなくなっていた。

時道は金剛山《クムガンサン》におもむき、表訓寺《ピョフンサ》▼6に至り、そこにいた

僧たちに、

「わたくしは高僧に師事したいと思うのですが、どなたがよろしいでしょうか」

と尋ねると、どの僧も、

「妙吉祥《ミョキルサン》▼7の後ろにある孤庵の首座の僧はまるで生き仏だ」

と答えた。そこで、時道が訪ねて行くと、果たして一人の僧侶がいて、結跏趺坐して入定している。時道はその前に伏して、まごころを込めて師僧として仕えたいといい、剃髪してくれるように頼んだ。そのことばはこの上なく懇ろであったが、僧はそれに耳を傾ける風でもなかった。時道は伏したまま立ち上がらず、そうして日がすでに暮れた。するとと僧は突然に口を開いて言った。

「棚の上に米がある。どうして夕飯を炊かないのだ」

時道が立ち上がって見ると、たしかに米がある。米を炊いて、それを食べ終えると、また先と同じく入定する僧の前に伏して、朝を迎えた。すると、また僧は、

「飯を炊け」

と言う。そのようなことを続けて、五日、六日が経った。僧はついに何も言わず、時道はやや意気消沈して、庵を出て散歩した。庵の後ろに行くと、数間の茅葺の小屋がある。その中に入って行くと、うら若い少女がいて、年のころなら十六ばかり、容色がすこぶる美しい。時道は情欲が起こって、それに堪えられず、少女に抱き付いて、これを無理やりに犯そうとした。少女は懐から短刀を取り出して自裁しようとする。時道はおどろいて、少女の短刀をもつ手を抑え、どこから来たのか尋ねた。少女は言った。

「わたくしはこの洞の外の者ですが、兄がこの山で仕事をして庵の僧に仕えていました。わたくしの母はこの庵の僧を神人であると信じていて、娘のわたくしの命運を尋ねたところ、庵の僧は、『お前の娘には四、五年の大厄があるが、もし世俗のことをすっかり捨てて、この庵の後ろの小屋に住まえば、その災厄を消滅することができ、また良縁が待ち受けてもいよう』と言ったのです。母はそのことばを信じて、この茅葺きの小屋を作ってわたくしとともに住まうようになり、もう数年が経ちます。母は今しばらく洞の家に帰っていますが、その間にこのように人に襲われ、わたくしは死の境に立たされていまず。これが大厄の一つであったかも知れません。もし父母がすでにいらっしゃらなければ、死んでしまって、けっして汚されまいと思いますが、しかし、今回のこのことは偶然ではありますまい。神僧は良縁のことも言いました。これはそのことではないでしょうか。男女がすでに相会った以上、もう他に行こうとは思いません。あなたに従うことにします。ただ今は母の帰りを待って、き

ちんと結婚するのがよくはないでしょうか」

時道はそのことばを奇特に思い、承諾した。ふたたび庵の方に戻ると、僧はまた何も言わない。その夜の間、時道の心の中は少女のことでいっぱいで、仏の道を聞こうという気持ちなど一片もない。ひたすら翌朝の母親のことばを心待ちにして、朝になって起きると、僧もたちまちに立ち上がって、大喝した。

「いったい何者が私の修行を邪魔するのだ。これは殺すしかない」

六環の杖を取り出して、まさにこれを振るって打ち下ろそうとするので、時道はあわてて逃げ出し、庵の外でしばらくおずおずと待った。すると、僧は手招きをして、おだやかなことばでもって諭すように、

「お前の様子を見ると、出家するべき人のそれではない。後ろの小屋の女はかならずお前に嫁ぐことになろう。この女とともに出て行くがよい。躊躇することはない。多少の波風があっても、これより福禄が始まるであろう」

と言い、「以姓得全鵲橋佳縁（姓を末代に保持することができる鵲橋の良縁）」という八つの文字を書いて与えた。時道は涙を流しながら出て行き、表訓寺に至ったが、座った座席が温まる暇もなく、突然、譏捕軍官▼8が押し掛けて来た。時道を緊縛して首枷、足枷をつけて馬に乗せ、風雨のように疾駆して、数日も経たずにソウルに到着した。足枷、首枷はそのままに獄に入れられた。

この時、許積の獄時に連座して、親近の家人たちも追及を受けることになり、時道もまた陳述書の中に名前が載っていたのである。義禁府での尋問および裁判の日になって、清城・金公が判事となり、多くの宰相が列座する中、時道が邏卒たちに引き立てられて来た。そのときは尋問しなければならない人間が多く、清城はいちいち顔を見ようとはせず、それが時道だとは気が付かない。一通りの尋問が終わってふたたび下獄するとき、清城の食事の世話をする婢女が行きあった。あの銀を失くした奴の妹である。時道が獄衣を着て枷をつけられているのを見て、驚いて屋敷に帰り、夫人に告げた。夫人ははなはだ気の毒に思い、短い書簡をしたためて清城に届けさせ、事実を告げた。清城はすぐに了解して、時道を前に連れて来させ、若干の尋問をして、証拠不十分だとし、

「この者は義士であり、その青天白日のような心事は私も深く知るところである。どうして逆謀などに加担しようか」

と言い、特別に釈放した。時道が門を出るや、銀を失くした奴が待ち構えていて、新しい衣服に着替えさせ、いっしょにその家に帰って行った。そのもてなしぶりは意を尽くして、旅の費用や馬の用意までして、行商を生業とすることができるようにしてくれた。

このとき、許積の妻の弟の申厚載▼9は尚州牧使であった。時道が訪ねて行くことにしたが、ちょうど七月七日のことであり、まさに牽牛と織女が相会うために烏鵲《うじゃく》（かささぎ）が橋を作る日であった。すでに州の境界に入り、日がすでに暮れようとしている。馬を下りて休んでいたが、馬が急に駆け出して、山間の道を入って行くと、傍らに家があった。時道は馬の後をついて行くと、馬はすでに厩につながれている。また、中庭では一人の女が糸をつむいでいて、驚いて、家の中に入って行こうとした。時道が馬の手綱をほどこうとすると、老婆が出て来て、

「どうして手綱をほどく必要がありますか。馬は自分の帰るところをちゃんと知っているのです」

と言う。時道は茫然として、その言わんとするところがよくわからない。そこで、挨拶をして、

「まだお顔を存じ上げていず、またおっしゃることがよくわかりません。馬は自分の帰るところをちゃんと知っているというのは、どういう意味でしょうか」

老婆は時道を迎え入れて座らせ、

「これから、わたくしがその意味を言いましょう」

と言うと、奥の方から悲しみに息を詰まらせて嗚咽の声が聞こえてくる。老婆が、

「どうして泣くのか。うれしくて泣いているのかい」

と言うので、時道がますます不思議に思って、いったいどういうことかと尋ねると、老婆が話し始めた。

「あなたは某年に金剛山の小庵の後ろの小屋で一人の娘に会われませんでしたか」

時道が、

「たしかにそんなことがあった」

と答えると、老婆が言った。

「あれはわたくしの娘だったのです。今、奥で泣いているのがそれです。また庵の僧の来歴を知っていますか。あの庵僧というのはあなたの江陵の親戚だったのです。神異の僧として予見の能力があり、人の将来を予見して毫の過ちもありません。わたくしの娘を指さして、『この女子と私の族弟の廉某とは結ばれる因縁がある。しかし、数年のあいだは災厄があり、家を離れて山寺に住めば、災厄を免れるであろう。結婚しても、まだ同居をせず、同居するのは嶺南の尚州《サンジュ》の地であり、某年の某月の某日のことになろう』と言いました。そこで、わたくしは娘を連れて、山寺に住んで災厄を逃れようとしたのです。すると、あなたがやって来られたのですが、わたくしはたまたまそのとき外に出ていて、お会いできませんでした。その後、庵の僧は他所に移り、どこに行ったかはわかりませんでした。わたくしの息子がたまたまこの地の寺に居住していましたので、わたくしは娘を連れてこの地に住まうことにしたのです。こうして今日に至り、

かならずあなたが来られると思っておりました」

　そうして奥に向かい、

「出てきなさい」

と言うと、娘が出てきたが、まさしく金剛山の庵の後ろで見た女子である。容貌はますます豊麗として美しくなっていて、時道は不覚にも感激の涙を流した。女も悲喜こもごも至って涙を流す。夕飯が勧められたが、ご馳走が並んで、これらはみなあらかじめ用意されていたものであった。この夜、果たして二人は結ばれた。僧の書いた八文字の符は験があったと言うべきである。

　時道はその娘と母とを連れてソウルの旧宅に戻った。時道の名前は貴顕のあいだに広まった。清城の多大な庇護を受け、家も豊かに賑わった。人びとは彼を「廉義士」と呼び、妻といっしょに福禄を享受した。時道は八十歳あまりで死んだが、今もその子孫は安国洞《アングクドン》に住んでいる。

▼1【廉時道】この話にある以上のことは未詳。
▼2【許積】一六一〇～一六八〇。粛宗の時代の大臣。字は汝車、号は黙斎・休翁。本貫は陽川。生員・進士を経て、一六三七年、文科に及第、翰林に入った。司憲府にいたとき、賄賂を納めて役人を登用する大臣たちを死刑にするよう請うて、朝廷を驚かせた。要職を経て、一六七四年、粛宗が即位すると、領中枢府事となり、南人の巨頭として執権したが、一六八〇年、自己の庶子の堅の逆謀事件によって賜死した。
▼3【済用監】宮廷で使う苧麻《ちょま》（からむし）、皮、麻布、人参などの管理をする役所。
▼4【光城府院君】金万基のこと。一六三三～一六八七。字は永叔、号は瑞石、本貫は端山。二十一歳で文科に及第、娘を東宮の嬪に入れ、東宮が即位すると（粛宗）、領敦寧府事に至って、光城府院君に封じられた。当時、党争が盛んで宮廷はいつも騒がしかったが、訓練大将に任じられて、許積とともに亡きものにしようとする勢力に抗して任務を全うした。
▼5【清城の金公】金錫冑のこと。一六三四～一六八四。字は斯白、号は息庵。本貫は清風。孝宗のとき進士となり、一六六二年、文科に壮元で及第して典籍となり、玉堂に入った。粛宗が即位すると、吏曹判書となり、大提学を兼任した。御営大将となったとき、南人と許積の息子の堅の逆謀を事前に阻止した功で清城府院君に封じられた。
▼6【表訓寺】楡岾寺の末寺。金剛山の中にある。
▼7【妙吉祥】江原道通川郡碧山にある庵。
▼8【譏捕軍官】盗賊を捜索して逮捕することを任務とした将校。
▼9【申厚載】一六三六～一六九九。字は徳夫、号は葵亭、本貫は平山。文科に及第した後、槐院に入り、地方官として善政を敷いて、漢城判尹に至った。一六九四年の甲戌獄事に連座して驪州に流されたが、後に赦された。しかし、官界には復帰せずに余生を終えた。

巻の九

第一〇九話……世塵を捨てた呉允謙の友人

光海君の時代、薛《ソル》姓の者が青坡《チョンパ》に住んでいた。文辞に優れていて、気概も備えていたが、科挙を何度か受けて、残念ながら一度も及第しなかった。湫灘《チュダン》・呉允謙《オユンギョン》▼1と親しく付き合っていて、癸丑の廃母の変事（第二三話注2参照）が起こったとき、薛生は慨嘆して湫灘に言った。

「倫紀がまったく廃ってしまった。このような朝廷にどうして仕えるのか。どうだい、君は私といっしょに放浪の旅に出ないか」

湫灘は両親が健在で、遠くに出ることはできないのを理由に断った。数ヶ月後、湫灘が薛生を訪ねると、すでに旅に出ていて、行方が知れなかった。

仁祖の反正があってしばらく後、甲戌の年（一六三四年）、湫灘は関東の按節使となり、巡歴に出て、杆城《カンソン》に至った。船を永郎湖《ヨンランホ》に浮かべて行くと、ぼんやりと霞んだ中から船影が現れて向かって来る。近づいて見ると、薛生である。湫灘は大いに驚いて、自分の船に招き入れたが、互いに手を取り合って喜ぶこと、空を覆う雲がすっかり吹き払われたようである。その住まっているところを尋ねると、薛生は答えた。

「私の住んでいるのは襄陽《ヤンヤン》の東南六、七里のところにあり、回竜窟《フィヨングル》というところだ。山間の深いところにあって、なかなか人の入って行けないところにある。しかし、ここからそう遠いわけではなく、半日もすれば着けるだろう。どうだ、来てみないか」

湫灘は承諾して、薛生について行った。日が暮れて山間はすでに暗い中を、僧の用いる肩輿に乗って行き、谷合の奥深く入っていくと、今度は切り立った崖になって、その景観は壮大である。目を驚かせながらさらに奥に入って行くと、城門があり、そこを清流がほとばしって流れている。その石の城門の中が回竜窟である。崖をよじ登り、屈曲した道を葛や木の根にすがって登って行くと、洞穴があり、身体を屈めて中に入って行くと、急に頭の上に空が開け、寛広な土地が広がっている。土地は肥えているようで、人家もまた多くある。桑や麻が生い茂り、梨や棗の木が林をなしている。薛生が住んでいるのはその邑の中央で、その家ははなはだ壮麗である。湫灘を屋敷に招き入れ、山間の珍味を進めた。果実の芳香が鼻をくすぐり、出された人参は人の腕ほどの大きさがある。食事が終わって、いっしょに外を歩くと、林や山の形、川や石の付置が奇怪かつ壮麗で、ことばで形容できない。湫灘は陶然として方壺（仙界）に入ったようで、自らの住む世界が汚れたものであることを痛感しながら、

「このような山水清流はひとかどの者が隠士となって住むところであろうが、君は家計も豊かでないはずなのに、どうしてこのような生活ができるのだ」

と言うと、薛生は笑いながら答えた。

「私がこれまで遊覧して往来したのはここだけではない。世俗を捨てて以来というもの、心の赴くままに放浪の旅を重ね、今まで一日として一所に留まったところがなかった。西は俗離山《ソクリサン》に入り、北は妙香山《ミョヒャンサン》に至った。南は伽耶山《カヤサン》や頭流山《トゥリュサン》の名勝に至り、東の山川の景勝地も耳にすればすべて足を運ばないところはなく、たまたまその場所が気に入れば、草を払って家を建て、荒蕪地を耕して、一年を過ごし、あるいは三年を過ごし、興味が尽きれば、また他の土地に移った。私がこれまで住んで、山が美しく川が清く、田が肥えて家が壮麗であったところは、いまのこの場所に十倍するほどのところもあった。世間の人の知らないことではあるが」

　楸灘が薛生の従僕たちを見ると、みなが俊美であり、その多くは管弦の素養まであるようである。聞くと、みな薛生が妾に生ませた子どもなのだと言う。美しい少女が歌い舞ったが、それが十数人ほどいて、ことごとく妙麗である。楸灘はますます感心して、薛生が自足した生活をしているのを見て、みずからが世俗にまみれて生活しているのを振り返り、ため息をつきながら、詩を作って薛生に贈った。

　そうして留まること二日、帰って行ったが、薛生に、

「かならずソウルに訪ねて来て欲しい」

と言って、約束をした。

　その三年後に、はたして薛生が訪ねて来たが、楸灘はたまたま吏曹判書の職にあった。薛生を推薦して官職に就けようとしたが、薛生は恥じて、暇も告げることなく、姿を消した。後日、楸灘が峰々を越えて回竜窟を訪れたが、すでに廃墟となっていて、薛生がどこに行ったか、もう誰も知らなかった。楸灘はため息をついて、惆悵と肩を落として帰って行った。

▼1【楸灘・呉允謙】一五五九～一六三六。李朝中期の宰相。字は汝益、号は楸灘、本貫は海州。成渾に文章を学んで、一五八二年、司馬試に合格、成均館に入って英陵参奉となった。壬辰の倭乱では鄭澈の従事官として尽力した。顕官を歴任し、魯山君（端宗）の墓を修復し、祭式を整え、学問を奨励した。一六一三年、朴応犀の誣告事件が起こると、杜門不出し、仁穆王后の廃位には頑強に反対した。仁祖反正の後も重用され、一六二七年の丁卯胡乱のときには世子とともに江華島に逃れ、領議政、領敦寧府事に昇った。

第一一〇話……親孝行に感動した虎

成宗《ソジョン》（第三一話注2参照）のとき、湖南の興徳県化竜《フンドクヒョンファヨン》面《ミョン》に呉俊《オジュン》▼1という人がいた。親に仕えるのにはなはだ孝行であり、父が死ぬと、霊鷲山《ヨンジェサン》に埋葬して、その墓に廬《いおり》を結んで過ごした。毎日、一碗の白い粥を食べて慟哭するのだったが、それを聞いて涙を流さない人はいなかった。

供え物をするときには、いつも水を供えた。谷に泉があって、澄んで甘い水がわき出ていたが、ただ距離が五里ほど離れていた。呉君はいつも壺を下げてここの水を汲んで来た。風雨が激しかろうと、暑かろうと寒かろうと、けっして怠ることはなかった。ある日の夕方、山の方から雷のような大きな音がして、全山が震動した。朝になって見ると、墓の横に水が湧き出している。清く透き通っていて、味もいいのは、谷の水と同じである。谷に行って見ると、そこの泉はすっかり涸れていた。それ以後は、遠くまで行って水を汲む必要がなくなった。人びとは墓の横の新たな泉を「孝感泉」と呼んだ。

廬は深い山の中にある。虎や豹の棲むところであり、盗賊たちが集まるところでもあるので、家の人たちはひどく心配した。小祥（一周忌）が過ぎたころのある日、見ると、大きな一頭の虎が廬の前に蹲って座っている。呉君は虎に向って言った。

「お前は私を食おうと言うのか。私には逃れようもなく、お前に任せるしかないが、私にはなんら罪はないはずだ」

すると、虎は尾を振って頭を下げ、膝を屈して伏した。まるで恭順を示す人のようであった。呉君が言った。

「私を食う気がないのなら、どうして立ち去らないのだ」

虎は外に出て、伏したまま立ち去ろうとしない。いつもそうしていて、まるで家で飼う狗や豚のようにじゃれて遊ぶようにもなった。そして、いつも朔日と十五日には必ず大きな鹿や猪を墓前にもって来てお供えをする。それを一年のあいだ一度として怠ることがなかったから、他の猛獣も盗賊もこの虎をおそれてまったく姿をくらました。

その他にも呉俊の孝行ぶりに天地が感応して起きた事がらは多くあったが、泉と虎は特にいちじるしい例である。

そのとき、道の役人が呉俊の孝誠を朝廷に申告したので、成宗は旌閭（第二一話注2参照）を下すことを特に命じ、金と絹布を下賜された。呉が六十五歳で死ぬと、司僕正の官職を追贈した。邑の人びとは郷賢祠に呉を祀った。

▼1【呉俊】この話にある以上のことは未詳。

第一一一話……父の延命を祈って天を動かす

李宗禧《イジョンフィ》▼1は全義の人である。九歳のとき、家中の者が流行り病にかかり、父母はもとより奴婢にいたるまで病に伏せってしまったが、宗禧一人だけが病気にならなかった。父親の光国《クァンクク》▼2は床に伏せってすでに久しく、熱がなかなか引かず、苦しそうに息をして、数日のあいだ悪寒に襲われていた。しかし、誰もそれを看病する者がいない。宗禧ひとりがかいがいしく立ち回り、病気に伏せった婢を起こしては飯を炊がせた。そして、急に思い立って、刀で自分の四本の指を切って血を器の中に注いだ。器に赤黒い血がいっぱいに満ちると、箸で父親の口を開き、血と粥を掻き混ぜたものを父親の口の中に注ぎ込んだ。器の半ばを空けると、父親の鼻と口から息をする音がかすかに漏れた。宗禧は大喜びをして、残りの半分をさらに食べさせると、父親はよみがえった。

しかし、翌日の午後になると、息がまた出来なくなった。宗禧は泣きながら天に祈って、ふたたび手を机の上に乗せてすべての指を切った。血が大量に流れ出すのを見て、まだ病の癒えない婢がこれを見ておどろき、宗禧にしがみついて止めさせようとしたが、宗禧は婢を払って引き下がらせた。家の者たちにも騒ぎ立てないように言い、また血と粥とを混ぜて器の半ばを父親に食べさせた。すると、そのとき、部屋の中に空中から声がした。

「宗禧よ、お前のまごころは天を感動させた。冥府ではすでにお前の父親の命を救うことを決めた。心を落ちつけてもう悲しむことはない」

家の内外で臥していた人びとでこの声を聞かない者はいなかった。人びとは、

「あれは長湍《チャンタン》先生の声だ」

と言い合った。長湍先生というのは宗禧の外祖父の尹《ユン》謙《キョム》▼3のことであるが、死んですでに久しかった。父親は生き返り、熱も引いて日に日に回復した。母親の病もまた癒えた。

宗禧の孝行ぶりを称賛しない人はいず、その噂が広まった。邑の人びとは邑の守令に報告して、守令もまた奇特なことと考えて特別に監営に報告した。道伯の李聖《イソン》竜《リョン》▼4は税と夫役を免じ、朝廷に報告するとともに、邑の入口に紅サル門▼5を建てた。

▼1【李宗禧】この話にある以上のことは未詳。

▼2【光国】『朝鮮実録』英祖五十一年（一七七五）に扈衛別将の李光国の名が見えるが、この話とは時代的にやや無理がある。

▼3【尹謙】尹㻩という人物がいる。この人か。生没は一六〇一～一六六五。字は汝玉、号は梧翁。本貫は坡平。一六二七年、司馬となり、翌年には文科に及第した。要職を歴任して、地方官であったときには善政を敷いた。若いころ、李爾瞻が彼の名声を聞いて、会見を望んだが、彼は応ぜず、爾瞻が失脚するにおよんで、人びとはかれの先見の明に感嘆した。人となりが剛直で、相手が高官であっても一歩も譲歩しなかったという。

▼4【李聖竜】一六七二～一七四八。朝鮮後期の文官。字は子雨、号は杞軒。一七二五年、増広文科に丙科で及第して承文院に入り、司諫院正言・司憲府持平などを経て、冬至使の副使として清に行った。全羅道監察使を経て、大司諫であったとき、領議政の李光佐の免職を主張してかえって罷免されたこともあった。後に復職して工曹判書にまで至った。

▼5【紅サル門】陵や廟などに建てる赤門。

第一一二話……売り家にあった甕の中の銀

副卒▼1の金戴海《キムチェヘ》▼2は学問によって名が知られていたが、あるとき、家を買った。その値は五、六十両ほどで、元の持ち主は寡婦であった。代金はすでに渡して、塀が壊れていたので、修築しようとして、塀を取り除くために掘ると、下から一つの甕が現れた。中には二百両の銀が入っていた。金公は、これは寡婦の銀だと考え、書いた手紙を妻に持たせて、寡婦のもとに届けた。寡婦は感動したものの、金公の家にやって来て、

「これはわたくしの旧宅にあったとは言え、ひさしく埋められていたもので、どうしてわたくしのものと言えましょう。できれば、半分ずつにお宅と分けてはいかがでしょうか」

と言った。それ対して、金公の妻が、

「わたくしどもにもし半分でも取ろうという気持ちがあれば、そのまま取っておけばよかったので、どうして元の持ち主に返そうとするでしょう。しかし今、あなたは自分のものではないとおっしゃる。わたくしには主人がいて、この金がなくとも、家を維持するのに困りませんが、あなたには頼るべき人が誰もいません。できれば、どうかこれは受け取ってください」

と言って、譲らなかった。寡婦はそれ以上は何も言わずに金を受け取ったが、終生、金公への恩を忘れることがなかった。

▼1【副卒】世子翊衛司の左右の副長官。

▼2【金戴海】『朝鮮実録』粛宗二十年（一六九四）八月、大

臣たちが推薦した人物の中に、礼曹判書の申琓が推薦した金戴海の名前が見える。また同じく三十九年（一七一三）四月に、近来、翊衛司官の金戴海が『中庸』を進講したが、すこぶる着実であったという記事がある。

第一一三話……悪念を起こしてはならぬ、人参採りの教訓

永平《ヨンピョン》の地に金姓の人がいた。人参を採るのを生業としていたが、ある日、二人の仲間たちといっしょに白雲山《ペクウンサン》のもっとも奥深くに入って行った。高い峰のいただきに登って見回すと、切り立った崖の下に窪地があって、そこに人参が密生している。三人は大喜びしたものの、そこに下りて行く道がなく、草をつかんで下りようにもその草がない。葛を繋いで索として、籠を結んで、金をその中に座らせ、崖の下に下ろした。金は意のままに人参を採り、十束あまり、その籠の中に入れた。二人の人間がそれを引き上げて人参を採り、また籠を下ろす。何度かそれを繰り返して、ほとんど人参を採り尽くすと、上の二人は人参を分けて、籠のついた索を放り投げて、帰っていってしまった。

金は上に上がることができない。四方は絶壁で、百丈もの崖が切り立っている。羽根でも生えていない限り、出ることができない。また食べるものもない。仕方なく、採り残した人参を食べたが、中には人の腕ほどの大きさのものがある。火を使ったものを食べることなく、六、七日が経ったが、むしろ人参のせいか気力が充実して来た。しかし、夜になって、百度も思いを巡らし、脱出する方法を考えるものの、いい案がどうしても思い浮かばない。

ところが、ある日、上の方を見上げていると、木々がざわめき、激しい風雨のような音がした。すると大蛇である。頭は大きな瓶ほどもあり、両目は光り輝いて松明のよう。大蛇はするすると崖を下りて来て、金の臥しているところまでやって来た。

金はこの大蛇にかならず呑み込まれて死ぬものと思ったが、大蛇は自分の横を通って、籠のついた索を前にして、しきりに尻尾を振る。金はそれを見て心の中で考えた。

「この蛇が自分を見て呑み込もうとはせず、こうして尻尾を振っているのは、私を助けようと思っているのではないか—

金はその大蛇の尻尾にまたがって、策をしっかりと結びつけて、しがみついた。すると、尻尾が一ふるい、二ふるい、金はわが身がもう崖の上にあるのを知った。大

蛇はそのまま林の中に入っていき、行方はわからなかった。金はその大蛇が霊物であることを知った。

　金が先日登って来た道を逆に下って行くと、人参を持って逃げた二人が大きな木の下に踞るように座っている。金が遠くから、

「お前たちはまだこんなところにいたのか」

と声をかけても、二人ともに答えない。前まで行って見ると、二人は死んで、すでに長く経っていた。持って行った人参は一本も失くなってはいない。どうしてこんなことになったのか、金にもその理由はわからなかった。

　金は急いで下山して、二人の者の家に行き、

「私は二人とともに人参を採り、いっしょに帰ろうとしたのだが、二人は急に嘔吐を繰り返して死んでしまった。何か毒茸でも食べたのではなかろうか。採取した人参は三等分してもいいのだが、私はどうも自分も分け前に与るのに忍びない」

と言って、すべてを二つの家に分けて与えて、葬式の費用に充てさせ、自分は一本も受け取らなかった。本当のことについては口を閉ざして、一言も漏らさなかった。二つの家の者も金のことばをそのまま信じて、疑うことなく、山から死体を迎えて葬事を執り行なった。

　その後、金は九十歳を過ぎても青年のように強壮で、五人の子どもを生んで、みなそれぞれに財を貯え、富者となった。孫も曾孫も繁栄して、その郷里の雄族となった。もともとは李馹錫▼1の家の奴であったのだが、身分を贖って良民となった。金は百歳近くまで生き、特に病づくこともなく死んだ。その臨終のときに初めてその時のことを子どもたちに告げて言った。

「おおよそ、人の死生も富貴も、天はかならずご覧になっている。お前たちはけっして悪念を起こしてはならない。あの二人が死んだのは神の怒りに触れたのだ」

▼1【李馹錫】この話にある以上のことは未詳。

第一一四話……訳官の洪純彦の義気

訳官の洪純彦《ホンスンオン》▼1が万暦の丙戌と丁亥の年（一五八六～一五八七年）に、使節の一行に加わって北京に赴いた。そのときに新しく建てた青楼があり、懸板が懸けてあって、「千両を持たなければ、入ってはならない」と書いてあった。中国の遊蕩児たちもあまりの高額に恐れをなして入ろうとはしない。洪訳官はそれを聞いて、心の中で考えた。

「このように値が高いというのは、ここに置いている女もさぞや美しく、傾城・傾国の美女なのであろう。たと

え千両を費やしたところで、何が惜しかろう。いちど試してみよう」

ところが、詳細に話を聞くと、その家は遊蕩すべき娼家などではなく、某侍郎の女子が住んでいるのだった。父親の侍郎が公金を使い込み、その額が万金にも嵩んだので、今や牢獄に収監されている。死罪に決ったのを、家財をはたき、親戚に頼み込んで、金をかき集めたものの、まだ三千金が必要で、それがなければ、父の命は助からない。男子はなく、ただ一人の女子だけがいて、その姿色も才華もともに抜きん出ているのが、悲憤に堪えずに、その身を売って金を得て、なんとか父の命を救おうと、やむをえずにこの挙に出たのだという。

洪訳官はその話を聞いて、女の心情を憐れみ、あえてその女子の姿をとくと見ることもなく、そのまま門を出て行った。使節の一行の人々から金を借りてかき集め、その額は千金にも達した。これを青楼に贈って、みずからは使節に従って旅立って行った。女子はみずからの身体を汚すこともなく、千金を得ることができ、それを公に納めて、まさに死ぬところであった父親の生命を救うことができた。その恩徳は空よりも高く海よりも深い。肝に銘じて、瞬時もそれを忘れることはなかった。必要のなくなった青楼はやめ、元の家に帰って行き、後に尚書の石星[2]の継妻となった。いつも特別に錦を織り、その匹ごとに「報恩」の二文字を刺繍して、使節の一行が来るたびに、ねんごろにこれをことづけて贈って、一生のあいだ終わることがなかった。

壬辰の年（一五九二年）に倭賊が侵犯してきたときに、宣祖《ソンジョ》は竜湾にお遷りになり、もっぱら明に援軍を頼むことになったが、そのとき洪訳官は中国に行き来した。石侍郎はそのときには兵部尚書になっていて、洪訳官の高い節義を夫人に聞いていたし、また夫人が洪訳官の渡来を知って懇ろに夫の尚書に周旋するように頼み込んだ。石尚書は、上は皇帝にお願いし、下は朝臣たちに謀って、特別に提督の李如松[3]と将軍三十余を下し、兵馬数万人を差し向けた。また軍糧と銀を贈って救援して、ついに倭賊を追いやったのであった。荒らされた宮廷をはらい清め、ソウルに王さまのお帰りをお迎えしたが、これは神宗皇帝が朝鮮に恤みを垂れて、藩屏と見なす恩恵を下されたからである。それにも石尚書夫人のなみなみではない懇願があったからなのであった。

▼1【洪純彦】『朝鮮実録』宣祖十七年（一五八四）十一月、宗系及悪名弁誣奏請使の黄廷彧および書状官の韓応寅が帰って来て、改正全文を示した、そのとき上通事の洪純彦にも加資があった旨が記されている。

▼2【石星】『明史』に石星という人を探し出すことができる。

嘉靖の進士で、吏科給事中になり、隆慶の初めにしりぞけられ、万暦の初めに復官、兵部尚書に累進したが、その後、獄に下されて死んだ。

▼3【李如松】?〜一五九八。明の将軍。遼東の鉄嶺衛の人だが、祖父はもともと朝鮮半島の人だった。軍職について指揮使となり、一五九二年、壬辰倭乱が起こると、提督として防海禦倭總兵官となって兵四万を率い、朝鮮軍と連合して平壌城を包囲して回復した。一五九三年、碧蹄館に至り、小早川隆景・立花宗茂などに反撃されて大敗、開城まで後退したが、平壌に駐屯していた沈惟敬を送って、小西行長と和議を結ばせた。後に明に帰り、遼東總兵官となったが、翌年、土蕃を攻撃して戦死した。

第一一五話……権進士、二人の妾を一朝に得る

昔、安東《アンドン》に権《クォン》姓の進士がいた。いち早く進士になったものの、家計は貧しく、妻を亡くして、子どももいず、身の回りの世話をする奴僕もいなかった。生活にはなはだ困っていたが、隣にはまた常漢の寡婦が住んでいた。容貌はすこぶる艶麗で、家も賑わい豊かである。若くして夫を失い、その後、他に嫁がず、身持ちを清潔にして、村の不良たちに付け入る隙を与えなかった。

権生は隣に住んで、すでにその様子をよく知っている。しばしば世話好きの婆さんに様子をうかがわせては、寡婦の動静を探らせたが、それを知って、寡婦はさらに脇を固めるので、どうしようもない。ある日、権生が庭を歩いていると、寡婦が通り過ぎて、急に声をかけてきた。

「進士どのはご機嫌いかがでしょうか。隣に住んでいながら、いまだかつて行き来がございません。今日、たまたまご散歩なさっていますが、今晩はわたくしの家に食事にいらっしゃいませんか」

権生はいつも気にかけながら、ことばもかけられずにいるところを、今は寡婦の方から声をかけて来た。いわば、童蒙が我を求めたのであり▼1、どうして喜ばないわけがあろうか。こころよく応じて、日が暮れるのを待ち、いそいそと寡婦の家に向かった。寡婦はこれを欣然と待ち迎え、座敷に席を設けて、食事を供した。ともに座って談笑していると、寡婦が急に、

「進士は髻を解いて髪を垂らし、わたくしと衣装を取り換えて、一時の座興をなさいませんか」

と言い出した。権氏はその理由がわからなかったが、あえて逆らうこともせず、言われるままに寡婦の服に着替えた。寡婦は権生の手を取って奥の部屋に入り、権生を布団の中に寝かせて、

「進士は先にお寝みになってください。わたくしは用を足してから参ります」

と言って出て行った。そうして、しばらくしても帰って来ない。権生は騙されたかと思って、転輾として眠れない。すでに三更ころになって、急に窓の外が騒がしくなり、男たちが一斉に乱入して来た。寝ている権生を布団ごと縛って、担いで出て行く。そうして十里ほど行って、大きな門の中に入って行き、こぎれいにした部屋の中に担ぎ下ろして、縛ってあった縄をほどいた。権生は邑の不良どもが寡婦を誘拐しようとしているのだと思い、その始終を見届けようと、声も出さず、なすがままに任せて、その動静をうかがった。どうやらこれは邑の吏房の家だと察された。

しばらくすると、吏房が入って来て、粥を進めて、

「驚かせてすまなかった」

と言う。権生は布団をかぶったまま、顔を出そうとはしない。しきりに粥を勧められても、固く拒んで啜ろうとはしない。吏房は、

「今日はあまりに驚いて、気持ちも落ち着かないのだろう。しばらく安心して眠るがいい」

と言って、寡婦を安心させるために、自分の簪を挿す年齢を迎えてまだ嫁いでいない娘を同室に寝かせた。

権生は長く鰥暮らしをして、この深夜の静寂の時間に、うら若い処女とともに一つの部屋に寝ている。どうして何も起きないですむ道理があろう。その娘が布団を持って部屋に入って来る。枕を並べて横になると、しばらくは優しい言葉をかけて、これを慰め、布団を挙げて顔を近づけ、その身体をなで回し、手を引いて身体を寄せ、一つ布団の中に収まった。乳房を愛撫し、口を吸う。はなはだ巧みである。処女がいくら怪しんでも、すでに吏房が寡婦を誘拐しようとしたのを知っているので、遠慮する必要もない。処女を喜ばせようと、冗談を言ったりしていたが、処女の両脚を強引に開いて、ついに狼藉に及んだ。処女は最初の内こそおどろき、あらがっていたものの、もともと柔弱な女子が強壮の男子にあらがえるわけがない。あえて声を出さず、男のなすがままになり、こうして一場の雲雨の交わりが終わった。

女は夜が明けるのを待たずに出て行ったが、恥ずかしさのあまりに死にたいと思い、また父母に何があったかも話せない。権生は日がたけて、布団を挙げて座り、前の窓を押し開いて、吏房を呼んだ。そして大きな声で叱りつけた。

「お前が自分の娘を私の妻にしたいと言うのなら、手続きを踏んでそれを告げれば、私がその諾否を言う、ただそれだけのことではないか。なのに、どうして真夜中に私を縛り付けて連れて来て、お前の娘と同衾させたのだ。これはいったいどんな道理があり、どういう礼儀なのだ。もしこの事を役所に私が訴えたなら、お前はどんな罪に

なって、どうなるのか、わかっているのか」

吏房はこのときになって初めて、寡婦を縛って拉致して来たつもりが、間違えて両班を縛って拉致して来たことを知った。そのことばを聞いて、驚き恐れて、やや顔を上げてみると、よく知っている権進士である。あまりに思いがけないことでもあり、どうしていいかわからない。寡婦を拉致しようとしたこと、しかも間違って両班を縛って拉致したこと、二つの罪は万回死んでも償えない。地面に伏して、

「わたくしはすでに死ぬときが参ったようです。赦されることのない罪を犯しました。これを生かすも、これを殺すも、進士の思いのままですが、どうかお許しくださ い」

と哀願する。権生は、

「役所の沙汰を待つがいい」

と言いながらも、また付け加えた。

「お前の罪状を考えると、死んでも贖えるものではないが、私はすでにお前の娘と一夜の縁で結ばれたことでもあり、また人情というものがないわけでもない。事情を十分に斟酌して、いまは保留することにしよう。ただ、お前の産業と財産を半分に分けて、お前の娘に与えるがよい。そして、籠と馬とを用意して、本日ただいま、娘を私の家に送り届けるのだ」

吏房は死中に生を得た思いである。大変に喜んで、何度も感謝しながら拝礼をして、ゆっくりと歩いて家に帰った。権生は朝食を食べて、権生が言う通りにした。隣の寡婦がやって来て、笑いながら言った。

「わたくしは夫を亡くして以来、けっして再婚すまいと固く心に誓い、どんなに誘いがあって勧められても断って来ました。ところが前日、この邑の吏房がわたくしに思いを寄せ、某日の夜にわたくしを盗み出そうとしているという噂を聞きました。それを聞いて驚き、こわくなったのです。この身は独りでか弱く、もしそんなことになれば、死ぬしか他に道はない。しかし、親から授かった生命は尊く、どうして無駄死にができましょう。その凶暴さに辱めを受けるよりは、隣の両班に節を曲げる方がよくはないか。

わたくしはあなたがわたくしに好意を持たれているのを知っていました。そこで、わが家に誘い、女の衣装を着せて化粧をさせて、女の姿をさせたのです。そうして、わたくしは禍を逃れ、その夜の災厄を免れました。あなたは一晩の迷惑を蒙られたとは思いますが、しかし、一人の処女も得られたのです。これも幸いとは申せましょう。しかるに、わたくしは寡婦の身として、はしなくも隣の両班と手を携えて寝室に入り、衣を交換して着たりもしました。平生、守って来た貞節も毀たれてもう跡形

もありません。これからはあなたと同居したいと思います」

しばらくして、吏房はその娘を送り届けて来た。権進士は鰥の身で身過ぎに困っていたのが、一朝に二つの星を手に入れた。何とも望外の喜びである。二人の妾をもち、隣の寡婦ももともと貧しくはなかったし、吏房の娘は財産を分けてもらって来た。はなはだ豊かになって、一郷の長者となった。安穏に一生を過ごし、子孫たちも繁栄したという。

▼1 **【童蒙が我を求めた】**『易経』「蒙」の「我より童蒙に求むるにあらず、童蒙より我に求む（匪我求童蒙、童蒙求我）」から来ている。本来は、教育するには、教師から生徒に強制してはならない、生徒の方から自発的に願い求めなくてはならない、の意味である。『蒙求』という書物の名はこれによる。

第一一六話……貧窮に安んじて十年のあいだ読書を続ける

ソンビの李氏の家は南山の麓にあって、貧に甘んじて読書を好んだ。その妻に、

「私は十年のあいだ、『周易』を読んで過ごそうと思うが、お前はその間、薪と米の都合をつけることができるか」

と尋ねると、妻は、

「わかりました」

と答えた。

李生はついに一部屋に閉じ籠ったっきり、扉を固く閉ざして、窓に小さな穴を開けて、椀が入るようにして、朝夕の食事を入れてもらうことにした。『周易』だけを読んで、気を散らすことなく、昼夜に休むことなく、読書を続けて七年、たまたま窓の穴から外を見ると、一人の禿げ頭の坊主が倒れ臥している。何ごとかと驚いて扉を開けて外に出ると、なんと妻であった。李生が、

「いったいどうしたのだ」

と尋ねると、妻が言った。

「わたくしは何も食べずにすでに五日が経ちました。七年のあいだ、あなたのお世話をして、髪の毛が一本も残っていません。これからどうすればいいか、わかりません」

李生はため息をついて、家を出て行き、朝鮮国随一の富者である洪《ホン》老人の家を訪ねた。李生は洪氏に対面すると、

「私とあなたはこれまで一面識もないが、私には必要が

あって、今、三万金を用立ててほしい。いかがなものか」

と、いきなり言った。洪氏はじっと李生を見つめていたが、しばらくして、

「よろしいでしょう。百駄にもなるものを、しかし、どちらに運ばせましょうか」

と言った。李生はそれに対して、

「今日の内にわが家まで運ばせてください」

と答えた。

　家に帰ると、間もなくして、車や馬が荷を運んでやって来て、日が暮れるまでには運び終わった。李生が妻に言った。

「今はもう十分に金もできた。私は『周易』を読み続けようと思う。あと三年のあいだ、お前はこの金を元手に利息も殖やし、朝夕の食事もまかなってくれないか」

　妻がそれに、

「お安い御用です」

と答えると、李生はふたたび部屋に閉じ籠って、これまで通り、読書を続けた。妻は安く買って高く売り、商売をたくみに行なって、万金の利益を得た。李生が読書を終え、書物を閉じて、部屋の外に出て来た。借りた金に利益を加えて、洪家に返しに行った。洪氏は言った。

「わたくしがお貸ししたのは三万金に過ぎません。それ以上は受け取るわけにはいきません」

　李生がそれに対して、

「私はあなたの金を使って利益を殖やして、ここに至った。だから、これはすべてあなたの金なのです。どうして受け取っていただけないのですか」

と言うと、洪氏も固辞して、

「これはあなたにお預けしたので、あなたが借金をされたわけではありません。だから、利子は要りません。三万金だけをいただきます」

と言って、埒が開かない。

　李生はやむを得ずに、その残りの金を持ち帰り、ソウルの家を引き払って、関東の深い谷間に入って行き、その土地を開拓して、新たに立派な屋敷を構え、さらに家々を造って、人々を募って入植した。荒蕪の土地を耕して肥沃の田畑に変え、数千石の収穫を挙げるようになった。衣食満ち足りて、一生を安穏に過ごした。壬辰の倭乱の際には、朝鮮の人々は魚肉となってしまったが、李生のこの村だけは兵火を経験せず、村人は「山桃源」と言っていた。

第一一七話……妓生のお堂は鞭打ってはならない

尚瑞院▼1の直長▼2の李鍾淳《イチョンスン》▼3と都事▼4の韓用鏞《ハンヨンヨン》▼5が尚瑞院の宿直所にいた。そのとき、直長の崔弘岱《チェホンテ》▼6も入直していて、臨時の命令を出して、

「妓生を呼び出して尻を十回打て」

と言った。李鍾淳が極力これを止めようとすると、崔が言った。

「昔、晴泉・申維翰《シンユハン》▼7が迎日《ヨンイル》の県監だったとき、監営に行くと、妓生がたまたま罪を犯し、鞭打たれようとしていた。申維翰がそれを止めるように強く言うと、按使は『この妓生の罪は許すわけにはいかない』と言い、それに対して申維翰は『この妓生の尻には宝のようなお堂があります。使道はどうしてそれを鞭打とうとなさるのですか。諺にも奇貨居くべしと言います。私はそのお堂の中に籠ることにしましょう』と言ったという。横にいた妓生たちが笑って、『あなたはどうぞ私たちのお宝のお堂の中に入って存分にお祈りなさるといい。さてどのお堂になさいますか』と言ったそうだ。君も申維翰と同じなのだな」

李鍾淳は韓用鏞を振り返って、

「君が止めさせてくれないか」

と言うと、韓用鏞は、

「君にも止めさせられないのに、この私に止めさせろと言うのか」

と言った。李鍾淳が、

「私はこの地元の人間だが、君はよそから来てこの地のお堂を借りなければならぬ身ではないか（韓用鏞はもともと原州の人で、ソウルには仮寓していたのである）」

と言ったので、一座の者たちは捧腹絶倒した。

▼1【尚瑞院】一三九二年に尚瑞司として設立されたが、世祖の時代に改称された。璽宝・符牌・節斧に関することを主管する。

▼2【直長】尚瑞院に属した従七品の官職。

▼3【李鍾淳】『朝鮮実録』哲宗五年（一八五四）八月丁巳に慶尚右道暗行御史の李鍾淳が召され、地方の探索調査の結果を啓している。同じく十年（一八五九）十一月戊申に加資を受けた役人の中に司諫・李鍾淳の名前が見える。

▼4【都事】高麗時代からこの職名はあり、李朝当初までは事務を担当したが、後には役人たちの監察・糾弾を行なった、忠勲府・儀賓府・義禁府などに属して正五品だった。

▼5【韓用鏞】『朝鮮実録』純祖三十三年（一八三三）七月乙卯、公忠右道暗行御史の黄秧の書啓に、任地の状をよく治めなかった官吏の一人として徳山前県官・韓用鏞の名前が見える。

▼6【崔弘岱】『朝鮮実録』純祖二十九年（一八二九）十一月

庚申、公清道暗行御史の洪遠謨の書啓に、不法の罪のあった役人の一人として唐津県監・崔弘岱の名前が見える。
▼7【申維翰】一六八一〜?。粛宗のときの文章家。字は周伯、号は青泉、本貫は寧海。一七三九年、科挙に及第、一七一九年、製述官となり、南泰耆に従って日本に行った。官職は奉常僉正にとどまったが、文章に巧みで、『海遊録』がある。

第一一八話……文有采、出家して穀物を断つ

文有采《ムンユチェ》▼1というのは尚州《サンジュ》の人である。高い徳行があり、父親の喪に服して、三年のあいだ、墓の横の廬で過ごして、家には帰らなかった。喪が明けて初めて家に帰ると、妻の黄《ホアン》氏に過ちがあって、一人の女の子を産んでいた。文生はこれを追い出し、妻の黄氏は行方をくらました。黄氏の一族は文生がこれを殺したのではないかと疑い、役所に出て行って告訴した。役所では文生を捉えて尋問したが、文生は黙したままその実相は明らかにならず、七年間の拘留となった。尚書の趙正万《チョジョンマン》（第二〇話注26参照）が尚州牧使となったとき、その冤罪であることがわかり、黄氏の女を捉えて杖殺して、文生を初めて釈放した。

文生は出家して、山に入って山寺に住まい、辟穀法を行なって、十日あまりも断食するかと思うと、一度の食事で五、六升も食べた。その行歩は飛ぶかのようで、一日に四百里も行くことができた。冬も夏も一枚の衣で済ませ、寒さも暑さも苦にならなかった。いつも木靴を履いて四方を歩き回ったが、肌はつやつやとして頬は赤く、その挙措は端雅なので、これに会った者はみな喜び敬った。

庚戌の年（一六七〇年）の冬、海州《ヘジュ》の神光寺に至ったが、大雪であった。文生は単衣の衣袴で過ごして、少しも寒がるふうがなかったので、僧たちはみな不思議に思った。食事を用意しても、ことわって食べない。夜になって寝るとき、僧たちが暖かいところを用意するのに、これもことわって冷たいところに座ったまま、寝ようとはしない。雪が降り続けて、三日のあいだ逗留を続けて、食事をせず、眠ることもなかったので、僧たちはみな文生を異人と見なした。みなで進み出て、

「この寺は貧しいとは言え、客の僧をもてなすくらいの貯えがないわけではない。ところが、客僧は三日滞在して、何も食べようとはしない。われわれ寺僧に何か気に食わないことがあるのだろうか。それが聞きたい」

と言った。文生は笑って、

「私は食べなくても済ませられるが、大食いでもあるのだ。あなた方が私に食べさせたいとお思いなら、それぞ

れが一にぎりの米を持ち出し、それを合わせて炊いて、もってきてほしい」

と言った。数十人の僧がそのことばを聞いて、それぞれが米を供出して一斗ほどになった。それを炊いて文生に進めると、文生は手を洗い、飯の中に手を突っ込むと塊を作り、その塊を口に放り込んだ。大きな鉢の醤もすすって、しばらくすると、すべて食い尽くしてしまった。僧侶たちはただただ驚くばかりであった。文生は食べ終わると、そのまま辞去して立ち去った。首僧は健脚の者を呼んで、その後をつけさせた。文生は石潭書院[2]に参って、その書院録に署名したので、その名前が文有采であることを知ることができた。文生の歩くのは早く、尾行の僧はついに追いつくことができずに帰って来た。

文生はいつも竹編み笠をかぶり、葛布の服を着て、木靴をはいていた。その歩行は飛ぶようであった。性質として閑寂を好み、喧騒を嫌った。人里を離れた粗末な庵でなければ居住しようとしなかった。ある年の秋から冬にかけて山の頂上にある廃寺に登ったが、積雪が深くて路が途絶え、消息もわからない。僧侶たちは、

「文処士はきっと凍死したであろう」

と言い合っていた。春になって雪が融け、やっと人が山頂の廃寺に行って見ると、文生は単衣のままで元気であった。落葉を厚く敷き詰めて、その上に粛然と座り、顔色に疲れはなく、凍えた様子もなかった。一人で寂しい庵に座して念誦する声は金石のように鳴り響いて澄んでいた。文生の噂を聞いて、経典に詳しい僧侶が彼と議論をしたがったが、文生は、

「ただ念誦しているだけで、経典の意味は解しません」

と言って応答しなかったので、その理解の深さ浅さについては推し量ることができなかった。白華庵[3]にいたが、しばらくして摩訶庵[4]に移り、そこで死んだ。

〔仮の埋葬[5]が終わって年月が経ったが、正式の埋葬をしようという人はいなかったという。金百鍊[6]によると、楓山の僧侶たちが次のような話を伝えているという。すなわち、ある日、文生は一人で僧房にいて、他の僧侶たちに近づかないで欲しいと言った。すると、夜中過ぎに、壁を裂くような雷のような大きな音がして、室内が日中のように明るくなった。その光は寺の本堂まで貫いた。僧侶たちが行ってみると、文生は眼を閉じたまま、すでに解化していた。これがいわゆる「大休歇処」というのであろうか。しかし、乙卯の年（一六七五年）に関西に行き、また帰ってきたとも伝えている。金仙台といい、韓無畏[7]が郭致虚[8]に遭ったところである。文生はまた『伝灯録[9]』の唐版を読んでいなかっただろうか。あるいは『東華篇[10]』を読んでいなかったであろうか。『彭祖経[11]』を読んでみると、青精先生[12]の得道というのは、一日に五百

里を行き、一年のあいだ食べなくともよく、逆に一日に九度も食べる。朝に三度食べて、千里を行くこともできる。数ヶ月のあいだ何も食べないかと思うと、一日に数斗を食べて、厳冬の雪の中に臥すこともできる。これらはみな気に服することにより、内に錬金丹を備えることになる。文生の修めたのもこれであったと思われる。解化した際に壁を裂くような音がしたというのもうなずける。」

▼1【文有釆】この話にある以上のことは未詳。
▼2【石潭書院】海州にある李栗国を祀る書院。
▼3【白華庵】金剛山の楡岾寺に属する仏庵。
▼4【摩訶庵】先の白華庵とともに楡岾寺に属する仏庵。
▼5【仮の埋葬が終わって…】以下、〔 〕で括った二十行あまりの部分、ないテキストもある。
▼6【金百錬】『朝鮮実録』孝宗即位元年（一六四八）五月、長陵の地について、すでに死んだ金百錬が盛んにその美をほめたたえていたが、廟地として不可であるとの議論が見える。また、英祖十九年（一七四三）九月に司諫の金宗台が、稷山県監の金百錬に奇警な振る舞いがあるので、職を解くべきだという上疏をしている。時代的には後者ということになる。
▼7【韓無畏】一五一七～一六一〇。朝鮮中期の道士。号は軒玄真人・得陽子。清州の出身。十八歳のとき妓生と馴染みになり、その夫を殺して関西の延辺に逃亡した。そこで熙川の校生の郭致虚に出会い、錬丹秘法を学んで得道した。草庵で弟子たちを教える一方で、許筠などと交際して神仙となる錬丹法を教えたりした。
▼8【郭致虚】前掲注7の韓無畏の伝記に熙川校生の郭致虚を師としたと出る以上は不詳。
▼9【『伝灯録』】『景徳伝灯録』。景徳元年（一〇〇四）、宋の道原が著した仏書。全三十巻。禅宗の伝灯法系を過去七仏からはじめ、インド・中国の歴代の諸師の伝記を収録する。
▼10【『東華篇』】東華は東王公を言う。西王母とともに神仙の領袖であり、その名を取った神仙の書物があったと思われる。
▼11【『彭祖経』】彭祖は古代の長寿者。陸終氏の第三子で、帝顓玉の孫。尭のときに挙げられ、夏を経て、殷末にいたり、八百余歳だったという。その言行録と名乗った書物があったか。
▼12【青精先生】「青精」は黒飯、道家の青精石を用いて炊いだ飯を言う。固有名詞として特定できず、普通名詞として、道家の先生、あるいは神仙の意味で使われているか。

第一一九話……侮辱に発奮して晩学に励む

霊光に蔡姓のソンビがいた。熱心に勉学に励んだものの、ついに及第することがなかった。晩年になって、子どもができたが、もう科挙のために勉強させようとも思わず、ただ大きくなって家を継いでさえくれたらいいと考えていた。その子が大きくならないうちに、ソンビは死んでしまったが、幸いに家は裕福だった。息子は一字無識の状態だったが、家はよく守った。

ある日、風憲[1]がやって来て、役所からの文書を見せて、その意味を尋ねた。蔡はしばらく見ていたが、ついに
「わからない」

と言って、文書をなげうった。里正は言った。

「名門の両班の子息として、一字も理解できないというのでは、犬や羊となんら異なるところがない」

蔡は慚愧の念に堪えずにうなだれて、敢えて一声も発することができなかった。蔡はすでに四十歳を越えていたが、隣に住んでいる訓蒙学長[2]について学ぶことを考え、『十八史略』の初巻を携えて訪ねた。学長が言った。

「君の歳では学問を始めるのに遅すぎよう」

蔡は、

「確かに歳はとっているが、字を読めるようになるだけでも、幸いだ。あなたは黙って教えてはくれまいか」

と言った。

学長はそこで、「天皇氏」の一行を読んで、文字の意義を教えた。蔡は一度読んで、すぐに忘れる。また教えるのだが、それでも忘れる。学長は、

「これでは教えるのは無理だ」

と言って、教えるのを断ったが、蔡は立ち上がって拝礼して、どうしても教えて欲しいと請うた。そこでまた教える。一日中、教えては忘れる、それを繰り返して、やっとのことで覚えて帰って行った。三日後にまたやって来たので、学長が、

「どうして昨日は来なかったのか」

と尋ねると、

「まだ十分に暗唱できなかったので来ませんでした」

と答える。学長が、

「何遍読んだのか」

と尋ねると、蔡は、

「一度読むごとに緑豆一粒を数え、三升になるまで読みました」

と答えた。そうして「天皇氏」を読み終え、「地皇氏」・「人皇氏」と教えると、読むのもたやすくなって、次の日にはやって来た。緑豆の数も少なくなって半升ほどになった。その後、ますます上達していったが、それはまごころから学問をしたいという思いに、文意が自然に開けたせいでもあろうか。半巻ほど読み進めると、理解も早くなって、全七巻を読了した。その後、『資治通鑑』全帙を読んで、これに精通し、さらには四書三経にも広く通じるようになって、学問を始めて七年目には進士試に合格した。さらに五年後には明経科に及第したが、そのときすでに五十二歳であった。しばらくして、県宰と

なり、あの風憲の家を訪ねた。風憲はすでに死んで息子がいたが、これを呼んで、

「お前の父親の侮辱を受けなければ、私はどうして今の地位に至れたであろうか。その恩恵ははなはだ大きい」

と言い、いっしょに任地に連れて行き、数ヶ月の間、滞在させて盛大にもてなし、帰りには数駄の物品を持たせたという。

▼1【風憲】郷所職の一つで、面や里の末端の業務に当たる。

▼2【訓蒙学長】田舎の書院で子どもに文字を教えた。

第一二〇話……子宝に恵まれた知敦寧公

陽坡《ヤンパ》・鄭太和《チョンテファ》▼1の父の知敦寧公▼2は水原《スウォン》の桑阜村《サンブチョン》に隠居したが、その間、長男の陽坡が領議政となって国家の安危をつかさどり、数十年に及んだ。

陽坡の長男の参議公・載岱《チェテ》▼3は、父に代わって祖父のご機嫌伺いをして懇ろにお世話をした。知敦寧公の人となりは倹素であった。木綿でできた掛け布団は長年たって継ぎ当てでだらけになっていたが、参議公に語って、

「私が死んで小斂のときには、この布団を用いるように」

と言っていた。座布団の一隅が破れていれば、別の一隅に座るようにして、婢女にかがらせ、子弟の教育にははなはだ厳しかった。

知敦寧公の次男の左議政の致和▼4がかつて平安道観察使となって、任地に下ることになり、暇乞いに行ったが、ちょうど秋の収穫の時期に当たっていた。公が言った。

「お前の兄には子どもがいるので、お前が代わりに行くがいい。お前には子どもがいないから、じっくり秋の収穫を見てくるがいい」

致和は言われた通りにこれに背かず、小高い岡に日傘をさして田畑を見渡しながら、終日、飽きることがなかった。今に、これは素晴らしい父の配慮だったと言っている。

知敦寧公は子宝に恵まれて、長男は領議政となり、次男は観察使となったが、三男の万和▼5も及第した。陽坡は新恩の万和を引き連れ、水原に住む父の知敦寧公に報告に行くことになった。次男の観察使も前例に倣って、これに随行することにした。そのことが朝報に記録されている。

「領議政が近親の慶事のために水原の地に赴くことになり、京畿道観察使の鄭某も領議政に随行した」

めでたくも、兄弟三人が下賜された造花を冠に挿して水原に赴いたのである。

わが国の風俗では、慶事においては、たとえ職分が高い者であっても、その時の及第者がいれば、まず彼が優先され、他の者はその後に進退することになる。このとき、知敦寧公は自分の息子の慶事ではあったが、厳然として座ったままで、他人もあえて知敦寧公の前に新恩を呼ぼうとはしなかった。ただ知敦寧公の側室がいて、目端のきく者であったから、

「今日はたとえ領議政であっても、どうして雑用をいやがりましょう。人がお呼びにならなければ、わたくしが呼びましょう」

と言い、高らかに、

「領議政は新恩をお連れせよ」

と叫んだ。

陽坡は首をすくめ、腰をかがめて進んだが、栄華の盛大なること、このようであった。

その後、百年の後まで、卿相を世襲して子孫は繁栄したが、これはひとえに知敦寧公の「謹厚勤倹」の家法を守った賜物である。

▼1【鄭太和】一六〇二～一六七三。顕宗のときの大臣。字は囿春、号は陽坡、本貫は東萊。諡号は翼憲、後に改めて忠翼。一六二八年、弟の致和とともに文科に及第、一六三五年、北方が危急を告げて元帥府が設置されると、元帥従事となった。翌年、清軍が侵攻して来ると、元帥が逃げて朝鮮軍は大破したが、太和は敗残の兵を集めて抗戦して戦果を挙げた。右左議政、領議政にまで至った。

▼2【知敦寧公】鄭広成。一五七六～一六五四。字は寿伯、号は済谷、本貫は東萊。一六〇一年、司馬試に合格、一六〇三年には式年文科に及第して、要職を歴任した。一六一八年、大妃削号、廃母の論議が起こって、父親の昌衍の庭請不参問題が起こると弾劾されたが、続けて登用された。丙子胡乱の後、官職に興味を失って郷里で過ごしたが、一六四九年、北征に意欲を示す孝宗が即位すると、兵曹判書となり、知敦寧府事となった。

▼3【戴岱】鄭戴嵩ではないか。戴嵩は、一六三二～一六九二。字は子高、号は松窩。一六五一年、司馬となり、一六六〇年には文科に及第して官途につき、広州府尹、開城留守などを経て、右議政・領中枢府事にまで至った。

▼4【鄭致和】一六〇九～一六七七。李朝中期の大臣。字は聖能、号は棋洲。一六二八年、文科に及第、太和とともに検閲となった。丁卯胡乱の後、輔徳として孝宗にしたがって瀋陽に行って帰って来た。一六六七年、右議政となり、後に左議政となった。

▼5【鄭万和】?～一六六九。字は一運、号は益菴。生員となり、一六五二年、文科に及第、侍講院説書・正言・校理などを経て、黄海道・全羅道の監察司のときには善政を敷いた。一六六六年、平安道観察使として善政を行ない、平安道の監察司のときには飢民を救い、他道から流れ込む者が数千人にもおよんだという。文章に優れていた。

第一二二話……死期を当てることのできる申曼の医術

申曼《シンマン》▼1の字は曼倩《マンチョン》で、不遇ではあったものの、性格は不羈で物ごとにこだわらなかった。医術に巧みで、人の容態を一目見ただけで、その生死を判断することができた。ある歳の元日、その姑▼2の家に年始のために訪問した。姑は副提学の李之恒《イチハン》▼3の夫人であった。李家の親族たちが挨拶にやって来る。姑は扉に向かって座り、迎え入れた客と話をしている。申曼は奥の方に寝転んでいたが、客と姑が話をする声を聞いて、大きな声で、

「客人がどなたか知りませんが、四月にはきっとお亡くなりになる」

と言った。姑は元日にもかかわらず、縁起でもないことを言うと思い、

「この子は狂っている」

と言いながら、客人にしきりに申し開きをした。客人の姓名は知れなかったが、作り笑いをしながら、

「これが噂の申生員か」

と言って、帰って行った。

副提学の孫の李震《イシン》▼4はそのときわずかに十歳であったが、

「申おじさんのことばは奇妙です。どうして薬を処方して命を助けて差し上げなかったのですか」

と言うと、申曼は笑って言った。

「なんとも奇特な子どもだ。あの人の命を助けるだと。それなら、『東医宝鑑』▼5を持ってくるがいい」

家にはその書物はなく、李震はまだ幼くて、どこから借りればいいものやら、わからない。ついに因循《いんじゅん》したまま、沙汰やみになって、はたしてその年の四月に、その人は死んでしまった。後になって、李震が尋ねると、申曼は言った。

「あの人は疝気を患っていて、それが声に現れていた。そこで、日月を数えてみると、四ヶ月もすれば、疝気が逆上して脳に至り、かならず死ぬと思った。それで、ああ言ったのだ」

李震公はつねづね言っていた。

「その人が神のような名医に出会っていたなら、生き存えることができたのかどうか」

▼1【申曼】一六二〇〜一六六九。字は曼倩、号は舟村。一六六五年、元子の誕生で慶科が実施されると、これを非難して南人と論戦に及んだが、宋時烈が辞職して落郷した。謚号は孝義。

▼2【姑】日本では親族呼称の漢字を誤用して意に介さない

が、ここで「姑」は父親の姉妹を言う。

▼3【李之恒】『朝鮮実録』孝宗二年（一六五一）六月、李之恒をもって副提学となすとある。同じ八月に、王の講書の際に侍読官の李正英が、副提学の李之恒はかつて鴻山県官だったとき貪濁がはなはだしかった、このような人を論思の長におくべきではないと上疏したとある。ところが、これは李正英は昏酔状態で妄りに人を弾劾したもので罰することになったともある。三年正月には李之恒には私に循じ公を蔑ろにする傾向があって参差を免れないとあり、失脚したようである。

▼4【李震】この話にある以上のことは未詳。

▼5【『東医宝鑑』】宣祖の命令によって許浚が編纂した医書。

第一二二話……邪鬼を恐れず淫祀を毀った観察使

鳥嶺《チョリョン》（第三八話注2参照）の頂には祀堂があって、霊験あらたかだとすこぶる評判であった。前後して観察使となった者で、鳥嶺を越える者は、かならずここで輿を下り、祀堂にお祈りをし、幣帛をお供えした。そうしなければ、災厄が降り掛かるというのであった。

近年、ある観察使がいて、豪毅な性格であったから、禍福の迷信など信じなかった。その任地に赴くとき、鳥嶺の祀堂の前をそのまま通り過ぎようとした。将校や役人たちが慌てて前に進み出て、しきたりを述べたが、観察使は

「そんなものは迷信だ」

と言って聞き入れず、そのまま輿に乗って立ち去った。すると、一里も行かないうちに、激しい雨風になり、人びとは恐怖に襲われた。しかし、観察使は役人たちに命じて、

「あの祀堂は焼いてしまえ。この命令に背く者は命があると思うな」

と言った。人びとは怯えながらも、仕方なく、この命令に従った。丹青を塗った堂や模様のある瓦などもすっかり灰燼になってしまった。そうして聞慶《モンギョン》にある官舎に着いたが、その夜、観察使の夢に一人の老人が現れて咎めた。

「私は鳥嶺の神である。百代ものあいだ、香火を絶やさず、大切に祭られてきたのに、お前はその礼を欠いただけでなく、その住まいまで焼き払ってしまった。私はまずお前の長男を亡き者にして、この恨みを晴らすことにしよう」

観察使の方も負けてはいない。

「お前は牛鬼か蛇神の類であろう。それが妄りにあの祠を占拠していたのだ。私は王さまの命令を受けて地方を巡覧して、妖邪なことを廃して民の被害をなくすのが職務なのだ。お前は荒唐無稽なことを言い、私を驚かせよ

うとしているが、そんなものに私が恐れるとでも思っているのか」

その物は怒って立ち去ったと思うと、人びとがあわてやって来て、観察使を眠りから覚まし、

「ご長男が長旅の疲れか、急に病づいて、危篤です」

と告げた。観察使が行ってみると、もう手の施しようのない状態で、そのまま死んでしまった。旅の途中で哭を挙げて殯《もがり》を済ませ、本営に到着すると、その夜にまた夢の中にあの老人が現れて、

「お前がもし前過を悔いて、私の霊を祭るなら、許すことにするが、そうでなければ、今度は次男が無事ではすまないぞ」

と言った。観察使が毅然として動揺することなく、鬼を叱して退けたのは、前と同様であった。するとまた、人びとの声で夢から覚まされ、

「ご次男が急死なさいました」

と言うのであった。観察使はまた悲痛な思いで葬事を済ませたが、時を置かずに、老人はまた夢の中に現れ、

「一つ摘み取り、二つ摘み取り、お前の子葉は残り少なくなったな。次は三男を連れていくことになるが、あまりに酷いと言えば酷いことでもあり、どうだ、今すぐにでも私の廟堂を祭れば、この禍を免れさせようではないか」

と言った。しかし、観察使は意志を曲げることなく、語気もいっそう激しく老人を罵った。老人は万端に脅かし、幻惑させようとしたが、観察使はむしろ怒りを募らせて、刀を抜き放って切りつけた。すると、老人はへなへなとなって後ずさりして、庭にふしかがんで言った。

「わたくしはこれから街道に住まうところもありません。人に禍福を与えることも実はわたくしにできるわけではなく、ただ人の禍福を予知することだけはできました。あなたの二人のお子が死んだのは、ただ夭折する運命だったので、長栍[1]のお符《ふだ》にそう顕われていたのです。天の定めを自分の功のようにして、みずからの威厳を保っていたに過ぎません。あなたのご三男は卿相の位まで昇って、寿命は無窮です。それをどうしてわたくしごときが冒せましょう。わたくしはこれまではでたらめを言って人びとを恐れさせ、供え物を出させていましたが、あなたはけっして屈せず、意志を貫かれた。これから以後は、永く貴家には近づきますまい」

観察使は言った。

「お前は荒れ果てた祀堂に住んで、千年を過ごしていた。どうして私が急に思いついてその祀堂を壊そうとするだろうか。私がお前に怒りを抱いたのは、お前が妖術でもって人を欺くからだ。今、お前はその前非を悔いた。私にも気の毒に思う気持ちがないわけではない。お前の住

まいを新しく建てて、失ったものが何もなかったようにしてやろう。しかし、また邪心を起こして旅の者を悩ませ、前悪を改めなかったなら、容赦なくこれをまた毀って、けっしていい眼は見させすまい」

老人は感泣しながら、立ち去った。観察使は新しく祀堂を建て、夢に現れた老人の肖像を描かせて掲げた。それ以後、旅行く人々の患いはなくなり、観察使の三男は、年とともに昇進して、鬼のことば通りになった。

▼1【長性】長丞とも。邑落の境界に置かれ、外からの禍の侵入から守った道祖神。多くは男女一対となっており、「天下大将軍」「地下大将軍」と書かれている。

第一二三話……義犬塚

嶺南の河東《ハドン》（慶尚南道の地名）の地に貞節な寡婦が住んでいた。幼い女の子が一人に、また若い婢女がいて、ともに暮らしていた。ある夜、隣に住んでいる某が塀を越えて寝室に忍び込んだ。無理矢理に寡婦を犯そうとしたが、寡婦は必死になって拒んで抵抗した。某は仕方なく刀で一刺しに殺した。幼い女の子も婢女もともに殺した。その家には他に人はいず、誰もこのことを知らない。三人の死体は部屋の中にあって、その罪が暴かれることはないはずであった。

ところが、役所の外に一匹の犬がやって来て、しきりに吠え立てては、行ったり来たりする。門番がこれを追い立てても、またやって来て、去ろうとしない。役所では不思議に思い、その犬に好きなようにさせてみた。すると、役所の門を入って来て、東軒の前に来ると、首を挙げて吠えて、何かを訴えているかのようである。役所では一名の校卒に命じて、犬の後をつけさせた。犬は役所の門を出て行き、ずんずん歩いて行って、一軒の家の中に入っていく。部屋の扉は閉まっていて、寂として人の声がない。犬は校卒の衣の裾をくわえて、部屋の扉の向こうに入って行こうとする。校卒は不審に思い、扉を開いて中を見ると、三人の死体があり、血がおびただしく流れていた。校卒はびっくりして役所にもどって報告した。役所は検屍のためにすぐに人をやって、隣の家に臨時に幕を張って詰め所にしようとした。隣というのは某の家に他ならない。某は役人たちが自分の家に入って来るのを見て、真っ青になり逃げ出そうとした。すると、犬が駆けて来て、某にまとわりつき、そして噛み付いた。役人が不思議に思い、

「これはお前の敵の人間か」

と言うと、犬はうなずき返す。役人はついにこの某を捕

まえて、厳しく尋問したところ、某はすべてを自白した。そこで、監営に報告した上で、某を処刑した。

寡婦たち三人を埋葬すると、犬は墓の傍らに走って行って、一声悲鳴をあげたかと思うと、そのままばったりと倒れた。村人は寡婦たちの墓の横に犬の墓を作り、「義犬塚」という石碑を建てた。その碑文に言う。

「昔、善山（慶尚北道の地名）に義犬がいた。その主人に従って畑に出て、主人が夜更けに酒に酔って田んぼに倒れ伏し、たまたま野火が起きて、主人のところまで延焼しようとすると、川に浸かって尻尾を振って、火を消そうとした。ついに力尽きて倒れて死んだが、主人はそれを後から知った。その地には、いま義犬塚があるという。ああ、善山の犬はよく主人を死から救い、やむなく死んで、主人に報いて義理をはたした。しかして、河東の犬は初めは役所に訴え、次には犯人に噛み付いてその仇に報い、そして命を落した。いったい誰が禽獣は無知だと言うのか。善山の犬に勝っているのではないか。嶺南は士大夫を輩出する土地だが、どうしてまたこうも義犬が多いのか」

第一二四話……女色の戒めなど守れるはずもない

譲寧大君《ヤンリョンテグン》▼1は世宗《セジョン》▼2の兄上である。あるとき、暇を取って、関西地方を遊覧なさることになり、世宗は別れに臨んで、女色はほどほどに慎まれるようにと戒められた。大君はわかりましたよといって、出発された。王さまは関西の観察使に、

「もし大君が寵愛するような妓生が出て来れば、駅馬に乗せてソウルに上らせよ」

と命じられた。大君は王さまの戒めもあったので、すべての邑にあらかじめ注意して、妓生を遠ざけるようになさった。観察使や守令は逆に、王さまの戒めを知って、美しい妓生を集めて、大君を万般に手を尽くして誘惑しようとした。

大君が定州《チョンジュ》に至ると、一人の妓生がいて、素服を来て号哭している。大君はこれを見て、大いに気に入り、ひそかに人をやって呼び寄せた。そして、

「今晩のことは、鬼神も知るまい」

と言って、その妓生とちぎった。そのとき、詩句を作って贈った。

明るい月は二人の眠る刺繍の枕までは差さず、

夜の風がどうしてカーテンを巻き上げよう。

（明月不須窺繍枕、夜風何事捲羅幃）


翌日、観察使は早速、駅馬にその妓女を乗せてソウルに送った。王さまはその妓生に命じて、日夜、譲寧大君の詩句を歌わせになった。大君がソウルにお戻りになるに及んで、王さまがこれを出迎えて、

「先だってお別れするとき、女色を慎まれるようにといいましたが、覚えていらっしゃるでしょうか」

とおっしゃると、大君は、

「王さまの戒めをいただきながら、わたくしがどうしてそれを忘れましょうか。女人などに近づくことはありませんでした」

とお答えになった。王さまは
「わが兄上は絹の帳の中で戒めを守って帰って来られたようだが、その立派なお心がけに感銘して、一人の美姫を用意して待っておりました」

とおっしゃり、宮中に宴席をもうけ、妓生に歌を歌わせ、酒をお勧めになった。大君はその妓生とちぎったのは夜のことでもあったから、顔はしかと覚えていない。しかし、歌っている詩を聞くと、階段をあわてて下りて、地面に伏してお詫びをした。王さまも階段を下りて、大君の手を握って、お笑いになった。


大君は妓生を連れて屋敷に帰り、子をなした。その妓生の本貫は知れない。この子を、

「孝定正《ヒョジョンジョン》▼3とせよ」

と命じられたが、今の李令夏《イリョンハ》▼4はその子孫である。孝定正は気の狂った宗室として、魚肉の交易をしながら、自分では食べず、たとえよく煮たものであっても、これを退けた。そこで、世間の人びとは意味のない交易を「孝定正」と言うようになった。参議の李令夏があるとき、夫人とともに囲碁をしていて、強引に石を手に入れようとした。すると、夫人が、

「あなたは孝定正なのですか。どうして無理に手に入れようとするのです」

と言った。参議は怒って、

「どうして囲碁のことで、人の祖先を馬鹿にするのか」

と言った。そこで、人々はこのことをまた、「李氏の老妻が碁盤を押しやる」と言って話題にした。

▼1【譲寧大君】李禔《イチェ》。一三九四〜一四六二。太宗の第一男。一四〇四年に王世子となったが、失態が多く、一四一八年に廃位となった。その後、各地を遊覧して風流客と交わって一生を終えた。詩と書に巧みであったという。弟の忠寧が朝鮮国きっての名君の世宗となる。

▼2【世宗】朝鮮第四代の王である李裪《イド》。在位一四一八〜一

四五〇。内外政に功績を挙げて李朝の基盤を固めた。編纂事業にも力を入れ、ハングルを制定した。朝鮮の文化的な英雄である。
▼3【孝定正】この話にある以上のことは未詳。
▼4【李令夏】この話にある以上のことは未詳。

第一二五話……李趾光の名裁き

李趾光《イチクワン》▼1は善政を行なう守令として知られた。訴訟事を解決する速さはまるで神のようであった。清州《チョンジュ》に赴任したとき、一人の僧がやって来て訴えた。

「小僧は他寺の僧と紙の売り買いをして生計を立てていますが、今日、市場に一塊の紙を背負って出かけ、すこし休憩をしようと、背負った紙を下ろしました。しばらくして振り返ると、紙はすでになく、どこに行ったかわかりませんでした。方々を探しまわったものの、ついに取り戻すことができませんでした。生活の元手を失って、寺に帰ることもできません。どうか置き引きを探し出して、小僧を助けていただけないでしょうか」

李趾光は、

「お前がきちんと見ていなければならなかったのだ。人の海の中に見失って、いったいどこを探せばいいと言うのだ。こんな面倒な話は持ち込まずに、とっとと出て行くがいい」

と言って、これをはねつけたが、他の事案があって、十里ほどあるところに出かけて行った。少し薄暗くなって、役所に戻る道のかたわらに長栍（第一二二話注1参照）が見える。これを指さして、

「これはいったい何者であろうか。守令が通る道を塞いで、このように堂々と立っているというのは」

と言うと、下っ端役人が、

「これは人ではありません。長栍というものです」

と答える。李氏は、

「そんなことはわかっている。しかし、あまりに傲慢に見えるのだ。これを捕まえて連れて来い。そうして拘留して、明朝まで待つがよい。あるいは夜に乗じて逃げるかもしれないので、三班の役人たちは、役所の門外にいる者を除いては、みな泊まり込んで見張るのだ」

と言った。これを聞いた者たちは一斉に応答したものの、みな心の中では密かに笑って、一人として宿直しようという者はいなかった。

李趾光はもとよりこうなることを知らなかったわけではない。夜が更けてから、目端の聴く通引に命じて、長栍を他のところに移すように言い、翌日早々に羅卒に号令して、

「昨日の長栍を連れて来い」

と命じた。羅卒がそこに行って見ると、朱髯将軍が烏有先生に変わっているではないか（つまり長栍がなくなっていた）。初めて慌て出して、近くを探しまわるのだが、どこにも見当たらない。守令の命令は星火のように急である。やむをえずに、どこにも見つからない旨を告げると、李趾光は怒りが収まらないふりをして、

「役所に所属していながら、命令を守らず、きちんと宿直もせずに、長栍を見失ってしまった。これは処罰せざるをえない。首吏以下みなそれぞれ罰として紙一束を納めよ。納めることのできない者は二十度の鞭打ちでこれに代えることができる▼2」

と命じた。三班の官属たちはみな紙を納め、役所の庭には堆く紙が積まれた。昨日、訴え出た僧を呼び出して、紙を弁別させた。僧の紙には標がつけてあり、その標を手がかりに僧は自分の紙を探し出して、ほぼ失った量の紙を探し出すことができた。李趾光は言った。

「すでに失した紙を取り戻したからには、すぐに立ち去るがよい。これからは注意して、このようなことがによ うにしろ」

僧は恐縮して、百度も頭を下げて出て行った。李趾光は僧の紙の出所を調べて、市場の近くに住む無頼漢が持ち去ったことを知った。無頼漢はその家に隠しておいたが、李趾光が役人たちに督促して納めさせたとき、紙の値が高騰するのを見て、ことごとく売り払ったのである。そこで、その無頼漢を捕まえてその罪を罰して、紙を売って得た金を取り上げた。紙を買った役人たちには納めさせて残った紙を配給してもって行かせた。おのおのがそれを持って帰り、一邑の人びとはこれは神の裁きだと言って感服した。

▼1【李趾光】『李朝実録』正祖十四年（一七九〇）二月庚午に、前恵局郎庁の李趾光が流配の罪人を郊外まで見送り、握手までしたのは義理を侮蔑したものであり、低官だからと言って放っておけない、職を削って流すべきだという啓上がなされている。また同じく十七年（一七九三）五月癸巳に、蔭官の李趾光らに官職を与えた旨の記事もある。

▼2【三班の官属】地方の官衙のすべての役人たちと官奴を言う。

第一二六話……どの病にも藿香正気散を見立てた神医

銅峴《ドンヒョン》に大きな薬局があった。ある日、年老いたソンビがぼろ布に草履をつっかけてやって来て、部屋に上がり込んで、一隅にどっかと座り込んだ。一言も言わずに押

し黙ったまま、日が暮れても立ち去ろうとはしない。薬局の主人は怪訝に思って、

「客人はいったいどこから来られたのですか。そしてどのようなご用件なのでしょう」

と尋ねると、老ソンビはそれに対して、

「私はある人とあなたの薬局で会う約束をして、今こうしているのだが、長くここにいて、迷惑をかけることになるかも知れない。どうかよろしく頼む」

と答える。食事の時になり、主人が夕食を進めると、老ソンビはそれには応ぜず、袋から銭を出して、市場の食堂で食事を済ませ、また帰って来ては、前と同じようにじっと座っている。このようにして数日のあいだ友人を待つと言うのだが、その友人は姿を見せない。主人は怪訝に思うのだが、しかし、あえてこれを追い払うようなことはしなかった。

　そんなとき、急にある人がやって来て、

「妻が急に産気づいて、あまりの陣痛の激しさに人事不省のありさまです。なにかいい薬はないでしょうか。それで妻を楽にしてやりたいのですが」

と訴える。主人はそれに対して、

「薬局の主人の中には医術に通じて、客に処方する者もいるが、私はあくまで医者ではない。どうして対症して投剤することができようか。まずあなたが医者に行って診断してもらい、処方箋をもってくれれば、それにしたがって薬を与えよう」

と言った。その人は、

「私にはこの付近に医者の知り合いがいない。どうか人を助けると思って、薬を出してほしい」

と繰り返した。二人の話を聞いていた老ソンビが中から出て来て、

「もし藿香《クワクヒャン》正《ジョン》気散《キサン》（香りの高い正気散）を三帖用いれば、その症状はかならず良くなるだろう」

と言うと、主人は笑いながら、

「それは胸のつかえをのぞき、気鬱を散じるための薬です。それをお産に用いたところで、凍った炭火と同じようなもの、なんの効き目もありません。あなたは聞きかじりを口にしないで欲しい」

と言った。老ソンビがそれでも自説にこだわっていると、妻が心配な人は、

「事態は急を要します。その薬でいいので、すぐに処方してください」

と言い、値を尋ねて金を出した。主人は仕方なく、薬を処方して与えた。

　夕方になって、また一人の庶民がやって来た。

「私は某の隣の家に住んでいますが、某の妻が産気づいて気絶したのを、この薬局で薬を処方してもらって、快

方に向かったそうです。ここにはきっと名医がいらっしゃるのでしょう。その方にお会いしたい。私には三歳の子がいるのですが、疱瘡を患っていて、危ない状態です。どうかこれを助けてやってください」

ソンビは言った。

「藿香正気散を三帖服するがいい」

薬局の主人は、

「庶民というのは、高価なものだから、薬というものを服したことがない。強壮な者なら、この薬を服して、効果があるかもしれない。しかし、袾褓《むつき》の取れないような子どもがこれを服用してはならない。天然痘にはなおのことだ」

と言ったが、子どもの親はどうしても欲しいと言い、薬局の主人は仕方なく、処方して与えた。しばらくして、子どもの親が来て、はたして効き目があって、子どもはすっかり癒えたと言った。

しばらくすると、噂になって、人びとは薬局に踵を連ねるようになった。ソンビはいつも藿香正気散を服用しろと言うだけなのだが、それがいつも効いた。

このようにして、数ヶ月が経ったが、ソンビは居着いたまま、立ち去ろうとはしない。人を待っていると言ったが、その待ち人は来ない。ある日、宰相の息子が元気な驢馬に乗って薬局の前にやって来た。主人はいそいそと出迎え、あわてて家の中を片付けて、招き入れたが、ソンビはただ一人、木の櫃の上に座ったまま、少しも身体を動かそうとはしなかった。

宰相の息子が切り出した。

「父上が重い病にかかって、すでに数ヶ月になる。百種もの薬を用いたが、効き目がなく、精気が次第に衰えていくようだ。昨日、嶺南の医者がやって来て、増強剤を使うことを言い、『古くて腐った薬草では効き目が得られない。薬局に行って新しい薬剤を手に入れて処方すれば、いい薬ができて、この病を治すことができるであろう』と勧めたのだ。そこで、私はこの店に来たわけだが、主人はどうか最上のものを選んで、製薬してもらいたい」

そう言い終わると、宰相の子は声を低めて、

「あの木の櫃の上に座っているのは誰だ」

と尋ねると、主人は、

「この間、あのソンビには不思議なことがありました」

と言って、ソンビの見立てについて言うと、宰相の息子は襟を正してソンビの前に進み出て、くわしく父親の症状を述べて、その処方を尋ねた。すると、ソンビは顔色を変えることもなく、

「藿香正気散を用いるのが最もいい」

と言うのみであった。宰相の子どもは冷笑して立ち上が

り、処方された煎じ薬を持って帰った。家人にそれを煎じさせ、父親のところに行って薬を勧めながら、ソンビの話に及んで一笑した。宰相はそれを聞いて、

「今の薬は私の病気には効き目がないのかもしれない。一度そのソンビのいう藿香正気散を試してみるのはどうだろうか」

と言った。しかし、その息子も他の家人たちもみないっしょになって、

「精気が衰えなさっているのに、どうして逆の消散の薬を用いることができましょう。おことばですが、従えません」

と言った。宰相は黙然とするしかなかったが、煎じられた薬を持って来られると、

「先ほど食べたものがまだ消化されていない。しばらくそこに置いておいてくれ」

と言った。夜になって、下人に命じてその薬を捨てさせ、こっそりと藿香正気散三帖を処方させて、薬缶で煎じさせた。三度に分けてこれを服用して眠り、朝になって起きると、精神がまことに清々しく、病根が消え去ったようである。子どもたちも起きて来たので、宰相が、

「どうやら宿痾も癒えたようだ」

と言うと、息子は、

「嶺南の医者はまことに名医で、朝鮮国の扁鵲《へんじゃく》▼1とも言うべきです」

と言った。宰相はそれに対して、

「いやいやそうではない。薬局にいたというソンビこそ、いったいどこの何者とも知れないが、まことの神医なのだ」

と言い、夜に薬を捨てて、新たに藿香正気散を煎じさせて服用したことを語った。そして、

「数ヶ月ものあいだ苦しんだ病が一朝で快癒した。ソンビに受けた恩恵ははなはだ大きい。お前たちは行って、ソンビをお迎えするがいい」

と言った。息子は父親の命に従って薬局に行き、口を極めて感謝の意を述べて、自分と一緒に家に来て欲しいと言った。すると、ソンビは衣の裾を払って立ち上がり、

「私がソウルに来たのは間違っていた。こんな汚らわしいことばを聞くとはな。私はどうして貴人の家の賓客になることを望んでいよう」

と言い放ち、飄然として姿を消した。

宰相の息子が憮然として家に帰り、ソンビの去ったことを告げると、宰相は、

「あっぱれだ。凡俗を抜きん出た士大夫だ」

と言って、嗟嘆してやまなかった。

しばらくして、王さまがご病気になられた。病勢はしだいに重くなって、朝廷でも民間でも気をもみ心配した。

宰相はそのとき薬院提長▼2を兼ねていて、ソンビのお蔭で自分の病が快癒したことを王さまに申し上げると、王さまは、

「その藿香正気散がはたして効き目があるかどうかわからぬが、害にもなるまい」

とおっしゃったので、煎じてお勧めした。すると、翌日には快癒なさったので、王さまも感心なさり、そのソンビを探させなさったが、ついにその行方はわからなかった。

識者は、「あれは異人なのだ」と言ったが、おおよそ、医書には年運の循環ということが説かれている。百種の病気はそれぞれに異なるとは言え、その病根は年運がしからしむるので、その年運さえ理解して良薬を用いれば、たとえ該当する病気ではなくとも、効き目がないということはない。最近の医者たちはこの道理を知らないので、さまざまな症状にさまざまな薬を用いる。その末を取って、その本を捨て、公然と人を殺しているのである。

このソンビはあらかじめ王さまのご容態が悪くなるのを知り、藿香正気散でなければ、そのご病気の治らないのを知っていて、薬局に居続けたのであろう。

▼1【扁鵲】中国、戦国時代の名医。渤海郡鄚の人。姓は秦、名は越人。長桑君に学んで、禁方の口伝と医書を受けて名医となり、趙簡子や虢の太子を救ったとされる。古代インドの耆婆（ジーバカ）と並称される。

▼2【薬院提長】薬院は内医院の別称。提長はその長。

第一二七話……佳人薄命を嘆く

李業福《イオブポク》▼1というのは奴の輩である。子どものときから稗史の類をよく読んでいたが、その読む声は、あるいは歌うよう、あるいは怨むよう、あるいは笑うよう、あるいは悲しむようであり、あるいは豪逸、あるいは傑士、あるいは婉娟、さまざまな風を書物のその場面に応じて読み分けて、登場人物になりきった。そこで、富裕な家ではこの人を招いて、書物を読ませて楽しんだ。

ある役人夫婦は業福の才能をことのほかに喜んだ。その生活の面倒を見て、親戚扱いして、家への自由な出入りを許した。役人夫婦には嫁入り前の一人娘がいて、容姿は端麗で才芸も備わり、花のように美しく、玉のように光り輝いていた。業福は心がとろけ、精神も惚けたようになって、この娘にしきりに秋波を送ったが、娘は色を正して、これに応じることがなかった。

ある日のこと、役人夫婦は節日に当たって一家こぞって墓にもうで、娘一人が留守をした。自分の部屋に固く

扉を閉ざして閉じ籠っている。業福は塀を越えて部屋に忍び込んだが、娘はぐっすりと寝入っている。業福はその横に自分も身を横たえ、娘の腰に抱きついた。娘はびっくりしておき上がり、

「いったい誰です。こんなことをするのは」

と言うと、

「私です。業福です」

と言う。女は灯台を持ち上げて業福を打ち、

「お前は私の父母の手厚い世話を受けていながら、狗豚のような真似をしようと言うのか」

と叱りつけたが、業福は身を屈めて打たれながらも、

「お嬢さまの罰を受けるのはうれしい。飴のように甘い罰です」

と言う。娘はいよいよ怒りが収まらずに、はげしく打って、業福の顔を傷つけて血が流れたが、それでも柔和な声を出して、話を続ける。女の性質はもともと脆弱にできている。しだいにそれほど思ってくれているのならと、あわれみさえも生じて、ついには床に身を横たえ、

「あなたの好きなようになさい」

と言った。業福はそこで思うがままに秘技を弄し、淫猥の限りを尽くした。事が終えると、娘は居住まいを正し、

「気が済みましたか。出て行ってください。ここに留まってはなりません」

と言った。業福は言われるままに出て行った。

その翌日、家の人たちが帰って来た。業福は娘の母に挨拶に行くと、娘は横にいる。玉のような顔は険しさを帯び、しかめた眉に憂いがただよい、一枝のつややかな花が朝に冷たい雨に濡れたようで、えも言われずに可憐である。業福はその場を退いたが、いよいよ娘のことが忘れられなくなった。そこで、手紙を書いて、ひそかに女のもとに送った。東の苑で会いたいというものであった。娘ははたして東の苑にやって来たが、なにやら独り言をぶつぶついって、精神に異常を来しているようでもある。業福が、

「いったいどうしました。何かありましたか」

と尋ねると、娘は、

「瑤池[2]の西王母[3]は、『お前は人の誘惑と脅迫を受けて、自分の身を汚し、辱められた。もう芳しいところはどこにもない。業縁が深いと言わざるを得ない。そこで、仙人の住むところに帰って、世俗の塵からは離れなくてはならない』とおっしゃっています。わたくしはそのことばにしたがい、この世を去ろうと思います」

と言う。業福が笑いながら、

「その使者などどこにいるのだ」

と尋ねると、娘はその傍らを指して、

「ほら、ここにいるじゃありませんか」

と言い、横を振り向いて、何やら楽しそうに談笑して、飽きないようである。自分の指から指輪を外してそれを傍らの誰かの指に嵌めるような動作をしたり、また隣の人の靴を脱がせて、自分の足をその靴に入れる仕草をしたり、さまざまな情態を見せてくれる。しかし、その横には誰かがいるわけではない。業福が、

「あなたはいったい誰と話をしているのですか」

と言うと、娘は、

「瑤池からの使いですよ」

と言った。業福は怖くなって、逃げ出した。娘はそれからというもの、一日中独り言を言っていたが、

「瑤池の使いと話をしているのよ」

と言っていた。ある朝早く、娘は姿を消した。その父も母も業福の面倒を見たことがこのような禍をもたらしたのだとは気づかず、探しまわったものの、ついに娘の行方はわからなかった。

業福は自分の運数が薄くてこのようなことになったのだと言っていた。

▼1【李業福】この話にある以上のことは未詳。

▼2【瑤池】中国、崑崙山にあるという池。周の穆王が西王母に出会ったという話が伝わる。

▼3【西王母】中国で古くから信仰された仙女。姓は楊、名は回。周の穆王が西に遵守して、崑崙山に至って出会い、帰るのを忘れたという。また、漢の武王が長生を願っていた際、西王母が天から下って仙桃七果を与えたという。

第一二八話……李匡徳に一生を託して死んだ妓女

李《イ》参判の名前は匡徳《クヮンドク》▼1で、号は冠陽であった。王命を受けて北関に暗行御史として赴き、姿を替えて足跡をくらまし、幾多の困難に出遭いながらも、役人たちの仕事ぶりを探り、土地の風俗のありようを探った。

咸興に至って、自己の正体を明かして事を処断しようと思い、城内に入って行くと、人々が走り回って、

「今日は暗行御史が来るそうだ」

と騒ぎ立てている。李公は不思議で、

「道中をあまねく回ったものの、私の正体を見知った者はいないはずだ。今このように騒いでいるのは、あるいは私の従者が漏らしてしまったのであろうか」

と考えて、いったん城外に出ることにして、従者に詰問したが、そのような事実はないようであった。数日が経って、また城内に入って行き、身分を明かして、暗行御史としての公務を行ない、また邑の役人たちを問い詰め

た。

「お前たちはどうして私が来ることを知っていたのか」

するど、役人は言った。

「城内の人びとはみな知っていましたが、最初にいったい誰が言い出したのかはわかりません」

李公は役人に誰が言い出したことなのか調べるように命じた。役人は退いて、ここかしこと探りまわって、最初にいい出したのは実は七歳の童妓だということがわかった。役所に帰って来て、そのことを告げると、李公はその可憐な童妓を呼んで、

「お前は襁褓をやっと離れたくらいの年齢にもかかわらず、どうして使星を判別できたのか」

と尋ねると、童妓は言った。

「わたくしの家は往来に面していて、先日、窓から外を眺めていると、二人の乞食が道に並んで座っていました。その中の一人は襤褸を着ていて垢じみ、履も破れていましたが、その手を見ると、真っ白で柔らかそうな手をしていました。それで不思議に思ったのです。飢えや寒さに追われている人は胼胝ができて固くなり、皮膚も黒ずんでいるものではないか、と。そう思っていると、その乞食が服を脱いで虱をはらい、またそれを着ようとしましたが、横にいた乞食がその服を受け取って、これを着せかけました。まるで従僕が主人に着せるような様子だったのです。そこで初めて、これは暗行御史に間違いないと思ったのです。それを家の者に告げると、すぐに伝わって、城内が大騒ぎになったのです」

李公はこの童妓の賢明さにおどろき、はなはだ可愛がるようになった。ソウルに戻るときになって、李公は詩を贈った。童妓はそれを見て、李公の文筆の気宇の大きさに感服して、この人にわが身を託そうと心に決めた。年齢はすでに十六歳になったが、処女を守って、李公が自分に声をかけてくれるのを待ち、他の人に身を任せることはなかった。しかし、李公の方はそのようなことを知る由もない。

その後、李公は獄事に連座して北関に流配になり、ある役人の家に寓居することになった。妓女はこれを追って行き、朝に夕に世話をして、倦むことがなかった。李公はそのまごころに感服しながらも、

「私は、今は罪人の身の上で、女人を近づけるわけにはいかないのだ」

と言って、何ごともなく、四、五年のあいだ、交わることがなかった。妓女はその李公の義気にもいよいよ感服した。李公は気の毒に思って、他の人に身をゆだねることを勧めたが、妓女は必死になって抵抗して、李公のことばを聞かなかった。妓女の天性は慷慨磊落としていて、諸葛孔明▼[2]の前後の「出師の表」▼[3]を読むことを喜び、いつ

も月の澄んだ明るい夜には、李公のために一度ずつ朗々たる声で読み上げた。その声は清く澄んで、白鶴が大空に鳴き渡るようであり、李公はそれを聞いて涙が流れるのを覚え、その思いを託して絶句を作った。

北の関所の侠気の女が声を張り上げて読むのは
私のための二編の出師の表。
草の廬を三度訪ねる箇所を唱えると、
流罪になった私の目からは涙が滂沱とあふれる。
（咸関女侠満頭糸　為我高歌両出師
唱至草廬三顧地　遂臣清涙万行垂）

李公が赦されて帰還することになり、初めて男女として交わった。李公は妓女に言い含めて、

「私は赦免されて帰ることになったが、お前といっしょに行きたいとは思うものの、赦免があって時も経たないのに、妓女を後ろの車に乗せて同行するのは、私のよくするところではない。私がいったん故郷に身を落ち着けて後に、かならずお前を家に迎え入れよう。それが少し遅れても、けっして恨まないでほしい」

と言った。妓女はこのことばに喜んで、眉と睫毛を大きく開いて、快く了承した。李公は果たして帰って行った。ところが、間もなくして病気になり、あえなく死んでしまった。妓女の耳にその凶報が届いた。祭祀を設けて長く慟哭した後、そのまま自決した。家の者たちが道の脇に葬った。後に、朴文秀（第一九話注7参照）が北関に按察使として行ったとき、その妓女の墓の横を通り過ぎて、碑文を書いて、「咸鏡道のけなげな侠気の妓女の碑」と題した。

▼1【李匡徳】一六九〇〜一七四八。字は聖頼、号は冠陽、本貫は全州。蕩平論を最初に唱えた朴世采の外孫。進士として一七二二年、殿試文科に及第、王世弟（後の英祖）の輔導をした。英祖が即位するや、要職を歩んだが、一七二八年、李麟佐の乱が起こると、全羅監司としてこれを討伐した。党争の中で弾劾を受けることもあり、英祖との離間もあり、党を変えたり、流されたりの浮き沈みを経験して死んだ。

▼2【諸葛孔明】諸葛亮。一八一〜二三四。中国、三国時代、蜀漢の丞相。字は孔明。劉備の三顧の知遇に感激して臣下となり、蜀漢を確立した。劉備の死後はその子の劉禅を補佐したが、五丈原で魏軍と対峙している最中に死んだ。

▼3【前後の「出師の表」】蜀漢の諸葛亮孔明が、劉備没後、魏を討つため出陣するにあたり、後主の劉禅に奉った前後二回の出陣をうながす上奏文。

巻の十

第一二九話……乞食を夫にした婢女

昔、ある参知政事は母親に孝養を尽くしたいと思いながらも、公務が多端で私事にも煩わしいことが多くて、いつも側に侍してお世話をするわけにもいかなかった。家には一人の婢女がいて、年の頃なら十六ばかり、容色が美しいだけでなく、性質も聡明である。大夫人の側にいて、つねにその気持ちを察し、お腹が空いているか、いないか、暑いか寒いか、時宜にしたがってお世話をして、その坐臥動息について、機に応じて甲斐甲斐しく手助けした。大夫人はこの婢女の世話で日々を安楽に過ごすことができた。この婢女のおかげで参知政事は母を喜ばせることができ、家人も自分たちの苦労を免れることができたので、みなこの婢女を可愛がり、褒美を数多く与えたのだった。

婢女は長廊に特別に局を作ってもらって、そこに住まったが、書や画や什器がぎっしりと並べられて、身を入れる隙もないほどであった。と言うのも、ソウルの富家の子弟でもって青楼に出入りしているような者は、千金をもってしても、この婢女を手に入れたいものと思い、仲立ちを介してしきりに言い寄って来たのである。しかし、この婢女は身持ちがかたくこれらの誘いを拒み通して、心の中では、

「もし天下に志を持つような人が現れなければ、むしろ独り身を通した方がいい」

と誓っていた。

ある日、夫人の命で親戚の家に用を伝えて、その帰り道、にわか雨に遭った。足を速めて家に戻ると、門前には、蓬のようなもしゃもしゃの髪の毛で、顔も垢まみれの姿の一人の乞食が雨宿りをしていた。婢女は一目この乞食を見て、尋常の人物ではないと思った。手を執るようにして自分の部屋に連れて行き、

「あなたはしばらくこの部屋にいてください」

と言った。そして、転げるように出て行き、その部屋には鍵をかけて、倉皇として内房に入って行った。その乞食は千思万想したところで、何が起こったのかさっぱりわからない。しばらくは成り行きを見ようと思ったが、しばらくすると、その婢女がもどって来て、もう一度、乞食の様子をつくづくと見まわして、顔に喜びの表情を浮かべた。薪を買ってきて湯を沸かして沐浴させ、乞食の全身を洗い、夕飯にはご馳走を食べさせて、これまで空っぽだった胃袋を転倒させた。料理をよそうのにも模様のある皿を用い、鮮やかな朱塗りの盤を用いて、絢爛として眼目を惑わせた。日がすでに暮れて、鐘路の鐘が

鳴って夜も更けた。婢女と乞食はいっしょに布団の中に入って、宛転と春の夢を結び、鸞を逆さにし鳳を覆すような態で楽しみを尽くした。

翌日には乞食に髻を結わせ、冠をかぶらせた。また、彩り鮮やかな衣服を着せると、はたしてその儀容は立派で、気宇も壮大に見えて、昨日のうらびれた乞食の面影はない。婢女は言った。

「あなたはこれから大夫人と参知政事の前にお出になってください。すると、きっとお尋ねになることがあります。そのときはかくかくしかじかとお答えになってください」

乞食は承知して、まずは参知政事の前に出ることにしたが、参知政事は、

「この婢女は今まで婿選びをしていたが、それが今になってやっと決まったようだな。きっと見るべき男なのであろう」

と言って、乞食をさらに自分の前に近づかせ、

「お前は何を仕事にしているのだ」

と尋ねると、乞食は、

「私は若干の銭貨をもって朝鮮八道に商売を行ない、貴賤を変幻自在に使って、利益を得ています」

と答えた。参政はその答えを喜び、また信じた。それからというもの、乞食は美衣飽食して、何をするでもなく、日々を過ごした。婢女が言った。

「人がこの世に生きて、仕事をするでもなく、暖衣飽食できるものでもありません。あなたはこれからいったい何をなさいますか」

それに対して、乞食は、

「もし何かを始めるとするとすれば、十斗の銀子が必要なのだが」

と言った。婢女は、

「わたくしが何とかお願いしてみましょう」

と言って、内堂の方に入って行き、時を見計らって、大夫人にねんごろにお願いした。大夫人がそれを参知政事に伝えると、参知政事は慨然と意気をふるって承諾した。乞食はこの百金をもって、ソウルの城内の衣廛（衣服店）を足に任せて歩き回り、古着を買い漁って集め、鐘路に積み上げて、これまで自分と同じように乞食をしていた若い男女に着替えさせた。また近郊の乞食を集めると同じように着替えさせ、また遠近の流離民の類にも漏らすことなくみなに着せた後に、その残りの衣服を馬に載せ、あるいは人に担がせて、朝鮮八道に赴かせた。ただ一頭の馬と幾襲の衣服だけが残ったので、自分はそれを積んで、馬に乗って出かけた。

季節はまさに仲秋である。澄んだ月が山の上に登り、薄くかすみが平野に広がり、道路には行きかう人もいな

い。鞭を奮って馬を駆けさせ、その止まるところまでいかせようとした。すると、馬が止まったのは、大きな橋のたもとであった。橋の下では洗濯をする音がして、人びとの話し声が聞こえる。夜も更けて、荒野でのことであり、何物なのかと不思議に思い、馬を下りて、橋の近くによって、橋の下をうかがうと、一人の翁と一人の媼がいる。衣服を脱いで裸になり、その着ていた衣服を洗っていたのである。人が自分たちをうかがっているのを知って、その裸であるのが恥ずかしくなり、手を振って追おうとした。乞食の方はその姿を見て気の毒に思い、ぎゃくに橋の上に招いて、自分の持ってきた衣服を二人に与えた。翁と媼は何度も何度も礼をいって、自分たちの家に来て泊まってくれるように頼んだ。数本の椽に藁を覆ったような蝸屋であり、わずかに風雨を避けることができるだけである。乞食は馬を外につなぎ、小屋の中に入って座った。翁と媼は動きまわって食事を用意したが、粗末な飯とナムルだけのものであった。それでも腹一杯に食べて、寝ることにしたが、枕がない。そこで、枕が欲しいというと、媼は椽に懸けてあった瓢を探し出して、

「これが枕になりましょう」

と言った。乞食は言われるままにこれを枕にして眠った。うとうとしながら、手で瓢を触ってみると、金石ではなく、土でも木でもない。丁寧に撫でてみても、いったい何でできているのかよくわからない。そうこうしていると、突然に、垣根の外から高らかに呼ばう声が聞こえ、貴人がやって来たような威厳があったが、しばらくして一人の校卒が命令によってやって来て、この瓢を奪おうとする。乞食が、

「何をする。これは私の枕ではないか。人に譲るわけにはいかないのだ」

と言うと、数人の校卒が力ずくで奪おうとする。乞食が必死になって抵抗していると、しばらくして、貴人その人が入って来て、

「お前はこの瓢の使い方を知っていて、またこれがどれほどの宝物であるかも知っているのか」

と尋ねる。乞食はそれに対して、

「すでに私の手許に渡されて以上、その義理は軽くはない。簡単に手渡すわけにはいかない。その使い道など知っているわけがない」

と答えた。すると、貴人は、

「その瓢は金を増やす魔法の瓢なのだ。金の粉や銀の破片をその中に入れて揺すると、しばらくして瓢一杯に増える。お前は三年の間はこれを持っているがいい。三年の後には、これを銅雀津に投げ捨てるのだ。人にはこれを持っていることを知られないようにして、くれぐれ

も疎かに扱ってはならない」

と言って、立ち去って行った。乞食は大きな声を上げて感謝した、というところで、夢から覚めた。

空は明るくなって、翁と媼はすでに起きている。乞食は翁に、

「私の馬はたいしたものではないが、この瓢と替えてはくれまいか」

と言った。翁はにんまりと笑って、

「こんな瓢は一銭にもなりませんよ。どうしてあの駿馬と替えようとなさるのか」

と言いながら、了承した。乞食は自分の衣服を壁にかけて、代わりに翁の衣服をはおり、馬は門の前に繋いだ。また一枚の蓆をもらって瓢を包み、背中に背負って、まさしく乞食をしながら道を行った。元の生業に戻ったわけである。そうして千里を行って、日を重ねてソウルに戻った。まっすぐに参知政事の屋敷に行こうとしたが、考えなおした。

「あの日あの家を出るときには万万の銀貨をもち、今夜はこのぼろを着て、無一文で帰ることになる。見聞がよくはあるまい。人定の後に、人通りが途絶えて静まった後に帰るのがよかろう」

しばらく酒屋で時間をつぶし、夜更けを待って屋敷に戻った。行廊の門は半ばだけ閉ざしてあり、局の扉は固く閉ざしてあった。乞食は薄暗い中を息を殺して進んだが、急に婢女が内房の方から出て来て、扉を押して入って来た。婢女は、

「今日も鐘路の鐘が鳴って、夜が更けた。あの人からは何の消息もなく、臍を噬《か》むような思いがする。いったいどうしたというのだろう」

とため息を行きながらつぶやいた。乞食は自分がそこにいるのを知らせようと咳払いをした。婢女がおどろいて、

「誰かがいるの」

と言うと、

「おれだ。おれだ」

と答える。

「いったいどこに行っていて、いつ帰って来たの」

と言うと、

「ともかく扉を開けて、灯りを点してくれ」

と言って、腕をつかまえて、中に入って行った。明かりの下で相対して見ると、垢だらけの顔をして、ぼろを着ている。昔とまったく同じ恰好で、その悲惨さはなお倍していると言ってもいい。婢女は声を呑んだが、部屋を出て、食事の用意をして、ともに食事をして眠った。明け方になって鐘が鳴ると、婢女は乞食を蹴るようにして起こし、こまごまとした品を風呂敷に包んで、預かった銀を失った罪を免れるために逃げようとした。乞食は眼

を怒らせ、声を荒げて言った。

「私が事実を告げて罪を得ることになると言うのなら、どうして一緒に逃げようというのか。それではさらに罪を加えることになるではないか」

婢女の方も負けてはいない。

「あなたは妻一人も守ることができず、むしろ大言壮語して私を困らせるだけでなく、私を苦しめて面罵し、今なお一人前の男だと思っているのですか」

乞食が言った。

「私が疑わしいというのなら、まずは参知政事のところに参って、無実を晴らそうじゃないか」

婢女はしかたなく、恨みと怒りが収まらないものの、内房の方に入って行った。乞食は瓢を取り出し、婢女の箱にあった一片の銀をその中に入れ、天と地に祈りながら、瓢を揺らした。そうして口を開けて見ると、雪のように真っ白な銀が瓢一杯にある。これを部屋の中の窪んだところに注いで、瓢を揺らしに揺らして、またその上に銀を注ぐ。すると、しばらくする内に、天井と同じ高さに銀が積み上がった。そこで初めて風呂敷でもってこれを覆って、みずからは高枕をして寝た。

婢女がしばらくして出て来た。すぐに異様なものが部屋を塞ぐようにしてあるのを見つけた。不思議に思って、風呂敷を取りのけて見ると、なんと銀であり、山のように堆く積んである、何千斗あるのかその量は計り知れない。びっくりしてしまい、ことばが出ない。口ごもり、眼を見張るばかりである。やっとのことで、気持ちを落ち着け、

「これはいったいどうしたのですか。それにどうしてこんなに多いのですか」

と言った。乞食は笑いながら、

「昨夜は一人前の男の話をしたのだったな」

と言い、二人して笑いながら、戯れあった。

夜が明けるのを待って、新しい衣服に着替え、参知政事の前に挨拶に参った。参知政事は家の中に貯めてあった銀をすっかり乞食に預けたものの、その姿がぷっつりと見えなくなって、すこし心配になっていた。昨日の夕方、一人の童僕が乞食が這々の体で帰って来たことを報告して来たので、愕然として、夜には一睡もできなかった。ところが、今、燦々と色鮮やかな盛装をして、自分の前に出て来たので、半信半疑ながら、尋ねた。

「お前は商売をすると言っていたが、うまくいったのか」

乞食は答えた。

「旦那さまのお助けを得て、それではなはだ多大な利益を得ることができました。まず二十斗の銀を元金とその利子としてお受け取りください」

参知政事はこれに対して答えた。

「どうして利子など受け取れよう。元金だけを返してもらえばよい。これについてはもう何も言うな」

乞食はそれに対して、

「この利子を受け取ってもらえないようなら、私は死ななくてはなりません」

と言いながら、銀をきっちりと重ねて庭に置いたが、まさに雪のように真っ白で、三、四十斗もあったであろう。

参知政事ももともと金が嫌いなわけがない。欣欣として受け取ることを了承し、婢女もまた十斗ほどを大夫人に差し上げて、わずかにまごころを示した。他にも数十斗を何人かの夫人方に分けて差し上げ、その余りを家人や奴婢たちに十分に分け与えたので、家中こぞって嗟嘆して称賛しない者はなかった。参知政事は、昨日、家人がでたらめを告げて、乞食がぼろを着て帰って来たなどと言ったのは、これを陥れようという魂胆だったのだと考えた。そうして大夫人に、

「あの家人はあの婢に横恋慕して、でたらめを言い、錦を着ているのを襤褸を着ていると言い、嚢には銀が満ち満ちているのに、素寒貧になって帰って来たと言った。その心を憶測するに、善人とは言えない」

と告げて、家人を叱責した。家人は間違ってはいないと言い張ったものの、結局、申し開きできずに、追い払われた。乞食はそれ以来というもの、日々に月々に富んで、婢女の身分を贖って良民とした。百年の楽しみを堪能して、子孫も繁栄して、官庁に昇る者も現れた。瓢は三年の後にはお祭りをして、銅津に投げ捨てたという。

第一三〇話……李後種の孝行

李後種《イフジョン》▼1は清州《チョンジュ》の水軍である。その信義は郷里で名高かった。一人の士大夫がいて、後種が賤しい職務に就いているのを知って、水軍節度使に手紙を送って、後種が賤しい職務に就かずともいいようにと言いやった。後種はそのことを知ってやって来て、士大夫に向かって、

「あなたは私が軍役を免れるように水軍節度使に手紙を書かれたのですか」

と尋ねると、士大夫は、

「その通りだ」

とうなずいた。後種は言った。

「それはいけません。わたくしがここに参ったのは、そんなことは止めるようにお願いするためです。国家の軍役というのはわたくしのような年少で健康な者が免れたとすれば、どうして人数をそろえることができましょう。ましてや、わたくしは小民に過ぎません。どうかご心配

は無用に願いします」

六十歳になるまで、軍役に応じて怠ることがなかった。後種には叔父がいて、居士となっていた。年老いて妻子がなく、後種が自分の家に置いて世話をしていた。叔父は病気になって床につき、便の世話もしなくてはならない。後種はいつもそのときには横にいて、便を取り、拭いてやった。村人が通り過ぎて、

「そんなことは婦女にやらせればいい。どうして自分でやっているのか」

とでも尋ねると、後種は答えるのだった。

「夫婦というのはもともと他人が義によって結びついているに過ぎない。おそらく骨肉の情というものはありません。あるいは努力して、無理強いに世話をすることがあるにしても、それはまごころから出たものとは言えない。そこで、わたくしがしているのです」

後種の父はかつて人に十斗の麦を貸し、

「秋の収穫のときに米で返すように」

と言った。その年、麦は高く、米は安かった。そこで、米二十五斗で返済することになったが、貸した人はもともと貧しくて、一度に納めることができずに、まず二十斗を納めた。後種はよそでその話を聞いて、驚いて言った。

「大体、麦はまずく、米はおいしい。十斗の米を返してもらっただけでも、すでに超過している。十斗の麦でもって二十五斗の米を得るなど、とんでもない話です」

父親に熱心に説いて、ただ十斗の米だけを受け取るようにと言った。借りた者は、

「五斗だけ少なくしてもらえば、それで十分です」

と言ったが、後種は力説してやまなかったので、父親もついに折れて、ただ十斗だけを受け取った。

後種は若いころ笠を作って生業としていた。その父がこれを市場に運んで売っていたのである。後種はある日、忽然と業を廃して、笠を作らなくなった。その父が戸惑って、隣の両班に相談して、

「うちの子が急に笠作りを止めてしまった。説得してもらえまいか」

と言った。両班が後種を呼んで尋ねると、後種は言った。

「わたくしが笠を作ると、わたくしの父が市場に行って、これを売り、妥当な値を受け取ります。人間の普通の情として、値段を言い争うとき、強暴な者であれば、きっと辱めるでしょう。とすると、わたくしはこの手でもって父上を辱めていることになる。仕事がなければ、父親を養うこともできず、どうして仕事を廃することができましょう。これからは農業を行なって、父を養おうと思い、笠作りを止めたのです」

あるとき、旱魃に出逢い、小川をせき止めて水を引き

入れ、苗を植えようとした。すると、村人がその堰を切って、自分の田に引き入れようとした。後種の父が怒って、その村人をののしった。後種は父親を諫めて、

「自分の田に水を引き入れようとするのは、当然の人情です。ただ、あの者の田はわが家の田よりも高いところにあって、堰を切っても、水は得られないし、すでに堰を切ってしまっては、何を言っても仕方がありません」

と言った。

▼1【李後種】この話にある以上のことは未詳。

第一三一話……徳原の守令の囲碁

徳原《トクウォン》の守令《スリョン》は囲碁が得意で、朝鮮随一と言われていた。あるとき、一人の人がやって来て、馬を庭に繋いだ。守令が、

「どなたか」

と尋ねると、その人は、

「私は郷軍としてソウルに当番で上ることになっている者です。囲碁を打つのが好きなもので、かねがね守令が朝鮮一の名人であるとうかがい、一局お手合わせしたいと思って参った」

と答えた。守令は喜んで、これを承諾した。郷軍は向かい合って座ると、

「囲碁をするとなると、何か賭けなければ面白くない。守令は賭物として、当番の食糧をお願いしたい。私は平生から馬が好きで、庭に繋いである馬を賭けよう。それでいかがだろうか」

と言った。守令に異存はなく、承知した。囲碁を始めて、郷軍は一局目に負け、そして二局目にも負けた。そこで、庭に繋いだ馬を譲ったが、守令は笑って、

「賭けなど冗談だった。どうして君の馬など受け取ることができよう」

と言った。すると、郷軍は、

「守令は私を食言する人間だとお思いですか」

と言って、馬は置いたまま、立ち去った。守令はやむをえず馬を留めて飼育した。二ヶ月後、ソウルの当番が終わって、郷軍はふたたびやって来た。郷軍は、

「もう一度、対局を願えないでしょうか。あの馬を賭物にしていただきたいのですが」

と言うと、守令は承諾した。数局、対戦して、今度は守令が立て続けに負けた。とても敵う相手ではない。守令はおどろいて、

「君はとても私の敵う相手ではない」

と言い、馬を渡しながら、

「最初はどうして私に負けたのだ」

と尋ねると、郷軍は笑いながら言った。

「私は馬が大好きなのです。しかし、ソウルの当番に連れて行けば、馬はきっと痩せる。どこかに預けたいと思っても、その当てがない。そこで、小技を弄して守令を騙したのです」

守令は恨めしく思うこと頻りであった。

しばらくして、一人の僧がやって来て、門を叩いて、

「小僧はあらあら囲碁を解します。対局をお願いできまいか」

と言った。守令は欣然として承諾した。碁盤を挟んで向かい合って、碁を打ち始めると、僧は飄々としてとらえどころのない感じであったが、一石置いて、守令は次の手が打てず、考え込んでしまった。長い時間が経って、僧は手を納めて、謝りながら言った。

「私は旅の途中で忙しく、あまり長くここに留まるわけには参りません」

守令は沈思黙考を続けて、酔ったかのよう、あるいは白痴のようで、返事することもできない。僧は挨拶をして立ち去った。守令はしばらくして手を打って、

「いったいどこの僧だ。三十八手に通じているとは」

と言って、碁盤を叩き、眼を上げてみたが、もう僧の姿はない。横にいた人に、

「あの僧はどうした」

と尋ねると、その人は、

「あの僧は先ほど挨拶をして帰られましたが、守令は口をつぐんで何もおっしゃいませんでした。もう長い時間が経っています。僧は立ち去るときに筆でもって門の上に何か書き付けて行きました」

と答えた。守令が行って見ると、「あのような碁で碁と言えるのだろうか（這般棋乃謂棋耶）」と書いてあった。

丙子の年（一六三六年）の胡乱の際に、守令の子弟が清国の捕虜となった。綾原《ヌンウォン》大君《テグン》▼1が使節として北京に行くことになり、朝廷では西大門の郊外で餞別の宴をもうけたが、守令もその席にいた。大君は守令と庾《ユ》賛弘《チャンホン》▼2に碁を打つように命じて、

「賛弘はつねづね守令と囲碁をする機会がないのを恨んでいた。今日、もし賛弘が負けたなら、みずからの財でもって守令の息子を引き取ることにしろ。もし守令が負けたなら、職階を下げるので、そう思え」

と言った。賛弘も欣然としてこれに賛成した。守令は朝鮮一の名人だったとしても、今は老人に過ぎない。自分は年も若いし、今は脂がのっていて、負けるものではない。しかし、守令はついに対局を承諾せず、そのことが賛弘の長く恨みとなっていた。自分の訳官としての弁舌と財をはたいて捕虜を帰還させるのは、すでに大君のこ

とばが出た以上、反対ではないし、自分でも望むところである。この日、守令はたらいの水で眼を洗って、対局して三番を勝った。賛弘は守令の息子を贖って帰って来た。守令はその後は眼がすっかり見えなくなって、囲碁をしなくなったという。

▼1【綾原大君】?～一六五六。名は倩、号は湛恩堂。仁祖の弟。一六三二年、大君の号を授けられた。一六三六年、丙子胡乱に際しては斥和を主張して、和議が成立すると、ふたたび朝廷に出ることはなかった。

▼2【庾賛弘】朝鮮中期の詩人。字は逑未、号は春谷。貧しい家に生まれたが、詩文に巧みで、囲碁の名人であった。官職は司訳院の判官に至った。

第一三二話……易を理解していた下級僧

沢堂《テクダン》・李植《イシク》▼1は若いころは病気がちで、科挙のための勉強どころではなく、ひたすら療養する日々を送った。家は砥平《チピョン》の白鴉谷《ペクアコク》にあり、竜門山《ヨンモンサン》も近かった。あるとき、『周易』を携えて竜門寺に泊まり、易の理を極めようとした。夜になると、一人の僧が薪と飯をもって来てくれる。僧の数には入らないような身分の低い者であった。

李植がいつも夜遅くまで灯りを点して本を読んでいると、他の僧たちはもうみな眠っている。この僧だけが灯りの届くところで靴を編んで、眠らなかった。そんなある夜のこと、李植が文章の意味がわからずに、あれこれと考えて苦しんで、明け方近くになった。靴を編んでいた僧が独り言のようにして、

「年若いソンビが、いまだ精神もできていないのに、玄妙な理を求めようとして、いたずらに心力を費やしている。どうして科挙の勉強をしないのだろうか」

とつぶやいている。李植はかすかにその声を聞いた。

次の日、李植はその僧の袖を引いて人のいないところに行き、夜のことばについて詰問して、

「あなたはきっと易の深い意味について理解しているに違いない。どうか私に教えてくれまいか」

と尋ねると、僧は言った。

「この乞食のような僧がどんな知識を持ち合わせていましょうか。ただあなたの苦心の様子を拝見して、お体を壊されないかと心配していたのです。文字すら知らないのに、どうして易などを理解していましょう」

李植がそれに対して、

「それなら、どうして玄妙な理などとおっしゃるのか。あなたは私に隠し通せるものではない。どうか私に教えて欲しい」

と懇願するので、僧はとうとう承諾して、

「ソンビは『周易』の理解できない箇所に付箋を付して、私の仕事のないときを待ってください」

と言った。李植は大いに喜んで、理解のおぼつかないところに逐一付箋をつけ、樹林の生い茂った影、あるいは他の僧たちが寝入っているあいだに、従容と質問した。その僧が玄妙の理を分析して解説するのは、雲を切り開いて晴天を見るようであった。李植はその僧を自分の師として崇めたが、大勢の中では、互いに知らないふりをして通した。李植が山を下りることになって、僧は山門まで見送ったが、明くる年の正月にはソウルに李植を訪ねて行くと約束した。約束通りに僧はやって来て、李植は奥座敷に通して手厚くもてなした。三日滞在して、そのときに、李植のために命数を占って、その生涯について予見した。

「丙子の年には兵火が大いに起こるが、永春《ヨンチュン》の地に避難すれば、その禍を逃れることができる。また某年にはあなたは関西に行くことになろう。記憶しておかれるとい
い」

僧は立ち去ったが、はたして丙子の年には胡乱が起こり、李植は母親を連れて永春に逃れ安穏に過ごした。卿相の位に昇り、関西に赴いたが、妙香山《ミョヒャンサン》を遊覧するとき、その輿を担ぐ僧たちの中に、この僧の姿があった。顔色は健康そうで若々しく、竜門山にいたときと変わらなかった。李植は大いに喜んで、寺に着くと、一室を特別に清掃させて、僧を招いて手を取って喜び合った。特別に料理を用意させてもてなした。三日のあいだ留まり、枕を並べて寝て、上は国家の大事から、下は家庭内の細かなことまで話をして、漏らすところがなかった。李植はまた深い哲理についても聞いて、別れたが、その後は二度と会うことはなかった。

▼1【沢堂・李植】一五八四～一六四七。仁祖のときの名臣。字は汝固、号は沢堂、本貫は徳水。一六一〇年、文科に及第、書状官になったが、一六一七年に廃母論が起こると官職を捨てて故郷に戻った。一六二三年の反正によって復帰し、大司諫になったが、失政を糾弾してはしばしば左遷された。一六三六年の丙子胡乱に際して、南漢山城に籠る王に随行せずに非難されたが、病気の母親の看病が理由だったことが分かって許された。斥和の中心人物として中国に召喚され拘置された。後、刑曹判書・兵曹判書に至った。文章に巧みで『宣祖実録』を編修した。

第一三三話……道術を習得した李光浩

進士の李光浩《イクワンホン》▼1には積年の痼疾があり、それを治そう

として、さまざまな方術の書物を読んだ。そのおかげで、不思議な術を修得して、奇妙なことが多かった。

ある日は、水を飲んで、盆を座敷の上に置き、自分はごろごろと転がって天井に逆さになって水を吐き出した。そして、それを「臓腑を洗浄したのだ」と言った。またある日は「遠遊する」と言って、倒れて死んでみせ、数日後には蘇ってみせた。またある日、家人に告げて、

「私はこれから遠くに出かける。一ヶ月すれば帰って来よう。そのあいだ、親しい友人に頼んで、私の身にすりかわってもらうことにするので、よくおもてなしするように」

と言い終わると、そのまま気絶した。しばらくするとその身体は起き上がり、その子どもに向かって言った。

「君は私を知るまいが、私と君の父上は心からの友人だ。君の父上はたまたま遠くに行くところがあって、私がその身体を守っている。不思議に思わないで欲しい。私は嶺南の人間だ」

その人の言語も動作も李君のものではなかった。李君の妻も子もこれを大切に世話をしたが、あえて部屋の中に入って行くこともしなかった。そうして一月余りが経ち、その人は地面に倒れ伏し、また起き上がって眼をぱちくりさせた。その言語も動作も李君のものに戻っていた。妻と子どもたちははなはだ喜んだが、このようなことがしばしばあったから、それほど不思議には思わなくなっていた。しかし、危険で過激な言説が多くあり、孝宗（第九六話注2参照）の時代に獄事に連座して処刑された。一人だけ血が流れず、白い膏が乳のようだった。

李公の友人の権某が漢江の畔に住んでいた。その処刑の当日の午後に李公が権家に至ると、権某は外に出ていて、子どもたちだけがいた。筆と硯を取って、壁の上と障子の上に書き付けた。

いつも忠義と孝行に心がけたが、
今日この殃《わざわい》に遭った。
死後は魂が天に昇るが、
天の太陽と月は永遠ではないか。
（平生杖忠孝、今日有斯殃
死後昇精魄、神霄日月長）

書き終わって、家を出て行き、数歩すると、姿はかき消すように消えていた。家の人びとは大いに驚いたが、その後になって凶報が届いたのだった。

その生前のこと、李君は「千仏図」一幅を描いた。ある一人の僧がその奇筆であることを知らず、なにか不思議な気配が漂っているのを追ってやって来て、この仏画にたどり着いたのだった。そのまま跪き両手を挙げて、

「これは天下の絶宝だ。あなたはこれをお納めになれば、きっと果報がありましょう」

と言った。李君は承諾して、これを与えたが、僧が「絶宝」だという由縁を尋ねた。僧が水を口に含んで、画の上に吹きかけると、日の光が映えて、千体の仏から蟻のようなものが動きだし、眉目がすべて動き出した。

　僧は「お礼に」といって、懐中から薬を取り出し、

「これは神薬です。毎朝、水とともにこの三丸を服用すると、目がはっきりと見えるようになるだけでなく、福禄もいや増しに増していきます。しかし、三丸よりも多く服すると、かならず禍が生じることになる」

と言った。その薬は麻の実のようで黒かった。李君にはもともと痼疾があったから、そのことば通りに三丸を服用すると、その痼疾も快癒し、顔色もよくなり、気力も健壮になった。李君は大いに喜んだが、その薬も残るところ、十余りになった。僧の戒めを忘れてしまって、その残りのすべてを服してしまった。僧がたまたまやって来て、大いに嘆き、

「私の戒めを忘れて、とうとう禍を免れることができない」

　李君が死んで、その友人が南方からやって来た。李君と稷山の路上で出会ったが、布衣がみすぼらしく、顔色も凄惨として悪く、荊《いばら》の上に座っていた。昔のままに応答したが、友人がどこに行くのかと尋ねると、答えなかったという。友人はソウルに上って、事件を聞いた。李君が死んだのは、友人が稷山で握手を交わした日であった。

▼1 【李光浩】李光澔か。『朝鮮実録』仁祖元年（一六二三）七月乙丑に、諫院から、李光澔は狡猾な人で、妖幻の術を用いて人を惑わし、近頃はソウルにやって来て、勲臣の家に出入りして、天上のことも知っていると妄論を吐いている、よろしく捕縛すべきだとの啓上があったという記録がある。

第一三四話……車天輅の百韻

五山《オサン》・車天輅《チャチョンロ》（第一〇四話注2参照）という人は文章が浩瀚で、その詩も雄奇であった。精緻なところと粗放なところが混じってはいたが、ことばが滔々と流れて、これに敵する者がいなかった。

　宣祖の御代の末に、中国の使節の朱之蕃《しゅしばん》▼1がやって来た。朱之蕃は江南出身の才子である。風雅を好んで、遊覧するところどころで詩を作って、その詩は人口に膾炙した。朝廷ではこれをもてなすために、月沙《ウォルサ》・李廷亀《イジョンクィ》（第一〇四話の注1参照）を接伴使とし、東岳《トンアク》・李安訥《イアンヌル》（第三二話

注1参照）を接慰官としたが、その他にも詩の名家大手を選んで補佐をさせた。街道を行って景勝を通るたびに詩を作って応酬したが、平壌に至った夕刻、朱之蕃が翌日の朝までに「箕都懐古五言律詩」百韻を作るように朝鮮の人々に言った。月沙は大いに慌て、みなを集めて相談した。みなは、

「今は夜の短い季節で、一人でこれを作るのはとても無理だ。みなで分担して作り、これを会わせて一篇とすれば、なんとかなるだろう」

と言ったが、月沙はこれに対して、

「人はそれぞれが同じ気持ちを持ってはいない。それを合わせて、どうして文理が一貫しよう。やはり一人に任せるしかない。ここは車天輅に任せるしかあるまい」

と言って、遂に車天輅に作らせることになった。車天輅は、

「これをやり遂げるためには、美酒の一壺と、大屏風一隻と、それから韓景洪《ハンキョンホン》▼2の筆がなくてはなりません」

と言った。月沙はこれをみな用意させた。大屏風を役所の中にひろげると、天輅は酒を立て続けに数十杯飲み干して、屏風の中に入って行った。韓景洪が屏風の外に座って、十張をついだ上質の紙をひろげて、筆を墨で濡らして待った。天輅は鉄の文鎮でもって机を叩き、身体を揺すって、何やら口ずさんでいる。そうして、急に大きな声で、

「景洪よ、私の詩句を書き付けるのだ」

と言って、詩句を続けて唱え出した。韓景洪がそれを書き付ける。しばらくすると、熱して来て、大きな声になって空気を振わせ、跳蕩勇躍するかのようで、髪の毛を振り乱し肌脱ぎになって、屏風の上に伸び上がり、また這いつくばって、鷹が降下し猿がよじ上るようである。口から出ることばは水が湧き出で、風が吹きすさぶようで、景洪は懸命にこれを書いて、休む暇もない。まだ夜半にもならない前に、五律百韻が完成した。と、天輅は大きな声を上げて、酒に酔って屏風を倒してみずからも昏倒した。頽然として丸裸である。

　諸公は首を集めてその詩を見ると、奇怪ならざる詩句はない。一番鶏が鳴く前に、通訳官を呼んで、これを朱之蕃に進呈するようにと言った。朱之蕃は起きて、灯りを点して、これを読んだが、いまだ半ばまで至らずに、扇を握りしめて机を叩いていたのが砕けてしまい、諷詠する声が遠くまで聞こえて来た。明るくなって、接待の諸卿に対して、この詩を嘆賞してやまなかった。

▼1【朱之蕃】一六〇六年、皇太孫誕生詔使として梁有年とともに朝鮮にやって来た。

▼2【韓景洪】韓濩のこと。景洪は字。第一〇四話注3を参

照のこと。

第一三五話……石峰・韓濩の書

石峰《ソクポン》・韓濩《ハンホ》（第一〇四話注3参照）はかつて中国に行く使節に従って北京に行った。そのとき、一人の宰相が烏緞でもって障子を作り、書堂の上に掲げ、天下の名筆に呼びかけて、これに書を書く者がいれば手厚く謝礼をしようということであった。石峰もまた出かけてみると、障子はまことに絢爛としていて、その前に鼠の鬚で作った筆をガラスの椀の中の金泥に浸してある。当世の名筆と噂される人々が数十人ほどいたが、たがいに顔を見合わせるだけで、あえて進み出て筆を執ろうとはしない。石峰は腕がむずむずしてきて、とても抑えることができず、筆を執って金泥の中をかき混ぜ、勢いよく筆を揮って、障子の上に金泥を滴らせた。それを見ていた人びとは大いにおどろき、また主人の宰相は激怒した。石峰は言った。

「心配無用です。私もまた朝鮮国の名筆です」

石峰は立ち上がって奮迅と障子に筆を揮った。真と行とが混じりあって、意と態を尽くし、金泥は滴り落ちたようで、実はみな点と画の中に収まっていて、一つとして遺漏はなかった。その神妙かつ奇逸の様は名状しがたいものであった。座敷中の人びとがこれを見て感嘆しない者はいなかった。主人の宰相も大喜びして、宴をもうけてもてなし、手厚く謝礼を贈った。

それ以来、韓濩の名前は中国全土に広まったが、朝鮮国では、

「安平大君《アンピョンテグン》▼1の筆法は鳳凰の雛が雲の中にいるようで、韓濩の筆法は千年を経た老狐のようで、よく造化の跡を写している」

と言った。宣祖《ソンジョ》はことのほか韓濩の書を愛され、

「書を書いて納めよ」

とお命じになり、たくさんの褒美を下され、山海の珍味も下賜された。韓濩はついに朝鮮第一の書家となった。

▼1【安平大君】一四一八～一四五三。世宗の第三王子の李瑢。朝鮮第一の書家とされる。世宗の死後、兄の首陽大君（世祖）と争って敗れ、江華島に流されて死んだ。彼が夢に見た桃源郷を画員の安堅に命じて画かせた「夢遊桃源郷」は朝鮮絵画の最高の傑作とされ、日本の天理大学が所蔵している。

第一三六話……他人の父の祭文を読む

昔、亡くなった宰相の子息が山峡の奥深くに入って行った。日も暮れて、あたりに宿屋もない。ある農家に投宿したが、奥の方で狗を殺し、豚を屠って、煮炊きをするいい匂いがただよって来る。宰相の息子が何かあるのかと尋ねると、その夜は農家の主人の祭祀があるのだという。一晩中、騒がしくて、目を合わせて眠ることができない。鶏が鳴いて朝になると、いよいようるさくなって、祭場を設けてお供えを並べた。慟哭の声が耳に鳴り響いたが、祭文を読むのを聞くと、

「癸酉の年の五月二十日」

と言う。宰相の子は臥しながら、憫笑した。

「今日は甲戌の年の五月十六日ではないか。どうして去年の五月の日付で祭文を作るのか」

不思議に思い、首をひねっていると、

「孝行息子某」

と言う。なんと自分の家と同名である。さらには続けて、

「敢えて告げる、亡父の大匡輔国崇禄大夫議政府領議政兼領経筵春秋館弘文館芸文館観象監事世子師傅某君」

と唱える。宰相の息子は立ち上がって、独り言を言った。

「それなら、この家の主人は亡くなった領議政の子息ではないか。何があって、ここまで流落したのであろうか。それにしても、官職と謚号が私の父と同じであるのは不思議だ」

さらに祭文が続いて、

「亡母の貞敬夫人、本貫は某の某氏」

と言うのだが、これは自分の母親の本貫と姓氏と異なるところがなかった。初めて疑いが生じて、その片付けが終わるのを待ち、すぐに家の主人を呼んで、

「あなたのご先祖はかつてどのような官職についていたのか」

と尋ねると、主人は慌てて言った。

「どうして官職についていたと言えましょう。終生、禁衛軍であるのを怨みに思っていました」

また尋ねる。

「あなたの姓名は何と言うのだ」

すると、

「某です」

と答えて、自分と同名ではない。

「あなたの母上の名前は何とおっしゃるのか」

と尋ねると、

「私の母は幼少のときに父親も母親も亡くし、その姓がわかりません」

と答える。そこで、息子が、

「あなたは文字がわかるのか」

と尋ねると、

「ただハングルがわかるだけです」

と答える。

「あなたの祭文は誰かが代書したのか」

と尋ねると、

「わたくしはもともと祭祀のしきたりなど知らず、昨日、たまたまあなたの下僕がわたくしどもの家が祭祀を行なうのを知って、祭文はあるのかと尋ねました。ありませんと答えますと、下僕は笑いながら、祭文がなければ、祭祀を行なわないのと同じだと言いました。そこで、わたくしは数椀のマッコリをふるまって、祭祀のしきたりを教えてもらおうとしました。下僕は一張の楮紙をもってくるように言って、ハングルで書き下してくれました。わたくしは一通り目を通して、それほど難解でもなかったので大いに喜び、洞中の人びとともにこの紙を大切にして、家々で回し読みをしたのです。そして、この明け方に試しに読んでみたのです」

宰相の子は大いにおどろき、事の道理を言って、すぐにその祭文を焼き捨てさせた。下僕を叱りつけると、下僕は、

「わたくしはお宅の命日のたびに祭文が読まれるのを聞いて、すっかり記憶してしまいました。世間の祭文など同じようなものだと思って、そのまま書いたのです」

と言った。考えてみると、宰相の子は心が落ち着かなくて仕方がなかった。祭文で読まれた年月の干支は去年の自分の家の親の忌日であった。狗と豚を殺して祭祀を行ない、祭文を読んだとなると、子として粗忽にも他人の家に鬼神となった自分の父親をを呼び寄せたことになる。主人と客とが狼狽して苦笑いすること頻りであった。

第一三七話……宰相が婢女の足をつかむ

昔、ある宰相がいた。その夫人の性格は厳しく、法度と言っていいものがあった。宰相はこれをはなはだ憚って、常に夫人に軽侮されるのを恐れた。その家には一人の婢女がいて、名前を梅花といった。若くて弾けるような美しさである。宰相はなんとかものにしようと思ったが、梅花はいつも夫人の側にいて、なかなか思い通りにはいかない。宰相はさまざまに秋波を送るのだが、婢女は取り合わず冷淡であった。あるいは夫人の厳しい目を警戒してのことであったかも知れない。

ある日、宰相は内堂に座っていて、夫人は大庁の方で家の経営のことを処理していた。婢女が夫人の命令で、楼の庫に上がって行く。その足が下から見えるが、霜の

ように真っ白で、新月のように小さな愛らしい形をしている。宰相はたまらなくなって、その足を下から手を伸ばして捕えた。婢女はびっくりして大きな声を出して叫んだ。夫人は色を正して出て来て、

「あなたは何て年甲斐もない。どうして自重できないのですか」

と叱りつけた。宰相は取り繕って、

「いやいや私はお前の足と勘違いをしたのだ」

と言った。当時の人が戯れて言った。

互いに思いあって、一夜、梅の花が開き
窓の前に現れて、君の足かと間違う
（相思一夜梅花発　忽到窓前疑是君）

第一三八話……子どものときの約束

白沙《ペクサ》・李恒福《イハンボク》（第二二話注1参照）が閑暇な時を座って過ごしていた。すると、盲人の咸順命《ハムスンミョン》▼1がやって来た。白沙が、

「いったい何事だろうか。わざわざ雨の中をやって来るとは」

と言うと、順命は、

「本当に緊急のことでなければ、盲人の私がどうして雨を衝いて来ましょうか」

と言った。白沙は、

「しばらくそっちの頼みごとは置いて、私の方の頼みごとを聞いてもらおうか」

と言った。

判書の朴筵《パクヨン》▼2は子どものとき白沙に学んでいて、そのとき横に座っていた。白沙は朴筵を指さして、

「この子の命数はどうであろうか」

と尋ねた。順命はじっくりと占って、

「この子はきっと兵曹判書にまでなりましょう」

と言った。白沙はため息をついて、

「あなたの占いは精緻だ。この子はたしかにその官職に就くであろう」

と言った。順命は朴に告げた。

「あなたは甲午年間（一五九四年）には大司馬におなりでしょう」

このときに白沙の庶子の箕男《キナン》▼3は朴筵とともに学んでいたが、箕男が言った。

「君がもし兵曹判書になったら、私を兵馬節度使にしてくれまいか」

朴筵は笑いながら、これを承諾した。

その後、はたして甲午の年には、朴筵は兵曹判書とな

った。箕男が行って、まだ一言も交わさずに出て来ると、朴筵の妾の子が目の前にいた。その子の手を取って縛り付け、垣根の外に引きずり出して殴りつけた。兵曹判書がおどろいて、そのわけを尋ねると、箕男が言った。

「私は白沙の妾の子どもだが、幼いときに兵曹判書と約束したことがあるにもかかわらず、もう見向きもされないようだ。この子も兵曹判書の妾の子で、生きていても何もいいことはない。殺しても惜しむことはない」

朴筵は言った。

「私は子どものときの君との約束を忘れたわけではない。しかし、国家の政の規則とは厳格なものだ。どうして庶子を節度使に任命することができようか」

箕男は言った。

「それなら、君はよろしく上疏すべきではないか。子どものときの約束を違えて重職を拝命することはできない、と」

朴は言った。

「君の気持ちはわかった。白翎の僉使（第五〇話注3参照）の席が近く開くが、そこに推薦しよう」

箕男は慨然として言った。

「兵使の約束が僉使に留まるとは。残念だが、仕方があるまい」

ついに白翎僉使に任じられた。

▼1【咸順命】この話にある以上のことは未詳。
▼2【朴筵】密陽朴氏に府使に至った筵という人がいる。兵曹判書まで至った人なら、歴史事典類で探し出せるはずだが、見当たらない。
▼3【李箕男】一五九八～一六八〇。字は静叔。恒福の息子。一六三〇年、進士となり、母親の節行によって推薦されて官職に就いた。一六三一年、北方の野人たちが侵攻したので、出戦してしばしば功を立てた。一六三六年には、南漢山城に避難した王に扈従して、地方官を歴任して、一六五一年には白翎僉使となり、知中枢府事に至り、正憲大夫となった。

第一三九話……夢の子どもの成長を待って及第する

楽静《ナクチョン》・趙錫胤《チョソクユン》▼1は科挙に壮元で及第したが、その同じ科挙での及第者が、及第の証書を受け取る前に、錫胤のところにやって来た。すでに頭髪も鬚も真っ白な人で、やって来て座ると、目を凝らして錫胤を見つめて、笑って言った。

「不思議なことだ、不思議なことだ。壮元が育っていくのを見守り続けて、やっといっしょに及第したが、これではどうして年を取らないでいられよう」

錫胤が、

「いったいどういうことでしょうか」

と尋ねると、その人は言った。

「私は湖南の人間だが、科挙の試験場で年老いてしまった。若いときに初めてソウルに上り科挙を受けて以来、何度繰り返して受けたかわからない。いつも振威《チンウィ》の葛《カル》院《ウォン》に至ると、夢の中に一人の子どもが現れて、私はかならず落第したのだ。試験のために上京する度に同じ夢を見て、その子どもも次第に大きくなったが、夢の中では無邪気に遊んでいて、その夢を見ると、やはり試験には落ちたのだった。それで、この夢を見まいと、宿所を変え、葛院を避けて、数十里ほど手前に泊まったりもしたのだが、それでも同じ夢を見てしまった。そこで、安城《アンソン》を通ってソウルに上ることもした。葛院とは相対する位置にあって、大丈夫だと思ったのだが、それでも同じ夢を見てしまう。もう手の施しようもない。そこで、今回は大道を通ることにしたのだが、子どもは成長して冠をかぶっていて、最初は見誤ったものの、つくづく見ると、やはり同じ子どもだ。だから、今回も落第するものと思っていたのだが、なんと及第していたではないか。その理由がわからなかったが、今日ここに来て壮元及第のあなたを見ると、夢の中の人物であった。まことに不思議なことだ。科挙での得失は天の定めなのだろう」

▼1【楽静・趙錫胤】?〜一六五四。仁祖のときの名臣。字は胤之、号は楽静。大司諫の廷虎の息子。一六二八年、文科に壮元で及第、司諫院司書を初めとして修撰、詮郎を歴任、晋州牧使に任じられた。応教・大司諫にまで至った。

第一四〇話……十六歳の処女との縁

英祖《ヨンジョ》の末年、蔡《チェ》姓のソンビがいた。家は貧しく、南大門の外の万里峴《マンリヒョン》に住んでいたが、粗末な家は崩れかけ、瓢はいつも空であった。蔡生の父親は穏やかで端雅な人であったが、生き方が拙直であった。恬淡として過ごして、飢えや寒さで意志を曲げることがなかった。その子弟を厳しくしつけて、家の評判を落とさないようにと戒め、間違ったことをすれば甘やかして赦すようなことはしなかった。かならず裸にして網に入れて梁に吊るし上げ、木槌でもってこれを打って言った。

「わが家の興亡盛衰がお前の一身にかかっている。今、厳しく罰さなければ、どうして改悛することがあろう」

蔡生の年は十八歳であった。禹水峴《ウスヒョン》の睦《モク》氏の娘を娶ることになったが、結婚の日であっても、学問を廃することなく、また捲帰▼1の後であっても、同じ部屋に寝ることは、日を限って許した。ある日、父親が蔡生を呼んで言った。

「寒食の日もあますところ四日になった。祭祀をお前が取り仕切ってみるがよい。しかし、お前は冠礼を行なった後、墓参りを疎かにしているのではないか。これは情にも理にも背いている。明日の明け方に出発して、三日で百里あまりを行って、期日までに墓参りをするのだ。祭祀を行なうに際しては、誠心誠意にこれを行なうことにして、拝跪して出入りし、いささかも粗忽なことがあってはならない。途中で女と葬式に出会ったら、かならずこれを避けて、見ないようにせよ。心に謹んで行なうのだ」

蔡生は僕々と父のことばに従い、翌朝早く家を出た。父親も門の外に出て、あらためて訓戒した。

「旅に出たらけっして油断してはならない。経典を念誦して、旅宿ではかならず食事に気をつけねばならない。病気にはくれぐれも気をつけるのだぞ」

蔡生は父親の訓戒の一々に服し、南大門の方に向かって行ったが、布衣と麻靴を履いたみすぼらしい風体の、気性の荒そうな奴僕たち五、六人が一頭の駿馬を引いて道の傍らに立っていた。金の鞍に刺繍の座が月にきらびやかに映えている。蔡生は関わるまいと考えて足を早めたが、そこは奴僕たちが逃がすはずもなく、取り囲まれてしまった。

「公子をお迎えするために待っていました。どうか馬に乗ってください」

蔡生は怯えて口ごもりながらも、

「お前たちはいったい誰の家の奴僕なのだ。私が四顧無親（ただ一人）なのを見て、いったい誰がどこに連れて行こうと言うのか」

と言うと、奴僕たちはもうこれには答えず、一斉に蔡生を抱え上げて馬に乗せ、馬の尻を鞭打つと、馬は飛竜のように速く走った。蔡生は目を見張り、口をもぐもぐさせるだけで、精神も定まらない。哀れげに声を張り上げて、

「どうか助けてくれ。お前たちの言うことを聞く。私の母上は年老いて、子どもは私一人なのだ。どうか、慈悲の心で、命だけは助けてくれ」

と懇願するが、奴僕たちは何も聞かずに、ただ馬を走らせて行き、大きな門の中に駆け込んで行く。それからいくつもの小さな門を過ぎて中に入っていくと、大きな建物があり、立派な作りで広壮としていて、柱や壁に絵が描かれている。奴僕たちは翼が生えてでもいるかのように、堂の上に上がった。

堂の上には老翁がいて、頭には烏沙折風巾をつけて、明紬で編んだ冠を冠っているが、両の耳には金貫子▼[2]を下

げている。身体には大花青錦氅衣をはおり、腰には真紅の唐糸の帯を巻いている。沈香で作った椅子に高々と座り、五、六人の童女が緑のチョゴリと紅のチマを着て並んでいた。

蔡生はあわてて老翁の膝元に畏まって挨拶をした。すると、老翁は蔡生を助け起こして挨拶をして、次々に蔡生の姓名、門閥、年紀を尋ねた。蔡生がその一々に答えると、老翁は喜んで眉をほころばせ、

「それなら、私は必ずしも運がないわけではない」

と言ったので、蔡生はぽかんとしてその意味を理解することができず、顔を赤くして手を拱いて座っているだけであった。老翁が言った。

「わが家は翻訳官を生業にしてきて、爵位も金玉をいただき二位に昇り、家も豊かで何もかも満ち足りていますが、ただ残念なのは一人の娘のことだけです。結納を受け取ったものの、結婚式をすませない内に、婿が夭折してしまった。娘は青春に空閨をかこち、その気持ちを考えると、まことに不憫でしかたがありません。礼を守ろうとすれば限りがあり、人々の噂になることも恐れて、再嫁することもなく、三年を過ごしましたが、娘はついに前夜、悲鳴を上げて泣き出し、その声には恨みがこもって、寸寸に腸を刻まれるような思いをしました。通りすがりの人でもこの様子を見れば、どうして痛ましい思いにかられずにいましょう。まして、私の一点の骨肉はみなこの娘にしか残っていません。一日この様子を見れば、一日の悲しみを引き起こし、百年これを見れば、百年の楽しみを失います。朝の露のような人生は速やかに過ぎ去ります。管弦で耳を楽しませ、錦繍で目を喜ばせ、ご馳走で口を潤しても、恨みは消えず楽しみはないでしょう。私もまた、どうしてもらい泣きをしながら余生を過ごさなくてはならないのでしょうか。そこで、悲哀と怨みのあまり計画を練ったのです。つまり、奴僕をやって、夜中に街路で待ち伏せさせ、貴賤も賢愚も問わず、最初に出会った青年の丈夫を力づくでも連れて来るように命じて、不憫な娘と結びつけようと考えたのです。思いがけなく、あなたと娘とは赤い糸で結ばれていたようで、この巡り合わせはまことに巧妙です。どうか、この娘を哀れんで、巾櫛を受け取ってください」

蔡生はいっそう戸惑って、あえて答えることができなかったが、老翁が言った。

「春の夜はまことに短く、鶏がときを告げようとしている。明るくならないうちに、華燭の典を上げさせてください」

蔡生の手を取って行閣の中に入って行くと、まるで花園のようにきらびやかで、周囲が数百歩にも及ぼうか、色鮮やかな塀を四方にめぐらし、そこには池を穿ち、小

さな船が浮かべてある。二、三人は乗ることのできる船である。これに一緒に乗って渡ったが、水の流れに緩急があり、その浅深がどれほどか判断できない。花の香しい匂いがただよって、中島には石が段々に積まれて階段になっている。蔡生は船から降りて階段を登った。登りきると、十二間の欄干に絢爛たる蓆が敷いてあり、垂れている簾もきらきらと輝いている。老翁はそこに蔡生を留めておいて、自分一人が簾の中に入って行った。蔡生がそこに立って庭を見回すと、不思議な草や形のいい石、美しい花や原色の鳥がいて、青い海に浮かぶ蜃気楼のようで、恍惚として名状しがたい景色である。

　しばらくすると、青衣の婢が蔡生を迎えて中に導いたので、蔡生はこれについて中に入って行った。室内は紅に塗られて、碧の紗が窓には垂らしてある。銀の燭台に灯りが煌煌と点り、香がむせかえるほどに焚かれている。そこに十六歳の女子がいたが、まさに月のような容姿で花のような顔をして、美しく化粧をして色鮮やかな服を着て佇んでいる。その姿が見え隠れして、蔡生はもじもじしながらも前に進み出た。女の方も蓮の花弁のような足を進めて蔡生を迎え、拝礼をした。蔡生もまた頭を垂れて答拝し、二人が並んで毛氈の上に座ると、侍婢たちが方丈もある机の上に山海の珍味を尽くした料理を並べて運んで来た。その器も贅を尽くしたものである。蔡生は恥ずかしくて箸をつけることができないでいる。老翁は言った。

「わが家は幸いに富貴です。あなたにはただただこの娘に恩情をかけていただきたいのです。僅かでも嫉妬はしますまい。百年のあいだ琴瑟相和すように、よろしくお願いします」

　蔡生はこれに答えることができなかったが、老翁は転げるようにして外に出て行き、それに代わって、老媼が二つの錦の布団を七宝を敷き詰めた床の上に敷いて、帷子の中に蔡生を招き入れ、その後に娘の手を取って、蔡生と並ばせて、流蘇の帳を垂らして、帳が翻らないように文鎮で止めた。蔡生はここに至って進退が窮まった。まだ気持ちが定まっていなかったが、阮郎[3]が天台山に行き、柳毅[4]が洞庭湖に遊んだのを思い出して、ついに灯りを吹き消して枕を交わした。一晩中、歓楽を尽くして、目が覚めたら、日がたけていた。

　蔡生が目を覚ましてみると、脱ぎ捨てた衣服がない。おどろいて、娘に詰問すると、

「あなたの服の寸法を採るために、持ち去ったのです」

と答えたが、そう言い終わりもしないうちに、老媼が衣紋箱をもってやって来て、

「新調の服が出来上がりました。郎君はこれを着てみてください」

蔡生が見ると、美しい絹布が燦々と輝いて、着てみると、自分の身体にぴったりである。朝食を摂ると、老翁がやって来て、起居の様子を尋ねた。蔡生はためらいながらも、

「ご老人が私のような寒微な者を大切に扱ってくださり、恐縮至極ですが、久しく婿としてここにいたくないと言うわけではないのですが、ただ用向きの節日が迫っていて、墓参りをしなくてはなりません。その墓がまた遠いのです。もし一刻でも遅れれば、約束を果たせないことになります。申し訳ありませんが、あえてここで暇を告げて、行かせていただけないでしょうか」

老翁はこれに対して、

「その墓というのはここから何里ほどのところにありますか」

と尋ねるので、蔡生が、

「百里ほどもあります」

と答えた。老翁は、

「行路が険しく困難であれば、三日もかかりましょうが、駿馬に乗って駆ければ、半日でも行けましょう。もう二日ほどこの家に留まって、娘に寂しい思いをさせないでください」

と言うと、蔡生は、

「父上の女色の戒めがことのほか厳しくて、私がもしここで遅滞して、肥えた馬に乗り、美しい衣服を着て、意気揚々と家に帰ったなら、きっと事が発覚してしまいます。ご老人はどうか三度考え直してください」

と言う。老翁は、

「私が考えるに、まず安心してかまいません。どうか心配なさらぬよう」

と言う。蔡生自身もこの地をすぐに立ち去るに忍びず、老翁のことばをもっけの幸いとした。老翁は蔡生を連れて山の東屋、水辺の亭に遊んだが、緑の竹や青い松が目を喜ばせ、心を寛がせた。それぞれの幽勝の地を尋ねて、老翁は言った。

「私の姓は金で、官職は知中枢府事にまで至りました。世間の人びとは私のことを誇張して、『一国の巨富だ』と言っていて、そのために私の名前が世間の遠近に広まっている。あなたもあるいは聞き知っているかも知れません」

蔡生は言った。

「市場の親父や女子どもだって、その名前は聞いて知っています。ましてや、私など、飽きるほどにその名が雷のように轟いているのを聞き知っております」

老翁は言った。

「何の因縁なのか、私には後継ぎがないので、庭園に贅を凝らして、全国の名勝を移し、建物を華麗に築造して、

分を過ごしているやも知れない。世間の人には広めないで欲しい。あるいは罪を得ることになるやも知れない」

蔡生は承諾した。

二日が過ぎて、蔡生が朝方早くに起きると、馬はすでに鞍をつけて用意されている。壮健な奴僕がつき、駿馬を駆けて行くと、すぐに墓に五里までのところに着いた。まだ辛の時刻である。蔡生はそこで元の衣服に着替え、靴を履いて、墓所まで歩を進めて行った。翌朝、祭祀を行って帰って来ると、まだ十里も行かないところで、車と馬が道の脇で待ち構えていた。蔡生は錦の衣にまた着替えて金家に入って行き、わが家に帰ろうとすると、老翁が言った。

「あなたの父上はあなたは徒歩で行ったので、馬に乗って行き来しているとは思っていない。百里の長い距離を一日で帰れば、むしろ辻褄が合わずに、弥縫することが難しいであろう。ふたたび二日ほどをこの家で過ごして帰られるといい」

蔡生は娘の部屋で安穏と過ごし、情愛をしっぽりと確かめ合った。二日後には別れたが、涙が顔を伝って覆い、娘は何度も次の約束を取り付けたがったが、蔡生は言った。

「私の親の戒めは厳しく、行くのにも方向というものがあるのです。もし春秋の墓参りに私が代参することができれば、今回のようにあなたと過ごすことができます。そうでなければ、あなたはまた何年ものあいだ、寡婦と異ならない生活をすることになります」

涙とことばはともに出て、鳳凰が雛と別れるように悲しみが尽きない。蔡生はすでに青年男子であるのに心は幼い。生来、大きな望みを持ってはいるものの、火に赤くなった鉄を小さな嚢に入れているようなもので、家が貧しくてどうにもならない。金家の提供する錦の嚢が華麗で精妙に作られているのを見て、もうこれを愛して、捨てることはできないと思うようになった。すると、娘が言った。

「この錦の嚢は古い嚢の中に入れて、人に見られないようにして、古い服に着替えて、この嚢を持つのに、どんな困難がありましょうか」

蔡生はそのことば通りにして、錦の嚢を古い嚢に入れて帰って行き、復命すると、その父親が、墓の様子を尋ねて、また斎戒をまごころを込めて行なったか、おろそかにしなかったか尋ねたが、蔡生ははなはだ懇ろに答えたので、父親は、

「わかった。すぐに読書するのだ」

と命じた。蔡生は口に出して本を読んでも、心は金家にあって上の空である。

ある日、父親が蔡生に、

「今夜は嫁と寝るがいい」

と言うので、蔡生は妻の部屋に入って行った。窓は壊れて、天井からは雨漏りがする。すきま風がすうすう吹いて、蒲を編んだ蓆と麻の布団は蚤と蝨が巣食っている。妻はと言えば、荊の簪をして臑の出るようなチマを着ている。垢にまみれてやせ衰えている。身体を起こして蔡生を待ち迎えたが、蔡生がこれを見て、どこ一つとして満足できるところがない。一言も交えずに、ただ思いは金家の娘のあの香るような寝室にある。あの日々のことを思うと、まるで夢のようで、次の密会が期しがたい。そこで、元微之[5]の詩を口ずさんだ。

かつて滄海を経て、他は水となすことができず、
巫山を取り除けば、これを雲とすることができない。
（曽経滄海難為水、除却巫山不是雲）

この詩句とみずからの運勢の合致を思って、長くため息をついて、転輾として眠ることができず、暁の鐘の音を聞くころにやっと目を合わせることができた。そして日がたけるまで起きることができない。妻の方は早く起きて、思いを凝らした。これまで夫とは琴瑟相和して、互いに思いあう気持ちは通じていたが、あの墓参りの後は、何かすきま風が吹いている。かならず他の女人に心を留めているに違いない……そう思って、蔡生の顔色と衣服を調べては見るのだが、これと言って変わったところはない。ただ、蔡生の持っている布嚢を見ると、かつては空っぽでぺしゃんこだったのが、今は中に一杯詰まって膨らんでいる。疑いが雲のように広がって、中を開けて見ると、その中にまた小さな錦の嚢があって、中には火金火石が入っていて、碁石のような銀貨が詰まっている。妻は大いに怒って、床の上に並べて置き、蔡生が目を覚ましてみずから説明するのを待とうとしたが、しばらくすると、父親がやって来て、

「豚や狗にも劣るやつだ。まだ眠りこけて、一文字も学習しようとしない」

と、扉をがらりと開けて、叱りつけた。蔡生が驚いて目を覚まし、服を手に取って着ようとすると、父親は床の上に目をやって、錦の小さな嚢を見つけた。いよいよ驚き怒って、蔡生を縄で縛って梁に吊し上げ、力いっぱい棒で殴りつけた。その痛みに堪えきれず、蔡生は逐一に事実を白状した。父親はいよいよ激怒して地団太を踏み、隣の家の奴を借りて、金公をやって来させた。金公の家は蔡の家より権勢があり、今を時めく領相の家であったから、座敷に鷹揚に座していればいいはずだったし、一人の奴風情がやって来て呼びつけるのに応じる必要もなかったはずだが、可愛い娘の帰属にかかわることなので、

屈辱を甘受して、即刻、蔡の家に駆けつけた。

蔡生の父は声を張り上げて責めたてた。

「あなたは礼節を破られた。娘の淫奔を許して自分の家を汚されたのみならず、わが家の息子まで堕落させました」

金公はそれに対して答えた。

「お互いに都合の悪いことが重なって、どちらにとっても不幸なことです。行雲流水のように成り行きに任せることにして、これからは互いに干渉せず、両家ともに安逸に過ごすことにしましょう。大きな声を挙げて人の過ちを咎め立てなさるな」

蔡の父はそれには答えず、憮然としていた。金公も暇乞いをして、

「今後はこのことは互いに忘れて、責め立てるようなことはしますまい」

と言って、飄然として帰って行った。

一年が過ぎて、金公が雨の中を蔡家にやって来た。蔡生の父が、

「一年前に互いに忘れることにしようと約束したのではなかったか。どうして来られたのか」

と言うと、金公は言った。

「たまたま郊外に出て、この雨に出会ってしまった。このあたりに知った家はなく、あえてお宅をお訪ねした。しばらく雨宿りをさせて欲しい。万々、了承して欲しい」

蔡生の父も機嫌よく言った。

「私もこの雨の中に一人で座って無聊をかこっていたところだ。あなたと会って、しばらく世間話でもしましょう」

金は礼を失うことなくうやうやしい態度で接し、倦むことなく話をして、牛の毛、蚕の糸のような細かなことを話しながら、筋道が通っていて、前日のことについては言及しない。蔡生の父が平生つきあうのは村のソンビたちで、話題になるのはいつも判を捺したような互いの貧乏話である。金公の該博な知識もさることながら、冗談を言うことも忘れないその態度に大いに心酔して楽しんだ。蔡生の父の気持ちの変化と頃合を見計らって、金公は奴僕をそばに呼んで、

「ずっと外歩きをしていて、すっかり腹が減ってしまった。何か食べ物をもって来い」

と命じたので、奴僕は酒と佳肴とを持ってきた。金公は清酒をなみなみと盃に注いで、うやうやしく跪いて蔡生の父に進めた。蔡生の父は胃袋が鳴って、口からはよだれが垂れそうである。今にも飛びついて飲みたいにもかかわらず、これを断った。金公は、

「酒というのは一人で飲むものではない。それに、あな

たと私はすでに知り合って久しく、名分もないわけではない。二人でいるのに、どうして独酌などできましょう」

蔡生の父はそのことばを聞いて、一杯飲み干した。その後は気持ちもくつろいで磊落になり、食事にも手を付けて胃腸を満たした。酔眼朦朧として胸襟を開き、日ごろの鬱気を散じた。金公は歓を尽くして帰ろうとしたが、そのとき、蔡生の父は言った。

「あなたはいい飲み友達だ。これからもしばしば訪ねて来てほしい」

金公はこれに対して答えた。

「今日はたまたま雨が降って、幸運にも盃を交わすことができましたが、私は公務も忙しく、私事も多端で、日々に奔走しているような状態で、思うままにはなかなか参れません」

蔡生の父が門の外まで見送って、酔ったまま家に戻り、家人を集め、金公の立派な人となりをしきりに誉め立てて、そのまま昏倒して眠ってしまった。明るくなって、やっと起き上がったが、昨夜の自分の酔態を思って後悔したが、今更、どうしようもない。金公は秘かに家人を遣って、蔡家の家の実情を探らせたが、ある日、その家人がやって来て、

「蔡家では五日ものあいだ竈を焚いていません。内房でも外房でもみながぐったりと倒れ伏していて、惨憺たる有様です」

と報告した。そこで、金公は蔡生に手紙を書き、数千両の金を贈った。蔡生の家では大喜びをして、飯と粥を作ったが、翁には金公の恩恵のことは知らせず、

「人にお金を借りました」

と言って、食事を進めた。翁は飢えを満たすのに夢中で、その借りた相手を尋ねようともしなかったが、二日、三日が経って、朝夕の食事に心配がないようなので、初めて不審に思って問い詰めた。蔡生がありのままに告げると、父親は怒り出して、

「むしろどぶ川に落ちても、名目の立たない施しを受けてはならない。事はすでに遅きに失した。食べたものは吐き出すわけにも行かない。また返そうにも、わが家には何もない。今後はけっして物品を受け取ってはならない」

と言った。蔡生は唯々と従うしかなかった。そうこうするうちに、また金が失くなって、飢渇の日々にもどった。蔡生の父はもともと世才に乏しく、産業をはかることもなかった。蔡生と母親とが東に西に駆け回り、上に拝み、下に頼み込んで、やりくりしたものの、借金が山のように増え、にっちもさっちも行かなくなって、目前には死を迎えるばかりである。金公はまたもやこのような状況

を察知して、十石の米と百両の金とを蔡生に贈った。蔡生も父母がそのまま死んでいくのを見るに忍びない。心が焼け付くように焦れ、恥を忍び、肥え担ぎでも何でもせねばならないと思っていたから、どうして人の好意にすがらずにいられよう。喜んでこれを受け取り、厨に入れて炊がせた。父はすっかり痩せ衰えて病づいていたが、飲食することによって回復し、蔡生も続けて食事を進めたので、数日のうちにすっかり癒えた。蔡生もおだやかに声をかけて、つきっきりで看病を続けた。蔡生の父が言った。

「今度はいったい誰に助けてもらったのだ」

蔡生はありのままに告げた。父親は今度は穏やかに微笑して、

「金公はどうして時々に手を差し伸べてくれるのだろうか。しかし、今後はけっして受け取ってはならない。もし受け取ったなら、鞭打ちにするから、そう思え」

と言った。

その父が家で安楽に暮らし、飲食をして、金銭の心配をせずに、また五、六ヶ月を過ごした。また底をついて、生活が困窮するようになった。その苦しさは十倍して、しかも長く続く。祭祀の日が近づいても、その準備もできない。精も魂も尽きて、親と子が部屋の隅で相対して座っているだけで、何らはかばかしい考えも思い浮かばない。すると、しばらくして、一人の奴僕が二百金ほどの金をもって、蔡生に献じた。すなわち金公から贈られたものである。蔡生は父親から何度も厳しく言われていることでもあり、これをことわろうとしたが、父親が言った。

「人の危急を救おうと手を伸ばして、祭祀に用立てるようにくださった好意を無下に断るべきではないだろう。半ばをもらい、半ばをお返しするのが中庸というものであろう」

蔡生はこのことばに従った。

翌日、金公が食卓を盛大に整えてやって来て、蔡生の一家に馳走をしようとしたが、蔡生はこれを断ろうとした。すると、父が言った。

「すでにあのように援助をいただいて、今この料理をお断りしても、かえって狼狽しているようでもある。これは食べさせていただこう。今後は、しかし、いっさいお断りしよう」

家中の者がいっしょになって卓を囲んで食べて、飽きるほどに口に詰め込んで、口々に金公を称賛して、その声はやまず雷のようであった。ある日、金公が美酒と佳肴とを携えてやって来て、慇懃に蔡老に勧めたので、蔡老もあえて断ることなく、泥酔するほどに飲んだ後に、刎頸の交わりを結んだ。そして、息子を呼んで、

「お前はこれから金家の閨秀と睦び合うがよい。わが家と金家も楚と越の疎遠さから秦と晋の誼へと変わった。やはり天の縁というものがあるのであろう。お前は金家の閨秀をけっして疎かに扱わず、大切にせねばならない。今夜は吉日だ。お前は金家を訪ねて宿泊してくるがいい。ただし、居続けてはならない」

と言った。蔡生は喜んで従い、金公も拝礼して感謝した。一頭の驢馬を用意して蔡生をそれに乗せて家に行かせ、自分自身は蔡生の父が心変わりをしないかと配慮して、そのまま留まって、日が暮れてから、やっと辞去した。翌朝、蔡生が帰って来て、父母の前に挨拶に伺うと、蔡生の父は酔っていた昨日のことをすっかり忘れて、覚えていない。そこで、不思議に思って、

「お前はいったいどうして早朝にもかかわらず、冠帯を整えているのだ」

と尋ねた。蔡生はそれに対して、事実のままに答えると、父親は恥じ入って顔を赤らめ、蔡生を咎め立てることができなかった。その後からは、すべてを蔡生に一任して、為すところに任せ、ことごとに圭角を立てることがなくなった。衣食も妻子も金家に頼ることになったが、金公も毎日のように酒を携えては蔡家にやって来て、様々なことを議論するようになった。

蔡生の父は若いころからずっと貧しく、白髪頭になるまで食うや食わずの生活をしてきたので、身体も痩せ衰えていたが、日々に飽きるほどに飲み食いして、悠々自適の生活をしたせいか、太って肌艶もよくなった。ある日、金公が従容として言った。

「あなたのご子息の往来がわが家でも人の目につくようになった。このままにしておくわけにはいかない」

蔡生の父がそれに対して、言った。

「それなら、わが家にあなたの人の目につかぬように娘子を迎えなくてはならないが、さてどうしたものだろうか」

と尋ねると、金公は思案しながら、

「あなたの息子は布衣だ。上には両親がいらっしゃり、下には正室がいる。妾や副室の類を同じ家に置くべきではない」

と答える。蔡生の父が、

「妙案を考えて、私に教えてほしい」

と言うと、金公は、

「私が別の家をあなたの家の横に作って、朝に夕に往来するようにしたいが、あなたの意見はどうであろうか」

と言った。蔡生はそれに対して、

「それなら、あまりに広大な家ではなく、奴婢も多くは必要じゃありません。倉庫にも物品は置かないでください。わが家の寒素を守るようにしてください」

と言って、金公もこれに同意した。しかし、家に帰って財物を出して、瓦屋を建てる段になると、界隈一の豪邸となった。蔡生の意図とは大いに反したが、どうすることもできない。何も口には出さずに慨嘆していると、金公が言った。

「家というのは子孫に伝わるものです。私の見るところ、あなたは玉を抱き、珠を懐中にしているにもかかわらず、その才能を世間に現してはいない。あなたの息子と賢婦とがその報いを得ることになりましょう。どうして門戸を高大にしていけないはずがあろう」

　蔡老は大いに喜んだ。家が出来上がって、落成の宴をもよおし、夜に入って、金公は娘を蔡の家に送り、舅と姑に礼にのっとって拝謁し、また正妻にもまごころをこめて挨拶を済ませた。そうして新築の家に入って、三日の宴、五日の大宴を行なって、舅と姑を初めとして家の内外を喜ばせ、奴婢たちもことごとく恩恵を蒙って喜んだ。

　蔡生がその母親に告げた。

「父上も母上も苦労に苦労を重ねて来られ、すでに老齢を迎えられましたが、わたくしは年季が浅く、学識も拙劣で、いつ科挙に及第するとも約束できない状態です。もし孝養の心を一分でも果たさせていただけるなら、隣の新しい家にお移りになって、富貴の生活を享受してはくださいませんか」

　母親が言った。

「わたくしがあちらの家に移ったならば、金家では何と言うだろうか」

　蔡生はそれに対して、

「今のは金公と私の側室の考えなので、私はそれを伝えただけなのです」

と言った。蔡生の母はこれを承諾しようと考えた。ところが、それを夫に告げると、蔡老は
「お前は気でも狂ったか」

と言った。妻の方も怒り出して言った。

「わたくしはあなたと結婚してからと言うもの、剣水刀山の毎日で、一日として楽しい思いをしたことがありませんでした。それが衣食に満ち足り、安楽に生活ができるのは、すべてこの側室の恩恵です。今もまたうやうやしくわたくしを迎えて、余生を養生すればどうかと言ってくれる。どんな不都合があって、これを断らなくてはならないのですか」

　蔡老は言った。

「お前は出て行くがいい。私はこの陋屋《ろうおく》を一人で守ることにしよう」

　母親は日を占って、荷物を運んで出て行った。父親がときどき行って見ると、数十人ほどの奴僕たちがいて、

門の外で待ち構えている。右から左から抱きかかえるようにされて、真っ直ぐに別堂の方に向かった。この別堂は自分のために造られたもので、いつでも来て住まってもいいようにできていた。堂の中に入ると、図書が本棚に一杯で、花卉が飾られ、何か用事があると、奴僕が滞りなく用を足してくれる。老妻の部屋に行くと、こちらも同様で快適に坐臥していて、立ち去りがたかったが、自分の家に戻った。数間のぼろ家で、人もいずに侘しい限りである。そこで、みずから思い返した。

「私の余生も幾ばくもない。ほんの一度爪はじきをする間ではないか。どうして固執する必要があろう」

蔡生を呼んで、

「私は一人でこの家に住み、朝に夕にそちらに行って食事をするのが煩わしいし、また妻と別居しているのも、老境に入って不如意なのだ。できれば、いっしょに暮して一家団欒を味わいたいのだが、お前はどう思うか」

と伝えた。蔡生も大喜びで、父はさっそくその日のうちに移った。金公は万金と田畑の券を蔡生に譲ったので、蔡生は生活の心配もなく、学業に励むことができ、しばらく後に、科挙に及第して、功名が天下にとどろいた。

▼1【捲帰】新郎が新婦の家に行き、新婦と夜を過して帰って来ること。

▼2【金貫子】網巾の紐を通すための小さな輪を貫子といい、ここでは金あるいは真鍮製のもの。

▼3【阮郎】後漢の阮肇。天台山に薬を求めて入って行き、二人の女に迎えられて、一つの洞に入り、胡麻飯を馳走された。しばらくして家に帰ったところ、七世の孫の世になっていたという。

▼4【柳毅】唐の儒生。洞庭君の娘を妻としたという。

▼5【元微之】唐代の詩人の元稹。微之は字。白居易の友人としても知られる。この詩は死んだ妻を忍ぶ「離思」五首の中の一首。「かつて滄海を経れば水と為すこと難く、巫山を取り除けば是れ雲ならず。花叢を取り除いて回顧するに懶きは、半ばは道を修めるに縁り半ばは君に縁る（曾経滄海難為水、除却巫山不是雲。取次花叢懶回顧、半縁修道半縁君）」一首の意味は、親しんだ美しい妻を失って、他の女性にはまったく興味がわかないということだが、修辞の妙で人口に膾炙した。

巻の十一

第一四一話……土亭・李之菡の神術

土亭《ドジョン》・李之菡《イチハム》▼1はその聡明さが人に抜きん出ていた。天文・地理・歴史・卜筮・術数など、通じていない学問はなく、未来のことについても予知できたから、世間の人びとは彼を神人と呼んでいた。両足それぞれに丸い瓢を結び、杖にも丸い瓢を結んで、海の上を平地を歩くのと同じように歩くことができた。どこにでも行くことができ、中国の瀟湘であれ洞庭湖であれ、名勝をみなその眼で見て来たのだった。四海をあまねく巡り、海上には五色があると言い、四方と中央を分けて、その方位の色と同じ色▼2であると言っていた。

家は極めて貧しく、朝夕の食事にも事欠いたが、意に介さなかった。ある日、内堂に座っていると、夫人が言った。

「世間の人びとはみなあなたには神人の術数があると言います。今わが家には食糧が絶え、食事を作ることができません。どうしてその神術を使ってこの困窮を救ってくださらないのですか」

公が言った。

「たとえ術数があったにしても、天機は一つとして漏らしてはならない。人の欲心を満たすために術数を使ってはならないのだ。もし使えば、その罪は甚大なものとなろう」

夫人がそれでもしきりに窮状を訴えるので、公は笑いながら、

「お前がそんなに言うなら、少しばかり試してみせよう」

と言い、童婢に命じて鉢を持って来させて言い含めた。

「お前がこの鉢をもってソウルの入り口に行けば、年寄りの婆さんが百銭で買ってくれるだろう。お前はこれを売ってくるだけでよい」

童婢が行ってみると、果して老婆が買いたいと言い、値を受け取って帰って来た。すると、公はふたたび命じた。

「お前はこの金をもって西小門の外の市場に行け。すると竹編み笠をかぶった男が箸と匙を急に売りたいと言うだろう。お前はこの金でそれを買って来い」

童婢が行くと、はたしてそのことば通りに竹編み笠の男がやって来て箸と匙を取り出した。童婢はそれを買って帰って来たが、それは銀でできたものであった。公はまた命じた。

「これをもって京畿監営の前にまで行くがよい。ちょうど銀の箸と匙を失くした下人がいて、同じ色の銀の箸と

匙を求めるだろう。その下人に見せれば、十五両を手に入れることができよう。お前はこれを売って帰ってくるがよい」

童婢はまた出かけて、そのことば通りに、銭十五両を手に入れて帰って来た。

今度は最後に銭一両だけを童婢に与えて、命じた。

「鉢を買ってくれた老婆は、自分の鉢を失くして、その代わりが欲しかったのだ。今は失くした鉢が戻って来て、お前から買った鉢を返したいと思っている。お前は老婆にこの金を渡して鉢をもって帰って来い」

婢子が行ってみると、はたしてそのことば通りだったので、銭を返し、器を取り戻して帰ってきた。公はこうして手に入れた銭と器を夫人に手渡して、朝夕の食事の用意をするように言った。夫人が銭の額をさらに増やしてくれるよう頼むと、笑いながら言った。

「これだけあれば十分ではないか。欲を搔くものではない」

このように神異な類のことが数多くあった。

▼1【土亭・李之菡】一五一七～一五七八。宣祖のときの人。字に馨伯・馨仲、号は水山・土亭など、本貫は韓山。若くして父を失い、兄の之蕃に文章を学び、後には花潭・徐敬徳の教えを受けた。雑術に通じ、一五七三年には卓行によって六品に任じられ、抱川や牙山の県監となった。奇行で知られ、奇知・予言・術数に関する逸話が多くある。李退渓にも性理学を学んだが、欲心を捨てられず、大成しなかったと言われる。一七一三年になって、吏曹判書を追贈された。

▼2【方位の色と同じ色】五行思想による、中央は黄、東は青、南は朱、西は白、北は玄（黒）。

第一四二話……妓生に騙されて知印を放逐する

判書の鄭民始《チョンミンシ》▼1が平安道観察使であったときのこと、その甥の注書の尚愚《サンウ》▼2が同行して書房にいて、役所つきの妓生の閔愛《ミンエ》と深く馴染んでしまった。すっかり耽溺してしまい、一刻たりとも側から離そうとはしない有り様である。平壌の城外に住む李座首は万金を貯えた巨富であったが、千両の金を積んで、

「閔愛が一晩だけも私といっしょに寝てくれたら、この金をやるのだが」

と言った。閔愛はそれを人づてに聞いて、その千両の金が欲しいと思ったものの、尚愚が自由にしてはくれない。ある日、外に出ることを李座首と約束して、尚愚に向かって、ただ嗚咽し、涙を流した。尚愚が訝しんでどうしたのか尋ねると、閔愛は、

「わたくしは幼いときに母親を亡くし、外祖母の手で育ちました。今日はその外祖母の命日なのです。しかし、家には誰もいず、いきおい祭祀を欠かすことになります。それで悲しくて涙が止まらないのです」

と言った。尚愚はそれを聞いて気の毒に思い、役所の庫から祭祀のための物品を出して閔愛に与え、外出するのを許した。それでも心の中に多少の疑いがあって、近侍している知印（第一九話注1参照）に秘かに跡をつけさせた。すると、祭祀というのは嘘っぱちで、李座首とともに懇ろにお楽しみである。知印が見たままを告げると、尚愚は勃然と怒り出し、急に立ち上がって宣化堂（第二話注2参照）に上って行き、観察使の寝室の扉を叩いた。もう夜半を過ぎている。観察使は驚いて目を覚まし、

「尚愚か。こんな夜更けにいったいどうしたのだ」

と尋ねた。尚愚がそれに対して、

「閔愛がこの私を騙したのです。祭祀だと言って出て行きながら、城外の李座首といちゃついています。世間にこんなに無礼な仕打ちがありましょうか。叔父上はどうか邏卒をやり、男女ともに捕縛して、厳しく罰してください」

と答えた。観察使は、

「それがそんなに大事なことか。夜中過ぎに取り乱してやって来て、みっともないではないか。早く帰って寝るがいい」

と言った。尚愚は地団太を踏んで悔しがり、

「叔父上は私のことばなど聞いてくれない。これじゃ、死んだ方がましだ」

と言うことを聞かない。観察使はため息をついて、

「それなら行くがいい」

と言い、侍者に当番の捕校を呼んで来させ、

「お前はこれから邏卒たちを率いて行き、閔愛の家を包囲し、男女を捕縛して、ここに連行してくるのだ」

と命じた。捕校はこの命令を受けて出て行き、邏卒たちがその家を囲むと、捕校はその門の前に立って、門を開けさせた。そのとき、小雨が降っていたが、李座首は女の部屋の中にあって身震いした。閔愛は言った。

「慌てて怯えてはなりません。脱ぎ捨てた衣冠を隠して、後ろからわたくしの腰にしがみついてください」

そうして、座首は自分の身体を閔愛のチマの中にすっぽりと隠して、まるで雨を避けるような恰好になった。閔愛は門の中に立ち止ったまま、

「いったいどこのどなたがこんな夜更けにわが家の門を叩かれるのですか」

と尋ねると、捕校は、

「どこの誰かなど答える必要はない。すみやかに開けるのだ」

と言う。閔愛が、

「いったい何のために門を開けなくてはならないのですか」

とぶつぶつ言いながらも、門を開けて、李座首をその開けた門扉の裏に隠したので、校卒らはそれに気づかぬままに部屋の中に入っていった。その隙に李座首は外に出て、向かいの家に難を避けたが、それは同じく妓生の娘《ナン》伊《イ》の家であった。その間、校卒らは閔愛の家をくまなく探し回ったが、李座首の姿など見えない。閔愛が、

「いったいどうしてわが家に来たのですか」

と尋ねると、校卒が、

「観察使の命令できたのだ。お前と城外の李座首がお楽しみだから、二人を縛って連れて来いとおっしゃったのだ。李座首はどこにいるのだ」

と言った。閔愛は、

「ここに誰もいないのは、あなた方も自分の眼で見てわかったろうに。李さんが蠅や蚊のような小さな虫でもあるまいし、どうして隠しおおせよう。すみずみまで探し回るがいいさ」

と言い放った。校卒らはさらにくまなく探し回ったが、ついに李座首の姿はなかった。しかたなく、そのまま帰って、誰もいなかった旨を報告して、このことは沙汰やみになった。

その残りの夜を、閔愛と李座首は娘伊の家で楽しんだ。翌朝、閔愛は尚愚に手紙を書いて別れを告げた。

「わたくしは書房さまにお仕えして久しくなりましたが、特に罪を犯したこともないのに、昨夜は軍を発動され、家の中を捜査されました。法を犯しもしないのに、どうしてわたくしが罪人扱いされねばならないのですか。何か書房のお気に召さないことがあるにせよ、どうして隣家の笑い者にならなければならないのでしょうか。これからは顔を上げて道を歩くことだってできません。書房は、今後はわたくしのような素行の定まらない女ではなく、行ないの清い女を選んで、枕をお交わしになればいいのです。わたくしも人として、どうしてよりによって外祖母の忌日を選んで淫行を行ないましょうか」

尚愚はこの手紙を読んで、数日のあいだは怒って我慢をしていたが、しかし、閔愛への情愛を忘れることができない。手紙を書いて、来るようにいったが、閔愛は肯んじない。そうしてまた二、三日、尚愚はやはり閔愛が忘れられず、また手紙を書く。それを断られて、ついには一日に五回も六回も手紙が行き来したが、閔愛はついに心を許さなかった。そうして、

「わたくしが李座首と会っているなどと、いったい誰が言ったのか、それを教えて下されば、そちらに参りましょう」

と言った。尚愚はやむをえず、知印の名前を告げたところ、閔愛は言った。

「その知印というのは、あなたがいないときにいつもわたくしの手を握ろうとします。そこで、頬をぶったことがあるのですが、それを恨みに思って、このような誣告をしたのです。その知印を罰して追放されたなら、わたくしは参ることにします」

尚愚はやむをえず、首吏に命じてこの知印を罰して罷免した。その後になってやっと、閔愛はふたたび尚愚のもとにやって来た。李座首は言った。

「当初、私は千金をお前に約束したが、お前の知恵がなければ、私は大きな恥をかかされるところだった。本当に大した知恵だ。もう五百金をお前にやろうじゃないか」

閔愛はその金で平壌城内に大きな屋敷を買い、そこで暮らしたということである。

▼1【鄭民始】一七四五〜一八〇〇。字は会叔。大司諫に至った。後に英祖妃の貞純王后によって官職を剝奪されたが、息子の性愚の上疏によって復官。右議政を追贈された。

▼2【鄭尚愚】『朝鮮実録』正祖十七年(一七九三)十二月に、鄭尚愚を議政府検詳としたが、尚愚が逡巡したので、特に上士僉使としたとあり、翌十八年六月には書状官として中国に行ったことが見える。純祖二十六年(一八二六)三月には、判敦寧府事となったという記事がある。

第一四三話……貧しい道令を婿入りさせた朴文秀

朴文秀《パクムンス》(第一九話注7参照)が繡衣(暗行御史)として、ある邑に至った。とっぷりと日が暮れてしまい、食事をしていなかったのではなはだ腹が空いた。一つの家を見つけて行くと、そこにはただ童子がいるだけであった。童子の歳はほぼ十五、六といったところであったが、一椀の飯を所望したところ、童子が答えた。

「わたくしは片親に育てられて、家計は貧窮しています。飯を炊ぐことができずにすでに何日もたっています。おもてなしのしようもありません」

文秀は困り果ててしばらく座っていたが、童子は部屋の薄暗い隅にある紙の袋を見ながら、なにやら思い込んだ風をしていた。そして、おもむろに袋をもって中に入っていった。数間だけの小さな家の向こうはすぐに内堂である。外で聞いていると、童子が母親を呼んで話している。

「外にいる旅人が時を失して食事をしていません。人が腹を空かせているとき、どうして放っておくことができましょう。しかし、米がなくて飯を炊ぐことができません。この袋の中の米で飯を炊こうと思うのですが、いいでしょうか」

その母親が言った。

「それなら、お前は父親の祭祀を欠かす気か」

童子が答えた。

「わが家の事情も切迫していますが、だからと言って人の窮状を見て、どうしてそのままにしておけましょうか」

母親が承諾して、童子は飯を炊いだ。文秀は母子の会話の一部始終を聞いていて、惻然たる気持ちを禁じ得なかった。童子が出て来たので、文秀は事情をあらためて聞いた。童子が言った。

「お客人はすべて聞かれていたようですから、嘘をつくわけにもいきますまい。わたくしの父親の忌日が近づいていますが、供えるものは何もありません。ただ一升の米だけがあったので、紙の袋を作ってそれに入れてとっておきました。わたくしどもは食事を欠かしてもそれですませていたのですが、今日、お客人は餓えていらっしゃる。しかし、ほかに食糧はなく、やむをえずにとっておいた米を炊いだのです。狭い家のために筒抜けになってしまいました。慚愧に堪えません」

そのような話をしているときに、一人の奴僕がやって来て、言った。

「朴道令はすぐに出て来られよ」

童子が哀願して言った。

「今日、わたくしは出て行くことができません」

文秀が童子の姓名を尋ねると、同姓であった。来たのは誰なのかを尋ねると、童子が言った。

「この村の座首の奴僕です。わたくしもすでに適齢です。座首に娘があるのを知っていて、娘と契りを結び交わしました。座首はそれが気に入らず、家に恥をかかせたと言い、いつも奴僕をよこしては、わたくしを捕まえて方々を引きずりまわらせて侮辱するのです。今日もまた引きずりまわそうとしているのです」

そこで、文秀が出て行って、奴僕に言った。

「私はこの童子の叔父だ。私が代わりに行くことにしよう」

食事を終えて、文秀が奴僕を後に従えて行くと、座首というのが高い堂に座っていて、文秀を捕まえて前に出せと命じたが、文秀はずかずかと堂の上に上がって行って座り、言った。

「私の甥はれっきとした門閥の出で、お前より家の格は高い。しかし、今は家勢がままならない。お前の家と婚姻を結んだのが、お前には気に入らないとしても、そのままにしておけばよい。それをどうして毎日つかまえて恥を見せるようなことをするのだ。邑の頭としてそんなに権勢を振るいたいのか」

座首は大いに怒り、奴僕を叱りつけた。

「私はお前に朴童子を連れて来るようにいったのだ。なのに、お前はどうしてこんな気の狂った旅客を連れて来て、自分の主人にこのような恥をかかせたのだ。お前は鞭打たねばならん」

文秀は袖の中から馬牌[1]を取り出して見せながら言った。

「お前はあくまで不埒な振る舞いをするつもりなのか」

座首は馬牌を見たとたん、顔は土色に変わり、石段の下に降りてひれ伏した。

「お許しください。死罪を犯しました。死罪を犯しました」

文秀は言った。

「お前は婚姻を認めることができるか」

それに対して、座首は答えた。

「どうして反対などいたしましょう」

文秀が言った。

「暦を見ると、三日後が吉日のようだ。その日、私は新郎を連れて来る。お前は結婚に必要な品々を用意して待っているのだ」

座首はうやうやしく承諾した。

文秀は門を出て邑の中に入り、役所におもむいて、守令に言った。

「某洞に私の一族の者がいて、この邑の座首と婚姻を結んだが、その期日は某日となっている。そのとき、外で使う道具と婚姻の品々を役所から用意してもらいたい」

守令が答えた。

「それはまことに慶事です。十分に準備させていただきます。謹んで、ご命令の通りにお仕えすることにして、また近隣の郡の守令たちにも伝えることにします」

文秀は新郎の家に官服を準備するように頼み、当日は、威儀をととのえた新郎の後ろに従った。座首の家では雲のように幕が天に連なり、盃盤がびっしりと並んだ。上座には文秀が座り、大勢の守令たちもずらりと並んだ。座首の家では十層の光が加わった。婚礼が終わって、新郎が出て来ると、文秀は座首を連れて来るように命じた。

座首が言った。

「わたくしはお命じになるままに、婚姻を行ないました」

文秀が言った。

「お前の田と畑はどれほどあるのか」

「数チギ（一定の収穫を上げる田畑の単位）ほどの面積です」

「半分を分けて新郎に与えることができるか」

座首が申し上げた。

「どうしておことばに背きましょう」

文秀がまた言った。

「奴婢、牛馬、および、器や家具など、どれほどもっているであろうか」

「幾人、幾匹、幾件、幾個といったところです」

「それらもまた半分に分けて、新郎に与えられるか」

「どうしておことばに背きましょう」

文秀はすぐに文書に書きとめるように命じて、証人としてはまず御史・朴文秀が署名して、次には邑の守令、それから某某邑の守令たちが署名して、馬牌を捺した。

そうして他のところに向ったという。

▼1【馬牌】官吏が地方出張の際に駅馬を徴発するのに用いた円形の牌で、一方の面には馬の絵、あるいは「馬」の文字が書いてあり、もう一方の面には尚瑞院が発行する旨と年月日が記されている。印章として用いられた。

第一四四話……貧しい婿を選んだ申鉦の人を見る眼

判書の申鉦《シンイム》▼1は号を寒竹堂《ハンチュクダン》といったが、人を見る眼があった。一人息子を亡くし、その忘れ形見として孫娘が一人いたが、その年は十六歳であった。寡婦になった嫁がいつも舅の鉦に言った。

「この娘の新郎はかならずお義父さまご自身がその人となりを見て選んでください」

申公が笑いながら言った。

「お前はどんな新郎がいいのかね」

嫁は答えた。

「寿命は八十歳まで長生きして、地位は大官に到り、家は豊かになり、息子をたくさん残すような新郎です」

公はふたたび笑いながら言った。

「世間にどうしてそのように何から何まで備わった人物がいよう。いたにしても、そうそう簡単には婿にすることはできまい」

その後も出入りするたびに新郎にふさわしい者がいるかどうか尋ね、同じような問答が続いたものだった。

ある日、申公が輿に乗って壮洞《チャンドン》を過ぎた。たくさんの子どもたちが楽しそうに遊び騒いでいたが、その中に年のころなら十三ばかり、蓬頭突鬢《ほうとうとつびん》、ぼうぼうの髪の毛をして竹馬に乗って左右に飛び跳ねている子どもがいた。申公が車を止めてじっと見ていると、衣服は小さくなって身をおおわず、河目海口《かもくかいこう》といった様子で骨格が非凡である。そこで、下人に連れて来るように命じたが、子どもは首を振って来ようとはしない。それで下人たちみなを行かせてやっとのことで連れて来させたが、暴れながら大声で叫んだ。

「いったいどこの役人が突然に来て、私を捉えて行こうと言うのだ。私がどんな罪を犯したと言うのだ」

下人たちが抱きかかえるようにして公の輿の前に連れて来ると、公が言った。

「お前はどんな家がらの人間なのか」

「家がらなんぞ知ってどうするのだ。私は両班だ」

公がまた尋ねた。

「お前の年はいくつで、お前の家はどこにあるのだ。そしてお前の姓名は何というのだ」

子どもは答えた。

「徴兵の名簿でも作っているのかい。どうして姓名や住所を聞くのだ。私の姓は兪《ユ》で、年なら十三歳だ。家は向こうの洞にある。でも、どうしてそんなことを聞くんだい。早く離して行かせてくれ」

公は子どもを行かせ、すぐにその家を訪ねると、風雨をやっとしのぐばかりの陋屋に寡婦となった母夫人だけがいた。その家の婢女を呼びだして、公はことばを伝えさせた。

「私は某洞に住む申某で、孫娘が一人います。その孫娘の結婚相手を探していましたが、今日、お宅のご子息との婚姻を決めようと訪ねてまいりました」

そうしてその家を去ったが、下人たちにはこのことをまだ口外しないようにと戒めた。日が暮れて家に帰ると、寡婦の嫁がいつものように婿について尋ねたので、公は笑いながら言った。

「お前はどんな新郎を望むのかな」

嫁がまた前と同じことを言ったので、公は笑いながら言った。

「今日、それが見つかった」

嫁は喜んで尋ねた。

「それはどなたの息子さんで、家はどちらにあるのでしょう」

公が答えた。

「家を知る必要はない。いずれ、自然にわかるであろう」

結納の日になって、初めてその家のことを言った。そこで、嫁は事理をわきまえた老婢をやって、家の貧富と新郎の美醜を見させたが、老婢は帰って来て告げた。

「家は小さな数間しかない陋屋で、風雨も凌ぐことができません。竈の下には苔が生え、鼎の中には蜘蛛の巣が張っていました。新郎の容貌を言えば、目は籠のようにへこんで、髪の毛はぼうぼうで蓬のようで、一つとして取るべきところはありません。わが家のお嬢さまがあの家に嫁入りされれば、きっとみずから杵を執って臼に向わなければなりません。お嬢さまは花や玉のように大切に育てられ、絹のように繊細な性質です。どうしてあのような家に嫁がせることができましょう」

嫁はこの話を聞いて、魂が飛び去り、肝が抜け落ちる思いがしたが、すでに結納の日になっていて、もうどうすることもできない。そこで、涙を飲んで新郎を迎える支度をした。翌日、新郎がやって来て婚礼をしたが、夫人が新郎を子細に見ると、老婢が言った通りに、まさに憎むべき容貌であり、心が砕ける思いがした。三日が過ぎて、新郎は実家に帰ったが、夕食のときには舞い戻って来た。

申公が、

「新郎はどうしてもどって来られたのかな」

と聞くと、新郎が答えた。

「家に帰っても夕食が食べられない。それで、こちらに帰って来る人馬といっしょに私もまた帰って来ました」

公は笑いながら言った。

「それなら、ここにいらっしゃるがよい」

いつも新婦の家に留まって、毎晩、新婦と床をともにした。新婦は弱い体質であったから、新郎とのさかんな房事に苦しめられ、ほとんど病気になりそうであった。

公は心配して、たしなめた。

「新郎はどうして毎晩のようにあちらでやすまれるのか。今日は外房に出て、私といっしょに寝るのがいいだろう」

新郎が言った。

「おっしゃる通りにいたします」

夜になり、公が就寝するとき、新郎は寝具を前に敷いた。しばらく眼を閉じていると、新郎がいきなり公の襟首を手で捕まえた。公がおどろいて、

「これはいったい何事か」

と聞くと、新郎は、

「私は寝場所が不安なとき、寝ぼけてこのようなことがしばしばあります」

と答えた。公が言った。

「以後はこんなことをしてはならない」

「わかりました」

しかし、しばらくすると、また足で蹴って、公の目を覚まさせたので、公は叱責した。その後も、手で打ち、足で蹴るのを繰り返す。公はその苦痛にたまらず、言った。

「新郎はやはり内に入って寝るがよい。私は新郎といっしょにはとても眠れない」

新郎は寝具をまとめて奥に入って行ったが、その夜は親族の婦人たちがたまたま集まっていた。新郎の姿を見ておどろいて立ち上がり、みな別の部屋に退散した。新

郎は大きな声で叫んだ。

「一家のご婦人がたがみな出て行かれ、ただ兪夫人だけが残ったのはまことに好都合。今夜もまたたっぷり楽しませてもらおうではないか」

こんな具合だったから、新婦の家では上下の者みなが新郎を憎み嫌った。

申公が黄海道の按察使となり、婦人たちも連れて行くことにしたが、兪郎も陪行するようにした。未亡人が言った。

「兪郎は連れて行かないでください。しばらくここに留めて、娘の体を休ませる方がよろしいと思います」

公は許さず、やはり兪郎を連れて言った。

任地で墨を朝廷に進上することになり、公が兪郎を呼んで尋ねた。

「お前は墨が欲しいか」

兪郎は答えた。

「いただきたいです」

公が墨を示しながら言った。

「自分で好きなだけ選ぶがよい」

兪郎はみずから大きな墨を百同[2]選んで取り分けた。監営の裨将が言った。

「このようなことをして、献上物の量が不足するのではないかと心配です」

公は言った。

「それなら、もう一度作らせればいい」

兪郎は書室に戻ると、下人たちに墨を分け与えて、一つも残さなかったという。

兪郎というのは、すなわち兪拓基[3]のことである。享年は八十であった。四人の息子がいて、家は富裕であった。申公はこの人物を見抜いたのだ。

その後、兪公は黄海道の観察使になったが、婿である南原・洪益三[4]を連れて行った。このときも墨を献上することになって、洪郎を呼んで好きなように選んでいいと言うと、洪郎は大きな墨を二同、普通の大きさの墨を三同、そして小さな墨を五同、それぞれ取り分けた。公が言った。

「どうしてもっと取らないのか」

洪郎が言った。

「おおよそ道具というのは用途が限定されています。わたくしがもし数を取ったら、献上の方はどうしますか。ソウルの友人たちは何と言うでしょうか。わたくしはこれを満足して使うことにします」

公は洪郎をじっと見つめて、笑いながら言った。

「何とも堅実だ。またとない堅実さだ。蔭官[5]の資質と言うべきだろう」

果たしてそのことば通りだった。

▼1【申銋】?~一七二五。粛宗および景宗のときの文臣。号は寒竹。威風堂々として若いときから大人の風格があったという。一六八六年、文科に及第、延安大守となって治績があった。承政院承旨、大司諫、大司憲などを歴任した。一七二二年、金一鏡などが変を企んだのに抗議して済州島に流され、景宗即位とともに許されて帰って来る途中、海南で客死した。領議政を追尊された。詩と書にすぐれ、清貧に一生を終えた。

▼2【同】墨を数える単位。墨十丁を一同とする。

▼3【兪拓基】一六九一~一七六七。英祖のときの文臣。字は展甫、号は知守斎。一七一四年、文科に及第、翰林・三司を経て、景宗のとき、王世弟冊封奏請使として中国に行ったが、帰って来ると党人たちの排斥を受けて海島に流された。一七二五年には復帰して、領議政にまで至った。

▼4【南原・洪益三】洪益三という人が卒したことが『朝鮮実録』英祖三十二年（一七五六）八月壬戌に見える。益三は孝宗の外孫の洪致祥の孫で、文識もなく、廉白でもなかったが、気概があって、事に処するに卑しくなかったとある。

▼5【蔭官】良家の子弟で科挙を経ずに得る官職。

第一四五話……名医の柳瑺

柳瑺《ユサン》（第三九話注1参照）というのは粛宗《スクジョン》▼1の時代の名医である。特に天然痘の処方に精通していて、多くの子どもたちの命を助けた。

はなはだ裕福な家が中村《チュンチョン》▼2にあり、主人はすでに死んで、寡婦と六、七歳の一人っ子が残されていた。その子はまだ天然痘を経験していなかった。その母親は柳医員の家の前に新たに家を買い、子どものことをいつも頼んで、旬の食材や佳肴というものでもあれば、かならず柳医員に届けた。このように朝夕にすることが何年のあいだも続いて、けっして怠ることがなかった。柳医員もまた母の子を思う心を憐れみ、気持ちを汲んで、その子をつねづね側に連れて来ては、いろいろと教えた。

あるとき、その子が天然痘にかかった。発病した当初から、すでにもう不治の症状を示していた。柳医員は心の中で誓った。

「もしこの子の命を救うことができなければ、私は今後もう医術でもって身を処すことはすまい」

薬缶数個を前に置き、暖かいもの、冷たいもの、熱いもの、ぬるいもの、補瀉するものと、薬湯を分けて煎じ、症状にしたがって用いた。

ある夜、夢かうつつの状態でいると、あるものがやって来て、柳医員の名前を呼びながら、言った。

「お前はどうしてこの子の命をかならず助けたいと思うのか」

柳医員が答えた。

「この子の家のことが不憫で、どうしても助けたいのだ」

そのものが言った。

「お前がこの子をかならず助けようというのなら、私はこの子をきっと殺そうと思う」

柳医員が、

「どうしてこの子を必ず殺そうと思うのか」

と尋ねると、そのものが答えた。

「これは私に宿怨があるからで、お前がどんな薬を使ったところで意味がない」

「私の手立てが尽きてしまえば、どうなるかわからないが、私の手立てはまだ尽きてはいない。お前が殺そうとしても、私はきっとこの子を生かそう」

「お前は見ているがいい」

「お前こそ見ているがいい」

そのものは怒気を露わにして出て行った。

柳医員は薬餌を用いて治療を続け、二十日にもなった。すると、あのものがまた現れて、言った。

「お前は今となってもまだこの子を救うことができると言うのか。見ているがいい」

そうして、門を出て行ったが、しばらくして、門の外が騒がしくなって、内医員の役人と承政院の奴隷とが息を切らしながらやって来て、

「王さまが天然痘におかかりになった。至急、宮廷に参られよ」

と言って、しきりに催促した後、馬に乗せて連れて行った。宮廷に参って、ふたたび出てくることができなくなった。その何日かのあいだに、この子はとうとう死んでしまった。

粛宗の天然痘の症状は重く、柳医員が豚の尾の脂をもちいることを明聖大妃《ミョンソンテビ》▼3に申し上げると、大妃はおどろいて、おっしゃった。

「そのような劇薬をどうして王さまに用いようと言うのか、それはならない」

このとき、柳医員は簾の外に伏していたが、大妃は簾の中にいて、続けておっしゃった。

「お前はどうしてもこの薬を使いたいというのか」

柳医員が答えた。

「使わざるをえないのです」

大妃がおっしゃった。

「お前には首が二つあるのか」

柳医員は答えた。

「わたくしの首を切られるにしても、この薬を王さまにさしあげて、その効能をご覧になってからのことにしてください」

大妃はついに王さまにその薬をさし上げることに同意なさらなかったが、柳医員はそこで器を袖に隠して中に入って行き、診療した上で、その薬を王さまにひそかに差し上げた。しばらくすると、さまざまな症状が引いていった。王さまが回復なさったことは天地神明の助けであったにしても、柳医員の技術もまた神妙と言わねばなるまい。その後、この功労で豊徳《プントク》府使に任じられた。

ある日、王さまが軟泡湯▼4を召しあがり、急に人事不省になられたので、馬を発して、柳医員を召された。柳医員は夜を徹して上京した。西門に至ったが、門はまだ開いていない。門の中で兵曹に告げ、命令して門を開けさせてもらう必要があったが、それが手間取った。すると、城の下に草廬が一つあり、灯りが点っている。そこでしばらく休ませてもらおうとしたところ、年老いた婆さんが、部屋の奥の方の娘に尋ねた。

「お前は米の研ぎ汁をどこに置いた。豆腐の上に滴が垂れないか心配だ」

柳医員は不思議に思って尋ねると、婆さんが答えた。

「米のとぎ汁が豆腐の上に垂れると、豆腐はすぐに融けてしまうんだよ」

しばらくして、門番が出て来て、門が開いた。柳医員が宮廷に駆けつけて、症状を尋ねると、どうやら料理がつまっているのである。そこで、内局にいって、米のとぎ汁を一杯もって来させ、少し温めて王さまに差し上げた。すると、滞っていた気がすっかり下った。不思議なことであった。

▼1【粛宗】朝鮮十九代の王。一六六一～一七二〇。在位一六七四～一七二〇。礼論にかかわって論戦が激しく行なわれ、西人と南人の党派争いの中でたくみに政治のかじ取りを行なって在位期間は長かった。名君といってよいが、この王の時代、仁顕王后を廃位するなど後宮も巻き込まれ、失脚し、粛清された人びとも多かった。

▼2【中村】ソウルの城内の中人階級が居住していた地域。

▼3【明聖大妃】第十八代の王の顕宗の妃で粛宗の母である金氏。本貫は清風。清風府院君の佑明の娘。一六五一年、世子嬪となり、一六五九年、王妃に進封された。

▼4【軟泡湯】豆腐や肉などを澄んだ醤に入れて煮込んだスープ。

第一四六話……朴曄に従い、虎の禍を免れる

朴曄▼1が関西地方の観察使であったとき、親しくしていた宰相から、息子をそちらにやるのでよろしく頼むと言ってきた

「この息子はまだ冠礼をすませてはいないが、占い師に

運数を見させると、今年は大厄があるそうだ。しかし、将軍のもとに置くと、無事に過ごすことができるのだと言う。それで、ぜひそちらで面倒を見て欲しい」

曄は承諾して、宰相の息子を手元に置くことにした。ある日、その少年が昼寝をしていると、曄は目を覚まさせようとして言った。

「今日の夜、君には大きな災厄が襲うことになる。しかし、私のことば通りにすれば、免れることができる。さもなければ、災いを免れることができない」

少年が、

「おっしゃる通りにします」

と答えると、曄は、

「日が暮れるのを待たなくてはならない」

と言った。

日が暮れると、いつもは自分が乗っている驢馬に鞍を置いて引いて来て、少年に言った。

「この驢馬に乗って行きなさい。驢馬の行くのにまかせて、数里ほど行ってあるところまでたどり着くと、そこで驢馬を降りて、山路を歩いてまた数里ほど行くと大きな寺に着く。もう廃寺になって久しい寺だ。お堂の中に入って行くと、大きな虎の皮が置いてある。君はそれを被って伏しているのだ。すると、年老いた僧侶が入って来て、その虎の皮を剝がして奪おうとするだろう。しかし、絶対に奪われないようにするのだ。もし刀剣でもって切りつけて来ても、決して奪われてはならない。何としてでもあらがってもちこたえて、鶏が鳴いたら、もう君は無事だ。そしたら、その虎の皮を老僧に渡してもいい。君にそれができるだろうか」

「あなたのおっしゃる通りにします」

少年は驢馬に乗って門を出た。まるで飛ぶように驢馬は駈けて、両の耳に風雨の音だけが聞こえるだけで、いったいどこに向っているのかわからなかった。山を越え、峠を過ぎて、ある山路に到ると、そこで驢馬を降りた。月の光を浴びて草の生えた道を行くと果たして廃寺があった。部屋の戸を開いて入って行くと、ほこりがうずたかく積もったオンドルの焚き口にはたして虎の皮があった。少年は曄に言われたままに、虎の皮をかぶって伏していたが、しばらくすると、扉を叩く音がして、一人の獰猛な容貌をした老僧がやって来て言った。

「小僧は来ているか」

そうして、前に進んで来て言った。

「どうしてこの皮をかぶって伏しているのだ。すぐに私に返すのだ」

少年は何も答えず、泰然自若として伏していた。老僧は皮を剝ぎとろうとして、刀で割くふりをすると、また退いて座ったりする。このようにすることが五、六度に及んで、やっとのことで遠くの村で鶏が鳴いた。そのときになって、老僧は笑いながら言った。

「これは朴曄の仕業だな。またまた何ということだ」

そして、少年に出て来るようにと言った。

「もう私に虎の皮を渡してもかまわないぞ。ここに来て座るがよい」

少年は朴曄のことばを聞いていたから、虎の皮を渡して座った。すると、老僧が言った。

「お前が着ている上下の服も脱いで、私に渡すがいい。それから、決して扉を開けて私を見てはならないぞ」

少年は老僧のことば通りに衣服を脱いで渡し、窓の隙間から中を覗き見た。すると、老僧は虎の皮をかぶって、そのまま大きな虎に変化したのであった。大きな声で咆哮して、少年の衣服を咥えて、散々に引きちぎった。そうした後にまた虎の皮を脱ぐと、老僧の姿になって、扉を開いた。それから古い箱を取り出して開き、僧侶の上下の衣服を取り出して、これを着るように言った。また一軸の巻き物を開いて見て、朱筆で書かれている名前の上に点を付けながら言った。

「お前は帰って行くがよい。朴曄には天機を漏らしてはならないと告げよ。お前はこれから虎の群れの中に入って行くことになるが、けっして害されることはない」

それから、一枚の油紙を与えて言った。

「これを持って行くがよい。もし道を妨げるものがいれば、この紙を取り出して見せるのだ」

少年はそのことばに従い、門を出て行った。道の曲り角ごとに虎がいて、道を塞いだ。しかし、その度ごとに老僧のくれた油紙を示すと、すごすごと尻尾を垂れて去って行った。洞の出口の少し前でも、一頭の大きな虎に出会った。そのとき、やはりこの油紙を示したのだが、それを意に介さずに、襲いかかろうとした。そこで、少年はその虎に言った。

「もし私を食べたいのなら、私とともにあの寺に行って、あの老僧の前で決着をつけようではないか」

虎も頷いたので、いっしょに寺に帰ると、老僧はまだいた。事のあらましを話すと、老僧は虎を叱りつけた。

「お前はわしの命令に逆らうのか」

すると、虎が答えた。

「命令を知らないわけではありません。何も食べずに餓えて、もう三日になります。肉を見てどうしてみすみす見逃せましょう」

「それなら、別のものを代わりにやろうじゃないか」

「そうなさってくだされば、幸いです」

「東に半里ほど行けば、氈笠《せんりゅう》（第五四話注1参照）をかぶった人間に出会う。これで飢えを養うがいい」

虎はそのことばを聞いて飛び出して行ったが、しばらくすると、遠くで鉄砲の音が聞こえた。すると、老僧が言った。

「あれが死んだのだな」

息子がどういうことかと尋ねると、老僧は言った。

「あの虎は私の手下だったのだが、命令を聞かなかったので、東に行かせて、砲手に撃たせて殺させたのだ」

氈笠をかぶった者というのは砲手だったのである。息子が暇を告げて山間を出て行くと、夜が明け出した。そこに繋いでいた驢馬は草を食んでいたが、それにまたがって帰って、朴曄に見えた。少年が一部始終を話すと、朴曄は頷きながら話を聞いて、旅支度をさせて、ソウルに戻らせた。この少年は後に顕達したのだった。

▼1【朴曄】一五七〇～一六二三。光海君のときの地方官。号は菊窓。一五九七年、文科に及第、内外の職を歴任して、業績を挙げた。咸鏡南道の兵使となり、城を修築して北方防備を堅固にした。黄海道兵使を経て平安道観察使となり、六年のあいだに治績が現れて名声を高めた。仁祖反正の後、夫人が光海君の姻戚であったという理由で、虐政の罪で処刑された。

第一四七話……李泰永、田舎のソンビに会って暇つぶしをする

壬戌の年（一八〇二年）、参判の李泰永《イテヨン》[1]は、息子の義甲《ウィカプ》[2]が流罪になるに及んで、官職を捨てた。楽渓村《ナクケチョン》に新たに家を造り、畑を耕したり、魚釣りをしたりして、日々を過ごした。九月九日の節句、収穫も済んで、紅葉と菊の花の美しい季節である。参判は六、七名の少年とともに、前の谷川に降りて魚釣りをしていた。蓑笠をかぶり、釣竿をもって、その姿は村の老人たちといささかも変わらない。そこに一人のソンビが青い風呂敷包みを背に担ぎ、竹杖を曳きながら現れ、川べりに腰を下ろして尋ねた。

「爺さんはどこから来たんだ」

参判は答えた。

「この村に住んでいる者ですよ」

ソンビが、

「爺さんの金貫子（第一四〇話注2参照）を見ると、納粟堂上[3]でもしたのかな」

と言うので、参判は、

「まあ、そんなところです」

と答えた。ソンビが重ねて、

「納粟をするからには、家はきっと富裕なんだろう」

と言うので、参判は言った。

「なあに、衣食に困らぬ程度です。ところで、あなたはどこの方で、どうしてここを通られたのかな」

ソンビは答えた。

「私は湖中の某地の人間だが、ソウルの繁華なことを聞いて見物でもしようと上る途中なのだ。人の話を聞くと、この邑にはソウルの李参判が平安道観察使を辞任して滞在していらっしゃるという。本当だろうか」

参判は、

「本当ですよ」

と答える。このソンビは、

「その方は厚徳の君子だと言われ、今の世に稀な福の多い人とソウルでも評判らしい。一目でもお会いしたいと思うのだが、その伝手が私にはない。爺さんはその参判を知っているだろうか」

と言った。参判は、

「一つ村に住んでいて、知らない方がおかしいではありませんか」

と言う。ソンビが言う。

「もしそうなら、爺さんは一つ私をその参判に紹介して、お会いできるようにしてもらえまいか」

参判が答える。

「わたくしのような田夫がどうして宰相のお宅に人を紹介できましょう。残念だが、無理な話です」

しばらくして、そのソンビがまた言った。

「爺さんには子どもは何人いるんだい」

参判が、

「七、八人います」

と言うと、ソンビが、

「あんたも福のある人だ。福のある点では李参判と同じだ」

と言いながら、茶と煙草を所望した。そこで、参判が煙草入れを前に置くと、ソンビは煙草入れを開けて驚いて言った。

「これは三登[4]の煙草ではないか。このように貴重なものを爺さんはどこで手に入れたのか」

参判は答えた。

「参判が同じ邑の中にいらっしゃるので、参判のお宅からもらったものです」

ソンビは言った。

「それはよかったな。このような煙草を私は初めて見た。少し分けてもらってもいいかな」

参判は笑ってこれを許し、その半分を与えた。その人は感謝して、

「ソウルから戻るときに、もう一度ここに立ち寄ろう」

と言って、立ち去って行った。そこに居合わせた人びと

は抱腹絶倒して言った。

「あのソンビは目があっても瞳のない人と言うべきだ。参判の恰幅を見れば、ただの田夫とは見分けがつくはずであろうに」

李参判はそれに対して、笑いながら言った。

「田舎の若くて無知な輩がああであっても、おかしくはない。ただ、私はあの者のおかげで半日も暇つぶしができたよ」

▼1【李泰永】一七四四〜。字は士仰、号は東田、本貫は韓山。李山重の子。官職は参判に至った。十一人の子だくさんだったという。

▼2【李羲甲】一七六四〜一八四七。字は元汝、号は平泉。一八〇一年、副護軍であったとき、事件に連座して漆原に流罪になった。後に吏曹判書になったが、ふたたび罷免された。その後、典医都監、提長などを経て、耆老所に入った。諡号は正献。

▼3【納粟堂上】凶年や兵乱の際に穀物を多く献上して特別に正三品の待遇を与えられて褒賞された者を言う。

▼4【三登】平安道の三登。ここで産出する煙草は極上とされた。

第一四八話……鏡浦湖の言い伝え

江陵《カンルン》には鏡浦台《キョンポデ》がある。その建物は湖の上にあるが、湖は十里にわたって波も立たずに穏やかで、さほど深くもないので、昔から溺死した人はいない。そこで、人びとは「君子湖」と称している。湖の外には外海が広がって天涯につながっている。湖と外海を隔てるのは砂の堤に過ぎない。日々に海の波が打ち寄せるが、その堤は決壊することなく、海と湖とは別である。これもまた不思議なことである。

この湖には言い伝えがある。

昔、この地にはある長者が住んでいた。その人は吝嗇な性格で、穀物を万俵も積みながら、一粒として人に与えることはなかった。ある日、門の外に年老いた僧がやって来て、食糧を請うたが、長者は、

「そんなものはない」

とはねつけた。老僧が、

「穀物があちこちに積み上げてあるではないか。それをないとはどういうことか」

と言うと、長者は怒りながら、

「乞食坊主がなにを言うのだ」

と言い、鉢に人の糞を盛って、これを与えた。老僧はそれを受け取り、袋に入れて立ち去った。それからしばらく、雷とともに激しく雨が降り、地面が陥没して湖になってしまった。その家の人は一人として助からず、穀物は水の中に散らばって、すべて蛤に変わってしまったが、人びとはそれを「斎穀」と呼んだ。湖畔の人びとは朝に夕にこれを漁って、不作の歳の助けにした。

湖の中に「紅粧岩」という岩がある。この岩にも言い伝えがある。

昔、近くに紅粧《ホンチャン》という名妓がいた。観察使の某が巡察したとき、紅粧にぞっこんに惚れ込んでしまった。後になっても忘れることができず、いつもこの地の守令に会うたびに、紅粧のことを話題にする。守令はもともと観察使とは付き合いがあって親しかったから、これをからかおうと思って、

「紅粧は一月前に死んでしまいました」

といつわった。観察使はあまりのことに茫然自失した。しばらくして、その地を巡回することになったが、悲しみは深く、楽しむことができない。守令は言った。

「今日は月の光が素晴らしい。鏡湖に出て楽しもうではないか。鏡湖は神仙の住むところだ。風が涼しく、月が煌々と澄み渡るときには、往々に笙《しょう》や簫《しょう》の音色がして、また鸞や鶴の鳴き声が聞こえて来る。紅粧はまことに名妓だった。あるいは神仙となって仙女たちを従えてやって来るのではあるまいか。そうすれば、君も再会できるであろう」

観察使は喜んでこれに従って、船を湖面に浮かべた。月の光は精神を澄ませ、仰ぎ見ると、山は絵のようで、湖水も天も同じ色をして融け合っている。青い葦に白露が降り、霞がすっかり消えて、風がすがすがしい。夜も三更になって、突然に、美しい簫の音が遠くから聞こえて来た。嗚々咽々として、近いようでもあり、遠いようでもある。観察使は耳を欹てて聞き、襟を正して尋ねた。

「これはいったい何の音色だろうか」

守令が答えた。

「それはきっと海上の仙女が遊んでいるので、観察使にはきっと仙縁というものがあって、聞こえるのだろう。それにしても、その音色がわれわれの船に向かって来るのは不思議なことだ」

観察使は欣然として香を焚いて待った。やがて一葉の小舟が風に漂ってやって来る。舟には白髪の老人が仙官の羽衣の姿で端然と座っていて、その前では青衣の童子が玉簫を吹き、その横では婦人が緑のチョゴリと紅のチマの姿で、盃を持って侍っている。その婦人には飄々と

して雲を凌ぎ、虚空を歩くような態度があって、観察使はそれを酔ったかのように、あるいは痴呆にでもなったかのように見つめた。船がさらに近づいて、これを見ると、まさに紅粧ではないか。そこで、観察使は身体を起こして船上に立ち、拝礼をして言った。

「下界の俗人が真の神仙の降臨を知らず、お迎えするのを怠りました。どうかお許しください」

老仙はこれに対して笑いながら、

「あなたこそ上界の神仙でありながら、人間世界に降りて久しく時間が経っている。今晩、こうして会うことができたのも、また一つの仙縁というべきだろう」

と言い、傍らの婦人を指さしながら、

「あなたはこの娘をご存知だな。これもまた玉帝の香机の前に侍る仙女であったのが、人間界の塵の世に落とされ、今は期限が来て帰って来たのだ」

と言った。観察使が顔を上げて見ると、紅粧であることは間違いない。流し目を送り、しきりに秋波を送るのだが、恨んでいるかのようでもあり、悲しんいるかのようでもある。観察使がたまらなくなって、その手を捉えて、泣きながら言った。

「あなたはどうして私を捨てて仙界に帰ったのだ」

紅粧もまた涙を隠そうともせず、

「人間界の縁はすでに尽きてしまって、もうどうしようもありませんが、上帝はあなたが私を愛してくださる真心に感動なさり、一晩だけお暇をくださいました。あなたとこの夜だけいっしょにいることができます」

と言った。観察使は老仙に対して、

「すでに上帝のお許しがあります。紅粧を連れて行かせてください」

と言うと、老仙は、

「すでに上帝の命令はうかがっている。しばらく一緒に過ごすがいい。私は人間の煙火の気配を嫌うので、城の中には近づくことができない。あなたは紅粧をそちらの船に乗せて帰るがいい」

と言い、さらに紅粧を戒めて言った。

「すでに上界に定まった縁もある。今夜一晩だけ、この人と城中に入って過ごしてくるがいい。明日、日の出前には出て来なくてはならない。私はこの場所に船をとどめて待っていよう」

紅粧は襟を正して、

「謹んで仰せに従います」

と答えた。老仙は立ち上がって、同船した観察使と紅粧を見送り、一陣の清風とともに舳先を回して去って行った。観察使と紅粧はともに城中に入って行き、手に手を執って寝室に入ると、あとは互いにもつれ合うようにして、纏綿と雲雨の情を交し合ったが、それはこれまでとなんら変わるところはなかった。眠りこけて、明け方を過ごしてしまい、目を覚ますと、紅粧はもういないのではないかと、きょろきょろとあたりを見回した。ところが、紅粧は婉然とそばにいて、もう化粧をほどこしている。不思議に思ってどうしているのか尋ねると、笑うだけで答えない。すると、守令が入って来て、笑いながら、「陽台の夢[▼1]であったかな、洛浦の縁[▼2]であったかな。私にも月下老人[▼3]の功績がないわけではない」と言った。観察使はこのときになって初めて騙されていたのを知って、いっしょに大笑いした。守令は前もって紅粧、老人、および少年などと謀り、これを騙そうとしたのである。その舟遊びの風流を尽くしたあたりに岩があり、そこを紅粧岩と名付けたのである。

このことは邑誌にも記録されている。

▼1【陽台の夢】「陽台不帰之雲」の故事を踏まえる。昔、王が高唐に遊び、夢の中で巫山の仙女と秘戯をつくして交わった。

▼2【洛浦の縁】曹植の「洛神賦」を踏まえる。洛川の神である宓妃に託して、死んだ兄嫁の甄氏への尽きない思慕を語る。甄氏の美しさを語るとともに、ついに結ばれなかった嘆きを纏綿と語る。

▼3【月下老人】唐の韋固が月夜に会った老人に将来の妻を予言された故事から、男女の仲を取り持つひとを言う。月下氷人とも。

第一四九話……禹夏亨を出世させた汲水婢

兵馬節度使の禹夏亨《ウハヒョン》[▼1]は平山《ピョンサン》の人である。家ははなはだ貧しかった。初めて武科に及第して、最初は関西の江辺にある邑に辺境防備の任務で赴任した。そこで、免役になった水汲みの婢の一人と出会ったが、容貌がすこぶる美しかった。夏亨はこれを愛し、いっしょに生活するようになった。ある日、その女子が夏亨に言った。

「あなたはわたくしを妾になさいましたが、なにをもって飲食と衣服の手立てとなさるおつもりですか」

「私はもともと家が貧しく、その上、今は千里の外に出て世渡りの手立てとなるものをなにも持っていない。すでにお前といっしょになり、願うことと言えば、この垢だらけの服を洗い、穴のあいた靴を修繕することとくらいのものだ。お前には何も与えることができない」

「わたくしも事情はよくよく存じております。しかし、わたくしがすでにあなたに身を任せて妾となったからには、あなたの衣服についてはわたくしの仕事です。ご心配はなさいますな」

「お前にそんなことを望んでいるわけではないのだが」

その後、女は裁縫と紡績にはげんで、衣服と飲食に事欠くことがなかった。辺境防備の任務期間が終わり、夏亭が故郷に帰ることになったとき、その女は言った。

「あなたはここをお離れになったら、まずはソウルに上って官職をお求めになるべきです。ぜひにそうなさってください」

「私はまさに赤手空拳の状態で、知り合いもいず、食べるにもこと欠いて、どうしてソウルに留まっていられよう。できる相談ではない。故郷に帰って墓守りでもしながら、年老い、死んでいくつもりなのだ」

「わたくしがあなたの容貌、挙動、そして気象を拝見しますに、並々の方とは思えません。先々にはきっと梱帥《こんすい》▼2になられる方です。男子がことを成すべき機に、どうして財物がないからと言って、草野に埋もれているべきでしょうか。それでは勿体なさ過ぎます。わたくしが長年のあいだ貯めて来た銀貨が六百両ほどになりました。これを餞別にいたします。これでいい鞍を置いた馬と衣服をそろえることができましょう。故郷になど戻らずに、かならずソウルに向い、官職をお求めください。十年を期限としてかならず有為の人となってください。わたくしはもともと賤人です。どうしてあなたのために貞節を守りなどいたしましょうか。どなたにでもこの身を任せて何がおかしいでしょうか。あなたがこの道の太守にでもおなりになったら、もちろん、その日にでもまかり出て、拝謁させていただきます。それを楽しみにして、あなたもくれぐれもお身体を保全なさってください」

夏亭は予想外に大金を受け取り、慇懃に心の中で女に謝し、涙を拭いながら、女と別れて行った。

女は夏亭を見送った後、その家を引き払い、邑中の一人住みの将校の家にその身を預けた。将校は女がはなはだ賢いことを認め、夫婦となって暮らした。家は貧しくはなかったので、女は将校に言った。

「前の方が使って残した財物がいくらあるのか、すべてのことを、是非、明白にしておかなくてはなりません。穀食の数はどれだけで、銭と絹布、そして木綿はどれだけあるのか、器や皿はどのくらいあるのか、すべてその名目と数量とを書いた目録を認めてください」

「夫婦のあいだであれば、あればそれを用い、なければ揃えればいいだけのこと。何が疑わしく心配で、そんなことをするのか」

「そうではありません」

女がしきりにそれを願うので、将校は目録を書き与えると、女はそれを受け取って箪笥にしまい込んで置いた。

女は治産に励み、日に日に豊かになっていった。ある日、女が言った。

「わたくしは文字をあらあら解します。ソウルの朝報で政事に関わることを読みたいのですが、毎日、役所から借りて来て読ませてもらえますまいか」

将校がそのことば通りに朝報を借りて来て、数年のあいだの政事について読ませた。すると、宣伝官の禹夏亭は経歴を経て副正となり、関西の富裕な邑の守令に任命されることになった。女はその後ふたたび朝報を見ると、某月の某日、某邑の守令となった禹夏亭が任地におもむくために朝廷に暇を告げたとあった。女は将校に言った。

「わたくしはここに参って大変お世話になりましたが、いつまでもこのように生活しようというつもりではありませんでした。今日かぎり、永遠にお別れいたします」

将校がおどろいて、そのわけを尋ねると、女が言った。

「ことの本末をお尋ねにならないでください。わたくしには行かなければならないところがあります。未練などお持ちにならないようお願いします」

そうして、以前、物件の種類を書き記しておいた目録を持ち出して来て、開いて見せた。

「わたくしはこの七、八年のあいだ、あなたの妻となり、家産に当たりましたが、もし一つでも以前より減っていたら、どうして心穏やかに立ち去ることができましょう。今日、以前と比較すれば、幸いにも少なくなっているものはなく、二倍、三倍、あるいは四倍になっているものもあり、わたくしは安心しました」

そうして別れたが、奴一人を雇って荷物を背負わせ、自分は男子に変装してペレンィ（竹編み笠）をかぶり、歩いて夏亭の郡に出かけて行った。夏亭は赴任してまだ一日と経っていなかったが、訴訟ごとがあってやって来たという人が中庭に入って来て、申し上げた。

「申し上げたいことがあります。石階の上に上がって白活[▼3]をさせてください」

太守は不思議に思い、最初は許可しなかったが、最後には許すと、今度は窓の前までいくことを願うのだった。太守はいっそう不思議に思い、これを許可した。

「太守さまはわたくしをご存知ないでしょうか」

「私は新たに赴任して来たところだ。この邑の人とどんな縁故があるというのか」

「某年、某所で辺境防備に当たられたとき、いっしょに暮した女を覚えていらっしゃらないでしょうか」

太守は眼を凝らして見たが、急に立ち上がって女の手をとらえ、堂の上に導き入れて、言った。

「お前はどうしてこのような姿でやって来たのか。私が赴任した翌日にお前はやって来たが、まことに奇異な再会だ」

たがいに喜びに堪えず、長いあいだ抑えていた胸の思いを話し合った。このとき、夏亭は妻を亡くしていたので、この女子を内衙の正堂に入れて、家政のすべてを任せた。その嫡子の世話をして、婢僕を指図して使用するのに、法度がそなわり、恩と威を兼ね備えていた。役所の中は満足して称賛した。

　いつも夏亭に勧めて備辺司になにがしかの金を与えさせ、月ごとに朝報を手に入れて、女子はそれを見ては、世間のことと当時の宰相を頭に入れて置いた。まだ詮官[4]にならない者であっても、遠からずなるはずの者にはかならず厚く贈りものをしたので、そのために宰枢の権勢を帯びた者たちが力を入れて推薦したので、夏亭は豊かな邑の長官にたびたび任じられた。すると、いよいよ家計は豊かになり、いよいよ宰相たちを饗応してお見舞いすることとおさおさ怠りなかったから、夏亭は地位も高く昇って、兵馬節度使にまで至り、ほぼ八十歳になって死んだ。

　女は礼式どおりに喪を行ない、喪が明けて、嫡子に言った。

「お父上は地方の武官から出世して、地位は亜将[5]に昇り、栄華を極めて、八十歳の齢を享受された。思い残すことは何もなかったろう。わたくしについて言えば、婦女子として夫に仕えるのは当然の道理であり、何も自慢すべきことはないが、この長い歳月、全力を傾けて、お父上が官職を得られるように手助けをして、今に至ったのです。幸いに尊貴を極められ、わたくしの責務も終わりました。わたくしは辺境の賤しい人間に過ぎません。それが幸いにも武人宰相の妻におさまり、さまざまな邑の手厚い禄をいただきました。今、どんな怨みがこの世にありましょうか。お父上がこの世にいらっしゃったとき、このわたくしに家政をすべてお任せになったのは、やむをえずにそうされたのです。いまやあなたがこのように成長して家のことを納めるべきであり、家政もあなたの夫人が担うのがよろしいでしょう。すべてをお二人にお返しします」

　嫡子とその夫人が言った。

「わが家が今に至ることができたのは、すべて母上のおかげです。わたくしどもはただ母上に頼って、なさることを仰ぎ見ていただけです。今、どうしてにわかにそのようなことをおっしゃるのでしょうか」

「このようにしなければ、家道に背くことになります」

　こうして大小の物件と器と銭と穀物などの蓄えを記した目録を作成して、すべてを嫡子の夫人に与え、正堂に住まわせた。そして、自分はコンノンバン[6]の一つに退いて、言った。

「いったんこの部屋に入ったら、もう出ては来ません」

　そして、扉を閉ざし、食物を断ち、数日の後に死んだ。

　嫡子たちはみな悲しみ慟哭して言った。

「わたくしどもの母上は尋常の人ではなかった。どうして庶母として遇せようか」

初終の後に葬事は三ヶ月を待って行なわれたが、新たに別の祠堂を建てて祭祀を行なった。兵馬節度使の葬事を行なうときが迫って棺を移そうとしたが、棺が急に重くなって持ち上げることができない。たとえ千人でも持ち上げることができない。家の者みなが恐れをなして、互いに言い合った。

「あるいは母上に心が残って動かないのではあるまいか」

そこで、庶母の棺といっしょに出発しようとすると、兵馬節度使の棺も軽々と持ち上がるのだった。人びとは不思議の思いに打たれた。平山の大路の近くに葬ったが、西に向って葬ったのは兵馬節度使の墓であり、その右に十歩ほど離れて東に向って葬ったのは、この女子の墓であるという。

▼1【禹夏亨】生没年未詳。字は会叔。一七一〇年、武科に及第して、一七二八年に李麟佐の乱が起こると、兵を率いてその平定に努めた。一七三九年には慶尚道兵馬節度使となったが、刑を妄りに行なったとして罷免になった。
▼2【梱帥】兵馬節度使と水軍節度使の異称。
▼3【白活】官庁に自己の無実を文章あるいは口頭で訴えること。
▼4【詮官】文武の官吏の詮衡事務を担当する吏曹と兵曹の官吏を言う。
▼5【亜将】捕盗大将・竜虎別将・都監中軍・禁衛中軍・兵曹参判などを言うことば。
▼6【コンノンバン】韓国式住居で居間と向い合った部屋。詳しくは付録解説2参照。

第一五〇話……暗行御史の柳誼

参判の柳誼《ユウィ》▼1が暗行御史（第二〇話注31参照）として嶺南に行き、晋州に至ったときのこと、座首が四、五度ほども続けて留任した上、不法なことを盛んに行なっているという話を聞いたので、出向いて行ってこれを打ち殺そうと決めた。そうして、その邑に向ったが、十里ばかりも行ったところで日が暮れてしまい、それに疲れてしまったので、たまたま路傍にあった家に入って行った。

家はすこぶる清潔で、家に上がると、十三、四歳の童子がいて、柳誼を上座に座らせて応対した。その人となりはいかにも聡明そうで、人と馬とを分けてあれこれと指示をする。すなわち馬には秣を飼わせ、奴を呼んでは夕飯を準備させたが、接待する節々が適切で、まるで大人と異なることがなかった。歳を尋ね、またここが誰の家なのかを尋ねると、童子は答えた。

「私は十三歳で、ここは座首の家です」

また、君は座首の子息なのかと尋ねると、そうだと答える。君の父親はどこに行かれているのかと尋ねると、邑内の任所に行っておりますと答える。その応接ぶりが懇ろで、態度も謙虚であったから、公はこれを奇特に思って愛するようになり、心の中で独り言を言った。

「あのような姦悪な座首にこのような息子がいたとは」

夜になって床に入ったが、にわかに揺さぶり起こす者がいる。驚いて起きて見ると、灯りが輝いて、眼の前には大きな卓があり、その上には魚と肉で作った料理や酒や果物がうず高く盛ってある。柳公は不思議に思って、これは何のためかと尋ねると、その少年が答えた。

「今年、わたくしの父上の運勢は不吉で、何か官途の災いがあるようです。巫女を呼んでお祓いをしてもらおうと思い、この料理はそのために用意したものです。お客さまもせっかくいらっしゃったことですから、どうか箸をお付けください」

公は笑いをこらえながら、これを食べた。久しく満足な食事にありつけなかったから、腹一杯に食べて、元気がついた。

その翌日、その家に別れを告げて、邑の中に入って行って、座首を捕まえて、前後の罪悪を数え上げて、言った。

「私が今回このようにやって来たのは、お前を打殺するためであった。ところが、昨夜、お前の家でお前の息子に会った。お前には過ぎた息子ではないか。すでにお前の家に宿り、お前の家で酒食のもてなしを受けた。それでいて、お前を殺したならば、これは大いに人情に背くことになる」

こうして、厳罰に処すことなく、遠くに流すことにした。家に帰って来て、家の者たちに言ったことである。

「巫女が神に祈るのも無駄ではないが、座首を殺すかもしれない神というのは、私のことに他ならない。そこで、酒食でもって私に祈って罪を免れたというわけだ」

聞いていた者たちは抱腹絶倒した。

▼1 **【柳誼】**『朝鮮実録』英祖四十五年（一七六九）、翰林で召試し、柳誼以下三人を選抜した旨の記事があり、さまざまな官職を経て、正祖十八年（一七九四）には大司憲に任じられている。

第一五一話……忠僕が主人の恨みを晴らす

栄川《ヨンジョン》のソンビの閔鳳朝《ミンポンチョ》▼1には一人息子がいたが、結婚して一年もせずに死んでしまった。未亡人になってしまったのは朴氏の娘で、これも両班の家門の後裔であった。この朴氏女は礼にのっとって喪を執り行ない、その後も舅と姑によく仕えたので、隣近所の者たちもその孝行ぶりを褒め称えた。朴氏女が嫁ぐときに連れて来た少年の奴がいて、その名を万石《マンソク》といった。閔氏の家は貧しかったので、朴氏女はみずから糸を紡ぎ、奴に樵をさせ、水汲みをさせ、朝夕の食事をととのえて、それを一日として欠かすことがなかった。

隣家に金祖述《キムチョスル》▼2という者が住んでいて、これもまた両班であったが、こちらは万金を貯えた富者であった。この祖述が垣根の隙間からのぞいて、朴氏女の美しいのを知り、これをものにしたいと思った。ある日、閔氏は出かけることになって、祖述の家に揮項（帽子の一種）を借りに来た。祖述は閔氏の留守に乗じて、まず人に朴氏女の寝室がどこか探らせた上で、月明かりをたよりに青駿馬のたてがみで編んだ帽子をかぶって隣家に忍び込んだ。そのとき、朴氏女は独りで寝室に寝ていたが、姑の寝ている部屋とは壁一つを隔てて、小さな戸でつながっていた。朴氏女は眠りから覚めると、窓の外で声が聞こえ、また月の光の中で動く人影が見える。そこで、身の危険を感じ、静かに隣室の戸を開けて入って行った。姑が何事かと尋ねたので、朴氏女はそのわけを話し、二人はじっと息を殺して向かい合って座っていた。

そのとき、万石は祖述の家の婢女の夫になっていて、祖述の家の方で寝ていたために、閔氏宅には人っ子一人もなく静かであったが、窓の外から男の声で、

「朴寡婦は私と睦み合うようになってもう長い。早くこちらに来させて欲しい」

と言う。姑は大声を出して、村の人びとを呼んだ。

「泥棒、泥棒」

隣家の人びとが火を掲げてやって来たので、祖述はあわてて自分の家に飛んで帰った。姑と嫁は男が隣家の祖述であることを知った。閔氏が家に帰って来て、その話を聞くと、憤りに堪えず、役所に訴え出ようとしたが、かえって悪いうわさが立っても困る。そこで、しばらく放っておくことにした。ところが、祖述が村中にあらぬことを触れ回るではないか。

「朴氏女は私と通じるようになって、妊娠してもうかれこれ四、五ヶ月にはなる」

噂が次第に広まり、朴氏女の耳にも入ったので、

「こうなったら、役所に行って、この恥を雪がなくてはならない」

と言って、ニマで顔を隠して役所に出かけ、祖述の罪悪をはっきりと述べ、また自分の家が貶められた事実を申し立てた。ところが、祖述は金を役所にばらまいていて、役所全体が今や祖述の奴僕と化したも同然であった。刑

吏たちみなが、この女はもともと淫乱で、いろいろな噂が立ってすでに久しいなどと言ったから、使道の尹彛《ユンイ》鉉《ヒョン》▼3はこの者たちのことばを信じて、言った。

「お前がもし本当に貞節な女なのであれば、他の人が貶めても、しばらくすれば、おのずとそのような噂は立ち消えになろう。それをなぜ、わざわざ役所までやって来て、みずから話を広げようとするのか。立ち去るがよい」

　朴氏女は答えた。

「お役所で金某の罪を明白にして、厳しく処分していただけなければ、わたくしはこの場で自決いたします」

　そうして、悲憤慷慨して気色ばみ、佩びていた小刀を抜いたが、すると、使道も怒って、叱りつけた。

「お前はそんなもので驚かせようと思っているのか。死にたければ、自分の家で、もっと大きな刀を使うがよい。そんな小さな刀でどうしようと言うのだ。とっとと帰るがよい」

　朴氏女は役所の婢女に背中を推され、門から出された。すると、朴氏女は門の外で声を放って大哭し、いきなり小刀でみずから首を切って死んだ。これを見ていて驚き慌てない者はいなかった。使道も驚いて、朴氏女の死体を家に運ぶように命じるのがやっとのことであった。

　閔氏は腹が立って仕方がない。役所に乗り込んで行って、しきりに不法を訴えたが、そのことで聖上をなみすることばが多かったという咎で、使道が官営に申し立て、閔氏は安東府に移され、牢獄に入れられた。

　奴の万石はソウルに上って、御駕の前に出て鍾を鳴らして上訴した。それによって、その道庁でふたたび調査しなおすようにという命令が下った。しかし、調査が行なわれるようになると、祖述は千金を積んで道内の人びと、官営・邑の下っ端役人たちをみな買収して、朴氏女が死んだのは、みずから首を切ったのではなく、妊娠しているという噂を恥じて薬を飲んで自殺したことにしてしまった。薬を処方した老婆と薬を売った商人というのも現れて証言をしたが、彼らもまた祖述に買収されたのであった。

　この獄事が長いあいだ解決せず、四年が経とうとしていたが、閔氏の家では朴氏女の遺体を埋葬することなく、棺に入れたものの、蓋をしないで、

「この恨みを晴らしてから葬儀を執り行なおう」

と言っていた。こうしてコンノンバン（第一四九話注6参照）に安置して四年が経っても、遺体はすこしも損傷していず、顔も生きていたときのままであった。その門を入っても悪臭はすこしもしないし、蠅が飛び交うでもない。まことに不思議なことであった。

　奉化郡主の朴時源▼4はこの朴氏女の再従兄であったから、

行って霊位に哭を上げた。その家の人が棺の蓋を開けて見せてくれたが、遺体は生きていたときと少しも変わらなかったという。

　万石は金祖述の家の婢と夫婦となって一男一女をもうけていたが、このときになって離縁することにして、言った。

「お前の主人が私の主人を殺したのだ。まさしく仇敵の家と言わねばならない。夫婦の義理は重いものだが、主従の分別も軽いものではない。お前は自分の主人のところに帰って行け。私は自分の主人のために死ぬつもりだ」

　万石はソウルに上って、かならず復讐しようとした。判書の金相休《キムサンヒュ》▼5が観察使となったときに、万石は上京して、鍾を鳴らして訴えて、「観察使はふたたび調査に当たり、余すところなく追及するのだ」という王さまの裁可を得ることができた。朴氏女の棺を閔氏の家から役所に移して来ると、棺の中から絹を引き裂くような声が聞こえた。閔家の人びとが棺の蓋を開けて見ようとしたので、調査官が官婢に命じて中を調べさせた。死体の顔色は生きていたときといささかも変わらず、両の頬には赤みがさし、首の下には刀で刺した傷があった。腹は背中に貼りついていたが、皮膚は石蠟のようでつやつやとして少しも損傷してはいなかった。薬を売ったという商人と薬を調合したという老婆を厳しく問い質したところ、二人は初めて、

「祖述がそれぞれ二百両の銭をくれて、そう言うようにさせたのです」

と告げた。

　官営からこうした事実が王さまに啓上されたので、祖述は処刑されることになり、朴氏女には旌閭（第二一話注2参照）が下され、万石は賦役を免除されることになった。

▼1【閔鳳朝】この話にある以上のことは未詳。

▼2【金祖述】この話にある以上のことは未詳。

▼3【尹彝鉉】この話にある以上のことは未詳。

▼4【朴時源】一七六四～一八四二。字は穉実、号は逸圃。司諫に至った。性理学を修め、文章に巧みだった。

▼5【金相休】?～一八二七。朝鮮後期の文臣。字は季容、号は蕉泉。一八〇三年、文科に及第して、以後、内外の官職を歴任した。一八一〇年には通信使として日本に行き、その功労で一八一二年には嘉義大夫となり、一八二二年には慶尚道観察使となって、吏曹判書に至っている。

第一五二話……客店で会った処女の寡婦

安東の進士の権《クォン》某の家は村一番の長者ぶりであったが、権氏の人となりは厳粛で、家の中を治めるのに法度があった。一人っ子である息子が妻を娶ったが、その妻というのが癇性で嫉妬深く、それを制御するのはなかなか難しかった。しかし、舅が厳粛であったから、妻はあえてわがままに振る舞うことはできなかった。

権がもし怒り出せば、かならず大庁(付録解説2参照)に席を設けてどっかと座り、あるいは婢僕を打殺したりもしたが、もし生命を害さない場合でも、かならず血を見ないではすまなかった。そこで、もし庭に席が設けてあれば、家の中の者たちは息を殺して、これからかならず人が死ぬのだと知ったのである。

権の息子の妻の家が隣村にあって、息子は舅と姑に会いに行ったが、途中で雨に遭い、客店で雨宿りをした。見ると、一人の若者が母屋に座っていて、厩には五、六頭の馬が繋がれ、奴婢たちも大勢いる。誰か婦人の一行らしい。その若者は権生とひとしきり挨拶を交わした後、酒と肴を用意させ御相伴を願いたいと請うたが、その酒はうまく、肴もまたすこぶる美味であった。たがいに姓氏と住まいを尋ね合い、権生がまず事実のままに答えたが、その若者は姓氏だけを答えて、どこに住んでいるかは答えようとせず、ただ

「たまたまここを通り過ぎ、雨宿りをするためにこの客店に入って、幸いにも同年輩のあなたのような方に逢うことができました。こんなうれしいことはありません」

と言った。そうして、たがいに盃を応酬して、酔っぱらうまで飲んだが、権生がまず昏倒してしまった。

夜が更けて、酔いから醒めて眼を開き、あたりを見回すと、いっしょに酒を飲んだ若者の姿はなく、自分は内房に横たわっている。そして横には素服の美しい女がいる。年のころなら、十八、九、容貌はすこぶる美しく、振る舞いも端雅なこと、この上ない。身分も常民や賤民の類ではなく、まちがいなくソウルの卿相の家の婦女であることがわかる。権生はおどろいて、尋ねた。

「私はどうしてこんなところに寝ているのだろう。あなたはどなたの家のどういうご婦人で、どうしてこんなところにいらっしゃるのですか」

その女子ははにかんで、答えようとしない。再三再四、尋ねたが、ついに口を開かない。数刻を過ぎて、やっとのことで、聞こえるか聞こえないかの低い声で言った。

「わたくしはソウルの門閥で官職も得ている家の娘です。十四歳で結婚をして、十五歳で夫を亡くしました。舅と姑も早く亡くなってしまい、その後は義理の兄の厄介に

なっていました。義理の兄の性格は固執することがなく、世俗の例にしたがって年少の弟の嫁が寡婦として生きるのは不憫だと考えました。そこで、再婚させようと考えましたが、親戚のあいだでその是非が盛んに論じられ、みなが家門の恥辱だと言い、厳しく反対しましたので、義理の兄はやむをえず議論を打ち切りました。そして、車と馬を用意して、わたくしを乗せて家を出ましたが、目的地があるわけでもなく、転々としてこの地に至ったのです。義理の兄は、もし適当な男子に出会ったなら、わたくしを委ねることにして、しかも親戚の耳目に入らぬようにと考えたのです。昨夜、あなたが酔い潰れていらっしゃった隙に乗じて、奴僕にあなたを負わせてここに運び込みました。兄はもうすでに遠くに逃げてしまったでしょう」

そう言って、横に置いてあった箱を指さして、言った。

「この箱の中に五、六百両の銀が入っています。これをわたくしの衣食に当ててください」

権生は女子の話を聞いて不思議に思い、外に出て見たが、あの若者も多くの人も馬も姿を消して、どこに行ったかわからない。ただ愚かしそうな童婢が二人残っているだけであった。

権生は部屋に帰って、その女子とともに寝たが、考えてみると、あの厳粛な父親のもとで、妾など持とうなら、きっと大事が出来するだろうし、また妻も嫉妬深い性質でけっして自分を許すまい。さて、どうしたものかと千回、万回、考えてみても、よい計画が思い浮かばない。不思議なめぐり合わせで出会うことのできた佳人が頭痛の種となった。童婢に門を守らせて、その女子には、

「家には厳しい親がいる。まず行って、事情を話してからお前をつれて行く方がいいだろう。しばらく待っていてほしい」

と言った。客店の主人も言いくるめて、門を出ると、そのまま友人の中でも智恵の働く者の家に行き、事情をありのままに告げて、いい智恵を貸して欲しいと頼んだ。

その友人はしばらく考えた後に、言った。

「これは大変なことだ。まったくいい考えが思い浮かばない。ただ一つだけ思いついたことがある。君が家に帰って後、私が宴席を設けて、君を招くことにしよう。すると、その翌日には、君が宴席を設けて私を招いてくれ。そうすればおのずと方便もないわけではない」

権生はそのことばにしたがって家に帰ると、数日して、友人が使いを送って懇請した。

「わが家に酒と料理を用意して友人たちが集まったが、この席に君がいないと始まらない。どうかご来臨のほどを」

権は父親に告げ、その宴に出かけて行った。翌日、権

生は父親に言った。

「昨日、友人が酒席をもうけて招待してくれました。それに応える礼を欠かすわけにはいきません。今日、簡単に酒と料理を用意して友人たちを招待したいと思うのですが、いかがでしょうか」

父親はこれを許した。酒席をもうけてあの友人を招き、また村中のすべての若者たちを招待したが、若者たちはやって来て、まず権生の年老いた父親の前に行って挨拶をした。父親は上機嫌で言った。

「若い者たちが集まって酒宴をもうけるのに、いちども年を取った私を呼ぼうとはしない。いったいどういうわけだ」

あの友人が答えた。

「ご尊父が宴席にいらっしゃれば、若者たちは座臥起居を自由にすることができず、またご尊父の人となりがあまりに厳粛で、若者たちがわずかのあいだ拝謁するのに、十分に注意したつもりでも、あるいは粗相をしなかったかと恐れます。終日つづく酒席のあいだ、どうして落ち着いて座っていることができましょう。御尊父が酒席に出られたならまことに殺風景なことになります」

老権は笑いながら、言った。

「酒の席にどうして長幼の序があるであろうか。今日の酒宴は私が主人になろう。無礼講ということにして、終日、楽しむがよい。お前たちが私に百回も無礼を働いたとしても、私はお前たちを叱責はすまい。だから、大いに楽しむがいい。そうして、この老人の寂しさを慰めてくれ」

若者たちが一斉に礼をして、長幼の順なく円座して盃を挙げ始めた。酒も半ば行きわたったとき、あの智恵のある友人が進み出て言った。

「わたくしは奇妙な昔話を聞いたことがあります。どうか聞いていただき、笑いの種にしてください」

老権が言った。

「昔話は好むところだ。聞かせて欲しいものだ」

友人は権生が客店で遭遇した不思議な出来事を、昔話のようにして話した。老権は興味津々で、不思議なことだと感嘆しながら聞いた。

「それは面白い、面白い。その話は何とも奇縁と言うべきで、今まで聞いたこともない話だ」

友人は、そこで、重ねて言った。

「お父上がもし当事者であったなら、さて、どういたされますか。真夜中に回りに人もいず、そのような佳人と二人きりになったとしたら。懇ろになられますか、あるいは遠ざけられますか。そして、もし懇ろになられたとして、その後には、佳人の面倒をご覧になりますか、あるいは捨て去られますか」

老権は言った。

「宦官でもなければ、夜中に佳人と同じ部屋にいて、どうして何もなくてすむ道理があろうか。またすでにいっしょに寝てしまったのなら、どうして面倒を見ずに、捨て去って積悪の行ないをすることがあろうか」

友人が重ねて、

「お父上はもともと厳しいお方です。こんなときに当たっても、節を曲げられないのではないでしょうか」

と言うと、老権は言った。

「いやいや、けっしてそのような融通の利かないことは言わない。その人が佳人の部屋にいたのは、みずから望んだことではなく、騙されてのことだ。みずから犯した罪ではない。それに若い男子が美しい女を見て心を動かすのは当たり前のことだ。その女子は士族でありながら、このようなことを行なったが、その性格は可憐なようだ。境遇は気の毒で、ひとたび契った後で、捨て去るようなことがあれば、女子の恥辱となり怨みを残すことになるであろう。どうして悪を積むことにならないであろうか。士大夫の身の処し方は齷齪《あくせく》したものであってはならない」

友人がさらに、

「人情も事の道理も、それで間違いはありませんか」

と念を押すと、老権は、

「他のやり方があろうか。その女を大切にするのは当然のことだ。不幸な女子をいったいどうしようと言うのか」

と言った。そこで、友人は笑いながら言った。

「実は、これは昔話などではなく、先日、ご子息が経験したことなのです。お父上がすでに成り行きを当然のこととされ、再三再四、こちらから質したにもかかわらず、意見を変えられませんでした。この上は、ご子息は罪を免れたと考えてよろしいですね」

老権はそれを聞くと、しばらくの間、眼を閉じて黙って考え込んでいたが、突然、顔色を変え、大声を挙げて、

「みなはもう帰れ、これからしなければならないことがある」

と言った。若者たちはみな老権の気勢におどろき恐れ、あたふたと解散した。老権はさらに声を荒げて、

「すぐに大庁に席を設けるようにせよ」

と言ったので、家中がおそれおののき、いったい誰を罪そうとするのかと戸惑った。老公は席につき、ふたたび大声を発した。

「すぐに大鉈をもってこい」

童奴があたふたと大鉈をもってきて、庭に木の板を置いた。老権は言った。

「書房を捉えて来い、この木の板の上に伏させるのだ」

童奴が権生を捉えてきて、その項を板の上に抑えつけた。老権が大声で叱りつけた。

「この馬鹿息子、口から乳臭いにおいの抜けない子どもが、父母に隠れてつまらぬ妾を設けるとは、まったく家を滅ぼす行ないだ。私が生きていても、このようであれば、私が死んだら、どんなことをしでかすか。こんな背倫の者を生かしておいても、まったく無益だ。私が生きているあいだに、首を切って、後々の弊害を取り除く方がよい」

そう言い終わると、奴僕に、足を押えて、首を切れと命じた。

このとき、上下の者みながおどろき慌てて、真っ青になった。老権の妻と嫁とが母屋から下りて、哀願した。老権の妻が言った。

「その罪は死罪に当たるとしても、どうして目の前で子どもの頭が切られるのを見ていることができましょうか」

泣きながら諫めて止まなかったが、老権は叱責して出てゆくように言った。妻は奴僕に連れられて出て行ったが、嫁の方はと言えば、頭を地面にたたきつけ、顔面に血を流しながら、訴えた。

「年少の人がたとえ放恣に生きて勝手なことをしでかす罪があったにしても、お父さまの血族はこの人一人がいるだけです。お父さまは残酷なことをして、累代続けられた祭祀を、どうして一時に絶やそうとなさるのでしょう。お願いですから、代わりにわたくしの首を切ってください」

「家に背倫の息子がいれば、家が滅びるときに、祖先まで辱めることになる。むしろこの子は目の前で殺して、養子を探す方がいいであろう。ああしても、こうしても、滅びるのは同じだとしたら、清潔に滅びる方がいい」

そうして、号令して、首を切るように言った。奴僕が口では承知しましたと言ったものの、手足に力が入らない。嫁は泣き叫んで、いっそう激しく諫めた。老権は言った。

「このことで家が滅びるというのはただ一つではない。まだ自立しない人間がほしいままに妾を持つということは、家が滅びる兆しの一つである。そしてお前の嫉妬が激しいので、きっと妾とあいたがいに受け入れることができないだろう。そうすれば、家の中はきしんでうまくいかない。これが家の滅びる第二の兆しである。これらの兆しがある以上、早くこれを除去するのに越したことはない」

嫁は言った。

「わたくしもまた人の顔をもち、人の心をもっています。このような光景を目にした後に、どうして心に『妬』という文字を思い浮かべることができましょう。もしお義父さまが今回お許しくださり、恩徳を施してくださったなら、わたくしは一所に暮らして、けっして和を欠くようなことはいたしません。お願いですから、お義父さまはいろいろとご考慮くださって、広いお気持ちでお許しください」

老権は言った。

「お前は今日の挙措に差し迫って、そのように言うものの、まちがなく、今は許すと言っても、心ではそうではあるまい」

「どうしてそのようなことがありましょうか。もしそのようなことが少しでもありましたなら、かならずわたくしを天が殺し、鬼神が殺すことでしょう」

「お前は私の生前には大人しくしていたとしても、私が死んでしまえば、かならず悪心を抱くであろう。そのときには私がいないので、あの馬鹿息子ではお前を抑えることができまい。それは家が滅びることでないだろうか。やはり首をはねて禍根を残さないのがよかろう」

「どうしてそんなことがありましょう。お父さまがこの世をお去りになって、もし一分でもそのような心が起こりましたなら、わたくしは犬や豚にも劣ります。約束のことばに決して背きません」

「もしそうなら、お前は誓書を書いて納めておくか」

嫁は約束を守らなければ犬や豚にも劣るという誓いを書いて、そして、言った。

「もしこの約束に違背しましたなら、わたくしは雷に当たって死にましょう。ここまでお約束して、お父さまのお許しがなければ、もう今すぐに死ぬしかありません」

老権はようやっとのことで許すことにした。奴僕の主だった者を呼びつけて、命じた。

「お前は車と馬と人夫を引き連れて、某村の客店に行き、書房の小室をお迎えして来い」

奴僕は命じられたままに行って、小室を連れて帰って来た。小室は舅と姑に拝礼を行ない、また正室にも挨拶して、ともに暮らすようになった。その正室はあえて一言も愚痴めいたことは言わず、老いるまで仲よく暮らした。他の人たちも二人を離間させることはなかった。

巻の十二

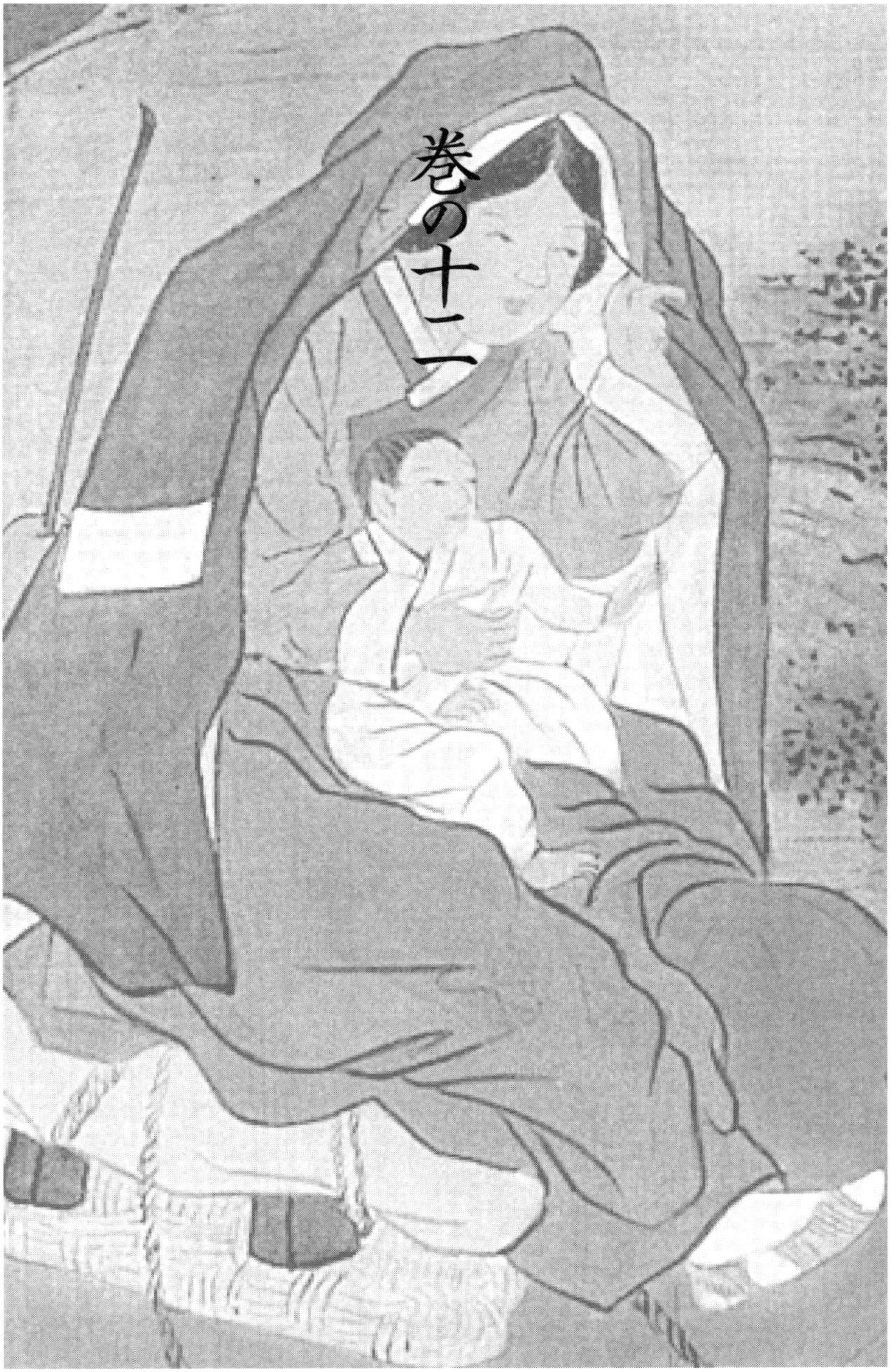

第一五三話……都書員になって富裕になった両班

むかし、ある宰相がいた。この宰相とともに学業に励んだ人がいて、文章も巧みだったが、しかし、科挙にはとうとう及第せず、家計もかたむいて、自分の力では生活できなくなるほど貧しくなった。宰相が安東《アンドン》の長官に赴任することになったとき、その人がやって来て、頃合いを推し計って、言った。

「あなたは安東の長官になられたが、私はそれに頼って恩徳を受けられないであろうか。ただ一時の生活の資を得るだけでなく、一生を過ごすことができるようにしたいと思うのだ」

宰相が言った。

「私が後日に宰相の地位につくようなことがあっても、君の一時の衣食をなんとか用立てることができるだけのこと。どうして一生を過ごせるところまで助けることができよう。妙な妄想はやめたがいい」

その人が言った。

「あなたに銭と財物を多くくれと言うのではない。安東の都書員[▼1]というのは身入りがはなはだいいそうだ。この職に私を任じてくれればいいだけのことだ」

宰相が言った。

「安東は郷吏たちが幅を利かせている。都書員というのは人気のある職責で、どうしてソウルのソンビがそれに就くことができよう。これは長官の命令でもってしても、むずかしいはなしだ」

その人が言った。

「他から奪って私に与えて欲しいというのではない。私がまず安東に下って、なんとか吏案（役人の候補の名簿）に私の名前を載せることにする。吏案の中に名前さえ載っていれば、どうして都書員になれない道理があろう」

宰相が言った。

「君が安東に下ったにしても、そう簡単に吏案に名前を載せることができるかな」

その人が言った。

「あなたは赴任した後、訴訟事をいくつも挙げて、刑吏にその判決文を書かせてみるがよい。刑吏にそれが書けないようなら、罪を与えて追い払えばいい。またこのような刑吏を採用したことを理由に吏房（人事の役人）も斥けるのだ。それを繰り返して行けば、おのずと道は開けるだろう。おおよそ文章を書かせて私の手より優れている者がいれば、これはかならず褒めるのだ。このようにして幾日かが過ぎて後に、試験で刑吏を選ぶという命令を下して、現任か退役かにかかわらず、文章のよく書ける者はみな試験を受けることを許可すれば、私が首席となって刑吏となることができるはずだ。刑吏となって後に、都書員の職責を命じればいい。もしそれが実現したら、私は世間のことを耳に入るままに記録して、あなたに報告しよう。そうすれば、あなたはよく政を治めたという名前を取ることであろう」

宰相が言った。

「それなら、そうしてみようではないか」

その人は宰相に先だって安東に下っていき、隣の邑の逓吏▼2と称して旅館に寄宿しながら、吏庁を往来して、あるいは代書の役割をはたし、あるいは文書の校正を代わりにした。人がらが几帳面で明晰であり、算術も書もまた優れているとして、役人たちはみな彼を重宝してもてなすようになり、吏庁の宿直として寄宿するようになり、役所では諸般の文書については彼と相談するようになった。

新任の長官が赴任して来て、役所には人びとの訴訟事が集まった。訴訟事を次々にとりあげ、刑吏たちに書類を書かせてみて、書けなければ、かならず杖でしこたま打ちすえ、一日のうちに罪を得た者の数が知れないほどであった。上級の官営に差し上げる書類からちょっとした伝令に至るまで、かならず瑕疵を見つけて罪を問うた。吏房もつかまえ、刑吏をあやまって採用したとして毎日のように罪に問うた。そのために役所はまるで戦乱に遭ったかのようで、刑吏たちはその前に近づこうとはしなかった。書類の往来の中でこの人の筆跡があれば、その書類は無事に通過したので、そのために役人たちはみなこの人がいなくなるのを恐れた。ある日、吏房に命令が下った。

「私がソウルにいたときに聞いたところでは、この安東はもともと文郷と称されているという。しかし、私が見るところ、まことに心が寒くなるような状態で、文郷という名を証明するような刑吏は一人としていない。吏房は吏庁において、現役、退役を問わず、役人たちの文筆の立つ者を集めて、その才を試験してみるがよい」

吏房は命を受けて、問題を出して、試験を行なった。役人みなの答案を回収して見たところ、この人が首席になった。そこで、長官は尋ねた。

「これはどういう役人だ」

「この人物はこの土地の人間ではありません。隣邑の退役の役人です。たまたまわたくしどもの役所に来て、寄宿しているのです」

「この人の文章がもっとも優れている。隣の邑で役人の仕事をした人がこの邑で役人になったところで、なにも差支えはあるまい。吏案に登録して、刑吏に任じることにせよ」

吏房はそのことばに従った。この日から、この役人は率先して仕事をするようになったが、この役人が刑吏となって以来、官吏として責任を追及されて罪に問われる者はいなかった。吏房以下の人びとが初めて胸をなでおろし、役所は何ごともなく平穏になった。人事考課があって、しばらくすると特別に都書員を兼ねて仕事をするようになったが、誰もそれに反対する者はいなかった。

その役人は一人の妓生を身受けして妾とし、家を買ってそこに住んだ。いつも文書を取り扱うあい間には世間の噂をかならず記録して、座布団の上に載せて出て行き、長官はこれをひそかに読んだ。そのために、人びとの隠しごとや役人の不正を明らかにすることにおいて、長官は鬼神のようで、役人たちはみな恐れてひれ伏すしかなかった。翌年もまた、その人は都書員を兼任したが、二年にわたって受け取った金は万金余りとなって、それは暗々裡にすべてソウルの家に手形に替えて送った。長官が転任することになると、その前日に、この役人は家を捨てて逃げた。役所のみなは戦々恐々とした。吏房が入って行き、告発しようとして尋ねた。

「その妾といっしょに逃げたのか」

「家も捨て、妾も捨てて、ただ一人で逃げました」

「何か持ち逃げしたものはないのか」

「ありません」

「それなら、問題はない。なんとも不思議なことだ。まるで浮雲のように足跡も残さないのでは、もう放っておくしかあるまい」

その人は故郷にもどると、家を買い、土地を買い、家が豊かになった後、ついに科挙に及第して、いろいろな州郡の長官を歴任した。

▼1【都書員】文書の記録および作成に当たる役人の中で税の出納および予算のことに当たる責任者。

▼2【逋吏】官有あるいは公有の田穀を私的に使って追い出された官吏。

第一五四話……清白吏の李秉泰

副提学の李秉泰《イピョンテ》▼1は最初に嶺伯（慶尚道観察使）の任命を受けたとき、辞退して行かなかったので、王さまの怒りを買った。その後、陜川《ヒョプチョン》の郡守に任命されたが、陜川の役人が迎えにやって来て見ると、すでに炊事の火が絶えて何日もたっているようであった。それを見てはなはだ気の毒になって、一斗の米、一匹の魚、薪一束を公の家に送った。公が宮廷から帰って来ると、白米のご飯と魚の料理が用意されている。それを見て、家の者に尋ねた。

「この食事はいったいどうしたのだ」

家の者が事実のままに答えると、公は顔色を変えて言った。

「どうして下っ端の役人の、無名の者から施しを受けることができようか」

すぐに飯も魚も役人に突き返した。その郡に着任してから後も、毛の先ほどの財物も近づけることなく、まごころでもって郡を治めた。

当時、大きな日照りがあって、全道で雨乞いをしたものの、効果は現れなかった。公が祭祀を行なった後、祭壇の下、酷暑の日照りの中で突っ伏して、心の中で誓った。

「もし雨が降らなければ、死ぬまで祈ることにしよう」

ただ白米だけを食べて、数日のあいだ、心の中で祈り続けた。三日目の朝、一群の黒い雲が雨乞いをしている山から沸き起こって、しばらくすると、大雨が降り注ぎ、一帯はあまねく潤った。境界を接した他の郡には雨の一滴も降り注ぐことはなかった。一道の中で陝川一帯だけが豊作であったが、これもまた不思議なことであった。

海印寺《ヘインサ》▼2には紙を作って納める負役があったが、寺の僧たちはこれを改めるべき弊害だと考えていた。しかし、公が陝川郡守となってからは、一張の紙も出すように要求することがなかった。あるとき、文書を編集することがあり、箇紙三幅を納めるように要求すると、寺の各房の僧侶たちは十幅の紙を納めて来た。公は僧侶たちを捕まえて来るように命じ、僧侶たちに申し渡した。

「役所から三幅の命令があった以上、一幅でも増減があれば、すでに罪になる。お前たちはどうして数を加えて納めたのか」

三幅だけを納めさせ、残りはすべて送り返した。僧たちは箇紙が戻って来ると、役所の奴僕に押し戻したが、奴僕もこれをどうしていいかわからない。そこでやむをえず、役所の門の上梁に懸けておいた。

その後、公がこの門を出入りするとき、箇紙が掛けられているのを見て不思議に思い、いったいどうしたことかと尋ねて、そのわけを知ると、笑って言った。

「机の上に置いて使うがいい」

任期を終えて帰京するときに見ると、一幅を使っていて、六幅が残っていたので、これを引き継ぎの帳簿に記録して残した。

公が閑暇なときに海印寺に逍遥して、多くの逍遥の客が岩にみずからの名を刻んでいるのを見て、滝の上に聳えている岩を指さして言った。

「あの岩に私の名前を刻めればいいのだが、深い淵の上に岩が立っていて、あそこまで行って刻みつける方法がない」

　僧徒たちはこれを伝え聞き、七日のあいだ斎戒して、山神に祈った。すると、夏の五月であるにもかかわらず、滝の水が凍りつき、その氷に梯子を刻んで、岩に名前を彫りつけることができた。これは今に伝わっている。

　ソウルに帰るとき、郡中の人びとが道を塞いで言った。

「お願いですから、何か一つだけでも長官をしのぶよすがになるものを残していってください」

　公が言った。

「私はお前たちの郡にあって、この身に私するものを作ろうとしなかったが、ただ道袍（道士の着る服）一着だけを作った」

　それを残していくことにしたが、質素な葛布で作った道袍であった。これを納めて祀堂を造り、「清白堂」と名付けた。現在に至るまで、春と秋にはお供えをして祭祀が行なわれている。

▼1【李秉泰】一六八八～一七三三。英祖のときの清白吏。字は幼安、号は東山、諡号は文清、本貫は韓山。一七二三年、文科に及第。一七二七年、礼曹参議のとき、祖先である慶流が壬申倭乱で死んだことがあり、「倭書回答」を拒否するために辞職した。その後も要職に任命されたが辞することが多く、王の怒りを買うこともあった。陜川郡守であったとき飢民たちをよく救済した。副提学に至ったが、それも辞し、死後、吏曹判書を贈られた。

▼2【海印寺】慶尚南道陜川郡伽耶山にある古寺。通度寺、松広寺とともに韓国の三代寺刹とされる。八〇二年に建立された。哀荘王の妃が病気になったとき、どんな薬も効き目がなかったが、唐で修行して帰国した順応・利貞の二人の大師の祈禱によって病が癒えた。王はそれを喜んでこの寺を創建したと伝える。高麗大蔵経（八万大蔵経）の版木があることで有名。

第一五五話……秘蔵された『青鶴洞日記』

　進士の金氏の名前は錡《キ》▼1で、参判の銑《ソン》▼2の弟である。家が原州《ウォンジュ》の興原倉《フンウォンチャン》▼3にあり、一人の息子がいた。息子の年齢は二十歳、才芸において名が高かったが、ある日、健壮な一人の男が赤みを帯びた鬣の白馬に鞍を置いて現れ、

「わたくしの主人があなたをこの馬に乗せてお連れするように言いました」

と言った。金生だけにその人は見え、家の他の人間には見えない。金生がその馬に乗って門を出ると、馬はまるで飛ぶように駆けて山々を越え、ある村の入り口に至った。珍しい草花が生え、またよそでは目にしない禽獣がいて、別世界のようであった。白髪の老人が笑って出迎

え、

「私とあなたには縁があり、それでこうして使いをやって迎えたのだ。私とともに道を学ぶがいい」

と言った。そこで、そこに滞在することにしたが、十人ほどの同学者がいた。その中で筋がよくて老人が特に道を伝えようと考えた者が三人いた。一人は金生であり、一人は江南の人、そしてもう一人は日本の大坂城の人であった。その洞を青鶴洞《チョンハクドン》と言った。

　金生はそこに留まること数ヶ月、道を習得して、家に帰った。それ以後、金生は瞑目して精神を集中して座れば、人馬が彼を待ち迎え、どこにでも往来することができた。そのようなときには門を閉じて一室に閉じこもり、目を閉じてまるで眠っているかのようであったが、そうして三、四日、あるいは、七、八日の後に初めて目を覚ますのであった。家の者はみなこれを不思議に思った。ある日には、青鶴洞に赴き、その老師と山上を逍遥していると、老師がおもむろに、

「お前たちの術を見せて、私を楽しませてはくれまいか」

と言った。すると、江南の人は白鶴に化して飛び、日本人は大きな虎になって蹲った。金生自身は秋風に吹かれて飄々と散る木の葉となった。老師は大笑いした。

　金生は両親に暇を告げて、

「わたくしはこの塵にまみれた俗世に永く留まるべき人間ではありません。これから仙界に参ります。父上も母上もけっしてお嘆きにならないでください」

と言い、その妻にも別れを告げて、病づくこともなく、座ったまま死んだ。事がらが虚妄のようでもあり、両親は、息子は気が狂ったのではないかと思った。しかし、その後になって、息子の残した箱を開けて見ると、『青鶴洞日記』なるものが出て来て、詩の応酬や神異の事が記されていた。両親はこれを秘蔵して、人の目に触れないようにした。

▼1【金錡】この話にある以上のことは未詳。
▼2【金銑】一七五〇～?。純祖のときの文官。字は擇之、本貫は延安。一七九二年、謁聖文科に丙科で及第し、典籍、礼曹佐郎などを経て、大司諫・江華府留守・開城府留守などを歴任、刑曹判書・漢城府判尹に至った。
▼3【興原倉】現在の江原道原州の蟾江の北にある地名。

第一五六話……貴人の出生には神祐がある

軍資正の李山重《イサンチュン》▼1が杆城《カンソン》の守令であったとき、その子の泰永《テヨン》（第一四七話注1参照）の妊娠していた妻の臨月が

近づいた。甲辰の年（一七六四年）の五月のことである。ソウルの家でお産をしようと杆城を出発して、泰永もこれに随行したが、甕遷《オンチョン》の地に至ったとき、急に激しい雨が降り始め、雷もなって稲妻が走り、耳目を驚かせた。輿車を引く馬が頻りに嘶いては棒立ちになる。泰永は従者に馬をつなぐ縄を解かせ、輿を人夫たちに担がせようとした。人夫たちが輿を肩に担ごうとした瞬間、霹靂が馬の頭の上を通り過ぎて、近くの檜の木を直撃した。馬は驚いて跳ね、岩石の上に転倒して、そのまま海に落ちてしまった。人夫たちが担ぎかけていた輿を、泰永が路に下ろさせ、簾を巻き上げて中を見ると、妊婦は昏睡していて無事であった。七月になって、判書の義甲《ウィカプ》（第一四七話注2参照）が生まれたのである。

貴人の出生にはかならず神佑というものがあるようである。義甲がまだ四歳のとき、その大夫人に連れられて水橋《スギョ》の外家に泊まることになった。その家では火事があり、建物を建て替えようと、木材を後庭に積み上げてあった。義甲はその下で遊んでいたが、その積み上げた材木が一気に崩れ落ちてしまった。義甲はその乱れ落ちた材木の中にいる。家の人びとは驚き慌て、無事にはすむまいと思った。外祖父もまた動転して、どうしていいかわからない。すぐに家人たちに材木を取り除けさせたが、すると、三本の木が互いに寄り合って伏せた盆のようになった空間に義甲は横たわっていた。驚いて顔は土気色になっていたものの、どこにも傷を負ってはいなかった。外祖父は、「この子はきっと大成する」と言っていたものであった。

▼1【李山重】李泰永の父、義甲の祖父ということになるが、『韓山李氏宝鑑』なる書物に、「軍資監正　贈資憲大夫　吏曹判書兼　知義禁府事　五営都総府都総管行　通訓大夫」と職歴が記されている。

第一五七話……虎から処女を救った徐敬徳の智恵

花潭《ファダム》・徐敬徳《ソギョントク》▼1は博学多聞であり、天文地理や術数の学問にも通暁しないものがなかった。長湍《チャンダン》の花潭のほとりに住んだので、それを号にしたのである。ある日、弟子たちを集めて講論をしていると、突然、一人の老僧が現れて挨拶をして立ち去った。花潭は老僧を見送った後、しきりにため息をついた。弟子の一人が何かあったのかと尋ねると、花潭は、

「君はあの僧のことがわかったか」

と尋ね、弟子が、

「いいえ、ただの僧侶に見えますが」

と答えると、花潭は言った。

「あれは某山に住む神霊のような虎なのだ。某所の女子が婿を迎えようとしているのだが、あの虎は行って禍をなすつもりのようだ。気の毒なことだ」

「先生はそれをご存知であっても、救う手立てはないのですか」

「手立てがあったとしても、行かせる人がいない」

するとと、一人の弟子が言った。

「わたくしが参りましょう」

花潭が答えた。

「それは、ありがたい」

そして、一冊の書物を取り出して言った。

「これは仏教の経典だ。その家はここから百里ほど行った某邑にあるが、君はその家に行っても、けっしてその理由を口外してはならない。まず堂の上に机と灯りを置くようにさせなさい。その処女を部屋の中から出ないようにさせ、四方の扉を鍵でしっかりと閉ざし、頑健な婢女を四、五人ばかり処女の側に置いて、処女をしっかりと守らせるようにしなさい。そして、君自身は堂の上でこの経典を読むのだ。間違えないように、また恐れることなく、読むがいい。そうして、鶏が鳴く時刻まで待てば、何ごともなく済むであろう」

そのようにかさねがさね注意を与えると、その弟子は馬を駈けてその家に向った。上下の者たちが大騒ぎしているので、尋ねると、明日、婿を迎えることになっていて、今まさに結納を行なっているのだという。弟子は家の主人に会って挨拶を交わした後に、言った。

「今晩、ご主人のこの家に大きな禍がございます。私はそのためにやって来ました。その禍を免れるためには、これこれのことをしなくてはなりません」

主人は信じようとせずに、言った。

「どこのどなたか存じませんが、そんな悪い噂を流すのはやめてください」

「私の言うことが単なる悪い噂かどうかは、今は論じますまい。夜になればおのずとわかります。夜になっても私のことば通りにならなければ、そのときには私を追い出してもかまいません。いまはすべからく私のことばに従ってください」

主人は心の中では疑いが晴れなかったが、しかし、客のことば通りにして、待つことにした。処女もまた弟子のことば通りに部屋の中に閉じこもった。弟子は堂の中で端坐して、灯りの下で経典を読んだ。三更になって、突然、霹靂のような音がした。家の中の人びとはおそれおののいて逃げ惑ったが、見ると、大きな虎が庭に蹲って、咆哮している。弟子は顔色一つ変えず、経典を読み続けて止めなかった。このとき、処女は大便がしたくなって、我慢することができずに外に出ようとした。婢女たち全員で必死になって左右から引き止めた。処女はそれでも外に出ようとする。その度に大虎は大きく吼え、窓の桟をかみ砕いたが、そうすること三度ばかりで、やっとのことで姿を消したのだった。処女は気絶したが、家の人たちはようやく生きた心地を取り戻すことができて、お湯を処女の口に含ませると、処女も意識が戻ったのだった。弟子は読経を止めて外に出て来た。家を挙げて感謝して、弟子を「神人」だと言って崇め、数百金の謝礼をしようとしたが、弟子は、

「私はお金が欲しくて来たわけではない」

と言って、衣の裾を払って暇を告げた。

　帰って来て、花潭に報告した。花潭は笑いながら言った。

「君はどうして三ヶ所も読み間違えたのかな」

「いいえ、読み間違えたりはしませんでした」

「惜しいかな、虎が僧の姿でまたここを通り過ぎて、人を殺さずに済んだ功徳を感謝して、言ったのだ、『経書の誤読が三ヶ所ありました。それで三度ほど窓の桟をかみ砕きました』と。それで私は知っているのだ」

　弟子はあらためて経典を調べて見て、はたして間違えていたことがわかった。

▼1【徐敬徳】一四八九～一五四六。中宗のときの学者。号は復斎・花潭。諡号は文康。十八歳のときに『大学』を学んだが、「格物致知」に啓発されるところがあって、それに依拠して学問を行なった。科挙には関心がなかったが、母親の命令で司馬試に合格した。官職にはつかず、ただ道学に専念した。宣祖のときになって右議政を贈られた。

第一五八話……育ての親への恩義を知る鵲

綾州《ヌンジュ》・朴右源《パクウウォン》▼1が南方の役人であったとき、その夫人が木の上から鵲《かささぎ》の雛が落ちたのを見て、朝に夕に餌を与えてこれを飼った。羽毛が生えそろい、大きくなっても、夫人の部屋からは離れようとしなかったが、あるいは庭の樹木に飛び移って巣をかけても、時どきはやって来て、夫人の肩の上に泊まった。

　右源が長城《チャンソン》の役人になって赴く日、忽然と鵲は姿を消したが、長城の役所の門までたどり着くと、鵲はその梁の上に止まっていて、鳴きたてて降りて来た。夫人の前に来ては飯をつつき、庭の樹上に巣を作って卵を抱いて、孵った雛を育てた。右源が綾州に転任したときにも、鵲は慕ってき来した。巣と夫人の部屋をいつものように行やって来て、それはソウルに戻ることになったときにも

同じだった。

夫人が死んだときには、上に飛び、下に降りて来ては鳴きやまず、殯所《ひんしょ》を去ることがなかった。埋葬することになって野辺送りのときには、その棺の上にじっと止まっていた。墓山に着いても、ずっと墓の覆い屋に座ってずっと鳴き続け、棺を地中に下ろすときには棺の上まで来てひとしきり盛んに鳴いて、そうして飛び去って、どこに行ったかわからなくなった。このような禽獣であっても、恩というものを知るのである。時の人が『霊鵲伝』を作ったという。

第一五九話……中国で画名をほしいままにした鄭歚

鄭謙斎《チョンキョンチェ》の名前は歚《ソン》▼1で、字は元伯《ウォンベク》である。絵をよくし、山水画にもっとも妙であった。世間の人は朝鮮三百年来の丹青画の絶品であると称え、その画を求める人が麻のように引きも切らなかった。北里に住むソンビは三十張ばかりの鄭歚の山水画を手に入れ、これをまるで宝物のように大切にしていた。ある日、このソンビが槎川《サチョン》・李《イ》公《コン》▼2の屋敷を訪ねたが、書架には中国の版本が積まれ、それが四面の壁を埋めているのを見て、

「どうして中国の版本をこのようにたくさんお持ちなのですか」

と聞いた。李公は笑いながら、

「これで千五百巻はある。すべて私が自分で購ったものだ」

と自慢げに言い、さらに続けて言った。

「しかし、これがすべて鄭元伯のお蔭で手に入れたものと、いったい誰が知っていようか。北京の絵師たちは元伯の絵をはなはだ珍重していて、掌の大きさほどの絵であっても高額を払って手に入れようとしない者はいない。私はもともと元伯と親しく付き合っていて、その絵をたくさん手に入れて、北京へ使節が行くたびにこれを託して金に換えさせ、読むべき書物があればそれで購って来てもらったのだ。それが重なってこのように多量に書物が集まった。それにしても、中国の人びとは絵画の価値がよくわかっている。わが国の人が画家の名前だけを問題にするのとは大いに違う」

▼1【朴右源】正確には朴祐源なのではないか。『朝鮮実録』正祖十二年（一七八八）十一月朴祐源を吏曹参判となし、十二月には奎章閣の直提学としたという記事がある。また、正祖十七年（一七九三）五月には京畿観察使の朴祐源を罷免する旨の記事がある。

中村（第一四五話注2参照）に住む人の夫人が絹のチマを着て、鄭歚の家にやって来たが、肉汁でチマを汚してしまった。心の中でははなはだ困ってしまったが、鄭歚はそれをもって来させ、その襞の重なったところを広げさせて、外舎の外に干させた。天気がたいへん爽やかで、目の前には恰好の画布がある。鄭歚は急に絵心を触発され、硯を出して、そのチマを広げて楓岳山《プンアクサン》を描いたが、絢爛かつ繊細として生気が流動した。まだ二幅ほどの余白がある。そこで、そちらには金剛山《クムガンサン》を描いたが、こちらも絶妙で、まことに絶宝とも言うべきであった。

しばらくして、そのチマの婦人の夫がやって来た。鄭歚は言った。

「私はたまたま画興をもよおしたのだが、残念なことに、ちょうどいい画布がなかった。たまたま君の家の夫人のチマがあったので、これを画布として、一万一千の峰々をそちらに描き移した。君の家の夫人がそれを喜んでくれたらいいのだが、どうであろうか」

その人はまた絵のわかる人であったから、大いに喜んで、何度も何度も頭を下げて感謝した。家に帰ると珍しい酒の肴を買いととのえて鄭歚のもとに贈った。その人の家ではこの絵を家宝のように扱ったが、それを中国に行く使節に託して、画商のもとに行かせた。たまたま蜀の僧侶で青城山から出てきている者が来合せ、この絵を見て大いに称賛して絶宝だと言い、

「今、新たに寺を建てているのだが、この絵でもって供養をしたい。百両でこれを譲ってはくれまいか」

と請うた。使節はそれを了承したが、まさにそのとき、南京から来たという人がこの絵を見て、

「私はそれに二十両を上積みするから、私に譲ってはくれまいか」

と言ったので、使節は翻意してそちらに譲ろうかと考えた。すると、僧侶は大いに怒り出し、

「私はすでに価格を決めて、商談は成立していたのだ。利を見て義を忘れるとはこのことだ。私はさらに三十両を与えようじゃないか」

と言って、絵を買い取り、絵は即刻、火の中に投じ、

「世間の人心というのはこのようなものだ。私がこの絵に執着したなら、どうしてこの人物と異なるところがあろうか」

と言って、衣を払って立ち去った。使節もまた百両は取らず、ただ五十両だけをもって帰って来たという。

ある日、鄭歚が明け方に眠りから覚めると、ある人が門を叩いている。門を開けて招き入れると、平生、親しく交わっている翻訳官である。その翻訳官が何も描いていないまっさらな帖を差し出して、

「これから中国に行くことになって、別れを告げるため

にやって来たのだが、君はこれに筆を振るってくれないだろうか」

と言った。そういっている間に、東の空が明るんで、朝の気配は爽やかである。鄭歚は海の景色を描き、波が盛り上がり、波濤が打ち上げ、その沖を小舟が帆を挙げて行く様を一気に描き上げた。半ば茫然としてその描く様子を見ていたが、翻訳官はそれを受け取って、感謝して立ち去った。北京に行って、画商に見せると、画商はこの絵を嘆賞してやまず、

「これは朝の爽快な気分の中で描いたものに違いない。その精神が風を孕んだ帆に現れている」

と言って、一櫃《いっぴつ》の扇草香▼3でもってこれと換えた。翻訳官がこの櫃を開けて数えると、五十枚の香が入っていた。長さはみな数寸もあった。こういうことがあって、翻訳官たちはみな鄭歚の画を見ること奇貨のごとくであった。

▼1【鄭歚】一六七六～一七五九。字は元伯、号は謙斎、蘭谷。本貫は光州。幼いころから絵に巧みで、官職は県監に至った。朝鮮国内の名勝古跡をあまねく見て回り、中国の画風を模倣することなく、独自の技法で写生画を数多く描いて、朝鮮独自の山水画風を確立した。「立巖図」「廬山荁宣図」「内金剛図」「金剛山万瀑洞図」などの作品がある。

▼2【槎川・李公】李秉淵。一六七一～一七五一。字は一源、号は槎川。父母を始めとする出身背景はわからない。金昌翕の門人で、蔭補で府使に至った。詩をよくして、英祖時代の最高の詩人とされる。一生の間に一万三百首の詩を作った。

▼3【扇草香】神仙が用いたという嘉祥の草で作った香。

第一六〇話……金剛山の神人

観察使の孟冑瑞《メンチュソ》▼1は山水の中に遊ぶのを好んで、若いころ、楓岳山の奥深くまで入って行ったことがある。そこには一つの庵があり、きわめて清潔に一人の老僧が住まっていた。もう百歳にもなっていたが、矍鑠《かくしゃく》として、容貌は古健であり、礼儀を守って若い冑瑞にも恭しく接した。冑瑞はこれを異として、頭を垂れてその得道したところを尋ねようとしたが、老僧は一人の沙弥を呼んで、

「明日は私の師僧の命日だ。お供えを用意しなくてはならない」

と言った。沙弥は、

「わかりました」

と答えて、翌日の明け方にはお供えが供えられ、老僧の哭ははなはだ哀切であった。孟公は尋ねた。

「上人の師僧というのはどなたなのですか。そして修得された道というのはどのようなものだったのでしょう。教えてはいただけませんか」

老僧はしばらく凄然としていたが、やがて語りだした。

「あなたがお尋ねになるので、隠し立てはしますまい。私は朝鮮の人間ではありません。日本から来た者です。師匠というのも僧侶ではなく、世俗の人です。私が朝鮮にやって来たのは壬辰の年（一五九二年）の前のことで、日本では計略に富み、驍勇絶倫の私たち八人を選んで、朝鮮八道に分けて探らせることにしたのです。山川の険しさ深さ、道里の遠近、関所や要衝の位置をひそかに記録して、朝鮮の人びとの中で知略に富み、勇敢な者たちはみな殺した上で、やっと復命することが許されていました。八人ともに朝鮮語には習熟して、東萊《トンネ》の倭館を出立するときには朝鮮の僧侶の服に着替えました。そのときに八人で、

『朝鮮国の金剛山は名山だという。まずはこの山に登って祈禱をした後で、それぞれ任地に分かれよう』

と相談して、十日余り同行して、淮陽《フィヤン》の地に着きました。すると、一人のソンビに出会いました。木靴を履き、黄色の牛に乗り、山間から出て来たのです。われわれ同行していた者の一人が、

『われわれは連日のように寺を訪ねて、大したものを口にせず、肉を食べてはいない。どうも気力が減退していかん。この人を殺し、乗っている牛を屠って食べることにしよう。そうすれば、道もはかどろう』

と言うと、みなは二もなく賛成しましたので、八人でそのソンビを取り囲みました。すると、そのソンビは言いました。

『お前たちはどうして無礼を振るおうとするのか。お前たちが日本の間諜だということぐらいわからないとでも思っているのか。みな殺しにしてやる』

八人は驚いたものの、剣を抜いて一斉に襲いかかりました。すると、ソンビは地面を蹴って一っ跳び、拳を振るい、脚を飛ばして、その敏捷さはまるで神のようで、頭骸骨を破られ、四肢を折られて、たちどころに五人が死にました。残りの三人はただ地に伏して命乞いをするばかりです。ソンビは言いました。

『お前たちが本当に帰服すると言うのなら、死生をかけて私に従うことができるか』

三人は頭を地面に打ち付け、天を指して誓いましたが、すると、ソンビは私たち三人を連れて家に帰って行って、言ったのです。

『お前たちは日本のためにわが国の事情を探ろうとして来たのだろうが、いかにも知慮に欠けて、武術もつたない。いったいそれで何ができるというのか。すでに天に帰服を誓ったとは言え、お前たちの心の真実と嘘は、私には察しがつく。私はお前たちに剣術を教えよう。もし日本兵が押し寄せて来たなら、私はお前たちと兵を起こ

して馬島《マド》に行って日本兵と戦おうと思う。異国で功を立てるのも、けっして悪くはあるまい』

　三人は感謝して、いっしょに剣術の教えを受け、すでに極意に達して、事のあるたびに懸命に勤めましたので、ソンビもはなはだ私たちを信頼してくれました。ある日、三人がいっしょの部屋に寝ていて、朝になって起きて見ますと、ソンビが人のために害されていて、部屋の中に血がおびただしく流されていました。私が他の二人に、

『これはいったい何事だ』

と尋ねると、二人は、

『私たちはこの人に屈服して、剣術を習ったとしても、いっしょにやって来た八人は義において兄弟も同じであった。それが五人も殺されてしまった。私たちにとってソンビは敵である。これを寸時も忘れることはできず、久しく敵を討ちたいと思っていたものの、なかなかその隙がなかった。今、たまたまその隙があったのだ。どうして敵を討たないでいられよう』

と言いました。私はこれを責めて、

『われわれはこのソンビに再生の恩を受け、すでに天に誓ったのではなかったか。恩義は深く、父と子の情誼で結ばれていたはずだ。どうして仇などと言って、この挙に及ぶべきであろうか』

と言い、しばらく慟哭して打っ伏した後に、起って二人を刺し殺してしまいました。その後、この山に入って僧となり、一人の沙弥とともに、この庵で暮らしているのです。年齢もすでに百歳を越えましたが、いつもソンビのことを思うと、その才知は高く、意気は深く、情義は篤い方で、愛惜の情は極まりなく、至痛の感情が離れません。今日はまさにそのソンビの命日なのです。何年たっても、哀痛の情を抑えがたく、けっして忘れることができません」

　孟公は聞き終わって、感嘆しながら、

「尊師の聡明な識見と神勇とを知っていながら、二人はどうして利益にもならぬ心を起こして、ついには命を失ったのだろうか」

と聞くと、老僧は答えた。

「私の師匠はこの二人が得心して仕えているのでないことは重々に知っていました。ただ、その才能を認め、その力を役立てようとしたのです。そして、その知恵についても、これは制御することができると考えておられたようです。師匠は常に私に向かって、『お前の才識は群を抜いている』とおっしゃり、ことのほかに可愛がってくださいました。それが、親族をも忘れ、故国を捨てて、祭祀もけっして怠らずに、ここに至った理由です」

　孟公が、

「上人の剣術を拝見したいですが、いかがでしょうか」

と尋ねると、老僧は答えた。

「私は老廃してしまい、もう稽古も長らくしていません。急には身体が動きません。公がしばらくここに留まってくだされば、私の気力も充実しましょう。そのときに試してみましょう」

数日後の朝、老僧が孟公を呼び出して、あるところに至った。そこには十本の栢《かや》の木があり、それぞれが十人で囲むくらいの太さで、雲をつかんばかり高く聳えている。老僧は二つの丸い毬のような物を取り出した。縄できつく縛ってあったのを、その縄を取り除くと、二つの鉄塊である。それを掌でひき伸ばすと、長さ数尺の二本の剣になった。霜のような刃で、秋の水のように冴え冴えと光っている。巻いたり、伸ばしたり、紙のようにできるのであった。老僧はその二本の剣を両手にとって立ち、舞を始めた。最初は腰を落として緩やかに動き、しばらくすると、風が吹いて躍り上がり、まるで空中に立って旋回するかのようである。ただ銀の甕がきらめいて、栢の梢の何層もの葉の中を出没している。稲妻のように光って、それが林の中に縦横に走ったが、それは老僧の振るう剣であった。栢の葉が紛紛と雨のように落ちた。孟公は魂魄が凍りついたかのようで、まともにこれを見ることもできない。栢の葉は多く寸断されて、枝はなかば裸になった。やっとのことで、老僧は空中から下りて来て、木の下に立った。そして、二度三度と息を吐き出して、言った。

「やはり気力が衰えてしまった。もう若いときは戻らない。昔は、この栢の下で剣舞を始めると、葉は細い糸のように裁断されたものであった。今はもうそうではない。切れていない葉も多い」

孟公が驚嘆して、

「上人は神人です」

と言うと、老僧は、

「私はもう久しからずして死ぬ。私の才術も永遠に消え去るので、公にはすべて語ったのだ」

と言った。

▼1【孟胄瑞】一六二二～?。朝鮮後期の文臣。字は休徵、本貫は新昌。一六五四年、式年文科に及第して官途を歩み、一六六六年には謝恩兼陳奏使の書状官として清に行った。一六七〇年には黄海道観察使となり、一六七八年には安東府使として善政を行ない、その功で嘉善大夫となった。

第一六一話……恩徳が報いられた尹忭

尹忭《ユンピョン》▼1が刑曹正郎であったとき、金安老《キムアンノ》▼2が国権を握り、威と福を自己の思いのままにして、良民を奴僕に落とすようなことまでした。ある人の子孫の数十人がみな刑曹に捕えられたとき、刑曹判書の許沆《ホハン》▼3は安老の依頼を受けて、誣告をそのまま鵜呑みにした上、厳しく尋問して、重い刑罰を与えようとした。尹公だけがこれに疑いを挟み、判決文を何度も読み返して、その冤罪であることを知り、弁駁する文章を書いて、上疏しようとした。たまたま歳末のことで、判決文を啓上するときに、尹公はみずからの書いた文章をもって御前に進み出て、王さまのご覧に入れた。王さまはこれを一読して、金安老の一派を追放された。数十人の囚人が釈放されて、冤罪の恨みは一朝で雪がれた。

　尹公はすでに年老いて、後添いにも息子が生まれなかったので、そのことをはなはだ慨嘆した。粛川《スクチョン》の府使に任命され、朝廷で諸卿に暇乞いをして、夕方には広通橋《クワンドンキョ》を通りかかった。日がすっかり暮れて雨がしとしとと降り出したとき、突然、一人の老人が馬の前に飛び出して来て挨拶をした。尹公には見覚えがない。老人が言った。

「わたくしは良人です。かつて権勢家に脅かされて、良人から賤人に落とされようとしたとき、どこにも訴えようがありませんでしたが、貴公のおかげでもって、子孫全員の身分が保たれました。その恩をつねに心肺に刻んで、いつかはそれに報いようと考えていましたが、なかなかその機会はありませんでした。この後、癸巳の年（一五三三年）には、お宅には男児が誕生されましょう。ただし寿命も福禄も長くはありません。それを唯一救う手立てをお教えします」

　言い終えると、袖の中から一枚の紙を取り出して、両手でこれを尹公に差し上げた。尹公がこれを見ると、「某年、某月、某日に男児が生まれる」と書いてあり、その左側には「寿富貴多男子」という六文字が書いてあり、右側には「男子が生まれた後に、公はこの紙をもって江原道《カンウォンド》の金剛山楡岾寺《ユチョムサ》に行き、黄色の蠟燭五百双を供えて祈禱すれば、かならず寿命も延び幸いも増すであろう、これがわれわれの報恩である」と書き加えられていた。老人はくれぐれもこれを違えないようにと言い、尹公はどこから来たのか尋ねようとしたが、老翁はそれには答えず、何度も礼をして、急に姿を消した。

　尹公はこれを深く隠して置いたが、はたして癸巳の年になって、男子が生まれた。骨柄ははなはだ奇俊である。尹公はみずから楡岾寺に行き、老翁のことばの通りに手厚く仏にお供えをして、祈禱の文章の空白だった箇所に男子の姓名を書き込み、仏の前に置いて祈禱した。祈禱を終えた後に、その紙を見ると、「寿」の文字の後に「可耋」の二字が加わり、「富」の文字の下に「自足」の二文字が加わり、「貴」の下に「無比」が加わっていた。

「多男子」に下には「皆貴」の二字が加わっていた。加えられた八文字はみな深い青色であり、細く毛髪のようで、みな楷書であった。いったいどうしてなのかわからなかったが、尹公は大いに驚き、家に帰ると櫃の中に入れて深く秘蔵した。その後、この子が成長して、梧陰公《オウムコン》・尹斗寿《ユントス》▼4となるのである。年齢は七十八歳にまでなり、官職は領議政にまで昇った。その富裕さは自足して、五人の子どもがみな貴顕となり、長子の昉《パン》▼5は領議政にまでなり、次男の昕《フン》▼6、三男の暉《フィ》▼7、四男の暄《フォン》▼8はみな判書となり、五男の旰《カン》▼9は知事にまでなった。その勲業は燦爛と当世に光り輝いて、後世に模範を垂れている。孫や曾孫たちも繁栄して、貂の皮衣や犀の帯を締めて、にわかに大家になったのであった。

▼1【尹忭】一四九五～一五四九。字は懼夫、号は知足庵、本貫は海平。十二歳で孤児となり、趙光祖の門人となった。一五一九年、生員試に合格したが、この年、己卯士禍が起こり、趙光祖が投獄されると、成均館の儒生とともに師の無罪を控訴した。一五二二年、式年文科に及第した。「己卯党人」として排斥する者もいたが、成均館学諭となり、以後、要職を歴任して、軍資監正に至った。

▼2【金安老】一四八一～一五三七。中宗のときの権臣。字は頤叔、号は竜泉。一五〇六年、文科に及第。己卯の士禍（一五一九年）の後、吏曹判書に昇進、南袞および沈貞の弾劾を受けて、一五二四年、豊徳に流配されたが、復帰して礼曹判書となり、沈貞と李沆を殺して政権を掌握した上で、敬嬪朴氏と福城君を死に追いやった。官職は左議政に至り、たびたび獄事を起こしては、李彦廸・李荇・鄭光弼などを流罪にした。文貞王后を廃そうとして失脚、丁酉の年（一五三七年）、許沆・蔡無択とともに流配、その後、死を賜った。丁酉の三兇と言われる。

▼3【許沆】?～一五三七。中宗のときの文官。字は清仲、本貫は陽川。司馬試に合格、一五二四年には文科に及第した。大司憲にまで至ったが、人となりが奸悪で、蔡無択・洪麟らとともに権臣の金安老の手先となって、無辜の人びとを反逆者として除き殺したので、世間では金安老・蔡無択とともに「三兇」と呼ばれた。金安老が退けられると、彼も賜死した。

▼4【梧陰公・尹斗寿】一五三三～一六〇一。宣祖のときの文臣。字は子仰、号は梧陰、本貫は海平。一五五五年、庭試に壮元及第し、一五五八年には大科に及第した。詮郎として権力者の李樑の息子の推薦を拒絶して罷免されたが、李樑が失脚すると復帰した。以後も失脚、復帰を繰り返すが、一五九〇年には宗系弁誣の功によって光国功臣となった。一五九二年、壬辰倭乱が始まると王に扈従して平壌に行き、あるいは世子に随行して南下したり、王妃に随行して海州に行ったりした。一五九九年には領議政になったが、辞任して、南坡で余生を送った。

▼5【尹昉】一五六三～一六四〇。仁祖のときの大臣。字は可悔、号は稚川。一五八八年、文科に及第した。壬辰倭乱に際して父が宰相として王に扈従するのに礼曹佐郎として従っ

た。慶尚道御史、平山府事となったが、丁酉再乱のとき、宣祖は昉の次男を娘の婿とした。兵曹判書、領議政に至った。一六三六年の丙子胡乱のとき、廟社提調として廟社をいただいて江華島に避難し、社位四十あまりを土に埋めて消失を避けた。

▼6【尹昕】一五六四～一六三八。字は時晦、号は陶斎。司馬となり、一五九五年、文科に及第して官途を歩んだが、一六一三年、妾の弟の徐羊甲の獄事に連座して罷免された。その後、復帰を促されたが、固辞して、仁祖反正の後になって、漢城府尹となった。李适の乱の際には王に扈従して公州にまで行き、丁卯胡乱に際しては江華島に避難して講和に反対した。一六三六年の丙子胡乱では南漢山城に扈従して、翌年には知中枢府事になった。

▼7【尹暉】一五七一～一六四四。字は静春、号は長洲。進士となり、一五四九年、庭試に二等で及第して、要職を歴任した。一六一三年、朴応犀の誣告に連座して職を追われたが、ふたたび起用され、使臣として中国に行き、工曹・礼曹の参判となった。一六二三年の仁祖反正によって流配されたが、一六二七年の丁卯胡乱に際して呼び戻され、一六三六年の丙子胡乱に際しては南漢山城に王に扈従し、特命全権大使として清の陣営に行き来して江華条約の締結にこぎつけた。漢城判尹・刑曹判書に至った。

▼8【尹暄】一五七三～一六二七。字は次野、号は白沙。一五九〇年、進士となり、一五九七年、庭試文科に及第して、官途を歩み、一六一一年には黄海道監察司となったが、党争に巻き込まれて官職を削奪された。後に復帰して、一六二七年には副体察使として敵と戦った。しかし、兵力の不足はいかんともしがたく、戦線から後退した。そのことを咎められ義禁府に投獄され、兄弟たちを始めとする助命嘆願にもかかわらず、江華島で梟首された。

▼9【尹旰】字は幼孜、安州牧使にまで至った。

第一六二話……商才に長けた鄭某

昔、鄭《チョン》姓の人がいて、北京に往き来して商いをしたが、豪遊をして浪費してしまい、平安道観察使に銀七万両の借金を負ってしまった。そのために官庁に捕えられたり、釈放されたりしながら、なんとか弁済に努めて、五万両は返したものの、二万両が残ってしまった。観察使はあらためて鄭氏を捕えて残りの金の返済を督促したが、家計は蕩尽してしまい、鄭氏には返済しようにもその術がない。鄭氏は獄中から上申した。

「わが身はすでに捕われて獄中にありますが、このまま無駄死にしてしまうのは、公私ともに無益なことです。さらに二万両を貸していただけないでしょうか。それを元手に、三年以内に四万両にしてお返しします。寸毫も嘘をつくつもりはありません」

観察使はその志を壮とし、その言をよしとして、二万両を貸し与えた。鄭某は義州《ウィジュ》から沿海の諸邑の富者たちを訪ね、その近隣に家を買って富者たちと往来を重ね、美酒佳肴をともに飲食しては交わりを深めた。富者たちはすっかり鄭某を信じ込み、これを愛さない者はいなかった。そこで、鄭某は巧みな言辞でもって誘い、銀銭を借り出すようになった。多い者は百金、少ない者は数十金であったが、期限を切って返すことを約束して、その約束はかならず守って、遅滞することはなかった。おおよそ関西の商人と金の貸し借りをすること百回を数えて一年が経ったが、一度としてごまかすことがなかったから、富者たちはすっかり鄭某を信用するようになった。そこで、今度は六、七万両を借りて、それでもって人参と貂《てん》の皮を仕入れ、その残りで健康な馬を買い、その馬に人参と貂の皮を載せて北京に行った。北京で旧知の商人に会うと、鄭某は言った。

「この荷物を持って南京に行けば、百倍の利益を得ることができよう。男児が事を起こすとき、成れば天に昇り、敗れれば地に落ちる。君と私とは気心が知れているはずだ。私の話に一つ乗ってみないか」

　北京の商人は快諾したので、鄭某はその商人とともに一隻の船を雇い入れて荷物を積載した。通州▼1から船を出すと順風に恵まれ、十日もせずに楊子江に至った。すると、中国人が小さな船に棹をさして通り過ぎた。鄭某は屈強の船乗りにこの船を追わせ、船の中に飛び移って、その中国人に縄をかけて連れて来させた。中国人の縄を解くと、水路を問い、物価の高低、人心の善し悪し、国法の軽さ重さ、盗賊の有り無しなどをことごとく尋ねた。すでに詳しく聞き終わると、その中国人に手厚く礼をやって、その心に取り入った。中国人も大いに感謝したが、鄭某がさらに、

「商売がうまくいったら、さらにたくさんのお礼をしよう」

と言うと、中国人は天を指して、

「命をかけても協力しよう」

と誓った。揚子江を潮の流れに乗って遡り、石頭城▼2の下に着いた。江の畔には中国人の家がたくさんあった。船を岸辺に繋いで下りた。翌日、鄭某は船頭の中で気の利いた者数人に中国人の服装をさせて、中国人に従って南京城内に入って行った。十里に渡って楼台が立ち並び、窓には鮮やかな簾と幕がまぶしい。左右の市場には宝物が山のように積まれている。中国人は鄭某を薬屋に案内して行き、事細かに説明した。

「この人は朝鮮人なのだが、貴重な品物をもって密かに南京にやって来た。他言はしないで欲しい」

　薬商は大いに喜んで、同契の富商たちにも呼びかけて取引をすることを約束した。鄭某が人参と貂の皮とを取

り出して店に並べたが、一つ一つが上質のものであった。南京ではもともと朝鮮の人参を珍重する。薬屋は朝鮮の数十倍の値段で買った。鄭某は大いに利益を上げた。案内した中国人にも礼金をはずんだ。北京に帰って、数千金を北京の商人には与え、また十人あまりの船頭たちには千金ずつを与えて、朝鮮に帰って来た。数ヶ月も経たないうちに、監営に四万両を返し、また沿海の富者たちにも利息を付けて返却したが、まだ数万の金が残った。観察使の前に挨拶に出て、南京の貴重な物品を五駄ばかり進呈すると、観察使は慨嘆して、

「これこそまことの英雄と言うべきであろう。人を失してはならない」

と言って、鄭某を朝廷に推薦したので、鄭某は辺境の将軍を歴任した。

▼1 【通州】中国、北京の東方にある都市。
▼2 【石頭城】建康城、あるいは金陵城とも。南京のこと。

第一六三話……占い通りに虎狼に遭う

仁同《インドン》（慶尚南道の地名）のソンビの趙陽来《チョヤンレ》▼1は占いを良くし、その占いは当たることが多かった。同郷の武弁が科挙に赴くことになり、趙家に行って、吉凶を占ってもらおうとした。陽来は卦を立てて、怯えた風に告げ、

「あなたは虎の害に遭われますが、また科挙に受かることにもなっています。死んで科挙に受かる、世間にはこのようなこともあるのでしょうか。月は山路に明るく虎狼を恐るるべしと卦にはでているのです」

と言って、ため息をついた。武弁はこれを聞いて大いに恐れ、旅立つのを止めようとも思ったが、陽来は言った。

「科挙に及第するのは間違いありません。やはり行くべきです。虎の害が避けがたいとしたら、家にいてもそれは同じで、どうして免れる術がありましょう」

武弁はその通りだと思って、出発することにした。二日ほど行って、人気のないところにさしかかった。日が暮れて月が頭の上に登っている。すると、後ろからつけて来たらしい賊が急に前をふさいで、武弁を馬から引きずり下ろした。武弁の喉頸をつかみ、胸倉を踏みつけては、剣を抜いて振りかざした。武弁が、

「金品が欲しいのなら、私の衣服も馬も全部、お前にやろうじゃないか。どうして私を殺す必要があるのだ。私はお前の父母の仇だというわけでもあるまい。どうしてこんなことをするのだ」

と言うと、賊は、

「私がどうしてお前のものが欲しいと思おう。お前はそ

れこそ父母の仇なのだ。それで、この挙に及んだのだ」

と答えた。武弁はそれに対して、

「私は一生のあいだ、人を殺したことなどない。どうしてお前に怨まれる筋合いがあろう」

と言うと、

「本当にそうか。よく思い出してみるがいい」

と言う。武弁が、

「私がまだ若かったとき、怒りに任せて婢女を杖で打ち、その婢女が死んでしまったことがある。それ以外には思い当たらない」

と答えると、賊は言った。

「私こそその婢女の息子なのだ。母が死んだ後、人に育てられて成人することができたが、一日たりとお前のことは忘れたことがなかった。お前は私を知らなかったろうが、私はずっとお前の動向をうかがっていたのだ。いま幸いにこの機会を得て、どうしてお前を見逃すことができようか」

武弁はそれに対して、

「それなら、お前の気の済むようにするがいい」

と言って、抗うこともせずに、賊に命を委ねた。賊は実に長いあいだ逡巡していたが、ついには刀を投げ捨て、地に伏して言った。

「今やたがいに恨みを解くことにしよう。あなたは旅を続けてください」

武弁が言った。

「お前は私を仇だといった。どうしてその私を殺さなかったのだ」

賊は答えた。

「私は聞いておりました。あなたは私の母親を殺しましたが、そのことをずっと悔いて、毎年の命日にはお供えを用意して祭祀を怠らなかったと。そのご恩を忘れるべきではありません。主人が奴婢を殺したからといって、奴婢がどうして主人に仇を報いることができましょう。ただずっと心に鬱屈した思いがあって、その一端を晴らしたいと思っておりました。それを今、喉頸を押さえつけ、白刃を押し付けたことで、あなたを害するには及びませんでしたが、恨みの一端は雪ぐことができました。奴の分際で主人を取りひしぐ、その罪はもう許しがたいものです。私は今、あなたの目の前で死のうと思います」

武弁は、

「お前はまことの義士というべきだ。私といっしょにソウルに行けば、お前の面倒は見ようじゃないか。今回のことを根に持つことはない」

と言って、その名前を尋ねた。すると賊は、

「私の名前は虎狼といいます。しかし、奴として主人の

喉頸を押さえつけました。その奴がどうしてお仕えすることができましょう」

と言って、剣を自分の喉に突き立てて、その場にばったりと倒れた。武弁は驚き慌て、不覚にも涙が泉のようにこみ上げて流れた。近くの村に行って事情を告げると、村人たちは驚いたが、頼んで埋葬をすませた。武弁はソウルに上り、はたして壮元で及第した。

▼1【趙陽来】この話にある以上のことは未詳。

第一六四話……許焞の感化によって、強盗が良民に化す

察訪の許焞▼1は、その風儀が魁偉で、義気が卓越していたので、名公巨卿であっても、彼に膝を屈して敬わない者はいなかった。あるとき、関西に用事があって出かけ、帰って来るとき、朝早く立って、もうすぐ酒店だというとき、路上に鹿革の嚢が落ちていた。公は下僕に命じてそれを持って来させ、中を見ると、銀数百両が入っている。これを鞍の前に懸けて、酒店に入って昼食を摂った。しばらくそこに留まって出発せず、下僕を門の外に立たせて、往来を何か物を探しているような人が通らないかをうかがわせた。すると、午後になって、長身で身なりもおかしくない人物が良馬に乗って駆けて来た。そして酒店にいる人びとに、

「鹿の皮の嚢を見た人はいないだろうか。それを見つけた人にはたくさんのお礼をしよう」

と慌てふためいている様子で呼びかけた。公はこれを聞いて近くに呼んで、どのようにして失ったか尋ねた。その人は言った。

「袋の中に銀三百両を入れて、その袋は馬の鞍に懸けておいたのです。すると、馬が急に驚いて四方八方に駆け始めた。やむをえず、私は馬から下りて、手綱を取ってしばらく行かせたのですが、気づかぬうちに嚢を落としてしまったらしい。いったいどこで落としたものやら。しかし、私の後から来た者が拾ったに違いないから、この酒店あたりで憩うているかもしれない。そう思って、試しに聴いているのですが、まだ誰も見つけていないのかもしれない」

公は嚢を取り出し、これをその人に返して言った。

「三百両の金は少ないとは言えない。それで、私は出発せず、ここで落とし主の現れるのを待っていたのだ。すると、あなたがやって来た。幸いだった」

その人は感激して何度も礼を言って、

「あなたは普通の方ではない。これはもともと失くした

ものなのだから、半分は受け取っていただけないだろうか」

と言った。公は笑って、

「私に利益を得ようという気持ちがあったら、全部を懐に入れて立ち去ればよかったので、どうしてあなたの来るのを待っていたろう。士大夫の志行というのはそういうものではない。ふたたびそのようなことをおっしゃってはならない」

と言ったのだが、その人はどうしても半分を受け取って欲しいと懇願する。公は仕方なく、これを叱りつけた。その人は座ったまま床に置いた嚢を見つめている。黙然としてしばらく、急に大きな声を張り上げて泣き出した。周りに人がいるのも憚らず、号泣するので、公は大いに訝しんで、いったいどうしたのか尋ねると、しばらくしてやっと泣き止んで、その人は語り出した。

「ああ、あなたはいったい何者なのでしょう。そして、このわたくしはいったい何者なのだろうか。同じように耳も目も口も鼻もついていて、ことばも動作も起居も同じです。ところが、心は大いに異なっていて、公はひとり善をなし、私は悪を重ねる。思いがそこに至ると、どうして泣かずにいられましょう。私は実は盗人なのです。ここから数十里のところに富者の家があり、私は暗闇に乗じて忍び込んで、この銀を盗んで来たのです。追跡されるのを恐れて、この馬に積み、山谷の小径をせわしく疾駆して、荷をかたくくりつける暇もなく、大路に出ても馬が縦横に走ったものだから、私は手綱を取って走り、不覚にも嚢を落としてしまったのです。今初めて、自分の邪悪な心に気づき、いったいどうすればいいのかわからなくなってしまった。あなたの一行を見ると、下僕の身なりも馬の姿も貧相なのに、財物をまるで糞土のように見ていて、わざわざその持ち主を探してまで返そうとなさる。公の行ないを見ると、自分のあり方が情けなく恥ずかしくて、どうすればいいのか。それで、ついつい不覚にも涙を流して慟哭してしまったのです。これからは心を大いに改めようと思います。できれば、公の下僕となってお仕えしたいのですが、いかがでしょうか」

公はそれに対して言った。

「お前が過ちを改めたのはいいことだ。しかし、どうして私の下僕になることがあろう」

その人は言った。

「わたくしは常民です。この心を改めて、公の下僕でなければ、誰の下僕になりましょうか。どうか断らないでください」

と言い、さらには公の姓氏と郷里を尋ね、

「わたくしはこの銀をもとの持ち主に返し、妻と子を引き連れて参り、公の行ないを見習って全うな人間に生まれ変わろうと思います」

と言って立ち上がり、公の下僕を呼んで店に行き、酒と肉とを買ってもてなし、立ち去った。公もまた出発したが、数日後、開城《ケソン》の板門里《ノルムンリ》に至ると、その人が妻と子を連れ、家財を二頭の馬に積んでやって来たので、公は大いに感心した。あの銀をどうしたのか尋ねると、

「その家に直接に行って、主人に事情を言って返しました」

とありのままに言った。公は広州《クワンジュ》の双橋村《サンキョチョン》の家に着くと、行廊にこの人を置き、家の雑務を任せたが、はなはだ勤勉に勤め、出入には常にしたがい、その忠実ぶりは比類がなかった。公ははなはだこれを愛して、その人はこの公の家で年老いて死んだ。

▼1【許烶】『朝鮮実録』粛宗十年（一六八四）九月に、承旨の金鎮亀が、交河の人の許烶の上疏の中の風水の説は極めて妖誕なところがあり、捕えるべきだと言ったのに対して、南九万はその風水の説ははなはだ無倫であるものの、私に云々して発覚したものであれば罪すべきであるが、公に意見の陳述をしたものであるから罪するに当たらないと上奏して、王も賛成されたとある。

第一六五話……錦陽尉・朴瀰が愛した曲背馬

錦陽尉《クムヤンイ》・朴瀰《パクミ》▼1は馬に詳しかった。ある日、下肥を積んで運んで行く馬を見て、下人に命じて家まで引いて来させたが、背骨が屈曲して山のようになり、痩せた骨が浮き出て稜のように重なって見える。誰がどう見たところで、ただの鈍馬に過ぎない。ところが、朴瀰は尋ねた。

「この馬を譲ってもらえまいか」

その人は、

「わたくしはただ使われている身で、馬の世話をしているだけのこと、売り買いのはなしはできません」

と言うと、朴瀰は、軒の高さほどある北方産の馬とさらに強壮な馬一頭を引いて来させてこれを与えた。その人が驚いて、

「この北方産の馬一頭だけでも二倍の値打ちがありましょう。それにこの強壮な馬をつけてくださるとは。とてもいただくわけには参りません」

と言うと、公は笑って、

「この二頭でもまだ半分の値にしかならないだろう。お前にはわからないのだ。いいからこの二頭を引いて立ち去るがよい」

と言った。

しばらくすると、禁軍に勤める人が門の前までやって来て、

「わたくしは某所に勤めていますが、公が馬の値を過度にくださったとかで、わたくしの下男が戸惑いながら帰って来ました。それで放っては置かれず、事情をうかがいに参りました」

と言った。公はこの禁軍を呼び入れて、

「この馬が世間でもまれな名馬であることが、どうしてお前にわかろうか。お前がもし知ったなら、私が与えた二頭の馬はその千万分の一の値しかないのがわかるだろう」

と言った。その人が言った。

「馬のことはよくわかりません。ただ最初の価格として、壮健な馬一頭でもってしても、二倍の価値があって、北方の馬は死んでもいただくわけには行きません」

公は言った。

「価格の多少が問題なのではない。貴人からもらったものを、お前はどうして断ろうとするのか。ただ連れて帰るがいい」

馬飼いに命じて下肥かつぎの馬を飼わせ、数ヶ月も経つと、馬は象のように大きくなり、色つやも良くなって、見る人の目を驚かせた。公は宮廷に参勤するたびに輿ではなく、この馬に乗った。錦陽尉の家の背の曲がった馬の名は一気に有名になった。

光海君の時代、公は霊光《ヨンクァン》に流罪になり、馬は官に没収された。光海君はこの馬を非常に愛し、宮廷に引いて来させては、乗馬して楽しんだ。ある日、馬子を退けて一人で乗って後苑に入って行った。馬が急に横に逸れて、光海君は落馬して重傷を負った。馬はいきり立って駆け回り、その早さは雷電のようで、人が近づくことはできない。宮廷の千もの門をことごとく飛び越え、奮迅し咆哮して、まるで矢のように駆け去ってしまった。これを千人百人の群となって人々が追いかけて漢江《ハンガン》に至ったが、馬はすでに江を渡って、もう姿が見えなくなっていた。

錦陽尉はそのとき汾西《フンソ》の謫所にいたが、日暮れどき、静かに座っていると、家の後ろの竹林の中から、馬の嘶く声が聞こえてくる。人に行って見させると、この背中の曲がった馬である。背に鞍だけが残っているものの、その他の馬具はみななくなっている。錦陽尉は大いにおどろいて言った。

「この馬は禁中に入って長いはずだ。それがこの遠いところまで急にやって来た。ソウルに送り戻そうにも方法はないし、どこかに行く中途で道を逸れてやって来たのだとしたら、その跡をたどるのも困難だ。しかし、ここにいるという噂が広がれば、きっと罪に罪を重ねることになろう」

奴僕に地面を掘らせて馬を隠し、錦陽尉は噛んで含めるように馬に言った。

「お前は一日に千里もの道を駆けて、旧主を尋ねて来た。まことに神獣というべきだ。私のことばよく聞くのだ。お前が宮廷を抜け出して来たのであれば、それだけですでに罪を犯している。もしこれからお前が家に帰ったなら、私はさらに罪を加えることになるであろう。今は他に方法がない。お前の行方をくらまし、姿も隠して、お前の命を救おうと思う。私の言うことをよく聞き分けるのだ。けっして嘶いたりして、外の人に知られてはならない」

この馬を見つけた奴僕一人に世話をさせたが、馬はついに寂然として一声も発することがなかった。そうして一年あまりが経ったある日、馬が急に首を高く上げて長く嘶いた。その声は山岳を震わせ、数里のかなたまで轟いた。錦陽尉はおどろいて、

「この馬は長いあいだ嘶くことがなかった。今日、突然に嘶いたのは、きっと何かがあったのだろう」

と言ったが、しばらくして、仁祖反正《インジョパンジョン》（第九話参照）の報せが届いた。馬の嘶いたその日に事がなったのであった。錦陽尉は赦免されて朝廷に戻ることになり、ふたたびこの馬に乗った。その後、一人の使臣が瀋陽に行くことになった。出発してすでに日にちが経って、使臣が豆満江を渡る日が翌日に迫った。そのときになって、朝廷では咨文[2]の中に一文字の間違いがあることに気が付いた。諸卿は議論して、

「錦陽尉の馬でなければ、使臣には追いつけまい」

と言った。事態は急を要し、王さまは錦陽尉を御前にお召しになった。錦陽尉は、

「国家の大事に際して、私は命も惜しみません。どうして馬を惜しみなどいたしましょう」

と言い、馬に乗って行く人に言い含めた。

「この馬が義州に至っても、すぐには秣をやらないで欲しい。水草などけっして与えてはならない。一昼夜を駆け通した馬を休ませて、その興奮が収まってから秣を飼えば、馬は元気になろう。そうでなければ、死んでしまおう」

その人はうなずいて出発して、駆けに駆けて翌日の夕暮れ前には義州に着いた。直接、役所に入って行って、あまりの疲労でそのまま昏倒して息もできず、なにもことばにできなかった。気付け薬を与えられて、やっと息をついて見ると、人びとが集まって、

「これがあの有名な錦陽尉の曲背馬だ」

と言いながら、豆や草をやっているではないか。馬は即死してしまった。

▼1【錦陽尉・朴瀰】一五九二～一六四五。字は仲淵、号は汾西。宣祖の娘の貞安翁主と結婚して錦陽尉となった。幼いときから文芸になじんで、李恒福に師事した。特に書に優れていた。光海君の時代、廃母論に組せず、流配の憂き目にあった。

▼2【咨文】中国と行き来した外交文書。相手が明なのか清なのか微妙なところだが、ここでは瀋陽とあるから清（あるいは後金）。

第一六六話……やはり吉兆であった竜の夢

郭天挙《クワクチョンコ》▼1というのは槐山《クィサン》の郷校の儒生である。その妻といっしょに寝ていたとき、妻が急に泣き出した。どうしたのかと尋ねると、妻が言った。

「夢で黄竜を見たのです。天から下りて来て、あなたをくわえ、屋根を突き破って去って行きました。それで、泣いていたのです」

天挙が言った。

「夢の中で竜を見れば、科挙に受かるという話を聞いたことがあるが、私の学業では関係のない話だ」

朝になって、田んぼに水を引いていると、ある人が衣服の襟を開けて、急いで歩いて行く。その人にどうしたのかと尋ねると、

「朝廷でにわかに別科が行なわれることになったので、それを嶺南の某邑の守令の子息に知らせに行くのだ」

と言った。天挙は家に帰ってその妻に言った。

「昨晩、お前は不思議な竜の夢を見たと言ったが、先ほど私は往来で『別科が行なわれる』という話を聞いた。残念ながら、私には学問がない。どうすることもできない」

妻はそれでもソウルに行くように勧めた。天挙は再三行けないと言うのだが、妻は熱心に勧め、果ては旅費と旅装まで準備してくれた。天挙はついに重い腰を上げた。

さて、ソウルにたどり着いたものの、知り合いはなく、南大門を入って、最初の洞に足を止めた。すなわち、倉《チャン》谷《ゴル》である。ある一軒の家の軒下に座って休んでいると、家の人が顔を出してうかがい、中に入ってふたたび出て来て、

「主人がお入りくださいと申しています」

と言う。天挙は家の中に入って、主人に挨拶をして、

「科挙のために初めてソウルに来ましたが、知り合いもなく、泊まるところもありません」

と言うと、家の主人はこころよく家に泊まらせ、

「いっしょに科挙の試験場に行きましょう」

と言った。この主人の李上舎▼2ははなはだ学識のある人であったが、科挙を受け続けるだけで年老いたような人で

あった。これまで書きためた文章が巻軸をなしていて、今回の別試では天挙にそれを背負わせて試験場に赴き、

「この巻軸の中には今回の問題と同じものがあろう」

と言った。天挙は郷校でわずかに文字を知っていたので、巻軸を繙きながら一つ一つあらためていった。李上舎の方はすでに書き上げて提出を済ませた。天挙はやっと出題にかなった文案を探し出して、切り接ぎをして書き写して提出した。初試には見事に合格したので、天挙は大いに喜んで、

「初試に合格しただけでも、軍役は免れる。これだけでも十分だ」

と言って、帰ろうとしたが、李上舎はこれを引き止め、会試にも二人でいっしょに行って、同じ方法で合格しようと言った。その結果、李上舎は落ちたが、天挙は及第した。天挙の人となりは質朴で、科挙に受かった顚末を隠し立てせず、みずから語った。官職は奉常正に至った。

▼1【郭天挙】この話にある以上のことは未詳。
▼2【李上舎】上舎は生員、進士の試験に受かった人を言うが、登科したことのない年配の儒生の姓の下につけて呼ぶ語にもなる。

第一六七話……天然痘の子どもに取り憑いた太守の亡父の霊

霊光《ヨンクワン》に住む李某というのは賤民であった。その息子がやっと話ができるようになったころ、天然痘にかかってしまった。瀕死の状態であったが、ある日、急に起き上がると、父親の名前を大きな声で呼んだ。

「某よ、来るのだ。某よ、来るのだ」

父親が不思議に思って行くと、

「汝はすべからく子どもを背負って、子どもの指さす方に行け」

と言う。父親はいよいよ訝しくて、

「天然痘は風に当たるのがよくない。いったいどこに行こうというのだ」

と言うと、子どもは泣き出して、顔の瘡をかきむしる。父親はそれをやめさせようと、子どもをおぶって、言われるままに歩いて行った。子どもは役所の門を指さして、

「ここを通れ」

と言う。父親が言う通りにしないと、子どもはまた泣き出したので、門番があわてて飛び出して来る。子どもは足をばたばたさせて、大きな声で叫ぶので、その声が建物の中まで聞こえて、太守がいったいどうしたのかと尋

ねた。門番が事情を話すと、太守は中に入れるように言った。父親が子どもを背負って堂の階段のところにまで至ると、子どもは飛び降りて、ずかずかと大股で歩いて行き、太守の上座にどっかと座った。怒色を顔面にあらわにして、太守の字を呼び捨てにして、

「お前はどうして親不孝なのだ。私はお前の死んだ父親だ。私は死ぬときに、病気でものも言えずに、家事をすべてお前に託すことができなかった。泉下で遺恨を抱いて過ごし、この明界で顔を会わせる手立てもなかったが、たまたま疫鬼となり、この邑の李生の家に入り込んで、いま幸いにもお前に会うことができた。これで未練を断って、幽魂は塵の世を離れることもできよう」

と言った。太守はあわてふためき、どうしたものやらわからず、いまだに半信半疑の様子であったので、子どもはさらに、

「まだ信じないようだな。それなら、お前の家の中の事情を言って聞かせよう。それで判断するがいい」

と言い、門閥と子どもたちのこと、田畑のことなど、いちいちの動静を詳しく述べて、一つも間違いがなかった。太守は詫びた。子どもは言った。

「お前の妹はずっと独り身で、すっかり零落して生活にも困り、命も朝夕に迫っているような有り様だ。私は生前、某所の十畝の田をその婚資に当てようと考えていたのだが、急に病気になって、その思いを果たせぬままに死んでしまった。それで、お前の妹はいまの極貧の状態に陥ってしまい、私は胸を締め付けられる思いだ。お前の家ははなはだ賑わい、官職にもついて倉も満ちている。妻子を養うのにだけ汲々として、兄弟同気の情を無視するのは、私が遺憾として憂うるところだ。そこで、わざわざやって来て、お前を戒めているのだ」

太守は泣き出して、言った。

「まことに申し訳ありませんでした。わたくしがあまりに不肖の子ゆえ、幽途に未練をお残しになったとは。これまでの非を改めて、家の財産を分けることにします」

子どもはさらに続けた。

「李生の家では、瓶に一粒の穀物も残っていず、神霊にお供えすることもできない。もちろん、人間もはなはだしく餓えている。お前はこの貧しさをどうにかしてやるがよい」

そう言い終わって、子どもはばったりと倒れた。左右の者たちがおどろいて助け、介抱をすると、しばらくして蘇って、呱々《ここ》として泣いた。ここがどこか、今まで自分が何をしゃべったか、まったく覚えていなかった。輿に載せて李生の家に帰したが、そのとき、十分に米と銭とを持たせた。その夕方には子どもの天然痘はすっかり癒えたという。

第一六八話……佳作を書いても及第しなかった秀才の対策文

李日躋《イイルチェ》▼1は当世に盛名をもつソンビであった。四六駢驪文に巧みで、識見も高く、彼の才を認めない者はいなかった。ところが、科挙の試験場に入って行き、友人たちを見失って慌てて問題の掲示板の下に行くと、五、六本の雨傘がかたまって置いてある。立派な灯台と鮮やかな揚げ幕があって、そこには珍味佳肴が並べてある。李がその揚げ幕を開けて入って見ると、一人の秀才が毛氈の上に座っていて、十人ほどのソンビがその周りに試券を手にして囲んでいる。みなは秀才が口ずさむのを聴いて、それを飛ぶように書写することに専念している。秀才は左に指示をしたかと思うと、右の質問に答え、すこしも難渋する様子がない。李は傍らからこれを見ていたが、文章の構成は見事で措辞も巧みである。対偶も精緻で、個々がたくみな警句となっている。李は驚いて、

「この世にはこのような人もいるのか。できれば、お名前をお聞かせ願いたい」

と言うと、その少年はただ一笑するのみであった。一篇が出来上がると、秀才は校卒にこれを与えて提出させた。しばらくして、校卒が帰って来て、

「あの試券は落第でした」

と言うと、秀才はまた別の試券を与えて、持って行かせた。校卒は帰って来て、また落ちたという。秀才はまた試券を与えて、そのようにすること、五、六度におよんだ。すべて落第して、秀才は呵々大笑して言った。

「何篇も佳作を書いて、一篇も及第しなかった。これも天である。これ以上、どうして提出する必要があろう」

そう言い終わると、雨傘を巻いて出て行った。李公が従者に尋ねて、北軒《ブクホン》・金春沢《キムチュンテク》▼2であることを知った。

▼1【李日躋】『朝鮮実録』英祖即位年（一七二四）十一月、李日躋を持平となすという記事がある。英祖四十年（一七六四）五月に、かつて宰相の李日躋のことばによって疲弊する関西地方の税の減免の例があったという王のことばがあり、正祖十九年（一七九五）八月には、すでに故人となっていた兵馬節度使・李日躋の関西地方での経綸を多とするという記事がある。

▼2【北軒・金春沢】一六七〇～一七一七。字は伯雨、北軒は号、本貫は光山。粛宗のとき、仁顕王后を廃して、南人が権力を握ると、春沢の家に禍が及んだ。復帰と失脚をくり返し、牢獄・流配生活は三十年にも及んだ。詩才があった。死後に吏曹判書を追贈された。

第一六九話……貧しいソンビが二人もの側室を持つ

むかし、一人のソンビがいて、東小門の外に住んでいた。家は貧しく、粥もナムルもない。毎日、成均館に通っては朝夕に食堂に行き、残った飯を持ち帰って細君に食べさせていた。

ある日の夕刻、袖の中に飯を入れて家に帰る途中、一人の美女が後ろをつけて来る。ソンビが振り返って、

「どうして私の後について来るのかな」

と尋ねると、女は、

「あなたのお妾にしていただきたいのです」

と言った。ソンビが、

「わが家ははなはだ困窮していて、一人の妻でさえひもじい思いをさせている。どうして妾を置くことなどできよう。もしあなたが私の家に来たなら、飢え死にして桑の木の陰の鬼になる。そんな考えは止めた方がいい」

と言うと、女は、

「生死は運命であり、貧富も天の定めです。心配せずとも、泰然と待っていれば、時が来て順風が吹くようになるものです。渭水で釣り糸を垂れていた太公望[1]も周の文王の師傅となり、ぼろを着ていた蘇秦[2]も一朝で六国の丞相の印を帯びるようになりました。どうして一時の困窮でもって、自分の一生を決めつける必要がありましょう」

と言って、立ち去らず、そのまま家について行った。ソンビはやむを得ずこの女子を家に置いて、その晩はこの女子と寝た。翌日、女子は持って来た銭で米と薪を買って来て、朝夕の食事を用意した。次の日も同じだった。それ以後、夫婦は飢餓から免れるようになった。銭がなくなっても、女子はまたどこからか工面してきて、そうこうして四、五ヶ月が過ぎたころ、女子が言った。

「この地は大いに窮迫していて、住むべきところではありません。ソウル城内に入って住んではいかがでしょうか」

ソンビが、

「家もないのに、どこに住めばいいというのだ」

と言うと、女子は、

「城内に入って行きさえすれば、家がないことなど心配する必要はありません」

と言った。それからしばらくして、七、八人の蒼頭が二つの輿と二頭の馬を引き、一人の童子が一頭の驢馬を引いて、やって来た。女子は籠を開いて、新調した男女の衣服を中から取り出したが、一襲は正妻が着て、一襲は自分が着て、もう一襲はソンビが着た。正妻と自分はそ

れぞれ輿に乗り、ソンビは驢馬にまたがってその後ろについて行った。しばらくすると、一軒の家に着き、正妻と妾は内舎に入って行った。ソンビは外庭を見て回ったが、建物の結構は大きくて、植え込みも草花が生い茂っている。しばらくすると、童女が出て来て、ソンビを内に招き入れた。妻は内房にいて、女子はコンノンバンにいる。日常の食器など、そろっていないものはなく、目の前にはいつも奴婢がいて、いつでも言い付け通りに仕事をしようとしている。ソンビが、

「いったいこれは誰の家なのだ」

と尋ねると、女子は笑いながら、

「そんなことはお尋ねになるまでもない。住んでいる者が主人に決っているではありませんか」

と言った。その後は衣食ともに満ち足りて、家にはやせ細った者もいず、中国の江南の長者をも羨む必要がないほどであった。

　そのとき、同知の李某という人がやって来て、しばしばその女子と会った。親族の一人だと言ったが、その他には訪れる者はいなかった。ある日、女子がソンビに向かって、

「あなたはもう一人、美しい妾をお持ちになりませんか」

と言い出した。ソンビはおどろいて、

「私はお前と会って以来、お前の力によって、この身を安んじて豊かにもなり、万事に事足りている。これ以上のことを望めば、それは望蜀[3]とでも言うべきだ」

と言った。女子は言った。

「『自分が童蒙を求めたのではなく、童蒙が自分を求めた』（第一一五話注1参照）と考えるべきです。天が定めたものを受け取らなければ、逆に災殃をこうむることになります」

と言って、強く勧めたので、ソンビは、

「正室と相談して決めることにしよう」

と言った。妻は、

「あのような妾ならば、十人いても、かまいません」

と言った。ソンビは女子の勧めを受け入れることにした。

　ある月夜、若い女子が二人の童女に付き添われて歩いてやって来た。容色はすこぶる美しく、挙止もこの上なく端雅である。羞恥の表情を見せて、けっして常賤の類でないことがわかる。ソンビは一目見て驚喜して、雲雨の情を交わし合った。先の女子が言った。

「この方は士族の子女であり、その身分はわたくしなどの比ではありません。この方には礼でもって接してください」

　ソンビは言われるままに、うやうやしく新たな妾に接した。三人の妻妾が同室してもなごやかに過ごしたが、

ある日、同知の李某がやって来て、ソンビに言った。

「先だって、官僚の任命簿を見ると、あなたは陵参奉の候補者の筆頭に挙げられていた」

ソンビがそれに対して、

「私の名前など、世間には知る人もいない。また私にも知人がいない。誰が私など推薦してくれよう。それはそれを伝えた者の間違いですよ」

と言うと、李某は、

「いいえ、私がこの目で任命簿を見たのです。私がどうしてあなたの名前を間違えましょう」

と言った。しばらくして、承政院の下隷が任命書を携えてやって来て、

「これは某の家でしょうか」

と尋ねた。ソンビが任命書の名前を見ると、はたして書いてあるのは自分の名前に違いなかった。心の中ではただただ驚いて、不思議なことこの上なかったが、とりあえず出仕した。その後、次々に出世して、ついには実入りのいい地方の長官を歴任するに至った。

ある日、ソンビは初めの妾に尋ねた。

「私がお前といっしょになって、すでに数十年の歳月が過ぎ、もうすっかり老いて、死も近づいている。しかし、今なおお前の来歴を知らない。これまでひた隠しにしていたが、今日はそれを語って聴かせてはくれまいか」

女子は咽び泣きながら語り出した。

「李同知というのは実はわたくしの父なのです。わたくしは結婚してすぐ、男女の楽しみを知らないままに、寡婦となってしまいました。父母はこれを哀れんで、ある日、わたくしに、『今日の夕方、お前は門の外に出て、最初に出会った衣冠姿の男子について行き、その男子に仕えるがいい』と言ったのです。わたくしは転ぶようにして外に出て、最初にお会いしたのがあなたでした。これは天の定めというしかありません。家の購入、家産の経営、これらはすべてわたくしの父の采配でした。新しい側室は、今の某宰相の息女です。やはりわたくしと同じく、房事をまだ行なわない前に寡婦となられたのです。わたくしの父とその宰相とは親しくしていて、家の中のどんな些細なことでも相談していましたが、両家ともに若年の寡婦を抱えていたわけです。心の中では娘のことを可哀想に思い、いつもその気持ちを互いに話していたのですが、ある日、わたくしの父がわたくしをあなたに押し付けた次第をはなすと、宰相も愁然としてしばらく、

「私もそれにならいたい」

と言って、その娘は死んだことにして、訃報を舅の家には伝えて、山に遺体を葬るまねをした後で、あなたのもとに送ったのです。あなたが初めて官職につき、出仕するようになったのは、その宰相の差し金でした」

ソンビは聞き終わってため息をつき、

「これはまことに天の縁だったのだな」

と言った。ソンビは妻と二人の側室とともに、ともに白髪になるまで過ごして、多くの子女にも恵まれた。地方の長官を歴任して、膝下に孫たちを遊ばせて一生を終えた。

▼1【太公望】周代の斉国の始祖。本姓は姜、字は子牙。氏は呂、名は尚。初め渭水のほとりで糸を垂れて釣りをしていたが、文王に用いられ、武王を助けて殷を滅ぼした。

▼2【蘇秦】中国、戦国時代の縦横家。洛陽の人。斉の鬼谷子に学んで、諸国に遊説、合従策を立てて秦に対抗、六国の相になった。後に張儀の連衡策に破られ、斉の大夫に暗殺された。

▼3【望蜀】一つの望みを遂げてさらにその上を望むこと。足るを知らないこと。欲望にはきりがないことを言う。「人、足るを知らざるを苦しみ、隴を平らげてまた蜀を望む」（『後漢書』）。

第一七〇話……捕虜となった妻

丙子の年（一六三六年）の胡乱（第二六話注4参照）のとき、開城《ケソン》の商人の妻が拉致されてしまった。商人は妻がいなくなって泣き叫び、気も狂わんばかりになって、銀を集めて瀋陽に行った。妻は馬将軍の妾になっていた。商人が朝鮮人たちの住んでいるところに行って尋ねると、

「あんたの女房だという女は馬将軍のお気に入りだ。買い戻すことは万に一もできまい。へたをすると、殺されるぞ。命あっての物種だ。あきらめて朝鮮に帰るがいい」

と言った。しかし、商人はあきらめることができない。顔だけでも見たいものだと言うと、

「家の奥深くに住まわせて、外には出さない。顔を見るのも不可能だろう。ただ、将軍はいつも子夜水（深夜、子の刻に汲んだ水）を飲むそうだ。その女をすっかり信用していて、夜半にはかならずその女に水を汲ませる。その庭先に潜伏していれば、あんたは女房を見ることができるかもしれない。しかし、これははなはだ危険なことだ」

と言った。商人は会いたいという気持ちに堪えることができず、夜中に園中に潜んだ。はたして、妻がやって来た。商人は進み出て、その手を捕えた。その妻はそのまま無言でいて、中に入って行き、しばらくしてまた出て来た。小さな包みを出して、

「わたくしは心ならずも胡に捕えられて操を汚してしまいましたが、あなたへの思いは失っていません。のみな

らず、あなたは恋々としてこの地まで訪ねて来てくださった。うれしくないわけがありません。しかし、万が一にもここを抜け出す術はありません。わたくしが逃げ出せば、きっと禍が及びましょう。あなたはこの銀を朝鮮に持ち帰って、わたくしの及びもしない婦人を買って、ともに幸せに過ごしてください。ここは急いで出て行ってください。もし遅れれば、人が来ます。今は早く宿所にもどり、ご飯を作って腹ごしらえをし、潜伏して過ごし、三日が経ったら、かならず出て行かれるのです」

と言い、指で向こうの山を指しながら、

「あの山の上に石窟があり、そこに身を潜めて、三日後に出て行けば、禍を免れることができます」

と言った。商人はそのことば通りにして、宿所に帰っていそいで炊飯して食べ、山に登って石窟の中に潜んだ。

その翌朝、妻は昨日の晩に夫と別れた庭で自ら首をくくって死んだ。馬将軍は大いに驚いき、朝鮮人の夫が来たのだと知って、それを追跡させたが、三日しても捕えることができずに止めた。商人はその後になって石窟から出て来て朝鮮に戻った。

第一七一話……夢で先祖の墓を探す

観察使の李泰淵《イテヨン》▼1というのは、牧隠《モクウン》・李穡《イセク》▼2の息子で提学であった種学《チョンハク》▼3の後裔である。若いときに見た夢に、一人の老人が現れて、

「私はお前の先祖の牧隠だ。私は息子の種学をはなはだ愛したが、子孫はその墓を見失い、樵や柴刈りの立ち入るままに放ってある。お前は種学の子孫ではないか。かならずその墓参りをして修理するのだ」

と言った。泰淵は夢の中ではあったが、うやうやしく挨拶をして、

「墓参りをしたいと思っても、その場所すらわかりません」

と言うと、老人は、

「私の文集を読めば、わかるはずだ」

と言った。と、泰淵は夢から覚めた。しかし、夢の教えるところはわからなかった。牧隠の文集を繙いてみても、それらしいところはわからない。嶺南の人に会う度に、牧隠の逸文はないかと尋ねたが、あるソンビが、

「嶺南のある邑の人の家に若干の遺文があるはずだ」

と答えた。しばらくそれを閲覧する機会がなかったが、たまたま泰淵が公山《コンサン》県監となり、人をやってその遺文を

詳細に調べたところ、「提学公の墓碑が黄海道の兎山《トサン》の某洞にある」とあるのを見つけて、初めて夢が嘘でないことを知った。朝廷に戻り、玉堂での発言によって罷免になり、暇な折を利用して兎山に下り、方々を探しまわった。しかし、茫然として知れようもなく、夕方になってある村に泊まり、その家の主人に、

「このあたりに古い墓で、昔の宰相の墓だと言い伝えているものはないだろうか」

と尋ねると、主人は、

「この家の後ろの山の麓に昔は墓があったようです」

と言った。そこで、泰淵はその家に留まって、詳しく村人たちに尋ねてみた。すると、ある村人が、

「その墓には以前は墓碑が立っていたのですが、後ろの方に墓に付属する田んぼの境界が詳しく記してあったので、村人がその墓碑を抜き取って埋め、田んぼをかすめ取ったのです」

と答えた。もう田んぼになっている場所を探し当て、墓碑を掘り起こしたが、字画ははっきりして、はたして提学の墓碑であった。泰淵は墓守を置き、香火を絶やさないようにした。

▼1【李泰淵】一六一五～一六六九。字は静叔、号は訥斎、本貫は韓山。一六四二年、進士として庭試文科に及第して官途に入ったが、一六五〇年、金自点一派の弾劾を受けて罷免された。以後、復帰と罷免を繰り返したが、一六六一年には全羅道監察司となり、大司諫・吏曹参議を経て、平安道監察司に至った。

▼2【牧隠・李穡】一三二八～一三九六。号は牧隠。高麗末の有名な学者。「麗末三隠」の一人。元の庭試に選ばれ、翰林知制誥となった。帰国後、判門下部となって韓山君に封じられた。高麗末から朝鮮初期の学者の多くが彼の門下から出た。

▼3【李種学】号は麟斎。一三六一～一三九二。高麗末の鴻儒である李穡の息子、天性として英剛であった。一三七四年、十四歳のときに成均試に合格、一三七六年には同進士に合格、長興庫使となって、さまざまな官職を歴任し、同知貢挙に至った。一三八九年、恭譲王が即位すると、父子ともに弾劾されて罷免され、一三九〇年には父子は獄に下されることになったが、水害が起こったので、許された。一三九二年に咸昌に流された。高麗が滅びると、鄭道伝が送った刺客によって殺された。

第一七二話……梨花洞記

洪僬《ホンチョ》▼1は牙山《アサン》（忠清南道牙山郡）の大同村《テドンチョン》の人である。かつて金剛山に遊び、外金剛山で一人の僧に出会った。道連れもなく早足で歩いている。どこに行くのかと尋ねる

と、僧は、

「私の住むところははなはだ遠いのだ」

と言った。洪が、

「いっしょに行ってもよろしいでしょうか」

と言うと、僧は
「速く歩く脚力がなければ、とても私といっしょには行けまい」

と言ったが、洪が熱心に頼んだので、僧はしばらく洪の身体の上下を見回し、

「まあ、大丈夫だろう」

と言い、いっしょに行くことになった。狭い山路を昇り降りして何里か行くと、険しい峰に突き当たった。その峰の下は砂になっている。僧が言った。

「この砂地ははなはだやわらかい。足を踏み下ろすとすぐに膝まで埋まってしまう。私の歩くのをまねて、すばやく次の足を運べば、難儀なく歩けるだろう」

　洪は僧にしたがって膝を進め、峰のいただき近くに至ったが、そこで、路は途絶えていた。下を見ると絶壁である。怖じ気づいて心臓がどきどきする。向こうまで一丈ほどはあるであろう。僧は超然として難なく跳躍して向こう側に着いたが、洪は足がすくんでどうしようもない。すると、僧侶は向こう側で仰向けになって身を乗り出し、足を懸けたままで、洪に自分の懐に向かって身体を投じるように促した。洪はそのことばに従って、思い切り飛ぶと、僧はその身体を胸に抱きかかえて救った。そうしてさらに進んで、ついにある場所にたどり着いたが、そこはまるで別世界であった。景色はすばらしく、田畑は肥沃で、数十の棟があって、僧たちが暮らしていたのである。立派な建物が並び立ち、泉石が巡らされて、あたりは梨の木が植えられている。家々では梨の実を摘んで、豊かに生活を楽しんでいる。外からの客である洪を迎えて、人びとははなはだ大切にしてくれ、それぞれの家で順に丁重にもてなしてくれた。

　一月あまりが経って、洪は家に帰りたいと思ったが、来た道を考えると、とてもではないが、帰れない。僧は、

「おのずとここから出て行く術がある」

と言って、藁でもって二枚の蓆を編んだ。それをもって洞を出て数里行き、険しい峰を越えると、その下に大きくて平たい盤のような石があった。そこに臥してみると、つるつるとしている。僧は一枚の筵を洪生に与えて背にかけ、もう一枚は自分が背にかけ、盤石の上に臥した。すると、盤石が揺れ動き始めて、飛び始めた。前方には高い峰があり、嵯峨としていてまだ雪が残っている。その上に丸い石のようなものがあり、二つ尖ったものがついていて、二本の角のように見える。僧が、

「生員は不思議なものを見たいかな」

と言って、峰の頂上に飛んで行って、石を手に取り、その角のようなものを何度か叩くと、それはようやく折れ曲がって縮んだ。もう一方も同じように叩くと、やはり折れ曲がって縮んだ。

洪が、

「これはいったい何なのですか」

と尋ねると、僧は、

「これは実は大きな巻貝で、俗に鼓角というものなのだ。高山の頂きにしか棲息しないものだ、私たちはこれを吹いて戦のときの号令に使うことがある」

と答えた。そのようにして三十里ほどを飛んで、高城(江原道高城郡)の地にたどり着いた。僧が言った。

「私たちが住んでいる洞は梨花洞という。梨の花が開くとき、洞はまるで雪の日の朝のように真っ白になる」

▼1【洪僬】この話にあること以上は未詳。

第一七三話……仙人に出遭った成俔

虚白《ホペク》・成俔《ソンヒョン》▼1が弘文館にいたとき、用事があって南方に出かけた。その帰途でのことである。時節は炎夏であった。小川が流れて、そのほとりの木陰が涼しそうである。馬から下りて休んでいると、にわかに一人の旅人が驢馬に乗って現れた。鞭を持った童子がいっしょにいる。旅人は驢馬から降りて、同じく小川のほとりの木陰で休んだ。虚白は旅人と世間話をしてしばらく、腹が空いてきたので、食事を下僕に言いつけた。旅人もまた童子に柳の盒を出させた。それを開けたのを見ると、赤ん坊を蒸して調理したものである。また童子に瓢箪をもって来させて、酒だというが、血であった。蛆虫が湧いて、数本の草花が浮かんでいる。旅人は赤ん坊の手足をもぎって食べる。まるで珍しい果物のようである。虚白が、

「いったいそれは何なのですか」

と尋ねると、

「霊薬です」

と答える。虚白は顰蹙して正視に耐えないでいると、旅人は一本の肢をもぎって、虚白に勧める。虚白が、

「そのようなものはとても食べることができません」

とことわると、旅人はまた瓢箪を取って、

「これはいかがだろうか」

と尋ねる。虚白はこれも同様にことわると、旅人は浮かんでいた草花を取り去って、ごくごくと飲み干し、食い残した赤ん坊の肉を童子に与えた。童子は林の下のやや離れたところに座っていたので、虚白は小便をするといって立ち上がり、童子に小声で尋ねた。

「お前の主人はいったい誰で、どこに住んでいるのだ」

すると、童子は知らないと言う。虚白が、

「どうして奴僕が主人のことを知らないわけがあろう」

と言うと、童子は、

「お伴をするようになってもう数百年が経つが、どこのどなたか本当に知らないのだ」

と答えた。虚白がさらに問いつめると、童子は、

「純陽先生▼2と呼ばれることもある」

と答えた。

「お前たちの食べたものは何だ」

と尋ねると、

「千年ものの童子の形をした人参だ」

と答える。

「酒に浮かべていたものは何だ」

と尋ねると、

「霊芝だ」

と答える。虚白は驚くとともに後悔して、旅人の前に拝跪して、

「まさしく俗眼蒙昧、大仙のご降臨とも知らず、失礼しました。これは死罪にあたります。どうかお許しください。ところで、今ここにご縁ができたのは偶然ではありますまい。童子参と霊芝とを味わわせていただけないでしょうか」

と言った。旅人は笑いながら、童子に向かって、

「あれはまだ残っているのか」

と尋ねた。童子は、

「わたくしがすっかりいただきました」

と答えた。虚白はがっかりして残念でたまらなかったが、どうしようもない。旅人は挨拶して立ち上がり、童子がどこに向かうのか尋ねると、

「猗川に向かおう」

と言った。太陽がすでに西に傾いていた。童子が馬の腹を叩くと、馬は歩き出し、それほどの速度とは思えなかったが、瞬く間に遠ざかって行った。虚白も馬に乗って急いだが、峠を一つ越えると、その姿はもう見えなかった。

▼1【成俔】一四三九～一五〇四。字は磬叔、号は慵斎・浮休子・虚白堂。進士を経て、一四六二年、文科に及第、芸文館に入り、弘文館正字を兼ねる。睿宗が即位すると、経筵官となり、幾度か中国に行った。大司諫・大司成を経て、礼曹・工曹の判書に至った。音楽の大事典である『楽学規範』の編纂を主導、『慵斎叢話』（作品社から刊行されている）の著書がある。

▼2【純陽先生】唐の呂洞賓のこと。純陽は号。黄巣の乱で居所を終南に移し、行方を絶ったという。八仙の一人。

巻の十三

第一七四話……洪命夏の婿暮らし

宰相の沂川・洪命夏《ホンミョンハ》[1]は判書の金佐明《キムチャミョン》[2]とともに東陽尉《トンヤンイ》[3]の娘婿であった。金公ははやく科挙に及第して声望があったが、洪公は四十歳になっても貧しいソンビで、東陽尉の門下で婿暮らしをしていた。義母である翁主を初めとしてみなが洪公を薄待して、妻の兄の申冕《シンミョン》[4]という者もまたはやく登科していて、人となりも傲慢であったので、彼を貶めほとんど奴僕のように扱った。

ある日、申冕が食事をしていると、雉の足の料理があった。申冕はそれを庭にいた犬に投げて、言った。

「あの貧乏なソンビの食膳にも雉の足はどうだろうか」

このようなことがあっても、公は笑いを浮かべるだけで、少しも怒る様子を見せなかった。東陽尉だけが公の大器晩成であることを知って、その子たちを叱りつけ、公を励ました。

金公が文衡となり、洪は数首の表を作って見せて、言った。

「これで科挙に及第できますでしょうか」

金公はそれを見もしないで、扇子をとって、言った。

「豹であろうか、彪であろうか[5]」

洪公は苦笑しながら、これを収めた。

ある日、東陽尉が外出して、夕方になって帰って来ると、小舎廊の方から歌声が聞こえて来るのを聞いて、家人に尋ねると、

「ご子息の令監が金参判令監や他の宰相二三名を招いて風楽を演奏して楽しんでいらっしゃいます」

と答えた。そこで、息子の冕は洪生もちゃんと席に招いているかと尋ねると、洪生は一人で下の部屋で眠っていると言う。東陽尉は、「馬鹿な息子たちだ」と言って、洪公を呼んで来させて、言った。

「婿どのはどうして息子たちの遊びにお加わりにならないのか」

それに対して、洪公は答えた。

「宰相のお集まりに一介の儒生がどうして加わることができましょうか。それに、招かれてもいません」

そこで、東陽尉は、

「それなら、私と婿殿がここで宴を張ろう」

と言って、風楽の演奏を命じて、ひとしきり歓を尽くした。

東陽尉が病を得て危篤のとき、公の手を取って、もう一方の手で盃を勧めながら、言った。

「私は婿殿にお頼みしたいことが一つある。この酒を飲んで、私の臨終のことばを聞いてくださらないか」

洪公は恭しく言った。

「おことばに副えるかどうかわかりません。どうかまずおことばをいただいた上で、盃を戴きたいと思います」

そこで、東陽尉はくりかえして、言った。

「この盃を干してくれれば、それを言おう」

洪公は盃に一口もつけることなく、東陽尉が四度、五度と勧めても、ついに言うことを聞かなかった。東陽尉は盃を床に投げつけて、涙を流しながら、

「わが家はついに滅びるのか」

と言った。そうして、落命したが、最後に息子たちのことを頼みたかったのであろう。

その後、洪公は科挙に及第して、十年の後には、地位も左相に至った。粛宗のときになって、申冕の獄事が出来して、王さまから洪公にお尋ねがあった。

「申冕はどのような人物か」

洪公はただ存じませんと答え、申冕は死刑になった。申冕の平生の振る舞いに対して、洪公は長いあいだ怨みを含んでいたのである。しかしながら、父の東陽尉からは情けを受けていて、一言でも救いを与え、東陽尉の恩に報いるべきだったのではなかろうか。そうしなかったのは、洪公のなした事がらの中でも極めて慨嘆されるものである。

洪公が宰相となって、金公佐明はまた文衡の任にあたり、北京に送る文書を作った。その上で王さまにお見せするのが常の礼となっていた。金公が作った表を大臣たちに回したところ、洪公が扇を上げて、

「豹であろうか、彪であろうか」

と言った。これもまた度量の狭さを表している。

▼1【洪命夏】一六〇八～一六六八。字は大而、号は沂川、諡号は文簡。一六四四年に文科に及第、一六四六年には重試に及第して漢城右尹となった。一六五三年には大司諫として謝恩副使となって中国に行き、以後、諸曹の判書を歴任し、領議政にまで至った。

▼2【金佐命】一六一六～一六七一。字は一正、号は帰川。一六三三年、司馬試に合格、一六四四年には文科に及第して、要職を歴任して、大司憲となり、兵曹判書のときには軍備に大きな功績があった。死後、領議政を贈られた。

▼3【東陽尉】申翊聖《シンイクソン》。一五八八～一六四四。字は君奭、号は楽全堂、東淮居士、本貫は平山。領議政の欽の子で、宣祖の附馬（婿）となり、貞淑翁主と結婚して東陽尉に封ぜられた。光海君のとき、廃母の議論に反対して罷免され、仁祖反正の後に復帰して、昇進した。丙子胡乱のときの斥和五臣の中の一人で、和議の後、捕縛されて瀋陽に送還されたこともある。文章・詩・書に巧みで、篆書の大家であった。

▼4【申冕】～一六五二。申翊聖の息子。一時期、宋浚吉に弾劾されて牙山に流されたが、許されて官職に就いた。しか

し、いつも不平を抱いていて、一六五一年、金自点の獄事が起きると、自点の息子らとともに糾弾され自殺した。

▼5【「豹であろうか、彪であろうか」】「表（ピョ）」と「豹（ピョ）」「彪（ピョ）」をかけてあしらっている。

第一七五話……ともに一人のソンビの妻になった三人の女ともだち

ソンビの柳某《ユ》はもとソウルの人である。はやくから文名があり、二十歳になる前に司馬に及第したが、家ははなはだ貧しかった。水原《スウォン》に住んでいて、その妻の某氏というのが実によくできた女で、裁縫をして生活を助けた。

ある日、門の外に一人の女子がいて剣舞をよくするという。柳生はこれを中庭に呼び入れてその技芸を見ることにした。女が入って来て、柳の妻をじっと見ていたが、いきなり母屋に上がり、互いにしっかと抱きあって大きな声で泣き始めた。わけがわからず、妻に尋ねると、幼馴染みなのだと言う。そこで、剣舞を見ることもなく、数日を滞在させてもてなし、そうして送った。

そうして五、六日が過ぎて、前の通りを見ると、新しい輿三台が駿馬につながれ、婢女が二列になって先導し、馬に乗った人と後ろにつき従う一行がまっすぐに柳某の家に向って来た。

柳は不審に思い、人をやって、いったいどなたの一行が自分の家に間違ってやって来られたのかと尋ねさせた。しかし、下人はそれには答えぬまま外門を入り、中門のところに輿を下ろすと、輿の中の人は内房に入っていき、人と馬は酒幕の方に立ち去った。柳ソンビは前に倍して不審に思い、内房の妻に一筆を送って尋ねたが、後にはわかることだから、あえて尋ねないでほしいと言う。この日の晩から、飯とおかずが豊富に出され、山海の珍味がそろって出された。心の中にいっそう疑いが増して、また内房に尋ねたが、腹を満たすことさえできれば、お尋ねになる必要はない、いずれおわかりになるはずだからと答えた。次の日の朝食も夕食もまた同じだった。数日が過ぎて中から、ソウルに行く旅仕度をして欲しいといってきた。柳ソンビはいよいよ不思議に思い、妻と顔を合わせて、尋ねた。

「ご一行はどこからやって来られたのか。朝夕の食事がどうしてこのように豊かなのか。ソウルに行くというのはどんな理由があってのことか。どのような旅装をして旅をなさるつもりか」

その妻が笑って言った。

「これもまた尋ねる必要もないことで、後にはかならずわかります。ソウルに行く人馬のようなことは懸念なさらないでください。私が準備をします。ただ旅の心づもりだけなさってください」

柳ソンビは狐につままれたようではあったが、ただ妻のなすがままに任せた。次の日、三台の輿が前のように馬につながれ、自身の乗る馬もまた鞍を置いて用意されていて、柳ソンビはただそれに乗って後に従うだけであった。

ソウルの南門に到着して、会洞《フィドン》の大きな屋敷の中に入って行った。三台の輿は門の中に入って行き、自身は中大門の外で下馬して入って行くと、空き家が一軒あって、そこには蓆が敷いてあり、書籍と筆・硯などの類、痰壺・尿瓶などの道具が左右に並べてあった。冠をかぶった数人が召使のような姿で侍っていて、雑用の奴婢四、五人が庭に侍していた。柳ソンビが尋ねた。

「お前たちは誰だ」

「みなこの屋敷の奴婢です」

「この屋敷はどなたの屋敷だ」

「進士ご自身のお屋敷です」

そこでまた左右に並べられた家具などはどこから来たものかと尋ねると、

「すべてご自身がお使いになるためのものです」

柳ソンビはまるで雲霧の中にいるようでおどろき、戸惑った。夕食後、灯りを点して座っていると、その妻が手紙を書いてよこした。

「これから素晴らしい美人をそちらに行かせます。独り寝のさびしさを紛らしてください」

柳ソンビが、

「美人というのは誰のことか、これはいったいどういうつもりなのだ」

と答えると、その妻は答えた。

「いずれおわかりになります」

夜が更けた後、従者たちがみな外に出ると、中の門から二人の女童が一人の絶世の美人の手を引いてやって来た。美しく化粧をしていて、灯りの下に座っていると、侍婢が布団を敷いて出て行った。ソンビがいったいどなたかと尋ねたが、笑って答えようとしないので、そのまま寝床の中にいっしょに入った。

次の日の朝、その妻が、

「新しい女の方が参られたのをお祝いします。今晩はまた別の女の方を参らせます」

と言った。

ソンビはいったいどうしたのか、その理由を尋ねたが、なにも答えず、ただ妻のことばに従うしかなかった。その晩、また前夜と同じように、侍婢が一人の美人を連れてやって来たが、その顔をよく見ると、はたして前夜の美人とはまた別人であった。ソンビはこの美人ともいっしょに寝た。次の日の朝、妻はまた文章で祝った。

午後になって、門の外で突然に先払いの大きな声が聞こえてきたが、下人がやって来て告げた。

「権《クオン》判書のご一行が参られました」

ソンビがおどろき、堂から下りて迎えると、しばらくして、白髪の老宰相が軺軒《ようけん》▼1に乗って入って来た。柳ソンビを見ると、欣然と笑って手を捉え、堂に上がって腰を下ろした。ソンビが拝礼をして尋ねた。

「大監ははなはだ尊貴な方とお見受けしますが、わたくしは顔を存知あげておりません。わが家にどんな御用で降臨なさったのでしょう」

老宰相は笑いながら答えた。

「あなたはまだこれをただ繁華な夢と見ているのかな。私が事情をはなそう。あなたのような八字（運命）は古今に類するものがない。以前、あなたの舅の家、私の家、そして駅官の玄《ヒョン》知事の家は、ただ垣根だけを隔てて隣り合っていたのだが、同じ年の同じ月の同じ日に、三軒の家で同時に娘が誕生しました。事がはなはだ珍しく奇異なことであったので、三軒の家では互いに行き来して娘たちの世話をし合ったものです。すこし大きくなると、三人の娘は朝夕いつもいっしょに遊んで過ごしていましたが、娘心に、三人ともに一人の男に仕えようと約束したのだと言います。そのようなことなど、私もつゆ知らず、他の親たちも知らなかったのですが、そのうち、あなたの舅の家はよそに引っ越して行き、消息もぷっつりと絶えてしまいました。私の娘というのは側室の子なのですが、笄を挿すようになって結婚を考える年になっても、親の進める結婚は死んでもいやだと言いはります。すでに約束していることがあり、あなたの妻女とともに同じ男子に仕えることにしていて、その他の男子には、たとえ父母の家で死ぬことになっても、けっして嫁ぎなどしないというのです。玄家の娘御もまた同じで、叱っても、なだめても、決心を変えることができず、二十五歳を超えても、いまだに結婚はしていませんでした。玄家の娘は剣術をならって男装をして、八方を歩き回って、あなたの舅が引っ越した先を探り当てようとしていました。それが、先ごろようやく水原の地で探し当てたのです。一昨日の晩、あなたのお相手をしたのは私の娘であり、昨晩、お相手したのは玄家の娘です。家と奴婢、家財、書籍、そして田畑などはみな私と玄家が用意したものです。あなたは一挙に二人の美しい娘と家産を手に入れ、昔の楊少游▼2の幸いもこれには過ぎることもありますまい。あなたは八字がまことに恵まれている」

人をやって玄知事を呼んで来させると、しばらくして一人の老人が金貫子に紅い帯を帯びて現れ、礼をした。権判書はその老人を指して言った。

「これが玄知事です」

三人は酒席を盛大に設けて、一日中、歓を尽くした後に、散会した。

権というのは権大運[3]のことである。

柳ソンビは一人の妻と二人の妾をもって一つの家の中で和やかに暮らした。数年が経って、ある日、柳の妻が夫に言った。

「現在、朝廷では南人が力を握っていて、権判書は南人の領袖として政局を担当しています。最近では人倫に反することが多く、久しからず、政権は滅びることになりましょう。その際にはこの家まで禍が及ばないでもなく、みずから田舎に下って禍を免れるのがいいと思います」

柳ソンビはそのことばが正しいと考え、家産をみな売りつくし、妻と妾を引き連れて故郷に帰り、ふたたびソウルにもどらなかった。

甲戌の年[4]、坤殿[5]が復位なさった後、南人はみな処刑されるか流されるかした。権大運もまたその中に含まれていた。柳ソンビはただ独り連座による処罰を免れた。柳氏の妻は女子の中でも識見を備えた人物と言わなくてはならない。当時の南人の宰相たちでこの女子に勝る識見を持った人はいたであろうか。

▼1【軺軒】従二品以上の官員が乗る丈を高く作った車。命車とも言う。

▼2【楊少游】金万重の小説『九雲夢』の男性主人公。八仙女と戯れた罪で地上に人間として生まれて来て、同じく人間として生まれて来た八人の仙女と順に関係を持つ。しかし、そのような行ないは雲か夢かと同じく空しいものという教訓を語ることになる。漢陽の紙価を高め、人気を博して亜流の作品を産んだ。

▼3【権大運】一六一二〜一六九九。仁祖・孝祖のときの大臣。字は字会、号は石潭。一六四二年、進士となり、一六四九年には文科に及第した。官職は礼曹判書から領議政にまで至った。一六八九年、領議政であったとき、仁顕王后閔氏の廃妃に対して反対したものの、後に復権した西人たちによって弾劾されて退けられた。その後、王からの招請もあったが、応じなかった。

▼4【甲戌の年】一六九四年、少論の金春沢などが粛宗の廃妃閔氏の復位運動を起こしたが、己巳の換局（一六八九年）によって権力をにぎった南人の閔黯一派はこれをはばもうとした。閔黯は金春沢など数十名を逮捕して、さらに逮捕の範囲を広げて少論の台頭を防ごうとしたが、粛宗は閔妃を思慕する情がよみがえり、南人の専横を嫌うようになって、閔黯を処刑し、他の南人たちも流した。

▼5【坤殿】后のこと。ここでは粛宗の継妃である仁顕王后。一度は廃され、後に復位した。その経緯を書いたハングルの『仁顕王后伝』がある。

第一七六話……盧禛の人品を見抜いて一生を委ねた妓生

玉渓《オクケ》・盧禛《ノチン》▼1は早く父を失い、極貧の中で南原《ナムウォン》に住んでいた。すでに成人したものの結婚する費用もない有り様だった。当時、武人の堂叔（父の従兄弟）が宣川《ソンチョン》の郡守をしていたので、玉渓の母親は宣川に行って結婚の費用を借りて来るようにと勧めた。

　玉渓は髪の毛を編んだチョンガーの姿で、徒歩で道を行って、宣川に至った。しかし、門番に遮られて役所の中に入ることができない。仕方なく道ばたで佇んでいると、一人の童妓が色鮮やかな衣服を着て通り過ぎた。童妓は歩みを止めて立ち止まり、玉渓を見つめて尋ねた。

「あなたはどちらから来られましたか」

　玉渓がありのままに答えると、妓生がふたたび言った。

「わたくしどもの家は某洞にあって、何番目の家です。ここから遠くはありません。よろしければ、わたくしどもの家にお泊りください」

　玉渓はそうさせてもらおうと言った後、なんとか苦心して官門を入って行き、堂叔に会って、訪ねて来た理由を言った。堂叔は眉をしかめて、

「新たに赴任して、まだ間もない。役所の費えが山のようにあって、私もはなはだ苦労しているのだ」

と言い、冷淡であった。玉渓が外に宿をとるつもりだと告げて出て行き、童妓の家を訪ねて行くと、童妓は欣然と笑って待ち迎えた。その母親が夕食をととのえて進めてくれ、夜には同じ床に寝た。童妓が言った。

「わたくしは郡守を存じ上げていますが、見込みはほとんどないように思います。たとえ親戚であっても、結婚費用を十分に用立ててもらえるとは、とても思えません。ひるがえって、あなたのお顔を拝見しますに、大いに顕達なさる相です。お金を借りるためにぺこぺこなどなさらないでください。わたくしが密かに蓄えた銀が五百両あまりあります。この家に数日のあいだ滞在なさって、ふたたびお役所に行く必要はありません。五百両の銀をお持ち帰りになればいいのです」

　玉渓はとてもそれはできないことだとして、言った。

「そうそう気ままに振る舞って、堂叔をどうして怒らせないですもうか」

「あなたは親戚の情を信頼なさっていますが、親戚などどうして信頼できるでしょうか。長く留まれば留まるほど、渋面を見せられるばかり、帰るときになって、やっと数十金の餞別をもらったとして、どんな使い道がありましょう。ここからすぐにお帰りになるに越したことはありません」

それ以来、玉渓は昼になると役所に行って堂叔に会い、夜になれば、役所を出て妓生の家に泊った。

ある日の夜、妓生が灯りの下で旅装をととのえ、銀を取り出して風呂敷に包んでいる。明け方になると、厩から良馬一頭を引いて来させ、玉渓をこれに騎上させ、出発するように促しながら、言った。

「あなたは十年もたたず、きっと偉くおなりです。わたくしは身を汚さずに待つことにします。ふたたびお会いするのは、あなたが科挙に及第なさった後です。くれぐれもお身体を大切になさってください」

両の目から流れた涙が袖を濡らした。玉渓の方も悲しく悄然とした気持ちで出発して、堂叔には暇乞いもしなかった。翌日、堂叔は玉渓がすでに旅立ったと聞いて、その振る舞いが狂妄であると不思議に思ったが、心の中では財物を浪費せずにすんだと喜んだ。

数日して、玉渓は無事に家に帰り着き、妻を迎えて、生計を立て、衣食の心配はなくなった。そこで、勉学に励み、四、五年後には登科して、王さまにも名前を知られるようになった。

しばらくして、暗行御史となって、関西地方を探索したが、心の中ではあの妓生のことを忘れたことはなく、あの家を訪れた。すると、母親が一人いて、玉渓の顔を覚えていて、袖をしっかかと捕まえて離さず、泣きながら、言った。

「娘は、あなたを見送ったその日に、家を捨てて出て行きましたが、どこに行ったか、わかりません。消息が途絶えてしまって、もう何年にもなり、すっかり年寄りになった私は、娘を思って、涙の乾く暇もありません」

玉渓は茫然自失して、

「私がここに来たのは娘御に再会したかったからです。しかし、今や姿かたちもないとは、落胆千万です。しかし、娘御は私のために姿をくらましたにちがいない」

と言って、ふたたび尋ねた。

「娘御が姿を消して後は、いっさい消息がわからないのですか」

「最近の風聞では、成川《ソンチョン》にある山寺に身を寄せていると言うのですが、まったく身を潜めて外に出ず、顔を見た者もいないということです。しかし、これも単なる噂ですから、信じることができません。年を取ったこの身体は衰弱して、気力もすっかり衰えました。男子がいれば、後を追わせることもできるのですが」

玉渓はそれを聞くと、さっそく成川におもむき、その一帯の山寺をしらみつぶしに探しまわったが、なかなか見つけることができなかった。そうして最後に一寺に行きついた。後ろに千尋の断崖を控え、その上に小さな庵があった。岩は切り立ち、山は険しくて、足の立つ場所もない。玉渓は蔦や藤にすがって苦心してよじのぼると、数名の僧侶がいた。彼らに尋ねると、次のように言った。

「四、五年前、年のころなら二十歳の一人の女子がやって来て、若干の銀を仏に仕える首座に渡して朝夕の食事の費用に充て、仏の前の机の下に、髪をおおい、顔を隠して、潜り込んでしまいました。朝夕の食事は少し空いた窓穴から受け取って、ただ大小便のときにだけ外に出て、すぐに中に入るという生活を続けています。そうして四、五年があっという間に経ってしまいました。わたくしどもはこの女子を生き仏とも菩薩とも呼んで、あえて近づくことはいたしません」

玉渓は自分の探している妓生であると気がついて、首座に窓穴からことばを伝えてもらうことにした。

「南原の盧道令《ノドリョン》があなたを探してやって来た。どうして窓を開けてお迎えにならないのか」

女は首座を通して尋ねた。

「盧道令が来られたのは、科挙に受かってのことでしょうか」

玉渓が科挙に及第した後、暗行御史となって来たのだというと、その女は言った。

「わたくしが長いあいだ姿をくらまし、さまざまな苦労に耐えたのは、すべてあなたのためでした。どうして欣然と喜んであなたを待ち迎えないことがありましょう。しかし、この長い歳月を穴倉で過ごして鬼のようになった姿であなたの前に出ることはできません。わたくしのために十日ほど待っていただけないでしょうか。わたくしはお風呂に入り身だしなみを整え、本来の姿を取り戻した後に、あなたに見えたいと思います」

玉渓は女のことばに従って待つことにして、数日がたち、さっぱりと化粧して女が現れた。たがいに手を取り合って、悲喜が交叉した。寺の中にいた僧たちもことの来歴を始めて知って、讃嘆しない者はいなかった。

玉渓は宣川の役所に車と馬を借り、女を乗せて、宣川の母親に会わせた。事をすべて済ませて帰るときには、同じ車に乗り、同じ部屋に寝た。そうして互いに愛し合って一生を終えた。

▼1【玉渓・盧禛】一五一八〜一五七八。宣祖のときの名臣。字は子膺、号は玉渓・則庵、本貫は豊州。一五四六年、文科に及第、持平、刑曹参議などを経て大司諫・大司憲など在京の官に任じられたが辞退して、湖西・全州・昆陽などの地方官として善政をしき、清白吏に選ばれた。その後、兵曹、吏曹の判書に至った。盧守慎・金仁厚などの学者と交遊した。

第一七七話……殉国した後も家を見守った李慶流

李慶流《イキョンリュ》▼1公は兵曹佐郎として壬辰の倭乱に当たった。その仲兄▼2が筆を投げ棄てて武職に身を投じ、防将の辺璣《ピョンキ》▼3とともに出陣することになって従事官に任じられたのだが、その任命書には間違って慶流公の名前が書かれていた。そこで、仲兄が言った。

「私の任命書なのにお前の名前が誤って書かれている。もちろん、この私が出戦する」

慶流公が言った。

「すでにわたくしの名前で任じられています。わたくしが行って戦うべきです」

すぐに行装をととのえ、両親に暇を告げて、あたふたと参陣した。辺璣は嶺南右道におもむいて陣を張ったが大敗して逃亡してしまい、軍中には指揮する者がいずに混乱した。慶流公は李鎰《イイル》▼4が尚州にいるという話を聞いて、ひとり馬に乗って駈けつけた。尹暹《ユンソム》▼5公、朴箎《パクホ》▼6公とともに幕下についたが、戦は利がなく、陣は壊滅して、尹・朴両公ともに討ち死にした。慶流公が陣の外に出ると、奴僕が馬を引いて待っていて、公を見ると泣きだして言った。

「このような事態になっては、ソウルにお戻りになるのがいいでしょう」

公は笑いながら言った。

「国事がこのようなときにあって、どうして命を貪ることができよう」

筆を執って年老いた親と兄に別れを告げ、着ていた道袍を引きちぎってその手紙を包んで、奴僕にソウルの家に届けるように言い、身をひるがえして賊の陣に向おうとした。しかし、奴僕が泣きながら抱きとめて行かせまいとする。公はそこで言った。

「お前のまごころはよくわかった。私はお前の言う通りにしよう。それにしても、私は腹が減った。お前はどこかで飯をもらって来ることができるか」

奴僕がこのことばを疑わず、人家を訪ねて飯をもらって帰って来ると、公はすでにいない。奴僕は遠く賊の陣を見やって、慟哭しながら帰って行った。公は飯をもらって来いと言って奴僕を行かせ、わが身は賊の陣に駈けこんだのだった。そうして、その手で数人の敵を切り殺したものの、ついには討ち死にした。二十四歳であった。四月二十四日、尚州の北門の外の平地でのことである。

奴僕が馬を引いて帰って来て、一家は初めて凶報を聞いたが、手紙を送った日を忌日として、発喪を行なった。その奴僕は首をくくって死んだ。馬もまた秣を食わずに死んだ。衣冠を棺の中には納めて、広州突馬面《クワンジュトルマミョン》の先祖の墓山の左側の下に葬ったが、その横にはまた奴僕と馬とを埋葬した。

尚州《サンジュ》の士林は壇を積んで俎豆礼《そとうれい》を行ない、朝廷からは都承旨の職が贈られた。乙卯の年（一七九五年）には正祖みずからが筆を執って「忠臣義士壇」と書いて楼閣を築かせ、尹・朴・李の三従事をともに祀るようになさり、春秋に祭祀が行なわれるようになった。

慶流公は死んでからも、毎晩のように家に帰ってきて、話をしたり、笑ったりする様子は生前と変わらず、夫人の趙《チョ》氏と向かい合って盃を干す姿が今までどおりに見られた。食事を用意しておくと、それを今までと同じように食べてしまうのだが、明るくなって見ると、食事は手つかずに残っている。毎日、日が暮れるとやって来て、鶏が鳴くとともに姿を消す。ある日、夫人が尋ねた。

「あなたの遺骸はどこにあるのでしょうか。もしそれがわかればきちんとお墓に葬りたいと思います」

すると、公は寂しげに答えた。

「たくさんの白骨の中に埋まっていて、どうして私の骨を判別できようか。そのままにして置いた方がいい。その方が害はなかろう」

その他の家事を処理するのも生前と変わりはなかった。小祥（一周忌）の後には日を置いて現れるようになり、大祥（三周忌）のときとなって暇乞いをして言った。

「今日から後は、私は現れまい」

公の息子の府使公・禴《チェ》[7]はこのとき四歳であったが、公はこの子を撫でながらため息をついて言った。

「この子はいずれ科挙に及第するが、不運にも不幸な時に巡り合わせることになる。その時には私はふたたび現れることにしよう」

そうして門を出て行き、その後は影も見せなかった。

それから二十年あまりが経ち、光海君の時代に公の息子は及第して廟に拝謁するとき、空中で新恩の進退を指図する声があったので、人びとは不思議に思った。公の母親はすでに病に伏せっていたが、五、六月のころで、咽が乾いて、蜜柑が食べたいと言い出した。蜜柑さえ食べれば病も癒えるようだったが、その蜜柑を手に入れることができない。数日後、空中から兄を呼ぶ声がして、伯兄[8]が庭に降りて上を見ると、雲霧の中から蜜柑を三個投げて言った。

「年老いた母上が蜜柑を食べたいとおっしゃっているので、わたくしが洞庭湖まで行って手に入れて来ました。母上に差し上げてください」

そして、忽然と姿を消した。蜜柑を母親に食べさせると、病はたちどころに治った。このとき、陶庵・李文正公[9]が神道碑銘に「空中から蜜柑を投げて精神が恍惚とした」というのはまさしくこれであった。

毎年、忌日に祭祀を行なうとき、門を閉じた後には、かならず箸と匙の音がした。そのいつかの祭祀のとき、餅の中に人の髪の毛が紛れ込んでいたことがある。祭祀が終わった後に聞くと、外から老婢を呼びつける声がした。家の人たちが不思議の思いをなして聞くと、舎廊から聞こえる声だった。老奴が畏まって聞いて、餅を蒸した料理係の婢を連れて来ると、どやし声が聞こえた。

「鬼神は人の毛をことのほか忌むものだ。お前はどうして気がつかなかったのだ。鞭で打つしかない」

そこで、鞭打ちを命じた。それ以後、いつも忌日になると、何年がたった後になっても、人びとはけっして粗忽に祭祀を執り行なうことがなかった。

▼1【李慶流公】一五六四〜一五九二。朝鮮中期の文臣。字は長源、号は伴琴、本貫は韓山。一五九一年、式年文科に乙科で及第したが、翌年、壬辰倭乱が勃発すると、兵曹佐郎として出戦して、尚州で尚州判官の権吉とともに戦死した。後に弘文館副提学を贈られた。

▼2【仲兄】李慶涵か。慶涵の字は泰源。一五八五年、文科に及第して正言・持平を経て兵曹参判にまで至った。光海君の廃母論に反対して削職されたが、仁祖反正の後に漢城府右尹となった。

▼3【辺璣】『朝鮮実録』宣祖十六年（一五八三）八月、高嶺僉使の辺璣が賊胡二名を斬ったとある。また同じく二十年四月には、順天府使の辺璣が敵を前にして戦わず、尻込みする様子だったと誹謗があり、いやそうではなく、敵の矢をいくつも受けて力戦したという報告もなされている。『宣祖修正実録』には宣祖二十五年（一五九二）四月、辺璣を助防将として鳥嶺を守らしめたとある。

▼4【李鎰】一五三八〜一六〇一。宣祖のときの武将。一五五八年、武科に及第、一五八三年、胡賊の尼湯介が乱を起こして慶源を陥落させると、慶源府事に任命されて賊を追い、翌年にも二万余騎を率いて来襲する尼湯介の軍を殲滅した。壬辰倭乱の際には先鋒の大将として平壌を回復、引き返してソウルを包囲した。

▼5【尹暹公】一五六一〜一五九二。宣祖のときの武人。号は果斎。一五八三年、文科に及第、正字、司憲府持平などを経て、一五八七年には書状官として明に行き、『改正宝典』を持ち帰った功で光国功臣に冊封された。壬辰倭乱に際しては、老母の世話をしていた友人に代わって戦闘に出て行き、尚州で朴篪や李慶流とともに戦死した。世間ではこの三人を三従事と呼んでいる。

▼6【朴篪公】一五七一〜一五九二。宣祖のときに殉節した文臣。一五八四年、十八歳で瑞葱台試において壮元及第。試験官の朴淳は彼が余りに若くて壮元及第したことを怪しんで、韻字を与えて文章を作らせたところ、即刻、文章を作ってみせて疑いを晴らした。壬辰倭乱が起こると、校理として李鎰の従事官として尚州で闘ったが、李鎰は逃亡、尹暹や李慶流とともに戦死した。

▼7【府使公・李穧】一五八九〜一六三一。一六一三年の謁

聖別試に丙科で及第して、大邱府使に至っている。

▼8【伯兄】漢城府右尹になった李慶洪という人が族譜には見える。この人か。

▼9【陶庵・李文正公】李縡《イチェ》。一六八〇〜一七四六。文臣。字は熙卿、号は陶菴・寒泉、諡号は文正、本貫は牛峰。一七〇二年、謁聖文科に丙科で及第、一七〇七年、文科重試にも乙科で及第した。要職を歴任しつつ、老論の中心人物として活躍したが、一七二二年に獄事が起こると隠退し、一七二七年に少論が政権を握ると寒水に隠退して弟子たちの教育に当たった。

第一七八話……古木の主の大蛇退治

判書の李復永《イボクヨン》▼1は結城《キョルソン》（忠清南道にある地名）の三山に住んでいた。三山は海辺の土地である。潮が引くと海面に三つの島が現れて、三つの峰のように見える。そこで、その地を三山というのである。後ろの山には四方に欄干を施した亭があり、公はそこで時間を過ごすことが多かった。その亭の前には大きな槐の古木があった。毎朝、そこから霧が沸き起こって、亭の周囲を覆う。公がある日、じっくりとその霧の立つ様子を見ていると、煙霧は樹木の穴から出ていて、そこから何やら頭を掲げているものがいる。公は不思議に思って、たまたま手許に馬上銃があったので、狙いを定めて撃ちはなった。弾は確かに命中して、頭は引き込んだ。

しばらくすると、霹靂のような音がしたので、公が立ち上がって見ると、大木が折れて、中から大きな蛇が姿を現した。血を流して半身を現したが、その大きさは幾抱えあるかわからず、角も鬚も備わっている。そして、続々とその木の穴から大小の蛇が出て来る。大きいものは家の梁ほどもあり、小さなものは指や笹ほどである。それらが続々と出て来て、公のいる亭の方に向かって来る。公は袖をまくって奔走して、銃を撃ち、欄干に首を挙げた蛇を叩き殺し、疾風のように駆け回った。一方だけでも放っておけば、たちまちに蛇に占領されてしまう。日の出から晩飯の時間に至るまで、一瞬とて休まず、血は庭中に流され、生臭い臭いが天を突いた。蛇が尽きて、公も疲れきり、ぜいぜい言いながら、倒れ臥した。家の人がなかなか公が戻って来ないので、心配になって見に来ると、なんと蛇の死骸が山と積んである。力のある奴僕四、五人に命じてこれをすっかり海に捨てさせた。公は無事であった。公の勇敢さはこのようであった。

若いころ、三十人ほどの妓生を集め、墨を含ませた大きな筆をもたせて自分の周りに立たせた。公はその中心にいて、妓生に自分の衣服に筆で書き付けるようにいった。しかし、妓生たちが筆を揮ってしばらく、公の衣服には一点の墨痕もなかった。人びとは不思議に思ったが、公が足の裏を見せると、真っ黒になっていた。妓生の筆をすべて足の裏で受け止めたのである。

▼1【李復永】『朝鮮実録』正祖六年（一七八二）五月丙午に、高城郡守・李復永が民政を熟知してよく勤めていることを褒めたという記事があり、同じく十五年（一七九一）七月辛寅に、李復永をもって工曹判書となすという記事がある。

第一七九話……醜い汲水婢のまごころ

霊城君・朴文秀《パクムンス》（第一九話注7参照）は若いころ舅の晋《チン》州《ジュ》の赴任地について行ったが、そこの美しい妓生とすっかり馴染んで、生死を誓うほどにまでなった。ある日、朴公が書斎にいると、醜い婢女が水を汲んだ帰りに通りかかった。奴たちがこの婢女を指さして笑いながら、

「あの女は三十歳にもなって、あまりの醜さゆえに男に見向きもされず、まだ男女の楽しみを知らない。あの婢女と寝た男は大きな善を積むことになって、かならず神明の佑助を得ることになる」

と言った。文秀はそのことばを聞いて、その夜、その婢女が部屋の前を通り過ぎたとき、招き入れて枕を交わした。女ははなはだ喜んで出て行った。

文秀はソウルに戻り、科挙に及第して十年ほどが経ち、暗行御史として晋州にふたたびやって来た。馴染んだ妓生の家の門前に立って、乞食のように食事を乞うた。中から一人の老媼が出て来て、文秀の姿をじっと見つめて、

「不思議だ、こりゃ本当に不思議だ」

と言う。文秀が、

「婆さんはどうして不思議に思うのかな」

と言うと、老媼が、

「お前さんの顔はかつての守令の甥御の朴書房にそっくりで、それで不思議だと言っているのだよ」

と言う。文秀が、

「私は確かにその朴書房だ」

と言うと、老媼は、

「これはいったいどういうことだ。朴書房がこのように乞食の姿になって戻られるとは、思いもかけなかったことだ。かわいそうに。家に入って、ご飯でも食べて行かれるといい」

と言った。文秀は部屋に入ると腰を下ろして、

「あなたの娘は今どこにいるのか」

と尋ねた。老媼は、

「今は本府の官妓で、長く当番を務めていて、なかなか出て来られない」

と答えたが、まさに火を起こして飯を炊こうとしたとき、履の音が聞こえて、その女が台所の方に姿を現した。母親が、

「朴書房が来られている」

と言うと、娘が、

「いつ来られたのでしょう。そしてどうしてここに来られたのでしょう。なにかおっしゃいましたか」

と言うと、母親は、

「その姿は実に憐れむべきで、破れた笠にぼろを着て、まさに乞食に異ならない。どうして来たのか、その曲折を聞くと、外家の先々代の使道の伝手を訪ねて、転々として乞食をしながらやって来たのだそうだ。ここはかつて久しく逗留していたから、役人たちの中には顔見知りもいる。だから、多少の金の工面はしてもらえるだろうと言うのだ」

と言った。その娘は顔色を変えて言った。

「そんな話をどうして私に聞かせるのです」

母親は、

「お前の顔を一目でも見たいといって来られたのだ。中に入って会うがいい」

と言ったが、娘は、

「そんな乞食に会って、何の得があると言うのです。顔も見たいとは思わない。それはそうと、明日は兵馬節度使の誕生日なので、守令たちが多く集まって、矗石楼で宴が催されます。官営の妓生の衣服や化粧には厳しい決まりがあるので、お母さんは私の衣装箱から新しい衣装を出してきてください」

と言った。母親は、

「私がどうして新しい服のことなど知っていよう。お前が入って見るがいい」

と言った。娘はやむをえずに扉を開けて中に入って行き、顔には怒りの色を帯び、わき目も振らずに壁を伝って行って、箱を開けて衣装を取り出し、そのまま出て行った。文秀は母親を呼んで、

「このように零落してしまっては、長くここに留まることもできないようだ。このままお暇しよう」

と言うと、母親は、

「年少の女子は世の中も知らず、あのように失礼をしましたが、どうか責めないでやってください。ご飯もできましたので、腹を満たしてから出て行ってください」

と言って引き止めたが、文秀は聞かずに、外に出た。

今度は婢女の家を訪ねて行った。その婢女はまだ水汲みの仕事をしていて、今日もまた水を汲んでやって来た。文秀の顔をしばらく見つめると、

「不思議だ、本当に不思議だ」

と言った。文秀が、

「どうして人の顔を見て、不思議だなどと言うのだ」

と言うと、婢女は、

「姿かたちが何から何まで以前この邑にいらっしゃった朴書房にそっくりなのです。それで、不思議に思ったのです」

と言った。文秀が、

「そうさ、私はその朴書房なのだ」

と答えると、婢女は水の盆を地面に落として、文秀の手を執って慟哭して言った。

「いったいどうしたのです。いったい何という格好をしているのですか。わたくしの家は遠くではありません。いっしょに来てください」

文秀が言われるままに行くと、数間のぼろ家である。その小さな部屋に落ち着くと、婢女は泣きながら、乞食などをしている理由を尋ねた。文秀は妓生の母親に答えたのと同じように答えた。婢女は驚いて、

「こんなに寒いのに、それは大変なご苦労でした。わたくしは、『書房はきっと大成なさる』と言っておりましたが、このようにおなりとはつゆ思いませんでした。今日はぜひこの家にお泊り下さい」

と言って、一つの粗末な箱を取り出して、中から紬衣一襲を取り出して、服を着替えるように言った。文秀がそれに対して、

「この衣服はいったいどうしたのだ」

と言うと、婢女は、

「これはわたくしが積年の水汲みの仕事で貯めた銭で買ったものを人に縫ってもらったのです。この箱の中に入れて置いて、この生涯でもし書房にふたたび会うことがあれば、これでもって感謝の情を表そうとしていたのです」

と言った。文秀はそれに対して、

「大変に有難いが、私は今日、このように襤褸を着て現れ、いきなりこのような立派な服装に着替えたならば、人びとはきっと怪しむだろう。いずれ着ることもあろう。今日のところはしばらくそのままに置いておいてくれ」

と言った。女は了承して、台所に入って行き、夕飯を用意したが、後ろを振り返ってはぶつぶつと何かいい、罵り侮辱するような声が聞こえ、また激しく器の割れる音がした。文秀は怪訝に思ってどうしたのかと尋ねると、婢女が答えた。

「この地方では鬼神を敬うのです。わたくしは書房と別れて後、神棚を設けて神位を祭り、朝に夕にお供えをして、書房が立身出世して名前をお上げになるよう、お祈りしていたのです。この鬼神に霊魂というものがあったなら、書房がどうしてこんな境遇に陥りなさるでしょう。それで腹が立って、皿を叩き割って、神位を焼き捨てた

のです」

文秀は秘かに笑ったが、心の中では大いに感謝した。しばらくして、食事を出してくれたので、文秀はしばらくぶりに腹いっぱいに食べ、そしてその夜はその家に泊まった。朝になって起きると、もう目の前に朝飯が用意されていて、それを食べ終えると、文秀は、

「私には行かなくてはならないところがある」

と言って、その家を出た。まずは矗石楼まで行って、その下に潜伏した。日の出とともに、役人たちが忙しそうに掃除をはじめ、蓆を敷いて宴席を設けた。しばらくして兵馬節度使と観察使がやって来て、さらには諸邑の守令十数人がみな集まった。文秀は楼の下から急に出て行き、ずかずかと上座に進み、兵馬節度使に向かって、

「旅の者だが、宴席に預かりたい」

と言った。兵馬節度使は、

「末席に座って相伴するのであれば、かまうまい」

と言った。

すでに杯盤が何度もめぐって、歌舞の喧騒の中で狼藉たるありさま、あの妓生が観察使の後ろに控えている。服飾は鮮明で、媚びを含んで嬌態を露わにしている。兵馬節度使もまた振り返って笑い、

「観察使がすっかり惑溺しているというのは、この妓生なのだな。いつも厳しい顔が脂下がって緩んでいるぞ」

と言うと、観察使もまた笑いながら、

「どうしてそんなことがあろう。噂にはなっていても、実はまだ何もないのさ」

と言う。兵馬節度使が、

「本当にそうなのかな。それじゃ、みなに酒を注いでもらおうか」

と言った。妓生は次々と酌をして回ったが、末席の文秀もまた、

「できれば、私にも酌を願いたい」

と請うと、兵馬節度使が、

「あの者にも酒をやるがよい」

と言った。妓生は盃に酒を注いで、知印（下級役人）を呼んでその盃をわたし、

「あの者にやってください」

と言った。文秀はそれに対して言った。

「私も男子だ。できれば、妓生の手から盃を受け取りたい」

兵馬節度使と観察使が不機嫌になって、

「出された盃をそのまま飲み干せばいい。どうして妓生の手を煩わせるのだ」

と言い、文秀は出された盃をそのままあおった。食膳が人々の前に進められたが、みな大きな膳に山盛りのご馳走が並んでいる。しかし、文秀の膳だけは二、三の皿だ

けであった。文秀はこれを見て、

「私もまた両班なのだ。どうして飲食にこのような差をつけるのか」

と言うと、観察使は怒り出し、

「長者の会に列席するだけでもありがたいと思え。なにを面倒なことを言うのだ。腹を満たしたなら、すぐに出て行け。つべこべ文句など言うな」

と言った。文秀もまた負けてはいない。

「私もまた長者ではないのか。私には妻子もあり、髭も髪も黒々として、すでに子どもではないのだぞ」

観察使はさらに怒りを増して、

「この乞食客は身の程を知らない。追い出してしまえ」

と言って、役所の奴に引きずり下ろすように命じた。奴は楼の下に立って、文秀に、

「すぐに下りて来るのだ」

と言うと、文秀は、

「私がどうして下りて行く必要があろう。下りて行くのは観察使の方だ」

と言った。観察使はますます怒って、

「こいつは気が狂っている。役人たちよ、早く引きずり出せ」

と、霜のように厳しく号令した。役人たちが袖をまくって文秀の背中を押すと、文秀は声高に、

「お前たちこそ、引き下がるがいい」

と言ったか言わないかに、門の外で駅卒が大きな声で叫んだ。

「暗行御史のおなりだ」

兵馬節度使を初めとしてみなが顔色を失い、倉皇として席を立った。文秀は席を立って、笑いながら、

「本来は、このような順に席に着くべきなのだ」

と言って、兵馬節度使がそれまで座っていた席についた。兵馬節度使以下、あらためて衣冠を整えて挨拶をすることを願い、しばらくして一人一人が文秀の前に現れて、礼にのっとって挨拶をした。文秀は妓生を捉えることを命じ、またその母親を連れてくるように言った。そうして妓生に言った。

「かつての私とお前のあいだの情愛はどうであったか。山が崩れても、海が干上がっても、二人のあいだは変わらないと誓ったのではなかったか。今回、私がどのような姿で現れたとしても、かつての情愛を思い出して、一言でも慰労のことばをかけてくれたらいいものを。逆に怒り出すとはどういう了見だ。俗に『米をもって来なければ、瓢を割る』と言うが、まさにお前のことだ。すぐにでも打ち殺したいところが、お前を殺したところで、何にもならない。鞭打ちくらいですましてやろう」

そして妓生の母に対して言った。

「お前は人情を理解しているようだ。お前の顔を見て、娘を殺すのを止めたのだ」

米と肉を母親には与え、続けて、

「私がはなはだ世話になった女がいる」

と言い、汲水婢を連れて来させた。汲水婢がやって来ると、楼の上に上らせ、自分の横に座らせ、慰労した上、

「これは本当に人の心をもった婦人だ」

と言って、妓生の名簿の行首（妓生の長）のところにこの汲水婢の名前を書きつけ、前の妓生は降格して、汲水婢にした。監営に戻ると、行首をあらためて招き、役人に
「二百両をすぐに用立てて来い」

と命じ、それを行首に与えて、そうして立ち去った。

第一八〇話……兵曹判書よりいい平壌監司

宰相の金若魯《キムヤクロ》[1]は平壌監司から兵曹判書に転任することになったが、平壌の監営を治めていかほどにもならなかったから、江や山や楼台、器楽や歌舞、それから何よりも端正な美人たちを忘れることができずに、癇癪玉を破裂させて、言い放った。

「兵曹の下っ端役人が迎えにやって来たら、その場で打ち殺してやる」

そのため、兵曹所属の役人であえて平壌に下ろうと言う者はいなかった。竜虎営[2]の将校たちは互いに議論して言った。

「将校がこのざまでは、誰も平壌に下ろうとはしない。しかし、だからと言って平壌に下らなければ、期日に遅れる罪を犯すことになる。さていったいどうしたものか」

その中で一人の将校が言った。

「私が平壌に下って無事にお連れしよう。そのときには、君たちは私を厚くもてなすのだぞ」

「君が下って無事にお連れして帰って来れば、もちろん、われわれは君に酒と食事をおごろうじゃないか」

「それでは、早速これから旅の準備をすることにしよう」

巡牢[3]の中から背が高く、威風と気力をそなえたもの二十名を選んで、服色をみな新たにした。号礼のかけ方、棍棒の使い方などを十分に習得させた後、彼らとともに平壌におもむいた。このとき、若魯はと言えば、毎日のように練光亭で風楽をもよおし、逍遙して憂さを晴らしていたが、長林の間を眺めやると、三々五々やって来る者たちがいる。心の中ではなはだ訝しんでいると、まもなく、色鮮やかな衣服を着た一人の将校が歩みを進め

てやって来て、下役人を介して申し上げた。

「兵曹の教錬官が見参しました」

若魯は大いに怒り、机を叩いて大声で言った。

「兵曹の教錬官が何をしに来たのだ」

将校は、しかし、慌てることも急ぐこともなく、階段を上がって、軍人の礼を行なった後、号令した。

「巡令手はすみやかに拝礼せよ」

声が届くか届かないかのうちに、二十人の巡牢が中庭に入って来て拝礼して、東西に分かれて立った。その体格も軍服の見栄えも平壌監営の羅卒と比べると天と地ほどの違いがある。将校がまた急に大きな声で号令した。

「左右の者たちの騒ぎを禁ずる」

このように号令することが数回あって、ひれ伏して言った。

「使道はここに監司としておられます。われわれはあえてさらに上の大司馬、大将軍にお仕えする礼儀でお仕えしています。しかるに、あの者たちはどうして歌舞を楽しんで騒ぎ立てているのでしょうか。邑の将校たちのあの騒ぎは禁止せざるをえません。あの者たちをやむなく捕まえて罰することにします」

そうして、左右に号令して歌舞を禁じ、将校たちをすぐに捕まえるように命じた。巡令たちは命を受けて出て行き、鉄鎖で身体を縛って連れて来た。将校が命令して言った。

「使道はたとえ一道の監司であるにしても、このような騒ぎは許されるものではありません。いわんや、今は大司馬であり、大将軍ではありませんか。なのに、お前たちはどうしてこのような妄りなことを禁じなかったのだ」

そこで、法にのっとって罰そうと、巡令が持って来た兵曹の素木の棍棒で、袖をたくしあげて打ったが、その声で建物が震動するほどであった。そのどやす声と棍棒の使い方がまさしくソウルの兵営のもので、平壌の監営のやり方とは同日に論じられるものではなかった。若魯は心の中は実に爽快で（反語的表現）、怒りを抑えて座りながら、ソウルの将校のなすがままに任せていたが、棍棒が七度に及んで、将校はまた言った。

「棍棒で七度以上は叩いてはならない」

そう言って、縛りを解いて許してやった。若魯は心の中ではなはだ無聊をかこって、監営の役人を呼んでいいつけた。

「営門の附過記▼4をすべて持って来て、ソウルの将校殿に見せるがよい」

将校が受け取って、いちいちその罪を調べて、棍棒たたき五回、あるいは六回、七回と罰を与えて、その後で解き放った。若魯がふたたび言った。

「以前に附過記に爻周《こうしゅう》▼5したものも、すべてこのソウルの将校にお見せしろ」

将校はまた前と同じことを繰り返すと、若魯はたいへんに喜んで言った。

「君は年齢はいくつかな。どの家の人間なのだ」

年がいくつで、誰の家の者か答えると、さらに尋ねた。

「君は平壌は初めてなのか」

「その通りです」

「このように美しい山川の中で君は一度も遊覧しようとは思わないのか」

そこで、帖を持って来るように言って、「銭百両米五百石」と下に書いて与えて言った。

「明日、この練光亭にやって来て遊ぶことにしよう。妓生と楽工、そして酒と料理もたっぷりと用意しよう」

その後、この人への信任は古くから知っている人のようであった。何日も過ごして、ともにソウルに上京したが、一時にこの話は伝わって、みなが笑ったものであった。

▼1【金若魯】一六九四〜一七五三。英祖のときの文臣。字は而敏・而民、号は晩休堂。大提学の金楺の子。一七二七年に文科に及第した後、六曹の判書を務めて一七四七年には左議政となった。弟の取魯・尚魯とともに高官大爵として一時勢力を振るった。

▼2【竜虎営】朝鮮時代、宮闕の宿衛・扈従などにあたる軍衛。

▼3【巡牢】大将の命令・伝達・護衛などにあたり、また巡視旗・令旗などをもつ巡令手、および罪人をあつかう牢番を言う。

▼4【附過記】官吏や兵士の公務上で過失があるときすぐに処罰せず、官員名簿に記しておくこと。六月と十二月に考課するときに参考にする。

▼5【爻周】事実調査をして異常がないことを確認した印をつけること。

第一八一話……寡婦となった娘を再婚させた宰相

ある宰相に一人の娘がいた。結婚して一年にもならないのに夫が死んでしまい、寡婦として実家の父母のもとで暮らしていた。ある日、宰相が表の部屋から奥の部屋に入って見ると、娘が奥の方で化粧をしながら鏡に自分の顔を映している。そしていきなり、その鏡を投げ捨て、顔をおおって大声で泣き出したのだった。宰相はその姿を見て、わが娘が不憫になり、表の部屋に戻って座し、食事のあいだも一言もなく、黙然としていた。そのころ、たまたま親しく宰相の家に出入りする武人がいて、家もなく、妻もいず、歳はまだ若くて強壮な人物であった。ちょうど訪ねて来たので、宰相は人を遠ざけて、この武人に言った。

「君の身の上ははなはだ困窮しているように見えるが、私の婿になってはくれまいか」

武人は驚き、そわそわしながら、言った。

「これはいったいどういうことでしょう。おっしゃる意味がわからず、ご返事ができかねます」

「冗談を言っているわけではない」

そうして、櫃の中から銀子一封を取り出して与えた上で、言った。

「これを持っていき、強壮な馬と輿を買い、罷漏《ひろう》[1]になった後、わが家の後門の外で待っていて欲しい。絶対に時を失さないで欲しい」

武人は半信半疑ではあったが、銀子を受け取り、輿と馬を用意して、約束した時刻には後門の外で待っていた。すると、暗闇の中から、宰相が一人の女子の手を引いて出て来て、輿の中に入れてから、言った。

「北関に行って、そこで暮らせ。この家とは縁を切るのだ」

武人はその曲折を知らないまま、宰相のことばのままに、輿を従えて城外に出て行った。

宰相は中に入って行って、哭を上げた。

「わが娘が自殺してしまった」

家の中の人びとはおどろき慌て、みな哭を上げたが、宰相は続けて言った。

「娘は平生誰にも顔を見せなかったから、私が死体を棺に納めることにしよう。たとえ兄弟であっても中に入って来てはならない」

そうして、宰相一人が衾《ふすま》をくるんで死体をよそおったものを棺に入れ、初めて舅の家にも娘の死を知らせた。棺を舅の家に送って、舅の家の先山（墓）の下に葬らせた。

何年かが過ぎて、宰相の息子の某が暗行御史として北関に出かけた。あるところにたどり着いて、ある家に入っていくと、主人がこれを迎え入れてくれた。この家には二人の子どもがいて、かたわらで読書をしていたが、その容貌が田舎育ちに似ず秀麗である。そうして、自分の家系の顔立ちにすこぶる似ている。心の中でしきりに不思議に思った。日が暮れて、夜になり、疲労してもいたので、その家に宿をとることになった。

夜が更けて、奥から一人の女子が出て来て、いきなり手を取って泣き出した。驚いて、よく見ると、すでに死んだはずの妹ではないか。ひとしきり驚き、いぶかしんで、尋ねてみると、父親に言われるままに、夫となった人とこの地で暮らしていること、二人の子まで生したことを、話した。先ほどの子どもは、その子どもだったのである。御史は口をつぐんで空を仰いだ。積もる話をして、夜が明けると、御史はその家を辞去した。

　復命をし終えた後、家に帰り、夜になって、父の宰相に侍して座ったが、他に人気もなく静かだったので、御史は声を潜めて父親に切り出した。

「今回の旅行では、不思議なことを目にしました」

　宰相は目を見張って熟視していたが、何も言わなかった。息子もそれ以上は詳しく言うこともなく、退室した。

　この宰相の名前は記さないでおく。

▼1【罷漏】夜明けの七つ頃、大鐘を三十三回打つこと。それを合図に夜間の通行禁止を解除した。

第一八二話……気難しい李聖佐と役人の機知

忠州・李聖佐《イソンチャ》▼1は光佐《クワンチャ》▼2の従兄である。卓越した才がそなわり、不羈の精神をもっていた。光佐には節操がないと言ってしりぞけ、南九万《ナムクマン》▼3の人となりを嫌っていた。

　あるとき、家にいて、犬殺しの白丁▼4が「犬を買おう」と叫びながら門の外を通り過ぎた。李はすぐにそれをつかまえて来させ、尻を出させてしたたかに鞭打って、大来な声で罵倒した。

「南九万は犬だ、豚だ」

　そう何度も言って、やっとみずからの膝を叩き、

「やっとすっきりした」

と言い、犬殺しを放してやった。このような、世間の人びとの耳目をおどろかすことが多かった。

　光佐が慶尚道観察使となると、聖佐が宗家であることから、いつも忌祭と四節のお供えを聖佐の家に送った。お供えを持って行く役人はいつも鞭打たれたので、役人たちはみなソウルにお供えを持って行く役目をいやがった。ところが、ただ一人の役人だけがみずから志願したので、役所の者たちはみな不思議がった。

　その役人がお供えを持ってソウルに上り、まだ明け方に聖佐の屋敷に到着した。聖佐は目覚めたばかりで、布団の中で鞭打ちさせる回数を考えていると、もう役人はお供えともども姿を消していた。人びとはみな奇妙に思ったが、次の日も、また次の日も、同じようにすぐにいなくなった。聖佐はその役人を捕まえて来させて、叱りつけた。

「お前はどういう料見だ。お供えをもって来たのなら、それを納めるのが筋であろう。なのに、三日続けてやって来て、踵を返してすぐに帰って行った。私を愚弄するにもほどがある。これが慶尚道の下っ端役人の風習なのか。それともお前の長官が指図したことなのか。お前の罪は死に値する」

その役人はひれ伏して言った。

「わかりました。しかし、一言だけ申し上げて、死なせて下さい」

「言いたければ、言ってみろ」

「わたくしどもの長官はお供えを送るとき、道袍を着て畳を敷き、恭しく膝を屈して見守りなさいました。お供えを包んで馬に積むときにも、階段を降りて再拝をなさいました。これは他でもない、お供えを大切にお思いになってのことです。ところが、いま、旦那さまは洗面もせず、髪も櫛削ることなく、寝転んだままお供えを受け取ろうとなさっています。わたくしは物事の道理を軽んずることができないので、仕方なくお供えを差し上げることができずに三日がたってしまったのです。これらの品々はご祖先の忌日に用いるものです。旦那さまがこのように粗忽に扱われるのは、はなはだ不当です。嶺南の風俗では、たとえ賤しい下々の者であってもお供えの品々は大切なものだと知っています。ましてソウルの士大夫は言うまでもありますまい。お願いですから、旦那さまは衣冠を正し、蓆を敷いて場所を設け、堂から下りて立っていただければ、わたくしは謹んでお供えの品々をお納めしましょう」

聖佐はこれには抗うこともできず、ことばの通りにした。役人はお供えの品々を取りあげながら、大きな声で言った。

「この品は何、この品は何」

役人はしばらくして辞したが、聖佐は手をこまねいて見送った。しかし、心の中は爽やかだった。役人が帰っていくとき、光佐宛てに手紙を書いて、この役人が礼をよく知り、物ごとをよく処理する云々と言って称賛した。李光佐はそれを読んで笑いながら、役人を上級職に抜擢したという。

▼1【李聖佐】『朝鮮実録』粛宗十年（一六八四）十二月壬寅に、四学儒生の李聖佐らが奉朝賀使の宋時烈を誠を尽くして召喚すべしと上疏した記事があり、ずっと後の英祖四年（一七二八）三月丁卯に、忠州牧使の李聖佐を代えるべきだという暗行御史の報告が見える。

▼2【李光佐】一六七四～一七四〇。英祖のときの大臣。字は尚輔、号は雲谷。本貫は慶州。恒福の玄孫。一六九四年、文科に及第、大提学を経て領議政に至った。少論の領袖として官途に多くの波乱があったが、老論の閔鎮遠とともに連携して、老・少の連立政権を樹立した。朴東俊の讒訴を受けて鬱憤のあまり断食して死んだ。

▼3【南九万】一六二九～一七一一。粛宗のときの少論の頭目。字は雲路、号は薬泉・美斎、本貫は宜寧。一六五六年、別試に及第。一六七八年、漢城左尹として南人の横暴を上疏して、南海に流配された。後に復帰して、一六八七年には領議政に昇った。党争が激しくなると隠退して、文章を日常と

した。書画にも優れていた。

▼4【白丁】朝鮮社会は両班・中人・常人・賤人からなる身分制社会であった。賤人の大半は賤役に従事する奴婢であったが、その中にも公奴と私奴とがあった。さらに賤人の中には娼妓・巫覡・広大などがいて、仏教の没落とともに僧も賤人の待遇を受けたが、最も賤視されたのが白丁と呼ばれる人びとで、隔離された集落に住んで、屠畜や柳器作りに従事した。

第一八三話……兵馬節度使・李逸済の勇力

兵馬節度使の李逸済《イイルチェ》▼1は判書の箕翊《キイク》▼2の孫である。絶倫の勇気と膂力があり、その身のこなしの早さはまるで飛ぶ鳥のようであった。子どものときから豪放不羈で、学問をいっさいしなかったので、それが祖父の判書公の心配の種であった。十四、五歳で冠礼はすませたものの、まだ結婚をしていないとき、ある晩、こっそりと娼家に出かけた。そこにはすでに掖隷《えきれい》▼3と捕校の役人たちがぎっしりと座っていて、盃がまわってその場は狼藉たるありさまである。その中につかつかと入っていって、幼い少年一人が何食わぬ顔して妓生に手を伸ばして戯れる。一座の者たちはみな怒って言った。

「乳臭い小僧のくせして、なんとも無礼な奴だ。ぶち殺してくれよう」

一同は立ちあがり、逸斎を蹴ろうとした。逸済は手で一人の足をつかみ、まるで杖のように軽々と振り回したので、みな倒れ伏してしまった。そして、その男をぽいと放り投げて、門の外に出て、身をひるがえして家の屋根の上に登り、屋根を伝って走り、あるいは五、六間ほども跳躍して逃げた。このとき、たまたま一人の捕校が小便のために外に出ていて、何が起こったのか知らず、心中で不思議に思い、自分自身も屋根の上に登って後を追いかけ、李判書の家の門に入って行くのを見届けた。捕校は李公の家とは親しくしている者であったから、翌朝、訪ねていって、夕べの事件の顛末を話した。公は逸済を杖でたたき、しばらく家の外に出さなかった。

その後、友人たちと花見に出かけ、南山の蚕頭《チャンドゥ》に登った。ちょうどこのとき、閑良▼4たちが弓を射る練習をしようと、数十名が松の木の下に集まっていた。逸済が来るのを見て、東床礼▼5を受けることにしようかと、一斉に立ちあがって彼の手をとらえて引き倒そうとした。逸済は身を交わして、ひとっ飛びして松の枝を折り、これを揮うと、その風にあおられて、みな倒れ伏してしまった。そうして、逸済は山を下りて帰って来た。

それから後、彼の武勇は世間に広く伝わって、特別推薦によって武官となり、亜卿▼6の地位にまで至った。

判書の趙曮《チョオム》▼7が日本に通信使として行ったとき、逸済を幕賓として随行させてほしいとお願いした。まさに航海しようとしたとき、上船から失火して火炎が天を焦がした。人びとはそれぞれ助かろうと舷にぶら下がり、倭人の救助船に飛び移ったが、時を移しては飛び火する心配があって、救助船は急いで艣を漕いで避け、上船からほぼ数十間のところに離れて、初めて落ち着いて人数を数えると、逸済だけがいない。人びとは驚いて、逸斎は火の中に取り残されて焼かれてしまったのだと考えた。すると、そのとき、遠くから人の声が聞こえる。船の前方に立ちあがって見ると、火炎の中に立って大声で、「おおい、船を止めてくれ」と叫んでいるではないか。

　人びとは初めてそれが逸済だと知って、船をとどめて待った。すると、逸済は火の中から跳躍して船に飛び降りたのであった。人びとはその跳躍力に驚いた。逸済は酒に酔っ払って上船の船艙のいちばん下で寝込んでしまい、火事が起こったのを知らなかったのである。人びとも慌てふためいて逸済のことは忘れてしまっていた。酔いから覚めて火に取り囲まれているのを見て、はるか離れた船に跳躍したのだった。彼の神勇はこのようであった。

▼1【李逸済】『朝鮮実録』英祖二十三年（一七四七）十一月、夕講を行ない、信使軍官を召した中に李逸済の名前が見える。また、三十九年（一七六三）十二月には慶尚右兵使としたことが見える。

▼2【李箕翊】一六五四〜一七三九。一六八七年、司馬試に合格、一七一三年、六十歳で増広文科に丙科で及第した。以後、台諫職を歴任して、江原道観察使の外職についたこともあるが、ソウルにもどり、知敦寧府事・工曹判書に至った。

▼3【掖隷】掖庭署につとめる役人、または下隷を言う。

▼4【閑良】武官任用試験に及第しなかった武人、さらには遊興をこととする人。

▼5【東床礼】婚礼が終わった後に新婦の家で新郎が自分の友人たちに酒食でもって応接する習俗。

▼6【亜卿】卿の次の官職。参判および左右の尹など。

▼7【趙曮】一七一九〜一七七七。英祖のときの文臣。字は明瑞、号は永湖、謚号は文翼、本貫は豊壌。一七三八年、生員に合格、一七五二年には文科に及第した。内外の官職を経て慶尚監司となり、水運の改革を行なった。以後、副提学・礼曹判書となり、通信正使として日本に行き、甘藷を持ち帰り、済州島で栽培させて繁殖させた。そのため人びとは趙藷とあだ名したという。後に洪国栄の一党に陥れられて金海で死んだ。

第一八四話……沈喜寿に名をなさしめた妓生の一朶紅

一松・沈喜寿《シムフィス》▼1は若くして父親を失い、学問をする機会を失った。髷を結う時分にはすでにもっぱら豪宕をこととして、朝晩に狭客らとまじわり、青楼に出入りした。公子や王孫の宴から女たちが歌い舞う集まりに至るまで、行かないところがなかった。ぼうぼうになった髪の毛に、穴のあいた靴を履き、つぎはぎだらけの衣服を着ていても、恥ずかしいとも思わなかった。人びとはみな彼を「狂童」だと噂した。

ある日、権勢家の宰相の宴席に入って行き、赤や緑の鮮やかなチマチョゴリの中に混じって、人びとが自分に唾を吐いて侮辱してもかまわず、追い出そうとしてもそのまま居続けた。妓生の中に年若い名妓の一朶紅《イルダホン》がいた。新たに錦山《クムサン》から上京して来た女であったが、容貌と歌舞において一世に独歩していた。沈童はこの美人を思慕して、その席の横に座ったが、紅にはすこしもこれを嫌う様子がない。むしろ彼女の方からたびたび秋波を送って沈童の動静をうかがっていたが、立ち上がって厠に行こうとして、沈童の手を捉えた。沈童も立ち上がって、紅の後に付いて行くと、紅は沈童の耳に口を寄せてつぶやいた。

「家はどこにありますか」

沈童がどの洞の何番目の家なのか子細に答えると、紅が言った。

「あなたが先に行ってくだされば、わたくしはすぐに参ります。待っていてくだされば、けっして裏切るような真似はしません」

沈童は望んだこと以上がかなえられて大いに喜び勇んで家に帰り、部屋をきれいに掃除して、わくわくしながら紅を待った。すると、日も暮れないうちに、はたして紅が約束通りにやって来たではないか。沈童はうれしくて、うれしくて、たまらない。膝を突き合わせて盃の応酬を重ねていたが、童婢が中から出て来て二人の様子を見て、母夫人に告げた。母は息子の狂宕ぶりを心配して、呼びつけて叱責しようとした。すると、紅が言った。

「わたくしの方からうかがって大夫人に拝謁いたしましょう」

沈童はそのことばに従うことにした。童婢に母親に連絡させた後、紅はみずから行って、石段の下で丁寧に拝礼をして、しかる後に、言った。

「わたくしは錦山から新たにやって参りました妓生でございます。本日はある宰相の家の宴で貴宅の道令にお会いしました。多くの人びとは道令を『狂童』だと言っていましたが、大いに貴人の気象をおもちであると、わたくしはお見受けしました。たしかに今はその気象がひどく荒れていて、まるで女色に溺れた餓鬼といったありさまです。今、それを抑制することができなければ、ひとかどの人間となることができないでしょう。その気象をいい方向に導くのが何より肝心だと思います。わたくしは今日から道令のために、歌舞を行なう花柳界から身を引いて、筆硯と書物のあいだに入り込み、道令がなんとか身をお立てになるお手伝いをしたいと思います。しかし、大夫人がどうお考えかは存じません。わたくしが欲でもってこんなことを考えるのなら、どうして裕福ではない家の『狂童』と呼ばれるような方を選びましょう。わたくしがお側に仕えても、けっして欲情に任せて、身をお損ないになるようなことはいたしません。そのことはご心配なさらないでください」

夫人がこれに答えて、言った。

「わが子は早く父親を亡くしたせいで、学業にいそしまず、遊び呆けてばかりいました。年老いた私ではとてもこれを制することができず、夜も昼も、そのことばかり心配していました。ところが、どこからいい風が吹いて来たのか、あなたのような佳人を運んできてくれた。わが家の蕩児を一人前にしてくれるのなら、その恩は莫大であると言わなくてはならない。どうしてそれを、私が断ることがあろう。しかしながら、わが家ははなはだ貧しく、朝夕の食事にもこと欠くありさま。あなたは贅沢な生活に慣れた妓女です。飢えや寒さに堪えてここに留まることができましょうか」

紅が言った。

「わたくしはそんなこと少しもかまいません。一切、ご心配は無用です」

紅はその日から娼楼から姿をくらまし、沈家に身を隠した。沈童は今までぼうぼうであった髪の毛を櫛でとき、身体の垢を落とすなど、すべてのことに怠ることがなかった。日が昇れば書物を抱えて隣家に行って学び、帰って来れば机の前に座ったが、朝と夕にちゃんと一科を学ぶよう、しっかりと計画を立てた。少しでも怠ける様子が見えると、紅が憤って顔色を変えたので、沈童は紅を愛してはいても、恐ろしくも思って、けっして学問を怠ることがなかった。

婚姻を議論するときになって、沈童は紅がいることとて、妻を迎えようとはしなかった。紅は沈童の気持ちを知って、厳しくいましめて、言った。

「あなたは名家の子弟として前途は万里に開けています。どうして賤しい娼妓のわたくしのことなど慮って、人倫の大事を廃することができましょうか。わたくしはわたくしのせいでこの家が滅ぶようなことは望みません。そんなことなら、わたくしはこの家から出て行きましょう」

沈童はやむをえずに妻を娶ったが、紅は今までと同じように温和で声音もやわらかく、まるで老夫人に仕えるようにその妻に仕えた。沈童が過ごす夜の数も決めて、四、五日を妻のもとで過ごし、次の一日を自分の部屋で過ごしてもらうことにした。もし自分の部屋で過ごす日ではないのに沈童がやって来れば、固く扉を閉ざして中に入れなかった。

このようにして、数年が過ぎ、沈童に学問を倦む気持ちが以前にまして生じて、書物を紅の寝室に投げつけて、言った。

「お前がいくら私に学問を勧めても、私自身がいやなのだから、どうしようもあるまい」

沈童の怠慢をたしなめたところで、効果はないと考えた紅は、沈童が外に出た隙をうかがって、老夫人の前に出て告げた。

「道令は書物を読むのを嫌う本性が最近ではまた頭をもたげ、わたくしがいくら誠意を尽くしたところで、どうすることもできません。わたくしはお暇しようと思います。わたくしのこの行動は、道令を激励するための方策であり、わたくしがこの家を出て行っても、どうして永遠に行ったっきりになりましょうか。道令が科挙に及第なさったという報せを聞いたなら、すぐに戻って参ります」

そう言い終わると、立ち上がって、拝礼をした。夫人は紅の手を取って言った。

「あなたがわが家に来てからというもの、わが家の放蕩息子は厳しい先生を得たかのようで、無学であることを免れました。これもみなあなたのおかげです。今、どうして息子が書物を読むのに厭きたという些細なことでもって、私たち母と子とを捨てようというのですか」

紅は起って拝礼をして、言った。

「わたくしは木石ではなく、どうして別離の悲しみを知らないでしょうか。しかし、学問を勧め激励するためには、これしか方法はないように思えるのです。道令が帰って来て、わたくしが暇を取ったことをお知りになったら、科挙に及第なさったなら必ず帰って来ると約束したと、おっしゃってください。そうすれば、かならず道令は発奮して、懸命に学問をなさることでしょう。遅くて六、七年、早ければ四、五年のあいだのことです。わたくしも身体を汚すことなく生きて、及第した後の約束をお待ちすることにいたします。このわたくしの気持ちをどうか道令にお伝えください。お願いします」

こうして、悲しみを抱きながら、門を出て行った。そうして、夫人のいない老宰相の屋敷を探し出し、身の置き場所を得ることができたが、老宰相には次のように言った。

「禍で罰された家の生き残りとして、身の置き所がなく、困っています。厠掃除の奴婢の列にでも置いていただければ、どんな仕事でも一生懸命にいたします。謹んで縫物でも酒食でもお世話をさせていただきます」

老宰相は紅が端麗かつ聡明であることを見てとって、けなげにも思い、住むことを許した。その日から、紅は台所に入って行き、食事を用意したが、はなはだ味加減がよく、老宰相の食性にもかなっていたので、老宰相はいよいよ紅を奇特に思い、愛するようになった。

「この年寄りは不思議な運数で、幸いにもお前のような女子を得ることができた。衣服は身体に合い、食事も口に合う。今やすべてお前に頼ることができる。私はすでに心を許し、お前もまた真心を尽くしてくれる。これからは父と娘の情誼を結ぶことにしようではないか」

老宰相は紅をアンバンに住まわせ、娘と呼ぶようになった。

ところで、沈生が家に帰って見ると、紅の行方が分からず、不思議に思い、尋ねてみると、母親は出て行ったときのことばを伝えて、叱りつけた。

「お前が学問を嫌ったから、こんなことになったのだ。これからどんな面目があって、世間に出て行くのだ。あの女子はお前が及第した暁には帰ってくると約束した。あの性格を見れば、けっして食言などする道理がない。しかし、お前が科挙に及第しなければ、この世でふたたび相会うことはあるまい。いずれにしろ、お前次第なのだ」

沈生はこれを聞いて茫然として、狂ったかのようだった。数日のあいだ、ソウルの内外をあまねく探し回ったものの、ついに消息はわからずじまいであった。そこで、やっと心の中で誓った。

「私は一人の女子から見捨てられたのだ。なんの面目があって、人に対することができようか。及第すれば相会うことを約束したというのなら、どうして学問に励んで相会うことにしない道理があろう。もし科挙に受からなければ、相会うことができないと言うのなら、生きている甲斐もない」

沈生は門を閉ざし、客を謝絶して、昼も夜も読書を止めることがなかった。二、三年後、はたして沈生は登竜門に上がることができた。沈生が新恩として遊街する日には、先輩たちの屋敷を巡り歩いたが、紅が身を寄せた老宰相というのはまさしく父親の友人であった。道の途中で拝謁したが、老宰相は欣然として出迎え、昔のことと今のこととを話し合った。しばらく従容と話を続けていると、中から食事が出て来たが、新恩はその膳の食事を見るや、悲しそうに顔色を変えた。老宰相が不思議に思って尋ねると、沈生は起拝して、初めて顚末を打ち明け、そして付け加えた。

「わたくしが学問に励んで科挙に及第しようと決意したのは、もっぱらその女子に相会うためなのです。いま、出された食事を見ますと、その女子が作ってくれた食事を思い出させます。それで、自然に悲しくなったのです」

老宰相はその女子の年恰好を尋ね、しばらく思案して、言った。

「私のところには養女がいるが、どこから来たのか知らない。おそらくその女子ではあるまいか」

そのことばも言い終わらぬうちに、一人の美人が後ろの戸から飛び出して来て、新恩にとりすがって慟哭した。そうしてしばらく、新恩は起ちあがって、主人に言った。

「ご老人、この女子をなにとぞわたくしに譲ってはいただけますまいか」

「私は明日をも知れぬ身だが、幸いにもこの女子を得て、この女子にたよって生きながらえているような次第じゃ。もし君にこの女子を譲ったなら、私は左右の手をもがれたも同然、生きて行くのも難しい。しかし、このように奇特なはなしで、しかも互いに深く愛し合っているようだ。そちらにお返しするしかあるまいて」

新恩はふたたび起ちあがって拝礼し、深く感謝の意を表した。このとき、すでに日が暮れていたので、紅とともに一頭の馬に並んで乗り、松明を掲げて先導させたが、行列が門に到着すると、大声で老夫人に叫んだ。

「紅が帰って来ました」、

老夫人は大喜びをして、中門の前まで駆け出して来て、紅の手を捉えて、石の階段を昇った。歓びが家中に満ち、沈生と紅もかつてといささかも変わらぬ情愛で日々を送った。

沈生は、その後、吏曹の郎庁となったが、ある日の夕方、紅が襟を正して、言った。

「わたくしの一片の真心はただあなたが身をお立てになるために捧げ、この十年あまり、他のことを考える暇もございませんでしたが、わたくしの故郷の父母がどうしているか、安否が知れないでいます。そのことが夜となく昼となく、わたくしの心配の種となっています。あなたは今やどのような官職でも望むことのできる地位にいらっしゃいます。わたくしのために錦山郡守の職を求めていただけないでしょうか。まだ生きていらっしゃるうちに、父上・母上のお顔を見ることができれば、心の中の恨を晴らすことができるのですが」

「それはたやすいことだ」

そこで上疏して、郡守の職を賜るようにお願いして、はたして錦山郡守となったのだった。紅をともなって赴任して、すぐに紅の父母の安否を尋ねたところ、二人ともにつつがなく生きていた。三日の後、役所で盛大に酒と料理を用意して、父母の家におもむいた。父母に挨拶をして見えたが、親戚みなが集まり、三日のあいだ宴を張った。衣服と物品をこれ以上はないというほどに十分に父母に差し上げ、そして、言った。

「役所は個人の家とはちがい、役所の中の人間は他の人間とは区別があります。父上と母上、それに兄上に弟が家族だからといって頻繁に出入りすれば、人びとの口の端にも上り、官政にも支障が生じます。わたくしがこれから役所にもどりましたなら、もうふたたび出ることはできず、また連絡を頻繁にすることもできません。ソウルにいるときと同じだと考えて、往来することもなく、内外の区別を厳格になさってください」

そうして、挨拶をして、役所に帰って行き、その後は一度も連絡をしなかった。

それから半年くらい経って、突然、アンバンから婢が紅のことばを伝えて、来てくださるようにと請うた。ちょうど公の仕事があって、席を起つことができなかった。重ねて婢が送られて、来てくれるように請うたので、沈郡守が怪訝に思って中に入って行くと、紅が新しい衣服を身につけ、新しい布団を敷いた上に新しい枕を置いて、特に病気の様子もなかったが、悲愴な顔色をして訴えた。

「わたくしは本日、旦那さまと永訣いたします。お別れに際して、お願いがあります。旦那さまはお身体を大事になさって、栄華と富貴をお楽しみください。わたくしのためにお心を痛め、お嘆きになる必要はありません。わたくしの遺体は旦那さまの祖先のお墓の下に埋めてくだされば、それ以上の望みはありません」

そう言い終わると、そのまま死んでしまった。公は慟哭して、言った。

「私が地方に職を求めたのは、ただただ紅のためであったが、紅が死んでしまった今となっては、どうして一人この地に留まることができようか」

郡守の辞表を出して職を変え、紅の棺をともなって、ソウルに戻った。そのときの死者を悼む詩がある。

一本の紅い蓮の花を柩車に乗せて行けば、
あの婦人の魂はどこにたゆたうのだろう。
錦江に降る春の雨が紅い旗を濡らすのは、
あの佳人が離別して流す涙ではあるまいか。
（一朶紅蓮載柳車、香魂何処乍蜘蟵、
錦江春雨丹旌湿　知是佳人別涙餘）

▼1 【沈喜寿】一五四八～一六二二。字は伯懼、号は一松、

本貫は青松。一五七二年、文科に及第して、官途を歩んだ。一五九二年、竜湾に王に扈従して行き、都承旨となり、大司憲となった。中国語がたくみであったので、中国からの使節を応接して刑曹判書となり、戸・礼・吏曹の判書を歴任した。光海君の時代には、臨海君や永昌君を救おうとしたものの、かなわなかった。一六一六年、許筠と論戦して追われ、屯之山に帰り、周易と詩で余生を終えた。

第一八五話……行李作りの白丁の婿になった　李長坤

燕山《ヨンザン》君の時、士禍[1]が大いに起こり、校理であった李姓の一人が死を免れようと逃げて宝城《ポソン》（全羅南道宝城郡）の地に至った。そのとき、咽がひどく渇いていたが、見ると、一人の童女が川辺で水を汲んでいる。そこで、水を乞うと、童女は瓢に汲んだ水に川辺の柳の葉を摘んで浮かべて、李生に与えた。李生は心の中で妙なことをするものだと思い、尋ねてみた。

「私は咽が渇いていて、すぐにでも水を飲みたいのに、どうして水に柳の葉を浮かべたのか」

童女は答えた。

「あなたは本当に咽が乾いていらっしゃるようでしたが、急に冷たい水をお飲みになると、お腹を痛めます。ゆっくりと飲んでいただくために柳の葉を浮かべたのです」

李生は童女のかしこさにおどろいて、尋ねた。

「お前はいったい誰の娘だ」

「向こうの柳行李を作っている白丁（第一八二話注4参照）の家の娘です」

李生は娘の後について行李作りの家に行き、花婿になって、そこに身を落ちつけた。しかしながら、本来はソウルの貴家の子弟であり、どうして行李を作る術を知っていよう。毎日、何をするでもなく、昼寝をするだけであったから、行李作りの夫婦は怒って、ののしった。

「わしらが婿を迎えたのは、行李作りを手伝ってもらうためだのに、この婿はいくら新婚とはいえ、飯を食らうだけで、あとは寝てばかり。これじゃただの米袋だ」

その日からというもの、朝と夕べの食事を半分にしてしまった。妻はそれを気の毒がって、釜の底に焦げ付いた飯をこそぎとって夫の器に加えた。夫婦の情愛はそのように親密であった。こうして数年が過ぎて、中宗《チュンジョン》[2]の反正があった。蒙昧な君主のもとで零落していた者たちが一斉に赦免され、職責が与えられ、李生も復職することになって、朝鮮八道に通達が回って李生を探すように命じられたものの、李生はそのことを遠く風の便りとして曖昧に聞くのみであった。

その日は月初めで、舅が役所に柳行李を納めなくてはならない日であった。李生は舅と妻に言った。

「今日は役所に柳行李を納める日に当たっています。私が行って来ましょう」

舅はこれを責めて言った。

「お前はいつも眠っているだけで、東西もわからないではないか。どうして役所に大切な柳行李を納めることができよう。いつも行っているわしらでも、肘鉄砲をもらってつらい目にあわされる。お前のような者がどうして無事に納めることができよう。とても行かせられたものじゃない」

すると、李生の妻が言った。

「どうか試させてください。どうして行かせることができないのでしょうか」

父親はしぶしぶ許した。李氏は背中に行李を背負って出かけ、役所の門の前に至り、まっすぐに役所の中に入って行って、大きな声で叫んだ。

「某村の行李作りの白丁が行李をもって参りました」

たまたま、そのときの長官はかつて親しくしていた武弁であった。その顔を見、その声を聞いて、大いに驚き、起ち上がって堂の上から駈け下りた。李氏の手をとって迎え、堂の上にみちびいて座らせて、言った。

「李公ですね、李公ですね。どこに隠れていらっしゃったのか、こんな姿で来られるとは。朝廷ではあなたをずっと探し回って、人相書きが久しいあいだ役所や関所に配られていたのです。すぐに上京してください」

そう言って、食事と料理を用意し、また衣装と冠を持って来させ、李氏に着替えさせた。李氏が言った。

「罪を犯した人間として、行李作りの白丁の家に隠れて、なんとか生きながらえてきた。この歳月、どうしてふたたび天の日を仰ぐことができると考えただろうか」

長官は李校理を発見したことを巡営に知らせ、駅馬を出すよう催促して、李氏の上京の手はずを整えたが、李氏は言った。

「三年のあいだ世話になった恩義をそのままに捨てて行くことはできず、また、困難な時期をともに過ごした妻の情がある。舅にも別れを告げなくてはならない。今日はいったん帰るので、君は明日の朝、私が住む家まで迎えに来てはくれないか」

「それでは、そういたしましょう」

李氏は来るときに着ていた服にまた着替えて、役所を出て、行李作りの家に帰って言った。

「行李を無事に納めて来ました」

舅が言った。

「これは驚いた。ことわざに、千年も生きれば梟も兎を捕まえることができるというが、これは本当のことで、嘘ではなかったのだ。この婿でもやればやれるのだ。奇特なことだ。奇特なことだ。今日の晩飯は何匙か多めに盛ってやろう」

翌日、李氏は朝早く起きて、庭を掃除した。舅が言った。

「婿殿は役所に行李を納めることもできたし、いまは朝早く起きて掃除までする。太陽が西から上りはすまいか」

すると、李氏は庭に蓆まで敷こうとする。舅が、

「蓆など敷いて、いったいどうするのだ」

と聞くと、李氏が答えた。

「役所の長官が来るので、こうしているのです」

舅は冷笑して、言った。

「なにを寝ぼけているのだ。役所の長官がどうしてわが家などに来なさるのだ。千に一、万に一も、ありえないはなしだ。今、考えてみると、昨日、役所に行李を納めて来たというのも、道に棄てて帰って来て、嘘をついたのにちがいない」

そのことばも言い終わらないうちに、役所の工房の役人が色模様の蓆をもって、息を切らせてやって来て、部屋の中に敷いて、言った。

「長官の行列がもうじきに到着します」

それを聞いた行李作りの夫婦は真っ青になり、頭を抱えて柴垣の後ろに姿を隠した。

しばらくして、先駆けの声が聞こえて来た。長官が馬に乗って現れ、馬から下りて、家の中に入った。李氏と長官は一別以来の挨拶を交わしたが、長官が李氏に尋ねた。

「奥さまはどこにいらっしゃるのですか。お出かけなのでしょうか」

李氏が妻を呼んで、挨拶をするように言うと、妻は荊の笄をさし、破れたチマの姿で出て来て挨拶をした。衣服はみすぼらしかったものの、その容貌と挙措とは端正で風儀があり、常民や賤民にはない気配があった。長官はへりくだって、言った。

「李学士は困窮の極みにあって、幸いにも奥さまの力によって今日まで生きながらえることができました。男子であっても、このようなことはできなかったでしょう。どうして感嘆しないでいられましょう」

李氏の妻は襟を正しながら、言った。

「振り返りますと、至極に微賤な田舎の女が君子の巾櫛をいただき、結婚をいたしました。このような貴い方であるとは、まったく存じ上げなかったので、心を砕いてお世話をしたとしても、おそらく無礼この上なかったのではないでしょうか。実に大きな罪を犯したものです。どうしてあなた方が感謝するに当たりましょうか。しか

し、よく考えますと、本日はこのように賤しくむさくるしいところによくぞいらしてくださいました。わたくしどもにとっては栄耀の極みですが、あなた方にとっては福の力が損なわれてしまわないか、心配でございます」

長官はすでに下人たちに命じて、行李作りの夫婦を招き入れて、酒食を振る舞って、ねんごろにもてなした。しばらくすると、近隣の邑から守令たちが酒をたずさえてやって来て、巡使および幕客にあいさつした。行李作りの白丁の家の前には人と馬とがひしめき合い、野次馬たちが垣根をなした。

李氏は長官に言った。

「わが妻はたとえ身分は賤しくとも、私は正式に結婚していて、夫婦であることはまちがいありません。私がたとえ貴い身分に帰ったとしても、これを代えることはできません。輿一つをお借りして、いっしょに上京しようと思います」

長官はすぐに輿を用意させ、旅の道具もそろえて、二人を見送った。

李氏が宮廷に参って謝恩することになって、中宗から入侍するよう命じられて、逃亡中の顚末を尋ねられた。李氏はこれに答えて、詳細にお話をしたところ、中宗は二度三度と感嘆しておっしゃった。

「この夫人を賤妾として待遇すべきではない。特別に身分を上げて後、夫人とするのがよかろう」

李氏はこの女子とのあいだに息子と娘を数多くもうけた。この李氏というのは、すなわち判書の李長坤《イチャンゴン》▼3のことである。

▼1【士禍】朝鮮時代の前期、太祖李成桂の建国に協力して政権の中枢に居座って権勢を振った勲旧派と、新たに科挙を受けて官僚となって台頭して来た士林派との間での対立があり、それと宮廷内の継嗣問題なども絡んで権力闘争が繰り返された。代表的なのは、戊午（一四九八年）、甲子（一五〇四年）、己卯（一五一九年）、乙巳（一五四五年）のそれぞれの年に起きたものであるが、戊午と甲子の二つの士禍は燕山君の時代に起こっている。この話では甲子の士禍を背景にしている。

▼2【中宗の反正】一五〇六年、暗君とされる燕山君を廃して晋城大君（中宗）を擁立して王につけたクーデタ。

▼3【李長坤】一四七四～一五一九。中宗のときの文官。字は希剛、号は琴斎・鶴皐、本貫は碧珍。一五〇二年、文科に及第、校理となったが、燕山君による処罰を恐れて咸興に身を隠した。一五〇六年、中宗反正の後に復帰し、平安道兵馬節度使などの要職を歴任した。一五一八年、吏曹判書、翌年には兵曹判書となった。このとき己卯士禍が起こり、新進士類の処刑には反対したので、官職は削られた。驪江および昌寧に隠居し、そこで生を終えた。

巻の十四

第一八六話……学問を捨てた許弘の治産

驪州《ヨジュ》（京畿道驪州）に許《ホ》姓のソンビがいた。家ははなはだ貧しく、生きるのがやっとの生活をしていたが、その人となりはすばらしく仁厚であった。三人の息子がいて、みなに学問をするように勧め、みずからは親戚や知人の家をまわって食糧を乞い、息子たちに学問を続けさせた。人びとはそれを知ってか知らずか、許氏の人となりの実直さを愛して、やって来れば親切に優待して、食糧を十分に与え、これを助けた。

そうして、数年後、疫病がはやって、夫婦は死んでしまった。三人の子どもたちは昼も夜も号泣して、なんとか葬礼のための品をそろえて、やっとのことで初喪を終えることができたが、三年が過ぎて、生計がまったく立たなくなった。すると、次男の弘《ホン》▼1が兄と弟に向って言った。

「今まで私たちが幸いにも飢え死にせずに済んだのは、ただ父上と母上のお人柄が人びとに好かれ、その助けを得て食糧を分けてもらっていたからです。今や三年を過ぎ、父上と母上の恩沢もすでに尽きてしまい、他に頼るところもありません。今や逆さに吊るされたような窮状です。お兄さんも弟も手をこまねいて座り込んだまま死を待つよりも、それぞれが生活の道を見出すようにしましょう。今日からは兄弟それぞれが自分の生業を探すのがいいと思います」

その兄と弟は口をそろえて答えた。

「私たちが子どものころからしてきたことと言えば、本を読むことだけだ。その他の農事も商いも資金を準備することすらできず、どうしていいのかもわからない。さて、どうしたものか。私たちはひもじさに耐えて科挙の勉強をするほかに別の手立てはないようだ」

弘は言った。

「人それぞれに思うところは違い、それぞれが好きなことをするのがいいでしょう。しかし、三人の兄弟が儒業を続ければ、その前にみなが飢え死にをしてしまいそうです。お兄さんと弟は性格がやさしいので、これまで通り学問に励んでください。私は十年を限って治産に死力を尽くして励み、お兄さんと弟の生きて行く基盤を築くことにします。今日からは離れ離れになって、兄嫁さまも弟嫁も実家にしばらくは帰って暮らしてください。兄上も弟も本をかついで山寺にでも登り、僧侶の食べ残しでも乞うて生活してください。そうして、十年後には必ず再会することにしましょう。いわゆる家産はと言えば、麦畑の三マチギ▼2と婢女一人がいるだけで、これも宗中の物件です。宗には徐々に返すことにして、今しばらくはこれを借りて、これを元手に家産を立て直したいと思います」

　この日、兄弟たちは涙を流して別れた。妻たちは実家に帰って行き、長男と三男は荷物をまとめて山寺に向かった。弘は妻たちが持って来た新婚のときの装身具は売り払ったが、その値は七、八両に過ぎなかった。そのとき、たまたま木花が豊年であったから、あり金すべてを使って若布を買い、それを背中に背負って、父親がかつて食糧を乞うて歩き回った親戚や知人の家々を訪ねた。人びとはその意志を憐れんで、綿花の善し悪しを気にしないで大量に与え、その量は数百斤にも上った。妻はそれを日に夜をついで紡績して、夫がそれを売りに出た。十石あまりの麦を毎日のように粥にして、一椀を妻と分け合って食べ、婢には一椀を与えて、言った。

「お前がもし寒くひもじくて耐えられないようであれば、出て行ってもいいのだ。私はそれを責めたりはしない」

　婢女は泣きながら、言った。

「旦那さまと奥さまはお椀半分だけを食べ、わたくしは一椀を食べさせてもらっています。どうしてひもじいなどと言えましょう。もし飢え死にしたとしても、出て行くつもりはありません」

そうして主人にしたがって、機織りに精を出した。許生はまた蓆を織り、草鞋づくりもして、日に夜をついで少しも休むことはなかった。あるいは、友人の中で訪ねて来る者がいれば、かならず垣根の外に席を設けて、言った。

「今の私を人の道理で責めないでくれ。十年後にはきちんと礼を尽くして面会したいのだ」

　そうして、決して外に出ようとはしなかった。

　こうして三、四年もたつと、財産も増えた。たまたま、門の前に水田十マチギ、畑の数カルイ[3]が売りに出ていたので、その値を用意して、買うことにした。春になって耕すときになり、言った。

「さほど多くもない田畑を、どうして人を雇って耕し、種をまかなくてはならないのか。みずから耕し、種をまくべきだろう。とはいえ、私は農事には素人だ。さて、どうしたものか」

　そこで思いついて、隣の年老いた農夫を丘の上に座らせて酒と料理でもてなし、みずから鋤と鍬をもち、また種をまく恰好をして、どうすればいいかを指示してもらうのだった。こうして年老いた農夫に教えを乞うた後は、人の三倍も耕せたし、秋の収穫も二倍になった。畑には煙草の種をまいたが、その年は日照りだったから、毎日、朝に夕べに、水を担いで行っては畑にまいた。一帯の煙草はすっかり枯れてしまったが、ひとり許生の畑の煙草だけは生い茂ったから、ソウルの商人は数百両の銭でもって先物買いをした。そして二番作の煙草も生い茂ったから、これもさらに高い値で買われ、煙草栽培の利益はほとんど四百両にも上った。

　こうして五、六年が経ち、貯えも多くなり、露積《ろし》で積み上げられた穀物が四、五百石にもなった。近隣百里の田畑がすべて許生のものとなった。しかし、衣食は倹素なまま生活するさまは今までと変わりがなかった。

　その兄と弟が初めて山寺から下りて来たとき、許の妻が三椀の飯を調理して供すると、許は眼を怒らせて叱りつけ、下げるようにいった。そこで、妻は一椀の粥だけを煮てもって来た。今度は兄が怒って、言った。

「お前の家はこのように豊かなのに、私に一椀の飯も食べさせないつもりなのか」

「私は十年という期限を定めました。その前にはけっして飯を食べないと誓ったのです。兄上は、十年がたてば、わが家の飯をお食べになれます。兄上がいくらお怒りになっても、私は意に介しません」

　兄は怒って粥も食べずに山寺に帰ってしまった。

　翌年の春、兄弟がそろって小科に合格して、許は絹と銭をたくさんもってソウルに上り、科挙及第者を出迎える費用にしようとした。すると、率倡▼4が門前にまでやって来た。しかし、広大たちを近くに呼んで、言った。

「わが家の兄上と弟は小科に合格したものの、まだ大科が残っていて、山に登って学問を続けなくてはならない。お前たちには今は用がない。だから、家に帰るがよい」

　そうして、みなに銭を与えて帰らせ、今度は兄と弟に向って言った。

「十年の期限にはまだ到りません。今は山に帰って、期限を待って、山を降りられるのがいいでしょう」

　その日、そのまま山に帰って行くのを見送った。

　十年が経つと、万石君のような財産を積み上げた。すると、布と絹の織りの素晴らしいものを選んで、新たに男女の衣服を二くだり作らせて、行列をととのえて、兄嫁と弟嫁の実家に馬と人とをやって、約束した期日に来るようにさせた。また、山寺に人と馬とをやって、兄と弟を連れて来させた。家族がこうして団欒して数日を過ごした後、許生は兄弟に向って言った。

「ここは本当に狭く、膝を入れることもできない。私が用意して置いたところがあります。そちらに移ることにしましょう」

　家族みなが連れだって、数里を行き、一つの峠を越えると、山の下の邑に立派な屋敷があった。家の前には長い廊があり、その中には牛や馬、そして奴婢たちが大勢いて、働いていた。内舎は三つに区画し、外舎はただ一つで大きくゆとりがあった。三人の兄弟の妻たちはそれぞれ内舎の一区画に住まい、三人の兄弟は外舎の一つ部屋で、長い枕に頭を並べ、大きな一枚の布団をかぶって寝た。その楽しみは蕩然たるものであった。兄がおどろいて尋ねた。

「この屋敷はいったい誰のもので、どうしてこんなに壮麗なのだ」

「これは私が建てさせたものですが、家人にも知らせなかったものです」

そうして、奴僕に四、五個の木箱を運ばせて前に置かせ、言った。

「これは田地の券です。これを兄弟で均等に分けようと思います」

さらに、付け加えた

「家産がここまで増えたのは、私の妻も苦労してくれたおかげです。これに報いないわけにはいきません」

二十石の田地の券を妻に与え、三人の兄弟はそれぞれ五十石の田地の券を受け取った。そして、童婢も成人していたので、生活できるだけの田畑を分け与えた。

このときからは、衣食も豊かにととのえ、近隣の貧窮する宗族たちにも適当な量を考えてあまねく分け与えたので、これを称賛しないものはいなかった。

ある日、許が突然に悲しみ、泣いた。兄が不思議に思って、尋ねた。

「今や我々は衣食も足りて生活している。三人の大臣とてこれには及ぶまい。どんな心を痛めつけるようなことがあるのか」

「兄上と弟は勉学に励んで名を上げ、小科に合格なさいました。しかし、私は家産を増やすために学業を捨て、一個の愚かな人間になり果ててしまいました。両親が私に望まれたことをまったく蔑にしてしまったのです。どうしてこれを悲しまないでいられましょうか。もう年もとってしまい、儒業をふたたび学ぶこともできません。筆を捨てて武芸を学ぶことにします」

そのときから、弓矢の練習を始めて、数年後には武科に合格した。ソウルに上って、内職に就いた。次第に品階も昇り、安岳《アンアク》（黄海道安岳）郡守となった。まさに赴任しようとしたとき、その妻が死んでしまった。弘はため息をついて、言った。

「私は早く父母を失い、思い通りに父母を国の禄で養う歓びがあるわけではない。こうして地方に赴任しようとしたのは、長いあいだ苦労をかけた妻のために、一度だけでも栄華を味あわせたいと思ってのころであった。妻が死んでしまった上は、任地におもむいても意味がない」

そうして、辞職することにして、故郷に帰り、年老い、生涯を終えたのだった。

▼1【許弘】この話にある以上のことは未詳。

▼2【マチギ】田畑の面積の単位。一斗分の種を播くくらいの広さ（田は一五〇～三〇〇坪、畑は一〇〇坪内外）。

▼3【カルイ】一人が一日で耕し得る田畑の面積。

▼4【率倡】科挙に及第して故郷に帰るとき、広大（芸人）を先に立てて笛を吹き鳴らして行く習慣があった。ここではその広大を言う。

第一八七話……賭場のことばを書いた題主

大剣《テスェ》というのは両班の家の年老いた下人である。幼いころからその家に仕えて雑用をしていたが、特に学んだわけでもないのに、あらあら文字を解した。

家の主人が杆城《カンソン》（江原道杆城）の守令になった。大剣はそれについて行き、役所に数年のあいだ住みこんだが、あるとき、用事があってソウルに上ることになった。山路で宿屋もなく、ある村に至って、民家に宿を乞うことになった。その家では葬儀があって、夜の間中、騒がしかった。そうして、主人がたびたび門を出て外を見ては、「約束したのに、来てくれない。この大事に困ったことだ。どうすればいいだろう」

と言って、挙措が定まらずそわそわしている。大剣がどうしたのかと尋ねると、主人は、

「この夜が明ければ、父上の葬礼を過ごしてしまう。題主▼1を書いてくれる人を某洞の某生員に頼んで懇ろに約束していたのだが、まだ何の消息もない。それで困っているのです」

と答えて、さらに、

「お客さまはソウルの方ですね。きっと題主をどう作るか御存じでしょう。どうかわたくしどものために書いていただけないでしょうか」

と言った。

大剣は題主の書き方など知らなかったが、愚かで粗忽な性格なものだから、ついつい承知してしまった。主人は酒と肴とで手厚くもてなした。翌日になって、後について山に登ったが、すでに下棺・平土まで終えて、主人は大剣に題主を書いて出すように言った。大剣はすでに依頼を受けて承諾してしまっていたから、いまさら断るわけにもいかない。しかし、文章を書こうとしても、その書式を知らない。しばらく考えた後、「春秋風雨、楚漢乾坤」と書いた。これは賭場の壁に貼り付けてあって、よく目にしていたことばであった。書き終えると、主人はこれを卓の上にうやうやしく置いて、礼にのっとって

祭祀を行なった。

しばらくして、山の下に道袍を着た人がかなりの酒気を帯びてやって来た。主人が彼を見て言った。

「生員はどうしてわが家の大事をないがしろにされたのか」

その人は、

「古い友人につかまって酒を飲むことになり、酔いつぶれてしまって来られなかったのだ。さっき目が覚めて、急いでやって来たのだが、題主はどうなさった」

と言った。主人が、

「幸いにソウルのお客さまがいらっしゃり、書いてくださいました」

と言うと、

「それはよかった。ちょっと、それを拝見したいものだ」

大剣はそれを聞くと驚いて、心配なこと、この上ない。ひとり心の中で、

「この書のいんちき具合は間違いなくこの両班の目にばれてしまうだろう。どんな辱めを受けることになろうか」

とつぶやいて、厠に行くといつわって逃げてしまおうとした。

すると、そのとき、その人が題主を見て、

「これはなんと漢字で書かれているではないか。私のハングルのものより格段にすぐれている」

と言ったのだった。

大剣はほっと胸をなでおろし、思う存分に酒を飲んでしこたま酔った。翌朝、その家を出るとき、主人は何度も感謝の言葉を繰り返した。

▼1【題主】神主（位牌）に書き記す文章。

第一八八話……厳しい妻の嫉妬を逃れた平壌の妓生

趙泰億《チョテオク》▼1の妻の沈氏は激しい嫉妬の持ち主だった。泰億は妻を虎のように恐れて、けっして浮気などしようとはしなかった。

兄の泰耇《テク》▼2が箕伯▼3であったとき、泰億が承旨の王命を受けて関西におもむき、監営にしばらく滞在したが、そのとき初めて妓生と浮気をした。沈氏はその噂を聞くと、すぐに旅装をととのえ、甥をしたがえて平壌におもむき、その妓生を打ち殺そうとした。泰億はそれを聞いて色を失ったが、泰耇もまた大いにおどろいて言った。

「これはいったいどうしたものか」

妓生に逃げさせようとしたが、妓生が言った。

「わたくしは逃げ隠れなどいたしません。ただ、この危地を逃れる手立てもあるはずですが、今はとても貧しくて、その手立てを調えることができません」

泰億がどういうことか尋ねると、妓生は答えた。

「わたくしは翡翠や玉で身を飾りたいのですが、今はそのお金がないのがはなはだ恨めしい」

泰億が言った。

「お前にもし生きる方途があると言うのなら、たとえ千金であっても、この私が用立てよう。ただお前がしたいようにするがいい」

裨将を呼んで、あるだけの金をこの妓生に与えるように命じ、さらに、中和《チュンファ》（平安南道中和郡）と黄州《ファンジュ》（黄海道黄州）に行かせて妻を出迎えさせた。食糧と車馬も送り、ご馳走でもって妻の一行をもてなさせようとした。

沈氏一行が黄州に到着すると、裨将がすでに来ていて出迎え、また食事の用意もしてあった。

沈氏はこれを冷笑して言った。

「私がどんな大臣であり、要人であるというのか。どうして出迎えの裨将などをよこしたのであろう。それに路資も十分にあって、食事の用意など必要がない」

沈氏はすべてを下げさせたが、中和に行ってもまた同じように用意されていた。それも下げさせて、道中を続けた。栽松院《チェソンウォン》▼4を過ぎて松林に入って行こうとすると、時はまさに晩春の時節、のどかな春の気配が立ちこめて、蛇行して流れる江の水は澄んで、景色がえもいえず美しい。沈氏は輿の簾を上げて景色を楽しみながら松林を通り過ぎた。すると、さらに遠くが見渡せて、白沙はまるで白い練り絹のようで、澄んだ江は鏡のようである。江の岸辺を白い城壁がぐるりと巡って、商いの船が水面に浮かんでいる。練光亭、大同門、乙密台の楼閣は丹青の色が光り輝き、人家の屋根が立ち並んで人の目を奪う。沈氏は感嘆して、

「わが国第一の景色だと言うのは、嘘ではなかった」

と言った。

讃嘆しつつ道を行くと、はるか遠くの沙上に一点の花が見える。渺々とはるか遠くからだんだんと近づいてくるのは、一人の美しい女子である。緑のチョゴリに紅いチマの姿で駿馬に刺繍を施した鞍を置いてまたがって沙を横切ってやって来る。心の中に訝しく思い、馬を止めて見ていると、その女子は近づいて馬から下り、鶯のような声で歌うように挨拶をする。

「妓生の某がお目見えをお願いします」

沈氏はその名前を聞くに及んで、たちまちに業火が三千丈も上るかのよう。大きな声を出して言った。

「妓生の某、妓生の某、お前に何のために見える必要があろう。馬の前に立つがいい」

その妓生が顔色も変えずに、うやうやしく馬の前に立った。沈氏がその姿を見ると、顔は露を含んだ桃の花のようであり、腰つきは風になびく柳の枝のようである。絹の鮮やかな衣装に上下を翡翠と玉で装飾した姿は、まさしく傾国の美女とも言うべきである。沈氏はじっくりと見つめて言った。

「お前の年はいくつだ」

「十八歳です」

沈氏が言った。

「お前は果たして国の宝と言うべきだ。一人の丈夫としてこのような絶世の美人を見て近づけないようでは、朴念仁と言うべきであろう。私の今回の旅行はお前を殺そうと思ってのものであったが、お前を見ると宝物であった。私はどうしてお前に手を下すことができようか。お前は帰ってお前の家にいる旦那さまにお仕えするがいい。しかし、旦那さまはすでに燃え尽きかかった炭のようなお人だ。もしお前に溺れて病気になるようなら、お前の罪は死に値する。ほどほどにするがよい。ほどほどにするがよい」

言い終わると、馬の頭を返してソウルに向った。

泰耉はこれを聞いて、すぐに使いの者をやって伝えさせた。

「兄嫁さまのご一行が城外まで来られて、城内に入ろうとなされないのは、どういうわけでしょう。お願いですから、しばらくは城内にお入りになって、監営に滞在した後、ソウルにお戻りになってください」

沈氏は冷笑して言った。

「私は暇な旅人ではない。城内に入って何をしろと言うのか」

そうして振り返ることもなく、馬を馳せてソウルの屋敷に戻っていった。

その後、泰耉はその妓生を呼んで尋ねた。

「お前はどんな方法を使って、大胆にも虎口に入って、かえって禍を免れることができたのだ」

妓生は答えた。

「夫人の性格がたとえ嫉妬深かったとしても、千里の道の旅をなさるのは尋常のことではありません。どうしてちまちまとした女子がこれに立ち向かうことができましょう。馬の中でも荒々しく蹴って噛むのは必ずよく走る力があるものであって、人もまた同じです。私は死ぬ運命なら死ぬのであって、たとえ避けようとしても、それを免れることはできないと思いました。それで丹念に化粧を施して挨拶に行ったのです。もし打ち殺されるのなら、それまでのこと。そうでなければ、あるいは憐れみの心をお持ちになっていただけるかも知れないと思ったのです」

▼1【趙泰億】一六七五～一七二八。英祖のときの文臣。字は大年、諡号は文忠。十九歳で進士に合格、一七〇二年には文科に及第した。顕官を歴任して、一七〇九年には通信使として日本に来たこともある。左右議政となり、領敦寧府使にまで至って死んだ。一七七六年には官爵を追奪されている。

▼2【趙泰耉】一六六〇～一七二三。粛宗の時代の大臣。字は徳叟、号は素軒。一六八六年、文科に及第、一七二一年、王世子冊封問題で老論と少論とが対立すると、少論の承旨の金一鏡に老論の金昌集など四大臣を攻撃させるように仕向け、睦虎竜に四大臣を逆謀で誣告させて、老論を排斥した。自身は領議政にまで昇ったが、英祖が即位して老論が復活すると、失脚した。

▼3【箕伯】平安道観察使の別称。殷の遺臣の箕子が朝鮮に移り住んで、今の平壌に都して、その墓があると言うので、平壌のことを箕城とも言ったが、そこに監営があり、平安道一帯を治めるので、この名称がある。

▼4【栽松院】平安南道平壌市の南にある地名。

第一八九話……閻魔大王になった金緻の神妙な占術

観察使の金緻《キムチ》▼1の号は南谷《ナムコク》であり、栢谷《ペクコク》・金得臣《キムトゥクシン》▼2の父親にあたる。若いときから占いの法に精通して、その占いは不思議なくらいに当たり、神妙なことが数多くあった。暗君であった光海君《クワンヘグン》の時代に官職に付き、弘文館の校理となったが、思うところがあって、病を口実にして竜山《ヨンサン》の上に庵を結び、門を閉ざしたまま、客を謝絶して過ごした。

ある日、下僕が、

「南山洞《ナムサンドン》に住む沈生がお会いしたいそうです」

と伝えたが、金公はやはり会うことを断った。

「お客さまは私が病気で隠遁したのを知らずにいらっしゃったようです。人事を廃してすでに長くなっており、人にお会いすることはできません。はなはだ残念です」

さて、金公がこれまで占ったところでは、自分の運命というのは水にかかわる人の力によって禍を免れるというものであった。考えてみると、客の沈というのは水にかかわる姓である。この人こそ自分を助けてくれる人物ではないかと思いつき、急いで下僕を追い駆けさせ、その人を連れて来させた。これが沈器遠《シムキウォン》▼3である。沈生が下僕とともに戻って来ると、金公はあわてて起ち上がり、これを迎えた。

「この年寄りはすでに人事を廃して久しくなります。お客様がいらっしゃっても、ちょうど薪を採る憂い（発作）があって、ご挨拶をすることができませんでした。お恥ずかしい限りです」

すると、客が言った。

「初めてお会いしますが、聞くところでは、あなたは術数に精通していらっしゃるそうで、ご迷惑を顧みずに、あえてお会いして占っていただきたかったのです。わたくしはすでに四十歳をこえて日の目を見ないソンビです。まったく困窮し果てておりますが、これからいったいどんな将来が待っているのか、あなたの神眼によってひとつ占ってみてはくださらないか」

そう言って、袖の中から四柱を持ち出して、見てくれるように頼んだ。

「それからもう一つ、わたくしがここに参りますときに、親しい友人に出会い、その者もまたわたくしに四柱を渡しました。捨てることもできずに、やむをえず、ここに持って参りました」

金公は二つの四柱を見て、まずその一つについて口をきわめて称賛した。

「富貴がすでに目の前にある。もう問われる必要もない」

次にもう一つの四柱について、金公は言った。

「この人は富貴になることは望めないものの、しかし、一生のあいだ病むことなく過ごせよう。寿命がどのくらいあるかはわからない」

公はすばやくこれらの四柱を占った後、下僕に命じ、薦を敷いて机を置かせ、起ち上がって衣冠を整え、膝を正して座った。一つの四柱を机の上に置くと、香を焚いて、言った。

「こちらの四柱が尊いものであることは、ことばにできないほどのものです。尋常の人の運数ではなく、感嘆しないわけにはいきません」

沈生が暇を告げようとすると、金公が言った。

「私は一人で病気の憂さを晴らすこともできません。客人はしばらく滞在して、この病気の憂さを晴らしてくだされば、さいわいです」

こうして、沈生を庵に泊めたが、夜が更けて人が寝静まったときに、公は膝を進めて告げた。

「実を言えば、私は病気を口実にしているだけです。私は不幸にもこの時節に出会い、以前は宮廷で官職を得ていましたが、そのことを後悔して、こうして門を閉ざし、病と偽って人と会わないでいるのです。まもなく朝廷がひっくり返るのですな。あなたがやって来て、問い質されたことで、私も了解することができました。どうかお隠しにならず、ありのままにお話しください」

沈生ははなはだ驚き、最初は隠し通そうと思っていたのだが、ついに真実を話し始めた。

「このことを成すべきであるということについては、もういささかも疑念はありません。しかし、ことを起こすのはいつがいいでしょうか。某日に決めているのですが、いかがでしょうか」

金公はしばらく考え込んで後に言った。

「某日はたしかに吉日ではあるものの、大事を起こすには適さない。このような大事は『殺破狼』[4]の日を選ぶべきです。某日は小事には適していても、大事には適しません。私があなた方のために吉日を占うことにしよう」

そうして、暦書を開いて見つめながら、言った。

「三月十六日がはたして吉日です。この日は星が『殺破狼』を犯していて、ことを起こすに際して、かならずそれを密告するものが出ましょうが、いささかの障害もなく、無事にことを成就することができましょう。かならずこの日にことを起こしてください」

沈生は大いにおどろき、感謝しながら言った。

「もしことが成ったら、あなたのお名前をわれわれの名簿に記してもよろしいでしょうか」

「それは私の望むところではありません。しかし、ことが成った後に、私が死罪に処されるようなことがあれば、ぜひ救ってください。私に禍が起こらないようにしていただきたいのです」

沈は快諾して、帰って行った。

政変が起こって後、金公の罪は容赦できないものだとする人びとが多かったが、沈が極力、これを擁護したので、金公は等級を越えて嶺南道伯（慶尚観察使）となり、やがて任地で死んだ。

金公がかつて自分の四柱を中国の術士に占ってもらったところ、術士は詩を作って与えた。

花ざかりの山を牛に乗って行く人、
その頭には一枝の花のかんざし。
（花山騎牛客、頭載一枝花）

しかし、その当時はこの詩の意味するところがわからなかった、嶺南道伯となって、安東に至ったとき、にわかに瘧《おこり》を患った。これを治す方法をいろいろと尋ねたが、ある者が、黒い牛に後ろ向きに乗れば治すことができると言ったので、そのことば通りに、牛に乗って庭の中をぐるぐると回った。牛から下りて部屋の中に臥したが、すると頭痛がさらに激しい。一人の妓生に介抱させたが、その妓生の名前を尋ねてみると、一枝花であった。そのときに、中国人の詩を思い出して、ため息をつきながら、言った。

「生きるも死ぬも、天命なのだ」

そうして、新しい布団に変えさせ、新しく作った衣服に着替え、正しく枕の上に頭を乗せて、悠然として死んでいった。

この日、三陟《サムソプ》の守令の某は金公がお伴を従えて門を入って来るのを見た。おどろいて起ち上がり、公を出迎えて尋ねた。

「公はどうしていつもと違う道をやって来られたのですか」

　金公は笑いながら、答えた。

「私はすでに生きている人間ではない。少し前に死んだところだ。閻魔大王として赴任する道で通りかかったので、あなたを訪ねたのだが、一つお願いしたいことがある。私は新たに赴任するのに新しい官服がないので、困っている。あなたにお願いというのは、これまでの情誼を考えて、新しい服を用意して欲しいのだ」

　三陟の守令はそれを冗談だとばかり考えていたが、頑強に請われたので、しかたなく、函の中から絹一匹を取り出して与えた。金公は欣然と喜んでこれを受け取り、別れを告げて立ち去った。三陟の守令が不審に思い、人をやって探らせると、まさにその当日、安東府の巡到所で金公が亡くなっていたのだった。このために、金公は閻魔大王になったのだという話が世間に広まった。

　久堂《クダン》・朴長遠《パクチャンウォン》▼5は金公の息子の栢谷の親しい友人だったが、かねて北京で運数を占ってもらっていた。その文に「某年の某月の某日に死ぬ」となっていた。その年の正月の初め、人と馬をやって栢谷を迎えて来させ、紙一張を与えて文を書かせようとした。すると、栢谷が言った。

「どこに宛てて書くのだ」

　すると、

「君のお父上宛てに送る手紙が欲しいのだ」

　栢谷はわけがわからずぼんやりとして書かないでいると、久堂が言った。

「私が馬鹿げたことを言っているとでも思うのか。まともなことであれ、馬鹿げたことであれ、私のために書いて欲しいのだ」

　久堂が再三、再四、頼むので、栢谷はやむをえずに筆を執ったが、久堂は次のように口述した。

「わたくしの親しい友人である朴某は、寿命が今年で尽きてしまいます。お願いですから、父上は気の毒にお思いになって、友人の寿命を延ばしていただけないでしょうか」

　外封には「父主前」と書き、内封には「子某曰」と書かせた。その後、久堂は部屋を清掃して、栢谷とともに香を焚き、そしてその手紙もまた燃やして、言った。

「こうしておけば、私は禍から免れるだろう」

　こうして、その年はつつがなく過ごすことができ、その後、数十年がたって死んだ。ことは虚妄に似ているが、金公の霊魂は他の人とはなはだ異なっているのである。

金公の霊魂は、毎晩、供の者を盛大にひきつれ、灯りを連ねて、壮洞《チャンドン》と駱洞《ナクドン》のあいだを往来していたのだという。友人に会えば、馬から下りて挨拶をして心の中を述べた。ある日の明け方近く一人の少年が駱洞を通り過ぎたが、そのとき金公に出会い、尋ねた。

「令監はどこから来られましたか」

「今日はまさに私の忌日なのだ。酒食を十分に供されようと思って来たものの、その酒食が汚れていたので、手をつけないで、物足りない思いで帰って来たのだ」

そうして、忽然と姿を消した。その少年はまっすぐに倉洞《チャンドン》にあるその家に向った。主人が祭祀を終えて出て来たので、今の話をしたところ、栢谷ははなはだ驚いて、中に入って行き、お供え物を調べたが、汚れたものなど、何もなかった。ただ餅の中に髪の毛が一本入っていて、家中の者が驚き、恐れた。その後また、ある人が道で公に出会ったが、そのとき、公が言った。

「私は以前、ある人の『綱目』▼6を借りて見たが、まだその本を返さなかった。その本の第何巻の第何頁に、金箔を挟んで置いたことがある。いずれ本を返すことになろうが、あるいは金箔のことを気づかないでしまう恐れがある。そこで、家の者に本は子細に調べてから本を返すように、言ってくれまいか」

その人がやって来て、そのことばを栢谷に告げたが、栢谷が『綱目』を手にとって調べたところ、はたして金箔が挟んであった。人びとはみなみな不思議に思ったことであった。その他にも不思議なことが多々あったが、そのすべてを話すことはできない。

▼1【金緻】一五七七～一六二五。朝鮮中期の文臣。号は南峰、深谷、本貫は開城。光海君の時代、一時は李爾瞻の心腹であったが、官職から退き、杜門不出した。仁祖反正の後、ふたたび官途に昇り、慶尚道観察使となった。学問を好み、経史に通達し、占いに明るかった。

▼2【栢谷・金得臣】一六〇四～一六八四。朝鮮中期の詩人。字は子公。幼いときから父の緻の教えと薫陶を受けて詩文の才能を伸ばし、大家であった李植からも当代第一という評を受けて、その名が世間に広まった。また酒と扇を擬人化した家庭小説『歓伯将軍伝』『清風先生伝』なども残している。

▼3【沈器遠】?～一六四四。字は遂之、本貫は青松。一六二三年、仁祖をかついで反正をし、靖社の功を記録された。一六四二年には右議政、左議政に至り、一六四四年には守禦使を兼ねたが、懐徳君徳仁を王に立てようとして失敗し、逮捕されて誅殺された。

▼4【殺破狼】星座占いの星の位置の一つ。

▼5【久堂・朴長遠】一六一二～一六七一。字は仲久、号は久堂、謚号は文孝、本貫は高霊。一六三六年、文科に及第、仁祖・孝祖・顕宗の三代にわたって仕え、節義があり、ソンビたちの意見を重視して評判が高かった。『宣祖実録』を編

篡、一六五三年、党論で嫌疑を受けて流されたが、翌年には呼び戻され、吏曹判書、大司憲を経て、開城府尹に在任中に死んだ。

▼6【『綱目』】『資治通鑑綱目』のこと。『資治通鑑』に基づき綱目を立てた史書。朱子の撰で全五十九巻。

第一九〇話……李浣と朴鐸

貞翼公・李浣《イウァン》（第六話注1参照）は孝宗《ヒョジョン》（第九六話注2参照）の寵愛をこうむり、北伐をはかって、ひろく人材を求めることになった。たとえ道ばたでも気骨の優れた人間を見たなら、かならず自分の家に呼び、その才芸にしたがって、朝廷に推薦した。

かつて訓練大将であったとき、祖先の墓の掃除のための休暇をとり、竜仁《ヨンイン》の客店に至った。そこに一人のチョンガーがいて、年のころなら三十ばかり、身の丈が十尺もあり、顔の長さだけでも一尺はあって、骨格はがっしりとしていた。髪の毛はぼうぼうと伸ばし、ぼろぼろになった衣服でやっとのこと身体をおおい、地べたに胡坐をかいて、甕に入ったマッコリを飲んでいる。まるで鯨のような飲み方である。公は馬の上からそれを見ておどろき、石の階段に腰を下ろして、そのチョンガーを呼ばせた。チョンガーはやって来て、挨拶をすることもなく、なに臆するふうもなく、自分もどっかと階段の上に座った。公が姓名を尋ねると、

「姓は朴《パク》で、下の名は鐸《タク》」▼1

と答えた。公がそこでどのような門閥の者であるかと尋ねると、

「本来は両班の家がらだが、小さいときに父親を亡くし、家には母一人がいて貧しく、薪を売って生活をしている」

と言った。公が、

「お前は酒が好きなようだが、どうだ、もっと飲まないか」

と言うと、朴は答えた。

「勧められる酒を断るわけがない」

公が下僕に百銭で酒を買って来るように言いつけると、しばらくして、下僕が大きな壺に入ったマッコリを二壺も買って来た。公がまず一椀の酒を飲んで、その椀を渡すと、朴は少しも遠慮する気配もなく、たて続けに飲んで二壺の酒をすっかり飲み干してしまった。

公が言った。

「お前は今でこそ野に埋もれ、飢えと寒さに困窮してはいるが、その骨格は尋常ではない。いずれ大いに世に役立つであろう。お前は私の名前を聞いているだろうか。

私は訓練大将の李某である。今、朝廷では大きな事業を計画していて、ひろく将帥となれる人材を探しているところだ。もしお前が私について来れば、富貴となることも難しいことではない」

「年老いた母を置いて、この身を他者に委ねることができない」

「それなら、私がお前の家に行って、お前の母親に会うことにしよう。家はどこだ。私を案内してほしい」

十里あまり行くと、その家に着いた。雨風を防ぐことのできない小さなぼろ家である。息子が先に家の中に入っていき、しばらくすると、擦り切れた蓆を柴の戸の外に敷いて、そこに公を迎えた。母親は蓬のような頭に汚れたチマを着て出て来たが、年はすでに六十歳を超えていた。たがいに席を譲り合って、やっとのことで座ると、公が口を切った。

「私は訓練大将の李某と申す者、墓参りに行く道で、あなたのご子息に出会いました。一目で、ただならぬ人物であることがわかりました。お母さんはこのような快男子をおもちになって幸いです。なんとも喜ばしいかぎりです」

老母はチマの裾をただしながら、言った。

「野にあって父のない子で、小さなときに学業を捨て、山野の禽獣に異なりません。大監がお褒めになるのがかえって恥ずかしく、この身の置き場所もありません」

「母上は市井にいらっしゃっても、時事についてお聞きになっていることがおありでしょう。現在、朝廷では大きな事業を計画しており、人材を求めています。私はこのご子息を拝見して、今、とてもこのまま放っておく気にはなれません。いっしょに行って功名を立てようと思うのですが、ご子息は母上のお許しがなければと断り、そこでやむをえずお願いに上がったのです。母上にはお許し願えないでしょうか」

「田舎育ちの愚かな息子にどんな知識があって、大事に役立ちましょうか。それにこの子は年老いたこのわたくしの一人息子で、母と子が寄り添って生きてきたのです。遠く離れることはできません。お申し出はとても受けかねます」

公はあきらめきれず、再三再四、懇願すると、老夫人が言った。

「男子として生を受けて志を四方の天地に向け、すでに国家に身を委ねたのなら、小さな私情をどうして振り返ることがありましょう。その上、大監がこのように誠意を尽くされているのに、どうして承諾しないでいられましょう」

公ははなはだ喜んで、老夫人に別れを告げて、この男子とともに旅立った。ソウルに着くと、宮廷に参内して王さまに拝謁した。王さまはおっしゃった。

「卿は墓参りに行くと言っていたではないか。どうしてこんなに帰りが早かったのだ」

公が申し上げた。

「わたくしは、故郷に下ります道で一人の快男子に出会いました。それで、連れ帰って参ったのです」

王さまが、

「入侍させるがよい」

とおっしゃると、蓬のように乱れた髪をした乞食のような一人の男子が御前にやって来て、挨拶もせずにどっかと腰を下ろしたのだった。王さまは笑いながら、おっしゃった。

「お前はどうしてそんなに痩せているのだ」

「大丈夫が世間に意を得ないでいては、このように痩せているしかありますまい」

王さまはそれを聞いて、

「なるほど、お前の言うとおりだな」

とおっしゃり、李公の方を振り返って、おっしゃった。

「この男子にはどんな官職がいいであろうか」

「この男子はまだ山禽野獣の状態を免れません。そこでできれば、まずわたくしが家に連れ帰ってしつけ、歳月をかけて磨き上げて人事を教え込みます。その後に何か官職をお与えください」

王さまはそれを承諾されたので、李公は鐸をいつも側において、衣食を十分に与え、兵法および世に処す術を教え込んだ。鐸は一を教えれば十を理解し、日進月歩のありさまで、今や以前の愚かな少年ではなかった。

王さまは李公を見ればいつも、朴鐸の成長ぶりをお尋ねになったが、李公はありのままに申し上げた。こうして一年が過ぎて、公はいつも朴鐸とともに北伐のことを論じていたが、鐸が計策を練り、立てる戦略はすでに自分が立てたものより優れていると思い、はなはだ奇特なことだと考えた。そこで、王さまに奏上して、登用してもらうことを考えた。

ところが、しばらくして王さまが亡くなってしまった。鐸は他の人びととともに哭班に入って慟哭をしたが、目を泣き腫らし、血の涙を流して過ごした。毎日、朝夕に哭班に参与して因山の礼が終わると、公の前に進み出て別れを告げた。李公は言った。

「これはいったいどういうことだ。私とお前は実の父子のように考えていたのに、お前は私を棄てて行くと言うのか」

「わたくしはどうして大監の恩愛を忘れることがありましょう。しかし、わたくしがここに来たのは、ただ衣食を満たすためではなく、英明な君主のもとで大事をなすためでした。ところが、皇天は味方することなく、すべてが無に帰しました。今や天下の大事をなす気運はなくなりました。これでは、まことに千古の英雄の涙を禁ずることができぬというものです。今やソウルにいても、わたくしには何もすることがなく、もし体面にこだわっていたなら、衣食を浪費するだけのこと、このまま留まるのは無意義です。ソウルを去って、老母の世話をして過ごすことにします」

涙をふるって暇乞いをして、故郷に帰った。そして、母親とともにその家をも離れ、山谷深く入って行き、どこで生涯を終えたのかはわからない。

尤斎先生▼2は人に対すると、いつもこの話をして、嗟嘆するのであった。

▼1【朴鐸】この話にある以上のことは未詳。

▼2【尤斎先生】宋時烈のこと。一六〇七～一六八九。十七世紀朝鮮を代表する学者で、西人、後に老論の領袖。字は英甫、号は尤庵。一六三三年、生員試に一等で合格、敬陵参奉となる。一六三五年、鳳林大君（後の孝宗）の師傅となり、翌年の丙子胡乱には王に扈従して南漢山城に逃げ、和議が成立すると、故郷に帰った。一六四九年、孝宗が即位すると執義となった。一六五一年、自己の著述に清の年号を用いなかったことが問題となって辞職し、復帰すると、孝宗とともに「北伐計画」を推進したが、孝宗の死とともに、この計画は沙汰やみになった。西人として台頭して来た南人と争って辞職や復帰を繰り返したが、一六八〇年、庚申大黜捗で南人が失脚すると、領中枢府事となり、一六八三年には致仕して奉朝賀となった。後に西人は彼を首領とする老論と少論に分派した。一六八九年、王世子が冊封されると、これに反対して済州島に流され、尋問を受けるために上京の途中、井邑で殺された。李栗国の学統を継いで畿湖学派の主流を成した。政局の混乱の中で多くの政敵をつくったが、多くの学者を育てもした。『宋子大全』がある。

第一九一話……科挙の場に将棋盤を持ち込んだ李秉鼎

清州《チョンジュ》・李秉鼎《イピョンチョン》▼1の人となりは率直で飾り気がなかった。文筆に力を注いだが、それを自慢することもなかったから、人びとは彼の才能を知らなかった。家は貧しくて生活の手立てもなかったが、妻の実家は豊かだったので、その舅と姑からはよく馬鹿にされた。あるとき、妻の家に行くと、舅が、

「婿殿は朝飯を食べられたかな」

と尋ねた。妻の弟がすぐそばにいて、

「そんなこと尋ねなくとも、わかるではありませんか」

と言った。舅は奴を呼んで、

「某処の李郎が来ているが、ひもじいそうだ。台所に粥

の残りでもあったら、それを食べさせてやれ」と言った。その薄待ぶりはこのようであった。

生活はさらに困窮して、妻の家の下房に起居するようになり、昼はうたた寝をして過ごしたが、夜になって他の人が寝静まった後に、ひそかに書を読み、詩を賦した。

式年の科挙があり、その初試に際して、公みずからは科挙のことを言い出さなかった。すると、夫人が切り出した。

「科挙の日が近づいています。あなたはお受けにならないのですか」

公がそれに対して、

「科挙は受けたいが、試験紙、筆、そして墨をどうやって調達すればいいのだ」

と答えると、夫人は鏡台の中から装飾品を取り出し、これを売って得た金を公に与えたので、公はそれで文房具を買い整えた。夫人の弟やこの家のもう一人の婿も自分たちの文房具を整えるに忙しくて、誰一人として、公が科挙を受けるのかどうか尋ねようともしなかった。初試の結果は、公も相婿も義弟もみな合格であった。この相婿というのは時の宰相の息子で、夫人の家でもことのほかに大切にし、その応接の仕方は公と比べると、天と地の差があったが、公はいささかも意に介するふうではなかった。

初試の合格発表後、人びとは公も合格しているので驚いて、

「君はどうして合格したのだろう。世間にはこういうこともあるのだな。まぐれ当たりなのだろう」

と言った。公はこれに対して、

「たまたま皆さんについて行って、余文余筆を見せていただいたおかげで合格できました」

と答えたので、人びとはそろって大笑いをしたものだった。会試のときには、公はひそかに瓢のかけらと将棋盤を隠してもって行った。自分はすぐに答案を書き終えて提出し、義弟や相婿のところに行った。彼らがまだ試験を終えていないのに、公は将棋盤を広げて賭けを始めようという。人びとはたしなめたが、公はしきりに勝負をしようと持ち掛けて、人びとを困惑させた。人びとは、

「この男は科挙の試験場まで来て、どうしてこんな馬鹿なことを言い出して、人びとの邪魔をしようとするのか」

と殴りつけ、公は這う這うの体で試験場から出て、妻の家に帰って来た。その後に相婿や義弟も帰って来たので、舅がさっそく相婿に対して、

「試験の出来はどうでしたか」

と尋ねると、相婿は、

「答案を提出する前に清書をしているときに、あの李生

が急にやって来て、将棋盤を広げて賭けようなどと言い出しました。それで気持ちをすっかり乱してしまいました」

と答えた。舅は公を呼びつけて叱責し、

「お前はなんという阿呆か。科挙の重大であることを知らずに、お前自身のことはともかく、人の邪魔をして、なんという没廉没恥な奴だ。すぐに出て行け」

と言った。公はいささかも意に介しなかった。合格発表の掲示の日、公は朝飯を食べて、門の外の桑の木に登って桑の実を食べていた。合格通知を携えた役人がやって来ると、その封書を奪い、封を破って見た。はたして自分の名前が書いてある。封書は自分が持ったまま、役人には、

「この家の婿が及第した。お前たちは門の中に入って、『この家の婿が及第された』とだけ言えば、それでよい」

と言った。役人が言われた通りにすると、一家中は大喜びをした。そして、

「ところで、その通知書はどこにあるのだ」

と尋ねると、役人は、

「門の外の桑の木に登っているソンビに奪われてしまいました」

と答えた。舅と相婿が出て来て、通知書を渡すように言うと、

「あなたはすでに司馬になっている。この封書を見なくともいいではないか」

と答えた。人びとは公を責め、通知書を渡すようにいい、公は仕方なく桑の木から下りて来て、通知書を示して、

「これは私の及第を通知したものです。どうして相婿に必要なのでしょうか」

と言った。人びとは初めて驚いて不思議がった。その相婿も義弟も落第して、公一人が及第したのだった。その後、官職に就いて、地方官を歴任した。妻の家は零落してしまい、貧しく生計も立たなくなった。公は姑を役所に迎えて手厚く世話をしたが、相婿には見向きもしなかった。時の人はそれを公の短所とした。

▼1 【李秉鼎】『朝鮮実録』純祖四年（一八〇四）二月壬申に卒したという記事があり、卒伝を付している。すなわち、上護軍・李秉鼎が卒した。秉鼎は完山の人で、判書の昌寿の子。俊才で、文辞があり、瞻敏であった。早くから顕職を歴任し、吏曹判書・提学などを勤めたが、ただ利を貪るところがあり、貪婪でもあったから、人に嫌われた。しかし、それを恥じもしなかった。

第一九二話……異人の郭思漢

郭《クァク》思漢《サハン》[1]は玄風《ヒョンプン》の人で、忘憂堂《マンウダン》・郭再祐《クァクチェウ》[2]の後裔である。若いときには科挙のための勉学に励んだが、異人に会って秘術を伝授され、天文・地理・陰陽など、さまざまな書籍に精通するようになった。

その家ははなはだ貧しくて、父母の墓が近くの山にあったが、樵や牧童がしきりに境を越えて侵入して来て荒らし、それを防ぐことがなかなかできなかった。

ある日、山の下に行き、杭を打って標示して、

「これを侵して標示の中に入って来る者がいれば、かならず予測の出来ない禍が起こるであろう」

と書き、邑の中の人びとが一歩であってもそこに入り込まないように戒めたのだったが、人びとはそれを見て馬鹿にして笑ったものだった。

しかし、ある日、若くて愚かな男がわざとその山の下にやって来て、木を伐るためにその標示の中に入ったところ、天地がひっくり返り、大風が吹き、雷が鳴って、はげしい剣戟の音がする。まことに森厳たるありさまで、山から出ようにも出られなくなってしまった。男は魂が飛び失せ、精神が昏迷の状態に陥って、地に倒れ伏してしまった。その男の母親はそれを聞き、急いで郭氏の家にやって来て、郭氏に哀願した。しかし、郭氏は怒って言った。

「私は標示をして戒めたではないか。なのに、それに従わなかった。どうして今さらのこのことやって来て、私を煩わせるのか。私の知ったことではない」

母親は泣いて哀願したが、なすすべもなく、しばらくしてみずから山に行き、息子を引きずって連れ帰った。それ以後というもの、人びとは山に近づかなくなった。

思漢の仲父《おじ》が病気になり、いよいよ重くなっていったが、かかった医者が、山蔘を手に入れて服すれば治癒するかもしれない、と言った。そこで従弟がやって来て頼みこんだ。

「父親の病気が重いのですが、山蔘を手に入れる手立てがありません。兄さんがもっている才能を私が知らないとでも思っているのですか。山蔘の根を数本だけでも手に入れて、父親の病を治してくださいませんか」

郭生は眉をしかめて言った。

「これははなはだ難しい。しかし、仲父さんの病気がそのようなら、用立てないわけにはいくまい」

そうして、従弟といっしょに裏山の麓に行った。松の木の下に至ると、たいらになった場所があり、そこが山蔘の畑になっていた。そこで、最も大きい三本を選んで抜いて、薬として使うように言い、さらに戒めた。

「このことは口外しないでほしい。また二度と掘ろうと考えてはならない」

従弟は急いで家に帰って山蔘を煎じて父親に与えたところ、はっきりと目立った効験があった。

帰って来るときに行き方と山蔘のあるところを記憶したつもりだったから、従兄がいないときを見計らって行って見ようとしたが、前日のところには行きつけなかった。心の中でいったいどうしたのか驚き、ため息をつきながら、家に帰るしかなかった。従兄にそのことを語ると、郭生は笑いながら言った。

「前にお前といっしょに行ったのははるか遠くの頭流山《トリュサン》(智異山の別名)だったのさ。お前が一人でどうしてあんなところまで行けるものか。以後は、このようなことは慎むのだぞ」

ある日、家でコンノンバンを掃除しながら、その妻を戒めて言った。

「私はここに四、五日のあいだ閉じこもっているが、なにか重大事があっても、絶対に開けてはならないし、また覗いて見てもならない。そのときが来たら、私は自分で出て行くからな」

そうして、扉を閉めて中に座りこんだ。家の人たちはみなそのことばどおりに従った。数日が過ぎて、妻はやはり気にはなる。それで、窓の隙間からそっと覗いて見ると、部屋の中は大きな河になっている。河のほとりには丹青を塗った楼閣が建っていて、夫はその楼閣の上で鶴の羽衣の姿でコムンゴを奏でる五、六人の道士たちと向かい合っていて、さらには霞のようなチマに雲のような袖をひらひらさせた仙女たちが楽器を奏で、あるいは舞を舞っていた。妻はおどろいて声も出なかった。夫は期日が過ぎて部屋から出て来て、妻が覗いたことを責めた。

「以後もこのようなことがあれば、私はこの家に留まることができない」

ある親しい知り合いが古の名将の鬼神を見たいと懇願したので、思漢は笑いながら言った。

「それは難しいことじゃない。ただ、君の気迫がそれに堪え得なければ、君に害が及ぶのではないかと心配だ」

その知り合いは言った。

「一度でも見ることができたなら、死んでもかまわない」

思漢は笑いながら、

「君がそう言うなら、私のことば通りにしてほしい」

と言うと、知り合いは

「わかった。そうしよう」

と言った。

郭思漢は自分の腰につかまるように言って、

「しばらくじっと目を閉じたままでいてほしい。私がいいと言って初めて目を開けるのだ」

と戒めた。

知り合いの男は思漢のいうままに目を閉じていたが、両の耳にはただ風の音と雷の音とが聞こえるだけであった。そうして、思漢に言われて眼を開けて見ると、高い峰の頂にわが身は座っている。恐る恐るそこがどこか尋ねると、なんと伽耶山《カヤサン》（第三三話注３参照）であった。しばらくすると、思漢が衣冠をただして香を焚き、何かを招き寄せているようである。すると、にわかに強風が吹き始め、大勢の神将たちが虚空から舞い降りて来た。それらはすべて秦や漢や唐や宋の名将たちであった。威風は凛々として、状貌は堂々としていたが、あるいは甲冑をおび、刀剣をたずさえて、左右にずらりと並んだのであった。男は心神が昏迷して思漢の横に倒れこんでしまった。しばらくして、思漢は名将たちの姿を一人一人消えさせたが、知り合いの男は昏倒していて、息もしていないようであった。思漢は男が息を吹き返すのを待って、言った。

「だから、私は言ったではないか。君には気迫が足りなかったのだ。それなのに、妄りに神将たちを見たいなどと頼みこんで、結局はこのざまだ。嘆息するしかない」

思漢はふたたび男に、来たときと同じように、自分の腰にしがみつかせ、家に帰った。男は心臓を病んで、まもなくして死んでしまった。

郭生には神異な術が数多くあり、八十歳を過ぎても少年のように健康であったが、ある日、病もなく、座したまま死んでしまった。

以上は嶺南の人で彼のことをよく知っていた者が話してくれたのだが、彼が死んでからまだ数十年しか経っていない。

▼1【郭思漢】この話にある以上のことは未詳。
▼2【郭再祐】一五五二～一六一七。豊臣秀吉の侵略に抗して活躍した英雄。字は季綏、号は忘憂、本貫は玄風。一五八五年、庭試文科に乙科で及第したものの、答案に王の意にかなわぬ文言があったとして、合格を取り消された。魚釣りをして日々を過ごしていたが、一五九二年、壬辰倭乱が起こると義勇兵を募って奮戦した。一五九七年の丁酉再乱の際にも奮戦、真っ赤な軍服をまとっていたので「紅衣将軍」と呼ばれた。後に漢城府左尹、咸鏡道観察使に至った。

第一九三話……戦乱を予見した金千鎰の妻

倡義使▼1の金千鎰《キムチョンイル》▼2の夫人がどのような家の娘であったかはわからない。嫁いできた当初、まったく働かず、昼寝ばかりをしていたので、舅が戒めた。

「お前は別嬪さんだが、婦道というものを知らないのが欠点だ。およそ婦人には婦人の責務というものがある。すでに嫁いだのなら、家を治めて生計を立てるのだ。それなのに、そのような勤めも果たさず、ただ昼寝ばかりをしている」

「家の生計を立てようにも、赤手空拳のまま、いったい何を元手にしてはじめればいいのでしょう」

舅は気の毒に思い、三十俵の穀物と奴婢四、五口、それに牛数頭を与えて、言った。

「これだけあれば、家産の元手にするのに十分であろう」

「はい、十分です」

そして、夫人は奴婢を呼びつけて、言った。

「これからお前たちは私に従属することになりました。だから、私の指示のままに仕事をするのです。お前たちはこの穀物を牛に背負わせて茂朱《モチュ》（全羅北道茂朱）の深い谷に入って行きなさい。木を伐って家を造り、この穀物を食糧として耕作に励みなさい。毎年、秋になれば、収穫がすべて合わせてどれほどあったかを私に報告しなさい。そして残りは貯えておきなさい。毎年、そのようにするのです」

奴婢たちは命令通りに茂朱に行って住んだ。


そうして数日後、夫人は夫の金公に向って言った。

「男子が自分の手中にお金をもっていないようで、いったいどんな仕事ができると言うのです。そうお考えになりませんか」

「私は父母のもとにいて、衣食はすべて父母に頼っている。銭穀をどこから捻出することができると言うのだ」

「わたくしが密かに聞いたところでは、この邑中の李生の家には千万の財貨の蓄えがあるということです。博打を好むそうで、あなたは李生の家に行って、千石の露積《ろし》でもってお賭けになるといい」

「あの男はもともと博才で名が高い。一方、私はこの方面にはまことにうとい。賭けごとをしようとは思ったこともない」

「あの男と闘うのは、たやすいことです。将棋盤をもって来てください」

そうして、将棋盤をもって来ると、対坐して、さまざまな名手を教えた。金公とて奇骨の人である。半日の対局であらあら将棋の手を理解することができた。

すると、夫人が言った。

「これで勝負を決するのに十分です。あなたは三番勝負を提案なさってください。最初はいつわって負けてください。二局、三局は僅差でお勝ちになるのです。そうして、露積を手に入れた後は、もしあの男がふたたび雌雄を決しようと挑んだなら、神妙の手を使って、あの男に希望を持たせないよう完膚無きまでやっつけるのです」

金公はそのことばに従い、翌日、その家に行って、賭け将棋をしたいと言った。すると、その人が笑いながら、言った。

「あんたと私は軒を並べて暮らしているが、あんたが賭け将棋をするという話は聞いたことがない。今、突然やって来て、賭け将棋をしたいと言うのは、いったいどんな料見なのかわからないが、あんたは到底、私の相手にはなるまい。対局などするまでもない」

「まず将棋を指して後に、相手になるかならないか、判断してもらいたいものだ。一局も指さずに、どうして断るのか」

こうして、再三再四、頼みこむと、相手も折れて、言った。

「わかった、わかった。だが、私はつねに何かものを賭けずに将棋をすることはない。今、いったい何を賭けるつもりなのだ」

「あんたの家の千石の露積の三つ、四つでも賭ければ、いいではないか」

「それなら、私はそうしよう。あんたは何を賭けるのだ」

「私もまた千石を元手にするつもりだ」

「あんたは親がかりの身分で、少ないとは言えない穀物をどうして準備できるのか」

「それは勝負がついた後に、言えばいい。私がもし負けたなら、千石の穀物を出し惜しみはしない」

李生はとうとう対局することにして、二番勝ったら終わることにした。最初は、金公がわざと負けた。すると、李生が言った。

「だから言ったじゃないか。あんたでは私の相手にはならない」

「まだ二番が残っている。ともかく、二局目を始めようではないか」

李生は心の中で妙だとは思いつつも、ふたたび対局した。すると、続けて二番も負けてしまった。李生は不思議に思い、また口惜しくもあった。

「これはおかしい。絶対におかしい。こんなはずがない。約束した千石はやらないわけにはいくまい。これは持って行くがいい。しかし、もう一度、将棋をやってみようではないか」

金公は承諾してふたたび対局したが、初めて神妙の手を使い、李生は形勢を立て直せず力尽きて、もう手を下すことができなかった。金公は笑って将棋を終え、家に帰ると、妻が待ち迎えていて、言った。

「わたくしの推測したとおりになりましたね」

「これだけの財物を手に入れたが、これでいったい何をしようか」

「まず、あなたの親戚の中で貧しくて、結婚や葬式を行なうことができず、生活ができないでいる人たちに、適当にお分けなさってください。そして、遠近、貴賤を言わずに、もし奇骨のある人がいれば、これと交わりを結んでください。毎日、やって来る人がいれば、酒と食事の用意はわたくしがすることにします」

金公はそのことば通りにしたが、すると、ある日、夫人はまた舅に頼んだ。

「わたくしは畑仕事をしたいのですが、垣根の外の五ヵルイの畑の耕作をお許し願えませんか」

舅がこれを許すと、夫人は畑を耕し、すべて瓢の種を植えた。瓢の成長を待って、瓢の桝を作り、それに漆を施しておいた。毎年、これを続けて、五間の蔵に一杯になった。そして、鍛冶屋に瓢桝のような鉄製の瓢を二個作らせて、蔵の中に同じく置かせた。人びとは何のためにそんなことをするのか、理解しなかった。

壬辰の年となって、倭寇がやって来た。夫人は金公に言った。

「わたくしがこれまで、貧窮している人びとを救い、屈強の男たちと交わりを結んでくださいと言っていたのは、こうしたときに、その力を借りようと思ったからです。あなたは義兵を起こしてください。お父上・お母上の避難なさるところは、すでに茂朱に確保してあり、そこには食糧も家もあります。あなたにご心配をお掛けするようなことはありません。わたくしはここにいて軍糧の用意をします。乏しかったりなくなったりはしないようにします」

金公は欣然とそのことばにしたがい、義兵を挙げたが、遠近から、これまで恩恵をこうむった人びとがやって来て従った。十日もすると、精兵四、五千にも上った。軍卒にはそれぞれ漆瓢を佩びて戦わせたが、陣に帰るときには道に鉄製の瓢を一つ放って置かせた。これを手にして、倭兵は大いに驚いて、言った。

「あの兵士たちがこの重い瓢をかぶって駈けるありさまはまるで鳥のようだ。その勇力は無量と言わねばならない」

みなが警戒するようになり、その鋭鋒を避けた。倭兵は金公の兵士たちを見ると、戦うことなく逃げた。金公は数多くの功を立てることができたが、これはその夫人の賛助によるところが大きい。

▼1【倡義使】国難に当たって義兵を挙げた人物に臨時に与えた官職。
▼2【金千鎰】一五三七〜一五九三。壬辰倭乱のときの義兵

将。字は士重、号は健斎、謚号は文烈、本貫は彦陽。一五九二年六月、壬辰倭乱が勃発したとき、府使をやめて羅州にいたが、義兵を起こして杏山古城に入った。八月には江華島に陣を移して沿岸各地に駐屯する倭軍を掃討しようと奮戦、楊花渡では大勝した。一五九三年、晋州の戦いにおいて壮絶な戦死を遂げた。

第一九四話……試験官を騙して登科したソンビ

竹泉《チュクジョン》・金鎮圭《キムチンキュ》▼1が試験官の長となると、その答案を識別する能力はまるで鬼神のようであった。鎮圭がたまたま忠清道に墓参をして帰ってくると、ちょうど監試（第一〇五話注1参照）の会期であった。

あるソンビが馬に乗って前を行く。馬の上でもいつも手に一冊の本を持って、一日中、読んでいる。昼食のときも宿泊するときも同じ客店になったので、不思議に思い、客店に着いて、人に尋ねさせたところ、はたして会試（第九五話注1参照）におもむく人であった。みずから語って、

「年老いた父母に仕えて、これが七、八度目の科挙になるが、いつも会試に落ちて、今度こそと情理はまことに切迫している」

と言う。また、

「いつも本を手から離さないが、いったい何の本か」

と尋ねると、それに答えて、

「あらかじめ作っておいた答案の原稿なのですが、今は精神も昏迷していて、しまい込むとすっかり忘れてしまうので、いつも目に入れていようという魂胆なのです」

と言った。竹泉がその冊子を借りて見ると、一つ一つ見事にできていて、感服した。

「これほど学問をなさっていて、文章もこのように清新であるのに、どうして科挙にそうしばしば落ちられるのか。これは担当者の責任です」

その人が言った。

「もうこのように年を取ってしまい、手も震え、答案を書いても字画が定まらないようなありさま。そんなざまでは、どうして試験にうかることができましょうか。今回の科挙も同じことで、最初からもう行きたくはないのです。しかし、年老いた父母がどうしてもというので、やむをえずに行くのです。自分ではどうしても切迫感がなくてこまります」

竹泉は気の毒にもかわいそうにも思って、なぐさめながら、言った。

「今回はともかく頑張ってみられるがいい」

そうして、城内に入り、会試になった。試験官として

答案紙を見ていると、その一つに字画のはなはだ乱れたものがあった。竹泉はこれを見て笑いながら、独り言を言った。

「これこそあの人物の答案だ」

そうして、他の試験官を見まわしながら、

「これは年を取っているが、大きな才能のある人物の答案で、今回、われわれは積善をしようと思うのだが」

と言った。

そうして、それ以上はなにも言わずに、この者を選抜した。合格者の発表のときになって、封内を見ると、その者はそれほど年老いてもいず、竹泉は不思議に思った。発表後、新恩[2]が恩門[3]を訪問することになって、その人物がやって来たので、竹泉は祝福した。

「何度も落第を繰り返しながらも、あきらめずに、今回は及第した。まことにめでたいことだ」

その人物が答えた。

「今回が初めての科挙でございました」

「年老いたご両親もきっと喜ばれるであろう」

「残念ながら、両親はもういません」

竹泉は不思議に思って尋ねた。

「ソウルに上る道では嘘をついて私を騙したのだな」

その人物は座から退き、平伏低頭して言った。

「わたくしはあなたが試験官であることを知っていて、お騙ししましたが、この通り、あなたはわたくしを選抜してくださいました。これは死の罪に当たります」

竹泉はこの男をじっと見つめていたが、あとは笑うだけであった。

▼1【竹泉・金鎮圭】一六五八～一七一六。粛宗のときの判書。字は達甫、竹泉は号、本貫は光山。一六八六年、文科に及第、礼曹判書に至った。宋時烈を尊敬、性格は剛直で、直諫をしばしば行ない、粛宗の怒りを買うことがあった。巨済や徳山などに流配されて死んだ。

▼2【新恩】科挙に新たに及第した人。新来とも言う。

▼3【恩門】科挙に及第した人にとっての試験官を言う。一生、門下生としての礼をとった。

第一九五話……谷山の妓生・梅花

梅花《メファ》というのは谷山《コクサン》の妓生である。ある老宰相が巡察使となり、巡察して谷山に至るや、たちまちに梅花のとりこになった。官営に連れて行って、その寵愛ぶりは目も当てられないほどである。そのとき、ある名のあるソンビが谷山府使となって巡察使に挨拶に来た。そのとき、ほのかに梅花の美しい姿を見て、梅花をものにしたいと思うようになった。役所に帰ると、その母親を呼んで、手厚く財物を与え、その後もしきりに出入りさせて、米・銭・魚肉・絹などをいつも与えた。そうして数ヶ月が経ち、母親もようやく怪しんで、ある日、尋ねてみた。

「わたくしのような微賤な者にこのように眼を懸けてくださり、まことに恐れ多うございます。しかし、府使はどうしてこのように親切にしてくださるのでしょうか。わけがわかりません」

谷山府使がそれに対して答えた。

「お前は年をとっているものの、まさしく名妓だ。それでいっしょに寂しさを紛らわせようと思うだけだ。ほかに理由があるわけではない」

ある日、老妓がまた言った。

「府使はきっとわたくしを何かに役立てようというお気持ちがあって、このようにご親切にしてくださるのでしょう。どうして、はっきりとおっしゃっていただけないのですか。おっしゃってくだされば、これまでわたくしのこうむった恩愛は甚大で、たとえ煮えたぎる湯や燃え盛る火の中にでも飛び込みますものを」

谷山府使はこのときになって初めて打ち明けた。

「官営に行ったとき、私はお前の娘を見て一眼でとりこになってしまい、忘れることができなくなった。お前がもし娘を連れて来て一度だけでも顔を見せてくれたなら、私はもう死んでもかまわない」

老妓は笑いながら、言った。

「それはいともたやすいことでございますよ。どうしてもっと早く言ってくださらない。さっそく連れてまいりましょう」

そうして、老妓は家に帰って来て、娘に宛てて手紙を書いた。

「私は名前のわからない病気で今にも死にそうだ。しかし、お前の姿を一眼でも見ないでは、死んでも死にきれない。すぐに暇をもらって帰って来てくれないかい。どうかお前の顔を見せておくれ……」

この手紙を人に持たせてやると、梅花はそれを読んで、泣きながら、巡察使に実家に帰らせてくれるよう願った。巡察使は承諾して、路銀をたくさん持たせて帰した。

梅花が谷山に帰って母親を見ると、母親はぴんぴんしている。母親が梅花を呼び戻した理由を話して、いっしょに役所に連れて行った。そのとき、府使は三十歳余り、風采も立派で駘蕩としている。巡察使はそれにくらべるといかにも冴えない老人であり、仙人と凡夫との差異がある。梅花も府使を一目見て、はや恋慕の心が芽生えた。その日からさっそく枕を交わして、二人の情歓は深まるばかりであった。

一月が過ぎて、許された期間が終わった。梅花が出発しようとして役所の門を出ようとすると、府使が恋々たる情に忍びずに言った。

「今別れてしまえば、次に会う機会を約束するのは難しい。どうすればいいだろうか」

梅花が涙をふるって言った。

「わたくしはもうあなたに身も心も許しました。今はいったん帰り、ふたたび計画を練ることにすれば、近い内にふたたび会うことができましょう」

こうして出発して、海州《ヘジュ》に至り、役所に入って行って、巡察使に見えた。巡察使が母親の容態を尋ねると、梅花が答えた。

「病状ははなはだ悪うございましたが、幸いに良医がいて、今は良くなりました」

この後、梅花は以前と同じく洞房にいたが、十日余り経つと、にわかに病になって、食事をとることも寝ることもままならなくなり、呻吟しつつ日を送るようになった。巡察使は薬という薬を試してみるが、いずれも効き目がない。衰弱して十日ほど過ぎて、急に起きあがり、ぼさぼさの頭に垢じみた顔をして、手足をばたばたさせて、狂ったように叫び声を上げて暴れ回る。あるいは泣き、あるいは笑って、澄晴軒の上を歩き回りながら、巡察使の名前をむやみに叫んだ。人がこれを捕まえようとすると、顔をしかめて舌うちし、噛みついたりもして、眼の前に立つこともできなかった。もう狂人に異ならなかった。巡察使はおどろいて外に出すことにして、翌日には、縛り上げて籠に乗せ、家に送り返した。

これはもちろん、いつわって狂ったふりをしたまでのこと、家に帰った日には、梅花はさっそく役所に出かけていって、府使に会った。そして、奥の部屋に入ってしっぽりと情を交わし合ったのは言うまでもない。このこともすぐに噂になって巡察使の耳に伝わった。その後、谷山府使が官営に行くと、巡察使が言った。

「谷山府の妓生の中で私の夜伽ぎをした者が病を称して帰ったが、その後、加減はどうだろうか。あるいは、貴公が呼んで会ってはいるのではないか」

「病はどうやら癒えたようです。しかし、巡察使さまの馴染みの妓生を、下役のわたくしがどうして呼びつけたりいたしましょう」

巡察使は冷笑して、言った。

「貴公は私に代わってよく世話をしてやるがいい」

谷山府使は事態をよく飲み込んで、暇を乞うて上京しようと思い、台諫の一人に巡察使を弾劾するように唆し、これを罷免させた。

そうして、梅花を連れて来て手許に置き、任が果ててソウルに戻るときになって、ともに家に連れて帰って来た。ところが、丙申の獄事[1]が出来するにおよび、前谷山府使も連座して獄につながれた。その妻が泣きながら、梅花に言った。

「今回、主人がこのようなことになって、わたくし自身はどうするか、すでに心に決めている。しかし、お前はまだ若い妓生で、ここにいなくてならない理由はない。お前の家に帰るがよい」

　梅花はそれに対して答えた。

「わたくしは賤しい身分とは言え、旦那さまのご恩をこうむってすでに長い歳月が経っています。華やかなときには楽しく過ごし、こんな事態になったら少しの辛抱もせず、背中を向けて家にさっさと帰るようなことが、どうしてできましょう。いっそのこと、死ぬことにいたします」

　数日後、罪人は杖打たれて死んだという知らせが届き、その妻も首をくくって死んだ。梅花は夫人の葬儀を行ない、遺体を入棺した。罪人の死体が運ばれて来ると、これもまた葬儀を行ない、夫婦の棺と会わせて先祖の墓の下に埋め、みずからもその墓のかたわらで自殺した。

　その節概はこのように烈々たるものであった。初めは巡察使のもとを卑劣な計略を用いて去ったものの、後には府使のもとで節を立てて義に死んだ。女の中の予譲▼2とも言うべきである。

▼1【丙申の獄事】丙申の年（一七七六年）、英祖の没後、正祖が洪麟漢・鄭厚謙などを粛清した事変。
▼2【予譲】戦国時代の晋の人。智伯に仕えたが、智伯が趙襄子に滅ぼされると、便所の壁塗りをしたり、身に漆を塗って病となり、炭を飲んで唖となったりして、復讐をはかったものの、捕えられて殺された。

第一九六話……項羽に出会った武弁

　かつて一人の武弁がいた。その姓名はわからない。洞内に一軒の家があり、鬼神のすみかだとして廃屋になっていた。あるとき、仲間たちがその家に集まって賭け事やその他の遊びをやろうということになった。武弁は先に行って、家を掃除して待つことにした。灯りを点し、蓆を敷いていると、急に大雨が降って来た。夕刻の鐘はすでに鳴り、人びとの往来も絶え果てた。

　武弁が灯りの下でひとり座っていると、夜も更けて三更ころ、にわかに軍馬の音が聞こえる。武弁が驚き何ごとかと訝かりながら、目を挙げて見ると、そこには一人の将軍がいて、剣を帯びて馬に乗っている。無数の甲冑を帯びた兵士たちがやって来たので、武弁は階下▼1に降りて伏し、その将軍を仰ぎ見ると、将軍は二重の瞳を持っていて、乗っている馬は烏騅である。将軍は階段の前に

来ると、馬から下りて、武弁を立たせて、

「私に付いて上に上がるように」

と言った。武弁は戦々恐々としながらも、将軍の後について堂の上に上り、上座に着いた将軍の指図のままに近くの座に着いた。将軍が、

「あなたは私を知っているか」

と尋ねると、武弁はあらあら『史記』を読んでいたので、

「将軍の目を見ると、二重の瞳で、乗っている馬は烏騅に他ならない。西楚の伯王ではありませんか」

と答えた。すると、将軍は笑って、

「その通りだ。私は沛公[2]と八年ものあいだ争って、結局のところ、敗軍の将となってしまった。世間では私をどう伝えているであろうか。私は戦場で知力が足りなかったわけではない。ただ天が味方しなかったのだ。世の中の人はそれがわかっているのだろうか」

と言った。武弁がそれに対して、

「どうして『漢書』に載せる南宮の酒席の問答[3]を知らないわけがありましょう」

と答えると、将軍は怒りながらも、

「青二才が知った風なことを言う。しかし、いわゆる『漢書』は、私が死んで何年も経ってできたもので、私は知らない。どんなことが書かれているのだ」

と言う。武弁は、

「その書物には、沛公には三人の傑物がいてよく用いたが、大王には范増がいたのに、よくこれを使わなかった、それが勝敗を分けた原因だとも書いてあります」

と言った。将軍は嗟嘆して、

「たしかにそのようなことがあった。私もまたそれを後悔している」

と言った。武弁が、

「わたくしもずっと残念に思っていたことがありました。大王の面前であえて問いただしてもかまいませんか」

と言うと、

「いったいどういうことだ」

と言った。そこで武弁は言った。

「大王はたとえ東城で敗れたとしても、いったん烏江を渡って、ふたたび江東の兵を起こせば、天下の得失はどうなったかわかりません。そのとき、大王が果断に振る舞われれば、どうしてこの世に大王に反抗する者が出て来たでしょうか。大王はどうして一時の憤りに任せて、自刎などなさったのですか。もったいないことをなさったものです。大丈夫がどうして婦女子のように細かな節義にこだわられたのでしょう」

将軍はそれを聞きも終えずに、剣でもって柱を撃ち、立ち上がって、

「もう言うな。私とて同じ思いで、思い出すと憤りのあ

まり死にたくなる。私は行くぞ」

と言うと、堂を下りて、馬に乗って中門を出て行った。その人はひそかに後をつけたが、しばらくすると、後廟のようなものがあって、すっと姿が見えなくなった。不思議なこと、この上なかった。朝になって、後廟に入って行くと、四、五間ほどの建物で、床は塵と埃に埋もれていたが、壁には項羽[4]の起兵と渡江の絵、さらには鴻門の宴の絵が懸けてあった。絵は何ヶ所かで破れ、傷ついていた。武弁はそれを焼き捨てた。その後、この怪異はなかったという。武弁はその屋敷に住み着いた。

▼1【二重の瞳】「舜の目はけだし重瞳子、また聞く、項羽もまた重瞳子」と『史記』にある。

▼2【沛公】漢の高祖の劉邦を言う。前二四七～前一九五。在位前二〇二～前一九五。字は季。江蘇省の人。農民から出て、泗水の亭長となる。秦末に兵を挙げ、項梁・項羽らと合流して秦を滅ぼし、漢王となり、後に項羽と争って、これを垓下に破り、天下を統一。長安に都して漢を建国した。

▼3【南宮の酒席の問答】項羽を征して後、洛陽の南宮での酒宴において、劉邦は、なぜ自分が項羽に勝つことができたのか、その所以を臣下たちと問答したのを言う。そこで劉邦は、自分は張小房と蕭何と韓信の三人の天才を信じて、よくこれを用いたのに対して、項羽には氾増がいたけれども、これを用いず退けたことを挙げた。

▼4【項羽】前二三二～前二〇二。秦末の武将。名は籍、羽は字。下相の人。叔父の項梁と挙兵して、劉邦（漢の高祖）とともに秦を滅ぼして楚王となった。後に劉邦と覇権を争い、垓下に囲まれ、烏江で自刃した。

第一九七話……厳粛なる宰相、妓生に騙され、家従に騙される

むかし、ある宰相がいた。その性格はひどく残酷で、平安道観察使だったとき、邑々を巡回したが、道路に石が落ちていたら、首郷や首吏に命じて、歯でもってそれを拾わせ、容赦なく杖で打ったので、しばしば人は血を吐いて死に至った。他にも人の行ないが気に食わず、出された茶菓子が美味でないという理由だけでも棍棒で打ち付け、十人に八、九人はそれで死んだから、邑々では恐れおののき、観察使がその邑にやって来ると聞けば、邑境に入らぬ前から、役人たちはどうしていいかわからず、仕事が手につかない状態であった。

そのとき、すこぶる美しい、年若い妓生がいて、

「観察使だって同じ人間ではありませんか。どうしてそんなに恐れる必要がありましょう。生身の人間を呑み込むとでもいうのですか。わたくしが観察使と枕を交わし

て、お役人方が無事なだけではなく、観察使をすっぱだかで部屋の外に出て行くようにします。そうしたら、邑ではせいぜいわたくしを大事にしてくださいな」

邑の役人たちは言った。

「もしそうしてくれるのなら、役所ではお前に手厚く褒美を与えようではないか」

妓生は、

「それじゃ、わたくしの手並みを見ていてくださいな」

と言った。観察使が巡察を経て役所に入って来ると、その妓生が侍ることになった。八月のことで、昼は暑いが、夜になると涼しくなる。巡察使はこの妓生を一目見て気に入り、枕を交わすことになったが、部屋の障子が降りていない。この妓生は寒がるふりをした。観察使が、

「寒いのか」

と尋ねると、妓生は答えた。

「部屋の障子が閉じていず、冷気が入り込んできます」

観察使が、

「もしそうなら、下隷を呼んで、障子を下ろさせよう」

と言うと、妓生は、

「もう夜もすっかり更けました。下隷を呼ぶのは気の毒です」

と言う。

「それなら、どうしたものだろう」

「わたくしでは身長が足りず、下ろすことができません。観察使が外に出て障子を下ろしてくださいませんか」

「私がこの格好で出て行くのはおかしくはあるまいか」

「こんな夜遅く、誰もいやしません」

観察使はやむをえず裸のまま起きて、下に降りて障子を閉めた。このとき、下級役人たちが垣根を作るように並んでいて、裸の観察使を見て大笑いして、口を覆わない者はいなかった。観察使はそれを知って恥ずかしく、翌朝には早々にこの邑から引き上げた。この邑では一人として罪を受ける者は出ず、無事に済んだ。邑の者みながその妓生を褒めて、手厚く褒美を与えた。


この観察使が大臣となると、一人の家従が新たにやって来た。何か用事を言いつける度に、いつもこの家従がやって来る。しかし、何かと不器用で、足で尿器を蹴ったり、硯や筆箱をひっくり返したり、東に行けと言えば、西に行き、事ごとに意に背いた。大臣は我慢ならずに、いつも他の家従たちを呼んでは、

「どうしてお前たちは用事をせずに、新しい家従に仕事を押し付けるのだ。あの者はどうしていいかわからず、事ごとにしくじっているではないか。いったいどういうことだ」

と叱った。他の家従たちは大臣が呼んでも新しい家従に

は行かないようにと言い含めるのだが、しかし、この家従は聞こうとせず、いつも大臣が人を呼べば、身を挺していちばん最初に出て行った。大臣はそれを見て怒り、つねに他の家従たちを叱りつけた。そのようにして一月あまり、宣恵庁に欠員があると聞いて、この家従が匍匐して前に進み出ていった。

「わたくしはその職に就きたいと思います」

大臣は穴が開くほどこの家従の顔を見つめた後で、一言、

「よかろう」

と答え、任命書を与えた。他の家従は一斉に不満を訴えた。

「わたくしたちは長いあいだ一生懸命に働きました。先祖代々お仕えしています。こんなにいい官職をどうして新しい家従にお与えになるのですか」

大臣は言った。

「私が生きていれば、お前たちは職を得ることができよう。私が死んだ後に、お前たちは誰に向かって、それを願うことができようか。お前たちはそれだけの人間だが、この人がいれば、私にもし何かあって死んだとしても、すみやかに事を処理してくれるであろう。このことについては、もう何も言ってはならない」

その後、その人がやって来て、何か事案があれば、大小の事にかかわらず、たくみに処理して千伶百俐のありさまで、大臣の意にかなった。その前日に代わる敏腕ぶりを不思議に思って、

「お前の仕事ぶりを見ると、前日の愚鈍さとは大いに違っている。それは重要な職責についたせいなのか」

と尋ねると、その人は地に伏して答えた。

「わたくしは死罪を犯しました」

宰相が、

「いったいどういう意味だ」

と尋ねると、その人は言った。

「わたくしが宰相のお屋敷にうかがうと、すでに家従の数は三十人あまりもいました。わたくしがその末席に連なったとしても、各官庁の官職の欠員は、順次に与えられていくことになるでしょう。それではわたくしは年老いて死んでしまいます。ひそかに拝見していますと、宰相の気質は厳しく、その怒気に触れるととても耐えられるものではなく、また実に細かい指示をなさいます。それでわざと箸にも棒にもかからない阿呆の様子をして、ずっと過ごしていたのです」

宰相は大笑いして言った。

「君は諸葛孔明と言うべきだ。すっかり騙されてしまったな」

巻の十五

第一九八話……昔日の恩に報い続ける

校理の李某は若いころ舅《おじ》が赴任した清州《チョンジュ》（忠清北道清州）に行き、しばらく滞在した。華陽洞《ファヤンドン》（忠清北道報恩にある地名）を見物して、その帰り道に妹の家を訪ねようと思ったが、その家は数十里ほど隔たったところにあった。人気もなく、あたりに酒幕もないところを、きょろきょろしながら歩き回って、やっと民家が見えたので、泊めてもらって飢えを癒そうと思い、門を叩いた。すると、年若い主人が出て来て愛想もよく迎え、階段を下りて来て堂上に上げて座らせた。挨拶を交わした後に、主人が言った。

「この家には年老いた祖母がいます。どうかお会いになってくださいませんか」

李某はそれを聴いていささか困惑した。あちらは年寄りで、自分は若い。たがいに交わるところは少ないのに、あえて会えと言うのは、きっと尋常なことではない。そう思いつつも、若主人について中に入って行った。その老祖母というのは七十歳ほどで、李某が入って行くと、欣然として出迎え、

「あなたは苧洞《チョドン》に住む李書房ではありませんか」

と尋ねる。李某がそうだと答えると、

「わが家はあなたの家には忘れることのできないご恩を蒙っています。今日あなたがこの家に来られたのは偶然のことではありません」

と言い、その息子の夫人を呼び出した。夫人と李某が挨拶を交わした後、老祖母はしんみりと語り始めた。

「わが家はこの地方に住む両班の家です。某年、この家の家長が逃亡奴隷の探索のことで大邱に行き、守令が知人であったので、委細をその守令にお願いしました。その守令というのはあなたのお祖父さまです。ところが、この家の家長はにわかに病を得て死んでしまいました。単身で客死して、まわりには誰も親族がいなかったので、あなたのお祖父さまが斂葬のことを行なってくださったのです。葬衣も棺もすべて整え、それも贅を尽くしたもので、わたくしどもに示すために用いたものの一々を記録して、千里を隔てたわが家に棺を送ってくださったものですが、そのことに当たって誠心誠意を尽くされたのです。世の中にこのようなご恩がありましょうか。極めて近い親族であっても、また古くからの友人であっても、ここまでは望めないやり方で、しかも、こちらは一介の田舎の両班に過ぎません。幽明をことにしても、生死にかかわりなく、天のようにご恩を蒙って、一毫でもそのご恩に報いないでいられましょうか。

そのことを骨に刻んで忘れず、それ以後というもの、この姑と嫁とは心を合わせて、養蚕し、絹を織り、綿布を作って、一年に得たものの中から一匹ずつお送りして、いささかのお礼の気持ちを示させていただきました、ところが、長男が死んで、家の大黒柱がいなくなり、通信する手立てがなくなって、決めていたものをお送りすることができなくなりました。だからと言って、それを廃することもなく、箱の中に貯めておいたのです。そうして、もう久しいときが経ちます。

以前に、あなたのお祖父さまのお宅は苧洞にあるとうかがっていました。それを心に刻んで忘れず、孫子の成長を待って、また親交を絶やさないようにしようと考えていましたが、最近になって、この邑の守令の婿の苧洞の李書房が華陽洞の見物にお出かけだと聞きました。何とかお会いしたいと思っていたのを、にわかにあなたのご来臨にあずかったのです。それで、居ても立ってもいられず、拝謁を請うたのですが、今日お会いできたのは、天の思し召しと言うしかありません」

老祖母は感激のあまりに泣き伏した。李某は一晩この家に泊まったが、牛を屠り、鶏を煮て、朝夕の他にも、珍味佳肴を並べてもてなした。翌日、暇を告げると、数個の箱を持たせたが、それは毎年貯えておいた絹や布の類であった。その恩に報いようとするまごころは人を感動させて、これを断ることはできなかった。一頭の馬に満載して帰り、ことのあらましを舅に語ると、舅もまたそのまごころに感激して、役人をやって見舞わせ、その少年を座首帖として栄誉を与えた。その後もその家からは一匹の布を送ることをやめず、子々孫々に至るまで往来は続いたという。

第一九九話……淫祀を廃した果断な新婦

完男君《ウァンナンクン》・李厚源《イフウォン》▼1の家は豊かであった。長男は早く死んだものの、孫と曾孫が官途に就き、まだ若くして顕達して、高官に昇った。

その家の中では鬼神をよく祭って、家の中に神廟を作り、春と秋の節日には豊富にお供えをした。また布や絹などが手に入れば、かならずその一幅はとっておき、神のご前にかけておいた。代々それを続けて、けっして絶やすことがなかった。しかし、徐々に家の財産が消尽していくことは免れなかった。家の中では二代の寡婦が残って何とかやりくりして凌いだが、孫が成長して結婚することになり、湖南に住む判書の権尚游《クォンサンユ》▼2の娘を娶ることになった。権氏の娘が嫁いで来て三日後には、姑の夫人が一家内の食事と家産のことすべてを新婦に任せきった。

ある日、年寄りの婢女がやって来て、権夫人に言った。

「某日は家の中の鬼神をお祀りする日です。入り用のものをあらかじめまとめて準備した方がいいでしょう」

権夫人が、

「それはいったい何の神さまで、いったい何をお祀りするのですか」

と不審に思って尋ねると、老婢は、

「この神さまにお祈りするのは先代からの決まりごとで、春と秋の二度、お供えをして行ない、家内の平穏をお祈りするのです。さもないと、かならず災禍に見舞われます。廃するわけには行かないのです」

と答えた。権夫人が、

「それで、一回の祭祀で必要な費用はいかほどでしょうか」

と尋ねると、老婢は考えながら、

「夫人は新たに嫁入って来られ、前例をご存じない」

と言い、一々に物品を挙げて答えたが、権夫人は、

「今年はさらに手厚くして、すべてにおいて前回に三倍することにしよう」

と言い、三倍の物品を出したから、老婢は大喜びをして退いた。老大夫人はこれを聞いて、大いに憂えて言った。

「わが家は従前から神をお祀りして、家産が次第に衰えてしまった。田舎の子女はきっと倹約家だろうと思って、わざわざ湖南の家の娘を嫁に迎えたのだ。ところが、従前の三倍の物品を費やすのだという。こんな迂闊なことはない。わが家はいずれ破産するだろう」

当日になって、家の中を塵一つないほどに清掃して飲食を豊富に並べ、衣服も綺羅をつくして用意をした。夫人も沐浴して盛装し、ハングルでもってみずから祭文を作った。その序文では、人と神霊はたがいに交わるものではないことを言い、次には、自分がこの家に新たに入ったからには先例を変え、今回は盛大にお祀りする代りに、これをもって最後とする、これまでの守護については重ね重ね感謝する旨を述べた。人にこれを読み上げさせようとしたが、誰も恐れて読もうとはしない。そこで、夫人はみずから香を焚き、拝跪してこの祭文を読み上げた。その前後には蔵っておいた衣服や錦や緞子の類を持って来させて中庭に積み上げ、婢女たちに言った。

「これはみな焼き捨てるべきものだ。ただしかし、すべて天のもので、まだ年を経ておらず、まだ使えるものは、このわたくしが着ることにする、その残りはお前たちが着ればいい」

婢女たちにこれを分け与え、そしてすでに古くなって役に立たないものを焼くことにした。婢女に火を持って来て、これを焼くように言っても、しかし、みなは怖じ気づいて、互いに顔を見合わせ、一人として火を持って

来ようという者はいない。そこで、やむをえず、みずから火を持って来た。そのことを老婦人が聞いて驚き、人をやって止めさせようとした。夫人はこれを聞こうとはしない。逆に婢女をやって、

「もし何か災厄がふりかかるとしたら、それにはわたくしが当たりましょう。姑の家のために永く弊害を取り除こうとしているのです。ご心配なさらないでください」

と告げた。老夫人たちは何とか引き止めようとしたが、夫人は聞かず、ついにことごとく焼き尽くし、その灰は土に埋めてしまった。その錦や緞子が焼けるとき、生臭い臭いが鼻を突いた。奴婢たちは互いに顔を見合わせて言ったものだった。

「これは鬼神の焼ける臭いだ」

その後、家中は平穏で、なんら災厄は起こらなかった。

▼1【李厚源】一五九八～一六六〇。孝宗のときの大臣。字は士深、号は迂斎、南港居士とも。諡号は忠貞。本貫は全州。一六三五年、文科に及第、司憲府持平となった。一六三六年、丙子胡乱が起こると、斥和を主張して承旨となり、靖社功臣として完南君に封じられた。孝宗が即位すると、北伐の参謀となり、戦艦二百余隻を用意した。一六五七年、右議政となり、宋浚吉を兵曹判書に、宋時烈を吏曹判書に登用した。

▼2【権尚游】字は季文、号は癯溪、本貫は安東。一六九四年、謁聖文科に及第して承文院に登用され、史局および三司の職を歴任した。その後、吏・礼・工曹の参議を経て、全羅道・平安道の観察使となり、戸曹・礼曹・礼曹の判書に至った。

第二〇〇話……陰嚢を繋いだ鎖

昔、二人のソンビがいて、年少の時分から仲が良かった。ところが、一人の方は早くに科挙に及第して官職を歴任したのに対して、もう一人は落第ばかりして不遇な上、家もまた貧しかった。適齢期の娘を嫁がせなくてはならないのに、婚資を用意することもできない。その友人が平安道観察使になっているのを知って、夫人が夫に言った。

「娘の結婚の日が近づいているのに、手許には一銭もありません。平安道まで行って、結婚資金を借りて来てください」

ソンビはその妻のことばにしたがい、観察使に会いに行き、その娘の結婚が近づいたが、手許に資金がなく、どうか助けてもらいたいと訴えた。観察使は下人に命じて離れを清潔に掃除させ、役所の童に命じて酒食を用意させて、毎日のように歓談した。ソンビは心配して、

「結婚の日が近づいているのだ。すぐに帰らなくてはならない」

と言ったが、観察使は意に介さず、ひそかに婢を呼んで、妓生の中で容色が優れて媚態のある者を選んで、かくかくしかじかにせよと命じた。ソンビは長らく滞在して無聊を託ち、ある日、窓から往来を眺めていると、向こうの家に、うら若い素服の女子が門の後ろで立って、扇で半ばは顔を隠し、玉のような手を出して、猫の子を呼んでいる。その姿態はあでやかで、声音も艶かしい。ソンビは一目で心を奪われてしまった。役所の童僕を呼んで、

「向こうの家はいったい誰の家なのだ」

と尋ねると、童僕は、

「あれはわたくしの妹の家ですよ」

と答える。

「素服を来ていたが、お前の妹はいつ寡婦になったのだ」

と尋ねると、

「昨年、夫に先立たれたのです」

「私は一目見て、魂を奪われてしまった。お前は今晩、妹を連れて来てはくれまいか」

童僕は承諾して立ち去った。

その夕べ、はたして女はやって来た。ソンビは大喜びをして、いっしょに寝たいと頼んだが、女はいろいろと理由を言って拒む。ソンビが強引にことを進めようとすると、女は、

「まずあなたのあれを見せてくださいな」

と言う。ソンビの情欲には火がついていて、他を顧みる暇もなく、女が言うままに、下袴を脱いで、それを見せた。女は左手でもってそれを撫でさすり、右手でもって小さな鎖を取り出し、陰嚢を鎖に繋いで、そのまま身を翻して逃げ去った。ソンビは鎖を取ろうにも取れない。ここに来て多日を過ごし、結婚資金を借りることもできず、観察使には騙されて、監営中の笑い者になってしまった。怒りが収まりそうにもない。夜が明けるのを待って、すぐにソウルに出発した。陰嚢が引き攣れて痛くてたまらない。這いつくばるようにして歩を進めて、やっとのことで家にたどり着いた。そのまま内舎に入って行くと、家中が喜色満面にして待ち迎え、ソンビを慰労して、

「千里の路を跋渉して、よくお帰りになりました。ご苦労様でした」

と言った。ソンビは憤怒の気持ちがいよいよ収まらず、

「私は昔の友情を頼みに思って、体裁も構わずに行って、結婚資金を借りるどころか、奇妙な病気までもらって来たのだ」

と言って、苦痛の声を挙げ、観察使を罵って止まなかった。すると、その妻が言った。

「あなたはご存じなかったのですか。先日、平安道観察

使から三駄の品物とその詳しい目録とが届いているのです。実に意を尽くした品々で、欠けているものは何もありません。観察使の恩徳は比べようもないものです。あなたはどうしてそんなに怒り罵っておいでなのか、わけがわかりません」

　その目録を出すと、ソンビは大いに喜び、怒りは笑いに変わったが、また顔色をあらためて、

「嫁入り道具がそろったのは喜ばしいが、またもう一つ困ったことがあるのだ。これをどうしたものだろう」

と言った。妻がいったいどうしたのかというと、ソンビは妻を部屋の奥に連れて行って、事細かにその委細を告げて、下袴《したばかま》からあれを取り出して見せた。妻は思わず手を打って大笑いして、

「あの目録の中に鍵一個があって、いったい何のためなのか、不思議に思っていましたが、このためだったのですね。観察使が嫁入りの品を送ってくれたのも有り難いですが、このこともまた感謝しなくてはなりませんね」

と言って、鍵を持って来て、あのものを鎖から解いたのだった。

第二〇一話……蒸し豚を背負って友人たちを訪れたら

　むかし、ある父と息子がいて、同居していた。息子の方は友人と遊び回って、朝には家を出て一日中遊び回り、夜には酔っぱらって帰ってきた。あるいは帰って来ないこともあって、どこかに留連して数日を過ごすこともあった。たまたま外に出ないことがあると、今度は悪い仲間たちが四方から訪ねて来て、家の中は狂騒の極みとなって、杯盤が狼藉と散らかり、馬鹿話をして騒がしい。ある日、父親が尋ねた。

「お前がつき合っているのはどんな輩だ」

　息子は答えた。

「みな心からの友人です」

　父親が重ねて言った。

「友を得るというのは実に至難のことだ。それなのに、お前はこんなに大勢いるという。本当にみながお前を知って心から許し合える友人なのか」

　息子が、

「みな意気投合して、金が必要であれば融通し合い、禍乱があればたがいに助け合うことのできる友人です」

と答えたので、父親は言った。

「それなら、試してみようではないか」

ある日、豚一頭を殺して茹で、その毛を剃いで、薦で巻いて、息子に背負わせた。父親は息子に言った。

「お前がいちばん信頼している友人のところにいくことにしよう」

息子は友人の家に行って、門をしばらく叩いたが、友人はようやく出て来て尋ねた。

「こんな夜遅くに何をしに来たのだ」

息子が、

「私は誤って人を殺してしまった。事態は切迫していて、私は死体を背負って来た。君は私のためにこれを処理してくれまいか」

と言うと、その友人はびっくりして、困惑した表情を浮かべて、

「わかった。中で策を練って来よう」

と言って、中に入ったまま、しばらくしても、もう出ては来なかった。いくら外から声をかけても、返事をしない。あきらかに関わりたくない様子であった。

父親がため息をつきながら、

「お前のいちばんの親友というのはこんなものなのか」

と言って、その家を去り、次の友人の家に行って、また告げた。

「私はこの暁に人を殺してしまった。事態は急を要している。君と相談したいのだ」

すると、その友人は、今は家がとても取り込んでいるからと言って、ことわった。またその家を立ち去って、次の友人の家に行き、同じように告げると、その友人はどやしつけて、

「そんな大変なことをしでかして、禍を私に押し付けようと言うのか。二度とそんなことを言わず、早く立ち去ってくれ。ぐずぐずしていれば、私も連座することになるではないか」

と言った。さらに、三、四軒の家を訪ねたが、みな同じようなもので、ことごとく断った。父親は言った。

「お前の友人というのは、これで尽きたか。私には一人の友人がいる。某洞に住んでいるが、もう十年ものあいだ会っていない。そこを訪ねてみようではないか」

父と子はその家を訪ねて、門を叩き、息子が人びとに言ったように、事態の急を要することを告げた。その人は大いにおどろき、

「まず中に入るがいい。夜が明けようとしてはいるが、人はまだ出てはいない」

と言って、手を取って家に中に入れた。そして、みずから鍬や斧を手に取り、部屋のオンドルをたたき壊して死体を隠そうとした。その友人は振り返りながら、

「君だってまた私を助けるためには全力を尽くしてくれ

るだろう。人に見られていなければいいのだが」

と言うので、父親は笑いながら、

「驚かせて済まなかった。オンドルを壊してはならない。蓆に巻いたのは人ではない。実は豚なのだ」

と言って、事情を打ち明けた。友人もまた鍬を投げ出して笑い出し、手を取り合って房の中に入った。市で酒を買わせ、その豚の肉を肴にして酔い、積年の阻隔の思いを述べ合った。しばらくして、別れを告げたが、そのときに、

「またいつ会えるかわからないが、二人の心はいつも霊犀一点[1]でつながっている」

と言った。父と息子は家に帰ったが、それ以後、息子は大いに懺悔して、これまでの友人たちとつき合うことはなかった。

▼1【霊犀一点】霊力のある犀は角に筋あるいは穴が通っていて、先端と根源が相通じ合っているということから、人の意志が通じ合うことのたとえ。

第二〇二話……竜女を妻とした李義男

李義男[1]というのは鉄山（平安北道鉄山）の通引（第九九話注1参照）である。守令に従ってソウルに上った。時節は春で、まことにうららかな日和だった。漢江の畔に出て遊山して気を晴らそうと、守令にはことわって、竜山（現在のソウル市竜山）まで出た。丘の上で漢江を行き交う帆船を見ていると、たちまちに疲労を覚え、眠気を覚えた。うつらうつらしていると、夢の中に一人の老人が封書をもって現れて、それを渡し、

「私は家を離れてすでに久しい。家の者は私の消息を聞いていないであろう。あなたはこの手紙を持ってわが家に届けてくれまいか」

と言った。義男が、

「あなたの家はどこにあるのですか」

と尋ねると、老人は、

「わが家は某山の麓の池の中にある。池の畔に行って三度、兪鉄《ユチョル》の名前を呼べば、人が水中から現れるだろう。その人にこの手紙を渡して欲しいのだ」

と答えた。義男はこれを承諾して、その夢から覚めた。はたして、封書が傍らには置かれている。義男は怪訝に思ったものの、その封書を懐にしまった。

　しばらくして、守令が任地に帰ることになり、義男もまた守令にしたがって帰ったが、着くとすぐに理由を言って、自分の家に帰ることもなく、直接に熊骨山の麓の池の畔に行った。「兪鉄」と三度呼んだ。すると、池の

水が沸々と涌き出、水の中から人が現れて、言った。

「いったいお前は何者なのだ。どうして私の名前を呼ぶのだ」

義男がやって来た理由を告げ、封書を手渡すと、その人は、

「しばらく待って欲しい。相談をして来る」

と言って、身を翻して、水の中に戻って行った。しばらくすると、ふたたび姿を現して、

「水府ではあなたを呼んでいる。いっしょについて来るがいい」

と言った。義男が、

「どうして私が水中に入って行けよう」

と言うと、俞鉄は、

「目をつぶって、ただ私の肩につかまっていればいい。何も心配しなくてもいい」

と言った。義男がそのことばにしたがうことにすると、水がすっと割れて、身体を少しも濡らさず、両の耳には風の音と水の泡立つ音が聞こえた。しばらくすると、岸にたどり着き、義男は俞鉄の肩から降りて、両目を開けた。すると、白砂の岸辺にいて、目の前には朱塗りの門が屹然と聳えている。俞鉄が、

「しばらくここで待っていて欲しい。私がまず行って来る」

と言って、中に入って行ったが、すぐに帰って来て、いっしょに連れて行った。何重にもなった門を通り過ぎ、鮮やかに彩られた台閣にたどり着いて階段を上ると、まだ若い少女がいて、欣然と笑って待ち迎え、

「わたくしの父は久しく家郷を離れて、その消息を知ることができませんでした。あなたがこの手紙を届けてくださり、本当に感謝いたします。父親の手紙の中に、あなたと結婚するようにと書いてありますが、あなたのご意向はいかがでしょうか」

と言った。義男もこんな喜ばしいことはなく、ことわろうはずがない。その少女は重ねて言った。

「わたくしは竜女ですが、それでも構いませんか」

義男はその美しさを見て、

「そんなことが、どうして気になろうか」

と答えた。そこで、三日とどまったが、進められる食事はどれも珍しいものばかりだった。また沐浴をさせ、衣服を新たに作って与えた。何という名前の錦や緞子かわからなかったが、絢爛と光り輝いて美しかった。三晩、枕を交わして、義男は勤めのことを思い出した。女は、

「どうして急に帰らなくてはならないのですか」

と尋ねた。義男が、

「休暇の期限が過ぎれば、罪を得ることになろう。帰らざるを得ないのだ」

と答えた。

「あなたはお役所ではどんな役職についていらっしゃるのですか」

「通印だ」

「通印の衣服はどのようなものでしょうか」

「長衣の上に快子《ケチャ》というものを着るのだ」

女はすぐに箱の中から絹布を取り出し、裁縫をして義男に着せ、そうして、

「これからは頻繁にこちらにいらっしゃってください」

と言って、兪鉄を呼び、義男を背負わせて行かせた。

義男はもともと守令のお気に入りの知印であった。休暇の期限を過ぎても、なかなか帰って来ない。その家に人をやって尋ねたところ、

「ソウルに上った後、帰ってきても、家には戻らず、いったいどこに行ったものやら」

と答えた。守令は激怒して、その父を捕え、毎日、早く帰らせるように督促した。母親はたまらず、路上に出て、義男の帰りを今か今かと待っていたが、六日目にやっと熊骨山の方から姿を現した。母親が言った。

「役所の決まりは厳しいものだとお前も知っていよう。どうしてこんなに帰りが遅くなってしまったのだ。お父さんは役所に捕われていらっしゃる。それで、私はここで待っていたが、もう何日も経っている。お前も刑罰を受けることになるだろう。早く早く、今すぐに急いで出頭するがいい」

義男も恐ろしくなって、すぐに走って行き、役所の庭に伏した。役所の下隷が、

「李義男が帰って参りました」

と報告すると、守令は喜んで、扉を開いて階下を見ると、義男が伏している。着ている衣服がはなはだ華美であり、人の作ったものとは思えない。心の中で不思議に思い、怒りにまかせてこれを責める前に、堂の上に上がって前に進むようにいって、尋ねた。

「お前は暇を乞うた後、家にも帰らず、いったいどこにいったのだ。お前の着ているその華美な衣服はいったいどこで誂えたのだ」

義男は包み隠すことをせずに、逐一、ありのままに答えた。守令は不思議に思い、ついにこれを責めることをしなかった。

「それでは、お前の妻は竜女だと言うのだな。さぞ美しいことであろう。一度でいいから、私もその顔を見たいものだ。私に見せることができるだろうか」

義男は、

「行って相談してみます」

と言い、また池の畔に行き、兪鉄の名前を呼んだ。すると、また前のように、兪鉄が現れ、義男は背中に負われ

て水の中に入っていった。守令が顔を見たがっている旨を竜女に告げると、竜女は初めは難色を示したものの、仕方なく、

「守令がわたくしの顔を見たいとおっしゃるなら、拒み通すこともできますまい。某日に池の畔にまで来ていただけるでしょうか」

と言った。義男がこれを伝えると、守令は大いに喜んだ。その日になると、池の畔には大きな幔幕をはり、守令一行は威儀を整えてやって来た。邑中の郷人や吏校、奴僕、老若男女が、守令が竜女を見に行かれるというので、ぞろぞろと出て来て、家は空っぽになり、山野に人びとが満ち満ちた。守令は池の畔に座って、義男に池に入らせ、竜女を連れて来るようにと言った。義男は入水して、竜女に出て行くことを請うた。竜女が、

「平服がよろしいでしょうか、[2]戎服がよろしいでしょうか」

と言うので、義男は出て来て、守令に尋ねた。守令は言った。

「美女の戎服の姿はまた格別にあでやかであろう。戎服でもって出現させるがいい」

義男がまた水中に行って、守令の意を伝えると、竜女はしばらく困った様子をしていたが、

「守令の意向がそうであるなら、仕方がありませんね」

と答えた。義男が池の畔に帰って来ると、守令以下、人びとは息を飲んで、水中に目を凝らし、今か今かと絶世の美女の出現を待った。すると、急に波が沸騰するように沸き上がり、角が水面に現れた。すなわち、黄竜が数尺ほど姿を現したのである。目は稲妻のように光り、鱗甲が煌めいている。守令は不意をつかれて驚愕し、両手でもって目を覆って突っ伏した。見物に来ていた人びとも驚かない人はいなかった。竜女はその有り様を見て悲しみ、水中にすぐに姿をくらました。人びとは無聊の思いを抱えてそれぞれ家々に帰って行った。その後、義男はときどき休暇をとったが、守令はこれを許した。

それから数ヶ月後、六月のことであった。日照りが続いた。守令がしばしば雨乞いの祈禱を行なっても、少しも効果がなく、一滴の雨も降らない。心の中で考えた。

「竜はよく雨を降らせるという。あの竜女に頼めば、雨を降らせてくれるのではあるまいか」

義男に水中に行かせ、これを依頼させた。竜女が言った。

「雨を降らせるのは竜の行なうところですが、天帝の命令があってから後に行なうべきもので、命令もないのに、それを行なうことはできません」

義男は、人びとが困り果てていること、そして守令の命令は厳粛であることを言って、竜女に頼み込んだ。

「それなら、一度だけ降雨の法を行なってみましょう」

竜女は戎衣を着込み、手には小さな壺を持ち、もう一方の手には楊枝を持って出た。義男が、

「あなたの法術を見たいので、私をいっしょに連れて行ってはくれまいか」

と言うと、竜女はことわって、

「これから空中を飛行するのですよ。人間のあなたに、どうして雲の上に乗ることができましょう」

と言ったが、しかし、義男はどうしてもいっしょに行きたいと言って聞かない。竜女は仕方なく言った。

「それなら、わたくしの脇の下の鱗甲の下に手を入れて、しっかりとつかんで離さないでください」

義男が竜女の脇の下にしっかり捕まると、竜女は空中に高く舞い上がった。雲を起こし、雷を発し、楊枝でもって瓶の中の水を三滴ほど垂らした。義男が雲の下を見下ろすと、鉄山の地である。稲穂が焦がれたかのようにしおれていて、田畑はひび割れしている。三滴の水ではとても足りないように思われる。義男は竜女の脇の下からそっと手を出して、竜女の持っている瓶を奪って覆し、中の水のすべてを注いだ。竜女はおどろき、義男に言った。

「何てことをなさったのです。すぐにどこかに行きましょう。大きな禍が生じます」

義男は茫然として、竜女の言う意味がわからず、

「いったいどういうことだ」

と言うと、竜女は語った。

「わたくしは最初に注意しませんでしたか、あなたはそれに従わず、どうしてもついて来るとおっしゃった。水府の一滴の水は人間の世界では一寸の雨量になります。三滴の水は三寸にもなって、それで十分なのです。あなたは今、瓶の中の水全部を覆しました。その害はいかほどかことばにもできません。わたくしは天に対して罪を犯しました。天罰がまさに下ろうとしています。あなたはすぐに立ち去ってください。もし今日までの二人の情愛をお忘れにならなければ、明日は白角山の麓までいって、わたくしの頭を埋葬してください」

義男はやむをえず、竜女のもとを立ち去った。山から出てみると、一面に土砂が広がっていて、田畑などなくなっている。邑の人に聞くと、

「昨夜の三更ごろに大雨が降り、盆を覆したような有様で、河川は決壊して、あっという間に、平地の水深が一丈あまりにも達した。山陵が崩れて、岸辺と谷との区別がつかなくなった」

と話をしてくれた。義男は大いに悔いて懊悩した。次の日、白角山の麓に行くと、はたして竜の頭が落ちていた。これを抱きかかえて帰り、砂土を洗い流し、衣服に包ん

で箱に入れ、白角山の麓に埋葬して、慟哭しながら帰って来た。

▼1【李義男】この話にある以上は未詳。
▼2【戎服】本来は武人の公の衣服を言う。

第二〇三話……婢女の恩返し

むかし、ある宰相がいて、妻とともに年老いた。家には年若い婢女がいて、年のころなら十七、八、容色がすこぶる美しく、気立てもよかったから、老夫人は可愛がったが、老宰相はいつもこの婢女をものにしようとしていた。婢女は、しかし、老宰相の意のままにはならない。あるとき、泣きながら老夫人に訴えた。

「わたくしは死のうと思います。旦那さまはいつもわたくしにいっしょに寝ようとおっしゃいます。もしそれに従わなければ、結局のところ、旦那さまに杖打たれて死ぬことになります。旦那さまのおっしゃる通りにすれば、わたくしは奥さまが実の子どものように可愛がってくださったご恩を裏切って眼の中の釘になってしまいます。他に道は残されていません。漢江に身を投げて死のうと思います」

老夫人はこれを可哀想に思い、白銀や青銅、簪や装飾品を取り出し、さらには自分の衣服を加え、風呂敷で包んで、この婢女に与え、

「今はもうこの家に留まるべきではない。だが、若い身空で死のうなどと思うな。これをもって行きたいところに行って、生きていくがよい」

と言った。婢女はまだ暗いうちにひそかに門から出たが、幼いときからずっと宰相の家で育って、外の世界を知らない。急に風呂敷包みを背負ってこの家を出たものの、さてどちらに向かって行ったものやらわからない。大路を行って南大門を出て漢江のほとりに至った。空が明るくなったころ、馬の鈴の音が聞こえて来た。しばらくして現れたのは一人の丈夫で、近づいて来て、

「お前はいったいどこの家の女子なのだ。こんなに朝早く、しかも一人で、いったいどこに行こうと思っているのだ」

と尋ねた。婢女は答えた。

「わたくしには困った事情があって、今まさに漢江に飛び込んで死のうとしているのです」

その人は言った。

「命を無駄にすることはないではないか。どうだ、私には妻がいない。私といっしょに暮らしたらどうであろうか」

婢女は承諾した。男は婢女をそのまま馬に乗せて連れ去った。

それから何年かして、老宰相夫婦はすでに死んだ。その子もまた死んだ。その孫のソンビがようやく長じたが、家勢は次第に衰退して、生活もままならなくなった。そこで思いついた。

「先代からの奴婢が数百人は各地に散っているはずだ。券をあらためて推奴▼[1]すれば、生活の手立てくらいは得られそうなものだ」

単身で出発して、まずは某処に赴いた。男たちを呼び集めて、戸籍を示し、

「お前たちは先代からわが家の奴隷だった。私は年貢を収納しようとやって来たのだ。お前たちは男女の頭数だけは納めるようにせよ」

その人たちは口でこそ承諾はしたものの、心根はよくなく、一つの部屋にそのソンビを招き、夕飯を用意して接待しようとした。そして、夜に入って、一党が集まって、これを殺そうとしたのだった。ソンビはそんなこととはつゆ知らず、夜は疲れてぐっすりと眠った。夜中過ぎに、窓の外で大勢の声がする。心の中で怪しんで、耳を澄まして聞いていると、門を開いてやって来ては、互いに誰何している。初めて自分を襲おうとしているのだと気が付き、ソンビは驚き恐れながらも、静かに身を起こして、北側の障子を蹴倒して出た。男たちは刀剣を持ち、あるいは槌や杖を持って、厨の方から、部屋の方からと押し掛けて来る。ソンビはどう逃げていいのかもわからない。仕方なく、塀を飛び越えると、にわかに一頭の虎が現れた。虎はソンビをくわえて去っていった。人びとは虎がソンビをくわえて行ったのを見て大喜びである。

「自分たちの手で罪を犯さずに済んだ。虎狼の餌食になってくれたのは、天の思し召しではあるまいか」

虎はソンビをくわえて立ち去り、衣服の襟首をくわえて自分の背中に放り上げて、半夜のうちに数十里を走った。そして、あるところに至ると、ソンビを下ろした。ソンビの身体はかすり傷一つ負わなかったが、精神は昏倒していた。ややあって意識がもどり、周囲を見回すと、大きな村落の中央に井戸があって、その傍らの大きな家の門の前である。虎は自分の横に蹲踞している。空が明るくなって、井戸端に家の人が水を汲みに出て来た。すると、人がいて、その隣には大きな虎がいる。びっくりして、門の中に駆け込んで、

「虎です。虎です。虎が出ました」

と連呼した。その家の中の老少が手に手に棒を持って一斉に出て来た。虎は人びとが出て来たのを見ると、のっそりと起き上がり、大きな欠伸をした後、ゆっくりと立

ち去って行った。そこで初めて、人びとはソンビに、

「あなたはいったいどなたですか。あの虎はどうしてまたあなたを守って立ち去らなかったのでしょう」

と尋ねた。ソンビは初めて事の顚末を語った。人びとはそれを聞いて不思議なこともあるものだと嗟嘆した。その家の老母もまた出て来て、ソンビの容貌を見て、家の中に招き入れて、

「あなたの名前は某氏ではありませんか」

と尋ねた。ソンビはびっくりして、

「はたして、その通りです。老媼はどうしてご存知なのですか」

と尋ね返すと、老媼は事細かに語り始めた。

「わたくしはもともとあなたのお宅の婢女で、大夫人には大きなご恩を蒙りました。今ここでこうして暮らしていますのも、ひとえに大夫人のお蔭なのです。わたくしは今年で七十歳になりますが、一日としてそれを忘れたことはありません。しかし、ソウルと田舎は離れていて、消息も届きません。今日、思いのほかにあなたがここにお見えになったのも、きっと天が旧恩に報じよと命じたのでしょう」

そして、子どもたち、孫たちをみな呼び集めて、

「この方はわたくしどもの主人筋に当たります。一人一人ご挨拶をなさい」

と言い、また奥の方から、嫁たちを呼んで、挨拶をさせた。そうして珍味佳肴でもてなし、新たに衣服を誂えて着せて、滞在すること数日。ところが、老媼の子どもたちはみな壮健かつ頑強の人たちである。風格もあり、財産家でもあって、その地方に号令をかけることもできた。それが今や思いがけず、その母親が、一介の乞食同然の客人を主人扱いにして、自分たちみなが奴隷の身であることを明らかにしてしまったのである。自分たちの憤怒が収まらない上に、村中に恥をかいた思いである。と言っても、母親の性格は厳粛で、子どもとしてその意志に背くことはできない。不承不承、母親のことばには従わざるを得なかった。

ある日、ソンビが老媼に、

「私はソウルの家を離れて久しくなる。一度、帰る必要がある」

と言うと、老媼はねんごろに、

「まだしばらく留まって、何の不都合がありましょう」

と言いつつも、夜が更けるのを待ち、子どもたちがみな寝静まった後に、ひっそりとソンビに耳打ちをして、

「あなたはわたくしの子どもたちの様子をご覧になりましたか。あの子たちはわたくしの命令に対して、上辺では従っているように見えて、その心底は推し量ることができません。もしあなたが単身でお帰りになったなら、

きっと途中で非常の禍にお遭いになるでしょう。わたくしに一つ考えがあります。あなたはお聞きになりますか」

と言った。ソンビが、

「いったいどんな考えなのだ」

と言うと、老媼がいった。

「わたくしには一人の孫娘がいます。年は十六歳、わたくしから言うのも何ですが、とても奇麗な子です。まだ決った相手はいません。そこで、この子をあなたの嫁にしたいと思うのですが、いかがでしょう」

ソンビはにわかにこれを聞いて、困惑して、即答することができなかったが、老媼は、

「わたくしのことばに従えば、生き存えることができ、従わなければ、命を失うことになります。わたくしは旧主のご恩を忘れることができず、このような提案をしているのです。あなたは諾うことができませんか」

と言った。ソンビは承諾した。

翌日、老媼は子どもたちを呼び集めて言った。

「私は孫娘某をソンビの某に嫁入りさせることにした。お前たちは今晩までに結婚の品を用意しなさい」

子どもたちはこれを聞いて退き、その夜までに一房を清掃して、道具を整え、新婚のための部屋とした。ソンビをその部屋にあらかじめ迎え入れ、盛装をした孫娘を送って、ついに結婚が成立した。翌朝には老媼がその部屋に入って行き、新婚の二人の挨拶を受けた後、子どもたちを呼んで、

「ソンビは明日にはソウルにお帰りになるが、孫娘も当然お連れになる。騎馬一頭、輿を引く馬一頭、荷物を積む馬数頭が必要だ。すみやかに準備せよ。輿もまた借りて来るがよい。お前たちの中で某と某はお伴をしてソウルにまで上るのだ。そして、ソンビのお手紙をもらって帰って来て、私に旅行の無事平穏であったことを知らせるのだ」

と命じた。子どもたちは老媼の命にしたがって奔走して、はやくも準備を整え、翌朝にはソウルに出発した。布団や枕、銭や布などを数頭の馬に積み、一路無事にソウルに着いた。ソンビは恙無く旅を終えた旨を手紙にしたため、帰って行くものに託した。その後も毎年のように消息を往来して、老媼の終生それは変わらなかったという。

▼1【推奴】奴婢が主人の居住地を離れて外居するようになり、繁盛したとしても、先祖の奴籍は主人の家にあるので、主人はその奴案をもって奴婢から貢布を徴収することができる。「推奴」は逃亡奴隷を追跡する旅行の意でもあり、その逃亡奴隷から徴収した貢布自体をも言う。

第二〇四話……竜の夢を見て科挙に及第する

参判の李鎮恒《イチンハン》[1]は若いとき、熱心に科挙のための勉強をした。黄竜の夢を見ればかならず及第するという話を聞き、半間しかない小さな部屋を掃除して、家の者が入って来ることを許さず、賓客が訪ねて来るのも拒絶して、厠に行く以外は一日中、外に出なかった。朝夕の食事は窓から出し入れさせ、昼も夜もひたすら竜のことを考えた。その形態を考え、その頭の角を考え、その鱗甲を考え、その爪と牙を考え、また竜の住処や、竜の好物や、竜の変化する姿を心の中で想像し、心の中で絵を描き、一時も休むことがなかった。すると、三日目になってやっと夢を見た。黄竜が現れて、その右脚に自分がしっかりとつかまっているのである。竜の身体は巨大で力強い。これにつかまっているのにも多大な気力を費やして、振り落とされまいと必死だった。しばらくして目を覚ましたが、汗をびっしょりとかいていた。

李生はもともと才能がある。この夢を見て大いに喜び、おおよそ竜の文字があって、科挙の科題に合ったものがあれば、経か史か雑記かを問わずに、無数にそれを学習した。にわかに庭試を実施する命が下った。試験日の数日前、みずから紙屋に行き、上質の紙を出させて前に積ませ、右手は袖の中に入れたまま、左手で一一を手に取って調べて、もっともいいものを選んで、袖から右手を出してこれを取った。そして、心の中で考えた。

「兄弟というのは一体である。弟[2]の試験紙も私が選ぶことにしよう。私がもし及第せずとも、弟が及第すれば、私が及第したのと同じではないか」

そこで、前と同じように、左手でこれをめくって調べ、右手で抜き取って、二張の紙を携えて家に帰った。

弟といっしょに試験場に入って行くと、しばらくして、成均館の館員が御題を奉じて出て来て、儀礼にしたがって、受験者に四度の拝礼を促した。その後に、受験者が台上に目を凝らすと、御題が掛けられたが、「草竜珠帳」[3]というものであった。試験場の受験者の多くはこの意味がわからない。うろうろと行き来しては互いに尋ね合って、試験場は紛紛としている。李生はたまたまその出典を知っていて、落ち着いて座ったまま、古賦の詩体でもって一気に書き上げた。弟にも教えて、兄弟二人が順に答案を提出して試験会場を出た。

その発表の日に、承政院の下隷が及第者の名前を呼びあげた。四人が好成績であったと言って、二人、三人と名前を呼びあげたが、自分の名前が呼ばれない。心の中でやきもきしたが、しばらくして、弟の名前が呼ばれた。李生は残念だったが、弟が及第したのだったら、それでいいと諦めかけると、急にまた自分の名前が出て来た。その庭試では六人が及第したが、兄弟二人がともに選抜され、後には卿宰の地位に上った。年を取ってからも、科挙を受けようという人に会うたびに、努力して竜の夢をみるといいと勧めた。

▼1【李鎮恒】『朝鮮実録』正祖八年（一七八四）九月庚午、恵慶宮（正祖の母）に尊号を加えたおりの対挙承旨・李鎮恒に加資し、嘉善に昇らせたという記事があり、同じく十一月乙丑には、漢城右尹・李鎮恒の罷職の記事がある。

▼2【弟】李鎮衡のことか。『朝鮮実録』正祖五年（一七八一）九月辛丑に前参判の李鎮衡が卒したとして、王のことばがある。すなわち、この人は旧時の官僚であり、その逝去を聞いて驚きに堪えず、ことばも出ない。私の即位前からの賓僚であり、私の文章が力を得たのも多くは彼により、今に至るまでその資益は少なくない云々と。即日、判書が贈られた。

▼3【草竜珠帳】貝丘の南に葡萄谷というところがあり、唐の天宝年中に沙門の曇霄がそこに至って食し、枯れた蔓を杖にして帰って来て、寺に移植した。すると高さ数仞、巾が十丈ほどになって、帳のようになり、葡萄の房が紫の宝玉のように垂れ下がった。そこで草竜珠帳と名付けたのだという（『西陽雑俎』）。

第二〇五話……「斯干章」を暗誦して王さまを感動させる

校理の兪漢寓[1]は若いころは豪放不羈であった。成均館に通って毎日の殿講[2]に出ていたが、ある晩、『詩伝』の「斯干章」[3]を講じて、王さまの御前で試験を受ける夢を見た。洞任[4]がやって来て、

「明日、殿講の試験が行なわれる」

と告げるのを聞いて、目が覚め、にわかに起き上り、横に寝ていた童子を蹴り起こした。

「すぐに大舎廊[5]に行って、冠帯と紗帽をもって来るのだ」

童子が、

「大舎廊の門はもう閉まっています。旦那さまもすでに就寝していらっしゃいます」

と答えると、

「たとえそうであっても、下男を呼んで開けてもらい、すぐにもってくるのだ」

と命じた。童子が言われたものを持ってくると、また人を送ってある政丞の屋敷から御賜花[6]を借りて持って来させ、正装をして、細い紐でもって御賜花を帽子に結び付け、二人の人を脇にして、進退する練習をした。ところ

で、まだ夜も明けずに、父親は朦朧としていたが、部屋の外で人の話す声が聞こえる。下人を呼んで、

「まだ夜が明けていないではないか。いったい誰の声がするのだ」

と尋ねると、下人は、

「書房が科挙に及第した際の練習をなさっているのです」

と答えた。大人は、

「あの阿呆はまったく阿呆な真似をする」

と言って、その子を呼んで、大いに怒って叱りつけた。

「いったいどういうつもりだ。まだ夜中に騒ぎ立てて」

兪生は、夢の中で明日には科挙の実施が命じられるのを見たことを言い、さらに続けて、

「この科挙にはかならず受かるようです。それで、あまりにうれしくなって、新恩のしきたりを練習していたのです」

大人は怒りを募らせ、

「お前はなんという阿呆だ。破落戸《ごろつき》と言うに近い。日ごろまったく机の前に座らず、一文字も見ようとしない。遊び暮らして、漫然と時を過ごしながら、何が科挙に及第するだ。それなら、その『斯干章』を暗誦してみるがいい」

兪生は暗誦してみせたが、末章に至って、つまってしまった。大人はまた叱りつけて、

「そんなことで、勉強をしていると言えるのか。早くそんな冠や帯は脱ぎ捨てて、部屋に戻って寝るがいい。明日、科挙に行くなんて考えなくともいい」

と言った。兪生は唯唯諾々と大人のことばに従ったが、翌日の暁にはひそかに試験場に赴いて、夢で見たことを、一、二の友人たちに話すと、友人たちは、

「はたして君は『斯干章』を熟読して来たのか」

と尋ねた。兪生が、

「末章についてはよく暗誦することができない」

と言うので、友人は、

「どうしてもう一度書物を開いて読もうとしないのだ」

と言うと、兪生は、

「夢は夢で、あてにはならない。それにことごとくを暗誦していなくとも、おのずと理解できることもあろう。どうして最後まで読む必要があろうか」

と答え、みなが努めて暗誦するように勧めたが、ついに聴かなかった。講読する詞章が出されたが、まさしく「斯干章」の中の「大人占」▼7の句であった。兪は心の中でほくそ笑み、朗々と暗誦しだした。末章に至ろうとすると、王さまは手で机を叩いて、

「いいではないか。いいではないか」

とおっしゃって、まだ最後まで読み切っていないのに、

及第することになった。

家の大人は朝になって、兪生が試験場におもむいたことを知って、しきりに慨嘆することを止めなかった。すると、及第したとの知らせが届いて、首をかしげて、なかなか信じようとしなかった。兪生が宮廷を出て帰って来ると、家にはお祝いの客が駆けつけて、門の外で待ち迎えた。兪生は馬の上から手でもって人びとを指さし、胸を張って

「私は『斯干章』の末章を▼8知らないが、見事に科挙に及第したぞ」

と言った。

▼1【兪漢寓】この話にある以上のことは未詳。

▼2【殿講】朝鮮九代の成宗のとき、経学の衰退を憂えて始められた試験。

▼3【「斯干章」】『詩経』小雅の鴻雁之什の中の「斯干」。貴族の新宅造営の祝い歌とされる。「秩秩たる斯の干《かん》、幽幽たる南山、如《ここ》に竹苞《しげ》り、如に松茂る。兄及び弟よ、式《もっ》て相好みせよ、相猶《にく》むこと無かれ」を第一章として、すべて九章からなる。

▼4【洞任】洞内の雑務に当たった人。村長、町内の長になる。

▼5【大舎廊】朝鮮の両班の家では男女の居住空間が分かれている。男たちは舎廊房に起居して、女性たちは内房で生活している、ここでは一家の主人（父親）の居住する場所を大舎廊と言っている。付録解説2参照。

▼6【御賜花】科挙に壮元で及第したソンビに王から賜った造花。

▼7【「大人占」】「斯干」の第七章、「大人之を占ひて、維《こ》れ熊《ゆう》維れ羆《ひ》は、男子の祥、維れ虺《き》維れ蛇は、女子の祥」

▼8【「斯干章」の末章】「乃《も》し女子を生まば、載《すなわ》ち之を地に寝《い》ねしめ、載ち之に裼《てい》を衣《き》せ、載ち之に瓦を弄《ろう》せしめん。非《たが》うこと無く儀《よこしま》無く、唯だ酒食を是れ議《はか》れ。父母に罹《うれ》いを詒《のこ》す無かれ」

第二〇六話……据え膳を食わずに死を免れた洪宇遠

尚書の洪宇遠《ホンウウォン》▼1がまだ若かったころ、東峡《トンヒョプ》（江原道地方）に行ったことがある。日がすでに暮れようとして、酒店はなく、あたりに泊まるところはなさそうだった。やむをえず、山の中に入って行くと、道筋にたまたま数軒の家があった。そのうちの一軒の家の戸をたたき、事情を話して、泊めてくれるように頼むと、主人が許してくれた。その家には年老いた夫婦と若い嫁だけがいて、夕食後、老翁が言った。

「今夜、わたくしどもは親戚の家の祭祀に出かけて留守にします。家には若い嫁一人が残って、お世話しますの

で、ゆっくりとお休みください」

そして、若い嫁を振り返って、

「私たちは出かけるが、お前は一人残って、お客様をよくもてなすのだぞ」

と言って、老媼とともに出て行った。

嫁は老人たちを見送って、門を閉じて入り、宇遠と嫁は一つの部屋に二人になった。嫁は客に場所を譲って、オンドルの下にいて、宇遠はオンドルの上にいる。灯りをつけて紡績に余念がないが、宇遠がその姿を見ると、田舎の女だとは言え、なかなかの美しさである。それに舅と姑は出かけていていない上に、夜中に同室している。この女をものにしようと、眠ったふりをして寝返りを打ち、嫁のそばに近づいて、自分の足を嫁の膝の上に乗せた。嫁は客人は遠路を旅してきっと疲れ切っているのだろうと慮って、その足をうやうやしく両手で取って下ろした。しばらくすると、また足を挙げて嫁の膝の上に乗せる。嫁はまたこれを下ろす。宇遠はまだ嫁の気持ちに気づかず、この嫁は固く拒もうとしているわけではないと考えて、またまた足を嫁の膝の上に乗せた。嫁の方はこのときになって初めて宇遠が自分に気のあるのに気づき、声をかけて起こそうとした。宇遠は深い眠りに落ちていたふうを装って、何度も呼ばれた後になって、やっと欠伸をしながら起きたふりをした。嫁は宇遠をきちんと座らせて、その罪を問いただした。

「両班というのは読書をして義理を知っているはずです。男女には別があるのをご存じないのですか。舅と姑も出て行くとき、あなたが両班である故をもって、留守宅をわたくしとともに託したのです。ところが、夜になって、怪しからぬ心を起こされた。これが両班と言えますか。これから外に出て鞭をもってきてください」

宇遠は恥ずかしくて、満面が真っ赤になった。やむをえずに外に出て鞭を持って来ると、嫁は宇遠に袴を持ち上げて立つようにいった。宇遠はこれにもまたやむをえずに従うと、嫁は十数回鞭を振るって、

「明日、舅と姑が帰って来たら、詳細に曲折を報告します。もうけっして妄念を起こさず、お休みになってください」

と戒めて、何ごともなかったかのように、紡績を始めたのだった。翌日になって、老夫婦が帰って来て、

「客人はようお休みになられましたか」

と尋ねた。宇遠は恥ずかしくて、どう答えたものやらわからない。嫁が昨日の夜のことを話すと、老翁は言った。

「私はお前の貞節ぶりを知っているがゆえに、一人家に留めて客の世話をするように言いつけたのだ。しかし、年若い男子がこれまた若い女子を見て心を動かさなければ、それもまた不思議なことではあるまいか。お前はこ

とばを尽くして、そのことが不可であることを言い、丁寧にことわるべきであったのだ。どうして両班を鞭打つことができたのだ」

その鞭を取って、嫁を十数度鞭打って、宇遠に向かって言った。

「田舎の女は無知ゆえに、両班を辱めてしまいました。恐縮至極です」

宇遠は慙愧に堪えず、感謝しながらその家を辞去した。その日、また数十里を行き、あたりに旅店が見当たらないので、また民家に宿を乞うた。その家には夫婦が住んでいた。夕食後、その家の主人が言った。

「わたくしは緊急の用事があって、これから十里ほどのところに行かなくてはなりません。明日の朝には帰って来ます。客人はゆっくりとお休みになってください」

また妻にも、

「お客さまをよくもてなすのだ」

と言って、出て行った。妻は夫を送って門を閉じて部屋に入った。部屋には上の間と下の間があって、中を障子が隔てている。妻は下の間にいて、宇遠は上の間にいたが、昨日のことに懲りているので、今日は邪念を起こすまいと決めている。しばらくして、妻が、

「上の間は冷えるでしょう、お客さまは寒くはありませんか。下の間にお移りになって、私といっしょにお休みになったら、よろしいのに」

と言った。宇遠は寒くはないと答えたが、女は再三再四、誘いかけた。宇遠はついに断り通したが、女の様子をうかがうと、障子をこじ開けてでも入って来ようとしている。それができないと知ると、輾転として敷居のところに身を投げて懇願するのだが、とうとう怒り出して、罵り始めた。

「若い男のくせに女と同じ家にいて、一点の情欲も起こさないとは、あんたは宦官であれがついてないのかい。なんて無粋な男なのだ」

狼藉たる恥辱を与え、愚痴を言ってやまなかったが、

「客人が男でなければ、仕方がない。他に人がいないわけではない」

と言ったかと思うと、すっくと立ち上がって、前方の扉から出て行った。しばらくすると、どこからか一人のチョンガーを連れて来て、爛漫と淫行を行なった。こと果てて、疲れて抱き合って寝ている。しばらくして、家の主人が帰って来て、その部屋に直接に入って行き、一刀のもとにその抱き合って眠っている男女を殺してしまった。そこから出て来て、宇遠の眠っている部屋の前に立って、

「客人はお休みか」

と、低い声で尋ねた。宇遠が、

と尋ねると、

「いったいどなたですか」

「この家の主人ですよ。扉を開けてください」

と答えた。宇遠はその主人の凶行を目の当たりにして、心に恐怖したが、また思い直すに、自分には非がなく、心配する必要はないはずだ。そこで、扉を開けて中に入れると、主人は百拝して賞賛した後に語った。

「旅の客人はまことに大人です。おおよそ年若い男子が障子一枚隔てて女子といっしょにいれば、情欲に身を任せない人が何人いるでしょう。私はあの女の行跡には多くの疑いを抱いていましたが、その尻尾はつかまえていませんでした。昨日、あなたを拝見すると、その風姿は非凡で、女には欽慕するこころが生じたのを見てとりました。そこで、私は用事をいつわって外出したふりをして、窓の下に伏して様子をうかがっていたのです。はたして、女は情欲に任せてあなたを誘惑しました。しかし、あなたは固くそれに応じなかった。女は欲望に堪えかねて、隣のチョンガーを招き入れて、これと交わったのです。私はその所業に憤って、一刀のもとにこれを殺しました。もしあなたがあの女の誘惑に負けていたなら、あなたはこの刀の露と成り果てていたのです。私は大勢の人を見ましたが、あなたのように若年で真正の大人といってよい人物を知りません。しかし、今ここにこのまま留まっているわけにはいきません。夜が明けない前に、私とともに、ここを逃げましょう」

二人はともに門を出た。行くこと数歩で、男は言った。

「どうも一つ忘れたことがあります。この家を焼き払わなくてはなりません。あなたはしばらくここで待っていてください」

男はふたたび家に入って行ったが、宇遠が思うに、この男を待つのにどんな意味があろう、まったく無意味である。そこで、一人で先に行くことにして、数里ほどのところで後ろを振り返ると、火が天を衝いて燃え上がっていた。

その後、宇遠は科挙に及第して、しばらくして江原道観察使となった。巡歴すると、街道を清掃する人が箒を持って立っていた。人をやってこの人を前に呼び、自分の車を停めて、

「あなたは私を知っているか」

と尋ねた。その人は、

「わたくしがどうして観察使を存じていましょう」

と答えた。宇遠がそこで、

「あなたは某年のかくかくしかじかのことを記憶していないだろうか」

と言うと、その人は初めてわかったようで、

「確かに覚えております」

と言った。宇遠は、

「役所の方でお待ちしています」

と言って、何度も往事のことを称賛した後で、手厚くもてなした。

▼1【洪宇遠】一六〇五～一六八七。字は君徴、号は南坡、本貫は南陽。一六四五年、文科に及第して官途についた。礼訟（礼節にかかわる論難）に際して免職になったり、獄事に連座して流配生活を余儀なくされたりしたが、復帰して、礼曹判書、左参賛となった。一六八〇年の庚申大黜陟によって流配になり、配所の文川で死んだ。

第二〇七話……暗行御史の巧みな処置

参判の呂東植《ヨトンシク》▼1が嶺南右道に暗行御史として出かけたとき、晋州の地に至って、従者とも離れて、ただ一人になった。日が暮れて泊まるところも見当たらない。たまたま一軒の茅屋が路傍にあった。門を叩くと、一人の若者が出て来た。両班の子のようで、まだ冠をつけていない。泊まらせてもらえないかと尋ねると、その少年はいやがるふうもなく、承諾して、部屋の中に迎え入れた。ねんごろに応接して、その妹を振り返って、夕飯を用意するように言いつけ、食事を東植に進めた。夜になると、少年と東植は上の間に寝て、妹は下の間に寝たが、その少年の言語動作や応酬の様子を見ると、まことに礼にかなっていて、立派である。ただ、兄妹が同居して過ごしている。男女の別を尊ばなくてはならないのに、どうしたことかと不思議に思って、東植は尋ねた。

「あなたはもう十分の年齢なのに、どうして結婚しないのですか」

少年が答えた。

「家が貧しいので、誰も見向きもしませんでした。隣村の富者の家と婚姻を結ぶ話ができていたのですが、わが家のあまりの貧しさを見て、破談になりました。その家ではまた他の豊かな家と結婚の話が出て、明日にでも婚事を整えることになっているようです」

また、

「妹御には結婚の話はあるのでしょうか」

と尋ねると、答えた。

「いいえ、そのような話はまったくありません」

東植はこの兄妹の境遇を憐れみ、また隣村の富者の家が貧困を理由に決まっていた結婚を破談にしたのを憤った。その翌日にはまっすぐにその富者の家に向かって、食事を乞うた。建物は高々とそびえ、庭も広壮である。幕を張って日差しを防ぎ、通り道は平坦にならして、色鮮やかな屏風を立ててある。新郎を待ち迎えて、結婚式が行なわれるようである。賓客が堂上に満ち、それに侍す奴僕たちが庭に控えている。釜や鼎を並べ、盤床や器がびっしりと並べられて、豊富に魚肉の料理が盛られている。それらが次々に堂上に運ばれていく。そんなときに、庭先で乞食の声を聴いたのである。家の主人は奴を呼んで、これを追い出すように命じた。しかし、東植はすでに入り込んできて、大声で叫んだ。

「このような盛大な宴で、飲食は水のように豊富にある。どうしてたった一人の飢餓困窮の者の腹を満たすことができないのだ」

そう叫び続けて、どんどん前に進み、ついには堂の階段のところまでやって来た。主人は苦り切って、奴に命じ、一盆を用意して乞食に与えるように言った。奴がそこで、冷え切った酒と、残飯を二、三皿に盛り、小さな盆にのせて出した。しかし、東植はこれを無視して、堂の上にずかずかと昇っていき、賓客の中に混じってどっかと腰を下ろして、

「どうして両班を薄待するのだ」

と一喝した。主人は大いに怒り、奴に命じてこれを引きずり降ろさせようとした。

ちょうど、そのときに一人の駅卒が、暗行御史の所在を尋ねて、この家までやって来た。東植がその姿を捉えて、瞬きをして合図をすると、駅卒は高らかに告げた。

「暗行御史のお出ましだ」

その一声を聞いただけで、満座の者たちは驚いて散り散りになった。頭を抱えて鼠のように走り、扉をくぐって逃げようとする。そんな折、新郎も到着したのだが、この様子を見て、馬の頭を回転して引き返してしまった。暗行御史の従者たちも次々にやって来て、東植は堂上の中央に座った。主人を階下に引きずりおろさせて、拝跪させ、その罪を言い立てた。

「お前はこの邑の巨富として、このように盛大な宴会を催し、豊富に料理も用意した。一人の乞食など取るに足りず、この宴をいささかも損なうものではないはずだ。それを追い出し、何度も乞うたので、不承不承に入れたかと思うと、衆人の食べ残しを与えて、はなはだしく薄待した。また、堂上に昇ると、これを奴に命じて引きずり下ろそうとしたが、このような道理とこのような人情がどうして許されよう。

さらに言えば、お前は、最初は隣村の某両班と結婚を取り決めていたそうだな。それを某両班の家が貧しいのを理由に、結婚の直前になって破談にして、他の婿を迎えることにした。それに間違いはあるまいな。そんなことで、嶺南には敦厚の風があると言えるのか。今日は吉日で、すでに宴も用意されている。すみやかに新郎の衣

服も整え、白馬に紗の籠を添えて、隣村の両班を迎えに行くがよい。ここで結婚式をすませよう。また輿を一つ送ってその妹御も乗せてお連れするのだ。妹御のために美しい衣服を用意するのも忘れぬようにせよ。あの引き返した新郎もすぐに呼び戻して、妹御とこの家で結婚させることにしよう」

　東植はこうして二つの結婚の礼が執り行なわれるのを見届けて立ち去った。邑の人びとで富家の主人がこのように辱められたのを見て愉快に思わない者はいなかった。また暗行御史の両班の兄妹への処置を感嘆しない者もいなかった。

▼1【呂東植】一七七四〜一八二九。字は友濂、本貫は咸陽。一七九五年、庭試文科に丙科で及第して官途を歩んだ。一八〇二年、修撰だったとき、兵曹判書の李秉鼎を弾劾して逆に罷免された。一八〇八年、慶尚右道暗行御史となって、数多くの貪吏を摘発した。また税穀を銭で代納できるようにするなどの献策を行なった。同知義禁府司、大司諫に至ったが、一八二九年、謝恩副使として中国に行き、その帰途、客死した。

第二〇八話……占い師を訪ねて真犯人を得る

　全州の邑内に一人の寡婦が暮らしていた。ある夜、何者かがその家に忍び込み、寡婦の首を斬り取った。隣の家の人が、明るくなっても静かなのを怪しんで、その家に行った。扉を開けて見ると、寡婦はすでに死んで、床には血がおびただしく流れている。しかも、その頭はないようである。隣の家の人は驚いて、書状をもって役所に訴えた。

　守令が出動して現場を見たが、はたして書状の通りで、首の行方を探そうと、血痕をたどって、家の外に出ると、さらにその血痕が続いて、西の塀の下まで続いていた。そこで、西隣の家に行って探すと、果たして寡婦の首が落ちていた。この変事は夜中に起きて、しかも現場ははなはだ幽僻なところにある。西隣の家の主人はまだ起きていなかったが、この家の主人の犯行に違いないということになって、主人を捕縛して、厳しく尋問した。その主人はことばを尽くして冤罪を主張したが、守令はそれを聞こうとはしない。厳しい拷問を加えられ、数ヶ月ものあいだ牢獄にあって、生死の境をさまように至った。

　その人には二人の息子がいて、父の無実を明らかにするには、真実の犯人を捜さなくてはならないと思い、と

もに相談して、

「鳳山（江原道鳳山）の劉雲泰[1]という人は我が国随一の占い師として有名だ。この人に占ってもらおう」

ということになった。そこで、たくさんの占いの礼金と旅費を用意して、一頭の馬を牽き、鳳山の劉氏の家を訪ねて行った。詳しく事情を話し、真犯人を探し出して父の冤罪を晴らしたいと言い、礼金を差し出した。すると劉氏は、

「今日はすでに遅い。明日の明け方に占うことにする」

と言い、翌朝早く、劉氏は洗面し、道袍を着て、堂の上に座った。堂の中央には香を置く机が置かれ、そこを大きな屏風で囲んでいる。その中で劉氏は香を焚き、祈禱をしながら占って、すでに卦が出ると、それをじっくりと解釈した。しばらくして、そこから出てくると、二人の兄弟に向かって言った。

「あなた方はこれから故郷に帰られるがよい。しかし、家には戻らず、そのまま西と南の間の道を進んで七十里行くと、分かれ道があるので、その左の道を取って行くと、数十畝の麻の畑がある。そこを数十歩行くと、小さな草葺の家がある。昼はその麻の畑に身を隠し、夕方になったら、その家の籬《まがき》の後ろに身を潜めていなさい。そうすれば、おのずとわかることがある」

兄弟たちはそのことばに従って、家郷にすぐに戻り、家には立ち寄ることもなく、西南の方に向かって七十里を駆けるようにして行った。そこではたして道が分かれていたので、左の方に道を取って進んでいくと、麻の畑があった。麻の畑が尽きるあたりにぽつりと草葺の家がある。兄弟は少し離れた山の麓に馬を繋いで、麻の畑の中に身を伏せた。夕方になって、そこから出て、籬の近くにまで行って身を潜めていると、一人の男が土間に座って、灯りを点して、履を作っている。その妻も側にいて、糸を繰っているが、たがいに無言で、二人は向かい合って、耳を籬の方に傾けて、精神を凝らして物音を聞き取ろうとしているようである。しばらくすると、男が立ち上がり、仕事を片付けて、灯りを消して中に入ろうとした。笑いながら、妻に向かって、

「今日も無事に済んだ。あの邑の某は私の代わりに捕われ、何度も尋問を受けて、もう死にそうだという」

と言った。兄弟はこのことばを聞いて、籬を飛び越えて家に押し入って行き、その男を引きずり出してきつく縄で縛り上げた。山の麓に繋いでいた馬を牽いてきて、その男を馬の背中に乗せ、何重にも括り付けて落ちないようにした。そうして疾駆して家郷に帰り、役所に入って行くや、

「わたくしどもは父の無実を晴らそうと、真犯人を捕まえて来ました」

と訴えた。守令も驚喜して、すぐにその男を逮捕して尋問した。すると、杖の一打ちも加えないうちに、一つ一つに自白して、

「わたくしは近くに住む皮革の職人でしたが、その寡婦に惚れこんで、たびたび誘ったものの、ことごとく断られ、それで、腹を立てて殺してしまったのです。それで、首を斬って、その首を西隣の家に放って、罪を転嫁しようとしたのです。事がここまで露見した上は、申し開きのことばもありません」

と白状した。これで一件落着して、西隣の主人は釈放された。

▼1【劉雲泰】この話にある以上のことは未詳。

第二〇九話……不逞の妻のお蔭で財物を得る

むかし、あるソンビが科挙を受けるために、泮村《パンチョン》▼1にやって来た。宿舎の主人がたまたまよそに出かけていて、その妻一人だけが残っていた。ソンビはあたりに誰も人がいないのを知って、たちまちに淫欲を生じ、その妻に抱き付いて、情を交わそうとして、ねんごろにかき口説いた。女の方も両班の客人を相手としてまんざらでもなく、強くも拒まないでいると、急にその夫が帰って来て、階段を登って扉を開けて中に入ろうとする。ソンビは女のチマでもって、女の身体を包んで隠し、その夫を振り返って意味ありげに目配せをして追いやった。夫は取り込み中だと理解して、扉を閉めて退き、

「私はすでに老熟の人間だ。どうして女の気配を察せないでいようか」

と言って、家をふたたび出て行った。ソンビの方はもう何も遠慮がなくなって、自分の意のままに楽しみを尽くして終わった。ソンビは外舎に出て座り、女は隣の家に出て行った。しばらくして、夫がふたたび帰って来た。その妻が後から帰って来るのを見て、

「お前は今までどこに行っていたのだ。今初めて帰って来たのか」

と尋ねた。その妻は答えた。

「わたくしは裁縫を手伝ってもらおうと、隣の家に行ったのですが、隣の家では留守だったので、帰って来るのを待っていて、ついつい遅くなってしまったのです」

　夫はその答えを聞いて、いささかも怪しまず、その後は何も言わなかった。

　しばらくして、ソンビは科挙に及第して、また幾年かして平安道観察使になった。その宿の主人は大喜びをして、

「これから監営に行って、財物をいただいて来よう」

と言うと、その妻は笑いながら、

「あなたが行っても、何もいただけませんよ」

と言った。夫は怒り出して、

「私が行っても手ぶらで帰って来て、お前が行けば、財物をいただいて帰って来られると言うのか」

と言う。すると、売りことばに買いことばで、妻は、

「私が行けば、かならず何かくださいます」

と繰り返す。夫はそのことばを聞き終えることなく、馬を借りて平安道に出発した。監営に姿を現すと、観察使に会うには会えたが、観察使は別段に喜ぶふうもない。厨に命じて食事を与え、翌日には旅費だけを与えて、早く帰るようにと促した。その人は腹が立って仕方がない。その妻に合わせる顔がないことにも腹が立ってくる。ついに挨拶もせずに、馬を駆って帰った。家に帰っても、大きな声で罵るのを止めない。憤りが沸々と湧きあがってくる。その妻が、

「何かいただいて来ましたか」

と言うと、夫は、

「まったくひどい扱いだった。あのとき世話をした甲斐がまったくない」

と憤慨するのを止めなかった。妻がふたたび
「だから言ったじゃありませんか。あなたが百回、平安道に下ったとしても、何も得ることはなく、私が下れば、多くの物品を手に入れて帰って来る、と」

と言うので、夫は言った。

「お前がまだそう言うのなら、明日、お前は平安道に下るがよい」


翌日、妻はみずから旅の道具をととのえ、いそいそと監営に下っていった。門番に案内を乞うと、即時に中に招き入れられ、妻は堂上に昇って観察使に相見えた。観察使ははるばる遠くまでやって来たことを慰藉して、内の人に言いつけて食事を用意させ、幾日も引き止めた。妻が辞去しようとすると、観察使はかつての交情が忘れられず、妻を自分の寝室に呼び入れて、一晩、情を交し合った。その後、左右の者に紙をもってくるように命じ、筆を振るって目録を作った。銭幾千両、綿、紬、木綿、石持、油など、関西地方の産物でそろえないものはなく、倉番を呼びつけて、

「馬を雇って泮村に輸送するのだ」

と命じた。何頭もの馬が荷物を載せてソウルに至り、泮村にたどり着くと、平安道観察使がお世話になった家と言って尋ねた。人が指を指して教えたので、その家に直に入って行き、その後に荷駄が陸続とやって来て、最後の馬には妻が乗って帰って来た。荷物を下ろすと、庭は隙間もなくなり、家は押しつぶされんばかりである。夫

は一方では大いに驚き、一方では大いに喜んだ。物品を次々に納めて、あるべきところに整理した後に、従容として妻に尋ねた。

「私が行ったときには、何ももらえず、お前が下ったときには、財貨をいただいて、しかも、このようにおびただしい量だ。これはいったいどういうことなのだ」

妻は笑いながら答えた。

「あなたは某年のことを覚えていらっしゃいませんか。観察使が科挙をお受けになりましたが、そのとき、この家に泊まられました。そのとき実は、私と雲雨の情を交わされたのですよ」

夫はしばらく思案していたが、忽然と悟って言った。

「わかった、わかった。あのとき、ソンビが誰と寝ていたのかわからなかったが、あれはお前だったのだな」

女は少しも悪びれることなく、

「そうそう、この私だったのですよ」

と言った。夫は嗟嘆しながら言った。

「あのとき、チマの中に隠れているのがお前だと知って、ことを暴き立てていたなら、今日こうして財物を得ることもできなかったのだなあ」

いっしょに大笑いしたのであった。

第二一〇話……三匹の金魚が遊ぶ吉地を選ぶ

判書の李鼎運《イチョンウン》▼1の祖父は、若かったころ、山寺に行って読書した。時節は厳冬で大雪が降った。一人の行脚の僧がやって来たが、ぼろぼろの服を着ていて、食事を乞うた。寺の僧は夕食だけを出して、翌朝には追い出そうとした。鼎運の祖父はこの僧を憐れんで、寺の僧に、

「今は厳寒で、温かい衣服もない飢餓の僧はきっと凍死してしまいましょう。米については私の持って来たものがあり、それで何日かは持ちましょう。しばらく逗留させて、寒さが緩んだ後に、行かせればいいのではないでしょうか」

と頼んだ。祖父はたまたま新しい衣服に着替えたので、脱いだ衣服を僧に重ねて着せた。寒さがやや緩んで、僧を下山させたが、僧は何度も何度も礼を言って去って行った。

何年か経って、祖父は親の死に目に遭った。成服の日に、一人の僧がやって来て、弔葬することを請うたが、喪主となった祖父は弔問を受けはしたものの、それがいったい誰なのか知らなかった。その僧が、

「喪主はわたくしをご存じありませんか」

▼1【泮村】ソウルの成均館のある一帯を言う。

と尋ねるので、

「いや知らないようだが」

と言うと、僧は、

「喪主は思い出されないでしょうか。某年の冬、某寺での乞食僧のことを。わたくしはそのときの乞食僧なのです。そのときに食事と衣服のご恩を蒙って、あの世で餓鬼となることを免れました。そのご恩は天に対するようで、心肝に銘じて、いつかきっとご恩に報いようと思い続けていたのです。たまたまこのたび不幸に遭われたのを聞いて、もし定められた葬地がなければ、わたくしは各地を歩いて風水の心得も持っておりますので、吉地を占って差し上げます。それでいささかの報恩を果たしたいのですが、いかがでしょうか。喪主が行かれる必要はありません。わたくしが行って探し出し、占った後に戻って来て、その後に喪主はわたくしと同行してご覧になり、それでお決めになればよろしいのです」

　喪主のソンビは忽然と山寺の乞食僧を思い出し、心の中で、この僧はこれほど恩に感じて、それに報いようとしている、きっと誠心誠意に吉地を探して占ってくれるだろうから、そのことばに従ってみるのもいいだろうと考えた。数日後、僧は一つの場所を占い出して来た。喪主にいっしょに行くことを求めたので、喪主はいっしょに行って、その場所をつぶさに見た。しかし、その場所というのはただの平地で、田畑の中にあった。地勢が脆弱でいい場所とは言えない気がする。しかし、自分は地理の学問については無知であり、この僧の知識に従うべきで、俗眼で取捨選択すべきではないと考えた。そこで逐一、僧侶のことばに従うことにして、日時を選んで、そこに墓を作ることにした。

　しかし、親族たちや近隣の知人たち、そして役軍の下隷に至るまでが反対して、

「このように湿気て荒れ果て、石がごろごろとしている場所に墓を作ってはならない」

と言い出した。喪主は僧にすっかり任せることにしたが、あまりに人びとが反対するので、疑念が生じないでもなかった。そこで、その僧を静かなところに引っ張って行き、

「私はあなたのことばを信じていますが、意を決してそれに従おうとすると、皆が反対して紛糾してしまいます。私にははっきりした知識がなく、見識もなく、衆議を排してあなたの選択にしたがいたいのに、みなを説得することもできないのです」

　僧はやや久しく考え込んだ後に言った。

「わたくしの真心はけっして浮薄なものではありません。しかし、みながそのような意見であり、喪主が心配なさってそのようにおっしゃるのも、無理はありません。し

かし、あの場所は明らかに吉地であり、お家に大きな幸いをもたらします。あの場所に墓を定めるべきです」

喪主は、

「そのことばやよし」

と言って、もう心を決めた。もうそのときには穴を掘り終えていて、石灰を敷く段階になっていた。喪主と僧はいっしょに墓壙に入って行き、壙の窓を固く締めて風が入って来ないようにし、壙の底をわずかに掘ると、そこに正方形の石の箱があって、蓋を取って、灯りを当てて中を見ると、箱には澄み切った水が入っていて、金魚が三匹ばかり泳いでいた。喪主は驚いたが、僧はその蓋を閉じ、元の通りに土を埋めて固め、壙の窓もしっかり閉め直して出て来た。中のことは何も言わないことにして、灰郭を築くと、人びとはもう何も言わず、埋葬を終えた。

その僧は立ち去るとき、喪主に告げた。

「わたくしはあなたのご恩に報いるために吉地を選び、あなたの代に幸運が訪れ、あなたが栄達なさるようにと考えたのですが、残念なことに吉気がいささか漏れてしまったようです。これから四十年後にふたたび吉気が満ちます。三匹の金魚がいましたから、きっと三人が科挙に及第して顕達なさることでしょう」

それからはたして四十年後、三人の孫たちが科挙に及第して顕達した。升運[2]は玉堂に昇り、鼎運と益運[3]とは正卿に昇った。

▼1【李鼎運】一七四三〜?。字は共著、号は五沙、本貫は延安。一七九六年、庭試文科に及第して官途を歩み、一七八四年には書状官として謝恩使の朴明源らとともに中国に行った。忠清道・咸鏡道の観察使を経て、兵曹判書に至った。文名が高かった。

▼2【李升運】『朝鮮実録』正祖十三年(一七八九)六月壬午に、持平の李升運が尹蓍東の不当を上疏したが、二日後の甲申には逆に李升運のためにする告発が非難されている。正祖十八年(一七九四)六月己未の都堂録に、李升運の名前が見える。

▼3【李益運】一七四八〜一八一七。純祖のときの大臣。字は季受、号は鶴鹿。一七七四年、文科に及第して正言になった。時派として師匠の蔡済恭の弁護をして免職の憂き目に遭った。復帰して要職を歴任し、工曹判書、礼曹判書、水原府留守などを勤めた。

巻の十六

第二二一話……端宗の幽霊が取り持たれた縁

海豊君《ヘプングン》・鄭孝俊《チョンヒョジュン》[1]は四十三歳であったが、貧しく、どこも頼るところがなかった。妻と死に別れることが三度、娘三人がいて、息子は一人もいなかった。寧陽尉《ヨンヤンウィ》[2]の曾孫であったから、祖先のお祭りをする以外にも、魯陵《ノルン》（端宗《タンジョン》）[3]と顕徳王后《ケントクワンフ》権《クォン》氏[4]、そして魯城王后《ノソンワンフ》宋《ソン》氏[5]のお三方の神主を祀らなくてはならなかったが、その香火を供えることもなかなかできかねた。家にいれば鬱屈して心が晴れず、いつも隣に住む後の兵馬節度使の李進慶《イチンギョン》[6]の家に行って博打をしては憂さを晴らした。この李というのは判書となった浚民《ジュンミン》[7]の後孫であり、このときは堂下[8]の武弁として、毎日のように海豊と博打に興じていたのである。

ある日、海豊が突然言った。

「私は君に衷心からお願いしたいことがある。私の頼みを聞いてもらえないだろうか」

「私は君とこのように親密に付き合っている。どうして頼みを聞かないことがあろうか。どうか話してみてくれ」

海豊はため息をついて、しばらくして、言った。

「わが家は先祖代々の奉祀をするだけでなく、尊い方々の神主もまたお祀りする責務を担っている。ところが、私は今や鰥夫となって、男の跡継ぎがいない。どうして心配せずにいられよう。君でなければ、こんなことはとても言い出せないのだが、君は私の身の上を憐れんで、私を君の婿にしてもらえないだろうか」

李は勃然と顔色を変え、言った。

「君は本気なのか、冗談を言っているのか。私の娘というのはまだ十五歳だぞ。どうして五十歳にもなる男に嫁がせることができよう。今後、そんな馬鹿げたことは、絶対に言わないでくれ」

海豊が満面に羞恥の色を浮かべ、すごすごと引き下がった。以後は、ふたたびその家を訪れることもなかったが、その後、十数日が過ぎた、ある夜のこと、李兵使が眠っていると、その夢の中で、門の前の庭が騒がしくなって、遠くから先追いの声が聞こえて来る。そして、一位の官服を着た人が入って来て、言うではないか。

「王さまのお越しです。どうか門に出てお出迎えください」

李はあわてて階段を下りて、庭に伏した。すると、少年の王さまが端雅に装い、玉を垂らした王冠をかぶり、やがて歩を進めて大殿に上り、李に近くに参るように命じて、おっしゃった。

「鄭某はお前の娘と結婚をしたいと言っている。お前はどう考えるか」

李は起伏してお答えした。

「王さまのご命令をお受けしたからには、どうして背くことをいたしましょう。しかしながら、わたくしの娘はまだ笄年（十五歳）に過ぎません。鄭は三十年もの年長であり、どうして嫁がせることができましょうか」

ふたたび王さまがおっしゃった。

「年齢の老少を比較する必要はない。結婚させるがよかろう」

そうして、王さまは宮廷にお帰りになった。

李は夢から覚めたものの、まだしばらくはぼんやりとしていた。起き上がって中に入って行くと、妻もまた灯りを点して起きていて、李に尋ねた。

「夜もまだ明けませんのに、どうしてお起きになったのですか」

李が夢の中のことを語ると、その妻も言った。

「わたくしもまた同じ夢を見たのです。ほんとうに不思議なことです」

李が言った。

「これは偶然ではあるまい。さて、どうしたものか」

妻が答えた。

「夢など虚妄なもので、どうして信じることができましょう」

十日ほどが経って、李はまた夢を見た。王さまがふたたびお出ましになり、不快な表情をなさって、おっしゃった。

「先に命じたことがあったはずだ。どうしてお前はそれを実行しようとはしないのだ」

李は恐縮して申し上げた。

「謹んでご命令の通りにいたします」

夢から覚めて、また妻に話をした。

「今晩、また夢を見た。これも天の意なのであろう。もしその天の意志に背くならば、きっと大きな禍が生じよう。さて、どうしたものだろう」

妻は言った。

「たとえ夢がどのようなものであろうと、結婚などとんでもない。どうしてあんなに可愛い娘を貧しい乞食のような人に、しかも四度目の妻として嫁がせることができましょうか。これは天の定めか人の定めかを論じるまでもない。死んでも、従うことはできません」

その後、李ははなはだ恐ろしくなって、寝食もままならずに、十日余りが過ぎた。すると、夢に王さまがやって来られて、おっしゃった。

「先日の命令はただ単に天の定めたことというだけではない。鄭は福の多い人物で、お前たちにとって害はなく、益のみがある人なのだ。何度も命じたのに、どうしても拒むというのは、お前たちにはどんな道理があるのだ。まもなく、お前たちに大禍が降りかかるだろう」

李は恐れ、ひれ伏して答えた。

「謹んでご命令通りにいたします」

すると、王さまはさらにおっしゃった。

「これはお前の罪でないことは存じている。お前の妻が頑なに命令を拒んでいるのだな。その罪を償わねばならぬ」

王さまは李の妻を捉えてくるよう、お命じになった。すぐに刑具が用意され、妻も捕えられて来て、その罪が一つ一つ述べ立てられた。

「お前の夫は私の命令に従おうとしているのに、お前一人が難を言い立て、命令に従わないでいる。これはいったいどういうことだ」

そうして罰を加えることが命じられ、四、五度、杖で撃たれた。李の妻は恐ろしくなって震えながら、哀願した。

「どうして僭越にもご命令に背きなどしましょう。謹んで、ご命令の通りにいたします」

やっとのことで、刑罰は止められ、王さまは宮廷にお戻りになった。

李はおどろいて夢から覚め、中に入って行き、妻に夢の中のことを話した。妻は膝を抱えて座っていたが、その膝には果たして杖の痕が残っていた。夫と妻は大いにおどろき恐れ、議論を重ねた後、翌日には海豊のところに人を遣って呼んだ。

「最近はどうして訪ねてくださらないのか」

海豊がやって来ると、李は彼を迎えて、言った。

「君はこのあいだのことでわが家から遠ざかっているのか。私は最近、千度万度と考えてみたが、私でなければ、この世間で君の困窮を救済できる人間はおるまい。私はたとえ娘の一生を誤らせることになるとしても、断じて君の家に嫁入らせることにしようではないか。君はわが家の東床（婿）になってくれ。これはもう決めたことなので、もうつべこべ議論する必要はあるまい。四柱単子をたがいに交わす必要もなく、ここで書けば、事足りよう」

そして、一幅の紙を取り出して与えて書かせ、続いてその席で暦を広げて婚姻の日取りを決め、たがいに堅く約束を取り交わした。

翌朝、李の娘は起きると、母親に言った。

「昨晩、不思議な夢を見ました。お父さんの賭けごと仲間である鄭さんが、突然、竜になって、わたくしに、『お前は私の子どもを産め』とおっしゃるのです。そして、チマの裾を広げてみると、小さな五頭の竜がいて、チマの上にずんずんと上って来ました。それを手に取ろうとして、一頭を地面に落として首を折ってしまいましたが、ほんとうに奇妙な夢でした」

母も、それを聞いた父も、奇妙な夢だと思った。

女子は鄭氏の家に嫁いで、毎年のように出産して、男子五人を授かった。みな成長して順に科挙に及第した。長男と次男は判書となり、三男は大司諫に至った。四男と五男はともに玉堂となった。

長孫もまた海豊の生前に科挙に及第して、その婿もまた及第した。海豊は五人の息子がみな登科したことにより、職級を一階上げられ、地位は亜卿に至った。享年は九十余歳で、孫も曾孫も庭に満ちた。その福禄の盛んなこと、この世にまたとないほどのものであった。その第五男は書状官として北京に出かけての帰途、柵門を越えることなく死んで、棺となって帰って来た。このとき、海豊はまだ生きていたが、はたして夢と符合したのだった。その夫人は海豊よりも三年早く死んだ。

海豊がまだ困窮していたとき、友人の家に行ったところ、一人の術士に会った。居合わせた人びとはみな前途を尋ねたが、海豊はなにも問わなかった。主人が尋ねた。

「この人の人相術は不思議なほど当たる。どうして一度も尋ねてみないのだ」

海豊が答えた。

「私のような貧しい人間が人相を見てもらったところで、何になろうか」

人相見が海豊を見つめて、言った。

「この方はいったいどなたなのだ。今はこのように貧困の中にあるが、その福禄は限りなく、先に窮して後に通ずるとも言うべき相をしていて、五つの福が備わっている。この部屋にいる人びとでこの方に及ぶ人はいない」

その後、はたしてこのことば通りになった。海豊が最初に結婚した際、醮礼の日の晩の夢に、ある人の家に行くと、堂の上に用意されている調度は結婚式のようであったが、ただ新婦が欠けていた。目が覚めて不思議に思ったが、やがて妻の喪に遭った。再婚した晩、やはり夢を見て、家に入って行くと、同じように結婚式の用意はされていたが、今度は新婦がまだ繦《むつき》を外せない赤ん坊であった。そのときも妻の喪に遭った。三度目の結婚の晩、同じく夢を見たが、今度は繦の赤ん坊が大きくなって十歳あまりであったが、また妻の喪に遭ってしまった。そこで四度目の結婚をしたのだった。李氏の家に入って新婦を見ると、まさしく夢の中で見た女児が成長した姿であった。すべてがみな前もって定まっていたことだったのである。

李兵使の夢の中に現れて命令なさったのは端宗だったのである。

▼1【海豊・鄭孝俊】一五七七～一六六五。孝宗のときの文官。字は孝于、号は楽晩、本貫は海州。若いころから才能があり、詩声が高く、特に駢儷文が得意だったが、長く科挙に及第せず、遅く司馬に合格した。李爾瞻に反対して、危険を感じて北関に避難した。仁祖反正の後、登用されて海豊君に封じられ、息子五人が科挙に及第したので、特進して知敦寧府事となった。

▼2【寧陽尉】鄭悰《チョンジョン》。?～一四六一。文宗には端宗と敬恵公主の二人の子がいて、鄭悰は敬恵公主の夫となった。端宗が即位すると、刑曹判書となり信任されたが、一四五五年、端宗が廃され、首陽大君（世祖）が即位すると、流された。一四六一年、僧侶の性坦とともに謀叛を謀ったとして陵遅処斬（殺した後、頭、胴体、手足を切断する極刑）となった。官婢となっていた敬恵公主が男子を産むと、世祖妃の貞熹王后が引き取って育て、世祖は彼を眉寿と名付けた。

▼3【魯陵（端宗）】一四四一～一四五七。朝鮮六代の王の李弘暐（在位一四五二～一四五五）。文宗の子。八歳で王世孫、十歳で世子となり、十二歳で文宗が死ぬと、王位に就いた。しかし、十五歳で、叔父の首陽大君に王位を奪われて魯山君になり、さらには庶人に落とされ、その後、殺された。

▼4【顕徳王后権氏】一四一八～一四四一。花山府院君・専の娘。一四三七年、世子（後の文宗）嬪に冊封され、端宗と敬恵公主を産んだが、四年の後には死んだ。文宗が即位して後、王后に追冊された。

▼5【魯城王后宋氏】端宗の妃であった宋玹寿の娘。一四四〇～一五二〇。一四五四年、王妃に冊封、一四五五年には懿徳王后となったが、一四五七年には夫の端宗が殺され、父親の玹寿も殺され、自身も夫人に降格されたが、その後、六十余年も生きた。

▼6【李進慶】この話にある以上のことは未詳。ただし、兵馬節度使にまでなった人物は歴史に残っているはずで、あるいは李真卿か。『朝鮮実録』仁祖六年（一六二八）七月丙寅に、司憲府から、西辺の防御は重要で、黄海道の二つの鎮は尋常の人が当たることのできる任務ではない。新たに黄海道兵馬使に任じられた李真卿はいまだ経験が不足で応変の才に欠けている、よって換えるべきだという議論が出ている。

▼7【浚民】李俊民か。李俊民は一五二四～一五九〇。字は子修、号は新菴、本貫は全義。一五四九年、文科に及第、一五五六年には重試に合格して、内外の職を歴任した。一五八七年、左賛成に至り、党派争いを調停しようと言う李珥に敬服していた。私心なく清廉潔白に過ごし、詩文に抜きん出ていたという。

▼8【堂下】昇殿を許されない五品以下の官員。日本では地下人は六位以下だから、やや違う。

第二二話……主人の敵を討った忠婢

校理の錦湖《クムホ》・林亨秀《イムヒョンス》▼1は若いころ、はなはだ磊落で気概に富み、豪放不羈であった。よく馬に乗って弓を射、読書を好んで文章に長けていた。あるとき、科挙を受けるために二人の友人たちとともにソウルに上った。その途中で白い簾をかけた輿に出会い、たがいに後になり先になりして、進んで行った。輿の後ろには一人の童婢がついていたが、編んだ髪の毛が膝に届くほどに長く、容色がはなはだ美しい。冉冉《ぜんぜん》と歩く姿も振る舞いもまことに端雅である。その童婢が前に出ると、錦湖を振り返る。一馬場[2]を過ぎたところで、また振り返る。二人の友人はからかいながら、

「錦湖が特に美男だというわけではないのに、あの童婢は振り返っては、錦湖だけを見ている。いったいどういうことだ」

と言うと、錦湖も、

「私にもわかるわけがないじゃないか」

と答えた。

こうしてしばらく歩き、ある村落にたどり着くと、その輿は辻を曲がって集落の中に入って行った。錦湖は同行の友人たちに向かって、

「君たちは先に行って、旅宿で私を待っていて欲しい。私は明日の朝には君たちに追いつくことにする」

と言った。二人は一方では笑い、また一方では罵って言った。

「士大夫が科挙を受けに行くのに、一人の女子に惑わされるとは何ごとだ。しかも、途中で寄り道をして友人たちを捨てるなど、こんなことが許されようか」

錦湖は笑うだけで、これには答えず、奴子をうながし、追いかけていった。集落の中に入って行くと、大きな構えの家で、門の中に入って、馬を下り、馬を廊の柱につないで、階段を上って堂に上がった。部屋の扉は閉じていたが、それを開けて入った。埃に埋もれた部屋の中に座っていると、あの童婢がやって来た。一方の手には座布団を持ち、一方の手には灯りを持って、奥から出て来て、行廊に座布団を敷き、灯りを前において、錦湖に入って来るように言った。錦湖は笑いながら言った。

「お前はどうして私が必ず自分について来るだろうと思ったのだ」

すると、童婢は笑いながら言った。

「わたくしは三度あなたを振り返って、あなたがついて来ないわけがないと確信しました。今は煙草でも吸って、お待ちください。夕食を準備して持って来ます」

夕食後、食器を洗って納めた後、ふたたび出て来て、部屋の隅に座って、よよと泣き出した。錦湖が怪訝に思って問い質すと、童婢は泣くのを止めて、語り出した。

「この家は傾きかけていますが、主人は某年に某宅の女子を娶りました。ある日、この女子が外出し、その帰路のこと、にわかに風が吹いて、輿の簾を巻き上げました。それを路上で見た一人の僧が、女子のあまりの美しさに

心を奪われ、淫らな欲望を抱いたのです。輿の後をつけて来た僧は、強引に女子を犯したのです。女子はついに旦那さまを殺して、その後というもの、頻繁にこの僧を家に呼び入れては淫行に耽っています。わたくしは悲憤に堪えず、旦那さまの恨みを晴らそうと思いながらも、非力な女子としてどうしていいかわからず、誰か胆力のある男子の力を借りて、敵討ちの挙に出ようと考えていました。しかし、周囲には適当な男子もいず、密かに良弓強矢の男子が現れるのを待ち続けていたのです」

錦湖が、

「三人の男子がいて、どうして私だけがあなたの眼鏡にかなったのだろうか」

と尋ねると、童婢は、

「あなたの容貌を見ると、壮健この上なく、この事をかならず成し遂げられようと確信したからです」

と答えた。錦湖が、

「その僧は今どうしているのか」

と尋ねると、童婢は、

「今は奥の部屋にいて、女子と戯れている最中です」

と答えた、錦湖は矢を弓につがえ、童婢に先に立って案内するように言い、中に入っていった。暗い場所に身を潜めて部屋の中の様子をうかがうと、灯りを点して、まさに事の最中である。僧は衣をはだけて胸を露にし、踞った女を後ろから攻め立てている。錦湖は弓を振り絞って力一杯に僧を射た。矢は僧の胸板を貫き、僧は大声を挙げて、どっと倒れた。さらに女も射殺そうとすると、童婢はこれを押しとどめて、

「あの女子の行ないは憎むべきですが、わたくしには主人筋に当たります。あえて殺すに忍びません。みずから死ぬのに任せ、放っておきましょう」

錦湖は女子を殺すのをやめ、童婢とともに部屋から出た。童婢が錦湖に言った。

「わたくしはあなたについて行きたいと思います。妾にでも婢女にでもなさってください。お言い付けに従います」

急いで服装を整え、門外に出て、婢女とともに馬に乗って、その家を去ったが、半里ほど行ったところで、婢女が言った。

「忘れて来たことがあります。しばらく待っていてください」

馬を下りて駆けてもどり、錦湖は馬を留めて待った。すると、その家の方角から火が上がっている。赤々と燃えて、天をも焦がす勢いである。しばらくすると、婢女が戻って来て、いっしょに行った。旅宿の前で同行したソンビたちが迎え、女子を連れて来たのを見て責め立てた。

「科挙を受けるためにソウルに上るのに、なんと、君は女子と同行するのか。こんな不埒な所行があっていいものか」

　錦湖は笑うだけで、これには答えなかった。童婢を連れてソウルに上り、旅宿にこれを置いて、筆記用具をととのえ、科挙を受けたが、見事に壮元で及第した。遊街を行なって三日後には、その女とともに故郷に帰った。妻に会って事情を説明すると、妻はそれを聞いて感心し、またその童婢の人物を見ると、卑賤の女子とは思えない。妾として家に置くことを快く許した。その童婢の人となりは温和かつ恭遜な上、はなはだ聡明であった。夫人もこれを愛して、ともに和楽して、一生を終えた。

▼1【林亨秀】一五〇四～一五四七。字は士遂、号は錦湖。本貫は平沢。文章にたくみで、矢をよく射て、風采も優れていた。一五三五年、文科に及第して、史局に入った。会寧判官として胡人たちを鎮撫して帰り、舎人・典翰となったが、済州島に左遷となり、一五四七年、良才駅で壁書事件が起こり、賜死となった。薬では死にきれず、首を刺して死んだという。
　実はこの話は『渓西野譚』にもあり、そちらでは林亨秀の話ではなく、鄭蘊《チョンオン》の話になっている。【鄭蘊】一五六九～一六四二。仁祖のときの名臣。字は輝遠、号は桐渓、諡号は文簡。一六一〇年、文科に丙科で及第して、司諫院正言のとき、永昌大君《ヨンチャンテグン》の殺害に対して上疏して、鄭沆《チョンハン》を斬首することを主張した。これによって十年間の流罪生活を送った。仁祖反正の後にふたたび官界に復帰したが、一六三六年の胡乱の際、南漢山城での和議に対して反対して、翌年の正月に和議が成立すると、割腹自殺をはかったが、そこでの死が国運に益さないと判断して、徳裕山に行って死んだ。吏曹判書を追贈された。

▼2【一馬場】十里に当るが、十朝鮮里が日本の一里に当るから、約四キロになる。

第二一三話……平安道観察使の前身

　むかし、一人の重臣がいた。子どものときから、いつもその誕生日の夜には同じ夢を見た。その夢の中では、どこかわからないものの、いつも同じ家に行く。すると、白髪の年老いた夫婦が沐浴して、新しい衣服に着替えて待ち迎えるのであった。卓の上には豊富に料理を盛り、椅子を並べて、まるで祭祀を行なっているかのようである。自分自身はその口只の椅子に座って、飽くほどに飲み食いをしている。老夫婦は夜も半ばになると、慟哭して、机の下に突っ伏すのである。毎年、同じ夢を見て、夢に過ぎないとは思うものの、いつも同じ夢であったから、町並みや、家の大小や、周囲の塀や、樹木の茂り具合や、門戸の向き方や、居間の広さや、階段の傾斜や、すべてがはっきりと記憶に残っているのである。それを人に語ることは控えていたものの、心の中ではいつも不思議に思っていた。

しばらくして、平安道観察使となって赴任する日、監営に到着する前に、たまたま街の様子を見ると、見慣れた街のように思われる。はたと、毎年、夢の中で見てきた場所と寸毫も違わないのに気づいた。観察使は不思議に思って、お付きの人びとを路上に留めて、ただ一人で街並みの中に入って行った。はたして一つの家がある。まさしく夢の中で見ていた家である。その家の中に入って行くと、この地方の工房で作った障子や屏風が並べられ、料理が用意されている。近所の人びとは観察使のお出ましに驚いて、遠巻きにしているが、老夫婦はそのわけも知らずに、宴の用意に奔走して余念がない。観察使が堂の上に座って、老人夫婦を呼ぶと、老夫婦は恐れ畏まって、庭にひれ伏した。観察使がこれを堂上に上がらせて、よく見ると、いつも夢の中で慟哭していた人びとである。観察使が、

「年はいくつか。子どもや孫はいるのか」

と尋ねると、翁が、

「子どもが一人おりましたが、若死にして久しくなります」

と答えた。

「何歳で死んだのだ」

と尋ねると、

「十五歳で死にました」

と答えて、さらに続けた。

「親から言うのも何ですが、その子は本当に賢くて、聡明さは群を抜いていました。普通の仕事に埋没させるのが惜しいと思い、書堂に送って学問をさせましたが、一度見ればすべてを記憶して、文理も日々に進んで、郷中の上下の人びとで称賛しない人はいませんでした。ところが、ある日のこと、平安道観察使が赴任されたので、その一行を見に大路に出たところ、子どもはため息をついて、

『大丈夫として生まれたからには平安道観察使となるべきだ』

と言ったかと思うと、その日から病づき、しだいに容態は悪くなって、某年の某月の某日に死んでしまったのです。わたくしどもはこれを悼んで、毎年のこの日には料理を調えて祭っているのです」

観察使が聞くと、その子どもの亡くなった年月日は、自分の誕生日に他ならなかった。観察使は大いに不思議に思い、

「監営に落ち着いたら、あなた方を招待することにしよ

う。どうぞいらっしゃるように」

と言った。そして、三日後には、老夫婦を監営に招いて、手厚くもてなして、これまで見続けて来た夢のことを語った。観察使は一軒の家を監営の近くに買って老夫婦を住まわせ、さらには田畑も与えて生計を立てさせた。また老夫婦には子どもがいないのを慮って、祭祀のための田畑も与え、監営に耕作させることにして、老夫婦が亡くなった後の祭祀を絶やさせないようにした。これらをみずからの手で処理して、その後は夢を見ないようになった。

第二一四話……倭賊は二度と漢江を渡ることはない

僉知《チョムチ》（第六二話注1参照）の金潤身《キムユンシン》▼1は占い師の南師古《ナムサコ》▼2と仲が良かった。いつも南家に行くと、麻の衣を着た老人がいて、椅子に座って師古と議論を交わしていた。老人が言った。

「青い衣服と木靴でもって国家のことは知れよう」

師古はやや久しく考えて、

「その通りだ」

と言った。老人が続けて、

「しばらくすると、兵禍が起こって、王さまはソウルを離れて避難しなければなるまい。西の辺境に至って後に、やっとソウルを回復することができるだろう」

と言うと、師古はまた考え込んで、

「どうもそのようだ」

と答えると、老人は、

「二度と漢江を渡ることはあるまい」

と言った。師古は、

「それも、その通りだろう」

と答えた。金潤身はかたわらでそのやり取りを聞いていたものの、その意味を理解することができなかった。しかし、しばらくすると、青い衣服と木の靴が世間に流行るようになった。古来、わが国には木の靴などなかった。壬辰の年（一五九二年）の前ごろに、上下を問わず木の靴を履くようになったのである。箕子《キチャ》（第七七話注3参照）が白衣を着てわが国にやって来て、朝鮮ではみなが白衣を着た。それが壬辰の年の前に白衣が禁じられ、青い衣服を着用するようになったのである。壬辰の年の夏に、倭人たちがわが国の深くまで侵入して来て、宣祖大王《ソンジョテワン》▼3はソウルを捨てて輦《てぐるま》（天子が乗り人が牽く車）を湾上に留め、国土が平定するに及んで、ソウルにお帰りになった。麻衣の老人の予言は当たったのである。

丁酉の年（一五九七年）に、ふたたび倭寇があった。

倭人たちが太鼓を撃ちながら北上したので、ソウルは大いに振動した。当時、経理の楊鎬▼4がわが国にいて、宣祖大王は楊鎬とともに南大門の上に上って、朝臣とともに対策を練られた。潤身はそのとき蔭仕の微官に過ぎなかったから、その議論の末席にいて、うとうととしていた。そのうつつか夢かの状態で、潤身は急に、

「二度と漢江を渡ることはない」

と、大声で叫んだ。朝臣たちはみな驚き、王さまも驚いて、

「これはいったい誰の声だ」

とおっしゃって、潤身を呼んで、椅子の前に来させて、

「お前は今、二度と漢江を渡ることはないと叫んだが、それはいったいどういうことだ」

とお尋ねになった。そこで、潤身はかつて聞いた麻衣の老人の話をいちいち詳細に王さまに申し上げた。そして、

「その老人のことばはこれまでのところ、すべて当たっているようです。二度と漢江を渡ることはないというのも、きっとその通りになりましょう」

と加えた。王さまはこれを聞いて、

「まことに喜ばしい知らせだ」

とおっしゃって、潤身に褒美を与えて僉知の職に任じられた。それから時を置かずに、楊鎬が送った麻貴将軍▼5旗下の鉄騎兵が忠清道稷山の素沙坪において倭賊を撃破したのであった。その後さらに嶺南の海辺まで追撃して、倭賊が「二度と漢江を渡ることはない」というのは、その通りになったのであった。

▼1【金潤身】生没年未詳。朝鮮中期の文臣。字は徳叟、号は槐堂。一四七六年、別試文科に丙科で及第した。一四九〇年には通政大夫として持平となり、翌年には平安道都事となったが、病気で転職となった。一四九九年には安平府事となりよく治めたので加資を受けた。

▼2【南師古】李朝中期の予言者。本貫は宜寧。風水・天文・卜書・相法に精通して、予言がいつも当たったという。一五六四年、明年には泰山を奉ずるようになると言ったが、その予言通り、文定王后が死んで、泰陵で葬事を行なった。明宗末年にはすでに、一五七五年の東人と西人の党派の分裂、一五九二年の壬辰倭乱を予言していたとされる。晩年には天文教授となった。

▼3【湾上】竜湾のこと。現平安北道義州であり。壬辰の倭乱の際には宣祖はこの地まで難を避けた。

▼4【楊鎬】明の将軍。官職は僉知都御史。一五九七年の丁酉再乱のとき、経理朝鮮軍務として、総督の刑玠、総兵の麻貴、副総兵の楊元などとともに明兵を率いて参戦。ソウルに留まっていたが、蔚山の島山城の日本軍を討とうとして失敗、罷免された。

▼5【麻貴将軍】明の将軍。一五九七年、丁酉再乱の際に朝鮮救援軍の提督としてソウルにやって来た。権慄の率いる朝

鮮軍と連合して蔚山の島山城を攻めたが、黒田長政に敗れた。一五九八年、再度、東路を担当して東萊にまで進撃した。

第二一五話……三人の死体を葬ってやった陰徳

嶺南に一人の武弁がいた。若くして登科したものの、官職を得られなかった。家はまずまず豊かであったから、田舎にいて手を拱いていては、どうして官職を得ることができようかと考えて、毎年のように仕官のためにソウルに出た。衣服を整え、肥えた馬に乗り、また駄馬には多くの財物を積んで出かけたのであった。勢家に近づき、権門と交わるつもりだったのが、奸邪な輩につかまり、不良の民にだまされて、空約束を信じ込んでは無駄に金品をつぎ込み、かすめ取られる。そんなことが重なって、一年、二年、次第に家は傾いていった。田畑を売り払っては金の工面をするようになり、四年、五年、すっかり狼狽して帰郷して、もう仕官の道は断念して、農業に専念しようと考えた。しかし、家族はこれをなじり、郷里の人たちもこれを責めた。

「無駄に千金をはたいて一つの官職も得られないとはな」

嘲弄と誹謗に堪えきれず、武弁は一方では羞恥し、また一方では痛憤して、残っていた田畑をすべて売り払って百貫の銭に換え、それを馬に乗せてソウルに上った。官職を得るための方策を考えながら、心の中では、

「今回こそ仕官できなければ、たとえソウルの旅宿で年老いて死んだとしても、けっして故郷には帰るまい」

と誓いをみずから立てた。忠清道の境に至ると、日が暮れかかり、まだ旅宿のあるところまでは遠い。一片の黒雲が生じたかと思うと、それが見る見る上天に広がり、急に大雨が降り出した。雷が鳴って稲妻が走る。これは困ったと思っていると、樹木のあいだに民家が見える。急いで馬を駆けて行き、直に舎廊に入って行った。主人に会って挨拶を交わし、宿泊させて欲しいと請うと、主人は承諾してくれた。濡れた衣服を乾かし、行李に収めた後、夕飯を食べて、主人とともに四方山話に耽って、夜が耽るのにも気づかなかった。すると、どこからか婦人の泣き声が聞こえてくる。はなはだ凄絶としていて、それを耳にしておどろき、武弁が、

「あれはいったい誰の泣き声でしょうか」

と尋ねると、主人が言った。

「ここから馬場を隔てて、数年前に両班の一家が引っ越して来ました。老人夫婦と未婚の一男一女の家族ですが、家がはなはだ貧しくて、雇われ仕事をして、その賃金で生活をしていたのです。ところが、数日前、老夫婦がと

もに死に、息子もまた死んでしまい、ただ女子一人が残されたのです。親族と言えるものはなく、家産もなにもなく、三人の遺体をまだ納めることもできない。その女子がひたすら哭泣しているのです」

武弁はそれを聞いて気の毒に思い、夜が明けるのを待って、みずからその家を訪ねて行った。寂然として人跡がなく、ただ女子一人がいて、

「このように困窮した家にどなたがいらっしゃったのでしょう」

と言いながら、中から出て来て応対した。武弁がその女子を見ると、飢餓困窮の上に不孝が重なり、ぼさぼさの髪に顔は垢染み、着ている衣服は身体をおおわないほどだが、天生の資質が秀麗で閑雅であることが現れている。その委細曲折を聞き終えると、自分の行李の中から金を出して、ついて来ている奴に布や棺を買いに行かせて調え、遺体に斂衣を着せて棺に納め、その家の裏山に埋葬した。そして、女子に尋ねた。

「あなたには、姓の異同はともかく、親戚と言えるものがどこかにいないのか」

するると、女子は答えた。

「わたくしの外戚の某姓の某という人が某郷の某坊に住んでいますが、女子が単身で行って身を寄せるわけにも行きません。今、幸いにもあなたの恩徳によって、父母と兄を埋葬することができました。この上は思い残すこともなく、さらに何を望みましょうか。ただ死ぬだけのこと、ほかに道はありません」

武弁は言った。

「そんなことではいけない。私が馬と輿とを借りて、その家までお伴をしよう。遠慮せずともいい」

奴に馬と輿とその他の旅の道具を買い調えさせ、女子は輿に乗せて、自分はその伴をして、某郷の某坊の家を訪ねた。これまでの曲折をくわしく話して、女子をその家に託した。残った金を調べてみると、十貫余りしかない。そこで、馬を売って五、六十両に換え、徒歩跋渉してソウルに上った。旅宿に泊まって、以前に知り合った人びとを訪ねたが、そのみすぼらしい身なりを見ると、みな手のひらを返したように冷淡かつ無情で、いったい誰が力を尽くして官職を周旋してくれようか。弓矢も巧みではなく、取り立てて才能があるわけでもなく、また容貌も優れない。擬望(第七四話注1参照)があっても推薦される望みは万に一つもない。ただ、陳情する人びととともに兵曹判書の家に行くことは行った。その年はそうし、その翌年もそうして、虚しくまた五、六年が過ぎたが、状況はまったく好転しない。旅費はまったく尽きてしまった。食事こそ多年の主客のよしみでもってしばらく口を糊することができたが、衣服に至ってはもうぼ

ろぼろである。ソウルを去ろうと思うが、故郷に帰る面目もなく、また旅費とて工面が着かない。まさに二階に上がって梯子を外されたとはこのことで、進退ここに谷まり、方策が尽きてしまった。

最後の最後にもう一度だけ、兵曹判書の家にいって窮状を訴えようとしたが、兵曹判書はたまたま事故があって、客には会わないという。兵曹判書の父親の同知公が八十歳を過ぎて気力も旺盛で、後ろの離れに住んでいると聞いていた。武弁には他に手立ても思いつかなかったので、この老人となんとか面会したいと思った。と言って、門はかたく閉ざしてあり、人の往来もなく、一日中さまよっても、どうしようもなかった。ようやく日が暮れて、人影もない。新しく築いた垣根があったが、さほど高くはなく、こうなっては思い切るしかないと考えて、勢いよく垣根を飛び越えた。暗くはあったが、まちがいなく、舎廊房であり、部屋の中には灯りが点っている。寂として人がいないようである。しばらくして門を開いて人が出て来た。夜も更けて三更ごろで、月が庭を照らすので、武弁は物陰に潜んで、様子をうかがった。

すると、白髪頭の顔色のいい老人が杖を付きながら出て来て、庭を徘徊している。武弁はこれこそ同知公にちがいないと思い、前に進み出て地面に突っ伏した。老人は不意をつかれて驚いたようで、

「お前はいったい何ものだ。どうしてここに忍び込んで来たのだ。きっと盗賊にちがいあるまい」

と言ったが、武弁は偽ろうとも思わない。ありのままに語った。

「わたくしは全羅道の某邑の某と申す者。及第してもう何年にもなるのに、いまだ禄にありつかず、ソウルと故郷を行き来しながら、家産を蕩尽してしまいました。親を捨て故郷を離れて、年月を過ごし、いくら努力しても意を得る事ができない。きりをつけて帰ろうと思っても、路銀もなく、乞食の真似をしながら、旅宿の恩にすがっていましたが、伝え聞くところ、兵曹判書は大任に就いて、公道を明らかにするために、沈滞呻吟する者を救い取ろうとされているとか。そこで、わたくしも陳情をしようとやって来たのです。しかるに門はかたく閉ざされ、刺を通じようにも手立てがなく、さまよい歩きながら日を重ねました。情勢が逼迫して、ついつい万死の計をもって垣根を飛び越えて、ここに入って来たのです。まさに死罪を犯しました。死罪を犯しました。わたくしを殺すも生かすも、意のままになさってください」

その老人は唖然として笑い出し、

「君は私の息子に会いに来たのだな。それは生憎だった。今夜はもう遅いから、帰るのも大変だろう。私についてくるがよい」

と言った。武弁は言われるままに部屋の中についていった。

爾来、老人は寝付けず、夜をどう過ごしていいかわからないものである。人が寝静まって、一人無聊を託っていたおりもおり、思いのほかにこの武弁に出会い、その来歴や班閥を尋ねて、話は尽きなかった。肴をつついて酒を飲み交わしていると、夜も白々と明け出した。そろそろお暇しなければと言い、たびたびおうかがいしたいとは思うものの、出入りははなはだ難しく、思うようにはならないと言うと、老人は、

「出て行かずともいいではないか。ここは離れで、一日中、誰も来はしない。私も寂寥に堪えかねていたところだ。このコンノンバンにしばらく逗留して、気晴らしをするがよい」

と言った。武弁は願ったりかなったりであったが、いささか困惑するふりをした。老人がしきりに勧めるので、武弁はそこに宿泊し、そこで食事をして、博打をして、将棋をして過ごした。兵曹判書がやって来ると、コンノンバンに姿を隠し、昼も夜も側にいて、四方山話をした。ある日、老人が、

「君はソウルと故郷とを往来して、きっといろいろな経験をしたであろう。また見たり聞いたりしたことも数多いにちがいない。それを話してはくれまいか」

と言った。武弁は科挙に及第して以来、官職を求めるために田畑を売ったことなどを一々に話し、また道中で三人の遺体を葬り、一人の処女を救った顚末を話した。老人はその話を興味深そうに聞いて、それ以来、朝夕の食事の際には以前に倍して優遇するふしが見られた。

ある日、兵曹判書がやって来ると、武弁を引き合わせた。思いのほかのことである。兵曹判書もまた三人の遺体を葬ったことについて根掘り葉掘りに尋ね、そして武弁に言った。

「近日、私には不都合があって、人を応接することができず、刺を通じられてもそれを納めることはなかなかできない。武弁が門庭に侍って心懐を述べようとしても、それを聞くことができるかどうか覚束ない。これ以後、あなたは旧知の間柄として平服のまま奥に通られるがよい」

武弁は

「恐縮至極です」

と答えるばかりであった。

その後、数日して、老人が武弁に、

「私について来るがよい」

と言った。石の階段を上ってついて行くと、一つの部屋があり、そこに座らされた。武弁にはいったいどうしたのかわからず、気もそぞろで落ち着かなかったが、婢女

がやって来て扉を開き、

「奥さまがいらっしゃいました」

と言った。武弁はいっそう驚き、慌てふためいて身を起こし、逡巡した後、逃げ出したいと思ったが、老人が、

「おどろかなくともいい。落ち着いて座っていなさい」

とたしなめた。武弁はますます困惑して、逃げ去りたいと思ったものの、それもできず、手を拱いて、首を傾げていると、盛装した婦人が扉を開けて入って来て、武弁の正面に来て拝礼を行なった。武弁は恐縮して、どうしていいかわからない。あわてて立ち上がって答拝したが、眼を伏せて仰ぎ見ることがなかなかできないでいる。婦人が言った。

「あなたはわたくしがおわかりになりませんか。あなたは某年の某郡でのことを覚えておられませんか。あのとき、あなたの大恩をこうむって、父母と兄の身体を葬ることができました。わたくしの身の上まで考えてくださって、そのご恩は生々に肝に銘じて忘れることはありませんでしたが、年も若く、知恵が回らないままに、その姓名も住所もお聞きしませんでした。恩に報いたいとは思いながらも、姓名も住所もわからず、その手立てがなかったのですが、何という天佑神助でしょうか。この機会に巡り会い、この奇遇によって、ご恩に報いる機会を得たのです。これで、死んでも瞑目することができます」

武弁はこれを聞いて、やっと理解した。この夫人は某郡のあの処女だったのである。けだし、兵曹判書が妻を亡くし、湖南のある邑の女子を娶ったが、それがこの処女だったのである。嫁いで来て、いつもその恩を受けた人のことを話していたが、その人の名前も住所も知らず、恩を報いようにもその手立てがないのを恨みにしていたのだった。同知公も兵曹判書もその話を聞いて、その人の高い節義に感心していたが、武弁の話と一々に符合する。ついにそれを夫人に伝えたので、夫人はこうして出て来て拝礼して、恩人に応対することができたのであった。それ以来というもの、兵曹判書は衣服や食糧を豊富に与え、一軒の家を自宅の隣に買い与えた。家の者たちを湖南から呼び寄せるように言い、奴婢たちも分けてやって家産を起こさせた。また、武弁を推薦して宣伝官にしたが、兵曹判書は遭う人ごとに武弁のことを推奨したので、朝廷の宰相たちみなが嗟嘆して、次々に官位を昇って、ついには亜将（第一四九話注5参照）となった。

第二一六話……墓石を立てる

尹氏夫人というのは参判の兪漢蕭《ユハンソ》[1]の孫女である。尹氏

に嫁いで間もなく寡婦になってしまった。まだ十八歳である。その家には兄弟もなく、従兄弟たちもいない。たただ一人になってしまった。ある日、忽然と悟った。

「この家の墓には二代にわたって墓石がなく、家のことを差配する人もいない。わたくしがもし急死でもしたら、この家はまったく廃れてしまう。わたくしは死んで眼を閉じることもできない」

しかし、家産は衰退してしまい、手の施しようもない。そこで、意を決して裁縫と紡績の賃仕事に孜々として励んだ。四十年ものあいだ、銭を貯めて紐で貫いて緡銭とし、その緡銭が百になり、さらに貯まって千金になった。やっとのことで、墓石についてことを進めるまでに至ったものの、しかし、主幹してくれる人がいない。そのことを思い悩んでいると、内従甥で役人をしている金某がやって来たので、夫人はこのことについて相談した。金某が、

「文章とそれを清書したものはあるのですか」

と尋ねると、夫人は、

「それは揃えてあります。文章は某邑の某ソンビが作り、書については族叔の某が書いて、それを用意してすでに何年にもなります。しかし、わたくしには子どももいず、したがって孫もいません。このことを託すにも人がいずに、それを恨みにしていました。あなたの家の門下にはきっと人もいることでしょう。わたくしのためにこのことを成就してくれないでしょうか」

と言った。金某はその真心に感嘆して、

「あなたの真心には感心しました。力を惜しまずお手伝いしましょう。わが家には主簿をしている某という人物がいます。このようなことに長けていて、人のために篤実に働きます。この人に仕事をさせれば、わたくしがするのといささかも違わずに成し遂げてくれるはずです」

と言った。夫人は、

「それはよかった。わたくしのためにその人にお願いしていただけませんか」

と言った。金某は家に帰って、すぐにその人を家に呼んだ。数盃の酒を酌み交わしながら、

「緊急のことがあって、君に是非にお願いしたいことがある。君は聞いてくれるだろうか」

と言うと、その人は、

「もちろんお聞きします。どうして逃げたりいたしましょう」

と言った。そこで、金某は頼み込んだ。

「私には早く寡婦になった外従姉がいる。参判の兪漢蕭の孫に当たる。その嫁いだ先の家ははなはだ貧しく、先祖の墓を修理して、また墓石を立てることもできなかった。しかも、子孫にこれに当たる人物すらいない。夫人

はそれを恨みとして、裁縫や紡績でお金を貯めて経営し、その方の準備は十分に終えたのだが、その仕事に当たる人物を得ないのを嘆いて、私に訴えた。私は夫人の真心に感心して、そこで、君にねんごろにお願いしたいのだ。君はいつも私の頼んだ仕事をよく成し遂げてくれる。夫人のために一つ働いてはくれまいか」

その人は聞き終えると、歔唏し始め、涙が頬を濡らした。金某が怪しんで、どうしたのかと尋ねると、その人は涙を収めた後に語り出した。

「わたくしの家は兪氏の家には忘れてはならないご恩を蒙っているのです。兪参判が咸鏡道観察使でいらっしゃったとき、わたくしの先親はその幕下にいました。先親はにわかに伝染病にかかってしまい、再起はできませんでしたが、病気にかかった当初から、観察使は自分に感染するのを忌避せず、頻繁に見舞っては薬餌の世話をしてくださいました。先親はついに死んでしまいましたが、襲斂のための衣や衾のこと、入棺のこと、すべてみずから差配してくださったと言います。その結果、みずからもこの病に感染して、お亡くなりになりました。こんな恩人が天下にまたといるでしょうか。幽明の境を異にしても、心肝に銘じて、兪氏の家のためなら、万分の一でもそのご恩に報いたいとかかねがね考えていたのです。しかし、兪氏の子孫は零落して、どこにいるのか知れず、今、あなたのお話をうかがって、悲しみを新たにして、不覚にも涙を流してしまったのです。このお宅のことについては、たとえ水火に当たるとも、もとより避けるつもりはなく、いわんや、このような些少のことをどうして厭うことがありましょうか」

金某が言った。

「ことがこのように輻輳しているのは、ただの偶然ではあるまい。わが従姉もやっとのことで平生の願いをかなえることができ、君もまた先親の恩を報ずることができる。これは天のしからしむるところであろう。君はすぐにその家に行き、私のことを言って、従姉に通じ、君の父親が観察使のお世話になったことも詳しく伝えるがよい。そして、墓のことは力を尽くしてお世話して、ことを成し遂げて来て欲しい」

その人は承諾して、早速、その家に行った。寡婦に見えて、先親の受けた恩を忘れたことがなかったことを言い、さらに金某の依頼について伝えた。寡婦はこれを聞いて欣然として、

「こんな奇縁があるのですね。やはり天の思し召しでしょう」

と言い、墓石のことをすべてこの人に任せた。この人も、一つには報恩の思いから、また一つには寡婦の真心に感銘して、自分のことのように、馬や旅費などは自腹を切

って、しばらく居続けて、仕事に当たった。最初から終わりまで、ずっと監督を怠らず、

「この夫人が何もないところから家産を起こして、墓石を立てようとなさっている。この真心には誰も感動するであろう。お前たちもその真心に心を打たれたなら、精一杯、見事な墓石を立てて欲しい。もし相互扶助の心をもっているなら、工費は折半するがよかろう」

と言った。工匠たちもみな感銘を受けて、

「おっしゃる通りです。わたくしどももこんな立派な奥さまの家の仕事で、どうして値の多寡を言いましょう」

と言って、諸般の工費は半分になった。ついに石碑を二つの墓に立て、床石を三つの墓に敷いた。夫人が言った。

「五十年の悲願が今日初めてかなえられた。これで、死んで眼を閉じることができる」

その後、幾年かして、孫が成長して科挙に及第した。すなわち、兪鎮五[2]である。夫人はそのころはまだ元気で、その栄華を目にすることができた。これもまた夫人の真心に天が感動したからこそ、吉慶を味わわせたのであろう。

▼1【兪漢蕭】『朝鮮実録』英祖四十五年（一七六九）十月庚申に、咸鏡監司・兪漢粛が病で卒し、王はこれを聞いて嗟惜し、みずから祭文をつくって使いを送り、祭祀を行なわせた旨の記事がある。

▼2【兪鎮五】『朝鮮実録』憲宗八年（一八四二）八月癸巳に全羅右道暗行御史の趙亀夏が書啓した中に茂長前県監・兪鎮五の名前があり、また哲宗十年（一八五九）四月丁未に、兪鎮五を吏曹参議となすという記事がある。

第二一七話……童奴の占った縁起のいい墓

むかし、あるソンビがいた。親しくしている友人に風水に精通している人がいた。その友人は貧しくて、生活の資をソンビに多年のあいだ頼ってもいた。ソンビが病気にかかって、すでに臨終のときに、子どもたちに、

「私が死んだら、友人の某に会い、葬地の山を探してもらうことにしろ。きっと私のために吉地を占い、探してくれるだろう」

と言い終えて、こと切れた。成服の後、兄弟三人は相談して、

「父親の遺言はあのようであった。某のところに行って頼むことにしよう」

ということになった。まず長兄が鞍をつけた馬も連れて某の家に行き、父親の遺言を伝えて、山を占って欲しいと言った。すると、某は平生のソンビとの交友を言い、

「たとえ君が来なかったとしても、すでに君の父親のゾンビが亡くなったと聞いて、どうして葬地を占わないでいられよう。しかし、今日は都合が悪く、出発することができない。明日、そちらの家に行くことにしよう」

と言った。長兄はそのことばを信じ、その日は家に帰った。翌日、朝から準備をして待っていたが、夕方になっても来ない。そこで、その翌日、今度は弟が馬を連れて行ったが、某のことばは先日と同じで、今日は行けないが、明日はかならず行こうと言う。仕方がなく、弟はそのまま帰ったが、某はその翌日もまた来なかった。今度は、末弟が訪ねて行ったが、返事は前の二回と同じで、そしてまた、約束はすっぽかして来なかった。

兄弟三人は憤慨してののしり、

「あの者の骨は自分の父親から譲り受けたものであるにしても、あの者の肉はわが家のお蔭でついているものではないか。天下にこのような信もなく義もない者がいていいものであろうか。もう我慢がならない。他の地師に頼むしかあるまい」

と言い合った。そのとき、家には一人の童奴がいて、年のころなら十五、六といったところ、まったく阿呆な上、怠け者であった。仕事は任せられず、朝夕に主人の残したものを食べ、衣服は着たきりで、夜になったからと言って、部屋で寝るわけではなく、竈の側に灰まみれになって寝た。人びとが人の数にも入れないような者であったが、たまたま堂の下にいて、主人の兄弟三人が某をののしり、なじるのを聞いて、進み出た。

「わたくしが行って迎えて来ましょうか」

主人たちは怒り出して、

「私たち兄弟三人が行ってだめだったものを、お前などが行ってどうして連れて来られるのだ」

と叱りつけ、他の奴にこれを追い出させようとした。しかし、その童奴はしつこく、

「それでも、わたくしが行ってお願いして来ます」

と繰り返して言う。末弟が、

「もしこの童奴を行かせたら、彼の者に対して侮辱を加えることになる。試しに行かせてみたら、面白いではないか」

と言った。兄たちも承諾した。

その童奴はいつも小さな鉄の棒を磨いて、切っ先の鋭い刀を作っていたが、それを袋の中に入れ、馬を牽いて出かけて行った。馬は門外に繋いで、門の中に入って行き、

「ソンビの某はいらっしゃいますか」

と叫んだ。某が出て来て、

「お前はどこから来たのだ」

と尋ねると、

「某ソンビの家から参りました」

と答える。その声を聞き、その姿を見ると、以前に某の家で見かけたことのある童奴である。そこで、

「お前は何のために来たのだ」

と尋ねると、

「ソンビを迎えに来ました」

と言う。ソンビは怒り出し、

「私を迎えるのに、主人が来ずに、お前のような者が来て、いったいどういうことだ。私は行くわけにはいかない」

と言ったが、階段をどしどしと昇っていった。

「さあ、いっしょに行きましょう」

　ソンビは大きな声を張り上げ、その主人たちを罵ったが、童奴はそれを聞いているのか聞いていないのか、堂の上に昇って、

「さあ、いっしょに行きましょう」

と繰り返す。ソンビはさらに罵り続けたが、童奴は委細構わずに、ただ行きましょうと繰り返し、ソンビが奥の部屋に入って行くと、そこにもついていって、行くことを請うた。ソンビは進退窮まったものの、それでも行こうとしないので、童奴は急に突進して来て、ソンビを蹴倒した。胸倉の上にどっかと座り、左手では喉を掴んで、右手には袋の中から取り出した小刀を握って、ソンビに突きつけ、大声で罵った。

「お前の骨はお前の父母が与えたものであろうが、お前の肉はわが家の主人がくださったものだそうな。だから、削いでも構うまい。お前はどうして恩に背くのか。お前のような奴は殺しても惜しくはない」

　ソンビは起きようとしても、童奴は重くて大山のようで、身動きが取れない。全く怯えてしまったものの、作り笑いをしながら、

「お前の忠勤ぶりはすばらしい。わかった、わかった。どうして行かないわけがあろう。行こう。行こう」

と、ついに屈服した。童奴は立ち上がり、小刀を袋にしまった。馬を牽いて来て、すぐに行くように頼んだ。ソンビはやむをえず、馬に乗った。しばらく行くと、葬列に出逢った。童奴が、

「ソンビは、あの葬地をどう思いますか」

と尋ねた。ソンビが、

「いいのではなかろうか」

と答えると、童奴は、

「ソンビはお分かりなのですか。山は大変いいが、どうやら逆さに葬っている。凶としか言いようがない。どうして行ってみようとはしないのです」

と答えた。ソンビが、

「お前にはどうしてわかるのか」

と言うので、童奴は、

「ともかく行きましょう。行けばわかります。これは人の家の大事ですから、すみやかに行って、これを助けるのも、善事ではないでしょうか」

と答えた。馬を駆けて向の山に行こうとするので、ソンビはもう童奴の言いなりになるしかない。その喪主に弔問をしたが、逆さに葬っていることは言い出せないでいる。その童奴が、しかし、しきりに言うようにせっつく。もうすでに石灰をまくところで、それも半ばは過ぎている。ソンビはやむをえず、葬り方が逆さではないかと言い出した。喪主は半信半疑であるが、ソンビがしきりに言うので、ともに墓穴に行き、石灰を取りのけ、棺を結んでいる帯をほどいて見ると、はたして上と下とが逆さまである。金属の物差しで計り直して穴をひろげ、埋葬し直した。喪主は大変に感謝して、ソンビを引き止めたが、ソンビは、

「私ははなはだ忙しく、ここに留まっているわけにはいかないのだ」

と言った。そうして、旅を進めたが、家に着く十里ほど手前になって、童奴が尋ねた。

「どのあたりを葬地にしようと思っているのでしょう」

するとソンビは、

「あの家の後ろの山にしようと思っているのだ」

と答えた。童奴が、

「それはいけない、それはいけない。家の前に池があり、池の中に小島があります。そこにする方がいい」

と言うと、ソンビは、

「池の水をどうするのだ」

と言う。童奴は、

「それでも、池の中の小島にすべきです」

と言い、家に帰り着くと哭泣を始めた。そこで、ソンビは童奴のことば通りに、池の中の小島に葬地を決めて、家の子どもたちに告げると、子どもたちは大いに驚いた。ソンビ自身も確信があるわけではない。童奴の袖を引いて隠れたところに連れて行き、

「お前のことばに従って、池の中に葬地を定めたが、あの水はどうするのだ。どうして安心して埋葬することができよう」

と言っても、童奴は、

「心配いりません。心配いりません」

と言うだけで、ついに吉日を選んで葬るだけになった。そのヨが明日に迫って、ソンビが池の畔に出てみると、池の水が干上がっていて、一滴の水さえない。大いにおどろき、不思議に思ったが、池の岸を削って、ならして平地にすると、地勢がはなはだよい。そこに穴を掘ることにした。その夜に、童奴が言った。

「主家はきっとあなたに手厚く褒美を与えようとするだろうが、これをいっさい受け取ってはならない。ただ、このわたくしを譲って欲しいといって、わたくしを連れ去るがよい」

次の日、はたして三人の兄弟はソンビを手厚くもてなして、お礼をしようとした。しかし、すべて断った。ただ、あの童奴だけを譲り受けたいと言った。兄弟はこの童奴がまったく役に立たないと思っていたから、笑いながらこの申し出を承諾した。ソンビは辞して、自宅に家に帰ったが、童奴は言った。

「ソンビは、これから人のために墓所を求めるとき、かならずわたくしを連れてお行きなさい。わたくしが馬に乗って行き、馬の脚の止まった所を、墓穴に定めるとよろしいのです」

ソンビはこのことばに従うようになり、至る所、至る所、大いなる福を呼び寄せた。その謝金も多く、十年のあいだに、富者になることができた。ある日、童奴が急に暇を告げた。ソンビはおどろいて、

「お前がやって来て十年、たがいの情誼ははなはだ篤いものではなかったのか。それが急にわけも告げずに出て行こうとする。いったいどういうことか」

と言うと、童奴が、

「行かなくてはならないところがあって、ここに留まるわけには行かないのです。ソンビが亡くなられるときには、かならずまた戻って来て、山地を占って差し上げます」

と言って、立ち去って行った。数年後、ふたたび姿を現して、

「いまやソンビの亡くなる日も遠くはありません。そこで、ソンビのために葬地を占おうと思います」

と言い、ソンビとともに、さほど遠くはないところに出かけて行き、四方の山を指さし、

「こちらが青竜、こちらが白虎、こちらを案山として、ソンビはこちらを向いて安置されることになります」

と言った。ソンビが、

「その通りにしたなら、どんな結果が得られると言うのだ」

と尋ねると、童奴は答えた。

「三人の子どもが大いに顕達なさいます」

また、前方の一つの山を占って、夫人のための葬地にするといいと言い、

「こちらは人に助けられて生活なさいます」

と言って、立ち去った。

この家には一人の童婢がいたが、その母親が死んで仮の墓所に葬っておいた。長いあいだ蓄財して、この童奴が来たなら、吉地を占ってもらおうと考えていた。童奴

とソンビが連れ立って墓地を見に出かけたとき、この童婢は摘んだ山菜を入れる籠をもって、密かに後をつけ、林の後ろに身を隠して、童奴の指示するところをしっかりと記憶した。そうしてよそに住む親族二、三人を呼んで、貯えていた金五十両でもって、石灰を買い、お供えを用意した。母親の屍を仮墓から取り出し、童奴の占ったところに移葬して、すぐに姿をくらましました。そうして、みずから、

「人の妾になったところで、貴子を産んで、その子が顕達することなどありえない。かならず、両班の奥方にならなくてはならない」

と心の中で思い、某処に落ち延び、人に雇われて、すでに成人した。その雇い主がこれを結婚させようとすると、

「わたくしは今はこのように窮迫し、賤しい仕事をしていますが、もともとは両班の娘なのです。常漢と結婚するわけには行きません。両班の家に嫁がせてください」

と頼んだ。

隣の家にはたまたま郷士の両班の洪某が住んでいた。三十歳になっていたが、まだ独身である。主人は洪某を誘って、

「君は妻を娶るつもりはないか。わが家にいる某女をもらってはくれまいか」

と言い、ことはとんとんと運んで、二人は結婚して、三人の男の子を生んだ。女は洪某にソウルに上って生活することを請うた。洪某は言った。

「空手でソウルに出て、どうやって生活するつもりなのだ」

女はそれに対して、

「この広い天下に禄にありつけないということもありますまい。どうして生活の手立てがないことがありましょう」

と言い、ついに家を引き払ってソウルに出た。生活の苦労は並大抵ではなかったものの、数十年を経て、三人の子どもははたして科挙に及第して、門戸は隆盛となった。ある日の深夜、その母が三人の子ども呼んで、この家の隆盛の顛末を話して、

「わたくしはもともと某処の某両班の童婢であった。お前たちは貴人となったが、旧主のご恩を忘れてはならない」

と言った。その夜、一人の盗賊がこの家に忍び込み、人びとの眠り込むのを待っていたが、窓の外から耳をそばだてて、この話を盗み聞きした。そして、思うには、

「ここで些少の品物を盗むよりは、むしろ、その旧主の家に行ってこれを告げ、推奴させることにしよう。そうして、その分け前を折半すればいいのだ」

そう考えて、女の旧主のあのソンビの家を訪ねて行き、

一々を詳細に告げた上で、付け加えた。

「今、行って直に推奴を行なえば、殺されてしまうかもしれません。主人と奴婢の身分であることは言わず、まずは親戚の名目で訪ねて行って、しばらくその様子を見ることにしましょう」

主人はそのことばに従うことにした。親戚の誼でもって、一家の主人の母親への面会を請うと、その女が出て来て、一見して旧主の子どもであることを理解した。喜ぶふりをして、

「甥御がいったいどこから来たのか」

と言って、手厚くこれをもてなし、子どもたちを呼んで、挨拶を交わさせ、数日のあいだ、家に逗留させた。旧主の子どもが帰るときには多くの物品を贈った。

ソンビが死んだとき、その子どもたちがあの童奴が占ったところを見ると、他の人がすでに葬って、墳が盛り上がっていた。やむを得ず、童奴が夫人のために占った前山の方に葬ったのだった。その後、子どもはこの富貴になった童婢の家に助けられて生きたという。

第二一八話……群盗を義理でもって良民に化す

嶺南に一人の進士がいた。文章と智謀に卓越していて、一道の人びとはいずれは兵馬節度使となる器だと称賛した。ある日、日が暮れようとして、一人で座っていると、ある人が馬に乗り、従者を連れてやって来た。たがいに挨拶をかわした後、その人が言った。

「私は海中の万里を隔てた島にいて、その仲間が数千人います。巡り合わせが悪いのか、他人の財物をかすめ取り、人の貯えたものを食糧とし、衣服として、生活をしています。これを指揮し統括する将軍が一人いたのですが、事故に遭って死んでしまいました。その葬礼を済ませたところですが、陣中が寂然として、竜を失い、虎を亡くしたありさまで、三千の徒党が散り散りになって紀律もなく、耕すこともなく、商いすることもなく、生きる当てを失っています。あなたの世に稀な智慧と、人を統括する才能とを聞き及んで、私がここに来ましたのは、他でもない、あなたを迎えて、私どもの大将につけるためです。ここまで話した以上は、後には引けません。お断りになれば、その口を塞がねばならない」

長剣を抜き放って、膝を進めて威嚇した。進士は心の中で考えた。

「いやしくも両班として生まれながら、盗賊の群れに身を投じてその首領になることは恥辱でないわけがない。しかし、今ここでこの男の剣にかかって死ぬのも身命を汚辱することになる。一つには眼前の禍を免れ、一つに

は凶徒の習俗に同化して、仮の姿をとって中庸の道を進むことができはしまいか」

　ついに申し入れを承諾すると、その客はみずからへりくだって小人と称するようになり、窓の外にいた手下に、

「外に繋いだ馬を牽いて来い」

と命じた。すでにソンビの馬を用意してあったのである。ソンビをその馬に乗せて、轡を取って出ると、その後は疾風のように馬は駆けて海の入り江に着いたが、そこには大きな紅の船一隻がつないであった。馬を下りて乗船すると、船は飛ぶように進んで、ついに一つの島に着いて、上陸した。城郭も楼閣も立派で、さながら国家の監営のようである。ソンビは肩輿に乗らされ、前後を護衛されて、大門を通って入って行き、大庁の中央に置かれた椅子の上にどっかと腰を下ろした。数千の兵士たちが次々とやって来ては拝謁する。それが終わって、ご馳走を盛った大きな卓が運ばれた。

　次の日の朝、初めてやって来た指揮官が目の前に従容として跪いて、

「今、倉庫は底を尽きました。どうしましょうか」

と言った。進士はしばらく考えて、

「かくかくしかじかに行なうのだ」

と命じた。

　当時、全羅道には万石君が一人いた。先祖の墓が三十里離れたところにあり、それを管理して守るさまは、まるで卿相の家と異ならなかった。ある日、棺を担いだ一行が墓守の家に入って行ったが、喪服を来た二人と地師二人とが馬に乗り、下僕たちを連れて、はなはだ華美で豪華な出で立ちであった。財産家が墓所を求めているのである。墓守が尋ねると、

「ソウルの某家の葬式だが、喪主はすでに校理となっている方で、服喪するのもみな名士である」

ということであった。しばらく休んだ後に、一行はみな山に登って、一番上にある塚の後ろの金井[1]に鉄を置いて、位置を議論し、標識を置いた上で、山から下りて来た。腰を落ち着けた後、箱の中から大きな紙を四、五張取り出して手紙を書き、下僕を呼んで、

「道の監営と某郡と某郡の役所にこの手紙をもって行き、その一つ一つに返書をもらってこい」

と命じ、また墓守にも居丈高に言った。

「わが家の新しい墓を先ほどのところに定めたいが、あの場所はお前が守っている某宅の墓所なのか。あそこは使ってならないのか、使ってもいいのか、結局はたがいの家の勢力の強弱によるものだから、お前が気にする必要はない。埋葬の日はすでに某月某日に決めてあるので、お前は酒と肴をあらかじめ用意しておいてほしい。ここに三十金がある。米を買って酒をかもして待っているの

だ」

と言って、馬を駆って立ち去った。墓守は断りたかったが、どうしようもない。すぐに主人の万石君のところに走って行き、このことを告げた。万石君は笑いながら、

「あちらがいくら今の権勢家だとしても、私がだめだと言えば、どうしてあの場所を使うことができようか。その葬事の日には、お前たちは出て行かず、ただ待っていろ」

と言った。その日の朝早く、主人は七百人の家丁を連れて行くと、方十里の百姓たちも噂を聞いて集まって、さらに五、六百人が加わった。おのおのが一本の縄と一本の棍棒をもって山墓に向かったが、野に満ち山を覆い、さながら白衣の行軍に異ならなかった。山の上にどっしりと落ち着き、主人の方で醸して用意した酒をみなに振る舞い、陣を組んで葬式の一行が来るのを待ち迎えた。ところが、一日中、そうやっていても、何も来ない。夜が更けて三更も過ぎたころに、はるか遠くに多くの松明が灯り、陸続として近づいて来る、挽歌が天にとどろき、一万の軍勢が押し寄せてくるように見える。しかし、様子を見ているのか、途中で松明の光はぴたりと止まった。山の上の軍は靴を履いて棒をかかえ、肘を張っていつでも迎え撃つつもりでいる。しばらくすると、喧噪も止んで、松明の光も次第に消えていった。蕭々として人がいないような気配である。山上の人びとは不思議に思い、斥候をやって探らせた。すると、はたして誰もいない。多く見えた松明の火というのも、一本の木に五つほど火を点けたものであった。斥候があわてて帰って来て報告すると、山の主人ははたと気が付いて、

「し、しまった。わが家の銭も穀物もみなやられた」

と叫んだ。急いで大軍を引き連れて家に帰ったが、家の者たちの命は幸いに無事であったものの、財物はすっかり盗られて、何も残っていなかった。

　これはすべて頭目である進士の東に声を挙げ、西を撃つという策略だったのである。万石君の家の財物をことごとく奪い取った後、翌日には酒をかもし、牛を殺して、手下たちをねぎらった。今回手に入れたもの、そして倉庫の中のものをことごとく前庭に積み上げて、手柄の大小に応じて、三千人に分けて与えた。一人に百金あまりはあった。進士は伝令して、みなに教え諭し、

「人の禽獣と異なるのは五倫[2]と四端[3]によっている。お前たちは化外の民として海島に潜伏して、親から離れて国を去り、汗をせずに衣食し、却奪をもって生活し、剽奪をもって業としている。衆を集めて党を組み、いままで何千もの数で、禍を構えて悪事を重ね、何年も過ごして来た。私はここに来て、お前たちのために悪事を重ねようとは思わない。化して善事に赴かせようと考えている。

過ちがあっても、それを悔い改めるのを尊いとする。今より以後は、姿をあらため、心を入れ替え、東西南北四方のそれぞれの故郷に帰るのだ。父母があればこれを養い、なければ墓を守って、聖人王の化に浴して、朝鮮国の安楽の民として生きるがいい。海上の盗賊として生涯を終えるべきではあるまい。いま、お前たちに分けた財物は一財産と言っていい額だ。これを資本に農業をすることも、商業をすることもできる」

　このときにみなは一斉に叩頭して、

「おっしゃった通りにいたします」

と言って、感謝した。中に一、二の命令に従わない者がいたが、これは斬った。城郭と家屋は火を放って焼き、三千人が船に乗って海を渡り、陸に上がって、それぞれの故郷に帰って行った。自分もまた従容として家に帰ったが、家を留守にして一ヶ月半が経っていた。近隣の人がやって来て尋ねると、

「少しソウルに行っていました」

と答えるのだった。

▼1【金井】墓穴を掘るときに、長さと幅を定めるのに用いる井型の木の枠を言うが、ここでは鉄を用いたと言うのであるらしい。

▼2【五倫】儒教において、人として守るべき五つの道。君臣の義、父子の親、夫婦の別、長幼の序、朋友の信。

▼3【四端】惻隠・羞悪・辞譲・是非の四つの心のことで、それぞれが仁・義・礼・智の道に進む端緒になる。人は生まれながらにしてこれをもつと、孟子は言う。「惻《あわれ》み隠《いた》む心は仁の端《はじめ》なり。羞《は》じ悪《にく》む心は義の端なり。辞《くだ》り譲る心は礼の端なり。是非《よしあし》の心は智の端なり。人のこの四端あるは、猶、その四体あるがごとし」（『孟子』公孫丑上）。

第二一九話……盗賊が富者に消長を説き聞かせる

嶺南の地に一人のソンビがいた。代々に巨富を積み上げ、百余万金の財産家であった。住んでいる家の四方は石壁で、前には江が流れて、洞の入り口には奴婢の家が二百軒あまりも並んでいた。この人は百万の財産をもってはいたものの、代々、田舎に暮らして、親戚というのもみな郷班ばかりである。ソウルには一人として親戚はいない。有力な家と結ぼうとしても、その手立てがない。そんなとき、たまたま隣の邑の蔚山《ウルサン》の守令の葬儀があり、その甥の校理の朴《パク》氏が下って来て、葬事を取り仕切ることになった。その日、はたして江の岸に一行が現れた。駿馬と壮健な奴僕たちとともに江を渡って、船を下りると、軽揚飄然としてやって来て、見ている間に、門前に

至った。馬を下りて、堂に上がったのを、主人は衣冠を整えて待ち迎え、名前を聞き、下向の理由を尋ねた。その客は答えた。

「わたくしは蔚山の守令の甥なのですが、葬事に遭い、発靷[1]を明後日に控えて、この地に宿を借りるしかありません。お屋敷の奴の家の二、三を借りて、一夜の宿泊をお許しいただけないでしょうか」

　主人はソウルの権門と結びつき、緩急の交わりをしたいと思って久しい。今や絶好の機会であり、財力を費やすわけでもない。こちらからお願いしたいくらいで、一も二もなく快諾した。客は再三感謝して、その日を約して去っていった。その日、主人は首奴に命じて、三、四軒の大きな家を空けて、庭を掃き清め、窓戸の障子を張り替え、葬輿を担ぐ人たちの休息所とし、両班のための部屋には屏風や幕を張って調度類もそろえ、料理も調えておいた。家の主人もその子や甥たちも衣冠を整えて待った。日が暮れて、葬列ははたしてやって来た。方相氏《ほうそうし》が先導して、棺に従う大半の人びとが隣邑の守令たちであった。糸笠と青天翼をつけて白馬に乗った監兵営の護葬の者が並んで、丁夫たちが取り囲み、美々しい鞍を装った馬が続いた。洛東江の岸辺二十里ほども行列は続き、江には二十隻の大きな船が繋いであったので、すぐにその舟橋を渡ることができた。棺を安置するところでは慟哭する声が地をゆすっている。すでに朴校理は五、六人の従者とともに馬を駆けてやって来て、主人に挨拶して言った。

「ご高配を賜って、行葬を滞りなく行なうことができます。ご主人の雲を成すような義気に対して、どう報いればいいのかわかりません」

　主人がそれに答えて、

「大した費えにもならぬことで、大層にお礼をおっしゃるには及びません」

と言いも終わらぬときに、奥の方から下僕がやって来て、

「旦那さま、大変です。大変です。どうぞ来てください」

と言う、主人が奥に入って行くと、妻が飛ぶようにしてやって来て、

「大事が出来しました。婢や僕のことばを聞くと、葬輿と言っているものには最初から棺は乗っていず、すべて兵器だそうです。いったいどういうことでしょう」

と言った。主人はすべてを悟ったが、ことがここに至っては、もうどうすることもできない。妻には落ち着くようにいって、堂の方に再び出て行った。客人が、

「ご主人の眉間を見ますと、深く渋滞し憂懼なさっているようです。何か心配事でもおありですか」

と言った。それに対して、主人は、

「子どもが急病にかかりましたが、幸いに事なきを得たようです」

と答えた。客人は微笑しながら、

「ご主人はご料簡が狭い。私が欲しいのは大したものではない。ここには土地も人も家畜もいる。家もあり、穀物は自給できる。今、あなたが失われるのは些少とは言えないとしても、数年のうちには復旧できて、また家や蔵に充満させることができよう。どうして憂うることがありますか。それに、財物というのは天下を回るもの。これを貯える者がいれば、これを費やす者がいて、これを守ろうとする者がいれば、これを奪おうとする者がいる。あなたはこれを貯えて守る者であり、私はこれを費やし奪う者であるに過ぎない。消と長の道理、虚と実の対応、これは造化の常であり、あなたもまた造化の中に寄生しているに過ぎない。どうして長じるだけで消えないことを望み、実にして虚ならざることを願うことができましょう。事がすでに発覚してしまった上は、この夜のうちに事をすべて済ませ、人を傷つけ命を損なうような真似はしたくありません。ご主人はご婦人方をみな内房にお集めになってください」

主人はどうしていいかわからず、言われる通りにした。戻ると、客人がまた、

「あなたには平生とくに大切にしているものはありますか。あれば、それだけは残しておきましょう」

と言うと、主人は、

「最近、七百金をはたいて手に入れた青色の驢馬は残して欲しい」

と答えた。あれこれとやり取りしているうちに、客人が連れて来た一行の守令、裨将、喪人、服人、行者、哭婢、擔軍、馬夫などすべてが袖の狭い軍服を着て、武器を手にして、外庭に群れ立った。その数は幾千とも知れず、それぞれが壮健で、気力に満ちて驍勇の丈夫たちである。客人はそれらに命令した。

「お前たちは奥に入って、各房にあるものを持ち出してこい。銀銭、衣服、食器、装飾品、珠玉や錦繍の類もすべてだ。ただし、婦人たちが集まっている一房がある。そこには億万の財物があったとしても、けっして近づいてはならない。財物が貴重であったとしても、名分は厳粛である。もしこの命令に違反すれば、厳しい掟でもって処分する。また青色の驢馬はそのままに残しておけ」

そう命令し終えると、主人の方に向かって、

「あなたが案内して、混乱がないようにして欲しい」

と言った。主人は仕方なく先に立って群徒を中に案内して、まずは大夫人の居房、夫人の房、長男の夫人の房、次男の夫人の房、三男の夫人の房、孫の夫人の房、小室の房、弟の夫人の房、妾の房、大部屋。小部屋、長狭房、

短狭房、大きな壁蔵、小さな壁蔵、東の狭廊、西の狭廊、前の庫、後ろの庫、すべての部屋から残すところなく、品物を取り出して来て、外庭に積み上げた。また、外舎の方からも、大舎廊、中舎廊、小舎廊、後舎廊、中別堂、後別堂にある物をことごとく残すところなく持ち出した。ほぼ億万万金にも上ったであろう。三百頭の馬にこれを載せて、一時に駆け去り、江もわたって消え去った。領袖だけが残り、主人と向かい合って座り、塞翁が馬の譬えを引き、陶朱（第四五話注3参照）の聚散を言って、慰めた。挨拶をし終わって、別れを告げながら、言った。

「私のような客人は一度見たら十分で、不幸にして再会するようなことは、けっしてお望みでもないでしょう。今ここで別れたら、もう二度と会うことはありますまい。ご主人は道理の通った生き方をなされ、今の幸いを大切にして、京華の士大夫と交わりを結ぼうとはなさらぬことです。朴校理などとんでもない食わせもの、付き合って何の徳がありましょう」

馬に乗って、また振り返って、

「物を失った人はそれを取り返そうとするものですが、これはまったく無益です。ご主人はそのような馬鹿な真似はしない方がいい、きっと後悔することになります。これは繰り返して言っておきます」

と言った。主人は、

「わかった、わかった、そんなことはしないし、考えもすまい」

客は立ち去って、江を渡り、馬を飛ばして去って、行方はしれなかった。しばらくして、数百人もの家僕が集まって来て、咻々とかまびすしく話をして、訥々と憤慨を始めた。追跡することを議論して、大いに紛糾したが、ついには主人の前に進み出て、

「これはきっと海賊の仕業です。陸の者たちのやり方ではありません。某の海門を隔たること幾里で、某の海口まで幾里、急いで追いかければ、追いつけないわけではありません。われらの総勢は六百名、左右に隊を分けて、すぐに某浦と某海に向かえば、某浦にも某海にも大きな集落があり、あの者たちに数千の軍勢があったとしても、どうしておめおめと敗れることがありましょう」

と言ったが、主人は承知せず、固くこれを禁じた。それでも、物事の道理を知った奴の主だった者十人が進み出て、進言した。

「盗賊の領主が追うなというのは、ただの威嚇に過ぎません。わたくしども六百人の壮丁が、公然と億万の財物を持って行かれて、憤らなかったのは、最初は予想もしないことに遭遇して唖然としたまでのことです。今、追いかけて行けば、すでに心の準備もできており、まして、あの浦口はここから遠くはなく、集落も大きい。今すぐ

に追いかければ、万が一にも取り返すことができないことはないでしょう。またたとえ取り返すことができなくとも、敗北することはありますまい。旦那さま、どうかわたくしどもに一任して追跡させてください」

衆論が蜂起して、主人もこれを止めることができなくなった。ところが、その後すぐに、家の後ろの松と竹の林の中から千人あまりの男たちが雄叫びを上げて、外庭に向かって駆け出して来た。集まっていた奴僕たちを蹴り、突き、踏み、殴り、髪の毛を引いて倒し、脳を打ち砕いた。瞬時に六百人の奴僕は倒されて、土犬や瓦鶏のありさまとなり、骨だけになったネズミ、腐った雛鳥に異ならなかった。その勢いは風雨が襲うよう、その速さは雷霆が走るようで、息を飲む暇もなく、襲撃を済ませたかと思うと、すぐに江を渡って退き、どこへともなく姿を消した。その立ち去った後を見ると、千人近い奴僕たちはそれぞれに、地面に倒れ伏し、目を抜かれ、肘を折られ、鼻血を出し、脳みそが飛び出し、歯を折り、耳がそがれ、頬がはれ上がり、頭がい骨が砕かれ、脚を折られ、骨が飛び出し、皮が裂け、せわしく息をし、あるいは息が止まり、茫然とたたずみ、倒れ伏して、一人として無事な者はいなかった。

翌日になって、気持ちが少し落ち着いたところで、なくなったものを調べて見ると、一つとして残ったものはなく、青い驢馬も姿がなかった。翌々日の朝、驢馬の鳴き声が江のほとりから聞こえた。耳に聞き覚えのある鳴き声である。主人が驚いて、奴を行かせて見ると、あの青色の驢馬であった。白銀の鞍に青糸の轡をつけ、兀然と江のほとりに立っている。鞍の前には、左の方に縄でなった網の中に血まみれの人の頭を下げ、また封書を馬の手綱の右に斜めに懸けてあった。その封の表には、

「江壁里《カンピョクリ》の気前のいいご主人へ

月出島《ウォルチュルド》の住人より（江壁里普施案執事　月出島候状）」

と宛先と差出人が書かれ、封を開けると、次のように書かれていた。

「財物をいただいたのは執事の広いご度量によるもので、有り難くいただきました。ただお別れするときに申したことばをお聞きにならなかったために、いささかそちらの奴僕を傷つけることとなりました。その罪は蹌踉とご自分に帰して、私どもを咎められぬよう。三百駄もの品をいただいたご恩を肝に銘じて感謝いたします。この三百駄の品を運べば海中の島の一年分の食糧に充てることができます。あなたの驢馬はお返しします。鞍と轡はよそで法を犯して手に入れたものですが、お気に召せば、この上なく幸いに存じます。

不備

年　月　日　　緑林客拝」

主人はこの手紙を見て、物品を取られた恨みは氷が融

けて雪が消えるようになくなった。あるいは人が胸中に憤りがあるかと考え、慰めようとすると、けっして盗賊に出遭ったとは言わず、

「近来稀な快男子を見た」

と言うのであった。眉と睫毛が着くことがないように、ふたたび相見えることがなかったが、また会いたいものだと考えながら、怊悵としていた。

▼1 【発靷】家から葬地に向けて葬輿が出て行くこと。

第二二〇話……燕山君の忌諱に触れるも

燕山君《ヨンザンクン》の寵妾である金《キム》氏の兄が湖南の羅州《ナジュ》に住んでいた。その妹の権勢を恃んで大いに威福を張り、人の田畑を奪い取り、また人の奴婢を横奪した。銭や穀物、牛や馬など、人のものをまるで自分のものであるかのように使い、これに従う者は生き、これに逆らう者は死んだ。一道の人びとは恐れて、口をつぐんだ。道内の守令で新任の者は、遠ければ二十日のうちに挨拶に来て、やや近ければ十五日のうちに、さらに近ければ十日のうち、さらにさらに近ければ五日のうち、近邑であれば、三日のうちには挨拶に出向かねばならなかった。その期間をあえて違えて遅れてはならず、遅れれば、金某の家には家畜のように足の速い奴が三人もいて、一日半でソウルに上ることができ、妹に「守令の中に意のままにならない者がいる」と報告されたので、あるいは処罰され、あるいは罷免されるのであった。

訥斎《ヌルチェ》・朴祥《パクサン》▼1はこれに対して憤りに堪えず、進んで羅州の牧使になることを望んで、赴任して五日経っても、挨拶には行かなかった。金某はやくざ者で、戸長・吏房・首刑吏の三人および座首を捕まえさせ、朴公に当てつけた。朴公はこれを聞くやいなや、将校・刑吏・官奴および邑内の壮健な男子百人ばかりで、その家の周囲を囲ませることにして、

「もしお前たちが金を捕えて来ないようなら、お前たちは死ぬと思え」

と言った。しばらくして、金某は捕まえられて来た。朴公は一方で監営に報告するとともに、一方では太い棒でもって金某を叩きつけた。まだ十回も打たないうちに、金某は息絶えてしまった。死体はすぐに担ぎ出した。観察使はこの報告を聞いて驚き、すぐにソウルに使者を送るとともに、羅州の役所に行って、金某を救おうとしたが、時はすでに遅かった。朴公はすでに印綬▼2を解き、馬にまたがって立ち去っていた。蘆嶺《ノリョン》▼3を越えて川院《チョンウォン》（全羅北道井邑郡の川院里）に至り、急に気が変わって、大路

を捨てて、左の路を取り、まっすぐに興徳《フントク》（全羅北道古敞郡の興徳）に向かった。

朴公が金某を捕えたとき、金某の足の速い奴が一日半でソウルに着いていた。金某の妹に事件を知らせると、妹は燕山君に知らせ、燕山君は激怒した。すぐに義禁府の都事をやって、薬を持たせ、賜死しようとした。朴公の甥がソウルにいて、そのことを聞き、斂葬のための品を買い揃えて、南に馬を疾駆させた。義禁府都事よりも先に行こうと道を急ぎ、川院に至り、羅州に下る人に会うと、朴公は興徳に向かったと言った。すぐに興徳の方に向かって、古阜《コフ》（全羅北道井邑郡の古阜）で追いつくことができた。甥は叔父に賜薬のことを言い出すに忍びない。ごまかして、

「叔父さんは金某を殺してしまったそうですね。禍が生じるのではないかと思い、何かとお手伝いしたいと思って来ました」

と言うと、朴公はその事の知れようのあまりの速さを怪しみ、そのことを知った日について詳しく尋ねた。すると、それは金某が死んで一日半に過ぎない。ついに観念して、いっしょにソウルに戻ることにした。甥は途中から先に行って、ソウルに入り、朴公の親友たちに会って、事の曲折を事細かに話した。親友たちは争うように酒をたずさえ、漢江のほとりに出て、朴公を待ち迎えた。朴公を漢江のほとりの民家に隠して、日々に酒盛りをして楽しみ、朴公をして酔って昏倒せしめた。義禁府都事は羅州にたどり着いたものの、朴公はすでにソウルに上ったと聞き、すぐに啓上せねばと思い、馬の頭を回して急いで追いかけた。しかし、まだソウルにたどり着かない前に、諸侯が謀議して反正[4]を起こしたのであった。朴公は副提学に任じられたが、公は宿酔から覚めず、反正が起こったのも知らなかった。朝廷に呼ばれて、王さまが引見されるとき、公がおもむろに顔を上げると、先日、退出したときに拝見した王さまの顔と同じではない。左右の者が反正の成ったことを告げたが、朴公は宮廷の門を出ると、そのまま故郷に帰って行った。

▼1【訥斎・朴祥】一四七四〜一五三〇。字は昌世、号は訥斎、本貫は忠州。一五〇三年、文科に及第し、校書館正字を皮切りに官途を歩み、尚州牧使、羅州牧使などを務めた。人となりは剛直で、振る舞いは端雅であった。李退渓は彼の高風卓識を称賛して、天の下した「完人」だといった。『訥斎集』がある。

▼2【印綬】紐のついた官印。「印綬を解く」とはその官職を辞任したことを意味する。

▼3【蘆嶺】全羅北道井邑郡と全羅南道長城郡のあいだにある峠。

▼4【反正】ここでは中宗反正を言う。燕山君政権を打倒し

て中宗が立ったクーデタ。

第二二一話……貧しいソンビが企みでもって官職を得る

むかし、一人のソンビがいた。まったくの不文不筆で才能がない上、家もはなはだ貧しかった。科挙を受けるのに、みずから▼1接をもうけることができない。ただ友人についていき、彼らの書き残した文章を拾い、それでもって解答を作成して提出し、幸いにも監試の初試には合格した。ソウルでの会試が近づいても草稿がなく、試験場に入って行くことができない。しかし、宿舎にぼんやり座っているわけにもいかない。しかたなく、一張の紙をもって単身で試験会場に赴いたが、周りを見回しても誰も知った人はいない。知恵を借り、文章を借りようとしても、その術がない。困り果ててうろうろしていると、関西の巨儒として天下に名を馳せている尹某が人のために代作しようと会場の中にいる。ソンビは一度だけこの尹某とは会ったことがあったので、その接に行って挨拶を交わした後、

「君はこの厳粛な試験会場に難なく入り込んだようだが、私が一言でも不正をもらせば、いったいどうなることだろう」

と脅すように言った。尹某と彼に代作を頼んでいた人は顔を真っ赤にして、戦々恐々となった。そこで、ソンビは言った。

「一首の詩でいい。意を尽くして巧みに作り、まずはこの私にくれまいか。そうすれば、私は何も口外すまい」

その尹某は紙を広げて筆を執ると、わずかの間に詩を作って、これを与えた。ソンビは詩についてはたまたま詭計をもって手に入れたものの、自分の拙い書ではこれを書き写して提出する術もない。紙を抱えてうろついていると、書は達者だが、文章のまるで書けない人がいた。その人と相談をして書いてもらおうと考え、刻限も迫ってあわてふためき、筆を執って苦しんでいる様子をしながら、その人の側に座り、まずは初対面の挨拶をして、たがいに苦労していることを言い、また、

「私は文章を作ることはできるのだが、書がまったく下手なのだ。互いにその才を交換しようではないか」

と提案した。そして、自分のもっていた詩を見せたが、その能筆の者も自分では作れないものの、科挙の詩文の体裁を知らないわけではない。その詩文を見ると、はたしてよく出来ている。これを放っておく手はない、これを手に入れたいものだと思って、ついに承諾した。紙を広げて墨を磨り、筆を振るってこれを書写したが、しば

しば振り返っては、

「私は精一杯よく書写しているつもりだ。その間に、君は一首の詩文を作って待っていて欲しい」

と心配そうに言った。ソンビは承知して、草稿の紙を取り出して、草書でもってすらすらと書いたが、それを何度も訂正して黒々と上書きしたので、他の人にはとても読めたものではなかった。それをくるくると巻いてその場に置き、能筆の者が自分の試券紙を仕上げてくれたのを手にすると、

「私は試券紙を提出した後、またここに戻って来よう。しばらく待っていてほしい」

と言って、試券紙を携えてわざと目立つように躍り上がって幕の中に飛び込もうとした。試験官や軍士などはこれを見て、不正をはたらこうとしているものと見なし、すぐに追い出そうとした。ソンビは銭両をもって軍士に与えて、

「試験官が私を接に戻そうとなさっても、それには従わず、私を遠くに追い出して、試験場には戻さないようにしてほしい」

と言った。軍士たちはすでに賄賂を受け取っていたが、試験官の戻せという命令があれば、それに従わなければならない。暫時であっても猶予することができない。前から引っ張り、後ろから押して、早々に追い出そうとした。ソンビは哀れげに乞うような様子をしながら、軍士に言った。

「私にはどうしても喫緊のことがあって、少し縄を緩めてくれないか。私は接の仲間に言いたいことがある」

軍士たちもそうそうソンビのことばに従うわけにはいかない。ソンビは四度、五度と懇願したが、固く断られてしまった。ただ、その接を通り過ぎて試験場を出ようとするとき、はるか遠くから能書の人に、

「申し訳ない。ことがすでにここに到っては、もうどうしようもない」

と叫びながら、出て行った。

及第者の発表があって、ソンビははたして壮元で及第した。

こうしてソンビが及第した後、官職に就く意志があった。しかし、家に力があるわけではなく、権門に知り合いがいるわけでもなく、どうしようもない。たまたまそのとき、吏曹判書の某が三十歳になる独り息子を失って、酔ったか狂ったかのようになり、世の中のことに興味を失い、呆けたようになって公務に励むこともなかった。ソンビは心の中に一計を案じ、吏曹判書の息子の歳がいくつであったか、どのような性格であったか、才能について、文芸について、平生の交友関係について、どこで勉強したか、どこで遊んでいたか、そのすべてについて

詳しく調べ上げた。その上で、南山の麓に住む文章の巧みな者の家に行って、一通の祭文を書いてくれるように懇ろに頼んだ。その祭文は悲痛を極め、どこで知り合い、どの家でともに勉強し、どの寺で読書し、付き合いが何年になるかを述べ、その友誼は膠漆のようであったと言い、さらにはその家の代々の積徳を付け加えた。これを見る者は故人とソンビの付き合いの古さを信じ、ソンビの出自についても信用するはずであった。

ソンビはこの祭文をたずさえ、鶏肉と酒の供え物をそろえて、吏曹判書が宮廷に出て留守をしている折りを見計らって、その家を訪ねて行った。家奴に斂所の筵と机を用意させ、供え物を置いて、跪いて祭文を読み上げたが、嗚咽して声にならず、しまいには大声を放って慟哭した。しばらく激しく深い哀痛のさまを見せて、ようやく立ち去った。

その夕刻、判書が公務を終えて家に帰って来ると、その夫人が、

「今日、某洞の某ソンビがわが家を訪ねて来ました。亡くなった息子の親友だったと言い、酒肉を供え、祭文を読み上げ、しばらく慟哭して、帰って行きました」

と告げた。吏曹判書は心が動き、その祭文を手に取って見ると、文句が連綿と続いて数百行にもわたり、すばらしい文章である上、美しい筆致で書かれている。吏曹判書はため息をつきながら言った。

「わが子にはこのように立派な友人がいたのか。これまで私はどうして知らなかったのだろう」

その門閥を見ると、古い両班の家柄のようだ。歳は四十歳近くになっているが、いまだに官職に就けないでいる。わざわざ自分の留守を見計らって訪ねて来て弔問し、祭文を読んだ志操も尊ぶべきである。ついに吏曹判書はその年の官員の叙任において衆議を排し、このソンビを強く推薦して官職に就かせた。

▼1【接】科挙を受けるソンビたちが集まって作った仲間。この話から、朝鮮末期には不正や替え玉受験のようなものがはびこっていたことがうかがえる。

第二二二話……呂聖斉、妓生の手紙のお蔭で壮元及第する

相国の呂聖斉《ヨソンチェ》▼1は講経による科挙及第者である。会試において講経する日、講席に入って行って座ると、講ずべき内容を書いた紙が帳の中から出て来たが、そこには七書の大文が書かれていた。『周易』、『詩経』、『書経』、『論語』、『孟子』、『中庸』については完璧な「純通」で、

すでに十四分を獲得することができた。大学についてはおおくの場合、「粗」を獲得すればよく、十四分半となれば、及第であったが、呂公は人びとのように「粗」では飽き足らず、かならず「純通」して、十六分を獲得することを目標としていた。ところが、出題された文章を見て、いろいろと思いを巡らしても、漠然として考えがまとまらない。試験官がなんども催促したが、どうしてもことばが出てこない。やむをえず、心の中で一計を案じ、

「大便がしたくなりました」

と言った。試験官は一名の衛軍に、

「いっしょに行って来い」

と命じて、不正がないように見守らせた。呂公は厠の上にしゃがみこんで、放便しているふりをしながら、思念を凝らすのだが、しかし、どうしてもいい解答を思いつかない。壁を隔てた衛軍と世間話をして、

「あなたはどうも地方から出て来た人のようだが、いつソウルに上って来たのか」

と尋ねると、衛軍は、

「私は某邑の人間で、某月にソウルに番に上った」

と答えた。呂公はこれを聞いて喜んで、

「某邑には某という有名な妓生がいる。君はその妓生を知っているか」

と尋ねると、衛軍は、

「もちろん知っているとも。私がソウルに上るとき、その妓生は手紙を私に託して、『あなたは上京した後、すぐに呂生員のお屋敷を訪ねて、この手紙をわたしてください』と言って、ねんごろに頼まれたのだが、残念ながら、私にはそのお宅がどの洞にあるのかさえわからない。それで、まだその手紙を渡すことができないでいるのだ。書房主は、あるいは呂書房の家を知っているのか」

と言った。呂公はまた大いに喜んで、

「その手紙というのはいったいどこにあるのだ。私こそその呂生員なのだ」

と言うと、衛軍は、

「私の袋の中にある」

と言って、手紙を取り出して、呂公に手渡した。

呂公の父親がその邑の宰であったとき、宰の息子として呂公はその妓生と馴染み、もうすでに長い歳月が経っていたが、昔の交情を忘れることができなかったのである。呂公はうれしくなって、手紙を取ると、まさしくあの妓生の手紙である。封を切って紙を広げて見ると、実に長い手紙で紙一面に切々と情愛を訴えている。講経の文章についてはすっかり頭から抜け落ち、妓生の手紙を食い入るようにして見つめているうちに半刻ばかりが過ぎた。厠にしては長すぎるので、試験官は怪しんで、他の衛軍を見に行かせた。すると、呂公は手に一面に細か

くびっしりと文字の書いてある紙を持っていて、立ち上がろうともしない。衛軍がその見たままを報告すると、試験官は大いに疑って、人を遣って早くするようにうながした。呂公はやむをえず講席に戻って行くと、試験官は怒って叱りつけた。

「厠に行くと偽って、君は袋の中に入れた紙を見ていたのだな。試験場というのは厳粛なものだ。君のしたことは驚くべきことだ。先に出した講経の文章は用いるわけにはいかない。別の文章にしなくてはならない」

そして、書吏に、

「先の講経の文章は使わない」

と言ったので、呂公ははなはだ困り果てたふりをして、何度も哀願して、

「苦労をして草案をつくり、それをやっとのことで暗記したのに、試験の際に急に出題の文章を換えられては困ります。試験官はどうしてそのようなことをなさるのか」

と言った。試験官はいっそう怒りを募らせ、講経の文章を換え、すぐにその講義を行なうように促した。もともと講経は呂公の得意とするところである。先に出された文章はたまたま記憶していない箇所であったに過ぎない。その他の箇所はどうして彼の頭にないものであったろう。大きな声で一気に暗誦したものだから、満座の人びとが称賛した。ついにこれも「純通」となり、壮元で及第した。その後は大臣にまで昇ったのである。

▼1【呂聖斉】一六二五〜一六九一。字は希天、号は雲浦、諡号は清恵、本貫は咸陽。一六五四年、文科に及第して、要職を歴任した。兵曹判書のときには賄賂の弊害を一掃し、吏曹判書、右議政となった。党争の中で流配になることもあったが、最後には故郷に隠退していて、仁顕王后の廃位に反対する上疏をしたものの、受け入れられず、憂憤のあまりに発病して死んだ。

巻の十七

第二三三話……李益著の奇行

李益著《イイクチョ》[1]が義城《ウィソン》の守令となって、ある日、宴会を開いた。季節はまさに夏、おりしも一陣の風が吹いた。益著は急に音楽を止めさせ、突然、席を立った。巡察使を振り返って、南倉[2]から銭五千両を借り出すように頼んで、その年の麦を買ったが、その年の麦はよく実り、時価ははなはだ安かった。買った麦は各洞に封じて置き、洞任に守らせた。

七月の初夜に忽然と眠りから覚め、官童を呼んで、後庭の草を一本引き抜いて来させて、これを見ながら、

「やはりそうだったか」

とつぶやいた。次の日の朝になってみると、大霜が降りて、草木はみな萎んでしまった。この年の秋には嶺南一道では野に青い草はなく、すっかり赤い地肌を露わにしていた。穀物の値は高騰して、麦一石の値が、夏の初めには三、四十銭に過ぎなかったのが、その後にはぐんぐん上がって三百銭余りまで騰貴した。益著は貯えて置いた麦で飢えた人びとに振恤《しんじゅつ》する一方、売り払って南倉に金を返した。益著には風を占う能力があったのである。

後になって、隣の邑に移ったが、趙顕命《チョヒョンミョン》（第三〇話注1参照）がこのときの巡察使であった。益著が挨拶のために行くと、出て来た趙顕命は髪の毛を整えていず、乱れた髪の毛が網巾の外に出ている。益著が退出すると、顕命は益著を招き入れた役人を怠慢だと、散々に叱りつけている。益著はふたたび面会を乞い、顕命に謝罪した。

「わたくしは年老いて気力も衰え、髪の毛も整えられていないあなたに見えました。まことに申し訳ありません。このようでは、どうしてこの職を全うできましょう。できれば、免職するよう啓上なさってください」

巡察使が言った。

「尊丈には先ほどのことで、そのようなことをおっしゃるか。これはどうでもよい体礼間のことではないか。どうしてそこまでする必要があろう」

益著は言った。

「下官として上官に仕える体礼を知らず、どうして一日でも職分を勤めることができましょうか。すぐにでも免職の啓上をなさってくだされば、幸いです」

巡察使が言った。

「そのようなことはできない」

益著が色を正して言った。

「使道はついに承諾なさいませんか」

「決して承諾することはない」

益著が言った。

「使道は下官に怪しからぬ振る舞いをなさった。まことに悲しいことです」

そうして、下人たちを振り向いて言った。

「私自身の冠と道袍を持って来い」

今までの冠を外し、帯を解き、印の紐をほどいて巡察使の前に置き、そして大いに叱りつけた。

「私は印の紐を佩びていたために、あなたに腰を屈したが、今は印の紐を解いた。お前は私の友人の幼い息子ではないか。私はお前の老いた父親と、竹馬の交わりを結んだ。いっしょの枕に寝て、いっしょに遊び、先に嫁を貰うことになった者が新婦の名をまず知らせる約束をしたのだ。お前の父親が私より早く結婚することになったので、私のところにやって来てお前の母親の名を伝えてくれたことばが、いまもなお私の耳には残っているぞ。お前はお前の父親が死んで久しくなり、私にこのように応接したが、それでは父親を忘れる不肖の息子と言わねばなるまい。頭髪を整えないのが、上官・下官の体礼とどんな関わりがあろうかだと。私は年老いても死なず、口腹を満たすために、今やお前の下官になっている。お前がもしお前の亡き父親のことを考えれば、私をあえてこのように扱うことがあったろうか。お前は犬や豚にも劣るやつだ」

言い終えると、冷笑しながら出て行った。巡察使はしばらくのあいだことばもなかったが、後について行き、ねんごろに乞うた。

「尊丈にはこれはどうなさいましたか。わたくしはまことに大罪を犯しました。申し訳ありません。申し訳ありません。どうか辞職などなさらないでください」

益著が言った。

「公堂で、下官の分際で上官を叱りつけて恥をかかせました。どのような面目があって役人や民に向き合えましょう」

こうして衣を払って起って行った。顕命はやむをえずに免職の啓上をした。

▼1【李益著】『朝鮮実録』粛宗二十一年（一六九五）十一月に義城県令の李益著が鋳銭のことで意見を述べた事が見える。また同三十四年（一七〇八）二月には暗行御史の報告があって、羅州牧使の李益著の民政が評価を得ているが、逆に四十三年（一七一七）七月には安東府使の李益著が疵政をもって罷免されている。

▼2【南倉】禁衛営あるいは御営庁に属した倉庫。

第二二四話……仮病を使って牛黄でもうけた済州牧使

むかし、一人の武人がいた。宣伝官として春塘台《チュンタンデ》[1]の試射の際に王さまの護衛をしていた。そのとき、済州牧使《チェジュモクサ》の罷免の報告がたまたまあり、その武人が同僚に言った。

「私がもし済州牧使に任命されたなら、古今第一の良政を行ないながら、また天下の大貪吏《たんり》にもなって見せるのだがな」

同僚がそのことばを笑った。王さまの耳にもこのことばが入ったが、いったい誰が言ったのかは、おわかりにならなかった。そこで、誰が言ったのか問い質されると、武人はあえて隠し立てすることなく、前に進み出てひれ伏して申し上げた。

「わたくしが申しました」

王さまがおっしゃった。

「古今に第一の良政を行ないながら、天下の大貪吏になるというのは、どういう道理なのだ。大貪吏がどうして良政を行なうことができるのだ」

武人はひれ伏して答えた。

「わたくしにはその方法がございます」

王さまは笑ってお許しになり、武人を特別に昇進させて済州牧使に任命しておっしゃった。

「お前は済州島に行って、古今の良政を行ない、かつ大貪吏になるのだぞ。さもなければ、お前は虚言をした罪で斬殺されるものと思え」

武人は命令を受け、退出して家に帰った。小麦粉を大量に買い、梔子《くちなし》の水で染めたあと、それで大きな甕を一杯にして三駄の荷物を作った。その他にはただ衣服だけをもっていくことにした。

朝廷にお暇乞いをして赴任したが、下僕一人だけが随行した。訴訟事を公平に行ない、朝夕の食事には一杯の酒も飲まず、倉庫に残った財物があれば、弊害を改めつつ人びとに与え、贈り物はいっさい受け取らなかった。こうして一年が過ぎると、役人も人びともこれを敬愛して、邑が設置されて以来の清白吏だと称賛するようになった。命じれば行ない、禁じれば止めて、地域は泰平であった。

そんなある日、武人はにわかに病となり、門を閉ざして呻吟した。数日しても病勢はいよいよ進み、飲食をまったく廃して、暗い部屋の中に座ったまま、うめく声の止むことがなかった。郷所[2]や役人、将校などの群れが、朝、昼、晩と見舞いに来るが、顔を見ることもできない。首郷（座首のこと）と中軍[3]が懇願した。

「病気の症状はどのようなものなのでしょうか。あるいは何かが祟っているのでしょうか。この邑にも医員はおり、薬がないわけでもありません。どうか治療をなさってください」

牧使は、ややあって、無理に声を押し殺して言った。

「私は若いときにこの病にかかってしまい、家代々に伝わってきた財産のすべてをこの病の薬のためにつぎ込んできた。治癒して二十年ほどが経ち、再発しなかったから、もうすっかり快癒したものと思っていたのだが、今、ここでは治療する術がなく、ただ死ぬ日を待つしかないのだ」

それでも、人びとは尋ねた。

「いったいどんな症状で、どんな薬を使って、どんな治療をすれば、よろしいのでしょう。使道のお病気がこのようであれば、どの邑、どの村を問わず、肉を割き、心腸を削るようなことであっても、けっして厭いません。また天に登り、地に潜ってでも、薬を求めて来るつもりです。ですから、ただ薬の処方だけでも指示していただけないでしょうか」

牧使が言った。

「私の病気というのは丹毒で、薬は牛黄《ごおう》が効く。ただ牛黄数十斤で餅を作り、それを全身に塗りつけるのだが、それを毎日、三度、四度と繰り返さなければならない。それを四、五日のあいだ続ければ、快癒するのだが、わが家は富裕であったのに、この治療のために一敗地に塗《まみ》れたのであった。今、どうして牛黄を得て、身体に塗りつけることができようか」

人びとが言った。

「牛黄など、この土地の産物で、手に入れるのは簡単なことです」

さっそく、首郷が出て行き、各面に伝令した。

「牧使はこのような病状でいらっしゃるが、治療する方法がないわけではない。われわれは力を尽くしてその薬を求めようではないか。しかも、その薬というのはこの地の産物で、高価なものではない。貧富を問わず、その大小も言わずに、家にあるものを持ってくるがよい」

人びとは伝令を聞くと、争うように牛黄をもってやって来た。たった一日だけで、納められた牛黄は数百斤にも上った。下僕がそれを受け取って籠に収め、ソウルからもってきた梔子で染めた小麦粉の餅と取り換え、その餅を盛った器を解毒が終わって用の済んだ午黄として地面に埋めては、

「人がもし近づけば、毒気に当たって、顔面を傷つけることになろう。近づいてはならない」

と言った。

こうして五、六日がたち、病気はなおり、起きあがって仕事ができるようになった。

太守の清廉な政治が以前と同じようにまた始まり、任期が終わってソウルに戻った。済州島の人びとは石碑まで立てて公を思慕した。

ソウルに帰った後、太守は済州島から持ち運んだ牛黄を売って数千万金を手に入れた。おおよそ、済州島の牛というのは、十頭のうち八、九頭は牛黄を持っている。それで、済州島の人びとは牛黄を貴重なものだとは思っていない。太守はこうした事情を知っていて、梔子の餅をあらかじめ準備して、このような計略を立てたのだ。役所の下僕たちもあえて近づかず、遠くから黄色いものを埋めるのを見て、牛黄を埋めているのだと思ったのである。この太守はそれ以後、富裕を極めたのだったが、王さまからお尋ねがあったとき、自分のしたことをありのままに報告した。王さまからは罪を問われることはなく、よく考えたものだとお褒めがあった。

▼1【春塘台】昌慶宮の中にある台。かつて科挙が行なわれた。

▼2【郷所】郷庁、すなわち村役場の長である座首や別監の別称。

▼3【中軍】各邑の軍および警察を担当する将校の長。

第二二五話……太守の馬鹿息子を教えた海印寺の大師

陜川《ヒョプチョン》の郡守の某は年が六十歳ほどであったが、息子が一人だけいて、溺愛するあまり、教育を疎かにしてしまった。十三歳になっても、眼に一丁字もなかった。海《ヘ》印《イン》寺《サ》（第一五四話注2参照）に大師がいて、以前から親しく役所に出入りしていた。その日もやって来て、大師が言った。

「ご子息はすでに成童（十五歳）になろうとするにもかかわらず、まだ学問を始めていない。どうなさるおつもりか」

太守が言った。

「文字を教えようとしても、怠惰で言うことを聞かない。鞭で打つのに忍びず、この事態に到ってしまった。本当に困り果てているのだ」

大師が言った。

「士大夫の子弟が若いときに学ばなければ、世間に見捨てられてしまうだろう。もっぱら可愛がるだけで、日々の勉学をないがしろにさせるおつもりか。その人物が凡百であっても、学問次第で有為の人になるはずなのに、このようにほったらかしでは、まことに惜しいことだ。

私がこれから教えようではないか。あなたは私の任せることができるだろうか」

「今まであえてお願いしなかったが、もともとそうお願いしたかったことなのだ。大師が息子を教えてくださり、息子の蒙を啓いてくだされば、こんな幸いなことはない」

「それなら、一つだけ誓ってほしいことがある。生死を私の意のままに任せ、課業を厳しく立ててもいいという旨を文章に書き、印鑑を捺して、私に渡してほしい。またひとたび山寺に子息を送った後は、その機会がくるまで、官隷などをけっして行き来させないで、恩愛を断ち切ってくだされば、事は成就しましょう。衣服と食事についてはいては私がまかないますが、もしお送りになるものがあれば、僧徒たちが往来するのに托して私宛てに送ってくださればいい。あなたはしばらくそうしていただきたいのだが、よろしいか」

太守は、

「おっしゃる通りにしましょう」

と言って、文書を書いて判を捺して渡した。その日、息子を山寺に送り出して後、太守は往来を断って消息を交わすことはなかった。

その息子は山寺に登って、あちこちとうろつき回っては、年老いた僧などをあなどって、頬にびんたを食らわせて辱め、やりたい放題であった。大師は見て見ないふりをして、息子のなすに任せた。

四、五日が過ぎて、朝、大師は山型の頭巾をかぶり、僧衣を端然と着て、机に向って膝を折ってすわり、三、四十人の僧がそれに侍して粛然として座に着いた。大師が一人の阿闍梨に命じて息子を引っ捉えて連れて来るようにいった。息子は抵抗して、大声で泣きながら罵った。

「お前のような坊主風情がどうして両班をこのように侮辱するのか。私が帰ってお父さんに告げたら、お前なんぞ打ち殺されるぞ」

さらに続けて、

「千遍も、万遍も殺してやる。この禿げ頭め」

と言って、死んでも来ようとしなかった。大師は大きな声で叱りつけ、大勢の僧侶を促して縛りつけてでも連れて来るようにさせた。僧侶たちが一斉に飛びかかって縛り上げて連れて来ると、大師は手記を取り出して示しながら言った。

「お前のお父上がこれを書き認めて私に下さった。これより後は、お前の生死は私の手の中にある。両班の子弟として眼に一丁字もなく、悪事を事として生きていていいものか。このような悪習を改めなければ、お前の家門は滅びてしまう。私が科す罰を受けるがよい」

錐の先端を火で焼いて真っ赤になるのを待って、息子の太股を突き刺した。息子は気絶したが、しばらくすると気を取り戻す。すると、また大師が焼けた錐で刺そうとするので、息子は哀願して言った。

「これから以後は命令に背きません。どうか焼けた錐で刺すのは止めてください」

　大師は錐を手にちらつかせ、脅したり、すかしたりして、しばらくしてやっと、息子の縄をほどかせた。そうして、自分の近くに来るように言って、まずは『千字文』を教授することにしたが、日課を組んで、少しも休息することを許さなかった。

　息子もすでに子どもではなく、思慮もついている。一を聞けば、十がわかり、十を聞けば、百がわかる。四、五ヶ月の間に、『千字文』と『資治通鑑』に通暁するようになった。昼夜を分かたず孜々として熱心に勉強して怠ることがなかったので、一年余りすると、文理も大いに修得した。寺にこうして三年のあいだ留まって、学問も大成した。しかし、読書するときには、いつも心の中で独り言を言っていた。

「私が士大夫であるにもかかわらず、この山の坊主どもに侮辱されたのは、学問がなかったからだ。私は熱心に勉強して科挙に及第した後には、かならずこの僧を叩き殺して、これまでの憤りを晴らしてやる」

　そうした一念をもって怠ることなく、さらにいっそう勉学に励んだ。大師もまた科挙の勉学を勧め、ある日、前に呼んで、言った。

「お前の勉学も十分に進んで、もう科挙を受けるところまで来た。明日はいっしょに山を下りよう」

　翌日、いっしょに山を降りて、役所を訪ねた。

「これまで文章が日進月歩で進んできました。科挙に及第した後には文章を担当する官職を他の人に譲ることはないでしょう。わたくしはこれでお暇します」

　大師は挨拶をして、息子を置いて、山寺に帰って行った。

　息子は結婚して嫁を迎え、上京して科場に出入りするようになり、数年後には及第した。二、三十年の後には嶺伯（慶尚道観察使）となり、はなはだ喜んで、心の中でつぶやいた。

「私はこれで海印寺の僧を殺して、過日の恨みを雪ぐことができる」

　道内の巡察に出ることになり、刑吏に命じて棍棒を作らせ、棒で叩くのに巧みな人間を四、五人選ばせた。山寺についたら、あの僧を叩き殺そうと思ったのである。

　しかし、一行が紅流洞《ホンリュドン》に到ると、老僧が大勢の僧たちをしたがえて道の左側で恭しく出迎えた。観察使は輿から下りると、今までの気持ちとは裏腹に、老僧の手を捉え、まごころをこめて久闊を叙した。

老僧は欣然と笑って言った。

「この年寄りは幸いに死にもせず、観察使の威儀を拝見することができました。この上ない幸せです」

いっしょに寺に入って行くと、老僧が頼んだ。

「今わたくしが居住している房はまさにあなたが以前に勉強されたところです。今晩はここでわたくしと枕を並べてお休みになってはいかがでしょう」

観察使はこれを承諾して、一つの房にやすんだ。夜が更けて、老僧が言った。

「あなたはここに連れて来られて勉強を強いられたとき、きっとわたくしを殺したいと思ったことでしょう」

「そう思ったものだった」

「科挙に及第して観察使に登用されても、まだそう思っていたのではありませんか」

「その通りだ」

「巡察にまわることになったとき、心に誓ってわたくしを叩き殺そうと、刑杖を特別にこしらえ、自分で杖を執ろうとまで思ったのではありませんか」

「それもその通りだ」

「ところが、それなら、どうして叩き殺さず、輿から下りて懇ろに挨拶までなさったのか」

観察使がこれに答えた。

「子どものときの恨みは決して忘れることがなかったが、あなたの顔を見た途端、氷が融け、雲が散じるように消え去って、油然《ゆうぜん》として喜びだけが沸き起こってきたのです」

老僧も言った。

「わたくしが推測しますところ、あなたの地位はいずれ大官に到ることになりましょう。某年某月某日には箕伯（平安道観察使）となられます。そのときに、わたくしは弟子の僧をやりますので、あなたはこの僧を私と同じように懇ろに世話をして、同じ房にやすまれるのがよいでしょう。わたくしのことばを忘れずに、きっとそうしてください」

観察使が同意すると、老僧はこれに一枚の紙を指示して言った。

「これはあなたのために一生の運命を推量して年ごとに記したものです。享年がいくつで、地位は何品まで昇るか、はっきりとわかるものですが、今言いました平壌でのことはけっして忘れてはなりません」

観察使は謙虚に、

「はい、わかりました。おっしゃるとおりにしよう」

と答えた。

翌日には、観察使は米と絹と銭と木綿などを多く与えて帰って行った。

その数年後、はたして観察使は平安道の観察使となって平壌に赴任した。ある日、門番が告げた。

「慶尚道陜川の海印寺の僧がやって来て、拝謁したいそうです」

長官はおどろいて僧のことばを思い出し、すぐに中に入らせた。その僧を房に上がらせ、袖を捉えて膝が接するほど近くに座らせて、師僧の安否を尋ねた。膳を並べて夕飯を食べ、夜になるとともに寝た。夜が更けて、オンドルが熱くなりすぎたので、巡察使は寝返りを打つと、夢うつつの中に、生臭い臭いをかいだ。手で僧の方をさぐると、ぬるぬるとしている。人を呼んで灯りを点させて見ると、僧の腹には刀が突っ立って、血が床一面に流れていた。長官はおどろいて、すぐに死体を外に運ばせ、翌朝になって犯人を厳しく捜査させた。

観察使が夜伽ぎをさせた妓生は官奴と私通していて、男も女も血迷っていた。そのために遺恨を抱いて、観察使を刺し殺そうとした。オンドルの焚き口に近いところに寝ているのがそれだと考えて、僧を刺したのだった。長官はすぐにこれを捕まえて厳しく罰し、一つ一つを法にのっとって処置して、死んだ僧の遺体と葬具を海印寺に送り届けた。

大師はあらかじめこのような災厄があるのを知っていて、弟子の僧をやって代わりにこの災厄を受けさせたのであった。その後、長官の功名も寿命もすべて大師の占った通りであった。

第二二六話……密造酒の製造を見逃されて報恩する

統制使の柳《ユ》鎮恒《チンハン》▼1がまだ若かったころ、宣伝官として役所に行き、宿直した。壬午の年（一七六二年）のことで、禁酒令が厳しかったころである。ある月の明るい夜、王さまが、突然、宿直している宣伝官に入侍するように命じられた。鎮恒が命を受けて参ると、王さまは一振りの剣を取り出して鎮恒に下賜して命じられた。

「聞くところでは、世間ではいまだに酒をひそかに造っている者たちが多いと言う。お前はこの太刀をたずさえて、三日のあいだに酒を密造している輩を捕まえて来い。それができなければ、代わりに、お前の首を差し出すのだ」

鎮恒は命を受けて退出し、家に帰ると、袖で顔をおおって寝込んでしまった。妾がやって来て、顔を覗き込んで尋ねた。

「何をそんなに塞ぎこんでいらっしゃるのですか」

鎮恒が答えた。

「私が酒を好きなのは、お前も知っているだろう。ところが、最近はずっと飲んでいない。咽が乾いて死にそうなくらいだ」

妾がこれに答えた。

「日が暮れたなら、私に考えがないでもありません。すこしお待ちください」

夜になって、その妾が言った。

「私は酒のある家を知っています。しかし、私一人で行くのでなければ、酒を分けてはくれません」

そうして、空っぽの壺を抱え、チマで顔を隠しながら家の門を出て行った。鎮恒がこっそりと女の後を付けて行くと、女は東村の草葺の家に入って行き、そこで酒を買って出て来た。鎮恒がこれを飲んで味わい、さらに欲しいというと、妾がふたたび草葺の家に行って買って来た。すると、鎮恒が瓶を手にして立ち上がったので、妾は何ごとかと思って尋ねると、鎮恒が答えた。

「この酒を買った家の男というのは、まさに私の酒友とも言うべき人だ。このようにうまい酒をどうして一人で飲むことができようか。彼とともに飲むことにしよう」

家を出てその家を訪ね、一枚戸を入ると、わずか数間のあばら家で、雨風をしのぐこともできないありさまであったが、その中で一人のソンビが灯りを点して書物を読んでいた。鎮恒を見ておどろき、立ち上がって迎えて、言った。

「いったいどなたがこんな夜更けに来られたのですか」

鎮恒は腰を下ろして、言った。

「私は王さまの命令を受けて来たのです」

そうして腰から瓶を取り出して、続けた。

「これはこの家で売ったものに相違あるまい。実は王さまから酒を密造している者を捕縛せよという命令が下っているのだ。あなたの罪はすでに発覚してしまった以上、私について来てもらうしかない」

ソンビはしばらくの間、じっと黙っていたが、口を開いて、言った。

「たしかに法を犯している以上、どうして今さら弁明しましょうか。しかし、この家には年老いた母親がいます。一言だけ挨拶をしてから出て行きたいのですが、お許しいただけないでしょうか」

柳は言った。

「わかりました」

ソンビが中に入って行き、声を低めて母親を呼ぶと、母親はおどろいて、尋ねた。

「進士か、こんなに遅く寝もせず、いったいどうしたのだい」

ソンビが答えた。

「以前、わたくしは申し上げなかったでしょうか。ソンビの家ではたとえ飢えて死んだとしても、法に背くようなことをしてはならないと。しかし、母上はついにお聞きいれにならず、わたくしは捕まえられてしまったのです。わたくしはこれから死にに参ります」

母親は大きな声を上げ、慟哭しながら、言った。

「天よ、地よ、これはいったいどうしたことでしょう。わたくしが隠れて酒を造ったのは、なにも財を貪ろうとしたわけではなく、息子のお前に粥を食べさせるお金を用立てるために過ぎなかった。こんなことになったのは、わたくしの罪だ。いったいどうしたものか」

そこにソンビの妻もおどろいて起きて出て来て、胸をかきむしって泣き出した。ソンビはおもむろに言った。

「事がここに至っては、泣いたとて何の意味があろうか。ただ、私には子どもがいない。私が死んでしまった後も、お前は私の母上を、私がいたときと同じように、大切にお世話して欲しい。某洞の兄には息子が大勢いる。その中の一人をもらって養子にして、安穏と暮らすようにしろ」

ソンビはくり返しくり返し母親のことを頼んだ。柳は部屋の外で中の話を聞いていて、同情を禁じえず、部屋から出て来たソンビに尋ねた。

「あなたの母親は何歳になられるのか」

「七十歳あまりです」

また尋ねた。

「ご子息はないのか」

「おりません」

重ねて柳が言った。

「このようなありさまを、人としてどうして黙って見ていられよう。私には息子が二人いるが、仕えるべき母親はいない。私があなたの代わりに死ぬようなことになっても、あなたは気に懸ける必要はない」

酒の甕をみんな持ちださせて、さし向いになっていっしょに飲んだ後、甕をみな打ち割って庭に埋めてしまった。そうして、柳は帰ることになって、言った。

「お年寄りがいては、家計も苦しいでしょう。私はこの剣でもって、このたびの友情を示すことにしましょう。この剣を売って、お母上に孝行なさるがいいでしょう」

ソンビは固く断ったが、柳は剣を置いて後ろを振り向くこともなく、立ち去ろうとした。ソンビが姓名を尋ねたが、柳はただ、

「私は一介の宣伝官に過ぎません。姓名など知って、どうするつもりですか」

と言って、飄然と去って行った。

翌日は期限だった。参内して、罰を受けるつもりであったが、王さまは、はたしてお尋ねになった。

「酒を密造する者を捉えたか」

「捕まえることはできませんでした」

王さまはお怒りになって、おっしゃった。

「それなら、いったいお前の頭はどこにあるのか」

柳鎮恒は一言も申し開きはしなかった。そこで、すぐに済州へ安置（流配）されることになった。

鎮恒は済州に流されて数年後には許された。その後も十年余りは不遇で過ごしたが、晩年には復職して、草渓《チョゲ》郡守《グンス》となった。在任して何年かの間、専横を続け、ひたすら私腹を肥やしたので、人びとはみな我慢できずにいた。ある日、暗行御史がやって来て、倉を封じ、まさに政堂に上がり、郷吏と倉庫担当の役人をいっしょに縛り上げて、刑杖を加えようとしていた。鎮恒が戸の隙間から覗いて見ると、まさにあのときの東村の密造酒のソンビであった。そこで、面会を請うと、御史はおどろいて何も答えなかった。

「私にどうして会いたいと言うのか。恥を知らない人間なのであろうか」

鎮恒は入って行き、御史に挨拶をした。御史は振り返ることもせず、顔色を変えることもなく、居住まいを正している。柳が言った。

「御史は私をご存知ではあるまいか」

御史は考え込んでしばらく答えなかったが、やっと口を開いて言った。

「私があなたを知っているだと」

柳が、

「あなたは以前、東村の某村にお住まいではなかったでしょうか」

と言うと、御史はかすかに驚いて、

「あなたはどうしてそれを知っているのか」

と言ったので、柳は、

「某年の某日の夜、酒を密造する者を捕縛する王命を奉じ、あなたの家に伺った宣伝官に御記憶はありませんか」

と答えた。

「いや、もちろん記憶があるとも」

「私がその宣伝官なのです」

御史は急に立ち上がり、柳の手をとらえ、涙を滂沱と流しながら、言った。

「あなたは私の命の大恩人だ。今ここで会えたのは、天のおかげだ」

そして、刑罰の道具を片づけさせ、罪人たちを捕縛していた綱を解いた。一晩中、酒宴を張り、これまでのことをしみじみと語り合った。さらに数日、滞在を延ばし、ソウルに帰って行った。

暗行御史は鎮恒に対して褒美を下さるように王さまに上奏したが、暗行御史の上奏でこれより以上に褒賞が下されたことは、いまだかつてなかったことである。王さまはその治績を嘉するという名目で、鎮恒を特別に朔州《サクジュ》府使に任命された。その後、御史の方は大臣の地位にまで昇ったが、ここに至って、その事件のことを取り上げると、世の中の人びとは騒がしく噂をし、正しいことは考えないであろう。柳鎮恒は統制使にまで昇進した。もう一方は今や少論の大臣であるが、その姓名を明らかにするには憚りがあり、記すことができない。

▼1【柳鎮恒】一七二〇～一八〇一。朝鮮後期の武臣。字は寿聖。一七五三年、武科に及第して宣伝官となった。三道統制使・右捕盗大将にまで至った。一七九九年、八十歳となり、崇禄大夫を与えられた。

第二二七話……鬼神の珠玉

横城《フィンソン》の邑に一人の女子がいた。嫁いでまもなく、ある男がやって来てその女子を襲い、女子は何とか逃れようとしたが、結局は犯されてしまった。男は毎晩のようにやって来る。他の人にはその姿が見えず、ただその女子の目にだけ見えるので、夫が側にいても何の障りもなかった。交合するときごとに痛みが激しく、これは鬼神なのだとわかったが、女子には逃れようとしても逃れる術がなかった。

その後、昼夜を分かたずやって来るようになり、他に人がいても委細かまわなかった。ただその女子の五寸のおじを見れば、かならず避けて出て行くのだった。女子がおじにその情状を話すと、おじが言った。

「明日、もしその物が来れば、こっそりと木綿糸を針に通して、その物の来ている衣服の襟首に結いつけるがいい。そうすれば、その物がいったいどこに帰って行くかわかる」

女子はおじの言うとおりにして、糸を針に通して衣服の裾に縫い付けた。そこにおじが乱入したから、その物は驚いて立ち上がり、門を出て逃げた。木綿の糸巻きがその後を追ってほどけていったので、おじはただ木綿の糸を追って行った。すると、前の林の茂みの中に糸は入っていた。それをさらにたどって行くと、糸は土の中に入って行き、数寸ばかり掘って見ると、朽ち果てた臼の木材の一片があった。糸はその木の下に入り込んでいて、木の上端には紫の珠があった。大きさは弾丸ほどもあり、光彩が人の目を射た。その珠を取って袋の中に入れた。

ある日の晩、そのおじの家の門の外に、にわかに男がやって来て、言った。

「あの珠を返してくださらぬか。もし返してくだされば、富貴も功名も、あなたの思いのままに叶えて差し上げます」

　その頼みに応じないでいると、夜のあいだひたすら哀願して、帰って行った。毎晩のようにやって来て、同じように哀願を繰り返したが、四、五日が経って、またやって来て、

「その珠は私には緊急の必要があるが、あなたには必要がない。私は別の珠を持って来たので、それと取り換えてはいただけまいか。こちらの珠はあなたにとってはなはだ有益のはずです」

と言った。おじが、

「まず、それを見せてはくれまいか」

と言うと、その物は黒い珠を取り出して渡したが、その大きさと様子は先のものと変わらなかった。おじがそれを受け取って、先の紫の珠も返さない。その物は慟哭しながら去って行ったが、影すらも失くしていた。おじはいつも会う人ごとに二つの珠を自慢していたが、その珠がいったい何なのか、またどう使えばいいかを知らなかったのは、まことに惜しいことをしたものだ。

　その後、外出したとき、泥酔して道ばたで寝込んでしまい、二つの珠を失くしてしまった。きっと鬼物が持って行ったのである。横城の人の多くはその珠玉を見たことがあるそうである。

第二二八話……剣の先の肉を食らう

貞翼公《ジョンイクコン》・李浣《イワン》（第六話注1参照）が若かったころ、山間で狩りをして、獣を追って山奥に入り込んでしまった。日が暮れようとして、見回しても、あたりには人家がない。さて困ったと思いながら、馬を進めて草深い路を行き、いくつかの岡を越えた窪地に、一軒の大きな瓦屋があった。馬を下りて門を叩くと、それに応える者はいなかったが、しばらくして、中から一人の女子が出て来て、

「ここは客人がしばしの間でも留まるべきところではありません。すぐに立ち去られた方がよろしいでしょう」

と言う。公がその女子を見ると、年のころなら二十歳あまり、容貌はすこぶる端麗である。公が、

「ここは山も深く、日もとっぷりと暮れてしまった。虎や豹も横行している。苦労して探してやって来たのに、そうすげなく断るのは、どういう理由があってのことか」

と尋ねると、女子は、

「この家には身の危険があるからです」

と答える。公は、

「外では猛獣に喰い殺されるかも知れない。むしろ、この家で死ぬことにしよう」

と言って、門を開いて、中に入って行った。女子は致し方なく、公を迎え入れたが、部屋に入って腰を下ろすと、公は、

「ここが留まるべきところではない、と言うのは、どういうことだろうか」

と尋ねた。女子は、

「この家は盗賊の首領の住居です。わたくしは良家に生まれましたが、その首領のためにさらわれて、ここに数年もいることになり、いまだに虎口から逃れることができないでいます。首領は今はたまたま狩猟のために外に出ていて、しばらくは帰って来ませんが、夜が更ければ、かならず帰って来て、お客さまがここに留まっているのを見たなら、きっとお客さまとわたくしの首を一剣のもとに跳ね落としてしまうでしょう。お客さまはどこのどなたか知りませんが、にわかに盗賊の手にかかって空しく死ぬことになってしまえば、あまりに無念ではありませんか」

と言った。公は笑いながら、

「死期が迫っているとは言え、腹は空くものだな。食事を欠かすわけにはいかない。夕食をすぐに用意してもってきてはくれまいか」

と言った。女子が首領のために用意していた食事を進めると、公は腹一杯に食べて、満足すると、その女子を抱いて寝ようとした。女子がこれを拒んで、

「こんなことをしたら、大変な眼に遭いますよ」

と言ったが、公が、

「ここまで来たら、二人でことを致そうと致すまいと、同じことではないか。こんな夜更けに男女が一つ部屋に過ごして、何もなかったと言ったところで、誰が信じよう。死生は天命だ。恐れ怯えたところで、どんな利益があると言うのだ」

と言うと、女も同意して、二人は思う存分に交わって楽しんだ。しばらくすると、門を開けて家の中に入って来る足音が聞こえて来る。その女子は戦慄して、顔面は色を失いながら、

「首領が帰って来ました。どうしましょう」

と言ったが、公はそのことばを聞いてもいないようで、まるで気にするふうもない。

するとと、大男が姿を現し、身の丈は十尺もあろうか、河目海口といったところで、容貌はまことに魁偉、風儀は獰猛で、手に長剣を執って、半ば酔った様子で戸口を入って来た。公が臥しているのを見て、大きな声を上げて怒鳴りつけた。

「お前はどこのどいつだ。人の留守に家に上がり込み、人の女房を寝取るとは太い奴だ」

公は落ち着いて、

「獣を追って山に入り込み、日が暮れたので、宿を借りたのだ」

　首領が言った。

「恐れを知らぬ奴だ。人の家に宿るのは外の廊下でいいものを、内室にまで入り込み、女房と楽しんだ。それだけでも、殺していいが、また客の分際で、主人が帰って来たのに、礼もわきまえずに、挨拶もせず、横たわったままでいる。これはどんな道理がある。死ぬのが怖くないのか」

　公は笑いながら答えた。

「このような事態に至って、私が分別を示して、男女が席を分けて座っていたところで、お前は信じるだろうか。人の生などはかないもので、人はかならず死ぬものだ。どうして死を恐れることがあろう。私の命はお前に任せる。好きにするがよい」

　首領は太い縄でもって公を縛り上げ、梁の上に懸けた。その妻を振り返って、

「あちらに狩って来た獣がある。お前はそれを洗って焼いてもって来い」

と命じた。女は戦々恐々としながら出て行き、猪やノロや鹿の肉をさばき、焼いて、大きな皿に盛って、首領に進めた。首領はまた酒を持って来させたが、それも大きな盃で続けざまに何杯も飲み、剣でもって肉を突き刺しながら、これを食らった。さらには一塊の肉を剣で突き刺して、

「せっかく傍らには客人がいるのに、どうして一人で味わうべきだろうか。この客人はすぐに死ぬにしても、旨いものを食べて死ぬのがよかろう」

と言い、公の眼前に突き出した。公は平然と口を開けてこれを食らい、いささかも疑い恐れる様子がなかった。首領はこれを熟視しながら言った。

「これは大丈夫というに足る人物だ」

　公はこれに対して言った。

「お前が私を殺したいなら、すぐに殺すがいい。どうしてそのように遅延するのだ。それに大丈夫だの、小丈夫だのとは、いったいどういうことだ」

　首領は立ち上がり、公を縛っていた縄をほどき、手を執って座らせて言った。

「あなたは天下の奇男子というべき人物だ。あなたのような人物を私は初めて見た。あなたは国家の柱石として大事を行なう人で、私ごときがどうして殺していいものか。これからは私を知己としていただきたい。あの女子は私の馴染んだ妻ではあるが、あなたとすでに契ってしまったからには、あなたのものだ。もう二度と私は近づけまい。倉の中に積んだ財や帛もあなたが持って行かれるがよい。あなたは断らないで欲しい。大丈夫が世にあ

って、手に銭帛がなくては、どんな仕事ができようか。私は、これで姿をくらますが、後日、きっと私には災厄が降りかかることになろう。そのときは、あなたはきっと私を救って欲しい」

そう語り終えると、首領は飄然と立ち去って、どこに行ったか行方はわからなかった。

公は女を馬に乗せ、厩に繋いであった馬にも倉の銭帛を載せて、その山を出た。その後、公は顕達して、訓練大将として捕盗大将を兼ねた。地方から群盗の首領を捕まえてソウルに連行してきたとき、その顔をよく見ると、その首領であった。公は大喜びをして、堂の上に上げて旧闊を叙し、王さまに往時のことを上奏したところ、王さまは大いに面白がられて、すぐに釈放のお赦しがあった。その後、首領は軍官に命じられ、科挙にも及第して、役職を歴任して、ついには閫任《こんにん》▼1にまで至ったという。

▼1【閫任】閫外の任で、都城外、あるいは国境まで軍を進める将軍職。すなわち兵馬節度使、水軍節度使の官職を言う。

第二二九話……役人の背倫を罰した李秉泰

文靖公・李秉泰《イビョンテ》（第一五四話注1参照）が東峡地方▼1を暗行御史として巡察した。洪川の邑を通り過ぎて、集落とは十里ほど離れてしまった。すでに暗行の担当地でもないので、中に入ることもなく、外を通って別の邑に向かった、ある集落の前に至って、腹が空いて仕方なく、食事を乞うた。一人の女子が門から出て来て、応対した。

「この家は男手もなく、ご覧のとおり、はなはだ貧窮している。姑がいるのに、朝夕の食事もさし上げられない。通りすがりの方に乞われても、差し上げる食事が用意できるわけがない」

公が尋ねた。

「ご主人はどこに行かれたのか」

その女が答えた。

「何と言えばいいのやら。わたくしの主人はこの邑の吏房なのですよ。ところが、妓生なんぞにのぼせちまって、母親を虐待した上、妻ともども追っ払ってしまった。わたくしどもはその追い払われた姑と妻という次第だ」

そうわめきたててやまない。すると、奥の方から老婆の声がした。

「嫁や、どうして夫の悪事を言い立てて、世間に広めるのだい。もうよしなさい」

公はこの話を聞いて心を痛めた。そこで、道を引き返し、集落の中に入って行って、首吏の家を訪ねた。このとき、ちょうど昼時で、家の中に入って行くと、首吏は堂上に座って昼食をとっていた。その横には妓生が座っていて、やはり食事をしている。公は縁側の隅に座って、言った。

「私はソウルから来た者ですが、たまたまこちらにやって来て、時間が過ぎてしまい、昼食をとりそこねました。できれば、一椀の飯でもいただいて、飢えをしのぎたいのですが」

その年は凶作で、民に振恤するために米が倉にはあった。この首吏は目を凝らして公の姿を上から下まで見て、奴を呼びつけて、命じた。

「この間、お産をする狗のために糠の粥をつくったはずだ。あれがまだ残ってはいないか」

「はい、まだ残っています」

「それなら、この乞食に一椀でも恵んでやるがよい」

奴は糠でつくった粥を一椀もってきて、公の目の前に置いた。公が怒って言った。

「貴殿は、今はたとえ裕福であっても、ただの地方の役人に過ぎない。私は、今は食を乞う境遇にあっても、本来は士族なのだ。たまたま時間を過ごして、食事を乞うたが、このようなものを出して、どういうつもりだ。食べ残しであっても、悪いわけではない。しかし、狗や豚が残したものを人に出すなど、どういう道理があろうか」

首吏は目を大きく見開いて、客の人となりに気圧されたものの、罵倒した。

「お前が両班だと言うのなら、どうして人の家にのこのことやって来て、食事を乞うような真似をするのだ。今年は凶年で、このようなものでも、人びとはなかなか食べられない。お前はいったい何さまなのだ。そんな偉そうな口を聞けるとは」

首吏はそう言って、粥の椀を取り上げて公の額に投げつけた。李公の額は割れて血が流れ、粥を全身に浴びた。公は痛みをこらえて出て行ったが、やがて御史の役目を終えて、ソウルに戻った。このとき、首吏が民に施すべき倉の穀物を金に換えてソウルの家に送ったという旨の文書が発見された。これによって、首吏はなじみの妓生とともに杖殺された。

一人の女子の怨みのことばから、事はここに至ったのである。故事に「五月飛霜」[2]と言うが、まさにこのようなことを言うのであろう。

▼1【東峡地方】京畿道の東方と江原道地方を合わせて言う。

▼2【「五月飛霜」】五月下霜とも。暑中に霜が降りること。冤獄の兆しであるという。「鄒衍、燕の恵王に事へ、忠を尽くす。左右、之を王に譖る。王、之を獄に繋ぐ。衍、天を仰ぎて哭す。夏五月、天之が為に霜を下す」(『淮南子』)。この

話の結論としてはおかしい。

第二三〇話……田舎の老人に懲らしめられた李如松

宣祖の時代、壬辰の倭乱の際に、中国の将軍である提督の李如松（第一一四話注3参照）が皇帝の命を受け、援軍を率いて朝鮮にやって来た。平壌で勝利して、城の中に入って占拠すると、山川の秀麗であるのを見て、異心を抱くようになった。宣祖をしりぞけて、自分が朝鮮王になろうと考えたのである。

ある日、幕僚たちを大勢ひきいて、練光亭で宴をもよおしたところ、江のほとりの砂地を黒い牛に乗って通り過ぎる老人がいた。軍校が大声で立ち退くように言ったが、聞いていても聞こえないふりをして、轡をとってゆっくりと通り過ぎる。提督は大怒して、軍校に老人を捕まえて来るよう命じた。ところが、牛の行く速度はけっして早くはないのに、軍校たちは追いつくことができない。提督は憤怒に堪えず、千里の名馬を駆けて刀を振り上げ、老人を追った。前方の牛はそう遠くを行くわけではないのに、名馬がどんなに早く駈けても、追いつくことができない。山を越え、川を渡り、数里を行って、ある山村に入ると、黒牛は水辺のしだれ柳の下に繋がれていた。そこには茅屋があり、竹を編んだ扉は閉じていなかった。提督は老人がこの家の中にいるものと考えて、馬を降り、刀だけは手放さずに、中に入って行った。老人は堂の上に立って待っていた。提督は怒って言った。

「お前はたかが田舎の老いぼれに過ぎない。それが、天の高さを知らず、粗忽にも無礼を働くのか。私は皇帝の命を受けて百万の大軍を率い、お前の国を助けるためにやって来たのだぞ。お前はこの道理を理解しないというのか。わざわざわれわれの軍馬の前を犯した。お前の罪は死に値する」

老人は笑いながら答えた。

「わたくしがどんなに田舎者であったとしても、どうして中国の将軍が尊貴であることを知らないわけがありましょう。今日の振る舞いというのは、将軍をお迎えして、このまったく辺鄙なところに来ていただくための計策でした。わたくしにはひそかにお願いしたいことがあります。しかし、それを申し上げることが難しいので、こういう手段をとったのです」

提督は言った。

「私に頼みたいというのはどんなことか。話してみるがよい」

老人は答えた。

「私には息子が二人いますが、百姓仕事をいやがって、ほしいままに強盗をして回っている始末です。父母の教えにも背き、長幼の順も弁えません。これが人生の一つの禍痕ですが、もう年老いた私の気力ではこれを抑えることができません。ひそかに聞くところでは、将軍の神霊のような勇猛さは世間に抜きん出ていらっしゃるそうです。どうか将軍の威力でもって、私の親不孝息子を亡き者にしていただけませんか」

提督が言った。

「息子たちはどこにいるのか」

老人が答える。

「後ろの園の草堂にいます」

提督が刀を手に取り、裏山に行くと、はたして二人の少年がともに読書をしていた。提督が大声でしかりつけた。

「お前たちがこの家の親不孝息子か。お前たちの父上がお前たちを排除したいと考えている。謹んでわが一太刀を受けるがよい」

そう言って、刀を振り上げて打ちかかったが、少年たちは顔色も変えず、声を上げることもなく、書物に挟んであった竹の棒でこれを防いで、提督はこれを撃つことができなかった。最後に少年が竹の棒で提督の振り下ろした剣を振り払うと、剣はちゃりんと金属の音を立てて真っ二つに折れた。しばらくすると、老人がやって来て、少年たち叱りつけた。提督は息を切らして、汗びっしょりになっている。

「子どもたちよ、なんという無礼を働くのか」

少年たちを後ろに引きさがらせた。提督は老人に向って言った。

「この子どもたちの勇力は非凡で、向うところ敵なしです。どうして老人の願いをかなえることができましょう」

老人が笑いながら言った。

「わたくしは冗談を言ったまでです。この子どもたちには腕力がありますが、十人でわたくしに打ちかかって来たにしても、わたくしを倒すことはできません。将軍は皇帝の命を受けてこの東の国に援軍にかけつけ、凶悪な倭人たちを掃討して、わが国の基業を安泰にしていただきました。このままお国に凱旋されれば、その名前は歴史に記されて、大丈夫としてこれ以上の名誉はないのではありますまいか。それ以上の望みを心に抱かれることが、はたしておありでしょうか。今日の振る舞いというのは、わが国にも人材がいないわけではないと、将軍に知っていただくためでした。将軍がその意を悟って、企てを改め、迷いから目覚めないようでしたら、このわたくしはたとえ年老いていたにしても、将軍を除去せざるをえない。どうか、考えを改められよ。山野に住む人間のことばははなはだ乱暴でしょうが、将軍はわたくしの衷情を察して、許されよ」

提督は一言もなく、頭を垂れていたが、やがて「わかりました。わかりました」と言って、門を出て行った。

第二三二話……虎から新郎を救った新婦の意気

湖中（忠清道）に両班がいた。人里からは五、六十里も離れた山中の家で、娘の結婚式を行なった。醮礼を終えて、婿が新婚の部屋に入って行き、新婦と向かい合っていると、夜も更けて、霹靂のような音がした。すると、あっという間もなく門が押し破られ、突然、一頭の大きな虎が部屋に現れて、そのまま新郎のソンビをくわえて立ち去った。新婦は慌てふためきながらも起ち上がり、虎の後ろ脚をつかむと、そのまま離さなかった。虎は後ろの山に登ったが、まるで飛ぶような勢いである。新婦は死ぬ気になってしがみついたまま、崖や谷の上り下りにも堪え、荊棘の生い茂った中を通って着物は破り裂け、頭髪は乱れて、全身が血まみれになっても、あきらめなかった。そうして幾里かを行くと、虎もいささか疲れたのか、新郎を草原の上に放り捨てて、立ち去った。

新婦はやっと人心地がつき、新郎の身体を触ってみると、みぞおちのところにかすかに温気があった。四方をうかがって見ると、岡の下に一軒の家があり、後ろの窓からかすかに光が洩れている。虎もすでに遠くに行っただろうと考えて、細い路をたどりながら下に降りて行った。後ろの門を開けて入って行くと、五、六人が集まって酒を飲んでいるところで、肴が食い散らされて残っていた。突然、新婦が入って行くと、顔には化粧をほどこしているが、全身は血まみれで、衣装はずたずたに裂けて、人か鬼か分別のつかないありさまである。居合わせた人びとはおどろいたが、新婦はそこでばったりと倒れながら、

「わたくしは人間です。みなさん、どうかおどろかないでください。後ろの丘に人が倒れています。まさに生と死の瀬戸際にいます。どうか行って救ってください」

と言った。人びとはおどろきながらも気を取り直して、いっせいに起ち上がり、松明を手に後ろの丘に登って行った。たしかに一人の青年男子が倒れていて、気息奄々たるありさまである。人びとがじっくりと見ると、これはまぎれもなく、主人の息子である。主人はおどろき、息子の身体をかついで、部屋の中に寝かせ、薬湯などを与えて看病したが、しばらくの後、息を吹き返したのだった。家中の者がみな、最初は慌てふためいたものの、

ついにはほっと胸をなでおろしたことであった。

けだし、新郎の父親は婚礼を上げて息子を送った後、隣近所の友人たちと集まって酒を飲んでいたのだった。虎はたまたまその後ろの山まで駆けて来たのである。父親は初めて血まみれの女子が新婦であることを知って、そこでねんごろに部屋に迎え入れ、粥を食べさせた。翌日になって、新婦の家には無事を知らせたが、両家の父母ともに喜び合わないではいられなかった。新婦の真心と高い節概に嘆服しない人はいず、郷里の人びとが役所に報告して、旌閭を許され、褒賞を受けた。

第二三二話……成宗の好意を活かせない南山の老ソンビの運数

成宗《ソンジョン》は時おり微行をなさった。月が雪に映えて明るい夜、数名の宦官とともに微服で宮廷を出て、南山《ナムサン》の下まで行かれた。すでに夜も深まって三更になり、森羅万象は静まり返って、街を行く人はいない。山の下に小さなあばら家があり、灯りが明滅して、中から書を読む声が聞こえてくる。

王さまが幅巾[1]に道士の服の姿で門を開いて中に入って行かれると、主人はおどろいて起ち上がり、座を進めながら、言った。

「いったいどなたがこんな夜更けにいらっしゃったのでしょうか」

「たまたま通り過ぎたのだが、本を読む声が聞こえたので、訪ねてみたのだ」

続けて、王さまがいったい何の本を読んでいるのかをお尋ねになると、『易経』を読んでいると答えた。王さまは難解な個所について質問されると、すらすらと答えて、まことに大儒と言うべきである。歳をお尋ねになると、

「五十歳を超えています」

「科挙のための勉学をやめないのか」

「運数が悪いのか、何度も落第しています」

私草を見たいと請われると出して来たので、見ると、なかなかの出来栄えであった。王さまは不思議に思ってお尋ねになった。

「このような才能でもって登科しないのは、試験官の責任であろう」

「ただ運数が悪いためで、どうして試験官が不公平であるなどと怨みなどしましょうか」

王さまは私草の中の一篇の題目と内容とをじっくりと読みながら、おっしゃった。

「明後日に別科があると言うが、聞いているか」

「いいえ、聞いていません。いつ王命があったのですか」

「ほんの少し前に王から科挙の命が下ったのだ。登科するよう努力するがいい」

　別れの挨拶をして、王さまは宮廷にお帰りになり、掖庭署の役人に二石の米と一斤の肉を南山の麓のあばら家に投げ入れて置くようにと命じられた。

　その翌日、特別に令を下して、別科を開いたが、その日、あの夜に見たソンビの私草にあった題目で御題を出され、あの文章が提出されて来るのを待たれたが、しばらくして、試券が回収されて来た。はたして、あの晩にみた文章がある。王さまは大いに褒め称え、批点を多くつけて、首席に抜擢した。及第した人の名前を掲示するときに、新恩をお召しになったが、あの日の晩に会ったソンビではなく、まだ少年のソンビであった。王さまはおどろき、不思議にお思いになって、尋ねられた。

「これはお前が作った文章か」

「いいえ、実は違います。わたくしの年老いたお師匠の私草の中にあった文章です。今回、題字が符合したので、書いて提出いたしました」

「お前の師匠はどうして科挙を受けなかったのだ」

「わたくしの師匠はたまたまお米のご飯と肉とを食べたために、病気になってしまい、科挙の試験場に来られなかったのです。それで、このわたくしが私草を懐にして、やって参りました」

　王さまは長いあいだ黙然として一言も発されなかったが、ようやく、少年ソンビを引き下がらせなさった。

　おおよそ、米と肉とを下賜され、餓えに慣れきった胃腸に食べつけないものを多量に摂取したものだから、病気になってしまったのである。これで見ると、みな天の定めるところであり、このソンビはやはり運数が悪いのである。

▼1【幅巾】特に道士や隠士が使う頭をおおう帽子。

第二三三話……はるか千里を離れたまだ見ぬ父親に会う

車徳鳳《チャトクポン》▼1というのは大興《テフン》（忠清南道の大興県）の斗蓮里《トヨンニ》のソンビである。同郷の文官が北青《プクチョン》▼2の任地に赴くのに従って行き、役所の客人となった。旅中の無聊から、楚岸《チョアン》という官妓となじみ、楚岸は身重になってしまった。ところが、文官は事件に連座して罷免されて帰ることになり、徳鳳もまた郷里に帰ることになった。別れに臨んで、徳鳳は楚岸に一本の扇子を贈り、その扇子に、

「男子が生まれれば名は大興とし、女子が生まれれば名は斗蓮とせよ」
と書き付けた。自分の居住地を子どもの名前につけ、他日、父親を忍ぶよすがとするようにという意図からであった。

　楚岸は女子を産んで、斗蓮と名付けた。徳鳳はそのことを知らなかった。北青と大興は千里あまりも距離を隔てていた。消息が途絶えて、歳月も経つと、徳鳳は扇子を贈って、生まれる子どもの名前を付けたことも忘れてしまった。ある日、徳鳳が疫痢にかかってはなはだ重く、病床に伏して昏睡していると、同じ邑に住むソンビの家の奴がやって来て、ソウルから届いた封書をわたして、
「掌令の安某の家から送って来たものです」
と言い、さらには衣服を包んだ風呂敷包み、人参や鹿茸などの薬種まで手渡した。徳鳳は驚くとともに訝しみ、起き上がって封書を開いてみると、斗蓮という文字が書かれている。手紙の文意は次のようなものであった。

　——生来、自分は父親の顔を知らず、子どもが父親を呼ぶ声を聞くと悲しみに襲われる。天倫を知らない自分は人と言うに足りないようで、もし父親の在処がわかれば、千里の道も遠しとせずに尋ねて行き、一目でも父親の顔を見たい。そうすれば、この人生に怨みを残すことはなく、死んでも瞑目することができる云々。

紙を貼り次いで綿々と書かれている。文辞が心を打って、徳鳳はやっとのことで気が付いた。すなわち、楚岸は女子を産んで、自分のことば通りに、斗蓮という名前をつけ、その子が大きくなったのである。一方で喜び、一方で悲しんで、われながら感情の持って行き場がわからない。病を押して返事を書き、「斗蓮詞」一首をそれに付した。徳鳳の病は、斗蓮の贈った薬種を服用することで次第に快癒した。この年の秋、斗蓮は事情をつぶさに訴えて父親に会うための暇を乞うと、北青の太守はその心を憐れんで、特別にこれを許可した。

　斗蓮は旅装を調え、馬に乗って千里を跋渉して、洪州《ホンジュ》の金馬川《クムマチョン》（忠清南道洪州の金馬川）までやって来て、その父親と会うことができた。徳鳳は大興から引っ越していたのである。たがいにひしと抱き合って泣いた。斗蓮はしばらく逗留して語り合い、別れたが、その後も、二度三度と往来して、いつも久しく留まって、なかなか別れることができなかった。徳鳳が死んだときには、三年の喪に服して帰って行った。

▼1　【車徳鳳】この話にある以上のことは未詳。
▼2　【北青】咸鏡道の北青、都護府が置かれた。

第二三四話……山渓で異人に会う

ソウルに住む一人のソンビが北関（咸鏡南北道地方の別称）に旅をして帰って来るとき、山中の近道を取って一日進み、伊川《イチョン》（江原道伊川県）の近くにまで至った。日が暮れかかり、四方は山に囲まれている。大木が天を衝き、虎や豹が昼でも吠え、狐や狸が横行している。徘徊しながらきょろきょろと見回すものの、人跡は途絶え、山路は険しくて危険である。人家がないかと探しまわっていると、突然、岩の中に門のように開いている箇所が見つかった。しかし、そこから川が流れ出していて、大根や白菜の葉が浮かんでいる。ソンビは、

「洞窟の向こうにはきっと人が住んでいる。武陵桃源[1]でなければ、天台隠居[2]と言うべきであろう」

と言い、付き従っている奴子に川に入って見て来るように言った。しばらくすると、その奴子は小さな船に乗って帰って来たので、ソンビもその船に乗り込んで、奴子とともに棹を差して流れを遡った。流れの尽きるところに船を留め、岸に上がって、歩いて行くと、数百戸の人家の並ぶ集落があった。山は高く谷は深い。世間の塵埃は届かず、村のたたずまいは瀟洒で、まさしく別世界である。老人が一人杖をついて出て来たが、衣冠は古風で、その風儀は世俗からかけ離れている。その老人はソンビを迎えて、

「ここは幽阪の地で世俗とは行き来せずに百年あまりも経っている。誰も知らないはずなのだが、あなたはどうしてやって来られたのか」

と言った。ソンビが山を歩いていて、道を失った旨を告げると、その老人は家に連れて行って、夕飯を調えてもてなしたが、山菜野蔬の味わいは下界のものとは異なっていた。

食べ終わって、ともにやすむことになり、従容と談話した。老人は語った。

「わたくしどもの何代かの前の先祖が世俗の喧噪と塵埃を嫌い、五、六人の同志とともに、この地を占って移って来たのです。それから数百年が経って、誰も一歩も外に出ることとなく、男子を産み、女子を産み、たがいに通婚して、今では百戸の大村になりました。田を耕して食べ、布を織って身を覆い、争いを起こさず、税を納めることもなく、葉が落ちることで秋を知り、花が咲くことで春を知る生活をしています」

夜が更けて外に出てみると、流星が落ちた。老人はそれを見て驚き、

「平邱・朴震憲[3]が死んだようだ」

と言い、ため息をついて、

「久しからずして兵乱が起こるが、どうすることもできない」

と言った。ソンビは心の中で不思議なことを言うものだと思いながら、旅行の記録にその日時を書き記し、老人に尋ねた。

「兵難がもし起こるとすれば、どうすれば禍から逃れることができますか。生き延びるための方法を教えていただけないでしょうか」

老人はそれに対して答えた。

「江陵《カンヌン》▼4か三陟《サムソプ》▼5に行けば、この禍を避けることができよう」

翌日、ソンビは岩の間の門を出て、家路についた。平邱の村に至って、

「この村には朴震憲という名前の人がいるか」

と尋ねると、

「いたが、死んでしまった」

と答えが返って来た。その死んだ日時を詳しく尋ねると、まさに流星のあった夜であった。丙子の年（一六三六年）の冬になって、はたして金が攻めて来た。ソンビは老人のことばを思い出して、妻子を連れて三陟の地に避難し、家族全員が事なきを得たのだった。

▼1【武陵桃源】陶淵明の「桃花源記」に書かれた理想郷。俗世間を離れたユートピアを言う。
▼2【天台隠居】天台山は中国浙江省にある山。昔から神仙・隠者などが住んだが、五七五年、智顗がこの地で天台宗を開き、日本の仏教に多大な影響を与えた聖地でもある。
▼3【平邱・朴震憲】この話にある以上のことは未詳。
▼4【江陵】江原道江陵、大都護府が置かれた。
▼5【三陟】江原道三陟、都護府が置かれた。

第二三五話……禹という異形の物

博川《パクチョン》（平安北道博川郡）の鉄砲撃ちが妙香山《ミョヒャンサン》（平安北道延辺にある名山）に猟に行った。妙香山というのは大山であって、人跡未踏のところも多い。鉄砲撃ちは一頭の鹿を見て、一日中これを追いかけたが、ついに仕留めることができずに、深山窮谷の中に入り込んでしまった。日はすでに暮れかかろうとしているのに、いったいどこにいるのかもわからない。困り果て、恐れおののいていると、絶壁の間に小さな径が通じているようである。それを数里ほど行くと、草葺きの家があった。

その家は十二間ほどの長さに造られていて、その端の一間には台所がある。台所にだけ入り口があって、その他のところは長々と壁になっていて窓がついている。台

所には一人の美人がいて、まさに夕食の用意をしているところであった。鉄砲撃ちを見ても、それほどおどろく風でもない。鉄砲撃ちが深山に迷い込んで道がわからなくなったことを言うと、その女子は面白がっている。鉄砲撃ちも男ざかりであったから、これを誘ってみると、いやがるふうでもなかったので、ついにこれと交情した。

しばらくして、夕飯を進められて食べることになったが、もっぱら熊の掌や鹿の肉、猪の肉の類であった。夫はいないのかと尋ねると、

「猟に出ています」

と答えた。二更ころに人の足音が聞こえ、女はせわしく出迎えた。見ると、巨人が庭に突っ立っている。胴回りが一間ほどもあって、背丈は屋根より高く、八、九丈もあろうか。部屋の中からはその顔を見ることができない。巨人の夫が妻に、

「来客をよくおもてなししたか」

と言うと、妻は、

「はい、もちろんです」

と答える。巨人の夫は屋内に入ろうとしたが、家の端から頭を屈め、ずっとはいつくばって入って行き、長々と十一間の部屋に横たわった。座高が高くて、屋根につかえて座ることもできないのである。巨人の夫が鉄砲撃ちに言った。

「お前は一日中鹿を追って、仕留めることができなかったのか」

鉄砲撃ちが答えた。

「その通りだ」

巨人が重ねて尋ねた。

「お前はこの女と寝たのか」

鉄砲撃ちは、この巨人が霊異であり、しかも長大であり、自分は確かに罪を犯して、それを見抜かれてもいる。嘘をついても仕方あるまいと思って、事実を述べて、殺すがよいと言った。すると、巨人は、

「殺しなどしない。私がこの女を置いているのは飲食の世話をさせるために過ぎない。私の一物は大き過ぎて、最初からこの女とどうということはないのだ。お前がこの女と情を交わしたところで、かまうことではない。お前は私を恐れる必要はない」

と言い、女を振り返って、

「食事を持って来い」

と言いつけた。女はうなずいて出て行き、巨人が背負って来た大きな猪を捌いて、大きな盆に盛って、巨人の前に差し出した。その生肉のみで、他には何もない。巨人はそれを貪るように食べて、さて寝ることになり、女に言った。

「客人といっしょに寝るがいい」

女は客の横に臥し、鉄砲撃ちもまた女の横に臥したもののの、やはり怖くなって、もう交わることはできなかった。

朝になって、その長大な姿を見ると、人のように見えて、人ではない。心の中では疑問が尽きない。巨人は女を呼びつけて、

「客と私に朝食をもってこい」

と言うので、女はそのことばに従って、朝食をそれぞれにもって来た。すなわち、鉄砲撃ちには煮炊きした食事で、その巨人には生肉を盆に盛ったものである。食べ終わると、巨人は長大な身体を引きずって部屋の外に出ようとしたが、まるで大蛇が地を這うようであった。頭を出口から出して、身体をやっとのことで庭に匍匐して出して座って言った。

「私が客人の人相を見るに、実に多くの福力を備えているようだ。客人が昨日ここに来たというのも、実は私が導いたのだ。あの女もこの山中に縛り付けようとは思わない。連れて行くがいい。私が集めた虎や豹やノロや鹿や熊の皮も、ここに積んでおいても仕方のないものだ。あなたに上げよう。しかし、あなたには力がなく、全部を担いで行くわけにもいくまい。私がこれを運んでやろう」

そう言い終わると、大きな綱でもって、洞窟の中に積み上げてあった獣の皮をくくり上げて肩に担ぎ、

「私が先に行くので、あなたが女を連れて行くのだ。ここがどこか知る必要はない。河口の船の停泊しているところまで行こう」

と言った。鉄砲撃ちが安州《アンジュ》（平安南道安州郡）の港まで行くことにすると、巨人は背中に山のように獣の皮を負って、そこまで送った。

「私が背負って来た獣の皮は一財産にはなるであろう。その代わりに、あなたにも頼みたいことがある。今日から五日目に二頭の牛を殺し、百石の塩を買って、ここで私を待っていて欲しい。私はかならず戻って来よう」

その物が立ち去ると、鉄砲撃ちは船を買って、女と獣の皮を載せた。女を妻とし、皮を売ると、千金を得ることができた。その長大な物が人なのか人ではないのか、女もまた知らなかった。五日目には二頭の牛を殺し、塩を買って、約束の場所に行って待った。長大な物ははたしてやって来て、前と同じように、獣の皮を山のように背負っていた。それをおろすと、二頭の牛をぺろりと平らげ、塩二百石を獣の皮を入れていた網に入れて担ぎ上げたが、少しも力を要するようではなかった。そうしてまた、

「五日後にはまた来るので、今度もまた塩を用意して、ここで待っていて欲しい」

と言った。鉄砲撃ちはまた、言われた通りに用意しようとしたが、牛については言及するのを忘れたのだろうと思って、今度もまた、塩とともに、牛二頭を殺して待った。長大な物はまたやって来たが、獣の皮を担いで来たのも前の通りなら、その網に塩を積んだのも前の通りだった。ただ、二頭の牛の肉を見て、首を振りながら言った。

「食べたいと思ったら、きちんと頼んだはずだ。今回は食べるつもりはないのだ」

　ことわって、立ち去ろうとするので、鉄砲撃ちは心をこめて引き止め、

「あなたは人ではないようだ。そして、私をもてなす義理もないのに、泊めてくれた上に、こんなに美しい女子を妻として与えてくれ、三度も山のように積んだ獣の皮を運んで与えてくれた。その値は万金にもなろう。今回、確かに牛を殺せとは言われなかったが、あなたの恩徳に感謝して、心からもてなそうという思いだったのだ。一口でも食べてはもらえないだろうか」

と再三にわたって懇願するので、その物はやや考え込むふうで、指を折りながら、

「まだ五日しか経っていないが、あなたの好意は無下にはできまい」

と言って、ついに牛肉を平らげ、

「もうこれで千古の別れとなろう。自重して健やかに過ごせ」

と言って、立ち去ろうとしたが、鉄砲撃ちは前を遮って、

「人がたがいに知己となるためには、その履歴を明らかにすることが大切であるが、今、永別するとすれば、その類をはっきりと知りたいと思うのだ。そうでなければ、心が鬱々として晴れることがない。あなたは人なのか、獣なのか、魍魎なのか、あるいは山の霊なのか」

と言った。長大な物は、

「われわれの掟として、自分からそれを言うことはできない。あなたがもしそれを知りたかったら、明年の端午の節に洛東江《ナクトンガン》▼1のほとりに行って待っているがよい。そうすれば、草笠をかぶって青い袍を着た、黒い驢馬に乗った美少年がやって来る。これに尋ねれば、きっと答えてくれよう」

と答えて、悠然と立ち去っていった。

　鉄砲撃ちは一方では疑いが深まるとともに、一方では寂しくもあったが、三度にわたって負って来てくれた獣の皮を売ると、莫大な金となって、ついには関西の陶朱（第四五話注3参照）といった有り様である。心の中では端午の節をいまかいまかと待ち望み、その日、洛東江の畔に行くと、はたしてあの長大な物の言ったような姿の美少年と行き会った。驢馬の前で挨拶をして、ねんごろ

に、あの長大な物の前後の来歴について一つ一つ質問した。その少年は愁然として長いため息をつき、

「あまりよい報せとは言えないが、あれは実は禹《う》という物だったのだ。それが物として存在し続ければ、それが亡びるとき禍が起こる。およそ天地の間の純陽の正気が化して英雄豪傑となり、君主は聖人、臣下は賢臣となって、国家は泰平、民は安穏となる。そうなれば、それほど望ましいことはないが、しかし、その人材に済世の功績をなすのに十分な才が備わっていなければ、その正気も英雄豪傑に化すことができず、ただの禹となってしまうのだ。深山幽谷に隠れて住まっていたが、世道が頽廃して、厄運がまさに至ろうとして、禹もまたみずから亡びてしまった。塩がなければ亡びることはできなかったのだが、塩によってみずから尽き、今やその気は宇宙に散じてしまった。正気によって英雄も出現するが、このような物が現れることもある。どうしてそれが偶然であろうか。あの物が塩を求めたのは、みずから尽きるためだったのだ。おおよそ塩は、五日に一度食べれば衰え、また五日して食べれば尽きる。しかし、あの物はあいだに生肉を食べた。それで尽きる時期を五日のあいだ延ばしてしまった。あの物が肉をことわったのは、その理由があったからなのだ。

ああ、悲しいことだ。朝鮮国に英雄豪傑は出て来ない。後漢の末年と同じようだ。高麗は亡びてしまったが、朝鮮国も同じ轍を踏まなければいいのだが。あなたに関して言えば、ただならぬ福力をもっている。あの物もそれを知ってあなたに妻を与えたのだ。あの物が妻を犯すことがなかったというのも、本当のことなのだ。人の気運を、男は陽であると言い、女は陰であると言う。しかし、男も純陽ではないし、女も純陰だというわけではない。男にも陽の中に陰があり、女にも陰の中に陽がある。そのことに男女が交合する道理があるのだが、禹はすべてが陽の気でできていた。すべてが陽であれば、交合することができないのも、また道理ではあるまいか。あなたの妻は清潔無比なのだ」

鉄砲撃ちは話を聞いて感心し、腰を深く屈めて礼をした。最後にその人の名前を尋ねると、その人は、

「私は鄭夢周《チョンモンジュ》▼3という者だ」

と言い、船を呼んで、江を渡って去って行った。三十年もせずに、朝鮮国内には大乱が起こり、多くの英雄が踵を継ぐように出現したが、これはあるいは亡くなった禹の化したものだったのかも知れない。至るところで虐殺が行なわれ、人々は魚肉と成り果てた。鉄砲撃ちの一家は無事で、死を免れたという。

▼1 【洛東江】北方の太白山に源を発して南下し金海を経て

日本海（東海）に流れ込む朝鮮五大江の一つ。

▼2【鄭夢周】一三三七～一三九二。高麗末期の文臣であり名儒。字は達可、号は圃隠、諡号は文忠。一三六〇年、三場で壮元及第。一三六四年、兵馬使の李成桂の従事官として女真族を平定した。対明関係の修好に功績があり、倭冦の取り締まりを求めて来日したこともある。李成桂推戴の動きを見て、高麗王朝を支えようと尽力したが、成桂の息子の李芳遠（後の太宗）の手の者によって善竹橋において殺された。

第二三六話……草堂で三人が星に祈る

宣祖《ソンジョ》の時代の甲申の年（一五八四年）の正月、ソンビの李某は江陵《カンヌン》に用事があって、欵段馬《かんだんば》▼1に乗って出かけた。行路がすこぶる困難で、絶峡に至って、道に迷ってしまい、人馬ともに窮してしまった。日暮れが近づくのに、旅店は見えない。どちらに向かって行けばいいのかもわからない。そんなとき、林の中で一人の牧童に出会ったので、これに路を尋ねると、牧童は向こうの岡を指さして、

「あの岡を越えれば、某姓の両班の家があります。その他に家と呼べるようなものはありません」

と言った。ソンビはそのことばを頼りに岡を越えて行くと、一軒の草葺きの三間ほどの小さな家があった。その他には家はない。直にその家に向かい、門を叩くと、一人の老人が出て来た。年のころなら六十あまり、頭には毛冠をかぶっている。かたわらには一人の童子がいて、老人に侍っている。老人は欣然として迎え、

「このような人里離れたところに、客人はどうして来なさったのか」

と尋ねるので、ソンビは山に入り込んで道に迷ってしまった旨を述べた。老人は一晩の宿泊を許したが、中に入ると、静かに座って、黙ったまま一言も発せず、思量し、憂慮することが何かあるようでもあった。ソンビの方も、閑談するでもなく、一隅に座ったままでいると、しばらくして、侍童が夕飯を持って来て進めた。黄昏時になって、老主人はにわかに口を開いて、侍童に言った。

「もう日が暮れたが、まだ来ない。これは奇怪だ。お前は戸を開けて外の様子を見てみるがいい」

侍童が戸を開いて、眼を凝らし、

「今まさに前方の川を渡って、こちらに来るところです」

と告げた。老主人は眼を見開いてソンビを見つめ、

「あなたは口をつぐんで座ったまま、けっして口を開けてしゃべってはならない」

と言った。しばらくすると、二人の人がやって来た。一人はソンビで学究のようであり、もう一人は僧衣の年老

いた禅師であった。二人が部屋に入って来ると、挨拶を交わして、また無駄口を交わすことなく、老主人は侍童に命じて、井戸から澄んだ水を汲んで来て、卓の上に置き、香炉に香を焚くように言った。三人は北に向かって正座し、何ごとかをしばらくのあいだ唱えた。ソンビはそれを聞いたが、何を言っているかはわからなかった。そのようにして時間が過ぎ、老主人が侍童を呼びつけ、

「お前は門を出て、天の星を見て来るのだ」

と命じた。侍童は命じられるままに、外に出て行ったが、しばらくすると、帰って来て、

「大きな星が東方から流れ落ちて、地上で光芒を放っています」

と告げた。老主人と二人の客はしばらく顔を見合わせていたが、一声大きく嘯いて、

「これも天数なのだ。いかんともしがたい」

と言った。ソンビはその様を見ていて、いよいよ不思議に思って、思わず、声を出して尋ねた。

「ご主人が嘆かれたのは、いったいどういうことなのですか」

老主人は答えた。

「叔献《スクホン》が死のうとしているのだ。そこで、私はこの二人と言い交わして、天に祈り、経を読んで、少しでも叔献の寿命を延ばそうとしたのだが、天数の関わるところにはついに霊験がなかったようだ。今、流れて行った星というのは、叔献の主星だったのだ」

ソンビが、

「叔献というのは誰のことですか」

と尋ねると、老主人は、

「李栗谷《イユルゴク》▼2のことだ」

と答えた。ソンビは言った。

「今月の初め、私がソウルを出たおりには、李公は兵曹判書として、恙無いようでした。死のうとしているとはどういうことですか」

老主人が言った。

「これから、七、八年の後に、倭寇が国境を侵して襲って来るが、栗国さえ存生ならば、きっとこれを防いでくれたであろう。もう、こうなっては仕方あるまい。朝鮮八道の人びとはみな魚肉となって尽きてしまうであろう。どうして生き存えることができよう」

しばらくして、二人の人が門を出て帰って行ったが、ともに凄惨たる面持ちをしていた。ソンビが、

「国家の運命がそのようなものであるとすれば、私のような窮迫したソンビはどうすればいいのでしょうか」

と尋ねると、老主人は、

「もし湖右の唐汭《タンミョン》▼3に向かえば、乱を免れることができよう」

と答えた。ソンビがまた、

「先ほどの二人の客は誰だったのか」

と尋ねると、老主人は言った。

「衣冠姿の儒者については名前を言うことはできない。僧衣を着ていたのは黔丹大師《コムタンテサ》だ。▼4君は山から下りて出て行った後、けっしてここで見聞きしたことを口外してはならない」

ソンビがソウルにもどって尋ねると、栗谷先生は確かに死んでいた。その日を確かめると、三人が星に祈った日時と符合した。ソンビは壬辰の倭乱に際しては唐沔に移住して、家族全員が無事であったという。

▼1【欵段馬】欵は款。款段馬。款は緩であり、歩みの緩いことを言い、小馬を言う。

▼2【李栗国】李珥。一五三六〜一五八四。「東方の聖人」と呼ばれる李朝の代表的文臣、儒臣。父は李元秀、母親は画家の申師任堂。字は叔献。栗谷は号、他に石潭・愚斎の号がある。十六歳で母を失い、虚無感から三年喪を終えて金剛山に入って仏教を学んだが、儒教に戻った。生員試・文科に壮元で及第し、要職を歴任して政治家としても活躍した。理気二元論をとり、理の優位を認めつつ、李退渓とは異なり、理の運動性は否定した。門下たちは畿湖学派を形成し、退渓門下の嶺南学派と対立した。『栗国全集』がある。

▼3【唐沔】忠清南道の唐津県と沔川郡の間の地域を言う。

▼4【黔丹大師】惟政のこと。一五四四〜一六一〇。宣祖のときの高僧。俗姓は任。字は離幻、号は松雲、あるいは泗溟。十三歳で黄汝献に師事したが、黄岳山直指寺に入って信黙和尚に禅を学んで僧となり、仏教の奥義を悟った。金剛山報徳寺や沃川山上東庵に住まったが、一五九二年、壬辰倭乱が起こると義兵を起こし、蔚山の加藤清正の元には再三交渉に訪れた。一五九七年の丁酉再乱に際しても島山を討った。一六〇四年には日本に渡り、徳川家康と交渉して三千五百人の捕虜を連れ帰った。

第二三七話……四人の人相を当てた僧

崇禎（明の毅宗の年号。第二〇話注15参照）の丙子の年（一六三六年）、別試があって、春には初試が滞りなく行なわれたものの、会試は朝廷に事故があって、翌年の春に行なわれることになった。このとき、初試に合格した四人の儒生が北漢山《プカンサン》の寺で勉強していると、一人の僧がやって来て、四人に言った。

「この山寺の中には人相をよく見る僧侶がいて、あなた方が及第するかどうかを見てくれるはずです。呼んで、聞かれるがいい」

四人は一房に集まって、その人相を見る僧を呼んで尋ねた。すると、僧が言った。

「私の人相を見る術は、大勢のいる中ではできません。かならず静かな部屋で一人だけを見て、送り出すのです」

四人はそのことばに従い、一人ずつ僧の部屋の中に入って行き、その占いを聞いて出て来た。後になって、四人が尋ね合うと、一人が言った。

「私は百人の子、千人の孫を得るそうだ」

もう一人が言った。

「私は盗賊の首領になるそうだ」

さらに、もう一人が言った。

「私は神仙になるそうだ」

そして、最後の一人が言った。

「私は科挙に及第して、かならず他の三人と出会うそうだ」

四人は、

「いい加減なことを言う坊主だ」

と言って、大笑いした。

その年の十二月、清兵がわが国を侵した。江華島《カンファド》が陥落して、南漢山城《ナマンサンソン》が包囲されるに至った。このとき、四人のソンビは散り散りになりみずから生存を図らなくてはならなかった。ようやく乱が収まってからも、互いに会うことも、消息を聞くこともなく、歳月が過ぎていった。

四人のうちの一人は科挙に及第して、嶺伯（慶尚道観察使）となり、春には道の東部を巡遊して安東府《アンドンブ》に至った。そこを出発するときに、門の外に牛に乗った客が現れて刺を投じた。嶺伯は心当たりがなかったが、客を通すと、入って来たのは、襤褸を着て、破れた笠をかぶったやつれ果てて見えるソンビであった。そのソンビが挨拶をして、経歴を述べるのを聞いて、やっとのことで、昔日、北漢山の寺でいっしょに勉強した仲間の一人であることを思い出した。大乱に遭遇してみなが散り散りになって逃げ、互いに死生を知らず、思いがけなくここで再会することができたのである。どうしてうれしくないわけがあろう。その住所を尋ねると、安東府からは遠くないところにある。客が言った。

「ここはもう私の住居から遠くはない。昔のよしみを考え、行路を曲げて、私の家までお越し願えないだろうか」

嶺伯はその威儀を捨て、平服に着替え、ただ一騎で、牛の背にまたがる客の後ろについて行った。あるところに至ると、高々とした楼閣が立ち並んで谷中に満ち、まるで大きな官衙のようである。中に嶺伯を迎えた後、牛に乗って帰って来た人は藍の天翼に着替え、朱糸の笠をかぶって出て来たが、厳然として大将の風格があった。羅卒や軍校に取り囲まれた嶺伯の姿におさおさひけを取

ることはない。嶺伯がおどろいて、

「君の挙動をこれまで観察すると、盗賊の親玉にでもなったのか」

と言うと、

「その通りさ」

と答える。

「どうして、そんなことになったのだ」

と尋ねると、その人はおもむろに語り始めた。

「君は北漢山の僧の言ったことを憶えているだろうか。当時は笑い飛ばしたものだったが、世の中のことはほんとうにわからないものだ。山寺で別れた後、あのような大乱があって、家族はみな殺戮されてしまって、私一人だけが逃げ延びた。東に走り、西に隠れ、転々としてこの山に至ったのだ。すると、ここには乱を逃れて来た人びとがすでに大勢いて、その中では私一人がやや文字を解することができたので、みなに推されて首領になった。みなが盗んで来たものを、私は公平に分け与えたので、大いに人心を得たものだ。乱が鎮まった後も、人びとは今まで通りに徒党を組んで、緑林党を名乗り、その中で私は首領として、今に至ったという次第さ。

　これで見ると、北漢山の寺僧の人相占いは見事に当たったと言えよう。私はこの渓谷を占拠して、富貴に安んじて享受している。朝には要職に就いたかと思うと、夕べには罷免されるかも知れない君の今の境遇をいささかも羨ましいとは思わない。たまたま君がここを通ると聞いて、君を迎えに出て、君の様子を見ることができたが、君がいかに嶺伯の地位にあるといっても、身の回りの家具調度類は私に劣るようだ。

　これから、ここを出て帰っても、私を追捕しようという考えはくれぐれも起こさぬよう。またけっしてここのことを口外はしないがよい。もしもそれを守らず、雑念を起こしたなら、きっと後悔するようなことになろう。私も無益な殺生などしたくはないのだ」

　嶺伯は恐れ怯えて、唯々として帰って来た。そこから道の西部に回って、某郡に行き至った。宿所を出発するとき、また一人のソンビが訪ねて来て、拝謁したいと言う。会って、よく見ると、これもまたかつて北漢山の寺でいっしょに勉強した仲間の一人である。その客人が言った。

「公はここまでいらっしゃった。私の家はここからは遠くはない。少し回り道をしていらっしゃいませんか」

　嶺伯は承諾したが、先日のことに懲りて、今度は大いに威儀を張って、その家に出かけた。すると、その門も建物も高大で、近隣に数百戸が村落をなしている。大勢の下人たちの応接ぶりと嶺伯をもてなす料理の豪勢さは、たとえ富み栄えた州の大きな邑であっても見られないも

のである。嶺伯がおどろいて、

「君は田舎に住まいして、いったい何でもって生計を立てているのか。このように眷属が多くいて、それを率いながらも、いささかも苦労しているようではない。どうしてこのように整斉と暮らしていけるものだろう」

と尋ねると、そのひとはしゃべり始めた。

「公は憶えてはいまいか。あの日、北漢山の寺の僧の言ったことを。あの丙子の胡乱の際、私は家を捨てて逃げ、嶺南まで落ち延びた。たまたま山間に入り込むと、乱を避けて逃げて来た婦人たちが群れをなして暮らしていた。私が一個の男子として、その群れの中に身を投じると、大勢の婦人たちは喜んで私を迎え入れ、すべてについて甲斐甲斐しく世話をしてくれた。食事も衣服も、婦人たちが手ずから耕し、糸を紡いで織ってくれたものだ。乱が収まった後も、故郷には帰ろうとせず、ここに住み着いて、いくばくの歳月が過ぎ、生まれた男子が百人に近いだろう。そのそれぞれがまた嫁を取って孫たちが生まれ、そのみなが私に孝養を尽くしてくれる。

　晩年になっても、私の福力はいささかも衰えることはない。君のように、政の是非を聞くこともないし、栄誉にも恥辱にも関わりがない生活だが、君の境遇をいささかも羨ましいとは思わない。嶺伯とは栄光も恥辱も相半ばする地位であろう。喜びもあろうが、心配ごとも多いであろう」

　嶺伯はこれを聞いて、憮然として、返すことばもなかった。そこから河東に回り、智異山を通り過ぎようとすると、空中から自分の字を呼ぶ声がする。嶺伯は不思議に思い、輿の中から簾を巻き上げて見ると、声は山の上の方から聞こえてくるようだ。一行の者がよく見ると、一人の人が絶壁の岩の上に座って呼びかけている。嶺伯が輿を止めて外に出ると、岩上の人が言った。

「君は私を憶えていないだろうか。私の名前は某だ」

　嶺伯はそれがかつて北漢山の寺でいっしょに勉強した仲間の一人であることに気が付いた。嶺伯が手を挙げて、

「ここに降りて来い」

と言うと、絶壁の上の人は、

「君の方が上がって来るがよい」

と言い、しばらくすると、二人の青衣の童子が舞い降りて来た。二人の童子は嶺伯を腋に挟んで、絶壁を登っていったが、平地を行くのと変わらなかった。二人は握手して旧闊を叙した後、その人が語り始めた。

「君は北漢山の寺の僧の占いを憶えているだろうな。あの僧は私が神仙になると言った。当時は馬鹿なことを言うものだと笑ったものだが、今から思うと、まさに神異とも言うべき占いだった。あの酷い胡乱に遭って、家族とも生き別れてしまい、私は山中に入って生き存えたが、

いつも飢えて、口に糊する手立ても見つからず、すんでのところで死ぬところであった。渓流に沿って歩いて行くと、岸辺に不思議な草が生えていて、その色を見ると、食べても良さそうであった。それを一つ摘んで口に入れてみると、甘くもあり、苦くもあった。それをことごとく摘んで食べ終わると、それ以後というもの、食べなくとも空腹は覚えず、服を着ずとも寒くはない。山を歩いて野宿しても、一向に身体が疲れ損なわれるということはない。また飛ぶように歩行することができるようになり、名山大川というものをあまねく周遊して、時には修行中の仙人と出会って、長生不死について議論することもある。おのずとこの一身は閑暇で、飢えも寒さも心配する必要がなく、利益にも恥辱にも心を動かすことはなく、疾病に冒されることもない。

私の楽しみは、嶺伯の高々と旗を掲げた行列にも劣るものではない。私が口にするのは金色に光る一枚の草の葉に過ぎないが、それは嶺伯の方丈の卓に一杯に盛られた料理にどうしてひけをとろうか」

そう言い終わると、鶴の背中に乗って、二人の童子を左右に従え、空の彼方に飛び去って行った。嶺伯は茫然自失して、わが身が嶺伯であることも忘れていた。

これで見ると、すべて天の定めでないものはない。僧侶の観相はすべて当たったのである。これも尋常の人ではなかった。

巻の十八

第二三八話……陝西・沈鏞の風流

陝西《ヒョブソ》・沈鏞《シムヨン》[1]は義理を重んじて財物を疎んじ、風流を事として過ごした。一世を風靡する歌姫や琴の演奏者と親しみ、酒徒や詩友と交わって、いっしょに家に帰る様子はさながら市をなしていた。毎日、家には多くの人びとが集って、おおよそ人がソウルで宴会を張ろうというときには、公に頼まなければ、埒が開かなかった。

当時、一人の都尉[2]がいて、狎鴎亭《アックジョン》で遊んだが、公には相談しなかった。歌姫や琴の名手を呼び、賓客も多く招待して、豪快に遊んだ。秋の夜に名亭で過ごし、明るい月が水面に映えている。興趣は深く尽きるところがない。するとにわかに漢江の上から簫《しょう》の音が聞こえて来て寂寥として心に染み通る。遙か遠くに浮かんだ小舟がだんだんと近づいて来て、その上には老人が乗っている。頭には華陽巾をかぶり、鶴羽の衣を着て、手には白い羽根の扇を持っている。白髪は長く伸びて風になびき、その横に二人の青衣の童子が控えて玉簫を吹いている。船にはまた二羽の鶴がいて、簫の音に合わせて、翩々と舞うのを見ると、これはもう老人は神仙であるとしか思えない。狎鴎亭での歌曲は止んで、人びとは欄干に寄りかかって群がった。口ぐちに江上の遊宴を称賛し、そちらの方しか見ず、亭の方の宴席には人が誰も残っていない。都尉はその興趣において負けたのが悔しく、憤って船に乗って小舟に近づいた。すると、船の上の神仙は沈公その人である。たがいに一笑した後、都尉は、

「公はわたくしどもの宴会を圧倒されました」

と言い、それからともに歓を尽くしたのだった。

当時、また一人の宰相がいて、箕伯（平安道観察使）となって赴くとき、その仲兄が行列の指揮をすることになり、弘済橋《ホンチェキョ》の上で餞別の宴をすることになった。ソウル城の門の外に車両が十台あまりならび、人馬が路上にひしめいた。人びとはその家の福力を、

「この一家の栄華は絢爛たるものだ」

と言って、称賛したが、突然、松林の中から一頭の馬が飛び出し、馬上の人は緋と紫の綿入れを着た上に皮衣を羽織って、頭には漆黒の兎の耳覆いのついた帽子をかぶっていた。手には黄金の鞭を持ち、装飾を施した美しい鞍にまたがって、左右を振り返るその風采はまことに端雅である。後ろには嬋娟たる女子三、四名が頭には戦笠をかぶり、身には短い袖の軍服をまとい、腰には藍で染めた帯を締めて、また花模様を刺繍した靴をはいてついて来る。また六人の童子が青衫に紫の帯を締め、それぞ

れが楽器を手に持ち、馬上で演奏しながら現れた。さらには、猟師が肘に鷹を乗せて狗を呼びながら、林の中から駆けて出て来た。これを見る者たちが垣根のように並んだが、みなが、

「これはきっと陝西の仕業に違いない」

と言い合った。はたして、その通りであった。人びとはまた讃歎して、

「人がこの世にあるのは白馬が駆け去るほどの瞬間に過ぎない。楽しむべきことは心から楽しんで、耳目を喜ばせるにしくはない。弘済橋の上の餞別の宴は興趣がないわけではないが、昔から、役人の功名が失われることは数多い。列席して讒訴されるのを恐れ、心の中には氷と炭の両方を抱きながら、どうして爽快に楽しみ、憂いごとから自由でいられようか」

と言い、それ以来というもの、ソウルの人びとは冗談で、

「餞別か、猟か、むしろ猟に行って、餞別は遠慮しよう」

と言ったものだった。陝西の猟の姿がどれほど華やかなものであったか、これで知れよう。

ある日のこと、沈公は歌手の李世春《イセチュン》（第六三話注3参照）、琴の名手の金哲石《キムチョルソク》、妓生の秋月《ジュウォル》、梅月《メウォル》、桂蟾《ケチョム》ら（以上四名も第六三話にも登場するが未詳）と草葺きの亭に集って、一晩中、琴と歌とを楽しんでいた。公はおもむろに、

「君たちは観西亭《クワンソジョン》（平壌にあった名亭）に行きたいとは思わないか」

と言い出した。すると、みなが、

「行きたいとは思いながら、まだ機会がありません」

と答えた。公はそこで、

「平壌《ピョンヤン》は檀君《ダンクン》や箕子《キチャ》の昔から五千年の繁華の地だ。絵画の中の江や山、鏡に映える楼台は朝鮮一の美しさだが、私もまた見たことがない。聞いたところでは、箕伯が還暦の祝いの宴を大同江《テドンガン》の畔で催すという。道内の郡主を招き、名妓と歌手を集め、肉を山と積み、酒を河海のように用意すると言い、そのかけ声が広まって、はたして某日には本当に還暦の宴が開かれる。われわれも足を伸ばして出かけ、大いに楽しむだけでなく、また褒美として金銀財帛をいただくことにすれば、これは揚州の鶴▼3とも言うべきではないか」

みなも勇躍して賛成し、旅装を調えて出発することにした。周囲には金剛山に行くと言って行方をくらまし、迂回しながら、平壌に潜入することにして、まずは城外の辺鄙な場所に落ち着いた。翌日がすなわち宴の当日である。小舟一隻を借りて、青い布の幕を張り、左右には糸を撚った簾を垂らして、中には妓生と音楽家たちを隠し、船を綾羅島《ヌンラド》▼4の浮碧楼《プビョクル》▼5の近くに浮かべて待った。に

わかに太鼓の音が天に轟き、船を漕ぐ櫂《かい》の音が江の上に響いた。箕伯は高楼の上に座し、江上の船々には郡守たちが乗ってすでに大いに宴を張っている。美しい歌声が響き、あでやかな舞う姿が、波間に映り、平壌城の江岸には人びとが山か海かのように集まっている。

その時やよしと、沈公は自分たちの乗った船を漕ぎ出して、郡守たちの船々とたがいに見える位置に寄せた。あちらの船で剣舞が始まると、自分たちの船でも剣舞を行ない、あちらの船で唱歌が始めると、こちらの船でも唱歌を始める。あちらの船でなにかをすると、こちらの船でもそれをまねて何かをして、あちらの船の人びとはすっかり興ざめしてしまった。船を飛ばして、捕まえようとするが、沈公はすばやく櫓を取って逃げて、どこに行ったかわからない。追いかけた船が仕方なく戻ると、また沈公の船が姿を現す。このようなことを二度、三度と繰り返すうちに、箕伯ははなはだ不思議に思って言った。

「遥かにあの船中を見るに、剣の光が閃き、歌声が雲を突くさまは、この世俗の尋常の人ではないようだ。簾の中には鶴の羽根の衣を着て華陽巾をかぶり、手には羽根扇をもった老人が兀然と端座していて、自若として笑っている。やはり異人なのであろう」

そうして、周囲に密かに命令して、十隻余りの小船で一斉にその船を取り囲ませて拿捕させ、船を牽いて来させた。箕伯のいる大船のところまで来ると、沈公は簾を巻き上げて大笑いした。箕伯とは旧知の間柄である。箕伯はまさに転倒せんばかりに大喜びして、旧闊を敍して懐旧の思いをしばし語った。船の中の郡守というのも箕伯の子姪たちで、みながソウルの人たちである。ソウルの妓生や音楽家たちを見てうれしくないわけがないし、また多くはかつての顔見知りでもある。手を握り合って再会を喜び合った。そして、妓生と音楽家たちは日ごろの技芸を尽くして、終日、遊楽したので、平壌の妓生たちは面目を失った。その日の席上、箕伯は千金をソウルの妓生たちに贈り、郡守たちもそれぞれの財力に応じて贈ったから、すべて万金に至った。沈公は平壌には十日ほど逗留して帰っていったが、今に至るまで、これは風流美談として伝わっている。

沈公が亡くなって後、坡州《パジュ》の柴谷《シゴク》に葬ったが、歌と琴の友人たちは落涙して言った。

「わたくしどもは沈公を風流中の知己、知音として生きてきた。歌が衰え、琴も絶えて、どうして生きて行けばいいのか」

と言い、柴谷に会葬したとき、墓前で長歌を歌い、琴を演奏して、慟哭をしながら帰って行った。ただ一人桂蟾だけが墓を守って去ることがなかった。白髪がぼうぼうと延び、両眼も落窪んで、人が訪れると、これらの話を語って聞かせたものである。

▼1【陝西・沈鏞】この話にある以上のことは未詳。
▼2【都尉】駙馬都尉。王の婿、つまり王女を妻にした男子の称号。
▼3【揚州の鶴】多くの欲望をすべて満たそうとする喩え。むかし、多くの人が集まってそれぞれの志を言った。ある人は揚州刺史になろうと言い、ある人は多く財貨を得たいと言い、ある人は鶴に乗って上昇したいと言った。そのとき、他の一人が腰に十万貫をまとい、鶴に乗って揚州に上ろうと言った。
▼4【綾羅島】平壌の大同江の中にある島。
▼5【浮碧楼】平壌の牡丹台の絶壁の上にある楼閣。

第二三九話……活人の報答

江陵《カンヌン》金氏の一人のソンビは貧しい家に年老いた母親と暮らしていた。粗末な食事すら差し上げるのに困るような具合になって、老母が言った。

「お前の家はもともと豊かで栄えた家だ。湖南にある島には家の奴婢たちが散在していて、その数はわからないほどいるはずなのだ。お前はその島に行って、調べなおして来るがいい」

そして、函の中から奴婢の文券を取り出して見せた。

ソンビはその文券をもって島に行ってみると、百余戸もの人びとが住む村落があり、すべてが金氏の奴婢の子孫であった。その者たちは文券を見ておどろき、挨拶をした上で、今まで滞っていた年貢として千金を納めて、それと引き換えに、ソンビは文券を焼き捨てた。

銭を駄馬に積んで帰ってくる道で、錦江《クムガン》のほとりを通り過ぎた。時候は冬で、はなはだ寒かったが、江のほとりで老翁と老母、そして若い娘の三人が水に身を投じては、また浮かび上がり、あい抱き合って慟哭しているのに出会った。ソンビは興味をそそられて、どうしたのかと尋ねると、老人が答えた。

「わたくしには一人の息子がいて、役所で雑用をしていましたが、役所のものを使い込んだというので、捕えられてしまい、数ヶ月ものあいだ牢に捕われています。今まで、田畑を売り、親族に借り、隣の家に借り、返済しては来ましたが、まだ残っています。明日が期限で、明日を過ぎれば、ついには杖殺されてしまうでしょう。わずかな銭とわずかな米が用意できればいいのですが、それができません。一人息子が処刑されるのを見るに忍びず、わたくしもまた江に身を投げて死のうと思ったのですが、年老いた妻も若い嫁もいっしょに死ぬといいます。

しかし、互いに水の中に身を投げるのを見ていられず、こうして相抱き合って慟哭している次第です」

　ソンビが言った。

「銭はどれくらいあれば、息子さんの命は助かるのかな」

　すると、老人は、

「数千金なくては、助かりません」

と答える。そこで、ソンビは、

「私には今、文券を売った銭があって駄馬に積んである。数千金はたしかにある。この銭を当てれば何とかなろう」

と言い、銭を与えた。三人はまた大哭して、言った。

「わたくしども四人はこの銭によって生きながらえることができます。このご恩にどうすれば報いることができましょう。お願いですから、わたくしどもの家にお立ち寄りください」

　ソンビはそれに答えた。

「日はすでに暮れているのに、私はまだこれから遠くまで行かなくてはならない。年老いた親も門に佇んで首を長くして私の帰りを待っているだろう。ここに留まっているわけにはいかないのだ」

　そうして、馬を駆って立ち去り、後ろを振り向こうともしない。老人はそれでも追いかけて大きな声で、

「どうか教えてください。あなたのお名前と、どこに住まわれているのか」

と叫んだが、

「それを聞いてどうするのだ。何の役にも立たないではないか」

と言い残して、走り去って行った。

　三人はこの金でもって残った金を納めたので、その日のうちに息子は牢屋から出られた。みなソンビに対して感謝の念を抱くこと限りなかったが、さて、その居住するところも姓名も知らなかった。

　ソンビが実家に帰って見ると、老母は息子がつつがなく帰って来たのを喜び、その文券を自分の意の通りに処理したことを聞いて、ますます喜んだ。そして、文券によって得た金をどうしたかを尋ねた。ソンビが錦江で出遭ったことを話すと、老母はソンビの背中をたたいて、

「それでこそわが子だ」

と言った。

　そうして、老母は天寿を全うして死んで、家はますます零落した。いつも、日々の暮らし向きをよくしようと努めたものの、なかなか思うようにはいかなかった。

　母を亡くして喪人の金氏は一人の地師とともに墓山を探そうと山々を訪ね歩いたが、ある山に到ると、地師がそこを大いに誉めて言った。

「あの山の麓には縁起のいい土地があります。そこにある村は繁栄して、また大きな家もあって、議論する余地もありません」

金生が言った。

「はたして縁起のいい土地であれば、私が山を墓にしようとしても、きっと難しいだろう。しかし、行くだけ行ってみても、損はあるまい」

と言って、ついに地師とともにその山に登り、その竜脈を探ろうとして、磁石を取り出して方位を観測した。地師は言った。

「これはまさしく名穴で、世に赫々と功名をあげ顕達することと肩を並べるものもなく、子孫は繁栄して国家とともに存続する、形容のしようもない縁起のいい土地です。しかし、すでに大村が山下に繁栄している、これを言っても何の益もない」

地師はそう言って、ため息をついて止めなかった。金生は言った。

「もうそれを言っても仕方があるまい。それにしても、すっかり日が暮れてしまった。あの家に宿を請うことにしても、何の差し障りもあるまい」

地師とともにその家に行くと、一人の少年が出迎えて客室に通し、しばらくすると、夕食を持って来てくれた。喪人の金氏は灯火を前にして座り、悲しい思いに浸りながら、葬地の山のことが気にかかって、どうして手に入れたものかと、ため息をついていた。すると、奥の方から戸をがらりと開けて、一人の婦人が入って来た。そして、いきなりソンビに取りすがって大声で泣き出し、しばらくは息を吐くこともできず、話をすることもできない様子である。そばにいた少年が驚いて理由を尋ねると、婦人が言った。

「この方こそが錦江で出会った恩人なのですよ」

少年もまた取りすがって泣きだした。老翁も老婆もまたその泣き声を聞いて飛び出して来て、喪人の金に取りすがって泣いたが、ようやく泣きやんで、金生の前で拝礼をして、言った。

「わたくしを生んだのは父と母ですが、わたくしを活かしたのはあなたです。生むことと活かすことのあいだにどんな差異があるでしょうか」

金生は当初、いったい何のことやらさっぱりわからなかった。長い歳月にまぎれて忘れてしまっていたのである。主人たちが細かく話をして、錦江でのことを話してくれたので、やっとのことで事情を理解した。

「あなたがいなければ、わたくしどもは魚の餌になっていました。どうして今日こうして生き存えていることができたでしょう。あなたの恩義を心に刻み込み、外室に客があれば、かならず隙間からうかがって、あるいは万が一にも恩人に会えるのではないかと願ったものでした。今日、幸いにも大恩人を待ち得たのです。わたくしどもは、あのとき、息子が獄門から出るのを迎え、息子は役人を辞め、村に住んで治産にひたすら努めた結果、今は富家になることができました。家も田も二つに分け、一つは自分たちのため、そしてもう一つはいつか会うこともあろうあなたのためと考えていました。幸いに天にこの意志が通じて、邂逅することができましたが、もし前山にお墓をお作りになりたいなら、この家を墓幕になさればいい。わたくしどもは岡を越えた別のところに引っ越ししましょう。あなたのお好きになさってください」

金生は繰り返し感謝して、吉日を選んで葬事を行ない、その家に居住した。子が生まれ、孫が生まれ、それぞれに公卿の地位に昇って、かつ富貴を思うままにした。

第二四〇話……処女の恨みを晴らす

密陽《ミルヤン》の郡守が中年になって妻を失った。別室と息子の嫁と、それからまだ嫁がない娘とがいたが、娘というのは生後わずか数ヶ月で母親を失い、乳母に育てられた。そこで、乳母を実の母のように慕って、一室で暮らしていた。郡守はその娘を溺愛していたが、ある日のこと、乳母とともに行方がわからなくなった。郡守は邑内の村里をくまなく探したものの、姿かたちもない。郡守はわけがわからず、あまりのことに心魂を失い、ついには発狂してしまった。大きな声で叫んで、走り回って騒ぎ立てる。やむをえず、仕事を罷めてソウルに帰ったが、やがてそのまま死んでしまった。

その後、密陽の郡守となった者は、密陽に到着すると、その日に死んだ。そんなことが三度、四度と重なったものだから、多くの者はこれを避けるようになり、もし密陽の郡守に任命されても、辞退した。朝廷では困ってしまい、某日には文武百官さらに今は退官した者までを宮廷に集め、密陽郡守にみずから志願する者を募った。すると、一人の武弁が前に進み出た。禁軍に久しく所属して宣伝官を勤め、わずかに六品にまで登ったものの、事に座して職を失い、すでに二十年余りが経ち、歳はもう六十に近かった。飢えと寒さが骨身にしみ、十年を一枚の衣服で過ごし、一ヶ月に九回しか食事をしなかった。あまりの悲惨な生活で人前に出ることもできずに、また長い年月を送り、いわゆる名士や宰相に面識のある者は一人としていなかった。密陽郡守になり手がいないことを聞いて、妻に向かって、

「私は密陽郡守に志願しようと思う。死んでも、このまま生きるよりも、ましではないか」

と言うと、妻も言った。

「人は死ぬときには死ぬもので、どうしてこわがる必要がありますか。着任したその日に死んだとしても、太守の名前は残ります。もし生き存えたなら、こんな幸せなことはありません。けっしてためらうことなく、かならず志願してください」

武弁はそのことば通りに、朝参のために宮廷におもむき、身を挺して列から進み出て、

「わたくしには取り立てて才能はありませんが、ぜひ密陽に行かせてください」

と申し上げた。王さまはその心がけをお喜びになり、さっそく郡守に任じ、

「すぐに任地に出発せよ」

とおっしゃった。

武弁は家に帰ってため息をつきながら言った。

「お前のことば通りに志願してみたものの、密陽に着任すれば、かならず死んでしまうだろう。私は太守の名前を残すことになって、死んでも恨みはないが、お前たち家族にとっては、どんな意味があるのだろうか。これから永訣することになるが、心を痛めることはないのか」

その妻はこれに答えて言った。

「前任者が次々に死んだのは、ただそれが寿命だったからに過ぎません。鬼魅にどうして人を殺すことができましょう。わたくしは女に過ぎませんが、鬼魅にはわたくしが当たることにします。密陽にはわたくしも同行しようと思いますが、いかがでしょうか」

武弁はついに妻を連れて行くことにして、密陽に出発した。その邑の境にまで至ると、役人たちが次々と姿を現して出迎えたが、どうせ「五日京兆」[1]の類で長くはいないと踏んでいるのか、いささかも敬い謹むふうではなく、すこぶる顰蹙の顔色が見える。妻が同行しているのを見て、頭を痛めているようでもある。役所の中に入って見ると、内外の建物はまったく修理されていない。壁は崩れたまま、オンドルの床は壊れていて、眼も当てられない。日が暮れると、通引や吸唱といった役人たちは挨拶もせずに帰って行った。役所の中に誰もいなくなって、夫人は、

「今夜は注意しなくてはなりません。あなたは奥に入っていてください。わたくしが男装して役所の方にいて、動静をうかがうことにします」

と言うと、灯りを点して、一人で座った。三更時分になると、たちまち一陣のじめじめした風が吹いて来て、何ものかがやって来たのか、灯りが明滅して、冷気が骨に沁みた。ややしばらくして、一人の処女が姿を現した。全身が血まみれで、長い髪の毛がその裸身を覆い、手には朱い旗をもって、部屋の中に入って来た。夫人はいさ

さかも驚かず、慌てることなく、

「あなたはきっと恨みがあって、それを晴らしたいと思い、それを訴えるためにやって来たのであろう。わたくしがその恨みを晴らしてやるから、大人しくそれを待っているがいい。だから、もう出て来ることはない」

と言った。その処女は挨拶をして姿を消した。夫人は奥の方に行き、夫の太守に言った。

「鬼魅が現れましたが、帰って行きました。もう恐れる必要はありません。あちらに行って寝んでください」

　太守はまだ恐ろしかったが、妻の挙動を見ると、いやとは言えない。大胆を装って、表に出て臥したものの、輾転として眠ることはできない。やっとのことで、空が明るくなって、門外で人の足音がし、話し声も聞こえ始めたので、窓の隙間から外をうかがうと、将校、通引、妓生などの輩が、あるいは草の薦をもち、あるいは空っぽの俵をもって、がやがやと話しながらやって来て、庭一杯に集まった。そして、たがいに、

「君が先に庁の上に上がって扉を開けるのだ」

と言って先を譲り、自分が率先して上がって来ようとはしない。そこで、太守は衣冠をただし、扉を中から推して開いて姿を現し、

「いったい何事かあったのか。このように朝早く騒ぎ立て、抱きかかえてもって来たものはいったい何なのだ」

と言った。役人たちはおどろいて、

「神人が降臨したのではないか」

と言って、あわてて逃げ出したが、まるで鳥獣が飛び出し、雁や鶩鳥が逃げ惑うさまに異ならなかった。太守はきのう欠番だった男を罪し、首郷や首吏の過失をただし、厳粛に号令した。その規則遵守の姿勢は整然としていたので、役人たちは唯唯とこれに従い、あえて口を挟む者はいなかった。

　その夜になって、妻に昨夜のことをあらためて尋ねた。妻は処女が現れた曲折を話し、はっきりと、

「これは役所の中の中に処女の怨恨が残っているのでしょう。処女は役所の中の凶漢によって殺されたのですが、世間の人は知らず、どこかに行方不明になったとばかり思っているのです。その処女の幽霊は朱い旗を手にもっていました。ひそかに調べ上げて、姓が朱《チュ》で名が旗《キ》というものを探してください。まだ他言することなく、罪が明らかになれば、これを厳しく罰することにしましょう」

と言った。太守はうなずいた。翌日、朝礼の後に、たまたま将校の机を見ていると、役所の執事に「周基《チュキ》」という姓名の者がいた。そこで、太守は庁の上にどっしりと座って、刑具を用意させた後、周基を捕まえて来させた。曲直を何も問うことなく、すぐに縄で縛り、枷をはめて、刑具の上に周基を置いたので、邑中の人びとで驚かない

者はいなかったが、またいったい何があったのかもわからない。太守が尋問しながら言った。

「お前は行方不明になったお嬢さんのことをきっと知っているに違いない。拷問を加える前に、一つ一つ白状するがよい」

この太守が着任の日に死ぬことがなかったので、これを神明のように畏怖して、誰も一毫も嘘をついたり隠し立てをしようとしたりはしなかったが、その男は特に、身には重い罪を犯していて、人はそれを知らないとしても、心はいつも戦々恐々としている。逮捕ということばを聞いただけでも、心神喪失して、顔面はすでに土気色をしている。すべてを問うにおよばずに、前後の委細を詳しく話し出した。けだし、某らの一行が嶺南楼を見ようと出かけたとき、その男は隙間からのぞいて、情欲を起こし、またその処女が乳母と一室に過ごし、その乳母を母親のように慕っていて、乳母の言うことなら聞くだろうという話を聞いた。そこで、その男は財物をつぎ込んで、その乳母と結託して処女を誘い出させることにして、「某処まで処女を連れ出して来てくれたら、千金を与えることにしよう」と言ったのだった。

某処というのは役所の後ろの竹藪の中で、人の眼につきにくく、また役所から遠くなったところに、十数頃の竹林があり、そこは前々から気晴らしに出て行くことがあった場所である。乳母は金に眼がくらみ、また大事に至るとも思わなかったので、竹藪の中で月見をしようと言って連れ出した。男は竹林の中に身を潜めていたが、不意に飛び出して、処女の腰を抱いて竹藪の中の奥まったところに連れ込んで、無理矢理に犯そうとした。処女は泣き叫んで抵抗して、ついに男の言うことを聞かなかった。男はことここに至っては、自分が死ぬか、女が死ぬか、どちらかしかない。ついに刀を抜き放って、処女を刺し殺した。また思うに、乳母を活かしておけば、すぐに事は露見してしまうであろう。そこで、乳母も刺し殺し、自分の両腋に二人の死体を抱えて垣根を飛び越えて出て、ひそかに役所の裏山の人が行かないところに埋めたのだった。それからもう幾年も経つが、これを知っている人は誰もいなかったのである。

太守はこれをつぶさに監営に報告することにして、即日、この周基を打殺した。その処女の死体を掘り出して見ると、顔色はまだ生きているかのようで、血痕が狼藉たるありさまであった。その衣服と棺をあらため、親戚の家に送って、先祖の墓の横に葬らせるようにした。役所の裏の竹藪の竹を切り払ってお払いをして以後、邑内には何事もなくなった。太守の賢明さを人々が喧伝したので、それ以後、辺境の地の防御の兵使・水使の職を歴任し、統制使にまで至った。その職に就くごとに、名声に名声が積み重なって、すでに命令せずともことが行なわれ、上から威を振わずとも下は厳粛に行ない、あえて隠し立てせず、どこにおいても善政の評判を得た。

▼1【五日京兆】五日のあいだだけ京兆尹を務めるの意味で、すぐに任務を辞めるの意。故事があると思われるが不明。

第二四一話……夫婦が部屋を別にして産業に励む

尚州《サンジュ》に金某という者がいた。早くに両親を亡くして貧しかったが、人に雇われて仕事をし、金を貯めて、二十六、七歳で妻をもったが、家をさらに豊かにしようと考えていた。一晩床をともにした後、妻が金某に言った。

「今日からは上房の扉を塞ぐことにしましょう」

金某が、

「いったいどういうことだ」

と尋ねると、妻は言った。

「わたくしたち夫婦はともに貧しいのに、いっしょに寝れば、おのずと子どもが生まれます。今年、男の子が生まれれば、来年には女の子が生まれます。子どもをもつ楽しみは、もちろん素晴らしいに違いありませんが、食べる口が増え、また病気となれば医者にもかかり、その財の費えはいかほどになるかわかりません。あなたは上房にいて草履を編み、わたくしは下房にいて機織りをします。そうして十年を限って、一日に一椀の粥だけを啜って家業を興すことにすれば、いかがでしょうか」

金生もそれがいいと考えて、扉を閉ざし、夫婦はそれぞれ居所を別にした。

夫と妻はいつも日が暮れた後に裏庭に穴を掘って、六、七の穴を掘り終えた。そして、十二月には嚢をたくさん作って、村の雇い人たちに与え、狗の糞を集めさせ、狗の糞一石で銭を与えた。春になって氷が解けるころに狗の糞を穴に埋め、春麦をそこに蒔くと、その歳は豊年でほとんど百俵ほどにもなった。引き続き、南草（煙草）を植えて数十両の銭を得た。そのように農業に励んで、六、七年が経つと、銭も穀物も倉には充満したが、それでも食事はあいかわらず一椀の粥だけであった。

九年目の終わりになって、つまり十二月大晦日の夜、夫が妻に言った。

「もう十年になる。今日は粥ではなく飯を食べようではないか」

すると、妻が責めた。

「わたくしたちは十年のあいだは粥を食べると決めました。たとえ一日でも我慢できずに、誓いを破っていいものですか」

金生は憮然として、退いたが、十年して、はたしてこの家は一道で随一の巨富となった。金生は十年ものあいだ、鰥と変わらない生活をして来て、もういっしょに寝てもいいだろうと妻に持ちかけた。すると、妻が言った。

「わたくしたちはすでに富家になったのに、こんなむさ苦しく狭い部屋でいっしょに寝ることなんて、できません。しばらく待ってください」

ついに大きな家を建てて、一部屋に起居することにしたが、金生が結婚したのがもともと遅く、それからまた十年が経って、子どもを持つ望みは絶たれてしまった。金生がそれを憂えると、妻が言った。

「わが家の産業はこのように盛んになって、これを取り仕切る者がかならず必要になります。あなたはしばらく出かけて行き、遠近の親族の中から家の裁量を任せることのできるような者を見つけて、これを養子に迎えることにいたしましょう。その方が自分たちの子どもでも意にそぐわないような者よりも、まごころを込めて育てたなら、きっと隙間も入り込まないだろうと思います」

ついに同姓の子を得て、これを後継ぎにした。それが、商山金氏▼1である。その後裔は大いに栄え、卿相が代々に出て絶えなかった。

▼1【商山金氏】新羅王室の後裔で高麗の侍中であった金需を祖とする系統と、高麗時代に宝文閣提学であった金祚を祖とする別系統があり、また金需系にも金孝連を一世祖とする一派があるという。

第二四二話……養子の復縁

松京《ソキョン》の趙《チョ》同知の本貫は白川で、家は巨万の富家であった。人をやって朝鮮八道くまなく取引をしたが、自身が一人っ子の上、後継ぎがいなかったので、螟蛉（養子）を探そうと思った。しかし、どこから迎えればいいかわからない。夫妻は年老いてそれを憂えていたが、ある日、趙同知が堂上に座っていると、門の外に乞食の少年がいた。歳の頃なら十歳ばかり。冬の雪が降って寒いさなかのことである。その容貌骨格を見ると、すこぶる非凡なものがある。趙同知がこの少年を家の中に迎え入れて、その姓名と本貫を尋ねると、

「白川の趙氏です」

と答える。同知は喜んで、その父母について尋ねると、

「ただ母だけがいて、いまは城中でいっしょに乞食をしています」

と言う。同知はさっそくその少年を中に引き入れ、その縁故を言い、食事を与えて衣服も着替えさせ、家に置い

た。また家の奴をやって母親に会わせ、嫂だということにして、近所に小さな家をあてがって住まわせることにした。その子をやがて養子にしたが、子どもも成長して、その情愛を養父母に託して、実の子どもと変わることはなかった。十五、六歳になって、冠をかぶり、嫁を迎えるようになると、家産の出入りをその手に任せたが、はなはだ綿密周到に仕事をして、養父母の意に叶わないところはなかった。

ある日、その子が急に、

「私はすでに大人になりました。空しく遊んでいるわけにもいきません。三千金ほど用立てていただけないでしょうか。関西の都会所に出て行って商売をしてみたいのです」

と言い出した。趙同知はそれに対して、

「私もまた松京の人間だ。若いときから利益を得ることを仕事として来た。お前の心がけは悪くはない。やってみるがいい」

と言って、五千両を与えた。その子はまずは平壌に行ったが、すぐに妓生のために心を迷わせることになった。二、三年のうちに五千両の金は雲散雪消してしまった。面目がなくて家にも帰れない。妓生の家に寄宿して雑用をして過ごした。

趙同知はその顛末を風の便りに聞いて、父子の縁を切り、その実母も嫁も追い出してしまった。実母と嫁は城外の穴蔵のようなところに住んで、もとのように乞食をして過ごした。子の方は妓生の家に居着いて、帰ろうにも帰るあてがない。ある日、妓生が役所の宴会に出て、趙生が留守をしていると、その日は大雨で、庭を歩いていると、金の屑が庭中に流れ出している。その源を探って行くと、後ろの庭の方で、金の屑の流れが途切れることなく、房門の砌《みぎり》の石から流れ出しているようである。腰を屈めてその屑を拾い集めるだけで、数斤にはなる。その砌の石を見ると、砧の石の形をしていて、そのすべてが金塊である。趙生は妓生の帰って来るのを待って言った。

「私は若気の至りであなたに金を費やしてしまったが、あなたもまたこの間、私をよくもてなしてくれて、その恩はいくら感謝しても、感謝し足りない。けっして忘れることはないであろう。しかし、私はすでに長いあいだ親と離れていて、情理として帰らないわけにはいかない」

妓生はそのことばを聞いて、悵然として悲しみ、

「趙書房が久しくこの家に留まられたのに、わたくしが十分におもてなしすることができずにいたのは、わたくしの恥とするところです。長年、主人と客人として過ごしてきて、今、客人がお帰りになる。主人としての道理

があります。客人を徒歩でお帰しするわけには行きますまい」

と言って、六足（四つ足の馬と二本の足の下人）を用意して与えた。趙生は、

「これはありがたいが、この家にもう一つもらいたいものがある。それは後ろの房の入り口の砌の石なのだ。この石そのものが貴重と言うのではない。ただあなたが朝に夕にそれを踏みつけていたかと思うと、愛しくてたまらないのだ。これから故郷に帰るのに、この砌の石を持ち帰って、あなただと思って、懐に抱いて寝たいのだ」

と言った。妓生は答えた。

「趙書房のわたくしへの情愛はわかりました。わたくしがどうして一個の石を惜しみましょう。どうぞ持って行ってください」

趙生はこの石を馬に積んで帰った。時はその歳の歳末に当たっていて、おおよそ松京の行商に出た人びとは家に帰って来る。その家の者はご馳走を用意して、城の外の五里ほどまでは出て待ち迎える。趙同知もまた人を地方にやっていたので、それを出迎えるために城の外の五里に出ていた。趙生がぼろぼろの服を着て、足の出た靴を履いて帰って来たが、あえて父の同知の前には出ず、片隅に踞っていた。そのほかは帰って来た人、迎える人が交じり合って、互いに喜色満面で抱き合うようにして話をしている。趙生については、父親の同知は知っているのに、知らないふりをしている。子の方も知っていて、あえて前に進み出ようとはしない。その間の事情を知っている者は揶揄して、あざ笑わない者はいない。

日が暮れて、趙生は城の外の穴蔵に帰って行った。その母と妻とは趙生に恨み言を言っては、なじった。聴くに堪えないことばであったが、趙生は一言半辞も抗弁のために口を開くことはなかった。一晩、ぐっすりとそこで寝んだ後、翌日になって書簡と金を包んだ袋を妻に渡して、その父のところに持って行かせた。父のところでは、すでに起きて、地方にやった商人たちと向き合って会計をしているところである。趙生の妻はわざとすぐには門の中には入らずに、奴の童子を呼んで、書簡と金の包みを趙同知のところに持って行かせた。趙同知がこれを受け取って、まず書簡を開いて読むと、

「わたくしの多年の所得はこのようなものです。先年いただいた五千金に充当してくだされば、幸いです。これよりもさらに大きいものもあります。まずはお耳に入れて置こうと思いまして」

とあった。趙同知が包みを開けて見ると、すべてが金の屑で、計量すると、六、七千金はあるであろう。趙同知は大喜びをして、居合わせた人びとには何も言わず、急に立ち上がって奥の部屋に入って行き、趙生の妻を呼ん

で中に入れたが、同知の妻は怒って叱責して追い出そうとする。同知は、

「いや、いや、追い出してはならない。ちょっと待て。聞きたいことがあるのだ」

と言って、妻を押しとどめ、趙生の妻に尋ねた。

「お前の夫は病気もなく帰って来たのか。昨晩はぐっすりと眠って、今朝は朝飯をちゃんと食べたか。お前は帰らずにここにいるがよい。私が行ってお前の夫に会おう」

趙同知はすたすたと出て行き、城の外に出て、その子に会うと、その子は拝礼した。その父が言った。

「お前の送った金の屑は些少ではなかった。どうしてこれを手に入れたのだ」

その子が答えた。

「あれがどうして多いといえましょう。あれの他に大きな金塊がまだあるのです」

「それはどこにあるのだ」

子は行嚢を開いてそれを取り出して見せた。趙同知は一見するや、眼を丸くして大きな口を開け、まさに後ろに驚倒してしまった。しばらくして起き上がり、背中をさすりながら、

「人相というのはやはり確かなものだ。私はお前の人相を初めて見たとき、これは万石君の骨格だと思ったものだ。そこで、養子に迎えたのだが、今、はたしてこの金塊を手に入れて帰って来た。これから金を鋳出すれば、わが家の財産の十倍にもなろう。もうこの他に何を望もうか。一度こらしめようと、外に出したが、すぐにわが家に帰って来るがよい」

と言い、その母の方に振り返って、

「最近は寒いですが、嫂さんは凍えていませんか。私が輿をすぐに用意させます。あちらにすぐに帰って来てください」

と言い、家に帰るとすぐに迎えを出して、父と子の契りを回復した。

悲しいことだ、父と子の親愛の情がにわかに消え、にわかに蘇るとは。財利のかかわるところは恐れざるをえない。しかし、その市井の常識と養子の誼みはどうして深く咎めるに値しようか。

第二四三話……権慄の知略

錦南《クムナム》・鄭忠信《チョンチュンシン》（第五〇話注1参照）は宣祖の時代の中興の名将である。最初は、光州《クワンジュ》の役人となったが、都元帥の権慄《クォンユル》▼1が光州牧使となったとき、一見して、錦南が将軍の逸材であることを見抜いた。

ある日、鉢に水を満たして障子の脇に置いた。夜中、暗闇の中で、錦南に命じて、急に障子を閉めさせた。錦南はまず煙管でもって水の入った鉢を押しやったあとで、障子を閉めた。権公はこれを奇特だと思って、ますます重んじるようになった。壬辰の年（一五九二年）の倭乱に際しては、道路が封鎖され、王さまは竜湾《ヨンマン》にいらっしゃったものの、朝廷の消息がまったくわからなかった。錦南はみずから往来することを申し出て、書簡をもって単身で行在所《あんざいしょ》まで出かけていった。鼇城《オソン》・李恒福《イハンボク》（第二二話注1参照）は権公の婿である。権公からの書簡を見て、錦南を朝廷に推薦して武科に及第させ、勲功を立てた後には、副元帥にまで昇任させた（錦南は若いころ、鼇城の家にいたのである）。

鼇城は諧謔を好み、いつも錦南に対すると、

「岳父の権公は特に知略などない人で、運がよくて成功しているが、恐れるに足りない人だ。私があの立場にいたら、さらに事業を考えて、かならず岳父以上の成果を上げてみせるのだが」

と言うのを、錦南は笑って聞いていた。ある日、鼇城が厠に入っていると、錦南は馬に乗って駆けて来て、息も切らしながら、

「大事が起きました。大事が起きました」

と叫んだ。鼇城は驚いて、厠の中から何事かと尋ねると、錦南は答えた。

「十万の倭兵がすでに鳥嶺を越えたそうです。伝令が急を知らせて来ました」

壬辰の年（一五九二年）の倭乱を経て、その傷跡がまだ癒えず、七年のあいだ、艱難辛苦して、再度の乱に備えてはいたものの、鼇城はこの急を聞いて、不覚にも失神して、厠の上に踞ってしまった。錦南は大笑いして

「大監はいつも、ことあるごとに、権公など恐れるに足りないとおっしゃっていた。今のその怯え方はどうしたのですか。以前のことばは冗談だったのですか。権公が幸州《ヘンジュ》で大勝したときのことをお話しますので、聞いてください。

接戦の前日のことです。夜が更けた後、権公がわたくしを帳の中に招き入れて、『明日は激しい戦になるだろう。しかし、ここの地形がよくわからない。密かに行って、調べて来る必要がある。お前はわたくしについて来るがよい』とおっしゃった。そこで、二騎だけで出かけ、江の畔をまわり、高い岡に登って、つぶさに地勢を調べましたが、月はなく、星も出ていず、暗闇の中を野原が広がっているのが見えるだけでした。すると、急に鉄の鎧を着た騎兵が駆けて来て、刀や槍の金属の音が響いたかと思うと、すでに倭兵に何重にも取り囲まれていました。

わたくしが権公を見上げながら、『どうすれば、ここから出られましょう』と言うと、権公は顔色も変えずに自若として、『私はすでに賊どもを負かす術を習得している、恐れる必要はない』と言って、急に大声で叫び、『明日、戦をすることを約束しながら、鉄騎でもってわれわれを取り囲むのは卑怯ではないか』と言い、わたくしに向かって、『忠信よ、お前は倭将のところに行って、伝えるのだ』と命じました。わたくしがぐずぐずしていると、『両国の戦がすぐにも始まろうとしている。何をぐずぐずしている。はやく行くのだ』と叱りつけられたので、わたくしは万死の覚悟で行って、倭将に権公のことばを伝えました。倭将は久しく考え込んでいましたが、陣中に伝令して、包囲を解いて、権公を出してくれたのです。倭兵に挟まれ、その剣と矛が迫る中を、公は悠々と手綱をゆるめてゆっくりと出て、味方の陣に帰って来ることができました。

するとまた、わたくしを呼んで、『もう一度、中に入って伝えてくるのだ、私は藤の鞭を忘れて来たようだ。これを探して届けて欲しい、とな』と命令しました。わたくしはやっと千本の剣のあいだをかいくぐって出て来たのに、またまた逆巻く波のような敵兵の中に入って行かなくてはならない。まことに堪え難い命令でしたが、あえて背くことなく、万死を冒して入って行き、権公のことばを伝えました。倭将はすぐに部下に命令して、倭の陣中は一本の鞭を探すのに大騒ぎになりました。私は帰って報告しようと、初めて手綱を緩めて味方の陣に帰って来ましたが、権公の帳の中を見ると、藤の鞭はそこにあるではありませんか。不思議に思って、権公に尋ねると、権公は、『兵というのは詐術もよしとする。鞭はここにあったが、それを敵に探させ、その陣中を攪乱させて、今夜は眠らせない。敵を揺さぶる手段なのだ。お前もこれを理解しなくてはならない』と言って、衣服を脱いで、雷のような鼾をかいて寝てしまいました。

わたくしは背中にびっしょりと汗をかきましたが、感嘆することしきりでした。翌日の戦には大勝しましたが、その用兵の術は神か鬼かと言ったところ。その胆力も並大抵ではなく、古の名称と言えども、権公に及ぶ者はいますまい。今、大監は倭賊の侵入の報を聞いただけで、驚いて失神された。どうして、権公など恐れるに足りないなどと、おっしゃれましょう」

鼇城は笑いながら言った。

「私は心から怯えているわけではないのだ。ただお前を試してみたかったのだ」

おおよそ、これら三人はともに人傑と言うべきで、権公は知略において、李公は諧謔において、鄭公は忠勇においてて、類まれな人びとであった。

▼1【権慄】一五三七～一五九九。字は彦慎、号は晩翠堂、諡号は忠荘。一五八二年、科挙に及第、一五九二年、壬辰倭乱のとき光州牧使として兵を募って戦い、南原では敵を大破、全州では万余の兵を率いて敵の進撃を防ぎ、幸州山城の大将によって都元帥となり、全軍を指揮するようになった。その死後、戦功によって領議政を贈られ、永嘉府院君に封じられた。

第二四四話……西厓・柳成竜の阿呆な叔父

柳《ユ》居士というのは安東の人で、西厓《ソエ》・柳成竜《ユソンヨン》▼1の叔父である。容貌もさえず、振る舞いも迂闊なことが多く、平生、笑うことも、しゃべることも、あまりしなかった。草葺きの小屋をこしらえ、扉を閉ざして本を読んでいるふうであったが、西厓もこれを「痴叔《ちしゅく》（阿呆な叔父）」と呼んで軽んじていた。

ある日、その叔父が西厓に言った。

「君と囲碁をして時間つぶしをしたいのだが、どうだろうか」

西厓の囲碁の腕前は評判が高かったが、これまで痴叔が碁を打つところを見たことがない。

「叔父上も碁をなさるのですか」

と言って、碁を打ったが、西厓は続けて三度も負けてしまった。西厓が驚いていると、

叔父は言った。

「碁はこれでやめにしよう。実は、今日の夕方、一人の僧がお前の家にやって来る。これをかならず私の小屋に来させるのだ」

西厓は叔父があらかじめ僧がやって来ることを知っているのを不思議に思ったが、承諾するふりをして、

「わかりました」

と答えた。はたして、その夕、一人の僧が訪ねて来て、みずから、

「妙香山に住まう僧ですが、一晩泊めていただけないでしょうか」

と言った。西厓は痴叔のことば通りになったのを不思議に思いながら、飯とおかずを出して供応した後、この僧に草小屋の方に行くように言った。

叔父は言った。

「私は禅師が来られるのを知っていました」

僧は少し驚いた様子で、

「どうしてご存知でしたか」

と言うと、

「急に甥の家に入って行かれるのを見て、きっとこちら

に来てお泊まりだろうと思ったのです」

と言って、おたがいにことばを交わし合うでもなく、叔父は鼾をかいて眠り出した。僧の方もまた眠ったので、居士はひそかに僧の背嚢を開けて見た。すると、中には朝鮮の地図があり、関所や要塞が記され、防備の強弱や、食糧の有無が事細かに記述されている。また切れ味のよさそうな短剣が一本入っている。居士はその剣を抜き放って、僧侶の腹の上にまたがって、

「清正、お前は自分の犯した罪を知っているのか」

と叫んだ。僧がおどろいて眼を覚ますと、鋭い剣の切っ先が自分の頭に降りて来ようとしている。僧は怯えて、

「私には罪はない。命だけは助けてくれ」

と言ったので、居士は、

「お前の嚢中の地図はいったい何なのだ。罪がないと言えるのか。三度も朝鮮に忍び込んで、わが国には人がいないかのように、探索を繰り返したではないか。それを罪がないとどうして言えるのだ」

僧は口をつぐんで答えることがず、はては哀れげに命乞いをして、

「どうか一縷の命だけは助けてください。もう海を渡って帰り、その後は死んでもご恩を忘れることはありません」

と言った。居士はため息をついて、

「この朝鮮が七年の災厄を蒙るのも天の定めなのであろう。お前など親のない雛鳥か腐った鼠に過ぎない。それを殺しても無益だ。お前の命は活かしてやろう。ただ、これ以後、倭人がこの安東に一歩たりとも足を入れたら、ことごとく殲滅して一人として生きては帰さないから、そう思え。お前は急々に海を渡って帰るがよい」

と言った。僧は唯々として立ち去った。

壬辰の倭乱では朝鮮八道はことごとく蹂躙されてしまったが、安東だけは兵禍を免れた。これはみなこの居士のお蔭なのである。

▼1【西涯・柳成竜】一五四二～一六〇七。字は而見。李退渓に学ぶ。一五六七年、文科に及第、一五六九年には書状官として明に行った。日本の朝鮮侵略の際、左議政・領議政などを務める。一五九一年、豊臣秀吉の侵略の危険性を察し、金誠一の対日派遣、李舜臣の登用などを行ない、防衛体制の強化をはかった。しかし、国内の動揺を避けるために、日本の侵略はないと主張したので、開戦直後は失脚した。やがて復職し、内政・外交に尽力して、日本軍の撃退に功績を挙げた。一五九八年、戦争は終結したが、日明講和問題などの責任を問われて罷免され、隠退して『懲毖録』を著した。

第二四五話……山海関を守る若年の都督

大明国の末年にわが国の使臣が行くと、都督の袁崇煥《えんすうかん》[1]が山海関を鎮定して、北方の胡族に備えていたが、都督の歳はわずか二十歳あまりであった。使臣を応接して、ともに囲碁をし、談笑したが、その立ち居振る舞いの閑雅であること、この上なかった。

城内はしんと静まり、誰もいないようであったが、正午のころに軍校が一人やって来て、

「ヌルハチ[2]が十万の兵を率いてやって来て、三十里ほどのところに駐屯しています」

と報告すると、都督はただ一言、

「わかった」

と言った。使臣が、

「今や、大敵が国境に現れたのに、公はどうして防御の用意をなさらないのか。囲碁をやめましょう」

と言うと、都督は、

「恐れることはない。すでに備えはしてある」

と言って、そのまま囲碁を続けた。するとまた、

「ヌルハチが二十里のところまで近づきました」

と報告があり、また、

「十里のところまで近づきました」

と報告があった。都督と使臣が楼の上に登って見ると、見渡すかぎりの平野をオランケが蟻のように埋めている。黒い雲が惨憺とたれ込め、北風が吹きすさんで、使臣が城中を振り返ると、堡塁の上には敵をあざむくために旗がたくさん立ててあるものの、実の手勢は三千にも満たない。使臣は大いに恐れた。都督は一人の将校を呼んで、何かを耳打ちすると、将校は唯々と従って出て行った。そのまま悠然と酒を酌み交わしたが、にわかに城楼の上で砲声がすると、時を置かずに、天が崩れ、地が裂けるような音が鳴り響き、煙が野を覆って、オランケの陣はことごとく灰燼となり、生臭い臭いが鼻を突いた。使臣は初めて地雷があらかじめ設けられていたのを知ったが、まことに天下の壮観であった。日が暮れて、煙塵が収まると、野原と山の境を一つの灯りが明滅して走って行った。都督はため息をついて、

「これも天命なのか」

と言い、将校を呼んで、

「あの灯りはヌルハチなのだ。一壺の酒をもって馬を走らせて行き、ヌルハチに酒を与えて、『十年かけて育てた兵たちが一瞬にして灰燼となった。酒をもってこれを慰労しよう』と伝えるのだ」

と命じた。将校は命じられたままに行って、酒を渡すと、ヌルハチは痛飲して走り去った。使臣は心を落ち着けた

後、これまでの顚末を詳しく聞いて、その後に立ち去った。

▼1【袁崇煥】明、東莞の人。万暦の進士。好んで軍事を論じ、兵部主事に抜擢され、僉事・按察使に累進。ヌルハチの率いる後金が寧遠を攻めると、これを死守して包囲を解いた。崇禎のはじめ兵部尚書となり、右副都御使を兼ねたが、後に獄に下され、市において磔にされた。彼の死後、辺境を守る人物がいず、明はついに滅びた。

▼2【ヌルハチ】一五五九～一六二六。清の太祖。在位一六一六～一六二六。姓は愛新覚羅。中国東北部、建州女直の一首長から起こり、女直諸部を征服して汗位につき、国号を後金と称した。サルフの戦いで明軍を破り、遼東、さらに遼西に進出し、寧遠城での攻撃で負傷して死亡した。その子のホンタイジが鴻業を受け継いで、瀋陽から北京に都を遷して、帝国を発展させることになる。

第二四六話……李如松と日本の剣客

中国の将軍の李如松（第一一四話注3参照）は、壬辰の倭乱の際には五千の兵を率いてやって来て、朝鮮を助けた。平壌で大勝して、倭の将軍の平（小西）行長は夜に乗じて逃亡した。勝ちに乗じて追撃して青石洞《チョンソクドン》に至った。谷合いは深くて障害物も多く、木々が空高くそびえて、渓流が屈曲して逆っている。すると、にわかに白い気運が立ち上り、冷気が肌を刺した。将軍は、

「これは倭軍の剣客の兆しである」

と言って、兵士たちを休ませ一列に控えさせておいた。そして、馬の上で両手に刀を抜き放ち、身をすっくと伸ばして空中に昇っていった。兵士たちはみな空を見上げていたが、ただ激しい剣撃の音だけが白い気運の中から聞こえてくる。しばらくすると、倭人の身体と首が落ちて来た。寒々とした冷気もおさまり、見ると、将軍は馬の上で一息をついている。そうして、おもむろに太鼓をたたかせて進軍させ、青石洞を出ていった。

碧蹄関《ピョクチェクワン》の敗戦の際には、軍を開城府《ケソンブ》に退却させ、軍を進めようという意志を示さなかった。相公である西厓《ソエ》・柳成竜《ユソンリョン》（第二四四話注1参照）が伴接使として軍務について建議した。提督は頭を掻きながら、話をしようとしたが、その頭の上にはどこからか白い気が漂って来て、虹がかかった。提督は急いで髪の毛を結いなおし、

「剣客がやって来た」

とつぶやくと、壁に架けてあった刀を手に取り、隅の部屋に入って戸をぴったりと閉じ、西崖には座を立たずにそのまま決着のつくのを待つようにと言った。しばらくすると、白い気運が部屋の中に漏れてきて、激しい剣撃

の音が聞こえ、ひんやりした空気が屋敷の中をただよった。西崖は動悸を抑えることができなかったが、突然、足がのぞき、戸を蹴って中に消えた。西崖は、それは提督の足で、戸を蹴ったのは、戸をしっかりと閉めたいのだと考えた。西崖はそこで起って戸を閉じた。そうしてしばらくすると、提督が戸を開いて出て来て、美しい女人の首を床に放り投げた。西崖は落ち着いてからやっと勝利を祝福することができた。すると、提督が言った。

「倭賊の中にはもともと剣客が多い。青石洞ではほとんど殺すことができたが、この女は倭賊の中でも随一の剣の使い手であった。その剣術はまさに神通とも言うべきで、天下無敵、私は常に気にかけていたのだ。それを幸いにも殺すことができて、心配がなくなった。しかし、公が戸を閉じてくれたのは、いったいどうしてだったのか」

「戸を蹴ってまた入られた。それでわかったのです」

「どうしてそれが私の足であるとわかったのか」

「倭人の足は小さいのに、のぞいた足は大きかった。将軍の足だと思うのは当然です」

「朝鮮にも人物がいるものだ」

「どうして戸を閉じようとなさったのか、実はよくわからないのですが」

「あの倭の美人は剣術を海上の広い場所で学んだようだ。そこで、私は故意に狭い部屋を戦いの場にして、相手の思いのままには動けなくした。剣を打ち交わすこと数十合で、案の定、美人は勢いを失った。外に出て遠く逃してはならないと、戸を閉ざそうとしたのだ。もしいったん外に出て大海原に出てしまったならば、どうして退治することができたであろう。今日、戸を閉じてくれた公の功績はまことに大きい」

それ以来、いよいよ公にうやうやしく接したそうである。

第二四七話……天下の一色を得た李如松の訳官

李提督はわが国にやって来て、平壌にいたとき、金姓の翻訳官と男色の関係をもった。金訳官は二十歳そこそこで、容貌はすぐれて美しい。昼も夜も馴染んで、片時も側から離さなかった。たとえどんなに美しい女であっても、これを遮ることはできなかった。金訳官の言うことなら、李提督は何でも聞き入れ、彼が計画を持ち出せば、かならずこれを採用した。撤兵して帰ることになって、兵を率いて柵門にまで至ったが、遼東の都統に食糧を届けるように命じておいたのが、まだ届いていない。提督は大いに怒り、まさに軍律でもって都統を処刑しようとした。

都統には三人の息子がいた。長男はこのとき侍郎で、二男は庶吉士、三男は神異なる僧侶であるとして、皇帝がこれを神師として待遇し、別院を宮廷の中に造ってこれを置いた。あたかも唐代の粛宗[1]が李鄴侯[2]を蓬萊山に住まわせたのと同じであった。このとき、三人の息子たちが父親の危急を聞きつけ、ともに遼東までやって来ては、難を避ける方策を相談した。神僧が言った。

「聞くところによると、朝鮮人の金姓の訳官は提督に寵愛され、金訳官の言うことなら、提督は何でも聞くそうです。金訳官になんとかして会い、懇願してみましょう」

そこで、三人こぞって提督のいる役所の門まで出かけ、金訳官に面会を求めた。金訳官は提督にまずは告げて、

「都統の息子三人がやって来て、わたくしに面会を求めています。さて、どうしたものでしょう」

提督が言った。

「きっと父親の命乞いに来たのだろう。しかし、彼の者たちは中国の尊貴の人びとであり、お前は外国の平凡な翻訳官に過ぎない。あえて面会を拒むわけにも行くまい」

金訳官が出て行くと、三人はことばを合わせて頼みこんだ。

「わたくしどもの父は不幸にも今回の事に当たって、万に一も助かる道がありません。ただあなたがわたくしどもの窮状を察して、都督によしなに取りなしてくださり、父親の命が助かれば、こんなにうれしいことはありません」

金訳官はこれに対して言った。

「考えてもみられよ。取るに足りない外国人の私が、どうして天将の軍紀に関与することができましょう。しかし、あなた方にこのように懇ろに頼まれたなら、どうしてお断りできましょう。つつしんで天将のお耳に入れるだけは入れてみますので、そのご沙汰を待っていてください」

そうして、金訳官が帰って来ると、提督がさっそく尋ねた。

「あの者たちの用件というのは都統のことだったのか」

「その通りです」

と、金訳官は言って、つぶさにそのやり取りを伝えた。

提督はしばらく考え込んで、やがて言った。

「私は戦場を駆け回って、これまで私情をもちこんで公の事を損なったことはなかった。今、お前は外国の平凡な翻訳官として中国の貴人の懇願を受けた。お前にとっては重大な事態であることを、私も考えよう。お前をここまで連れて来たのは、はたして私であり、お前のすぐれない顔色を取り戻すのに他に手立てがないようなら、よし、軍律は厳粛なものだが、今回は大目に見ようでは

ないか」

金が出て行き、三人の息子に提督のことばをすっかり伝えると、三人は喜んで稽首再拝して言った。

「あなたの徳によって父の命を救うことができました、このご恩は天地のように大きく、河海のように深いです。どうお礼をすればいいでしょう。ノリゲ（装飾品）や金銀や玉帛、すべて、おっしゃるままに差し上げましょう」

金が言った。

「わが家はもともと倹素に過ごし、ノリゲなどに心を奪われたこともありません」

三人が言った。

「あなたは朝鮮の一介の翻訳官に過ぎないが、中国からの命を下して朝鮮国の政丞になられてはどうでしょうか」

「わが国ではもっぱら名分を尊びます。私は中人階級に過ぎません。私が政丞になどなったら、きっと『中人政丞』と爪はじきをされましょう。政丞になどならない方がましです」

三人がまた言った。

「それなら、あなたは中国の高官になって、中央の名門高家の閥族となられたら、いかがでしょうか」

「私の父母はまだ存命です。家を離れて恋しく、すぐにでも帰りたい気持ちで、一日が三度の秋のように感じます。提督が帰国なさって、私に朝鮮への帰郷をお許しくだされば、それが何よりの恩恵となります」

三人が言った。

「しかしながら、あなたのご恩に報いないわけにはいきません。どんなことであっても、おっしゃってください。たとえ困難なことであっても、きっとそれをかなえて差し上げます」

三人が一生懸命に口説いて止まないので、金がやむなく口を開いて言った。

「私がつねづね願っていましたのは、天下の一色を一度でもいいから見ることです」

三人はそれを聞いて、しばらく一言も口にしなかったが、ややあって、神僧が言った。

「わかりました。難しいことではありません」

このようにして、三人は立ち去ったが、金訳官が帰って行って提督に見えると、提督が言った。

「あの者たちはお前の恩に報いようと言ったはずだ。お前はどんな願いを言ったのだ」

金がこれに答えて、

「天下の一色を一度でいいから見たいと言ったのです」

と言うと、提督は座を立ちあがって、金訳官の手をとらえ、その背中をたたきながら、

「お前は小国の人間ではないか。なんとも大それたこと

を言ったものだ。三人はそれで承知したのか」

「承知してくれました」

提督が言った。

「彼らはどのようにしてそれを手に入れてくるのだろうか。それはたとえ皇帝のような貴人であっても、容易なことではあるまい」

金訳官はこうして提督に従い、大明の都に入って行った。三人が迎えにやって来たので、金がその家に行くと、新しく立てた家で、規模は広壮で、金碧が絢爛とし眼もくらむほどであった。三人はまずは茶を進めて、

「帰ってはなりませんよ。今晩は長く存分に楽しんでください」

と言った。しばらくすると、部屋の中がいい香りでいっぱいになって、人を息詰まらせるほどである。庭園の門が開いたところにあでやかに化粧した数十人の女人たちが、あるいは香をたずさえ、あるいは紅いポジャギ（刺繍布）を重ねた箱をたずさえ、二列に並んで堂上に昇って来た。金が見ると、すべて傾国の美女ばかりである。

すでにこの女人たちを見た上は、座を立って帰ろうとすると、三人が言った。

「どうして立たれるのですか」

「私はすでに天下の一色を見ましたから、もうここにとどまる必要がありません」

三人は笑いながら、言った。

「彼女たちは侍女に過ぎません。どうして天下の一色でありえましょうか。一色はこれから出て参ります」

しばらくすると、庭園の門が大きく開き、一朶の蘭と麝香の香りがあたりに立ち込めて、侍女十余名が後ろからそれを囲むようにして出て来て堂に上がった。華麗に化粧をほどこした一つの塊が椅子に座り、三人と金訳官もまた椅子に順に座った。三人が金に言った。

「これがあなたにお見せしたかった本当の天下の一色です。はたしていかがなものでしょうか」

金訳官はこれを見たが、珠玉や翡翠で満身を飾って、その精彩が人の心を奪って眼もくらみ、ぼんやりとして何も見えず、それがどんな姿をしているのかすらわからない。三人が言った。

「今晩、あなたはこの女人と雲雨の交わりをなさるのです」

金が答えた。

「私は一度見れば気がすむので、そのようなことを願ったわけではありません」

三人が言った。

「これはいったいなにをおっしゃる。われわれはあなたに御恩をこうむり、あなたは一色を見たいとおっしゃった。たとえ粉骨砕身してでも、あなたの願いを叶えない

ではいられましょうか。第二色、第三色というのは、手に入れることはさほど難しくはありませんが、天下の一色ともなると、たとえ天子の力であっても、手に入れることが難しい。以前、雲南王が敵に恨みを持ち、私たちが王を助けて、その敵を討ったことがあります。それを恩に感じて、雲南王は恩に報いようと約束しました。あなたは天下の一色を見たいとおっしゃったが、雲南王のお姫さまこそ天下の一色なのです。先だっての晩、あなたが見たいとおっしゃり、それを受け入れた後、あなたと別れてから、私どもは雲南王に使いを送って頼み、雲南王もそれを承諾しました。あなたが入京する日に合わせて、かの姫も来られましたが、そのあいだに千里の馬を三度も殺してしまいました。今までに銀子で数万両を費やしています。雲南とここ北京の距離は三万里の遠さです。こうして会って、あなたは男子であり、姫は女子です。ひとたび会ってこのまま離れたならば、姫にとっては閨房の深い恨みとなるでしょう。姫は国王の大切な娘です、それが遠い異国に来て男子に会われた。それを無下にされるのが男子としての道理でしょうか。けっしてお断りなさってはならない。今日は日柄もよろしい。合巹の礼（一緒に寝ること）をなされば、よろしいではありませんか」

金はその晩、そこにとどまり、犠牲の肉をともに分けて食べた。さて、事におよんだが、蠟燭の炎が煌々と部屋を照らしたものの、麝香が衣服の裾をくゆらせ、目の前が燦爛として、眼で見ようにもはっきりとは見えない。狂った蝶が花を追うような心になるのだが、つがいの鴛鴦が波に漂うだけで、なかなか歓びを交わす声もなかった。三人は外から覗いていて、どうもうまくいかない様子なのを見て取ったので、金を呼んで、

「せっかくの合歓の愉しみなのに、どうも寂寥たるありさまですね。あなたの眼目が定まらず、いささか精神も短小の故ではないでしょうか」

と言い、皿を取り出して前に置いて言った。

「これを食べてください。蜀山の人参です」

これを食べて部屋に入って見ると、眼がはっきりとして、精神も爽やかである。女子の髪の毛までもつぶさに見え、額から爪先まではっきりと見ることができる。まさに花の顔貌、明月の容態で、まことに天上の神女と言うしかない。これとついに雲雨の情を交わすことができた。朝までぐっすりと寝て眼を覚ますと、三人がやって来て、金に言った。

「あの美姫をどうなさいますか」

「考えてみると、外国人でありながら、このようにみだりに恩恵を享受してしまいましたが、この先、どうしていいものやら、思いもつきません」

三人が言った。

「あなたは幸いにも不思議なめぐり合わせで天下の一色を手に入れなさった。どうして一度だけ契って散り散りに別れる必要がありましょうか。あなたは外国の人でいっしょに暮らす事はできずとも、離れていても情を交わして、ともに老いることもできましょう。私どもはあなたから厚い御恩を被りました。あなたの国が中国に使臣を送ることがあれば、かならず訳官の任務を帯びて正使についていらっしゃるがよい。一年に一度お会いになれば、牽牛と織女の境遇のようでまた趣きの深いものではありませんか。私どももお助けしましょう」

金訳官はそのことばの通りにしたが、若いときから年老いるまで、訳官の任務で一年に一度の歓びを交わし、何人かの子どもをもった。金訳官の後裔は北京で大いに繁栄した。

▼1【粛宗】唐の第八代皇帝の李亨。玄宗の第三子。皇太子のとき、安禄山が反し、玄宗は蜀に逃げ、太子は馬嵬に走ったが、霊武に還って即位し、玄宗は上皇天帝とした。在位七年で崩じた。

▼2【李鄴侯】李鄴は唐の睿宗の第五子。薛王に封ぜられる。開元の初めに太保となり、後、諸州の刺史を経て、死後に太子を贈られた。

第二四八話……渭城館で毛男に出会う

正祖《ジョンジョ》の時代の壬寅から癸卯のころ（一七八二〜一七八三年）、嶺南の按察使であった金某が巡察に出て咸陽《カンヤン》に至ったとき、渭城館《ウィソンクワン》に宿泊した。知印と妓生などを退出させ、一人で寝ようとすると、夜も更けて人も寝静まった後に、部屋の扉がすこし開いて、何かが入って来る気配がする。金公は眼を覚まして、

「お前は何ものだ。人なのか、鬼なのか」

と言うと、

「鬼ではない。人です」

と答える。金公が

「人なら、どうしてこんな深夜に人気もなくなって、入って来たのか。尋常な振る舞いとは言えまい。何か言いたいことがあるのなら、言ってみるがよい」

と言うと、その人は、

「公にひそかに申し上げたいことがあります」

と言うので、金公は起き上がって座り、人に灯りを持って来させようとすると、その人は、

「やめてください。公が私の姿を一見なされば、きっと驚いて恐ろしくお思いでしょう。暗闇の中で話をしても

差し支えはありますまい」

と言う。金公が、

「お前はいったいどんな姿をしていると言って、灯りを嫌うのだ」

と言うと、その人は、

「全身が毛だらけなのです」

と言うので、金公はいよいよ不思議に思い、

「お前がはたして人というのなら、どうして全身が毛だらけなのだ」

と尋ねると、その人は語り出した。

「わたくしはもともと尚州の禹注書という者です。中宗の時代に明経科に及第して、注書としてソウルにいたときには、静庵《ジョンアン》・趙光祖《チョクワンジョ》先生▼1の門下で多年にわたって修学しました。己卯の年（一五一九年）の士禍▼2の際に金浄《キムジョン》▼3や李長坤《イチャンゴン》▼4などが逮捕されたとき、わたくしはソウルから逃亡しましたが、郷里に戻っても、きっと官庁から捕縛の命令が下っているだろうと思い、そのまま智異山に向かいました。何日も食べず、深い谷間に入り込んで、口を糊するにも方策はなく、渓流の畔の若草を摘んで口に入れ、木の実があれば、それを食べて、やっとのことで飢えを凌ぐことができましたが、しばらくして大便をすると、水のような便を下して、それが五、六ヶ月過ぎると、全身を毛がおおい、その長さが一寸あまりにまでなったのです。それからと言うもの、飛ぶような早さで歩行し、千尋の絶壁と言えども難なく飛び越えることができるようになって、ほとんど猿の類と異なることがなくなってしまいました。

　それ以後、もし世間の人が自分の姿を見れば、きっと怪獣だと思うに違いない、だから、けっして山を出るまいと心に決めました。樵や牧童の輩がいれば、かならず身を隠して姿を見られないようにし、深い谷の岩穴に住まって出ないようにしました。ただ月の明るいときには静かに座って、かつて憶えた経書の詞句を唱えると、今のわが身を考えてそぞろ寒く、不覚にも涙を流してしまうのです。故郷のことも時おり考えますが、父母も妻も子もみな亡くなっていますので、帰ってみようとは思いません。このようにして山中に長年を過ごし、猛虎や毒蛇と言えども、もう少しも恐ろしくはありませんが、ただ恐ろしいのは鉄砲撃ちです。昼は伏して夜に行動し、姿かたちはすでに変わってしまっても、心はまだ人間なので、いつも世間の人と出会って、世間のことを尋ねたいものだと考えていました。しかし、この姿では人前に出ることができません。先日、あなたがこの地に来られることをうかがい、死を決して出て来ました。他意はありません。

　静庵先生のお宅ではご子孫はどうなさっていますか。

先生の冤罪は明らかになって、恨みは雪がれたでしょうか。そのことだけはお聞きしたいのです」

　金公はそれに対して答えた。

「静庵は仁祖の時代の某年に伸冤されて、それ以来、文廟に祀られるようになった。また、書院には額を賜って、方々にそれがある。その子孫には某がいて、また某がいる。朝廷からも特別に用いられ、もう恨みを含むところはあるまい」

　その人はまた、己卯の士禍の顚末について尋ねたが、一つとして事件を忘れていない様子で、金公も知っている限りの後日譚についてはつぶさに話して、また尋ね返した。

「初めて逃げたときは、あなたの歳はいくつでしたか」

　その人が答えた。

「三十五歳でした」

「今はその己卯の歳から数えて三百年も経っている。すると、あなたの歳は四百歳にもなろうとしている」

「その間の年月を山中で過ごして、わたくしもまた、それが何年になるのか知らなかった」

「あなたの住む洞窟というのはここから遠いところにあるはずだが、どうしてこうも迅速に来ることができたのですか」

「まさに気を作って行くのです。すると、岩が層をなす絶壁であっても走って飛び越え、一瞬のあいだに十里を行くことができます」

　金公はこれを聞いて感心して、食事を用意してもてなそうとしたが、その人は、

「いりません。できれば、果実をいただきたい」

と言った。しかし、部屋の中には果実の用意はない。夜中にそれを用意させるのも困難である。そこで、金公は、

「今は果実を用意できない。明日、あなたが来られれば、かならず用意して置こう。明日は来られますか」

と言うと、その人は、

「きっと来ましょう」

と答えて、別れを告げて、たちまちのうちに立ち去った。

　金公はその人の再来の約束があったので、身体の調子が悪いと言って、渭城館にその日も留まることにした。朝と昼の食事の卓の果物を残しておいて、その人の現れるのを待った。はたして深夜になって、そのひとはやって来たが、金公は起き上がって正座して、これに応接した。果物を差し出すと、その人は大喜びをして食べ、

「幸いに腹を満たすことができました」

と言った。金公が、

「智異山の山中には果実が多いと聞くが、あなたはそれで一年を通して食べることができるのか」

と尋ねると、その人は、

「秋に木の葉が落ちるころにはさまざまな木の実を拾って三つ四つの小山を作っておき、それで冬の間を食いつなぐ。初めて草を食べたときには苦くて仕方がなかったが、今は苦くは感じない。木の実を食べれば、気力が衰えることなく、草を食べれば、猛虎が目の前に現れても、手で撃ち、足で蹴って、これを退治することができる」

と答えた。


その人はまた己卯の士禍のときの話をひとしきりした後に、感謝して立ち去って行った。


金公は平生、道を説くことがなかった。その臨終のときに当たって、子弟たちに、

「昔、毛女というのがいたが、私は毛男に会ったことがある。不思議なことであった」

と語って、書き留めさせたのであった。

▼1【静庵・趙光祖先生】一四八二〜一五一九。中宗のときの性理学者。字は孝直、号は静庵、諡号は文靖。吉再の学統を継ぐ金宏弼の門人で、『小学』『近思録』を基礎として経伝の研究を行なった。平素も衣冠を正して端正にふるまい、言行も古の聖人にならって厳粛であったという。士林派の領袖として、中宗の信任を得て、賢良科の実施、昭格署の廃止などさまざまな施策を行なったが、自派の士林を多く登用し、言動が過激に走ったために、勲旧派の激しい反発を受けて己卯の士禍（一五一九年）を招き、一派はことごとく斬罪、彼自身も綾州に流され、その地で賜死した。

▼2【己卯の士禍】李朝の初期、太祖李成桂の建国に協力して功績のあった人びとの流れを汲む勲旧派と新たに科挙を受けて官僚となった人びとである士林派との対立があり、士林派は四度にわたって粛清を受ける。すなわち、戊午の士禍（一四九八年）、甲子の士禍（一五〇四年）、己卯の士禍（一五一九年）、そして乙巳の士禍（一五四五年）である。己卯の士禍は中宗によって登用された趙光祖一派のあまりに過激な政策に対して既成権益を守ろうとする勲旧派によって起こされ、趙光祖一派の七十五名が死刑、流刑、罷免などの弾圧を受けた。

▼3【金浄】一四八六〜一五二一。李朝前期の文臣、烈士。字は元沖、号は仲菴、本貫は慶州。十歳で四書に通じ、刑曹判書に至った。中宗が王后慎氏を廃して章敬王后を立てるのに反対して、章敬王后が死ぬと慎氏の復位を上疏して流配になったが復帰、一五一九年の己卯士禍に際し、趙光祖の一派として済州島に流され、後に賜死した。

▼4【李長坤】実際には、一五一九年の己卯士禍での行き過ぎに反対し職を削られたが、逮捕されているわけではない。第一八五話注3を参照のこと。

第二四九話……五人の老処女の太守遊び

暗行御史がある邑にたどり着いた。まさに八月十五夜

のことである。にわか雨が降って、それも晴れ、暑からず、寒からず、民家に寄宿して食事も終え、月の光を愛でようと散歩に出た。ある家の垣根の外にしばし座って休憩していると、垣根の中から人の声が聞こえてきて賑やかである。垣根の隙間から覗くと、健康そうな女子が五人ほどいる。いっしょに手を取り合って、楽しそうである。その中の一人が、

「今夜はこんなに月が明るくて、何もすることがない。太守遊びでもしましょうよ」

と言うと、他の女子たちも、

「それがいいわ」

と言って、その遊びが始まった。五人の女子はそれぞれに役柄を決め、一人は太守、一人は刑房、一人は吸唱、一人は使令、一人は朴座首ということになった。しばらくすると、太守役の女子が刑房役に、

「朴座首を早く捕まえて連れて来るのだ」

と命じた。刑房役は吸唱役に伝え、吸唱役は使令役に伝える。使令役は大きな声を上げて答え、朴座首役の女子を連れて来て跪かせると、太守役が言った。

「女子と生まれて他家に嫁ぐのは人としての大倫である。これを廃してはならない。どこの父母もそれを考えるのが当然だ。お前には五人も女子がいる。すでに適齢期を過ぎているのに、まだ結婚を議論することもない。これは廃倫と言わざるをえない。お前は家長でありながら、このことを慮らず、進んで娘たちを嫁入らせようとはしない。これでどうして人の父としての道理があろう」

刑房役がこのことばを吸唱役に伝え、吸唱役が使令役に伝え、さらに朴座首に伝えると、

朴座首役の娘は言った。

「わたくしもまた人として、どうしてこのことを考えないわけがありましょう。心の中では憂悶しながらも、家計が立たず、赤貧洗うがごときありさま、誰も貧家の嫁をもらおうとはしません。それに婿となるべき男子も見当たらず、なかなか結婚させる事ができないのです。罪を知らないわけではありません」

それに対して、太守役は言った。

「某村の李座首の家には二十歳の秀才がいる。某村の金座首の家には十九歳の秀才がいる。某村の徐別監の家には二十歳の秀才がいる。某村の崔都監の家には十七歳の秀才がいる。某村の姜別監の家には十六歳の秀才がいる。それをどうして婿となるべき男子が見当たらないと言うのだ。すべてはお前の言い逃れに過ぎない。二度とそんなことを言ってはならない。すぐに結婚させることにして、吉日を選んで式を挙げるのだ。急ぐがよい」

朴座首役がこれに対して、

「仰せはごもっともです。謹んで準備を致します」

と答えると、太守役は、

「審理は終わった。座首を連れ出すがよい」

と言い、使令役が大きな声で、

「座首の出送」

と叫んだ。五人の女子は手を打って大笑いして、一斉に家に入って行った。


暗行御史は最初から最後までつぶさに見ていて、大笑いしたが、その情実を考えると、不憫でもある。翌日にはこの洞内を探索したが、はたしてその家は朴座首の家で、五人の娘がいるのだった。長女は二十三歳、次女と三女は双子で二十一歳、四女は十九歳、五女は十七歳であった。いわゆる朴座首というのも、ただ家が貧しいだけではなく、おろかで事理をわきまえない人物である。五人の娘が適齢期を過ぎて久しいのに、それを尋常のこととして見て、心配することもなかった。女子たちも教訓されることもなく、年を取るままに、裁縫や台所のことに通じることもなく、ただ遊戯に日々を過ごしていたので、これを嫁にと願う者もいなかった。


また、話題に上がった秀才の家々を探索すると、昨夜の話通りに、適齢の男子たちがいた。暗行御史は監営に出た後、いわゆる朴座首をすぐに捕まえて来させ、庭に座らせ、昨日の太守役が言った通りに、その罪を言い立てた。座首は、やはり婿となるべき男子が見当たらないと弁明する。御史はまた昨日の太守役がいった通りに、近辺の秀才たちを列挙して、

「私が知っているだけでも、これだけの婿がねがいる。どうして結婚ばなしを進めないのだ。相手がいないなどというのは言い逃れではないか」

と言うと、朴座首は、

「それらの秀才を知らないというわけではありません。しかし、貧家の女子で、きちんと躾もできていない。そんな女子をどうして嫁に迎えてもらえましょう。それで、敢えて人には言い出せなかったのです」

と答えた。御史がこれに対して、

「それなら、お前は幼いときに躾けを怠り、大きくなって倫を廃して、それでどうして父親の道理と言えよう。今日はまさにこの私がお前の娘たちの結婚を決めてやろう」

と言い、それぞれの方面に伝令して、李座首、徐別監、崔都監、金座首、姜別監をすぐに連行させ、それぞれに結婚を決めさせ、また吉日を選んで式を挙げさせることにした。役人たちに命じて婚資も用意させ、役所からも督促して、一度に結婚させることにして、事の成り行きの報告をするように命じたが、御史の命令に誰が背こうか。ついに誰も反対せず、五人の娘は同じ日に結婚した。

巻の十九

第二五〇話……映月庵の怨魂

相国の金某は若いころ数名の親友とともに白蓮峰《ペクリョンポン》の麓の映月庵《ヨンウォルアム》で書物を読んでいた。ある日、友人たちはみな用事があって家に帰ってしまい、その夜も深まって一人で灯火を明るくして書物を読んでいた。すると、女人の怨むような、訴えるような哭声が聞こえてきて、映月庵の後方の遠くから次第に近付いてくる。その声は窓の側に到って止んだが、公は不思議に思って、端坐したまま身じろぎもせずに尋ねた。

「お前は鬼か人か」

女はため息を長くついて答えた。

「鬼です」

公が、

「それなら、幽明を異にするではないか。どうして陽界をうろついているのだ」

と言うと、鬼は、

「わたくしは生前に恨みを残すことがありました。公でなければ、その怨みを解くことができません。怨みを解いていただくために、こうして参ったのです」

と言った。公が窓を開けて見ると、そこには姿は見えず、ただ空中でうそぶく声だけがあり、

「姿を現わせば、公を驚かせるのではないかと心配です」

と言う。公は言った。

「かまわない。姿を見せろ」

言い終えるや、若い婦人が髪の毛を乱し、血を流した姿で目の前に現れた。公が言った。

「どのような怨みがあるのか告げてみよ」

女人が答えた。

「わたくしは朝廷に仕える官吏の娘でした。そして、またある官吏に嫁ぎましたが、新婚まもなく、夫は淫婦にまどわされ、わたくしを罵り、殴りました。揚げ句はその淫婦のことばを信じてわたくしに淫奔の行ないがあったと言って、夜半、わたくしを刺し殺し、映月庵の崖の下に投げ捨てたのです。他の人はこのことを知らず、わたくしの父母をだまして『淫らな事をして男と逃げ去りました』と言いました。わたくしは非命にしてこのような死に方をして、固く怨みを抱き、また不潔窮まりない汚名をとどめ、永遠に地獄で逆さに吊るされています。この怨みをどう晴らせばいいでしょう」

公が、

「お前の怨みには惻隠の情を禁じ得ない。だが、どうすれば、私はお前の怨みを晴らすことができようか」

と言うと、女人は、

「公は某年に必ず登科なさいます。要職を歴任して、某年には刑曹参議におなりです。刑曹は刑獄に当たる官です。わたくしの怨みを晴らすのはたやすいことです」

と言って、姿を消した。

翌日、崖の下を探してみると、果たして女人の死体があり、それは昨晩の鬼神であった。鮮血が淋漓として、まだ新しい死体のように見えた。金公は帰って来て、何ごともなかったように読書を続け、誰にもこのことは秘して言わなかった。

後に、鬼神のことばの通りに登科して、いくつかの職を経て刑曹参議となった。公は鬼神の哀訴を記憶していて、役所におもむき座席に着くや某官を捉えて尋問した。

「お前は映月庵の下に怨みを抱いて死んでいる人間を知っているか」

その者が知らないと言うと、いっしょに映月庵に行き、死人の検分をした。するとその者はことばを失って、屈服した。金公は怨女の父母を呼んで埋葬させ、その夫を処罰した。

その日の晩、公がまた映月庵で灯火を灯して読書をしていると、その女人が窓の外に現れ、涙を流しながら感謝した。髪の毛を櫛でととのえ、衣服もまた楚々と着こなして、前日の姿ではなかった。公がもっと前に近づくように言い、将来のことを尋ねると、女人は言った。

「公は某年に某職につかれ、某時に某事をなさいます。地位は大官に昇られますが、某年には国のために力を尽くして命を落とされましょう。その後、名声を勝ち得られ、ご子孫も繁栄なさいましょう」

女は言い終わると、礼をして姿を消した。

公が一生を点検して見ると、この女人のことばは一々が符合していた。はたして、某年には国のために死んで輝かしい名前をとどめた。

第二五一話……博川郡の知印の忠誠

李基栄《イキヨン》[1]というのは博川郡《パクチョングン》の知印（第一九話注1参照）である。その人となりは外には温和であったが、内には胆略があった。辛未の年（一八一一年）の西賊の乱[2]に当たって、郡守の任聖皐《イムソンコ》[3]が賊に屈せずに拘束されることになり、死が朝夕に迫っていた。基栄は自身の身の危険を顧みることなく、夜暗に乗じて聖皐のもとに行き、賊を討伐する計略を説いたが、任公は彼を間諜ではないかと疑って、応じることなく、

「私にはすでに死が迫っていて、どうして賊を討つことなどできようか。それに、お前は知印の役職にあるとは

言うものの、これまで近づけて信任して使ったこともない。それに、どうして賊どもを恐れず、ここまで入って来られたのだ」

と言った。基栄は慨嘆して、

「国家のために逆賊を討つのは臣下として当然の務めではあるまいか。それをどうしてこれまでの信任を云々されるのか」

と言い、用意して来た食事を任公に差し入れて、悲憤慷慨して啼泣した。任公は基栄の真心を理解して、文書を安州の兵営に送って援軍を送るように頼むことにした。基栄は嚢の中から筆と墨を取り出し、

「公の来ている衣服の襟を破って、砲手四、五十名を至急送れ、この邑の賊どもを一気に殲滅したい、と書かれるのです」

と言った。任公は基栄の言う通りに書いた。基栄はそれを自分の衣服のあいだに縫い込み、一人で安州の兵営に赴いたが、安州の防備は厳戒で、また内応者が出ないかとぴりぴりしていて、城の内に入ることができない。事が漏洩するのも恐れなければならない。基栄は東北の土塁の方に回り、山側から入って行き、夜になるのを待って走った。時刻はすでに五更を過ぎ、基栄は直に兵営に入って行った。灯りは点っていたが、建物の中はまだしんと静まっている。基栄は大きな声で叫んだ。

「緊急に申し上げたい。緊急に申し上げたい」

兵馬節度使が驚いて起き上がり、てっきり賊だと思って、これを捕えさせて尋問した。基栄は言った。

「左右の人を退けてください。兵使にお渡しする書状があります」

兵馬節度使は長剣を手許に置いたまま、基栄に前に進み出ることを許した。基栄は初めて衣服のあいだから書状を取り出して渡したが、はたして博州の郡守からの砲手を借りたい旨の書状である。兵馬節度使はしばらくその真偽を確かめるために仔細に質問したが、その明け方には、五十名の巧みな砲手と、それを率いる将校一人を派遣した。博川と安州とは五十里ほど隔たっている。兵馬節度使は博川がただ陥落したことだけを知って、その詳しい動静を知らなかったから、その消息を伝えてくれた基栄に手厚く褒美を与えようとした。基栄はそれを辞退して、返書だけを受け取って、まずは帰って、任公に会おうとした。

正午前に砲声が大いに起こった。賊軍は不意をつかれて浮き足立ち、応戦することもできずに、鳥が飛び立ち、獣が逃げ出すように四散して、博川は回復された。任公も拘束を解かれた。

後になって、任公が賊に捕われたとき、みずからを「小人」と言い、兵符を奪われたことで罪を問われるこ

とになった。けだし、任公が賊どもに捕われたとき、

「わたくしが領土を守る役職にありながら、邑を守ることができず、老いた母がありながら、これもよくお世話することができなかった。不忠不孝、実に国家の『罪人』と言うべきだ。生きていても何としよう。すみやかにわたくしを殺して、老母には危害を与えないで欲しい」

と言ったという。賊どもは任公の善政についても知っていて、これを殺すに忍びなかった。おおよそ、罪人《チェイン》ということばと小人《ソイン》ということばとは音が近い。任公の側付きの者も捕えられて近くにいて、誤って聞いたのを伝えてしまったのだ。また、力及ばずに兵符を奪われてしまったことについては、嘉山郡守《カサングンス》の鄭蓍《チョンキ》▼4が賊どもを罵って殺されてしまったことに比して罪されることになったものの、これも冤罪と言えよう。天の日がさして、すべてが明らかになり、特別に赦されたが、初めに逮捕されたとき、基栄は始終ついて行き、しばらくの間も離れることがなかった。訓練都監がこれを聞いて、奇特に思い、基栄を都監の教練官に抜擢して信任しようとしたが、任公が放免されると、自分も職を辞して故郷に帰り、一生のあいだ、西賊を討ったときの自分の手柄をけっして話さなかった。

天晴れ、ソウルから遠く離れた一介の地方官が悲憤慷慨して、自分の命を投げ打って、忠誠を尽くした。書簡をたずさえて援軍を乞い、賊どもを一掃した知恵はすばらしく、主人の郡守が捕縛されるや、忠逆を論ぜず、平生に親しんだ人びとでも避けるのに、一人離れることがなかった。なんという義理堅さであろうか。自分の手柄については言わず、功名など欲しなかった。なんという立派さであろうか。

▼1 【李基栄】『朝鮮実録』純祖十一年（一八一一）十二月丁卯の平安道兵馬使の啓言に、関東での乱の勃発を言い、博川通引の李基栄が、賊の頭目は洪某であり、賊たちは青と紅の軍服を着用している云々の報告があった旨の記載がある。

▼2 【西賊の乱】純祖十一年の辛未の年（一八一一）、全州を中心に洪景来が起こした乱を言う。

▼3 【任聖皐】純祖のときの武官。字は仲岸、号は偶然翁、諡号は忠貞、本貫は豊川。一七九五年、武科に及第、一八一一年、博川郡守に在職中、洪景来の反乱がおこって賊に囚われ、降伏を迫られたが、屈しなかった。乱の平定後、羽林将となり、訓練・御営の大将となり、兵曹判書にまで至った。

▼4 【鄭蓍】一七六八～一八一一。字は徳円、号は伯友。一八一一年、嘉山郡守であったとき、洪景来の乱が起こり、賊に捉えられて殺害された。

第二五二話……義妓の論介

論介《ノンゲ》というのは晋州《チンジュ》の妓生である。

壬辰の年（一五九二年）、倭賊どもが晋州を侵したが、上洛君《サンラククン》・金時敏《キムシミン》▼1が城を堅く守り、しばしば戦い、しばしばこれを敗って、倭人数万を殺した。倭賊どもはあえて湖南には入らずに退いた。翌年の癸巳の年（一五九三年）、倭の将軍の加藤清正は平秀吉の命を受け、晋州での恥辱を雪ごうと、十万の兵を率いてやって来て、城を包囲した。当時の慶尚道兵馬節度使の崔慶会《チェキョンフィ》▼2、忠清道兵馬節度使の黄進《ファンジン》▼3、倡儀使《チャンウィサ》の金千鎰《キムチョンイル》（第一九三話注2参照）、金海府使《キムヘプサ》の李宗仁《イジョンイン》▼4、復讐将の高従厚《コチョンフ》▼5、泗川県監《サチョンヒョンカン》の張潤《チャンユン》▼6などの人びとが入城して守ったが、ひとり紅衣将軍の郭再祐《クワクチェウ》（第一九二話注2参照）だけは、

「この城はきっと倭賊どもがほしがるところです。湖南にとっても嶺南にとっても要衝の地で、両側から山に挟まれて狭くなっている。弱小の手勢で強軍に当たれば、必ず敗れてしまいます」

と言って、ついに中に入らなかった。

諸公は矗石楼《チョクソクル》に集まって、生死を同じくすることを誓い合い、いかに守るか興奮して論じ合った。倭将が命令を下した。

「昨年、敗れた恨みを今日こそ果たすのだ。この城を陥落させなければ、踵を返すことはならない」

四方八方から攻め立てたので、十日余りして、あえなく城は陥落した。城中の六万人は同日に死に絶え、諸公たちは南江《ナムガン》に身を投げて死んだ。

そのとき、論介は美しく化粧してきらびやかに着飾り、倭の将軍の中でも最も屈強の者を選んで、その目の前で媚を売った。倭将は喜んで、論介を奪い去ろうとする。論介は身をかわしながらも、さらに倭将を甘いことばで誘って、江の畔の切り立った岩の上に導き出した。倭将と向かい合って舞い、この岩は江の岸に張り出していたので、そこで、倭将の腰にしがみついて、そのまま江中に落ちて行った。倭賊の陣では大いに驚いた。乱が終わって後、人びとは論介を「義妓」と言って、褒め称えた。江上に祠を立て、論介が舞って、そこから身を投げた岩を「義妓岩」と名付け、「一帯長江千秋義烈」の八文字を刻み付けた。その岩はまた「落花岩」とも言ったが、それは妓生が江に落ちて行くさまを散り落ちる花にたとえたのである。

▼1 【上洛君・金時敏】一五五四～一五九二。宣祖のときの武将。字は勉吾、諡号は忠武、本貫は安東。一五七八年、武科に及第し、一五九一年には晋州通判に任命された。翌年、

牧使が死に、壬辰倭乱が起こると、牧使の代理として晋州城を死守して、嶺南右道兵馬節度使に特進した。城内を巡視しているときに、敵の銃弾に当たって死んだ。朝廷では宣武功臣の号を下し、上洛君に封じ、後に領議政、上洛府院君を追贈した。

▼2【崔慶会】一五三二～一五九三。字は善遇、号は三溪、諡号は忠毅、本貫は海州。一五六八年、文科に及第、壬辰倭乱のとき、喪中で家にいたが、高敬命が義兵を起こしたという話を聞いて、みずからも義兵を起こし、錦山・茂朱などで戦功を立てた。宣祖はこれを聞いて慶尚右兵使に任じた。晋州では倡義使の金千鎰と最後まで戦ったが、敗死した。

▼3【黄進】一五五〇～一五九三。字は明甫、本貫は長水。一五七二年、武科に及第して宣伝官に任じられた。通信使の黄允吉に従って日本に行き視察していたので、日本が侵攻してくるのは不可避だと考えて準備した。一五九二年、壬辰倭乱が起こると、転戦して戦功を上げて、忠清道兵馬節度使となった。福島正則の軍と戦い、これを撃破したが、その後、日本軍が晋州城を囲むと、金千鎰や崔慶会とともに城に入って壮烈な戦死を遂げた。

▼4【李宗仁】？～一五九三。字は仁彦、本貫は全州。早く武科に及第して、一五八三年、北道兵馬使の旗下で野人の征伐に功を上げた。一五九三年、日本軍が晋州城を攻めると、慶尚右兵使の金誠一の牙将として敵将を射殺して、敵を退却させた。晋州城にこもり、攻めて来る敵数十名を射殺した。矢が尽きると槍をもって戦ったが、敵の銃弾に当たって戦死した。

▼5【高従厚】一五五四～一五九三。字は道冲、号は隼峰、諡号は孝烈、本貫は張興。二十四歳のときに文科に及第。壬辰倭乱が起こると義兵を起こして錦山で敵軍と戦った。翌年にはみずから復讐将軍を名乗って各地で義兵を募って善戦した。晋州が危地に陥っていると聞いて城内に入って行き、最後まで戦って戦死した。後に吏曹判書を追贈された。

▼6【張潤】一五五二～一五九三。字は明甫、諡号は忠毅、本貫は永川。一五八二年、武科に及第、累進して泗川県監となった。壬辰倭乱のときには左義兵副将となり、星山・開寧で前後して数十回戦って多くの敵を殺した。晋州の危機を知って、晋州城に入り、黄進の死後は大将となって指揮を執ったが、敵弾に当たって死んだ。兵曹参判が追贈された。

第二五三話……麦畑で神僧に会った李源

兵使の李源《イウォン》▼1は唐の将軍の李如松提督（第一一四話注3参照）の後裔である。流れ流れて春川《チュンジョン》の地に住みつき、農夫となって、みずから田を耕して暮らしていた。夏の季節に麦を打ち、疲れたので、庭の木陰で昼寝をしていたところ、眠りから覚まさせようとする者がいる。眼を開けて見ると、一人の少年の僧侶が立っていた。李が起きて、

「お前が私を起こしたのか」

と言うと、

「そうです」

と言い、さらに、

「書房主は麦を打って昼寝をしている場合ではありません。すぐにソウルに出発すべきです」

と言った。李が、

「私はソウルに一人として知り合いはいない。また見たいものも何もない。あてもなくソウルになど行っても、空しいだけではないか」

と言うと、若い僧は、

「四、五日もすれば、書房はかならず官職を得ます。また王さまから書房にお尋ねがあるはずです。すぐにソウルに上ってください」

と、再三にわたって懇ろに言うので、李はそのことばを不思議に思い、すぐにソウルに出発した。東大門の中の宿屋に泊まって、翌日、判書の鄭昌順《チョンチャンスン》▼2の屋敷を訪ねて行った。平生、なんら面識はなかったものの、当時、兵曹判書であったからである。門の外から刺を通じると、早速、中に通された。李はみずから、

「李如松提督の後裔です」

と名乗った。鄭判書が言った。

「先日、王さまが大臣たちの集まっている中で、李提督の後裔はどうしているかと、蔡《チェ》判書にお尋ねになった。君は今すぐに蔡判書を訪ねるがいい」

　李はその足で蔡判書の屋敷を訪ねたが、蔡判書は李を接見して、こと細かに事情を尋ねて、

「この屋敷を頻繁に訪ねて来るように」

と言った。蔡判書はしばらくして入侍した際に、王さまに李提督の後裔のことを報告した。王さまはさっそく、李を南行宣伝官に特別に任じられた。その際、先輩官僚に新任の挨拶をする礼を欠いてもいいことが許可され、また王さまのお側に入侍することも命じられた。

　しばらくすると、武科に及第して、富裕な邑の牧使となり、心の中ではあの神奇な少年僧のことを考えていたが、二度と会う機会はなかった。戊申の年（一七八八年）、湖南水使となって銅津を渡るときに、船の中に一人の乞食僧がいて、ときどき眼を上げてはこちらをうかがっているようである。李もまた気になって、人に命じて、乞食僧を連れて来させると、なんと、昔の春川の樹木の下の少年僧であった。不覚にも転倒せんばかりに驚いて、嚢の中から多数の金品を取り出して、昔の礼を言い、さらに今後の自分の運勢を尋ねてみた。僧侶は金品については受け取らず、ただ、

「あなたの運勢はこれで終わることはないでしょう」

と言った。李が、

「亜将にでもなるのかな」

と言うと、

「まあ、そのようなところです」

と言い、しばらくして、船が港に着くと、そのまま下船して、姿をくらました。

　壬子の年（一七九二年）、李は蔚山兵使となり、ソウルに戻って、都監別将となり、彰義門の普請の監督官として軍幕に座っていたときのこと、幕の外の数歩のところに休んでいる僧侶がこちらをうかがっている。李は気になって、人をやって連れて来させると、やはり銅津で会った僧である。酒を持って来させて酌み交わしたあと、また自分の運勢を尋ねてみた。僧は笑いながら言った。

「あなたは庭で麦を打っていた昔日のことを思い出されるがいい。今は兵使を経て、亜将にもおなりになったではないか。この上、いったい何をお望みですか」

　それ以上は何も言わなかった。李もまた一笑して、この場は終わった。李はついに兵使で終わり、翌年には死んだ。

▼1【李源】『朝鮮実録』正祖十三年（一七八九）十二月に、李提督の孫、行副護軍の李源の名前が見える。壬辰の倭乱の際に明の将軍として援軍を率いて来た李如松の子孫としてわが国にやって来た。これを優遇しないわけにはいかないと述べている。

▼2【鄭昌順】一七二七〜？。正祖のときの文臣。字は祈天、号は四於、本貫は温陽。一七五七年、文科に及第、一時、流配されたことがあった。正祖が即位すると、告訃兼請謚承襲の使節となって中国に行ったが、その途中で管餉銀千両を紛失して罷免された。一七七七年には大司憲となって、費用の節約、紀綱の確立、言路を開くことなどに尽力して、王から鹿皮を下賜された。判中枢府事に至った。

第二五四話……瓜畑の異人

清沙《チョンサ》・金在魯《キムチェノ》[1]が暗行御史として嶺南をめぐったときのことである。五、六月のことで、はなはだ暑かった。太白山の中に入り込んで、急に喉が渇いてしまった。山峡の中で人家もなく、井戸や泉なども見当たらない。下人とさまよい歩きながら、一つの峠を越えると、路のわきに瓜畑があって、瓜盗人を防ぐための幕も張っていない。見ると青々と瓜が実っている。あまりに喉が渇いていたから、どうしてそれを放って置けよう。下人に命じて、二分の銭を畑の豆の枝に掛けさせた上で、瓜を取って来させようとした。下人が瓜畑の中に入って行ったが、数歩行くと急に意識が昏迷してばったりと倒れてしまった。やっと、

「助けてください。旦那さま」

と言うだけで、その後はもう声も出ない。金公も何が起こったかわからず慌ててしまい、畑のそばをうろうろするだけで、どうしていいかわからない。するとにわかに、頭には竹で編んだ笠をかぶった一人の老翁が山の方から下りて来て言った。

「どうして人の畑に断りもなく入ったのだ」

その歩く姿は悠然としており、ことばも穏やかである。いささかも人を威嚇する様子はない。金公が、

「喉があまりに渇いたので、瓜をいただこうと思い、お礼の銭はそばの豆の木に掛けて入ったのです」

と言うと、老人は、

「この畑には幕も張らず、番人もいないが、畑の側には白麻が植えてあるのが見えないのか。これで十分に盗人どもを防ぐことができるのだ」

と、笑いながら言って、みずから畑の中に入って行き、下人の手を取って抱えて出て来た。急に人事不省になって倒れてしまった下人も、今は何ごともなかったかのように回復した。瓜を二、三個もらって食べて人心地がつき、金公がつぶさに見ると、瓜畑の四方をぐるりと囲むように白麻が植えてある。その植え方も、あるところはまばらに、あるところは密に植えてあり、あたかも八つの門があるようである。いわば、八陣の法にかなっているように見える。そこで、下人に、いったい何が起こったのか尋ねてみると、下人が答えた。

「畑の中を数歩行くと、急に五臓が攪乱し、七情が昏迷してしまいました。何も見えなくなり、咫尺もわからなくなってしまって、意識を失いました。老人が手を取ってくれ、路を指し示してくれて、やっとのことで眼が見えるようになり、意識を取り戻したのです」

金公は驚愕したが、老人は一言も言わずに、飄然と山の方に立ち去って行った。金公は、神人に違いないと思って、下人をやって、その老人の後を密かにつけさせた。二つ三つ峠を越えて、老人の後をつけて行くと、その家にたどり着いたが、わずか数間の草葺きの小屋であった。部屋も一つしかない。帰って来た下人とともに、金公はその家を訪ね、ことばを尽くして、一宿を乞うた。老人は笑って迎え入れ、老妻になにか耳打ちしたかと思うと、台所の方に招き入れて座らせ、一椀の黍粟の飯を食べさせた。藁蓆を敷いて寝床をもうけて、

「山中の暮らしゆえ、はなはだ無礼だが、どうか咎めないでいただきたい」

と言って、そこに眠らせた、金公は老人の平生の暮らしについて尋ねたいと思ったが、老人はすぐに寝付いて雷のような鼾をかいていて、話のしようもない。やがて東の空が明るくなって来て、金公は老人を起こして、

「ご主人はまだおやすみですか」

と言うと、老人は眼をこすりながら起きて、

「すっかり耄碌してしまい、客人をもてなすのも忘れて、このありさま。申し訳ない。申し訳ない」

と言った。金公が、

「わたくしには仕事があって、今から行かなくてはならないところがあります。はたしてその仕事がうまく行くかどうか、ご老人にはわかりますか」

と言うと、老人は笑いながら、

「私はあなたが暗行御史であることをすでに見抜いていた。隠さなくてもいい」

と言うので、金公はおどろいて、

「いったいそれはどういうことですか。わたくしは田舎の貧乏な儒生に過ぎません。どうして暗行御史に見えるのでしょう。妄りなことをおっしゃるな」

と言うと、老人は軒下にまだ出ている星を指さしながら、

「あの星は暗行御史を迎えるという徴であり、それでわかったのだ。隠される必要はない」

と言った。金公はこのことばを聞いて、もう隠し立てをする必要を感ぜず、事実を告げて、事細かにこれからの自分の官僚としての出世や子孫の繁栄について尋ねた。

老人はその一々について、

「某年には某官に就き、某年にはいくら加資され、某年には観察使となろう。某年には大臣となり、最後には領議政になって、人臣の位を極めよう。死後には文廟に祀られる栄光も享受することになろう。子息は三人で、次男は領議政になるにちがいない」

とまで予言して、さらには黄猴の乱[2]にいたるまで歴々とその成り行きまで告げた。金公は黙々としてこれを心に記憶したが、一つとして符合しないものはなかった。

▼1【清沙・金在魯】一六八二～一七五九。字は仲礼、清沙は号、本貫は清風。文科に及第して、一七二一年、辛丑の士禍のときに禍を蒙ったが、英祖の初めに復帰して領議政を四度も務めた。忠順清貧の宰相として、英祖の廟に配亨された。
▼2【黄猴の乱】いわゆる李麟佐の乱。第四八話注6を参照のこと。

第二五五話……劉某の漂流

江原道の高城郡に同知の劉《ユ》某という者が住んでいた。彼がまだ若いころ、同郷の若者たちとともに二十四人で若布を採ろうと船に乗って行き、ある島に停泊して、若布も取り尽くしたことだから、船で戻ろうとしたところ、たちまちに西北の強い風が吹き始め、楫《かじ》の取りようもな

く、大洋に漂い始めた。船中の人びとは眼もくらみ、心は怯えて、ことごとく船縁に倒れ、溺れ死ぬのをただ待つばかりである。身動きすることもできず、波濤が奔騰して襲いかかる、まさに山が崩れようとするような音響を聞きながら、一つの枕に頭を並べて、口を開け、眼を見開いて、何日ものあいだ、一滴の水さえ口にしなかった。そうして、ある日、やっとのことで、ある場所に至って、風も止み、船も泊まった。

劉某が立ち上がって見ると、同行の二十四人のうちで自分を入れて五人だけがわずかに生命を保っているものの、気息奄々、今にも死にそうであり、残りの十九人はすでに死んで長く経っているようである。劉某は、すでに死んでしまった者は仕方がない、ただ生きている者については行き延びる道を探さねばならないと考えて、気合いを入れ直して、砂浜に飛び降りた。劉某に続いて、生き残った四人は同じように飛び降りたが、その際に二人は海中に落ちて死んでしまった。なんとか生き存えたのは三人だけで、それも気息奄々、浜辺に倒れ伏してはたがいに見つめるだけで、ことばも出ない。朦朧としていると、白衣を着た二人の童子がゆったりと姿を現し、目の前までやって来て、

「いったいどこから来られた人がこの浜辺に倒れ伏しているのだろうか。これはきっと海を漂流して来た人なのであろう」

と言う。劉某は気力を取り戻して、口を聞こうとするが、声が出ては来ない。手を挙げて口を指すと、童子は腰にぶら下げた壺から盃に注いで、これを飲ませながら、

「わたくしたちの先生はあなた方がここに来ているのを知っていて、わたくしたちをここに送って、あなた方の命を救うようになさったのだ」

と言った。三人はその液体を飲み干すと、精神は蘇り、気力もまた元に戻って、腹もまた満ち足りた。三人が起き上がって、

「あなた方の先生というのはどんな人でしょう。そして、どこにいらっしゃるのでしょう」

と尋ねると、童子たちは

「先生はあなた方を連れて来るようにおっしゃった」

と言った。

そこで、三人が起き上がって、童子たちについて歩いて行くと、その先生のところに着いた。先生というのは頭には何もかぶらず、身には破れた木綿の衣服をまとい、草葺きの小屋に座っている。顔は黒い炭のようで、ただの老翁に過ぎない。三人が挨拶をすると、老翁が尋ねた。

「君たちはいったいどこに住んでいたのか。いったいどうしてこの島まで漂流して来たのか」

劉某が答えた。

「われわれはもともと高城郡《コソン》の人間で、若布を採集しようとして漂流したのです」

老人が言った。

「私もまた高城郡の人間なのだ。風のために流されて、この島にたどり着き、住み着くことになったのだ」

三人は老翁が高城の人だと聞いて、「他郷で故郷の人に逢う」とはこのことだとうれしくて仕方がない。すぐに、

「ご老人は高城郡のひとだそうですが、それなら、何面の何村に住んでいたのですか」

と尋ねると、老翁は、

「某面の某村に住んでいた。私は某といい、父は某、叔父は某といったが、ここに漂流してもう長い年月が経ち、わが家が今はどうなっているかわからない」

と答えた。その村というのは、三人の隣の村である。その某といい、某というのは、三人の祖父や曾祖父の友人に当たる。とすると、この老翁がこの島に流れ着いてすでに五、六十年が経っているのだ。今、その村に生きている人たちを思い浮かべてみると、眼の前の老翁の玄孫や五代の孫に当たる人たちである。そのことを語ると、老翁はしばらく悄然としていた。その日からは、三人は毎日のように老翁のそばにいて、昔のことを語り、今のことを話し、時日を過ごした。おおよそ、この島は白砂青松が美しく、ところどころに芝草が生えて、一面が平らかである。ところどころに人家があり、農業をするわけでもなく、蚕を飼うでもなく、ただ水を飲み、草を衣服にしているだけである。二人の童子が行き来をするが、その着ているものは白い羽根の衣である。三人が、

「この島の名前は何と言うのでしょうか」

と尋ねると、老翁は、

「東海の丹邱《タング》と言うのだ」

と答えた。三人は久しくこの島に住んだが、その日の出の壮大さはどこで見るものにも勝っていた。老翁に、

「太陽が出るのはここから何里離れたところでしょうか」

と尋ねると、老翁は、

「二万余里のところだ」

と答える。

「高城郡までは何里あるでしょうか」

と尋ねると、

「三万里あまりある」

と答える。そこで、三人は太陽の出るところを見たいと請願した。老翁はしきりに止めようとしたが、三人がどうしてもと願うので、ある日、二人の童子に命じて、

「お前たちはこの人たちと行って、太陽の出るところを見て来い」

と言った。しばらくすると、二人の童子は船を浮かべて来て、

「この船に乗ってください。日の出を見に行きます」

と言った。三人は船に乗ったが、この船は白い羽根を編んで作った漁船であった。二人の童子が棹を持って船の前後に立って、

「座っているのでなく、臥している方がいい。それからこの一勺《しゃく》の羽根の盃の水を飲んでください」

と言った。思うに、島に来てからというもの、初めから今に至るまで、口に入れるのはただこの水だけであった。水の色は乳の色に濁っていて、その味はたいそう甘くておいしい。童子に、

「これは何という飲み物だろうか」

と尋ねると、

「瓊液水《けいえきすい》というものです」

と答える。船の中で三度ほど瓊液水を飲むと、船は岸辺に着いた。童子たちが言った。

「起きて、見てください」

そこで、起きて、窓を開けて見ると、幾万にも重なった波濤の中に万丈の銀色の山が聳えて天を摩している。その頂の上からまさに太陽が昇ろうとして、雲海がたなびく中に紅の光が射している。その広大さと光り輝くさまは、俗人の眼でもってことごとく見極め、ことばで言い尽くせるものではない。太陽が昇ろうとするとき、寒気が凛として襲い、人を身震いさせて、その場に立っていられないほどである。その万丈の銀色の山というのは水晶を削り立てたように見える。三人が童子に、

「あの頂を越えて、太陽が出て来る出口を見ることはできないだろうか」

と尋ねると、童子は、

「あの山の頂の向こうには、わたくしたちの先生ですら行って見ることができない。そのことについては、もう言わないでください」

と言い、そこから船を返した。帰って、老人の前に出ると、老人は、

「日の出を見ることができたかな」

と尋ねた。三人が、

「ご老人のおかげを蒙って、普通の人が見ることのできない壮大な光景を見ることができました。しかし、あの山の向こうを見られなかったのは、残念です」

と言うと、老人は、

「あの山の向こうには天上の神翁であっても行くことができないのだ」

と言った。三人はしばらくこの島に留まっていたが、やがて何もすることがなくて無聊をかこち、また故郷の父母や妻子が恋しくもなってきたので、故郷に帰りたいと

願うようになった。老人が言った。

「あなた方は故郷に帰ろうと、ここに留まろうと、どちらにしてもいい。ただ、ここでの一日は人間世界での一年に当たる。君たちが海を漂流してすでに五十年が経っていることになり、故郷に帰ったところで、知った人はいず、家族も代が変わって尽きるか、零落しているであろう。この島で残った年月を送るのも、またよくはあるまいか」

三人はまだ三ヶ月にもなっていないと考えていたので、この話を聞いて、驚いたものの、まだ半信半疑である。いっそう家に帰りたいという思いが募って、悲しく苦しいことばでもって、朝に夕に懇願を繰り返した。老人が言った。

「やむをえない。あなた方は俗縁がまだ尽きていないようだ。仕方あるまい」

童子たちに命じて、

「この方たちを船にお乗せして、故郷に送り届けるのだ」

と言った。三人は大喜びをして、老人に別れを告げて船に乗った。その船は先日、日の出を見るために乗った船である。出発するとき、老人が指南鉄（磁石）を童子に渡して、

「某の方角に行き、某の方角に行けば、高城にたどり着く」

と教えた。劉某が、

「ご老人はどうしてここにいて磁石を手に入れたのですか」

と尋ねると、老人は、

「これは私が漂流したとき、すでに持っていたものなのだ。あなた方が船に乗って、口にするのは、以前のものと同じだ。船の中には二十壺あまりが載せてある」

と言った。劉某はそのうちの二、三壺を自分の懐に入れた。何日か行くと、船が停泊した。童子が、

「着きましたよ」

と言うので、起きて見ると、高城の地である。童子が、

「船を下りてください」

と言い、三人は船から岸辺に下りると、即刻、童子も船も出て行き、姿が見えなくなった。三人がそれぞれ家に帰ってみると、村落の様子は以前とはすっかり変わってしまった。会うのはみな知らない人である。自分自身の家に帰ったはずなのに、一人として知った顔がいない。世代を論じ合って、やっとのことで、父母はすでに死んで四十年が経つこと、妻もまた年老いて死んでしまったこと、漂流したときに生まれたばかりの子どももまた死んでいて、今の家の主人というのは自分の孫なのだということがわかった。そして、その孫ももう老人である。

三人についてはそれぞれの家で、死体のないまま衣服を棺に入れて葬式をすませてあり、船に乗った日を命日として祭祀を執り行なっていた。

　二人は故郷に帰って、火を使って調理したものを食べて、数年も経たずに、死んでしまった。劉某は盗んだ二壺の瓊液水を日々に一勺ずつ飲んで、ずっと火を使ったものを食べなかったから、まったく故障がなく、健康そのもので、さらに長生きして、二百歳を過ぎた。新任の高城郡守がやって来るたびに、鄭某は呼ばれて、漂流したときの話を尋ねられた。隣の郡からも呼ばれ、また旅客からも呼ばれて、かならず話を聞かれるのであった。役所への出入りが頻繁で、

「これがまったく難儀なことでなあ」

と言っていた。

第二五六話……桃源郷

　白門（西門）の外に住んでいた権《クォン》某は若年で進士に合格したが、大科を受けようという気がなく、もっぱら遊覧をこととし、みずから子長（司馬遷）の風儀があると自任していた。朝鮮八道をくまなく周遊して、行かないところはなく、名山大川、霊境名区といったところはすべてまわり、二度三度と行ったところもあった。たまたま、春川《チュンチョン》の麒麟倉《キリンチャン》に至ったとき、その日はまさに市が開かれていた。酒幕に座っていると、竹で編んだ笠をかぶって牛に乗ったひとがやって来て、酒幕の主人に尋ねた。

「お前の店の客というのはどんな両班なのだ」

　酒幕の主人が答えた。

「ソウルに住む権進士といって、朝鮮八道をくまなくまわって、坊坊曲曲、行っていないところがないそうです。わたくしの店にも三度ほどやって来て、親しくしてもらって久しくなります」

　その人が、

「その両班には何か得意なことがあるか」

と尋ねるので、主人はまた、

「地理にはかなり熟達しています」

と答えて、その人は、

「こちらに呼んでもらえようか」

と言うので、

「わかりました」

と言った。

　しばらくすると、主人が入って来て、

「某村の某僉知《チョムチ》が来られ、進士には才能があると聞いて、来てもらえないかと請うて、立ち去られました。進士はお疑いなさらないように。しばらくお行きになると

いいと思います」

と言った。権進士は久しく酒幕に留まって、無聊をかこっていた折でもあり、

「ここから遠くなければ、一度は行ってみるのも、何の問題があろうか」

と言った。すると、某僉知がやって来て、会見して、

「進士の盛名をうかがって久しくなり、今日、私は牛に乗ってやって来ました。しばらく田舎で過ごされるのはいかがでしょうか」

と言ったので、権進士は、

「僉知の住まわれているのは、ここから幾里はなれていますか」

と尋ねた。

「ここから三十里ほどのところです」

その日のうちに牛に乗って出発した。僉知が鞭を執って後ろに乗ったが、ちょうど正午ごろのことであった。牛は早くもなく、遅くもなく、三、四十里ほど行ったところで、権進士が僉知に尋ねた。

「あなたのお住まいになっている村はここからはもう遠くはないのですね」

それに答えて、僉知が、

「私の村はまだ遠いところにある」

と言う。権進士が、

「それなら、これまでもう何里ほど来ましたか」

と尋ねると、僉知は、

「八十里ほども来ましたかな」

と言う。権進士はおかしいと思って、

「これかれ百里にもなろうとして、まだ遠いところにあるとおっしゃる。最初は三十里ほどだとおっしゃったではないか。どうして嘘をおっしゃるのか。あなたは私を騙したのか。いったい何がしたいのだ」

と言うと、僉知が言った。

「これにはおのずと理由がある。酒幕の店主は私が三十里ほど離れた村に住んでいると思っていて、実は私がどこに住んでいるのか知らないのだ」

権進士は納得がいかないものの、ここまで来てしまっては、途中で引き返すわけにもいかず、そのまま行くことにして、さらに三十里ほど行くと、さながら深山窮谷の中である。岩石が転がり、落ち葉が膝まで達して、その中をあるかないかの小径がある。日暮れどきになり、僉知は牛を止めて、

「しばらく下りて、腹ごしらえをして行くことにしましょう」

と言った。権もまた牛から下りると、谷川の畔に隠してあった瓢箪の器の食事を摂り、谷川の水を汲んで飲み、また牛に乗って行った。太陽はすでに西に没し、時刻は

すでに黄昏どきを迎えていた。しばらくすると、はるかに遠いところから人の呼ぶ声がする。僉知もまたそれに応じて、

「やって来たぞ」

と叫んだ。権進士が牛の背中から見ると、数十ほどの松明の炎が峠を越えてやって来る。みなまだ年若い村の人びとである。松明の火に先導されて峠を越えて下って行くと、ぼんやりとした中に大きな村落が見えて、谷間一帯を占めるようである。鶏や狗の声が聞こえ、砧を打つ音が四方から響いている。

　間もなく、一軒の家に着いて牛から下り、門の中に入って行くと、瀟洒な作りではあるが、棟も高く広々として、山中に住まう人の家とは見えない。翌朝になって、窓を開けて周囲を見ると、村の中の家は二百戸ほどもあろうか。平地が広がって、すべて良田であり、肥えていそうである。村の周囲はどれほどあるのか尋ねると、

「二十里余りです」

と答えたが、これこそ世俗の外の桃源郷である。また、壁を隔てて数間ほどの部屋で、毎夜、書物を読む声が聞こえる。いったいどうしたのかと尋ねると、

「村内の少年たちは空しく遊びほうけていてはいけない。毎年、秋と冬には、昼は耕し、夜は読書するためにこの部屋に集まるのを課業としているのです」

と答える。権進士は朝鮮八道をあまねく遊覧して、一度でもいいので、桃源郷とも言うべきところを見たいものだという願いを心の中に抱き続けていたが、今、それに遂に邂逅したのである。思わずうれしくなり、僉知に対しても畏敬の念をおぼえ、跪いて言った。

「あなたは仙人なのか、鬼神なのか。この村はどういう村なのでしょう」

　僉知は驚いて言った。

「あなたはどうなさいましたか。急にこんな風に跪かれるとは。私は特別な人間ではありません。先祖はもともと高陽《コヤン》に住んでいましたが、曾祖父がたまたまこの場所を手に入れ、高陽の家を引き払って移り住んだのです。その際、同姓の近い親族と外家、妻の家の者たち、その近い親族、あるいは婚姻関係にある族党など会わせて三十の家が、相談して一度に引っ越して来て、その後は外の世界と往来を絶ったのです。経書や塩や醤などの類も運んで来て、力を合わせて耕し、その収穫を食べ、この村中の家々で婚姻をして、大きな村になりました。その後、子孫も繁栄して、同じ井戸の水を飲む家が今では二百戸あまりにもなっています」

　権進士が言った。

「衣食については、この村中で耕し、紡いで織ったものでまかなえるとして、塩などは手に入れるのが難しいの

ではないでしょうか」

「きのう乗って行きました牛は、一日に二百里を行きます。曾祖父がここに来たときに乗っていた牛が子牛を産み次いで、それがよく歩くのです。外に出るときにはこの牛に乗って行き、そのついでに塩を購って帰ります。この村中の塩はもっぱらこの牛頼りです。肉については、ノロや鹿や猪や山羊など、山には数多くの獣がいます。蜂蜜は筒を数百個、谷底に並べて置いておいて、村中の者が誰でも勝手にそれを食べていいようになっています」

ある日、僉知がかたわらの少年たちに向かって、

「今日は日和も穏やかなので、権進士とともに打魚をして来るといい」

と言った。少年たちは米糠をもち、また棒をもって、川辺に集まり、米糠を水中に撒いて、それが底に沈むのを待って、一斉に水面を棒で叩き始めた。すると、一尺あまりの魚が浮かび上がって来た。権進士が何という魚か尋ねると、

「木覔魚《モクミョクオ》といって、鮒にも似ているが、ただ鱗が白い」

と答えた。

権進士がここに留まること一ヶ月あまり、村の中の山川をほとんど見たが、出るときになって、僉知が繰り返して頼んだ。

「ここは春川《チュンチョン》でもなく、また狼川《ナンチョン》でもない。この盆地に至るまで何里を隔てているかわからず、人がたどり着くことはなく、世間に知っている人もいない。進士がここに来られたのは縁があってのこと。ここを出られても、人には何もおっしゃらないでください」

権進士が言った。

「私は家に帰った後、家族を連れてここに来ようと思うのだが」

僉知が言った。

「それは無理です。とても無理です」

権進士はそこを出た後、年老いて家にいて、いつもため息をついては言っていたものであった。

「私が一生のあいだ桃源郷に入って行くことができなかったのは、世俗をすっかり投げ捨てることができなかったからである」

家族を連れて行けなかったようである。

第二五七話……錦南・鄭忠信の手柄

錦南《クムナム》・鄭忠信《チョンチュンシン》（第五〇話注1参照）が安州牧使であったとき、仁祖の代の甲子の年（一六二四年）のことである。李适《イクウル》▼1が平安道兵使でありながら、三千騎を率いて

間道を通ってソウルに侵入し、王さまは公州に避難された。都元帥の玉城《オクソン》・張晩《チャンマン》▼2が平壌にいて、李适が反乱したという消息を聞くや、錦南を呼び出して反乱軍が取るかもしれない計略を尋ねた。錦南は言った。

「この賊たちには、上・中・下の三つの策が考えられます。もし賊どもが清川江《チョンチョンガン》以北を占拠して、北方のオランケとも結託、力を合わせて、長駆して襲って来れば、防ぎようもありません。これが賊どもにとっての上策です。もし一道を支配し、兵士を駆り集めて守る姿勢をとるようならば、時間が経てば破綻するでしょう。これは中策です。もしまっすぐにソウルを襲って覇をとなえようとすれば、すぐに滅びることでしょう。これは下策です」

張晩が、

「それでは、どの策で出て来ようか」

と尋ねると、錦南は言った。

「李适は驍勇ではありますが、無謀です。目先の利益を見て義理を忘れます。きっと下策を取って来るでしょう」

諜報を放ってみると、李适ははたして下策を取って出て来た。張晩と錦南はともに勤王の軍を率いてソウルに駆けつけた。張晩は玉泉岩とチマ岩に陣を張るのがよいと主張したが、錦南は、

「兵法には、まず北山を占領した方が勝つと言っています」

と説得に努め、ついに鞍峴《アンヒョン》に陣を敷いた。李适はソウルからそれを見て、手勢を率いて出て来た。錦南らの官軍がこれを迎え撃った。折しも西北からの風が激しく吹き始め、この風に乗じて攻め立て大勝した。李适の首を斬り、双樹山城《サンスサンソン》の行在所に献上した。王さまがソウルにご還御になり、将軍たちはみな鷺梁津《ノリャンチン》のほとりでお迎えしたが、ただひとり錦南は自分には功績がないとして、安州の任地に帰って行った。王さまが書状を下さり、お呼びになったので、初めて御前に参上した。王さまが、

「どうして任地に帰ってしまったのだ」

とおっしゃると、錦南は申し上げた。

「わたくしは官吏として、国土を守ることもできず、賊どもがソウルに入るのを許してしまいました。王さまが街道の埃におまみれになったのは、まさに臣下であるわたくしどもの罪です。兵を起こして、賊どもを討つのは、臣下として当然の務めに過ぎません。臣下として犯した罪は償いがたく、なんら功績など立ててはいません。幸いに王さまのご威徳でもって、逆賊は滅びました。わたくしが任地に戻って罪されるのを待つのは当然です。どうして王さまのご還御をお迎えに出て、ご褒美をいただこうなどと思いましょうか」

王さまははなはだ奇特なことだとお思いになり、重用なさった。ああ、錦南は、賊の計略を見抜くのに神のようであり、兵を用いるのに知恵があふれ、その身の進退において義理を大切にした。古の名将であっても、このような人物は少ない。

▼1【李适】?〜一六二四。仁祖のときの反乱者。字は白圭、本貫は固城。武官出身だが、文章と書に優れていた。一六二三年、北兵使に任命されたが、赴任する前に、仁祖反正に参加し、その成功後、二等功臣として漢城府尹となったが、すぐに平安兵使兼副元帥となって、鴨緑江沿岸の国境守備のために出京した。この仁祖反正の論功行賞に不満をもって、反乱を起こすが、失敗して、部下の手によって殺された。

▼2【張晩】一五六六〜一六二九。字は好古、号は洛西、諡号は忠定、本貫は仁同。一五八九年、生員・進士の二つの試験に合格、一五九一年には文科に及第した。顕官を歴任して、刑曹・兵曹の判書に至ったが、光海君の時代には病気を理由に通津の別邸に蟄居した。一六二三年、仁祖反正の後に八道都元帥に選ばれたが、副元帥の李适が反乱を起こしたので、鞍峴でこれを破って乱を平定した。その功で玉城府院君に封じられたが、一六二七年、丁卯胡乱の際には敵を防ぐことができなかった罪で流された。後に復帰して、自宅で死んだ。

第二五八話……奇病を買う商人

江南《カンナム》に孝子の沈《シム》という人がいた。家は貧しく、両親は年を取っていたが、はなはだ孝行で、郷里でも評判だった。ある日、大雨が急に降り出して、一匹の魚が庭に残された。沈孝子はそれを料理して父親に進めたが、そのために父親は病づいてしまった。まったく飲食を廃するようになり、清泡▼1だけを食した。沈孝子は心を傷め、さまざまに思い悩んで、方々の医者を訪ねて薬を試したが、功を奏することはなかった。天に祈り、また神に祈ったものの、霊験が現れなかった。ある日、西蜀の商人がやって来て、病人を診た。沈孝子は良医がいないものかと常々考えていたので、それを尋ねると、その商人は、

「病を治すことができます。わたくしがその病を買いましょう、いかがでしょう」

と言った。沈孝子が、

「もし親の病気が治ったなら、結草報恩をしようが、どうして病気を売ることなどできようか」

と言うと、商人は、

「そうお考えでしょうが、わたくしは胡乱なことを言っているわけではありません。売買する契約書を作成しましょう」

と言って、三日のあいだは斎戒して、晴れた日の朝早く、病人の部屋に入って行った。銀でできた小さな香合を開いて、中から紅い散薬を取り出し、沸騰したお湯に混ぜて、これを服用させた。しばらくすると、五臓の中がひっくり返ったようになって、一匹の虫を吐き出した。商人はそれを銀の箸でつまんで銀の香合の中に入れ、錦の袱紗で丁寧に包んで嚢の中にしまい込んだ。その後、病人は食欲ももどり、病も回復した。商人は珍しい錦や絹、それに真珠や宝貝など車一台分を与えたが、沈孝子にいっしょに南海の畔に出て、席を設けて座ろうと言った。そこで、そうすることにして、しばらく待っていると、青衣の童子が蓮の葉でできた船に乗って波間から現れ出て、一つの箱を差し出して、

「われらの王さまがこれでもって真心を示そうとなさいました」

と言った。開けて見ると、珊瑚や宝珠の類がぎっしりと詰まっている。商人は、しかし、大声で怒鳴りつけて、

「こんな些少なもので、あのように貴重なものを望んだのか。途方もないことだ。望みの品でなければ、あれは与えることはできない」

と言った。青衣の童子は言われるままに波間に帰って行ったが、すぐその後に、白髪頭の老人が水底から出て来て、百度もの拝礼をして礼儀を尽くし、他の宝を示して、そのものを請うた。商人はまたもや怒鳴りつけたので、老人は首を掻きながら、青衣の童子を水中に送った。それから、しばらくすると、嬋娟たる美女が波の中から姿を現した。商人はそのときになって初めて、銀の香合から虫を取り出して、海に放ったが、その虫は身を奮わせて躍り上がったかと思うと、小さな竜となって飛び去って行った。商人はついに美人を得て、馬に乗せて帰って行った。沈孝子は不思議に思って、いったいどういうことなのか尋ねた。商人は言った。

「あの虫は竜の子だったのです。行雲施雨の術を習得しようとして、誤ってあなたの家の庭に落ちたのです。その術に失敗して、人に呑み込まれ、虫に化して、ふたたび変化する術がなくなった。そこで、清泡だけを食していたのだ。私はこれと引き換えに美人を手に入れたが、この美人の名前は如願《ヨウォン》という。この美人がいれば、おおよそ天地で手に入れたいと思うもので、願い通りにならないものはない。竜王はずっと出し惜しみしていたのももっともなのだ」

沈孝子は家に帰ったが、手にした財宝をもとに巨富となった。人は、

「天が孝行ぶりに感銘したのだ」

と噂し合った。

▼1【清泡】緑豆の澱を煮て箱に入れて冷やした心太《ところてん》状の食品。

第二五九話……李退渓の誕生

退渓《テゲ》▼1先生の外祖父が咸昌《カンチャン》に住んでいた。家ははなはだ富んで、その人となりも徳が厚くて、緩急の風があり、長者の器であったから、郷里の人びとは嶺南の大賢だと噂し合った。

おりしも厳冬にあたり、風雪がひどいときに、門外に襤褸をまとった癩を病んだ婦女がやって来た。その醜さはひどく比較するものとてなく、人はみな鼻をつまみ、顔を背けた。家の者みなが手を払って、これを追おうとして、門外の一歩のところにも近づけまいとした。すると、外祖父が言った。

「追ってはならない。彼の女は悪疾がたとえあったにしても、もう日が暮れようとして、この雪でもある。どうして追うに忍びよう。もしわが家がこれを受け入れなければ、どの家が受け入れようか」

夜も更けて、その婦人は寒さで死んでしまいそうであった。外祖父はそれを見ているに忍びずに、自分の部屋に招き入れて、オンドルの上に眠らせた。その女は外祖父が眠っている間中、転輾と寝返りを打って下の部屋にまで行き、あるいは外祖父の布団の中に足を入れた。外祖父はそれに気が付くと、両手でそれを持ち上げて、そっと外に出してやった。そのようにすることを三度、四度して、夜が明けると、何事も告げずに出て行った。数日すると、女はまたやって来た。外祖父はいささかもいやがる風もなく、これに接したが、家の者はみないやがった。

ある日、その婦人は嬋娟たる美女になって現れた。先日の襤褸は脱ぎ捨て、癩の瘡もすっかりなくなっている。外祖父は不思議に思って、従容として尋ねた。すると、美人が言った。

「わたくしは人間ではありません。上天に住まいする仙女です。しばらくあなたの家にうかがい、あなたの徳を試したのです。他意はありません」

外祖父は思いもかけなかったことで、跪いて、あえて顔を上げて見ることもできなかったが、その美人は続けて、

「もう何晩か、布団の中でわたくしの手足をさわっているではありませんか。もう男女の別を言う必要もなく、わたくしとあなたとは前世からの因縁があったのです。もう遠慮には及びません」

と言って、いっしょに寝た。それが十日余りになって、家の人たちは奇怪なことだと思い、魑魅魍魎の類に取り

憑かれているのではないかと心配した。外祖父はそれを意に介するふうもなく、美人にひたすらまごころをもって接したが、ある日のこと、美人が、

「今日、わたくしとあなたは別れなくてはなりません」

と告げた。外祖父が、

「いったいどういうことだろうか。人間世界に降臨して、その期限が切れたとでも言うのだろうか。あるいは私の愛情が足りないとでも言うのか」

と言うと、美人は、

「そうではありません。これにはいろいろと曲折があるのですが、詳しくお話しするわけにも行きません。ただ一つだけ、言っておきたいことがあります」

と答えて、さらに続けた。

「内庭の中に、方角をしっかりと占った上で一つの部屋を造ってください。土台を堅固にして、きちんと塗り込め、隙間のないようにしてください。そして、この家と同姓の妊婦がいて、臨月になったなら、かならずこの部屋に入れてお産をさせるのです」

　言い終わると、立ち上がって門を出て行き、たちまちに姿は見えなくなった。外祖父は不思議なことを言うものだとは思ったが、そのことばに従って、内庭の中に方角を占って一つの部屋を造った。精密に造り上げたが、他の緊急のことがあっても、お産以外にはその部屋を使わせることはなかった。子孫の中で、妊娠をして臨月になった者がいれば、その部屋に入れて産ませようとしたが、ところが、その部屋ではかならず陣痛の苦しみがいや増しに増して、結局、出産することができず、他の場所に移して、やっとのことで産み終えるのであった。外祖父は美人の言い残したことばを不思議に思ったが、まだあえて別の用事でその部屋を使うことはなかった。

　外祖父の婿に礼安《エアン》の人がいた。その妻である外祖父の娘が初産で、そろそろ臨月を迎えていた。婿が娘を連れてやって来たので、外祖父は里帰りしたその娘を家に迎え入れた。産期に当たって、急に病づいて痛みが激しく、あれこれと治療しても、一向に効き目がなく、痛みが治まらない。家中が慌てふためいた。ある日、その娘が老父に言った。

「以前、聞いたことですが、この家に仙女が降臨したとき、産室を新たに建てられたとか。わたくしは産期を迎えたのに、偶然に病気にかかり、まったく快癒する見込みがありません。あるいはあの部屋に入れば、回復する術があるかも知れません。お願いですから、わたくしをあの部屋に移していただけないでしょうか」

　外祖父は心の中でつくづく考えた。

「仙女は私と同姓の産婦について言ったのだった。これまでお産をしたのは、息子の嫁や孫の嫁であり、おのず

と他姓だったから、あの産室に移しても何も効果がなかったのだ。この私の娘は他家に嫁いだとは言え、当然のこと、同姓であり、効き目があるのではなかろうか。仙女が言ったのも、この娘のことだったのだ」

娘をその産室に移すと、病気は自然に快癒した。また、無事に出産して、弄璋之慶を見ることができた。産まれた子どもというのが退渓先生であり、朝鮮を代表する大儒となり、後には文廟に従祀された。大賢の降誕というのは、おのずと凡人とは異なるものである。

▼1【退渓先生】李滉。一五〇一〜一五七〇。「東方の朱子」とも称される大学者。字は景浩、号は退溪のほか陶翁、本貫は真宝。礼安で生まれたが、七ヶ月で父を失い、母と叔父に養育された。一五二八年、進士となり、一五三三年には成均館に入り、その翌年には文科に及第した。その後、順調に官途を歩んで成均館司成になったが、辞職して故郷に帰り学問を錬磨した。しかし、朝廷から呼び戻され弘文官校理となり、一五四五年には典翰となった。その年、乙巳士禍が起こり、彼も禍を蒙って、すぐに復職はしたものの、すでに官途に興味を失って学問に専心することを考えた。その後も朝廷からの招請があって応じることもあったが、一五五九年には帰郷して陶山書院を建て、学問と後進の指導に従事した。彼の学問は敬を重視して、内省を出発点とする。朱子の理気論を発展させ、「四端七情」について理気の互発を主張する。李栗国とともに朝鮮朱子学の最高峰であり、藤原惺窩や林羅山など日本の朱子学者たちにも多大な影響を与えた。

第二六〇話……婢女を助けた新婦

安東の韓光近《ハンクァンクン》[1]は代々西の郊外に住んでいたが、その祖父の生きていたときには、その家ははなはだ豊かで、奴婢が大勢いて、一つの邑を成すほどであった。ところが一人の横着な奴が、息子に嫁を迎える日に、祖父を侮辱した。その主人たる者として、どうして憤りを収めることができたろう。殴り殺そうとしたが、奴はその前に逃げ去った。主人の怒りはその奴の妻に向けられて、物置の奥に閉じ込めた。婚礼のある吉日に刑罰を施すことはできない。三日ほど待って、奴の妻を撲殺することにした。

新婦が初めてやって来て、夜に厠に行こうとすると、すすり泣く声が聞こえて来る。数夜たっても、その泣き声は止まない。心の中で不思議に思うままに、泣き声のする方をたどって行くと、それは物置の中から出ていた。物置の鍵は固く閉ざされていて、中に入ることができない。自分で鍵を取りにいって開けて入って行くと、奴の妻が驚いて身を竦ませながら、言った。

「わたくしは死ぬことになっていて、泣いているのです。

罪はわかっています。わかっていますとも」

「お前は誰なのですか。毎晩、この物置の中で悲しくて泣き続けているのですか」

「わたくしの夫の某は、先日、ご主人の老生員を侮辱して、殺されるところだったのを逃亡しました。老生員は怒りが収まらず、わたくしを物置に閉じ込め、若様の婚礼が終わるのを待って殺そうとなさっているのです。朝夕に殺せという命令の降りるのを待っていますが、それが悲しいわけではありません。悲しいのは抱いている赤子のためです。生後まだ十四日も経っていません。わたくしが死ねば、哀れにも、この子もおのずと死ぬことになります。そのことを考えると、おのずと涙がこみ上げてくるのです」

新婦は女の話を聞いて、気の毒に思って言った。

「私は先日こちらの家に嫁いできたばかりの新婦だが、お前を助けて逃がすことにしよう。お前はできるだけ遠くに逃げて、生き延びるのです」

「わたくしが生きながらえたいと思うのはもちろんです。しかし、それでは、若奥さまの罪が問われることになります。そのようなことはとてもできません」

「私のことなら、どうにでもなろう。お前は何も言わないで、立ち去るがよい」

婢女はこうして夜に乗じて遠くに立ち去った。


それから三日の後、老生員は高堂にどっかと座って、数人の屈強の奴に命じて、物置に捕えておいた奴の妻を連れて来るように言った。物置の鍵はかけられたままなのに、女の影もかたちもなかった。老生員はひとしきり大騒ぎをして、家の者もどうなることかと戦々恐々としたが、新婦は慌てず騒がず、前に進み出て、奴の妻を逃がしたことを告げた。老生員は一方ならず憤ったものの、新婦がしたことで、事がすでにここに至っては、どうすることもできない。ことはそのままに済んでしまった。

そうして何年もが過ぎ、家産も次第に傾いて行き、老生員も死んでしまった。そのとき、新婦は二人の子どもをもち、その子たちはそれぞれに賢かったものの、家はすっかり貧しくなってしまっていた。その新婦も年老いて死んでしまった。人びとが集まって慟哭して野辺の送りをする日のことであった。ある一人の僧が号哭しながら、まっすぐに中庭にやって来て、ひれ伏したかと思うと、さらにはげしく哭した。家の中の者が戸惑っていると、僧はやっとのことで泣き終えたので、二人の喪主が尋ねた。

「お前はいったいどのような僧侶で、両班の家の葬式に唐突に入り込んで哭を挙げるのだ」

その僧が泣きながら答えた。

「わたくしは奴の某と婢の某との息子でございます。わたくしは幸いにも大夫人の天のような徳沢によって生きながらえることができたのです。そのご恩はいつになっても忘れることはありません。今、亡くなられたのをお聞きして、どうしてやって来て哭を挙げないでいられましょう」

二人の喪主は幼いときから、飽きるほど、このことの顚末を聞いて知っていた。この僧こそ物置の中で婢に抱かれていた赤ん坊なのであった。二人の喪主は互いに顔を見合せて、発することばもなかった。その僧は数日のあいだ、行廊に逗留して、成服の後に、にわかに口を開いて言った。

「お二人の喪主はこのような大きな悲しみに遭遇して、初葬は終えられましたが、埋葬の礼はどのように行なわれますか。わたくしには一つ考えがあるのですが」

二人の喪主は言った。

「わが家の山に葬所を探そうにも、もう余地が残っていない。家計が貧しくて、新たに場所を手に入れることもできない。われら二人の兄弟も困っているのだ」

「この家の物置から逃げて出て、母親はわたくしを抱いて乳を与えながら、いつも言っていました。『お前がいま生きているのは奥さまのお蔭なのだ。天や地や河や海やに、いくらその恩の高さ深さをたとえても、たとえることができない。お前はいつかそのご恩に報いなくてはならない』と。母は死んで久しくなりますが、今もまだそのことばは耳に残っています。恩に報いなければならない、その一念から、わたくしは長じるにおよび、頭を剃って僧侶になりました。幸いなことに占い師に出会い、風水の術の糟粕は知ることができました。今日のような日があろうかと、二十年ものあいだ山を探し歩いて、この家から三十里ほどの近さのところにいい場所を占ってあります。某の方角に位置して某の方角に向いています。他の占い師の意見はけっして聞いてはなりません。そこにお墓をお造りになれば、この家の福力はかならず増大して、わたくしもこうむった御恩に報いることができます」

「あなたの真心はわかりました。どうして他に場所を求めましょう。その場所というのはいったいどこなのでしょう」

「ここから江一つを越えた仁川《インチョン》にあります。喪主のお二人はご自分で行って、その眼でお確かめになれば、よろしいでしょう」

翌日、二人の喪主はこの僧とともに行くと、僧は蓬の生い茂った土饅頭をさして、言った。

「ここです」

「これは昔の墓で、これをどうしてここに葬ることができようか」

「いいえ、これは昔の人が指標のために土を盛ったのです。誰かの墓などというわけではありません」

　掘ってみると、はたしてそこは高麗の時代の指標であった。喪人たちは大いに喜んで、日にちを占って葬事を行なった。帰って来て、僧が言った。

「こうむった御恩に対して今や報いることができました。奥さまは福地に葬られ、お宅には莫大な福禄が生じることになりましょう。三年も経てば、家計もうるおい、十年も経てば、弟君は文科に及第して、その後は無限に繁栄なさいましょう」

　この弟というのは韓光近のことである。はたして、癸巳の年（一七七三年）の文科に及第して官職に進み、子孫も大いに繁栄した。

　壬辰年間（一七七二年）に安東の守令となったが、嶺南の地師に逢って、その親山を占わせたところ、是非がまちまちであった。墓を移そうと、日を占い、墓穴を開けたときに、山の上から見ていた一人の僧が、白衣をひっつかんで山から走って下りて来て、

「壊してはならない。壊してはならない。しばらく待ちなさい」

　大きな声で叫んでやって来るので、韓安東が仕事を止めて待っていると、はたしてこの地を占った僧であった。僧はまず挨拶を交わした後に言った。

「この葬所からどうして移そうとなさるのか」

「災害があるのではないかと心配して移すのです」

「棺の中が安穏であれば、令監はご安心なさいますか」

「もちろんだ」

　僧は左側の横に穴を穿って、令監に手を中に入れて見させた。

「いかがですか」

「何ともいい気運が流れている。何も禍はないようだ」

「すぐに封じることにしましょう。永久に御安心なさいませ。移そうなどと考えないでください」

　その僧は立ち去ろうとして、ふたたび言った。

「この春と夏のあいだに令監はかならず目を患われましょう。それ以後は前をもう見ることができなくなります。この葬所をもし移そうとなさらなかったなら、無事に一期が過ぎて、恩徳がなくなることはなかったでしょう。今、このようなことになったのも、お家の門運と言うしかありません」

　その後、壬辰の年の秋に、はたして韓光近は運気が変化して、とうとう眼疾を患って、眼が見えなくなり、まもなくして死んだ。僧侶のことばは左契▼2のように当たった。

▼1【韓光近】英祖のときの文臣。字は季明、号は愚坡。本

貫は全州。『朝鮮実録』英祖四十五年（一七六九）三月に、翰林で試験を行ない、宋楽・韓光近ら二人を取ったとある。また正祖二十年（一七九六）二月に大司諫としたという記事がある。

▼2【左契】左券とも。右券に対する左方で、約束の証書として持ち、右方を突き合わせる。

第二六一話……酒石を得た良医

紫霞洞《チャハドン》の鄭《チョン》進士というのは高尚な人物で、琴碁書画に医薬占筮など、通暁していないものがなかった。酒を飲むことを好んで、家は貧しかったが、奇計を巡らしては楽しんでいた。粛然と一室に座っては、書画に思いを凝らして日々を過ごした。

ある日の朝、眼を覚ますと、一人の美少年が扉を開いて入って来て、言った。

「金浦《キムポ》に住む白華《ペクファ》という者です。先生のご高名を常々うかがって、一度お会いしたいと思ってうかがいました」

鄭君はその姿が颯爽としていて、言語にも情理があるので、非凡の人ではないと思った。白生は袖の中から小さな瓶を取り出し、酒を注いで進め、

「初めてお会いするのに、これでもってご挨拶の印としたいと思います」

と言った。鄭君はこれを受けて飲むと、酒気ははなはだ爽快で、今まで初めて飲む味である。さらにもう一杯を重ねたが、その瓶は二杯分ほど入り、蓋が盃の代わりになった。下の方には盒があって、その盒の中には珍味佳肴が入っていた。

しばらくして、少年は辞去して立ち去ったが、明朝にはふたたびやって来た。十日ほど続けて同じようにやって来たので、鄭君はその動静をうかがいながら、

「何か言いたいことがあるのではないか」

と尋ねた。白生が答えた。

「わたくしには切羽詰まった情理というものがあり、あえて言い出せないでいました」

鄭生が、

「いったいどのような情理なのだ」

と言うと、

「わたくしには病気の父親がいて、長年のあいだ、苦しんでいます。一度だけでも来診していただければ、どんなにか感謝することでしょう」

と答えた。鄭君はもう十日も酒をともに飲んで、気脈は通じている。承知すると、白生は大喜びをして、

「すでに驢馬を門の外に繋いでいます」

と言った。轡を並べて行き、楊花渡に着くと、小船を泊

めて待っている者がいた。二人がその小舟に乗ると、船は飛ぶように行って、しばらくすると、大洋の外に出た。鄭君は心の中で、これは異人だったのだと思った。しかし、もう細かなことは聞かずに、酒に酔って自若としていると、今度は海上に大きな船舶が停泊していた。錦の帆を高々と掲げて、船乗りが大きな声で、

「来たぞ、来たぞ」

と叫んだ。白生が鄭君に、

「こちらの大きな船に乗り換えてください」

と言った。この船はわが国で造られたものではないようであった。船中には窓が作られていて、窓枠や欄干は沈香でもって作られている。中には文房具と錦や刺繍を施した敷物があり、水晶の簾が掛けてあった。腰を落ち着けて酒を酌み交わし、肴に手をつけたが、すべてが珍味であった。白生は席に侍って世話をし、いささかも怠ることがなかった。おおよそ二昼夜をかけて航海を続け、初めて岸辺に着いた。見回すと、雲海が天に接している。白生が、

「船から下りてください」

とうながした。岸辺には絹や錦の幕が張られていて、車や馬が雲のように集まっている。二人ともに輿に乗って行くことにしたが、目にする人びとの衣服や、城郭や町並みもすべて異様で人間世界ではないようにも思える。一つの建物の中に入って行くと、その帳や簾の華麗なことは、ことばに表せないほどである。鄭君が、

「いったいここはどこなのだ」

と尋ねると、白生は答えた。

「わたくしがあなたを騙したことをどうかお許しください。ここは実は白華国といい、わたくしは白華国の太子なのです。父である王が病にかかって広く良医を探し回りましたが、見つかりませんでした。天の助けがあってあなたにお出でいただきましたが、明日には父王を診察し、薬を処方していただければ幸いです。千万、よろしくお願いいたします」

鄭君は黙然として、その病状がどのようなものであるかも尋ねなかった。一晩、寝むと、翌朝、太子がやって来て、いっしょに来るように言った。鄭君がついて行くと、一つの殿閣にたどり着いたが、額には「太華殿」と大きく書いてあった。建物は壮麗無比であり、中に進んで行くと、その中央には国王の座が設けてあり、数百人の宮女が左右にずらっと並んでいた。鄭君が前に進んで行き、拝礼をして見ると、国王は枝を横に伸ばした松の木を背中にして座っている。鄭君がこれを見て愕然としつつも挨拶のことばをいうと、国王は、

「遠くから来られて、ご苦労なことであった。万々に感謝する」

と言い、鄭君に脈を取らせ、みずから病状を説明した。

「私は幼いときから松を食べることを好み、松茸、松の実、松の葉、松の根を、生や煮たり焼いたりして食べていたのだが、ある日、背中が痒くて痒くて仕方がない。掻いていると、松の木が生え出して、それが枝を伸ばして、ご覧のありさまだ。そして、この松は、なにか物に触れると、堪えられないほど痛いのだ。これはいったいどういう病だろうか」

鄭君が思うに、これまで多くの医術書を読んできたものの、こんな不思議な病気は診たことも、聞いたこともない。そこで、

「いちど退いて、ゆっくりと考えた後に、薬を処方します」

と言って、自分の宿泊している館に退いた。太子はいよいよ手厚く世話を焼いてくれたが、鄭君は昼も夜も王の症状を考え込んで、しかし、いったい何という病気なのかつまびらかにできないでいる。香を焚いて黙然と座ったまま、三日三晩を過ごして、やっとのことで、心の中に一計を思いついた。そこで、太子を呼んでいった。

「百本の斧、大きな釜一つ、百束の薪、そして一瓶の水を今日中に用意してください」

すべてが用意されると、鄭君は百本の斧を釜の中に入れ、水を注いで、薪に火をつけて、文武の火でもって沸かし続けて、三日すると、そのお湯を鉄の器に盛って、太華殿の王の背中の松のところまで行き、みずからの手でそのお湯を松の木に降り注いだ。すると、半日もすると、松の葉が次第に枯れて黄色くなり、みずから落ちて、夕方にはただ根だけが残って、指くらいの大きさになった。これにお湯を注いで洗うようにすると、すべて消え果てて跡形もなくなった。そうした後に、そのお湯を一椀、王さまに飲ませると、雲がなくなり、天がすっかり開けたように、痛みもすっかりなくなった。

王と太子は天に喜び、地に歓び、一国に大赦を施した。鄭君に繰り返し感謝して、国王は病の原因について尋ねた。鄭君は答えた。

「松の毒が身体中に回ったのです。木は火を生じます。まずは松の毒によって木が生じました。おおよそ斧というのは切るものですが、また金でもあります。金は木に克つことができます。木の毒気を消すことができて、おのずと痛みは消えました。斧を入れて沸かした水を使う、五行の理気に従ったまでです」

王さまが、

「これはいったいどの医書に載っているのか」

と尋ねると、鄭生は、

「この病はどの医書にも載せていませんし、処方する薬についてもどの医書にも載せていません。ただ医者の心にあるだけです。世の中の平凡な医者というのは医術書

にしたがって処方するだけなので、誤って治すことができず、ときには逆に人を害することもあります。古の鵲《へん》弱《じゃく》（第二二六話注1参照）の医術というのはただ心にあって、その精妙さはどのような医術書にも得ることのできないものなのです」

と答えた。三日のあいだ、小さな宴を催し、五日目には大きな宴を催して、鄭生をまるで神のようにもてなした。

　鄭君が暇を告げると、王さまが、

「この世の人の一生など白馬が駆け去るほどの瞬時に過ぎない。これからどこに住まおうというのか。ここに留まり、いっしょに富貴を楽しんで余生を送るのはどうであろうか」

と言った。鄭君はそれに対して、

「富貴はわたくしの望むところではありません。わたくしにはわたくしの粗末な家が好ましく、早く帰ろうと思います。高官大爵も、華麗で壮大な家屋や楼閣も、黄金を塗り込めた部屋も、いささかもわたくしの心を動かすに足りません」

と答えた。王と太子は引き止めようとしたが、力が及ばなかった。太子が言った。

「先生のご恩は河海よりも深く大きい。どのようにご恩に報いればいいのかわかりません。さらに一両日だけ留まってくださいませんか。粗宴を設けてお送りしようと思います」

　酒石というものを贈ったが、鄭君は受け取ろうとしなかった。太子が言った。

「この石は海中から手に入れた至宝です。これまで先生がお飲みになった酒はみなこの石から出たものだったのです。この石を器に入れて置くだけで、旨い酒がわき出して来て、千年は途絶えることはありません」

　酒はもとより鄭君の好むところである。鄭君は、

「旅立つ者は餞別の品を断らないのが、礼儀にかなっていますな。これはいただかずにはいられますまい」

と言って、その酒石を銀の盒に入れて受け取った。数日後に出発して、来たときと同じ道をたどって帰って来た。楊花津に着いて、家に帰ったが、家人は一ヶ月余り心配して帰りを待っていたのだった。遙か遠くを行き来したことについては語ったが、酒石については秘密にして、生涯の楽しみとしたのだった。

第二六二話……玉の童子像を返す

相公の李《イ》某は若いとき、人となりが磊落不羈で、闘鶏や競馬で名を馳せた。

　ある日、東の郊外に出て行くと、一人の下僕が駿馬を

牽いて長い堤を行き、馬を馴らしていた。その馬の色は白く、鹿のような脚をし、鴨のような胸をしている。眼は鈴のようで、銀の鞍をつけて刺繍を施した鞍置きをかけて、見る者の眼を驚かさずにはいない。李公はこれを見て喜び、一度でいいから乗って走らせたいと頼むと、下僕は快く承諾した。李公が鞍にまたがると、馬はまるで風のように駆け出して、どこに向かって行くのかわからなかった。日もとっぷりと暮れるころには、深山の渓谷の中にいて、草の幕の前にようやく止まった。李公が馬から下りると、目の前には数百人の男たちがいる。ずらりと並んで、李公に挨拶をして言った。

「わたくしどももともと良民でした。飢えと寒さに耐えかねて逃亡し、緑林党に身を落としたのです。それぞれが生活の資本を蓄えたなら、故郷に帰って良民に戻ろうと思っているのですが、浅く乏しい知慮でもっては、なかなか生活の資を得ることができません。今、あなたがここに来臨なさいました。できれば、深慮遠謀を拝借して、わたくしどもをお助けいただければ幸いです」

李公はこれに答えて、

「私は一介の儒生に過ぎない。ただ詩と書について若干の知識があるに過ぎず、どうしてそのような活計の道を謀ることができよう。それは木に登って魚を採ろうとし、後ろに下がって前に進もうとするのと同じだ」

と言い、百度も辞退したものの、ついに断りおおせることができず、そこで昼夜に思いめぐらして、ついに許諾した。人びとが言った。

「ソウル中の財がみな洪《ホン》同知の家に集まっています。その家には寡婦と孤児がいるだけなのですが、巨万の富を積んでいると言います。どうすれば、その財物を奪い取ることができるでしょうか」

李公はやむを得ずに、一計を案じて言った。

「お前たちは数百金をもってソウルに行き、洪同知の家の常連、盲人や巫女などを喰わせ、利でもって誘い、深く約束を交わした後に、彼の者たちに次のように言うがいい。『もしこれから洪同知の家で何かがあって、吉凶を占うことになったなら、洪同知の家の者には「家の神が変動して、大きな禍が起ころうとしている、すなわち某日が最凶の日であり、その日には一家の老若男女はみな家を出て避難する方がよい。家でたとえ何かがあっても、けっして振り返ってはならない」と占いのことばを言え』と。盲人や巫女たちがことばを合わせて同じようなことを言うようにさせ、その後に、お前たちは四方に身を潜ませ、夜中になったら、小石や瓦礫をその家に投げ込むがいい。三夜もそんなことが続けば、洪同知の家ではかならず占いをさせ、そこで某日の夜には家を空けて避難することになる。その夜に家に入って財宝をここごとく奪い取って来るがいい」

人びとはその計略通りにして、洪同知の家の宝貨をことごとく持ち出してきた。百人の人がいたので、百等分して均等に分け、李公には倍のものを受け取るように進めたが、李公は笑って、

「私には財貨など必要がない。ただ君たちの活計の道を謀っただけなのだ」

と言った。ただ宝貨の中に玉でできた童子の像があった。錦でもってこれを包んで、それを手にして、

「私はこれで十分だ」

と言い、また駿馬に乗って帰って行った。人びともそれぞれの故郷に散り散りに戻って行った。李公はこのことは秘して誰にも話さず、後には科挙に及第して箕伯となった。そのとき、洪同知の子どもを側に呼び寄せて使うことにしたが、その子はまだ幼かった。裨将として連れて行き、俸禄のあまりをすべて彼に任せて、箕伯の任を終えてソウルに戻るとき、洪裨将の蓄えたものについては、

「すべて君が持って行くがいい」

と言い、ソウルに戻ってからも、何かにつけて行き来したが、李公があるとき、

「君の母上にいちど来てもらえまいか。会って話をしてみたいのだが」

と言うと、はたして母親がやって来て、奥の部屋に招き入れて会い、玉の童子像を取り出して示し、

「ご母堂はこれをご存じないでしょうか」

と言った。母親はそれを見て泣き出し、涙が雨のように落ちた。李公が、

「どうして泣くのですか」

と問うと、母親は言った。

「これはわが家の家長が久しく翻訳官をしていて、北京で手に入れて来たものです。わが家には独りっ子がいて、その子がこの玉の童子像とそっくりだったので、中国人がくれたのです。それがなくなり、わが子の身代わりになって命を救ってくれたのだと思っていましたことです。わが家には災禍が襲いかかり、盗賊の被害に遭って、家財をすべて失いました。この玉の童子像ものときになくなったのですが、大監はどのようにしてこれを手に入れなさったのでしょう」

李公は笑いながら言った。

「私にもまた不思議なことがあったのだ。もともとあなたの家のものであったことがわかったので、これはお返ししよう。そして、この平壌の監営の財物で余ったものはあなたの息子に譲ることにしよう。そうすれば、その某年の災禍とやらで失ったものを補って余りあろう」

母親は断ったものの、断りきれず、その財物を手にして、ふたたび富を取り戻したのであった。

付録解説

1……朝鮮の科挙および官僚制度

■科挙制度

早くは新羅時代から官僚の任用に試験が採用されたが、科挙が高麗時代に施行され、李氏朝鮮ではさらにそれが制度として強化された。科挙には文科と武科、そして専門職の雑科（翻訳・医術科・陰陽・律など）の三部門があるが、朝鮮の行政を主導したのは文科出身の官僚であり、武職ですら長官は文官であることが多かった。文科の受験は両班の子弟たちにしか許されない。両班であっても庶子には門戸は閉ざされている。そこで、両班の嫡出子たちは七、八歳から書堂で漢文と習字を習い始め、十四、五歳からは、ソウルでは四部学舎、地方では郷校でさらに研鑽に務めることになる。

文科には初級文官試験である小科と中級文官試験である大科とがあって、一般的に文科というのは大科の方を言う。科挙の試験は三年に一度ずつ定期的に行なわれた。これを式年試と言う。官僚への道を歩むためにはまず初級文官試験である小科を受ける。この小科には中国の経籍が試験される生員科（明経科）と詩・賦・表・箋・策文などの作文能力が試される進士科（製述科）があった。この二つをまとめて生進科とも司馬科とも言うが、まず地方でも行なわれる一次試験（初試）を受けて、その後にソウルでの二次試験（覆試）を受けなくてはならない。それに合格した者には白牌と言って、白色紙の合格証明書が授けられ、生員・進士あるいは司馬と呼ばれるようになる。

生員・進士は下級官吏に任命される権利をもち、大科を受ける資格ももつことになる。あるいは高等師範学校《エコール・ノルマル・シュペリウール》や国立行政学院《エコール・ナショナル・ド・アドミニストラシオン》に当たる成均館に入学する資格も得る。中級文官試験である大科もまた地方での一次試験（東堂初試）とソウルでの二次試験（東堂覆試）があり、その結果、三十三名が選抜された。日本で赤紙と言えば召集令状だが、この三十三名は紅色紙の合格証書である紅牌を国王から下賜された。さらには国王が親臨して三次試験としての殿試が行なわれ、三十三名は落とされることはなかったが、等級がつけられた。甲科三名、乙科七名、丙科二十三名である。甲科三名の中でも首席は壮元と言い（中国では状元と言うが、朝鮮ではなぜかこの言葉を使う）、次席は榜眼、三席は探花と言った。甲科の三名は正七品の官職につき、乙科の七名は正八品、丙科の二十三名は正九品のそれぞれ官位相当の官職につくことができた。

■中央官制

太祖・李成桂が朝鮮を建国した当初の官制は高麗の官制を継承したもので、中央の最高政務は都評議使司・門下府・三司・中枢院などが担当して、礼・吏・兵・刑・工・戸の六曹の権限は後代にくらべるとはなはだ微弱であり、ただ単に実務を執行する機関に過ぎなかった。定宗二年（一四〇〇）、朝鮮建国以後、初めての官制改革が行なわれ、都評議使司は議政府に改められ、中枢院の軍事権は三軍府に合体し、王命出納の権限は承政院を新たに置いて担当することになった。また三軍府の職にある者は議政府には合坐しないことで、政事と軍事の分離が図られた。その翌年の太宗元年（一四〇一）には門下府を廃して議政府に吸収し、門下府の郎舎がもっていた諫諍の権限は別に司諫院を新設して担当させ、司憲府とともに王を諫める台諫（官）の任務を担うことになった。三司を司平府に、三軍府を承枢府に改称して、芸文春秋館を辞令の作成に当たる芸文館と政事の記録に当たる春秋館とに分けた。

太宗五年（一四〇五）にはふたたび官制の大改革を行ない、司平府を廃止して、その事務を戸曹に当たらせ、中枢院の後身として軍機と王命の出納を担当した承中府を廃して、軍機については兵曹に任せ、王命の出納については代言を設置して当たらせた。その結果、高麗時代以来の最高政務機関は都評議司と門下府を合わせて継承した議政府だけが残り、その他はすべてなくなったので、議政府が百官と庶政を総理する唯一の最高機関としての性格をもつことが明確になった。議政府の長を領議政と言い、左・右議政がこれを補佐する。これらは正一品の官職であるが、その下に左右の賛成（従一品）、左右の参賛（正二品）が配された。一方、このときまで人事行政権と宝璽符信をともに担当していた尚瑞院から吏曹と兵曹に人事行政権が移されて、従来は単なる行政執行機関に過ぎなかった六曹の権限が強化・拡大されていく。六曹の典書（正三品）・議郎（正四品）をそれぞれ判書（正二品）・参議（正三品）に改称して昇格させ、八十余りもある衙門（役所）を六曹にそれぞれ分属させた上で、衙門の長には堂上官の提調（正三品）が当たる。太宗九年（一四〇九）には王族や外戚を政治に関与させないために敦寧府を設置して別途に待遇して、領事（正一品）、判事（従一品）、知事（正二品）、同知事（従二品）を置き、後には王女の婿たちのために駙馬府も設置され（後に儀賓府）、尉（正一品〜従二品）が配された。念のために言えば、敦寧府の領事を敦寧府領事とは言わず、領敦寧府事と言い、以下、判敦寧府事、知敦寧府事、同知敦寧府事というふうに呼びならわしている。中枢府についても知中枢府事といったぐあいである。

太宗十四年（一四一四）には行政事務をいったん議政府で論議した制度を廃止し、左議政が吏・礼・兵曹を、右議政が戸・刑・工曹を管轄することになっていたものの、国家の重大事案でもなければ、議政府を経ずとも、六曹で独自に処理することができるようになった。世祖十二年（一四六六）の大々的な官制改革の後に、『経国大典』ができて（一四八五年に完成）、その後の日本帝国主義の関与による甲午更張（一八八四）までの四百年間の官制の基準になった。そこでは、国家の最高行政機関である議政府と国務を分担する六曹以外に、義禁府（長官は判事で従一品）、承政院（都承旨で正三品）、弘文館（領事で正一品、次官は大提学で正二品）、司憲府（大司憲で従二品）、司諫院（大司諫で正三品）などが置かれた。首都のソウルの行政と司法の両権をともに行使する漢城府（判尹で正二品）、高麗時代の首都であった開城の開城府（留守で従二品）なども中央官制に属した。この他に、王族や功臣に対して、宗親府・忠君府・敦寧府・儀賓府なども置かれて優遇された。

明宗のときに北方および倭寇に対する防備の重要性から備辺司が置かれるようになり、壬辰・丁酉の倭乱を経て、備辺司の権限は強化されて、議政府は有名無実化していく。ただし、備辺司の長官である都提調（正一品）は現職あるいは前職の議政が兼任し、提調（正二品）は一定の定数があるわけではなく、六曹の判書・訓練大将・御営大将・開城留守・江華留守・大提学などが兼任することになっていたから、メンバー自体にそう変わりがあるわけではなかった。それでも、軍事と行政の別のない弊害があり、高宗十八年（一八六四）、大院君は議政府と備辺司の役割を明確にして、備辺司は主に国防と治安に当たり、他の事務はすべて議政府に残して、議政府を備辺司の上に置いた。

野譚に登場する人物たちの官職名をすべて挙げて説明することはできない。六曹について言えば、判書・参判・参議以下、正郎（正五品）、佐郎（正六品）、別提（従六品）などがいて、芸文館には領事（正一品）、大提学（正二品）、提学（正三品）、応教（正四品）、奉教（正七品）、待教（正八品）、検閲（正九品）などがいる。別称もあって、芸文館検閲を翰林と言い、翰林に入る、というのは、科挙に丙科で及第して順調に官僚の道を歩みだしたことを意味しようし、大提学を主文と言う。政府の公の文章を主管するのである。礼曹判書を宗伯と言い、吏曹判書を冢宰と言い、吏曹参判を亜詮と言ったりもする。

■地方官制

『経国大典』では朝鮮を八道に分け、それぞれに観察使（従二品）を置き、その下に四府・四大都護府・二十牧・四十三都護府・八十二郡・百七十五県が所属して、そのそれぞれに「守令」が配置された。道の長官である観察使は高麗末期以来、都観察黜陟使・都巡安使・按廉使などの名称の変動があったが、後に『経国大典』で観察使に固定された。ただし、監司と呼ばれたり、道伯あるいは方伯と呼ばれたりもするし、地域によって箕伯（平安道監察使）あるいは海伯（黄海道観察使）という通称もある。また「守令」は行政区域の長である府尹・大都護府使・牧使・都護府使・郡守・県令・県監のすべてを言うことばであり、従二品から従六品までである。行政上では上下の差別はなく、観察使の直接の管轄下にあるが、これらの守令が兼職する軍事職によっては上下の系統が生じることがある。県の下には中央から派遣される地方官はなく、自治的な組織として面（坊・社）とその下に里（村・洞）があった。

観察使は一道の行政・司法・軍事に当たり、道内の守令たちを監督する権限をもったが、これを補佐するために中央から経歴（従四品）・都事（従五品）・判官（従五品）などが派遣された。経歴は世祖のときからは留守府にだけ置かれ、道には置かれなくなったが、都事は各道に一名ずつ置かれて地方官吏の監督・糾察に当たり、判官は観察使や兵馬節度使・水軍節度使などのいる主要な地域に配置されて実際の行政を担当する責任者であった。このほかに地方行政官として交通行政に関わる特殊職として察訪・駅丞・渡丞（いずれも従九品）などがいた。観察使と守令の末端行政は中央の六曹と同じく、吏・戸・礼・兵・刑・工の六房で分担されたが、現地採用の胥吏がその実務に従事した。彼らは地方行政の実務を担当して、中央から派遣された地方官と人びとのあいだで不正行為をほしいままに行なうこともあった。軍事面では軍校がいて、警察権を行使した。有力者である地方の両班を郷任に任命して地方官の補佐役として、彼らがもつ地方での影響力を行政上に活用した。これらは、しかし、中央集権をはばむ機関だとして廃止されこともあったので、これを改革して、成宗の時代には座首・別監などの役人を置いて、体制が整えられた。

地方行政はややもすると腐敗しやすく、不正蓄財が行なわれる。むしろ、それを目的として嬉々として任地に赴く官吏たちもいる。そこで、朝廷は秘密裏に官員を派遣して、地方官の考課と土豪たちの非行、人びとの生活の実態を探ったが、これが暗行御史の制度になった。野譚では日本の水戸黄門のように役人たちの不正を痛快に糾明することになる。

■軍事制度

太祖・李成桂は高麗の軍事制度を継承して三軍都摠府を置いたが、後に義興三軍府に変え、その下に義興親軍十衛を置いた。その後、世祖三年(一四五七)に軍制を改革して、三軍を五衛に編成して五衛鎮撫所がこれを統括することにしたが、世祖十二年(一四六六)には五衛都摠府に改称した。五衛は義興衛(中軍)・竜驤衛(左衛)・虎賁衛(右衛)・忠左営(前衛)・忠武営(後衛)を言う。義興衛はソウルの中部および京畿・江原・忠清・黄海四道出身の兵士で構成され、以下、竜驤衛はソウルの東部および慶尚道出身の兵士で、虎賁衛はソウルの西部および平安道出身の兵士で、忠左営はソウルの南部および全羅道出身の兵士で、忠武営はソウルの北部および永安道(咸鏡道)出身の兵士で、それぞれ構成されていた。この五衛は形式的には李朝軍制の基本として後期まで存続したが、壬辰倭乱に際してすでにその無力さを暴露して、宣祖のときから粛宗のときにかけて、北伐(清を討つ)というスローガンもあって、訓練都監・御営庁・摠戎庁・禁営衛・守禦庁の五軍営などが順に設置された。

地方については、『経国大典』によれば、各道に兵営(陸軍)と水営(水軍)が設置され、その下に鎮営が付属してあった。兵営の長官を兵馬節度使(従二品)と言い、水営の長官を水軍節度使(正三品)と言ったが、永安道(咸鏡道)は女真に接し、慶尚道は日本と接しているために、兵営と水営を二つずつ置き、全羅道には水営だけを二つ置いた。鎮営にはその大きさによって、節制使(正三品)、僉節制使(従三品)、同僉節制使(従四品)、万戸(従四品)などが置かれたが、多くは守令などが兼職していて、平安・咸鏡道の国境地帯と海岸の要地に限って、専門的な武職としての僉節制使(僉使が略称)が配置された。

2……朝鮮の伝統家屋

朝鮮の伝統家屋では女性と男性の居住空間は分かれて

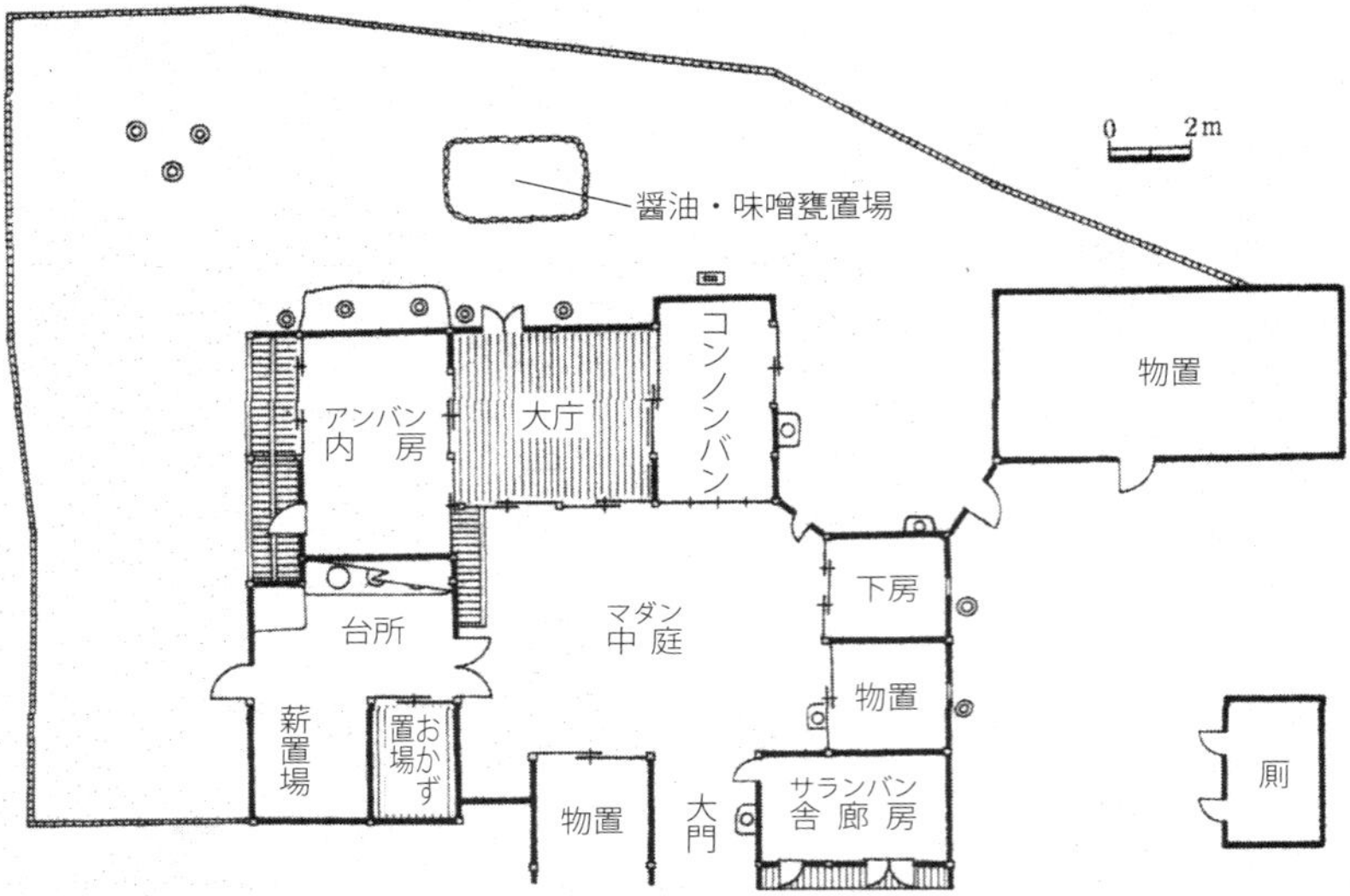

『韓国民俗文化大百科事典』
（韓国精神文化研究院）より作図

いる。次の図は京畿道の中流の典型的な家屋だということだが、女性の居住空間であるアンチェが左側にあり、」型に男性の居住空間であるパカルチェがある。アンチェの中のアンバン（内房）は主婦と子どもたちの空間であり、その下にある台所で主婦たちが料理を作る。台所は土間でできていて、竈の焚口はアンバンのオンドルの焚口にもなっている。内房の隣にある大庁（居間）は板敷になっていて、天井を架設せずに屋根裏が露出している。家族が共用する部屋であり、家の神の成主（ソンジュ）を祀り、祖先の祭祀もここで行なわれる。大庁をはさんで内房とは反対側にコンノンバン（越房）があり、成人した子供たちが過ごす。サランバン（舎廊房）は主人の居室であり、客人の接待もここで行なわれるが、アンバンに主人以外の男性が立ち入らないように、サランバンには女性は立ち入らない。厠は日本でもそうであったように、衛生面の考慮から建物から離れてある。

上流の両班の家屋ともなれば、部屋数も多くなり、アンチェとパカルチェは建物自体も分かれ、その間を厳重に塀で仕切られている場合がある。深窓の令嬢たちがその中で暮らしていたことになるが、日本の平安時代の物語では「垣間見」がしばしば取り上げられるように、男たちは手を尽くして中をのぞき込もうとしたに違いない。さらには隠居した老人のために別堂が独立して建てられる場合があり、また祖先祭祀のためのサダン（祀堂）が奥に建てられる場合もある。これらを包み込むように外周にヘンナン（行廊）が巡らされた裕福な家もあり、そこには、奴婢たちが住み、厩があり、家畜が飼われ、家内手工業と言ってよいものも行なわれたことになる。

3……朝鮮時代の結婚

朝鮮時代の冠婚葬祭は儒教の礼にのっとって行なわれる。礼とは『礼記』・『周礼』・『儀礼』にある古代中国の周時代の礼儀作法、いわばテーブルマナーの体系であるが、宋時代の朱熹がそれを時代の変化に合わせて簡略化した『朱子家礼』があり、朝鮮半島には高麗時代末にそれが入ってきて、朝鮮時代にはハングル訳されるとともに社会の制度となった。ただし、仔細に見ると朝鮮での慣行は地方により、時代により、『朱子家礼』からの変異も見られる。読者の便宜のために朝鮮社会の伝統的な結婚の節次について簡単に記しておきたい（ちなみに『朱子家礼』は日本ではなかなか手にいらない。大きな図書館にも大学図書館にもほとんどない。韓国では夜店の屋台ででも売っているような本なのだが。朱子学を体制の学問としながら、徳川時代の朱子学者の誰もがまともには読まなかったと言ってもいい）。

結婚が成立するには、大きく分けて次の三つの段階を踏まなくてはならない。すなわち、議婚・大礼・後礼であり、その三段階の中にも細かい節次があって、それらの節次を踏まない男女の結合は、ことば本来の意味で「野合」だということになる。

(1)　議婚

①納采、②涓吉、③送服、④納幣の四つの節次からなる。

①納采　まずは仲人が男子と女子の両家を行き来して女子側の許諾を得る。その上で、男子（新郎）側の主人（婚主）が書式に従って女子（新婦）側に手紙を送る。これを納采と言う。書式は住所・官職・姓名を記し、婚姻を執り行ないたい旨を記す。新郎側ではこの納采書を認め、朝早くに家の祀堂に報告する。納采書が新婦の家に届くと、新婦側の婚主が大門の前まで出て迎え入れ、北に向かって再拝する。こちらも祀堂に報告して、答書を認めて、新郎側に送る。新郎側では答書を受け取ればふたたび祀堂に報告する。仲人の行き来の中で慣行として四柱が新郎側から新婦側に送られる。四柱は新郎の生年月日を干支で記し、封に入れられ、さらに紅い袱紗で包まれている。新婦側では床（テーブル）の上で丁寧にこれを受け取る。四柱を受け取った段階で婚約が成立した

ことになる。

②涓吉　四柱を受け取った新婦の家から新郎の家に択日単子を送る。これを涓吉と言う。択日単子には奠雁と納幣の年月日時を記す。奠雁と納幣の単子は別の場合もあり、奠雁の日時だけを書いて、納幣の日時については同日先行とだけ記す場合もある。涓吉には別に許婚書を添えることもある。涓吉を受け取った新郎の家では宴を行なう場合もある。

③送服　新郎から新婦の家に礼物を送る儀式を言う（これは次の④納幣の儀式と重複し、朝鮮土俗の名残ではないかと思われる）。新婦の服地・布団・綿・名紬・カナキン・装身具・酒・餅などを目録に記して送られる。この日、新郎・新婦の双方の家で宴が行なわれる。

④納幣　新郎が新婦の家に納幣書と幣帛を送る儀式を言う。函二つにそれぞれ納幣書と幣帛を入れて送ると、新婦の家では床の上に置き、北面して再拝する。幣帛としては青緞と紅緞の彩緞であり、上記の送物という節次がない場合にはさまざまな礼物がこれに加えて函に入れられる。緋緞・布団・綿・銭、さらには富貴と子宝に恵まれるように、木綿種・炭・唐辛子などが入れられることもある。函を担うのはハムチンアビ（函かつぎ）と言って、下人がこれに当たるが、初子の生まれた福の多い人がこれに当たることもある。新婦の家では大庁に紅い布を敷いた床を置き、その上でこの函を受け取る。ハムチンアビは手厚くもてなされて送り返される。

(2)　大礼

新郎が新婦の家に行って行なわれる儀礼、すなわち①醮行、②奠雁の礼、③交拝の礼、④合卺の礼、⑤新房、⑥東床礼を含めて言う。

①醮行　新郎の一行が新婦の家に行くことを言う。一行には新郎以外に上客・後行が含まれ、子どもがついて行くこともあった。上客には新郎の祖父がいれば祖父、父、あるいは叔父、あるいは長兄がなり、後客というのは近親者二、三名がなる。一行が新婦の家のある村に着くと、新婦の家から「人接」あるいは「対盤」という案内人を送って一行を迎えて、「正方」に案内する。「正方」は縁起のいい方角に設けられ、そこで簡単な食事が供され、新郎は紗帽冠帯に着替える。そして、改めて新婦の家に向かうが、新婦の家の大門では藁火が焚かれて不浄が清められる。

②奠雁の礼　新郎が新婦の婚主に雁（今は木製）を渡す、新郎が新婦の家に行って最初に行なう儀礼を言う。これ以後の儀式は複雑なために礼式に通じた故老が読む「笏記」に従って行なわれる。新婦の家では大門の中の中庭の適当なところを選んで筵を敷き、屏風を立てた中

に紅袱を敷いた床をおく。この床を奠雁床という。新郎はその場に案内されて、笏記の指示に従って奠雁床の前に膝を屈して座る。新郎は渡された雁を床の奠雁床の上に置き、揖をして、立ち上がって四拝する。新婦の母が雁をチマで受け取って、新婦のいるアンバン（内房）に投げ入れる。その雁が立てば男の子が生まれ、横になれば女の子が生まれるという占いにもなる。

③交拝の礼　新郎と新婦が向かい合って拝礼する儀礼を言う。奠雁の礼が終わると、新郎は大礼床の前に案内されて、その東側に立つ。新婦が円衫を着て、汗衫で手を隠して、介添え役の手母に支えられて正面に向かい合って立つ。新郎は大礼床の前でかなりの長時間を待たされる。新婦は新郎が家に入ってきて初めて髪を巻き上げて用意をすることになっているためである。新郎・新婦が大礼床をはさんで向かい合った後、手母の助けを借りて新婦は再拝し、新郎はそれに答えて一拝する。ふたたび新婦が再拝すると、新郎が一拝する。それで交拝の礼は終わる。大礼床の上には燭台・松竹・鶏・米・栗・棗・瓢の盃などが置かれている。地方によっては竜餅と言って棒餅を竜の形に作って置いたり、鳳凰と言って干し蛸を鳳凰の形に作って置いたりする。

④合巹の礼　新郎と新婦が向かい合って巹（盃）を交わす儀式を言う。いわば三々九度である。交拝の礼が終わると、手母が大礼床にある瓢の盃に酒を注いで新婦に勧める。新婦はそれに口を当てる程度で、その瓢の盃は新郎の付き添いを介して新郎に勧められ、新郎がそれを飲む。その答礼として、今度は新郎の付き添いが別の瓢の盃に酒を注いで新郎に勧め、新郎が口に当てたのを、手母を介して新婦に勧め、新婦は口に当てて、下に置く。これを三度行ない、料理にも箸をつけて、合巹の礼は終わる。

⑤新房　合巹の礼が終わると、新郎と新婦はそれぞれ別の部屋に入っていき、新郎は紗帽冠帯を脱いで新婦の家で用意した道袍に着替える。そうして出て来て、新郎と上客は大床の料理の接待を受ける。これには箸をつけるふりだけをして、大床の料理はそのまま丸籠に入れられて、新郎の家に送られる。新婦の家のアンバン、あるいは別の部屋を新房として、夕方になると、新郎がまずその新房に入る。次に婚礼服の新婦が入って来て、その後に酒と簡単な料理の置かれた酒案床が入って来る。新郎と新婦は酒を飲み交わし、新郎は新婦の冠と礼服を脱がせる。冠の紐はかならず新郎がほどかなければならない。「新房のぞき」といって、親族たちが窓障子に穴を空けて中をうかがう習俗もあるが、中の灯りの火が消えれば、みな引き下がる。翌朝、新房には松の実粥や竜餅で作ったスープが持って来られる。新郎・新婦はこれを

食べて行き、舅・姑などに挨拶をする。

⑥東床礼　昼食の時間に前後して新婦の家の若者たちが集まって来て、「新郎いじめ」をする。これを「東床礼」と言う。新郎に答えることの難しい難問を出し、うまく答えられなければ、新郎の髪を紐でくくり、力の強い者が担ぎ上げたり、大梁にぶら下げたりして足裏を棒でたたく。新郎が声を上げると姑がやって来てこれをやめさせ、みなを食事でもてなす。

(3)　後礼

新婦の家での大礼を終えて、新郎の家に新婦を迎えて、新郎の家での儀式が行なわれる。①于帰、②見舅礼、③覲親の節次を終えて、婚礼のすべての儀式は終わる。

①于帰　新婦が緦家（新郎の家）に連れられて来ることを于帰と言う。大礼の当日に于帰することもあるが、三日後になる三日于帰がある。月を越えて、あるいは年を越えての于帰もある。昔ほど、この于帰に至る期間は長く、朝鮮半島で行なわれたかつての婿取り婚の名残だと言えるかもしれない。偉人の伝記を調べていると、母方で生まれて、そのまま成人したという例が少なからず見られる。新婦が于帰するとき、上客・ハニム（女の召使）・チムクム（荷物担ぎ）などが行列を作る。新婦の乗る籠の上には虎の皮をかぶせ、新婦の座布団の下には木綿種と炭とが置かれる。一行が新郎の家に近づくと、人びとが出て来て、木綿種・塩・大豆・小豆などを撒いて邪気をはらう。あるいは大門で藁火を焚いて邪気をはらう。新婦の籠が大門を入って来ると、大庁の前に籠を立て、新郎が籠の戸を開けて新婦を迎え入れる。続いて籠の上の虎の皮を屋根の上に放り上げて、新婦の到着を表示する。

②見舅礼　新婦が緦父母と緦家の人びとに挨拶をする。新婦の家で作り調えてきた鶏・肴・栗・棗・果実などを机の上に置いて酒を注いで勧める。挨拶を受ける順は緦祖父母がいても緦父母が先で、続いて緦祖父母、世代順に伯叔父母などとなり、同行列の兄弟姉妹はお辞儀をする。見舅礼が終わると、新婦と新婦の上客は大床を受け取る。これも大礼のときと同じで、箸を付けるふりだけをして取り下げて、新婦の家に送る。上客や召使などはみな新婦の家に帰って行く。次の日の朝、新婦は化粧をして緦父母に問安（ご機嫌伺い）に行く。問安は三日間は行なわれる。その間、緦母は新婦を連れて親戚の家に挨拶に行く。親戚の家では食事を用意して新婦をもてなす。新婦は三日が過ぎると台所に入って行き、家事を始める。

③覲親　新婦が緦家に入って生活を始めて最初の里帰りを覲親と言う。于帰の一週間の後に行なうこともある

が、かつては新婦が媤家で農事を行ない、初めての収穫物で餅と酒を造り、それを携えて覲親を行なった。覲親には多くの礼物をもって行き、実家で休息し、媤家に帰るときにも多くの礼物を持って帰る。新郎も覲親にはついて行き、丈母は婿を連れて親戚に挨拶まわりをする。親戚の家ではこれを食事でもてなす。

以上の節次を終えて初めて婚姻が成立したことになる。

4……妓生

韓国社会における妓生《キーセン》の意味を語る川村湊氏の力作『妓生――「もの言う花」の文化誌』（作品社）がある。そちらを参照されたいが、ここでは『歴史大事典』（三修社）の説明をもとにして簡単に説明しておきたい。売色だけの存在ではなかったことに注意する必要がある。

妓生とは芸妓の称号であり、歌舞などの風流をもって酒宴の席に侍り、さまざまな遊興の行事に興をそえることを職業とした女性たちを言う。新羅時代の青年貴族集団の花郎（これは男子）の起源は源花（これは女子）だったというが、この源花を妓生の原型と説明することもある。また高麗の太祖・王建が開城に都を置いたときに百済の遺民である水尺族を奴婢として地方の各邑に隷属させ、その中の美貌の女性たちに歌舞を仕込んで芸者として身過ぎをさせたことに由来するとも言う。高麗の文宗のときには宮中の八関燃灯会に女楽を催し、唱妓戯が発展し、李朝に入ると多くの官妓が生じるようになった。官妓は医女としても活躍して裁縫も行なったが、主に宴会の席で歌曲・舞踊に従事した。李朝における官妓設置の目的は女楽と医針にあり、もちろん男たちの慰安も伴って、地方の官衙では中央から派遣された使臣と客人を接待するのに必要とされた。妓生の地方的な特色として、安東妓の「大学之道」の読誦、関東妓の「関東別曲」の唱歌、咸興妓の「出師表」の読誦、義州妓の「馳馬舞剣」、平壌妓の「関山戎馬詩」の唱歌、永興妓の「竜飛御天歌」の唱歌などは有名で、芸能・武芸を兼備した。

妓生を管掌するのは妓生庁であり、妓生は行儀・歌曲・舞・書・絵画などを習い伝えた階級として、教養人として教養を錬磨し続けた。彼女たちは風流な上流高官たち、漢学的教養の高い持ち主である儒生たちとも交わったので、行儀はもちろん、漢学の教養も備わっていることがあった。しかし、高官たちと付き合ったとしても、妓生は身分制度でもあり、あくまで賤人に属することになる。賤人の子は賤人であり、妓生の性質上、かつての祇園などもそうであったが、女系でその妓生身分は相続される。逆に言えば、妓生身分を逃れることはできず、何かの恩恵で賤人身分が贖われない限り、妓生の娘は妓生であることになる。

5……葬送儀礼

あの世の存在が疑うべくもなかった時代にあって、葬送儀礼は一個の人格のこの世からあの世への移行のために必要不可欠の通過儀礼の一つであり、この世に残された者にとって死がもたらす衝撃の激しさ、あるいは悲哀の重さによって、とりわけ厳粛に、しかも長期にわたって執り行なわれなければならない儀式であった。新羅時代にすでに仏教が入って来て、荼毘（火葬）も行なわれ、高麗時代には仏教を国家の指導理念としたものの、地理讖緯説や風水地理説なども入って来て、家相を問題とする以上に墓相をも問題とするようになった。それが朝鮮時代には社会の慣行と言っていい域に入っていることは野譚に多く見える通りである。「風水」は「蔵風得水」に由来することばであるという。風をおさめて水を得る、地気の集中した理想的な土地に墓を営むことにより、死者の子孫は大いに繁栄することができると、人びとは信じたのである。

高麗末期、忠烈王のときに朱子学が入ってきて、士大夫階級は仏教式の葬礼である荼毘を廃して、朱熹の『家礼』によって葬礼が行なわれるようになる。もちろん、その後も民間では仏教式の葬礼も行なわれ、また巫俗的な葬礼も残ったものの、社会の主導的な階層で行なわれたのは儒教式の葬礼であったから、ここでは儒教式の葬礼を取り上げることにする。フランスの中国学者であるマルセル・グラネに「Le langage de la douleur d'après le rituel funéraire de la Chine classique（古典的中国の葬送儀礼における悲しみの言語）」という論文がある。ここでいうlangage（言語）は言語以外の記号、しぐさをも含む表現全体を言う。周代よりは簡略化されたにしても、生者は死者のもたらした悲しみを三年にわたって表現しつくすことになる。

儒教式の葬送儀礼は『朱子家礼』にもとづくマニュアルである『礼書』の類ではおおよそ十九の節次からなる。すなわち、①初終、②襲、③小斂、④大斂、⑤成服、⑥弔喪、⑦聞喪、⑧治葬、⑨遷柩、⑩発靷、⑪及墓、⑫反哭、⑬虞祭、⑭卒哭、⑮祔祭、⑯小祥、⑰大祥、⑱禫祭、⑲吉祭である。しかし、実際の慣行では「斂襲」と言って、②襲、③小斂、④大斂を吸収して一つにまとめ、⑩発靷が⑨遷柩を吸収し、⑬虞祭が⑫反哭を吸収してしまっているという。さらに祔祭・禫祭・吉祭がなくなることがあり、小祥で済ませて、大祥は行わない場合もあり、おおよそ十一の節次に簡素化されることもある。社会の近代化にともなってさらに簡素化は進んでいくものと思われるが、十九の節次について簡単な説明を加えると次のようになる。

① 初終

臨終に際する習慣、招魂をし、遺体を収める、葬礼のあいだの仕事の分担を決め、棺の準備をする。人の死が近づくと、側に侍って、綿を鼻の上に置いて呼吸のありなしを確認する。息を引き取ると、哭を挙げて、続いて死者の上着を持って屋根に上り、北側に向かって上着を振り回し、死んだ人の名前を三度呼んで、招魂を行なう。その後、上着を籠に入れて降り、霊座に置く。次には帳幕を張り、遺体を隠し、遺体を遺体床に上げて、頭を南向きにする。足は固く閉じ、燕几に結んでおく。喪主は息子がなり、「主婦」は死んだ人の妻、あるいは喪主の妻がなる。家族たちは服を変え、飲食を廃す。「護喪」が棺の手配をして、祀堂に赴き訃告を行なう。実際の慣行では、臨終は大部分、本人が使用した部屋で行なう。そこに遺体床を置いて、その前で招魂を行なう。遺体床には、地方によって差異があるが、飯・銅銭・草履を置く。村人や親戚の中から護喪を選んで、葬礼準備をして訃告を終える。死体は遺体床の上に置いて動かないようにして障子紙でおおい、その前に屏風を立てて香床を置く。すべての喪制（服喪の人を言う）は死体を守るようにして立ち、弔問客を迎える。夜になると、庭にかがり火をたいて徹夜をして、女子は寿衣（経帷子）と喪服の準備をする。（以下、「哭」を挙げる局面が多々出てくる。口が二つ並んで大きな声を挙げることを意味し、下に犬の字がついて、犬が悲しんで吠えるように大声をあげて泣くことを意味する）。

② 襲

遺体を沐浴させ、衣服を着せ替える節次を言う。まず襲衣を用意して、遺体を沐浴させる。足の爪と手の爪を切って、髪を梳り、抜けた髪の毛などをそれぞれ五つの爪髪袋に入れる。次に服を着せるが、下着と足袋の順に着せる。そして、哭を行ない、飯含をする。飯含では、喪主が左袖を肩脱ぎ、米を死者の口に三回含ませ、銭と玉をそれぞれ三個ずつ入れる。そして、「幎目」で、目をおおい、「充耳」で耳をふさいで、腰帯を結び、次に「幄手」で手をつつみ、一重の掛け布団をかける。続いて霊座を設置して、霊座の右側には銘旌を立てる。実際の慣行では、後に説明する小斂・大斂とともに斂襲を行なう。遺体の上に一重の布団をかけて、上半身、下半身の順で沐浴をさせる。髪の毛とともに手・足の爪を切り、爪髪袋に入れる。遺体に収衣を着せて、飯含をする。それに続いて小斂を行なう。小斂の節次として、麻（木綿)で作った褥で遺体をおおう。次に大斂、すなわち入棺を行なう。まず棺の中に障子紙を敷き、七星板と麻の褥を敷く。その次に遺体を置いて、空いたところは白衣の類で埋める、棺の蓋を置く。

③ 小斂

正式には、小斂は襲をした次の日に行なう。小斂に使う服と衾を準備した後に小斂奠を準備する。次に服で頭をおおい、両肩で結んだ後、残った服で遺体をおおい、その姿が外に現れないように衾でおおう。これが終わると、喪人(服喪者)たちは哭を挙げる。そして男子喪人たちは麻縄を頭に巻き付け、上着の一方の肩をはだけ、女子喪人たちは竹簪を刺す。続いて小斂奠を運んで来て奠を供える。

④ 大斂

小斂の翌日に大斂を行なう。大斂に使う服と衾を用意する。大斂奠を用意して棺を運んでおく。棺の中に灰をまき、七星板を敷いて、その上にまた褥を敷く。その上に遺体を置き、古服類などで空いたところを埋め、遺体が動かないようにする。そして棺の蓋を閉め、頭のない釘を打った後に棺を布でおおって縛る。

⑤ 成服

大斂の次の日に行なう。成服というのは喪人(服喪者)が喪服を着る節次を言う。成服は原則的に五服制にしたがい、斬衰・斉衰・大功・小功・緦麻があり、また死者との関係とのありようによって正服・加服・義服・降服がある。そして親等関係によって三年・一年・九ヶ月・五ヶ月・三ヶ月の成服を着る期間が定められている。また斉衰には杖を用いるか用いないかによって杖期と不杖期がある。成服には冠・孝巾・衰衣・衰裳・衣裳・首経・腰経・絞帯・喪杖・靴などがあるが、実際には一定した規則がなく、それぞれ成り行きにしたがい、成服を行なう。普通、同じ高祖の後孫八寸までの範囲で成服を着る。もちろん、死者との関係にしたがい、成服に差異がある。この制度を五服制度と言う。喪人たちが成服をして出て行くと、喪主が祭主となって成服祭という儀礼を行なう。

⑥ 弔喪

弔問客が服喪者に会い弔問することを言う。成服の前には弔問客が来ても殯所の外で立ったまま哭を挙げるだけで、成服の後になって初めて喪人に会って正式に弔問することができる。弔問の方法は喪人が哭を挙げれば、弔問客が霊座の前に出て哭を挙げて再拝した後、喪主の前に来て、喪主が礼をすれば、弔問客も答礼をする。その後、挨拶の言葉を交わし、弔問客が立てば、喪主も立って礼をする。弔問客はこれに答礼する。

⑦ 聞喪

喪人が遠いところにいて葬事を聞いたとき行なう節次を言う。父母の葬であれば、まず哭を挙げ、服を着替えて、出発する。途中で哀しくなれば哭を挙げ、父母が縁のあったところに行きつけばまた哭を挙げ、家に帰ると、霊柩の前で再拝して、喪服に着替える。そしてまた哭を挙げる。

⑧ 治葬

葬地と葬日を決めて、葬地に行き、壙中（墓穴）を掘り、神主（位牌）を作る節次を言う。死後三月で葬事を行なうが、その前に葬地と葬日を決める。このとき、土地の相によって家に及ぶ吉凶を判断する。日を選んだ後に、喪主は朝に哭を挙げ、墓地に行き、土地神に告げる。喪主は帰って来て、霊座の前に行き、再拝して、作業員は壙中を掘る。その次には誌石と神主などを作る。実際の慣行では、喪に当たれば、葬地と択日を行ない、葬日当日に壙中を掘る。

⑨ 遷柩

霊柩を祀堂に上げて祭り、ふたたび霊柩を母屋の床に遷すことを言う。発靷の前日の朝に喪人がすべて集まり、朝奠を供えて、霊柩を祀堂に遷す。祀堂に至れば、中門の中に置き、霊座をしつらえて哭を挙げる。次の日の朝、霊柩を床に遷して代哭をする。日が暮れると、祖奠を供える。実際の慣行では遷柩の節次はほとんど消滅して、発靷の前日の夕方に日晡祭を行なう。

⑩ 発靷

霊柩が葬地に行く節次を言う。朝に葬輿を作り、霊柩を移して載せる。その後、遣奠を行なう。遣奠は霊柩が出ていくとき行なう祭祀を言う。二名の方相を前に立てて葬輿が出発する。死者と親しかった人は道端で葬輿を止めて遣奠を行なうことがある。実際の慣行では、遣奠の代わりに発靷祭を行なう。そして、葬輿が出発して友人の家を通り過ぎるときには、その友人が葬輿をとどめて、路祭を行なうこともある。

⑪ 及墓

葬輿が葬地に到着して埋葬するまでの節次を言う。葬輿が葬地に到着すると、霊柩を壙中の南側に置き、喪人たちは壙中の両側に立って哭を挙げる。その後、喪人たちは哭をやめ、霊柩を壙中に下す。雲黻翣（発靷のとき、霊柩の前後に立てて行く雲模様を描いた傅彩模様の物）と玄纁を壙中に置いた後に、喪主は再拝し喪人たちは哭を挙げる。そして、壙中の上に横板を置いて霊柩をふさぎ、石灰と土とで壙中を埋める。墓穴で土地神に告げて誌石を埋ける。土をすっかり埋め終わったら、霊座で神主に文字を書く。祝官が神主を霊輿に乗せ、魂帛もその後に乗せる。

⑫ 反哭

本家で返魂する節次。返虞とも言う。葬地で祝官が神主と魂帛を霊輿に乗せて祭った後に反哭を行なう。喪人一行は霊輿に従って家に到着するときまで哭を行なう。家に到着すると、祝官が霊座に神主と魂帛をまつる。続いて喪人たちが哭を挙げ、弔問客たちがふたたび弔問する。実際の慣行では魂帛を墓の前に埋めて、そこで祭り、反哭することもある。反魂して帰って来て、家の近くで哭を挙げる。

⑬ 虞祭

死者の遺体を埋葬した後、その魂が彷徨することを畏れて、慰安する儀式。初虞祭、再虞祭、三虞祭の三度ある。初虞祭は葬日の遅くに行ない、再虞祭は柔日、すなわち、乙・丁・己・辛・癸の日に行なう。三虞祭は剛日、すなわち、甲・丙・戊・庚・壬の日に行なう。実際の慣行では、墓所と行き来しながら行なうこともある。

⑭ 卒哭

無時哭（いつでも哭を挙げること）を終えるという意味である。三虞を行なった後、剛日に行なうが、このとき祭を行なう。そして、これから後は朝夕にだけ哭を挙げる。実際の慣行では三虞祭の翌日か、百日経ったときに行なう。

⑮ 祔祭

神主をその祖上の神主の横に祀るときに行なう祭祀。祔祭は卒哭の次の日に行なう。食事を用意して、喪人たちは沐浴して頭髪をととのえる。当日、夜が明けると、お供えの食事を並べて霊座の前で哭を挙げる。続いて祀堂におもむき、祖先の神主をうやうやしく霊座において祭を行なう。新しい神主をそれに加えてふさわしい場所においてまつる。実際には、一般的には行なわれなくなっており、行なわれるのは祀堂のある家に限られる。

⑯ **小祥**

初葬から十三ヶ月となる日、すなわち一周忌に行なう祭祀を言う。喪人たちが前日に沐浴斎戒して練服を準備する。練服というのは喪服を洗濯して、整えたものを言う。準備ができると、神主を霊座に祭り、喪人らが哭を行なう。続いて練服に着替えてふたたび哭を挙げて祭祀を行なう。このときから、朝夕の哭も廃止して、朔望（月の一日と十五日）にだけ哭を挙げる。実際には一周忌に小祥を行なうが、その前日の夕方に奠祭を行なって哭を挙げる。そして、翌日の明け方に小祥を行なうが、地方によってはこのときに魂帛を焼いて脱喪を行なう。

⑰ **大祥**

初葬から二十五ヶ月となる日、すなわち二周忌（日本では三周忌と言うが）に行なう祭祀を言う。節次は小祥と同じで、ただ祝官が神主を祀堂に祭り、霊座を撤廃して杖を適当なところに棄てる。実際の慣行としては、小祥のときに脱喪することも多いが、それでなければ、このときに脱喪することになる。

⑱ **禫祭**

初葬から二十七ヶ月になる丁の日または亥の日に祀堂で行なう儀式。このときには禫服を準備するが、あまり華麗な色彩はまだ避ける。このときから、飲酒と肉食が許容されることになる。

⑲ **吉祭**

禫祭の次の日か亥の日を選んで、行なう祭祀。日が決まれば」、三日前から斎戒して、前日には祀堂に告げる。吉服として平常時の祭服を用意して着ることになる。吉祭が済めば、夫婦がともに寝ることが許される。

6……親族呼称

中国周代の辞書である『爾雅』に現れる親族呼称から、フランスの中国学者マルセル・グラネは中国古代の社会構造を鮮やかに浮かび上がらせる（「Catégories matrimoniales et relations de proximité dans la Chine ancienne（古代中国における近親関係と婚姻カテゴリー）」）。『爾雅』の親族呼称では、父の姉妹を「姑」と言い、母の兄弟を「舅」と言う。『爾雅』ではまた「舅」と「姑」がコノタシオン（共示）をもっている。つまりシュウトであり、シュウトメであって、自己の配偶者の父と母をも意味することから、父と母とが結婚したとき、姑（父の姉妹）と舅（母の兄弟）も結婚し、二つの家で女性（男性

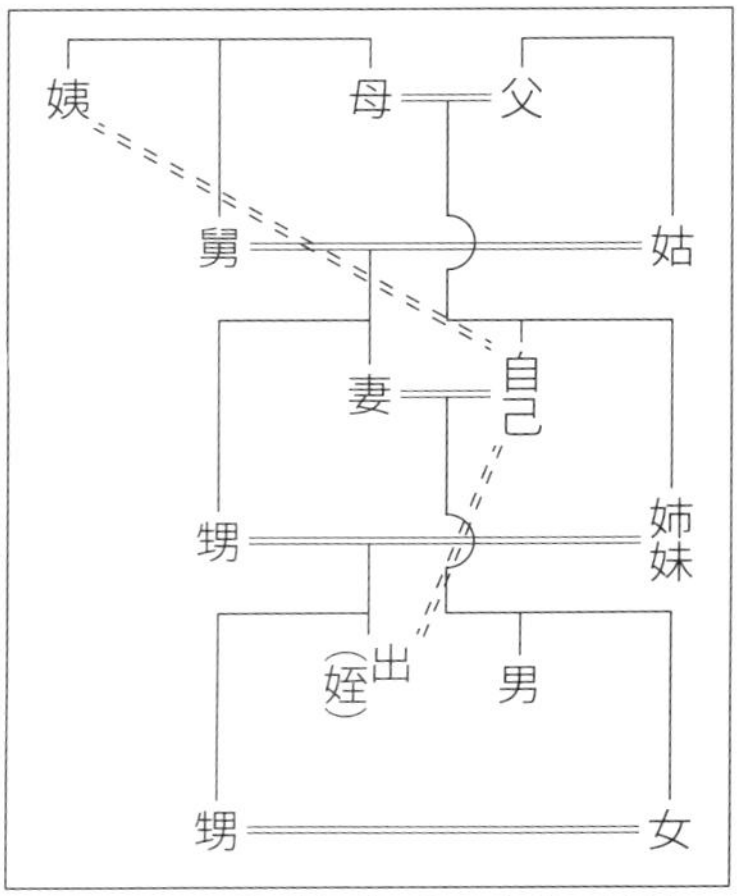

『爾雅』に基づくグラネの古代の結婚

と言ってもいいが）を交換したことになる。さらに自己はその「姑」と「舅」の間に生まれた女子を妻とすることが運命づけられている。妻の兄弟を「甥」と言い、その男子をも「甥」と言う。後者の「甥」の方が原義で、上の世代にも「甥」を使うようになったわけだが、「甥」は婿というコノタシオンも持つ。妻の兄弟が甥（ムコ）であるのは、自己が妻を迎えるときに、自己の姉妹も妻の兄弟を婿に取るからである。次の世代、自己の姉妹と妻の兄弟の結婚から生まれた男子も自己の女子の甥（ムコ）になるべく宿命づけられている。二つの家は先の世代も、自己の世代も、そして後の世代も持続的に結婚を繰り返す（艶福家の自己は上の世代の姨、あるいは下の世代の出と結ばれることもある）。マルセル・グラネは『爾雅』の親族呼称の検討から、中国古代における人類学でいう人類の族外婚の起源と言ってよい双分組織の存在を立証した。クロード・レヴィ＝ストロースは『親族の基本構造』の中で、グラネの仕事を評価しつつも、批判を加えている。つまり、グラネが再構築した『爾雅』の親族名辞による親族構造は、実際に中国古代のある時期に存在したものであるというよりは、中国周代の『爾雅』編纂者が想像し、机上で構築したものに過ぎないと言うのである。

レヴィ＝ストロースの批判はともかく、整然とした『爾雅』の親族体系を、漢字の親族名辞を用いながらも、日本ではその誤用によって台無しにしている。わが国で最も古い辞書である源 順《みなもとのしたごう》の『和名抄』においてすでに誤用は行なわれている。日本では父母の世代の傍系親族を父方・母方ともにヲ（オ）ヂ・ヲ（オ）バで済ませることができる。漢字では小母・叔母・伯母などを当てたりするが、父の姉妹は「姑」とするのが正しく、伯母は伯父の配偶者、叔母は叔父の配偶者を言う。父の兄弟について、中国ではその長幼によって伯父・叔父、あるいは仲父・季父と使い分けるが、日本ではそれほど神経質な使い分けはなされない。母の兄弟は「舅」と言い、母の姉妹については「姨」と言うのが正しい。伯父・叔

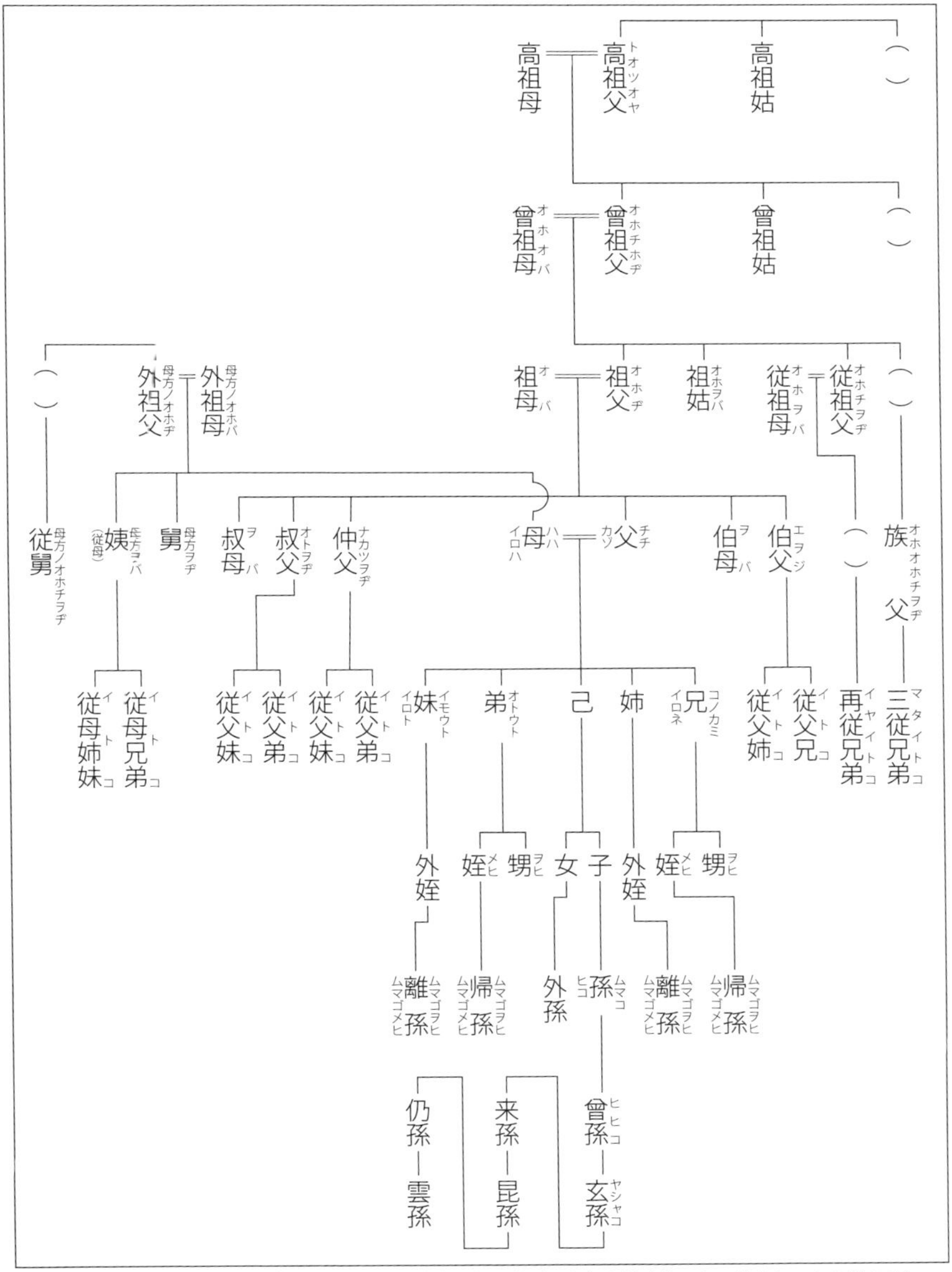

『和名抄』にみる親族呼称（『和名抄』は漢字語彙を挙げ、和名を付すものと、付さないものがある）

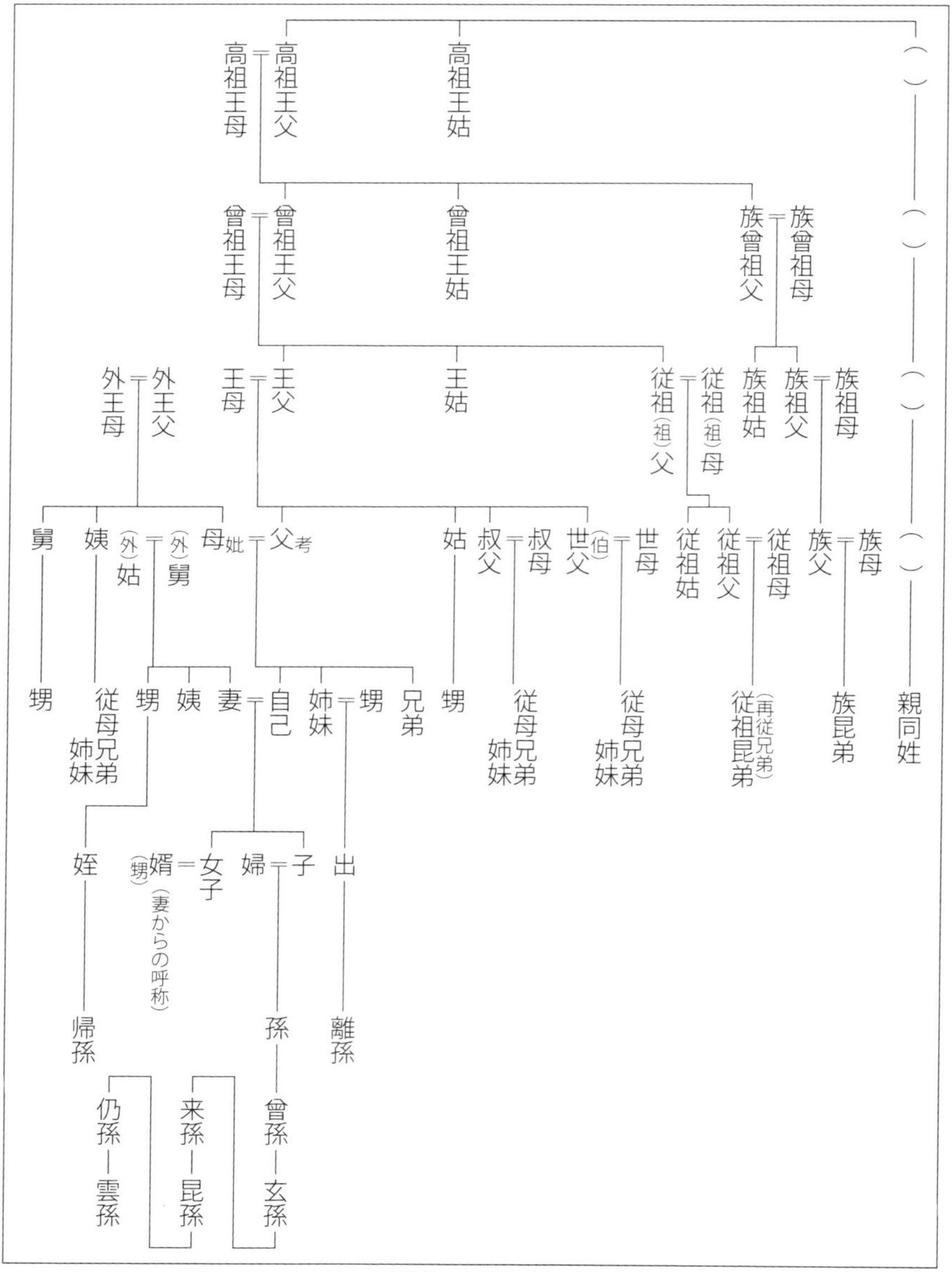
高祖王母
高祖王父
高祖王姑
（ ）
曾祖王母
曾祖王父
曾祖王姑
族曾祖父
族曾祖母
（ ）
外王母
外王父
王母
王父
王姑
従祖（祖）父
従祖（祖）母
族祖姑
族祖父
族祖母
（ ）
舅
姨
（外）姑
（外）舅
母妣
父考
姑
叔父
叔母
世父（伯）
世母
従祖姑
従祖父
従祖母
族父
族母
（ ）
甥
従母姉妹
従母兄弟
甥
姨
妻
自己
姉妹
甥
兄弟
甥
従母姉妹
従母兄弟
従母姉妹
従母兄弟
従祖昆弟（再従兄弟）
族昆弟
親同姓
姪
（甥）壻（妻からの呼称）
女子
婦
子
出
帰孫
孫
離孫
仍孫
来孫
曾孫
雲孫
昆孫
玄孫

『爾雅』の親族呼称

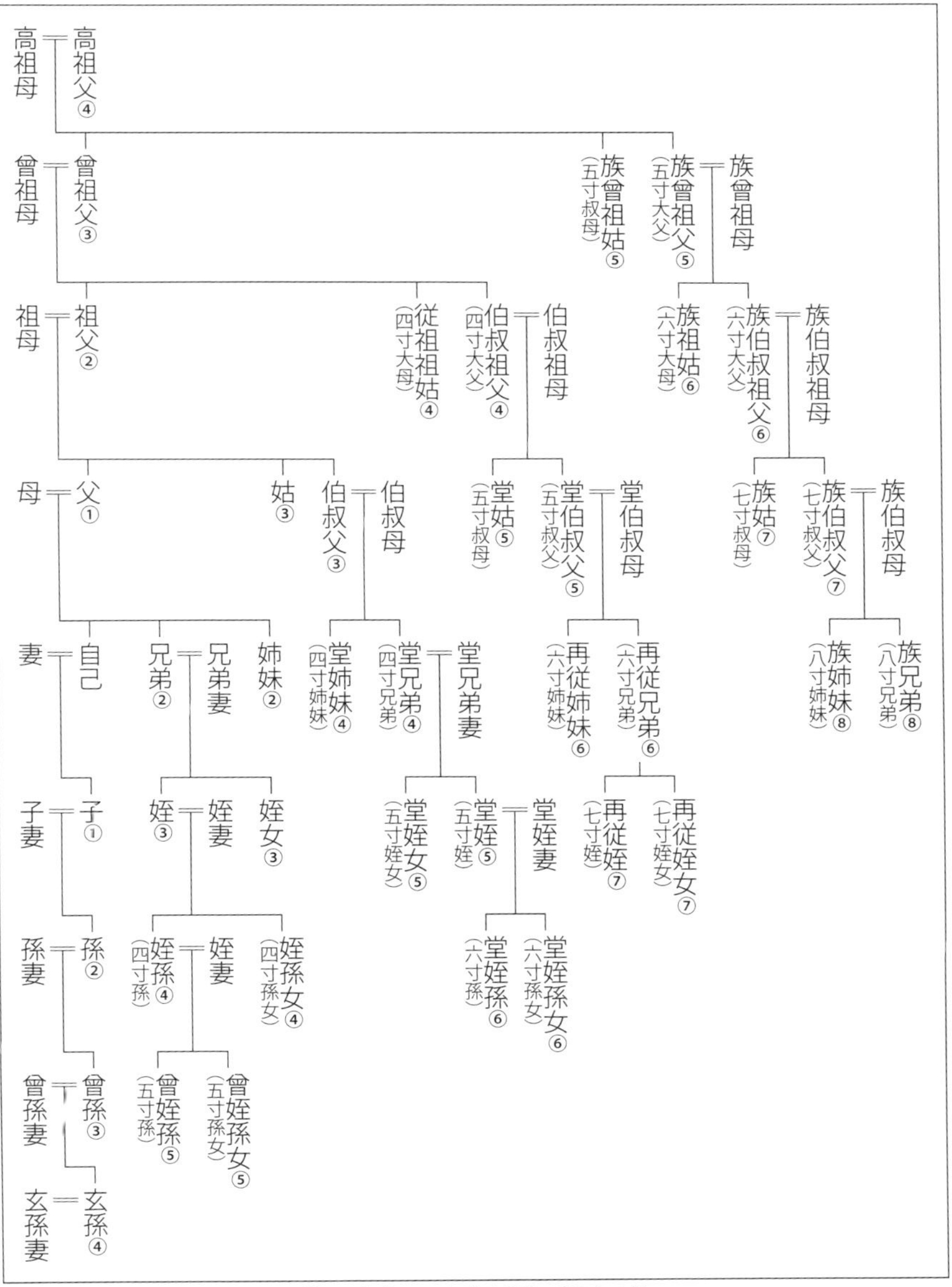

『経国大典』における親族呼称と寸数

父と舅、姑と姨というふうに父方と母方とでことばが違うということは概念もまったく違うことを意味する。自己にとっては親族としてのカテゴリーが違い、親疎もまったく違うはずである。甘えていいのか、畏怖しなければならないのか。また姨はときとして私の妻になることもある存在である。「姨棄」伝説を単に棄老伝説と解釈すべきではない。イトコについて日本では無頓着だが、厳密には父方の従父兄弟姉妹と母方の従母兄弟姉妹を使い分けるべきであろう。

日本における平安時代の源順にさかのぼる親族呼称の誤用は、あるいは意図的なものなのかもしれない。というのも、まったく異なる社会の親族呼称を日本でそのまま適用することはできないからである。周代の中国と朝鮮の社会も同じものであるはずがない。にもかかわらず、少なくとも韓国において、日本におけるようには漢字の使用の杜撰、あるいは誤用はほとんど見られない。もちろん、漢字の親族呼称を用いながらも時代の移り変わりとともに文字を付加したり、寸数がそのまま親族呼称と化したりすることがある。また、朝鮮語固有の親族名称もあって、相手に直接に呼びかけるにはそちらが用いられる。その分析によって朝鮮社会の構造を明らかにすることもできようが、野譚はあくまで漢字表記の文学であり、漢字の呼称がそのままに用いられていて、今はそこまで論じる必要はないと思われる。朝鮮の基本法典である『経国大典』の「礼典」から幸いにも親族呼称をまとまった形で抜き出すことができる。それが「礼典」の服喪規定を述べる個所であるのは、当然と言えば当然なのだが、親族とは、異性ならば結婚してはならない人びとであるという定義とともに、喪に服する範疇にある人びとというのが実は最も適切な定義であるかも知れない。

前頁左側の図は『経国大典』の親族呼称をまとめたものだが、親疎を表す寸数を丸数字で付した。現在の韓国で寸数がそのまま親族呼称として用いられる。三寸が叔父をあらわし、四寸がイトコをあらわすというふうに。それがすでに『経国大典』の時代から行なわれていることがわかる。

訳者解説

梅山秀幸

『漢書』「芸文志」に「小説家は十五家、千三百八十篇あった」という。この小説家が正確には何を指すかはしばらくおこう。ことばの意味の核は時代によってぶれてはいないはずである。班固はさらに次のように続ける。「小説家流は、おそらく稗官から出たものと思われる。街談巷語は、街や巷で聴いたことを路傍で伝え説くような者が造ったのである。孔子のことばに、『たとい（一技一芸の）小道にも、かならず観るべき道理はあるもの、ただ遠大な目的を達成するには、小道に拘泥して大事を忘れることを恐れる。そのため君子はそうした小道を学ばないのである』とある。しかしながらやはりまた小説を滅ぼさないで、巷にいる小知の者が言い及んだことも、これを綴って忘れ去られないようにする。その中にもし一言の採るべきものがあるにせよ、やはりまた芻蕘や狂夫の意見にすぎない」

小説家流の巷の風説は採るべきか、採らざるべきか、しかし、どんなにつまらなくとも観るべき道理はあり、しかし、そんなものに拘泥していては大事を忘れかねない、しかし、記録して忘却に任せないだけの意味はある、しかし、それは所詮、山がつや狂人の見解に過ぎない……しかし、しかし、しかしと、班固の意見は行きつ戻りつする。結局のところ、儒者であり真正の大歴史家である班固は小説を採るべきだと言っているのか、採るべきではないと言っているのか、どちらなのであろう。そのいずれにしろ、大説があれば、その欠を補うべく、その対極には小説が存在する。あるいはその先後を言えば、なにしろ巷間の噂話なのだから、小説はむしろ大説に先だって存在したかも知れない。「稗官」というのは「稗《ひえ》」のような微官、つまり小役人という意味になる。それが自称であれば、自己を韜晦してへりくだって言うことばに過ぎない。小説ということばもまた、へりくだったことばであるかも知れない。大所高所に立ったご立派な意見よりも、世の中の真実はむしろこちらにあるのではないか、と。

日本において、薬師寺の僧であった景戒の『日本霊異記』を初めとして、その後に陸続と現れる説話集の書記・編纂には常に仏者がその中心にあってかかわっていたと言ってよい。『今昔物語集』にしろ、仏法部が主で、世俗部は強い印象を残すにしても付け足りに過ぎない。海の向こうの半島ではその様相ががらりと変わる。朝鮮半島においてその筆記・編纂者は儒者である。仏教の時代である高麗時代に成った、高級儒者官僚の李斉賢の『櫟翁稗説』を嚆矢として、朝鮮前期の徐居正の『太平閑話滑稽伝』および『筆苑雑記』、成俔の『慵斎叢話』などの稗史小説集が現れ、豊臣秀吉による侵略を経て、十七世紀初めに柳夢寅の『於于野譚』が「野譚（談）」のジャンルを確立する。公の歴史からは漏れこぼれた野史を取り込み、陋巷に生きる人びとにも視線を注ぐ。興味の赴くままに怪異をも採りいれ、日本軍に蹂躙されて疲弊した朝鮮国と民族のアイデンティティについて執拗に問いかける。そうして二百年、朝鮮王朝も末期を迎える十九世紀になって、フィクティヴな要素を大幅に加えて野譚が紡がれ続け、李羲準あるいは李羲平の『渓西野譚』が現れる（六作ともに作品社から刊行）。今回、刊行するこの『青邱野譚』はそうした稗史小説集の集大成に位置づけることができる。それでは、さて、いつごろ、誰の手によって編纂されたのか（この作品社のシリーズでは「野譚」の文字を使う。最初に出した『於于野譚』で、「譚」の文字を用いたので、それに統一するという理由からである）。

1……『青邱野譚』の編纂者と成立年代

『青邱野譚』の編纂者および成立年代については長らく不明とされていたが、韓国国文学者で野譚研究者の鄭明基氏によって一石が投じられた。金山郡守であった金敬鎮という人物により、一八四三年に編纂されたと、明確な証左とともに論じられたのである。以下、多くは鄭氏の『韓国野談文学研究』（宝庫社、一九九六年、ソウル）の所論によりながら、私見を加えて解説に代えたいと思う。

今回の翻訳に底本として使用したものではないが、東京大学に小倉進平博士旧蔵の『青邱野譚』が所蔵されている。鄭明基氏が諸本の調査過程でこの本に出会われたことが、編纂者と成立時期の解明の端緒となった。この小倉進平旧蔵本は全七巻七冊で今は一帙に収められている。各巻にはそれぞれ十四話、三十一話、二十二話、二十七話、十一話、十七話、三十六話を収め、全百五十八話となる。必ずしも収録話数の多い本ではないが、その

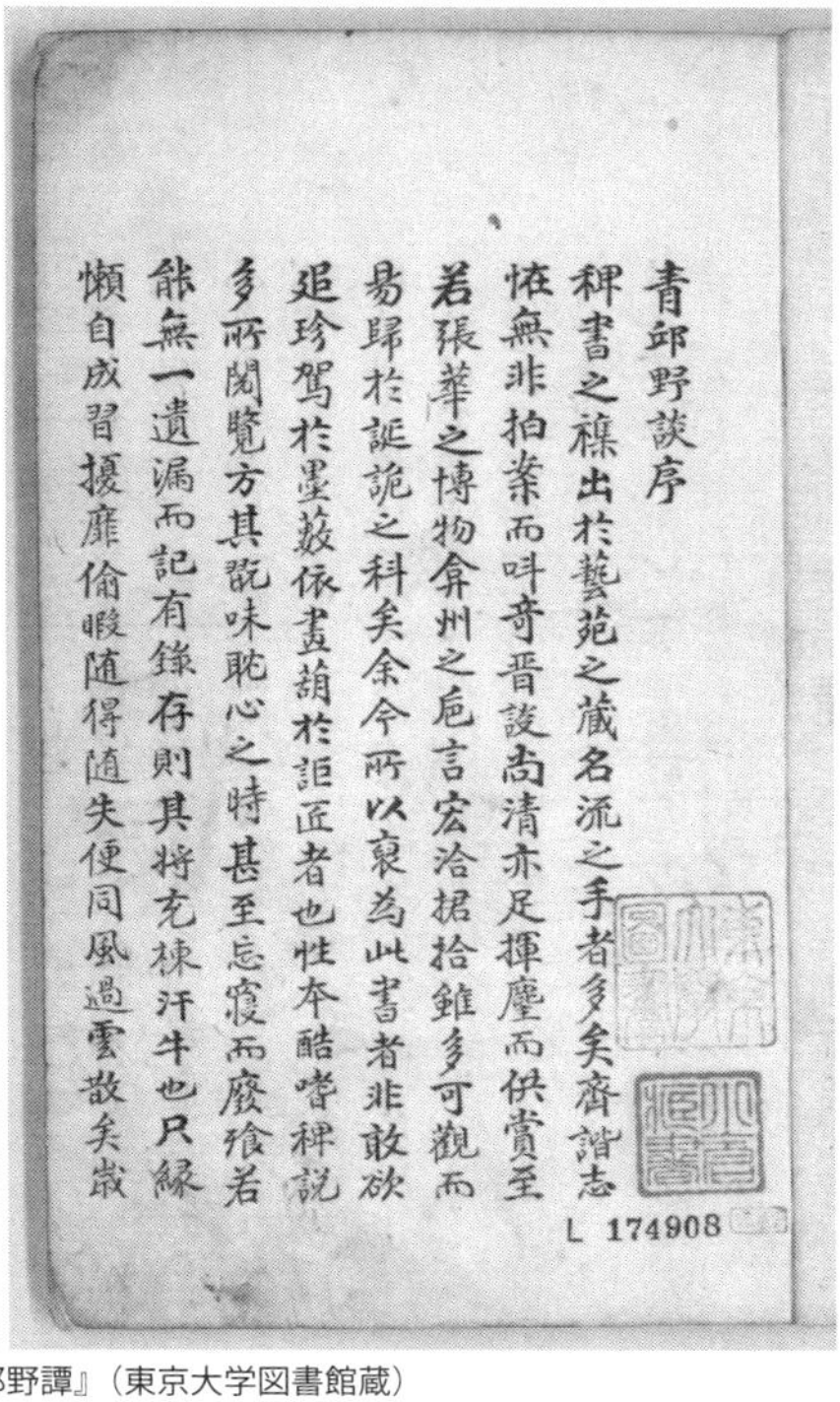

青邱野談序
稗書之褋出於藝苑之藏名流之手者多矣齊諧志
恠無非拍案而叫奇晋談尚清亦足揮麈而供賞至
若張華之博物弇州之卮言宏洽据拾雖多可觀而
易歸於誕詭之科矣余今所以裒為此書者非敢欲
追珍駕於墨藪依畫葫於詎匠者也性本酷嗜稗説
多所閲覧方其翫味耽心之時甚至忘寢而廢飧若
能無一遺漏而記有錄存則其將充棟汗牛也只緣
懶自成習擬靡倫暇随得随失便同風過雲散矣歲

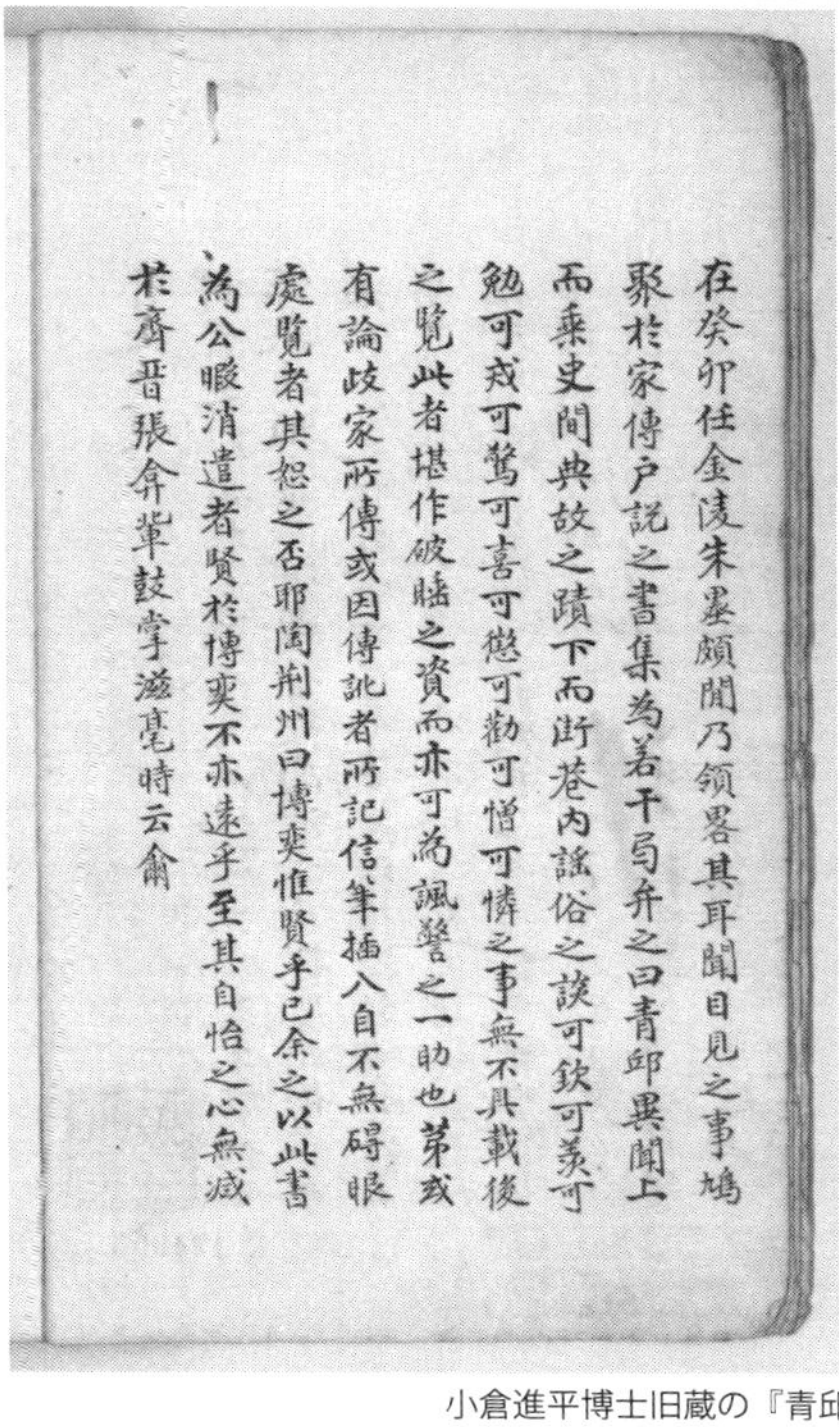

在癸卯任金陵朱墨頗閒乃領畧其耳聞目見之事鳩
聚於家傳户説之書集為若干局弁之曰青邱異聞上
而乘史間典故之蹟下而街巷内謡俗之談可欽可羡可
勉可戒可驚可喜可懲可勸可憎可憐之事無不具載後
之覧此者堪作破睡之資而亦可為諷警之一助也第或
有論岐家所傳或因傳訛者所記信筆插入自不無碍眼
處覧者其恕之否耶陶荊州曰博奕惟賢乎已余之以此書
為公暇消遣者賢於博奕不亦遠乎至其自怡之心無減
於齋晋張弇輩鼓掌滋亹時云爾

小倉進平博士旧蔵の『青邱野譚』(東京大学図書館蔵)

巻の一の冒頭には他の諸本にはない序文がある。

「稗書というのは芸苑の蔵書の中に見つかって、名のある人たちの手になるものが多くある。『斉諧』は奇異な話を記録したもので、読みながら机を叩いてその奇異なることを称賛しないものはいない。晋のときには清談を尚んだから、また塵をはらって嘆賞するのに充分であった。張華の『博物志』や王世貞の『芸苑卮言』のような書物に至っては、広く拾い集めたために見るべきところが多いものの、虚誕の責めを負いやすいところがある。私は今ひろく集めてこの書物を作ったのは、あえて多くの文章家たちの書物を追ったり、大家たちから出た名前の有る絵などに比そうというものではない。性品がもともと稗説を好み、多くを閲覧して、まさにそれらを玩味し、耽ったときに、はなはだしきは寝るのを忘れ、食事も忘れたほどであったが、もし一つでも失うことなく記録しておけば、それは汗牛充棟となるはずのものだが、ただ物臭な習慣が身について、多忙の中でも余暇を盗んで、得たものがあって忘れてしまうのは、さながら風が雲を吹き払うのと同じである。私が癸卯の歳に金陵に任じられたとき、公務ははなはだ閑暇で、耳で聞き目で見たことをほぼ収拾して、家々で伝わってきた話などを集めたものが若干となり、それを『青邱異聞』と名付けた。上は歴史に記録された典故のあるものから、下は市井の風俗に至るまで、欽羨すべき、勉戒すべき、驚喜すべき、懲勧すべき、そして憎憐すべき多くの事がらを載せないものはなかった。後にこの本を見る者は眠気をさます道具とし、またあえて諷驚の一助とされることを望むものである。ただし、あるいは論岐家が伝えるところがあったり、転訛が記録されていたりするために、私が筆に任せて書いて挿入したところがあり、おのずと目障りになるところがないとは言えまい。賢明なる読者はこれを許されよ。陶荊州が将棋と博奕をするのは何もしないよりは賢明だと言ったが、私がこの書物で公の暇を費やしたのは将棋と博奕に費やすより賢明なことではなかったろうか。みずからそれを楽しむ心に至っては、斉・晋・張・弇の人びとに劣りはしなかった。拍手を打って筆を十分に墨に浸して、ここに到ったのである」

（稗書之稞出於芸苑之蔵名流之手者多矣斉諧志恠無非拍案而叫奇晋談尚清亦足揮塵而供賞至若張華之博物弇州之卮言宏洽捃拾雖多可観而易帰於誕詭之科矣余今所以裒為此書者非敢欲追珍駕於墨藪依画葫於詎匠者也性本酷嗜稗説多所閲覧方其翫味耽心之時甚至忘寝而廃飧若能無一遺

漏而記有録存則其将充棟汗牛也只縁懶自成習擾靡偸暇随得随失便同風過雲散矣歳在癸卯任金陵朱墨頗閑（間）乃領略其耳聞目見之事鳩聚於家伝戸説之書集為若干弓弁之曰青邱異聞上而乗史間典故之蹟下而街巷内謡俗之談可欽可羨可勉可戒可驚可喜可懲可勧可憎可憐之事無不具載後之覧此者堪作破睡之資而亦可為諷驚之一助也第或有論岐家所伝或因伝訛者所記信筆挿入自不無碍眼処覧者其恕之否耶陶荊州曰博奕惟賢乎已余之以此書為公暇消遣者賢於博奕不亦遠乎至其自怡之心無減於斉晋張弁輩鼓掌滋毫時云爾）

『青邱野譚』の編者がいったい誰なのか、この序文の中の「歳在癸卯任金陵」にその解決の糸口が求められると、鄭明基氏は考える。すなわち、『青邱野譚』の編者は「癸卯年間に金陵地方に赴任していた」官吏の一人でなくてはならない。一時的であっても「金陵」という地名をもっていた郡県としては京畿道の金浦、全羅道の康津、黄海道の金川、慶尚道の金山など四つを挙げることができる。しかし、慶尚道の金山を除外した残りの三つの場合、「金陵」という名称はその郡県を指定した多くの異称の中の一つに過ぎず、当時の一般的な認識として、この場合の「金陵」はおのずと慶尚道の金山になるほかはないと、鄭氏は考える。そこで、癸卯年間に慶尚道の金山郡主として在職していた人物が『青邱野譚』の編纂者だということになるが、『金山邑誌』宦蹟條を通してみると、鄭好仁（在職年度、一六〇二壬寅～一六〇七丁未）、呂爾亮（一六六一辛丑～一六六六丙午）、尹東魯（一七二二壬寅～一七二四甲辰）、李東迪（一七八二壬寅～一七八五乙巳）、金敬鎮（一八四二壬寅～一八四四甲辰）などが挙げられる。『青邱野譚』には十九世紀に入っての話も収めてあることから、前四者は除外され、その編纂者としては金敬鎮一人だけが残ることになる。

鄭明基氏の推論は明晰であって、反論の余地はないように思われるものの、あるいは、小倉進平旧蔵本は金敬鎮の自筆本であり、癸卯の年に完成したのは百五十八話だけのものであったのかも知れない。それに敬鎮自身が話を増やしていったのかも知れないし、敬鎮以外の誰かがそれを行なったとも考えられないわけではない。鄭氏は続けて、さまざまな資料を駆使して、この金敬鎮がどのような人であったかを明らかにする。「金敬鎮は老論系の安東金氏であり、高麗の太祖を助けて甄萱を討った功労で三韓壁上功臣三重太師亜父となった金宣平を始祖として、二十六代目の孫に該当する人物である」とし、さらに次のように言う。

「金敬鎮は文忠公派の金尚容（字は景澤、号は仙源）の直孫であり、仙源が江華で焚死して以来、代々、蔭録で官職にありついていた家に誕生した人物であることがわかる。金敬鎮もまた蔭録で通訓を得た後に金山郡守に出て行き、しばらく後の四十三歳となった年の丁巳（一八五七年）に初めて文科に丙科で及第した人物である。（……）

金敬鎮は蔭録で永柔県令となった大均（一七八七〜一八二九。後に議政府賛成を追贈）と牧使となった沈能述の女の青松沈氏を母として純祖十五年（一八一五、乙亥）四月六日に家中が代々住んでいたソウルで誕生した。憲宗元年（一八三五、乙未）に進士となり、その後、工曹政郎になった。憲宗八年（一八四二、壬寅）九月二十八日から同十年（一八四四、甲辰）五月十四日まで金山郡守に在職中、呈逓して昇進し宣恵庁郎庁となった。哲宗八年（一八五七）ころ、牧使をしていたが、同年三月、文科に及第して、以後、同十年（一八五九、乙未）九月に司諫院の大司諫、同十一年（一八六〇、庚申）十月に成均館の大司成、高宗元年（一八六四、甲子）一月に李曹参議、同二年（一八六五、乙丑）六月に都總府副総管などの顕職を歴任したが、同十年（一八七三、癸酉）十月に五十九歳を一期に死亡した後、議政府参政を追贈された。彼の字は穉一、完山李氏を夫人として迎えて、その間に永い歳月のあいだ、子息がなく、弟の啓鎮の息子である宗漢を養子として代を継がせようとした点でみると、家庭的にはそれほど幸福な生を生きたようには考えられない」

夫婦のあいだに子どもがいず、養子を迎えたことをもって、家庭的には幸福であったとは言えないと、鄭明基氏が述べているところに思わず括目させられる。現代の学者になお儒教的・礼教的な価値観が生きている。継嗣を絶やし、祭祀を絶やすことが先祖に対する不孝であり、不孝であることは最大の罪悪であり、罪を犯していて幸福ではありえない、ということになるのであろうか。それを除けば、官途もすこぶる順調に歩んで行ったように見える。金敬鎮の生きた時代はすでに朝鮮末期を迎えている。東か西か、北か南か、大北か小北か、老論か少論か、さらには時派か僻派かと、かまびすしく分派に分派を繰り返してきた党争もやや終息して、金敬鎮自身は「勝ち組」である老論の時派に属していた。のみならず、党争の後には、日本の摂関政治のような、王の外戚であることを利用した安東金氏による勢道政治の時代が興宣大院君の登場までの六十年ものあいだ続くことになる。金敬鎮はその安東金氏の一員であったから、科挙に及第する以前にすでに「蔭禄」によって官職にありつく恩恵をもこうむっていたのである。

2……帝国主義と民乱の時代

宮廷の外に目を移すと、国の内外で新しい動きが生まれていた。一八四〇年にはアヘン戦争が勃発し、東洋の国々はその結果には震撼し、戦慄を覚えざるをえなかったはずであるが、朝鮮の中枢は麻痺したかのように動きを見せることができなかった。だが、国内では大きな社会の変動が起こっていた。朝鮮の十九世紀は民乱の時代とも言われる。洪景来の乱（一八一一年）、壬戌民乱（一八六二年）、そして半島への侵入を虎視眈々と狙っていた日本帝国主義に絶好の介入のきっかけを作ってしまった東学党の乱、すなわち甲午農民戦争（一八九四年）などがその代表的なものだが、小さな民乱は頻繁に朝鮮八道の各地で起こっていたとされる。

『青邱野譚』巻の七第九四話には、洪景来の乱のことが、その鎮圧に功績を挙げた金見臣の立場から描かれている。それらは安東金氏である金敬鎮の視点でもあろうが、洪景来の乱は「平安道農民戦争」とも言われる。平安道の出身である洪景来が科挙に失敗し、平安道出身者の待遇の劣悪さに憤慨、十年近く緻密な計画を練った後に同志を糾合して檄文を発して蜂起した。地方差別に不満を抱く在地両班層、郷吏や郷任などの中間支配層、さらには商人、貧農、都市貧民層をもまきこんでの民衆反乱となった。反乱は半年ものあいだ制圧されることなく、最後には定州に籠城した反乱軍を八千の政府軍が取り囲んで火器・爆薬を駆使してようやく鎮圧することができた。十歳以上の男子千九百十七名が斬首されたと言われる。朝鮮半島の民乱がどのようにして起こって熱を帯び、沸騰点に達していくか、そうして折衝の余地もなく、退路も見出すことができず、どのようにして武力によって無残に鎮圧されることになるか、解説者の私の世代には一九八〇年五月の光州事件を手掛かりにして生々しく想像することができる。

一八六二年、壬戌の年の二月には、今度は南方の慶尚道晋州で民衆反乱が勃発し、十一月にかけて、伝染したかのように朝鮮半島南部の各地で相次いで反乱が起こる。反乱の直接的な原因は地方官吏による収奪とされる。地方官吏の不当収奪は役得、ほとんど特権として、野譚の中でもごく当たり前のこととして語られるが、民衆の怒りの矛先は地方の役人たちだけに対してではなく、新興の地方の地主や富者たちにも向けられた。晋州の民乱はその典型であり、農村で賃仕事をして生計を立てていた貧民階層がその反乱の主体となっていたとされる。

そうして、一八九四年の甲午農民戦争。二月、全琫準を指導者とする全羅道古阜の農民たちは郡庁を襲撃する。彼らはいったん解散したものの、政府が参加農民に対して厳しい弾圧を加えたことにより、宗教団体である東学の組織を通じて各地の農民を糾合し、全琫準を総大将としてふたたび蜂起、数千の農民軍が「逐滅倭夷、尽滅権貴」というスローガンを掲げて全羅道各地を転戦することになる。手に負えなくなった政府は鎮圧のために清に出兵を要請し、それへの対抗措置として日本軍も出兵して居座ることになり、農民軍は両国の武力介入を回避するために、悪習官吏の処罰、身分平等、弊政改革案を条件として、政府と全州和約を結んで休戦した。その間、全羅道では農民自身の自治が進められる局面も生まれたが、七月には日本が日清戦争を引き起こし、事実上、朝鮮は日本の占領下に置かれることになった。農民たちは再々蜂起、全琫準は数万の農民軍を率いて北上したが、十一月下旬から十二月上旬にかけての公州攻防戦において、日本軍の近代兵器のために敗北する憂き目に遭うことになる。

民乱は李氏朝鮮の社会体制のはらむ矛盾が極限にまで達して内部崩壊を来す前兆を示すものであったとされる。朝鮮社会は身分制社会であり、それを基盤としてソウルの中央集権的な強権によって秩序は維持されていた。朝鮮の社会身分は一般的には両班・中人・常人・賤人に大別することができる。しかし、その中でも細かな差別はあり、たとえば常人の中でも農・工・商のいずれに属するかでの上下の差別はあり、同じ農民であっても、富農もあれば貧農もいて、賃仕事でようやく糊口を凌ぐ人たちもいる。最下層の賤人というのは賤役に従事する人びとを言うが、この階層を占めるのは奴婢がほとんどである。彼らは一種の財産とみなされ、相続や売買の対象となり、生殺与奪の権利を主人に握られていた。奴婢は公賤と私賤に大別され、それぞれの常人以上には及ぶことのない拘束の内容が『経国大典』には記述されている。この他に娼妓・ムダン（巫）・広大なども賤人に分類されるが、仏教が没落するにともない、僧侶もまた賤人の待遇を受けるようになる。賤人の中でももっとも賤待を受けたのは白丁であり、彼らは人間以下の待遇を受け、被差別部落を形成して一般人とは隔離された中で屠畜・柳器匠などの職業を世襲した。これらさまざまな身分の人びとが『青邱野譚』の中には登場するが、とりわけ奴婢が思いのほかに多く登場する。両班たちは多くの場合、奴婢の所有者でもあり、一つ屋敷の中では地下と床上で応対したのであろうが、生活空間を共有するし、また当然のこと、美しい婢は妾にもなる（妾にしかなれず、生れた子は庶子になる）。多くは両班の書記者の手に成る野談に奴婢たちが登場するのは必然的であると言えよう。

3……「主ー奴」社会の克服とその蹉跌

『法の精神』の中でモンテスキューは奴隷制について次のように述べる。

「本来の意味における奴隷制とは、一人の人間が他の人間の生命および財産の絶対的な主人となるほどまでに他の人間を従属させるような権利の設定である。それはその本性上よくない。すなわち、それは主人にとっても奴隷にとってもよくない。なぜなら奴隷にとっては、彼が徳性によっては何事をも行ないえないからであり、主人にとっては、彼が、自分の奴隷たちとともに、あらゆる種類の悪い習慣を身につけ、無意識のうちにあらゆる道徳的徳を怠ることに慣れてしまい、また、傲慢で短気で怒りやすく、逸楽的で残忍になるからである」

奴隷にとってはもちろん、主人にとってもよくない制度だとモンテスキューは言う。人はすべて平等でなくてはならないという啓蒙思想の真骨頂であるが、『フィガロの結婚』が出たときにすでにフランス革命は動きだしていた」と言ったのはナポレオンであった。ボーマルシェの『フィガロの結婚』がたび重なる厳しい検閲を経てコメディー・フランセーズで上演されたのは一七八四年四月のことであったが、「あらゆる種類の悪い習慣を身につけ」、「逸楽的で残忍な」貴族社会の腐敗を痛烈に風刺するとともに、そこではアルマヴィヴァ伯爵とフィガロおよびシュザンヌの主ー従関係が無化し、あるいは逆転しそうな勢いを見せる。それは主ー従の関係であり、フィガロは奴とは言えないかも知れないが、モンテスキューの言う「本来の意味の奴隷制」のことばの射程にある。ドラマはなにしろ領主の「初夜権」の行使をめぐって展開するのだから。ボーマルシェの戯曲はモーツァルトのオペラとともにl'Ancien Régime（旧体制）の身分関係を嘲笑して、転覆させる力をもっていた。私は学生時代、『文学』の古いバックナンバーから松本新八郎氏の「狂言の面影」なる論文を探し出して読んだことがある（『文学』一九四八年四月）。大名ー太郎冠者の主ー従関係のさまざまな相を狂言成立の社会のありのままの姿として論じたものである。博打の賭け物になり、「手打ち」という生殺与奪の権を主である大名に握られている太郎冠者は奴の性格を保持しつつも、抜け参宮や京遊山で主人の暇を盗んだり、けちな主人の留守を盗んで秘蔵の酒をしこたま飲んだり、飴を食ったりして、羽根を伸ばし放題に伸ばして見せる。日本の歴史の面白さは、この狂言で表現された太郎冠者の自由への志向が江戸時代には抑圧され、逆向してしまうことである。江戸時代の人形浄瑠璃や歌舞伎において、忠義の徳目が無理無体と言っていいほどに強調され、家来たちは自己の身命をなげうってまで主君に仕えることになる。あるいは自己の身命よりもさらに大切なわが子の生命までも犠牲にすることさえ厭わない。松王丸は菅家の家奴の家柄であったのであろうが、菅秀才の生命を救うためにわが子の小太郎の生命を差し出したのである。

鄭明基氏の前掲書にはその編纂者を明らかにした先の書誌学的な論文「『青邱野談』の著者の二元的面貌」の他に、「奴-主の背反と調和」と題する『青邱野譚』における「主-奴」の関係を分析した論文が収められている。以下、鄭明貴氏の所論にそって、私なりの考察を加えたいと思うのだが、まず、鄭明基氏が取り上げる話は次の十七話である。

巻の一第一〇話「父の命を救うために婢が三節をまっとうしたこと」
巻の三第四九話「主人の死体を収めた忠義の奴」
巻の四第六二話「奴上がりの朴彦立《パクオンリプ》の忠義」
巻の五第六九話「逃亡奴、莫同」
巻の六第八一話「妻を咎めたソンビに感化される」
同、第八三話「旧主に刃向かって罰された奴」
同、第八四話「自殺願望をもちながら、なかなか死ねなかったソンビ」
巻の七第八九話「江の中で熊と戦って死んだ悪奴」
巻の八第一〇八話「『廉義士』が金剛山で神僧に出会う」
巻の十一第一五一話「忠僕が主人の恨みを晴らす」
巻の十二第一六三話「占い通りに虎狼に遭う」
同、第一六四話「許烶の感化によって、強盗が良民に化す」
巻の十三第一七七話「殉国した後も家を見守った李《イ》慶流《キョンリュ》」
巻の十五第二〇三話「婢女の恩返し」
巻の十六第二一七話「童奴の占った縁起のいい墓」
巻の十八第二三九話「活人の報答」
巻の十九第二六〇話「婢女を助けた新婦」

「主-奴」の関係は朝鮮社会を反映してさまざまに描かれるが、まずは主が主として、奴婢が奴婢としての名分を守り、儒教を基礎にした身分社会の理想的なあり方として描かれているものがある。

たとえば、巻の三第四九話は、罪を得て流罪になっていた金汝岉が、壬辰倭乱が勃発して白衣従軍するが、あえなく戦死する。ただ大食いだけが取り柄だった奴だけがこれに従い、主人の死体を十ヶ所もの槍傷を負いながら見つけ出し、背負って走り、山陰に仮葬し、後日になってあらためて先祖の墓に埋葬したという。金汝屻自身が国家の危難に際して、流罪の身にもかかわらず、「私が死を厭うて公のご恩に報いないようでは、どうして丈夫であると言えよう」と言って出陣したのだったが、その主人と奴は一体であり、支配階級側から言えば、理想的な主‐奴の関係がここでは描かれる。編者はこの話を次のようにしめくくる。

「奴と主人とのあいだの義理にどのような限界があろうか。しかし、この奴のような忠誠と勇気がどこにあるであろうか。士はおのれを知る者のために死ぬといい、女はおのれを愛してくれる者のために化粧をするというが、この奴が死地に赴くのを家に帰るのと同じように振る舞ったのは、ただ一升の米に報いるためであったろうか。義理のために奮起した行為であったのだろう。

おおよそ奴僕を統御する道というのは、義でもって接し、恩恵でもって感動させ、平生に緩急でもって仕えさせるようにする。金公はそのすべを知っていた。朝廷で禄を食みながら、国家の騒乱に際して、忠義をふるって敵に当たる意志のない者は金公の奴に愧ずべきである。」

巻の四第六二話の朴彦立も同じく一升飯を食べるだけで怠け者の奴であったのが、主人が死ぬやその葬礼の一切を取り仕切り、困窮した未亡人と娘とを引き連れて生活の困難なソウルを引き払い、田舎で農耕に励んで主家の二人を養う。娘が適齢期を迎えるとソウルに出かけていって格好の婿を迎えさせ、仁祖反正に手柄を挙げさせる。そうして年老いた彦立は隆盛となった婿に、もともとの主家には跡継ぎもいないので、外孫として祭祀を絶やさないように願って、いずこともなく行方をくらますことになる。主家筋に対して奉仕するだけ奉仕して、みずからはその見返りを求めることはない。奴婢所有者の両班階層からすれば、理想的で称賛すべき奴婢の姿がそこにはあるのかも知れない。

しかし、唯々諾々とみずからの運命を引き受けて忠誠を尽くす奴ばかりではない。「推奴」ということばが出てくる。過酷な足枷からから逃れようとする奴婢たちが後を絶たない状況が生まれ、その逃亡奴隷たちを探し出すことを意味する。探し出してたまった貢納分を徴収する、そうでなければ、官に訴え処分を要請することもできる。巻の一第一〇話では、沈姓の両班の家には昔は奴婢たちがいたのだが、逃亡してしまっていて、今は善山にいるという。それを訪ねて行くと、奴婢の子女たちはすこぶる繁栄して一邑をなしている。その中の富裕な者の家には香丹という美しい娘がいたので、沈氏はこれを妾にした。初夜権を振り回すアルマヴィヴァ伯爵のように主人としての当然の権利なのであったろう。しかし、邑中の奴婢たちはそれを憎んで沈氏を殺そうとする。香丹はそれを知って、父親だけは救ってくれるように沈氏に頼み、襲撃の夜、沈氏と衣服を交換して、女装の沈氏を逃がし、男装の自分はそのまま一族の手にかかって死んでしまう。沈氏の訴えで駆け付けた役人たちの手で、奴婢たちの一団は、沈氏の願いによって救われた香丹の父を除いてすべてが殺された。この話の結びは話者のコメントになっている。

「哀しいかな、この女がその主人のために忠誠を尽くし、その父親のために孝行を遂げ、またその夫のために烈節を尽くしたのは。一挙に三綱を備えている。この邑ではこの女子を表彰するために朱色の門を建てた」

三綱を尽くした女性として香丹が表彰される一方で、奴婢の一群はすべて処刑されたとただ一行ですまされるのが無残でもある。逃亡した時点で奴婢たちは罪を犯しているし、それ以前に主人は奴婢の生殺与奪の権利をもっていたはずである。それを逆に主人を殺害しようとするというのは国家の秩序の転覆を企てているということであり、容赦なく処分されることに対して同情の余地はないことになる。

巻の六第八三話は同じく「推奴」をモチーフにする。ソウルの両班がやはり逃亡奴隷を探し出すために地方に下る。奴婢たちの一族は今や大いに繁栄して百戸あまりに増えて豊かに暮らしている。その地方の守令は友人であったから、彼を通してその主だった者十人ばかりを呼びつけて、奴隷身分を千金で贖わせようとする。邑人たちはそれを肯うふりをして両班をうやうやしく招き、千金の納期までの十日の間、日々に酒肉をふるまって盛大にもてなす。そして十日目の夜、屈強の邑人たちがやって来て、両班をとらえ、剣を突き付けながら、ソウルに急用ができたので、挨拶もせずにそのまま帰るという手紙を、友人の守令に宛てて書かせる。両班は言われるままに手紙を書いて、ただ最後に「徽欽頓」とのみ書き加えた。守令は囚われの身になった宋の徽宗と欽宗のことに気が付き、邑に校卒を送って両班を救い出し、邑人たちを捉え、その主だった者については首を切ったという。そうしてその邑の家産はすべて没収されて、両班が馬に乗せてソウルに帰っていったのだという。「徽欽頓」ということばだけですべて事情を理解した守令とともに両班は教養を共有することによってかつての奴婢たちと社会的に差異化される。奴婢たちはその差異化から抜け出そうとして逃亡し、汗水を垂らして苦労の末に蓄積した富をいとも簡単に没収され、あまつさえ生命さえも失ってしまう。何とも理不尽ではあるが、話者の立場はあくまでも両班の側にある。

巻の五第六九話は宋氏に仕えていた莫同という奴僕が、寡婦とその息子だけを残して主人が死に、主家が没落するままに、逃亡して姓を変え、さまざまな経歴を経て、身分は洗滌したかのように晦まし、科挙に及第して今や高城で崔承宣として暮らしている。主家の息子はいよいよ貧しく、関東の役人をしている友人を訪ねて行こうとして千戸あまりが豊かに暮らしている莫同の邑にたどりつく。莫同は宋氏を見るや、人払いをした後で、号泣して謝罪をする。

「奴と主人の間は、父と子の間、君と臣の間となんら変わるところがありません。今までの恩情を蔑ろにし、情誼を一掃して生きてきたのを恥じて、死んで恨を雪ごうと思います」

莫同の心理はともかくとして、ここではすでに立場は逆転してしまっている。宋氏は十分に厚遇されることで、それを良しとし、万金を与えられてソウルに帰る。にわかに豊かになった宋氏を見て訝った従弟の潑皮は事情を聴きだし、莫同の身分を暴きだてて懲らしめようと出かけるが、そのときに言う。

「従兄は恥というものを知らない。逃亡奴隷の賄賂をもらって、兄と呼び、叔父と称して、綱常を乱している。なんと恥ずかしいことではないか。私はこれから高城に走って、あの奴の悖徳の罪状を上訴して、一つには従兄の恥を雪ぎ、もう一つにはこの衰えた世の綱紀を正すことにする」

両班の心構えとしてはこちらの方がまっとうでなんら非難されるべきものではないに違いない。しかし、世間知に長けた莫同は一枚も二枚も上手で、針の治療にかこつけて潑皮をさんざんな目に遭わせて懐柔してしまう。莫同は言う。

「自分の生涯を切り開くために、私はしないことがないくらいに何でもして来たのだ。私に知慮がないとでも思ったのか。お前のような愚か者にやられるわけがない。はじめは剣客をやって、お前など道中で葬ってやろうと思った。しかし、先世の恩を思って、しばらく命は助けようと思ったのだ。お前が今後もし改心して行ないを改めることができれば、お前は立派な富者となるであろう。もし今のままだと言うなら、私はお前を殺した拙い針医と噂されるだけのことだ。これはお前が決めるのだ」

莫同のことばを聞いた潑皮は、「もし今後、私が改悛しないようなら、私は狗の子にも劣るだろう」と言って、莫同から許され、手厚く応接され、銭帛までもらって帰ってくることになる。意気揚々と出かけていった両班は逆に「狗の子」にまで劣るとまで卑下する経験を経て帰ってくることになる。

社会は確実に動いている。

もう一つだけあげよう。巻の十五第二〇三話である。老宰相のもとで働いていた美しい婢が老宰相に言い寄られ、老婦人にも相談した上で、財貨を与えられて逃亡する。老宰相の家は没落して、尾羽打ち枯らしたその孫が推奴に出かけるが、その村では危うく殺されそうになって、急に現れた虎に咥え去られて危機を脱することができた。虎が孫を下して立ち去ったのは富裕な邑の大きな家の門前で、出てきたその家の老婦人こそ逃亡した婢女であった。主家の孫の素性を一目で理解して一族を挙げて歓待するが、その子どもたちは自分たちの本来の身分を知って面白くはない。この主家の孫を殺そうとする。

かつての婢であった老婦人はその計画を知って、主家の孫の命を救うために自分の孫娘と結婚させるのである。婚姻は成立し、新郎新婦は布団や枕、銭や布などたくさんの財貨を馬に積んでソウルで新婚生活を始めることになる。かつて、老主人‐婢のあいだの身分差を利用した強制的な関係をいやがって逃亡した老婦人が孫の世代になって、対等な関係での結婚を成し遂げさせたことになる。経済的には新婦側が圧倒しているとも言えるのだが、老婦人の深い世間知から出たものとは言え、この身分の高下と経済力の貧富の矛盾を平穏理に調停するような結婚は、『フィガロの結婚』のように旧体制をくつがえすには至らない。その膠着した社会をまるごと帝国主義日本が呑み込もうとしたのが朝鮮半島の悲劇だったと言える。

＊

この翻訳の底本には『青邱野談　上・下』（韓国古典文学大系12、教文社）を用いた。この教文社本には奎章閣本十九巻十九冊全二百六十二話を収め、さらに補遺として三十話を収めている。奎章閣本の二百六十二話はハングルで書かれているが、それまでの野譚がすべてそうであったように、漢文で書かれたものが先行したと考えられる。漢文で書かれてもっとも多くの話を収めるのはバークリー大学本であり、その十巻十冊全二百九十話の中に奎章閣本の二百六十二話は含まれていて、奎章閣本はバークリー本かそれに近い異本を原典として漢文からハングルに翻訳されたものと推測される。私のこれまでの稗史小説の翻訳は、漢文を読み下して理解し、それに現代のハングル訳をつき合わせるという作業工程でなされている。今回は教文社本の漢文（バークリー大学本）を読み下して理解し、影印されたハングル本で補い、さらに現代ハングル語訳で確認するという同じ工程を踏んで、二百六十二話を翻訳して刊行することになる。補遺の三十話についてはまたの機会に試みたいと思う。諸本をみずからの手で校訂する作業が必要だと感じるためである。

翻訳者は二〇一五年四月から二〇一六年三月までの一年間、フランスのパリで研修生活を送った。この翻訳作業はカーディナル・ルモワンのコレージュ・ド・フランスの図書館で成されたものである。恵まれた環境の中で、先に刊行した『渓西野譚』、この『青邱野譚』、そして続いて刊行する予定の『続於于野譚』と、思いのほかに作業がはかどったが、十一月十三日には同時多発テロを経験することになった。ブーローニュのアパートからは夜中じゅうパリの空をヘリコプターが飛び回る音が聞こえ、しばらくの間、地下鉄には警察犬が乗ってきて乗客を嗅ぎまわった。ムスリムではない私からはワインの臭いも、ソーセージの豚肉の臭いも、そして醤油の臭いもしたに違いない。犬は不思議そうな顔をしてすぐに鼻をそむけた。エッフェル塔の夜間照明も消えた。三月の帰国の日にはまたベルギーの空港でのテロがあった。しかし、「テロ」というのは一方からの見方であり、もう一方から言えばdjihadなのであろう。セーヌ川岸の民族学博物館に掲示されていた東アジアの地図の「日本海」の文字を消して「東海」と落書きしたのは韓国人見学者であったろうが、相対する民族、国家のそれぞれが相対する見方をもち、ことばをもっている。世界の混乱はいよいよ激しさを増して続いているものの、日本に帰国するやほんのわずかの期間でパリ在住当時の緊張感は嘘のように消え去ってしまった。しかし、日本-韓国間の慰安婦像の問題は解決を見ないし、朝鮮半島北部の政治情勢をめぐって緊張はいよいよ高まっている。彼の民族の魂とも言える文学の理解が、東海（日本海）の荒波をわずかにでも静めることに役立ってくれないかと願ってやまない。

その願いは韓国の人びととも共有する。今回のこの本の出版は韓国文学翻訳院の翻訳・出版助成を得て実現した。この上ない僥倖と言うしかない。日本担当の李善行氏のご尽力には心から感謝したい。毎度のことながら、作品社の内田眞人氏、カバーをお願いしている金帆洙画伯、資料の収集で啓明大学の杉本加代子氏にはお世話になった。コレージュ・ド・フランスの恵まれた研究環境を用意していただいたニコラ・フィエーヴェ博士およびCRCAOのエキープの皆さんにも重ね重ねお礼を言いたいが、昨日は、シャンゼリゼの銃撃戦のニュースが入った。この美しい季節のパリがまたもや血塗られてしまった。生きる喜びの具現であるパリがその本来の姿をすみやかに取り戻さんことを。

二〇一七年四月二十三日、京都にて

[著訳者紹介]

◉

金 敬鎮（キム・キョンチン）

『青邱野譚』の編纂者および成立年代については長らく不明とされていたが、現在では、朝鮮時代末期の文官であり金山郡守であった金敬鎮によって 1843 年に編纂されたという、韓国国文学者で野譚研究者の鄭明基の説が有力とされている。

金敬鎮（1815 ～ 1873）は、蔭録で永柔県令となった大均（1787 ～ 1829。後に議政府賛成を追贈）を父とし、牧使となった沈能述の女の青松沈氏を母として、純祖 15 年（1815、乙亥）4 月 6 日に、一家が代々住んでいたソウルで誕生した。金尚容（字は景澤、号は仙源）の直系の子孫であり、尚容が丙子胡乱の際に江華島で火薬で自爆して以来、代々、蔭録で官職にあった家の人であった。憲宗元年（1835、乙未）に進士となり、その後、工曹政郎になった。憲宗 8 年（1842、壬寅）9 月 28 日から同 10 年（1844、甲辰）5 月 14 日まで金山郡守に在職、昇進して宣恵庁郎庁となった。哲宗 8 年（1857）ころ、牧使をしていたが、同年 3 月、文科に及第して、以後、同 10 年（1859、乙未）9 月に司諫院の大司諫、同 11 年（1860、庚申）10 月に成均館の大司成、高宗元年（1864、甲子）1 月に李曹参議、同 2 年（1865、乙丑）6 月に都總府副総管などの顕職を歴任した。同 10 年（1873、癸酉）10 月に 59 歳で死去。没後に議政府参政を追贈された。

◉

梅山秀幸（うめやま・ひでゆき）

1950年生まれ。京都大学大学院博士後期課程修了。桃山学院大学国際教養学部教授。専攻：日本文学。主な著書に、『後宮の物語』（丸善ライブラリー）、『かぐや姫の光と影』（人文書院）があり、韓国古典文学の翻訳書に、柳夢寅『於于野譚』、徐居正『太平閑話滑稽伝』、李斉賢・徐居正『櫟翁稗説・筆苑雑記』、成俔『慵斎叢話』、李羲準または李羲平『渓西野譚』（以上、作品社）、『恨《ハン》のものがたり――朝鮮宮廷女流小説集』（総和社）などがある。

青邱野譚《せいきゅうやたん》

2018年 2 月10日 第 1 刷印刷
2018年 2 月20日 第 1 刷発行

著者――金 敬鎮《キム キョンチン》
訳者――梅山秀幸

発行者――和田 肇
発行所――株式会社作品社
102 - 0072 東京都千代田区飯田橋 2 - 7 - 4
Tel 03 - 3262 - 9753　Fax 03 - 3262 - 9757
振替口座 00160 - 3 - 27183
http://www.sakuhinsha.com

装画――金 帆洙
装丁――小川惟久
本文組版――ことふね企画
印刷・製本――シナノ印刷(株)

ISBN978-4-86182-684-9 C0098